知音动漫图书 · 漫客小说绘
ZHI YIN COMIC BOOK 以梦想之名 点燃阅读

小说绘

完美耦合

Perfect Coupling

（上）

九 阶 幻 方 ◎ 著

 中国致公出版社　　 知音动漫

在时间与生命的无尽轮回中，所有分离的、思念的、守护的、爱过的，都注定再次相逢。

CONTENTS

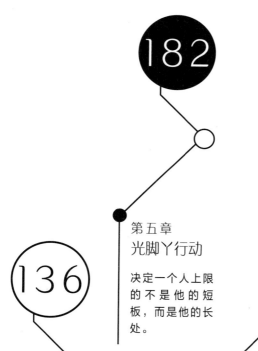

第 一 章
机甲学院

1

古老的塞瑟山隘口以西，就是广袤的米达尔平原，平原上空乌云翻滚，雨点被狂风裹挟着，砸在干涸的土地上。

距离地面十几米高的空中，一列老旧的悬浮列车刚刚飞出隘口，在雨中向前疾驰。这是从母星飞船航栈出发前往联盟首都的列车，车厢里温暖而平静。

此刻，空间不大、过道狭窄的二等车厢已经超载了，陌生人们挨挨擦擦地挤在一起。靠车窗的位子坐着一个女孩儿，精确地说，是个女性Omega。虽然上车前就注射过信息素屏蔽剂，但是她的样子太过惹眼，就算坐在角落，时不时地还是有目光越过高大的椅背落在她身上。她的头发不长，只到耳下一点儿，因为半低着头，落下来的发丝遮住大半脸颊，只能看到挺翘的鼻梁和后脑圆鼓鼓的美好弧度。

女孩儿没理会周围的目光，一心忙着自己的事。她的手腕上戴着黑色的便携式迷你光脑手环，手环已经很旧了，满是划痕和磕碰的痕迹，功能倒还正常，在她面前投射出巴掌大的虚拟屏幕。

她正在给人回消息——

"车上人不少，幸好这回旁边座位的人不胖，也不说话。"

"没看见宫危。"

"他也乘这趟飞船到母星啊？但他怎么会坐悬浮列车这种公共交通工具，就算坐，也应该在头等车厢吧？"

"那是。要是看见他绝对不会放过，一定要抓紧时间多看两眼，哈哈哈！"

女孩儿的邻座是个中年女人，起码比她高了一个头，腰背挺直，肩膀很宽，穿着条遮得严严实实的高领长袖黑裙子，红棕色的头发胡乱绾在头顶。她原本在看窗外，这时转过头，扫了一眼虚拟屏幕上的对话。女孩儿注意到了，把虚拟屏幕关掉了。

女孩儿有点儿想去洗手间，探身看了看拥挤的过道，犹豫片刻又重新坐好，把头靠在旁边的车窗玻璃上，闭上了眼睛。

乌云遮天蔽日，一声连一声的滚地雷震得车窗嗡嗡响。天与地之间，列车继续飞驰，掠过荒原和丘陵，雨越下越大，连成灰茫茫一片。

仿佛感觉到某种异样，红发女人突然偏过头看向窗外。

一声轻响，有东西穿过雨幕钉在车窗上，是一支小指粗、寸许长的尖头银箭。银箭的尖头释放出一股透明的液体，瞬间就在车窗上融出一个圆形的孔洞。

另一支银箭紧随而至，顺着圆孔射入车厢，穿过了正倚着窗玻璃小憩的女孩儿的头。一股股红的血顺着女孩儿白皙的脸颊滚落下来，蜿蜒着钻进她的领口里。女孩儿彻底不动了。但银箭并不稍作停留，一进入车厢就目标明确地在空中拐了个弯，猛然一个加速，稳稳地钉在过道对面一个瘦小男人脚边的行李箱上。

与此同时，又有三支银箭沿着同样的路线鱼贯进入车厢。

中年女人从座位上一跃而起，扑向箱子。

瘦小男人慌了，也伸手去抓箱子，却被一支路过的银箭干脆地贯穿胸膛。

"砰"的一声轻响，打头阵的银箭炸开，声音不大，冲击力却不小，在车厢底黎开一个大洞。另一支银箭激射出一束银丝，银丝在空中找到目标，骤然收紧，每一条都牢牢地缠在行李箱上，带着它往洞口外飞出去。

大变之下，附近座位上几个普通乘客打扮的人全都毫不犹豫地向箱子扑了过去。

中年女人敏捷得像只猎豹，指尖几乎钩到箱子把手，可惜还是晚了一步，眼睁睁地看着箱子顺着洞口掉了出去，消失在车底。

雨仍然没停。顺着天地之间亿万点雨滴来的方向一路向上，再向上，那里是苍穹尽头，幽深的宇宙深处隐藏着亘古以来无数秘密的地方。

忽然，有什么东西进入了这个世界，带来一阵微小的扰动，时空随之轻微扭曲。

时间突然回退！

只有几分钟的时间回退，没人能察觉，人们重新聊了几句天，发了一会儿呆，忙了一阵工作……枯燥无聊的日子原本就日复一日，几分钟重来与否并没有什么区别。

然而有些东西却彻底不一样了。

又一次，飞驰的悬浮列车出现在塞瑟山的古老隘口。此时，神秘的行李箱还好端端地放在瘦小男人脚下，车窗玻璃完好无损，乘客们一切如常。

女孩儿刚回完几条消息，红发中年女人稍稍偏了偏头，目光扫过虚拟屏幕。这一回，女孩儿没有动。她的手指停在屏幕上，迷茫地望着屏幕上的那几行字，好半天才抬头看看周围，心中无比震惊：出了车祸，原本以为就此完蛋，没想到居然还有后话！

女孩儿脑中残存着一些信息，可是过往生活的记忆支离破碎，好像一大堆打碎的残片，凑不齐全，好在还能理出一个大概：这是一个星际时代的异世界，类似平行时空，语言文化与地球的类似，基本通用；她叫林纸，是个女性 Omega，来自偏远星系，是星际联盟帝国机甲学院的大三学生，今天学院开学，她乘飞船飞到母星，上了这趟前往首都的列车。

林纸冷静了一会儿，在脑中仔细梳理了一遍当前的情况，缓过神来，又低头看看手环投影的虚拟屏幕。屏幕忽然一黑，熄了。也许是手环没电了，谁知道呢。

隐隐一阵感觉袭来，她有点儿想去洗手间，正好也找面镜子看看自己现在长什么样子。于是林纸看了眼邻座，回想刚刚屏幕上显示已发出的"幸好这回旁边座位的人不胖，也不说话"，可见邻座这个中年女人应该是个陌生人。她碰了碰中年女人的手肘："请问你知不知道洗手间在哪儿？"

中年女人看了她一眼，仿佛顿了一秒，大概是在奇怪她竟然会问这种问题。

林纸淡定解释："我是第一次坐这趟车。"

中年女人的眼神更奇怪了，不过很快就恢复了正常："过道走到头，把手放在墙上的识别器上，移门会打开，里面的小门就是。"

林纸谢过她，站起来，小心地从她的膝盖前挤出去。

过道对面坐着个瘦小男人，脚边放着个大行李箱，相当碍事。林纸看了行李箱一眼，心想，这么大个儿，不知道里面装的是什么。

她穿过拥挤的车厢，来到两节车厢的衔接处。墙上确实有个不起眼的小屏幕，上面有个手掌图案，应该就是红发女人说的"识别器"。林纸试着把手按上去，光滑无缝的车厢壁果然缓缓滑开了。移门里面是相对独立的空间，藏着三扇小门，每扇门上都镶嵌着一块小金属牌，上面镌刻着简洁抽象的标志，却不是"男"和"女"，而是各种机甲的剪影：一架机甲像只大鸟，舒展着巨大的双翼；一架机甲脑袋是倒三角形的，如同戴着形状奇怪的头盔；还有一架机甲右臂特别粗，和左臂完全不成比例。

林纸推测，这三间洗手间是按照 Alpha、Beta、Omega 分的。问题是，谁对应谁？她仔细搜索了一遍脑中残存的记忆，糨糊般一坨，根本想不起来。行吧，没想到遇到的第一个困难竟然是找不着洗手间。

车窗外的雨点更大了，敲打着玻璃，闷雷落得近，一声连一声，虽然隔着一层车厢壁，仍然震得人心脏乱颤。镶着粗胳膊机甲标志的那扇门突然一动，有个男人从里面走出来。他比林纸高很多，唇冷峻地抿着，身上是件考究的藏青色军装款大翻领外套，金质徽章扣子在暗处闪着微光，和这节旧车厢格格不入。不知为什么，林纸有种直觉，觉得他是个 Alpha。

他的目光淡漠地在林纸脸上滑过，好像看到的不是人，而是一个人形消防栓。

"不好意思……"人形消防栓开口把他叫住，"请问哪间是 Omega 的洗手间？"

男人停住脚步，低头重新扫视林纸一眼，没说话，眼神中却毫不隐藏地流露出一丝不屑。

林纸完全理解，她如今就像站在标着男、女字样的洗手间门口问哪个是男哪个是女，不是神经病，就是在找拙劣的借口勾搭帅哥。而男人明显把她当成了后一种。

见他没有回答的意思，林纸正想转身去找别人，男人忽地抬了一下手，指了指钉着三角头牌子的那扇门："那间。"

"宫危，你这还没到学院，就又撞上这朵烂桃花了？"

身后忽然传来另一个人嬉笑的声音。

林纸回过头，见一个年轻男人靠在前面一节车厢门口，身上穿着件印着骷髅头的黑外套。

不过"宫危"这名字，她刚刚在虚拟屏幕上的消息里看到过！林纸迅速搜索了一遍脑中关于这个人的残存记忆，可惜完全没想出来。只是这个叫宫危的确实有种说不出的熟悉感。可惜太冷漠，他身上的礼貌疏离如同一层薄冰，下面隐约透出傲慢的影子。林纸心想，真跩，好像列车是他家的一样。

宫危没说话，也没再看林纸，从她身边经过时，后背紧贴着车厢壁，用一只手压住外套前襟，刻意和她保持着一段距离。他伸手去按前面一节车厢隔门上的识别器。隔着朦胧的玻璃，能看出门里是一节更好的车厢，座椅宽大，人也很少，比起这节车厢来要整洁干净得多。

骷髅外套男跟在他身后，继续说道："这个什么林纸，成绩稀烂，把心思全都用在这种地方，上学期就像跟踪狂一样到处追着你跑，现在又来？"他捏细嗓子模仿女声，"还'请问哪间是 Omega 的洗手间'，亏她想得出来。"然后又对宫危抱怨，"就算是你家公司的车，咱们也不一定非要坐吧？你竟然还到他们二等车厢这边来。"

宫危淡淡地答道："新的全智能列车马上就要启用，这种型号的老爷车要淘汰了，服役了这么多年，我想趁它报废前坐一次试试，我怎么知道会遇到她？算了，反正没有下次了。"

林纸心想，呦，这车还真是他家的。

忽然一种奇怪的感觉冒了出来，非常清晰明确，身后有什么东西正在快速地向她靠近，如果她仔细体会，甚至能感觉出那东西的大小和形状。林纸后颈的汗毛全部立起来了，她猛地转头，只见一个黑色亚光的东西飞在一人高的空中，沿着过道飞快地向他们三个直冲过来。

为健身也为了自卫，林纸练了很多年散打，反应迅速，偏头就往旁边一闪。那大东西擦着她的鬓发，向前疾冲过去。虽是一瞬间，但林纸已经看清了，那大东西像是个残缺的机甲手掌。它足有行李箱那么大，通体黝黑，被劈掉了一半，只剩三根半手指头半蜷曲着，每根手指都比她的小腿还粗。

林纸反应够快，前面的骷髅外套男却浑然不觉。机甲残手毫不客气地抽在他的脑袋上，他立刻倒下了。宫危走在他前面，并没有觉察到身后飞来的东西，却听见了骷髅外套男的动静。他反应也不慢，又已经半身进到门里，于是在转头的瞬间迅速闪身进门，把隔门关好。机甲残手飞到门前，一个急刹，钉在车厢间的隔门上。噼里啪啦一阵脆响后，蛛网一样的裂缝在隔门玻璃上蔓延开来。

紧接着，又有东西飞过来，不过体积就小得多了——机甲残手后面正追着三支银色短箭！

银箭大概有林纸的小指粗，也飞在空中，发现机甲残手停住了，迅速变换成包抄的队形，一拥而上。机甲残手只停了一秒，就突然一个急蹿，甩掉了银箭们的包围，重新往二等车厢那边飞过去。银箭们立刻加速狂追。

它们飞得肆无忌惮，对阻挡它们的障碍毫不客气，尤其是银箭，对满车厢的人和东西视若无物，能走直线就绝不拐弯，逮谁穿谁，一穿一个窟窿。车厢里全是尖叫声，乱成一团。

惊慌的人群中，一个原本坐在过道对面的白头发老大爷没有像别人那样忙着躲开空中乱飞的东西，好像在和人通话："它们进到车厢里来了……对……不知道为什么，残手的感应系统突然自己启动了……正在乱飞，我们控制不了，请求支援……"

这样站在过道里太危险了。林纸按了一下头等车厢隔门上的识别器，可惜她不是头等车厢的乘客，门不理她。而隔门里，宫危正目不转睛地紧盯着空中乱飞的机甲残手，完全没注意到林纸，也丝毫没有开门放她进去躲一躲的意思。林纸只得回到移门里，推开钉着飞鸟机甲标志的洗手间门，火速藏了进去。

外面乱糟糟的，乘客的尖叫声隔着门也能听得很清楚，林纸等了片刻，才悄悄把门打开一条缝。这个位置视野受限，看不见过道和两边车厢的状况。

"砰"的一声，刚刚的机甲残手竟然又飞了过来，拐了个弯，撞在洗手间门框上，吓了林纸一跳。

残手的边缘擦到林纸的手指，就像碰到什么机关一样，在空中停住了，手腕部分忽然打开，一根细丝试探着探出头，碰了碰林纸的手。如果细丝有表情，那它一定是又惊又喜。因为紧接着，一大簇烧得破破烂烂的细丝一股脑儿从圆环中冒出来，欢快地搭上林纸的手掌，向上延伸，带动整个机甲残手都攀附上来，"咔哒"一声，牢牢地扣住林纸的左手。

不到一秒钟，林纸的手上就套上了一只超大版黑色机械拳击手套，不只大，还很重——残手像找到妈妈的小蝌蚪一样，瞬间关停动力系统，不再飞了，把自己的全部重量统统交给了林纸，以至于她连人带手套，一起"扑通"栽在洗手间门前。

林纸趴在地上，使劲挣了挣，可手上套着个起码一百多斤的超重手套，根本就挣不开。

不容她细想，一直追着机甲残手的那三支银箭紧随而至，气势汹汹地朝这边扑过来。瞧它们那劲头，像是要顺便在林纸身上开几个窟窿。

林纸一边火速用右手去掰机甲残手，一边想：奇怪，它不飞了吗？这念头一动，机甲残手的动力系统忽然重新启动了，呼的一下浮到空中。它马力极足，只轻轻一提，就连带着把林纸像拎小鸡崽一样从地上拎了起来。

林纸被它吊着，相当无语：行吧，我是趴着还是站着，全都是你说了算。

不过她很快就顾不上手腕被拽得生疼这事了，因为第一支银箭已经杀到面前，而机甲残手拖着林纸浮在空中，岿然不动。

林纸心想，它个头不小，力气大得能吊起个人，为什么会对付不了几支小破箭？一巴掌拍过去就解决了吧？

原本一直蜷曲着的机械手指忽然动了。它真的舒展开来，变成巴掌，对准银箭呼地扇了过去——

啪！那支银箭被彻底拍扁，顺着车厢壁滑落下去。

啪！林纸被它抡起来的大力一带，整个人呼地飞起来，狠狠地拍在车厢壁上。

可是银箭们并不怕死，前赴后继，又冲了过来。

要是机甲残手再像刚才那样抡一下，这身脆弱的骨头就要散架了。林纸在心中跟它商量："咱能不能不抡了，抓住它成不成？"

如同听见她的心声一样，机甲残手猛地向前一探，猫爪子捉飞虫一样把银箭钩进手里，还顺便在手心里捻了捻。好好的一支银箭，就此变成了小银球。

机甲残手竟然真能听到她的心声，最关键的是，还特别听话！

最后一支银箭也抵达斗殴现场，林纸主动跟机甲残手商量："抓它？"

残手却像聋了一样，纹丝不动。

那支银箭并没有耐心等着林纸，飞到近处，悬停在空中，针尖忽然探出一小截，不知又要搞什么鬼。这一回，林纸尽可能集中注意力，像在用自己的手一样，主动带动机甲残手去抓停在空中的银箭。可残手仍然毫无反应。

银箭的尖头花一般开启，里面同时喷出好几条银丝，如同八爪鱼的触手一样，向林纸和机甲残手兜头抓过来。林纸心中有点儿急，本能地向前一抓。机甲残手竟真的动了，灵活地一把揪住喷射过来的银丝，顺手一扯，就把银丝连着的银箭也捞进掌心，再攥成拳头胡乱一揉，又一支银箭卒。

机甲残手大展神威，前后加起来只用了几秒钟，不等林纸喘口气，过道那边就有急促的脚步声传来。

有人要过来了，她手上却还连着这只巨型机械手！

林纸挣了挣。这一次，机甲残手像是完全明白她的意思一样，"咔"的一声松开她的手腕，兀自掉落在地上，不动了。

过来的是那个坐在林纸邻座的红发中年女人。她扫了一眼地上的机甲残手、银箭的残骸、揉成一团的银丝，还有站在洗手间门口表情平静的林纸，先问林纸："你没事吧？"声音偏低，温和优雅。

林纸答："没事。"

中年女人俯身检查了一下机甲残手，像是松了一口气，又问林纸："它们自己打了一架？"

情况不明，多说多错，林纸只点点头。

那个白发老大爷也赶到了："什么意思？没有驾驶员手操，它自己就直接进入战斗状态了？"他在中年女人旁边蹲下，检查了一遍地上的机甲残手，"……就算真有人操控，只剩下一只手而已，还损毁得这么严重，传感元件已经差不多报废了……这得是什么神仙，才能跟它搭建起神经耦合回路？"

林纸安静地站着，没有出声。

老大爷没想明白，站起来说："也许是坏得太厉害，系统出错了？"

又有杂沓的脚步声从过道那边传来，林纸这才发现，悬浮列车不知什么时候停了，透过车窗能看到，这节车厢被好几辆悬浮车围起来了。几辆悬浮车全部是素白色，上面漆着两个并列相交的黑色细圈，下面还有两个细细的字：天谕。

一群穿素白制服的人拥过来，领头的人跟中年女人和老大爷打过招呼，小心地搬起地上的机甲残手，顺便收起银箭的残骸。

"刚才残手自动启动，把装它的行李箱弄坏了，"中年女人指挥道，"直接搬走吧。"

林纸站在旁边看了一会儿热闹，重新想起去洗手间的事。与此同时，她听见中年女人对老大爷低声说"等我一会儿，我想去下洗手间"，然后推开了钉着粗胳膊机甲标牌的洗手间的门。于是林纸也打开钉着飞鸟机甲标牌的洗手间的门，进去反锁好。

宫危是个 Alpha，是从钉着粗胳膊机甲标牌的洗手间出来的，所以粗胳膊对应 Alpha。他给她指钉着三角头机甲标牌的洗手间时，表情十分可疑，像是故意指错，并不可信，所以林纸刚才就猜测，钉着飞鸟机甲标牌的洗手间才是正确的。

她猜得没错，这间洗手间的墙上挂着小小的医药箱，上面的屏幕上显示着：Omega 信息素 24 小时屏蔽剂与发热期抑制剂。免费，仅供紧急情况下使用。

林纸仔细打量镜中的自己：身上是件洗得褪色、肩膀和胳膊处都泛白的黑色旧连帽衫，兜帽怕冷一样堆在脖子上，兜帽和半长的头发围绕着一张没什么血色的小脸，一双眼睛澄澈干净……好看是好看，就是太弱了，在这个一来就遇上大混战的世界里绝不是什么好事。

正出神时，林纸听到外面传来说话的声音。

是那个老大爷，他在问："你怎么了？不舒服吗？"

中年女人回答："……没事。可能是水喝多了，总想去洗手间，现在又想去了。"

老大爷纳闷："又想去啊？你一分钟前不是刚出来吗？"

等林纸从洗手间出来时，车厢里已经基本恢复了正常，伤者被抬走，惊魂未定的人们重新坐回座位。宫危和昏迷的骷髅外套男不知去哪儿了，老大爷、中年女人和穿素白制服的人一起带着机甲残手往列车门口走。

林纸听见老大爷低声问中年女人："下车前要不要再去下洗手间？"

"有点儿奇怪，现在又没有那种感觉了。"中年女人往前走了两步，"倒是觉得有点儿饿。"

林纸回到座位上，列车重新启动，再次向前。

座位底下放着一个藏青色大包，上面挂着一个黑色小牌子，上面刻着林纸的名字和一串数字，毫无疑问是她的行李。林纸把它拽了出来。

邻座的红发女人跟着机甲残手下车了，座位空着，林纸便把包放在她的座位上，把包翻了个遍。可惜包和林纸的肚子一样瘪，透露出毫不含糊的贫穷，最关键的是，没有任何可以吃的东西，只有一小瓶水、一点儿简单的个人用品和换洗衣物，衣服还全是半旧的，领口毛着边。唯一看起来像样的是一块纸质书那么大的透明板子，不知是做什么用的，被宝贝一样认真地装在一个软布袋里。

林纸喝了口水，努力想了想，隐约记得她好像没什么亲人。

林纸再看看周围，车厢里确实有人在吃东西——斜对面有个三四岁的小不点，原本吓哭了，现在正攥着一根塑料管在吸。塑料管拇指粗、几寸长，外包装上印着卡通机甲图案，看上去很像小时候那种装在塑料管里能冷冻成冰棍的果汁棒。

这回林纸脑中破碎的记忆片段终于起作用了，它欢快地送出一个词——营养液。这是星际时代，和小说里一样可怜巴巴，没有美食，怪不得那么多人靠做美食博主赚了第一桶金。但问题是，她的肚子饿得咕咕叫，却连这种可怜巴巴的营养液都没有。

腕上戴着的手环还关着，按也按不亮，包里也没发现任何疑似可以付钱的手机、银行卡之类的东西，不过林纸还是探头问前座："请问哪里能买到吃的？"

前座是个面善的老人家，回答道："吃的啊，这趟车上可没有营养液贩卖机。"

林纸趁机跟老人家聊了一会儿，弄明白了，如今是无现金社会，大家付款买东西一般都是扫描虹膜或者是用手腕上的迷你光脑手环付款——手环内置的小能源核可以用上百年，是无论如何都不会没电的，如果它不亮了，那一定是坏了，得送去修。

斜对面的小孩不放过最后一滴营养液，吸得滋溜滋溜响。林纸双手叠在胃上按住，靠着椅背，闭上眼睛养神。听车厢播报，列车很快就要到达首都，下车后再看看有没有办法买到营养液吧。

米达尔平原上，林纸乘坐的这趟悬浮列车一路向东疾驰。在它后面，雪白的悬浮车队带着机甲残手转而向北。其中一辆悬浮车里，中年女人扯下头套，又解开裙子的扣子，把胸部的假体抠出来，乱糟糟的头发和松弛的脸皮全没了，头套下是干净利落的脸部线条。这张脸帝国机甲学院人人都认识——学院毋庸置疑的第一，联盟的明日之星，秦猎。

秦猎没时间换衣服，顺手又把解开的扣子重新扣好，连领口最高的那颗也没放过，黑色的领口镶着一道雪白的边，横亘在喉结上。他身上穿的还是那条黑裙子，却丝毫不受衣服的拖累，肩膀宽挺，脊背笔直，眼神冷冽，硬生生把这条高领黑裙穿出了教会神父的气质，当之无愧的帝国机甲学院的颜值天花板。

他旁边的老大爷也摘掉厚重的头套，头套下是一头金棕色的头发，看上去一点儿也不老。他叫安珀。

安珀长舒了口气："这种天戴这东西，先掉半条命。"他火速打开光脑，边开边转头看秦猎，心想就他这禁欲的样子，确实适合终身不娶，被他神圣的家族摆在奉献给神的托盘上。

秦猎拿掉头套上的变声器后，声音低沉多了，他问安珀："能拿到列车监控记录吗？"

"当然可以。"安珀的手指在虚拟屏幕上飞舞，过了一会儿，皱眉道，"全都拿到了，但是洗手间外的监控没有。根据去年新改版的联盟隐私法，公共洗手间隔离门内不得安装监控，我们只能看到暗夜游荡者的残手飞进去，然后就没有然后了，完全没拍到战斗过程。"

秦猎沉默了一会儿，又问："那残手的存储器呢？技术部那边怎么样，导出残手里的资料了没有？"

安珀飞快地和人发消息，然后抬起头："没有。"

秦猎看着他："没有？"

"技术部那边说残手里的资料全没了，像是已经上传到什么地方去了。它损毁得太严重，他们正在尽力寻找上传痕迹。"安珀觉得有点儿奇怪，"不管资料要上传到哪里，上传权限都要靠驾驶员绝对匹配的神经耦合回路才能打开，暗夜游荡者的驾驶员已经牺牲了，机甲又是咱们公司的产品，除非用技术部的密钥，其他人根本没有上传权限。就算真要上传，也得先启动，可技术部说残手被偷走后没有启动记录，就只有刚才在车上莫名其妙突然启动了那么一小会儿。"

秦猎浓密的睫毛垂着，没有说话。

安珀有点儿着急："那资料去哪儿了？"

秦猎转过头，看看地平线上悬浮列车刚才消失的方向，眼前浮现出那个默不作声、镇定地站在洗手间门口的女孩儿的样子，以及她纤细手腕上戴着的手环："也许残手受损太严重，出错了，自己主动把资料上传到了别处。"

安珀斩钉截铁地说："这绝对不可能！"

秦猎坚持："万一呢？"他吩咐自动驾驶系统，"掉头，去首都的帝国机甲学院。"

安珀这会儿也懂了："你说坐你旁边的那个Omega？只有她单独和残手待了一会儿，我去查乘客名单。"

"不用查了，她叫林纸，"秦猎在光脑上把名字敲给安珀看，"是主控指挥系大三的学生。"

安珀无声地挑挑眉毛。

秦猎瞥他一眼："想什么呢？我只不过看见她包上挂的身份牌了。"

学员身份牌是帝国机甲学院每个学员都有的身份证明，上面有名字和学号，院系和年级由学号一望而知。

秦猎说："追踪定位她的手环。"

过了一会儿，安珀从光脑上抬起头："我找到她的手环了。她的手环好像出了点儿问题，不过还是可以正常定位追踪。"

秦猎放下心，伸手打开座位旁的冰格。冰格里冷藏着琳琅满目各式口味的营养液，他没有细看，随手抽了一管出来。

安珀有点儿纳闷，秦猎向来自律，三餐准时，精确得像运作优良的钟表，现在并不是他吃东西的时间。

秦猎喝掉一管营养液。这是一餐的量，可饥饿的感觉丝毫没有缓解。他想了想，又拿出一管喝掉，还是觉得饿，非常饿。

今天是怎么了，明明吃了东西，却饿到胃疼，眼前直冒金星？他有些奇怪地想。

2

米达尔平原尽头矗立着一座钢铁城市，无数大厦高耸入云，各式悬浮车如同密密麻麻的飞蚁一般在空中穿梭，交织成色彩缤纷的立体的车流。

这就是坐落在母星的星际联盟的首都。

悬浮列车缓缓降落在站台旁，林纸扛着包，一只手按着胃，跟随人流下了车。

首都没有下雨，阳光明媚，空气比闷罐一样的车厢里清新了不少，也更开胃了……林纸发现饿到眼前冒金星原来不只是种形容，视野中真的会有流星一样的小亮点到处乱飘。好在她很快找到了营养液的自动售货机，就在站台上，里面各种牌子和包装的营养液摆放得整整齐齐。林纸研究了一下，站到扫描屏幕前，只见一道绿光扫过，屏幕上显示一行字：对不起，您未开通虹膜扫描支付方式，请使用手环支付。

然而手环还是关着的，看来只能先去机甲学院了。学院里总有原主的同学、朋友，把吃东西的问题解决了再说。

一旁的饮水机倒是免费的，林纸仰头喝光瓶里的水，又重新接了一满瓶。

胃里装着水，感觉似乎不那么空了，林纸一小口一小口地抿着，一边跟着人流出站。出站口站着工作人员，橘粉色制服上有着淡淡的白条，看着像块新鲜的三文鱼刺身。林纸过去跟她打听，去帝国机甲学院的话，走过去要多久。

"你要走过去？用腿？"工作人员听明白了，很惊讶，"这怎么可能走得到？远着呢。你为什么不坐公交？出门左转乘 A28 路到终点站就是。"

林纸不大好意思："我手环坏了，没法付钱。"

工作人员更纳闷了，指指她藏青大包上荡来荡去的小黑牌："你们机甲学院是联盟军队编制，只要挂着这块牌子，别说坐个公交，就算坐飞船去边远星兜两圈都不用花钱买票啊！"

竟然有这种好事？林纸立刻问："那要是去商店买点儿吃的什么的，我们还是得付钱吧？"

工作人员无语地看看这个想占便宜想疯了的机甲学院学生："那当然了。"

林纸在心中深深地叹了口气，果然。

工作人员忽然又说："不过听说你们机甲学院食宿全免，对吧？"

林纸："食宿全免？你是说在学校吃饭免费？！"

旁边走过来一个工作人员，听到这话笑了："你是大一新生吧？我邻居家孩子就在机甲学院，学院归联盟军事委员会管，不收学费，而且在校的食宿费用联盟全都包了，营养液都是免费的，据说全都是特供的牌子，各种口味，想喝多少喝多少。"

林纸心想，世界上竟然有这种天堂！而且去天堂很方便，坐免费的公交车就行！

A28 路公交车停在车站外，椭圆柱形，金属色，像个剥掉商标的大型豆豉鲮鱼罐头。

上车前，林纸又看到了宫危。他当然不会来坐公交车，一辆豪华悬浮车正在车站外等着他。

那辆车又宽又大，漆成双色，一半乳白，一半暗红，鲜明得如同鸳鸯火锅。有人从车上下来给宫危打开车门，迎他上车。宫危长得不错，肤色白净，像块鱼豆腐进了红色的那半边车门，这让林纸忍不住多看了几眼，满脑子都是细嫩弹牙和麻辣鲜香。

宫危也正透过车窗看过来。他若无其事地扫了这边乘公交车的人群一眼，目光从林纸身上滑过，并没有丝毫停留。

宫危的私家车飞得没影了，A28 路公交车的门才慢悠悠地打开。一大群"鲮鱼"钻进罐头里，各自找空位坐下，又等了好半天才终于发车。没承想这车静如树懒，动若疯狗，自动驾驶系统比最彪悍的司机还狂野，猛地一个拉高冲上天去，让林纸装满水的胃像袋子一样甩上了天，一大口水呼地涌到嗓子眼，林纸眼前发黑，差点儿没吐出来——这身体是真的有点儿虚。

去"天堂"的路不好走，A28 路公交车在摩天大楼间的车流里穿梭，时而飘上，时而坠下，左右腾挪，比过山车还刺激。林纸被它折磨得死去活来忍无可忍时，终点站终于到了。

帝国机甲学院坐落在城市的边缘，和纵向发展的繁华市中心不同，摊得很平，占着不小的面积，是一大片肃穆简约的铅灰色建筑，壁垒森严。正是开学日，到处都是人。林纸跟着人流从停车场出来，遥遥地看到了学院巨大的黑色金属大门，还有门前排着的长队——无论是乘公交车还是私家车，穿着朴素还是考究，一旦走到这里，都要自己扛着行李乖乖排队。

林纸到队尾排好，还没一分钟，身后就又延伸出长长的尾巴。她还听到身后的几个人低声说话——

"是那个林纸？"

"没错，就是那个 Omega。"

"她怎么还没退学啊？"

林纸："……"

队伍缓缓地向前蠕动，周围半棵树都没有，头上无遮无拦，大家像一排腊肉，在大太阳下烤得滋滋冒油。林纸探头往前看，终于弄明白进个门而已，为什么会这么慢了。

就在半开的大门口，帝国机甲学院的金字招牌下差不多腰高的地方，如同冲刺的终点线一样横着一道红色激光，红光前立着一个大家伙，大概三四米高，人形，一身银色的金属甲反射着阳光，刺得人睁不开眼睛。林纸仔细看了看，觉得以它的关节结构和位置，里面应该没有藏着人。这不是穿机甲的人类，是真的大型机器人。

它拦住大家，嘴里还在不停地挑衅："我看你们假期没干别的，吃饱了就睡，睡饱了就吃，对吧？都低头看看自己的小肚子，那就是你们给帝国机甲、给星际联盟争取荣耀的武器？"

关着的半扇门前堆着小山一样的装备，一个男生正坐在地上，费劲地往脚上套金属靴。靴子不小，比他的腿足足粗了一大圈，他忙了好半天，总算把靴子扣紧，踩高跷一样站起来。

林纸心想，这装备可比列车上那只机甲残手落后多了，人家残手的穿脱都是全自动的。

机器人嘴里嘲讽着，却耐心地等男生穿好站起来才向前跨了一步："你选了双靴子？行，死得快点儿。来吧。"

男生没回答。他盯着机器人，精神高度集中，瞅准了它左边的空当，突然纵身一跃。机械靴似乎有动力装置，带着男生一跃而起，跳出一个完全非人类可达的高度，角度刁钻地往那束红色光线里飞。可他动作快，机器人比他还快。它向左挪了一步，像拍苍蝇一样，胳膊在空中猛地一抽，一巴掌就把跳起来的男生拍飞了。男生飞了十几米才落地，狼狈地滚了好几圈，离红线反而更远了。

机器人转过它的金属大脑袋，好像评估了一下男生的状况，"啧啧"两声，道："这点儿小伤，都不用进医疗舱，现在直接去学院训练厅打卡报到，做一千个蛙跳，不做完不许吃饭不许回寝室休息。下一个。"

男生捡起包，灰溜溜地穿过激光红线进门了。下一个人战战兢兢地上前，在一大堆装备里精挑细选，拿起一样又放下，再拿起一样又放下。

机器人等在红线前，嘴不闲着，一通输出："你有完没完？告诉你，选什么都一样，就算让你作弊，穿上全套步兵作战甲，你也过不去。"

林纸听前面排队的人议论纷纷，好一会儿总算弄明白了。这大家伙叫老飞，是学院里帮大家训练用的 AI 机器人，每学期开始时都会堵在校门口。门口的那堆装备是组合式步兵作战甲的各种部件，除了大一新生外，每个学员都得从里面选一样，装备好，跟老飞对战。目标只有一个，就是在老飞眼皮底下进红线，过线就算成功进校门，不用被罚。

身后几个人还在说话——

"一个假期不见，老飞的嘴还是那么欠。"

"这台垃圾，上学期没进红线，罚我做了三百个俯卧撑。"

"你们说，它这算是危害学员的心理健康？我们干脆给联盟军事委员会写信，举报它。"

"联盟军事委员会不管这个，要不咱们给教育部写封信？"

"把它举报掉，扔进垃圾场，咱们就不用做俯卧撑了。"

排在林纸前面的是个男生，两条大长腿，也背着大包，头上戴着卫衣兜帽，双手悠闲地插在口袋里。这会儿他忽然转过头，慢悠悠地说："动不动就举报这个举报那个，拉大旗作虎皮，打着冠冕堂皇的名号，动的还不是自己那点儿龌龊的私心。"

后面几个人立刻对他怒目而视。

兜帽男生偏偏头，明亮的眼睛弯成微笑的弧度："想打架？来啊。"

林纸心想，他们最好打一架，这样一乱，说不定就能混进去了。

然而让她失望了，剑拔弩张时，有人压低声音问："这是边伽？"

"好像是，都说他转学到帝国机甲学院来了。"

于是几个人不出声了，躲开边伽的目光，老老实实继续排队。

队伍缓缓地向前挪，挪到门口的人多数都在老飞手里领到了深蹲、蛙跳、俯卧撑等惩罚。

林纸默默地按着肚子排队。别说现在饿着，就算吃饱喝足，她也不会用那堆什么步兵甲，根本打不过。吃喝免费的天堂近在咫尺，却隔着一个拳头比她的头还大的老飞，以及成百上千个要人命的蛙跳、深蹲、俯卧撑，以她现在这身板这状态，俯卧撑做完估计已经明天早晨了。

轮到边伽了。他走到装备堆前，把包放下，没怎么挑拣，直接拎出一对机械手，有点儿像林纸在列车上见到的机甲残手，不过比它小多了，握起拳头时，只比林纸的头稍大一圈而已。

边伽熟练地穿戴好，走到老飞面前。

老飞鄙夷地说："你选个没武器的手套有什么用？"

边伽不答话，启动机械手的动力系统，一拳住老飞腰上砸过去。有动力系统加持，这拳不轻，砸的还是腰上脆弱的部分，老飞没有硬接，侧身退了半步闪开，胳膊一挥，打算把他也像别人那样拍飞。可惜没能如愿，边伽动手敏捷，轻巧地一闪，就躲过了它挥过来的手。

正常人这时候都会趁这个机会冒险往红线里冲，赌老飞来不及再抢一巴掌，老飞也做好了抽人的准备，边伽却仍然紧贴着老飞，找机会一把握住了它一只手的手指头。老飞没见过这种招数，有点儿愣神。而边伽已经用另一只机械手把老飞另一只手的一根手指也握住了。

众人都很纳闷：这算哪招？小手牵大手，他俩是好朋友？

倒是林纸看见边伽一得手就毫不犹豫地驱动机械手，双手一合，带着老飞的拇指互相交叉，锁扣一样死死扣住。下一秒，他的手利落地从机械手里脱了出来，他瞅准空当，在老飞腋下泥鳅般一钻，进了红线。看来从一开始，他就没像别人那样把机械手锁死在双手上，如今金蝉脱壳，手留下，人走了。

老飞悻悻地甩了几下，把那对变成手铐的机械手甩开，踢进装备堆里，瞥了一眼边伽，转向排队的学生，吼道："下一个。"

众人一哆嗦，在心中给下一个要上去的人点了个蜡。

下一个是林纸。

林纸默默地放下包，走到老飞面前。她本来就矮，和三米多高的老飞一比，更是矮到不像话。不只矮，她还又瘦又小，整个人最宽的地方还没老飞的大腿粗，看着可怜巴巴的。

老飞低头瞟她一眼，哼了一声："又是你这个小菜鸟，竟然还没退学？你这学期还是直接认罚？"

它认识她，看来之前的学期开学时过这一关，"林纸"都是直接认罚的。

对此，林纸深以为然。打估计是打不过的，与其冒着受伤的风险被它揍一顿，还不如直接去训练厅做俯卧撑。可这里是机甲学院，想也知道一定尚武慕强，当着这么多人的面，不稍微打一打就认怂，一般人做不到。林纸忽然挺欣赏原来的"林纸"，她的想法很实际，脑子够清楚，脸皮也够厚。

问题是，林纸现在饿得只剩半条命，晕车的劲也还没缓过来，浑身难受，连俯卧撑都不太想去做，不如索性博一下。

林纸走到那堆步兵作战甲堆成的小山前。

这大大出乎老飞的意料，它歪头看着林纸，有点儿惊奇："小菜鸟，你今年想跟我打架？"

林纸确实想试试。

那堆装备都是各种部件，有胳膊、腿、胸甲、头盔，还有的奇形怪状，根本就不知道是什么。林纸弯腰拣出一只边伽用过的那种机械手，现学现卖，按照他的方法扣好。一套上她就发现，它和列车上的机甲残手完全不同。它的内部很明显是有相当复杂的结构的，手指能感觉到各种按钮，每一根手指都有功能，靠眼前这一会儿工夫不可能弄明白。而且它死气沉沉的，似乎是个聋子，听不到她的心声。

林纸默默地把机械手取下来，放到旁边。

老飞等得不耐烦，催她："小菜鸟，你选好了没有？"

林纸还站在装备堆前，眼睛却没再继续看那堆装备，而是往旁边瞟。刚才排队的时候，她就看清楚了那道象征终点线的红色激光，源头是一个长得很像摄像头的小东西。红光并不伤人，只做画线用，紧紧贴着半关的金属大门直射出去。而"小摄像头"应该是个低功率的激光发生器，有个圆脑袋，还有一圈圈螺纹，就夹在金属大门旁边固定的架子上。

老飞站在大门正中，一点儿也没有跟过来的意思。它并不担心。因为林纸前面是关着的半边门，要想过线进门，必须回到它面前。

林纸主意已定，突然一个箭步蹿了过去，不过不是往老飞那边，而是蹿到激光器前，利落地伸手一掰，扭了一下激光器的头。果不其然，激光器的小脑袋是可以转的，只是轻轻一转，激光器和它发射出的那道红色光线就一起转了一个角度，歪了大概三十几度——林纸的位置立刻由红线外变成了红线内！

不能解决挡住红线的人，就去解决红线本身。

老飞看看被扭了个方向的红线，又看看已然站在红线内的林纸，痛苦地喃喃自语："这样算吗？"

门里走出来两个人，都穿着带有肩章的藏青色制服，看样子应该是学院负责报到的教官。

"连这种招都有？服了，下学期得把不能掰激光器这条加到规则里。"

意思是这学期还没有这条规则。

林纸问："我能进去了？"

教官朝她做了个进去的手势。

好半天，门口排队的学员们才回过神来——

"这也行？"

"我怎么没想出来要这么干呢？"

"说真的，这应该算是不穿任何装备徒手过老飞了吧？"

"除了秦猫，咱们学院都好几年没人徒手过老飞了。"

林纸并不在乎什么徒手不徒手，一心只惦记着近在咫尺的免费营养液。她在议论声中按着饿到一阵阵抽痛的胃，弯腰捡起地上的包，慢慢往学院里走。

"哎，小菜鸟！"老飞忽然叫住她。

林纸回过头。它从刚才就"小菜鸟""小菜鸟"地叫个没完，可以想见，每个学期开学它都这么一声一声地叫她。

老飞："小菜鸟，咱们训练厅见。有本事下次不投机取巧，过我试试。"

林纸忽然想起一句话，她平静地看着它，抿了抿嘴，开口道："过你就像过清晨的马路。"

老飞："……"

半晌，它转过头，对着门口的队伍怒吼："下一个！"

没两秒，身后就传来"砰"的一声闷响。

老飞："看见她掰激光器，你也想掰激光器，想什么美事呢？"

林纸没有再回头，只顾打量眼前的帝国机甲学院。她终于踏上了"生长"着免费营养液的天堂，就是不知道免费的营养液在哪儿领。

正想着，路边一个半人高的银色柱状金属物突然出声："人工智能助手雅各布为您服务。主控指挥系 A 班学员林纸，请前往 M26 号行政楼 1203 室。你的系主任正在等你。"

随后一个虚拟屏幕出现在它上方，上面显示着学院地图，清晰地标明了林纸和 M26 号行政楼的相对位置。

林纸有些惊讶，学校的管理系统竟然能准确地定位学生，知道她进校门了。

M26 号行政楼不远，也不难找，林纸一到楼前，紧闭的楼门就像看到她一样自动打开了。她乘电梯上楼，来到 1203 室门前，敲了敲门。

"请进。"

林纸推开门，里面是个有一点儿年纪的女人，穿着学院带肩章的制服，比林纸高出一大截，身姿挺拔，说话却很温和。她让林纸坐下，开门见山地说："林纸，看到假期学院发给你的邮件没有？我收到通知，如果你的'步兵作战甲实操'的补考不能通过的话，我就不能再让你继续留在学院里了。"说着顺手把一份成绩单推了过来。

林纸怔了怔，没想到好不容易进了据说提供免费食宿的天堂，天堂竟然想赶人。她旁敲侧击，兜来兜去地问了半天，终于弄明白了原委。

自从联盟的平权运动之后，教育部强制规定了 Beta 和 Omega 的最低招生比例，就算 Omega 在人口中的比例本来就少，也还是要求各机甲学院的 Omega 的比例要达到百分之三，其中的重灾区主控指挥系，Omega 的比例至少要达到百分之一。

然而帝国机甲学院很难完成这个目标。作为历史悠久的老牌 A 校，它向来以招收 Alpha 为主，Beta 和 Omega 几乎没有，歧视一直存在，因此有天赋和志向的 Beta 和 Omega 通常会选择其他环境更友好的机甲学院。

不只如此，教育部对来自偏远星系的学生也有特殊的招生比例要求。

在这种情况下，既来自偏远星系又是个 Omega，还肯报考主控指挥系的林纸，简直是个宝，即便门门成绩惨淡垫底，也一直安然无事。

可惜今年联盟对偏远星系的划定范围有了变化，划归偏远星系的学生变多了，而且主控指挥系招新时还招到了出色的 Omega，兔死狗烹，林纸突然对学院没用了。

林纸低头仔细看成绩单。成绩分几档：A、B、C、D 和不及格的 F。"她"去年的步兵作战甲实操不及格，拿了个 F，其他课程的成绩基本是 B 或 C，B 多 C 少。

林纸斟酌着说："这成绩也还行吧？"虽然不算多好，可也说得过去。

系主任沉默了一会儿，说："别忘了，我们学院是按照全联盟机甲学院的绝对标准考核的，学院本身并不限制 A 的比例，所以七成以上的学员都能拿到全 A。"

林纸："……"很好，她这是长在凤凰尾巴尖上的那根秃毛，不折不扣混在学霸群里的学渣啊。

系主任推过来一张补考通知："明天下午一点，训练厅二楼，步兵作战甲实操补考，希望你能通过。"

捏着补考通知从行政楼出来时，林纸终于看见了梦寐以求的好东西——前面路边有台自动售货机，上面清晰地写着令人感动的一行字：营养液免费。

售货机里的营养液全是简朴的军用统一包装，上面只有编号，林纸随便选了编号最顺眼的一种，按照提示把身份牌插进卡槽，只听"咔哒"一声，一管营养液滚了出来。这是一管乳白色的营养液，香香甜甜，像液体状的奶油蛋糕，饿的时候吃感觉特别好吃。她一口气喝完，觉得还不够，又取了一管。这种就清爽多了，淡红色，半透明，里面有沙沙的细小颗粒，像刚榨出来的西瓜汁，也很不错。

等第三管荔枝味的营养液下肚时，林纸看到前面建筑的一楼挂着牌子，竟然是学员食堂。明明可以简单地拿到免费的营养液，为什么还会有食堂？

食堂门口挂着的显示屏上面有说明，林纸走过去读了一遍，原来这里是专门给学院中不习惯喝营养液的有特殊需求的学生提供餐饮的。

食堂不大，装修半旧，只有稀稀落落几排座位，冷冷清清。取饭窗口里有个穿制服的胖大叔正在忙着，看见林纸进来，笑得脸都皱起来了："小纸，你来啦？今天这么早？我还想着你得先去训练厅做百八十个俯卧撑才能过来。等等啊，我马上给你做好吃的。"说罢转身去后厨叮叮当当一阵忙活。

林纸往里走，发现有人比她先到，是刚刚在门口见过的边伽。

边伽抬起头，明显也认出了林纸，兜帽下那双明亮含笑的眼睛弯了弯。他扬手跟林纸打了个招呼："我看到你在校门口徒手过老飞了，真不错。"

林纸走过去在他对面坐下，跟他握了握手："你也很厉害啊。"

边伽笑道："老飞一看就是星图智能十年前的老款，R188 型，腿部不够灵活，对战的时候倾向于用手部动作，我看见它腿上的编号了，还没升级过，所以盯死它的上肢就行了。不过还是没有你的办法简单。"

他问林纸："你也是从 MQ187 号行星来的？"

这个林纸知道，残存的记忆里有，偏远星系的 MQ187 号行星是"她"的故乡。不过林纸很惊奇："没错，你是怎么看出来的？"

"因为我也是。"边伽和林纸一样读主控指挥系，今年读大三，前两年在人马座阿尔法星系的机甲学院，这学期刚转学过来，他示意林纸看脚上的鞋，"除了咱们星球的人，外面的人都不穿这种古早款式的鞋了。"

林纸低头看了看，就是双发黄的旧球鞋，鞋头磨得快露出脚指头，看不出有什么特别。

胖大叔这会儿重新出来了，手里端着两个盘子，离得老远都能闻到扑鼻的香味，竟然是烤得焦黄酥脆的芝麻烧饼，里面还满满地夹着孜然烤肉。

林纸愣住了：星际异世界居然有夹肉烧饼？！

胖大叔在他俩面前放好盘子："咱们家乡的口味，趁热快吃，这不比加人工香精的营养液好多了？"

林纸咬了一口，芝麻烧饼酥到掉渣，烤肉焦香浓郁，好吃到无法形容。

虽然刚才连灌了三管营养液，但想想说不定又要被扔出学院，林纸的危机感油然而生，一口气又吃了两个夹肉烧饼，把胃塞得快涨出来才结束。

不远处，距离这个小小食堂几百米远的地方，雪白的悬浮车正缓缓地在学院停车场降落。已经换了身衣服的秦猎坐在座位上，脸色苍白。

安珀好奇地看着他："你一个机甲驾驶员竟然晕悬浮车？你没事吧？"

"没事。"

秦猎低头看着面前的光脑屏幕，上面是刚拿到的林纸的档案，林纸的三维影像正在缓缓旋转。档案里写得很清楚，林纸出身偏远星系，父亲是早年在虫族战场上牺牲的老兵，母亲前些年也因病去世了。他又划了划屏幕，后面是林纸的成绩单。

安珀偏头过来，看清上面的成绩，"啧"了一声："就这种成绩，竟然还没被学院劝退？"

秦猎往回翻了一下："偏远星系，又是个 Omega，学院为了联盟拨款舍不得放她走。"

安珀又"啧"了一声："真能钻空子。"也不知道是在说林纸，还是在说学院。

安珀继续盯着屏幕琢磨："你说她会不会有问题，故意上了那趟列车，要偷资料？"

秦猎望着屏幕："她一直坐在我旁边，我注意过，她全程都没有留意装残手的箱子。而且今天是开学的日子，她在那趟车上很正常。再说，我们才是最了解耦合系统的人，放眼整个联盟，除了我们天谕，没有人能不用密钥就把资料从残手里传走。"他思索一番，说，"我们要想办法拿到她的手环。"

秦猎的观察力向来敏锐，判断很准，安珀信他："其实不用，如果资料误传到她的手环上，只要你靠近她，我就有办法神不知鬼不觉地把资料取走。"

秦猎："靠近她就可以？"

安珀埋头工作："老大，给我点儿时间。"

秦猎点点头，把手里的营养液空管扔进垃圾桶。

安珀的手指在光脑上飞舞："你还饿吗？"

秦猎静静体会片刻："不饿了，反而觉得很撑。"

"这不是废话吗？"安珀说，"连着喝了五六管营养液能不撑吗？到现在才觉得撑得慌，你反射弧是不是有点儿太长了？"高岭之花突然暴饮暴食，不知道是哪根筋搭错了。

秦猎皱了皱眉："不只是吃多了，还有一种……嗯……吃了很多肉的感觉，有点儿腻。"

"肉？"安珀一脸莫名其妙地抓起秦猎丢掉的营养液空管看了一眼。为了提高和机甲感应的敏感度，秦猎已经吃素很多年了，就连营养液都是特制的，清淡得像白开水，不用说肉，连肉渣都不沾边。

3

学院里，林纸抚着暴饮暴食的胃和边伽从食堂出来时，刚到中午。

边伽问："我第一次来帝国机甲学院，你要跟我一起到处逛逛吗？反正这两天报到没什么事，后天才开始上课。"

林纸拒绝，坦率地道："我还得准备补考。"

就算不用补考也不能跟他一起逛，她也一样不熟悉校园，一起逛一定露馅。

等边伽走后，林纸才来到路边。那里立着一根半人高的银色金属柱，和刚才给她发通知的那根是孪生兄弟。她把包上挂的小黑牌往柱子顶端贴了贴，柱子果然出声了。

"学员林纸，人工智能助手雅各布为您服务。请问有什么问题需要咨询？"

这次并没有虚拟屏幕弹出来，于是林纸试着直接开口："我想知道我的寝室在哪儿。"

果然，虚拟屏幕在柱子上方显现了出来，上面清晰地标出了她的寝室位置和房间号——学院宿舍在校园深处，是几座如同堡垒一样的超高大厦，林纸的寝室在其中一座大厦的第 23 层 A 区 2305 室。

雅各布还体贴地问："要我帮你打印出来吗？"

拿着打印出来的地图，林纸顺利来到寝室。这是一个相对独立的区域，只有十间寝室，人不多，住的全部是 Omega。这会儿 2305 室已经有人了，是个女孩儿，比林纸见过的女孩儿都高，目测起码一米八，留着贴头皮的短发，穿着件宽松的无袖 T 恤，露出胳膊上发达的三角肌和肱二头肌。

一个名字从记忆残片里冒出来：这应该是"她"的室友，也是个女性 Omega，大四，叫千里遥。

千里遥看见林纸，露齿灿烂一笑："你回来了？今年真早。"

多说多错，林纸简单打了招呼，放下包。

千里遥看一眼林纸的手腕："你这旧手环终于坏了，我还奇怪刚才给你发消息，你怎么一直都没回。"

估计在车上跟她发消息的就是千里遥。

林纸趁机问她："你知道哪里能修手环吗？"

"这款绝对过保修期了，送去修比买新的还贵。"千里遥说，"我听说机控工程系大四有个叫杀浅的特别懂这些东西，也接修东西的活儿，回头咱们问问他能不能修。"

这是间双人寝室，千里遥正在左边铺位收拾东西，右边的想必就是自己的。林纸走过去，好在柜子和抽屉都可以用身份牌打开，她把包里的衣服放进柜子里，顺便看了看里面都有些什么：可怜巴巴的简单的日用品，两套学院统一发的制服和训练服，以及一台看着比手环还旧的表面掉漆的光脑。

林纸拿出光脑打开，研究片刻后发现这台光脑可以扫描虹膜验证身份，不只能登录，还能进入银行账户。于是她扫过虹膜，满怀希望地看了看，余额那里赫然写着个两位数：78。

刚才来学院的路上，林纸注意观察了一下这里的物价，车站的自动售货机里的营养液十块到四十块不等，车票五块。也就是说，这姑娘的账户余额还不够买两管好一点儿的营养液。

林纸："……"

好不容易打开了银行账户，原来并不是贫穷生活的结束，而是另一段贫穷生活的开始。

林纸先在账户设置里翻了翻，找到了开通虹膜支付的选项，这才明白为什么之前没有开通——这个功能是要收年费的！她默默地关掉页面。

光脑里存有各种文件，林纸浏览了一遍，从零零碎碎的线索中弄清了"她"体质那么弱还非要混进机甲学院的主控指挥系，就算成绩垫底还要在嘲笑声中厚着脸皮留下的原因——穷。大学的学费太贵，而机甲学院不要钱，还提供免费食宿，毕业后就业也很有保障。面子在生存面前，什么都不是。

开局穷光蛋，装备全靠捡，目前看来，林纸唯一有价值的财产就是帝国机甲学院的学籍。它意味着她有地方住，有营养液喝，甚至还有免费的夹肉烧饼吃。所以最好的办法就是继续留在机甲学院。也就是说，这次的补考，她非过不可。

光脑里有之前的笔记，登录校园网能看到全部课程资料，整个下午，林纸都对着旧光脑，埋头研究步兵作战甲实操这门课的内容和考核标准。

傍晚，千里遥要去训练，临走前路过林纸身边，忽然抽了抽鼻子："林纸，你是不是忘了打信息素屏蔽剂了？"她揉了把林纸的脑袋，嘱咐道，"当心那些 Alpha 骚扰你，你可打不过他们。"

林纸怔了怔，她都忘了还有这么一回事了：在这个异世界，Omega 会不受控制地散发信息素，平时味道比较淡，但为了避免麻烦，需要一直使用屏蔽剂。

光脑里好像有个 APP 叫信息素屏蔽剂记录，林纸把它找出来打开，发现最近一次使用屏蔽剂是在昨天下午，有效时间二十四小时，已经快失效了。

林纸上网查了一下，学院里并没有商店和药店，想买屏蔽剂得找个自动贩卖终端，而且很可惜，屏蔽剂并不是免费的，价格让她很悲伤：一个月的长效屏蔽剂三百块左右，一周的一百块左右，三天的短效屏蔽剂是林纸唯一能买得起的，却最不划算，要五十块。

林纸灵机一动，放下光脑，直奔给访客用的公共洗手间。她找到长翅膀的机甲标志，推门进去，果然看到了熟悉的小药箱，和列车洗手间里的一样。

穷得要死的时候，免费的东西当然是最好的。林纸按下屏幕上的拿取按钮，一道绿光亮了一瞬——林纸现在知道了，这是在做虹膜扫描，验证身份。然而药箱并没有送出屏蔽剂。

这时，小屏幕上出现了几行提示："记录显示，您已经在半年内使用了三次联盟政府免费提供的紧急信息素屏蔽剂。如继续使用，将直接从您的银行账户中双倍扣款，余额不足将自动补足并收取高额利息，您确定取用吗？"

林纸沉默了：居然有人比她还能薅联盟的羊毛。

免费次数都用完了，没办法，只能自己出钱买了。林纸收好包，乘电梯下楼。楼外路边就有一个自动贩卖终端，样式和营养液的自动售货机很不一样，更像个提款机。林纸一过去，它就自动生成了虚拟屏幕，上面是商品分类，衣物、鞋帽、日用品等一应俱全，也可以切换成商家模式直接去某个商家逛，总的来说，就像个大型购物网站。Omega 的信息素屏蔽剂和卫生用品放在一起，藏在最不起眼的角落。林纸撇撇嘴：像有多见不得人似的。

她找到短效屏蔽剂，有几个品牌可选，价格基本都是五十块钱，只是送达时间不同，最长的要几个小时，最短的只需要十几分钟。林纸选了个运送最快的，用光脑里的银行账户直接付款，余额立刻变得更加可怜巴巴——28。

几分钟后，光脑收到消息，货物送达了。林纸用身份牌在自动贩卖终端上刷了一下，取物口打开，里面放着个不起眼的小盒子。盒子里是个围棋棋子大小的白色塑料小圆块。她按照说明书把它扣在后颈上，轻轻一按，伴随着"咔嗒"一声轻响，一阵轻微的酥麻感觉传来。这样应该就好了，可惜只能坚持三天，三天后还得再想别的办法。

同一幢大楼的第五层，主控指挥系大四 Alpha 学员的寝室里，秦猎正靠在窗边，蹙着眉。

安珀从光脑屏幕上抬起头，伸了个懒腰："还以为今年不用再准时报到了，能晚来两天，结果还是按时回来了。"他看一眼秦猎，"我觉得你有时候可以放松一点儿，不用一直绷着。累不累？"

秦猎像没听见一样，无动于衷。

安珀说："搞定了。我给你发过去了，你把我发的东西装在手环里，密钥也在里面，只要靠近她扫描，就能把资料取回来了，神不知鬼不觉。"他又说了一遍具体的操作方法，然后偏头切到另一个窗口，"秦猎，林纸的手环刚才离开宿舍大楼了。"

秦猎转过头望向窗外，只见林纸果然在楼下，小小的一只，正蹲在自动贩卖终端前，抱着她的光脑，不知道在鼓捣什么。

秦猎抓起桌上的身份牌，打开门："我去取她手环里的资料。"

等他下了楼，林纸已经不在了。秦猎扫视一圈，发现她遥遥走在前面，立刻跟上。不过在经过那台自动贩卖终端时，他闻到空气中隐隐有种特殊的气息。作为一个成年 Alpha，秦猎立刻意识到是信息素，味道很淡，分辨不出是什么。他不由自主地停了一下。

夕阳斜照，日落前的最后一缕暖风在楼宇间打着旋儿路过，轻轻一带，气息就散了，像是错觉。

林纸搞定屏蔽剂的事，直奔训练厅——明天下午一点就要补考，塞了满脑袋的理论知识是远远不够的，要考的毕竟是步兵作战甲实操，要真的上手才行。

训练厅是座趴在地上的巨大建筑，像大型体育场馆，这时候人来人往，相当热闹，却也愁云惨淡，看大家的表情，应该都是被老飞发配过来做蛙跳、深蹲、俯卧撑的。

林纸直上二楼，一上去就看到了写着"步兵作战甲"的装备室，一套套保持银灰金属原色的步兵作战甲在柜子里整齐列队。

步兵作战甲并不是这个时代严格意义上的机甲，它只是一种可穿戴的钢铁动力服，全套穿好后，总体高度只有两米多，还不到老飞的肩膀。林纸今天浏览过理论课内容，知道这种如同中世纪铠甲的东西主要是用来对付虫族——在这个异世界，人类与虫族的战争已经持续多年，最早用来和虫子作战的就是这种简单的步兵作战甲。它对操作的人没什么要求，容易上手，所以直到现在仍然是战场上普通步兵的装备。

在帝国机甲学院，无论什么专业，前两年都有步兵作战甲的实操课。尤其是主控指挥系，大一、大二偏重机甲理论，操作的部分都是使用简单的步兵作战甲，给之后真正的机甲实操打下基础。

而真正的机甲和这种步兵甲大不相同，它的原理基于一项发明，那是一种类生物神经网络，把它运用到机甲的控制系统中，可以和人脑的神经系统发生一种特殊的连接——耦合感应。机甲中的感应元件连接驾驶员的神经系统，就可以通过这种耦合感应直接操控机甲。这种操控方式比原始的手操步兵甲灵敏得多。

多数人通过系统训练，都可以学会用耦合感应操控机甲，但是每个人的天赋上限不同，优秀的机甲驾驶员数量很少。

林纸在教材里看过，持有这项发明的是个家族，她今天好巧不巧已经遇到过了——这个家族企业名叫天谕，标志就是白底上两个相交的黑圈。天谕在联盟地位超然，据说他们有一种古老的神族血脉，耦合感应系统就是他们受家族遗传的特殊能力的启发发明出来的。

星际机甲世界里冒出神族……林纸只当成八卦稍微看了一眼，没太走心。

她刷了身份牌，打开柜子，取出一套步兵作战甲。学院中使用的这种步兵作战甲已经是升级版本，在一些部件中内置了少量简单的耦合回路，不过绝大多数动作仍然要靠手动按钮和肌肉传感反馈辅助控制。

林纸一件一件地往身上套，一边套一边吐槽：人家中世纪骑士还有助手帮忙穿盔甲，她就全靠自己跟这么重的东西"搏斗"！好在只要连接好，电机一启动，就不需要她再费很大的力气了。林纸回忆着下午强记硬背的各种操作要点，试图操作，然而理论归理论，真正上手可太难了，像踩着高跷，各种不适应。

林纸尝试着摇摇晃晃地往训练厅里挪，手操驱动的电机和人造肌肉全都不太听话，每做一个动作都得先想想要用什么按钮和肌肉反馈，才走没两步，她就"扑通"一声栽到地上。林纸爬起来，总结了一下教训，又顺着拐继续往前，一不留神又拜了个早年。

二楼的训练厅相当大，穹顶也极高，这个时间，里面一个人都没有。林纸走路费劲，就选了个离门最近的场地。

靠外的几个场地是给步兵作战甲训练用的，也是考试的地方，从起点到终点设有六组不同的障碍，加上最后的移动靶射击，一共七关，两分钟内完成才算及格。学院的论坛上，大家都叫它"魔鬼七项"。

去年"她"的这科成绩是两分十一秒，如今林纸的目标是在明天下午一点之前，由现在连路都走不利索、迈几步摔一跤的状态练习到两分钟之内越过所有障碍，跑完全程。这几乎是不可能完成的任务，然而没饭吃的人没得选择。离补考还有十几个小时，林纸准备在那之前，就留在训练厅不走了。

第一个障碍，是一个两米多深的深坑。

林纸操控着手脚，小心翼翼地顺着坑边滑了下去。然而下去容易上来难，五分钟过去了，她才从坑底爬出来。

林纸："……"

训练厅外，秦猎一路跟着林纸，看到她直奔二楼。他看过她上学期的成绩单，猜测她是来准备补考的。为了不显得跟踪得那么明显，他在一楼又等了好一阵，重新检查了一遍安珀发过来的密钥——想拿到林纸手环上的资料很简单，只需要用他的手环强制连接林纸的手环，黑进去后用密钥下载资料，顺便把她手环上的资料抹除。

确认无误，秦猎才上了二楼，刷卡取出一套步兵作战甲，穿戴好，用头盔上的面罩把脸遮得严严实实。

进入训练厅后，秦猎一眼就看见了林纸。毕竟整个训练厅里空荡荡的，只有她一个人正在忙着……四肢着地，沿着考核的赛道往前爬，像只机械大甲虫，噌噌噌地，还挺快。

秦猎琢磨这算哪招时，林纸正在暗自欣喜。她现在终于明白为什么宝宝在学会走路之前要先学会爬，而且越爬越聪明了。因为四肢着地时不用太考虑平衡的问题，根本不会摔，只要不怕摔，就能放开手脚训练四肢的协调性，为真正站起来走路做好准备。这会儿她就是这样的，爬一爬，刚好能练习怎么协调电机驱动的人造肌肉。几圈爬下来，林纸操纵人造肌肉更熟练，动作也比开始的时候利索多了。

其实秦猎进来时，林纸立刻就注意到了，可她并没有站起来。练好了不被退学才是最重要的事，脸面什么的一点儿都不重要，再说也根本没脸——穿着一身步兵甲，戴着头盔，遮得严严实实的，谁知道里面藏着的人是谁。所以林纸没管他，继续努力练自己的。

秦猎径直路过林纸的场地，走到她里面一格，来到场地尽头，打开移动靶，开始用步兵甲手上内置的激光枪射击。打了一会儿，他余光扫见林纸不爬了，摇摇晃晃地站了起来，像刚学走路的小朋友般扶着墙，试探着往前迈步，迈了几步好像觉得不太行，又趴下，开始疯狂地爬来爬去。

秦猎觉得有点儿奇怪。凭他的经验，一眼就能看出她刚才那个摇摇晃晃的样子是第一次穿步兵作战甲。可是她已经读大三了，修过两年步兵作战甲实操，上学期的成绩虽然没过关，但也在两分十一秒内跑完了全程，绝不应该是她现在这种刚学走路的水平。

秦猎又认真看了林纸一眼。早晨在悬浮列车上时，他就觉得她有点儿不对劲：秦猎看过她的身份牌，知道她是帝国机甲学院大三的学生，从星际飞船航栈到首都的列车都是一样的，她应该坐过很多回，却跟他打听洗手间在什么地方，还说自己是第一次乘这趟车。

秦猎想了想，脑中冒出一个奇怪的想法：说不定她是冒名顶替？比如整容成真正的林纸的模样，或者干脆就是林纸的孪生姐妹？黑市上确实有伪造虹膜的技术，尤其是在林纸的故乡，那个联盟影响力薄弱的偏远星系，伪造虹膜是很有可能的。

暗夜游荡者残手里的资料很重要，联盟的各方势力都在抢，在这种时候，她冒名顶替来到学院，还在列车上和残手独处了一会儿，似乎很可疑。

可是也不对。除了他们天谕，其他人手里没有暗夜游荡者的密钥，根本没办法把资料传到其他地方去，就算资料真的被残手误传到她的手环上，那么无论她是哪一方的人，拿到资料后都会立刻把手环交出去，绝不会像现在这样戴着手环在训练室里到处乱爬。

秦猎有点儿头疼，但无论如何，先把资料拿到手再说。

进门时，秦猎就已经启动手环搜索，到现在还没动静。他打开手腕上的护甲看了一眼，发现上面出现了报错提示。

——已锁定目标手环，目标手环屏显部件异常，内部运行正常，尝试建立连接。

——连接失败。

——距离过远，无法扫描。

安珀说过距离越近越好，为了连接的稳定性，五米之内最保险。于是秦猎合上护甲，走到靠近林纸的墙边座位前，假装坐下休息。可林纸一直像只大虫子一样不停地爬来爬去，就没有片刻老实的时候，以致连接时断时续。

秦猎无奈地站起来，向林纸走过去："同学，要帮忙吗？"

林纸停下来，转头看看他，摇摇晃晃地站起来。

秦猎伸手扶住她的胳膊。与此同时，手腕上传来一声轻微的震动。连接搭建好了。不过扫描需要时间，他要继续搭讪。

"我刚才看了一下你的动作，你们教官上课时没讲过吗？"秦猎说，"我们用的这种型号的步兵甲一直都有一个毛病，腿部弯曲时肌肉反馈要给足，弯得夸张一点儿，否则膝盖动作有时会不到位。新版本已经没有这个毛病了，不过学院资金没到位，还没全都换成新款。"

林纸又没真上过课，这种事也没写在教材里，怎么可能知道。但是她一点就通，按照秦猎说的试着调整了一下，果然顺溜多了。又往前走了几步，她突然加速。秦猎完全没料到，她刚学会走竟然就敢撒腿跑。

腕上的手环"嗡嗡"振动了两下，连接断了，得从头再扫描一次。

秦猎："……"

他立刻追了上去："别太快，小心摔跤。"

手环微振，连接再一次搭建起来。

扫描起码需要几分钟，于是秦猎紧跟着林纸，她走他也走，她停他也停，结果一个走神，没注意林纸毫无预兆地拍了一下旁边的开关，一道光墙出现在他们面前。

这是七项障碍中的跳跃障碍，要跳过高度随机生成的光墙。

林纸在光墙出现的一瞬间就打开了靴子上的动力装置，嗖地一蹦跃过光墙，飞到几米开外的另一边。

连接又断了。

秦猎默默地咬了咬后槽牙。

他跟过去，不出意料地看见林纸在地上滚了几圈，正翻身爬起来。秦猎伸手拉她起来："不要还没走稳就急着跳，慢慢来。"

林纸并不太在乎，解释道："明天下午一点就要补考，我没时间慢慢来了，得抓紧。"

只剩十几个小时，如果她真是个从没碰过步兵作战甲的冒牌货，只靠练一晚上就想过关是根本不可能的。秦猎在心中默默地给她点了个蜡。

两个人的距离够近，手环轻轻一振，又连起来了。

这次绝对不能再让她跑远！秦猎拉她起来后，就一直用机械手攥着林纸的机械手。

"过障碍七项的要点我还记得一点儿，说不定能帮到你。"

有这种天上掉下来的好事，林纸当然愿意，可是……她挣了挣："你能不能……呃……"两人又不认识，就算机械手的动作只是用里面真实的手指操作而已，这样手牵手也不太合适。

秦猎也有点儿尴尬，立刻松开她的手："光墙考验的其实是跳跃时的稳定性，跳起来容易，落地难，手操关闭靴底动力的时机就很重要。"

林纸立刻说："教材里给出了计算障碍高度、起跳角度和关闭动力的公式，我刚刚大体估算了一下，关停时间大概是在和墙面呈17°夹角的时候，对吧？"

秦猎忍不住认真看了她一眼。正式考试的时候，光墙是在考试前五分钟生成的，这五分钟就是给学员用来判断和计算各种跳跃参数的。可林纸刚刚拍了按钮生成光墙之后直接起跳，一秒钟都没多等，也就是说她瞬间算完了跳跃需要的各种参数，还算得很对。这种速度，只有经验丰富的老兵才做得到，不过他们不是靠计算，而是靠千百次跳跃后养成的直觉。

林纸戴着头盔，秦猎看不到她的眼睛，只能看到目镜的反光，那里倒映出他自己的影子，但是他凭直觉知道目镜后的那双眼睛也正在认真地打量他，就像列车上见过的那样，明亮澄净，黑白分明。

"你说得没错。但那是理想状态下的情况，场地的实际状况千差万别，每套作战甲的性能也不一样。"他蹲下，检查了一遍林纸的右靴，"这作战甲太老了，用的人又多，维修跟不上，我刚才观察了你跳起来时的姿态，右靴后面的动力明显不足，左右两边和前后都不平衡，如果在空中没有重新调整好姿态，落地时就很容易摔跤……"秦猎经验丰富，眼光毒辣，一眼就能看出毛病，"如果是腿部肌肉发达的 Alpha，会下意识地在落地时用蛮力，使用肌肉反馈系统矫正姿势，但是你太瘦，没那么多肌肉，只能自己调校参数。"

他一边随口帮她重新规划怎么跳跃，一边留神感觉着手环，该说的都说完了，手环还是没振。好在秦猎为拖时间留了后手，故意讲得又快又跳跃，心知一般人根本听不明白，肯定会要求再来一遍："我是不是讲得太快了？我帮你把公式重新捋一遍……"

没想到林纸直接打断他："不用了，我懂了。"说完嗖的一下一口气蹦出去十几米远，落地时稳稳当当。

秦猎心中诧异：这次参数调校得完全正确，她是真的听明白了。

然后手环就送了他一个悲催的消息——连接又断了。

秦猎一个纵跃追过去，怕她像个蚂蚱一样又蹦走了，一落地就说："我刚好有点儿时间，顺便把其他几个障碍的要点也跟你讲一下吧？"

林纸点头，那当然最好不过。

这回秦猎吸取了教训，讲得慢多了，尽可能的详细，倒是林纸时不时催促他："这里我好像懂了，然后呢？"

说到一半时，手环终于振了，嗡嗡嗡，短促的三声，意味着扫描完成。

"稍等，我回个消息。"

秦猎走到旁边，打开手腕上的护甲，缩小手环的虚拟屏幕，上面显示着一行字：扫描完成，未发现目标文件。

他怔了怔。如果暗夜游荡者的资料上传到了林纸的手环里，没有密钥，任何人都没法把它再转移到其他地方，安珀又一直盯着林纸的手环，绝对没有调包……资料根本没有上传到林纸的手环里。那它去哪儿了？秦猎脑中冒出各种可能性。也许残手和其他人有过短暂的接触，错误地把资料送过去了，车上人那么多，要重新仔细检查一遍列车上的监控。

秦猎思索了一会儿，突然想起林纸还在身后等着，忙放下手腕："不好意思，我有点儿急事，必须走了。"六个障碍只讲了一半，但他急着找人追查资料的下落，实在没心思继续在这里耽搁。

林纸对他扬扬手："没关系。谢谢你啊！"说完嗖的一下蹦过了光墙，落地时连晃都没晃一下，紧接着又是一个纵跃，几下就到了训练厅的另一头。

秦猎不由自主想，如果是自己，能在这么短的时间内达到这种熟练程度吗？结论是未必。联盟人人都说他有操控机甲的天分，十岁就能自如操控大型机甲，可他知道，这种"天分"离不开从出生起就开始的耳濡目染。环境会滋养天分，也会扼杀天分，有些人天生比较幸运，起步就在别人梦寐以求的终点，而有些人十岁时连机甲的边都还没摸过。

看着她欢快流畅地满大厅蹦跶，不知为什么，秦猎心中冒出一点儿愉快的感觉，不过毕竟惦记着资料的事，还是匆匆走了。

林纸反而没再继续蹦，她停下来，偏头看了看他的背影，想：他好像知道我是谁。

步兵作战甲包得严严实实，穿上后每个人都差不太多，林纸再瘦小，也被这层有独立形状的外骨骼撑得像个壮汉。可他却说了一句"如果是腿部肌肉发达的 Alpha……但是你太瘦，没那么多肌肉"。除非他长着透视眼，否则不可能知道她瘦不瘦，而且从这几句话看，他似乎知道她不是 Alpha。

林纸不太清楚这个藏在 X01 号甲里的男人是谁，但是能看得出来，以他的水平，根本没必要来练习移动靶。他特意过来，还顺便教了她不少东西，攥住她的手不放，讲到一半又急匆匆走了，像是另有目的。老话说，无事献殷勤，非奸即盗，也不知道他是盗还是奸。

她轻轻连跳几下，来到训练厅门口，向外张望。但是这个 X01 很狡猾，换装的地方是死角，从训练厅里看不见。于是林纸蹑手蹑脚地悄悄往外走，走到转角，探头看过去：装备室一个人都没有，X01 号甲摆回了原处，对方动作迅速，已经走了。

时间紧迫，林纸不再分心想他的事，专心练自己的。除了大坑、光墙，还有蛇形弯道、反重力攀爬等等，每一个都不容易。

天早就黑了，一楼被罚的学员也陆续走光了，训练厅彻底安静下来。

林纸又累又饿，出去从包里拿了一管刚才路上取的营养液，摘掉头盔，坐下，仰起头，一口把它喝掉，喝完使劲揉了揉脸。除了累，更严重的是困。不过再困也不能睡，睡一觉，这珍贵的一晚上就没了。

学院的另一边，秦猎把没找到资料的消息发出去，又和安珀一起重新查看列车监控，把残手激活后可能短暂和它接触过的人全部圈出来，找人去一个个排查，安排妥当时已经入夜。

这一天奇奇怪怪的，他一会儿饿，一会儿撑，混乱无比，现在总算可以休息了。可惜梦里并不安生，他梦到自己困得要死，却不能睡觉。秦猎从梦中惊醒，发现不只困，还累，腰酸背痛，全身上下都像被人毒打了一顿。他把被子理平，翻了个身，强迫自己重新闭上眼睛，然后又做了一模一样的梦。这回他脑中还残存着一线清明，知道自己是在梦里，可是明明正在睡觉却梦见自己困得没办法，简直让人绝望。

秦猎被折磨了一夜，早晨起床时，又累又困的感觉不但没有缓解，反而更严重了。

列车上要排查的人太多，暂时还没有结果传回来，秦猎等到中午，困到受不了的感觉不知为什么忽然缓解了，又开始心神不宁。他心底隐隐地觉得似乎有什么非常重要的事要去做，仔细想了一遍又仿佛没有。

一个时间点忽然从脑海里冒了出来：下午一点。

秦猎想了想，才意识到这是林纸补考的时间，昨天就那么走了，不知道她练得怎么样了。但其实无论她练得怎么样，都和他毫无关系。秦猎把这个念头抛在旁边，可是一颗心就像被细绳吊在半空，晃晃悠悠的，始终不能落到实处。

秦猎在寝室里来回踱了几圈，终于忍不住拉开门。

安珀纳闷地问："哎，不等消息了？你要去哪儿？"

秦猎有点儿无奈："去训练厅。"不去完全没法安心。

安珀不懂："这个时间你去训练厅干什么？"

秦猎吐出两个字："补考。"

安珀一头雾水："你？补考？你补什么考？你等等，我也去。"

　　林纸一夜没睡，快中午的时候才穿着步兵作战甲靠墙坐着稍微眯了一会儿，现在考试时间要到了，她又紧张了起来——补考只有一次机会，成败在此一举。

　　这会儿训练厅里的人多了起来，大半都是这学期要上步兵作战甲实操课的大一、大二学员。最惹眼的是更里面的基础机甲的训练场地上，有三五个驾驶真正的机甲训练的人。机甲三四米高，涂装花哨漂亮，把朴素的步兵作战甲衬得像是落后了整整一个时代。他们大概也知道自己惹眼，在大一、大二学员面前各种炫技，尤其是其中一架通体纯金色的机甲，上蹿下跳，花里胡哨的。

　　所有人的目光都在往那边飘，只有林纸心无旁骛，在场地上一遍又一遍地过着魔鬼七项。

　　没多久就有人注意到她了，主要是她的场地上亮着"考试占用"的灯，特别显眼。

　　有人奇怪地问："怎么回事，学期还没开始就有考试？"

　　"是补考吧。"

　　问的人觉得不可思议："我还以为咱们帝国机甲学院人均全A，竟然还有人补考？"

　　"不用想，肯定是那个林纸，MQ187号行星的Omega。"

　　林纸："……"我知名度真高。

　　十二点五十九分，一个看着上了年纪、一头白发的老教官踩着点来了。他一边把场地上的光墙拍开，一边跟林纸招呼："甲都穿好了？摘一下面罩，确认身份。"

　　林纸抬起面罩，让他扫虹膜验身份："我们开始吧。"

　　教官笑了："急什么？我得先说一下补考的注意事项，你还要看看场地，五分钟后才开始。"

　　他慢悠悠地宣读完考试纪律，又带着林纸看了一遍场地，这才让林纸站在起点，拍下旁边的计时器。对面墙上立刻显示出巨大的"0:00"。

　　林纸像箭一样飞了出去。她跃进深坑里，又按要求双手搭住坑沿爬了上来，紧接着狂奔几步，一个起跳越过高高的光墙，稳稳落地后飞快地穿过考验灵活度的蛇形弯道直奔吊索，向上一跃抓住索环，向前滑过去，动作干净利落，四肢操控协调，一丝迟疑都没有。

　　旁边场地练习的学员们都围上来看热闹："看着还不错嘛，怎么就得补考了？"

　　人群中有一个人蹙了蹙眉，是秦猎。他和昨晚一样穿着X01号甲，已经来了半天了，看见林纸起跳去抓索环的姿态，觉得不太对——她的右靴没给动力。

　　安珀也穿着步兵作战甲，站在他旁边看林纸补考："她的靴子怎么了？"

　　与此同时，悬在吊索上的林纸听到了头盔内报错的声音：步兵甲的右靴出问题了。

　　昨晚这套作战甲的右靴就出现了动力不足的毛病，不过林纸没有换。这些步兵作战甲都是旧的，就算换成另外一套，说不定也会有别的不能预料的毛病，还要重新调整适应，不如干脆就把这套用到底。无奈它竟然这么争气，一夜加一上午都没事，考试的关键时刻彻底坏了，右靴的功能全停，没法再支持起跳。

教官刚刚反复强调，补考只有一次机会，不通过就是不通过，并没有说如果步兵甲出了问题能不能换一套重来。她不能冒这个险。林纸在吊索上看了眼前面的几个障碍，脑中迅速估量了一下，觉得就算不用右靴的功能也应付得了，于是决定跟这套破甲死磕到底，尽可能过关。万一没通过，下来之后再用步兵作战甲坏掉的理由跟教官讨价还价，也是一样的。

下吊索后就是反重力攀爬，人要像倒悬在天花板上的壁虎一样，顺着天花板爬过去。这关的要点是轮流开启和关闭手脚上的吸盘，顺利前进。所以林纸现在只剩三肢能吸附在墙上，还有一条腿奋力拉着往前。

围观的大多数人这时才看出问题，有人问教官："她靴子坏了吧？能不能让她下来换一套甲？"

教官不为所动："这要是在战场上，你也让那些虫子等等，等你去换套新甲再继续打？"

虽然别别扭扭，林纸还是顺利地爬过去了。

接下来是需要跳跃的障碍。这一关是一根根竖起来的高圆柱，看起来很像梅花桩，却比梅花桩的距离远得多，必须要靠靴底的动力系统才能跳过去。林纸现在的跳跃动力只剩一半，最关键的是，缺了一半后，左右不平衡。这和昨晚练习了无数遍的情况完全不一样。

林纸从墙上下来的瞬间就在脑中火速重新计算了一遍起跳参数，加大了左脚动力，调整跳跃角度和姿态，然后毫不犹豫地往前一跃。

在她飞起来的一瞬间，所有人的心都提到了嗓子眼儿。然而她稳稳地落下来了，准确地落到了第二根桩上。围观人群发出一阵口哨声。

林纸没管他们，心中并不满意，她知道自己飞得有一点儿偏，落地时是靠硬拗姿势才没真掉下去。她重新调整了参数，再次起跳，这次正了，后面几桩更是一个比一个快。

然而靴子坏了还是耽搁了时间，等她跳下最后一个圆桩时，墙上的数字计时已经走到了"1:55"，离两分钟的过关线只剩五秒。

最后一项是所有学员闻之色变公认最难的移动靶射击。

一看时间，很多人就说来不及了。

林纸扑过去，拍下移动靶开关。一瞬间，对面冒出无数形态逼真的三维虚拟影像，潮水一样蜂拥而出，有形态不一的张牙舞爪的巨大虫子，还有和林纸一样身着步兵作战甲的人类，双方混杂在一起，正在搏斗。学员要用手上的激光枪射击混在一起乱动的目标，打到一只虫子积十分，爆头积二十分，误伤一名队友减四十分，打死对友减一百分，累积到两百分过关。

而之所以说移动靶射击是最难的一项，是因为它是魔鬼七项里唯一需要用到步兵作战甲内置的耦合感应系统的项目——步兵甲激光枪通过简单的耦合回路与人脑连接，直接响应大脑发出的指令。机甲学院的学生全都是在这里第一次接触耦合系统。有的人训练了一个学期仍然不太能掌握好，只能靠反复训练前几个障碍项目，给移动靶射击留出充足的时间。

林纸抬起手臂上内置的激光枪，只见密集的虫海就像被什么东西劈开了一样，该倒下的倒下去，该留下的留下。靶墙上的积分在不停地跳动，分数往上狂飙，速度快得肉眼根本看不清。所有人都还没反应过来时，表示通过的绿灯已经亮了起来。

林纸放下手臂，计时定格在"1:58"。

三秒钟。两百分。

全场静默。

半晌，教官才吐出两个字："不错。"

安珀有点儿蒙，转头问秦猎："她只用三秒钟就打到了两百分？"

"不是三秒。"秦猎说，"你没扣掉她跑过去拍按钮和举枪的时间。而且注意看，枪枪爆头，一个误伤都没有。"

耦合系统本来就是这么工作的，枪随意动，想哪儿打哪儿，根本不用瞄准。林纸完美地做到了。对此，林纸自己倒不觉得有什么奇怪。她昨晚练习的时候就试过移动靶了，结论是：射击是魔鬼七项里最容易的一项，只要稍微练习一下，十秒内横扫虫海、打出上千分的成绩一点儿都不难。

教官执教多年，比学员见多识广，知道耦合系统和人脑的状态相关，有个别学生在极大压力下或者运气爆棚，偶尔会打出惊人的成绩。他走过来，有点儿惋惜地说："林纸，恭喜你，过关了。不过要是前面再快一点儿，成绩还能再好一些。"

林纸不在乎，只要过了就行。

教官一走，人群就炸开了——

"三秒两百分！"

"这么牛？"

安珀好心地回头帮忙纠正："是两秒。两秒两百分。"

一片议论声中，林纸边解步兵作战甲手套的卡扣边往外走，忽然听到一个声音："瞎猫撞上了死耗子。"声音不小，像是特地说给她听的，"她真有那么厉害，还能来补考？我们学院从我父亲那个时代起，就没听说过有人要补考，林纸这也算是前无古人后无来者。"

林纸转过头，看到刚刚在隔壁场地进行机甲训练的那几个人也都过来看热闹了，其中那架金色机甲胸前的驾驶舱门大开着，里面是个熟面孔，就是列车上和宫危在一起的穿带骷髅头图案外套的男生。看来他脑壳挺结实，被机甲残手呼了一巴掌，坚强地挺过来了。

林纸没想搭理他，继续往外走，却听见他说："一个Omega成绩那么烂，还死活赖在学院不走，天天打扮得娇娇弱弱的，帝国机甲学院真不是你们Omega求偶的地方。"

林纸不走了，转过头看了看："是你啊，昨天在车上被飞过来的残手一巴掌拍晕躲都躲不开的那个。"

男生的同伴坐在一架荧光绿色机甲里，好奇地问："西尾，什么残手？你被拍晕了？"

男生原来叫西尾。他的脸腾地红了。当时那只残手沿着过道飞过来，离它最近的林纸躲开了，离它最远的宫危也躲开了，只有他一个人被扇了个正着，被送到列车上的急救点，躺了好半天才缓过来。这种丢脸的事，他一点儿也不想让朋友们知道，如今却被林纸说了出来。

西尾恼羞成怒："你只不过运气好点儿，有种我们下次训练场上见。"

看热闹的人唯恐天下不乱："她大三吧？西尾，你大四，连课都不在一起上，怎么训练场上见？"

有人提议："高年级不是开学就有个机甲大赛吗？你们不如在机甲大赛上比一比？"

这个机甲大赛，林纸昨天翻资料时就看见了，是学院举办的改造和操控机甲的大赛，大三、大四生都可以结成三个人的小组报名参加。

被大家起哄，西尾感觉面子上下不来，加上他确实没把林纸当回事，就挑衅地说："真有本事，就在机甲大赛上赢我。"

有人小声说："她才大三，只学了步兵作战甲，不太公平吧？"

西尾只当听不见。

林纸好奇地问："要怎么才算赢你？"

西尾："万一你能过了预选赛，复赛结束时，谁的小队积分高算谁赢。"他觉得林纸根本连预选赛都过不了。

林纸心中一动，庄重地说："我敢拿现在我银行账户里所有的钱跟你打赌，你绝对赢不了我。"

西尾"嗤"了一声，毫不迟疑地说："我敢拿现在我银行账户里所有的钱跟你打赌，赢你就是小菜一碟。"

周围一片起哄声："跟她赌！""赌啊！"

"那说好了。"林纸等的就是这句话，顺便问，"你现在账户里有多少钱？拿出来看看，我怕你到时候输了耍赖。"

"我输？"西尾气笑了，打开手环的虚拟屏幕，随便选了一个自己的银行账户登进去，把余额放大给大家看：三开头的六位数。

林纸心想，果然，这位坐头等车厢、穿得花里胡哨、还跟家里有火车的宫危关系很亲密的家伙肯定不穷。

西尾把话还给林纸："你的银行账户也拿出来让大家看看，我怕你到时候输了耍赖。"

林纸问旁边的人："我的手环坏了，谁能借我登录一下账户？"

旁边伸过来一只手，手腕护甲已经打开了："用我的。"

声音很熟悉，林纸抬头看了一眼，发现他步兵作战甲上的编号是昨晚出现过的X01。

林纸打开手环，扫了一下虹膜，也放大屏幕，大大方方地给大家看余额：28。

所有人："……"这种账户余额也好意思拿出来？

林纸一点儿都没不好意思，她退出银行账户，郑重地跟西尾说："那就说定了，我赌二十八，你赌三十一万两千六百三十二。机甲大赛上见，到时候不要赖账。"

这个西尾那么爱炫耀，把面子看得比天大，林纸猜测他十有八九真会跟她赌。

她猜得没错。当着这么多人的面，就算看到林纸令人发指的账户余额，西尾也拉不下脸来反悔。再说他去年就参加过大赛了，进了四强，虽然积分和输赢都是按小队计算，但他并不担心。想也知道，去年赢过他的那群人个个心高气傲，绝不会为了这点儿钱放弃配合默契的搭档，和林纸这个门门功课垫底的 Omega 组队。林纸没有任何赢的希望。

西尾："机甲大赛见。等着把你那几块钱清零吧。"

目的达到，林纸转身就走，折腾了一晚上，终于可以回去休息了。然而才迈一步，她就觉得不对，脚腕处传来一阵钻心的疼，骨头像断了一样。她弯下腰，打开脚踝的护甲检查了一下，发现脚腕不知什么时候高高地肿了起来，可能是刚才跳梅花桩的时候跳歪了，扭到了脚。

学员手册里说过，这类小伤只要去隔壁医疗站的医疗舱里躺一躺就万事大吉，不是什么大事。所以林纸也没太在意，就跛着脚一拐一拐地往外走。

秦猎站在她身后，弯腰打开腿部护甲看了看，脚踝看起来很正常，没有任何异样，然而这也让他心中升起难以形容的震惊——他亲眼看见她比赛时扭到脚，亲眼看见她查看脚踝然后瘸着走出去，也明确而清晰地体会到自己的脚踝随着她迈出去的每一步疼起来，一步一疼。从昨天开始的莫名其妙的饿、饱、困、累突然都指向了一个非常不可思议的方向……

秦猎不太能相信，不由得跟了出去。

报到第二天，训练厅隔壁的医疗站里人还不算太多，看诊的胖医生经验丰富，看见林纸一拐一拐地进来，二话不说把她扔进了医疗舱。

好几个医生正照顾着一排医疗舱，来回巡视，时不时调调这个，动动那个。林纸百无聊赖地躺在医疗舱里东看西看，脚踝像被烘箱烤着一样，热热麻麻的，疼痛倒是缓解了不少。

忽然一个瘦瘦的医生急匆匆进来，对胖医生说："哎，那谁终于来了。"

胖医生没懂："那谁是谁？"

"还能有谁，秦猎啊，在外面呢。"

房间里几个医生全都转过头，胖医生甚至有点儿兴奋："他受伤了？你把人家晾在外面干什么，快让他进来啊。"

"他没受伤，我去问过了，他说是等人。"

瘦医生瞥一眼胖医生："你一个 Beta 那么激动干什么？"

胖医生瞪他一眼："想什么呢？那是秦猎！那可是摸过神之信条的人！神之信条啊！"

林纸躺着默默地想：秦猎，这名字在校门口时就听过一回了。

走廊里，秦猎远远地看着林纸躺进医疗舱，十分钟不到，他脚踝上的疼痛就自动消失了。紧接着，他看见林纸神清气爽地走了出来。

果然，他能同步感受到她的感觉！

在林纸从他面前经过的一刹那，秦猎心里一动，狠狠掐了一下自己的手背。这一下掐得相当重，连秦猎自己都忍不住蹙了蹙眉头。但林纸只是平静地瞥了他一眼，就从他面前步履轻快地走过去了。

秦猎："……"这通感竟然是单向的，他跟她同甘共苦，而她却完全没那个功能！

林纸确实什么都没感觉到，她一从医疗舱出来，就注意到走廊上有个男生，应该是个Alpha，长得十分醒目，医疗站里的每个人都在偷看他。他靠墙站着，像在等人，略微低着头，在走廊尽头的日光中留下挺拔利落的剪影。林纸估计他就是让医生们嗨到不行的秦猎。

从他面前经过时，林纸用余光瞥见他用力掐了一下自己的手背，下手特别狠。她本能地抬起头，看见他皱了皱眉，心中默默地想：这位大帅哥帅是帅，就是好像有什么毛病。

4

晚上，秦猎躺在床上，看着天花板出神。

安珀遥遥地在对面床上观察了他半天，张了张嘴又闭上，难得地有点儿扭捏。

秦猎翻了个身："想说什么就说。"

安珀："我还以为你打算这么单身一辈子。其实谈个恋爱也没什么，不过你别忘了，你可是和谁都不能结婚……"

秦猎偏头看向他，眼神淡漠："说什么呢？"

"那个林纸啊。"安珀小心翼翼道。

"少胡说。"秦猎转过头。

好半天，安珀以为秦猎已经睡着了时，秦猎忽然开口："你知道耦合效应吗？"

安珀无语："谁能不知道耦合效应？"耦合效应是机甲工作的基础，联盟的三岁小孩都知道。

"我不是说机甲操控系统的那种耦合效应，"秦猎说，"是说我们家族的那种。"

据说秦家从第一次宇宙拓荒时代起就拥有一种古老的神族血统，因而遗传了一种特殊的能力，就是个体之间的耦合通感。很多人怀疑这个所谓的"神族"，其实是宇宙中某种古老的物种，秦家通过和他们混血从他们那里继承了能力。不过经过一代又一代，"神族"的血脉渐渐稀薄，秦家后代的通感能力也在渐渐变弱。

科技发展，时代变了，这个原本地位尊崇的古老家族逐渐走向没落时，忽然迎来了一个大翻盘的契机——人类遇到了好战的虫族。

虫族相当难对付，最适宜和虫族作战的是机甲，于是各种驱动原理的机甲大行其道。就在这时，秦家的天谕公司研发出了一种可以和人脑耦合的类生物神经网络，把它应用在机甲中做出来的机甲反应快、精度高、战斗力强，甩开普通的手操机甲一大截。这种耦合系统的研发，就是基于秦家这么多年对家族自身耦合能力的研究，是一代代累积的成果。但是很多东西知其然，不知其所以然，顶多算是对他们天生的耦合效应的粗糙模仿。

不过秦家的人天生对这种耦合敏感，因此出了很多机甲操控的天才。秦猎就是其中一个。

"你是说你家祖上人和人之间的那种耦合效应？"安珀畅想了片刻，"也不知道人和人耦合是种什么感觉。"

秦猎没出声。他小时候也常常想这件事。他和父母兄弟甚至远亲之间有时候会有一种微弱的若有若无的感应，比如隐隐的不安、觉得对方出事了之类的，秦猎一度觉得传说都是假的，所谓神的能力不过如此。然而现在他知道了，并不。真正的耦合通感清晰明确，和那种微弱模糊的感觉有天壤之别。只是他不太明白，为什么这种耦合效应会出现在他和林纸之间，而且偏偏是从昨天才开始。

秦猎想起林纸穿着步兵作战甲走路蹒跚的样子，猜测她十有八九是个冒牌货。不过他并不关心真正的林纸去哪儿了，他只想知道眼前这个林纸究竟是谁，为什么会跟他建立耦合通感。他翻了个身，问安珀："你有办法拿到基因检测记录吗？我想要林纸的基因检测记录。"

安珀打了个哈欠："没问题，小菜一碟。"

家族里现在情况复杂，这件事不宜声张，秦猎打算先弄清楚是怎么回事再说。只需要采集这个疑似冒牌货的一根头发或者一点儿唾液，拿到她的基因样本，再和林纸原来的基因记录做个比对，就知道是不是换了人，如果真是冒牌货，也可以通过这个查出她究竟是谁。

忽然一阵沉重的困意袭来，秦猎想也许是林纸昨晚熬夜实在太累了，想着想着抵抗不住，不知不觉地睡着了。

因为睡得早，第二天，林纸起得也很早。"她"在假期已经选好了新学期的课程，第一天正式上课的第一节就是体能训练。林纸低头看看自己的细胳膊细腿，十分忧伤。

千里遥早就起床了，正哼着歌往身上套训练服，宽肩蜂腰，要个头有个头，要肌肉有肌肉。

林纸跟她瞎聊："都说帝国机甲学院歧视严重，好多 Omega 都不愿意来，你为什么要考这里啊？"

"离家近啊。"她家就在母星首都，千里遥系好扣子，冷笑一声，"谁敢歧视我，揍他丫的。"又问，"最近有人欺负你吗？我帮你揍他。"

林纸趁机问："千里遥，你要不要和我一起参加机甲大赛？"机甲大赛要组队，她缺人。

千里遥有点儿为难："你知道，我打算毕业去考首都的特种卫戍队，所有空闲时间都用来训练了，实在腾不出空来。"

林纸默默叹了口气。

千里遥顺手揉了一把她的脑袋："别发愁了，队友会有的。走了。"

体能训练课就在训练厅一楼，带课教官是个熟人，或者说，不是个人。

林纸一进去就看到老飞站在那里，金属甲大概刚做过保养，闪闪发光，一双红眼睛也噌噌放着光，在学员身上扫来扫去，她立刻后悔上次跟它说什么"清晨""马路"的了。

老飞也看见林纸了，轻轻勾了勾它修长漂亮的金属手指头："小菜鸟，过来。"

小菜鸟如今变成了砧板上的一块菜鸟肉。好在当鸟肉的不止林纸一个，老飞面前已经分班站了几排。这是大课，主控指挥系大三的学员全在这里，有男有女，个个高大俊美，但几乎全都是 Alpha，林纸混在里面像个异类。

林纸一眼就看见了边伽，对方和她一样穿着学院统一的藏青色训练服，微笑着对她眨了眨眼睛。

老飞对着大家吼："你们这群菜鸟，今天给你们减减身上攒的肥膘！"

它让大家分班行动，有人跑圈，有人做力量训练，林纸所在的 A 班要两两配对练习搏击。

边伽从身后拍拍林纸的头："咱俩一组？"

林纸比大家矮一截，人人都摸她脑袋。

老飞教的搏击动作并不难。而且在原本的世界里，虽然林纸的爸爸斯文儒雅，从不和人争吵，妈妈却是不折不扣的女子散打冠军，他们出事之前，林纸一直跟着她训练，不只散打，摔跤、拳击也都学过。只可惜如今这具身体太弱，力气太小，就算有技术也意义不大，林纸几乎被高她一头多的边伽完全碾压。

边伽捏住她的手腕，"啧啧"两声："没戏。天生骨头就这么细，就算有一天练出肌肉，还不是一掰就折？"

林纸更郁闷了。

练到一半，老飞叫停，把 A 班学员带到一排奇怪的机器前。那是个纺锤形的黑色金属长筒，两米多长，比人还粗一点儿，架在一个结构复杂的黑色支架上。林纸觉得这东西很像把老式的手摇爆米花机装在大型天体仪上，但看中间那桶的长度和直径，她感觉十分不妙。

老飞点了点旁边的控制屏，金属桶的盖子就自动打开了。它随便点了只菜鸟，指挥道："躺进去。"

果然……

人躺进去，扣好安全带后，老飞一点控制屏，爆米花桶就飞快地 360° 旋转起来，转得人眼花缭乱，给人全方位的极致体验。

老飞解释道："驾驶机甲战斗时，什么样的翻转都会遇到，驾驶舱是全封闭的，味儿散不出去，你们也不想吐在里面吧？"

学员们一阵哀号。

老飞铁面无私："两人一组，从第一档开始做起，轮流练习，谁都不许偷懒！"

此时，学院另一边，秦猎刚起床，喝过营养液，就有人找上门，是分管机甲设备的副院长，想请他去帮忙调校几架新机甲。

"新到货了几架升级版的基础机甲，我们想看看机甲的新功能，又没人能立刻上手，"副院长满面笑容，"刚好你在学院……"

秦猎一口答应。

训练厅顶楼放着几架新机甲，好几个教官也在，看到秦猎和安珀纷纷起身打招呼。

一般人上手一架新机甲，就算是基础机甲，也要先和它的耦合系统磨合几天才能使用比较复杂的功能，但秦猎和安珀并不用。论实力，他们早就超过了学院的教官。

秦猎随便选了一架，进了驾驶舱，打开神经耦合系统，适应了片刻就往前走了几步，做了个旋踢，然后一阵晕眩，脸色发白。金属和皮革混合的味道让人恶心想吐，他立刻打开驾驶舱门。

安珀也进了一架机甲，此时转头看他："你怎么了？生病了？头上都是汗。"

秦猎摸了一下，才发现额头冒了一层冷汗。

胃里一阵又一阵翻涌，秦猎忍了一会儿，撑不住，从驾驶舱出来，进了训练厅的洗手间。早晨的营养液吐出去了，胃彻底清空，却还是难受，恨不得全吐出来才算完。

安珀跟了过来，站在他身后："一个旋踢而已，怎么突然这样了？你也没吃什么啊，早晨的营养液过期了？"他假装恍然大悟，"你有了？"

秦猎回过神来："有什么了？有你了？"

从洗手间出来时，秦猎还是晕到站不稳，只能靠着墙。

安珀观察了半天，得出结论："你这好像是晕船。平地也能晕船，神奇。"

秦猎从小就没晕过任何东西。他天生体质好，还不会走路就被放在父亲的机甲的副驾驶座位上，各种翻滚、旋转都是家常便饭，早就脱敏了。他生平头一次晕成这样。

副院长他们全都围了过来："你没事吧？生病了？要不要去医疗站看看？"

过了好一阵，等恶心和眩晕的感觉缓解了一些，秦猎留下安珀帮他们继续调试机甲，自己从楼上下来。不过他没去医疗站，而是去了一楼的体能训练大厅——林纸今年大三，现在估计是在上体能课，他想知道发生了什么。

一楼人声鼎沸，跑圈的、做器械训练的学员成堆，教官的哨子声此起彼伏，而让人闻风丧胆的大转轮旁围着一群人，一多半都脸色惨白地蹲着。

老飞的吼声在大厅中回荡："都给我打起精神来，学期结束前要练到第七档，下来起码得不晕不吐！"

秦猎用目光搜索一圈，看到林纸从洗手间里出来，脸白得像纸，嘴唇一丝血色也无，走得很慢，表情却很正常——秦猎知道，她在假装没事。然后他就见一个 Alpha 迎过去，拍了拍她的头："林纸，你没事吧？"

这人有些眼熟。秦猎想了想，想起以前院际机甲比赛时遇到过，是人马座阿尔法星系机甲学院的，好像叫边伽，虽然才大三，却很有天赋。

"没事。"林纸对边伽摇摇头，自觉地爬上架子，躺进滚轮里。

嘈杂声中，秦猎还是听清楚了，她用交代遗言的语气说："反正第一档晕，第二档也是晕，帮我直接调到第二档吧。"

秦猎："……"

边伽并不多说废话，抬手点了旁边的控制屏，关好舱盖，滚轮启动了。

比刚才还强烈的晕眩排山倒海地袭来，秦猎紧咬牙关，强忍住吐出来的冲动。其实刚才已经吐干净了，也没什么可再吐的，就是总感觉还能再吐点儿什么东西出来。秦猎想起自己去年上体能课时，大转轮随随便便就过了，看到别人晕成那样还不理解，没想到晕滚轮竟然这么难受。

老飞威风凛凛地一路巡过来，边走边咆哮："歇够了没有？你俩打算在这儿直接蹲到下课？你看你那菜样，才第一档就站不起来了……"走到林纸和边伽旁边，它刚想继续，一眼看见控制屏上已经显示着第二档，于是没说什么就走了。

林纸的滚轮终于停了。

秦猎松了口气，背上汗津津的，贴身的衣服彻底湿透，粘在背上。

林纸从滚轮里摇摇晃晃地爬出来，蹲下，把脑袋埋在臂弯里，只露出一个后脑勺。她这回也忍住了，没吐。蹲了片刻，她想起来什么，站起来，帮进入滚轮的边伽按了控制屏。

边伽转完出来倒是什么事都没有，从梯子上轻松地跳了下来。

林纸又顺着梯子爬上去，躺好。

这次边伽的手指悬在控制屏上没按下去，他有点儿犹豫："你行吗？"

"晕着晕着就习惯了，这次给我上第三档试试。"

秦猎："……"

林纸的体能课到中午就结束了，秦猎却还是头晕恶心，走路发飘，想来她也一样。

午饭时，秦猎打开一管营养液，只抿了一点儿，觉得原本口味清爽的营养液透着甜和腻。他攥着营养液问安珀："我们系大三今天下午是基础机甲实操课吧？还是老杜带他们？"

安珀点头笑道："应该是。落在跑圈狂魔老杜手里，他们惨了。"

秦猎忍着恶心，强迫自己把营养液几口吞掉，默默地期望林纸就算不舒服也稍微吃点儿东西，免得下午机甲实操课害两个人一起难受——明明是一个人，却操着两个身体的心。

林纸当然不会不吃饭。一下课，她就和边伽直奔小食堂。小食堂里人仍旧不多，只坐着稀稀落落三两个，不过有满满一屋子炒菜的香气，并不显得冷清。

胖大叔看见林纸和边伽，弯腰从半旧的窗口里探出头，笑呵呵地问："今天你们头一回转那个要人命的大转轮是不是？"他在学院多年，对各系的课程安排比林纸还熟。

他从里边端出一个托盘，上面是两个大碗，冒着热腾腾的蒸汽："给你俩做了酸辣汤，趁热喝了，就不恶心了。"

热汤酸辣爽口，一路滚进胃里，林纸舒服了不少。一口气喝掉小半碗，她才抬头问边伽："要不要跟我组队，一起参加机甲大赛？"

这个问题，今天上午她已经问过好几遍了。

"当然不要。"边伽的回答和上午一样，"知道我为什么要转学到母星来吗？在人马座阿尔法星逛了两年，我已经玩够了。"他点开手环，把虚拟屏幕转了个方向给林纸看，上面是密密麻麻一张表，"看我的行程安排，你说，哪儿还能找出空来？平时跟机甲较劲就算了，大好的空闲时间还要继续跟机甲没完没了，我是疯了吗？"

林纸无语："那你干吗要学机甲，还不如去学个导游。"

边伽很悲伤："你以为我不想吗？你不懂出身机甲世家的苦。"他顺手用指关节敲了下林纸腕上的手环，"你的手环还坏着呢？不换个新的？"

林纸闷头喝汤："没钱。"

边伽建议："那就修修呗。"

林纸："没钱。"

边伽沉默片刻，说："那你这么戴着不管它，它自己能好了？你当是用精气养玉镯呢？"

隔壁桌坐着个男生，一直在慢条斯理地吃排骨面，这会儿忽然转过头来："你们要修手环吗？我这儿技术绝对比外面好，价格还优惠，出去让他们报价，我给你在报价上打个七折。"他那双漂亮的凤眼上下扫视了一遍林纸，忽然问，"你就是那个账户余额二十八块的林纸？"

林纸："……"这名号就像孝义黑三郎呼保义宋江一样，还挺长。

边伽对林纸竖起拇指："你昨天一战成名。"

林纸只当没听见，问男生："你该不会是杀浅吧？"

千里遥说过，机甲控制工程系大四有个叫杀浅的很会修东西。

男生笑了："听说过我？没错，就是我。鉴于你只有二十八块，我可以先不收你的钱，等你有的时候再还我，不过要写欠条，每月一分利。"

林纸拒绝："每月一分利，你怎么不去抢？"

杀浅："过几天打赢西尾你不就有钱了？一分利都不用付。还是说你根本没有信心打赢？"

林纸老实答："没有。"

西尾已经大四了，看他花里胡哨地开着他大金砖一样的机甲，起码技术娴熟，林纸确实没有把握能赢他。

杀浅没说话，轻轻抿了抿薄薄的嘴唇，眯起一双凤眼，用菜市场挑萝卜的目光上下把林纸扫了一遍，幽幽地得出结论："是菜了点儿，不过不算是大问题。"

林纸："……"

杀浅端起餐盘，坐到林纸对面："你知道机甲大赛比的是什么吗？"

林纸早就查过了，当然知道："大三起要上机甲实操课，学院会给每人分一架基础机甲，参加大赛的人可以在规则范围内改造，然后在比赛里完成任务，或者对战。"

杀浅："你有钱改造机甲吗？"

这是一个严肃的灵魂考问。

他看一眼林纸的表情，顿了顿，说："你该不会是打算用基础机甲直接参赛吧？"

林纸："……也不是不可以。"

杀浅又研究了林纸片刻，才慢悠悠地说："林纸，告诉你一件好事，现在金主爸爸看上你了。"

边伽的一口酸辣汤差点儿喷出来。

杀浅淡定地瞥了边伽一眼："不是你想的那种龌龊的看上。林纸，我打算赞助你，帮你改造机甲，参加比赛。"

林纸懂了："你是看上西尾账户的六位数余额了吧？分一半？"

正愁没队友，有人主动送上门，这很可以。

"不是分一半，是每人分三分之一。"

杀浅转向边伽："你是人马座阿尔法星机甲学院过来的那个边伽，对吧？"边伽知名度不低，他也认出来了，"机甲大赛是团队小组赛，我们只要赢了西尾的小队，谁赢都是一样的。有我改造的机甲，有边伽操控，把握相当大。"

边伽一脸莫名其妙："别闹了，都说了我不参加。"

林纸懂了，杀浅打算打着她的名义组个天团，去坑西尾少爷的钱，算计得倒是挺好的。她想了想，说："可是金主爸爸，且不说能不能赢，就算真赢了，你就不怕西尾到时候赖账吗？"

杀浅微微一笑："我了解西尾，以他的性格，应该不会。再者，就算边伽不知道，你也不知道吗？帝国机甲学院每年的大赛都会全母星直播，有广告商的巨额赞助，奖金比西尾那点儿钱多多了。"

这下边伽有了点儿兴趣："多少？"

杀浅打开手环，把学院机甲大赛的专页给他看，前三名确实有奖金，尤其是第一名，每年都稳上七位数"我去年家里有事，没参加大赛，今年想去试试手气。只要我们严格控制改造成本，拿到奖金，就算一人三分之一也不少了。"

"母星的赞助商很大方嘛。"边伽想了想，说，"好像确实可以玩一下。我最近花钱太凶，跟我爸要钱又要听他教训，还不如自己回回血。这个第一可以拿下。"说得好像已经稳拿第一了一样。

杀浅忍不住打击他："你当我们帝国机甲学院是吃素的？今年大四有几个小队相当强悍。"

边伽更有兴趣了："那就更得试试了。"

于是林纸突然有了两个从天上掉下来的搭档。

杀浅点开大赛的申请页面，在队长那一栏填了林纸的名字，又把自己和边伽的名字填在队员那栏。一切搞定，他给边伽分配任务："边伽，下周就是预选赛，我趁周末把参加预选赛的机甲改造方案拿出来，尽快让你上机训练。"

边伽点头答应。

林纸问："那我呢，我干什么？"

杀浅答："你休息。"

林纸："……"

杀浅忍不住对她微笑了一下，伸出手："手环给我，这会儿有时间，我帮你看看。队友可以赊账，不收利钱。"

林纸把手环摘下来给他。

杀浅从包里掏出一个小盒，拿出一把细细的电动螺丝刀一样的东西按在手环壳上，轻轻转了几下就把手环后盖打开了。他检查了一下，两秒钟后重新装好后盖，还给林纸："好了。"

屏幕竟然亮了。

杀浅解释："你的手环没坏，只不过太老，屏幕的排线松了，按一下就好了。一百块打七折七十块，谢谢惠顾，有钱了记得转给我。"

边伽无语了："你就按一下，收她七十？"

杀浅："七十还不实惠？你让她去外面修，看他们会不会趁机说这儿坏了那儿坏了，敲她几百块的配件钱！"说完他叹了口气，妥协道，"算了，队友优惠，六十九。"

边伽替林纸不满："队友就值一块钱？抠死你算了。"

杀浅正色道："不要瞧不起一块钱，多少钱都是这么一块钱一块钱地攒起来的。"

边伽纠正他："……抠出来的。"

杀浅端庄地点头："你非要这么说也没错。"

林纸感觉以"金主爸爸"这种抠法，小队前途堪忧。

三个人互加了联系方式，拉了个群，胖大叔也把林纸和边伽的盖浇饭端过来了。

林纸接过盖浇饭，仰头对胖大叔说："叔，我今天晚上不过来吃饭了，打算喝营养液。"

胖大叔不满："喝什么营养液？别跟他们母星人学，那玩意儿就一包水，里面都是人工合成的东西，不养人的，有什么吃头？"

林纸解释："晚上我还想再去练练大转轮，喝营养液的话吐起来比较方便。"

几个人无语地看着她：计划得还挺好。

与此同时，寝室里，秦猎一动不动，若有所思地坐着。

安珀围着他绕来绕去，观察了半天："你这是在参禅吗？"

秦猎当然不是在参禅，他是在静心体会自己的感觉。好在没多久，熟悉的吃撑的感觉袭来，他放心了。

安珀问："下午没课，我回一趟天谕吧，帮他们排查列车上和残手接触过的人。"

追查残手里资料的事还是毫无进展。

秦猎点头："我去帮系里测试新机甲，得快一点儿弄完。"

学院的机甲大赛马上就要开始了，秦猎虽然从来不参加院内的大赛，但会负责大赛的组织工作，从比赛场地的勘察到测试安全防护措施，还有比赛时监控赛场、充当裁判，零零碎碎一大堆事都在等着他。

5

林纸吃饱喝足，踩着点到了训练厅。

下午的课在训练厅三楼，是新学期第一节机甲实操课。大家都很兴奋，学了两年基础理论，终于不用再穿普通的步兵作战甲，要摸到真正的机甲了。

教官姗姗来迟，不是老飞，是个人类，姓杜，看起来很年轻，举手投足温文尔雅，说话轻言慢语，像音量高了怕吓着谁一样，丝毫不像教机甲实操的教官。

学员们上午刚被老飞虐，看到一个温柔得能滴出水来的人类教官，就如同被 AI 客服折磨一通后终于转接到听得懂人话的人工客服，感动得热泪盈眶——不过很快他们就真哭了。

杜教官比老飞和蔼多了，先温声跟大家商量："上课前热热身才不容易受伤，大家现在先下楼跑几圈吧？我们今天是第一次上课，少跑一点儿，就十圈，好吧？"

还"少跑一点儿"？还"就十圈"？

有人忽然起哄："林纸啊，要跑十圈哦！"

所有人都笑了，同学两年，人人都知道林纸身体素质差。

杜教官在人堆里一眼找到了林纸，主要是因为她比别人都矮了一大截，特别显眼。他打量林纸："你就是那个 Omega？机甲实操对体质要求很高，你可得抓紧训练。"

一楼体能训练大厅有一整圈室内跑道，起码四百米。大家体质并不差，但是上午刚刚练过大转轮，晕得昏天黑地，很多人难受得没吃午饭，这十圈下来就有点儿受不了。林纸毫无悬念地垫了底，比倒数第二慢了两圈多。

好不容易跑完，一群累成狗的学员回到三楼，杜教官带着大家打开机甲训练厅的门，里面的空间极大，屋顶非常高，像个大仓库，靠墙站着成排的基础机甲，昨天林纸已经见识过了，就是西尾操控的那种。这些基础机甲体形不小，可在整个机甲家族里只能算是小号，驾驶舱在机甲胸部，内置的是手操与耦合感应的双控制系统。

训练厅里的这些机甲都没有配备武器，制式完全一样，只有涂装颜色不同，每架肚子上有个编号，像是新漆的。林纸注意看了看，编号全挨着，都是"3"开头的五位数。昨天西尾他们的机甲全是"4"开头，应该是代表不同年级。

这么多机甲，看得人眼花缭乱，杜教官却根本不给大家挑挑拣拣的机会。他用手随便一指，就给每人分了一架："这是上届毕业的学员留下来的机甲，已经用天谕发来的密钥恢复了出厂设置，从今以后，它要跟着你们两年，一直到毕业，还会陪着你们中的一些人参加机甲大赛，你们要好好爱护。机甲平时可以放在这里，你们要是愿意的话，也可以驾驶它在学院内自由活动，不过绝对不能出校门。"

有人举手："晚上能带回寝室陪我一起睡觉吗？"

杜教官温和回答："要是不拆楼门和寝室门能进去，你就带。"他环视一圈，"这批机甲，我今天怎么交给你们，你们毕业的时候就要怎么交还回来，除了正常损耗外，有任何损坏都要照价赔偿。"

林纸分到一架血红色的机甲，编号 31502，颜色还不错，就是胳膊、腿上坑坑洼洼划得一道一道的，像是有些年头了。

边伽分到的机甲是草绿色的，他立刻问："杜教官，我能给它改个颜色吗？"

杜教官慢悠悠地说："只要你自己出钱，就算你给它贴上金箔镶上珍珠玛瑙我都不管。"

怪不得西尾的机甲金晃晃的，估计是他自己改的。

杜教官说："给你们的新战友起个名字吧。"

一个分到黑色机甲的人说："我的要叫暗夜游荡者。"

另一个人嗤之以鼻："全联盟的机甲学院里，白机甲都叫神之信条，黑机甲都叫暗夜游荡者，能不能有点儿新意？"

有人忽然说："我看到前几天的新闻里说暗夜游荡者在战斗中被摧毁了，只剩下半只手，驾驶员也牺牲了。"

学员们顿时一片唏嘘。

林纸脑中忽然冒出列车上那只到处乱飞的黑色机甲残手。

"发什么呆呢？"边伽捅捅林纸，让她看手环屏幕，"我找到个专门给机甲起名的 APP。你说，绿机甲该叫什么好呢？"

林纸努力地帮他想："绿……青……青草……草原……青青大草原？"

边伽默了默，说："真得给它改个色。等大赛的钱到手，我一周给它换一身涂装。"机甲大赛的事八字还没一撇，他已经把钱怎么花都想好了。

林纸好奇地问："你说杀浅的机甲叫什么？"杀浅读大四，早就应该有自己的机甲了。

边伽想了想，说："富贵？旺财？发财树？"

林纸："……"他抠成那样，倒也有可能。

边伽帮林纸在 APP 的颜色那栏选好"红色"，点了确定，无数名字弹了出来，血魅、红月、火之舞者、岩浆爆裂……他一页页往下翻："有好的吗？"

林纸看了一眼："不用搜了，就叫'赤字'吧。"

边伽："……"

杜教官等他们新鲜够了才说："现在所有人进入驾驶舱。"

机甲足部内置简单的自动升降梯，林纸站在踏板上，被托举到赤字胸前驾驶舱的高度，然后钻进驾驶舱坐下。座位前是控制台，启动后，她面前投影出虚拟控制屏。

林纸戴上头盔，按照昨晚恶补的操作流程启动机甲，周围立刻变了：前后左右的驾驶舱壁消失了，变成了周围环境的逼真投影，座椅仿佛奇迹般毫无依托地悬浮在空中。她往下看了看，机甲的身体和四肢轮廓还能看到，只不过变成了不影响视野的一层红色虚影，杜教官就在下面，刚好能俯视他头顶的发旋。

机甲的环境收音效果也不错，杜教官的声音很清晰："现在在控制面板输入机甲的新名字，再打开公共频道。"

林纸输入"赤字"，一眼看见公共频道有个机甲叫"青青"，看来边伽没想出别的好名字。

杜教官问："都戴好头盔了？看到屏幕上'建立耦合'四个字了？点它。点击后，机甲会开始扫描你们的神经系统，建立浅表的初步耦合，全程大概要三五分钟的时间，也有人需要十分钟以上。你可能会觉得头晕、恶心、不舒服，都是很正常的现象。"

林纸懂，说白了，这就是认主的过程——机甲在认它的新主人。教材里说过，所有新出厂的机甲和重置过的机甲想要开始驾驶，都要有这样一个过程。

杜教官继续说："等你们和机甲磨合一段时间，机甲的操控系统会自动逐步加深耦合度，快一点儿的学员大概用几天，慢一点儿的在这个学期结束前，都能和机甲建立比较深度的耦合连接。"

这是林纸与赤字之间的第一次耦合，她点了点屏幕，戴着头盔，安静地等着。

头盔耳麦里传来公共频道里其他人的声音——

"受不了，想吐。"

"忍着吧。要是吐在驾驶舱里，小心杜教官拧掉你的脑袋。"

"你们眼前花吗？我看不清东西了，这也太晕了，比大转轮还可怕。"

"这得坚持到什么时候啊？进度条在走吗？没完没了的。"

不止一个人在干呕，但林纸并没有任何不舒服的感觉。她有点儿不放心，怀疑哪里出错了，扫了眼虚拟屏，却看到上面显示着一行字：已成功建立 100% 深度耦合。

嗯？这真的没出错吗？按教材上写的，不是应该报"已建立初步耦合"吗？这个"100% 深度耦合"明显是与机甲之间的完全耦合啊！

林纸试探着问："杜教官，有没有人特别快就能跟机甲建立深度耦合？"

杜教官耐心答："有。这是基础机甲，联盟最优秀的驾驶员可以立刻上手，直接建立深度耦合，不需要磨合期。"

又等了半天，其他人一个接一个地完成了初步耦合。杜教官确认了一遍，说："我们今天先做比较简单的对耦合度要求不太高的练习。现在试着用大脑发出命令，平举机甲的手臂。"

边伽出身机甲世家，差不多是在各种机甲里长大，对这种基础机甲上手很快，第一个把青青的手臂抬了起来。林纸也下意识地去抬自己的手臂，然而抬起来的是她自己的胳膊，赤字的手臂纹丝不动。

抬自己的手和抬机甲的手虽然都是大脑发出的指令，却有微妙的差别，像是在指挥自己的手，又不太一样，仿佛在身体之外又另外多了一套躯干和四肢。此刻她感觉就像被鬼压床，大脑明明发出了动作命令，身体却拒不执行。林纸仔细体会那种差异，又试了试。这次赤字的手终于动了。

杜教官一眼看见了："那个一身绿的机甲不错……红机甲里面是谁？也不错嘛。其他人继续加油。"

渐渐地，有其他学员抬起了手臂，一个简单的动作花了将近二十分钟。

杜教官等所有人都做到了，才从角落里搬出一个大箱子，里面是满满一箱鸡蛋。他上了升降梯，给每架机甲的手掌里放了一个鸡蛋，又指指训练厅对面，那里靠墙放着一排箱子："你们的目标就是把尽可能多的鸡蛋完好无损地送进对面的箱子里。今天第一次上课，有个特殊的奖励，下课之前鸡蛋运得最多的那个，以后上课前不用跑圈，送得最少的留下来搞卫生。"

注意，是用手，不能用清洁机器人。"

运得最多的以后竟然都不用跑圈！！！

杜教官话音刚落，就有人收拢手指，打算握住鸡蛋，结果鸡蛋啪地碎了，蛋液飞溅出去——机甲的力气非常大，稍有不慎，鸡蛋就完蛋。

杜教官对此很有经验，敏捷地偏头，没让蛋液喷一脸。

所有人改为小心翼翼地虚虚握着珍贵而脆弱的蛋。边伽动作最快，端着鸡蛋抬脚就走。

这群人都是机甲学院的优秀学员，去年的理论课几乎人人拿A，当然知道要想前进有个最简单的办法，就是把机甲切换到自动前进模式。在自动前进模式下，机甲会自己走路，还能设定速度，不用操什么心。因此一排机甲很快就一起又快又稳地大步往前了。只有林纸的赤字没动，还站在原地。好半天，她才笨拙地抬起一条腿，郑重地跨出第一步。

杜教官抬眼看了看她，并没有催。

林纸又稳稳地迈了一步，动作更协调了。

自动前进模式很给力，公共频道里尽是嘈杂的声音——

"哎，黑白花的那个，你别往我这边挤啊！"

"谁往你那边挤，是你自己前进路线点歪了吧？"

"啊啊啊后面那个，你速度调那么快干什么？别撞上来啊！"

有人发现了林纸——

"那架红色机甲里是谁啊？"

"站在那儿不动，是在冥想吗？"

林纸控制台的虚拟屏上收到私聊，她把频道切过去，是边伽。

"林纸，别用耦合系统走路，新机甲第一次上手就用耦合感应走路太危险，神经系统不适应，容易头晕，也容易摔。屏幕右下角有个自动前进模式，打开它，机甲就能自己往前走了。"

林纸谢过他，仍然自己控制机甲的四肢往前迈步。她昨晚看过上学期的教材，其中机甲操控是恶补的重点内容，自然知道机甲有一系列自动动作的模式，其中就有自动前进，只要动动手指点两下屏幕设定方向和速度，其余全部交给机甲就行。然而林纸从刚才抬起手臂时就觉得好像并不需要用到自动前进模式，她可以自己来。

一步又一步，一步比一步稳，一步比一步快。

前面的人已经到了墙边，都忙着在屏幕上找相对应的自动动作模式，好把鸡蛋放进自己的箱子里。然而机甲大，箱子小，要不停地切换自动动作模式，调好位置和距离，就像新手司机倒车入库，并不容易，一个又一个鸡蛋噼里啪啦往下掉。

边伽的操作很娴熟，已经找好了位置，把鸡蛋往箱子里送。

林纸这会儿越走越顺，也来到了墙边，自然地在箱子前站定。

新手倒车入库是不太容易，可人走进车库却毫无难度。只见赤字像个人一样停顿片刻，灵巧地蹲下，轻轻地把手里的鸡蛋放进了箱子里。它是最后一个到的，却第一个重新站起来，转身去拿下一颗鸡蛋。

这次没有杜教官往大家手里送鸡蛋了。靠墙放了一排小桌，每张桌子上都摆满敞开的鸡蛋托，上面的鸡蛋整齐列队等着人来拿。

杜教官警告："只能用机甲的手运蛋，不能借助任何工具，更不能投机取巧拿鸡蛋托。"

这话粉碎了林纸的一肚子歪主意。

用巨大的机械手拿起一个鸡蛋比用手掌托着鸡蛋更不容易，公共频道更热闹了——

"我记得有个自动距离感应，在哪儿来着？"

"什么自动距离感应？要切换成抓握模式吧？"

"谁知道抓握怎么调成轻柔？"

鸡蛋一个接一个地爆开，长桌前满地都是蛋清和蛋黄。

林纸低下头，用两根手指的指尖轻轻捏起一个蛋，放到另一只手的手心里。想了想，她又拿起第二个、第三个……反正杜教官没规定每次只能运一个鸡蛋。

赤字的手够大，她把面前桌子上的三十六个鸡蛋托彻底搬空，怕不保险，又用另一只手盖子一样罩在上面，这才转身往回走。

不远处的边伽一眼瞥见，忍不住笑出声：别人都开了机甲的自动前进模式，昂首挺胸，大步向前；只有赤字像个大号的林纸，两只手捧着鸡蛋，每一步都迈得小心翼翼，像个偷鸡蛋的贼。

林纸走到位，蹲下，把鸡蛋一个一个平安地摆进箱子里，吁了一口气，看看周围。很少有人成功运来第二个鸡蛋，就连边伽也只是在像她刚才那样尽可能把更多的鸡蛋往手掌上摆。

进度大幅领先，林纸回到自己的小桌前，发现杜教官已经把她清空的鸡蛋托收走，并放了一盒新鸡蛋。

第二遍做，她已经变成了熟练工。林纸觉得这练习相当不错，考验的是对机甲动作的精细控制，比打一拳踢一脚难多了。

一趟又一趟，林纸的鸡蛋箱越来越满。她看了眼控制台上的时间，快下课了。

此刻多数人的箱子里只有寥寥几个，或者铺了个底，或者碎得乱七八糟，最多的也不过半满。而林纸箱子里的鸡蛋非但个个完好无损，而且数量多得都够给赤字这个体形的人做一大盘葱花炒鸡蛋。

杜教官在往这边走，好像打算来结算。

然而林纸忽然看见前面一架捧着鸡蛋的蓝白相间的机甲脚下一个趔趄，向后砸下去，肩膀准准地砸向她的鸡蛋箱子。

这是下课前的最后时刻，如果蛋碎了，成绩全部清零！

林纸想都没想，本能地向前一个飞扑。准确地说，是赤字身随意动，用箭一般的速度抢步纵身，向前一个飞扑，如同一道红影，快得没人看清。

"轰隆"一声，蓝白机甲倒了。蛋液四处喷溅，碎蛋壳满天乱飙，蓝白机甲附近的一排鸡蛋箱全都倒了大霉。

公共频道里乱成一团——

"你往哪儿倒啊这是？！"

"哎哎哎——蛋！蛋！蛋！！"

"我的鸡蛋啊啊啊！！！"

淋漓的碎鸡蛋雨过后，林纸的赤字还趴在地上——赶在蓝白机甲倒下去之前，她把鸡蛋箱一把拽住，往外一扯。这会儿她也顾不上起来，先抬头看一眼她的鸡蛋箱：所有珍贵的蛋宝宝都平安地躺在箱子里，圆润，安详。

杜教官朝这边走过来，问："你们都没事吧？"

驾驶员是被全方位固定在座椅上的，有充分的保护，林纸当然没事，忙操纵赤字从地上爬起来。

蓝白机甲还躺在碎鸡蛋堆里，它的驾驶员问："谁知道自动坐起来的动作在哪儿？"

有人回答："不是在右边那一排自动动作列表里吗？你往下拉。"

"没有啊，我找不着，只有'坐下'，点了没反应。"

边伽看不下去了："没有直接坐起来的动作，你得做个组合动作，先点一下'翻身'，再……"话还没说完，蓝白机甲就原地翻了个身，"咔嚓"一声，伸出去的脚又踹碎了两箱鸡蛋。

公共频道立刻骂声一片。

林纸弯下腰，默默地把自己的鸡蛋箱往旁边更安全的地方挪了挪。

混乱中，有人忽然问："林纸刚才是扑过去救鸡蛋了吗？咱们的自动动作里有飞扑？"

有人小声说："没……没有吧？"

"好像没有，我没找到。"

"是组合动作吧？奔跑加跳跃加抓取加……"

边伽带着笑意的声音传来："这不是自动动作，是她自己做出来的。"

公共频道忽然安静了。

多数人这时才意识到，从最开始的走路、拿鸡蛋、来回运鸡蛋到刚刚的千钧一发之际飞扑救蛋，林纸的所有动作全都不是自动动作，都是她用耦合系统自己做出来的。

基础机甲是简单一点儿，但是第一次上手一架新机甲就能立刻用耦合系统建立这种程度的连接，只有最优秀的驾驶员才能做到。

每个人都在想，这还是那个公认的菜鸟林纸吗？

林纸没管这些，离下课铃响还有不到一分钟，她正把手里的最后一批鸡蛋摆进箱子里。

没错，赤字的左手还握着一大把鸡蛋，就算她刚刚做了个飞扑救蛋的复杂动作，那一大把鸡蛋仍然被她保护得好好的，一个都没破——箱子里的蛋要救，救了才能拿到第一；手里的蛋也要护好，因为有这一把鸡蛋，至少能保证不被留下来擦地板。

林纸把手中最后一个鸡蛋摆进箱子里才算放了心。

杜教官没理会翻了个面趴在地上挣扎的蓝白机甲，先抬头问林纸："你叫林纸？"

林纸操控赤字点了点头，安静地等着杜教官宣布她获胜的好消息。

但杜教官并没有说那个，而是问："你报名参加今年的机甲大赛了没有？"

林纸回答："已经报名了。"

杜教官点点头："我等着看你的表现。"说完转身欲走。

林纸连忙问他："我是不是赢了？以后上课都不用再跑圈了吧？"

杜教官怔了怔，哑然失笑："是，以后只要是我的课，你都不用再跑圈。"

他转向墙边那片狼藉，用手指了指："这个、这个，还有这几个，一个鸡蛋都不剩的，今天留下来清理地面和机甲，干完才能走。"

这满天满地的鸡蛋液，工作量巨大，众人一片哀号。

下课了，大家的机甲还用得不熟练，不太敢带出训练厅，于是纷纷回到停泊位放好，从驾驶舱里出来。

林纸背好包，刚要走，就被杜教官叫住了。

"林纸，"他望着林纸，"虽然你以后上我的课不用再跑圈了，但是 Omega 和 Alpha 天生有体质差异，从肌肉含量、四肢力量到速度都有差距，这不是歧视，而是有数据支持的必须正视的客观事实，而越高阶的机甲对体质的要求越高，我希望你能加强体质训练，不要浪费你的天赋。"

林纸点头答应。杜教官说得很对，她现在有两件事必须做：一是体质训练，二是尽快把大一和大二的理论知识补起来。大三的实操课全部基于前两年的理论学习，像这两天一样临时抱佛脚，靠着一点儿小聪明随机应变，肯定是不行的。林纸昨晚已经把课程浏览规划了一遍，去掉水课，再去掉和大三课程没什么关系的内容，剩下的仍然不少，最快也要两周左右才能过一遍。

众人一起去乘电梯，不少人脸色苍白、昏头涨脑，急着回寝室躺下。

林纸下了楼，一眼看见一楼的大转轮：不然再去转转？

第 二 章
同甘共苦

1

阳光在地平线尽头一点点消失，夜幕降临，帝国机甲学院的建筑一幢幢亮了起来。

跨越整座城市的五彩霓虹和光蛇般的车龙，在首都遥远的另一个方向，一幢高耸的大厦也灯火辉煌。大厦上的字在黑暗中闪闪发光：星图智能。

顶楼，一个中年男人正盯着虚拟屏幕，屏幕上有好几个人，正在开会。

说话的那个好像很怕他，声音里透着心虚："宫总，我们……没能得到其他情报，不过确切地知道天谕到现在也没能拿到暗夜游荡者残手里的资料。"

中年男人有点儿惊讶："所以残手里没有资料？"

"应该是……没有……吧？"

"这就奇了。"中年男人的眉心拧起来，"残手里没有资料，难道是上传到哪里去了？"他思索片刻，说，"残手在那群贼手里的时候一直是休眠状态，资料肯定是在列车上莫名其妙启动以后转移上传的。从残手启动之后到天谕的人拿到它之前，我们要排查一遍这个时间段内列车上和残手有过接触的所有人。"

有人试探地说："都已经三天了，天谕应该已经排查过了吧？"

"万一他们漏掉了谁呢？"中年男人严厉起来，"有万一的可能，我们就要试试。"

屏幕右上角是个年轻人，眉眼冷峻，正是宫危。他冷冰冰地说："我倒是知道有一个人，在列车上和启动的残手单独待了一分钟左右。"他顿了顿才继续说，"是我们帝国机甲学院的，一个 Omega，叫林纸。"

与此同时，帝国机甲学院的训练厅里，秦猎正在调试新机甲。

他被头晕恶心折磨了一上午，下午总算好多了，只有中间短暂地不舒服了一阵。他心里有数，一定是林纸正在老杜的课上跑圈。

大四课不多，安珀回天谕技术部有事，秦猎就一个人在训练厅顶楼留到天黑，刚调试完，又一阵晕眩袭来。他忙撂下机甲，直接乘电梯去了一楼。

果然，一楼体能训练大厅里，仅有的几个学员都在做耐力和力量训练，那排噩梦般的大转轮几乎没人光顾，只有其中一个正在飞快地全方位旋转着。而边伽靠在控制屏的支架上，一条长腿斜伸着，漂亮的桃花眼微眯，胸前挂着的小黑牌荡来荡去，一副百无聊赖玩世不恭的样子，却是尽职尽责地守着林纸的大转轮。

秦猎忍住胃里的翻涌，打开手环屏幕点了几下，抬起头，又看了大转轮一眼，给安珀发了个消息："学院的购物终端送货太慢了，帮我挑一个心形的盒子送过来，里面放满花。"他想了想，"再加一张卡。"

安珀秒回："什么东西？心形？花？你真是秦猎吗？发个语音过来。"

秦猎无奈，发语音："我要给人送样东西，无缘无故的怕她疑心，伪装成追求者而已，想什么呢。"

安珀停顿了片刻，发来四个字："又是林纸？"

秦猎："废话那么多。送过来，快一点儿。"

安珀发过来一个含义不明的笑脸："收到，马上去挑盒子和花，找最漂亮的。"

秦猎又看了看大转轮那边，心中默默地叹了口气。他只不过衷心地希望自己的生活能正常一点儿而已。

夜色渐浓，训练厅里的人走得差不多了，林纸才摇摇晃晃地从大转轮里出来，蹲在地上。

边伽问："今天可以了吧？"

这次虽然还是晕得昏天黑地，至少没吐，已经比第一次好太多了。林纸点点头："走吧。"

远远地跳过来一个东西，弹跳了几下，跃上训练厅的台阶，是条银光闪闪的金属狗——真的是狗，有头，有躯干，有四肢，有尾巴，半人高，背上驮着个金属大盒子。

林纸好奇地多看了两眼。

边伽倒是知道："这是学院送快递的机械狗吧？和人马阿尔法制式一样。"

林纸奇怪道："你说送快递的狗，为什么要做得那么像真狗？"眼睛、嘴巴、牙齿一应俱全，身体结构像真狗一样，惟妙惟肖。

边伽回答："据说这种狗是星图智能做出来的智能宠物，只不过改了型。他们不是经常在广告里吹嘘，给他们的智能宠物内置不同的程序，就能有不同的功能吗，不只送快递，还能带小孩、当保安、牧羊，要是你真有羊的话。据说他们本来打算普及人形智能机器人，但是调研后发现大家对狗的接受度更高。"

机械狗欢快地跑过来，准确地在林纸面前停住，金属盒自动打开。电子音从狗嘴里传出："林纸，你的快递。"它居然还会说话。

金属盒里是个心形的小盒子，竟然装着满满一盒新鲜的红色花苞，花瓣繁复，长而卷曲。一张卡片半埋在中间。

边伽帮她把卡片拿出来，上面是打印的一行字：送你一份礼物，在训练厅外的 ICM212 号自动贩卖终端上扫描身份牌就能拿到。祝早日过关。

没有写寄件人，只有收件人的名字。

"呦，有人帮你在自动贩卖终端上预付款买东西了。"边伽伸手拉林纸起来，"去看看是什么好东西。"

ICM212 号自动贩卖终端就在训练厅一楼门口，林纸扫了一下身份牌，屏幕上显示出一行字：您订购的商品已于四分钟前送达，现在取走吗？

林纸点了"确定"，一个小盒子从取物口掉了出来，扁扁的，像个药盒，商品名也很奇怪，是一串编号。

边伽看了看上面的商标，笑了："这是天谕旗下医药公司生产的新特药，我听说过，贵倒是不贵，就是特别难买到。你这个追求者很有本事啊，这都能订得到。"

边伽说着话，忽然注意到手环上的时间，便把药盒塞给林纸，拎起地上的包："你慢慢研究吧，我跟旅行社的人约好了谈假期旅行打包计划，得走了。"

训练厅顶楼，秦猎估算了一下时间，卡片和药差不多应该送到了：只要林纸每次转完吃一片，他们两个人就都不会那么难受了。

新机甲全部搞定，他锁好门，乘电梯下楼，离开训练厅往寝室那边走，想了想又折返回来，来到一楼门口，先扫视左右，然后半侧着身，用门隐住身形，向里面看了看：大厅里没人，所有大转轮都停着。这会儿头晕恶心的感觉还在，也不知道她拿到药没有。秦猎心中想着，一回身，差点儿撞上一个人。

是林纸。她就安静地站在他身后，手里正举着那盒药，不动声色地看着他："找我？"

林纸从他眼中捕捉到一闪而过的狼狈，看来自己找对人了。她就知道，送药的人可能还在附近徘徊，就像凶手总是忍不住想回作案现场溜达一圈一样——这位学院闻名的 Alpha 穿着藏青色的制服，却像个贼一样隐在门后向训练厅里偷窥，送药的不是他是谁？

秦猎只错愕了一瞬就恢复了正常。他微微扬起眉毛，眼神冷淡，好像没听懂一样："你说什么？"

林纸：演得真像。

不过这四个字暴露了他的声音，偏低沉，很好听。

虽然隔着机甲，声音会有点儿变化，但林纸还是听出来了，昨晚藏在 X01 号步兵作战甲里教她怎么过魔鬼七项且教了一半又转身就走的，也是他。

林纸决定继续给他施加压力："昨天教我步兵作战甲实操的也是你，对吧？"

秦猎有点儿尴尬，因为现在全盘承认，就等于认了自己暗恋她，所以才又是送花，又是送药，又是出手帮忙……他脑子飞速地运转，决定剑走偏锋："对，都是我。其实我一直在暗中留意你，已经很久了。"

林纸脸上不动声色，心中的八卦之火却蹿起冲天的火苗，燎上了天灵盖：学院第一Alpha这些年一直暗恋学院最弱Omega？这也太偶像剧了吧？

秦猎却接着说："主要是因为我父亲去世前交代过，让我照顾你。"

林纸：嗯？这走向不太对，小白花青春偶像剧要改成私生子家庭伦理片了吗？

秦猎不动声色地扫一眼林纸的反应，继续往下编："你父亲当年参加过对抗虫族的波德星系保卫战，而我父亲就是那场保卫战的主控指挥机甲。我父亲认识你父亲。我发现你也进了帝国机甲学院，就想起父亲以前叮嘱过，要留心照顾故人的遗孤。"绕口令一样，"父亲"来"父亲"去的。

林纸的记忆残缺不全，完全不知道父亲到底是什么人，更别说是否参加过保卫战了。甚至波德星系保卫战她也并不知道。大一的课程里有联盟战争史，详细讲过人类和虫族之间的战争，但是要补的东西太多，时间太赶，她就把这些和大三课程没直接关系的内容略过了，根本没看。秦猎刚刚说的这番话，彻底超出了她的知识范畴。

不知道的时候就要少开口，最安全的反应就是不给反应。所以林纸没出声，用谨慎的眼神看着秦猎。

秦猎也在低头观察林纸的反应。主控指挥机甲的事当然是真的，照顾遗孤什么的就纯属随口胡扯。他看过林纸的档案，知道她父亲是个老兵，也很清楚她父亲根本不可能参加过波德星系保卫战。那场保卫战调动的是靠近前线的星环三区的兵力，而档案上写得很清楚，她父亲服役时是在偏远星系的星环九区。

秦猎敢这么胡说，还是因为觉得眼前的林纸是个冒牌货。如果她顺着他的话往上爬，说出"我爸爸也说过×××"之类的话，就是自爆身份。

可惜林纸并没有。她那双清澈的眼睛里透出狐疑，像是并不相信他的话，这让秦猎一时无法判断她是不是真的听出了他话里的毛病，甚至被她盯得稍微有那么点儿心虚。

攻击是最好的防守，掩盖心虚的办法就是让对方更心虚。于是秦猎接着说："我父亲和你父亲关系很好，他没跟你说过吗？当年……"

林纸打断他的话："你一直跟着我？"她换了话题，也转防守为攻击，"昨天我补考的时候你也来了，对吧？"

秦猎一脸尴尬："对。"

"那你去医疗站也是跟着我去的？"

秦猎只得承认："是。我注意到你的脚好像扭了，过去看看。"

林纸忽然问："你当时掐你的手背干什么？"

秦猎噎了下，没想到她居然看到了他的小动作。他一点儿也不想让她发现两个人之间有通感的事："我掐自己的手了吗？我没太注意。"

训练厅明亮的灯光从门里照出来，落在他们身上，照亮各自的半边脸。心怀鬼胎的两个人互相估量着，对视了几秒，觉得可以不用再聊了，让话题停在这里刚刚好。

林纸不再追问，低头看了眼手里的药："这是治眩晕的药？没毒吧？"

她不继续问，秦猎也放松下来，无奈地说："就是怕直接买了送你你不信，才让你自己在终端取，都是商家直送的。这是我们天谕开发的新药，刚投产没多久，不过绝对安全无副作用，起效比普通药物快得多，我可以吃给你看。"说着他伸手拿过药盒，剥出一颗白色的小圆球吞了。然而他吃了没用，还是觉得恶心想吐。

"这不是要帮你作弊，考试时吃这个会被查出来的，就是希望你每次练完大转轮后吃一颗，能舒服一点儿。"秦猎搜肠刮肚，努力想说服她，让她明白东西是商家通过自动运输网络直送的，绝无问题。

没想到林纸盯着他的脸研究了一会儿，直接剥出一颗药，爽快地吞掉："谢谢啊。"

秦猎心想：她这是看出我的诚意来了？不过他也确实不能更有诚意了，他全身上下的每个细胞都在呐喊：这药真的是为了你好，快吃吧，求你了！

林纸吞掉药球，一秒钟之后皱起眉头，左右乱找："……哪儿有水？"她看秦猎毫不犹豫地直接把药吞掉，就照葫芦画瓢地也吞了一颗，不承想就算是高科技世界的药，也是需要用水送下去的，还挺噎。

她不舒服，秦猎自然也跟着不太舒服。他尽可能不表现出异样，火速到旁边售卖营养液的机器那里买了瓶水，递给林纸。

水把药球顺了下去，两个人不舒服的感觉一起消失了。

这水很清凉，林纸又喝了一口。

秦猎忽然体会到一种愉快的感觉，细微，但很清晰。他突然意识到，这种愉快并不是源自他自身，而是源自眼前的林纸。

秦猎脸上没什么表情，心中却很震惊。他原本能体会到的只有她的痛苦，比如饥饿、疼痛、紧张、疲惫、困倦、恶心、头晕，现在竟然又多了更多的感觉，比如愉快。只不过强烈的痛苦更加异常，会被他特别留意到，而愉快不太引人注意，很容易被当成自己的情绪忽略掉。

回想了一下，秦猎忽然意识到，昨晚离开训练厅的时候似乎体会到一种开心。当时他一心想着失踪的资料，满心都是焦躁烦闷，那种开心显得不太寻常，现在想想，应该就是从刚学会满场乱蹦跶的林纸那里来的。还有今天下午，他明明在调试机甲，却忽然莫名其妙地开心了一阵，估计是她快下课的时候发生了什么好事。

他与林纸之间的感应，似乎比他以为的还要强。

秦猎记得，在家族关于耦合效应的传说里，最容易产生通感的就是容易引起情绪波动的感觉，比如痛苦和快乐。当通感强烈到一定程度，各种细微的触觉、味觉、嗅觉等等也全部都能清晰地感应到，甚至连视觉都能共享，就像在自己的身体外又额外长了另一个身体。

好在他们之间的通感目前还没有强到那种地步。通感是件危险的事，让她痛苦就等于让他痛苦，如果她有生命危险、失去战斗力，或者进入濒死状态，不知道他会怎么样。

秦猎再扫一眼林纸，对方比他矮了一头多，手腕纤细得好像一掰就折，脆弱得像个瓷质摆件。秦猎有点儿头大：和她通感的事，绝对不能让任何人知道！

林纸喝完水，把药盒丢进包里，对秦猎扬扬手："谢谢你。那我走了。"说完转身打算进训练厅。

秦猎叫住她："你去哪儿？"

这个人好像管得有点儿太多，不过看在他送药的分上，林纸耐心地答："晚上有时间，我还想去练练基础机甲。"

秦猎皱眉："这么晚了，楼上肯定没人，不太安全吧？"

林纸沉默了一会儿，说："我们系毕业生只有三成左右会操控民用机甲或转行，七成以上以后都要做战场上的区域主控机甲和辅助机甲，那时候难道我还能挑挑拣拣，所有单兵作战的任务都不要，专挑人多热闹的地方去？"

秦猎："那我……"

林纸知道他是想陪她一起上去，一脸拒绝。

两个人几乎完全不认识，拒绝是正常的，秦猎改口道："那你自己小心。"他打开手环，让林纸扫了他的联系方式，叮嘱道，"有任何事都可以找我，不用跟我客气。"

林纸答应了，心想这位对他爸的"故人遗孤"也太免过于上心。

她转身想走，又被秦猎叫住。他指了指她手里的那瓶水："那个……能不能还我？"

啊？这水她都已经喝了半瓶了。林纸立刻说："我买瓶新的还你。"

秦猎坚持："不用。这瓶就行。"

林纸满脑子问号，不过还是把水还给他了，毕竟是人家买的。但她心里却想，这人非要她喝过的那瓶水干什么，奇奇怪怪的。

分别后，林纸上到三楼，扫卡开门，来到放基础机甲的地方。那几个做清洁的倒霉蛋活干得不赖，地板和机甲身上的鸡蛋液已经完全清掉了，地面刚敷过"蛋清面膜"，亮得出奇。赤字也擦得干干净净，站在停泊位，一身红甲，稍低着头，好像正在等她。

这是她的第一架机甲。对着这个和她建立了精神连接的大家伙，林纸心中升起一种特殊的感情。但此时的林纸不知道，赤字也不知道，很多年以后，它会被涂好防锈保护涂层，雕像一样矗立在帝国机甲学院的入口。每个第一次迈进帝国机甲学院的新学员都会问起它，而各大机甲学院只要是红色的机甲，都起名叫"赤字"。

此时，在母星初秋温暖的夜里，在静谧无人的训练厅中，才刚学会操控机甲的林纸跨上升降梯，钻进赤字的驾驶舱。她一戴上头盔，赤字就如同注入灵魂一样，活了。

林纸驾驶着它重新走回训练场地。这次不用再抱着鸡蛋，赤字往前走了几步，就放开手脚跑了起来。

林纸私下觉得，虽然赤字是真机甲，比步兵作战甲高级，可操控起来却比步兵作战甲容易得多：不用考虑各种手操控制按钮、琢磨调整肌肉反馈，如果愿意，她可以完全无视操作屏幕上一列列的自动动作和控制模式，只有特殊的大动作，比如大距离跳跃，才需要想一想它的动作控制参数，毕竟控制屏上提供了方便快捷的自动计算方式，熟练的话只凭驾驶员的经验就可以，连计算都不用。

赤字轻快地跑到大厅对面，一个急刹，转身向前纵跃，然后"轰隆"一声，膝盖着地，摔在地上——赤字太重，和自己的身体感觉完全不同，她还不太会控制它的重心。

林纸："……"

一骨碌爬起来，林纸继续往前。

训练厅的另一边和二楼一样，有各种障碍和精细训练项目，她跑跑跳跳了一会儿，又给自己选了个场地，一点点在障碍器械上摸索。秦猎给的药起效迅速，头晕、恶心全都没了，林纸一身清爽，专心训练，很快就发现了耦合机甲有趣的地方。

以前在另一个世界学习搏击的时候，有些动作脑子会了身体却跟不上，或者力气不够大、速度不够快，如今这个身体更不用说，比她原来的身体还弱得多。但是赤字不同。她的所有想法，它全都能完美实现，就像忽然多了一个强壮无比、反应迅捷、超级好用的新身体。

林纸过了几个障碍，正准备休息，忽然觉得身后有东西。她回过头，看见一架黑色的机甲。它不知什么时候悄悄出现在她背后，炭一样黑的脸上画着恶鬼般狰狞的白色獠牙，一拳朝赤字的脑袋挥过来。

林纸下意识侧身闪避，赤字也随林纸的念头而动。黑机甲打空，身体向前倾。赤字一拳砸在它右侧肋下。这拳太猛，黑机甲站不稳，跟跄了几步。不过它显然实战经验丰富，转眼就稳住身形，低头躲开林纸的下一拳，抬起左手。只听一声轻响，黑机甲的左小臂到机械手忽然变形，变出了一个奇怪的武器，像是从手臂里探出一块黑乎乎的砖头。

林纸："……"这都星际时代了，斗殴还是流行用板砖吗？

黑机甲胳膊上长着砖头，往赤字身上招呼，步步紧逼。林纸不敢大意，一边留神躲着砖头，一边好奇地琢磨它的意图。很快她就发现，对方似乎特别想把手里那块砖头往赤字的胸前按。而赤字的前胸，就是林纸所在的驾驶舱。

与此同时，林纸发现就算这样一心二用，黑机甲的反应仍然比她慢了那么一丁点儿。

差着这一丁点儿就没法占优势，黑机甲有点儿焦躁，忽然举起空着的右手，右手臂里竟然也暗藏玄机！只见手臂打开，两条蛇一样的东西冒了出来，每条都像是用不同的金属拼接而成的，金色、银色、铜色，粗细还不同，很有丐帮的风骨。它们一探头，就像有生命一样直奔赤字的腿。

被那两条金属蛇缠住就动不了了，只能任人宰割。可金属蛇可以伸得很长，灵活无比，打架的时候从不同的角度探过来，让人防不胜防，比拍人的砖头难对付多了。林纸暂时没想好怎么办，转身就跑。黑机甲看见她逃跑，喜出望外，毫不犹豫地追了上去。

林纸绕着障碍场地兜了一圈，突然回头。黑机甲没想到她说不跑就不跑，金属蛇这会儿正长长地伸着，直得像根棍子，失去了它神出鬼没的优势。

林纸在回头的瞬间一把攥住傻掉的蛇头，猛地一扯。她刚才已经看清楚了，金属蛇不比鞭子，是固定在机甲手臂上的，并不能脱手。

黑机甲被大力一拽，跌跌撞撞地向这边扑过来，扑了两步又赶紧刹住，想要挣脱逃跑。林纸揪着蛇头不放，抢步上前，趁黑机甲还在慌神，用赤字的右膝别住黑机甲的左腿关节，左手揪着它右臂伸出的金属蛇，肩膀抵住它前胸，弯腰用右手扣住它另一条腿的膝弯处，猛地一抄，一个散打动作里标准的穿裆靠，黑机甲轰然倒地。

林纸跟着压过去，用膝盖把它按在地上，迅捷地一把攥住它连着板砖的胳膊，把那块黑砖头抵在黑机甲的胸口上——她很好奇，黑机甲一直执着地想把砖头往赤字胸前贴，是要干什么。

只见那块黑砖头像是有极大的磁力，在距离黑机甲胸口还有一段距离的时候就"砰"的一声吸在了驾驶舱的舱门上。林纸看明白了，她攥着黑机甲的小臂，把赤字的手臂力量加到最大，猛地一拔……黑砖的强大磁力让它像长在驾驶舱的舱门上一样，一拔之下，舱门就像黄桃罐头的盖子，被硬生生扯开，罐头里甜美可人的黄桃暴露出来——是杀浅。

林纸没太意外。刚才和他打架的时候，她就看到他机甲上的编号了，"4"开头，是个大四学员。而且她昨天恶补过学院机甲大赛的规则，黑机甲手臂上装的东西虽然怪里怪气，却全都杀伤力不强，完全在大赛的改装规则之内，攻击的动作也中规中矩，感觉不像要暗算人，更像是切磋。比如拽掉驾驶舱舱门这招，在机甲大赛的对战环节中，只要驾驶员暴露，就算输，想来它的主人应该是在为机甲大赛做准备。

杀浅坐在驾驶位上，满脸无奈："意思一下就行了，下手真狠，还真给我拽下来了。"然后比了个赞，"人马座阿尔法是机甲学院的明星学员果然名不虚传。"

林纸"呵"了一声："什么人马阿尔法，是我。"

杀浅要疯了，平时悠闲自在的模样都没了："林纸？！你不是边伽，你是林纸？"

林纸松开他，站起来："边伽有事，早就回去了。"

杀浅还有点儿没缓过来："我今天给机甲做了个新配件，想过来试试，看见有人在用耦合系统操控训练，还以为……"

他一进来就看见了赤字，那明晃晃漆着的机甲编号一看就是大三学员。今天是学院第一天上课，大三学员刚领到新机甲，一般人这时候还在和新到手的机甲的耦合系统磨合，不开自动前进连路都走不利落，可看赤字的动作，驾驶员明显是在用耦合系统直接操控。杀浅想了一下，在大三学员里，能在第一天就和机甲建立起这种水平的耦合感应的，应该只有中学就参加过机甲大赛、刚从人马座阿尔法是机甲学院转学过来的边伽。于是他一时兴起，起了较量一下的心，没想到操控者竟然是林纸！

杀浅心中的震惊难以形容。他虽然主修机控工程，是技术流，但是机甲操控能力并不弱，比很多主控指挥系的人还强，没想到会被一个第一天拿到新机甲的大三学员 K.O（Knock Out，指击倒，绝对胜利）。而且这位还是学院出了名的门门功课成绩垫底的菜鸟。

杀浅问林纸："你以前用过机甲？"其实一组队他就去调查过了，林纸出身偏远星系的普通家庭，并不是机甲世家子弟，但这会儿他只想到这个可能。

林纸摇头。

杀浅站起来，凝视着她，好半天才下了个结论："这是什么运气，竟然被我遇到一个天赋党。"

天赋党不只有点儿天赋，还很穷。林纸捡起地上的驾驶舱门，塞进他怀里，声明："是你手欠先攻击我的，我可不管赔。"

"小事，我自己会修。"小气到家的杀浅这次竟然很大方。

他操控着黑机甲站起来，兴味盎然地重新上下打量赤字，然后眯了眯眼睛，道："我本来打算机甲大赛的时候让你裸机上阵，跟在我们两个后面意思意思就行了……"

林纸懂，以他的风格，就是不在她身上浪费一分钱的意思。

"不过现在我改主意了。"杀浅用手指敲着控制台，沉吟道，"所以，给你的机甲装点儿什么好呢？"

林纸立刻声明："反正我不要你那两条破蛇，那不是送上门去给人扯的吗？"

杀浅挣扎："你不能因为一个设计不成熟，就否认它的优点。"

林纸："优点就是拽起来特别顺手？"

杀浅："……"

被林纸深深地打击了一次，杀浅一秒都不想多等，决定回去就把两条金属蛇拆下来。他平时做装备都在机控工程大楼的实验室，要驾驶黑机甲穿过校园。林纸得知了也想试试，就开着赤字乘大厅的机甲专用电梯下楼，跟他一起走出训练厅。

天彻底黑了，满天星光。在夜色中驾驶机甲在校园里溜达还挺好玩。

机控工程大楼不像教学楼，更像是个收破烂的地方，从一楼起堆着各种东西。尤其是杀浅的实验室，走廊两边是堆成山的破铜烂铁，林纸得小心地驾驶赤字侧着身才能挤进去。好在里面空间够大，靠墙的都是配件，摞到了天花板。中间放着个巨大的工作台，台面上全是划痕，剩下的空间还能容纳两架机甲。

杀浅回到实验室，直接让黑机甲蹲下，从驾驶舱里跳出来，利索地把象征着耻辱的金属蛇拆掉。林纸所在的主控指挥系前两年也教过机控原理，但远没有机控工程系教得深。于是她在旁边围观杀浅干活，顺便问："杀浅，你的黑机甲叫什么名字？"

杀浅："你猜。"

林纸："边伽说不是叫富贵、旺财，就是叫发财树。我猜它叫一本万利，或者财源广进。"

杀浅百忙之中回过头，微微一笑："它叫联盟首富。"

林纸：行。有理想，有格局。

联盟首富这会儿少了半条胳膊，在杀浅一天一地的配件堆里灰头土脸地和赤字蹲在一起，好像蹲在垃圾站里下象棋的俩老头。

杀浅把金属蛇放到工作台上开始改造，说要给它加个可以自由脱落的活扣。见林纸一个人在配件堆里闲逛，他一边忙一边警告她："什么都别动，坏了你可赔不起。"

林纸看看那些碎得稀烂的光脑、破得内衬往外跑的驾驶舱座椅和断得乱七八糟的奇怪武器，心想：这不都已经坏了吗？难道还能更坏一点儿？

破烂堆里，忽然有东西动了动。

林纸转过头，见一个黑影从旁边的破烂山顶上砸了下来，忙迅速闪开。砸下来的东西掉到地上，"当啷"一声响，看着像条金属做的蝎子尾巴，比林纸的胳膊还长一些，半弯着，分成一节一节的，尾巴的尖端还带着一个小钩，估计有些年头了，表面全是锈斑。

杀浅听见动静，回过头："你看，多危险，我都说了别乱动。"

林纸反驳："我哪儿有乱动？它放得那么高，你觉得以我的身高能动得了吗？"

说得很有道理，杀浅也有点儿疑惑，探头看了看："一直放在上面，怎么突然掉下来了呢？"

林纸捡起那条尾巴看了看："这是什么东西？"

"这东西叫蝎尾，是一种小型可穿戴式机甲的一部分。"杀浅说，"东西是好东西，就是早就过时了，是好几十年前的旧型号。那一阵不知道为什么特别流行这种无驾驶舱的小型可穿戴式机甲，各种部件全都可以往身上套，后来因为操控不方便、对体能要求高，还太小，很容易被大型虫族扇飞，就被驾驶类机甲淘汰了。"

一件一件往身上套，那不就是钢铁侠嘛。林纸评论："有点儿像步兵甲。"

"步兵甲？你说它像步兵甲？！"杀浅气到连话都说不利索了，"这种可是当年的高档货，全耦合操控，可自动穿戴，那些破步兵甲拿什么跟它比？"

林纸把这条蝎子尾巴拎到眼前仔细研究："你从哪儿弄来的这种高档货？"

杀浅答："是我上次去偏远星系从废品回收站里挑出来的，外面有人专门收藏这类老古董。可惜老蝎尾这几年在收藏市场不火，而且这条品相太差，耦合元件全都坏了，就算能量源还在，也已经不能启动了，连一千块都卖不出去。"

林纸一时沉默了。这东西竟然真的是从垃圾堆里捡回来的，而且他还打算卖一千块。

"坏到连你都修不了吗？"

杀浅不动声色，脸上却有一丝红晕一闪而过："耦合系统是天谕公司的专利技术，它本身是黑箱的，只给我们机甲师提供了外部接口，我暂时还弄不明白它的工作原理。"

林纸点点头，拎着蝎尾问："这个能借我拿回去用用吗？"

杀浅纳闷："你借它干什么？"

"当锤子。"林纸答。她的床的卡口松了，一动就嘎吱乱响，晚上翻个身都有心理负担。这条蝎尾挺沉，一节一节的，感觉拿来敲敲东西非常合适。

杀浅奇怪地问："那你为什么不直接借锤子？"

林纸于是问："我能借锤子吗？"

杀浅立刻答："不能。我的锤子只租不借，一块钱一天。"

林纸："……"看吧。

"我这可不是普通的锤子，是机甲工程师专用锤，我精挑细选出来性价比最高的专业品牌，四百多块钱，再加上我选它时付出的时间成本，起码一千块打底。"杀浅拎起桌上那套造型精致的金色小锤子给林纸看，"三年后，我应该更有钱了，会买套更好的把它换掉，这三年每天均摊成本大概一块钱，所以收你个友情成本价，也不算太黑吧？"

一块钱是不算黑，问题是林纸一共只有二十八块钱，还得攒着买屏蔽剂。她举起手里的尾巴，重新诚恳地问了一遍："所以我能借这个用用吗？反正你放着也是放着。"

这次杀浅倒是大方点头："明天给我送回来，小心一点儿，别敲坏了。"

林纸："大哥，它是真的没法再坏了。而且物极必反，说不定我敲一敲，它还变好了呢？"

杀浅一脸无语地继续研究他的金属蛇，一副打算干通宵的样子。于是林纸参观完他的实验室，先把赤字送回训练厅，就拎着"锤子"回了寝室。蝎尾作为一把锤子还是相当合格的，用起来超级顺手，没几下就搞定了林纸的床。

睡在不再乱叫的床上，林纸特别安稳。可刚睡没多久，她就感觉到有什么东西正在她旁边动，还碰了碰她的床。林纸一激灵，睁开眼睛，借着窗外透进来的路灯光，看见了那条被当作锤子用的旧蝎尾——它活了，正在努力地往她床上爬！大概是损坏得太厉害，它爬得很艰难，好不容易用动力浮起来一点儿，又一头栽下去，发出"当"的一声响。

对面床的千里遥也听到了，迷迷糊糊地翻了个身："林纸，没事吧？"

林纸看一眼尾巴，回答："没事。"

这种事她很有经验——这条蝎尾和列车上的机甲残手一样，都在努力往她跟前凑。

只发生一次可能是巧合，接二连三地发生，就一定有问题。其实今天在杀浅那里差点儿被它砸中脑袋时，林纸就觉得像是它感应到什么，才在她路过时从配件堆顶上掉了下来。和赤字建立耦合时，她比其他人更快，也更顺畅，还能解释为天赋问题，可是这些残破的机甲配件似乎也全都把她当成了主人。

杀浅说过蝎尾是自动穿戴的，但问题是她并不是它的主人，而且这条尾巴的耦合元件不是已经彻底坏了，完全不能启动了吗？按照教材上关于耦合系统的说法，没有经过认主和磨合，和机甲之间是根本不可能建立耦合的，越是高等级的机甲越不能。所以高等级机甲一出厂，联盟就会到处寻找合适的驾驶员，有时候几十甚至上百个驾驶员试驾，都找不到一个匹配的人——勉强匹配可能会对驾驶员的神经系统造成严重的伤害，就此疯了的也不是没有。而机甲驾驶员一旦牺牲，机甲需要经过天谕公司的技术部重置后，才能重新寻找合适的驾驶员。所以那些联盟人人都知道的著名机甲，驾驶员也同样家喻户晓。

林纸盯着地上的蝎尾思索，也许她和别人真的不太一样？

她对这条生锈的尾巴冒出兴趣，认真看它时，它仿佛感应到了一样，又飞了起来，腾空两尺，艰难地用尾巴尖碰到了林纸的腿。这回林纸帮了它一把，伸手把它捞了上来。蝎尾二话不说，挣扎着使了几下劲，从尾部探出两条金属卡扣。它把锈住的卡扣打开，往前一扑，严丝合缝地扣到林纸腰上。

林纸默默地看了它片刻，试着在脑中指挥它动一动。它居然真的收到指令，吭哧吭哧地像台老旧的拖拉机似的，努力把尾巴尖抬高了一点儿。林纸又让它放下。它乖乖地弯了弯，搭在枕头上，锈住的金属关节活动开了，发出咔咔的轻响。

千里遥翻了个身。

看来不能继续玩了，林纸在脑中命令它松开卡扣。蝎尾接受命令，松开林纸的腰。

林纸把它拎到床底下放好，盖上被子，躺下继续睡觉，才刚睡着，就又感觉有东西扫过她的手。林纸在睡梦中有点儿无奈，心想：再吵人睡觉，就把它送回杀浅那边。

可是有点儿不对，这一次和上次不同，林纸并没有感应到任何东西，碰她的似乎不是那条尾巴！她呼地坐起来，就见在床边很近的地方，有一双黄澄澄发着光的眼睛。

林纸冷静了一秒，辨认出是今天傍晚见过的送快递的机械狗。它不知什么时候摸到寝室里来了，没有打开背上放快递的盒盖，而是正张开嘴巴，默不作声地叼起林纸放在枕边的手环。

林纸：一只想偷东西的狗贼？关键是它竟然想偷走她花了六十九块钱巨款，还赊着人家的账，好不容易刚修好的手环！

机械狗发现林纸醒了，动作却没停，把手环咬在嘴里，转身就跑，才跑出半步，就脚下一绊，跌在地上。

绊住它的腿的，是一条长长的金属尾巴，尾巴根部的卡扣已经装备在林纸的身上——它逃跑的那一刻，林纸就召唤了自动装备的蝎尾，它听话极了，瞬间就从床底下飞出来，扣在林纸腰上，心意一动，尾巴就动，跟赤字一样听话。

原本只有胳膊长的尾巴上，一圈圈金属环一个接一个咔咔咔地抻开，猛地伸长，钩住金属狗的脚，让它栽了个大马趴，然后在收回来的时候顺便一钩，狗嘴夺食，把手环捞了回来。

手环一丢，机械狗愣了片刻，重新向林纸扑过来。

林纸收回手环，根本不给它冲上来的机会，指挥尾巴一摆，一鞭子抽在机械狗脑袋上，把它抽得就地滚了几圈。

闹出这么大动静，千里遥已经爬起来开了灯。她看清状况，刚醒的迷糊劲完全吓没了："这狗疯了？"再看看林纸那满天挥舞的金属尾巴，"这东西怎么会动了？"明明睡觉前它还是个老实巴交的锤子。

林纸一边用尾巴控制住机械狗，不让它往身上扑，一边点开手环，找到学院安保科的联系方式，对千里遥说："嗯，疯了。我叫学院保安过来。"她一心三用，尾巴上的动作丝毫不慢，机械狗已经滚了几次，脑袋被抽得歪在一边。

安保科值夜班的保安看到屏幕里发了疯的机械狗，哈欠吓得只打了一半，慌慌张张站起来："我马上到。"

林纸提醒他："你知道怎么处理它吗？要不要联系星图智能公司，还是打算一枪轰了它？"

这话提醒了保安，他刚才心急，只想着救学员，没意识到机械狗是校产，还不便宜，他没有随便处理的权限："对对，我先走流程提交武器使用申请，再叫星图智能的人过来。"

看来安保科的人还要一段时间才能过来，林纸改变战术，变抽为卷。就在她打算卷住狗腿时，那只机械狗忽然不扑了。它歪了歪已经很歪的脑袋，像是思索了一下，忽然转身往外跑。

这里是宿舍楼，还有别人，林纸怕它发疯乱伤人，攥着手环跟了出去。只见机械狗在走廊上往前狂奔几步，突然又停了。与此同时，走廊里的电梯"叮"的一声打开了，好几只长得一模一样的机械狗从电梯里冲了出来。

林纸扫了一眼狗群，忽然听到身后也有声音。她转过头，看到好几只机械狗从安全通道上来，正悄悄从背后向她逼近。

隔壁寝室的同学这时打开门，睡眼惺忪的，待看清走廊上忽然多了这么多机械狗，还都围着林纸，吓了一跳，失声叫："怎么回事？"

他的声音就像发令枪，一瞬间，所有机械狗同时向林纸扑了过去。

虽然同时发动，距离到底远近不同，最近的那只狗在腾空时，就挨了林纸的蝎尾狠狠一鞭，被直接打飞。这一鞭的方向和角度都控制得很精确，飞出去的机械狗砸在另外两只机械狗身上，连带着一起撞上走廊的墙。

动静不小，隔壁好几个寝室都有人探头出来，看见林纸被一群发疯的机械狗围在中间都吓得不轻。有人立刻拿出手环找保安，还有不少人上前帮忙。但狗群并不理会其他人，一心一意对付林纸。

帝国机甲学院的学员不尿，把战斗当吃饭。连千里遥都回寝室抄了把椅子冲了出来，举着椅子往一只狗头上砸。一交手他们才发现，虽然林纸抽鞭扔狗好像很容易，但其实这些机械狗力气相当大，也很结实，被打一拳踢一脚根本不太当回事。

林纸也看出来了，站在狗群中间说："你们退后，我来。"

尾巴在空中停了一瞬，然后所有人就看见，尾巴骤然伸长了一大截。

林纸扫它一眼，心想：原来真的可以再伸长。

这尾巴很多年没人用，不少环形关节锈住了，幸好刚才活动了一会儿，现在彻底打开了。环形关节伸到极限，响尾蛇一样在空中一抖。接下来就没人能看得清了。蝎尾是全耦合操控的武器，林纸越用越顺手，心念所过之处就是蝎尾到的地方。它的速度极快，空中全是虚影，只能看见一只接一只的机械狗从满天虚影中被扔出来。

没人敢继续留在走廊上，全都躲进寝室里，把门开一条缝，看着外面的战况。

千里遥隔着门嘱咐："你小心。我问过保安了，他说已经联系了星图智能，他们马上就来。"

林纸在鞭影中心回答："明白。"声音仍然平稳。

扔出去的机械狗锲而不舍地爬起来往中间冲，然而无论如何都靠近不了林纸。她用一条蝎尾，在身边封出了一块谁也进不去的禁区。

"叮"，电梯又是一声响。

林纸心想：又有狗来了？学院里怎么有这么多机械狗？

然而这次并不是狗。一群人从电梯里探头出来，看清状况，又吓得缩回去。原来是有人把战况在校园网上直播，招来一群大半夜还没睡的看热闹的人。

"她身上穿的是不是几十年前的老古董——穿戴式的蝎尾？"

"是。我记得我爸说过，他小时候这种尾巴特别火，有一年院际大赛的冠军就有这么一条蝎尾，于是那几年每架机甲上都装个尾巴，后来就不流行了。"

"都说几十年前的耦合系统的原理和现在的不太一样，这种老东西都没什么人会用了。"

"我一直觉得这种尾巴就是样子货，没实际用处。"

闻言，所有人都下意识地往林纸那边看过去：用成这样，谁敢说蝎尾没用？不考虑蝎尾上生锈拉胯的部分，林纸这尾巴甩得那是英姿飒爽。

有人感慨："她这蝎尾，用得跟我爷爷当初一样一样的。"

众人转头看着他："……"

这位认爷爷的有点儿尴尬，转移话题："她得坚持到保安来吧？"

"嗯，估计快来了。"

林纸并不打算坚持。只是她站在圈子中心，狗的攻击速度又太快，她一直腾不出手来。过了一会儿，她终于找到一个把十几只狗全都甩远的空当，用尾巴上的尖头灵巧地一钩，把手环挑了起来，然后稳稳地送到了走廊天花板的灯上，摇摇晃晃地吊在灯的一角。

不出所料，狗群立刻放弃攻击她，全部冲到灯下，疯了一样往上蹿。

它们的目标明确，自始至终都是她的手环，只要扔了手环就不会被它们攻击。可是不知道手环里有什么猫腻，林纸并不打算把手环送给狗狗们，不如吊在天上放着。

林纸往后退了退，让它们自己练跳高。刚刚和它们打了一阵，她已经看出来了，它们除了力气大、一嘴牙，没什么太大的本事，凭它们的弹跳力也根本跳不了那么高。

此时，秦猎到了。

他本来已经上床睡了，刚睡没多久突然醒过来，而且异常清醒。秦猎猜测可能是林纸起来了——这人大半夜不睡觉，这么精神，不知道又在干什么。他理了理被子，打算努力克服她的干扰，继续睡觉。可是就像上次补考前秦猎感受到的一样，她精神紧绷，注意力高度集中，像在练习机甲操控。秦猎心想，补考已经顺利通过了，新学期才刚开始，就算想在机甲大赛上赢西尾，也用不着用功到这种地步吧？

翻来覆去了一会儿，根本没法睡，秦猎索性坐起来。

手环忽然一响，是不在学院的安珀发了消息过来，就两个字："快看！"后面是校园网上的一个直播链接。

秦猎只扫了一眼屏幕上的机械狗群和林纸，就披上衣服冲出了门。

电梯很慢，秦猎索性沿着楼梯一口气冲上二十三楼。打开安全通道的门时，他一眼就看到一群疯狂地彼此踩踏着练跳高的机械狗和吊在灯上的手环，以及站在旁边看热闹的林纸。他松了口气，又忍不住有点儿想笑。

没多久，攥着小型激光枪的保安也到了。他旁边还有个年轻男人，大半夜的还西装革履，拿着个包，挂着胸牌，上面是醒目的"星图智能公司售后支持"的字样。

年轻男人只看一眼狗群就说："哦，这没什么大事。"

大家都听傻了，千里遥忍不住哈他："一群机械狗攻击人，你说'这没什么大事'？"

隔壁寝室的 Omega 索性把刚刚拍的视频给他看："它们现在是没咬人，可是你看刚才，跟疯了一样，我们全都拍下来了！"

视频里，林纸站在中间，机械狗们一拨儿又一拨儿，凶神恶煞地往她身上扑。

年轻男人瞥了眼屏幕："可别说我没警告过你，你起'天哪，送快递的机械狗攻击人了'这种有争议的视频名，并发布到网上，我们公司是可以起诉的。"

人群里有人骂他："诉你的头！"

年轻男人好像没听见一样，补充道："其实这种状况是完全可以避免的。我估计是学院的机械狗程序出了点儿小问题，错把那只手环当成了需要快递的物品。我们的机械狗向来敬业，不完成任务不罢休。"他慢悠悠接着说，"用户手册的免责声明里写得很清楚，你们学院没教过你们吗？是有极微小的概率会出这种错，在这种状况下，只要把东西交给机械狗就行了，你绝对不会受到任何人身伤害。物品方面，我们公司会负责后续的经济赔偿。"

"所以这基本属于——"他轻飘飘地总结，"用户处理不当。"

走廊里鸦雀无声。

年轻男人见大家都不说话了，有点儿得意，走到跳高的机械狗身后，拉开包的拉链："这只手环我们也要一起带走，看看为什么会出这种问题，过两天就给你们还回来……"

林纸一直没说话，这会儿忽然问："你想要手环？"

年轻男人一边低头从包里取东西，一边"嗯"了一声。

"给你。"林纸的尾巴猛地伸长，在灯上轻轻一挑，钩起手环后一摆，直接把手环丢进年轻男人手里。

她的动作太快，年轻男人措手不及，等反应过来的时候，手环已经在手里了。

手环在哪儿，狗就在哪儿。机械狗反应迅速，一窝蜂疯狂地向年轻男人扑了过去。

年轻男人反应太慢，等意识到应该把手环扔出去时已经晚了。一群又大又重的金属机械狗像一大群橄榄球运动员，毫不客气地冲撞过来，噼里啪啦地把他砸倒在地上，他的身影瞬间消失在狗群里。

一团混乱中，终于有只狗抢到了手环，用嘴叼住，不再理会躺在地上的人，撒着欢往外跑。其他机械狗看见它得手了，也都不抢了，赶紧跟上去。

然而想拿走手环，就是做梦。一条长长的尾巴从天而降，轻轻一捞，狗嘴里的手环被重新挂回天上。狗狗们再一次上演了比赛跳高的那一幕，仿佛刚才的一切全都没发生过。

唯一不同的是躺在地上的年轻男人。他被一群大狗疯狂踩踏了一遍，衣服扯开，包飞了，胸牌不知道跑哪儿去了，手大概是被抢手环的狗嘴咬了一口，鲜血滴滴答答往下流。他挣扎了半天才从地上爬起来，刚才嚣张的气焰一扫而空。

围观群众一致觉得，他现在的造型比刚才看着顺眼多了。

林纸转头看他一眼，遗憾地评论："你怎么不及时把手环交给机械狗呢？你刚刚不是说过，给它们不就没事了？"

年轻男人张了张嘴，没说出话来。

保安也忍不住催他："你赶紧把你的狗处理了，这么晚了，我们学员还得睡觉呢。"

年轻男人只得捡起包，从里面拿出一台手机大小的仪器，不知道输入了什么，所有的机械狗瞬间就像瘫痪了一样趴倒在地上。

"一会儿有人过来运狗。"年轻男人又看一眼吊在灯上的手环，"可是这只手环，我们还是得带走……"

林纸心想：他们星图智能无论是狗还是人，对她的手环都很有执念啊。

她刚要开口拒绝，就见眼前一道光一闪而过。原本吊在灯上的手环冒出一缕青烟，只剩下焦黑的一小团掉了下来，砸在下面的狗鼻子上。

林纸转过头，看见保安也一脸莫名其妙地握着激光枪，看向站在他旁边的人——他旁边是秦猎。

星图智能的年轻男人也彻底蒙了。他反应了半天才气急败坏地对保安吼："你开枪打手环干什么？"

林纸猜刚才那一枪肯定不是保安打的，而是秦猎抓着他的手开的枪。

保安认识秦猎，但不懂他的用意，没敢吭声。

秦猎淡淡道："手环是我们学员的，打不打关你什么事？"

林纸接道："这手环招狗，打得好。我本来就打算换了。"

保安这会儿理直气壮了，对年轻男人说："听到了没有？人家自己的手环，人家根本不在乎。赶紧弄走你的狗！"

走廊上的残局收拾完，学员们各自回寝室。

秦猎也跟着看热闹的人乘电梯走了。他回到五楼，才发现收到了安珀发来的新信息。

"老大，技术部送去测过了，你给的那瓶水里没有口腔黏膜细胞，测不出基因。"

秦猎追问："瓶口也试过了？"

安珀无奈道："全都仔细查过了，没有。"

秦猎想了想，说："唾液比较难，我想办法去拿她的头发。"

安珀沉默了片刻，发过来消息："她，谁？又是林纸？你又是要她的基因记录，又是要测她的头发，该不会是打算比对一下你俩的基因，看看后代有没有遗传病吧……你打算跟你家族的传统对抗，和她结婚？还是想要个私生子？人家都不认识你，八字还没一撇呢，你会不会想得有点儿太远？震惊.jpg"

秦猎：究竟是谁想得有点儿太远？

安珀建议："其实你要是真想拿到口腔黏膜细胞的话……呃……"

秦猎简单地回了他一个字："滚。"

安珀不服："你以为我想说什么？"

秦猎不再理他，打开林纸的聊天窗口，心想：要想办法接近她，拿到她的头发。

二十三楼。

林纸放好蝎尾，准备睡觉，一抬头，就看到床边桌上光脑的屏幕一闪一闪的，是秦猎发来的消息，而且是条语音，背景里有窸窸窣窣的声音，好像在换衣服。

"手环的事不好意思。"他承认是他打的。

林纸有点儿惋惜："他们费尽心机想要拿到手环，说不定里面藏着什么好东西。"

秦猎回答："好奇害死猫。管它有什么东西，反正现在手环没了，这件事就和你彻底没有关系了。"

林纸刚才在走廊上就懂了他的意思。他们星图智能大半夜地折腾，又是狗又是人，似乎非常想要拿到她的那只手环，现在手环当着他们的面化成了灰，就没人再来找她的麻烦。他这是为她着想。

秦猎继续："明天我赔你一只新的。"

林纸回复："不用，那只手环已经很旧了，没就没了。"

"本来就是我的责任，没有不赔的道理。"秦猎坚持，"明天见。"

第二天是周六，一大早，好久不见的系主任就来敲门。除了她，还有个挂着星图智能公司牌子的人。不是昨晚那个年轻男人，而是一个胖胖的中年人，一直赔着笑脸，是过来善后的。

帝国机甲学院地位特殊，是母星最好的机甲学院，还有军方背景，想必星图智能不会想和校方闹得太僵，加上有系主任跟着，林纸并不担心。

中年男人开门见山，把昨晚的事解释了一遍。他并不承认他们的机械狗有问题，也不承认他们星图智能有任何责任，说出错的原因主要是有黑客入侵了他们的系统，修改了程序，还像模像样地出示了黑客入侵的证据。他拿出一份协议，说鉴于林纸并没有受任何伤，只是受到"轻微的惊吓"，星图智能愿意出于人道主义为昨晚的意外付给她一万块的精神抚慰金。

林纸扫了一遍协议的条款，懂了，这钱是封口费。不过她绝对不会跟钱过不去，不要白不要。她放下协议，直截了当地说："一万不够。"

中年男人怔了怔。他原本做好了思想准备，以为机甲学院的年轻人血气方刚，昨晚又受了委屈，听见他推脱责任的话，一定会愤怒到不行，说不定还会坚决不要他们赔偿的臭钱，得系主任出马从中调停。没想到林纸一脸平静地听完，根本没跟他掰扯机械狗到底有没有问题的意思，开口就是讨价还价。他讪笑道："这个数额……呃……其实也不是不可以谈。"

林纸利索报价："那就十万吧。"她眼也不眨，直接翻了十倍。

中年男人满脸为难："十万啊，那是真的不太可能。我们也没有过赔偿这么多的先例。"

林纸不在意："我这里就是十万，一口价。"

任中年男人磨破嘴皮子，十万就是十万，她并没有丝毫让步的意思。

中年男人犹豫了一会儿，装模作样地发了半天消息，最后才点头："好，那就十万。"

林纸懂了，看这意思，如果她起诉的话，应该能拿到更多。可是起诉要时间、精力，也要钱，这些她现在全都没有。

中年男人拿起协议，递给林纸："你先签，签完钱就给你转过去。"

林纸没动："十万是我的，那别人的呢？昨晚整层楼的人都被你们的狗吓得不轻，他们没有精神抚慰金吗？"

中年男人傻了："他们昨晚又没被袭击，就在旁边看看，也要赔偿？"

林纸："你都说了是精神抚慰金，看看不影响精神吗？"

千里遥在旁边听得想笑。

连系主任都忍不住弯弯嘴角，开口道："我觉得她说得很有道理，昨天的事确实影响我们学员休息了。"

林纸继续讨价还价，给这层楼每个寝室的围观群众敲到了五千块的精神抚慰金。大家有福同享，有钱同坑。

协议一签，赔偿金到账，林纸看着账户余额的"28.00"瞬间变成了"100 028.00"，不动声色地关掉屏幕。

等他们走了，千里遥才说："他们星图的机械狗也不是第一次出这种事了，以前每次出事，爆出来没多长时间就被删没了，想查都查不着。"

林纸打开旧光脑搜了搜，果然，校园网上的视频没了，话题也不见了，昨晚的事就像没发生过一样。看来花钱消灾的事，他们没少干。

林纸先把欠杀浅的六十九块修手环的钱给他转过去，刚打开光脑，就看到有消息一闪一闪的，是秦猎。

"林纸，上午我有点儿事，你中午十二点有空吗？"他执意要送手环。

林纸现在发了一笔小财，可以自己买新手环，便回复："真的不用赔我。"

秦猎坚持："你不自己挑的话，我就只能随便买一只了。"

林纸只得回："不然到时候你在宿舍大楼门口等我？"

她从床底拎出蝎尾，打算去还给杀浅。

一大早，机控工程大楼里已经有人了。等电梯时，不少人都在偷看林纸，毕竟她用一条旧蝎尾单挑机械狗的视频昨天夜里传遍了整个学院，虽然星图删得快，看见的人还是不少。

"那就是林纸吧？"

"前两年成绩那样，怎么突然就开窍了呢？"

"不是什么开窍，是有人特别会用那种几十年前的老式机甲。"

"也是。他们偏远星系可能还有咱们母星早就淘汰的老古董吧？"

林纸目不斜视地走进电梯。

一进杀浅的实验室，杀浅就笑道："学院的新明星来了。"

他的工作台上还亮着灯，和林纸昨晚走的时候差不多，看着就是熬了个大夜的样子。

"一大早我就收到一堆消息。"杀浅把手环屏幕打开给林纸看，全是要买蝎尾的。

原来林纸的视频不只传遍了整个学院，也出圈了，虽然星图智能公司大展神威，连夜把所有的相关话题删了个干净，视频还是在一个非常特殊的圈子内部悄悄地流传开来，那就是古董机甲收藏圈。

视频里，漫天飞舞的旧蝎尾把一群亮闪闪的现代机械狗打得毫无还手之力。这让无数人热血沸腾，想起几十年前蝎尾在竞技场上大放异彩的流金岁月。于是旧蝎尾突然就在收藏圈爆火了。可惜收藏的人并不多。这时有人想起，杀浅手里就有这么一条卖不出去的蝎尾。所以天还没亮，杀浅就收到一堆报价，有报三万的，有报五万的，原本一千块都没人要的东西现在人人抢着买。

蝎尾是杀浅的，他大可以等林纸把蝎尾送回来，直接卖了，可他却特意给她看这些报价，显然是打算跟她合作，把这条蝎尾卖出个更好的价格。视频里林纸装备在身上的原版蝎尾当然也值得更好的价格。但他空口这么说，肯定没人信，他需要林纸帮他认证，他手里这条就是昨晚狂虐机械狗的那条。

林纸看完他手上的消息，抬头对杀浅说："想找我帮忙对吧，五五分成。"她认真补充，"其实七三、八二都不过分，不过看在我们是队友的分上，让利给你。"

杀浅忍不住笑了："怎么就那么机灵呢？五五就五五。"他仔细端详林纸手里的蝎尾，"耦合元件明明已经彻底坏了，居然自己好了？而且还和你建立耦合了？"

林纸："我就跟你说了物极必反，大概被我当锤子敲了几下，敲好了。"

杀浅："……"

估计蝎尾的热度只有一阵，持续不了多久，要想卖个好价钱，就要趁热打铁。所以接下来的整个上午，杀浅都在给林纸拍视频，让她用那条蝎尾摆出各种造型，各种炫技。而且他比专业摄影师的要求还要严格——只要涉及钱的事，他就毫不含糊。

好不容易剪出杀浅满意的视频，也差不多到了午饭时间，林纸问他："你打算卖多少钱？"

杀浅胸有成竹："我当然是打算让他们竞价，价高者得。"

林纸很赞同这个办法。她转身看他的垃圾山："杀浅，你这儿还有没有类似蝎尾这样靠全耦合驱动，能防身，最好比蝎尾小一点儿方便携带的东西？当然最重要的是——"

杀浅很懂她："——便宜。我帮你找找。一起去吃饭？"

林纸忽然想起，她中午还约了人。

等林纸赶回宿舍楼门口时，秦猎已经到了，正两手抄在裤子口袋里等她。他衣着整洁笔挺、神情冷淡，看着赏心悦目，刷一层漆摆在那里都能直接当雕像。

秦猎一看到她就走过来："我本来打算帮你挑一只，又不知道你喜欢什么颜色……"他说到一半忽然停了，表情多了点儿细微的变化。

林纸察觉到了，随即意识到一件非常重要的事：上次注射信息素屏蔽剂是三天前，屏蔽剂只有七十二小时有效，马上就快到时间了。他该不会是……闻到了什么吧？

整个学院几乎全部都是 Alpha，包括眼前这位，信息素乱飘绝不是什么好事。林纸直奔不远处的自动贩卖终端："手环的事先等一等，我有点儿急事。"

她在自动贩卖终端上火速找到信息素屏蔽剂，选了最贵的能维持一个月的那种，刚想转过头找秦猎，就看到他已经贴心地默默摘下自己的手环，递了过来——她的手环昨晚被他轰成了渣，付不了款。

林纸退出他的账号，登入自己的，扫描、付款一气呵成。

贩卖终端连着建在整座城市地下的自动货运网络，屏蔽剂是日用品，送得非常快，只等了几分钟，终端就到货了。林纸扫过身份牌，把屏蔽剂的小盒子取出来打开，熟练地拿出里面的小圆块，摸索到后颈的正确位置，扣上去一按。"咔哒"一声轻响，后颈传来一阵特殊的感觉。长效屏蔽剂比三天的那种猛得多，电流一样刺激的酥麻感自上而下，从后颈直通脊椎。

林纸解决了这件惦记了好几天的大事，松了口气，抬起头，忽然发现秦猎默不作声地站在旁边，没什么表情，耳根却泛着一层非常可疑的红。她的脑子飞快运转，该不会在这个世界的文化里，Omega 注射屏蔽剂是一件很私密的事吧？就像当着他的面换个内衣什么的？

两个人尴尬地对视了两秒钟，秦猎挪开目光，换上若无其事的表情，语气镇定地说："我们挑手环吧。"说完上前重新点开自动贩卖终端的屏幕，在商品分类里找手环，背对着她翻了一会儿，他耳根的红终于渐渐消退了。

秦猎选了最好的牌子、最新款和最高配置，然后问林纸："你喜欢什么颜色？"

林纸还没开口，就见秦猎点了点屏幕，往回倒退了一格："是黑屏幕红腕带的这只，对吗？"

他猜得完全正确，林纸刚才确实一眼就看中了这只手环，一看配色就觉得很喜欢。她有点儿好奇，秦猎刚才连头都没回过，根本看不到她脸上的表情，她也没出声，他怎么能猜得那么准，知道她喜欢哪个？

秦猎拿过手环，用自己的账户扫描付款。

林纸谢谢他。

秦猎简单地回答："应该的。"

手环在附近有仓储点，要稍等一会儿才能送达。林纸本以为他把这件事办完就该走了，没想到他并没有走的意思，反而靠在贩卖机上看着自己，目光落在她的头发上，又顺着头发扫到肩膀，像是在找什么东西，似乎没找到，有点儿失望。

秦猎忽然问："你要参加机甲大赛？"

林纸点头。这件事学院人人都知道。

秦猎："我没参加过学院的机甲大赛，不过我有一个朋友，整理过近几年学院机甲大赛的资料，虽然很粗糙，但是可以看看，我让他传一份给你？"

林纸正想着趁周末去查查学院机甲大赛的资料，这工作量不小，有人已经整理好当然再好不过。

秦猎给人发消息，过了一会儿，抬起头："我让他给你发过去了。"

自动贩卖终端这时提示到货，林纸的手环来了。

秦猎仍旧安静地靠着贩卖机，看她摆弄新手环。

林纸看出他还有话要说。

果然，他又说："机甲大赛每年都有人受伤，小伤是常事，严重的事故也不是没有过，我记得那份资料最后的部分，也总结了容易出问题的点，还有要注意的事项。输赢其实没那么重要，安全第一，你自己千万小心。"

林纸心想：原来他是想说这个，还说得十分情真意切，就这份操心的劲头，好像她妈。

两个人说着话，各自想着各自的心思，并没有注意到不远处的宿舍楼门口有熟人路过，是西尾和宫危。

西尾一眼看见林纸和秦猎在一起，有点儿惊奇："我还在奇怪呢，那个林纸上学期像个尾巴一样满学院地跟踪你，这学期开学后怎么突然不见了，原来是有新目标了。"

他心直口快，说完才意识到，这么说好像有点儿触宫危的逆鳞。西尾小心翼翼地偷看宫危，发现宫危淡淡地瞥了林纸和秦猎一眼，没有说话。

西尾很清楚，宫危向来喜欢跟秦猎暗暗较劲。

宫危的曾祖父创立了星图智能，和秦猎家的天谕旗鼓相当：星图在人工智能领域发展得很好，产品渗透各行各业，而天谕基本是靠与虫族战场上的军用机甲订单才维持至今，星图明显更胜一筹。

现在管理天谕的是秦猎的哥哥，而秦猎是他们家族的神侍，虽然名号好听，却没有什么实权。至于宫危，这些年与父亲弄出来的明面上和私底下的一群兄弟姐妹明争暗斗，近两年总算基本稳固了地位，今后大概率能拿到星图继承权。在这个维度上，应该算是宫危赢。

可是有一件事，宫危却输得非常彻底——无论学院内外，提起帝国机甲学院第一人，所有人都觉得，毋庸置疑是秦猎。

在秦猎家擅长的机甲上输给他算是很正常的，可宫危本人显然不这么想。

西尾讪笑着，快速打了个补丁："林纸这是费了一学期劲，实在追不到你，才退而求其次，换成秦猎了吧？"他对自己的机灵劲很满意。

宫危没有说话，他想的是另一件事。他昨晚看过林纸用蝎尾斗机械狗的视频，也留意到激光枪轰掉手环时秦猎就在保安旁边，手环九成九是秦猎轰掉的。秦猎会毁掉手环，就证明资料并不在手环里，那他大可以不管这件事，让星图继续想方设法拿到林纸的手环。可他却出手管了，帮林纸永绝后患。为什么？他望着那边，看见秦猎低着头，正认真跟林纸说话。

宫危头一次仔细打量了一遍林纸。以一个 Omega 的标准，她肯定是好看的。可是好看的 Omega 遍地都是，无论是对秦猎还是对他来说，都不是什么稀缺资源。尤其她一没有家世背景，二没有过人之处，没有丝毫利用价值，这种好看就显得毫无意义。宫危有点儿不解，秦猎这是看上她什么了？

西尾站在旁边等了半天，也没见宫危说话，便顺着他的目光看过去，发现宫危在盯着林纸出神，心想：啊？什么意思？难道有秦猎抢，宫危忽然觉得林纸这朵烂桃花烂中透着香了？

2

林纸和秦猎告别后回到寝室，打开光脑，第一件事就是去搜索"可以在 Alpha 面前注射信息素屏蔽剂吗？"。

这么奇怪的问题，竟然有人问过。结论是虽然很多人会有点儿害羞，但也不是不能接受。还有不少人呼吁拒绝"屏蔽剂羞耻"，把注射当作一件正常的不需要躲躲藏藏的事来做。

那秦猎害羞个什么劲儿？他一个淡定冷静的人，竟然会因为屏蔽剂害羞到耳根发红，半天缓不过来的地步？

林纸觉得秦猎的各种行为都透着古怪。

他对她表现出的超乎寻常的关心可以有合理的解释，要么是像他说的，照顾父亲的故人遗孤，要么是他喜欢"她"。可是当事人林纸觉得不像。他做过的那些事，比如送她眩晕药、把她的手环轰成渣、给她大赛资料、叮嘱她注意安全，看着挺暖，其实全都有非常明确的目的性——他不希望她难受，更不希望她受伤，他非常关心她的身体健康和人身安全。

这就很有趣了。为什么呢？

林纸出了一会儿神，才又打开光脑，找到有关机甲大赛资料的邮件，是一个叫安珀的人发过来的。才翻了翻，她就震惊了——秦猎把这叫"粗糙"？！邮件里不只有大赛的基本信息，包括规则和赛制安排，还有每一年每一场比赛的详尽分析，从机甲改造到各小队的战略战术和临场表现。写分析的人基本功非常扎实，很有自己的见解，通读一遍一定受益匪浅。

林纸翻了一遍，火速给秦猎发消息："我能把资料传给队友吗？"

秦猎几乎是秒回："当然可以，你随意。"

对方同意了，林纸就把资料打包发到小队的群里。

边伽不在学院，按他的行程安排，今天要去新开的全息鬼屋玩，这会儿大概正被鬼追杀，没有回复。倒是杀浅立刻回了消息过来："你哪里拿到的？我自己也试着做过一份，没这个细和全。"

之后的整个周末，边伽都不见人影，杀浅在实验室没日没夜地琢磨机甲装备，林纸一边恶补前两年的理论课，一边研究秦猎给的大赛资料，想换脑子时就去训练厅训练体能，时间安排得满满当当。

周一中午，一下课，杀浅就把林纸和边伽召唤到他的实验室。实验室里依然乱得一塌糊涂，工作台上堆着他那些生锈掉漆的破烂宝贝，宛如垃圾场。

"这周五就是预选赛了，"杀浅说，"规则和以前一样，比赛内容保密，所以我按照往年的预选赛推测了一下，给大家的机甲准备了这些装备。"

边伽左右张望："哪些？"

杀浅对着工作台轻轻扬扬手："这些啊。"

边伽和林纸："……"

知道他会省，没想到他会这么省。各种颜色的金属材料胡乱拼在一起的链条，旧到褪色的皱巴巴的袋子，形状和颜色都很可疑的生锈的不明物体……工作台上放着的，不就是一堆破烂吗？按机甲大赛的规定，每支小队都有改装费用的上限，最高十万，由参赛者自己出，所以大家能省则省。但林纸估摸了一下，杀浅这一桌子东西别说十万，成本不知道有没有十块。

杀浅注意到他俩的表情："我控制成本是给大家省钱，毕竟去掉改装成本后剩下的奖金，才是我们三个人均分。"他语重心长，"别老想着花钱，省得越多，分的就越多。"

边伽忧心忡忡："按你这个成本控制法，会不会让我们最后只能屈居第二、第三啊？那样钱可就少了。"说得好像第二、第三已经稳拿了一样。

林纸看看自己的两个队友，由衷地觉得有点儿忧愁。

杀浅拍板决定："装备就这么定了，你俩下午把机甲开过来，我给你们装上装备。"

边伽接受了他要往青青身上装破烂的现实，没再反抗，只问杀浅："你接改漆色的活吗？"他不喜欢绿色，早就惦记着要改。

杀浅回答："当然接了。机甲涂装翻新，按面积收费，单色全身包漆三千块，半身两千块，四肢局部异色一般一千块左右，特殊花纹按复杂程度另算，给你打个七折。我的漆都是好货，绝对能让你的机甲美翻天，而且全是速干，什么训练都不耽误。"

边伽点头答应。

杀浅从工作台下掏出厚厚的一本色卡，让他对照着挑漆色。

边伽从头翻到尾，又从尾翻到头，来回看了两三遍才指了指其中一张色卡："就这个吧。"

林纸凑过去看，十分纳闷："这不还是绿的吗？"还比青青现在的绿色更鲜亮了一点儿。

边伽认真端详："我怎么觉得看着特别顺眼呢？"

林纸："估计是你绿习惯了吧。"在边伽的目光威压下，她火速校正，"我是说，估计是你看绿看习惯了吧。"

这三千块的改漆，改了个寂寞。

杀浅做成边伽的这笔大生意，心满意足，又向林纸推销："怎么样，要不要给你的赤字也翻个新？"

林纸琢磨："赤字的漆是挺旧的，腿上都划出道道来了……"

杀浅立刻说："那你得小心，漆面破了可是会生锈的。想漆一遍吗？我也给你打七折，可以赊账。"

林纸点头："倒也不用赊账。我看腿上只有一条道道露底漆了，我就先漆他个一块钱的吧。"

杀浅："……"

林纸本以为杀浅会让她滚，没想到他却叹了口气，说："算了，一块钱也是钱，我给你抹一道。不过先说好，剩哪种漆就用哪种，不能挑漆色。"

午休转眼即过，大家说好尽快搞定机甲，这样在周五预选赛前还能有点儿时间一起训练。

边伽："那过会儿一下课，我们就把青青和赤字送过来你改漆上装备。"

林纸点头："对，让它俩赶紧来见它们专属的……呃……"她寻找着合适的词，"修甲师？美甲师？"

杀浅怒了："我这种职业叫作机甲师！"

机甲师杀浅活干得确实快，只过了一个晚上，他就全搞定了：边伽的青青依旧绿油油，新漆的质量是真的好，显色又有光泽，它绿得比原来更加醒目，让每个人脸上都反着绿光；赤字的膝盖上也多了一小道黄漆。

杀浅直言不讳："红漆用光了，我不想再开罐新的，正好有罐黄漆空了，只剩盖子上还有一点儿。"

但是他很良心，把那抹黄漆画成了一道精致俏皮的小闪电，还挺好看，而且竟然没按特殊图案的标准额外收钱，这一块钱花得很值。

林纸正想把一块钱转给他，手环响了，是杀浅转来一大笔钱，六万三千二百八十一块五毛，有整有零。

"是卖蝎尾的钱，"杀浅说，"五五分成，我扣掉了涂装的一块钱。"他把竞价记录发给林纸看，那条蝎尾竞价激烈，卖得相当不错。

林纸满意地欣赏银行余额。

杀浅忽然又出声："我刚入学的时候，银行账户里连二十八块钱都没有，资产是负的。那会儿我家里人生病，要用一种特殊的药……"他动手收拾工作台上的漆桶，语气漫不经心，"那时候我才知道钱有多重要，它可以买到你爱的人的命，一分钟一分钟地买，一块钱一块钱地买……我欠了别人一大笔钱，不过现在已经还清了。"他顿了顿，对林纸补了一句，"加油。"

林纸抬起头看着他。

杀浅似乎有点儿不好意思，不动声色地挪开目光，把漆桶放回柜子里。

边伽在旁边喃喃自语："等我过几天把假期的极地十天九夜豪华游的定金付掉，我的资产也要负了。我也要加油。"

林纸和杀浅："……"

他们三个忙着为机甲大赛做练习的这两天，学院里气氛也很特殊，人人都很兴奋：马上就是机甲大赛的预选赛，没人有心思上课。

周四是一整天的核心课，高阶机甲主控指挥。教官是个银发的女性 Alpha，姓杨，被一屋子心不在焉的学生激怒了。抓人抓典型，见边伽从上课起就趴在桌上哈欠连天，她点点眼睛都睁不开的边伽，问："如果你驾驶一架辅助机甲，单兵深入敌后，发现岩石上有红色丝状物的痕迹，你要特别小心什么？"

"强酸陷阱。诺玛虫最喜欢玩这一套。"

答对了。杨教官只得让他坐下。

边伽重新趴下，小声嘀咕："我妈当初在星环三区就因为强酸陷阱废过一架机甲，那时候还是诺玛虫第一次在战场上亮相，就连机甲里识别系统的资料库都不认识那些红丝是什么。"他百无聊赖地再打一个哈欠，"但这种东西，我坐在儿童餐椅里喝宝宝营养液的时候，就听我妈说过一千八百遍了。"

林纸也只用半只耳朵听课。她抓紧时间，继续研究秦猎发来的大赛资料。

理论课上完，大家转移阵地，两两结组，坐到 3D 虚拟沙盘前。每一个虚拟沙盘都有大圆桌那么大，上面是精致逼真的地形投影，在一大片高低起伏的红褐色土地上，能看到密密麻麻的穿步兵甲的普通士兵、比这些模拟小人大一圈的虫子，还有两架主控机甲和八架辅助机甲。这节课要做的就是在旁边的控制屏上指挥机甲，带领步兵们拿下虫族的巢穴。学员使用不同的战术进攻，沙盘上虫族的应对策略也会相应地做出改变，很像在打即时战略游戏。

杨教官在教室里来回巡视："沙盘重现的是二十年前艾连星系保卫战中著名的红土战役，你们现在在中期东线战场的一片虫巢前，手里主控机甲的任务是用最少的代价端掉虫族储存虫卵的巢穴……"

然而没人听她讲课，学员们看起来在像模像样地指挥机甲，其实全在悄悄聊天。

"也不知道今年的预选赛要比什么。"

报名参加预选赛的人很多，有近百人，也就是近百架机甲，需要一个很大的场地，通常都不在学院里举行，要去外面找地方。而按照惯例，预选赛的比赛内容要到比赛当天才会透露，谁都不能提前知道内容。

"去年是去塞瑟山的大峡谷里救人质，估计这次也差不多。"

边伽听见了，低声对林纸说："最好今年还去塞瑟山，我还没去母星的大峡谷玩过呢……"他一走神，负责的一架辅助机甲就掉进了虫族的陷阱里。

林纸指挥着一架主控机甲和几架辅助机甲，带着步兵，耐心地边战边退，没多久就退到了后面的第二线阵地。见她的队伍似乎没什么斗志，虫群乘胜追击，由巢穴前一路跟着他们来到第二线阵地。林纸在这里跟他们纠缠了一会儿，又继续后退。虫族一路冒进，原本乌压压的虫海被拉成长线。等第一批虫子到达一片盆地时，发现不对了。这里遍布着工事，原本一直在逃跑的联盟军队正严阵以待等着它们。这时候想退已经来不及了，两架辅助机甲带人从侧翼插入，断了它们的后路，攻守逆转。

林纸一边看着沙盘上的张牙舞爪的虫子一个个倒下，一边问边伽："你那边好了没有？"

边伽正操控他的队伍，做贼一样偷偷摸进虫穴。巢穴的虫族主力被林纸引走，防御不足，就算他手里的一架辅助机甲被强酸陷阱腐蚀严重、部件废掉大半，还是轻松得手。

沙盘上，象征任务完成的绿灯亮了起来。

其他组还在一边聊天，一边在虫族巢穴前缠斗，猛然发现林纸他们这边已经打完了。

"这么快？"杨教官也很惊讶，她走过来，弯下腰在控制屏上点了快速回放，看完感慨，"真不错。"

边伽用拇指向林纸一指，懒洋洋道："全是她想出来的。"

林纸："其实不是我想出来的。当初的红土战役，东线巢穴这一块，那架主控机甲就是这么打的，我昨晚看见了，现在只不过照做了一遍。"

旁边的小组很惊奇："红土战役战场那么大，时间还很长，你能刚好看到东线这个巢穴这块，运气也太好了吧？"

林纸解释："其实我昨天是把整个红土战役的战术打法都瞎翻了一遍。"

这次连杨教官都沉默了。她昨天确实把红土战役的资料全部打包发给大家了，问题是里面有各种文档、影像资料、亲历者自述，信息又多又杂。眼前的 Omega 竟然在那么短的时间里全看了，不只看了，还把冗杂的信息梳理完，记住了，课堂上随便抽一部分模拟就能做得分毫不差。

杨教官忽然有点儿恍惚。这个 Omega 她去年好像教过，是这门课的先导课，基础机甲主控指挥，对方那时成绩垫底，今年这是突然开窍了？她点点头："很不错。不过这场战斗的指挥看似完美，其实有一个小小的缺陷……"她重新回放沙盘上的战斗，打算讲解，还没说完就怔住了。

林纸小心翼翼地问："是侧翼突入的兵力不足吗？我稍微调整了一下，感觉盆地的主控机甲那边可以不用留那么多人，尤其是辅助机甲，多分一架给他们，他们的损失会比当初小。"她想了想，说，"不过我觉得当时的主控机甲那样分也没错，以大局为重，比较谨慎。"

杨教官彻底无话可说了。她直起腰，拍了拍林纸的肩膀，对着一屋子心都飞了的学员说："我也不求别的，只希望在这学期结束前，你们每个人都能达到她现在这种水平。不要总想着大赛大赛，你们以后都是要上战场操控机甲的人，负责的战斗区域里，每一个普通步兵的命都系在你们身上，主控指挥课才是重中之重。"她叹了口气，"都把心收一收，今天这节课课后会有作业，是红土战役的战术分析，明早九点前必须交。"

她想了想，又补充道："班上有参加机甲大赛的人吧？你们明天早晨五点要去乘短途飞船，所以要在五点前提交作业。"

教室里瞬间沸腾了。

"短途飞船？"

"那肯定不在母星比赛了，要去哪儿？"

"短途啊，帕赛星吧？我赌帕赛星！"

杨教官陷入绝望："……"

周五清晨，天刚蒙蒙亮，人工智能助手雅各布就在寝室里放起了欢快的音乐，把所有参加机甲大赛的学员叫起床，让他们驾驶机甲到学院的停机坪集合。

早晨清凉稀薄的雾气里，两艘黑黝黝的巨型短途货运飞船正等在那里。它们又高又胖，像两只巨大的横放的黑色汽油桶。这是学院为比赛特意调来的军用货运飞船，本来就是运输机甲用的。林纸绕着它新鲜地瞅了一圈，跟大家一起排队登船。

飞船前排成长队，参加预选赛的人不少。

林纸看过报名小组名单，有三十一个小组，每组三人，一共有九十三架机甲参赛。其中大四生居多，大多数都是主控指挥系的学员，夹杂着杀浅他们机工系的人，其他院系像信息技术系和信息管理系，人本来就少，又因为平时就不太上机甲，来的人更是少得可怜。

除了杀浅和边伽，林纸一个人都不认识，只看见西尾的机甲——他那架石油王子风的机甲金晃晃的，想不看见都难。

大家各自把机甲停进飞船里的停泊位，找到座位坐好。这是林纸第一次乘飞船，有点儿紧张，但是想象中加速度带来的巨大压力并没有来，离开母星进入太空后也没有失重，大概是因为飞船有人工重力系统，一切都和在地面上没什么两样。

座位一排又一排，林纸听见身后传来声音——

"居伊，你看见林纸的机甲了没？"

"哪一架？"

"红的那架。"

身后坐着的一排全是大四生，那个叫居伊的，和他的两个队友都壮得像熊一样，就在西尾旁边，似乎和西尾很熟。

"别人的机甲涂装都是怎么酷怎么来，她把好好的机甲膝盖上画个小花，还弄成黄的，生怕别人看不见。"

"不是小花，是小闪电。"

"一样的。"西尾在旁边搭茬，哼了一声，"Omega 不都那样？什么描眉毛、画眼线、指甲上涂上小花小心什么的，装可爱呗，满脑子想的都是怎么勾引 Alpha。"

"宫危从来都不参加学院内的大赛，她画给谁看？"

"广撒网嘛。不过她最近转移目标，不跟着宫危了，好像都在和那谁……"

林纸只当没听到。

边伽却按捺不住，偏头越过座椅背，笑了一声，说："人家自己的机甲，爱画什么画什么，关你屁事？"

西尾冷淡地翻翻眼皮："看吧，已经有一个 Alpha 上她的套了。"

边伽把眼睛眯起来，准备站起来。他对打架这件事从来都没在怕的，出奇的有热情。

教官一眼看见这边气氛不对，穿过过道走过来："飞船上不许打架闹事，违反纪律的话，取消参赛资格。"

杀浅伸手把边伽按回座位。

林纸也安抚他："想揍他们，不急在现在。"现在揍不划算，没钱。

等飞船飞稳了，边伽才偏头过来，压低声音，用气声悄悄问林纸："你喜欢宫危？"他张了张嘴，又合上，片刻后，仿佛下定决心一样重新出声，忧心忡忡地说，"林纸啊，宫危的事我听我爸妈说过一点儿，那个人为了巩固家族地位，打压兄弟姐妹的手段很脏，看人不能只看脸，还是离他远点儿比较好。"

林纸没回答，一脸无语地看着他。

边伽看到她的表情，笑了："没有就好。"他放下心，又起了好奇心，"那他们刚才说的'那谁'又是谁？"

杀浅淡淡搭腔："他们胡说你还信？再说八不八卦啊你，当你队友又不是打包卖给你了，给人家留点儿空间。"

船舱里忽然一阵骚动，所有人都趴在舷窗上往外看。

林纸转过头，也望向舷窗外。视野中出现了一颗红褐色的星球，还真是帕赛星。

帕赛星是距离母星最近的一颗行星，体积只比母星稍小一点儿，早就被改造成了适宜人类居住的环境，大气成分合适，温度变化和缓，只是地貌仍然保留着原本的风味。红褐色的星球表面遍布着原本隐藏在地表下后来被陆续开挖出来的各式巨型岩洞——在这颗星球的开发早期，条件比现在恶劣，人类的各种活动都在这些洞穴里，近些年才逐步转回地面上。

飞船进入大气层，逼近地面，掠过无数就地取材兴建的红褐色建筑，在一大片岩洞前降落。

岩洞前有人在等着他们，居中的是帝国机甲学院的院长费维上将。机甲大赛是一年一度的大事，他平时不怎么露面，这次也到了。

当裁判的教官们也在等着，其中有些裁判和参赛者一样驾驶基础机甲，只是机甲全部涂装成了藏青色，前胸和后背都有显眼的"裁判"字样。

岩洞前还有另外一大群人。他们拖着各式设备，在岩洞前的满地沙砾上支起凉棚，安营扎寨，看标志全是母星的媒体。

林纸想，帝国机甲大赛果然万众瞩目，比预想的还要热闹。

费维上将宣布了今年的比赛内容，一言以蔽之，就是进入岩洞，取到最深处虫巢里一种幼虫的虫卵，放进采集器里。小队中只要有任何一个人拿到，都算过关。虫卵一共十六枚，每组只能取一枚，也就是说，这场比赛只有十六支队伍可以过关，其余没能成功拿到虫卵的十五支队伍将会被淘汰。

"比赛中，所有场地关卡都有安全保护措施，但是我们的评估系统会估算没有保护措施时机甲的损毁程度。如果评估出三级及以上的损毁，参赛者直接出局。另外还有一条重要的规则，"上将强调，"预选赛中，各小队绝对不能互相攻击，想打架的留着力气复赛时再打，违者淘汰。"

与此同时，每架机甲的控制系统都收到了一份预选赛的详细规则和一张自动载入的地图。

"假设你们在进入岩洞前得到这样一张地图，上面的红叉就是虫卵的位置……"费维上将说。

林纸操纵赤字，在手臂上装好分发的激光枪，把虫卵采集器和几瓶水收进赤字腰间的存储位，翻了一遍规则，又点开屏幕上的地图看了看。地图画得太粗糙了，只有一些简单的歪歪扭扭的线条和一个小红叉。

公共频道有人说："啧，就这也能叫地图？这是上将他家养的猫用爪子划拉出来的吧？"

"我家养的是狗。"费维上将冷冷的声音传来，"42158 号机甲，你在使用公共频道，我能听见你说话。希望你比赛的时候能比现在机灵一点儿，不要在公共频道广播你们小队的战术。现在所有人全部切换到小队专属频道，你们要出发了。"

岩洞超乎想象的大，进入入口，里面的穹顶起码十几层楼高，一大群高大的机甲显得挺渺小，好在不黑，已经装好了照明设备，在地上投出长长的影子。洞里的情况比大家想象的复杂，到处奇形怪状，全是断崖峭壁，需要上下攀爬，几乎没有能好好走路的地方。来参赛的都是老手，没人用自动前进，毕竟想也知道，在这种地方自动前进几步就会掉下去。

一群漆着裁判标志的小飞行器飞在空中，无声无息地跟着他们，这是大赛裁判的"眼睛"。它身后还跟着另外一大群，都漆着媒体的标志。

这几天，边伽已经和青青磨合得很不错了，这会儿好奇地东张西望，感慨道："这岩洞真不错。你们看，那边的石头在灯光下一闪一闪的，多漂亮。"他把这里当成旅游景点了。

其他人都在提心吊胆地前进。林纸也小心地操纵着赤字，跟着大家贴着峭壁往前。

洞里的路很复杂，大家对那张奇葩地图的理解不一样，一会儿就随岔路分成了好几拨。和林纸他们一起往前走的大概有七八支队伍，西尾他们也在。

没走多远，前面的人就停了——面前是一个巨大的断崖，对面非常远的地方有条石梁，需要一个大跳才能过去。

不用机甲的控制系统估算，大家凭经验也能看得出来，按基础机甲的动力应该能跳得过去。唯一的问题是，对面的石梁非常狭窄，对大跳的精确性要求很高，一不小心就会掉下去或撞在石壁上。

所有人都打开了控制屏幕上的自动跳跃参数计算，上面瞬间列出一系列这个跳跃需要的动力参数，最后总结：根据现场状况分析，自动跳跃成功率 99.7%。

立刻有人起跳了。

林纸眯眼看着对面，心下觉得不妙，果然见跳起来的那架机甲落在对面石梁上时脚下突然一滑，朝断崖下直摔下去。好在下面拉着一张不知什么材料的保护网，结结实实地把它兜住了。一台裁判飞行器跟着追了过去，好几台媒体飞行器也争着抢着冲到崖下。

大家的耳麦里传来全场播报的声音："系统估算，此次跌落会造成三级以上损毁，41032号机甲退出比赛。"

机甲和里面的人当然没事，但是这么掉下去，参赛资格是没有了。

边伽在小队专属频道里问："对面有什么东西？"

"黏液。"林纸回答。她已经把屏幕上对面石梁的图像放大了，如果仔细看，能看到微弱的反光。石梁本来就窄，机甲跳上去很容易在黏液上滑倒。

后面的人基本都弄明白了怎么回事，公共频道有人奇怪地问："这是什么虫子弄出来的吧？机甲的自动识别系统怎么一点儿反应都没有？"

如果对面有虫族的黏液，机甲的识别系统应该能看得出来，发出警告。

林纸没说话。就像边伽昨天课上说的那样，虫族进化迅速，随时会有新的种类加入战场，过分依赖机甲自动识别系统的数据库是不行的。

她把石梁表面黏液的信息手动输入控制系统，重新计算大跳的成功率。这次控制系统改口了："根据现场地面状况分析，自动跳跃成功率43.2%。建议绕行。"

确实可以绕行。顺着旁边倾斜的石壁爬下去，绕路往前，要安全得多。唯一的问题是耽误时间。三十一个小组抢十六枚虫卵，当然是越早到越好，因此大家都犹豫不决。

机甲群中，西尾所在小队的三架机甲越众而出，走到断崖边，毫不犹豫地先后起跳。也没见它们做什么动作，就飞出去了，尤其是西尾的那架金色机甲，划过一道耀眼的金光。

林纸脑中速算了一下他们的飞行路线，瞬间明白他们绝对不只使用了机甲脚部的基本动力系统，他们还装了别的。

三架机甲像炮弹一样射向对面的石梁，在落地的一瞬，脚部探出巨大的鹰爪一样的勾爪，握住石梁，把机甲牢牢地固定在上面。站稳后，三架机甲收起爪子，谨慎向前，消失在石梁尽头。

断崖这边，大家心里都有点儿不平。

"他们好像连动力系统都加强了。"

"改装成这样，早就超出比赛预算了吧？"

"就算没超，估计也是贴着十万的上限。他们小组去年不就是用到费用上限了吗？"

"怎么那么有钱！"

边伽也有点儿眼热，在队伍频道感慨："看人家这装备，真不错啊。"

杀浅冷漠答："不用十万，出一半钱我就能做出他们的装备，你要？"

边伽笑道："不要。花里胡哨的。有那钱，干点儿什么不好？都能……"

林纸接道："都能给青青涂装各种深绿、浅绿、五十度绿，每天换一遍，连换好几个月了。"

边伽："……"

跟那种氪金党没法比，大家只能自己想办法，仍然有人不甘心，想再试试。

一架朴素的沙漠迷彩色机甲往前走了两步，犹豫片刻，纵身一跳，落地时脚下一滑，不过技术过硬，只跟跄了两步，没有掉下去。它往前走了几步，回身等队友。队友是架紫绿相间的漂亮机甲，也起跳了，像只鸟一样划过一条弧线，落点非常精准，和上一个一样，落地时也因为冲力脚下一滑。沙漠迷彩机甲看见队友跳过来，向前冲了两步，伸出手，可惜没来得及，队友的运道不太好，直接掉下去了，成功达成了又一个三级损毁成就。

百分之五十七的失败率一旦落到自己身上，或许就是百分之百。他们小队的第三名队员对沙漠迷彩机甲挥挥手，绕路走了。

有人不甘心，还是选择起跳。对面的沙漠迷彩机甲有心帮人，伸出手想拉一把，可惜那位还没跳到地方就掉下去了。

一个接一个的倒霉蛋悲催地落进百分之五十七的失败率里。

于是不少小队不再犹豫，果断放弃断崖，改道往斜坡下爬。

林纸他们走到断崖边，三架机甲齐刷刷就地坐下，从靴子侧面掏出双鞋套来，穿在机甲脚上。鞋底是由特殊材料制成的，密布着不规则的黑色凸起，不过看着相当旧了。

众人："……"

他们连自动穿着都不做，朴素地自己往脚上套鞋套，和刚才西尾他们相比相当地不高科技，相当地没有格调。

杀浅正在队伍频道说："自动穿着那种华而不实的东西没有意义，白花钱。自己动手套一套不就完了，又不是没有手。"

林纸深以为然。

杀浅仔细把鞋套的各部分固定在机甲脚底："咱们要把钱花在刀刃上。"

边伽问："所以刀刃在哪儿？"

杀浅无语："这你都看不出来？鞋套底是列克文材料实验室当初做的特级军用防滑材料，多滑的地方都能随便跳舞的那种……"

林纸插嘴："真的？很贵吗？"

杀浅："理论上来说，是很贵。"

林纸和边伽："理论上？"

杀浅："是我从朋友的回收站的旧冰川车上拆下来的。虽然没花什么钱，但这不意味着它本身是便宜东西。"

行吧，很有道理。

三人绑好鞋套，轮流起跳。杀浅为了证明他的破鞋套真的有效，打开自动跳跃，第一个飞了过去，准确地落在对面的石梁上。脚下的鞋套很靠谱，牢牢抓地，仿佛虫族的黏液根本就不存在，他只因为惯性向前冲了两步就停住了。

边伽笑道："确实不错嘛。"说完跟着跳了过去，也稳稳地落了地。

旧鞋套大展神威，断崖这边的参赛人员目瞪口呆。

几台媒体飞行器原本百无聊赖地浮在空中，现在发现他俩竟然真的成功跳过去了，都激动起来，一窝蜂冲到对面，摆好架势，打算捕捉林纸跳跃时的镜头。

林纸也和杀浅他们一样打开自动跳跃，起跳——自动跳跃只要选定落地目标，其他就可以全部交给控制系统，自己一点儿心都不用操。

起跳是瞬间的事，但跃到空中时，林纸看见对面的一台媒体飞行器挪了位置。这台媒体飞行器大概是想抢更好的角度，往前冲了一点儿，如果她的判断没错，它现在刚好停在自己的跳跃路线上。飞行器只有一个人伸展的双臂那么长，如果被机甲撞上，倒霉的绝对是它。

问题是对面的石梁很窄，大跳落点需要非常精确，如果撞上，赤字一定会歪。只要歪一点儿，赤字就会掉下去。不过林纸满脑子都是另一个念头：这台媒体飞行器崭新锃亮，一看就不便宜，要是撞坏了，会不会让她赔？

所有的想法只在一瞬间，林纸本能地第一时间关停自动跳跃，切换成耦合感应模式，腿上的动力重新调整，在空中火速转换了姿态。她像一只大鸟一样，轻巧地擦着媒体飞行器上方一跃而过，准确地落在石梁上。

操纵媒体飞行器的摄像师看见赤字直扑过来，早就吓傻了，等她从头上过去了才松了一口气：要是撞坏飞行器，今年的奖金就没了。

赤字一落地，边伽就拍拍它的肩膀，笑道："我还以为你要撞上去，然后掉到下面，领个三级损毁成就呢。"

林纸："你还没领三级损毁成就，我也不急着领。"

三个人沿着石梁继续向前。

林纸刚才的动作太快，断崖旁的人没看出个所以然来。然而在岩洞深处，虫卵旁不远处临时搭建的大赛控制中心里，费维上将正在看着成排的虚拟监视器。他轻轻地"咦"了一声，把断崖监视器的屏幕放大，拉回刚才的镜头重放了一遍，然后转过头说："秦猎，你过来看。"

没错，秦猎也在这儿。这次预选赛，他的责任是监控断崖斜坡下的一片岩洞区域，随时观察参赛选手们的状况，在合适的时机放出虫子。听到呼唤，他放下手头的事，走过来，看了看屏幕。屏幕上，一架红色的机甲正在起跳，动作慢放后，在空中调整姿态的过程就很明显了。

费维上将又重放了一遍："虽然技术上实现并不算太难，但是能在起跳后的瞬间迅速做出反应，在空中果断切换模式，判断力和反应速度都是一流的。"

秦猎伸手放大屏幕，辨认了一下机甲上的编号，有点儿讶异："是大三生。"

费维上将转头问："我们有这样的大三生？"

秦猎也没见过这架机甲，于是打开旁边的屏幕，把机甲上的编号输入系统，然后愣住了。

搜索结果写着：机甲编号31502，主控指挥系，三年级，Omega，林纸。

费维上将注意到秦猎的表情，问："你认识？"

秦猎看着屏幕上的红色机甲："对，我认识。"

旁边一个教官搭茬："林纸？就是那个补考的林纸？我们学院都多少年没人补考了。"

秦猎："她那次补考我去看了，魔鬼七项里的移动靶射击，不到两秒打了两百分，一个失误都没有。"

"两秒两百分？"费维上将有点儿讶异，"为什么会补考？"他扫一眼林纸的资料，随即明白了："是个Omega。步兵甲是穿戴式的，要用到肌肉反馈，对体质的要求太高了。"

秦猎点头："对她来说，机甲和步兵甲完全不同。"机甲让她摆脱了身体的限制，给了她真正的自由。

费维上将转头吩咐："你们去找一个叫'星联热点'的媒体，跟他们说，如果他们的三号飞行器再干扰我们的学员比赛，以后就不用再来了。"

有人答应了，一会儿回来说："他们说三号摄像师是个新人，没有经验，保证以后不会再出现这个问题。"

秦猎回到自己的位置上时，还有点儿心不在焉。他瞥了一眼旁边的备用显示屏，手指仿佛有自己的想法，不受控制地在备用屏上点了点：放大岩洞地图，找到位置，调用监控。三架机甲出现在视野里，居中的一架是血一般的红色，它轻快地一跳，越过岩石障碍。

秦猎知道前面等着她的是什么，他默默地看着屏幕，心想：别太快，慢一点儿，稳一点儿，小心观察四周。

一个老教官走过来，把手搭在秦猎肩上："秦猎，你这边一切正常吧？"

"都正常。"秦猎回答道，手指一动，关掉了备用显示屏，心想：没必要心虚，她受伤就等同于他受伤，他当然会更留意她一点儿。

老教官只在秦猎身后站了片刻就走了，秦猎看了一会儿面前的显示屏，目光又不由自主地转到旁边。鬼使神差地，他再次打开了备用显示屏。断崖挡住了不少人，沿着这条路前进的人不多，视线所及并没有其他机甲，先过断崖的西尾一组也不知去哪儿了。林纸正和边伽、杀浅边走边研究那张似是而非的地图，勉强能看出来其中几条粗线是前往虫巢的路线。虽然条条大路通罗马，但他们还是很幸运的，正沿着最短的一条路线前进。

林纸突然停住了，顺手拉住边伽——前面没有断崖和峭壁，是一大片尺寸大小相差不多的棕灰色石头。

"怎么了？"边伽问。

林纸截了前方视野的截图给他俩发过去："放大我标出来的地方。"

边伽放大看了一眼，"呦"了一声。

石头当中有根机甲的手指头，沙漠迷彩色涂装，是刚才前面那个跳过断崖没掉下去的沙漠迷彩机甲。他的队友一个淘汰、一个绕路，只有他一个人走这条路，看样子是掉进了陷阱。此刻他的手正无望地扣住旁边的石头，没掉下去，也上不来。但大概还没达到裁判判定的三极损毁，所以还没被淘汰。

杀浅问林纸："这你都能看得出来？"这架机甲的涂装明明和碎岩石的颜色差不多。

林纸答："你们看上面。"

裁判飞行器悬在天上，看不出所以然，但是一台漆着"星联热点3号"的媒体飞行器却不一样，它在上空到处飞，镜头却始终对准那个方向——它正在努力找角度抓拍出事的机甲，就差凑到人家脑袋顶上了。

杀浅叹口气："这不就是刚才差点儿撞上你的那台？这届媒体是真的不行。"

问题是，那架机甲是怎么出事的？

前面这一片的地貌特征很明显，林纸一边选中那些碎岩石，让资料库自动识别，一边自言自语："碎岩呈蜂窝状规则分布，直径30到60厘米，隐约可见底层油绿色不明物……"她书还没背完，机甲的自动识别系统就列出一长列虫子的名称，按可能性从大到小排序。

边伽："不用想了，应该是漏斗虫。"

因为虫子的种类虽然多，类似的也有，但是按预选赛的规则，只会安排危险度三级以下的虫族种类，所以是漏斗虫无疑。漏斗虫属于极低智的虫族种类，巢穴呈倒漏斗状，上小下大，表面是一层岩石的酥皮，一不小心就下去了。不只地面，头顶上的岩壁顶也隐隐地透着绿，像一口爆浆的酥皮泡芙，不只不能支撑机甲的重量，弄破了还会有腐蚀液淋下来。

"一般都是跳过去。"边伽说。

杀浅慢悠悠地说："你觉得前面那位是怎么掉下去的？"

三个人让控制系统测算了一下，果然，这里高度不够，漏斗虫这一片却很宽，启动全部动力，在不撞洞顶的情况下，大概还有十几米的距离。西尾他们改装过动力系统的机甲估计能斜飞过去，林纸他们这种没改装过的基础机甲肯定不行。

边伽问："这要怎么玩？要绕路吗？"

林纸吐出一个字："滚。"

边伽："……"

杀浅笑道："她是说真的滚。"

躺倒，加大接触面积，说不定能滚过去。

"我先试试，不行就绕路。"穷人有穷人的过法，杀浅二话不说，就地躺下，自愿探路。他小心地就地滚了几圈，压过脆弱的岩石壳……真的没有掉下去！他就这样躺着，像根擀面杖一样，过去了。

既然可以，边伽和林纸自然也跟上了。

林纸躺在地上，一圈又一圈小心地滚着，滚到一半忽然转了个方向。

一起认真地满地打滚的边伽纳闷："林纸你往哪儿滚？"

这话听着怎么那么奇怪？但林纸还是答了："我去看看那个掉下去的倒霉蛋。"刚刚在断崖边，那架沙漠迷彩机甲想要伸手帮其他组的人，人品不错，可以过去看看。

边伽："行，你滚得小心一点儿。"

林纸："……"

拐了个弯，来到那只在岩石间隐藏的小手手前，林纸平趴着，看见前面果然塌了一片，那架机甲只露出一只手，重量肯定不在那只手上，就是不知在用什么姿态撑在那里，保持着不上不下的状态。她不想在公共频道说话，于是拉开一点儿驾驶舱的门，直接喊话："下面那个，你能听见我说话吗？"

下面隐约传来闷闷的声音："能听见。"

能听见就好，林纸伸出一只手："我试试看能不能把你拉上来，要是不能的话也没办法。"

下面的人懂："明白。"

林纸试探着靠近塌方的地方，伸手攥住那架机甲的手，然后启动动力，缓缓地往后一点点地拽。"咔嚓"一声，岩石壳又塌了一点儿。

"动作慢一点儿，不要急。"林纸一边说，一边放慢速度往后退。

那架沙漠迷彩机甲终于一点点被拉上来了，一出来就尽可能摊平在脆弱的岩石壳上。

林纸松了口气："行了，你自己滚吧。"

沙漠迷彩机甲："……"

林纸觉得不太对，火速改口，盛情邀请人家："那咱俩一起滚吧。"

嗯……好像还是不太对。

两人平安无事，顺溜地一起滚到对面。

一站起来，沙漠迷彩机甲就掀开驾驶舱门，里面是个女生，看起来和边伽差不多高，头发半长，鼻梁高挺，下颌线清晰凌厉。林纸没在 Omega 宿舍区见过她，想来是个 Alpha。

她对林纸微笑了一下："谢谢你。我脚上的动力系统碰到了漏斗虫的腐蚀液，出了点儿问题，只能撑住不掉下去，实在飞不上来。"说完自我介绍道，"我叫盛唐，主控指挥系大四生，我的机甲叫沙丘。"

林纸问："你的队友都不在，要一起走吗？"

盛唐落单，一拍即合，加入了小队频道。

救人时林纸就想清楚了，预选赛的虫卵有十六枚，本来就不是非要你死我活的强对抗，多点儿人手一起走没坏处。除此之外，还有额外的好处。

林纸抬头看了一眼。岩洞顶，那架"星联热点"的三号媒体飞行器好像很兴奋。它抓拍到了沙丘顽强地卡在陷阱口没掉下去的镜头，又拍了林纸翻滚过去救人的戏剧化精彩片段，好像很满意，所以一直跟在林纸他们头上，没再离开。

往前走了一小段，它停下来，先给了林纸他们一个特写，接着就把镜头转过去，对准旁边一大片暗色的岩洞，不动了。

边伽笑出声："这么明显地告诉我们那边藏着东西，不太好吧？"

不知道是因为它飞在上面视野太好，还是在比赛之前他们媒体就拿到了岩洞里各关卡的详细说明，它兢兢业业地给林纸他们提示着，不遗余力。

林纸没用自动识别系统，而是看了看岩壁的形态，猜测道："爆浆虫？"

四个人一起举起枪。

岩洞里，一个比机甲还大的巨大黑影突然出现。理论上来说，它应该搞个突袭，用瀑布一样的爆浆腐蚀机甲，结果才一冒头就被四架机甲集中火力轰成渣了。

三号飞行器一个镜头都没漏，拍到了这只爆浆虫"狗带"（go die 的谐音，指去死）的全过程，心满意足地平举着小翅膀继续往前。

林纸沉默了。虫子一被打掉，它就掉头走，这不是摆明了告诉大家一次只会放出一只爆浆虫吗？

四人跟着它往前走，果然平安无事。

主控中心，秦猎靠在座椅里，用手支着头，瞥了一眼面前的几个监控屏：一群参赛学员正在跟虫子搏斗，一架接一架地领到三级损毁成就。确认一切都运转正常，他又把目光定在旁边的备用显示屏上，看了看贴着岩壁顶飞的媒体飞行器，又看看林纸的赤字，弯了弯嘴角：看来不用替她操心了，她全都安排得明明白白，还很会投机取巧。

林纸他们四个都不弱，又有媒体飞行器乖巧配合，这支小队就像开了挂一样，一路虫挡杀虫，抢在多数参赛者前面抄近路深入洞穴，速度飞快。不过他们走的区域并不是秦猎负责的范围，所以他只当没看见。等林纸他们一直杀到虫卵附近，秦猎才听到身后传来负责虫卵外围部分的教官的声音。

"那个是……星联热点的三号飞行器，它干什么呢？怎么飞到虫子的隐匿点上面去拍了？"他转头叫人，"谁通知一下星联热点，让他们把三号飞行器撤出来！"

不一会儿，秦猎就看见三号飞行器拐了个弯，蔫蔫地飞出了监控视野。他凝视着屏幕上的赤字，心想：这二货走了，接下来要靠你自己了。

3

四人正站在一个奇怪的地方，像是一个爆发过的火山口，深不见底，上大下小，洞壁是倾斜的陡峭斜面，上面布满沟壑和层层叠叠的岩石。按照地图的标识，虫卵应该就藏在火山口底部。可是想也知道这里面一定有猫腻，这火山口下得不会太容易。

杀浅："太陡了，用安全索吧。"

林纸他们立刻打开腰间的存储位，掏出一大卷绳索，装在机甲手臂上。这些绳索歪歪扭扭，颜色五花八门，不知道是用什么材料拼接成的，风格相当混搭——杀浅出品，必属精品。

盛唐沉默了一会儿，一抬手腕，手腕处自动射出银光闪闪的安全索，钉在洞壁上："我打头阵吧。"

盛唐的装备一看就不便宜，林纸他们也没跟她客气，挂好安全索，跟在她身后，向下速降。

这地方太深，他们时不时要攀住旁边的石头，缩回安全索的固定钉爪，收回吊索，再把它固定在新的高度，一截一截地往下移。好在丐帮版吊索虽然难看，却很靠谱，并不比盛唐的吊索差，几个人用同样的节奏往下降，速度并不慢。

四周很安静，安静得有点儿异样。

降到一半时，头盔耳麦里忽然传来机甲识别系统的警告："注意，检测到不明震动。"

所有人的动作都顿了顿。

边伽在队伍频道里轻声说："该不会那么损，弄了一批乌头虫守在关底吧？"

没等他说完，林纸就在识别系统里输入了指令：环境大气检测。

几乎是瞬间，一长串大气成分在屏幕上刷出来，林纸迅速地扫了一遍，拉到底，从列表底部找到了她要找的东西——一种特殊的虫族荷尔蒙。理论课教材的辅助阅读资料上提过一句，在机甲发现乌头虫之前，空气中就有可能检测出痕量的这种荷尔蒙。

林纸也放低了声音："检测过大气了，好像真的是乌头虫。"

几个人的动作同时停了，悬在洞壁的斜坡上。

乌头虫哪怕在虫族中也属于低智的种类，但是繁殖能力非常强，通常都被它们高智商的同类们毫不留情地当成虫肉炸弹，安排在门户处负责防守。它们最怕的就是受到惊扰，一点儿动静就会让它们陷入狂暴状态。如果是乌头虫守在关底，那一定不会是一只两只，而是虫海。

盛唐仰头看向林纸的方向，等她的决定。

林纸无声地做了个继续向下的手势。

盛唐点点头，缓缓把吊索放长。

不过大家起钉的动作都变得无声无息，收索也轻慢和缓。

又往下降了一大段距离，遥遥的，已经能看到底部。那里有一大片发光的区域，林纸数了数，一共十六组，像十六朵绽放了一半的发光的白色花苞。

机甲控制屏上发来消息，有一支小队已经成功取到虫卵样本，完成了任务。与此同时，有三个人正迅速地从底部上来，应该就是这支第一个取得复赛资格的队伍。

林纸看到了她不太想看的人——其中一架机甲金晃晃的，是西尾。他们的吊索好到不像话，细而轻巧，拉着那么重的机甲也毫不费力，每个人都像箭一样直射上去，迅速又安静。路过林纸他们时，西尾像是有点儿惊讶他们到得这么快，偏头看了看，然后抬起了手臂。

林纸立刻明白他打算干什么，在队伍频道火速指挥："你们三个什么都不用管，继续往下降，我掩护你们……"

话没说完，一连串的岩石爆裂声传来。西尾果然对着林纸他们这边开枪了。

按预选赛规则，参赛者之间不能彼此攻击，但是并没有规定不能给别人下套。透过满天乱飞的岩石碎屑，林纸看见周围的岩石裂缝中钻出黑压压的一大片虫子，每只都有机甲的小腿高，锋利的口器上流着黏液，腿部的摩擦声和口器的咔咔声响成一片——乌头虫受到惊扰，暴动了！

西尾目的达到，快速向上飞了上去。

他们组已经成功完成任务，拿到了复赛资格，就算追到也没用，林纸索性不再理他，举枪对准虫群射击。

边伽、杀浅和盛唐都很迟疑，并没有按她说的继续往下降。

盛唐："你一个人行吗？"

杀浅："你们两个先下去，我和林纸留下来打虫子。"

林纸受不了了："下面的虫巢还不一定有什么在等着，当然是越多人下去越好，走你们的吧。"赢更重要，只要小队里有任何人拿到虫卵，就算过关。

三个人没再废话，按照林纸说的继续往洞底速降。

林纸再顾不上说话，集中精神，和耦合系统心念合一。

洞壁上的虫子堆叠起来，张牙舞爪地想去咬半悬着的赤字。林纸顾不上它们，先去打追着边伽他们的虫子，尽可能把所有虫子引诱到自己这边来。机甲的射击部分和步兵作战甲一样，是百分百耦合操控，心念有多快，射击就有多快。如今林纸的心念所过之处，虫尸一片。

多数乌头虫被正在肆无忌惮到处开枪的林纸吸引了，疯狂地往赤字扑过去。边伽他们不用再考虑动静大小，以尽可能快的速度往下降。就在快到洞底的时候，盛唐忽然往下一坠，估计是乌头虫的腐蚀液融断了安全索。还好高度有限，她身手又好，翻滚了几次安全落地。倒是杀浅的乞丐版安全索全无问题，两人顺利到底。

看到他们落地，林纸喊道："不要去碰那十六个花苞。放得那么明显，估计是圈套。"她躲开虫子的攻击，甩掉爬上赤字的虫子，又用激光枪撂倒一片，接着说，"去找周围的石壁、缝隙，他们前些年有次大赛的预选赛也是找虫卵，就是这么藏的。"

三人应了，身影消失在洞底。

林纸继续清着虫子。按前面的经验，裁判会控制每一拨儿虫子的数量，放出来的虫子肯定是有限的，总有杀完的时候。

一片又一片的虫子倒下，林纸忽然闻到一股奇怪的味道，说不清是什么，就是怪怪的。她有点儿纳闷，预选赛的规则她全部浏览了一遍，里面说得很清楚，本次比赛全程不需要开启机甲内的呼吸系统。换句话说，就是不会在环境空气上做手脚，给大家挖坑。可是这味道怎么都觉得不太对！林纸第一时间关闭机甲的换气通道，开启了内循环。然而还是不对，刚刚闻到的气味好像有毒，她的心脏开始疯狂地跳，脸颊烧到发烫，全身上下都不太对劲。

林纸脑中突然冒出一个可怕的念头：这该不会是进入发热期的感觉吧？可是看之前的记录，不是还没到发热期吗？

主控中心，秦猎原本在给几个小队放新的虫子，忽然感觉心跳加速，全身都烧了起来。他本能地看了一眼备用显示屏，怔了一瞬，火速推开椅子站起来，找到身后负责虫卵前场地的教官："吴教官，得立刻关闭释放乌头虫的通道，这批乌头虫里好像混进了黑角蚋。"

吴教官疑惑地扫了屏幕一眼："你是说能引发 Omega 进入发热期的黑角蚋？有吗？"

"肯定有。"秦猎扫视一遍主控中心，这会儿中心里全都是 Alpha，于是他不再跟吴教官啰唆，"能找人帮我盯一会儿我那个区域吗？我马上回来。"说完快步往外冲。

身后，吴教官在问："怎么回事？好像还真有黑角蚋。今年提供虫子的是哪家公司？他们怎么把黑角蚋混进乌头虫里了？"

"咱们参赛学员里有 Omega 吗？"

"现在在虫巢外的就有个 Omega。"

"Omega 的信息素泄露出去，会引发更大规模的乌头虫暴动！"

"乌头虫的通道关闭了没有？"

"已经关了。"吴教官说，"可是有一批乌头虫刚才已经释放出来了，本来是应该放到等待区备用，现在全部都被信息素吸引过去了！"

有人压低声音说："我还是觉得 Omega 不太适合上战场。"

主控中心乱成一团。

秦猎大步冲向洗手间，敲了两下 Omega 洗手间的门，确认没人才开门进去。按照联盟法规，就算是临时搭建的 Omega 洗手间，也必须放置信息素屏蔽剂和发热期抑制剂的紧急处置箱。

他在箱子的屏幕上点了发热期抑制剂的取用标志。发热期抑制剂能在注射后强行抑制所有症状，让 Omega 不必接受 Alpha 的标记，摆脱痛苦。

一道光扫过他的虹膜，屏幕上显示："经检测，您是一名 Alpha，请问您是为您的伴侣取用的吗？"

下面是"是"和"否"两个选项。

想也知道，点"否"的话，它会一个问题接一个问题地问个没完，秦猎这会儿没时间等它，直接点了"是"。

"登记成功。请让您的伴侣在四十八小时内前往联盟卫生部官网登记此次免费取用信息。"

随后一个小盒子掉了出来。

秦猎抓起盒子，来到旁边的装备室，进入深蓝色裁判机甲的驾驶舱。他两腿发软，额头上全是汗，全身从上到下哪里都不对劲，没有力气，像生病了一样，还有种奇怪的躁动不安折磨着他的神经，让他完全不能集中精神。

秦猎生平第一次明白了 Omega 进入发热期是种什么感觉——他很清楚，他的感觉就是她现在的感觉。唯一的区别是，他身处安全的控制中心，她却在外面面对乌头虫海。

秦猎驾驶机甲，勉强支撑着走到升降通道。升降通道能直达虫巢外的洞壁，那里有个维护用的连接外面的出口。他焦躁不安，总觉得今天的升降梯无比地慢，比前几次过来布置场地时要慢得多。

"叮"的一声，升降梯终于到了。秦猎打开感应门，一边强撑着快步走出，一边激活双臂的激光枪。然而洞口外风平浪静，除了空气中满是激光枪灼烧虫子后特有的焦煳味，一只活着的乌头虫都没有。刚才从监控上看到的潮水般的虫群已经不见了，只剩岩缝中堆满的乌头虫尸体。不少虫尸滚落下去，堆在底部，一群自动清洁机器人正利落地清扫战场。

就在他乘升降梯上来的这段短暂的时间里，战斗已经结束了，一个被人说不适合上战场的 Omega 忍着发热期的不适，搞定了双倍数量的乌头虫暴动。

秦猎看了一圈，终于找到了林纸。她的赤字坐在一条沟壑的凹槽里，偏着头，好像在对着深坑思考人生。他驾驶机甲，抓住岩石攀爬过去，来到她面前，把机甲固定好，打开驾驶舱的门，从里面出来，攀到赤字胸前。

空气中隐隐有种气息，作为一个正常的成年 Alpha，秦猎对它极为敏感——这是 Omega，还是正处于发热期的 Omega 的信息素的味道。

他上次闻到的时候觉得熟悉，现在忽然明白这味道是什么了，是小时候闻过的烈酒的香气，浓烈且直接。秦猎向来食素，更不用说喝酒了，对这种气味极其敏感。

一股邪火自下而上腾地烧了起来，秦猎心里很清楚，这不是林纸的感觉，是自己的。

还没等他去敲赤字驾驶舱的门，门就缓缓打开了，里面全是浓重的酒香。林纸靠在驾驶座上，戴着头盔，看着像个大头娃娃。不过这大头娃娃如同刚刚喝过酒一样，脸颊泛着红，额头上全是细密的汗珠，眼睛半睁着，迷迷糊糊地看着秦猎，也不知道以她这种状态，刚才是怎么搞定那么多虫子的。

林纸的眼睛又睁开了一点儿，她问秦猎："你来干什么？"

秦猎这会儿不太好受。一方面，林纸的感觉也全都投射在他身上；另一方面，受信息素的引诱，他的感觉也全部被调动了起来，邪火烧得一把比一把旺——Alpha 和 Omega，双重感受，双重折磨。

"本来是想过来帮你打虫子的，现在看来不用了。"他把口袋里的抑制剂拿出来，"不过也没白来，我给你带了抑制剂过来。"

林纸看起来迷糊，问的问题却很理性："我看见你开的是裁判机甲，如果裁判出手帮忙，会不会影响我们小队的成绩？"

"不会。"秦猎说，"这个地方本来应该只有乌头虫，黑角蚋不在计划中，这属于紧急情况，需要我们过来处置，帮一下没关系。"

林纸放心了："这就对了。我还在想，如果放了黑角蚋，怎么会在规则里说明不需要开启机甲的呼吸系统。"

头盔里忽然传来边伽的声音，嗓门大得秦猎都能听见，一听就很激动："林纸，你说得对！虫卵就在石缝里藏着！我们拿到了！"

与此同时，机甲控制屏上跳出提示：恭喜，小队通过预选赛，取得复赛资格。请队员前往以下坐标地点，乘升降机返回地面。

林纸长长地吁了口气。

秦猎："反正已经过关了，用一下抑制剂吧，这样很危险，这里到处都是 Alpha。"包括他自己。

驾驶舱门还开着，他回头看一眼天上的裁判飞行器，心知肚明现在整个控制中心的人全都在看着他们。他把抑制剂递给林纸："就在监控眼皮子底下，不用担心我害你。"

林纸弯弯嘴角，接过药盒，问："那边能听到我们说话吗？"

"听不见。这么远，收不到音。"秦猎说，"预选赛队伍太多，也没有单队监控。"

秦猎偏过头不再看她，转而望向外面的岩壁，只听见一阵窸窸窣窣的声音，半天又没动静了。他忍不住回过头，发现她拆开了盒子，正眯着眼睛研究里面的说明书，看起来似乎不太清醒，连抑制剂都不会用了。身处浓郁的信息素中，秦猎觉得自己多一秒钟都不太撑得住，于是伸手从她手里拿走药盒，问："我帮你？"

林纸并无异议，点了点头。

秦猎探身过去，拨开林纸脑后的发丝，很软，一截后颈露了出来。生平第一次，他有了强烈的想要对准一个人的后颈咬下去的冲动：标记她，占有她，在她的身体里烙印下他的标志，刻上他的名字！

这绝对是被信息素激起的原始本能。秦猎冷静地取出药盒里的东西。和屏蔽剂不同，抑制剂是一支针筒状的小管，里面的药物也比屏蔽剂的量大得多。

林纸低着头，忽然出声："你该不会想趁机咬我一口吧？"

被一语说中了心思，秦猎不动声色淡淡回答："我又不是动物。"然后继续撕针筒的包装。

"可是秦猎，"林纸说，"我闻到了一种特殊的味道，是你的信息素吗？"

秦猎拿针筒的手顿住了。

林纸诚恳地问："是我的信息素诱发你也释放信息素了吗？"

秦猎好半天才吐出两个字："大概。"他被她的信息素诱惑，下意识地释放信息素，自己都没注意到，"到处都是你的信息素，这是一个正常的 Alpha 的反应，不受我控制。"

林纸继续诚恳地问："你的信息素是太阳烤螨虫味道的？"

秦猎沉默了，从来没见过这么不识货的人。他忍不住反驳："你有没有常识？这是阳光晒在被子上的芳香，和螨虫根本没有关系。"

林纸不服："阳光晒在被子和螨虫上的芳香。毕竟阳光晒的时候，会只挑被子的纤维晒，不晒螨虫吗？那晒过的味道里除了晒被子的'芳香'，就肯定还混着烤螨虫的'芳香'啊。"

秦猎磨了磨牙："胡说八道容易让我扎歪。"

林纸被威胁，不吭声了。过了一会儿，她又冒出一句："其实闻着也还不错。"

秦猎拿针的手一抖，真的差点儿扎歪。他定了定神，预警了一声："我要打了。"然后用针管抵住她后颈腺体的位置按了下去。

针管碰到腺体的那一瞬，两个人同时升起一种微妙的感觉，不过紧接着就被更强烈的感觉压过去了，后颈又麻又痛又酸，很不舒服，像一道刺骨的冰水沿着脊柱一灌而下。好在总算是搞定了，浓郁的酒香退去。

秦猎把针筒收起来，向后退了一点儿："过一会儿就没事了。"说完转身打算走。

"秦猎。"林纸把他叫住。

秦猎回过头，看见她依旧靠在座椅里，正若有所思地看着自己，好像在琢磨怎么开口。

林纸想了想，才慢悠悠出声："如果我问，机甲里没有监控，你是怎么知道我刚才被黑角蚋诱发提前进入发热期的呢？你一定会回答，你是裁判，在监控里看到乌头虫里混进去了黑角蚋，从而推断出我的状况，所以带着药过来帮我。但是我觉得这不是真相。"她顿了顿，偏偏头，"从前几天开始，我观察你所有的行为和状态，尤其是今天的，有了一个大胆的猜测……我猜，你能感受到我的感觉。"

秦猎呆住了。他忽然意识到，她靠在座椅里，看起来像是因发热期迷迷糊糊的，其实脑子一直都很清醒。

第二章
同甘共苦

第 三 章
院际联赛

1

  林纸他们是第二支完成任务的小队，一共只用了两三个小时。之前那针抑制剂打下去，发热期完全被压制住了，边伽他们回来后完全没意识到她中间曾经有过那么一段时间的异常。

  其他队伍就没这么幸运了，整个预选赛持续了一整天。帕赛星的自转时间和母星几乎一样，入夜时分，十六支进入复赛的小队才最终选了出来。不过不管预选赛过没过关，大家都还没从杀虫子的兴奋劲里缓过来，回母星的短途飞船上热热闹闹的。

  林纸坐在座位上百无聊赖，低下头掐了掐自己的手背，发现有的部位掐起来不太疼，有的部位还挺疼。她认真地找出最疼的位置，掐了一下，再掐一下……没掐几下，秦猎就出现在前面客舱的过道里，靠着舱壁，一脸无语地看着她。

  他好像一只召唤兽，一召唤就能立刻出现，有灵性到不行！

  秦猎一出现，学员这边就发出一片欢呼声，尤其是没怎么见过他的大三生。

  "是秦猎！"

  "秦猎也来了？平时上课都不太能看见他。"

  "为什么比赛的时候都没看见他？"

  "他从来都不参加院内比赛。"

  "要是能一起参赛该有多好！"

  林纸心想：他比赛的时候是和大家在一起来着，追着你咬的虫子说不定就是他放出来的。

  秦猎望着林纸，偏头示意一下前舱的方向，就又消失了。

  林纸懂他的意思，这边人太多，又吵，他又太惹眼，没法好好说话。她站起来走过去，前后舱交界的地方是洗手间，并没有人注意到她的举动。

前舱里坐的基本都是教官，和学员那边不同，人很少，稀稀落落的，有的人已经放倒座位睡着了，一声声地打着鼾。秦猎正靠在门口的墙边等她，他挑了最后一排附近没有人的座位，和林纸一起坐下。

林纸问："白天在岩洞里时，你说比赛还没结束，你是裁判，没有时间详谈，那你现在有时间了吗？"

秦猎当时被林纸一句"我猜你能感受到我的感觉"当头猛敲一闷棍，敲得有点儿蒙，一时没想好该怎么应对，不过现在已经决定了。他没再闪烁其词，看看左右，确认没别人能听到，才压低声音，言简意赅地把目前的状况跟林纸描述了一遍："总而言之，我也不知道是怎么回事，我似乎能感受到你的感觉和情绪波动。我的家族也许以前有过这种能力，但是近几代来，据我所知，从来没有人遇到过这种状况。"

林纸一声不吭地听他说完，下了个结论："我怎么这么倒霉。"

秦猎没想到她会说出这样一句话，怔了片刻，随即有点儿想笑。她说得一点儿都没错。他地位特殊，被无数人盯着，有想打败他的，有想除之而后快的，和他通感对她来说绝不是什么好事。

林纸有点儿忧虑："你没告诉过别人吧？"

秦猎无语，向后靠了靠："我又不傻，当然没有。现在除了你和我，谁都不知道。我想，如果被我家里人知道了，他们十有八九会把你抓回去，关在天谕的实验室里，做耦合效应的研究。"他扫一眼林纸的脑袋，"麻醉了开个颅什么的，都有可能。"

他在故意吓唬人，可见他也不太想把这件事宣扬出去。两个人在这一点上倒是达成了高度共识。

飞船的广播"叮"的一声响，船长播报说马上就要进入母星大气层。

该说的话都说完了，林纸站起来，准备回座位。秦猎也跟着一起站起来，目光掠过林纸的肩膀，忽然伸出手在她肩膀上轻轻掸了掸。

"有一根头发。"他解释道。

飞船直飞帝国机甲学院，抵达后，林纸把赤字送回训练厅放好，回到寝室。千里遥周末回家了，不在寝室。

林纸忙了一天，累到不行，洗漱收拾后准备睡觉。

秦猎也跟着全身酸痛，却还没睡，在静等消息。

没过多久，天谕技术部的回复就来了，是安珀发过来的："秦猎，你送过来的那根头发能提取到基因，他们比对过了，和卫生部数据库里林纸的基因记录完全吻合。"

秦猎怔住了。他有九成的把握这个林纸是冒牌货，没想到竟然真的是林纸本人。难道是她猜到他想采集她的基因，故意放了一根真正的林纸的头发在肩膀上？她的心机深成这样？

安珀继续发消息："你比对这个干什么？"

秦猎没有回复。他想，要是能亲手从她头上拔一根头发就好了，这样总假不了。于是他脱掉外套扔在旁边，边解衬衣领口的扣子，边打开手环屏幕，在列表里找到林纸，敲了一行字："明天是周末，你有空吗？"口气太生硬，像教官通知大家开会。

秦猎把这句话删掉，想了想，退回首页搜索"该怎么约 Omega""约 Omega 出来的话术技巧"，等把搜出来的文章浏览了一遍，他发现这是一件比想象中还要复杂的事。比如一定不要说"周末要不要一起出去玩"这种疑问句，而是要说"周末一起出去玩吧"这种陈述句，这会大大降低被拒绝的概率。比如不要问"周末要不要跟我出去玩"，而是推进一步，不给她拒绝的机会，直接给她二选一的选择题："周末想一起去爬山还是滑雪？"攻略里还说 Omega 通常羞涩矜持、口是心非，拒绝了并不意味着真心想拒绝，嘴里说不喜欢也不一定是真的不喜欢。秦猎没研究过这个，越看越觉得头大。他关掉页面，烦躁地扯了扯领口，干脆直接打给林纸——他能感觉到她很清醒，肯定还没睡。

林纸果然很快接了视频邀请："有事？"她似乎刚洗过澡，整个人都笼着层氤氲的湿气。

秦猎没参考刚刚看过的那一堆话术，直接问她："你明天有空吗？"

"明天？"林纸答得很快，"明天没空。明天是复赛第一天，我看了时间表，我们刚好排到了第一场比赛。"

复赛是十六进四，形式和预选赛完全不同，参赛队伍要抽签，两两捉对厮杀，大概会持续两天。林纸他们抽到了复赛第一场，对手还是熟人——居伊他们那组，就是在飞船上坐在后面一排，和西尾很熟，嘴也和他一样碎的三个壮得像熊的 Alpha。

秦猎锲而不舍："那后天呢，有时间吗？"

林纸想了想，说："要看明天比赛的情况，才能知道后天还有没有比赛。再说我有几门课的内容要过一遍，还要抽空做体能训练。你有什么事？需要多长时间？我看看能不能安排。"

秦猎也不知道："大概半天？"

"半天不行。"林纸满脸歉意，"我最近都没有那么长的空档。"她的表情有点儿抱歉，却没有纠结，很明显，她说的话就是她的意思：拒绝就是拒绝，不就是不。

秦猎心想，那篇攻略里说的什么口是心非欲拒还迎，不知道是哪个 Alpha 被拒绝后自我安慰写出来的奇葩文章。他没再坚持，松了松领口："没关系，那有空再说。明天你还要比赛，不耽误你了，睡吧。"

林纸点点头，准备挂掉视频通讯。

秦猎忽然福至心灵，想到了一个验证真假的办法，叫住她："林纸。"他盯着屏幕上的林纸，停顿片刻才问，"你真的是林纸吗？"一问完，他就集中精神体会她的感觉。按上次补考时的经验，当她紧张不安时，他也会察觉到紧张不安，不知道这次能不能体会到……确实有点儿异样，只有一点点，但真的有。不过这种异样有点儿微妙，是紧张吗？秦猎不太确定。

"我不是林纸还能是谁？"林纸回答，脸上和刚刚一样没什么表情，"不过秦猎，你现在是在干什么？直播跳脱衣舞吗？"

秦猎这才发现刚刚他的心思全都集中在体会林纸的情绪上，有点儿走神，不知哪根筋搭错了，放在领口上的手指正在不自觉地一颗颗解衬衣扣子……他睡前常常一边和安珀他们聊天，一边洗漱换衣服，习惯了，忘了今天打的不是语音电话而是视频电话，而且对面还是个Omega。这太不合适了。秦猎立刻把扣子重新扣好。

林纸目光往下飘，掠过他还没来得及遮起来的锁骨，又若无其事地回到他的眼睛上。

秦猎觉得刚才被她目光扫过的地方莫名其妙烧了起来，脑子里忽然满是白天在赤字驾驶舱里闻过的浓郁酒香。他的心思一乱，林纸那边传来的细微感觉立刻没了。

秦猎火速道歉，火速跟林纸说了晚安，果断断掉视频。等虚拟屏幕消失，他才长长地吁了口气，努力把思路掰回正确的轨道——还是要想办法尽快拿到她的头发，弄清楚她到底是什么人。秦猎换好衣服，倒在床上，望着天花板，无奈刚扳回来的想法又开始悄悄跑偏。

二十三楼，林纸关掉屏幕，躺在床上，脑中回响着秦猎刚刚说的那句话：你真的是林纸吗？

连跟"她"相处了两年的好朋友和同班同学都没起疑心，秦猎竟然会怀疑她。这只召唤兽相当厉害啊……嗯，还很漂亮，平时严严实实遮住的地方十分诱人，两条锁骨一看就功能齐全，估计放摆硬币养个鱼什么的不在话下。

林纸胡思乱想着，不知什么时候睡着了，没多久被手环的振动声吵醒了。她闭着眼睛摸了摸，发现睡觉前摘下来放在枕边的手环不知什么时候回到了手腕上，正振个不停。

林纸迷迷糊糊地看了一眼，是一个叫安珀的人发来的消息，但她没看明白。

"老大，我今晚不回寝室了，新版本的系统要测试，你周末要回天谕吗？"

林纸又看了一遍，还是没懂。上次发机甲大赛资料过来的人好像就叫安珀，他消息发错人了？林纸刚想放下胳膊，忽然意识到不对：虽然四周黑着，还是能看得出来腕上手环的颜色不是黑屏红腕带，而是纯黑色的，而且她戴着手环的手腕比这些天看惯了的手腕粗得多，腕骨鲜明。最重要的是她的手，指甲修剪得很整齐，手指修长，指节有力，明显是属于男人的。

林纸瞪了自己的那只手两秒，呼地坐起来，感觉海拔明显比平时高了一大截。寝室也不对了。借着外面透进来的一点儿微光，她发现虽然布局一样，床铺位置也没变，但是被褥和枕头的颜色却全然不同，都是男性化的深灰色细格子。林纸再低头看看自己，怔了几秒，飞速跳下床，站着时也高了不少，视角和平时大相径庭。

旁边就是浴室，她冲进去看了眼镜子，镜子里的脸倒是很熟悉，五官完美无缺——这是秦猎。林纸有点儿崩溃：跑到异世界就算了，跑到秦猎身上算是怎么回事？！还有，秦猎人呢？

她试探着在脑中叫："秦猎？秦猎？"

脑中一片沉寂，没人应答。

他该不会跑到她身上去了吧？林纸这么想着，走出浴室，抓起外套披在身上，冲出了门。

天还黑着，看位置，这里就是自己所在的那幢宿舍大楼，电梯旁写着个大大的"5"，应该是五楼，于是林纸乘电梯上了二十三楼，直奔2305。

来到2305门口，林纸刚想抬手敲门，走廊里就传来人工智能助手雅各布的声音："学员秦猎，现在是夜里一点二十七分，属于非正常时间，你来 Omega 学员的寝室是有急事吗？"

林纸随口答："对。有急事。"

雅各布郑重地说："请注意，你的此次到访将被记录在案，如果有任何危害 Omega 学员安全的行为发生，学院将依照联盟法规提交相关记录。"

林纸：你随便吧。

敲了两下，门就开了，林纸看见自己站在门里，一副刚睡醒的样子，头发乱七八糟往天上飞，在看清门外站的是谁时怔在原地。

林纸试探着叫："秦猎？"

门里的人蹙了蹙眉头，一脸秦猎式表情："林纸？"

这情形虽然诡异，但是莫名让人有点儿想笑。

林纸闪身进门，顺手把门关上。

秦猎沉默了好几秒，开口问："怎么回事？"

林纸："我哪儿知道。你们家族的耦合感应有这种效果，能把人彻底换过来？"

秦猎刚醒没多久，还有点儿蒙，他翻来覆去低头看自己的手，又走进洗手间去照镜子。

林纸跟进去，忍不住伸手顺了顺"他"飞上天的头发。怪不得人人都喜欢摸她的脑袋，这高度差确实挺顺手。

秦猎："……"

林纸："我顺顺我自己的头发，不行？"

秦猎看了半天镜子才幽幽地说："我听说在很久很久以前，家族的耦合感应还很强的时候，我的祖先确实可以做到这样。他们不只能感受到别人的感受，还能控制别人的身体，甚至直接到别人身体里。我原本以为这只是传说而已，没想到是真的。"

他面无表情地捏了捏脸颊。林纸觉得自己的脸，准确地说是秦猎的脸，也跟着疼了一下——她现在明明在他身体里，却还是能感觉到自己的身体的感受。两个人无论是身体还是感觉都串得一塌糊涂，奇奇怪怪的。

"别动我的脸。疼。"林纸一巴掌把"他"的手拍掉，问，"那你祖先有没有说过，还能不能换回来？"

"当然能。而且在传说中，这是可以主动控制的。"秦猎顿了顿，补充道，"不过我不会。"

林纸："……"

秦猎从洗手台前转过身，在林纸面前摊开双手："手给我。"

林纸知道他要干什么，可是两人之前从没有过这么密切的接触，她本能地迟疑了一瞬。

秦猎察觉到了，说："把手给我。你握的是自己的手，有什么问题？"

说得也是。林纸伸手握住"他"的手。

"据说这样握住手时，两个人之间的耦合感应会变强。"秦猎解释，"我们试一试，看看能不能换回来。"

他是专家，对耦合感应的了解肯定比她多，林纸按照他的话，攥紧"他"的手。

一分钟、两分钟……二十分钟……半小时过去了，什么都没发生。

林纸低头看看手环，已经半夜两点多了。

其实对她而言，穿到别人身体里不算什么大事，多穿两回就习惯了。问题是……

"可是明天复赛，这样的话，我要怎么比赛？"

秦猎："我替你去？"

林纸拿不准："可是我们交换了，赤字能和你建立耦合吗？"

机甲是认主的，只是不知道这个认主是纯物理层面的还是精神层面的，考虑到耦合系统和精神层面关系更密切，赤字确实有不认他的可能性。

"这倒是不用担心。"秦猎说，"它认我当然最好，不认我也没关系，我经常帮学院调试机甲，学院的每架机甲都有测试用户账号，我用那个和它建立耦合就行了。"

林纸还不放心："刚建立耦合就去比赛，你行吗？"

秦猎看她一眼："所有基础机甲我都可以立刻上手。"

行，不愧是联盟顶级的机甲驾驶员。林纸把赤字身上的比赛装备仔细跟他交代了一遍，还是有点儿郁闷。这场比赛的对手是居伊他们，就是在飞船上和西尾一起嘲笑她在机甲上画小花的那几个人，林纸非常想自己来，并不希望他替她比赛。她拖着最后一线希望问："我们两个是睡觉的时候互换的，要是再睡一觉的话，会不会就换回来了？"

秦猎："也有这种可能。不然我们睡一觉试试？"

林纸环顾寝室一圈，怎么睡也是个问题。

秦猎看出她的想法："按学院规定，Alpha不能在Omega寝室留宿，反过来也不行。你不放心我单独和你的身体在一起？我不是那种人。再说，你刚刚不是能感觉到我的感觉吗？没什么好担心的。"

不过按他的说法，只有明显的感觉才能通感，林纸不太放心，眯眼看他："你真的不会趁机对我做什么不轨行为吧，比如偷看什么的？"

秦猎沉默片刻，淡淡地反问："你呢，你也不会吧？"

林纸无言半晌，要求道："你发个毒誓。"

秦猎想了想，说："如果我趁机对你的身体做出不轨行为，我这辈子都不能再驾驶机甲。"

这誓发得够毒。林纸满意了，也发誓："如果我趁机对你的身体不轨，银行余额就永远只有二十八块钱。"誓言也很有诚意。

为今之计，只有先各自睡觉试了。林纸下楼，回到秦猎的寝室。这会儿只剩她一个人，她低头好奇地重新打量一遍秦猎的身体，试着原地蹦了几下，做了两个侧踹，然后干脆做了几个单手俯卧撑，顺势手一撑连一个倒立，再接一个空翻。整套动作行云流水，毫不费力——秦猎这身体敏捷有力、核心强大，好用得堪比赤字，林纸羡慕到甚至有些嫉妒。

林纸去洗手间洗手，顺便照了照镜子，这张脸冷峻完美，毫无瑕疵。想到秦猎平时没太多表情，她默默地对着镜子，把她能想得出来的各种奇怪表情全都做了一遍：这应该不算是对他的身体"不轨"吧？

二十三楼，秦猎也站在镜子前。不过他并没有玩林纸的脸，而是凝视了镜子里的人一会儿，捏起一根头发，轻轻一拽，一根头发到手，毛囊完美无缺——现在倒是不愁头发了，想拔哪根就拔哪根，想拔几根就拔几根。

几秒钟后，枕边的手环响了，是林纸发来的消息："秦猎你干什么呢？为什么我头皮疼了一下？"

秦猎坦然回复："发现一根白头发，帮你处理了。"他戴上手环，安然地又拔了一根，不等林纸发消息过来就抢先发消息给她，"又发现一根。"

林纸："白头发也是我的头发，我警告你，再敢多拔一根，我现在就动手把你剃秃。"

知道她绝对是说到做到的人，秦猎笑了一下，把头发用纸包起来——两根足够了。

手环又响了，还是林纸发过来的消息："我忽然想到一个笑话。"

秦猎看了看周围，外面每天都有清洁机器人做彻底清洁，没合适的地方藏，所以他把手里的纸包塞进洗手台下面柜子的角落里，关好柜门，才回复："什么笑话？"

林纸："有个官差押解一个和尚去流放，在路上，每天早晨起来都清点一遍，包袱、公文、和尚，齐活。有一天他喝多了，和尚悄悄跑了，跑之前把官差剃成了秃瓢。第二天早晨官差起床，摸摸包袱，在，摸摸公文，在，然后摸到自己的秃脑袋……好，和尚也在。他就纳闷了，包袱、公文、和尚都在，那我呢？我去哪儿了？"

秦猎问："所以？"她吭哧吭哧打了那么多字，就这？

林纸又发过来长长一串消息："我是在想，'我'这个概念，其实也就只是个分类而已，本来就不太牢靠。就像现在，我能感觉到你的身体，也能感觉到我的身体，那两个身体都算作'我'吗？再进一步，如果我们两个精神相通，甚至能影响对方的想法，那都算作'我'吗？或者干脆彻底抛开那些被坚固的概念竖立起来的藩篱，我把那些不和我通感的人也划归到'我'里，是不是也可以？我怀疑你祖上的那种'神'是集体通感的，能这样互相穿来穿去，还互相控制身体的话，可能根本就没有个体的'我'的概念，所有人都是互相连接的，就像一个巨大的'我'。"

秦猎懂她的意思："有点儿像蚁群？"

林纸："没错。"

秦猎想了想，觉得她这种推测可能是对的。

次日早晨，林纸睁开眼睛，第一眼看到的还是灰格子枕套，他们没能换回来。

林纸仔细帮他洗了个脸，刷好牙，还研究了一遍他那看着就相当高科技的剃须刀，刮了刮下巴上新长出来的胡楂儿，然后换好衣服上楼。

秦猎也起床了，今天是周末，可以穿便装，他倒是完全没动她身上的衣服，还穿着她昨晚睡觉时的运动裤，只在 T 恤外面套了件黑卫衣，头发明显没梳，脸也没洗。

秦猎放她进门，林纸上下打量自己的身体："秦猎，我感觉你早晨是不是已经去过……呃……"

"我去过洗手间了，什么都没看，什么都没碰，你不用担心。"秦猎直言不讳，"你呢？"

林纸有点儿痛苦："我也去过了，尽可能不看，也尽可能不碰，可是做不到。我发誓我真的已经尽力了，绝对没有故意对你不轨。"

秦猎忍不住弯弯嘴角。

林纸问他："至少帮我洗个脸吧？"

秦猎解释："我怕你误会，能凑合就尽量不碰。"说完他进了洗手间，从水龙头上接了点儿水就开始大力搓脸。

林纸一把将他按住，无奈道："我自己来。"说完认真地帮自己洗好脸，涂了面霜，又梳顺头发。

两个人看着镜子，镜子里，女孩一动不动，任由男生悉心照顾，画面非常和谐，却透着奇怪。

总算全都搞定，两个人又互握双手试了一次。然而还是白费劲，他们就像钉死在对方身体里一样，回不去。

秦猎："看来今天的复赛只能我替你参加了。"

也没有别的办法了，林纸快快不乐地"嗯"了一声。

秦猎提醒她："你饿了。"

林纸也感觉到了："我们先去吃早饭？食堂胖大叔说今天比赛，特意给大家做了羊汤。"

"食堂？"秦猎有点儿错愕，仿佛概念里就没有食堂这种东西，"我三餐都是喝营养液。"

不过十分钟后，两个人还是一起出现在了食堂门口。

食堂虽然就在学院里，秦猎却从来没来过，这会儿不动声色地到处看。

林纸压低声音跟他介绍："这里虽然没什么人来，但是东西超级好吃，掌勺的胖大叔更是个神人，在学院待了好多年了，对课程安排比我们还熟，我们聊什么他都能插几句，还说得特别有见地，我严重怀疑他其实是个隐藏在学院内的高手……"

两个人边说边进门。食堂里照例几乎没人，空气里全是炖肉的香气，胖大叔正在里面忙活着，一抬头，看见顶着秦猎的脸的林纸走进来，手里的勺子"当啷"一声掉在台面上。他愣了几秒，火速转身跑到橱柜那边翻找着什么，不一会儿从里面出来，手里拿着一支笔和两个三寸高的机甲玩具，胖胖的脸上全是羞涩，手脚都不太知道往哪儿摆。

"秦猎？是秦猎对吧？那个……我家里那几个小孩都特别喜欢你，能不能请你帮我在玩具上签个名？"

林纸："……"叔，刚往死里吹完你，咱能不能不要这么跌份？

林纸伸手接过玩具。

胖大叔眼巴巴看着，一动不动，等着"他"签字。

林纸攥着玩具，模仿秦猎端庄淡定的表情："大叔，我有点儿饿了，能先吃东西吗？"

"好好好！"胖大叔如梦初醒，连忙点头，搓搓手，问，"你想吃什么？吃什么都行，只要你能想得到的，我都能给你做出来。"

林纸："林纸说有羊汤，羊汤就行了。"

胖大叔答应着，又问"林纸"："小纸，你也是羊汤？"

秦猎看一眼林纸："我……还是喝营养液吧。"他跟着林纸来到食堂，本打算按她的习惯吃东西，无奈一进门就被满食堂浓重的羊肉味吓到了。

胖大叔先是一脸疑惑，随即恍然大悟："你今天要比赛，怕打架不舒服，吐着方便？好啊，好啊。"

林纸："……"

胖大叔乐颠颠地走了。等他回到后厨，转身去拿东西，秦猎立刻拿过笔，干脆利落地在两个机甲玩具上签上自己的名字，铁画银钩，还挺好看。

林纸瞥一眼，压低声音说："特地练过啊？"

秦猎无语："我写字本来就这样。"他站起身，去门口的售货机里取了一管免费的营养液，回来坐下，尝了一点儿，眉头拧了拧，"学院的营养液味道太重了。"

林纸心中"呵"了一声：你们这些喝惯了营养液的人懂什么叫味道重？

胖大叔动作很快，一会儿就端着托盘过来了，除了一碗羊汤，还有一摞饼——羊汤热气腾腾，上面飘着翠绿的葱花和香菜，肉香浓郁扑鼻。秦猎本能地往后退了退。

林纸挑了点儿辣椒放进去，喝了口汤，又咬了一口炖到酥烂的肉，问秦猎："你不来点儿？"

秦猎一脸想在自己和林纸的羊汤之间立道屏障的表情，坚决拒绝："不要。"

食堂外忽然进来两个人，是杀浅和边伽。两人看见秦猎，都怔了半天。

边伽先跟"秦猎"打了个招呼——他们以前在院际联赛见过面——又顺手拍了拍"林纸"的脑袋。

生平头一次被人这么拍头的秦猎："……"

紧接着，杀浅也拍了拍"林纸"的脑袋。

秦猎："……"

边伽纳闷："你们两个怎么凑到一起了？"

林纸回答："食堂门口遇到的。"

边伽看了"秦猎"一眼："原来你们母星人也会来食堂吃东西啊？太神奇了。"

杀浅俯身看看"林纸"手里的营养液："今天有比赛，你就吃这个？小心晕在场上。"

秦猎忍不住反驳："怎么可能？营养液里有身体需要的所有营养成分，比这种……"

大哥，你OOC（Out of character，指做出了不符合设定的事）了！林纸在桌子底下踹了他一脚，力气不小，两个人的小腿骨一起狠狠地疼了一下。

秦猎面无表情地道："用劲太大可就不能比赛了。"

复赛不用再去帕赛星，就在学院的竞技场里，大家吃饱喝足，一起去训练厅取机甲。

边伽落后一步，低声问"林纸"："秦猎为什么也跟着我们去训练厅？"

秦猎淡淡答："训练厅是你家开的？他不能去？"

边伽一脸莫名其妙："他爱去不去，你呛我干什么？要比赛了你紧张啊？来，做个深呼吸，一——二——三。"

秦猎："……"

作为联盟的优秀驾驶员，秦猎没有吹牛，基础机甲对他来说完全不是问题，取赤字时，他毫不犹豫地进了驾驶舱，没几秒，赤字就如常地动了起来。他打开驾驶舱，对站在下面的林纸做了个口型："测试账号。"赤字的耦合系统很聪明，不认他，他是用测试账号操控的。

之后，林纸跟着三架机甲乘电梯下楼，穿过校园，来到竞技场。

竞技场像座体育馆，中间是赛场，四周是围成一圈的观众席。大概是怕机甲动手时殃及池鱼，观众席架得很高，让中间的空场看起来像个大型斗兽场。

裁判席在正中间，上方高高地悬着巨大的屏幕，镜头对准空旷无人的赛场。

旁边是学院的解说员的位置，他正用好听的声音说："试音。一、二、三、四……"

左右两边是媒体区。预选赛时的各大媒体早到了，熟悉的小飞行器还在调试中，满天乱飞。

观众席也来了不少人。正是周末，又是复赛第一天，大家都热情高涨。不过人来得多还有一个重要原因，就是第一场比赛有点儿特殊。

居伊队都是大四生，去年就参加过机甲大赛，作风凶悍，差一点儿杀进四强，是今年的热门队伍。林纸他们第一场就随机抽到这种队伍，也算是倒霉到家。不过预选赛的队伍组成曝光后，大家都知道边伽在林纸的队伍里。他在人马座阿尔法星时就以大一生身份参加院际联赛出了名，人人都想来看看他真正的实力。所以这一战在大家心目中，基本是居伊对边伽。

按照规定，边伽他们三个把机甲开到旁边停好，自己则在场地旁划出来的专区候场。

林纸不能再跟着他们，一个人快快地在观众席找到座位坐下。

秦猎坐在候场区，看出她情绪不高，在她看过来时对她微微笑了一下。

林纸笑不太出来。

秦猎正打算再对她做一个"放心，看我的"的口型，身旁忽然传来"啧"的一声——

今天对战的对手像三头熊一样晃过来了，居伊一坐下就对队友说："西尾说得没错，你看见她刚才对着秦猎抛媚眼了吧？"声音不小，像是本来就打算让这边的人听见。

秦猎：抛媚眼？

"抛也是白抛。秦猎根本就没理她，看都没多看她一眼。"

秦猎："……"

"自己什么都不行，到处钓 Alpha。这回能过预选赛，也是靠两个 Alpha 队友吧？"

秦猎转过头，看了看不远处闷闷不乐地坐在观众席上的林纸。他原本没打算那么快换回来。因为林纸很特殊，能跟他建立古老的通感，甚至互换身份，真实身份又存疑，秦猎本打算保持这种状态几天，找找还有什么其他有价值的线索。至于今天的比赛，不过是学院大赛的一场复赛而已，他随便帮她打赢就完了，他并不觉得是什么大事。可是现在，他忽然理解了她为什么那么想自己上场。

居伊他们还在说话："先是总跟着宫危，现在又跟着秦猎，胃口还真不小……"

秦猎忽然开口了，冷冷地道："是秦猎一直要跟着我的好吗？！否则你们以为，他为什么要来看这种用脚指头想想都知道结果的比赛，是来看你的吗？"

居伊他们没想到"林纸"会搭茬，愣了一下，嗤地笑了。

杀浅拍拍"林纸"的胳膊："别理他们，他们是想扰乱你的心态。上场再虐他们。"

秦猎不再说话，低下头发消息："林纸，你很想换回来吗？再照我说的试试。"

林纸收到消息，蔫蔫地抬起头。

秦猎看她一眼，继续打字："闭上眼睛，尽可能集中精神，就像努力和机甲建立耦合时一样，脑中想着我。实在不知道该怎么办的话，就把你昨晚睡前想我的那些想法再来一遍。"

林纸回："我昨晚哪有想你？"不过她还是立刻闭上了眼睛，因为比赛马上就要开始了。

裁判们陆续来了，学院的教官也基本到齐了，就连院长费维上将也到了。

一名老教官走上主裁判席，宣布规则，观众们渐渐安静下来。

秦猎看到林纸闭眼，也跟着闭起眼，竭尽所能地集中精神，用心体会着她的存在，就像准备和最高阶最复杂的机甲建立耦合一样。

林纸其实并不太明白秦猎所说的"努力和机甲建立耦合"是什么意思，她和赤字建立耦合时，过程自然，又非常快，根本就没有"努力"过。但她确实在努力，努力在想昨天晚上睡觉前，自己真的是在想秦猎的事吗？都想他什么来着？锁骨吗？

林纸睁开眼睛，想看一眼秦猎在干什么，然后就被眼前的变化吓了一跳——她正坐在候场区，旁边是边伽、杀浅，对面是居伊。她换回来了！

林纸火速转头去找秦猎，只见秦猎悠然地坐在观众席，看到她看过来，给了她一个微笑。

裁判："……现在请参赛学员进入机甲。"

林纸欢快地一跃而起，奔向赤字。

解说员闲极无聊，在林纸他们进入机甲时，又把比赛规则说了一遍，简而言之，就是组队集体斗殴，六架机甲都在划线的场地里，尽可能把对方逼出线外，三十分钟后哨响时哪队留在线内的人多哪队赢。除此之外，如果驾驶舱内的驾驶员严重暴露，或者裁判判断机甲将会出现三级以上的损毁，也会被判出局。但鉴于学院大赛对机甲的武器装备有非常严格的限制，违禁列表长到翻都翻不完，不说激光枪、等离子枪，就连刀剑之类的也不能用，想要造成对方机甲三级损毁并不容易，所以一般的做法都是徒手搏斗，把对方的机甲扔出线外。

居伊他们一上场，下面就爆发出一片口哨声。观众席不少人在叫他们的名字，"居伊！居伊！居伊！"地喊成一片。

居伊志得意满地操控机甲，对观众席挥手致意。

边伽上场时，口哨声也不少，很多人在喊："边伽！边伽！边伽！"

边伽并不在意，随便挥了挥手应付了一下。这位鲜衣怒马少年成名，却根本没把这种虚名放在心上，一心一意想的都是在这花花世界游山玩水，当个导游。

嘈杂声中，林纸听见了极不协调的声音，有人在喊："林纸！林纸！林纸！"

林纸回头扫了一眼秦猎的方向，并不是他，他安然地看着这边，没有那么疯。

半晌，她终于找到了，只见观众席最后面，食堂胖大叔也赶过来观战了，他把手举到嘴边拢成喇叭形，运足中气，用比其他人都嘹亮的嗓门使劲喊："林纸！林纸！林纸！"虽然只有一个人，但是气势惊人。

林纸操纵赤字，用双手比了一个心。

观众席的另一个方向又有人大声喊起了林纸的名字。原来是隔壁几个寝室的同学也来给她助威了。

林纸也对他们比了一个大大的心。

比赛的铃声响起。

居伊队先发制人，三架机甲一起朝这边扑了过来。他们三个高大威猛，打法也是走刚猛路线，机甲涂装又都是棕色，极像熊，颜色从深到浅可称熊大、熊二、熊三。

林纸他们急速后退，同时从机甲的手臂里抽出一件奇怪的武器。那是根非常细非常长的杆子，生着锈，像是刚从哪个垃圾堆里捡回来的。

解说员都有点儿无语了："林纸队现在拿出了他们为比赛准备的武器……看着很像是……呃……旧晾衣竿？"

观众们："……"

学院大赛允许使用的武器本来就少到可怜，所以基本没人用武器，而长得这么奇葩的武器更是从来没见过。解说员飞快地翻着大赛规则："刀刃，没有……锐利的尖头，没有，头是圆的……重量要求的话，这么细应该符合吧……棍状物不得做出击打动作，他们好像也没有……"他惊奇地下了个结论，"好像还真的符合规定！"

晾衣竿看着就像个笑话，手握晾衣竿的小队更像个笑话，三熊根本没理。他们大概比赛前就商量好了，三架机甲一起冲向边伽，估计是觉得搞定了边伽就等于搞定了林纸他们整队。

边伽身手敏捷，闪身就退，在三个人的夹攻下泥鳅一样滑不唧溜，始终谨慎地跟他们保持着一段距离。

林纸和杀浅也没闲着，手里的晾衣竿唰地伸长一大截，目标明确地戳在熊三身上。

被晾衣竿轻轻捅了捅的熊三："……"

只见晾衣竿碰到熊三时，头部瞬间啪地弹开，伸出三只大爪子，一个抓腰，两个攥住胳膊，启动机甲上肢的最大动力，嗖的一下将熊三叉着扔出了场外。

全场的人都蒙了，开局不到一分钟，居伊队就有一名队员被淘汰。

这个战术是林纸他们早就商量好的。居伊队是热门队伍，他们早就反复观摩过对方去年比赛的视频，发现这三个人全都擅长贴身近战，搏斗的路数很像摔跤。对付摔跤的战术思路就是最好不让他们近身。可惜很多长武器都因为杀伤力太强，在比赛规则禁止的列表里，于是杀浅在他的垃圾堆里挖了半天，找到了这三根伸缩杆。

观战的观众这才认真研究这三根晾衣竿：看着又旧又细，却能把一架机甲扔出去，动力开足也承受得住，韧性极佳，只弯不折，绝对不是普通材料。

"这是什么材料？"

"这得多少钱啊？"

解说员也在感慨："肯定不便宜，起码得几万块吧？"

林纸百忙之中想：几万？以杀浅的风格，废品回收价能超过一千都算你赢。

三熊就这么少了一只，熊大居伊和他的熊二队友迟疑片刻，学乖了，不敢再轻敌，劈手就来夺晾衣竿。晾衣竿却很神奇，能自如地伸长缩短，并不是那么好夺走的。战况胶着起来，由一方试图摔跤一方不让摔，变成了双方的大型晾衣竿争夺战。

观众席上忽然有人大声喊："居伊，你们抢什么杆子？攻林纸啊！"

一听就是西尾的声音。

双熊如梦初醒，一起往林纸贴过去，试图重回二对二的局面。

林纸的动作不比边伽慢，她拉开距离，一边往场地边缘靠，一边引诱熊二把后背和侧面暴露给杀浅和边伽。

一眨眼，熊二也被套住了。他无望地挣扎了一下，被边伽和杀浅用杆子赶出了界。

然而就在出界的刹那，熊二一把攥住了两个人的杆子。

边伽反应奇快，毫不犹豫直接松手。杀浅却迟疑了一瞬，被熊二开足动力狠命一带，连人带杆跟着一起冲出线外。

场上现在剩林纸和边伽对居伊。

武器出界就不能再拿回来，所以只有林纸手里还剩一根杆子。两个人在队伍频道迅速沟通，打算把刚才的战术进行到底。

居伊在边伽和林纸之间权衡片刻，先朝林纸扑了过来。只不过这次他的动作突然变快了，劈手一把攥住林纸的伸缩杆。

林纸忽然明白居伊队把预算花到了什么地方——和西尾一样，他们改装的也是最贵的动力系统，提升的是上肢的力量和速度。他们开场时应该是不想直接暴露出来，可刚才两只熊出局太快，根本没来得及用。

林纸的那根旧伸缩杆上原本就有个断点，是杀浅重新接起来的，现在被居伊用加强过的蛮力狠命一扭，发出"啪"的一声脆响，断了。

全场一片惊呼。解说员也激动了："林纸的晾衣竿断了！没有晾衣竿，我们来看看她要怎么对付改装了动力系统的居伊！"

林纸：我那个真的不叫晾衣竿。

居伊弄断杆子，十分振奋，立刻放低重心快速逼近，一心想去抱赤字的腿，看样子是打算把赤字提离地面扔出去。就算不能扔出去，以他现在增强过的动力，只要能把赤字放倒，一拳砸塌驾驶舱的门，也会立刻被裁判判赢。

边伽有点儿着急，上去给了居伊的后脑一记重击。他这是真人 PK（Player Killing，挑战）习惯了，凭本能出手。

要是活人打架，只这一下，就能把擅长摔跤的对手 K.O，可惜这是机甲，头部和人的不同，并没有那么多关键部件，这一下只让机甲的脑袋晃了晃。

"我没事。"林纸一边在队伍频道跟边伽说话，一边上前抓住居伊的胳膊。

散打里的不少动作就是从摔跤演化来的，林纸学散打的时候当然也学过摔跤，觉得很有意思，但是因为摔跤对身体素质和绝对力量的要求非常高，她作为女生，力气不够照样打不过。可现在有了赤字就彻底不一样了，它威猛无比，完全弥补了林纸力量上的不足。

见两架机甲贴身扭打在一起，观众席上不少人忍不住站了起来，被后排的人嘘个不停。

"居伊竟然摔不了她？"

"去年居伊不是连着扔出去好几个，大杀四方吗？今年是怎么了？"

"他不是加强过力量了吗？"

秦猎没有站起来，而是靠在座位里，撑着头，看着场上扭成一团的两架机甲。他们刚才下场动手时，他就一眼看出来，就算林纸不跟居伊硬碰硬，以力抗力，居伊也赢不了，两个人对机甲的操控根本不在一个水平线上——居伊在大四生里已经算是很不错了，基础扎实，各种控制模式切换自如，但是林纸已经做到心随意转，她就是机甲，机甲就是她。

秦猎能感觉到她此刻的心情，一点儿都不紧张，甚至还有点儿开心。他想，她不用摔跤对付居伊，而是跟居伊扭打在一起，大概是觉得……好玩。

林纸确实觉得好玩。原本他们制定了晾衣竿战术，她自然老老实实按照战术执行，现在杆子没了，应该就可以随便打了吧？

边伽也看明白了，不再参战，反而退后了两步，任凭林纸和居伊扭打在一起。

机甲不穿衣服，不像跤服有把位可抓，居伊拽住赤字的胳膊，侧身伸脚去绊赤字的腿，手上一带，竟真把赤字带得跟跄了一步。边线就在旁边，居伊喜出望外，顺势把跟跄中的赤字往线外甩。然而他的机甲胳膊还在林纸的控制中，她佯装脚下不稳，被带飞时瞬间压低重心，沉了下去，借着居伊的力气把他带得转了半圈，然后用力往线外一掼——

解说员吼了起来："居伊出线了？居伊出线了？！"

被人用自己最擅长的摔跤技法扔出局，居伊蒙了。

裁判的哨声响起，居伊队全部出局，不到三十分钟，林纸队就稳稳地赢了。

观众席上没有欢呼声，反而很安静，比赛这么快就结束是谁都没想到的。更让他们没想到的是，把居伊送出局的并不是边伽，而是林纸。

安静了好几秒，观众席上忽然传来胖大叔的大嗓门："林纸！林纸！林纸！"

之后更多的人开始叫她的名字。

林纸开心地举起手，对他们挥了挥胳膊。

观众们如梦初醒，掌声和欢呼声响彻整个竞技场。

几个人在欢呼声中离开比赛场地，从机甲里出来，回到候场区——教官说还要给选手们做个赛后登记。

林纸看见秦猎离开观众席，朝这边走过来。

人人都盯着他瞧，不知道他准备干什么，他却谁都不看，目不斜视地来到候场区旁边："林纸，"他隔着隔离栏问，声音不小，"下一场我还能来看你比赛吗？"

嗯？林纸并不知道换回来之前候场区发生过什么，一脸莫名其妙：想来就来呗，竞技场是公共场所，难不成还有人拉条线拦着他，指名道姓不让他来？

秦猎站在那里，执着地等着她回答："可以吗？"他问得很认真。

周围所有人都看着他们，林纸只得回答："好……啊！"

秦猎满意了，点点头："那我等你，我们一起吃午饭。"

林纸：不是刚刚一起吃过早饭吗？还远远没到吃午饭的时间。奇奇怪怪的。

一旁的居伊几人看看秦猎，再看看林纸，脸上一阵红一阵白。

瞥见他们的表情，林纸忽然明白了，有点儿想笑。肯定是换回来之前，居伊他们对秦猎说什么闲话了，十有八九还跟他激烈对呛过，秦猎这是给他自己找场子来了，或者说，是给她找场子来了。

自从来到异世界，林纸听到的各种闲话不少，已经习惯了。她猜秦猎这个出身名门的Alpha从来没被别人这样歧视嘲讽过，入戏太深，代入出了真情实感，真生气了。

教官过来给参赛选手登记，之后大家把机甲开回训练厅装备室放好，决定再回来看看别人的比赛。

秦猎跟着他们过来，没有走的意思。他看看边伽和杀浅："我有事想单独和林纸……"

在边伽问出"什么事"之前，杀浅把他拽走了。

林纸问："什么事？"

秦猎抿了一下嘴唇："林纸……你要不要和我一起参加今年的院际联赛？"

这倒是出乎林纸的意料。院际联赛是联盟各机甲学院之间的联赛，每年举行一次，帝国机甲学院会派出一支五人小队参加。院际联赛的风格和机甲学院的比赛完全不同，没有那么多安全方面的规则和限制，很多时候会模拟真实战场，要残酷得多，甚至曾经出事死过人，机甲损毁和驾驶员受伤更是常事。

秦猎："我们学院去年参赛的三个大四队员毕业了，今年刚好有位置空出来。"

林纸纳闷："院际联赛难道是想参加就可以参加的吗？"

"当然不是。我会尽力帮你争取，但是更重要的是看你在这次大赛里的表现。"秦猎依旧看着她，"我觉得你可以。"

林纸点点头："我们两个一起代表帝国机甲学院参加院际联赛，一个人受伤就等于两个人受伤，干掉一个就等于干掉两个……你这想法实在太妙了。"

林纸心想，秦猎你真的不是竞争对手派过来的奸细吗？不过她还是问道："去参加院际联赛有什么好处？"

秦猎想了想，说："我觉得你肯定会喜欢院际联赛。它是个非常好的机会，你会遇到来自其他学院的出色对手，对手不一样了，你的眼界也会不一样。"

林纸："呃……"

秦猎立刻补上："只要参赛，比赛期间，学院每天都发补贴，如果能拿到名次，奖金尤其多。而且比赛结束后，各学院都会用丰厚的奖学金争取其中优秀的参赛者转学……"

林纸好奇："所以你留在帝国机甲学院是有奖学金拿的？"

"对。"秦猎说，"不过我选帝国机甲学院是因为家里人基本都是这所学校毕业的。费维上将当时是用这个理由说服我入学的，倒不是因为奖学金。"

林纸的关注点没变："所以奖学金多吗？"

秦猎点头："还不错，相当于天谕中层管理的年收入。"

林纸："那我愿意。"

秦猎点了点头："……我去跟院方谈。这次院内的机甲大赛，你……"

林纸麻溜地接话："尽量好好表现？"

秦猎表情没变，眼睛里闪过一点儿笑意："不是。你只要正常表现、正常发挥就够了。"

林纸有点儿感动，他对自己真的很有信心。

这时，林纸的手环响了一下。她低头看了一眼，是条看不懂的消息——

"林纸，画得怎么样了？别忘了明天中午前一定要交画稿。"

发消息的人，备注是"二道贩子"。

"不按时交稿要赔一万块，你应该不会拖吧？"

林纸：什么就赔一万？！

"你假期打工的钱够买新的手绘板吗？我等着看你用新板子画的画。"

林纸默不作声地又看了一遍消息，并往上翻。

"怎么了？"秦猎问。

"我有点儿急事，得先走了。"林纸说。

撂下秦猎，林纸回到寝室，第一件事就是打开柜子，从里面拿出一个软布袋。这是她来到异世界的第一天在"她"的包里找到的，一直放在柜子里没动过。软布袋里是块书本大小的透明板子，被珍惜地用布裹着。林纸上网查了查，这果然是一块手绘板，新出的，不算便宜。

她现在终于明白那七十八块钱的账户余额是怎么来的了。以林纸现在对原主的了解，"她"不太可能假期坐吃山空，不去打工赚钱。原来是都换了这块板子。

这些天林纸一直在疯狂地赶课程进度、研究机甲大赛资料，实在没有空闲去仔细了解"她"

的生活状况和社交圈。这会儿她把"二道贩子"发过来的消息全部看了一遍，又找到之前他发过来的邮件，总算弄明白了。这个"二道贩子"严格来说算是个中介，做的生意五花八门，其中一项工作就是给客户和画手搭桥。而"她"应该就是他的一个小画手——画画是个奢侈的爱好，"她"负担不起，于是选择以画养画，偶尔从"二道贩子"那里接几个单子，赚一些钱，然后再投进画画的课程和器材里去。

林纸在光脑里仔细翻了一遍，终于找到一个文件夹，里面有"二道贩子"发过来的要求和最新的画稿。画稿上，一个穿着装饰繁复的将军制服的男人戴着大檐帽和黑皮手套，站在一架机甲前，斜睨着屏幕外的人。

这图还是三维立体的，无论是正面还是侧面、背面，都画得非常认真，细节到位，肉眼可见的精致。林纸轻轻拨了一下，画上的男人不只转了个方向，还换了定点动作和表情，一共四套。唯一的问题是没画完，头发、衣服和机甲的细节还没处理。

这是一份私稿，"二道贩子"发来的要求上，人设要求写了一大堆，不过总结起来就几个字：出身高贵，冷漠傲慢。要求过于抽象，是画手接单时最头疼的那种。价格却相当给力，一万块。当然，逾期赔款也很给力，一万块。

林纸仔细打量画稿，这是个二次元帅哥，鼻子高，脸庞瘦削，身材壮硕到夸张，但是脸上那种傲慢的神情倒是莫名觉得很熟悉……

虽然五官并不像，但是这神情和动作就是宫危啊！

怪不得上学期"她"要追着宫危到处跑，原来他就是行走的一万块。不过也是，"出身高贵，冷漠傲慢"这八个字简直就像贴在宫危身上的标签一样，"她"天天盯着他研究，大概就是为了捕捉他那种特殊的样子做参考。"她"当时读大二，和高年级的课程完全不一样，去盯宫危自然会很明显，难免让人误会。但林纸懂"她"：误会就误会，赚钱要紧，爱谁谁！

初稿已经发给客户看过了，客户很满意，加上这是从来没接过的大活，"她"特地狠狠心把原来的二手旧板子升了级。如今画稿已经完成了九成九，只差一点点，如果明天不交稿，倒赔人家一万块，就十分可惜了。

林纸把手绘板连上光脑，拿起上面的笔，研究了一会儿，又放下了——她是真的不会。

叹了口气，林纸去洗手间洗了把脸，把秦猎早晨没换的衣服换下来，又打开手环屏幕。

其实也有别的办法。画稿已经画得差不多了，只要出点儿钱，另外找个画手补完细节就行了。林纸给"二道贩子"回消息："画稿只差一点点，可是刚刚比赛的时候伤到手腕了，你有办法找个人画完吗？我愿意出……"

外面忽然有人敲门。

林纸走过去打开门，门外是秦猎。

"我想起一件事，忘了跟你说。昨天我帮你取过联盟免费的发热期抑制剂，因为我是Alpha，没有领取资格，所以需要你去联盟卫生部的网站登记一下。"

怪不得在帕赛星偏僻的岩洞，他还能那么快找到抑制剂送过来，原来也是顺手薅的联盟的羊毛。林纸放他进来，回到光脑前，打开联盟卫生部的网站。秦猎拉了把椅子坐在她旁边。

林纸在网站上翻了一圈，找到登记的地方，扫描虹膜，验证身份。

屏幕上立刻跳出问题："帕赛星 xf3424980 号取用箱，母星时间昨日十一点二十六分，您的伴侣为您领取过 Omega 发热期抑制剂吗？"

林纸："……"

秦猎立刻解释："当时情况紧急……"

"我明白。"林纸点了"是"。

网站却没有放过他们的意思，锲而不舍地追问："您的伴侣是否是秦猎？"

两个人都有点儿尴尬，林纸光速点了"是"。

网站还在啰啰唆唆问个没完："免费发热期抑制剂是联盟为公民提供的重要福利，请协助卫生部完成以下调查问卷，谢谢您的支持。你们的关系是：A. 已婚伴侣。B. 未婚伴侣。C. 临时性交往。"

眼看林纸的手指头往"临时性交往"上点，秦猎手疾眼快地抢先选了个"未婚伴侣"，然后转头解释："我不太想在卫生部的数据库里留下一夜情记录。"

屏幕上紧接着出现了新的问题："请问你们交往多久了？ A. 五年以上。B. 一到五年。C. 一个月到一年。D. 两周到一个月。E. 十天到两周。F. 十天以内。"

林纸："……"

秦猎直接替她选了"十天到两周"。

林纸：请问你这是怎么算出来的？

屏幕上的问题还在更新："请问你们是否进行过永久标记？"

林纸：救救我救救我救救我……

秦猎安然选了"否"。

就这样一步一步地胡乱填完，不出林纸所料，和屏蔽剂一样，上面显示这半年免费使用发热期抑制剂的次数已经用完了。林纸进入付款页面，付了双倍的钱。

秦猎很抱歉："不好意思，我不知道你已经没有免费次数可用……"

当时那种虫子暴动的情况，他就近找了最容易拿到的抑制剂，一点儿错都没有。因此林纸打断他："没关系，要是我，也会那么做的。"

登记完，秦猎却没有要走的意思，顺手拿起光脑旁一个透明小袋子看了看："这是什么？"

"美甲贴。"林纸特意斥资两块在自动贩卖终端上买的。

"贴在指甲上的？"秦猎拿起来，好奇地研究，"为什么图案都是红色的？"

林纸："因为红色是我的幸运色。"

对方像在没话找话，林纸也就不动声色，打算看看他准备干什么。

手环忽然振动了一下，又是"二道贩子"，来催稿的："林纸，你的宝贝稿子到底画完了没有？客户一直在催我。"

秦猎跟着扫了一眼她手环屏幕上的消息，林纸刚刚打了一半的那句谎话还留在上面。

"你手腕受伤了？"他和她有通感，没有人比他更清楚她的手腕在比赛中有没有受伤。

"没有，我瞎说的。"林纸说，"就是刚比完，有点儿累，不太想画而已。"

秦猎看看光脑屏幕："这幅？"

光脑上卫生部的页面刚才已经关了，露出了下面的画稿。

秦猎认真看了看，下了个结论："看着有点儿像宫危。"

真敏锐，看出来了。

林纸："别瞎说，我可没侵犯他的肖像权，他长这样的眼睛和下巴？"

"不是说脸，我是说这种神情。"秦猎问，"快画完了，要我帮你吗？"

林纸好奇："你会？"

"小时候学过一点儿画画。当然，没有你画得好。"他转了转屏幕上的人物，拿起笔。

林纸很快就发现，他太谦虚了，根本就不是什么"学过一点儿"，他笔触娴熟，绘板用得很溜，没多久就把细节和光影补了起来。她看了一会儿，彻底放心了："画完我请你吃饭。"

"好啊。"

窗外的阳光暖洋洋地照进来，楼下传来笑闹声，林纸趴在桌上，百无聊赖地看秦猎画画。他坐在那里，眉目水墨画一样，被阳光染了一层暖色，和屏幕上的二次元人物不分轩轾。

秦猎安静地画了一会儿，忽然问："里面的一层你画好了没有？"

里面的一层？林纸没懂。然后她就看到秦猎点了点屏幕，帅哥的衣服突然没了！

林纸一激灵：这画稿不只是三维立体的，竟然还能脱衣服？她仔细看了看，发现穿不穿衣服是两个图层。不过还好没脱彻底，人物只裸着上半身，穿着短裤。

秦猎不动声色地说："他没这么大。"

林纸：大？什么大？大什么大？

"胸肌。"秦猎看林纸一眼，"我是说，宫危的胸肌肯定没有你想象的这么大。"

"这绝对不是宫危，除了表情外，根本没照着他画。"林纸再次严正声明，"再说你见过？"

"当然没见过。我是说，正常人都不会长得这么夸张。"秦猎边回答，边把小人的细节补好。

林纸装出无所谓的样子，其实内心感觉就像自己偷偷画裸男被他抓了个正着。

"你很熟悉 Alpha 的肌肉结构？"秦猎随口问。

"那当然了。"林纸不动声色地吹牛。

"可是你喜欢把腹肌画得特别鲜明，其实很难练成这样，你也没有这样的腹肌吧？"

林纸想起前两天看过的相关常识，挣扎着辩解："Alpha 和 Omega 有不同的内分泌系统，Alpha 促进肌肉合成的激素水平，天生要比 Omega 高得多，这是生理差异。换句话说，Omega 练出点儿肱二头肌很不容易，可是如果 Alpha 没有八块腹肌就实在太好吃懒做了。"

秦猎又看她一眼，淡淡道："我有八块腹肌。"

林纸不知该回答什么比较好，试探着表扬他："那你……棒棒的？"

2

秦猎耐心细致地画着画，林纸趴在旁边看着。昨晚两个人互换，折腾到两三点，今天又早起比赛，不一会儿她就闭上眼睛，呼吸变得均匀起来。

秦猎转头看了看她，确认她真的睡着了，才放下笔站起来，走进洗手间，打开洗手台的柜门。包着头发的纸包还在原位。他拿出来，放进口袋里，重新坐回她身边，继续完善衣服细节。

过了好久，林纸才动了动，迷迷糊糊地睁开眼，伸了个懒腰，看一眼屏幕，说："已经画好了？这么快？"

秦猎帮她把画稿保存好："对，你可以交了。"说着他站起来，"我下午还有事，先走了。别忘了，你欠我一顿饭。"

林纸趴在桌上，对他扬扬手："放心，忘不了。"

"砰"的一声轻响，秦猎出门时体贴地随手帮她带上了门。

林纸这才大大地伸了个懒腰，慢悠悠站起来，挪到洗手间，打开洗手台下的柜子。那个藏在角落里的小纸包果然不见了——抑制剂的事明明可以发个消息解决，他却非要过来一趟，还主动帮忙画画，坐着不肯走，林纸就猜到他肯定是为了这个。

没错，刚才回来洗脸换衣服的时候，林纸就发现柜门被人动过。

下面的柜子没放什么东西，很少打开，而且这柜门有点儿问题，总是歪着，她和千里遥就算开了，也向来都是随手胡乱一拍，所以柜门永远一边高一边低，错开着一点儿。如今千里遥不在，柜门却被人严丝合缝地关好了。只有秦猎那种性格的人才会干出这种事。

然后林纸就发现了小纸包。联想到昨晚头皮疼了两下，他想做什么就一目了然了。而且上次互换，她还看见了他和安珀发的检测基因的消息——她真没想偷看，无奈安珀发的消息就那么明晃晃地摆在最上面。

林纸随手关上柜门。测一下让他死心，还顺便让他帮忙画了画，总的来说还赚了。

这头秦猎离开林纸的寝室，就把小纸包发了出去，又发消息让技术部送去测基因。

路过门口的自动贩卖终端时，他不由自主地停住了。终端前没人，他犹豫片刻，快步走过去，在屏幕上翻了一会儿，找到卖 Omega 个人用品的地方，不同厂家不同种类的信息素屏蔽剂排成一排。秦猎认真研究了半天才弄清楚是怎么分类的，最后选了最贵的牌子，买了一盒有效期一个月的长效屏蔽剂，又找到发热期抑制剂，也挑了一盒。

等了一会儿，手环响了一下，到货了。秦猎下意识左右看看，确认没人注意这边，才伸手从取货口拿出两个小盒子，三两下拆掉外面的包装盒，扔进旁边的垃圾桶，把里面没拆封的小东西放进裤子口袋里。

他是个 Alpha，随身带着 Omega 的个人用品，感觉好像有点儿变态。不过下次再遇到那种紧急情况，他就可以直接把东西给她，不用再害她去交双倍罚款了。

寝室里，林纸把画稿发给"二道贩子"，没过多久就收到了回复："客户很满意。合作愉快！"

解决了这件大事，林纸放心地回竞技场观摩别人比赛。现在场上是另外两队，一架机甲把另一架揍飞，机甲在地板上飞一般地滑出去，发出刺耳的声响，观众席一片欢呼声。

边伽和杀浅帮她在观众席占了位子，林纸一到，先问："西尾他们比过了没有？"

"比了，还赢了。"边伽说，"这样的话，我们很可能要跟他们抢四强的资格。"

林纸原本和西尾打赌，复赛结束时谁的积分高算谁赢，现在看来要直接打一架，把对方淘汰，也很不错。

边伽问："你跟秦猎干什么去了，怎么那么长时间？你都错过好几场了，刚才他们满台乱滚，特别搞笑。"

杀浅倒是没说话，一脸的欲言又止。

林纸看出来了："你要说什么？"

杀浅迟疑片刻，偏头过来，压低声音："林纸，秦猎家很特殊，你一定知道吧？"

边伽搭茬："这不是废话吗，联盟谁不知道。"

杀浅不理他，接着说："他家号称有神族血脉，每一代都会选一个最有天赋的人侍奉神，这个人要严守禁忌，终身不娶。这一代就是秦猎。"

边伽继续搭茬："他家这什么脑残做法？最好的基因不传下去，所以才一代不如一代。"

林纸怔了一下。这事她并不知道，倒是件新鲜事。不过她和秦猎刚认识没几天，要不是因为通感，两个人也不会有什么交集，秦猎当然没必要跟她说这种事。

林纸懂他俩的意思，直言不讳："琢磨什么呢？我没跟他在一起。"

边伽晃晃长腿，感慨道："秦猎明明知道自己不能对一个 Omega 负责任，如果还故意撩你，那不就是渣？"

说得她像无知少女一样，林纸不满道："撩？"

边伽看着林纸，十分发愁："那是秦猎，要是他真想撩你的话，你真能扛得住吗？"

林纸脑中冒出秦猎坐在她旁边画画，忽然转头看她一眼，说"我有八块腹肌"时的样子。他这算是在撩她吗？林纸觉得并没有。他一心一意想着的是要拿到藏起来的纸包，帮她画画、跟她瞎聊目的明确，无非是为了拖延时间寻找机会而已。

四周忽然又爆发出欢呼声。三个人看向下面的场地，原来十分钟不到，其中一队的三架机甲就被全部逼出线外，赢的队伍竟然一架机甲都没损失。

"是贡布多吉他们。"杀浅看了眼场上，"去年的亚军队，一点儿都不奇怪。"

去年的冠军队成员全部毕业了，贡布多吉队现在是大赛最强的队伍。不过这三个人虽然赢了，却并不嚣张，冷静低调地退场，把机甲放好，回到候场区。

贡布多吉五官立体，肤色偏深，眉眼也深邃浓重，打坐一样神情端庄地垂目坐下，根本不看观众席，好像大获全胜完全在意料之中，没什么好炫耀的——这才是妥妥的高手。

身后有人在议论："贡布多吉去年没能参加院际联赛，今年会去吧？"

"那当然，学院队走了三个人，只剩下秦猎和安珀了。这次大赛要再挑三个人，肯定有贡布多吉的位置，谁还能比他厉害？"

"就算加上贡布多吉，那还有两个空位，不知道学院会选谁。"

"应该是从今年大赛里挑出两个最出色的吧。"

……

比赛持续了一整天，林纸他们午饭都没好好吃，灌一管营养液了事。

傍晚，争夺四强的八支队伍产生了。果不其然，按分组规则，林纸他们对上了西尾队。

西尾队去年比赛的视频，林纸他们已经反复研究过很多遍，不过还是去了训练厅加强训练。训练厅四楼有独立的小练习室，为了战术保密，学院这些天允许参赛的队伍刷卡使用。

练了一会儿，休息喝水时，林纸的手环响了。她看了看，是秦猎发来消息："明天你们对西尾？"

林纸回了个"是"。

秦猎没说什么，只发来两个字："加油。"

"好。"林纸回罢，关掉屏幕。

秦猎也关掉聊天窗口。窗口后面是技术部传回来的基因检测结果，两根头发检测出的基因和林纸在卫生部的档案分毫不差。从结果看，她就是真的林纸。

安珀回来了，从秦猎身后路过："说真的，你一次又一次地比对她的基因干什么？你怀疑她是假冒的？这都验两回了，肯定假不了了吧？"

秦猎关掉检测报告，语气肯定："无论报告怎么说，我都非常确定，她根本不是那个林纸。"

安珀沉默片刻，说："固执成你这样，我也是服了。"

秦猎坚持自己的看法：她太不对劲了。就算她今天不肯画画是因为累，可是在他脱掉画里小人的衣服时，她那一瞬间的惊诧他体会得真真切切。她要是真的林纸，他把她的手绘板吃了！

林纸对此一无所知，和队友关在小训练室里，一口气练到入夜。

忽然，她收到盛唐的消息："林纸，你们在哪个房间？我有事找你。"

盛唐所在的小队今天也稳稳地赢了对手，应该也正在四楼准备明天的比赛。

林纸回复房间号，没一会儿，就有人来敲门。她从赤字里出来，过去打开门，看见盛唐站在门口，穿着一身训练服，半长的头发随意束在脑后，急匆匆的样子。

盛唐走进来，随手关好门，说："我刚才出去取营养液的时候，遇到西尾他们了。"她神情凝重，"我听见他们几个在说，好像有可能从星图内部拿到 EPG-01 做成的武器。我姐就是星图技术部门的工程师，我以前听她说过，EPG-01 是一种新型材料，激活后，只要碰到机甲，就可以损伤机甲的耦合元件。这东西实在太新了，肯定还没被放进大赛的违禁武器列表里。你明天要跟他们比赛，万一他们真拿到了这个，一定要注意安全。"

对方特地过来告诉她这个，林纸很感动，把杀浅和边伽也叫过来一起谢她。

盛唐对林纸微笑了一下："应该的。"说完就走，急着去训练了。

她走后，杀浅才说："我也从星图技术部的朋友那里听说过这个EPG-01，有点儿麻烦。"

边伽笑了一声："西尾他们大概是今天见识到了我们的实力，为了不输，打算用大招。"氪金党就是不一样。

次日早晨，林纸一起床，秦猎就踩着点发来消息："起床了？"

林纸心想，他们的通感好像比她以为的强，他居然知道她醒了。

秦猎："我昨天夜里收到消息，西尾他们从星图拿到了EPG-01。星图本来打算把它给别人，昨晚临时开会，决定还是给西尾队。EPG-01是星图新开发的一种材料，只要碰到，就会损坏机甲内一定范围内的耦合元件，你们比赛的时候不要碰。"

原来是为了这个。林纸心想，他是天谕的人，却能收到星图内部会议的消息，这情报工作做得真是不错。

秦猎继续道："收到消息时你应该是在睡觉，我觉得用不着吵醒你，以你的水平，今天早晨告诉你也完全来得及。"

他对她一直相当有信心。好像在他眼中，她从来就不是那个弱到不行、门门功课垫底的Omega。

林纸回复："明白，不过盛唐昨天已经告诉我了。"

秦猎："盛唐？预选赛时被你从漏斗虫的陷阱里拉上来然后和你们一直在一起的那个大四的Alpha？"

林纸忽然意识到，她还保留着原世界的惯性思维，只觉得盛唐和自己一样是女孩儿，没太意识到她其实是个Alpha。

林纸简洁地回道："对。"

秦猎没再说什么，回复："好。你加油。"

林纸关掉手环屏幕，拿起桌上那袋美甲贴，全都是亮闪闪的红色心形图案，是她特地挑的。林纸抽出一张，把贴片揭下来，认真地粘在指甲上，修剪好。

那天飞船上西尾他们说过的话，林纸还记得很清楚——"Omega不都那样？什么描眉毛画眼线、指甲全都涂上小花小心什么的，装可爱呗，满脑子想的都是怎么勾引Alpha。"

林纸举起手，欣赏了一遍指甲上的小心心，觉得还挺好看。

她灌了一大口水，抓过身份牌，去训练厅取赤字，一到训练厅就遇到了边伽和杀浅，三人会合，驾驶机甲来到竞技场。

西尾他们已经到了，正坐在候场区，看见林纸他们来了，似笑非笑地交换了一下眼神。

林纸没理他们，直接坐下。

今天是八进四的比赛，林纸队和西尾队是第二场。第一场是盛唐队对大三的一队黑马。

林纸安心地看盛唐比赛。盛唐的沙丘表现得很出色，敏捷和平衡性相当好，而且每次组织进攻都很有章法，一直很照顾队员的状况，是个合格的队长。相比起来，林纸他们三个更像是各自为战，全靠彼此的默契来配合，逊色多了。

比赛在三十分钟结束时，以盛唐队线内两人、对方线内只剩一人告终。

接下来就是林纸队对西尾队。

西尾站起来，跟队友笑着道："她那二十八块钱我其实真的不太想要。"

他的两个队友一起笑了。

林纸忽然出声，认真地说："你那三十一万两千六百三十二块我们倒是挺想要的，都已经计划好怎么花了，你打算一会儿直接给我转账还是扫码？"

西尾："……"

他旁边的队友眼尖，发现了她亮闪闪的指甲："又打扮得娇滴滴花枝招展的，也不知道是来比赛的，还是来勾引人的。"

"打扮有什么不对？我愿意怎么打扮就怎么打扮。"林纸看他们一眼，"至于娇滴滴什么的，有的 Omega，像我一个朋友，一米八，全身肌肉，不比 Alpha 弱多少，可也有的 Omega，比如我，弱一点儿，矮一点儿，我也并不觉得长成这样有什么可羞耻的。"她不想再跟他们废话，"那么看不顺眼的话，先赢了我再说吧。"

所有人驾驶机甲下场。

西尾照例驾驶他金光闪闪的机甲，他队友的机甲也很抢眼，一架荧光绿，一架银蓝条。他们根本没想隐瞒他们的武器，三架机甲凑在一起鼓捣了一会儿，每架机甲的手指上就多出一个蓝色的指套，表面流转着一层会动的蓝色眩光，看上去毫无攻击力。但林纸他们知道，这应该就是 EPG-01 做的，绝对不能碰到。

观众席上没人认识西尾他们的装备，不少人都在往下探头探脑。

有人对西尾很有信心："西尾的东西肯定很特殊。"

"没错，就是不知道有什么用。"

解说员也在研究："西尾他们手指上戴的是什么？是指套吗？"

西尾在队伍频道笑道："待会儿就让他们见识见识，什么叫'手指点一点，机甲变石头'。"

队友很捧场："咱们今天创个学院机甲大赛最快解决对手的纪录，一分钟以内搞定？"

西尾很有信心："说不定只用几秒就够了。"

林纸驾驶着赤字，往自己的站位走，顺便抬起头扫了观众席一眼，然后怔了怔。只见秦猎坐在正前方的观众席上的最前排，目光定在赤字驾驶舱的位置，而且非常惹眼——他竟然穿了一件大红色的兜帽卫衣，她的幸运色。嚣张的颜色让秦猎平白多了种攻击性，看起来很不像平时的秦猎。林纸从没见过他穿学院制服和训练服以外的衣服，倒是很新鲜。

开场哨声响了。

林纸收回心思，心无旁骛地驾驶赤字大步向前。

西尾他们三个有恃无恐，哨声一响就一起攻了过来。

林纸集中精神，左闪右避地在场上腾挪。

同样是要避免近身格斗，昨天对三熊的战术却不能用。因为西尾队的身手比三熊要好太多，也灵巧得多，伸缩杆用处不大，再说林纸的那根也断了，一时半会儿很难修复。

两方交手，准确地说，是西尾队单方面进攻，林纸队单方面躲闪，场上局势完全一边倒。

两分钟过去了，西尾有点儿急躁——神器在手，比赛却毫无进展，他预想的几秒搞定林纸他们三个的想法并没有实现。林纸他们很有耐心，跟他们不远不近地周旋着，没有让他们的指套碰到一点儿边。

西尾隐隐意识到不对，问："是有人提前跟林纸他们透露我们的秘密武器了吗？"

两个队员莫名其妙："绝对没有。EPG-01 这么新，星图又说一定帮我们保密，谁能知道？"

一个奇怪的想法跑进西尾的脑子里：该不会是宫危把他卖了吧？学院里只有宫危知道这件事，想起他上次遥遥地看着林纸的眼神，西尾的心有点儿乱。

他们正乱着，对面被动躲闪的林纸三人突然出手了：边伽原本在西尾队两个队员的夹击中，忽然泥鳅一样一缩滑了出去；与此同时，林纸抢上一步，在其中一个身后用赤字的肩膀猛地一撞。

西尾队其中一架机甲的那根手指头就这么好死不死地按在了队友身上。之后众人立刻见识到了指套的巨大威力，只见那架银蓝条机甲被胸前的手掌一推，没有任何反抗地向后倒了下去，轰然一声巨响后，向后滑出了线外。倒下去的机甲上半身好像失灵了，两条腿却在疯狂地挣扎，看起来十分诡异。

西尾的秘密武器确实在大家面前炫出来了，却是用他始料未及的方式。

全场陷入静默。

"这是什么奇葩东西？"观众席上有人问。

无论是什么，毫无疑问，都是能克制机甲的东西。在场的全都是机甲学院的学员和教官，每个人都对机甲有深厚的感情，忽然看到这种让机甲一碰就失灵的东西，都有点儿难接受。

"谁做出来的这种鬼东西？"有人小声问。

"还能有谁？想也知道，一定是星图智能。"

专门生产人工智能产品的星图智能和掌握机甲核心技术的天谕在联盟争斗已久，人人都很清楚，星图的目标是用人工智能操控的自主杀伤性武器代替天谕生产的由人类操控的机甲。但把杀伤性武器交给人工智能控制，允许机器人自行决定什么时候开火，一直是个争议极大的议题，以联盟目前的法规是严格禁止的，所有决定都必须要由人类最终做出。

有人提出把这种武器用在和虫族的战场上，去杀虫子，成功避开伦理学方面的难题。可是很多人在忧虑，允许人工智能自主开火的口子一开，后续会朝什么方向发展很难预料。因此在这件事上，就连联盟军事委员会内部的意见都不统一。

不过无论如何，以星图的立场，证明机甲没用对他们就是有利的。

这时，解说员问："能不能给指套一个特写镜头？"

赛场的大屏幕还真的给出了指套的特写。这回人人都看清楚了，生怕人看不见一样，指套上明晃晃有个星图智能的标志。

有学员愤怒了："机甲是对付虫族的重要武器，星图做出这种克制机甲的东西，是在帮虫族吗？"

有人搭茬："他们不是一直都想证明，用耦合系统操控的机甲没有他们的人工智能武器好用嘛。"

连解说员都阴阳怪气地嘲讽道："原来是星图智能的产品，怪不得。"

秦猎坐在观众席，看着下面的赛场，没有出声。

天谕的管理层当然非常清楚，星图的技术部门一直在开发能损伤机甲的控制核心——耦合感应系统的新型材料。星图也知道天谕知道，这对双方都不是秘密。事实上，这种材料的研发项目是过了明路的，去年就在联盟军事委员会正式备案立了项。只是没想到刚刚有了一点儿进展，星图就迫不及待地拿出来秀了。

这些年与虫族的战争中，机甲一直在发挥重要作用，整个联盟，从蹒跚学步的小宝宝到耄耋老人，没有人不熟悉机甲，没有人不喜欢机甲，机甲的图案出现在生活中的每一个角落，出色的机甲驾驶员比明星更家喻户晓。就在最近，星环二区的战场取得了重大胜利，天谕生产的最新型的大型机甲更是大放异彩，联盟立刻批准了新一批机甲的采购订单。

星图越来越坐不住了。他们想用人工智能抢夺机甲在战场上的位置，就必须打破这种机甲崇拜的氛围。帝国机甲学院一年一度的大赛在母星影响力巨大，各大媒体都在追踪报道，这时候让新材料露脸，是个不费什么力气就能让所有人看到的良机。如果天谕的机甲能在无数媒体面前被星图的新型材料干翻在地，动都动不了，当然再好不过。

学院大赛不允许使用枪械刀剑之类的武器，这也正合星图的心意——根本不用真正的武器，只用一个小小的不起眼的指套就能打败机甲，效果更好。

宫危是星图的太子爷，可惜他从来不参加学院内的机甲大赛，星图本来的计划是把新型材料免费提供给今年的最强队贡布多吉队。可惜谈不拢，贡布多吉性格刚直，根本不愿意用什么新型材料投机取巧拿到冠军，给钱也不行。

星图权衡一番，昨晚连夜开会，最后新材料落进了西尾手里。西尾队技术也很不错，去年名次不低，又和宫危关系密切，算是个退而求其次的好选择。

秦猎转过头，看了一眼侧面的观众席。宫危也来了，正坐在那边，似乎是用余光扫到了秦猎，转过头来。两人只对视了一瞬就各自挪开了目光，一起看向赛场。

小飞行器在赛场上盘旋，躲开机甲的撞击和挥动的拳脚，努力争抢着最佳拍摄角度。

西尾队一人出局，场上变成了三对二的局面。林纸他们的进攻更主动了，西尾仅剩的队友看见同伴瞬间出局，本能地有点儿犯怵，操控荧光绿机甲向后疾退。

西尾怒了，在队伍频道里呵斥："你干什么呢？他们赤手空拳，有什么可怕的？"

他自己更加心急，想淘汰一个人挽回面子，也不管是谁，找了个离自己最近的机甲攻击过去——是杀浅的联盟首富。它没有赤字和青青那么灵活敏捷，站位又不够好，被西尾逼到了白线边。

林纸原本正和边伽一起进攻西尾的队友，一眼瞥到身后杀浅遇到危险，回身就给了西尾一记侧踹。这脚动力开得很猛，角度又很刁钻，落在西尾机甲重心偏移的方向上，西尾的金机甲立刻飞了出去。林纸没放过他，追了过去。

边伽仍然盯着荧光绿。

青青对荧光绿，两绿相争，必有一伤。

边伽的动作比对方灵巧得多，不一会儿就准确地抓住了荧光绿的手腕，手疾眼快地往荧光绿的另一条胳膊上一撑，那条胳膊的耦合感应立刻失灵，垂下去不能动了。荧光绿挣扎着想要逃跑，边伽却比他还快，用他的手点中了他的胸。荧光绿抽搐着轰然倒地。

解说员吼了起来："西尾队又有一架机甲出局了！快看，林纸在做什么？！"

全场观众的注意力也都在林纸和西尾身上，因为林纸做了一件奇怪的事——

从刚才西尾他们上场，她就一直在边打边留意观察他们手上那个奇怪的指套。这东西看上去很玄乎，不能碰，那他们是怎么戴上去的呢？刚刚上场前，也并没有人从驾驶舱出来戴指套。盛唐昨晚说过，它需要"激活"，就是不知道怎么激活，也许是遥控的？不过回忆他们刚刚上场前凑在一起上装备的动作，林纸觉得他们好像是用另一只手碰了戴指套的地方一下，指套才亮。于是她和他们缠斗了一会儿，发现指套下端有一圈和其他地方不太一样，并不闪蓝光。反正边伽和杀浅都还在场上，碰一下顶多废掉一只手，林纸交手时大胆伸手蹭了一下指套的边沿，果然没事。之后她就不再躲他的手，反而迎了上去。

西尾喜出望外，伸手去抓林纸，只要抓到她，就算毁不掉她的中控部件，让她一条胳膊不能动也是好的。然而他立刻发现，林纸对机甲的精细操作和他根本不是一个数量级的。只见林纸避开他的指套，把机甲手搭在他的手上，灵巧地捏住指套的下边缘，稍微一转，指套上的蓝光立刻暗了——这里果然是指套激活的开关。

西尾心中大叫不妙，想往后退，却不知怎么回事，一眨眼，指套就到了林纸手里，又一眨眼，林纸已经把指套戴在了自己的手指头上，轻轻一转，重新被激活的指套发出幽幽的蓝光。

解说员忘了自己的中立身份，无比激动地喊："这种情况应该用什么词形容？以彼之道，还治彼身！"

西尾心下大骇，火速往后退。

观众席沸腾了，所有人都在同仇敌忾地大声喊："点他！点他！点他！"

林纸举着那根开了挂的蓝幽幽的手指头，左点一下，右点一下，逼得西尾连连后退，直到退到边界，退无可退。她用戴着指套的手一巴掌挥过去，西尾连忙躲开。但这动作是虚的，林纸已经起脚，对准他的肚子猛地一踹。西尾的金色机甲成功地飞了。

至此，西尾队三人全部出局。

裁判哨声响起的时候，林纸关掉指套，摘下来，丢垃圾一样随手往西尾那边一抛。指套划过一条弧线，掉在西尾面前的地上。

林纸并没打算真的用这种鬼东西点他的机甲，也照样把他送出了局。

媒体飞行器一拥而上，去拍倒地的西尾和地上指套的特写。星图研发的克制机甲的新材料的首秀就这样惨烈收场。

秦猎一动不动地坐着，仿佛一切都在他的预料之中。倒是宫危在林纸扔掉指套的时候站了起来，头也不回地退场了，大概是不希望被媒体拍到。

林纸抬起头，看向观众席上的秦猎，想：他今天确实应该跟着她穿红，毕竟他们现在利益一致，立场相同。虽然她原本只不过是想从西尾那里赚点儿小钱，顺便给这位嘴巴很臭不可一世的少爷一个教训。

按规定，大赛没比完，为了不影响学员的情绪和状态，参赛者并不接受采访。所以媒体一窝蜂地去找院长费维上将。

星图和天谕之争由来已久，帝国机甲学院因为从属军事委员会，向来不在这件事上站队，天谕的机甲在教着，星图的人工智能产品也在正常用着，一碗水端平。比如机甲大赛，前两名的赞助商就是天谕和星图，并列第一，按字母顺序排序，不偏不倚。可这回星图的手伸得太长，竟然直接干扰比赛，完全没把院方放在眼里。

媒体记者七嘴八舌——

"您对星图智能这种克制机甲的材料有什么看法？"

"您觉得这会改变机甲在战场上的地位和作用吗？"

"您觉得这种材料制成的武器会对机甲形成威胁吗？"

费维上将不胜其烦，转身打算走，听到记者的问题，又停住了："我觉得并不会。无论科技如何发展，小到一场比赛，大到一场战争，起决定性作用的永远是站在科技背后操纵和使用科技成果的人本身。"他抬头看了一眼大屏幕上林纸夺指套的镜头回放，"我们的学员在比赛中展现出来的无畏和聪敏，不是恰恰证明了这一点吗？"

3

回到候场区，林纸打开手环，对西尾说："转钱。"

周围的人都看着他们，尤其是"星联热点"的媒体飞行器，没去凑热闹采访费维上将，而是一直跟着林纸，都快凑到西尾的鼻子底下去了。

西尾火速打开手环，给林纸转了钱，只希望这件丢脸的事赶紧过去。

三十一万两千六百三十二块钱入账。

等大赛结束算总账，去掉改造机甲的成本，每人至少能分到十万块。

账户里有钱，接下来的比赛就看得特别愉快，才到下午，复赛就比完了，四强出线，除了林纸队和盛唐队，还有贡布多吉队和另一队，队长名叫高夫，也是主控指挥系的大四生。

比赛一结束，林纸和边伽、杀浅就收到了一条同样的通知，是人工智能助手雅各布发过来的：“学员林纸／边伽／杀浅，请前往 M26 号行政楼 1203 室。”和林纸上次刚进学院时收到的补考通知上要去的地方一样。

三人熟门熟路地找到 M26 号行政楼，刚一上楼，就遇到了贡布多吉，他也是被雅各布叫过来的。

大家一起来到 1203 室。门这回自动开了，里面有好几个人正在等着，除了系主任，还有好几个教官，秦猎也在，穿着那件抢眼的大红卫衣靠在窗边。

系主任帮林纸和贡布多吉他们四个介绍了一下，原来是学院负责院际联赛的副院长和教官们，而秦猎是院际联赛帝国机甲学院队的队长：“学院今年参加院际联赛的队伍有三个空缺，我们这些天看过你们几个人的表现，觉得你们都很有潜力。”

副院长说：“按帝国机甲学院的惯例，院际联赛的参赛队员会在这次大赛的优秀学员里选，希望你们能在接下来的比赛里好好表现。”然后他简单地说了一下参加院际联赛的待遇，比如每一天都有学院补助等等，和秦猎之前说的一样。

机控系的教官说：“队伍里一定要有一名机甲维修师。去年的机甲师也是我们机控系的，已经毕业了，杀浅虽然成绩一般，但是我知道那是因为他的精力全都用在赚钱上了……”

他不满地看向杀浅。杀浅泰然自若地看回去。

教官无奈地叹了口气，说：“不过他绝对是我见过的最有天分的机甲师，我担保，他可以接替原来的机甲师的位置。”

副院长点点头，转向林纸他们：“秦猎是队伍中的主控机甲，安珀一直在做他的辅助机甲，我们还需要另外一架辅助机甲和一架擅于单兵作战的侦察机甲，所以我们需要在你们三个人中选两个。”

该谈的都谈完了，林纸他们才离开去乘电梯。

秦猎也跟着出来了。

贡布多吉是秦猎的同学，落后一步，跟他打了个招呼。

秦猎看看林纸，不好继续往前走，停下来跟他说话。

林纸站在电梯前，遥遥地听见他对贡布多吉说：“……不用太紧张，加油。”

她转过头，看见贡布多吉拧着眉头，眼观鼻鼻观口口观心，垂目思索，然后问秦猎：“边伽的实力我早就听说过，据说学院促成他转学就是希望他能加入学院队，所以我这次需要淘汰林纸？”

比赛虽然是小队对小队，队员之间还是会有机会竞技和交手，想把林纸比下去，就得表现得比对方好才行。

秦猎看他一眼，直言不讳：“我觉得你不太可能淘汰林纸，还不如把精力多放在边伽身上，回去仔细研究他的战术风格。”

嗯？边伽无声地把手放在胸前，做了个抓住心脏的动作，然后往右一挪——这家伙心偏到家了！

杀浅按了电梯按钮："我不觉得秦猎偏心。他说得很对。"

"随便吧，"边伽说，"反正我也不是那么想去参加联赛，在人马座那边连着去了好几年，每次都是星环五区的赛场，腻都腻死了。"

杀浅淡淡地道："我收到消息，今年的联赛换地方了，据说联盟为了宣传推广偏远星系的旅游线路，这次的赛场全部选在偏远星系，估计不是在星环九区就是在星环八区。"

"八区？"边伽的眼睛立刻亮了，"真的？八区我不熟欸。"他火速点开手环，闷头查了半天才抬头，"八区看着很有意思嘛。"

见秦猎和贡布多吉也过来了，边伽回过头，伸手拍了拍贡布多吉的肩膀："哥们儿，我这次必须去参加联赛，不好意思，只能淘汰你了。"

贡布多吉："……"

众人离开行政楼，秦猎落在后面，叫住林纸。等其他人都走了，他才说："别忘了，你还欠我一顿饭。复赛比完了，今天又是周末，不如我们两个一起出去……"

才说了一半，旁边就有人叫林纸的名字。是个男人，身材颀长，和秦猎差不多高，原本站在楼门口的路边，看见林纸他们才朝这边走过来。

林纸的第一个反应是这人长得真好看，和秦猎完全不一样的好看：秦猎就像色温 6000K 的冷白光，就算今天穿着大红色，也显得冷淡凌厉，而这个人是色温 2700K 的黄光，由内而外透着种温文尔雅的暖色调。

男人一看就不是学院里的学员，胸前挂着机甲大赛的媒体通行证，身材也比学员们略微清瘦一些，穿着件柔和的乳白色套头毛衣，浅棕色的眼眸和此时的秋日暖阳很搭。

"林纸，比赛一结束我就过去找你了，结果看到你好像有事，到这边来了，所以在这里等你。"他解释道，语气非常熟络温柔。

秦猎立刻问林纸："这位是？"

林纸哪儿知道他是谁，没有别的办法，只能赌一赌。她迅速扫了一眼男人胸前挂的通行证，上面写着"联盟每日快讯，记者邵清敛"，便说："这是邵清敛。这是秦猎。"

邵清敛笑道："我当然知道这是秦猎。谁能不认识秦猎？我叫邵清敛，幸会。"说完和秦猎握了握手。

见林纸注意到他胸前挂的通行证，邵清敛用两根手指拎起来晃了晃："很奇怪我挂着记者证是吧？这是我托一个媒体朋友弄的通行证。没提前告诉你，就是想来现场看看你比赛，是不是很惊喜？"

原来他根本不是什么记者。

林纸心想，不是惊喜，是惊吓。所以他到底是谁？和"她"有什么关系？幸好刚刚没嘴快说"他是联盟每日快讯的邵清敛"，也幸好他通行证上没用假名。

邵清敛问林纸："今天周末，我们出去吃晚饭吧？我请你。"

秦猎立刻说："我们两个本来正打算出去吃晚饭。"

邵清敛麻溜地接话："不然一起？"

两个人四只眼睛，一起看着林纸。

林纸只得同意："好啊，那一起吧。"

周末出校很容易，只要登记扫描一下就行了。三个人一起往外走，林纸夹在人高马大的两人中间，有点儿痛苦，既担心秦猎问她邵清敛的事，又希望秦猎能多跟邵清敛聊几句，好搞清楚他究竟是谁。可惜他们两个像哑巴了一样，谁也不说话。

出了校门，林纸正犹豫接下来要去哪儿，邵清敛说话了："我的悬浮车就停在前面。"

秦猎跟上："我的悬浮车也停在前面。"

林纸心想：秦猎你真牛，把悬浮车停在学院停车场，是准备停一学期吗？

"坐我的吧，"邵清敛说，"我上次过来和林纸一起出去吃饭时开过一次，我的车知道路。"

林纸越来越绝望了，看来这真的是和"她"关系匪浅的熟人。

秦猎看了林纸一眼，竟然没再跟他争。

邵清敛的悬浮车是低调的黑色，线条流畅，空间宽敞，三个人坐进去也不挤。

上车后，邵清敛吩咐车上的自动驾驶系统："带我们去上次来母星时，和林纸一起吃过的那家菜馆。"然后他转头对秦猎笑道："馆子看着不怎么样，味道却很不错，里面有些菜还是我们家乡的风味。"

林纸听到了几个关键字：上次来母星、我们家乡。

至少有了一点点线索，让人振奋。

可是自动驾驶系统很不给力，淡漠地回答："对不起，未能找到指定目的地。"

邵清敛很纳闷："嗯？我给自动驾驶系统导入上次的数据了，难道没导入成功？"他转头问林纸，"上次那家菜馆是你找的，你还记得地址吗？我手动输入。"

林纸在心中叹了口气，脸上的表情却没变："记不太清了，让我想想……那家菜馆叫什么来着？"

邵清敛答道："无所谓……"

林纸蒙了，菜馆叫什么都无所谓吗？那要怎么找？

邵清敛看了看秦猎，解释道："菜馆名字就叫'无所谓'。"

林纸磨了磨牙，这人根本就是来整人的吧？

鉴于秦猎能感受到她比较大的情绪波动，林纸对着这盏 2700K 的暖光灯，努力给自己做心理建设，让自己尽量保持心平气和。

秦猎的注意力似乎并不在林纸身上，他打开手环屏幕，飞速地搜索到了菜馆的位置，把屏幕给邵清敛看："找到了，不太远。"

邵清敛把地址发给自动驾驶系统，悬浮车总算缓缓地升起来了。

傍晚的车很多，悬浮车汇入车流。

在车厢里干坐着，气氛有点儿诡异和尴尬，邵清敛没话找话："林纸，你还记得以前……"

林纸：谢谢你。我什么都不记得。

邵清敛："……记得以前坐悬浮车，你总是晕车吗？有一次你差点儿吐在我身上，在我胳膊上靠了一路。真没想到你后来会去驾驶机甲。你现在不晕了？"

秦猎没有出声。

林纸忙着分析这句话的隐含意思：他应该认识"她"不太短的时间了，而且是在"她"进入帝国机甲学院之前。

"还是有点儿晕。"林纸回答，"不过我们现在都是把人放在大桶里360°地乱转的，相比起来，悬浮车还算挺温柔的。"

秦猎勾勾嘴角，忽然问邵清敛："邵先生既然不是媒体记者，那是做哪一行的？"

他问出了林纸一直想问又没法问的问题。

邵清敛笑了笑，给他两个字："你猜。"

林纸："……"

邵清敛又说："这几年在外面到处跑，去过很多地方，其实和记者也差不多。"

林纸：难不成是边导游的前辈？

邵清敛继续道："可惜没时间到处游山玩水。"

林纸：好吧，不是导游。

天上掉下来一个自称是熟人的人，还不知道是谁，可真让人抓狂。

秦猎没有放弃，继续努力："那是做销售工作的？"

邵清敛有点儿讶异："很接近了，不过不是销售，只是有时候类似销售。"

林纸：死都不给痛快话，滑不唧溜的，怕不是盏假的暖光灯。

还好悬浮车没有开多久就缓缓降了下去，目的地到了。

放眼望去，这一片民居坐落在无数摩天大楼中间，又老又旧，和周围环境格格不入，看上去倒很像林纸原本的那个世界市中心没拆迁的老小区。菜馆也没有正规的停车场，下午下过雨，地上还有积水，悬浮车小心地绕过水坑，停在路边。

几个人按照秦猎手环上的地图七弯八拐，终于找到了"其实无所谓"的菜馆招牌。

不用进门，林纸就闻到了熟悉的烟火气。

邵清敛问秦猎："要不要先去给你买一管营养液？你们母星人不太习惯吃这个吧？据说长期喝营养液，肠胃就没办法处理这种真正的食物了。"

秦猎不动声色："那是谣传。营养液里添加了维护肠胃功能的成分。再说——"他转向林纸，"我也经常和林纸一起去学院食堂，上次还喝了羊汤，对不对？"

林纸：是喝了羊汤，问题是那是她喝的，虽然是用他的身体喝的。

"真的？"邵清敛微笑，满脸不信。

秦猎望向林纸，像是在寻求支援。

他还穿着那件大红卫衣。穿着她的颜色，就是她的人，林纸罩着他："对，没错，我们经常去。"

邵清敛点头："那好。我们去吃点儿好吃的。"

菜馆不大，不到饭点，只有几个客人。

老板掌勺，女儿跑堂。小姑娘似乎是个 Omega，和林纸一样细胳膊细腿的，一看到林纸和邵清敛就笑道："姐姐，你们又来啦？"说罢直接把他们领到最里面的座位坐下，压低声音，神秘兮兮地问，"你们是帝国机甲学院的，对吧？"

秦猎知名度太高，被人认出来了。

"放心，我保证不让别的客人骚扰你们。"她利落地把旁边高高的绿植挪了两盆过来，把林纸他们的桌子挡住。

林纸估计她接着就得要签名。

果然，小姑娘把手里点菜的板子递过来："能请你帮我签个名吗？"

板子却是递到林纸面前的。

"你叫林纸对不对？我这两天一直在看机甲大赛的直播，"小姑娘双眼放光，"我就知道，就算在帝国机甲学院，也有厉害的 Omega！"

老板在后厨出声："跟客人聊什么呢？我听见你说机甲什么的了。"

小姑娘火速声明："没有。点菜呢。"

老板跟坐在那边的客人说："我这女儿，一个 Omega，脑子里天天就是机甲机甲的，非要以后去考帝国机甲学院，还非要读主控指挥系，唉……"

客人笑道："Omega 嘛，选个斯文点儿的专业，以后也不用赚多少钱，只要工作稳定，方便照顾家庭就好，不用非得混在 Alpha 堆里打打杀杀……"

小姑娘没吱声，把手里的点菜板子又往林纸面前递了递。

林纸接过来，见没有笔，便用手指在屏幕上签好名，还给她。

小姑娘火速把签名保存好，重新切换成点菜的页面，和林纸相视一笑。

秦猎好像收到消息了，正忙着看手环。

邵清敛熟络地接过点菜的板子，看了看，递给林纸："你来点菜吧，还是上次那几样？"

哪几样？林纸脑子转着，伸手接菜单，却被秦猎截和了。他利索地抽走邵清敛手里的菜单："我们今天吃点儿新鲜的东西吧，我来点？"嘴里问着，却没有征求别人意见的意思，已经在看菜单了。

林纸忍不住转头看他。他一直都疑心她的身份，又是拔头发又是测基因，折腾个没完，可今天在邵清敛面前，却像是一直在帮她的忙。

秦猎没有抬头，在菜单上一通点，速度飞快。

林纸好奇地探头看了看，马上看出了规律：他点的是每页菜单从左到右再从上到下第三个菜。

这样点出来的东西确实相当"新鲜"。连旁边等着的小姑娘都忍不住了，指着其中一样小心翼翼地建议："这是新从八区运过来的蓝鹤蛋，比较特殊，一般人可能吃不习惯，咱们真的要这个吗？"

那蛋是灰色的，上面有鲜艳的蓝色斑点，长得很奇葩。

秦猎："一人来一个吧。"

小姑娘试探："一人……要一整个？"

林纸心想：她会这么问，这蛋的个头怕不是有点儿猫腻。

邵清敛在旁边点头："对。一人一个。"然后对林纸说，"我以前在八区吃过这个，挺有意思的，你们可以试试。"

一道菜被用"挺有意思"形容，绝对不是好兆头。

菜上得不慢，秦猎点了七八样东西，一盘盘摆了一桌子，还挺壮观。"挺有意思"的蓝鹤蛋压轴登场，大大出乎林纸的意料，竟然不是恐龙蛋的尺寸，也就和鹅蛋差不多大，就是颜色有点儿妖冶，扑鼻的气味也有点儿妖冶。

"啊——"邵清敛深深地吸了一口气，剥开蛋壳。

那一瞬间，无数著名的"人间美味"涌入林纸的脑海：豆汁、黑臭豆腐干、鲱鱼罐头……

邵清敛挖了一大勺："好吃。你不吃吗？试试。"

林纸：打死也不吃这东西。

秦猎倒是把那颗蛋拿过来，剥开蛋壳，用勺子斯文地挖了一点点，尝了尝，评价道："还不错。"

也许……大概……这又是那种闻着不怎么样吃着其实还挺好吃的东西？林纸将信将疑地剥开她的蛋，挖了一点儿送进嘴里。比闻着还浓郁的味道像礼花一样在嘴巴里轰然炸开，紧接着又一个窜天猴般呼地直冲上头，熏得她泪花都飙出来了……不错？这叫不错？秦猎你是不是营养液喝多了味觉失灵？

林纸看见秦猎微微弯了弯嘴角，显然他就是故意在整人。但整她不就是整他自己？这人损人不利己，有毛病。

邵清敛："我也觉得今天这蛋味儿好像比以前吃过的稍重一点儿。"

小姑娘路过搭茬："是，一般店里卖的都是养殖场的蛋，我们这个是野生的，更正宗。"

林纸把蛋往旁边一推："这个未免有点儿过于正宗。"她猛灌了几大口水才算缓过来。

还好其他的菜还不错，没这么离谱。

"小纸……"饮料过三巡，邵清敛对她的称呼忽然由"林纸"变成"小纸"，"……你的步兵甲补考过了吗？"

林纸一直觉得这人说话遮遮掩掩，态度奇奇怪怪的，疑心他的身份，不过他能问出步兵甲补考这件事，像是真的认识"她"的样子，于是说了补考的事，并诱导他多说话，可还是没能拿到新信息。

秦猎忽然问："你和林纸认识很久了？"

"没错。"这次邵清敛直接答了，"我们从小就是邻居加同学，林纸就住在我家隔壁，我们非常熟。"

秦猎点点头："一直关系很好？"

邵清敛麻溜地接："对。"

秦猎："以前从没听林纸说起过。"

林纸：他们俩也没认识几天啊，特地用个"以前"，好像跟她很熟一样。

邵清敛想了想，像是要证明和林纸确实很熟，问道："小纸，我已经把钱给你转过去了，你收到没有？"

林纸突然意识到他是谁了。她点开手环，登入银行账户："我看看。"

果然，账户里昨天转进来了一万块画稿的钱。林纸点开详情，在汇款人的信息那里看到了名字：邵清敛。名字能点开，竟然有三维照片，真的是他。原来"二道贩子"有这么斯文的一个名字。

"早就已经到账了。"林纸拨了拨他的照片，顺手又搜了一下和他之间的转账记录，发现两人账面上的往来真的不少，数额倒是都不大，只有前不久有一笔八千块的大额转账，还是"她"转给他的。林纸看了眼注释，上面写着"绘画在线教程"。他还卖教程？"她"那么节约，八千块要攒很久，竟然花这么多钱买教程？

邵清敛："我猜你最近缺钱，所以第一时间把钱给你打过去，没想到你没那么急。"

"我发了笔小财。"林纸把被机械狗袭击的事简略地说了一遍。

邵清敛直皱眉头："联盟这些大公司个个唯利是图，都不是什么好东西。"

这句话打击面太大，秦猎撩起眼皮，淡淡问他："没有这些公司，谁来生产产品，谁来交税养活联盟军队，谁给那么多人提供就业机会？大家自己种田织布，以物易物吗？"

邵清敛好像忍了忍，不过最终没有忍住，冷笑一声，说："也不是不可以。联盟为了一时的利益，不限制这种巨无霸集团的规模，养虎为患，早晚被反噬。"

秦猎眼中多了点儿兴趣："这种说法，我好像在那个星际非法组织……叫什么来着……全知社？在他们的宣传单上看到过。"

邵清敛再吃一口蛋："这就是英雄所见略同？"

这顿饭吃得不太平，好菜都便宜了林纸。

差不多吃完了，林纸站起来去买单，发现秦猎点菜的时候已经把钱付了。

从菜馆出来时，天已经黑了，周围大厦的霓虹灯闪烁着五彩斑斓的光，让这一小片破败的民居也喜庆起来。邵清敛对林纸和秦猎说："我知道你们学院周末十点宵禁，还有点儿时间，要不要去别的地方玩？"

林纸一点儿都不想，正要拒绝，就听见秦猎说："今天可能不行，我和林纸还有点儿事，要去天谕。"

胡说八道！

但林纸没吱声。忽然冒出这么个邵清敛，和他斗智斗勇了半天，斗得心累，只要能躲开他，去哪儿都行。

邵清敛没再说什么，让自动驾驶系统把林纸和秦猎送到了天谕。那是座通体雪白的摩天大楼，黑色双圈的标志高高挑在楼顶。按理这会儿已经是下班时间，一层层却还是灯火通明。

下车时，邵清敛把林纸叫到旁边，一副很熟的大哥哥的样子，嘱咐她："你注意安全，有事就发消息给我，别太晚回学院。"

林纸点点头，顺口问他："你上次视频时说过，我给你转过去的八千块钱可以退一半，什么时候能给我？"

邵清敛怔了一瞬。

林纸安静地看着他的眼睛，心想：让你欺负我，让你欺负我，现在知道被人问这种不知道该怎么答的问题是什么感觉了吧？

一瞬的诧异过后，邵清敛笑了："我最近忙，都忘了。"

林纸认真地点点头："对我不是小数目，别再忘了。"

邵清敛有点儿尴尬："我现在就转。"

他低头点了一会儿手环，林纸的手环就一响，四千块入账。

林纸低头看了看那笔钱。

她不是真的林纸，他也不是真的邵清敛，稍微一试就露馅了。

虽然他和照片里看起来几乎一样，耳朵的轮廓却稍有区别。每个人的耳朵都是独一无二的，他的伪装没做到家。不过他敢这样过来，还对林纸的状况很熟悉，知道画稿的事，知道她要补考，甚至能动用邵清敛的账户，也不知道是什么来头。真正的邵清敛又去哪儿了？

状况不明，管他是谁，目的是什么，先顺手小赚一笔再说。

秦猎站在天谕门口，遥遥地看着林纸他们。刚才吃饭的时候，安珀就把邵清敛的详细资料全部发过来了。就像他说的，他和林纸是同乡，是个中间商，做各种五花八门的生意，有黑有白不能细考，在八区九区的偏远星系一带活动，背景十分复杂。因为有林纸的前车之鉴，秦猎看谁都觉得有问题，点菜时就特意试了试——安珀发来的资料里有邵清敛的医疗记录，他对蛋类严重过敏，吃一点儿就会起疹子，眼前这位却毫不犹豫地把一整颗蓝鹉蛋都吃了。

秦猎的目光扫过两人，心想，这两个一个至少身体还是真的，另一个却完全是冒牌货，脸上不知怎么处理过，肌肉活动还挺自然，也不知道接近林纸居心何在。

冒牌大哥终于上车走了，秦猎迎向林纸，带她进了天谕。

林纸问："我们来干什么？"

秦猎答："没什么事。还有点儿时间，你想参观吗？我带你去看看机甲？"

天谕一楼有个展厅，面积非常大，里面全都是天谕生产过的各种机甲，有珍贵的古董一样的老式机甲，也有今年发布的新款，像一个机甲博物馆。

林纸认真地一个个看过去，把旁边屏幕上的说明都仔仔细细读了一遍。

秦猎也不出声，就在她身后默默地跟着。

林纸忽然看到了一个熟悉的东西，是列车上见过的那只巨大的只有三根手指的黑色机甲残手，它正安静地躺在透明罩子里，旁边是名牌，像墓碑一样立着，上面写着：暗夜游荡者。

秦猎跟着林纸一起俯身看那只机甲残手："这是暗夜游荡者，是我的一个朋友驾驶的，上次在星环三区独立执行任务的时候和基地失联了，从技术部门的追踪记录看，应该是被彻底击毁了。后来我们发现，有人拿到了它剩下的半只残手。我们查出来，一个叫'深空'的星际非法走私组织正要把它偷偷运到母星，送到买家手里，于是打算连人带赃物、买家一起拿下，没想到路上出了点儿意外，只好临时改变计划，把它提前拿回来了。"

林纸心想，原来这就是她刚穿越那天列车上发生那场混乱的原因。而他说的意外，按当时列车上那个老大爷的说法，应该就是这只残手的意外启动。

安装耦合元件的机甲部件突然启动，对林纸来说已经不是什么新鲜事。她看了看这只熟悉的手，心想，说不定从这只手突然启动到后来蝎尾的启动真的都和自己有关。

林纸早就知道车上坐隔壁的那几个人都是天谕的人，但因为冒牌邵清敛的关系，心中忽然冒出另一个想法。她转头认真了看秦猎，目光落在他的耳朵上。列车上隔壁座位的红发女人戴着耳钉，林纸还依稀记得，耳垂挺长的，秦猎的肯定没有那么长，不过变长很容易，变短才难。

两人都俯下身子看残手，离得很近，只有十几厘米，林纸认真地看他的耳朵，忽然发现他的耳郭变红了。

秦猎不自在地转过头，看她一眼，问："怎么了？"

他和红发女人有相似的地方。比如语调，女人的声音要高一些，但是和他一样，用词很简洁，语调很温柔。再比如眼睛，两人的瞳仁都比别人的清澈干净得多。现在想想，红发女人当时好像就已经和她同时想去洗手间，同步觉得饿了……

林纸直接问道："秦猎，你当时是不是也在车上，就坐在我旁边？"

秦猎怔了一下，承认了："对。"

林纸诚恳地说："我觉得你穿裙子挺漂亮的。"

秦猎的耳郭红得更厉害了，他低声解释："联盟认识我的人太多，有时候需要伪装。"

林纸觉得他的耳朵红得很好玩，不太想放过他，郑重建议："下次别穿黑裙子了，穿条红的吧，红的更适合你。"

秦猎的耳朵红上加红，已经差不多和他的卫衣帽子一个颜色了。他撑不住，火速转移话题，指了指前面："那边还有一个你肯定会感兴趣的东西，我带你过去。"说罢撂下林纸，带着他红通通的耳朵头也不回地往前走。

林纸正想跟上去，忽然看见暗夜游荡者残手的一根手指微微一动。它该不会又发现她了，像在列车上那样想往她身上扑吧？

林纸忙回头对它做了个"嘘"的手势。它像感应到了一样，真的乖乖地没再动。

林纸追上前，那里是一个透明罩子，里面摆着一个头盔，而在十几米远靠墙的金属架子上，安装着一只闪亮的银色机械手臂。

"这是天谕的最新产品，还在研发中。"秦猎把手按在识别器上，把玻璃罩打开，"看出不同了没有？"

林纸看出来了："你们该不会拉远了驾驶员和机甲耦合元件之间的距离吧？"按教材上的说法，目前天谕生产的全部机甲，驾驶员都需要坐在驾驶舱里操作，换句话说，驾驶员和机甲耦合元件之间的感应是有距离要求的，需要非常近。

"没错。"秦猎说，"距离是个大问题。天谕一直想开发远程遥控的机甲。原本的思路是，既然人脑和耦合元件之间距离要很近，那就拉远机甲的耦合元件和机甲本身的距离，中间用遥控信号传输指令。"

林纸明白他的意思："就像小孩玩的遥控车。"

远程遥控机甲，本质上来说，就是远程遥控武器。武器由人类远程遥控开火，既保障了操纵武器的人员的人身安全，又符合联盟"凡是杀伤类武器必须由人类做出开火决定"的法规。

秦猎："联盟很多年前就已经研发过各种遥控武器，但是用处不大，因为遥控武器的信号传输很容易受到虫族的干扰。"

遥控信号不只容易被干扰，甚至还会被解码反控制。林纸在联盟战争史里读到过，当初星环三区有一场防守战，当时战场上搭载爆燃弹的遥控无人机就被虫族干扰控制了，反过来杀了很多自己人。当时无人机在自己的阵地上，想停都停不住，一直到爆燃弹丢完，场面非常惨烈。那场意外，差不多给联盟战场上遥控武器的使用画上了句号。

"遥控这条路走不通，所以星图智能给出了另一个解决方案：不再遥控，直接使用可以自行判断战况的人工智能。他们一直希望让人工智能派上战场，也就是争议极大的人工智能自主武器。"秦猎说，"而我们天谕的解决方案，是想办法拉开人脑和机甲耦合元件之间的距离。耦合感应有一个非常大的好处，就是不能监测到它的信号。根本没人知道它到底是怎么实时传递的，就连我们天谕也不知道，所以也就根本没办法干扰。"

林纸心想，这听起来还挺像量子纠缠，只不过那个是微观的，这个是宏观的。

秦猎继续道："耦合感应更加可靠，但是不知为什么，我们始终没办法把距离拉得太远，只要距离一大，和机甲元件之间的感应就会消失。"

林纸看向秦猎。她现在明白秦猎为什么要跟她说这个了——他们两个之间的感应距离可比机甲和驾驶员之间要远得多。

身后忽然传来脚步声，有人叫："秦猎？"

林纸和秦猎一齐回头，看见好几个人正朝这边过来。其中一个中年男人非常显眼，穿着考究，身材高大，下颚很方，眉毛颜色极重，像两条难分难舍的黑虫子一样紧紧拧在一起。

秦猎坦然地叫了声"二叔"，然后对林纸说："这是我二叔，叫秦以森，是天谕的董事会成员，也是副总执行官。"

其他几个人都挂着访客的牌子，看样子是秦以森在带人参观。

秦以森走过来，并没有跟林纸打招呼，而是不满地扫了一眼打开的玻璃罩："秦猎，这是我们天谕的新产品，不是哄 Omega 开心的玩具。"

这话说的，好像秦猎不是联盟最有天赋的机甲驾驶员，而是个只想讨 Omega 欢心的纨绔子弟。

林纸："……"

秦猎很平静："这位是我在帝国机甲学院的同学，叫林纸。我倒是没太注意她是不是个 Omega。"他毫不客气地直接回呛，看来两个人的关系相当一般。

林纸的外貌太典型，任何长眼睛的人一看就能知道她是个 Omega，秦猎这么睁着眼睛说瞎话，秦以森被他气得怔住了。

秦猎看他一眼："你不认识她？今天帝国机甲学院的比赛那么重要，二叔竟然没看？"

秦以森没听懂："啊？"

秦猎没再说话。

有外人在，秦以森顺了顺气，道："这几位是母星教育部的客人，今天正好过来看看。"

几个客人倒是都对秦猎很好奇。

"这就是秦猎？"

"听了那么多回名字，这次总算见到真人了。"

"真人看着更帅。"

大家都笑了起来。

秦以森不太希望大家的注意力都放在秦猎身上，努力把话题拉回来："秦猎既然在，就一起陪客人参观一下吧。这里展示的是我们公司的新产品，使用的是正在开发的远程耦合遥感技术，戴上头盔，就能遥控对面的那只机械手……"

他像秦猎刚刚那样简单地讲解了一遍研发远程耦合遥感的意义，然后拿起头盔，递给客人中一个胖胖的中年人："李部长，要不要试试？"

在他的鼓励下，李部长拿起头盔，试探着扣在头上。

秦以森伸手帮忙调了调旁边的控制屏。这是演示用产品，不用加密钥，控制屏上就有简单的重置按钮。他点了下"重置"，然后点了绿色的标着"1"的一档："不用担心，我们不用像驾驶机甲那样建立复杂的耦合，只要开到一档，使用最简单最浅表的耦合感应，不会觉得太不舒服，就能稍微做到一点儿动作。"

李部长问："就像步兵甲里的那种耦合吗？"

秦以森笑答："比那个还要更简单一点儿。"

李部长皱着眉使劲儿，对面的机械手却纹丝不动："是不是要用力？"

旁边的人都笑了："这怎么用力？用意念用力？"

努力了半天，对面的机械手终于动了，它稍稍扬起了一根手指头。

大家一片掌声。

李部长连忙把头盔摘下来，额头上已经出了一层细密的汗。他把头盔递给旁边一个蓝眼睛的高个女人："维娜，要不要试试？"

维娜雄心勃勃："要是调到第二档的话，机械手臂的动作是不是能大点儿？"

"第二档啊？"秦以森重置过系统，又点了点屏幕上的"2"，"真的要吗？第二档可能会感觉不太舒服。"

"我试试。"维娜把头盔戴上，盯着对面的机械手臂，集中精神。

手臂竟然真的动了，它的关节伸展了一下，比刚刚的幅度大得太多了。

大家都兴奋起来，正要拍手，就见维娜一把摘掉头盔，脸色发白地蹲了下来。

秦以森连忙弯腰去看她："您没事吧？"

维娜缓了半天才重新站起来，晃晃脑袋："真是晕啊，差点儿就吐了。咱们联盟的机甲驾驶员们可真不容易。"她重新站起来，把手里的头盔往秦猎面前一送，提议，"秦猎，要不要让我们看看真正专业的驾驶员是什么样的？"

秦猎接过头盔，并没有戴，而是递给林纸："你来。"

林纸没有拒绝，默默地接过头盔，戴在头上。

秦猎没让秦以森帮忙，自己伸出手，点了点旁边的控制屏。

所有人都看到，他重置系统后，点的是红色的最高档——第九档。

秦以森立刻露出一个不屑的笑容。这机器他试过，而他年轻时也是帝国机甲学院毕业的，算是有天赋的，但就算是他，如果不一级级慢慢往上加，而是这样猛地调到第九档，只怕都有难度。秦猎是家族里对耦合感应最有天赋的人，如果是他，直接上第九档，建立深层耦合，应该可以，可是秦猎没有自己来，而是让这个 Omega 上了第九档，连个缓冲都不给。秦以森心想，也不怕她当场吐出来，丢帝国机甲学院的脸。

九档的红色标志亮了起来。林纸脸上没什么表情，没有动，对面的机械手臂也没有动。

大家看看机械手，又看看林纸。

林纸转过头，问秦猎："所以要我干什么？"

秦以森有点儿笑不出来了。她看起来无比正常，语气平静，丝毫没有不舒服的迹象。

秦猎温和答："你随便。"

林纸偏头想了想，抬起她的左手臂，横在胸前。与此同时，对面的机械手臂也动了，立了起来，伸出手掌。然后她的手指和机械手指一起灵巧地上下翻飞，做出各种手势，动作却并不一致。

大家纳闷了几秒，终于看明白了，她这是在跳手指舞。而且和普通的手指舞不同，她只用她的左手，右手仍然自在地抄在卫衣口袋里没动，反而是远处的机械手臂被她当成了右臂——林纸用这样一左一右两只手跳着手指舞，如果忽略中间隔着的十几米距离，忽略一只是人手一只是钢铁结构，这手指舞可以说跳得漂亮极了，轻巧灵活，配合得天衣无缝。

所有人都看傻了。

外行看热闹，内行看门道，无论是秦猎还是秦以森都知道，这舞很不好跳，她对自身身体与机甲的结合与分离控制已经精确到无懈可击，而且轻轻松松毫不吃力。

过了一会儿，林纸放下手臂，摘掉头盔："我就只记得这么多。"

刚刚试过的李部长惊讶得合不拢嘴："这也太……太……"

旁边的人帮他补充："太可怕了。"

李部长问："秦猎刚才说你是他的同学？你也是帝国机甲学院的？是哪个系的？你叫什么名字？"

林纸答："对。主控指挥系，我叫林纸。"

"林纸？"维娜忽然想起来，"你就是今天在帝国机甲学院的大赛上开着那架红色机甲的林纸？"机甲大赛时，虽然看不见驾驶舱内部，但是直播时，旁边会放驾驶员的照片和他们在候场区的镜头。

林纸点点头。

维娜激动地说："我都看了，今天你把他们星图的指套扔出去的时候实在太帅了！"

李部长在旁边轻轻咳嗽了一声。天谕与星图之争，也就是机甲与人工智能之争，由来已久，母星教育部的人不能这样公然站队。

维娜连忙闭上嘴巴，不过还是悄悄竖起拇指，用口型对林纸说："真棒。"

身后忽然响起了掌声。

林纸回过头，看到几步外站着个男人。他穿着一身剪裁得体的暗色西装，袖口和衣领雪白得耀眼，五官和秦猎很像。只是秦猎清冷挺拔，这人看着要大几岁，举止神情更加沉稳一些。

"这是我哥，秦修，"秦猎低声对林纸说，"现在是天谕的首席执行官。"

秦修走过来，先跟教育部的几个人握手打过招呼，然后转向林纸，跟她握了握手，低头对她说："你叫林纸？我看到你刚刚不只瞬间就搭建了最深层次的耦合，而且连适应的时间都不需要，立刻就开始这种精细程度的操控，精确分离自身的身体控制和机甲控制，完全不混淆。"他清楚地从内行的角度点出了林纸刚刚操作的厉害之处，很明显是解释给旁边那群门外汉听的，"这非常难，只有联盟最优秀的驾驶员才能做到。我弟弟是家族的骄傲，天赋异禀，我估计他应该能做到这个程度。而我自己，就算是在机甲学院时的巅峰时期，也绝对达不到这种水平。"

他转而凝视着秦以森，一字一顿地微笑道："二叔，你肯定也不行吧？"

所有人都看着秦以森，只见秦以森那张方脸腾地涨红了。

林纸明白过来。秦修大概早就来了，什么都听到看到了，他和秦猎兄弟同心，现在特地过来，帮他一起呛他们这个二叔。她在心中默默帮秦修翻译，他这几句话的意思很明显：你既比不过我弟弟秦猎，也比不过他带过来的这个"玩玩具"的Omega，这东西在他们手中真的就是玩具而已，你行吗？秦以森如果这时候还继续嘴硬，秦修毫无疑问会把头盔塞进他手里，给他在屏幕上按个第九档。

秦以森明显也很清楚这一点。他估量了一下，认怂了："我也……呃……估计不太行……现在的年轻人真是了不起，未来可期。"

秦修微微一笑，放过了他，问秦猎："二叔在忙着陪客人，我们不打扰他，去楼上吧？我正好有点儿事想要跟你们说。"

秦以森巴不得他们几个赶紧走，马上说："你们快去忙吧。"

林纸和兄弟俩一起出了展厅，问："你们有事的话，那我先回去了。"也不知道从这里回学院要怎么坐公交车。虽然公交车颠簸得像坐过山车一样，但胜在免费。免费的就是最好的。

秦修弯弯嘴角："我们哪儿有什么事，就是不想跟着他们继续看展厅而已。小猎……"

林纸看见秦猎对秦修眯了眯眼睛，目光中全是威胁，显然他不满意这个奶里奶气的称呼。

秦修在他的胁迫下改口："秦猎从来没带他的同学来过天谕，这倒是开天辟地头一回。"他微笑着上下打量林纸，"其实我今天看过你的比赛直播，真不错，谢谢你把星图的 EPG-01 扔出去，我爽得像自己动手了一样。"

林纸跟他客气："不客气。"

秦修又转向秦猎，调侃道："我也看见你穿得这么红坐在看台上了。是为了跟人家机甲的颜色一样吗？"

秦猎毫不客气："关你什么事。"

秦修并不在意，提议道："我们上去逛逛吧。林纸，要不要去试试天谕正在研发的新产品？是我牵头设计的，还没什么人见过呢。"

林纸默了默，说："不好吧？这不算是商业机密吗？"

秦修带着两人去乘电梯，悠然答："我弟都敢带你来天谕，我还怕泄密？泄密了算他的。"

秦猎"呵"了一声，对林纸说："你看看就行了，试就算了，那些东西一个比一个不靠谱，说不定会伤到你的脑神经。"

这俩兄弟一个掌控天谕，一个献祭给神，看起来关系竟然不错。

电梯里，秦修继续跟林纸闲聊："今天让你见笑了。我那个二叔，还有董事会的那群老古董，总觉得我和秦猎太年轻，不太适合掌控天谕，可是当年我们的父母去世后，股权又到了我们手里，他们也拿我们没办法。"

父母去世？林纸抬头看向秦猎。

秦修解释："秦猎没说过？我们的父母去世得早，基本是我把秦猎带大的。"

秦猎反驳："我那时候都十六岁了！他才比我大三岁，什么带大？带大的意思就是每天他喝营养液的时候顺手帮我拿一管？"

秦修不同意："你跟别人打群架的时候，是我去学校挨校长骂，没错吧？"

秦猎回击："你每次做手术的家长同意书还是我签的呢。"

秦修："那是家长同意书吗？你管那叫家长同意书？那叫亲属同意书！"

林纸心想，"每次"做手术？不知道秦修为什么要做手术，听起来还远不止一次。他看着好好的，不太像是生病的样子。

秦修很敏锐，好像知道她在想什么，俯下身，垂手拎起一点儿裤脚，笔挺的裤腿和皮鞋之间露出一截脚踝。那不是人类的肢体，而是亮闪闪的金属。他向林纸解释："我出过一次事故，两条腿都没有了，为了方便，换成了生化义肢。"

他动作自如，如果他不说，完全看不出来。而且他任由金属义肢这么裸着，并没有加一层人造皮肤之类的东西做掩饰。

林纸评价他的腿："很漂亮。"

秦修笑了："有眼光。"

电梯"叮"的一声，到了地方。秦修用虹膜刷开门禁，带着他们往里面走。这一层很明显是技术部，风格和杀浅在机控大楼的实验室差不多，一摞摞小山一样堆着各种东西，过道挤得连路都不能好好走，说不准就撞上什么了。唯一的区别是，这些杂七杂八的东西比杀浅那堆破烂的品相好太多了，最起码都没有生锈。

有人正在里面忙着，是个年轻的Alpha，坐在座位上，两条长腿斜伸着，五官立体，一头亮闪闪的浅金棕色短发，眼睛是海一般的湛蓝色。他从光脑前转过头来，看见他们三个怔了一下，随即绽开笑容，露出雪白的八颗牙，热络地打招呼："林纸来了？"

林纸："嗯？"

年轻人笑了："你不认识我。那你猜猜我是谁？"

林纸直接猜："安珀？"

安珀挑眉，有点儿惊讶："你竟然真能猜出来。"

是天谕的人，还认识她，又让她猜，十有八九两个人曾经打过什么交道，否则也无从猜起，所以除了给她传过大赛资料、和秦猎同住一间寝室的安珀，不可能是别人。

秦修走到房间里面，招呼林纸："过来看。我这个已经很靠谱了，绝对不会损伤你的脑神经。"

和林纸想象的不同，那里并没有什么大型机甲部件，空地上摆着一张乒乓球台一样的桌子，上面罩着透明的玻璃罩，罩子里面竟然是个玩具球场。地面铺着绿色的假草坪，一边立着一个球门，草坪正中的白线上放着一颗小球，相对而立的一红一蓝两台玩具机甲模型站在草地上标出的白色十字上。

林纸仔细看了看，就知道这不是模型玩具——机甲模型只有两三寸高，但是从头部和关节的各种细节能看得出来做工非常精致，就像把赤字原样缩小了很多倍。

球台旁挂着一红一蓝两个头盔，秦修拿起蓝色的头盔，又把红色的递给林纸："我们玩一局？"

林纸接过头盔，问："你们把耦合元件做小了？"

见她问到了关键点，秦修露出微笑，点头道："对，我们已经可以把耦合元件做得非常小。"

耦合元件做成这么小的尺寸，放在机甲上就更不容易被对手攻击损毁，而且机甲在受损状况下，部件也更有机会维持正常运作。

林纸戴上头盔："要是你们的远程耦合操控研究成功了，就可以远程操纵这个小人，让它自己去做侦察情报工作。"

秦修答："没错。"

他正要戴上蓝色的头盔，头盔却被秦猎伸手顺走了。

"我来。"秦猎不客气地从他哥手里抢来头盔，戴在头上，又问秦修，"要怎么才算赢，进球吗？"他没玩过。

秦修解释："玩这个的规则是，球放在中线上，开局抢球，进对方球门一个球得一分，积分超出两分就算胜出。"

秦猎点点头，问林纸："我们要赌个彩头吗？"

林纸问："你想赌什么？"秦猎不比别人，和他比赛操控机甲得非常谨慎，她并没有必胜的把握。

秦猎随口答："赌你赢的话可以要求我做任何事？"

林纸"啊"了一声，问："任何事都行？"

秦猎目光游离，去看台面上的小人，抿了一下嘴唇："没错。"

林纸利索地追问："任何事包括大额转账、清空账户吗？"

秦猎一脸无语。

旁边看热闹的秦修转过头，把拳头抵在嘴边，尽力掩饰脸上的笑容。

安珀索性趴到光脑旁边的桌子上，埋着脑袋。

秦猎坚决答："不行。其他事。"

和钱无关，林纸就有些意兴阑珊："那我不想赌了。"

秦猎很无奈，妥协了："好，那我跟你赌钱。你想赌多少？"

林纸算了一下，今晚刚从邵清敛那里白赚了四千块，就算真的输出去，也就是不赔不赚。计议已定，她毅然决然全部押上："我赌四千。"

见她这么豪爽，秦猎很意外："好，四千就四千。"

秦猎戴上头盔，蓝色的机甲小人立刻动了，连声招呼都不打，往前跑了两步，俯身抱起中线上的球，就向对面的球门冲了过去。

林纸：还以为是足球，原来是橄榄球，可以用手拿。不过哪儿有这么不说一声"开始"就直接抢先手的？

红色机甲小人也动了，它三两步追上去，跳起来往前一个飞扑，一把抱住蓝色小人的腰，把它连人带球摞倒在地。

秦猎的机甲小人死抱着怀里的球，坚决不撒手，林纸努力把球从他怀里往外挖，两个人扭打在一起，好像一红一蓝两条在地上滚来滚去的虫子。

秦修一脸茫然，转过头问安珀："他们这种机甲操控的超高手，打架都是这样的吗？"

"不然呢？"秦猎分心说，"先面对面鞠个躬，摆好起势，再轮流一招一招往下过？"

两个人都用这种地痞流氓式的无赖打法是有原因的。相对于机甲小人的步幅和奔跑速度，这个球场的面积实在太小，球门离得太近，只要几步就能冲到位，稍不留神就会让对手得分，想赢的话一定要这样死缠烂打，绝不能给对方丝毫空当。

秦猎大概是分心跟他俩说话，手里的球不知怎的就被林纸的小红人挖走了，她松开秦猎一跃而起，抱着球撒丫子就跑，转瞬就把球扔进了蓝方的球门里。

小球沿着轨道滚到台面下，头盔里传来提示音："红方对蓝方，1：0。请机甲回到初始位置。"

小人回到原位站好，林纸忍不住问秦修："你这开发的真的不是儿童玩具？"

秦修笑道："等有那么一天，不用再打虫子了，我们天谕说不定还真能靠卖这种玩具赚钱。"

大家静默了片刻。他们几个都是在人类与虫族的战争中长大的，无论是父辈还是祖父辈，全都在星环战场上和虫族作战，几乎无法想象没有战争的生活。

林纸是穿越过来的，并没有他们那么多感触，一眼看见中线上打开一个小圆洞，一颗新球被托举出来，就毫不犹豫地蹿了过去，一把抱起地上的球。

秦修看不下去了："秦猎你行不行啊？要让人家剃光头了啊。"

秦猎不出声，扑上去和林纸扭打在一起，终于抢回了球，然后在被林纸抱住脚的情况下遥遥地用力一掷，把小球精准地扔进了球门。

1：1，平。

两个人就这样你来我往，分数轮着攀升，紧咬不放，转眼来到了9：9，谁也没机会一口气超过对方两分。

秦修看了看手环，在旁边说："你们学院十点关门对不对？已经九点了，要不这样，你们两个谁先拿到十分谁赢？"

两个人答应了。

林纸操控小红人站回初始位置，心中默默地读着秒，忽然对秦猎说："今天那个邵清敛其实是假的。"

秦猎也已经选好位置，听到她这句话，立刻下意识地抬起头看向她。

就在那一瞬间，中线上冒出来一颗球，林纸一把抱起来往对面球门冲了过去，猛地把球掼进球门。红方得一分，10：9。

林纸摘掉头盔，放在旁边："我是说着玩的。"

秦猎沉默片刻，吐出两个字："卑鄙。"

林纸答："这叫兵不厌诈。"

输了就是输了，秦猎没有赖皮，第一时间给林纸转了四千块。

林纸看看账户：管他们一个个的怎么钩心斗角、用尽心机算计，反正她一个晚上稳赚了八千块，十分满足。

时间很晚了，秦修给两个人安排了一辆公司的悬浮车，送他们回学院。

摩天大楼高耸入云，色彩斑斓的霓虹灯闪烁着，车流在大楼间划出光的轨迹，悬浮车在夜色中向前飞驰。

上午复赛打过一架，又出来玩到现在，林纸才上车没多久就靠在座位里没声了。

秦猎压低声音吩咐自动驾驶系统："换成慢速道，开稳一点儿，不要急刹。静音降噪，车内温度调高两档。"

车里隔绝了市中心的喧嚣，林纸的呼吸声就显得很清晰，她侧靠在椅背上，闭着眼睛，嘴唇紧紧地抿着，蹙着眉头，好像梦到了什么不开心的事。

秦猎能清晰地感觉到，她这一天大概累极了，蜷在那里，背弯着，睡得不太舒服。

座椅可以放平，吩咐悬浮车的控制系统就行了。秦猎刚想开口，又改了主意。控制系统忽然放平座位，靠着的椅背一空，一定会吓她一跳，手动放低椅背的话，速度可以很慢，不会吵醒她。

他找了找，发现在她右手边，靠车厢壁的地方就有一个触控屏，上面有可以放平她的座椅的图标按钮。秦猎越过林纸，探身去点触控屏，姿势虽然别扭，还是能操作，他耐着性子一点一点地按着屏幕上面的按钮，将她的椅背缓缓斜放下去。

这样的姿势，两个人靠得太近，秦猎下意识地屏住呼吸，低头看了林纸一眼。她偏着头，发丝遮住小半张脸，睫毛微微地翘着，卫衣拉链严实地拉到脖子底下，兜帽上的拉绳垂在胸前，绳头随着呼吸一起一伏。

她忽然动了动，像是闻到了什么气味，鼻子轻轻皱了皱。秦猎也跟着闻了一下，猛地警醒，发现不知什么时候，悬浮车里已经满是他的信息素的味道。不知道是怎么释放出来的，他自己完全没意识到。

一会儿到学院停车叫醒她时，完全没办法解释，得立刻开窗换气！可吩咐车内控制系统开窗说不定会吵醒她，自己开又不知道按钮在哪里，秦猎有点儿慌了，想收回手，结果手指在触控屏上一滑，原本在一下下点着放平座椅图标的手指按在了旁边相反方向的图标上，林纸被斜放的座椅背呼的一下推了起来。

座椅背不只坚决果断地把林纸推起来了，还推得很是地方——两个人本来距离就近，秦猎还没反应过来，就见她不只人扑上来了，嘴唇也软软地贴了上来，贴得结结实实。

秦猎脑中轰的一下，头皮发麻。

林纸也被吓了一跳。她原本梦见自己蜷缩在冰天雪地的天桥底下躲避坏人的追杀，不知怎的忽然就暖和又舒服了，回到了自己攒钱买的那间小房子的床上躺着吃零食，突然又被人从背后猛地一推，正在惊吓时，落进一个人的怀里，嘴唇上还传来温暖柔软的触感。

林纸立刻睁眼，看到离她很近的地方有一双眼睛，睫毛很长，眼瞳极其清澈漂亮，正在看着她。她睡得迷迷糊糊的，一时没想明白自己身在何处，眼前的人又是谁：家里为什么会多了个人？是男朋友吗？自己什么时候有了个男朋友？

对方好像终于反应过来了，不再吻她，拉开一点儿距离说："林纸，事情绝对不是你想的那样。"声音熟悉而好听。

林纸终于彻底清醒了。这里不是家，而是一个奇怪的异世界，她刚从生产机甲的天谕公司出来，正在回帝国机甲学院的路上，眼前这个吻住自己的人，是秦猎。

秦猎一脸显而易见的紧张，连忙解释："你听我说，我本来是在帮你调座椅，想让你躺平，睡得舒服一点儿，没想到不小心按错了地方，椅背突然升起来了……"

林纸默默地看了他两秒，说："那个……你要不要先放开我？"

座椅还是升起一半的状态，秦猎的一条胳膊伸过去，整个人还是环抱着她的姿势。

秦猎如梦初醒，立刻起身，无奈手指又在触控屏上碰了一下。

这回椅背剩下的一半也推起来了，两个人又一次结结实实地亲在了一起，连相对位置和姿势都没变。

林纸："……"

秦猎："……"

两个人的初吻和第二次接吻之间只间隔十秒钟，两次都是意外，还是同一个原因导致的一模一样的意外，就好像走在马路上，反复踩进同一个水坑里。

这回秦猎不用林纸再出声，松开得飞快，以至于后脑咚地撞到了前排的座椅靠背，声音很大，听着都疼。不过他完全没理，匆匆忙忙解释："我发誓，我真的不是故意的，两次都不是。"

车里弥漫着浓郁的信息素的味道，不只有秦猎的，还多了林纸的，只不过林纸的信息素受到屏蔽剂的压制，变得很淡。两种截然不同的气息纠缠在一起，居然异常和谐。

秦猎突然意识到，车里全是他的信息素这事完全可以解释了：一个生理健康的 Alpha 因为意外亲到一个 Omega，会释放信息素实在太正常了。

再说现在两个人都有，就没那么尴尬了。

林纸也闻到了，问："这车窗是怎么开的？能降到底吗？"

自动驾驶系统听到了她的话，自动把所有车窗都降了下来。悬浮车正在飞速地向前行驶，清凉的夜风从打开的车窗中猛灌进来，瞬间淡化了车里信息素的味道。

秦猎却能察觉到自己的信息素仍然在往外跑，完全不受他控制。他提议："还是把车顶也打开吧？"

林纸举双手双脚赞同："好。"

车顶应声向后缓缓收拢，车变成敞篷车。

剩下的路程，两个人顶着满天星星，坐在呼呼狂吹的夜风里，脑子都无比冷静清醒，再也没有困过，而且目视前方，几乎没再说话——风太大，也确实不太方便聊天。

他们差不多是踩着点回到学院的。

周末结束，千里遥已经从家里回来了，正在洗手间洗漱，看见林纸回来了，有点儿纳闷。

她探头出来，仔细看了看林纸，问："去哪儿了？你的脸是怎么了，为什么会这么红？"

林纸想了想，说："和人去市中心吃饭了，应该是刚才坐车回来的时候一直开着车窗，被冷风吹的。"

林纸收拾完毕，躺在床上准备睡觉，秦猎发了视频邀请过来。他那边的背景很暗，有林纸熟悉的灰色格子枕套，看上去他也已经躺在床上了，只开着床头的一盏小灯。幽暗的光线让他的脸看起来朦朦胧胧的，只有那双眼睛，好像比平时更亮一些，很清澈，瞳仁里隐隐约约的，仿佛有种说不清的别样的东西。

千里遥已经要睡了，所以林纸压低声音问："有什么事吗？"

秦猎想了想，好像真的在想自己有什么事，半天才说："决赛我也会去。"

林纸"嗯"了一声，心想：然后呢？

并没有"然后"，说完这句，秦猎直接道："你要睡了？晚安。"

林纸回答："你也晚安。"

她挂断视频，闭上眼睛，眼前却还是秦猎的脸，就在离她很近的地方，睫毛超级长，嘴唇也很软。

林纸的脑子乱了一会儿，猛然警醒：绝对不要在睡前想他的事，搞不好两个人又要互换了。她打开手环，飞快地搜了一遍，终于找到一部看起来很吓人的恐怖片。

这部星际时代的恐怖片，鬼却闹得很古典主义，音乐声突然响起，鬼从屏幕上各种匪夷所思的地方蹦出来，尽职尽责地吓唬着屏幕外的活人。林纸脑中秦猎的脸成功地被鬼脸们替换了，注意力转移的效果非常不错。

第二天早晨，林纸虽然挂着一对浓重的黑眼圈，但至少还留在自己的身体里。

第 四 章
召唤兽的报复

1

接下来的两天正常上课，空闲时，林纸和边伽、杀浅一起去训练厅练习，准备比赛。

秦猎没再出现，只给林纸发来消息，说这次决赛他的职责有点儿变动，费维上将决定让他全权负责比赛的安全保障部分，他必须留在赛场，反复检查各种设施，这两天会非常忙——语气像在请假。

周三就是决赛。当天上午，帝国机甲学院停课半天，保证所有学员都能腾出空来看比赛。不用上课，还能看别人在赛场上拼得你死我活，整个学院的气氛欢快得像是在过年，美妙极了。

按照往年的惯例，决赛都是在帝国机甲学院的培训中心。培训中心位于学院后方，占地面积大得惊人，建筑气势恢宏，设备精良，是帝国机甲学院拉几个大公司赞助建造的，无论是在母星还是在整个星环五区，都是数一数二的高级机甲练习场地。

周三一大早爬起来，林纸刚换好训练服，千里遥就从柜子里掏出一小瓶不知道什么水，把林纸拉过来，点在她的脑门上，口中还念念有词。林纸仔细听了听，听出她念叨的是："人机合一，所向披靡，驱邪杀鬼，大道常存！"

顶着一脑门水珠的林纸："……"

搞完混搭风的迷信活动，林纸和杀浅、边伽会合，到训练厅取了机甲，直奔培训中心。

一路上全是去培训中心观战的学员。参赛选手驾驶机甲，比其他人高了不少，相当引人注目。林纸遥遥地看到盛唐，使劲跟她挥了挥手。盛唐也看见她了，学着林纸上次比赛的样子，用机甲的手对她比了个心。

培训中心已经人山人海，学院里所有人几乎都到了。巨大的大厅像剧场一样，环绕着一排排座位。大厅正中，巨大的帝国机甲学院校徽的三维投影正缓缓地旋转着，过一会儿比赛的时候，这个位置会三维实况转播赛场上的情况。除此之外，赛场正上方还有三面巨大的屏幕，会直播裁判飞行器拍到的特写画面。大厅一侧，就是通往前面赛场的大门，发着蓝光，现在还严丝合缝地关着，不知道里面藏着什么。

解说员也已经到位，听声音还是上次复赛时负责解说的那位，他声音不小，扯着喉咙介绍决赛和参赛队员的基本情况，可怎么都压不住全场鼎沸的人声。

熟悉的媒体和裁判们全都到了，费维上将也在。

这回，林纸看到了秦猎。他和其他裁判一起坐在裁判区，面前摆着光脑，被弧形的屏幕环绕着，一看见林纸驾驶赤字进场，他的目光就定在赤字身上，还对这边微微笑了一下。

边伽眼尖，立刻发现了，在队伍频道说："过分了啊，参赛者和裁判勾勾搭搭。"

林纸反驳："谁勾勾搭搭？"

边伽不服："看他那眼神，还不算勾搭？"

林纸"呵"了一声："长得帅的人，随便看人一眼，就会让人觉得是勾搭。是你想太多。"

没多久，参赛队伍登场。

林纸他们一上场，全场就爆发出欢呼声，很多人都在喊着林纸的名字，已经不再是上次复赛时冷冷清清的状况。

四支参加决赛的队伍站在转动的帝国机甲学院巨型校徽前，一群媒体飞行器蜂拥而上，寻找着最好的特写角度。

林纸偏头看了一眼她的主要竞争对手贡布多吉。他的机甲名叫金刚，一身青蓝色，像他平时那样站得笔直，微微低着头，眼观鼻鼻观口口观心，并不受周围潮水般的欢呼声影响。

他的两名队友，一个和杀浅一样是机控系的，开一架叫冰行者的白色机甲，估计主要负责机甲的改造和维护，另一个是指挥系的 Alpha 学姐，看前几场比赛，非常能打，她的机甲全黑，只有头部渐变成红色，名叫焰魔。

费维上将走上台宣布比赛规则时，大厅里兴奋的观众们才渐渐安静下来。

看安珀给的资料，依照前几年大赛的风格猜测，本次决赛形式应该是竞争性地完成某个任务，不是要去救什么人就是要找到某样东西。果然，这次决赛要求四支参赛队伍从这里出发，经过一系列关卡，拿到位于终点的一面绣着帝国机甲学院校徽的金色旗帜。

奇怪的是，和预选赛时不同，这次并没有给参赛者们发激光枪。难道是让他们上场肉搏？

费维上将宣布比赛开始，旁边发着蓝光的大门缓缓打开。所有小队操纵机甲离开大厅，鱼贯走进门里。观众们的喧嚣声退去，只有裁判飞行器和一群媒体飞行器还嗡嗡地飞在天上，跟着他们。

林纸一看到门里的情形，就知道这和预选赛的水平大不相同：场景漂亮极了，做得相当逼真，地面地势起伏，穹顶非常高，投射成暗夜星空的样子，繁星一闪一闪的。最奇怪的是，天空中挂着三轮大小不一、颜色各异的月亮。前面不远处的高地上有好几个形状怪异的大包，表面深褐色，凹凸不平，布满了奇怪的纹路，一看就是虫族的风格。

机甲的识别系统自动选中大包，给出提示：虫族 II 型防护罩，为无外骨骼的虫族提供保护。

看来大包里藏着虫子。问题是，什么虫子？

高地后面再往前就是下一关的入口，入口前是座悬空的钢桥，倒映着三个月亮森冷的光。

他们前面的脚下画着一条红线，写着"开始"两个字，看样子，只要跨过红线，就要真正进入比赛了。

林纸扫视一圈，在队伍频道对杀浅和边伽说："这好像是当初弗莱星系一场著名的 JX6324 行星攻坚战。"

边伽疯了："这都能看得出来？你是怎么看出来的？"

林纸："你们看月亮。"她记得很清楚，弗莱星系 JX6324 行星的夜空中，就有这样三轮尺寸仿佛爷孙三代的月亮。

杀浅同意："我有一点儿印象，我们大二战争史的阅读资料里好像有这个，不是必考内容，应该有很多人没看，我只瞄过一眼，记不太清了。"

边伽并不知道："反正我没看。林纸你怎么知道的？"

怎么知道的？当然是拜某人所赐：上次秦猎送药时，说什么他爸爸在波德星系保卫战里认识了她爸爸，直接击中林纸的知识盲点，为了防备这种事再发生，林纸抽时间把战争史里几次著名的战役找出来，全都恶补了一遍，其中就有这场攻坚战。现在想想，秦猎当时明明就是因为和她通感，才像个尾巴一样跟着她到处跑，偏要胡说什么"照顾父亲的故人遗孤"，满口谎话的大骗子！

这里地方不大，也没有步兵可以指挥，应该不是真的想让他们打一仗，只需要对付藏在大包里的虫子。但林纸很清楚，他们要对付的是一种非常特殊的虫子——弗莱蚕。

弗莱蚕是一种会精神攻击的虫子，能控制人类的精神，让人发狂，甚至反过来主动攻击自己人。它的外形很像蚕，软软的几乎毫无自保能力，连移动速度都很慢，通常被虫族中的高智种类放置在阵地里隐蔽的位置。

它之所以叫"弗莱蚕"，是因为第一次露脸是在弗莱星系保卫战的战场上。当时在弗莱星系 JX6324 行星上，大家还完全不知道有这种虫子的存在，对它毫无经验，几架主控机甲带领步兵冲锋时，被它狡猾地控制住了，无数普通步兵倒在自己人的枪口下，战况惨烈。

面前这些深褐色的大包，也就是虫族 II 型防护罩，既可以保护弗莱蚕，又不会阻隔它对外面的精神攻击，和当时战场上的情况一模一样。只不过这次的大包外面目测没有虫族的其他加强型防护。

林纸现在明白为什么进入赛场后没有给他们发激光枪了——如果他们手里有激光枪，一旦被弗莱蚕精神控制，说不定会攻击其他参赛选手，酿成大祸。她一边让机甲的自动识别系统扫描赛场，检测有没有其他虫族的痕迹，一边在队伍频道里说："我估计防护罩里应该是弗莱蚕。"

"弗莱蚕我倒是知道。"边伽想起来了，"我听我妈说过，是一种会精神控制的虫子。"

"可惜我没有准备对付精神攻击的干扰器。"杀浅的语气十分自责，"二手的老款小型干扰器很便宜，肯定能控制在预算内。"

弗莱蚕的精神攻击并不难对付。它们是通过对人脑发射电波信号扰乱人类精神的，所以只要配备一个定向干扰器就足够了。可惜他们现在没有。

林纸安抚杀浅："虫子种类那么多，谁也不可能把各种装备都带全。"

机甲的自动识别系统已经扫描完毕，没有发现其他虫子的踪迹，林纸又看了一遍赛场，没发现其他异样。

没有干扰器，就只能冲上去，二话不说把防护罩里的虫子砸扁。可是一旦被弗莱蚕精神控制，就算及时地杀掉虫子，精神控制被打断，被控制的人还是会陷入一段时间的昏迷里，等同于被淘汰出局。

其他队伍也都没有进线，大概都在商量策略。

耳麦中传来提示音："请各小队在五分钟内进入赛场，违者将被淘汰。"

林纸低头看了一眼地上标着"开始"的红线，站在这里很安全，没有人受到攻击。如果她没记错的话，弗莱蚕的精神控制范围大小不一，有的要比这个远，估计秦猎他们做了其他措施，把弗莱蚕的精神攻击范围严格控制在了红线内。这就像考试，他们在出题，那么给出一段固定距离一定是有原因的。

林纸在脑中搜索看过的资料。JX6324 行星攻坚战中，弗莱蚕的事很特殊，她当时扫了一遍，还记得它们有几个特点。林纸一点点回忆："我还记得资料里说，这种虫子一次只能攻击控制一个人，一旦发动控制后，要间隔很久才能发动第二次。"

边伽打游戏很有经验："就是说，虫虫这个技能的冷却时间挺长，攻击一个人后，很难再去攻击下一个。这倒是不错。"

林纸想了想，说："我记得好像有个著名的'黄金十秒'，是科学家们研究俘虏来的弗莱蚕时发现的，它们一旦锁定控制目标后，需要十秒钟才能发出调整好的控制波。"

边伽笑道："技能启动时间十秒，这大招发动得真是慢啊。"

林纸努力回忆着，继续补充："我记得它们还有一个特点，就是会尽可能地去找主控指挥机甲，控制驾驶员。"大招启动一次不容易，控制战场上的主控指挥机甲，收益会更大。

边伽估量了一下距离："虫子的高地离前面的出口还很远，按基础机甲的前进速度，十秒钟之内肯定来不及冲进下一关。"不处理虫子往前硬闯，肯定会有人在路上被虫子控制。

林纸想清楚了。十秒的安全时间和十秒钟内基础机甲刚好跑不过去的距离，就是秦猎他们出的题。

杀浅琢磨："如果抽签推一个人进线呢？所有弗莱蚕都去控制那一个人，用掉技能，还是划算的。"

边伽笑了："几只虫子怎么可能都去控制一个人，浪费掉技能？虫子又不傻。"

"还有一个办法，"林纸琢磨，"就是用那'黄金十秒'，以最快的速度主动进攻，突破防护罩，抢在弗莱蚕发出控制波前把它们干掉。"

可他们只有三个人，对面却有六个防护罩，根本来不及。

这时，贡布多吉转身对大家做了个手势，指指嘴巴，喊话："大家都开一下公共频道。"

确认每个小队都打开了公共频道，贡布多吉才问："你们有什么想法？"

林纸正打算合作，于是主动提供信息："这个场景好像是模仿弗莱星系JX6324行星攻坚战，前面的防护罩里应该是弗莱蚕。"

贡布多吉大概没料到她会先说出来，顿了一下才答："你说的没错，我觉得战场的地形地貌都很像，防护罩的位置也很像，那颗行星上也有三个这种颜色的月亮。"

盛唐接口道："弗莱蚕？是会精神控制的那种虫子，对吧？"

"对。我记得弗莱蚕在发动控制前有个'黄金十秒'。"林纸把弗莱蚕的情况简略地说了一下，"所以我有个想法。前面有六个防护罩，我们手里又没有枪，只靠一支小队是不可能在十秒内全部搞定的，但是我们可以一起上。"进入弗莱蚕攻击范围后，它们会攻击谁这件事完全不可预料，谁都有可能倒霉，所以暂时协作是目前最优的策略。

贡布多吉第一个同意："我也是这么想的。"这也是他和大家在公共频道说话的原因。

四支小队各自商量了一下，全都同意了。

这里有四支队伍，一共十二架机甲，刚好两个人一组，每组攻击一个防护罩，十秒内应该来得及。于是大家简单分了一下，每支小队负责一个防护罩，再各出一个人，和其他小队的成员结成二人组。其中，林纸和杀浅一组，边伽和贡布多吉队的焰魔结组。

大家一一分好，各自找好了目标防护罩，然后走到红线前站好。

林纸提醒道："一定要一起往上冲，因为弗莱蚕喜欢控制主控指挥机甲。我不知道它们怎么判定主控指挥机甲，但是指挥机甲的位置通常离前线最远，所以我估计，冲得越慢，躲得越远，越没好处。"

林纸看一眼高夫队，心中仍然有点儿犹豫。贡布多吉的脑子很清楚，盛唐的人品很可靠，这两队都不太会有问题。她唯一不放心的是高夫队。前两天复赛时，林纸看过高夫队的比赛，知道他们的机甲增强过足部动力，如果往前跳跃的话，速度会比其他小队都快。她并不担心他们先冲到防护罩那边，担心的是他们有其他想法。

林纸迟疑了一下，还是开口在公共频道里说："高夫，我知道你们的足部动力增强了，不过就算以你们增强过的动力，十秒钟之内应该还是来不及冲到关底，依然很危险。"

高夫只"嗯"了一声，表示他听见了。

林纸还是不太放心，继续解释："机甲的自动计算系统也许会说你们有机会十秒钟之内冲到关底，但是我刚想起来，资料里说过，JX6324行星的土壤结构特殊，和看起来的并不一样，会影响进攻速度，如果你们把地面参数由默认的正常修正成稍低的百分之七十，应该机会不大……"

说到一半，她忽然想通了。出发点到下一关的距离，普通机甲十秒钟肯定冲不过去，需要互相协作，可对足部动力加强过的高夫队，机甲自动计算系统会认为可以通过，但其实仍然来不及。分化协作，让弗莱蚕伺机发挥作用，这就是秦猎他们设计关卡时，精确控制这段距离的长度，给参赛者们挖的大坑。

高夫队没出声。

边伽机灵，听懂了林纸的意思，提议道："不然这样，我们队每个人和高夫队的一个人结组，一起前进？"

高夫队立刻反对。

耳机里传来提示："最后十秒。"

来不及了，贡布多吉说："就这样吧，大家加油。"

赛场外，观众们并不能听到机甲通讯频道内的对话，只看到参赛者并没有按各自的小队分组，而是两两结成一组，来到红线前。好在解说员正疯狂科普，把弗莱星系 JX6324 行星攻坚战和防护罩里会精神控制的弗莱虫的特点，全部详细讲了一遍。

于是，观众席上议论纷纷——

"他们分开站是什么意思？"

"估计是打算合作。"

"是要利用解说员说的那'黄金十秒'，一起冲过去杀虫子吗？"

"一共才十秒钟，肯定要所有人一起动手才能来得及。"

赛场上，已经进入最后读秒的状态。贡布多吉喊道："预备，冲！"

机甲们箭一样飞了出去，冲进红线。

纵跃的时候，林纸一直在观察周围，还好，和刚刚的判断一样，路上是干净的，并没有其他虫族的踪影。

从红线到防护罩的距离不算太远，两个大幅纵跃就能到。林纸飞到防护罩前，发现果然有人没到位，右边空了一个位子——高夫队的三个人竟然真的没来打虫子，而是越过高地，往关底冲去了！

大概他们刚才在队伍频道商量好了，趁所有人都在打虫子时一起过钢桥，争取第一个进入下一关。即使林纸在冲锋前帮他们分析过场地情况，他们仍然觉得增强过的动力足够，可以在十秒的安全时间内抢先快速通过高地——不用费劲打虫子，还能顺便让虫子淘汰掉其他队伍的机甲，一举两得。

无论如何，先处理掉眼前的防护罩再说。

来到近前，林纸发现防护罩深褐色的壳居然是半透明的，里面隐隐透着光，表面被光线映照出生物筋络一样的花纹，如同曲张的静脉般，泛着黯淡的紫红色。她毫不犹豫地启动赤字上肢的最大动力，一拳砸了下去。

杀浅就在她身边，紧贴着她落拳的地方也来了一拳。

然而防护罩很结实，竟然纹丝不动。

虫族 II 型防护罩本应该扛不住基础机甲这一拳，林纸想，秦猎他们肯定在防护罩上动过手脚，做了加强，在这里给参赛选手们又挖了个坑。

珍贵的黄金十秒转瞬即逝，再不搞定就有人要倒霉。林纸毫不犹豫地纵身一跃，把赤字的足部动力开足，两只脚朝天、屁股朝下，用非常奇葩的姿势，端端正正、结结实实地坐在了防护罩上。只听"咔嚓"一声，防护罩承受不住这么重重的一坐，碎了。

旁边的杀浅："……"

场外观众则笑疯了——

"这算什么招数？"

"管他什么招数，只要有用就行。"

防护罩里面确实有只虫子，黑褐色，软软的，长得很像蚕，个头很小，还没有赤字的拳头大，正窝在防护罩边沿，侥幸没被林纸砸到。杀浅干脆利落地一拳解决，没用到十秒。

公共频道里有人正在说话，好像是边伽的声音："跳起来打开足部动力往上坐，就像林纸一样……"

林纸顾不上这个，第一时间一个大跳，冲向隔壁没人管的防护罩。

几乎是同时，另一个人也朝这边飞扑过来，是贡布多吉。他的机甲手臂做过动力加强，几拳砸碎防护罩后，也看到这个防护罩没人理，第一时间赶过来救场。

两个人动作极快，却都心知肚明，已经来不及了。十秒钟太短，只够冲上高地和搞定一个防护罩。这只弗莱蚕肯定已经发动精神控制技能了，只是不知道它锁定的目标是谁。

下一秒，众人就知道了。只见盛唐队里，一架叫蜂刺的黑黄相间的机甲忽然扑向旁边贡布多吉队的冰行者。冰行者刚刚搞定虫子，冷不防被它从背后打了一拳，扑在破裂的防护罩上，然后就地一滚躲开，翻身起来。蜂刺却像疯了一样，冲上去和它扭打在一起。两架机甲你一拳我一脚，打得难解难分。

林纸和贡布多吉先处理虫子。这次不用林纸往上蹦，贡布多吉用加强过的右臂几拳敲裂防护罩，毫不犹豫地把里面的虫子砸扁。

虫子没了，它的精神控制也跟着消失了，发了疯的蜂刺"轰"的一声倒在地上，驾驶员陷入深度昏迷。据说被弗莱蚕控制后会丧失意识，起码要昏个一两天。

这个乱子几秒钟内解决了，林纸这才注意到，原来麻烦不止一个。就在前面不远处，下一关前的钢桥上，高夫队的三个人竟然也打起来了，三架机甲扭打成一团，在狭窄的钢桥上危险地来回翻滚……这说明还有其他虫子没能及时处理掉。

林纸看过去，离她最远的另一头还有防护罩没被砸开，正在猛捶防护罩的，是盛唐队一架叫极光的紫色机甲。它本来应该和高夫队的一架机甲一起搞定防护罩，无奈高夫队那位自己往前跑了，只剩它努力跟防护罩对抗。而且它的位置距离林纸最远，完全没看到她的奇葩操作，又没有贡布多吉队加强过的手臂动力，因此没来得及在十秒内解决问题。

好巧不巧，所有参赛队员中，高夫队的队员冲到了钢桥那边，距离前线最远，就像林纸猜测的那样，成功地被弗莱蚕当成了主控指挥机甲。弗莱蚕控制住了高夫队的一架机甲，疯狂攻击附近的同伴。

边伽和贡布多吉队的焰魔就在极光旁边，发现隔壁的防护罩没有解决，立刻飞扑过去，帮忙砸开了防护罩，处理掉里面的虫子。可惜就这几秒钟的工夫，那架被弗莱蚕控制住的机甲抱着队友的机甲，在钢桥上一翻身，滚落到钢桥下，瞬间淘汰两人。

边伽打完虫子才看清倒霉蛋是谁，在队伍频道笑道："早知道虫子控制的是他们就不打了，说不定能把他们整队一起淘汰。"

高夫队距离防护罩那么远，三架机甲全都被虫子锁定了，只不过另外两架的运气比较好，虫子在启动技能的十秒内被别人捶扁了。可惜盛唐队受他们的牵连，损失了一架机甲。

盛唐这次真的怒了，在公共频道吼："高夫你们是不是傻？"

高夫突然没了两个队友，变成光杆司令，自己也有点儿蒙。他争辩道："这是机甲大赛，是竞争性的比赛，用什么策略不是都很正常？我们队不想和你们一起打虫子，想早一点儿过关夺旗，哪里有问题？"

贡布多吉哭笑不得："这是比赛，话是一点儿都没错，可问题是你得先坚持到关底，才谈得上夺旗吧？"

边伽接口："林纸刚刚已经跟你们说得很清楚了，十秒时间，就算是你们的加强版动力也来不及过桥。你不打虫子，虫子就有可能攻击你，而且离前线越远越危险，你们刚才还不如过去打虫子。"

高夫反驳："我怎么知道她不是为了让大家一起跟她打虫子在撒谎？就算不是撒谎，全校倒数第一名的判断，我可不太相信。"

林纸："……"

高夫冷冷地道："我再说一遍，这是比赛。"

盛唐正因为队友无辜被淘汰的事生气，声音很冷漠："好，那我就让你看看什么叫比赛。"

耳麦里传来提示，会有人来救援被淘汰的几架机甲，让他们不用管，继续前进。于是剩下的机甲一边在公共频道吵着架，一边加快速度冲过钢桥。

赛场外的直播大厅里，观众也一片哗然——

"高夫他们怎么回事？"

"大概是想趁机先跑，第一个过关去抢旗？"

"这下好了，惹出麻烦来，先淘汰了两个自己人。"

"这才第一关就有三架机甲出局，一共就十二架机甲，还能撑到关底吗？"

"如果最后真的全体淘汰，没人拿到旗帜怎么办？"

"你不知道吗？前几年就有过，算流局，没人胜出。"

解说员正在兴致勃勃地播报："第一关，高夫队淘汰两人，盛唐队淘汰一人……"

秦猎坐在裁判席上，心中非常清楚，这损失比他们原本预计的小。设计关卡时，他们预计了最坏的情况，就是参赛选手直接走进虫子的精神控制范围，有人被虫子控制，机甲之间开始互殴，然后参赛者才会想到弗莱蚕的事。这样就会有六架机甲被虫子控制，起码淘汰六人。然而最坏的情况并没有发生。

秦猎一直在监控林纸队的队聊，听到她根据场地布置的线索确定了弗莱星系 JX6324 行星攻坚战，又推断出防护罩里的弗莱蚕，心想，算你聪明。黄金十秒也被她用得很好，破解加强版防护罩的办法虽然奇葩，但很有效。唯一的不足是，她已经预料到了高夫队可能会出问题，却没能成功避免这种情况的发生，做法上稍显稚嫩。

她在赛场上无比耀眼，潜力无限，人人都看得出来，就连跟着他们的媒体飞行器都会下意识地把镜头定在她身上，她只是需要更多的锻炼机会、更大的压力，才能继续成长。

刚刚防护罩没有处理干净时，秦猎在屏幕这边也捏着一把汗。毕竟弗莱蚕的想法没人知道，说不准会攻击谁，幸好林纸幸运，没有中彩。他的心情跟着她上上下下，比自己参加联赛时还紧张，不知是不是因为通感，又也许不只是因为通感。

秦猎点了点屏幕上往前飞奔的赤字，驾驶员的资料自动弹了出来，林纸的三维影像小人出现在屏幕上，发梢会动，还会对着他眨眼睛。

秦猎伸出手指，轻轻地拨了一下。小人被迫滴溜溜转了一圈，表情似乎很不情愿。

明知道这表情是算法自动生成的，秦猎还是忍不住弯了弯嘴角。

2

他们先后冲过钢桥，进入下一关的关口。

穹顶投影的天空中仍然是魔幻的异星场景。邻近的黑色行星占据大半边天幕，近得能看清它表面一个又一个巨大的陨石坑，遮天蔽日，压抑得让人透不过气。

踏入关口，几个人发现自己站在一幢破败大厦的楼顶，面前仿佛是被战火摧残过的人类城市，布满残垣断壁，巨大的建筑倾塌，露出生锈的钢筋结构。虫族留下的痕迹无处不在，绿色、紫色和黑色的浆液漫延到一间间公寓里，腐蚀着一切。

这场景过于真实，无论是参赛选手还是观众都沉默了片刻。

观众席上，有人低声说："这是星环一区？像是卡尔达星人类城市被突破后的场景。"

有人答："对。是我爷爷小时候待过的地方，当初丢了以后，人类再也没能把它抢回来。"

人人都知道，战线这些年一直在二区和三区拉锯，广袤的一区，无数像卡尔达星上这样的人类城市再也没有回到人类的手中。

林纸站在楼顶，尽量不受场景干扰，透过现象看本质：这里其实是更加复杂的魔鬼七项，有各种勉强能过去的跳板、悬垂的钢索等等，需要仔细规划线路，在大厦的楼顶之间前进，才能到达对面。

不能下去。因为原本是街道的地方，现在是密密麻麻乌泱乌泱的虫子，看得人头皮发麻。在虫海里厮杀多年的老兵应该不会怕这个，但是林纸他们都是机甲学院的学员，并没有见过这种场景，几个人迅速扫了一眼街道，就一致地没有再往下看。林纸猜测这应该全是三维投影做出来的，但是做得非常逼真，仿佛真的置身于虫族的老巢，一旦掉进虫子窝，估计立刻就会被裁判判定为三级损毁。

这里的难度比步兵甲考试高太多了，考验的就是机甲的精确操控，最关键的是，并没有现成的路线可走，得自己规划。

林纸和边伽、杀浅在队伍频道研究路线。

"跳到右边对面楼顶，然后接吊索？"边伽琢磨。

"应该过不去。"杀浅让机甲自动计算了一下，"用安全绳往下一层楼，说不定能跳上那边的钢架，就能爬到隔壁平台上。"

"那钢架好像是个坑。你仔细看它的基座，腐蚀得够呛。"林纸现在对设计关卡的坑神们很了解，知道他们绝不会给一条明摆着的线路，"可以用安全绳到下一层，荡到对面平台。"

三个人仔细规划好线路，反复确认无误才出发。

其他小队也动了，选的路线各不相同。大家现在不再是合作状态，都和自己的队友抱团一起前进，谨慎地彼此拉开一段距离。

贡布多吉他们速度不慢，线路规划清晰，很快就领先了。

高夫只剩一个人，他想了想，竟然紧跟着林纸，跟他们走了同一条路。林纸懂他的想法，只剩他自己了，跟在其他小队后面，让别人为他试错，才是最保险的。

出乎意料地，盛唐队剩下的两架机甲也跟在了林纸他们后面。

边伽在前面探路，一边挂在安全绳上，一边在队伍频道起哄："要打架咯。"

高夫也看到盛唐队跟上来了，有点儿心虚，加快速度往前。无奈盛唐队更快，一到狭窄的平台上，沙丘和极光两架机甲就一起对高夫动了手。

林纸他们已经到了下一幢楼的楼顶，回过头看了看，心想，那么窄的地方要怎么打？

只见沙丘和极光配合默契，沙丘搭住极光，连着几个回旋踢，逼得高夫连连后退，很快就退到了平台尽头，退无可退。

再往后就掉下去了，只能往前跳，可高夫根本不敢把后背给她们，只得停下来应战。他身手不错，但一个人对付不了两个，没几招就被逼到边缘，摇摇欲坠。

极光有点儿心急，往前一步，一拳挥过去。

林纸心想：她上当了。盛唐队的两个队员身手都没有盛唐好，靠盛唐的指挥和彼此之间的默契配合才杀进决赛，到这种直接拼刺刀的时候，就差着一点儿。

果然，高夫只是虚晃一招，做了个假摔的动作，趁势往旁边一矮身，抓住极光挥拳的胳膊一带，就让它顺着它自己的力道往平台下去了。

盛唐反应极其迅速，立刻抢上去抓住极光，顺便给了高夫胸口一脚。

高夫在这种危急时刻，还记得启动动力，朝着旁边的钢架飞扑过去。然而没用，就像林纸预料的，看起来很结实的钢架根基不稳，已经被腐蚀得差不多了，承受不住机甲的重量，机甲栽进了下面的虫海里，发出一声巨响。

又一架机甲淘汰，场上现在只剩林纸队、贡布多吉队和盛唐队（两人），一共八架机甲。

没人再失误，八架机甲顺利到达对岸，先后冲向下一关。

一到关口，所有人都停住了。这次前面不再是培训中心的穹顶，真的变成了室外，而且面积非常大，一眼望不到头，像是一片层层叠叠的沟壑，高度大概只到机甲的腰部，但并不是普通的泥土砂石，而是某种紫色的泥巴状不明物。

没人知道这是什么东西。三支小队都不再往前冲，停下来观察情况。

耳麦里传来通知："所有参赛者必须在三分钟内进场，违者淘汰。"

边伽深受家人影响，见多识广，对各种奇奇怪怪的虫子如数家珍。因此林纸立刻问他："边伽……"

话还没说完，她就听见他认真询问："林纸，你知道这是什么吗？"

林纸："……"

林纸仔细回想了一遍自己看过的有限的资料，没想出来。这么奇怪的东西，要是看过一定记得。

机甲的识别系统一片安静，什么都没报，但林纸还是点了点屏幕，让它在资料库里查找比对。然而没结果，识别系统根本不知道这是什么。

杀浅问："连你们两个都不知道，会不会是新发现的虫子？"

虫族繁殖速度惊人，特别能生，还很会杂交出各种奇怪的新种类，战场上时不时就会发现坑爹的新虫子，让人头疼。按安珀给的大赛资料，以前决赛时就用过前线战场上刚刚发现的新的虫族，这是以后学员上战场时也会遇到的情况，比赛中有这个非常正常。

边伽放大屏幕研究，脑洞大开："说不定这一大片地方本身就是一只巨型的虫子，我们看见的这些沟，其实全都是虫子的消化道，只要咱们进去，就会被它的肠道一合给吃掉了，全军覆没。"他说得高高兴兴，好像虫子的消化道一日游也挺好。

不过看这紫色的迂回的迷宫，确实有点儿像他说的。

这时，催命的声音又响起来了。耳麦里传来催促声，还剩最后三十秒。

无论如何都得进去，林纸三人简单商量了一下，决定先试探着往前走，弄清情况后就启动跳跃动力，快速通过。

贡布多吉队率先进场，小心翼翼地往前走了一小段，看上去好像没什么事，至少没被吃掉。

林纸队和盛唐队也跟着进去了。

紫色的地面是半软的，机甲每迈一步，都会在地上留下一个深深的脚印。

边伽伸出一根机甲手指戳了戳紫色的"矮墙"，那根手指就像陷进了泥巴里："像晒软了的橡皮泥一样。"他在队伍频道里说，"你们要不要玩一下？"

林纸吓唬他："你戳它，当心它不高兴，第一个消化你。"

"这应该不是活的。"边伽说着，干脆捏了一把"矮墙"，直接揪了一小块下来给大家看，"看，彼此不连接，质地均匀，里面也没有任何生物组织的结构。"

青青手里的这一块，真的很像新鲜的紫色橡皮泥。

杀浅同意："好像和生物没什么关系。"

"就算里面没有生物组织的结构，也不一定就和生物没有关系。"林纸反驳，"你们觉不觉得它很像虫子的……呃……"

杀浅默了默，不客气地威胁："你敢说出来，我就敲你的头。中午还想吃饭呢。"

林纸继续开脑洞："如果这些紫泥巴真的是屁屁的话，那秦猎他们布置赛场的时候，不就是在虫子的屁屁里钻来钻去？不知道他们是怎么把这么多屁屁运到这里来，又弄成这种形状的……"

"咚"的一声，赤字的头挨了联盟首富一下。

赛场外屏幕前一直在监控队聊，无辜被 Cue（暗示，提示）的秦猎："……"

几个人看似在随便瞎聊，其实都在认真地检查周围，除了这种异样的紫红色泥巴，并没有发现其他任何虫族的踪影。

贡布多吉和林纸他们的计划一样，往前试探着走了一段之后，见没被攻击，就开启动力向前跳跃，不过跳得很保守，每次的落脚点之间很近。

林纸和盛唐他们也一边往前跳，一边继续警惕地观察着周围。

跳了一会儿，什么都没发生，几架机甲渐渐深入这一大片紫色沟壑的中部。

林纸在空中时，忽然看见前面的贡布多吉的动作不太对，在快落地时在空中硬生生地拧身，像是在躲闪什么东西一样。只见贡布多吉把金刚的一只手搭在"矮墙"上，像在翻墙，但没有降落到原本的落脚点上，而是飞到了沟壑的另一边。

以林纸他们的角度，看不清沟壑里发生了什么。不过很快所有人就看到几乎和金刚同时落地的冰行者，在和他相隔几墙远的地方落地时，猛地往下一沉。机甲的高度肯定比墙高，冰行者却矮了下去，消失在众人的视野里。

林纸三人同时出声："陷阱？！"

话音未落，刚才消失的冰行者又重新出现了，它从"矮墙"间冒出头来，挥舞着白色的手臂，好像在和什么东西搏斗，努力想站起来，却起不来。

然后林纸他们就看到了奇怪的东西——一对巨大的虾螯。它的颜色和这些沟壑的泥巴一模一样，也是紫色的，从"矮墙"下面伸出来，热情地搂住冰行者的腰，像在跳舞。然而它的舞伴很惊恐，扒住旁边的"矮墙"，疯狂地想要摆脱它的拥抱。

贡布多吉和队员就在不远处，立刻赶过去支援，可还没来得及到地方，冰行者扒住的那截"矮墙"就软软地塌了下去，它又一次从众人视野中消失了。

林纸发现他们就站在冰行者刚刚消失的地方，看似有点儿蒙，但并没有掉下去——看来那里并不是个陷阱。那冰行者去哪儿了？

情况有点儿古怪，林纸在队伍频道里说："我们暂时先不跳了。"

不只他们，所有人都不敢再往前纵跃，改为慢慢地向前推进，生怕一不小心就掉进陷阱。

这片妖异的紫色区域面积太大，还要往前走很远才能到达边界。

又往前走了一段距离，盛唐队那边忽然有了状况。

林纸转过头，这回看清了。沙丘和极光面前冒出一样东西，看着真的很像一只大龙虾，通体紫色，还隐隐带着花纹。不待在盘子里的龙虾都不是好龙虾，它这次完全站了起来，个头比机甲还高了不少。它用一把大钳子挥向沙丘的脑袋，沙丘躲开时，又用另一把大钳子钳住极光的胳膊——它竟然还会声东击西。它抓住极光猛力往下一扯，极光就像冰行者那样呼地矮了下去，消失在"矮墙"里。

然而大龙虾竟然不止一只。就在沙丘身后，另一只个头和颜色一样的大龙虾冒出来，去抓沙丘的肩膀。沙丘感觉到不对，低头躲过它的钳子，拼尽全力一拳捶在钳子的关节上。大龙虾吃痛，缩了一下，又挥舞着另一边的钳子横扫过来。沙丘身手敏捷，避开它的攻击，顺便一肘撞上它的腰。可惜它的体形太庞大，只稍微晃了晃就稳住了身形，抓住沙丘的肩膀往下猛地一按。

见那边出事，林纸他们立刻就往这边纵跃，可惜距离太远，人还在空中，就看到盛唐也消失了，刚才和盛唐搏斗的那只紫色大龙虾也没了。他们几个消失的那一片地方和其他地方一样，除了"矮墙"被他们的搏斗撞得乱七八糟外，并无不同。

林纸三人落地，第一时间去检查地面。地上并没有什么陷阱，仍然是一片软泥。

那人呢？人去哪儿了？

林纸蹲在地上，用手按了按软烂的泥巴，忽然意识到异常：地面被前后几架机甲踩出来很多脚印，虽然乱七八糟地彼此叠在一起，但还是能看出来，有些脚印扭曲变形，甚至少了一部分……这地面是动过的！看变形的脚印的位置，地面仿佛裂开过，又重新合了起来。

林纸说："我觉得，那种大龙虾应该是从地下……"

话还没说完，眼前忽然一晃，紫色的泥巴地面消失了，她面前出现了一个弧形的虚拟屏幕，屏幕上，青青和联盟首富站着，赤字正蹲着用手按着地面。林纸抬起头，周围是黑压压的观众席，人声鼎沸，观众席正中的空场上投射着逼真的三维赛场投影。

解说员声音兴奋："又有三架机甲被淘汰了！现在场上只剩五架机甲！他们能不能顺利到达关底呢？让我们拭目以待！"

她收回目光，看到自己的手正点在屏幕上，手指修长漂亮，指节分明，手控一定会喜欢……

林纸在心中狂吼：竟然又跟秦猎对调了！这究竟是怎么回事？还能不能好了？！比赛，还是非常重要的决赛，才比到一半，突然就被换走了，简直让人绝望。可是刚才她根本没想过秦猎的事，正在认真琢磨大龙虾，怎么突然就换过来了呢？

耳麦里传来声音，是边伽在问："林纸，你怎么了？你想说大龙虾是从地底下钻出来的？

我也这么觉得。"

林纸怔了一下，找了找面前的屏幕，发现秦猎正在监听他们的队聊。

屏幕上，赤字动了动，站了起来。林纸知道，应该是秦猎穿过去了。

秦猎没有回答，而是抬起头，好像在找天上的裁判飞行器，然后准确地看向连接林纸面前的屏幕的镜头。他扬了扬赤字的手，对着镜头打了个招呼。

林纸：打什么招呼？你倒是集中精神想办法换回来啊！

耳麦里传来林纸自己的声音，只有几个字："你们怎么看？"

林纸：这位大哥，我说话的语气并没有这么冷冰冰！

边伽和杀浅也蹲下来研究地面，杀浅说："说不定真的是这样，虫子可以在这种软土里钻来钻去，还能让泥巴开合，就把人拖下去了。"

边伽补充："也可能泥巴只有一层，下面还有别的结构，那些龙虾的老巢就藏在里面。林纸，我们怎么办，继续往前？"

秦猎当然知道是怎么回事，他对赛场上虫子老巢的结构大概比对他自己的寝室还清楚。但为了公平，他不能出主意，只回答："好。"

三人继续小心地往前推进。

杀浅见林纸不太说话，安慰她："你放心，盛唐她们肯定没事，现在说不定已经坐在观众席上看我们比赛了。"

"那可未必。"边伽说，"设计关卡的人这么丧心病狂，连会精神控制的弗莱蚕都放上来了，说不定让人掉下去，先摔个半死不活……"

秦猎不等他吐槽完就冷冷地道："大赛的安全保障组不是摆设，所有关卡都符合联盟军事委员会颁布的机甲比赛安全标准，每一关在赛前都经过反复测试，虽然不能绝对避免事故，但是已经尽可能把伤害可能性降到最低。"

杀浅和边伽："……"

林纸：这人就没有随时随地自检 OOC 的自觉！

边伽不满地说："林纸，知道这次是秦猎负责比赛的安全保障，刚才夸他长得帅就算了，现在连这种事都不能说一句？也不用这么护短吧？"

林纸：夸他……长得……帅？

比赛前，边伽说他俩勾勾搭搭的时候，她是这么说过一句，那会儿还没开始比赛，秦猎十有八九没在监听他们的队聊，没听到。边伽这个大嘴巴！林纸咬了咬牙，在心中把边伽和他家青青的皮全部剥了一遍。

边伽的话一说完，秦猎就陷入了沉默，好一会儿才说："废话那么多，走你的吧。"语气竟然骤然温和了不少。

三人继续往前走。

林纸坐在屏幕前死死地盯着赤字，脑中想着秦猎，从眼睛想到嘴唇，从嘴唇想到锁骨，从锁骨想到一切，努力地发功：换过来换过来换过来……

有人啪地一拍她的肩膀，吓得她一哆嗦，她转过头，发现是个不认识的中年教官。

教官满面笑容，问："秦猎，关底那边说升降板的自动控制系统有点儿问题，他们一时半会儿修不好，把备用系统换上去了，可以吧？"

林纸默了默，她是真没打算听这个。不过听到也就听到了，反正她也听不懂说的是什么。

见对方还在等着回答，林纸只好反问："还有其他人能决定这件事吗？"秦猎都那么OOC了，她这边稍微OOC那么一点儿应该没关系吧？

教官怔了怔，试探着说："那就……只有……我？"

林纸诚恳地问他："那您觉得可以吗？"

中年教官笑答："我觉得行，让他们换吧。"

林纸点头说："好，换吧。"

中年教官刚走，又有人发消息过来，问："秦猎，C 区的一只紫螯虾状态不太对，我把它单独隔离了。"

林纸心想，原来刚才那种长着钳子的紫色大龙虾叫紫螯虾，还挺形象。

这个听起来没问题，估计能答应，林纸回答："好。"

又有人问："秦猎，刚刚掉进紫螯虾虫穴的几架机甲都救出来了，驾驶员目测体征正常，按流程送到医疗站观察了。"

看来盛唐他们几个真的出来了，没什么事。

这就是个正常的通知，林纸回复："知道了。"

没想到秦猎这里这么忙。林纸想了想，在屏幕上开了一个文档，把刚刚的几件事全部记在上面，尤其是她最没把握的什么换升降板的备用系统的事，她特别在前面打了一整排惊叹号——要是能成功换回来，秦猎应该能看得见吧。

然而换回来这件事好像很不容易。林纸这边不停地有人给她发消息，问她各种问题，让她做各种决定，她得小心应对，没有什么空当；而秦猎那边又正在危险的赛场上，紫螯虾随时都会冒出来把人拖走，也没法集中精神。

林纸正在回复消息时，耳麦里忽然传来一阵嘈杂的声音。她抬头去看屏幕，发现是秦猎他们遇到虫子了。

裁判飞行器飞在天上，视角完美，能清楚看见紫色的软泥巴地面忽然打开，一只巨大的紫螯虾就在秦猎他们面前钻了出来。边伽离它最近，被第一个选中。紫螯虾举着钳子热情地冲上来，好像也打算和青青跳支双人舞。还好边伽向来反应敏捷，一矮身躲到旁边，婉拒了它的邀约。紫螯虾出师不利，扑了个空，明显是愤怒了，咔嚓咔嚓地开合着钳子，又去欺负杀浅的联盟首富。联盟首富不仅躲开了钳子，还顺便给了它一拳，警告它不要随便抱人。秦猎也没闲着，闪身上前踹上它看着比较脆弱的腰部。三个人围着那只大螯虾一通猛揍。

林纸看了一会儿，发现秦猎没有利用自己对这些虫子熟悉的优势，而是尽量在模拟她常用的招数。这些天的机甲大赛，他一直都在看她的比赛，对她的打法路数竟然已经很熟悉了，学起来有模有样的。林纸觉得就算自己上去打，大概也就是这样了。

林纸看着屏幕上的秦猎，心想，他这个人作为战友确实很不错，但如果是对手的话，看过别人几场比赛就能摸清对方习惯的路数，很可怕。

三人围攻紫螯虾，没人被拖进地底下，还略占上风。紫螯虾的钳子乱挥，却一个人都没捞到，忽然晃晃脑袋，把身后长而尖的尾巴插进泥巴地里。紧接着，整只虫都像被尾巴拽着一样，倒着沉了进去。柔软的泥巴噗的一下重新合拢，它钻进去留下来的大洞像个吹完的气泡一样消失，没留下任何痕迹。

不远处，贡布多吉他们也遇到虫子了。只不过他们的运气就差了不止一点儿，焰魔一个不留神被撤退的紫螯虾钳住一条腿，拖进了洞里。

没一会儿，林纸这边就收到消息，焰魔被救了出来，送到医疗站去了。

这一关战况惨烈，一共损失四架机甲。现在只剩林纸小队三人，外加贡布多吉。

林纸从裁判飞行器的视角俯视，能明显看出来，再往前一点儿，紫色泥巴的颜色开始变深了，也不知是什么意思。

果然，几人刚走到泥巴深浅色交界的地方，林纸就听见一直沉默的秦猎忽然在队伍频道出声："等一下。"

边伽停住，问："怎么了？"

赤字站在深浅色的交界线上，抬起头看向空中的裁判飞行器，也就是屏幕外的林纸——在全周天视野座舱里，驾驶员想看四周其实并不太需要转动机甲的脑袋，赤字会抬头，明显是秦猎故意的。然后，林纸的手背狠狠地疼了一下，好像被人掐了一下，紧接着又疼了一下，之后换了个地方又疼了一下。

林纸："……"一下难道还不够引起她的注意？一下一下掐个没完。这是来自召唤兽的报复吧？

林纸大概能猜到他的意思。刚刚在浅紫色区域里，随时都会受到那些紫螯虾的攻击，秦猎没法考虑交换的事。现在走到了两个区域交界的地方，秦猎很清楚这里是不会被虫子攻击的位置，所以决定停下来，集中精神交换。机会难得，要抓紧时间。林纸尽可能地回忆着上一次成功换回来时的感觉，闭上眼睛，集中精神。

秦猎说过，要把他想象成一架高级机甲，和他建立耦合。于是林纸不停地给自己洗脑：他是机甲，和他耦合，和他耦合……

然而没用，林纸听见监控里传来边伽的声音："林纸，你站着发什么呆呢？不往前走吗？"

秦猎大概也没办法了，叹了口气，说："算了，走吧。"

林纸心想，只能先这样了。

有人碰了碰她的肩膀，耳边传来一个教官的说话声："秦猎啊……"

话还没说完，声音就没了。

林纸睁开眼睛，大大地松了口气。这里是赤字的驾驶舱，她回来了！

到现在为止，林纸还找不到规律，到底什么时候会换过去，又要怎样做才能换回来，完全一头雾水，全凭运气。她想，等大赛的事忙完，一定要找时间坐下来，和秦猎认真研究交换的规律，争取让它由现在随时随地把人逼疯的状态变成可控的状态。

裁判席那边，秦猎也松了口气。总算换回来了，安全保障这边负责的事情太多，一不小心就会出大乱子，再说决赛替她上，她一定会郁闷到不行。

身后站着一个教官，正在拍他的肩膀："……你过来看一下，我们这边虫穴的防护网怎么好像打不开。"

秦猎站了起来，又有点儿不放心，指了下自己的屏幕，对坐在旁边的教官说："郑教官，能麻烦你帮我照顾一下这边吗？"

郑教官把椅子滑到秦猎的屏幕前："当然没问题。"

赛场上，林纸操控赤字继续往前。

秦猎刚刚把机甲停在了深浅色泥土交界的地方，这有可能说明这两边是隔开的，前面十有八九更加危险——他很了解她，把困难的部分给她留着，并不打算替她比赛。

边伽还有闲情逸致逗林纸："林纸，你怎么了？半天不吭声了，不会是被大龙虾吓得不想说话了吧？"

林纸回答："那必然是因为你话太多，我平衡一下。"

边伽默了默，说："行。看来是没什么事。"

进入深紫色区域，前面的地面忽然有点儿异样。机甲的识别系统立刻发出警报："注意！地面检测到不明震动。"

其实根本不用它说，地面的震动越来越大，很快就大得像地震一样。

贡布多吉也感觉到了，这时候落单绝不是好事，他第一时间往林纸他们这边靠拢。

震动越来越剧烈，紫色的泥巴地面像波浪一样翻涌起来，林纸怔了一下，大声喊："跑！"

边伽和杀浅毫不犹豫，拔腿就跑。

边伽开始跑了之后才问："我们不打吗？"他打架上瘾。

还打什么打！刚才不敢往前乱蹦是因为虫子神出鬼没，看不出出现的规律，让人摸不着头脑，得谨慎行事，现在林纸已经看出了规律，每次紫螯虾出现要袭击人的时候，地面都会有轻微的波动，好像有东西在泥巴下前进一样。只不过前面的浅紫色区域里，地面波动的程度小多了，不太容易看出来。现在大不相同，按地面这个剧烈的动法，来的怕不是只巨型的紫螯虾之王，它正钻在泥巴里，朝几个人这边飞快地冲过来，得赶紧溜！

林纸开足机甲的足部马力，火速在沟壑间往前纵跃。杀浅和边伽紧跟在她身后，速度也不慢。贡布多吉只稍微愣了愣神，就跟上他们几个。天上的那群媒体飞行器怔了怔，也开始加速，一支支箭一样跟着选手们往前窜。比赛突然变成夺命大逃亡。

赛场外，观众都有点儿蒙。

"我还想看看地底下来的东西长什么样，他们竟然全都跑了。"

"他们都不好奇看看是什么，跟它打一架吗？"

"能过关不就行了？离关底不远了，要是我我也跑。"

秦猎正站在旁边跟一个教官讨论前面的安全装置问题，瞥了一眼，就看见正中的三维虚拟赛场投影里的赤字正像一只红色的兔子，一蹦一蹦地往前拼命逃窜。他有点儿想笑，心想还挺聪明，跑得真快。

不过，好像跑不掉了。

林纸一边在起伏不平的沟壑间精准地选择着落脚点，一边观察着地面的情况，带着大家往前，跑得确实不慢。然而那东西的移动速度更快。它是从侧面冲过来的，一发现他们几个逃跑就跟着转了方向。紫色的泥巴对它没什么阻力，更像是任它随便遨游的大海，海面上紫色的浪花翻涌，像是有人在开冲锋舟。它很快就追上来了，一到近处，地面猛然爆裂，泥巴四下飞溅，喷了赤字一身。

一只紫色的庞然大物从泥巴里钻了出来，果然是只紫螯虾之王。它也是通体紫色，全身隐隐布满暗纹，体形却绝对是虾界巨无霸，足足有三四层楼那么高，还壮得惊人，基础机甲在它面前显得又小又弱，像个宝宝。虾壳如同闪耀着光泽的铠甲，估计得特殊武器才能打穿。

林纸终于知道这里为什么是露天的了，因为这只虾王的个头实在太大，室内根本装不下。

和它刚刚那些小个头的子民一样，它也长着一对大钳子，钳子却很奇葩，一只又长又大，另一只相比起来小得出奇，并不对称。林纸愿意称之为长歪了的大虾王。

大虾王从泥巴里出来以后，第一件事就是挥动它那只发育完全的钳子横扫过来。这钳子不知有多重，力道非常猛，威风凛凛，虎虎生风。几个人不敢轻敌，将将避过。

手里没有枪，要赤手空拳对付这个小山一样的巨无霸，几乎没得打。四个人心意一致，都想找机会撤退。贡布多吉避过大钳子后第一个行动，他瞅准机会，启动足部动力，猛地往外一蹿，想直接跃出虾王的控制范围。无奈虾王并不打算给他这个机会，一钳子抽了过去。空中没地方可躲，贡布多吉被它的钳子打了个正着，滚落到地上。虾王大喜，紧跟着用那只发育不全的小钳子去夹他，却被贡布多吉就地一滚险险躲了过去。

无论如何，还是要跑。林纸找到空当在队伍频道里布置："我向西，杀浅向北，边伽向东，一人一个方向，我数一二三一起跑。"就不信它能同时控制这么多人，小队的三个人中只要有人能逃出虾王的控制范围，进入下一关就行。

"一、二、三！"

林纸的"三"字叫出口的瞬间，三个人一起启动动力，朝不同的方向飞跃出去。

飞在空中时，一只巨大的钳子朝林纸猛抽下来，抽得相当准。林纸被打落到地上，避开紧随而上的小钳子，翻滚几圈一骨碌爬起来，第一时间去看边伽和杀浅——没人跑出去。这只虾王的个头虽然大，动作却不慢，以基础机甲的速度根本跑不了。它死盯着脚下这几个机甲小人，发现谁有逃跑的意思就一钳子过去，像控制住小飞虫的猫，谁跑拍谁。

虾王一心一意想用大钳子夹住机甲，几个人身手敏捷，没让它得手。但林纸知道撑不了多久，让它抓住只不过是时间问题。

虾王跟他们玩了一会儿，渐渐变得暴躁起来，一眼看见蚊子一样绕着它飞个不停的媒体飞行器，一钳子过去，把其中一台拍了下来。那台媒体飞行器趴在地上噼里啪啦一阵响，断了气，吓得其他媒体飞行器呼地一起拔高，远远地躲着。

场面陷入僵持。

边伽忽然在队伍频道出声："其实我有一个办法……"

虾王就是加大版的紫鳌虾，按前面那几只的习性，只要抓到人，就会立刻将之拖回泥巴里，就像在肉店里买猪蹄，趁着还新鲜，马上拖回家放进冰箱。

林纸也想到了，说："我来吧。你们看到它抓住我，就立刻跑。"说完主动往前冲了几步，迎向虾王挥舞过来的大钳子。

有人却比她动作更快。杀浅的联盟首富从斜刺里冲过来，刚好挡在她前面，被虾王的小钳子一把抓住腰。

"跑！"杀浅在队伍频道里简洁地说。

这不是磨蹭的时候，是杀浅牺牲自己换来的珍贵机会，林纸和边伽二话不说转身就跑。

林纸在纵跃中回头看了一眼，虾王果然没有再追上来，而是用小钳子抓着杀浅，迅速和他一起沉入紫色的泥土中。

边伽边跑边在队伍频道采访杀浅："进到土里是什么感觉？"

"够黑的，什么都看不见。"杀浅声音平静，"欢迎你也下来玩玩……"

话没说完，他的信号就消失了，估计是泥巴下面信号被屏蔽了。

林纸在心中安慰自己：没事，秦猎他们会把他救出来，送进医疗站的。

虾王的速度很快，把杀浅放回它的储备粮仓后，马上又出现了。紫色的泥土地面又一次掀起滔滔波浪，它用箭一样的速度往林纸他们这边狂奔而来。然而来不及了，剩下的三架机甲已经飞快地冲出了紫色泥巴区的边界。边界做了某种安全保护措施，虾王停留了一会儿，快快地回去了。

边界外就是下一关，地上放着林纸惦记了一路的宝贝：机甲专用耦合感应式激光枪。

整整齐齐，一共十二把枪，不过现在用不上那么多了。原本的四支队伍，现在只剩下林纸、边伽和贡布多吉三个人，他们每人拿起两把激光枪，一左一右装配在机甲的两条手臂上。

前方是一大排通道，互相隔绝，每个大概有一个半机甲高、两三个机甲臂展宽，很安静，看上去似乎什么都没有。三人配好枪，严阵以待。

耳麦中传来提示音："前方为单人关卡：三维虚拟投影射击。如果系统判断机甲在真实战场的同等情况下将会遭受三级以上损毁，参赛者即被判定出局。"

提示音一结束，大批栩栩如生的虫子就像礼花一样，突然从通道里冒出来，密密麻麻地挤在通道口，滴着腐蚀液，挥动着爪子，跃跃欲试。

屏幕外的观众沸腾了。因为场地中间的赛场投影是没有屋顶的，俯视下去，他们比林纸几人更清楚地看见通道里那无数的虫子，甚至头顶的大屏幕上还轮番播放着各种虫子的特写。

"哦哦哦，终于到了我最热爱的通道万虫斩！"

"每年决赛的保留节目！"

"今年有加新的虫子进去吗？"

"肯定有！每年大赛，在战场上新发现的虫子差不多都会来露个脸。"

"有好多没见过欸！今年的新虫子这么多吗？"

"那种灰色的是什么？"

"小小的移动速度特别快的那种，好像前几天我们上课的时候刚讲过，叫什么什么螨来着？"

"大屏幕上绿的那个是什么？好丑啊！"

"好像是上星期前线才发现的，看它那口器！"

观众席的学员们像在上虫族鉴赏课，不过比上课时态度端正多了，情绪高昂。教官们心满意足。

秦猎站在那里处理安全网的事，能清晰地感觉到林纸的精神高度集中。

通道里空间很小，虫子的数量又不止成千上万，要保护赤字不受伤，比她以前做过的步兵甲模拟射击训练难多了。

在这种虚拟关卡，虫群永远不会被杀光，杀掉一批就会冒出新的一批，机甲必须走进虫海，通过通道，才能过关。然而这些虫子虽然是假的，靠近机甲后，袭击伤害却会被裁判系统判定成真的，很多虫子都能轻易造成三级以上的伤害，想过关就绝不能有闪失。而且这里是单人关卡，每个人都是单兵独立作战，没有任何支援。

倒计时响起来："请在最后十秒前进入通道。十、九、八、七……"

不等它数完，林纸就举起双臂上的激光枪，明亮的光束闪过，通道口的虫影瞬间消失。

林纸走进通道。边伽和贡布多吉也进了各自的通道。

观众席上，几乎所有人都在看着林纸的那条通道。因为那条通道里发生的事，和贡布多吉、边伽的完全不同。赤字不是在一只一只地消灭虫子，更像是自带一个几米直径的结界，正在向前不停推进。张牙舞爪、形态各异的虫子一批批地消失，又一批批地重新冒出来，却没有任何一只能进入赤字身边结界的范围——扑进来之前，一定会被赤字消灭；在结界范围内重新生成，也一定会被赤字消灭。

就连和秦猎说话的教官也忘了自己在说什么，目不转睛地看着赛场的投影："看，她又把范围拉大了。"

秦猎也看见了，林纸像是适应了这条会不停自动生成虫子的通道，很快扩大了控制范围，从几米推到十几米，再推到几十米，最后整条通道都处于她的控制范围内。虫子生成的速度还没有她清掉的速度快，通道里比洗过还干净，一只虫子都没有。

观众席渐渐安静下来，这些年的学院大赛上从没有过这种场景。

秦猎心知肚明，林纸正在飞快地进步着，她越来越适应机甲的耦合系统，操控比补考步兵甲移动靶射击时更加熟练。

秦猎面前的教官也没看过这种景象，惊讶地说："她能控制整条通道？"

"不止，"秦猎说，"这条通道不够长。"

有的人拿一百分，只不过是因为这里最多只有一百分可拿。

3

赛场上，林纸心无旁骛，向前推进，一出通道，就看到前面的虚拟屏幕上面显示着：一号通道，参赛学员——林纸。任务——已完成。机甲状态——无损伤。

林纸松了口气，按照耳麦里的提示，把手臂上的两把激光枪拆下来，放在指定位置。刚才那些虫子的造型实在不怎么样，尤其是离得近的时候，看得特别清楚，当然是让它们离她越远越好，再说干干净净的通道看着也舒心。

她刚放好枪，贡布多吉和边伽就杀出来了。边伽那边也报了机甲无损伤，贡布多吉的屏幕上写的却是：机甲状态——损伤，轻微。问题倒不大，远远不到淘汰的地步。

边伽一出来就跟林纸抱怨："本来没什么事，结果快到底了，被一只不知道从哪儿冒出来的虫子挠了一下。"不算损伤，但青青胳膊上才换的新漆多了两道印，令他十分不爽。

再往前就是夺旗的最后一关，林纸没有先走，等着边伽放枪。两人配合当然要比一个人硬闯来得好。

最后一关又回到了室内，仍然是训练场一样穹顶很高的建筑。三个人按照提示进了门。林纸第一眼就看到了关底的旗帜，它遥遥地在对面高高地悬着，帝国机甲学院的金色校徽绣在藏青色的丝绒底布上。

然而他们与旗帜之间站着三台老飞。

林纸仔细看了看，明白那不是老飞，它们看着比老飞新一点儿，身上的划痕少得多，也更加精致——关底竟然用的是星图智能的机器人。

不过也不奇怪，机甲大赛的赞助商名单上并列排在第一位的就是天谕和星图，天谕的机甲在比赛上大展神威，星图的产品必然也要露个脸。

安全工作是秦猎负责的，林纸对他有信心，觉得应该没问题。毕竟这世界上除了她自己，如果只能找出一个人关心她的安全，那一定是秦猎。她的人身安全就是他的人身安全，这种强制锁死的利益关系比最深厚的亲情、友情和爱情都靠谱。

秦猎确实有点儿紧张，一搞定安全网的事就回到自己的座位上，重新进入关底的机器人控制系统确认了一遍。这三台 R288 型机器人是老飞那种 R188 型机器人的升级版，和老飞一样在帝国机甲学院服役多年，专做学员机甲的陪练。比赛前，它们的系统被信息技术系那群人重刷了一遍又一遍，反复检查，严格封存，保证不会被植入什么奇怪的东西。这会儿它们已经关闭了所有与外界联系的渠道，只接受大赛安全保障部门，也就是秦猎的指挥。

秦猎聚精会神地坐在屏幕前，心中隐隐不安，甚至有种莫名的冲动，想换过去替她比赛。

林纸复赛时痛揍西尾，把星图的EPG-01像丢垃圾一样丢出去的时候，就注定站在了星图的对立面。费维上将当时还说，重要的不是星图这样的科技本身，而是像林纸这样操控科技的人。因此星图很需要在所有人面前打压她这个"操控科技的人"。秦猎觉得，如果他是星图的人，绝不会让林纸这样一个公然和星图唱反调的人赢得这种万众瞩目的大赛的冠军。

秦猎又看了一眼林纸，她还在成长，就阴差阳错地卷入争斗的旋涡……

赛场上，三台R288型机器人拦住去路，他们要先过机器人这一关，才能拿到对面的旗帜。不过林纸和边伽很明显占优势，他们小队有两个人，贡布多吉只有自己。

边伽在队伍频道跟林纸商量："R288型战斗机器人的性能我很了解，我就是跟他们的第一代、第二代、第三代一代代玩大的。一会儿我想办法缠住它们，你只管往前冲，去夺旗。"

林纸答应了。

贡布多吉知道自己的劣势，毫不犹豫地往旗帜的方向冲。

他一动，三台机器人就动手了。升级版的机器人做过改良，下肢动作比老飞灵活得多，动作敏捷一点儿都不比人操机甲差。

三台银光闪闪的大家伙六眼放光，目标明确，一台拦住贡布多吉的去路，另外两台各自去攻林纸和边伽，十分公平。

林纸不恋战，矮身闪过那台R288挥过来的拳头，往旗帜的方向跑。

边伽则完全不理会朝自己扑过来的机器人，一拳砸在攻林纸的那台机器人背上。这一拳十分刁钻，对准了R288放置在下半身的能源和控制模块的区域，它浑身一震，脚步踉跄。边伽还没来得及得意，青青就挨了身后的机器人重重一拳，腰上多了个大坑。

敢打瘪青青的壳！边伽立时心疼了，回身对着那台R288飞起一脚，还不忘一把拽住想追林纸的那台R288的胳膊。

边伽哼了一声："总算到了能用的时候，给你们看看爸爸的秘密武器。"

只见青青右臂一摆，两条丐帮版杂色金属蛇冒了出来，正是杀浅之前用来攻击林纸的那两条。经过杀浅最近的改造，它们变得更长了，也更加灵活了，一条往前嗖地飞出去，毫不客气地缠住追林纸的那台R288的腰，另一条往后，钩上了另一台R288的胳膊。

两台R288："……"

这样做的好处是终于把它俩固定住了，坏处是边伽也动不了了。

两台R288好像明白了边伽的意图，无声地交流了一下，一起拽着青青往前去追林纸。青青当然不肯，一边拉着金属蛇不放，一边抬起还有自由的脚，鬼魅一样绊倒一台R288，又扑到另一台R288身上。青青和两台机器人扭打在一起，难解难分。

林纸趁着这个空当火速往前。

问题是贡布多吉也不慢。

林纸知道他右臂上的动力是加强过的，却不知道他们小队一直在保留实力，只见他把动力开足，一拳过去，那台R288飞跌出去，"轰隆"一声擦过地面，喷溅出火花。她想，没看到他们小队有其他改造项目，应该把所有预算加在这条右臂上了。

　　贡布多吉重新冲了上来，只比林纸稍慢一点儿。

　　那台R288也十分顽强，从地上爬起来，飞快地追了上来。

　　宽敞的大厅中，两架机甲和一台机器人疯狂地往前飞奔。

　　观众席上，有人低声说："星图的战斗机器人也还不错，能和我们最好的学员打平手。"

　　"不错什么，星图不就是想让大家觉得他们的机器人不错吗？"

　　赛场上，布满了巨大的格子花纹的地面忽然一沉，像是触到了什么机关，大部分格子沉了下去，只剩零星几个还在。冲在最前面的林纸反应极快，发现地面塌陷，在空中临时改换动力，精准地落在其中一个格子上。贡布多吉也相当出色，和她落进了同一个格子里。幸好格子够大，两架机甲勉强能站稳。那台R288就没有那么幸运了，一脚踩空，跌落下去，掉在下面拉起来的安全网上。

　　林纸想，这应该就是她刚才换到秦猎身上时，他们所说的关底的升降板。

　　贡布多吉的金刚一落地，二话不说，立刻用加强过的右臂朝赤字挥了过来。

　　关底的旗帜就在眼前，这是最后的决战。林纸打起精神，小心应对。

　　与此同时，赛场外，秦猎的余光扫过旁边的屏幕，忽然发现下面还藏着另外一个小窗口。

　　旁边的教官也在看林纸和贡布多吉决战，瞥到这边，对秦猎笑道："是你的那个文档，我刚才觉得有点儿挡视线，就把它挪到下面去了。"

　　是林纸留下来的文档。秦猎扫了一眼，立刻站起来问后排的人："升降板出了什么问题？换了什么备用控制系统？星图智能什么时候给了我们备用控制系统？"

　　他不等回答，冷静下来，坐回座位上，飞快地进入关底的安全控制系统，打开紧急处置界面，强行把能关掉的全部关掉。

　　屏幕上显示：信号连接中……

　　赛场上，贡布多吉加强过的拳头非常刚猛，地方又小，林纸谨慎地一拳拳避过，等待机会。终于，贡布多吉一记勾拳过于刚猛，招数用得太老，侧身露出了破绽。林纸低头避过这拳，闪到旁边，趁势抓住他的上臂，打算顺着这拳的势头把他送下去。

　　脚下的格子竟然又动了！不过这次动得非常奇怪，板子像是突然坏掉了一样，猛地一翻，把金刚和赤字同时翻了下去。

　　掉下去的瞬间，林纸就知道这绝对不会是正常情况。因为板子下面并没有那种拉起来的安全保护网，而是一系列复杂的机械结构，一看就是带动附近这些巨型升降板运作的机关，而机关下面装着好几个绞轮，正在绞肉机一样疯狂旋转。

　　林纸第一时间启动足部动力，同时向上射出手臂上杀浅安装的金属蛇。金属蛇十分给力，钩住了板子下面的支架，把林纸吊在上面。

贡布多吉没有林纸的金属蛇可用，也没来得及启动动力，直接砸了下去，然后被林纸手疾眼快一把拉住。

林纸的足部动力虽然及时启动了，给了她向上的冲力，可掉的地方距离下面的绞轮太近，赤字的脚瞬间被夹在了两扇向上突出的绞轮中间。绞轮发出吱吱嘎嘎的怪声，要不是有金属蛇拉着，赤字就会被直接拽进绞轮里。

贡布多吉比较幸运，他的脚下不是绞轮，而是悬空。但这间训练厅是为高级机甲训练准备的，布满各种机关，下面相当深，不只有控制升降板的装置，还有其他复杂的机械结构，如果掉下去，只怕不只是机甲领个三级损毁的问题，而是真的会受伤。

附近没人能帮忙。边伽就算能摆脱两台R288的纠缠，也离得太远，一时半会儿过不来。

媒体飞行器也都看出了危险，全部飞到两架机甲身边，却只能干着急。林纸一眼看见熟悉的星联热点三号飞行器，它晃着小翅膀，惶急地绕着赤字飞，全身上下都写着手足无措。

千钧一发之际，好像有人切断了什么，"轰"的一声，下面的所有绞轮猛然停了。

少了绞轮这个大威胁，林纸稍稍松了口气，低头观察了一下，努力把赤字被夹住的脚往外拔。她试着重新启动足部动力，可惜动力角度不对，没有拔出来。

耳麦里传来秦猎的声音："林纸，你坚持一下，现场的裁判机甲已经赶过去了，马上就有人来救你。"

此刻赤字的一条胳膊吊在金属蛇上，另一只手拉着贡布多吉的金刚，脚还被夹着，保持着危险的平衡。忽然，头顶上传来细微的咔咔的声音。林纸抬起头，只见金属蛇正在渐渐地拉长变形，发出一声声异响——它并不是为了悬挂机甲这么重的东西预备的，现在挂着两架机甲，它就快撑不住了。金属蛇要是断了，赤字就会一个倒栽葱，金刚也会继续往下掉。不知道赤字被夹住的脚能不能承受两架机甲的重量，要是不能，两个人就会一起掉下去，一起领一个三级损毁成就，外加医疗舱休养。

赛场外，观众席上反而安静了，每个人都捏着一把汗，像是生怕声音一大，金属蛇就断了。

"她要是松开贡布多吉，说不定还能撑住。"

"松开手让他掉下去可不是闹着玩的。"

有人忽然道："其实有个简单的办法……"

旁边的人懂："你是说两个人都放弃机甲，从驾驶舱里出来？"

只要从驾驶舱里出来，爬到不动了的绞轮上，就可以安全等待救援。

"可是按照决赛规则，只要离开机甲驾驶舱，就等于放弃比赛。"

"没错，这是铁规则，大赛历史上还没有过例外。"

林纸当然也想到了，让她现在放弃比赛是绝对不可能的。

贡布多吉也看到了金属蛇的危险状况，在公共频道跟林纸商量："我启动足部动力，看看能不能冲上去，然后再来拉你，但是可能要借一下你的力。"

林纸懂他的顾虑，他脚下是空的，动力不够，要在她手上借力，但是这一下不知道会不会把金属蛇拉断。不过试试总比不试好，她说："你试试看。"

贡布多吉"嗯"了一声，启动动力，在赤字身上借了下力，向上冲了上去。

他计算精准，控制得非常不错，金属蛇只拉长了一截，没有断掉。

金刚一到位，就一把抓住翻转的板子，爬到了板子上，然后在板子上趴下，伸手下来，启动那条加强过的右臂，抓住林纸的金属蛇往上拉。板子仍然晃晃悠悠，金属蛇也在崩溃的边缘，贡布多吉用的力气慢而稳，一点一点地把赤字的脚从绞轮里拔了出来。赤字重获自由，开启动力借力一翻，也上了那块倒霉的板子。

两个人终于齐心协力出来了，站起来轻轻一跃，跳到了前面的实地上。

来营救的深蓝色裁判机甲已经到了训练厅，不过不需要了。

赛场外，全场观众悬着的心也一起跟着放了下来。

秦猎已经把关底所有控制系统全部关停，吁出一口气，这才发现掌心全是汗。他看一眼屏幕上已经到了安全区域的赤字和金刚，将屏幕切到裁判飞行器的控制界面。飞行器的镜头正在移动，绕到一个刁钻的角度，映出了升降板绞轮上的 LOGO（徽标，商标）。

观众席上，立刻有人注意到了，指着上面的大屏幕特写喊："你们看上面！那是星图智能的标志吗？"

"怎么又是他们的东西？"

"天天出事，这么不靠谱的产品，咱们学院能不能不用了？"

"这不是意外吧？我觉得星图智能就是在故意报复。"

"出了这种级别的事故，估计要启动调查。"

"调查有什么用？星图每次出事，最后不都是调查到热度没了，就压下去连影都没有了？那些事你要是能在网上搜到，今年的寝室卫生我全包。"

赛场上，林纸和贡布多吉都到了安全地带，前面悬挂着象征胜利的旗帜，金色的穗子在微风中飘摇，再走几步就能摘下来。

林纸心想，现在怎么办？抢吗？

对面的贡布多吉没有动："在我的故乡，部落里每年都会举办一场比试，最勇敢的年轻人站出来，为荣耀而战，能公平胜出的才是真正的勇者。"他点点脚下地砖的花纹，"我们以这里为中心，五米之内，出圈就输？"

他想要公平的较量，林纸自然答应："好。"

金刚垂目俯身，双手合十，对林纸郑重地行了一个故乡的礼，摆了个准备打架的姿势。

林纸在作个揖和鞠个躬之间摇摆了一下，最终对他拱了拱手，上前一步，一拳挥过去。

两个人在安全的地方，继续把刚才站在板子上没打完的架打完。

赤字的脚被绞轮夹得有点儿变形，没那么灵活，好在画出的圈子直径对机甲的尺寸而言已经相当小了，贴身搏斗并不需要太多的腿部动作。

金刚和赤字的动作都不慢，以快打快，都很警惕灵活。这次大赛林纸打了这么多架，头一次遇到不能轻松取胜的对手。前几次近战时，无论是对居伊、西尾还是其他人，她始终能比别人更快一点儿，先一步反应和做出判断，但是在对贡布多吉时，这种优势就没有那么明显，他更聪敏，更警惕，没那么容易上当，时不时还能找到她的破绽，逼她退到出线的边缘。

对手水准在线，激起了林纸心中更强烈的胜负欲。她忽然想起秦猎劝她参加院际联赛时说过的那句话："我觉得你肯定会喜欢院际联赛。它是个非常好的机会，你会遇到来自其他学院的出色对手，对手不一样了，你的眼界也会不一样。"

院际联赛真的会很不一样吗？

对面，贡布多吉正在暗暗心惊。他看过林纸他们小队的好几场比赛，一直更注意的是边伽。边伽也确实是他们队伍的主力输出，奇招频出，身手敏捷，让人一看就头大。即便上两场比赛最后都是林纸起了决定性作用，但是动作都太快，几乎全是三两下就把对手扔出场，而且用的都是简单的招数，贡布多吉并没有觉得太特殊，现在才察觉，招数简单又刚刚好轻松赢了，才是件可怕的事。他隐隐觉得，林纸对机甲的控制比他自己自如得多。

贡布多吉一直都想参加联赛，其中一个重要的目的就是和秦猎组队。因为秦猎从来不参加院内大赛，甚至很多课都不去上，和他一起组队参加联赛可以说是唯一能跟他同场切磋的机会。但是贡布多吉现在发现，人外有人，天外有天，不用秦猎，眼前的林纸就非常难对付。

林纸立刻察觉到贡布多吉的状态不对，有点儿走神，她躲开攻击，不灵便的右脚假装往前跟跄了一步，果然骗得贡布多吉趁势挥起右拳。林纸避开拳头，抢到近身位，顺势把他往外一送，又是一个简单的招数，下手的时机、方位、力道全都无懈可击。金刚的脚在地面上滑过，发出刺耳的声响，它刹不住，往前冲了出去。等贡布多吉稳住，回过头，发现林纸已经离他不止五米远，而她脚下就是他刚刚设为中心的地砖。

"我输了。"贡布多吉坦荡大方地说，向后退了几步。

林纸启动动力，赤字划过一道红色的弧线，跃到空中，摘下了那面绣着帝国机甲学院金色校徽的旗帜。

所有媒体飞行器一拥而上，争抢着去拍赤字夺旗的镜头。有经验的媒体人都知道，这镜头很重要，很快就会出现在母星各大媒体的头条。不只是因为这次比赛中掺杂了太多的幕后因素，还因为在帝国机甲学院这个孕育了无数优秀驾驶员的老牌 A 校的历史上，第一次有一个 Omega 带领队伍拿到了机甲大赛的冠军。

林纸、边伽带着旗帜和贡布多吉一起回到中心大厅，杀浅正驾驶着联盟首富等在门口。

青青走过去，直接用一条胳膊勒住联盟首富的脖子，姿势不像在表达亲昵，更像是在锁喉。

边伽感慨："刚才感觉你好像真死了一样。"

杀浅淡淡答："放心，你死了我都死不了。"

除了被弗莱蚕控制还在昏迷的两个人，其他人也都回来了，不算夺旗前的插曲的话，大赛的安全保障工作做得很不错，大家都没什么事，连小伤都没有。

大厅里的观众早就通过镜头看到他们回来了，潮水般的欢呼声隔着门都震耳欲聋，林纸的名字更是响成一片。

门开了，众人往里走，而林纸三人正在疯狂的掌声和欢呼声中，在队伍频道认真地琢磨另外一件事。

边伽对照着手环屏幕上的大赛页面研究："冠军队伍能拿到全部奖金的百分之七十，亚军拿到百分之二十，季军百分之十……天谕赞助的奖金是一百万，秦猎也不多从天谕争取点儿……星图也赞助了一百万，他们的臭钱咱们肯定是要的……其他几个企业一共赞助了五十万。"他算了算，"所以我们应该拿到两百五十万的百分之七十，一共是……"

杀浅和林纸早就算过了，异口同声道："一百七十五万。"

但这笔钱还需要扣除改造机甲的费用。

边伽好奇："杀浅，我们的改造费用是多少？"

杀浅答："详细账目和凭证已经上传到大赛的小队页面了，一共四百二十七块钱。"

林纸和边伽只想给他跪了。不管谁是大赛冠军，省钱冠军绝对是杀浅。

杀浅："所以每人有五十八万三千一百九十一块的奖金，再加上西尾那笔钱，这次比赛每个人能分到六十八万七千四百零一块六毛七。"

林纸顿时觉得天特别蓝，阳光特别明媚，联盟首富黑色的后脑勺特别顺眼。

再次回到大厅，最让人开心的不是费维上将宣布林纸队获胜，也不是上台拿到奖杯，而是发钱。每支队伍都从赞助商代表手里领到了象征性的支票。

星图来了个不认识的胖子，堆着满脸假笑，给林纸他们发奖金时，不知道心里在想什么。

天谕来的倒是个熟人，秦修亲自来了。他穿得很正式，发奖金时对林纸微微一笑，低声说："秦猎非让我来现场看你比赛，感受一下气氛。真的精彩。"

三人抱着巨型"支票"下台，边伽左边捅捅林纸，右边捅捅杀浅："欸，有这么多奖金，你们两个要不要跟我一起去假期豪华极地游？现在提前预订，还能打个八折。"

杀浅根本没理他。

林纸断然拒绝："不要。我要攒钱。"

在欢呼声中回到座位坐下，边伽看了眼杀浅，觉得这块硬骨头肯定啃不动，于是转向林纸，继续做他的说服工作："这个假期是极地游最好的时候，想看极光吗？想爬冰川吗？想跟各种雪白又毛茸茸的小动物一起玩吗？再说了，我翻过我一个 Omega 朋友的言情小说，里面说 Omega 只要遇到一个霸总就什么都有了，你自己费那么大劲攒那么多钱干什么？"

杀浅搭茬："这是现实世界，又不是小说，哪儿来的那么多年轻又帅又有钱的霸总。"

林纸拿到奖金，心情大好，跟他们瞎聊："跟你说，世界上真的有那种霸总，他特别坚定，特别可靠，无论你遇到什么困难，他都会坚决地站在你身后，永远无条件地给你最有力的支持，永远给你做各种选择的底气，在你最脆弱的时候给你撑腰。"

边伽笑道："说得这么好，连我都想要一个了。你这是夸谁呢？"

林纸看他一眼："他的名字叫，你银行账户里的钱和你赚钱的能力。"

边伽："这财迷没救了。"

杀浅："我倒是觉得她天天胡说八道的没个正形，就这几句话最靠谱。"

这时，秦猎在他们身后坐下，倾身过来，伸手搭在林纸的椅背上："说什么呢？什么霸总？"

林纸回过头，完全没料到他会离她这么近，近得像那天晚上在悬浮车里一样，能数得清睫毛，她连忙往后让了让。

"刚才负责院际联赛的几个教官碰头开了一个短会，"秦猎望着林纸的眼睛，"大家一致同意林纸进学院队。"说完他又看向边伽："边伽，我们把你和贡布多吉在比赛中的表现比较了一遍，让裁判系统自动计算了你们两个刚才在通道里的有效射击点数，你的成绩明显更好。而且我们觉得，你会比贡布多吉更适合做辅助机甲。"

林纸心想，秦猎是队伍中的主控机甲，大概是觉得边伽很适合给他打辅助。她问："所以我们小队的三个人要一起参加院际联赛了？"

秦猎点头："对。学院队的成员已经定了，你、我、边伽、杀浅，还有安珀。"

林纸琢磨：他是主控，安珀辅助，但他说边伽也适合辅助，那是要她做独立作战的侦察机甲了？

只听秦猎继续说："而且我希望等合适的时机，能把主控机甲的位置交给你，我去做单兵作战的侦察机甲。"

林纸：啊？！

秦猎不等她消化完，继续问："中午有空吗？我有事找你。"

边伽纳闷："你俩？"

秦猎看他一眼，答："对，我们两个，单独。"

颁奖典礼结束后，小队要接受媒体的采访，除了常规问题，问得最多的就是关底升降板的事故。好在费维上将替他们回答了这个问题："学院会很快启动调查程序，必要的时候提交给军事委员会处理。"

秦猎耐心地等着林纸接受完采访，又跟她一起把脚部受损的赤字送到学院的机甲维修部门，才和她一起回了宿舍大楼。

他提议去他的寝室："安珀不在，寝室没人，比较方便。"

林纸："……"这句话听着怪怪的。

进了寝室，秦猎关好门，看一眼林纸的表情，问："想什么呢？"

林纸还在琢磨："你要我做主控机甲？为什么？"

"我其实一直觉得单兵作战的侦察机甲更适合我，可惜一直没能给学院队找到合适的主控机甲。"他拉过一把椅子，让林纸坐下，"我觉得你有这种潜力，只不过经验不足，还需要更多的锻炼机会。希望很快就能把主控的位置真的交到你手里。"

林纸好奇："你的这种想法，负责联赛的院长和教官们知道吗？"他一直对她很有信心，这一点林纸早就知道，不过林纸觉得别人对她未必像他那么有信心。

原以为他会说"我一定会说服他们"，没想到秦猎答："你一定会用你的表现说服他们的。"

他拉过椅子，坐到她对面，看着她的眼睛，说："觉得有压力了？有压力是好事。"

林纸看着他，忽然说："我也觉得我可以。"

秦猎没料到她会这么回答，眼中浮现出笑意。他伸出双手，放在她面前："给我你的手。"

林纸安然地把两只手都递到他手里。

秦猎反而怔了怔："你知道我要干什么？"

"想试试怎么控制互换的事，对不对？"林纸说，"难不成是想占我的便宜？"

秦猎握住她的手："我们两个开诚布公地谈谈，第一次交换的时候，你在干什么？"

林纸用看傻子的目光看着他："我当然是在睡觉。"

秦猎无奈地说："睡觉前呢？想过什么？"

林纸的目光下意识地往下滑，碰到他的领口，又回弹到他的眼睛上。

"大概是你的锁骨吧，挺漂亮的。"她坦然回答，又问，"你呢？你当时又在想什么？"

秦猎安静了片刻，才说："可能是你的头发吧。"

林纸：他当时一心一意想弄到她的头发送去检测基因，这说法很合理。

秦猎追问："那今天互换前呢？你又在想什么？"他握着她的手，眼中有不易察觉的腼腆闪过，"还是我的……呃……锁骨？"

林纸很无语："赛场上那么紧张，我们正在被攻击，好几架机甲莫名其妙地没了，我还能想着锁骨的事？我又不是变态。"她认真琢磨了一下，说，"我当时在想什么来着？好像就是紫鳌虾而已吧。"结果没穿到紫鳌虾身上，穿到他身上去了。

"你呢，你当时在想什么？"林纸采访。

"呃……"秦猎说，"好像……还是你的头发。"

林纸：他当时不是坐在裁判席上监控赛场吗？忙成那样，为什么会想到她的头发？

"只是忽然想起来了而已。"秦猎说。

林纸抽出一只手，把不长的头发往前拨了拨："那你现在再想想，看看能不能再换过来。"

秦猎扫了一眼林纸耳边的发丝，目光中隐隐流露出一点儿羞涩。

林纸：头发而已，有什么好羞涩的，他莫不是误入了机甲驾驶界的壮志未酬的Tony，一看见头发，反应就超大？都这种时候了，这人还在说谎，他脑子里当时想的根本就不是什么头发吧。她连锁骨的事都招了，他竟然还不肯跟她坦白，可见他想的东西有多不能说。

秦猎松开她的一只手，放在衣领的扣子上，认真问她："你需要再看一下吗？"

林纸硬着头皮婉拒："不用……我还记得。"

两个人都没再出声。秦猎重新握好她的手，膝盖抵在一起，目不转睛地凝视着她的眼睛。气氛十分诡异，十分尴尬，但是始终无事发生。

好半天，秦猎才说："林纸，其实我有种想法，我们两个这样换来换去可能和胡思乱想根本没有关系。"他的目光向下落，停在她的嘴唇上，"你想，上次我们两个亲到……呃，不小心亲到的时候，连着亲了两次，都没有换过来。"

林纸非常同意他的说法。没什么比那次更能让两个人同时胡思乱想了，两人当时脑中的想法有满车浓郁的信息素气味做证。

所以，交换的条件究竟是什么？

两个人都不笨，也交换两次了，却到现在都没能找出精确的诱发条件。

"不过至少我们基本知道怎么换回来。其实也不是很复杂，只要把你想象成一架高级机甲，尽力和你建立耦合，想着和你交换，就可以了。"

林纸在这件事上却一直不太明白，什么叫"尽力和你建立耦合"？两次成功换回来，她都不太知道到底是怎么发生的，都是糊里糊涂就回到了自己的身体里。

秦猎提议："趁现在有时间，又没别人，我们再试一次。不如这次不管什么胡思乱想的事，先直接试试和对方建立耦合？"

林纸答应："好。"

两个人都不说话了，继续凝视着对方。

寝室很安静，离得又近，能感觉到呼吸发出的轻微气息，还有他身上好闻的味道，不知道用的是什么牌子的沐浴露……他的手比她的大一号，也暖多了，包裹着她的……还有那双眼睛，漂亮极了……林纸没法集中注意力，想了一会儿他说的"耦合"，思路就开始跑偏，然后猛然醒神，努力给自己洗脑：千万不要释放信息素，寝室空间太小，一点点酒味就会很明显，那样太丢脸了。

秦猎看起来倒是很冷静，不动声色地问："闭上眼睛的话，会不会好一点儿？"

闭上眼睛就不用跟他对视了，当然好。林纸立刻闭上眼睛。然而他的存在感仍然很强，甚至比对视的时候还要更强点儿。林纸悄悄把眼睛睁开一条缝，发现他和刚才一样，一动不动地凝视着她："你让我闭上眼睛，你自己为什么不闭上？"

秦猎的手动了动，把她的手放在手心握好："好，我闭。"说完把眼睛合上。

林纸放心了，也重新闭上眼睛，聚精会神地想象他说的建立耦合。然而她完全不理解"建立耦合"是什么，这样闭着眼睛，没一会儿就开始犯困——昨晚惦记着决赛的事有点儿兴奋，睡得不太好，现在比完了，彻底放松下来，就抑制不住地想睡觉。

不知过了多久，林纸迷迷糊糊地好像下楼梯时一脚踩空，猛地惊醒。

手感不对劲，明显是在握着一双更小的手。林纸睁开眼睛，果然看见了对面的"自己"。

"醒了？"

两个人这次真的成功换过来了。

然而她还是不知道原因。明明正在做梦，哪条线忽然就搭对了？

秦猎："不管怎么样，至少成功了。我们先换回来，然后重新再试一次。"试验次数多了，总能总结出规律来。

林纸聚精会神，努力想着换回来。然而和前两次不同，十分钟过去了，两个人仍然待在对方的身体里。

林纸、秦猎："……"

机甲大赛决赛只有半天，下午照常上课，几乎快到上课的时间，还是没有换回来的迹象。

午饭还没吃，秦猎索性起身去拿了两管营养液，递给林纸一管。他把自己的三两口喝掉，问林纸："你下午有课吗？"

林纸还真有，是杜教官的机甲实操课。想着秦猎大四课少，她问："你呢，你没课吧？"

秦猎答道："我有。机控工程系那边开的一门选修课，叫进阶机工原理。"

林纸问："一定要去上吗？"

秦猎坦然答："最好是去上。"

林纸有点儿痛苦。

秦猎帮她在手环里找到课程资料，安抚她："放心，我和这门课的教官很熟，遇到任何问题，你只要假装身体不舒服就行了，他肯定不会难为你的。"

没有别的办法，也只能先这样，等下课回来再说。林纸叹了口气，站起来。

秦猎建议："我们先去上课，下课后在宿舍楼下碰头，再想办法看看能不能换回来。"

4

林纸的课照例在训练厅，秦猎的课却在校园另一边的机控大楼。两人带着对方的身体，分头行动。

机控大楼林纸来过好几次了，熟门熟路地去乘电梯。电梯刚到，她就瞥到身后过来了两个人，正在说话。

"巴图，上节进阶机工原理的作业你交了吗？"

"当然了，不过好多都是瞎蒙的，交了再说。这课真的挺难的，早知道就不选了。"

看来应该是跟秦猎一起上课的同学，之后他们开始热烈地讨论作业里的题目，听着就像天书，林纸完全不懂。她进了电梯，转过身。

那两个人忙着聊天，这时才注意到她，赶紧打招呼："秦猎！"

林纸学着秦猎淡漠的样子对他们点点头："巴图。"她刚才只听到了其中一个人的名字，另一个的不知道。

巴图连忙答应。

教室就在三楼，瞬间到了，林纸走出电梯。她听见身后的巴图努力压低却完全压不住兴奋的声音："你听见没有？秦猎刚才叫我的名字了！他竟然记得我的名字！"

林纸："……"很好，以秦猎这种和同学相处的风格，假装谁都不认识就行了。

教室在309，房间很大，里面摆满了工作台，和杀浅实验室里的有点儿像，不过整齐多了。

工作台上放着各种她完全不认识的装置。林纸观察了一下，发现每张工作台右上角的显示屏上都有两个名字，看来是两个人共用一张台面。她沿着靠门的过道一路往里走，不动声色地扫着台面上的名字，从前走到后，竟然没有找到。于是她从教室后绕到另一条过道上，再从后往前找，总算在一张台子上找到了秦猎的名字。

教室里所有人都在看着"他"。其实从"他"进教室，就变成了大家目光的焦点，好在并没有人敢出声问"他"在干什么。

林纸找到位子，不动声色地放好包坐下，学着别人的样子，把秦猎的光脑拎出来。

没一会儿，另一个人过来了，是个瘦瘦的男生，进教室后看到"秦猎"，眼睛瞬间睁大了。他把包放在她旁边的位子上，坐好，做了半天心理建设才转过头，脸涨得通红，抖得像只小兔子一样，结结巴巴地跟"秦猎"打了个招呼："秦猎……你今天来上课啦？"

这就是和她共用工作台的人，屏幕上的另一个名字：罗维。

林纸这次有经验了，没叫他名字，只跟他点点头。

有人第一个跟"秦猎"说话了，好像让其他人也多了点儿勇气。后排有个男生过来，试探着伸出手，又尴尬地放下，好像决定不了要不要先握个手："秦猎……那个……今年联赛也是你带队对吧？"他好像觉得自己说了句废话，一脸懊恼，赶紧补充，"联赛加油！"

后面一个女生比他大方多了："我们都会支持你的！"

教室里的聊天声忽然小下去，是教官来了。好几个跃跃欲试想过来跟"秦猎"说几句话的人重新坐了下去。

教官是个满面笑容的年轻人，一进门，看见顶着秦猎的脸的林纸，也怔了怔。

林纸坐好，打开光脑，暗自咬了咬牙。看他们这表情，秦猎平时好像很少来上课吧？那为什么今天非要让她来？怕不是在整她。林纸现在和秦猎越来越熟，发现他表面不苟言笑，其实一肚子坏心思。

手环忽然一振，是秦猎发来消息："我到训练厅了，这边一切正常，你那边怎么样？"

林纸不甘示弱，回了他四个字："特别顺利。"

刚打完这几个字，就听到年轻教官在前面叫："秦猎。"

林纸抬起头，看见教官一脸慈祥地招招手："秦猎，你过来一下，到讲台上来。"

林纸只得站起来，硬着头皮来到讲台前，只见教官把他的光脑往她面前一推，笑呵呵地说："秦猎啊，瞧我这个脑子，忘了把这节课的东西带过来了，我得回一趟楼上办公室，你先帮我把这一段给大家讲一下。"交代完，他拍拍屁股走人了。

一教室学员，二三十张脸，全都抬头看着"他"。

总不能现在在众目睽睽之下突然装肚子疼……

林纸挪过光脑，扫了眼屏幕，上面是今天的课件。进阶机工原理是外系的选修课，讲的是机甲各种部件的控制，她一丁点儿概念都没有。但是课件做得很好，要点全都列出来了，条理分明。林纸觉得如果试一试，未必做不到。

第一个问题是，光脑上这东西该怎么才能显示在教室前面的虚拟大屏幕上？

林纸上课的时候看教官做过无数次，然而她自己并不会。她抬起头，点了点眼皮底下第一排的巴图："巴图，麻烦你过来帮个忙，帮我把它投影到大屏幕上。"然后她在光脑上翻着课件装忙。

巴图被点名，又惊又喜地站起来，过来打开虚拟屏幕，连接光脑，三两下就全部调好了。

林纸谢过他，回头看看虚拟屏幕，开始一页一页照本宣科地往下读。反正字都认识，太复杂的时候就照着念，能看懂一点儿的时候就把屏幕上的句子语序反一反，换个词。

林纸渐渐镇定下来，越读心态越稳。正渐入佳境，余光扫到下面有人举起手，她低头看着光脑：我没看见，我没看见。

那人发现"他"没往这边看，主动出声："秦猎，不好意思，我这里有个地方不太明白……"

林纸：这位仁兄，不好意思，这节课并没有提问时间。

然而那人嘴快，已经把他的问题说出来了："刚才那页上，sv-8806接口的ucbi参数是什么意思？如果调整的话，会影响重复定位的精度吗？"

林纸火速扫了一眼刚才那页，上面的公式里有不少参数，其中就有他说的ucbi。公式下是各种参数的详细定义列表，可惜其中的ucbi参数是什么，没写。

林纸抬起头，一言不发地看着他，吓得他立刻把举起来的手放下了。她这才把目光转开，扫视教室一圈："ucbi参数是什么，有人知道吗？"

不愧是帝国机甲学院的全A生们，一大片手臂立刻如林般举了起来。

林纸看了看面相，点了第一排一个看着最认真、最像能拿全A的女生。

女生口齿清晰地回答："教材附录里有注释，我昨天查过了。ucbi参数调整的是在非理想状况下工具端接口的输出补偿，和重复定位的精度没有关系。"

听着似乎靠谱。林纸观察了一下其他人的表情，觉得他们的答案应该是一样的。于是她又点了另一个面相很不错的学员："你还有什么要补充的吗？"

那人努力想了想，说："没了。"

搞定。林纸现在觉得，说不定有些老师上课时喜欢让学生去回答学生提的问题，就是因为自己不会。

林纸又继续往下读了一阵，读到最后一页时，消失了半天的教官终于回来了。他身后跟着一辆自动小车，小车的平台上放着一个大箱子，箱子里装着一大堆黑乎乎的器材。

"秦猎，麻烦你了啊。讲到哪儿了？"他看一眼屏幕，很欣慰，"都讲完了啊？这么快？"

读一遍而已，当然快。

教官指挥着小车进了教室，继续抓劳工："秦猎，来，咱们两个把这些发下去。"

"这是没配好的机甲元件，一人一份。"他从箱子里拿出一个元件，举起来给大家看了看，才递给第一排的学员，"这节课下面的时间，每个人都要把它配好，下课之前我会一个一个查一遍，算这堂课的成绩。"

林纸：活着真的好难。

围着教室兜了一圈，林纸和教官一起一个个把元件发下去。发完最后一个，她又惊又喜——箱子已经空了，而她还没有元件。

教官怔了怔："啊，我少拿了一个？"

林纸立刻声明："我没关系。"

"这怎么行？"教官小跑着回到讲台那边，在柜子里掏了半天，终于摸出一个一模一样的元件，再小跑回来递给林纸，"还好我上堂课在这边留了一个。"

林纸："……"

拿着她的专属元件坐回座位时，手环又是一振，秦猎问："还是很顺利？"

林纸狞笑了一下，回："没错，完全没问题。"

秦猎秒回："那就好。不行就装头疼。"

林纸把元件放在工作台上，对着它发呆，真的有点儿头疼。教官刚才说下课之前要把这玩意儿配好，可她连什么叫"配好"都不太明白。实在不行的话，就只能用秦猎说的那招，来个"头疼遁"了。

训练厅里，秦猎倒是很悠闲。

这堂是著名的跑圈狂魔老杜的课，秦猎原本做好了思想准备，上课之前用她这弱到不能忍的身体跑个二十圈，跑到断气，可才一下场，就被边伽按着后背推出了跑圈的队伍。

边伽很纳闷："林纸，你跑什么圈？闲得没事干了？"

别人也在笑："林纸，那么想跑，咱俩换换，我去旁边休息？"

杜教官走过来，喝道："换什么换？林纸去休息，其他人二十圈限时，我要开始掐表了。三、二、一！"

秦猎这才发现，林纸竟然拿到了老杜的第一堂课的见面礼：第一名永不跑圈的优待。他舒服地坐在旁边的座位上，看着那群同学一圈圈地围着训练厅绕，一个个跑得东倒西歪，如同丧家之犬。

杜教官在"她"旁边坐下："我上午去看你的比赛了。"

林纸在比赛中表现那么好，秦猎估计她要被杜教官表扬了，没想到杜教官说："下次再遇到关底那种情况，还是从机甲里出来等待救援的好，太危险了。比赛年年都有，不急在这一时，安全比较重要。"

秦猎忍不住转过头，见老杜那双长长的凤眼里全是毋庸置疑的关心。他有点儿疑惑，这还是他认识的那个学院著名的杀手级人物，能整死学员的跑圈狂魔老杜吗？

杜教官见"林纸"转过头，看着"她"笑了一下。

秦猎忽然意识到，老杜其实一点儿都不老，年轻英俊，裤线笔直，头发很多，还温文尔雅……他迅速思索了一下，老杜好像是前几年毕业留校的优秀学员来着，听说当时三区也在抢他，后来被费维上将抢赢了，实力确实不容小觑，很快就接手了主控指挥系的核心课。

秦猎盯着老杜想，按学院规定，毕业之前，教官和学员应该是不能谈恋爱的吧？

等所有人都跑完，秦猎才站起来，和大家一起上楼取机甲，还没进驾驶舱，就被人叫住了，是同班一个又高又壮的Alpha，表情有点儿腼腆。他把一个小盒子塞进"她"手里："林纸，我一个亲戚刚从九区回来，这是他带回来的九区特产零食，我想着九区是你的家乡，你说不定会喜欢。"他立刻补充，"很多人都有，我都给了。"

送完零食，他火速走了，爬进机甲的驾驶舱里，手里并没有第二个盒子。

抱着盒子的秦猎："……"

又有个一头棕色鬈发的凑过来说话："林纸，据说新开了一家旧时代生活体验馆，玩过的人都说好，周末要不要一起去？"

秦猎："和你两个人？"

棕毛不太好意思，不过还是说："对，那边都是两个人搭档的。"

秦猎模仿上次林纸拒绝他时说过的话："我还有几门课的内容要过一遍，还要抽空做体能训练，大概要多长时间？"

棕毛估计了一下，回答："可能要大半天吧。"

秦猎面带歉意："不好意思，我最近都没有那么长的空余时间。"这不算说谎，她那么忙，肯定没时间去什么旧时代生活体验馆玩。再说连他都被拒绝得那么干脆，这棕毛肯定没戏。

棕毛"哦"了一声，表情失望："那什么时候你有空了通知我，我都可以。"

秦猎：这里到底是机甲学院还是狼窝？

对付完这些人，秦猎进了赤字的驾驶舱，把手里的零食盒丢在旁边。赤字还是不认他，他只能用测试账号登入，好在并没有被人发现。

刚刚参加过机甲大赛，大家正沉迷于PK，杜教官趁着这热乎劲，把这节课的内容安排成机甲徒手格斗，两人结成一组，用教的几个格斗动作把对方撂倒在地上。

分组时，秦猎还没动，青青就自动自觉地走过来，伸手搭住赤字的肩膀。

边伽发私聊过来："来，撂倒我五次，周末请你吃饭。"

秦猎看了一眼青青搭过来的手："吃饭倒是不用，如果我赢，能问你个问题吗？"

边伽好奇："什么问题那么郑重？"

秦猎答："一会儿告诉你。不过说好了，只能说真话。"

边伽觉得好玩，兴致勃勃："好啊。那你输了的话，我也问你个只能说实话的问题……"

话还没说完，他已经被秦猎撤步侧身抓住上臂，直接撂倒在地上。

边伽不服："你偷袭！"

"偷什么袭？"秦猎说，"你搭着别人的肩膀，把半边卖给人家，不是找死吗？"

边伽操纵青青爬起来，这次谨慎多了，抢上来攻击"林纸"。

秦猎早就在以前的院际联赛时认识边伽，最近又集中看了几场林纸他们小队的比赛，对边伽的路数已经很熟悉了：边伽的优点是敏捷狡诈，常有出其不意之举，缺点是冒进浮躁，鬼点子有时候会算计到别人，有时候却会害到自己。秦猎稳稳地跟他过招，找准机会，又把他撂倒在地上。

边伽爬起来，有点儿奇怪："林纸，你今天怎么有点儿不太一样？"

秦猎问："哪里不一样？"

边伽答："你平时对我下手没这么狠的。这么撂咱们青青，你不心疼吗？"

"哐"的一声惊天动地的巨响把旁边的人都下了一跳，青青又一次被掼在地上，摔得比刚才还惨。

连站在旁边的杜教官都说："你们悠着点儿，机甲摔坏了还得修。"

边伽爬起来："怎么了你？"

秦猎不答，避过他的攻击，顺势往前一带，重新把他放倒。

边伽还没反应过来就又倒下去了，被摔得莫名其妙，忙翻身起来。

秦猎不等他完全站起来，脚下一钩一绊，青青又扑了。

这回边伽索性躺在地上，彻底不动了："我就躺着不起来了，有本事你再摔我。"

秦猎："……"

边伽大字形在地上躺平，感慨道："就应该让那个和你勾勾搭搭的秦猎过来，让他亲眼看看你现在这种凶巴巴的样子。"

赤字低头看看他，忽然伸出手。

边伽：嗯？

秦猎拉他起来："已经五次了。休息一会儿？"

"她"突然变得友善，边伽觉得害怕，爬起来的动作格外警惕，生怕一不留神又被撂倒。

两人驾驶机甲退到旁边，看别人打架。

边伽喝了口水："摔我摔得那么凶，你想问什么？"

秦猎直截了当："我很好奇，你有喜欢的 Omega 吗？"

"啊？"边伽纳闷，"你问这个干什么？林纸你怎么突然这么八卦？又有隔壁寝室的 Omega 跟你打听我的事是不是？上次不就跟你说了，全部帮我拒掉，我哪儿来的时间谈恋爱。"

"我为什么问这个当然可以不告诉你，我又没输。"秦猎再问一遍，"边伽，你有喜欢的 Omega 吗？你还没回答。而且你刚才答应过一定会说真话。"

是答应过没错，所以边伽态度非常认真，努力地想了想，问："我妈那种应该不算，对吧？"

"对。"秦猎校正，"我是说两性之间的那种特别的喜欢，亲情、友情全都不算，以前的也不算，只有现在，当下。"

"现在，当下？"边伽思考了半天，郑重地回答，"有。我此时此刻最喜欢的 Omega，应该是写《孤独星环》的萨雅。"

秦猎默了默，问："那套私人星际旅行指南？"

边伽兴奋了："没错。你也知道这套书？萨雅这套书是四十年前出版的，到现在还是整个联盟再版次数最多的旅行指南，写的都是萨雅年轻的时候旅行过的地方。我从小到大翻来覆去读过很多遍，有的段落能一字不差地背出来。"他感慨道，"可惜我晚生了几十年。真希望能时空穿越回到过去，和她一起把那些地方走一遍。萨雅去过的地方很多，知识储备又足，书里把联盟各个星球的地理、历史、文化写得特别详尽，最关键的是，她的兴趣和关注点也全都和我一样……"

边伽好像被打开了一个开关。这堂课剩下的时间，秦猎耳边全是孤独星环的这个、萨雅的那个，再把青青撂倒在地上多少回都止不住他没完没了的唠叨。

而这头的林纸也很痛苦。她对着秦猎光脑上的教程偷偷摸摸地研究了半天，总算是弄明白手里黑乎乎的东西是什么了。这是一套可以装配在机甲上的自动发射元件，它收到光脑模拟的耦合信号后会自动启动动力，带动发射组工作，让传动装置把要发射的部分射出去。上次预选赛时，盛唐装备在手臂上的安全索就是这么工作的。他们今天要发射的是个小球，目标是发射时能从工作台这边打到另一边靶子的靶心，而且重复率过关。

耦合部分是天谕黑箱的，只对外提供接口，可以完全不用管，他们要处理的是实际收到信号后发射的部分。教官说"配好"的意思，就是要配好和耦合系统的各种接口参数，好让它正常工作。

林纸研究教材时，坐在旁边的罗维正在闷头干活。他把元件连上光脑，调整着各种参数，时不时又惊又喜地小声惊呼一句："啊！我懂了！教官在这里给大家挖了个大坑，差一点儿就掉进去！"

始终待在坑底就没爬上来的林纸忍不住想，秦猎，你这真的是在整人吗？这明明就是在整他自己。因为他马上就要在大家面前，从神坛上一头栽下去了，脸着地。

时间一分钟一分钟地过去，教室里，无数被成功发射出去的小球满天满地乱弹乱蹦，人人都在满地找自己的球。只有"秦猎"一个人在座位上正襟危坐，对着光脑一点一点地认真研究，只偶尔拿起发射元件看一眼。

大家并不觉得奇怪。大神嘛，干什么都不奇怪，反正人家的境界别人永远不懂。

罗维调好了自己的发射器，反复检验无误，终于耐不住性子，悄悄往旁边探头探脑。

过道另一边的人拉拉他的胳膊，压低声音打听："秦猎在干什么？坐半天了。"

罗维又瞄了瞄，转头用气声说："好像也在配参数。"竟然配了这么久，大神今天这是怎么了？

马上就要下课了，教官开始从前往后一桌接一桌地验收成果。学员们都很不错，一颗颗小球直奔靶心，打得十分欢快，教官脸上写着满意。

不一会儿，他就走到林纸这张工作台前。

罗维明显紧张了，小球掉了两回才塞进发射器里，输入信号时手都在抖，不过小球还是打到了靶心。

教官点点头，记下来，又绕到"秦猎"这边，探头看了看"他"手上拿的元件："怎么样？"

"还行。"林纸把元件放好，在光脑里输入模拟耦合信号，圆溜溜的小球啪的一下飞弹出去，划过一条直线，正中靶心。

教官"啊"了一声，纳闷地看看"秦猎"，又拿起元件看了看。

林纸满头问号，教官的反应怎么这么奇怪？难道哪里配错了？她费劲巴拉努力了一节课，把相关资料全都仔细研究了一遍，好不容易才避开了教官设的几个坑，而且小球明明就能准准地命中目标啊，难不成还是不对？

教官攥着林纸的发射元件，翻来覆去看个没完，引得全教室的学员全往这边看。

他研究半天才说："这个元件不是坏的吗？"

林纸：嗯？

教官说："上节课我就发现这个元件的耦合部分坏了，把它随手扔进柜子里，正好你没有元件用，就想着拿给你，让你用它随便配一下参数，你居然把它修好了？"

林纸心中的悲愤大到难以形容：这位教官，你坑不坑爹？这玩意儿坏了，你不跟我说一声？！害她反复调来调去，检查了无数遍，明明觉得配的各种参数都是对的，就是死活发射不出去。

罗维恍然大悟："怪不得，原来大神一节课都在修元件。"

旁边的人也一脸认同。

"耦合感应的部分坏了，也没有别人能修了吧？"

"还从来没听说过谁能修耦合元件，不都是送回天谕吗？"

"这可是人家自己家里的专利。"

"怎么这么厉害？我们就是配个参数，人家把元件都修好了。"

教官拿着发射元件很高兴："秦猎，以后要是耦合部分再有坏的，能不能也请你修修？当然要等你有空的时候。"

林纸不动声色地点头："没问题。"

她心中其实也纳闷，因为她根本没修过什么耦合部分，一直都在努力配参数而已，顶多就是摆弄了几下，拿起来看了看，没想到它竟然自己好了，就像杀浅那条耦合部分坏掉的旧蝎尾一样。林纸想，等换回自己的身体，一定要抽时间去找杀浅，再用其他坏掉的配件试一试。

转眼就到了下课时间。

训练厅里，秦猎终于熬到了头。

边伽不再唠叨《孤独星环》里的奇闻趣事了，急匆匆把青青放回停泊位："我还有急事，假期行程出了点儿小问题，要跟旅行社扯皮，你今天自己练体能，没关系吧？"

秦猎："没关系。"你走吧，赶紧。

秦猎把赤字放好，下楼出了训练厅的门，就迎面遇到一个熟人：鼻梁挺直，唇线抿出冷漠的弧度，喜欢向下微眯着眼睛看人，身上的学院制服明显是特制的，面料比别人的都更挺一些，剪裁贴合，走线精致——是宫危。

第四章 召唤兽的报复

秦猎不得不承认，上次林纸那幅画把宫危的神情抓得很到位。

顶着林纸的脸，秦猎只当不认识对方，走了几步，打算绕过去。

"喂。"

秦猎并不觉得有人的名字叫"喂"，继续往前走，却被人挡住了。他忍不住想，林纸太小太矮，被个子高的人一拦，就像被山挡住一样，很吃亏。就像从来都没人敢拦他的路，就算是宫危，也得先掂量一下，他们不过是仗着体格优势欺负人而已。

宫危指指旁边，淡淡道："我有话跟你说。"

秦猎有点儿好奇他想说什么，跟着他走到旁边。

宫危开门见山："我听说你打算参加这次院际联赛？"

秦猎不动声色："对。"

宫危："你可能听说过，每一次的院际联赛，我都并不代表帝国机甲学院参赛。我们星图在星环八区资助兴建了一所新兴机甲学院，我每次都是作为他们的荣誉学员，代表他们参加比赛。"

秦猎心想，以冒牌林纸对什么都懵懵懂懂，前些天才第一次摸步兵甲的程度，还真不一定听说过你的事迹。

宫危："我们觉得你在这次学院大赛里的表现还可以，我们又刚好还有个空位，希望你能加入我们的队伍，只要签一个成为学院荣誉学员的同意书就可以了。当然，是有报酬的。"

秦猎懂了。这就像星际大公司收购那些产品崭露头角的本土小企业，只靠竞争弄不死人家，干脆花钱买下来，之后就好说了，自己的东西当然可以随便捏扁搓圆，乖就给口饭吃，不乖就打进冷宫让它吃灰，给自己的产品线让路。就是不知道这是星图官方的主意，还是宫危自己的想法。

宫危明显是在等着"林纸"问报酬多少，脸上没什么表情，看向"林纸"的目光中却流露出他的想法——这事十拿九稳。

秦猎抬头看着宫危："报酬是次要的，秦猎那边跟我谈的条件是，如果我加入学院队，他以后会把主控指挥机甲的位置让给我……"他平静地问，"所以，你也打算把你主控机甲的位置让给我吗？"

宫危完全没料到"林纸"会说出这样一句话，一脸错愕："他要把主控机甲的位置让给你？"

秦猎不动声色地欣赏了一会儿他的表情，绕过他继续往前走。

这次宫危站在原地，没有再追上来。

宿舍大楼门口，林纸早就已经到了，包随随便便挂在肩膀上，正靠在那里百无聊赖地等着，一看到秦猎就迎上来："怎么这么慢？"

秦猎把遇到宫危的事告诉她，林纸一下就听出了重点："宫危说他打算给我报酬？"

秦猎回答："没错。"

林纸感兴趣了："他要出多少钱？"不过紧接着又说，"算了，别告诉我。"

秦猎弯了弯嘴角。

林纸忍了忍，走到电梯里时还是没忍住："你还是告诉我吧，不然我今晚睡不着。"

"我没问。"秦猎说，"不过星图出的价估计不会太低。"

宫危明明是帝国机甲学院的学员，却非要打着另一所机甲学院的名义，单独拉一支队伍参加院际联赛，应该是他想参赛，可是加入帝国机甲学院小队的话，既抢不了秦猎队长的位置，又不甘心受秦猎指挥，所以干脆另立山头，自然要铆足了劲跟秦猎抢第一，"抢人"的价自然不会太低。

林纸好奇地问："如果签个荣誉学员的同意书就可以代表学院参加联赛，那宫危还不花钱买个最强雇佣兵团出来？"

秦猎解释："不是那么容易，其实还有一些具体的规则限制，这个荣誉学员的参赛制度本来是为了方便服役期的士兵参赛，他们属于部队编制，但是在学院里用荣誉学员的身份读书，结果被宫危他们钻了空子。"

林纸捅捅秦猎："宫危都报价了，你就不想也出个价吗？"

秦猎淡淡答："我这边没报酬，爱来不来。"

林纸被他的话噎住。

秦猎看她一眼，忍住笑，认真地问："所以呢？我这里没钱，你还是要进我这边的队伍吗？还是想去宫危那边？"

林纸闷闷不乐，但答得斩钉截铁："你。"

秦猎的心情无比愉快，但还没愉快两秒，就听到林纸唠唠叨叨地打她的小算盘："宫危人品不靠谱，跟他组队我不放心，说不定会被他边缘化。而你这边是去年的冠军队伍，我估计今年获胜的希望也很大，冠军队的奖金那么多，赢了还有学院奖学金可以拿。从长期来看，联赛冠军队伍的成员意味着将来会有更多的赚钱机会，我当然要进你这边的队伍，我又不傻。"

秦猎："……"

林纸打完算盘，心满意足，想起跟他算账："秦猎，你平时明明很少去上课，为什么今天非让我去替你上课？"

秦猎无辜答："因为我要替你去上课，公平起见，也让你去上我的。互换的事肯定不止这一次两次，以后还会有，我们还是彼此熟悉一下对方的身份和环境比较好，平时习惯了，关键时刻才不容易出错。"他又补充，"再说我也怕你一个人待在寝室里没事做，太无聊。"

林纸："……"这课上的，确实相当不无聊。

晚上怎么睡都不太合适，一定得尽快换回来。林纸的寝室有千里遥在，不能去。安珀有事回天谕了，晚上才回来。所以两个人一起回到五楼秦猎的寝室。

一进寝室，秦猎就把门关好，拉过椅子和她面对面坐下，伸出手，复制粘贴了一遍中午上课之前的姿势。

"这样握着手好像也没什么用。"林纸有点儿绝望，不过还是攥住了他的手。

秦猎也有点儿奇怪，思索道："前两次我都是尽量和你耦合，立刻就换回来了，这次不知为什么一直不行。"

林纸有点儿疑心，眯眼看他："你该不会是出于某些不可告人的目的故意不想换回来吧？"

秦猎发誓："我如果是故意不想换回来，这辈子就再也不能驾驶机甲。"

林纸：一直用不能驾驶机甲发誓，到底是有多不想驾驶机甲？

秦猎反握住她的手，闭上眼睛："我们再试试。"

时近傍晚，外面的光线一点点暗下去，楼道里隐隐传来下课回来的学员们的嬉闹声。

两人面对面坐着，集中精神，可这回无论如何就是换不回来。

林纸无比挫败，十分忧愁。

秦猎看了她一会儿，有点儿犹豫："林纸，我其实还有一种办法……"他不太好意思说下去。

林纸鼓励他："你说。"只要能在睡觉之前换回来，什么都行。

秦猎抿了一下唇："握手是一种增强耦合感应的方法，但是如果身体能离对方更近一点儿，互相之间的耦合感应应该会更强……"

原来是这个，林纸松了一口气，探身过去，一把结结实实地抱住他——他不太好意思，那就由她来。林纸也并不觉得有什么不对，身体现在是对调的，这根本就是自己抱自己，完全没感觉。

秦猎却好像并不这么想。他的脸腾地红了，红晕迅速蔓延开，连耳朵尖都跟着烧了起来。与此同时，林纸能感觉到心跳骤然加快，像脱缰的野马一样，扑通扑通——两个人通感，这绝对是从秦猎那边传来的。

林纸想，秦猎，你是属水仙花的吗？你对你自己的身体反应会不会太大了一点儿？

他的心疯狂乱跳，她的心也就跟着乱跳。两颗心像共振一样，在这个拥抱中贴在一起跳个没完。

混乱中，林纸觉得脑中像有个什么东西"啪"的一响，然后眼前一花，感觉自己被无比实在地压进一个宽阔温暖的怀抱里，鼻端是清新好闻的气息——他们竟然真的换回来了！

可明明换回来了，秦猎却没有松手。他的头埋在她的颈窝旁，呼吸就在她的耳畔，保持着一个亲密无间的姿势。林纸感觉到他稍微转了下头，嘴唇擦过她的脸颊，若有若无地停在离她嘴角很近的地方……有点儿太近了，林纸满脑子都是那天晚上悬浮车里的吻。

门那边忽然传来声响。

秦猎第一时间放开林纸，然而还是晚了——门口，安珀正目瞪口呆地看着他们。

这完全没法解释，总不能说他们是因为交换身体建立耦合感应需要离得近一点儿，才抱在一起的吧？再说刚刚那一刻，抱得也确实不太纯洁……

安珀只愣了半秒就火速退了出去，还顺手把门带上了。

秦猎望着林纸："安珀和我从小一起长大，非常可靠，肯定不会到处胡说八道。"说得好像真是偷情被人撞破了一样。

他的耳尖还留着一抹红，却凝视着她，目光丝毫没有躲闪。林纸忽然想起那天在悬浮车上亲过之后，他俩目视前方，一路再没有说过话，这次却很不一样，这个抱一下就脸红心跳的人不知为什么忽然多了进攻性。

秦猎站起来，主动把一只手递到她面前，拉她起来："很晚了，我陪你去食堂吃晚饭，晚上我们还要一起训练。"

林纸的注意力立刻被转移了："一起训练？"

"对，"秦猎走到桌子前打开光脑，"过来看看这个。"

林纸好奇地凑到他身边去看，然后沉默了。屏幕上是一张密密麻麻的训练计划表，她扫了一眼，安排得可以说是满满当当，非常可怕。

秦猎说："院际联赛之前还有一小段时间，我这些天看了你的比赛，总结出你需要强化的一些内容，全都列在上面，我们抓紧时间，争取在联赛之前让你的水平再上一个台阶。"

林纸："……"

"还有，你以后要做主控指挥机甲，一些理论知识也要补。这里有我总结的一些内容，不一定对，你可以参考看看……"秦猎把文件列表给林纸看，全是他自己写的主控机甲经验。

他的措辞很谦逊，但是林纸心知肚明，这些都是别人求之不得的好东西，而他不藏私，打算都灌进她的脑袋里。

秦猎继续翻："还有其他我觉得可能有用的资料，包括安珀写的历届联赛分析。我全部打包发给你，你抽空在联赛前看完。"

林纸粗略地估了一下工作量，在每天训练的情况下，就算是以她的速度，要完成也有点儿困难。这人说过要给她压力，这压力真的给得很到位，根本没在客气。她想，秦猎要是留校做教官，一定是比老杜还吓人的杀手中的杀人王。

既然落到杀人王手里，自然不能就她一个人受苦受难，朋友就是要有难同当。林纸马上提醒秦猎："边伽和杀浅呢，你不觉得他们俩也非常需要强化一下吗？"

秦猎翻了翻，只见林纸那张表格后面是另外两张训练计划表，标着边伽和杀浅的名字，内容不太一样，不过看着一样恐怖。

秦队长一视同仁，一个都不放过，林纸满意了。

秦猎关掉屏幕，低头凝视着她，忽然看到她头顶上飞出来的杂毛，伸手帮她轻轻地顺了顺，说出来的话却和眼神完全不搭，一点儿都不温柔："今晚开始集训，内容太多，不抓紧的话，我估计午夜之前完不成。训练计划要严格执行，不完成谁也不能回去睡觉。"

林纸："……"摸着人家的脑袋说着这么狠的话，秦猎绝对精神分裂！

安珀并不在门外，不知躲到哪里去了，秦猎跟林纸乘电梯下楼，低头给他发消息。林纸就站在他旁边，一扫就看见了。

秦猎问："躲哪儿去了？晚上在训练厅顶楼集训。"

安珀秒回："在隔壁。你俩完了？那我能回去放包换衣服了？"

秦猎回："完什么完？少胡说八道。林纸是队友，我不能友好地抱她一下？"

安珀发来一个鬼脸表情："这是什么欢迎新队员的新规矩？我也很喜欢这个新队友，我也能友好地抱她一下吗？"

秦猎："……"

安珀紧接着又发来一条信息："秦队长，你刚才都快亲上去了，你当我瞎？"

林纸不太好意思，转开目光，余光看见秦猎迅速地看了她一眼。

秦猎放下手腕，不再回消息，跟林纸搭话："也不知道食堂今天有什么。"

食堂的胖大叔今天做了酱骨棒，老远就能闻见香味。

秦猎这回竟然没去取营养液。

林纸很惊奇，高岭之花今天打算啃骨头吗？

胖大叔看见他俩来了，乐颠颠地端上来一大盆酱骨棒："我炖一下午了，特别酥，特别烂，你俩尝尝。"

秦猎真的试着吃了一根，不过最后还是撑不住去取了管营养液，然后坐在对面看着林纸啃骨头："很好吃？"

林纸举着骨头，用眼神询问：你不是已经尝过了？这人今天非常不正常，一直在努力地跟她瞎聊，说的话比平时多得多。

"为什么看着你吃，就觉得很好吃，"秦猎看着她和酱骨棒，"自己吃反而觉得一般？"

这会儿左右没人，林纸回答："因为通感嘛。我吃得很高兴，你就会觉得高兴，这不是很正常？"

秦猎点了下头："可能是这样。"

他抽了张纸巾，越过桌子，帮她擦了擦脸上蹭上的酱骨棒的油。

林纸看不见自己的脸，索性一动不动地让他擦，顺便逗他："所以就算为了你自己，你也最好尽可能地让我高兴。"

秦猎同意："没错。所以快一点儿吃，吃完我们去训练厅，如果能拿到联赛冠军，你会更高兴的。"

林纸："……"

杀浅和边伽没来食堂吃饭，不知道跑到哪里去了，于是秦猎给他们发了去训练厅集训的消息，然后等林纸把那一盆骨头消灭干净，才一起前往训练厅。

因为大三和大四放机甲的地方不同，两个人各自去取自己的机甲。等林纸把赤字开出来，就在机甲专用电梯前看到另一架机甲从隔壁出来，向她走过来。

秦猎这个学院第一的机甲比林纸预想的朴素得多，和赤字一样也是制式的基础机甲，涂装非常低调，通体纯粹的藏蓝色，没有任何花纹，有些位置的漆明显是补涂的，有深有浅，膝盖这种刮伤最多的部位像赤字一样只把露出底漆的部分遮了几道。

林纸收到组队邀请，加入队伍频道，发现秦猎机甲的名字也很朴素，叫鹰隼。

这是上次两人交换身体、秦猎驾驶她的赤字去赛场之后，她第一次看到他操控机甲。林纸认真观察，只觉得他的机甲动作自然，并没有很特殊的地方。

赤字和鹰隼一起上楼。训练厅顶楼很安静，几乎没有人。

林纸从没来过，东张西望。

秦猎带着她走到最里面，刷开门："这是我们学院队的专属训练室。"他走进去，里面的场地很大，设施新而齐全，比楼下公用的机甲训练室好得多，"他们还没来，我们先做你的训练计划，今天要训练的是……"

话还没说完，就被人从身后偷袭了——赤字猫一样悄悄摸上去，用胳膊去锁鹰隼的脖子，脚下绊住它的腿，往后猛地一拉。秦猎没有准备，反应却很快，这么被动的姿势下仍然重心不丢，矮身躲过她的攻击，顺手扭住赤字的胳膊。林纸不管他的反击，找到空当，直接把动力开满，手肘向他肋间撞过去。秦猎闪开，脚下动作很快地在赤字腿上一钩，把它绊倒，反手毫不客气地把赤字按在地上。

"林纸，你和边伽有一个共同的问题，就是真人的架打得太多了。头部、喉咙、肋下、裆部，这些全都不是机甲的脆弱部位。"

林纸分辩："我当然知道。我平时很注意。"

"我知道你平时很注意，可是你一着急，就会习惯性下意识地去攻击这些地方。以前遇到的对手都比你弱，偶尔浪费一两招也没什么，可如果对手水平和你差不多，就是另外一回事了。"秦猎松开她，"机甲格斗有很多自己的特殊性，我得帮你们把习惯扭过来。"

他说的是没错，可林纸自从来到这个世界，和这么多人打过架，头一次被人几秒钟之内撂倒，十分不服。她也不答话，就着现在的姿势，伸手拉住鹰隼一只脚踝，向上一掀。鹰隼向前冲了一步，用手撑地，扭腰反身想摆脱赤字的纠缠。然而赤字抱住它的腰死不放手，一心想把鹰隼也按在地上。

秦猎哭笑不得，发现她犟劲上来时死缠烂打，非常可怕。

两架机甲跟跟跄跄一起倒在地上，赤字趁机把鹰隼往下压，鹰隼却借着翻身的力道从它身下翻滚出来，可惜翻出来也走不了，上身又被赤字控制住了。见赤字死不放手，鹰隼干脆反手扣住它的肩膀，跟它较劲，两架机甲用摔跤技法扭打在一起，不时撞在地上，在空旷的训练室里发出轰鸣。

秦猎知道边伽他们一会儿会来，就没有关训练室的门，于是边伽和杀浅驾驶机甲到门口，看到的就是一红一蓝两架机甲在地上翻来滚去。

边伽和林纸一起上老杜的机甲实操课，知道林纸就算和人格斗也很有章法，从没见她这么毫无形象地和人扭成一团，有点儿蒙，问杀浅："这会不会有点儿少儿不宜？"

林纸闻声抬起头，看见门口的边伽和杀浅，这才放开秦猎，并跟他约架："下次有空我们再继续。"

秦猎操控鹰隼从地上起来，安然答："好。你喜欢的话我随时奉陪。"

边伽纳闷："这两个人说的话真的没毛病吗？"

秦猎淡定地把训练表给大家传过去。

没多久，安珀也到了。他的机甲就像帕赛星的地貌一样，是深深浅浅的红褐迷彩色，如果藏在帕赛星的岩洞里，估计很难找到。机甲的名字更加奇怪，叫"五号"。

按照秦猎的计划表，今天要做的是校正机甲格斗动作，秦猎和安珀是他们三个的陪练。

林纸很快发现安珀也不弱，基本功非常扎实。他不停地重复同一个格斗动作，以便让林纸他们反复练习，而每一次动作无论是动力大小还是动作角度，全部精确地控制到完全一致。他就像一台网球发球机，由机械控制，自动发球，只要他想，每个球都能发得一模一样。

练了一阵，林纸清晰地感觉到，秦猎和安珀从小接受的是系统化的机甲格斗训练，和她这种半路出家的完全不是一回事。她悄悄问边伽："边伽，你一直说你是机甲世家出身，为什么和秦猎他们打架的路数不太一样？"

边伽坦然答："小时候我妈确实逼着我训练来着，可是我对机甲没什么兴趣。我打架的那些技巧，全都是在学校里打群架练出来的。"

林纸：行吧……

秦猎说得没错，他俩都是野路子。他还说对了另外一件事，就是训练内容排得非常满，不抓紧时间根本完不成。五个人一口气在训练室里熬到午夜，再练下去，早起的虫子都要醒过来准备被鸟吃了。

"第一天没有上轨道，是会慢一点儿，明天就会好很多。"秦猎安抚大家，在放人之前，又让几个人站在机甲前拍了合照，"这是院际联赛的组委会要的，学院队的成员照片要放在他们的官网上，每年都是这样。"

边伽对此很有经验："一定要把我的青青拍得漂亮一点儿，往年热门队伍的照片，各大媒体都会转载。"

秦猎看了一眼站位，把林纸挪到正中间，又让杀浅和边伽换了下位置，自己站在后排旁边。

合完影，五人终于可以回去睡觉了。

林纸回到寝室时，千里遥竟然还没有睡。她开着盏小灯，趴在床上，盯着枕头上摆着的一个棕色小瓶发呆。

林纸好奇地问："怎么了？"她过去拿起小瓶看了看，看标签像是药，名字是字母和编号，完全看不懂。

千里遥翻了个身，仰躺在床上，叹了口气，望着天花板说："马上就要考试了。"她今年大四，正准备考首都的特种卫戍队，再过不久就要参加笔试了。

林纸当然知道，问："你不是已经准备得很好了吗？"这些天千里遥刷题刷疯了，没日没夜的，林纸觉得她笔试肯定能考满分。

"理论考试我很有把握，不会出太大的问题。"千里遥说，"可是体质考核就很难说了，我看过了，竞争对手都是 Alpha，长得一个比一个壮。"

林纸忍不住看她一眼，她放松地躺在那里，能看到手臂上线条漂亮鲜明的肌肉。每天疯狂训练还是不行吗？Omega和Alpha天生有内分泌系统造成的体质差异，千里遥身为Omega，能训练到现在的状态，不知道比那些Alpha多下了多少苦功。

千里遥拿起枕头上的小瓶，对着灯看："这是改变内分泌的药，据说吃了会有效。"

林纸吓了一跳："这不违禁吗？"

"据说不违禁。"千里遥拧着眉。

林纸问："那会不会对身体不好？"

千里遥沉默了一会儿，又叹了口气，坐起来拉开抽屉，把小瓶丢了进去，下定决心："不用这个。从明天起，我要把训练时间加倍。"

她快要把自己累死了。林纸忍不住过去抱了抱她："加油。"

千里遥"嗯"了一声，拍了拍林纸的背："你也加油。我们一起加油。"

林纸洗漱好，放下床上的遮光挡板，把自己关在一方小天地里，打开光脑，熬夜看资料，没多久就收到秦猎的语音消息："已经这么困了，还不睡吗？"他的声音压得很低，句末带着柔和的尾音，一点儿都不像在鹰隼驾驶舱里跟她较劲的人。

林纸抱歉地回："我不睡你也睡不好？还有一点儿就看完了，马上就睡。"

秦猎："不用这么急着看联赛的资料，还有时间，应该来得及。"

林纸："不是联赛的资料，是在看明天的课程。"

秦猎："你不知道吗？参加院际联赛很费时间，所以各门课的教官都会对学院队队员放宽要求，你不用太担心成绩，没人会让你补考的。"

林纸想了想，回："可是有些核心课，比如高阶主控指挥，对今后上战场也很重要，还是学一下比较好。"

秦猎安静了片刻，回："那明天我们尽量结束得早一点儿。"

说到做到，第二天起，下午一下课，秦猎就把所有人押到训练室，一人发一管营养液当晚饭，然后抓紧训练，没再结束得那么晚过。

第 五 章
光脚丫行动

1

母星首都的天气一天比一天凉，比赛的时间越来越近。

帝国机甲学院队作为去年的冠军队，成员照片一发出来立刻被各大媒体转载。林纸小小一只站在正中间，一看就是 Omega，特别引人注目。

边伽在训练时警告林纸："最近不要随便去看院际联赛的评论。"

杀浅也说："没什么好看的。别人说什么一点儿都不重要，又不会让你少一分钱。"

林纸这些天忙疯了，连吃饭睡觉的时间都没有，完全不知道外面发生了什么，两人这话反而让她十分好奇，立刻抽时间在网上逛了一圈。帝国机甲学院作为母星著名的老牌机甲学院，学院队去年拿到了联赛冠军，这次的参赛阵容备受瞩目，林纸自然变成了话题的中心。

——帝国机甲是 Alpha 扎堆的老牌 A 校，根本没几个 Omega，这个 Omega 是怎么进到学院队里的？

——看她长的那个样子不就知道了。

——帝国机甲学院负责联赛的教官表示：我爱保送谁就保送谁，哈哈哈。

——有秦猎在，今年说不定又能拿冠军，她跟着蹭个联赛冠军队队员的身份，前途大好啊。

不过林纸队是这次学院机甲大赛的冠军队，她的表现更是有目共睹，每场比赛都有视频为证，所以也有不少人替她说话。

——帝国机甲学院前几天学院大赛的视频到处都是，眼瞎的能不能自己去看一眼？

——去看看人家大赛时是怎么过万虫斩通道的，你能吗？

——谁说身体弱一点儿的 Omega 不能是优秀的机甲驾驶员？你没见过，那是你目光短浅。

林纸认真地给每一个帮自己说话的都点了个赞。

有人注意到学院队那张照片的特殊。

——发现没有，他们的主控指挥要换人了。去查一下帝国机甲学院每年联赛的照片，队员的站位向来是固定的，中间是主控机甲，左右是辅助机甲，后排左边是机甲师，右边是侦察单兵，所以你们看不上的林纸要做今年的主控机甲，秦猎要去当侦察机甲。

一石激起千层浪，不只下面的回复多到翻都翻不完，还扯出了更多的话题。最后连帝国机甲学院都不得不出来声明：联赛队员的位置还没有最后确定，请大家不要因为一张照片过多揣测。

混乱中，又有人来搅浑水。一家叫九区头条的媒体原本一直在报道联赛的各种奇闻趣事，比院际联赛的官方号还受欢迎，最近趁着学院队冒出个 Omega 的热度，连发了一系列的文章，详细分析了林纸在这次学院大赛里的表现，比较了她和贡布多吉的技术水平，最后得出一个神奇的结论：帝国机甲学院选了这样一个 Omega 进学院队，有黑幕。

最关键的是，它看起来不像瞎说。一系列文章全部用机甲格斗专家的口吻，用词专业，却写得清晰易懂，就连瞎子都能看出水平的万虫斩部分都被他们一帧一帧地分析。也因此，他们判断林纸所在通道的虫子，生成速度有猫腻——逐帧看都几乎看不到有虫子冒出来，肯定是因为她那里生成的虫子本来就比别人的少。

他们把歪理说得像真的一样，认为她每场比赛能赢都是刚好撞了狗屎运，或者是因为队友很给力，或者是因为幕后有人，如果论实际水平，其实并不如贡布多吉。

林纸认真看了一遍，没再管这件事，训练才是现在最重要的事。他们质疑的是最容易证明的东西——她的实力。那就用实力说话，带得多歪的风向都能扳回来。

外面风起云涌，乱成一团，顶楼训练室里，训练计划却有条不紊地进行着。

格斗动作校正的部分差不多了，林纸他们的训练里开始增加实战的比重。

实战是秦猎、安珀对战林纸、边伽、杀浅，规则和复赛时一样，出地上画的白线就算输。

林纸头一次遇到秦猎和安珀这样的对手，他们比贡布多吉还让人头疼，机甲操控游刃有余，并不比她差，实战经验丰富，而且配合极其默契，滴水不漏。一言以蔽之：打不过。

三对二，林纸他们却几乎天天都输，这反而让林纸跟他们杠上了，越挫越勇。

这天，其他人都还没过来，林纸来到训练室练器械。不一会儿，秦猎驾驶着鹰隼来了。林纸二话不说，操纵赤字直接一拳挥过去。

秦猎："……"就当她这是打招呼了。

他边躲边问："联赛要上报武器了，激光枪不用说，是肯定要配的，其他武器你用什么比较顺手？穿刺攻击的刀、剑、腕刃，或者链锤、长棍，我回头把允许的武器列表发给你，你挑好了，机工系那边会配合杀浅帮我们准备。"

林纸一边答应着，一边上面挥拳头脚下下绊子，认认真真地想办法揍他。

秦猎驾驶鹰隼连着退后几步，心中默默地叹了口气。他这些天好像打开了什么奇怪的开关，两人现在就算单独相处，也连句话都没法好好说，一直都在打架。

林纸挑衅："你退什么退？再退出界了，来啊。"

没有队友相互配合的问题，林纸和秦猎的差距并没有那么大。经过这些天的密集训练，她进步神速，再加上各种奇奇怪怪死缠烂打的打法，有时候反而能克制秦猎严谨的套路，出其不意让他吃个亏。

秦猎想，今天要是不把她扔出去，或者被她扔出去，就没有完的时候。于是他认真起来，跟她过招。

林纸立刻发现他进攻的态度端正了，十分高兴。

秦猎立刻感应到她的高兴了，十分无语。

两架机甲在面积不算大的白线内斗得昏天黑地。

林纸现在常常和他切磋，知道一时半会儿赢不了，便耐心地寻找着他的漏洞。没想到还真找到了，秦猎的身前忽然有个空当，她一拳补上去，随即就察觉到不对，收手已然晚了。鹰隼神鬼莫测一个侧踹，精准地踢在赤字腹部。这一脚动力开足，赤字倒飞出去，轰然落地。后面就是白线，林纸不甘心，在空中硬拗姿势，用手刹住，竟然只擦到线，并没有出界。

她顽强得让他头疼，秦猎只得跟着过去，打算再补一下，把她彻底送出局。可他忽然觉得下腹部隐隐作痛。秦猎现在通感的经验很丰富，很快明白这感觉不是来自他自己的身体，而是来自地上的林纸。但这怎么可能呢？机甲又不会疼……

秦猎愣了一瞬，可已经足够了，林纸就地一滚，利落地抱住鹰隼的小腿，往外猛地一摔——鹰隼出界。

林纸满意了，放开他，从地上爬起来："我赢了。"

秦猎默了默，问："只想着赢，你肚子怎么了？"

林纸这才意识到肚子不太对劲，正在一阵又一阵地隐隐作痛。

秦猎问："你中午吃什么了？吃坏了？"

林纸坐在驾驶位，抱着肚子奇怪："没有啊，今天中午我忙着赶下午要交的课程报告，就喝了一管营养液……"话没说完，她就知道是为什么了。来不及放升降梯，她火速让赤字蹲下，打开驾驶舱的门，从里面跳出来，直奔训练室附带的洗手间。

林纸在洗手间里检查了一下，果然……这些天忙得一塌糊涂，她已经彻底忘了这具身体的生理周期。以前在另一个世界时，林纸也会痛经，不过不算特别严重，一般都是提前吃一粒止痛药，虽然也很不舒服，但是熬一熬基本能扛过去……

她正乱着，有人敲洗手间的门。林纸整理好，把门打开一点儿，看到是秦猎站在外面。他默默地递进来一个袋子，里面装着好几包卫生巾。林纸看了看，牌子、型号全都不同，形状也奇奇怪怪，貌似用了什么特殊材料，看盒子都很轻薄——就算是林纸，不认真读说明都搞不太明白，秦猎就更不清楚到底应该买什么了，索性一样来一份。

林纸有点儿讶异，他反应也太快了一点儿吧，就算这里的物流系统很给力，这才几分钟？

秦猎又递给她一个袋子，里面装着一条深色的运动裤："我觉得你可能要换衣服。"他眼神很好，刚才她往洗手间冲的时候，就什么都看见了。

林纸："……"

秦猎："我刚才下楼挑了一款送货最快的，款式颜色都一般，只能先凑合。"

林纸心想，就算他那么细心，还是百密一疏，光有运动裤有什么用？然后她就发现袋子里还有一包内裤，而且是红色的。林纸看了看，好奇地问他："为什么买红的？"

秦猎的耳根明显变成了裤裤的同色系："我觉得……你大概会喜欢你的幸运色。"

林纸沉默了：内裤还要幸运色，你当这是过本命年呢？

反正他们互换过，已经对彼此的身体很熟悉，再说他连卫生巾都买了，里里外外买一套也没什么。林纸想，生平头一次有人送自己内裤，也算是别致的体验。

秦猎站在门口，想了想，又从口袋里拿出一个小包递给她，是像暖宝宝一样会发热的东西："顺便买的。我好像看到过，有人说这种时候要保暖。"

他可真像一只翻翻口袋就能掏出各种宝贝的大号机器猫。林纸忍不住想，这人观察力强，心又细，体贴入微，要是真的有神给他侍奉，一定会侍奉得很合格，让神很满意。

秦猎把买来的东西全部交给她后，就帮她关好门，站在门外问："你要不要回去休息？"

林纸倒觉得没什么，再说最近的训练计划安排得那么紧，实在没有休息的时间，她一走，也很影响其他人。

回到训练室，边伽、杀浅和安珀陆续来了，大家照常训练，还是三对二对战。

练了一会儿，边伽第一个察觉到不对："林纸，你怎么了？今天是喝了让动作变慢的魔法药水吗？秦猎今天好像不太在状态，咱们打起精神来猛揍他一顿啊！"

林纸"嗯"了一声。

杀浅的私聊框这时候也一闪一闪的，林纸切过去，听到他问："林纸，你是不是不太舒服？"

林纸回他："有一点儿，没什么大事。"

她窝在驾驶座里，顶着头盔，把那个珍贵的会发热的小包按在肚子上。肚子一抽一抽地疼，比真吃坏了肚子还难受，林纸脸发白，浑身直冒冷汗。她尽量集中精神，操控赤字进攻安珀，头一次觉得赤字的驾驶舱动得厉害，随着它的各种动作上下起伏旋转晃得人头晕目眩，一阵阵抑制不住地恶心。

秦猎躲开边伽的攻击，把鹰隼开到线外，说："林纸今天不太舒服，我送她回去。"然后指挥安珀，"你们继续，安珀，你一个人对他们两个。"

安珀"啊"了一声，还没反应过来，就被边伽和杀浅夹攻，逼到了一角。

林纸把赤字送回楼下放好，从驾驶舱里出来，就直接蹲下了，肚子里好像有一只手在不停地扭搅着。

秦猎从身后把她捞起来，让她靠在身上。这动作过于亲密，不过林纸正难受着，没跟他计较。她抬头看了看，秦猎明显也正难受着，脸比平时苍白很多，额头上一层冒出来的冷汗。

"没想到你们这种时候这么难受。"秦猎顺手攥住林纸的手焐了焐，没什么好处，两个人的手一样冰凉。

林纸还有心思开玩笑："恭喜你，抽到月经极致体验卡，每个月发放一次，不要还不行。"

秦猎："……"

脸色惨白的两人互相搀扶着下楼，像患难与共的病友。每走两步，林纸就恨不得弯腰蹲下。秦猎也是一样，一直冒汗，但他尽量用胳膊撑着林纸，借她一点儿力气。

林纸不太好意思："你也疼着。再说楼下有人，被人看见不太好。"

秦猎不松手："这和战场上救助伤员是一样的，要是你真的受伤了，我背你回去不是很正常？"

林纸立刻脑补出战场上的俩伤员，一个眼瞎，一个腿瘸，瞎子背着瘸子，在瘸子的指挥下摸回大本营，真是感天动地战友情。

不过真要是被他背回去，明天校园网就得炸开锅。林纸让他搀了几步，出了训练厅，还是松开他，来到门口的自动贩卖终端前。她上次看到上面有卖治痛经的止痛药。

常用药到得飞快，秦猎弯腰从取货口拿出小盒子，研究了一下："有用吗？"

林纸哪儿知道这具身体对止痛药的反应，毕竟在原来的世界里，体质不同的人对止痛药的反应也不一样。她只得乱答："不一定，有时候有，有时候没有。"

林纸回到寝室，第一件事就是把止痛药吃了，然后换好衣服，把自己塞进被子里，只露出一个脑袋。千里遥不在，肯定又训练去了。

止痛药似乎没有作用，不然就是时间还没到，肚子还在继续抽痛。

秦猎坐在她床边，也弯着腰，用一只手死死地压着小腹，脸色苍白里带着青。他皱着眉："好像比刚才疼得更厉害了。"

这倒好，她连感觉都不用说，他就能知道。

两个人不只疼，还头晕恶心，整个人像虚脱了一样。林纸在被子里缩成一团，把自己弓成虾米，可是连躺都躺不住，翻来覆去的。

秦猎把药盒拿过来，认真地读上面的小字说明："上面说，这药在月经刚开始没疼的时候吃才比较有效，等疼得厉害了就有点儿晚了。"

林纸哪儿知道这具身体会痛经得这么厉害。

秦猎问："你的周期是多少天？"他问得自然，就像那是他自己的生理周期似的。不过她的就是他的，也确实没差。

这个林纸记得，手环上有记录："一般都是二十八天到三十天。"

秦猎低头在自己的手环上调了个闹钟："下个月我提前准备药，一发现不对，立刻就给你吃下去。"

然而不管下个月怎样，现在两个人还是很痛苦。

林纸突发奇想："这归根结底其实就是身体内部组织受伤了，你说要是现在躺进医疗舱，会不会就好了？"医疗舱修复身体创伤的功能很强。

秦猎无语："应该不行吧？从来没听说这样用医疗舱的。"他表情痛苦地弯着腰发消息，"我找我们医药公司的专家问问，看看有没有能立刻见效的办法。"

回复一时半会儿没来，秦猎伸手摸摸她的头，说："不然我们换过来？你在我的身体里，可能感觉会轻一点儿。"

舍己为人的精神让人十分感动，不过林纸立刻拒绝："不要。"

秦猎随即醒悟，这种时候时不时要跑一次洗手间，他换进她的身体里不太方便。他勉强站起来，又帮她倒了一杯热水，放在旁边。

林纸看他一眼，建议："你要不要也来点儿热水？"

"你喝吧，我喝没用。只要你在难受，我就一定会跟着难受，只有想办法让你好起来，我才能跟着不疼。"秦猎在手环上翻了半天，好像在研究什么，然后帮她掖了掖被子，起身拿起她的身份牌，"我去去就来。"

他一走，林纸就忍不住在床上虫子一样扭来扭去。这身体痛经这么严重，也不知道"她"之前都是怎么熬过来的。

过了好一阵，秦猎才回来，他敲了两下门后，用林纸的身份牌开门进来，手里大包小包地拎着各种东西，像搬家一样。他把东西放下，扶起林纸，先拿出一个小盒子："这是医药公司的人送过来的药，说是效果不错，副作用也小，就是吃下去会有点儿嗜睡。"

好像自从认识他，他就一直在给她送各种药，林纸已经被投喂得很习惯了，就着他的手把药吞了，用水送下去。她好奇地问："你找这种治痛经的药，你们的专家不奇怪吗？"

秦猎的表情十分镇定，但明显是装的，略显刻意："他们什么都没问，第一时间就去帮我找。"说着又拿出一袋东西，看着像软绒质地的睡衣，"是穿在身上会自动发热的衣服，我查过了，很多人说好用。"他又找出一个大包，鼓捣了片刻，塞在她脚底下，脚立刻变得暖洋洋的，"这个也会一直自动发热，暖脚的。"

秦猎忽然想起什么，从袋子里端出一个饭盒："我看到很多人说要吃热的东西，就去了食堂，问食堂大叔有没有热汤之类的，他特地给你煮了这个，说在你们家乡这时候都这么吃。"

一打开盖子林纸就闻出来了，是加了红枣和生姜的红糖水。她换上会发热的睡衣，喝了一碗热乎乎的糖水，踩着暖包，感觉确实舒服了一点儿……也只是一点儿而已。

秦猎坐在床边，接过空了的饭盒放在桌上，忧虑地看着她。

林纸疼归疼，还是有点儿想笑：他的感觉完全被别人控制，比她更惨。

见她疼得一脸苦瓜样还笑，秦猎叹了口气，探身向前，把她按在怀里。

林纸："嗯？"

秦猎没松开，反而把她整个人紧紧抱住："我觉得抱着会舒服一点儿。"这些天两个人一直在翻来滚去地扭打，就算是隔着机甲，秦猎也不像前些天那么害羞了，抱得很自然。

确实不错，他的怀抱结实又暖和。林纸受不了诱惑，在他怀里趴了好一会儿才捅了捅他。

秦猎低头看她："怎么了？"

林纸指指洗手间。

等她从洗手间里虚脱一样晃晃悠悠地出来时，看见秦猎坐在她床边，把她暖脚的大包拿出来按在小腹上，弯着腰，也疼得够呛。

看见林纸出来，他把她塞进被子里，重新掖好，自己仍坐着，把一只手搭在她的额头上，用手指一下一下地撸着她的脑门："我觉得你在头疼。"

这样撸着舒服很多，两个人都舒服很多。

刚刚吃的药渐渐起效了，困意浮上来，林纸闭上眼睛。

秦猎继续撸着她的脑门，一下一下的，慢慢也撑不住了。

不知过了多久，林纸睁开眼睛，发现秦猎伏在她枕边，好像已经睡着了，一只手还罩在她的额头上。她一动，他的手指就下意识地撸撸她，好像一台会自动撸脑门的机器。

林纸忍住笑，拍了拍他："醒醒，千里遥快回来了。"

千里遥确实很快扛着大包回来了，看到秦猎在寝室里，吓了一跳。

很晚了，秦猎继续留在这里不合适，于是又去了一次食堂，给林纸带回晚饭和大叔炖的热汤，转了一圈，又把她可能会用到的东西全部放在床边，让她可以不用下床，这才走了。

他走后，千里遥感慨："林纸，你是怎么把秦猎培训成这样的？我看着都觉得不恐婚了。"

林纸心想，这哪儿是培训出来的，一万种培训都不如自己感同身受。但她嘴里答："他就是希望我赶紧恢复，好继续训练。"

秦猎给的药很有效，晚上已经不那么疼了，只是人很虚，被各种自热的东西烘着仍然手脚冰凉，浑身说不出的难受，时睡时醒，睡得不太踏实。

早晨一醒过来，秦猎就发来消息："今天你有课吗？给教官发消息请假休息一天吧。"

林纸默了默，回："别闹了，你看见谁每个月都请假休息？没刚好赶上重要考试就已经算是很不错了。"

秦猎过了好一会儿才回："竟然每月没有固定的假期，这太不合理了。"

好在今天是一整天的主控指挥课，可以坐着不动。

最近的主控指挥课讲的都是当年一区的一场大规模的歼灭战，连着三次课，切换了三个不同兵团的视角，主控机甲指挥的步兵更多了，大家在沙盘上打得都很头疼。

林纸忽然明白秦猎说的"边伽更适合做辅助机甲"是什么意思——边伽和她配合默契，林纸交给他的任务全都能出色完成，鬼点子很多，但是毫无主控指挥的想法。

边伽一边调动沙盘上的机甲小人，一边懒洋洋地研究沙盘上的地形，对着满地大小湖泊感慨："可惜这种好地方被虫族占了，要是建个水上游乐场，一定很好玩。"

林纸打掉一批虫子，把战线推进一点儿，直了直酸痛的腰，觉得有点儿不对，好像从刚才起，隔壁几个沙盘的同学就一直往她这边探头探脑，就连杨教官看她的次数都比平时多。

林纸压低声音问边伽："怎么了？我哪里不对吗？"

边伽带着机甲小人在湖区兜了一圈："你没看校园网？"

林纸立刻悄悄打开校园网，只见首页全是《惊天巨瓜，神侍大人谈恋爱了！》《秦猎和林纸好像在一起了！》《学院队内部爆出一对！》……所有人因为同一张照片嗨翻了天——是她和秦猎两个人的，昨晚在训练厅里出电梯时，她被秦猎揽着，照片因为角度问题没拍到两个人中间的空隙，以至于他们很像是亲密地半抱在一起。

林纸："……"

边伽探头看了一眼照片，评论："你别说，这照片拍得还真不错。"

林纸翻了翻，见昨晚照片一出来，杀浅就第一个站出来说话了，说昨天学院队训练时林纸身体不太舒服，队里一共就五个人，不是这个送就是那个送，都是一样的，更何况秦猎是队长，训练计划比别人少，他送她回去休息很正常。

可惜大家被大瓜冲昏了头，根本没人理他。理由也很充分：秦猎在学院向来神龙见首不见尾，和他说过话的人都不算多，什么时候看见他身边有过 Omega？最关键的是，他还抱着她，还低头看着她的脸，傻瓜都能看出他脸上写着明明白白的关心！

甚至已经有人开始替林纸发愁：谁都知道秦猎身份特殊，林纸以后怎么办？

大多数吃瓜群众表示：管他呢，你每次交往都是奔着结婚去的？开心不就行了？

林纸："……"

边伽安慰她："没事，过几天大家就忘了。"

校园网一派嗑 CP 的欢乐气氛，林纸担心的是别的。她搜了搜，果然这张照片已经被传到了外面的社交平台。人人都知道秦猎神侍的身份，知道他得严守禁律，终身不娶，于是这件事更添八卦气息，传得飞快。而关于帝国机甲学院队的讨论就更热烈了。这张照片仿佛替他们盖棺定论，林纸能进入学院队不是因为和教官有什么猫腻，而是因为和秦猎有特殊关系。

快到下课的时候，事情有了新的进展。

秦猎发来消息："看到照片了？"

林纸回答："对。"

秦猎："外面有点儿谣言，不用担心，我刚刚和负责联赛的副院长谈过了。"

林纸随后刷到了帝国机甲学院出的辟谣声明，声明中不只说了一下昨晚的情况，还附上了训练厅监控拍到的片段。监控镜头在头顶上方，这个角度拍摄的片段能清楚地看到，秦猎扶林纸的动作很绅士，也很小心，两人之间的距离宽得能再塞个人进去。

下课了，林纸站起来关掉沙盘，忽然发现教室里所有人都往门口那边看，又回头看看她，表情兴奋……竟然是秦猎来了。他泰然自若得像没发现这些注视，跟林纸和边伽打了招呼，等他俩出来，和他们一起往回走。

边伽笑道："他们都折腾一天了你还过来，嫌不够热闹？"

"就是这时候才要过来。"秦猎答，"否则呢？以后我和林纸再也不在学院里一起走了？"

他没有因为谣言的事情躲躲闪闪，这很合林纸的心意。

林纸今天的状况好了一些，于是大家一起去食堂吃过饭才回寝室。

秦猎把林纸送回寝室，像昨天一样把她放进床上暖和的被窝里，手环忽然响了。他看了一眼，对林纸说："是我哥。"说完直接打开屏幕，对面果然是秦修。

秦修开门见山："小猎，看到九区头条发出来的东西没有？"

秦猎并不知道他在说什么，切出去看。

林纸也打开手环搜了一下，发现他们竟然又爆出新料：这回还是一张偷拍的照片，照片里，秦猎站在宿舍楼下的自动贩卖终端前，手里大包小包的，正在取买到的东西，而他买的东西放大后非常清晰——一盒卫生巾。

秦猎蹙眉："这个角度，应该是学院内的监控摄像头拍到的，星图是怎么拿到的？"

林纸想，这什么九区头条背后果然是星图。

秦修并不在意来源："肯花钱什么都能拿到。但他们拍到这个，我实在没法证明你和林纸没有特殊关系。小猎，你跟我说句实话，让我心里有个底，你们两个到底有没有特殊关系？"

秦猎调整屏幕，让秦修看窝在被子里的林纸，然后问林纸："我们两个有特殊关系吗？"

林纸用露出来的脑袋坚定地摇摇头。

秦修完全没料到林纸就在旁边，尴尬地抬手跟她打了个招呼。

秦猎："她不太舒服，我在照顾她。"

秦修明白，毕竟人人都看见他买卫生巾了。

秦猎把屏幕转回来："其实我们两个有还是没有关系，又有什么关系？"

秦修无奈："当然有关系。二叔今天还在跟家里那几个长辈吹风，说你不遵守家族传统，侍奉神的人如果不能尽职尽责，就应该赶出家族。"

秦猎"呵"了一声："秦以森？他还有这种闲心？我最近正好拿到了他在分公司的一点儿有意思的东西，我让安珀传给你。"

秦猎切出去给安珀发消息，没一会儿，秦修就收到了。他快速浏览了一遍，笑了："行。给他看看这个，让他闭嘴，足够了。"

秦猎点头："我和林纸的事不用管，重点是，他们把林纸的技术分析的文章做好了没有？"

她的技术分析？林纸默默地听着。

秦修："应该马上就可以发出去了。"说完断掉了视频。

秦猎帮林纸倒了杯热水，放在床边，让她又吃了一粒药，才靠在林纸旁边，把手环屏幕给她看，上面是院际联赛官方在社交平台上新发的一篇文章，是针对林纸个人的技术分析。文章很明显出自专家之手，完全就是为了反驳星图那篇文章量身打造出来的。

林纸从头到尾通读了一遍，感觉又一次被说服了，深深地觉得自己就是个百年难得一遇的天才。她感慨："我原来这么厉害的吗？"

秦猎偏头默默地看了她一眼："这种媒体的宣传性文章，就算看着措辞专业，也不过是只说一边理而已，实际情况是两边的说法加起来除以二。"

林纸郁闷地把被子拉起来，盖住半张脸，看着天花板。一边的文章把她拍进泥里，一边的文章把她捧到天上，那两边加起来不就是零？零除以二，还是零。

秦猎忍不住哄她："我说得不对，在你的这件事上，比除以二多。"

林纸闷声闷气地在被子里问："多多少？"

秦猎毫不犹豫："多很多。"

林纸追问："很多是多少？"

秦猎忍笑："你是我见过的最有天赋的机甲驾驶员。"又补充，"这绝对是实话。"

林纸看着他。这人根本不在乎两人的绯闻，一心只想扭转舆论，证明她是凭实力才进入学院队的。

秦猎温声说："睡吧，再睡一觉就好了。"

林纸闭上眼睛，下一秒又掀开被子，重新爬起来，搬过光脑："我想起来还不能睡，我的主控指挥作业明天早晨八点之前要交！"

她刚打开课程资料，光脑就被秦猎挪走了。他看了一眼："一区歼灭战里 AE55 兵团侧翼突击主控机甲的战术分析？"他帮林纸拉好被子，把枕头垫高一点儿，把手放在光脑上，"你继续躺着，说说你的思路，我帮你写。"

这倒是好。林纸闭着眼睛想了想，说："总的来说，当时主控的想法是没错的，集中力量，一段一段地分批吃掉敌人，但是受地形限制，兵力展不开，攻击截面太小。如果是我的话，应该会换个地方，选西南那片坡地……"

秦猎看了她一眼，手指在光脑上飞舞。

林纸窝在被子里慢慢想着，渐渐地，眼睛睁不开了，奇奇怪怪的东西全搅成一团，恍惚中听到自己在说："如果调动侦察机甲……去买卫生巾的话……能不能趁机迂回……去抄虫族的老巢？"

秦猎低低地笑出声。

迷蒙中，林纸看见他也在犯困，不过还是强撑着伸手掖了掖她的被子，说："你先睡吧。"

再醒来时已经是早晨，林纸感觉神清气爽。

秦猎知道她醒了，第一时间发来贺电："今天好多了，感觉好像再世为人。"

林纸："恭喜你啊。"

秦猎秒回："同喜同喜。"

林纸弯弯嘴角，第一件事就是拉过床头的光脑，查了一下主控指挥课的作业。秦猎已经写完了，而且昨晚就提前交了，文字精练，措辞精准，而且很懂她要写什么，就连她半睡半醒迷迷糊糊时想表达的意思也全都写得很明白。

第二件事是再去搜搜两人的绯闻。学院内嗑 CP 的热情还没有过去，外网也仍然很热闹。那篇关于她的技术分析的文章，因为是院际联赛官方发布的，来源权威，被大量转载，效果很好，质疑林纸的声音小多了。

不过照片的事还在继续发酵。天谕没再管新照片，于是那张秦猎在贩卖终端前买卫生巾的照片疯了一样传开了。有人特意把照片放大，一样一样地研究他袋子里的东西，竟然看出除了他正在买的卫生巾，还有各种会发热的保健用品。另一个袋子里的饭盒也被扒了出来，是机甲学院特供偏远星系学员的小食堂的制式饭盒。经过这两天的八卦，人人都知道林纸就来自偏远星系的九区，而饭盒有几种，秦猎手里那个是保温的。

舆论开始朝着另一个方向发展：这种二十四孝 Alpha 哪里能买一个？长得无可挑剔的帅，人又这么体贴，唯一的遗憾是是个神侍，不能和谁真的在一起，但莫名其妙地有种打破禁忌的刺激感……林纸忽然变成不少 Omega 羡慕的对象。

林纸想，这走向多少有点儿奇怪，不过总比人人都质疑她的能力好得多。

今天早晨状态不错，脑子清醒，她很快想明白了秦猎的想法。他放任绯闻到处飞，完全不处理，是因为他们之间有耦合通感连接，现在又要一起参加联赛，一定会有很多接触，让所有人都误认为他们在谈恋爱，还谈得如火如荼，可以非常合理地解释两人之间的密切关系。这是对通感这件事最好的掩护。

林纸又到处看了看，注意到那个总有一台傻乎乎媒体飞行器的"星联热点"也第一时间转载了那篇技术分析，小编还加了寥寥几句评论："总感觉秦猎是在玩一个养成游戏。林纸是非常有天分的机甲驾驶员，与其把她理解成他的恋爱对象，还不如理解成未来的搭档。他需要她快速成长，在全联盟面前证明她的能力。这样他所有的行为逻辑，包括让出学院队主控机甲的位置，全都可以解释了。"

这种不同的声音，很快就被大片大片的粉色泡泡淹没了。

林纸和秦猎的训练恢复正常。不过除了每天的训练外，林纸还有额外的事情要做。因为负责联赛的副院长和教官们一直决定不了这次联赛主控机甲的人选——秦猎态度坚定，要把主控的位置让给林纸，教官们心里却没什么底。林纸虽然在学院大赛上崭露头角，但毕竟从来没参加过联赛，把主控的位置给参加联赛像吃饭一样的边伽都比给林纸靠谱。于是林纸三天两头地被抓去上机测试，和模拟沙盘一样，她需要操控主控机甲，带领队伍完成任务。

测试做了一遍又一遍，这天做完，林纸听见他们又低声吵了起来。

"优点很明显，缺点也很明显，毕竟经验不足……"

"我还是觉得没必要换掉秦猎……"

"我们听听杨教官怎么说。"

他们今天把负责主控指挥核心课的杨教官也请过来了。林纸听见她说："虽然赛场和战场上，主控指挥机甲的作用不太一样，但是林纸肯定是我这一届学生中最优秀的学员……"

2

比赛一天天临近，杀浅和机控工程系的教官们一起把参赛的几架机甲改造好了，外表看起来没什么区别，实则把机甲控制系统的关键部件和耦合元件全部仔细滤了一遍，该升级的升级，该换新的换新。

边伽拍拍赤字画着小闪电的膝盖，问林纸："里面都换成新的了，你不给它刷个漆吗？"

林纸扫一眼鹰隼朴素的涂装，拒绝道："不用。这叫财不露白。"

武器也终于到位，每人都拿到了最新的基础机甲用双臂可拆卸式激光枪，比他们平时练习时配的那种枪要猛得多，感应灵敏到林纸都很满意——以前用的那种对她来说太慢了。

边伽的武器是把长长的高温刀，是他自备的，已经用了好几年，杀浅只帮他做了升级优化。它锋利的一线刀刃可以瞬间加温，轻易切开各种东西，凶猛无比。

边伽驾驶青青，拎着他那把危险物品，探头看林纸箱子里的东西："你的是什么？"

林纸费劲而郑重地把里面的东西往外拖，是一条大蝎尾，比上次她穿戴在自己身上的那条蝎尾大得多，可以装在赤字身上。它实在太好用，一用难忘，又符合联赛的武器规则，林纸想不出比它更合适的武器。

几个人帮林纸装蝎尾，杀浅操控联盟首富扣上蝎尾上的卡槽："我们熬了几个晚上才做得差不多满意，你试试看。"他那双漂亮的凤眼里全是红血丝，当个美甲师很不容易啊。

林纸进入驾驶舱，戴上头盔，赤字新"长"出来的尾巴立刻动了。它唰地拉长，比上次那条老旧的蝎尾更加灵活，力道也大得多。然后蝎尾立起来，呼地一晃，卷走了青青手里的刀。

边伽："……"

林纸卷着刀，抬头琢磨着把它放在哪个青青够不着的地方时，一杆长枪伸过来轻轻一挑，高温刀就又换了主人。那是鹰隼的武器，双持的两根尖头短刺，合起来是两头尖的长枪，灵活机动。秦猎去年就是用这个作为贴身武器参加联赛的。林纸不服，蝎尾一抖，上去就抢。秦猎一手拎着边伽的刀，一手拿长枪跟她的蝎尾恶斗。

边伽生气了："我的刀是给你们抢着玩的吗？"说罢操控青青加入战团，想把他的宝贝刀抢回来。

安珀十分佛系，盘腿坐在墙边地上，腿上放着光脑，手指翻飞，不知在忙什么，头都不抬。

杀浅从联盟首富里出来，用拳头遮住嘴巴，打了个哈欠，在安珀旁边坐下。他仰头靠在墙上，闭上眼睛："我先睡一会儿，等他们打完，要训练的时候叫我。"

边伽的刀又一次被蝎尾钩走，秦猎给林纸发来私聊："今天上午副院长和负责联赛的教官们又开了个会，最后决定联赛第一场你在主控的位置。"

林纸懂，这是第一场比赛先试试，看看她的表现的意思。昨天刚做过最后一次模拟，估计是通过了评估，但他们还是舍不得秦猎这个优秀的主控，好在至少暂时通过了。

转眼到了该出发去联赛赛场报到的日子。

联赛的第一部分是星环各区域分别举行的预选赛。联盟九区所有的机甲学院都会派队伍参加，只有其中的少数可以进入复赛。但帝国机甲学院是去年的冠军获得者，和其他去年进入决赛的队伍一样，并不需要参加预选赛。这是好事，给他们争取了更多的训练时间。

预选赛结束，所有参加复赛的队伍要前往第一场复赛的赛场星环八区，得乘长途飞船。

胖大叔起了个大早，帮几个人准备早饭，人人都有一大碗菌菇鸡汤面，汤色黄亮，表面的油全被小心地撇走了，一碗面足有半碗鸡。他为此计划了好几天，考虑得很周全："营养要够，要滋补，还不能太油，太油早晨吃不下，吃不饱的话又影响比赛……"

林纸提醒他："去八区还远着呢，再说过去也不是立刻比赛，还得喝好几顿营养液。"

胖大叔点头："我知道。"他从后厨拎出一个巨大的箱子，打开给他们看，"你们路上的吃的我也准备好了，这是保温保鲜的饭盒，应该能坚持到地方。"按体积算，这个绝对不是饭盒，而是饭桶。

林纸一眼看见里面冒着热气的夹肉烧饼，立刻伸手，被胖大叔一把拍掉。

他重新盖好盖子："留着路上吃，现在先吃面条。"

只有安珀一个人举着一管营养液。他看看这个，又看看那个，目光落在秦猎身上。秦猎也在安安静静地吃鸡汤面，还会啃鸡骨头，啃得还很熟练，一看就是这些天陪林纸吃饭学会的。

安珀忽然意识到，自从那天列车上林纸坐在秦猎旁边，秦猎身上有了不少变化，不知不觉，可是很多。他低头看了看面前摆着的鸡汤面，试探着挑了一点儿面条放进嘴巴里。

边伽建议："你吃不惯可以先喝鸡汤，超鲜。"

安珀用勺子舀了一点儿鸡汤，眼睛都亮了："虽然味道是有点儿重，不过真的超鲜。"他放下营养液，挪过碗，认真吃了起来。

至此，两个母星出身的队员全部沦陷。

林纸喝了一勺鸡汤，心想：不错，今天全员吃鸡，大吉大利。

这次仍然是在学院停机坪乘运输机甲的短途军用货运飞船，除了负责联赛事务的几个带队教官外再没别人，几个人坐了一次专机。

很快就飞到了母星的飞船航栈，小队带着机甲，换乘星际长途货运飞船。这艘飞船是这次联赛专用的，专门来接五区和六区取得复赛资格的队伍，它会在附近的行星兜一圈，然后途经三个超空间跳跃点，穿梭到星环八区。

宫危代表的是星环八区的星光机甲学院，也是去年进入决赛圈的队伍，可以直接参加复赛，却不在这艘飞船上。据边伽打听来的八卦，他前些天已经先去八区集训了。

边伽说："据说他这次走之前一副亚军稳了、志在必得的样子。"

"新鲜吗？"安珀说，"他什么时候不是那种样子才是新闻吧。"

大家把机甲寄存在下面的货舱里，再回到上层的客舱。客舱所有舱房都像卧铺车厢一样，每间有三个双层铺位，林纸他们分到一个六人小间。

舱房旁边是走廊。各学院的参赛选手聚在一起，有很多人互相认识，打着招呼，十分热闹。

其他机甲学院不像帝国机甲学院几乎全是 Alpha，这次比赛来了不少 Beta 和 Omega 学员，林纸觉得很新鲜，再加上是第一次乘这种长途星际飞船，一直在悄悄地四处张望。

秦猎低声问："以前都是乘民用飞船，没坐过这种军用货运飞船吧？我陪你到处逛逛？"

林纸有些犹豫。她和秦猎的绯闻传得沸沸扬扬，这会儿就算坐在舱房里开着门，来来往往的人路过时都会悄悄往里看他们一眼，他们在满是参赛队员的飞船上到处逛真的好吗？

秦猎并不等她细想，伸手拉她起来："坐着干什么，去走走吧。"

能运输这么多机甲的飞船当然不会小，可飞船比林纸想象的还要大，只有前面一小部分舱房被参赛选手们占据，其他地方全都锁着，看起来没人。

两个人从前往后走，走了很远才到后舱。林纸立刻明白秦猎为什么带她走了那么远，执意要到船尾来了——船尾有一整面巨大的落地舷窗，外面就是太空壮观的景象。深邃的底色上镶嵌着无数璀璨的星星，比从母星上看更加清晰，也更加震撼。

秦猎站在她身后，示意她看舷窗外："那边就是一区前线。战线离我们很远，五区现在还是风平浪静，可是不知道能坚持多久。"

星环五区是母星所在的星系，人类的起源地和大本营，如果丢掉，对整个联盟的打击是毁灭性的。所以这些年来，和虫族的主要战场一直都被联盟艰难地控制在星环一区到三区。

两人站在舷窗前往外看，飞船正远离战场，向宇宙更深处飞。

秦猎毫不避嫌，站得很近，跟她说话的时候微微俯身，姿势暧昧。林纸通过舷窗上的影子，发现所有路过的人都在看他们——他俩站在那里，就像是一个特大号绯闻的现场版。

林纸知道他一直在借由两个人之间的"特殊关系"，掩盖真正的特殊关系。这样就算在联赛中又遇到类似上次的虫子暴动，他丢下一切火急火燎地去送药也会被认为是理所应当。可是现在站在这里，被这么多人盯着看，脸皮厚如林纸还是有点儿不太好意思。

林纸暗暗跟他商量："你能不能……呃……稍微站远一点儿？"

秦猎反问："为什么要站远一点儿？"说着反而又往前挪了半步。

林纸："……"

秦猎的手环忽然轻轻一振。

林纸纳闷："你的手环还有信号？"她的手环一上飞船就没了一大半功能，除了打不用联网的游戏和看看时间外，彻底没用了。

"我开通了飞船上的特别通信服务。"秦猎看了看手环，带着歉意对林纸说，"是我哥找我。我得马上跟他说几句话，空间跳跃点之后通信就不太方便了，你稍等我一下。"他急匆匆转身走了，大概是有什么重要的事，后舱这里人太多太杂，得另外找个安静人少的地方说。

林纸继续看星星，站了一会儿，舷窗上映出别人的影子——有人走过来了，站在她身后，还是两个。

林纸回过头，发现是两个 Alpha。现在她有了点儿经验，已经能看出区别了：Alpha 天生个子高一些，肌肉多，看起来运动能力很强；Beta 相对中庸；Omega 就像她一样，体型稍小一些，瘦一点儿。即便不同个体还是存在差异，但基本不会错。

眼前的两个 Alpha 长得一模一样，一看就是对双胞胎，还是长得非常漂亮的双胞胎。林纸心想，这样的漂亮一下子复制了两份，他们的爸妈一定觉得很划算。

两个人都鼻梁高挺，像是从二次元漫画里走出来的，各顶着一头有点儿凌乱的白毛，不知道是天生的还是染的，一边的耳朵上有个圆锥形金属耳钉，只不过一个把耳钉戴在左边耳朵，另一个戴在右边耳朵。他们穿着一模一样的松松垮垮的飞行夹克，手上戴着半截黑皮手套，无论是神情还是打扮，都像是随时准备找人打一架的样子。

不知为什么，林纸觉得他俩的白毛里要是钻出一对毛茸茸的耳朵一定很合适。

两人正用一样的漂亮眼睛兴味盎然地盯着林纸。

"你就是林纸？"一个白毛问。

"和秦猎传绯闻的那个林纸？"第二个补充。

虽然不太喜欢这个定语，林纸还是点点头，然后反问："你们两个叫什么？"

耳钉戴在左边的白毛答："我们是兄弟，是比邻星系第一机甲学院的。我是哥哥，叫戈飞，他是弟弟，叫戈兰。"

耳钉戴在右边的白毛寸步不让："我是戈兰没错，不过我才是哥哥。"

戈飞"呵"了一声："我比你早生三分钟。"

戈兰："早生三分钟的是我！爸说过满月的时候把我们带出去玩，好像不小心把我们两个人弄混了，所以哥哥应该是我。"

谁大谁小随便吧，再大也就大三分钟而已，喝杯水都不一定够。林纸打断他俩的争执，问："你们找我是有什么事吗？"

戈飞手抄在口袋里，漫不经心地"嗯"了一声："我们过来是想问问，你想不想跟我们两个人交往？"

林纸有点儿蒙：两个人？交往？

戈兰补充理由："我们觉得秦猎选中的 Omega 一定很不一般，所以把你参加学院大赛的资料找来认真研究了一遍，一致觉得你非常不错，头脑够清楚，操控机甲的技术也很娴熟……"口气实在不像是在求交往，更像是在招募联赛队员。

戈飞接着说："今天上飞船的时候，我们亲眼看到你真人，一致觉得你长得很漂亮。所以我们想，你想不想换成我们？我们中的一个也许不如秦猎，但是你可以一下拥有两个……"

戈兰补充："……双倍。"

林纸心中的震惊很难用语言来形容，他们比邻星系的人都这么奔放吗？

戈飞看懂她震惊的表情，解释道："当然，你想从我们中间选一个也可以，不过同时选两个我们也不反对。怎么样，想不想换人？"

林纸婉拒："我……那个……暂时还没有换人的打算。"

戈兰盯着她追问："你这个'暂时'大概有多长？"

到天荒地老。

林纸："到联赛结束？"

戈飞点头："好，那联赛结束的时候我们再来问你一次。你在联赛时可以多注意我们的表现，我们已经有很多次大赛经验了，绝对不会让你失望的。"

　　林纸：你俩真的不是来自荐组队的吗？

　　神奇的双胞胎终于走了。旁边立刻就有人过来，跟林纸打了个招呼。如果林纸没有猜错，十有八九又是个 Alpha。

　　他穿着一身浅灰色的学院制服，壮硕的身体好像快从制服里跑出来了，头发剪得极短，眉毛和睫毛都浓密得像种的小草一样。他伸手和林纸握了握，自我介绍道："我是凯文 218 机甲学院队的队长，叫洛瑞。刚才戈飞和戈兰他们过来是求交往的？"

　　林纸摸不清他想说什么，含糊地"嗯"了一声。

　　洛瑞凝视着林纸，微笑道："他们家族的人就是这么不含蓄。"

　　林纸：你的眼神也不算太含蓄。

　　洛瑞把手抄在口袋里，斜靠在舷窗边，摆了个潇洒的姿势，一副不打算走了的样子。他跟林纸瞎聊："戈飞、戈兰他们家在比邻星很有名，他们有生双胞胎的基因，生出来的孩子都很有驾驶机甲的天赋，所以每一代择偶的时候都会对 Omega 精挑细选，尽可能找到最有机甲驾驶天赋的基因。"

　　林纸：怪不得他俩的口气那么像求组队。

　　洛瑞跟林纸闲扯了一会儿比邻星的事，又聊了聊凯文 218 行星的风土人情，最后终于亮出手环，说："留个联系方式吧？"

　　林纸把联系方式爽快地给了他，把他打发走了。

　　洛瑞才走，又有个女孩儿过来，又高又飒，自我介绍是六区缪拉机甲学院队的。林纸跟她聊了一会儿，弄明白她也是个 Alpha。

　　就这样没多大一会儿，林纸就一个接一个地接待了一大串人，几乎全是参赛的 Alpha。

　　林纸：这真的是院际联赛，不是相亲大会？

　　这时，终于来了一个非常明显不是 Alpha、疑似 Omega 的女孩儿，和林纸差不多高，梳着高马尾，嘴里嚼着疑似口香糖的东西。她本来是过来看舷窗外的景色的，转头看见林纸，友好地伸出一只手："母星荣耀机甲学院队队长，黎央。"

　　林纸跟她握了一下手："帝国机甲学院，林纸。"

　　黎央立刻反应过来，眼睛都睁大了，脱口而出："啊，你就是那个秦猎给买卫生巾的林纸？"

　　林纸："林纸"这两个字前面的定语越来越可怕了，还不如原来"账户余额二十八块钱的林纸""和秦猎传绯闻的林纸"……

　　黎央嘴太快，说完才意识到，赶紧往回收："不好意思。我的意思是，帝国机甲学院那个特别厉害的林纸。我看了你比赛的片段，尤其是万虫斩通道那里，真的棒。"

　　"没关系。"林纸说。反正人家的描述很客观，说的也没错。

　　飞船忽然一阵剧烈的震动。两人站不稳，一把扶在舷窗上。

　　片刻后，震动停了，头顶传来广播的声音："这里是船长广播，飞船暂时出现轻微的线路故障，请乘客们少安毋躁。"

不知出了什么事，旁边的人议论起来。

"什么线路故障能抖成这样？"

"所以我真是不喜欢长途飞船。"

"还好是现在出故障，要是在前面的空间跳跃点，大家一起完蛋。"

飞船正在茫茫太空中飞行，距离最近的行星都很远，要是真的出点儿什么事，比飞机坠机还吓人。

又是猛地一抖，这回后舱所有的灯突然都熄了，周围黑成一片。不过前面看上去还有点儿亮光，于是所有原本待在舷窗旁的人纷纷往前走。

黎央："这边太黑了，我们回去吧。"

林纸有点儿纠结："你先走，我想等一下人。"

"等人？秦猎对不对？"黎央一脸"我懂"的表情，"那我先走了，这里太黑，你自己小心。"

林纸点点头，又站在原地等了一小会儿，秦猎还是没回来。

现在情况不明，一个人留在黑暗里太不安全，林纸决定不等他了，离开舷窗，往前舱走。

黑暗继续扩大，又一个船舱的灯黑了。广播里传来船长的声音："目前飞船部分照明线路出错，请乘客们不要惊慌，回到各自的舱房。"

飞船很大，通道四通八达，结构错综复杂，像迷宫一样，还好走廊每隔一段就有屏幕，上面显示着飞船内的地图，只要点一下就会自动标出路线。林纸的舱房在很前面，她一边看着屏幕上的指示一边往回走，总算回到了有照明的地方。不过周围的灯也在闪烁，时亮时暗，后舱已经没什么人了。呼的一下，有个影子速度极快地扑了过去。林纸没看清是什么，只觉得体积很小，大概只有一只鸟那么大，只是因为在灯下掠过才特别显眼。

这里是星际飞船，不太可能有什么动物。这么想着，林纸火速往后退，差点儿撞上身后的人，是刚刚见过的戈飞和戈兰两兄弟。他们明显也看到刚才的影子了，反应也不慢，什么也不问，和她一起往后退。三个人一口气退到前一个走廊的转角才停下来，探头往前面张望，那边好像什么都没有。

戈兰压低声音问林纸："刚才是什么？"

林纸低声答："我也没看清。"

走廊上的灯一闪一闪的，看着不太靠谱，好像随时会熄。

戈兰问林纸："大家都走了，你怎么还在这边？在等人？"

林纸没回答，反问他："你们两个呢，怎么也不回舱房？"

戈兰答得理直气壮："我们两个刚才看见你不走，就也没走。"

戈飞补充："你是我们两个到现在难得意见一致觉得可以交往的Omega，我们必须保护你的安全。"

林纸："……"前面有奇怪的影子掠过，貌似不太安全，可这里多了对奇怪的双胞胎，好像也没有安全多少。

戈兰的态度很诚恳："放心，我们一定把你平安送回舱房。你可以把这当成对我们有没有资格和你交往的考查。"

戈飞接道："我们是认真的。"

林纸默不作声，扫了一眼他俩，伸手点了点墙上屏幕显示的地图。她在地图上标出小队舱房的位置，地图立刻计算出最短路线，用红线标出来，刚好要经过前面奇怪影子出现的地方。

应该可以从其他路过去，林纸删掉那根红线，地图马上重新生成了两条新的路线。

双胞胎也在一起看。

戈兰："往回退就要走熄灯黑掉的地方，想绕路的话，肯定要经过一条工作通道。"

戈飞蹙眉："不知道工作通道怎么样，感觉好像没有客舱这边安全。"

两个人四只一样的眼睛看着林纸，问："你想怎么走？我们听你的。"

林纸："绕路吧。"

他俩二话不说，跟林纸一起绕路。

三人按照地图的指示，七弯八拐地拐到旁边的通道。这边确实不是乘客会走的地方，很多大大小小的管道裸露在外面，四周寂静无声，只有管道中偶尔传来一两声噗噗的轻微响动。

林纸看到转角的地上有几节金属管子，像是维修时拆下来的。戈飞也看见了，捡起来，先递给林纸一根，然后和戈兰一人拿了一根——上飞船时，按照飞船的安全条例，所有武器都和机甲一起登记后储存在货舱里，随身携带的小刀之类的个人物品也都交给船员暂时保管，这会儿捡根管子防身好过空手。

戈兰拎着金属管，边走边跟林纸聊天："你猜我们两个谁是戈飞，谁是戈兰？"

林纸看他一眼："你是戈兰，他是戈飞。"

戈飞和戈兰愣住了。戈兰讶异地问："为什么？"

林纸转了转手里的金属管："什么为什么？"

戈兰指耳朵："你看，我的耳钉戴在左边耳朵上，你不觉得我是戈飞吗？"

林纸一万个无语："你俩的两只耳朵上都有耳洞，耳钉又不是死的，还不是想戴哪边就戴哪边。"

戈飞也争辩："可是我们两个的同学、教官、家里的亲戚，这些年都是用耳钉认我们的。"

林纸："所以你俩就把耳钉从这边换到那边，从那边换到这边，没事捉弄人玩？"

戈兰不服："可是我们两个不只换了耳钉……"

戈飞："……也非常注重各种细节。"

林纸帮他们补充："戈兰假扮你的时候会说话多一点儿，更积极一点儿，通常先开口。你假扮戈兰的时候话就会说得少一些，比较沉默，每次都是帮他补充后面一句。"

刚才在后舱舷窗前时，都是戈飞先开口说话，戈兰接着，这次在走廊里再遇到时，他俩不只把耳钉左右换了个方向，还改成了戈兰说话，戈飞补充。两人就像说相声，一个逗哏，

199

一个捧哏，分工明确，假扮另一个人的时候会把对方的活儿也一并接过来，如果用谁为主谁为辅来分辨他俩，一定会中招。

双胞胎被她一语说中，沉默了。

好半天，戈兰才说："我俩从小时候起就认真做过'戈飞'和'戈兰'的人设。'戈飞'比较活泼，大大咧咧的，有点儿马虎。'戈兰'稍微内向一些，不太喜欢说话，但是很细心，很体贴。"

戈飞："我们两个想演哪个就演哪个，这些年没什么人能看出来。"

林纸：就是想骗个人而已，竟然骗得这么细致，这么专业，还专门做了人设，怎么不上天？有这演技和精力，来做机甲驾驶员真是埋没了。

戈兰看懂了她的表情："每天太无聊，我们就是觉得这么玩挺有意思的。"

戈飞忍不住问："我们演得那么像，身边的熟人都看不出来，你到底是怎么分辨出来的？"

林纸不答。世界上哪儿有一模一样的两个人，就算是孪生的也不会完全一样。

双胞胎行骗多年，这次踢到铁板，很不服气，从林纸那里问不出来"漏洞"，只得凑在一起低声嘀咕。

"你是不是又摸鼻子了？我就跟你说，你得把这个习惯动作改掉。"

"我没有，我一直克制着，攥着手呢。我们回去仔细照照镜子，说不定是哪里又有破绽了。你鼻子上新长的那颗雀斑今天遮了吗？"

"我早晨就仔细遮过了，不信你看，根本看不出来。你说会不会是衣服？你身上没蹭到过什么吧？"

"咱俩的外套刚才不是已经换过来了？"

"我是说裤子和鞋。"

两人低头检查了一遍。

"应该没有，全都一致。头发也重新抓过了，看着跟刚才走向不一样了吧？"

见他们凑在一起认真地一点点理线索却什么也找不出来，林纸心中暗暗好笑，这样一路往前倒是不太无聊。

前面就是这段工作通道的出口，连接的是正常的客舱。头顶的灯光忽然又闪了几下，唰地熄了。这一段路本来照明就不多，这下几乎全黑，只剩出口那边透进来一缕灯光。

林纸和兄弟俩本能地举起管子。

真有东西出来了，一个黝黑的影子突然从旁边管道的角落里钻了出来！

三人毫不犹豫地抡起金属管，打算往黑影身上招呼，不过马上一起停了下来。因为对方出声了，用两只手抱住脑袋弯下腰，喊："啊！谁啊？别别别！别打！"

借着那点儿光线，能看出是个胖胖的中年人，身上穿着飞船船员制服，不过制服穿得邋里邋遢，扣子开着，蹭得挺脏。中年人也看清他们了，火速摘掉耳朵上的耳机，举起手："别怕，别怕。别打我。船上的线路出了点儿问题，我正沿着线路走向排查检修呢，结果一不小心又弄断一条照明线。"他在随身的大包里翻了翻，找出一盏灯打开，给林纸他们熟门熟路地指路，"你们要回前舱？往前穿过一条横走廊，再往右转，然后往左继续向前，就能到学员住的地方了。你们自己先走，我还得在这里接着检修。"

戈兰忍不住提醒他："你别戴耳机了，小心一点儿。这儿不太对劲，我们刚才好像看见了奇怪的东西。"

戈飞补充："一晃就过去了，比人小很多，像只鸟一样。"

林纸问："船上有怪东西，你要不要告诉你们船长？"

中年人笑了："你别说，说不定还真的是鸟。我们开下面的货舱门的时候，经常有小鸟偷偷飞进来，搭上我们的飞船，换个行星才下船。"

只听过鸽子搭地铁，头一次听说小鸟搭飞船。不过林纸还是提醒他："线路又刚好这时候坏了，当心飞船里真有不对劲的东西。"

中年人安抚她："明白。咱们飞船上早就装了生物扫描系统，就是线路忽然坏了，我们维修组正在到处找断了线的地方，找到了做个全船生物扫描就行了，放心。"

听着让人更不放心了，这线路断得太巧。然而中年人并不把这事放在心上，带着他的灯钻了回去，在墙上鼓捣那堆乱七八糟的线。

林纸和双胞胎对视一眼，没再多说什么，继续往前。走了一段，终于到了照明正常的地方，离前舱也不远了，遥遥地能听见隐隐的人声，三人不约而同地松了口气。

林纸在屏幕上查了查线，和中年人刚才说的一样，他没有撒谎。

又走了一段，前面忽然有了人，还是个熟人，是刚刚跟林纸瞎聊半天要走她的联系方式的洛瑞，他人高马大的，晃晃悠悠地走在前面。

戈兰也一眼认出来了："这是凯文 218 机甲学院的队长……"

戈飞补充："叫洛瑞。"

戈兰开口想叫他，才张嘴，就被林纸一把按住。她把手放在唇边，做了个噤声的手势。

戈兰这时候才注意到，洛瑞走路的样子和平时好像不太一样：洛瑞也是大四生，去年就和他们一起参加过院际联赛，向来很端着，自诩偶傥，一只手总插在口袋里，见到 Omega 就用眼睛各种放电，走路的姿势绝不会像现在这样手脚不太利落，像只破布娃娃。

戈兰转头纳闷地看看林纸，她怎么能这么快就意识到不对呢？

林纸一眼就看出不对，主要是因为最近受了刺激，先是遇到假邵清敛，然后又发现秦猎曾经穿女装坐在自己旁边，一个又一个的，让她现在看谁都觉得不是真的，也就对人的各种特征特别留意。

洛瑞拖着两条腿慢悠悠往前走了几步，接着往旁边的走廊一转，不见了。

三人互相看了看，迅速跟了上去。

离前舱这么近了，洛瑞却没有回去的意思，一直在往边边角角的地方走，不知道想干什么。他七弯八拐，又没影了。

三人加快脚步往前赶，走到前面走廊转角，仍然没看见——跟丢了。

前面是岔路，三人一时决定不了去哪边，正到处看时，林纸忽然觉得脑后有风声袭来。她反应极快，往下一缩，身后的一记重拳没揍到她的后脑，直接打在前面戈兰的背上。这一拳不轻，要是真的打中林纸的脑袋，估计会当场 K.O，可是打在戈兰后背上就还好。

戈兰本能地回过头，是洛瑞。他看着就不太正常的样子，目光呆滞，板着一张脸，看大家的眼神像是看陌生人，见没能打到林纸，毫不犹豫一拳对着戈兰挥过去。

林纸手里还拎着刚才捡到的金属管，蹲下时已经抢起来，一下抽在洛瑞的腿弯。她力气不大，但有金属管加持，外加关节位置找得很准，洛瑞当场就跪下了。

戈飞并没在旁边闲着，看到洛瑞跪倒在地上，干脆利落地一管子敲在洛瑞的后脑。洛瑞立刻扑倒在地上，不动了。

林纸弯腰观察洛瑞，问戈飞："你下手那么重，不会把他打死了吧？"

戈兰回答："他心里有数。我们去年和洛瑞交过手，他壮得跟熊一样，死不了。"

说话的工夫，林纸已经验尸一样翻开洛瑞的眼皮看了看，又试了试呼吸，按了按他的脉搏，又去解他的扣子，拉开领口。

戈飞奇怪地问："知道他活着就行了，你扒他衣服干什么……"

话还没说完，三个人同时看见洛瑞的裤脚动了一下，一个奇怪的东西嗖地一闪，从裤脚钻了出来，飞快地沿着地面向前滑去，是个扁扁的片片，只比巴掌大一圈，是灰色的，啫喱一样有点儿透明。林纸手疾眼快抄起手里的金属管，往那东西身上猛戳。可它像浑身抹了油一样，十分溜滑，也看不出是怎么动的，在地上滑得飞快，连着几下愣是没被戳中。

三人追上去，却看见那东西突然舒展开来，身体像有弹性似的长大了一圈，一震，腾地飞起来了。林纸锲而不舍，趁着它还没飞高，攥着手里的金属管扑上去，往墙上猛地一钉。金属管戳中了那东西的后半截。那灰色的薄片发出一阵拉警报一样的尖锐嚎叫，死命地往前挣扎。它力气不小，身体却很脆弱，不管不顾的挣扎让它快把自己撕成两半了。

戈飞和戈兰看它想逃跑，举起金属管，打算再给它来一下。正在这时，一把匕首戳了下去，比双胞胎动作更快地钉在薄片前面的最厚处。灰色薄片发出一声刺耳的尖叫，绝望地挣扎了两下，终于软软地垂下去，彻底不动了。

林纸回过头，发现是秦猎到了。

秦猎手里攥着匕首，先低头上下查看林纸，确定她没什么事，松了一口气。

他刚才收到秦修的消息，说有人故意在这艘飞船的货舱里放了三只扁翼蛣。扁翼蛣本身很脆弱，几乎没有攻击性，但是它们会寄生在人类身上，控制人类的行为，混进来肯定会想办法破坏飞船。秦猎立刻第一时间通知船长，可惜还是晚了一步，飞船的一些线路已经被人破坏了。于是他向船长借了把匕首，回去找林纸，没想到走到这里刚巧遇到她，她不只自己没什么事，还捉到了一只扁翼蛣，身边甚至多了两个保镖。秦猎认识他们，自然也明白这对双胞胎紧跟着林纸这个出色的 Omega 机甲驾驶员是想干什么。

秦猎抽出匕首:"没事了,已经死了。"

林纸松开墙上不动了的灰色薄片,打量一番秦猎,确定是他本人无疑,而且看上去还很正常,这才放下心。

灰色薄片失去支撑,掉了地上。戈飞和戈兰还是不太放心,用手里的管子捣了半天,确定它真的不会活过来才停手。

林纸问秦猎:"这到底是什么东西?"

不用秦猎开口,这题戈飞和戈兰全都会答。

戈兰:"看形态,估计是扁翼蛄家族中的一种,这种虫专门寄生在人身上……"

戈飞补充:"……能控制人类去做它们想做的事。"

戈兰继续:"你看它前面厚一点儿的地方,那是它的头部,只要戳那里就能杀死它。"

秦猎把收到的消息跟他们讲了一遍,转了一下手里的匕首:"根据我收到的情报,船上应该一共有三只扁翼蛄,现在已经抓住一只……"

戈飞顺溜地帮他接着说:"还有两只,得赶紧找出来,小心它们破坏飞船。"

秦猎可不是戈兰,被人抢了后半句话,十分不爽。

林纸并没有听说过扁翼蛄。她读过虫族图鉴,无奈虫族种类太多,繁殖能力强,新品种层出不穷,只靠来到异世界的这一小段时间实在看不完,就按照理论课的推荐列表看了经典的虫族种类,还有就是在战役案例中看到的一些相关的虫子,这种奇葩的扁翼蛄并不在其中。

林纸向他们求教:"那被这种扁翼蛄寄生后,人还能正常交流吗?会性情大变吗?能看得出来吗?"刚刚洛瑞走路姿势奇奇怪怪,一下就能看出来。

秦猎回答:"不一定。这和虫子的操控风格有关,和被寄生的人的体质也有关,有些人天生对扁翼蛄的抵抗力比较弱,被寄生以后会非常听它们的话,性情大变……"

戈飞再次利索地帮秦猎接腔:"有些人的抵抗力就比较强……"

秦猎这次毫不客气地跟他抢:"扁翼蛄对他们的影响会很隐蔽,甚至会像一种潜意识的影响,很难察觉出来。"

林纸:竟然这么复杂。

秦猎其实更关心的是另一件事:"扁翼蛄是一个大家族,谱系上每一个分支的扁翼蛄都会有各自特定的身体寄生部位。我没能拿到相关情报,你们刚才有没有注意到它是寄生在什么地方的?"

戈兰马上回答:"我们看见了,应该是在腿上。"

戈飞补充:"没错,它是从洛瑞的裤腿底下钻出来的。"

"不是。"林纸确定地说,"我看得非常清楚,它是从洛瑞的鞋里出来的,因为从鞋帮里滑出来,才看起来像是从裤腿里出来的。"扒在脚上,这虫子的爱好真是挺奇怪的。

秦猎很相信她的观察力:"那应该就是脚上。我们去通知船长。"

"三只都是一样的吗?"林纸问,"会不会有的喜欢胳膊,有的喜欢脚丫?"

这个秦猎知道，他回答："根据我们拿到的情报，应该是一样的，被偷偷放进来的三只是同一窝的，刚从三区前线运回来，准备送到实验室，就被人偷了。"

林纸点点头，弯腰去脱鞋袜："我们几个还是先自证清白比较好。"

秦猎不等她说完，已经自觉动手脱鞋。戈飞和戈兰也没有异议，干脆地脱掉鞋袜。

四个人抬起脚，互相检查，连脚底都没放过，好在大家都没有问题。

洛瑞还在地上躺着，他块头太大，很难挪动，几个人将他移到旁边放好，顺手也剥掉他的鞋袜看了看，他脚上没有第二只。

事不宜迟，秦猎抄起死掉的虫子，四人光着脚穿过走廊，前往飞船的驾驶舱。

驾驶舱在飞船前部，和客舱区分开，是一片相对独立的封闭区域。秦猎按了门上的按钮，对着上面的对讲装置说："是我，秦猎。"

门自动开了，里面有七八个人，全都穿着飞船船员制服，看到秦猎手里那只几乎被捣烂的扁翼蛄吓了一跳，全都围上来看："就是这东西？原来还真的有！"

虫子的出现是对秦猎的情报的最好证明，每个人都紧张起来。

林纸四下看了看，驾驶舱很大，很空旷，和船尾一样有大片的舷窗，而真正操控飞船的地方要再往里，有另一道透明的隔离门，门里才是中控台。隔离门上贴着复杂的标识，飞船行驶期间只有负责驾驶的船长和副船长能进去，其他人一律禁行。

船长是个中年女人，身材微胖，看起来是个 Beta，她原本坐在中控台前，看见秦猎他们拎着虫子，从隔离门里出来，听完情况说明便立刻安排行动。没过多久，一场轰轰烈烈的光脚丫运动就在这艘军用货运飞船上展开了。

按船长的指示，林纸他们先回客舱。刚走到客舱的走廊外，就有好几个学员看见他们，大概都是双胞胎的熟人，其中一个跟戈兰熟稔地打招呼："戈飞，你听说了没有，船上有扁翼蛄，所有人都要脱鞋检查……"他把戈兰当成戈飞。就像双胞胎说的，他们用耳钉认人。

戈兰转头对林纸挤了一下眼睛，露出微笑，然后转向那人，语调开朗热情："没错，我们遇到了一只，你们猜在谁身上？凯文 218 的洛瑞……"

戈飞在旁边冷静地接话："还没比赛，他就先进医疗舱了。"

旁边的人开始起哄，好像有扁翼蛄和洛瑞进医疗舱是特别好的事，他们开心得像在过节。

林纸和秦猎继续往舱房走。一路上，林纸很痛苦——扁翼蛄找的这个寄生部位真的不太讲究，它们一定没长鼻子。

舱房里，所有人互相检查脚底，就连正在补觉睡得迷迷糊糊的杀浅都被安珀和边伽剥掉了脚上的鞋袜。没过多久，一队光着脚、穿着船员制服的人由飞船上的安全官带着，逐一看过学员们的脚底，顺便发动大家一起检查舱房的边边角角。

秦猎过去问情况，安全官说："飞船上船员不多，每个人的脚都已经查过了，现在就看客舱这边。"

如果这边也没有，就说明另外两只扁翼蛄还没来得及附在人身上，应该是藏在飞船的某个角落。安全官对此有点儿忧虑："生物扫描系统还没修好，全船都要人工检查一遍。前面就是超空间跳跃点，空间跳跃时，飞船不能有任何一点儿错，万一还有其他线路被它们破坏，这艘船就很危险。我们一定要在空间跳跃前把它们找出来。"

学员所在的客舱被从头搜到了尾，没有，看来是一定要搜全船了。

这船不小，全搜一遍不知道要多久，而在那之前，所有人都不能穿上鞋。

林纸抬头看了一眼，心里琢磨，飞船的空气过滤系统真的在工作吗？

秦猎跟她通感，知道她的痛苦，叫她："跟我来。"

边伽站起来："你俩又要去玩什么？能带上我吗？"

安珀手疾眼快地把他拉住："让他们去，你就别添乱了。"

秦猎带着林纸穿过舱房外的走廊，找到安全官："人手够不够？要我们帮忙搜索吗？"

这次扁翼蜢的事幸亏有秦猎的情报，更何况他们刚才已经捉到一只扁翼蜢了，比船上其他人更有经验，安全官立刻答应了。

"我们也一起去吧。"

是戈飞和戈兰，他俩也跟过来了。

林纸看了他们一眼，这一会儿工夫，戈飞又把耳钉换到了左耳。

戈飞："我们的捉虫技术不会比秦猎差的。"

戈兰补充："没错，而且我们有两个，双倍。"

秦猎："……"

刚才四个人是一起去船长那边送虫子的，安全官自然而然地觉得他们应该在一起，一口答应。

旁边的学员听见了，立刻纷纷报名，根本没人害怕。星际长途旅行很无聊，有这么热闹的事，每个人都很想去。

林纸心想，这里都是各机甲学院的优秀生，个个身手不错，这么大的飞船不太好搜，真的可以发动学员们帮忙。

然而安全官并没有这个打算，他安抚大家："就三只扁翼蜢，用不上那么多人，大家能安全地留在舱房里，就是最好的帮忙。"他想了想，建议道，"客舱这边杂物多，不如你们再彻底翻一遍吧。"

学员们立刻热火朝天地翻东西，把每样东西都抖一遍，连水瓶盖都翻过来看，像扁翼蜢能藏进去似的。

无论如何，林纸成功地逃离了光脚丫的密集区，和出发去搜索的船员们一起重新回到了飞船走廊里，不由得大大地舒了口气。

戈飞察言观色："林纸好像很不喜欢客舱那边，是因为大家都光着脚吗？"

戈兰纳闷："谁的鞋袜不是防臭材料吗？应该还好吧。"

戈飞："人家是 Omega，和你的鼻子灵敏度不一样。"

在双胞胎的坚持下，几个人拿回了寄放在船员那里的私人防身物品。两兄弟的是套在指头上的拳扣，也叫虎刺，一排四个指圈上都有尖锐的短刺。林纸好奇地拿过来研究。

戈飞解释："每年联赛都有人对赛场上的结果不服气，私底下约出来打架……"

戈兰："带点儿武器不吃亏。"

林纸也拿回了自己的东西，是一只其貌不扬的金属手镯，上面原本有一块块锈迹，被人认真地打磨掉了，不过还是能看出斑斑点点，除此之外就是细密的花纹，不花哨，甚至很朴实。

戈飞好奇地打量："这是什么？"

林纸回答："手镯。"这是出发之前她花了足足六十块从杀浅那里买回来的，是从他的大垃圾堆里挖出来的宝贝。

秦猎见多识广，比双胞胎识货多了，他看了一眼林纸的手镯，什么都没说，只淡淡提醒戈兰："你从刚才到现在一直盯着林纸的脚看，是想再查查她的脚底有没有扁翼蛄吗？"

林纸立刻自动自觉地抬起脚，给他们看脚底板。走廊被小清洁机器人擦得十分干净，她光脚走了半天，脚底仍然白白的。

戈兰象征性地看了一眼，讪讪地转开目光。

倒是戈飞问秦猎："你知道我们两个谁是戈飞，谁是戈兰吗？"

秦猎看了他一眼："我不知道你们谁是戈飞，谁是戈兰，但是我知道你刚刚耳钉戴在右边，现在换回左边了。你的语气也和刚才不太一样。你们两个是在假装对方吗？"

戈飞和戈兰："……"

兄弟俩同一天连踢到两块铁板，林纸有点儿想笑。

所有搜索飞船的人集中在一起，每个小组从副船长那里领到一个飞船内部用的小型通讯器，每人一个照明的强光灯，然后按照地图去认领一块搜查区域。林纸他们负责的是一小片舱房区，外加一条拐来拐去的工作通道，就在林纸刚刚经过的那条工作通道前面一点儿。

舱房区几乎没什么好查的。这一片的灯光还在一灭一亮，有点儿瘆人，但舱房全部锁着，门又是全封闭的，扁翼蛄再薄也钻不进去。走廊更是四壁雪白，干净得发光，就连通风口上都有密实的滤网。剩下的就是那条工作通道。这儿就复杂得多了，不仅拐来拐去，还到处是一条条的管道，最关键的是这里的照明没恢复，还黑着，很容易藏东西。

四人打着强光灯，一点一点往前排查，不放过任何拐角和管道之间背光的空隙。没用多久，这条工作通道就快查完了。

秦猎那边忽然有异动。林纸看见他拐过一个弯，身形一晃，把强光灯交到左手，右手一把抓住什么，立刻也把灯照过去。

又一次，他们抓到了那个胖胖的检修工。

他被秦猎揪住衣领，茫然地摘掉耳机："又怎么了？"

几个人立刻一起去看他的脚。

检修工怔了一下，轮流抬起左右脚丫给他们看："刚才有人查过了，看，什么都没有。"

秦猎仍然不太信他："你不开灯，摸黑蹲在这儿干什么呢？"

检修工一脸委屈："我的灯坏了，回去拿个新的又得半天。熄灯前我就找到线断的地方了，正打算摸黑接起来。黑着怕啥，咱几十年的老检修工了。"

林纸把灯照过去，墙角确实有一排线路接口。

检修工蹲下，给大家看："看，这几条线被人故意弄断了，断得整整齐齐的。"

他已经接好了一半，现在干脆就着林纸的灯把剩下的熟练接好，然后打开开关，通道里顿时大亮，连外面原本黑着的地方和灯光一闪一闪的地方也全都亮起来了。检修工很得意："怎么样，亮了吧？"他拎起包，继续沿着管道往前，"我得找找生物检测的线路哪里坏了。"

灯亮之后，看得更清楚了，管道之间也什么都没有。

所有搜索小组的进度都因为照明恢复加快了，通讯器里传来其他小组的搜索结果，无论是客舱还是下面的货舱，什么都没发现。

安全官忍不住用通讯器问秦猎："会不会消息不准确，船上只有一只扁翼蛞？"

秦猎十分确定："我觉得我的情报没问题，应该是三只。"

这就怪了。

林纸忽然想到一件事："如果到处都没有，那就只有一个地方还没查过……"

秦猎接她的话："大家身上。"

双胞胎：你俩这么接话，也是孪生的吗？

扁翼蛞没在脚上，不代表不在其他地方。安全官想了想，说："既然扁翼蛞没附在人的脚底，那就不能控制人的念头，让大家自己查一遍就行了吧？"

秦猎："如果有条件，还是互相检查一下比较好，不容易漏掉，像背后、衣服夹层、口袋，全都要仔细看一遍。"

戈飞嘀咕："那么大一个东西，真在身上，自己能感觉不到吗？"

不过他还是和戈兰一起乖乖地脱了外套，互相检查。

秦猎沿着通道往前，把检修工找了出来，帮他查了一遍。

安全官已经把消息发了出去，从船员到客舱的学员，所有人开始检查自己身上。

林纸一个人走到转角，也把全身上下认真找了一遍，连后背都努力用手摸过了。

消息陆续传回来，还是没有。

林纸不放弃，问安全官："刚才我们有个昏迷的学员，送到医疗舱的那个，他身上呢？还有货舱机甲的缝隙，查了没有？"

"当然已经查过了，都没有。"安全官叹了口气，"至少目前全船搜索了一遍，根本没有找到其他扁翼蛞。我去驾驶舱找船长，看看要不要继续往跳跃点前进。所有搜索队员回前舱工作区待命。"他还特别交代，"秦猎，你们几个也回舱房休息吧。"

林纸暗自琢磨，剩下的两只扁翼蛞究竟藏在哪儿了呢？忽然，一个奇怪的怀疑跑到她的脑子里。等安全官断掉通信，林纸就火速对秦猎说："我们不回舱房，我们也去驾驶舱。"

秦猎不用看都感觉到了她的着急，二话不说和她一起直奔驾驶舱。

戈飞和戈兰虽然不太明白他俩的意思，还是跟了上去。

四人火急火燎地往前走，终于到了驾驶舱外。和刚才一样，秦猎报上名字，门开了。这次里面空荡荡的，没什么人，估计都结组去找扁翼蜝了，只有船长留在隔间里的中控台前……

不，驾驶舱里还有一个人，就是安全官。他还光着脚，正站在隔离门前敲门，好像打算把船长叫出来说话——看来安全官也没有权限进入中控室。

船长听见声音，放下手里的事，从中控台前站起来，打算开门出来。

林纸迟疑了一瞬，对秦猎说："抓他！快抓他！"说着自己也扑了上去。

秦猎什么都没问，冲向门前的安全官。

双胞胎也毫不含糊，紧紧跟上。

船长看到外面的人全都往这边扑，开门的手立刻停在了空中，纳闷地站在门里。

秦猎动作最快，毫不犹豫地一拳挥向安全官的后脑。安全官反应不慢，发现不对，回头的同时往旁边一躲，却还是被打到侧脸，整个人朝旁边飞了出去，不过才落地就一骨碌爬起来，脸色铁青地冲向秦猎。秦猎这次没挥拳，而是训练有素地抓住他的胳膊，反关节一掰，安全官藏在右手里的匕首"当啷"一声掉在地上。

众人一拥而上，把他按倒在地上。林纸第一时间去摸安全官的腿。

秦猎和双胞胎："……"

下一秒，一个熟悉的灰色薄片从安全官的裤腿里钻了出来，沿着地面，用极快的速度嗖地滑了出去。林纸抬起胳膊，手镯像活了一样飞快从她腕上展开——朴素的圆环仍箍在她手腕上，而上面连接的厚厚雕花的部分却从圆环上展开，伸直拉长，锐利的尖端露出来——用快得让人看不清的速度精准地钉在那只逃跑的扁翼蜝头上。虫子，卒。

戈飞讶异地看看林纸的手镯："这是什么奇怪的武器？"

戈兰答："我想起来了，以前在中古店见过，几十年前流行的小型可穿戴式机甲的一部分。这种都是旧式的耦合系统，现在没什么人会用了。"

没了扁翼蜝，众人把安全官松开。安全官从地上坐起来，因为搏斗过，还在喘，他看着地上的扁翼蜝，张口结舌，话都说不利落了："啊！怎么回事？我身上为什么会有虫子？还藏在裤子里？我怎么一点儿都不知道？"

林纸不动声色地问安全官："你还记得你刚才干了什么吗？"

安全官一脸莫名其妙："当然记得了。我们刚才搜了一遍飞船，没找到虫子，我打算来驾驶舱问船长，如果真的搜不出虫子，要不要继续前进去跳跃点……"

他的样子、反应和被第一只扁翼蜝控制的洛瑞完全不同：洛瑞像是丧失了自己的意识一样，目光呆滞，走路如同僵尸；可安全官看起来一切正常，能和人交流，连熟人都没察觉到他有什么异样，他甚至一直保持着清醒的思维，直到现在。

好在他的行为有迹可循。林纸刚刚就觉得有点儿怪，飞船很大，跳跃点就快到了，这么需要人手的时候，他都不肯问问船长和副船长，就自己决定不用这些机甲学院的学员，等把船员全部调开去搜索飞船，他又一个人来到驾驶舱找船长，手里还攥着匕首……

秦猎继续问："你来找船长，藏着匕首干什么？"

安全官蹙眉思索了一下，说："不知道怎么回事，我脑子里忽然冒出一个念头，万一船长被寄生了呢？这里只有我们两个，我得拿着匕首防身。"

这些看起来都像是安全官自己的想法，就连安全官本人也是这么觉得的。虫子把念头送进他的大脑里，就像进入他的潜意识一样，他丝毫没有察觉他正在被利用和控制。

戈飞举起手："等等，还有一件事……"

戈兰替他说："不是说这三只扁翼蛄都是要寄生在人的脚底才能控制人的念头吗？为什么这只在他腿上也可以控制他？"

戈飞看看秦猎："秦猎，你非说收到情报，这三只是一样的，是一窝……"

戈兰："哪儿有一窝？"

林纸抬起头，看见船长正要开隔离门。她把胳膊交叉在胸前比了个"×"："不要开门。"

秦猎和双胞胎转头看向她。

林纸："第三只扁翼蛄应该也在这里。"

脑中像是有种强大的抗力在阻止她做这件事，但林纸还是弯下腰摸了摸自己的腿。

秦猎和双胞胎："……"

林纸腕上的手镯又动了。这次，一个清晰明确的念头冒出来：用手镯抵住安全官的脖子，用他威胁船长，让船长打开隔离门，再去把驾驶舱砸个稀巴烂……

林纸：你这计划可真是不怎么样啊。

这念头虽然疯，却出现得很自然，正常人平时没事的时候，时不时地脑子里也会钻出来一些偏离常规的奇葩想法，比如站在高楼上往下看会忽然琢磨着如果掉下去会怎样，削水果的时候会想象刀割到手指，等等。但只考虑念头的内容，就会察觉到这种念头不正常，就像有人在耳边恶魔般低语。

那念头这会儿正在她脑中重复，想让她劫持人质。显然它知道快被发现了，彻底急了，不得不一改刚才隐蔽的操纵方式。

林纸现在清醒而警惕，手镯伸长的尖刺灵活地转了个弯，对着大腿靠近腿弯的地方戳下去。尖端才刺破裤子，就有东西顺着她的腿溜下。然而手镯比它快得多，它才一滑落到地上，就被直接钉死。灰色薄片发出快要刺破耳膜的尖叫，在地上扭动了几下，摊开不动了。

秦猎问："怎么会发现它在你自己身上？"

林纸答："我刚刚回想自己的想法和行为，觉得自己有点儿不太对劲。"

她甚至能猜出虫子是什么时候到她身上的。

那只虫子原本应该是寄生在检修工身上，几十年的老检修熟悉线路，控制他切断照明和全船生物扫描系统轻而易举。而林纸第一次在熄灯的工作通道里遇到他之后就开始不对了——明明双胞胎都觉得虫子是从洛瑞裤腿里出来的，她脑中却有个非常顽固的念头，觉得虫子寄生在脚底。偏偏她说什么，秦猎就信什么，结果全船的人都在脱鞋看脚，给虫子争取到了更充足的时间。秦猎的情报没有错，三只虫子都是一样的，只是它们并不寄生在脚底，而是在腿上。

后来他们几个带着虫尸来驾驶舱找船长汇报情况，她一直在走神，注意力集中在要怎么打开中控台外的隔离门。回到舱房后她又开始心神不宁，一分钟都不想多待，特别想离开舱房，借口是大家的光脚气味不友好。可双胞胎说了，大家的鞋袜都是特殊的防臭材料做的。

再后来是大家检查身上有没有虫子，她觉得其他人都是男生，就毫不犹豫地一个人走到拐角，自己检查了一遍。

最后就是刚刚，她在安全官叫船长打开门的千钧一发之际迟疑了一瞬，叫秦猎去拦他。

显然，她自己的念头一直在和虫子的念头搏斗。她在没有意识到被寄生控制时无意中被虫子狠狠地赢了两回，第一次是被灌输了虫子寄生在脚底的念头，第二次是检查自己身上时被操纵跳过了虫子真正隐藏的地方。但她也赢过，坚持自己的判断，连杀了两只扁翼蛄，现在又找到了第三只。当她开始检查自己的想法，反思那到底是不是真是自己的想法后，虫子就再也没赢过。

戈飞看着林纸，眼中全是不可置信："我这还是生平头一回听说有人被扁翼蛄寄生控制后，自己把自己身上的虫子找出来的。"

戈兰也说："林纸，你刚才没被它控制吗？"

林纸有点儿不好意思："我当然有了，起码被它蒙蔽了两回。"

戈飞："有些人比较特殊，对扁翼蛄的抵抗力强，不过我从来没见过这么强的。林纸大概属于万里无一特别特别强的那种吧？"

戈兰还没从震惊中缓过神来："这太不讲理了，还是人吗？"

秦猎闻言默默看了林纸一眼。

林纸："……"

安全官的通讯器忽然响了，是维修组找到了线路被破坏的地方，把全船生物扫描系统修好了。

飞船启动扫描，全船搜索了一遍，确定再没有其他奇怪的东西，继续向着跳跃点前进。

一切恢复了正常，林纸他们也回到了客舱。

边伽坐在那里闷闷不乐："你俩一定遇到扁翼蛄了，对不对？"

林纸："没错。"

边伽眼睛一亮，立刻问："那你俩有没有被它寄生？"

林纸："……"看他的表情，被寄生像是多好的一件事一样。

杀浅被吵醒，翻了个身，觉得不太对，睁开眼睛看看脚上，凤眼一眯，怒了："我的鞋和袜子呢？边伽、安珀，肯定是你们干的，你们两个脱我袜子干什么？"

林纸他们找到三只扁翼蛞的事在学员中迅速传开，整件事里最戏剧性的事就是林纸竟然捉到了寄生在自己身上的扁翼蛞。假装路过他们的舱房门口，往里悄悄探头探脑的人更多了，走马灯一样在他们舱房门口来来去去，像参观动物园里新到的科摩多巨蜥。

林纸听见他们在走廊里小声议论："是那个 Omega 对吧？""对，就是那个不会被扁翼蛞控制的林纸。"

林纸：这说法不太对，她被扁翼蛞控制过，而且没察觉，不过这个定语起码比"秦猎给买卫生巾"正常多了。

没一会儿，双胞胎又过来了。

戈飞倚在舱门口，先看一眼秦猎，然后对林纸说："林纸，我家在八区赛场附近的行星有一座庄园，比赛中间有休息时间，你要不要来我们的庄园玩？"

戈兰也说："很有意思的，有各种动物和植物，如果你不放心单独来的话，可以把你的这些朋友也一起带过来。"

林纸知道他俩在想什么，刚才看到她不受扁翼蛞控制，对她的基因更感兴趣了，正在努力制造相处的机会。

秦猎不等林纸说话就冷冷地答："我们的赛间休息时间已经有安排了。而且我们现在还有事，对不对，林纸？"

林纸：啊？

秦猎站起来，不由分说伸手握住她的手，拉着她就走。

甩掉双胞胎，林纸才问秦猎："要去哪儿？"他不太正常，林纸忍不住下意识地扫了一眼他的两条长腿。

秦猎脚步不停："全船扫描过，没有其他虫子了。你还想检查一下我的腿吗？"

林纸讪笑："不用。"

离开客舱区，秦猎才松开她："带你去一个地方。我刚刚路过的时候，看见飞船上有个健身房，里面也有一面大的落地舷窗，可以看到外面的景色，而且没有后舱那么多人，不像那边那么乱。"

林纸心想，后舱那边确实挺乱，简直是个大型相亲现场。

健身房拐了几个弯就到了，各种健身设备和器械安静地立着，一个人都没有，沿墙一整面落地无缝舷窗，窗外就是太空的美景，星河灿烂。林纸走进去，第一眼就看到了靠墙的大转轮，立刻过去点了点控制屏："太好了，有这个！"

秦猎火速跟上，一把按住她的手，低头诚恳地建议："你没带防眩晕的药吧？我们很快就要比赛了，不如以休息为主。"一看就是被吓怕了。

林纸忍不住笑出声。

秦猎知道她是在开玩笑，叹了口气，问："你现在练到第几档了？"

"第五档。"林纸答，"老飞说期末前要到第七档不晕不吐，边伽早就能第十档无压力了。"

提起这个，秦猎胃里就一阵阵翻涌，他忍不住说："其实不用要求那么高，只是开机甲的话，练到第七档足够了。"

林纸很赞成："我也这么想。体质是我的弱项，能考核达标，不要妨碍驾驶机甲就可以，不一定要做到优秀。现在的精力和时间有限，还不如花在其他地方。"她离开大转轮，走到舷窗边，看着舷窗外的繁星，"我是在想，每个人都有自己的长处和短处，决定一个人上限的不是他的短板，而是他的长处，我想把擅长的努力做到极致，不在那些不擅长的地方跟人死磕。"她活动了一下细细的手腕，腕上的旧金属镯子在灯下闪闪发光。

秦猎也跟着看她的手，沉默了一会儿，忽然问："你上次在天谕时用机械臂表演的手指舞，怎么练的？"

林纸讶异："你想学？"

秦猎"嗯"了一声。

这倒是件新奇的事，不知道他想学这个干什么。林纸学手指舞只不过是因为以前新年要表演节目，想不出别的来，才和几个好朋友练了一阵这个凑数。不过秦猎的手那么漂亮，手指修长，跳手指舞一定好看。

林纸举起手："我记得不太全了，就一个动作一个动作教你吧。伸手。"

十分钟之后，林纸一边努力掰他的手指动作，一边嘀咕："秦猎，你怎么会这么笨？"

秦猎乖乖地举着两只手，让她一根根地校正他无处安放的手指，语气却很不服："这辈子都没人说过我笨。"

林纸猜测："那是因为他们不太好意思吧。"

秦猎反击："是因为不好意思吗？那你为什么没有不好意思呢？"

林纸掰着他的手指："有啊，我都被你笨得不好意思了。"

秦猎："……"

林纸其实也觉得有点儿费劲，每扳一下他的手指，就得举起自己的手看一眼，两人面对面地站着，左右方向是反的，手指动作又很复杂，得想一想才能把方向转过来。

秦猎看着她左换成右、右换成左地鼓捣，说："所以到底是谁比较笨？"

林纸捏着他的手指不动了，目带威胁地盯着他，一副再胡说八道就不教了的表情。

秦猎叹了口气，松开她的手，绕到她身后，把两条胳膊越过她的身体两侧举到她眼前："这样总可以了吧？"

林纸："……"

手的左右倒是一致了，问题是，这是一个从背后环抱着她的姿势。

秦猎肯定没有在乱占便宜，他很小心地跟她保持着距离，没有任何身体部位碰到她，就连两条手臂都是悬空的，像一个空心的拥抱。

林纸定了定神，重新举起手示意："这样。"她回头看了他一眼，眼前是他胸前的扣子，再往上是衣领和鲜明隆起的喉结，还有线条漂亮的下颌，"你能看到我的手吗？"

秦猎在她头上低声说："当然能看到，你那么矮。"

林纸气结，放下手。

秦猎弯弯嘴角，重新拉起她的手："好，你不矮，你比塞瑟山的顶峰还高。你继续。"

林纸咬了咬牙，用两只手快速地比了一下："先这样，这样，再这样。"

秦猎依样来了一遍，这次全部做对了。

林纸受到鼓舞，继续教他下面的动作，可是很难专心。他就在她身后，她不仅能感觉到他隐约传来的体温、细微的气息，还清晰地意识到，他离她后颈上的腺体非常近，近到只要拨开她的头发，低下头，就能一口咬穿。

自从来到异世界，除了比较麻烦的信息素和发热期，林纸并不觉得现在的身体和以前的身体有什么大的差别，而那些小差别带来的麻烦很好解决，记得及时用药就行了。可是此时此刻，后颈腺体的存在感异常强烈。它就在那里，在身后秦猎气息拂过的地方，像冬季积雪下蛰伏的小动物感觉到了外面的温暖，蠢蠢欲动，正在苏醒。

林纸心想，这么细微的感觉他应该感受不到吧？希望他感受不到。

秦猎就那么虚虚地环抱着她，在她头顶用低沉好听的声音低声问："这样？"

林纸有点儿撑不住了，他的存在感太强了。

两人交换过两次，林纸其实算是对他的身体很熟悉了，该看的、不该看的全都看过，并没有那么多陌生感。她努力给自己洗脑：这其实全都是自己的身体，前面的是她的身体一号，后面那个大的是她的身体二号。然而不行，身体二号现在被他控制，和在她手里时完全不是一回事。

两人保持着若即若离的距离，林纸有一刻甚至觉得他还不如干脆抱上来。

其实根本没人限制她的自由，只要一低头，她就能从他怀里钻出来，可是林纸有种莫名其妙的直觉，好像这样做就输了——这是一场两人之间的比赛，没有宣之于口，谁先认怂谁就输。

林纸尽可能不动声色地问："你还要继续学？"

秦猎"嗯"了一声："再来。"

林纸思索了一下，回忆后面的动作，抬起胳膊。

飞船忽然猛地一抖。

秦猎一只手扶住舷窗，另一条胳膊毫不含糊地搂住林纸，把她按在怀里。

林纸脑中只有一个念头：秦猎你的情报是不是不靠谱？飞船上还有别的虫子？

秦猎好像知道她在想什么："不是虫子，没事，我们正要穿过超空间跳跃点。"

飞船的抖动更加剧烈了，像地震一样。林纸看到舷窗外不再是深邃的暗色背景和一颗一颗的星星，而是放射出极光一样的彩色光芒，铺天盖地，绚烂耀眼。

秦猎没有松手，就这么把她整个人紧紧地压在怀里。他的胳膊搂着她，胸膛紧贴着她的背，下巴搁在她的头顶，把刚刚那个虚虚的拥抱落到实处。

林纸想，他这就是故意的吧？穿越空间跳跃点的抖动，完全没人的健身房，时间地点都刚刚好。

来到这个异世界后，林纸认真研究过，知道这个世界的人有很多比她原来所处的世界的人类更"兽"的习惯，比如用信息素划地盘。今天双胞胎一直在她身边晃，很明显激发了秦猎身为 Alpha 的习性——她和他通感，有密不可分的联结，他早就本能地把她划进了自己的地盘里，上次居伊比赛前挑衅，秦猎就亲自上阵把居伊呛了一通。

林纸忽然想起那次虫潮暴动，秦猎帮她注射屏蔽剂时曾经冷冷地说"我又不是动物"，此刻她很想说：秦猎，其实你还挺"动物"的。

片刻，震动停了，舷窗外的光影消失，恢复成星空的样子。

秦猎松开胳膊，语气温柔："没事了。"

林纸离开他的怀抱，转身看着他，心想自己刚刚那个反应实在太不好了。"她"的家乡在偏远星系的九区，这几年要去五区母星的帝国机甲学院，一定乘过无数次星际长途飞船，每一次都要经过几次空间跳跃点，她应该对跳跃时会震动这件事非常清楚。刚才飞船突然震动时，她的紧张和讶异秦猎一定感觉到了，所以才安抚她，而且他说"不是虫子，没事，我们正要穿过超空间跳跃点"，听起来像是在对一个没坐过长途飞船的人解释……

她正想着，秦猎忽然伸出手顺了顺她因为拥抱弄乱的头发："你以前坐的民用飞船都开得比较温柔，空间跳跃时震得没有这么厉害，军用飞船的驾驶员都是把飞船当战舰开的。"他双手奉上一个完美的台阶。

林纸不知道他说的是不是真的，说不定是在试探她，这台阶是层脆壳，一踩就碎。她不动声色地看着他，说："其实我并不知道经过空间跳跃点时是什么样的……"

秦猎没料到她会这么说，脸上情绪复杂——他觉得她是假的，但没料到她会主动交代。

林纸读懂了，继续把话说完："因为我一般一上飞船就睡觉，一直睡到下船。"

秦猎仿佛松了口气，眼神中却多了点儿失落："我有时候也是，从头睡到尾。"他看看窗外，"我们到星环六区了。"

前面还会有两个跳跃点，看来每个都得震这么一下，林纸提议："我们回舱房吧？"

秦猎没有异议："好。"

舱房里很热闹，虽然换了星环区域，飞船上过的还是母星时间，大家正在吃饭。

边伽一看到林纸和秦猎就抱怨："你俩总算回来了，我们都快饿死了。你们不回来，安珀就不让我们碰吃的。"

安珀笑了笑，低头把胖大叔的巨型食盒拖出来。

盖子打开，热气腾腾，香气扑鼻。几个人一人拿了一个夹肉烧饼。

附近几个舱房的学员闻着味过来，探头探脑地研究，问："你们吃的是什么啊？"

这艘飞船上全是母星附近五区的机甲学院学员，从小就喝营养液，几乎没怎么吃过真正的食物。

胖大叔做了不知道几倍的量，边伽随手拿出几个夹肉烧饼递过去："夹肉烧饼，我们偏远星系的特产，要试试吗？"

旁边一个人小声说："我家里人说这些东西的营养成分没有调配过，完全不平衡，都是垃圾食品，对身体不好。"

边伽的手立刻绕过他："那你别吃。"

林纸他们的舱房又一次变成观光胜地，外面的人悄声议论——

"看，连秦猎都在吃。"

"想偷拍一张，这辈子都没想过会看到秦猎吃这个。"

"林纸是偏远星系的，秦猎肯定是跟她学的。"

林纸转头去看秦猎，他默不作声地已经快吃完一个了。林纸想，他这样改变饮食习惯，等她穿进他的身体里，吃什么就不会显得太奇怪了，那自己平时是不是也应该喝几次营养液，好让他穿进来时也显得不那么奇怪？

3

飞船又先后经过了两个跳跃点，终于到达了这次航行的目的地——星环八区的蓝星。

蓝星是颗和母星环境类似的星球，十分难得地在星际殖民早期被发现时已经不用在改造环境上花费太多的力气，经过这么多年，早就成了星环八区最繁华的一颗星球。

繁华归繁华，却和母星的风格不太相同。

下了货运飞船，换乘短途飞船，林纸听见有人问："这地方是不是有星际海盗？"

"你小时候童话看多了？那不叫星际海盗，是各种星际非法组织，当心把你卖到偏远行星去当奴隶。"

偏远星系山高皇帝远，联盟忙于前线的战争，对这里的影响力有限，各种奇奇怪怪的组织层出不穷。秦猎上次提过的那个倡议限制资本膨胀、人人过回田园生活的全知社，还有从事星际走私买卖的深空等，基本都源于八区、九区这一带。

短途飞船抵达蓝星首府，也是蓝星上最大的城市——耶兰。

林纸立刻就喜欢上了这里。和规整的母星首都不同，耶兰很乱，但是很热闹，显得生机勃勃，总而言之，看上去很好玩。

杀浅："耶兰远离虫族战场，比较安全，而且物价比母星首都低太多了，一百万联盟币就能在不错的区买个像样的小公寓……"

林纸的眼睛都亮了。她在这个世界一无所有，学院放假的时候连个可以待的地方都没有。她咨询杀浅："只要一百万吗？是什么样的房子？"

边伽在旁边好奇地听着，忍不住问："你想买房？你要房子干什么？那么多钱能玩多少东西啊！"

双胞胎一直跟着他们，戈飞搭茬："再说才一百万，能买到什么房子？"

戈兰同意："屋子肯定小得腿都伸不开吧？还不如多出点儿钱买个大的。"

林纸：何不食肉糜。这些少爷们根本不能明白穷人的心情。

参赛学员们暂住耶兰市中心的酒店，有两天的休息时间，因为其他星环区域机甲学院的人乘不同的飞船，陆续才能到齐。

小队分到了三间双人房，林纸是 Omega，独占一间。

一到酒店房间，林纸就抱着光脑研究耶兰的地图，跟杀浅凑在一起谋划："在校学生没收入，没法贷那么多款买房，付全款会不会太不划算了一点儿？还不如把钱拿去投资。"

杀浅问："哪种投资？收益你能做到多少？前线最近吃紧，八区、九区这种远离战场的区域，房价一直在涨，你的投资能涨得过它吗？"

林纸反驳："可是它涨又怎样，你又不会卖。"

杀浅："你可以用它抵押贷款，再买另一套租出去。只要房子挑得好，在耶兰这个地方，让它自己养自己也不是不可能……"他忽然碰碰林纸，"有人找你。"

门开着，秦猎在外面。

林纸放下光脑，跑出去问："有事？为什么不进来？"

秦猎低声问："今天有空，又不训练，我想问你想不想跟我去一个地方玩？"

林纸直接答应："好。"

所以，这算是约会吗？

离开酒店，两人乘悬浮车抵达航栈。坐上短途飞船时，林纸才问："我们要去哪儿？"

秦猎："连去哪儿都不知道就跟着我走，也不怕我把你卖了。我们去蓝星附近的墓茔星。"

林纸以为自己听错了："墓茔星？墓茔？坟墓的那个墓茔？"

秦猎："没错。墓茔星，安葬联盟机甲驾驶员的地方。"

林纸沉默了。秦猎非同凡响，他的约会也非同凡响。别人约会逛山逛水晒月亮，他要带人去看坟……

很快，飞船缓缓降落在一颗卫星上。出乎林纸预料，一出小小的航栈，眼前是一个景色优美的地方，大气干净，天空湛蓝到透亮，遍植着各种不知名的花草。两人往前走了一小段，看到花草之间藏着平铺在地上的小小的石制方型牌子，上面镌刻着名字。

秦猎应该来过很多回，熟门熟路地带着林纸穿过一望无际的花海，停在一座白色的巨型纪念碑前。纪念碑是一个白色的三棱尖锥，像一把利剑，直指天空。

"这一片安葬的是第一代机甲驾驶员。"

纪念碑附近，无数石牌隐匿在鲜花里。秦猎把手按在纪念碑基座的手掌形状上，整座纪念碑忽然被点亮，发出柔和的白光——这应该是他们祭奠的方式。

"天谕当初开发第一代机甲时，正是虫族疯狂侵占一区的人类殖民行星的时候。我们在远离母星的一区耗费了无数人的心血，才把一些行星改造成适宜人类居住的环境，可是虫族来了，所有的努力都付诸东流。"

林纸忽然想起学院大赛决赛时，被虫族占领的一区人类城市的模拟景象。

"那个时候，耦合系统还不完善，强行耦合会对驾驶员的神经系统造成永久性的损伤。可是当时我们和虫族的战事吃紧，一区和二区越来越多的人类家园沦陷。天谕的耦合机甲能发挥很大的作用，迫不得已，联盟军事委员会特批了耦合式机甲的使用，投放到前线战场上。那一代机甲驾驶员，没人能活过三十岁。"

沉默了一会儿，秦猎才继续道："后来耦合机甲逐步完善，不再影响驾驶员的身体健康，但是仍然有无数机甲驾驶员牺牲在战场上。"他看看四周，"这里埋葬着很多我熟悉的前辈、我的朋友，还有我的父母。"

鲜花在风中微微摇曳，无数石牌静寂无声地立着。

林纸走过去，把手按在纪念碑上。纪念碑又一次亮了起来，她仰头看着它，想：秦猎的语气像是在跟一个对机甲、对这里的历史、对这个世界一无所知的人讲述他们的过去，他想让她理解他们的奋斗和他们的牺牲。

林纸开口试探："一区后来……"说完这四个字，她稍微停顿了一下，看他打算说什么。

果然，秦猎顺溜地接上："一区后来再也没有回到人类的手上，它现在是虫族的天下。二区和三区还在反复争夺中，我们和虫族互有胜负，四区现在是我们防守的底线，再不守住，它们就要打到母星来了。"

林纸觉得他的样子不像是在试探她，因为他并没有留意观察她的表情，只望着这片花海。

"母星是人类的故乡，它所在的五区也是人类行星最多的地方，是我们的根基，绝不能落到虫族手里。"

两人回来时，天已经彻底黑了，夜晚的耶兰灯火辉煌，比白天还热闹。

悬浮车靠近市中心商业区，几座摩天大楼之间有一片奇怪的地方，并不是往来的悬浮车流，而是一条固定不动的光带，自下而上，旋转蜿蜒。再靠近一点儿，林纸才看出来那是一条回旋的光带，如同一条往天上走的路，光带两旁是各种小摊位，人声鼎沸。

林纸好奇地趴在悬浮车车窗上往外看，鼻头都压扁了。

秦猎从玻璃反光中看见了她的鼻子，叫停了悬浮车："就在前面停下吧。"看林纸转过头，他解释，"那应该是耶兰的夜市，我们去逛逛。"

夜市是立体的，中间是上下两个方向的传送带，人站在上面，不费任何力气就可以轻松地上上下下。传送带两旁摊位前的地面是不动的，给人留出挤在一起买东西和在摊位旁边吃吃喝喝的空间。

耶兰不愧是偏远星系最繁华的行星，夜市上到处都是好吃到不行的"垃圾食品"，各种烧烤、冰饮、海鲜，完全是林纸熟悉的口味。除此之外还有各式各样的奇葩摊位，卖着让人匪夷所思的小玩意儿。秦猎这个母星人认识的东西还不如林纸连蒙带猜知道的多。

走了不远，两人看到一种黑乎乎、表面盖着厚厚一层雪白泡沫的饮料。

秦猎问："你渴不渴，我们要不要买杯那个？"

摊位前围着不少人，每个人手里都捧着一个大玻璃杯子，杯子外壁凝着一层水滴，好像喝得很开心。两个人挤进去，只见摊位上挂着牌子，上面写着："自产黑可依，十元一杯。"

林纸想，黑可依是什么，该不会这个世界也有冰可乐吧？那可实在太好了。

秦猎看出她喜欢，立刻亮出手环："我们要两杯。"

杯子很大，捧在手里沉甸甸、冰冰凉。林纸一拿到就闻出来了，这并不是什么冰可乐，更像是黑啤酒。

秦猎低头闻了一下："好像有点儿酒味。"他小心地抿了一口，"还不错，和你有点儿像。"

林纸：什么叫"和你有点儿像"？

秦猎又认真尝了尝，补充道："只有一点点像，你比它烈。"

林纸："……"

她喝了一小口，标准的啤酒味道，泡沫丰富，入口清凉醇厚，还有一点点苦味，刚刚好。

林纸的酒量还行，一杯啤酒应该没什么事，只是有点儿担心秦猎："秦猎，你以前喝过酒吗？喝这样一杯不会醉吧？"

秦猎捧着杯子，丝毫没有放手的意思："放心，没事。"也不知道他哪儿来的自信。

两人端着杯子继续往上逛，边走边喝，没一会儿，林纸就发现秦猎竟然把一大杯黑啤酒全都喝光了。

林纸无奈地说："你这么大的个子，万一醉了我可背不动你。"

秦猎冷静地答："你不会醉，我就不会醉。"

一语成谶。

林纸越走脸上越烧，心跳越快，脑中最后一个清晰的记忆，是站在一个摊位前盯着一棵挂满了真钱的盆栽琢磨，要是买回去送杀浅，他一定喜欢。后来就不知道怎么又回到了悬浮车里，手上的啤酒杯没了，秦猎正在很近的地方，手抄在她腋下，把她往座位上放："不知道是什么东西就喝了那么多。"

林纸真诚地问他："你也不知道是什么东西，你不是也喝了不少吗？"

秦猎一脸没想到她还会开口搭茬的表情，看看她说："你醒了？我喝了，可是我没醉。"

"我也没有。"林纸的脑子很清醒，逻辑不乱，"你怎么证明你醉了？"

秦猎被她气笑了，把她像抱小孩一样往座位上抱："好，你没醉。没醉就坐好。"

林纸也想，可是完全没办法，耳边血液在轰鸣，心脏怦怦乱跳，全身都很不舒服，只想躺下。

秦猎嘴上说着让她坐好，其实已经弯下腰妥帖地把她放平在座位上。这是租的悬浮车，后座不是可调的独立座椅，而是长长的一排，他放好林纸，自己也坐下，小心翼翼地搬起她的头，放在自己腿上。

林纸枕着他的腿，盯着他的下巴，态度严谨地跟他继续辩："我前些天读过资料，Omega体内代谢酒精的一种酶的含量只有 Alpha 的五分之一，所以虽然我喝了大半杯，你喝了一杯，但按比例算，我其实喝得比你多多了，比你醉一点儿很正常。"

秦猎哭笑不得，忍不住伸手顺顺她的头发，认输道："好，按比例你喝得比我多。喝了这么多竟然还会算数，你确实很厉害。"

林纸郑重地点点头，满意了。

秦猎松了松衣领，把头靠在旁边的车窗上。他和她通感，她不舒服，他也不太好受。

林纸放心地闭上眼睛，失去了意识。等再醒过来时，她猛地睁开眼睛，觉得整个人异常清醒，而且是坐着的，坐得很直，头靠着悬浮车的车窗。

林纸迅速低头看了看，她自己的身体和脸颊红红的，正舒服地枕在她腿上，闭着眼睛——这是秦猎的身体！

前面就是参赛学员们住的酒店，林纸纠结了一下要不要叫醒正在她的身体里替她醉着的秦猎，最后还是低声叫："秦猎？"

有人迷迷糊糊地"嗯"了一声，吓得林纸一哆嗦。因为这声音并不是从枕着腿的她自己的身体里传来的，而是来自秦猎这具身体，像自问自答。

这是什么情况？

林纸镇定了几秒，才试着又叫了一声："秦猎？"这次没有真的出声，而是在脑中叫他的名字。

四周很安静，脑中也很安静。

林纸在脑中努力"放大声音"，尽可能大声叫："秦猎？"

又是带着尾音的"嗯"的一声。

林纸这次确定，是这具身体在说话，只是他迷迷糊糊的，像在睡觉。

她又跑到他的身体里来了，可怕的是，这次他竟然没走！

林纸赶紧伸手试了试自己身体的呼吸，又按了按脉搏。还好，虽然一动不动地躺着，但摸起来是热的，呼吸还在，就是脉搏突突地跳得有点儿快，大概是那杯黑啤酒的功效。

悬浮车开始转弯，马上就到酒店，林纸在脑中大吼了一声："秦猎，你给我醒醒！"

这一声吼终于有效果了，那个嗯来嗯去的人总算不嗯了，林纸能清晰地感觉到秦猎的身体猛地一抖，醒了。

脑中一片安静，身体自己出声了："林纸？"

视线自动下移，手也自己动了，碰了碰膝盖上她的额头，问："你醒了？我好像听见你在叫我。"

林纸无奈地在脑中说："我不在那边，我在这里。"

秦猎足足静默了五秒钟才问："你现在和我在一个身体里？"

他不仅弄懂了状况，还明白了该怎么跟她这个灵魂二号交流：要"大声"地想，就像在脑中用力大声说话，声音足够大，对方就能听见。

"没错。"林纸对他说，"我们两个的耦合感应又出新问题了。"

秦猎的第一个反应也是伸手去试那具身体的呼吸和脉搏，发现都很正常，松了口气："所以只要想办法让你回去就行了。"

说得容易，穿来穿去这件事到底是由什么引发的，怎样才能回去，两人到现在都没弄明白，结果旧问题还没解决，又出了新问题。明天小队要开始适应性训练，后天是联赛的第一场复赛，林纸的身体不能这么躺着，他们必须赶紧处理这个麻烦。

不过眼前迫在眉睫的是酒店就要到了。

秦猎在脑中跟林纸谋划："我们得把你的身体运进去。"

林纸同意，幸好她独享一间双人间，不和其他人合住，只要把她的身体运到房间里，就暂时没人能发现出了这种乱子。

悬浮车在楼宇之间轻巧地拐了个弯，换成慢车道，准备自动降落。

秦猎："只能我把你抱进去。"

林纸有点儿痛苦："那么多人认识你，这么抱进去，万一被人撞见，明天一定绯闻满天飞。"

秦猎："现在时间晚，应该人不多，再说你今晚要是真的醉成这样，不是也要我抱你回去吗，有什么区别？"

林纸反驳："问题是我并没有真的醉成这样，你看我现在不是很清醒？"

秦猎冷静地指出："你现在很清醒是因为你在我的身体里，不受酒精影响，要是留在你自己那边，说不定就有这么醉。"

林纸继续反驳："那也不一定，说不定我已经醒了呢？我又没在那个身体里，你根本不能证明我现在不会醒。"

悬浮车在两人毫无意义的争论中来到酒店前。门口人不多，只有几个，不过看着都很眼熟，是和他们乘同一艘飞船来参加比赛的机甲学院学生。

他们正站在那里等悬浮车，看见秦猎他们的悬浮车缓缓落下来，上面又有出租的标志，嘻嘻哈哈地走过来："等半天，总算来了。吃个夜宵这么麻烦，我都要饿死了。"

车里，自动驾驶系统出声："亲爱的乘客，已抵达目的地，车款已从您的账户中自动扣除，请您下车。"

林纸的头还枕在秦猎腿上，秦猎火速吩咐自动驾驶系统："车门锁死，车窗颜色加深，我们换目的地了，去前面那个路口的那幢楼。"

悬浮车立刻升高，重新飞了起来。

那群学员：嗯？

悬浮车直奔前面的一座高楼，两人用同一具身体吁了口气。

秦猎又指挥悬浮车在附近兜了一圈，见酒店门口那几位终于上车走了，才让自动驾驶系统重新把车开回门口。酒店大堂是全智能的，并没有任何工作人员，遥遥看过去，也刚好没有客人，机不可失。

悬浮车一落地，秦猎就伸手去开门。林纸也伸手去开门，等意识到两人伸的是同一只手，她立刻停了。然而秦猎也停了，随即意识到林纸停了，又伸出手……

那只手就像抽风了一样，往前一动，一动。

两个灵魂没法同时操纵一个身体的动作，林纸指挥："你别动，我来搬我自己。"

秦猎答应了："好。"

林纸用他的身体打开车门下了车，又弯腰把自己的身体抱了出来。她从来没公主抱过别人，原以为会挺费劲，没想到对秦猎的身体来说，她一点儿都不重，抱得很轻松。

林纸抱着人，迈开大步，火速进了酒店。大堂里灯火通明，只有几个清洁机器人正在辛勤地工作着，把地板擦得闪闪发光。

秦猎建议："我看到右边拐角有个货运电梯，说不定没人用，比走客梯更安全。"乘客梯太容易遇到人。

林纸火速往右拐，果真找到了货运电梯。她腾出一根手指按了按，"叮"的一声，货梯来了，里面竟然满满的全是清洁机器人，十几对圆溜溜的眼睛看着她和她怀里的人。林纸突然心虚，觉得自己像是把醉酒女孩带回酒店的坏人。

最前面的小机器人出声："非工作人员请勿使用货运电梯，客梯在大厅正前方，谢谢您的配合。"

林纸转身就走，走得太快，脚下一踉跄，"咚"的一声踢在身后正辛勤工作的清洁机器人身上，把机器人踢得翻了个跟头。

秦猎叹口气："我的身体我熟，还是我来吧。"

林纸把控制权还给他。

秦猎打横抱着她的身体回到客梯这边，召来电梯，这回里面既没有人类也没有机器人。

房间在二十楼，电梯一层层往上，他们没遇到其他人，很快就到了，走廊里也没什么动静。

电梯门打开，秦猎探头往外看，多少有点儿鬼鬼祟祟："没人。"说完立刻抱着她的身体往外走。

他步子太大，走的速度太快，林纸非常担心自己的脑袋会撞在电梯门上，于是下意识地低头去看。然而她一低头，秦猎的头就低了下来，"咚"的一声撞在电梯外走廊的柱子上。

林纸心虚："谁在这儿放了这么根柱子，离电梯门这么近，不是害人吗？"

秦猎非常同意："很不合理，这酒店的设计师不太行。"

天降一口锅，扣在设计师头上。

这一层楼被院际联赛的组委会包了，住的全都是参赛的学员和教官，夜深人静，门全关着，大概都睡了。秦猎抓紧时间，直奔林纸的房间。就要走到时，隔壁房间的门突然打开，安珀探出头来，看到秦猎和他怀里抱着的满脸绯红昏迷不醒的林纸，怔了怔。

秦猎压低声音解释："我们出去玩，她喝得有点儿多，我送她回房间。"

门里传来边伽的声音："安珀，你干什么呢？你那边没血了我可救不起来。"

他们似乎是在打游戏。

安珀回头对房间里的人说："没事。"

秦猎不再管他，继续往前走，忽然想起什么，回头对他说："我今晚不回房间睡了。"他和安珀一间房。

安珀："啊？！"

林纸："啊？！"

秦猎在脑中跟她说："当然去你那边，否则呢？难道我们两个跟安珀住一个房间？"反正林纸的房间也有两张床。

秦猎来到林纸房门前，抬起膝盖撑住她，腾出手来拉起林纸的一只手，打开指纹锁，进门后用脚把门踢上，才把她的身体放到房间里的其中一张床上。

见卫衣帽子硌着她的脖子，秦猎想动手去脱她的外套，又不太好意思："你自己来吧。"

林纸接管了他的身体，照顾自己。

腕上的手环忽然响了一下，安珀发来消息："老大，我觉得你这样不太好。林纸是醉了吧，等两个人都清醒的时候，你情我愿，不好吗？"

林纸："……"心中还有点儿小感动呢。

"我来回他。"秦猎接手身体，低头回复，"把你满脑子的奇思妙想收一收。她醉了，一直吐，还撒酒疯，这里又没别的熟人，我今晚得照顾她。"

林纸："……"你才一直吐！你才撒酒疯！

"那就好，我也觉得你应该不会。"安珀放心了，又补了一句，"不过万一你真的把持不住，我刚才看了，床头抽屉里就有……呃……"

林纸看见秦猎直接敲了个"滚"字，然后删了，改成"没那种事，打你的游戏去吧"。

发完消息，秦猎抬了一下头。这会儿林纸没再控制他的身体，自然他在看什么就是她在看什么，立刻知道他扫了一眼床头的抽屉。

林纸默了默，问："你看那边干什么？"

秦猎答："安珀提到床头抽屉，我下意识地看一眼而已。"说完又扫了一眼平躺在床上的林纸。

林纸凉凉地问："你看完抽屉又看我干什么？"

秦猎问："我都不能看你一眼了？"

林纸沉默了一秒，说："色狼。"

秦猎提醒她："你想得太大声，我听见了。"

林纸答："本来就是大声说给你听的。"

秦猎气结，罢工了："那你自己来，想看什么看什么。"

来就来，林纸接手了他的身体，继续给自己脱外套和鞋，摆好舒服的姿势，盖上一层被子，这才直起身。

忽然，她意识到一件事：秦猎刚才在夜市喝了一大杯啤酒，这会儿好像很想去洗手间。

林纸叫他："秦猎，你要去洗手间，自己来？"

秦猎估计还在委屈着，淡淡回答："我不行，我怕我会不小心乱看。"

竟然跟她叫板，谁怕谁？林纸二话不说走到洗手间，熟练地站好位置，拉开拉链，动作行云流水、一气呵成。她明显地感觉到，随着她的动作，这具身体的脸烧了起来。

秦猎坚持不住，跟她商量："我还是自己来吧。"

林纸欣然把任务交给他。

可秦猎站着不动。

林纸当然明白是为什么，这次没说他"色狼"，而是安静地等着他。

两人都没再说话，过了好久，秦猎镇静下来了，重新动了。

林纸发现他竟然真的想低头往下看！她前些天虽迫不得已过，但上次是一个人，这次两个人一起，感觉特别尴尬。林纸出手干预，硬生生把他的头扳起来，目光也扭向面前的墙："你能不能看着别处？"

秦猎无奈："我如果不用眼睛看着点儿，就会弄得到处……算了，随便吧。"

林纸建议："其实你可以坐着。"

秦猎不肯："明明站着就可以，为什么要坐着？"

林纸耐心答："为了保持洗手间的整洁。我看过一个调查，有相当高比例的……呃……Alpha 在家里都是坐着的。"

秦猎无语："你为什么看过这么多奇奇怪怪的东西？"

不过他还是从善如流地坐下了，虽然不太适应，但是一切还算顺利。

解决完，林纸建议："洗一下手吧？"

秦猎："我当然会洗手，就算你不说我也会洗手。"

林纸："可是据说很多 Alpha 去完洗手间不洗手。"

秦猎："不管他们洗不洗手，我从来都洗手。"

两人一边在脑中吵吵闹闹，一边洗手。

林纸发现秦猎偏头瞥了一眼淋浴房，好奇地问："你该不会还想洗澡吧？"

秦猎没有出声。

林纸默了默，说："这种特殊时期就不洗了吧，一天不洗澡又不会死。"

秦猎仍然没出声，但是感觉他好像不洗澡真的会死的样子。

林纸："你要是真因为这个死了的话，我一定去你葬礼上给你献个大花圈，上面挂一对挽联：沉痛悼念秦猎千古，美德堪称典范，一天不洗就完，同窗林纸敬挽。"

秦猎叹口气："留着你的挽联吧，我只想洗个脸。我们一会儿试试能不能把你送回去，能送回去就可以好好睡觉了。"

他随意地洗了洗脸，洗到一半时，忽然说："林纸，你发现没有，自从你过来之后，我就不再和你的身体通感了。"

林纸猛然意识到好像真是这么回事，现在所有的感觉都来自秦猎自己的身体，他酒量还不错，几乎没什么醉酒的感觉，心脏也并不乱跳。

她转身就走。

秦猎的脸才洗到一半，还滴滴答答地滴着水，直接被她风风火火地带出了洗手间。

林纸大步来到床边，拉起自己的手，在手背上使劲掐了掐，毫无感觉。

为什么？她站着琢磨，还没想清楚，身体就被秦猎接手，又回了洗手间。他回来把水擦干，这才对着镜子开始琢磨。

林纸一条一条地列："第一，我们两个之间的通感是单向的，你我在自己的身体里时，只有你能单方面地感觉到我的感觉，我没法感觉到你的感觉。第二，当我们两个交换，在对方的身体里时，我能感觉到我自己身体的感觉，也就是说人换了，通感的方向却没换，所以通感这件事是和身体有伴随性的。第三，当我们两个像现在这样待在同一个身体里时，两个身体之间的通感竟然消失了，我们都只能感觉到你这个身体的感觉。"她望着镜子里秦猎的脸思索，"为什么呢？"

其实在林纸心中，还有一个没有说出口的第四点：按秦猎的说法，在她来到这个异世界之前，秦猎和"她"之间是没有通感的。

秦猎没有这第四点，却得出了和林纸一样的结论："我觉得通感这件事，其实并不是和身体相关，而是和你相关，因为你不在那个身体里了，所以通感没了。"

林纸也这么想。按惯例，运气不太差的话，穿越时空都能领到个金手指，她没冒出个系统什么的已经算是很保守了。她觉得奇怪的是，这种通感与身体伴随的单向性。为什么通感不是相互的，只有秦猎的身体能感受到她的感觉呢？林纸想不明白："无论如何，我们先想办法让我回去。"

秦猎接口道："或者我过去也可以。"

总之，那边的身体里得有个人，否则明天天一亮，林纸不起床，其他人就会发现不对劲，以她这种看起来像深度昏迷的状态，教官一定会找医生，事情会越闹越大，没法收场。

除此之外，林纸还有另一层忧虑："如果真的到后天联赛开始我都回不去，怎么办？"

联赛并没有候补队员制度，全队五个人，无论是比赛时战斗减员还是其他原因，少一个人就是少一个人，没法补。要是五人小队变成四个人，比赛时会很吃亏。

秦猎语气坚定地安慰她："不用太担心，真那样的话，我们两个一起用鹰隼做主控指挥，让边伽去做侦察机甲，就是少一架辅助机甲的火力而已。再说去年比赛时，我们学院队也减员过，最后还是拿了第一。"说着操控身体从洗手间出来。

林纸琢磨："怎么才能回去呢？"要是没有别的办法，只能用以前集中注意力那一套，还要撞大运，时灵时不灵的，"我得离我的身体近一点儿。"

秦猎立刻不动了，主动移交控制权："你想怎么样，你自己来。"

林纸有点儿想笑，这是怕被骂色狼。

她接管了身体，坐在床边，牵起自己的手，紧紧攥在手里，集中精神想着回去。然而念头这种东西稍不留神就会到处乱跑。

　　林纸的脑子漫无目的地瞎跑了一阵，忽然想起一件重要的事："你说，我的身体不会尿床吧？"这身体会呼吸，有心跳，除了不会动以外，一切功能正常，而她今晚喝了那么多啤酒。

　　秦猎安慰她："就半杯而已，还好。"

　　考虑到夜市上大啤酒杯的容量，半杯一点儿都不少，要是林纸还在自己的身体里，这会儿只怕已经要去洗手间了。希望这身体能挺住，要是尿床，还得找工作人员来换床单，只怕整层楼的人都会笑死。她好不容易才变得正常一点儿的 Title（标题，头衔）说不定会变成"那个会在联赛酒店里尿床的林纸"。

　　林纸到处看了看，房间里没什么能给她垫在床单上的东西。她越想越焦虑，忽然感觉脑子一晕，然后所有的感觉都变了，脸烧到发烫，心脏疯狂地乱跳，整个人晕乎乎的，浑身上下一点儿力气都没有。她猛地睁开眼，眼前是天花板——她回来了！

　　秦猎立刻发现了，如释重负："你回去了。"

　　下一秒，林纸就伸出手抓住他的胳膊："快！扶我去洗手间。"身体已经在崩溃的边缘，马上就要坚持不住了。

　　这是林纸人生中走得最艰难的几步路。她的平衡系统完全失灵，连站都站不住，迷迷糊糊晃晃悠悠，眼前发黑，浑身难受，像生了大病的老佛爷一样被小猎子扶着，终于成功抵达目的地，洗手间的马桶。

　　秦猎也在难受着，所有醉酒的感觉又回来了，甚至还多了强烈的想去洗手间的念头，迫切到要人命。他脚步虚浮地把她送进洗手间，忧心忡忡："你自己行吗？"

　　林纸扶着旁边的洗手台，已经快崩溃了："你……快……出去！"

　　眼前发黑，人是飘的，林纸好不容易解决完，长吁一口气。

　　秦猎在门口，凭感觉就能直接跟进她的进度："你能自己穿衣服吗？"

　　不能也得能。林纸把自己打理好，难受得只想趴在地上。

　　秦猎："我可以进来了？"

　　听见她"嗯"了一声，他立刻推门进来，看到她的惨状，忍住笑，伸手去扶她。才一搭上她，林纸的胃里就一阵翻涌。秦猎也跟着胃里一阵翻涌，不得不死命咬紧牙关。

　　事实证明，原生的感觉比通感二传后的感觉来得更凶猛。不过林纸吐得很讲究，自己身上一点儿都没沾到，全吐到秦猎身上了，他的衬衣从胸前到胳膊被吐得一塌糊涂。

　　秦猎火速脱掉衬衣，丢到旁边，重新伸手把林纸兜住，一起靠在洗手台上，喘着顺气。

　　秦猎低头问她："还想吐吗？"

　　林纸打起精神，又努力了一会儿，觉得确实吐不出来了，摇了摇头。

　　秦猎帮她接了杯水刷牙漱口，然后才扶着林纸摇摇晃晃地重新回到床上。他坐着缓了缓神，伸手摸摸已经躺下的林纸的脑门："躺一躺估计就好了，你要不要……"

话还没说完，林纸的眼前又是一黑，视野再一次变成秦猎的，正坐在床边，低着头，手搭在床上的人的额头上。而床上的身体闭着眼睛，恢复了一动不动的状态。

她愣了半秒，欢呼："我又过来了？！"所有醉酒后不舒服的感觉全部烟消云散了。

秦猎仍然留在他的身体里，因为林纸在脑中听到了他慢悠悠的声音："林纸，我好像知道你为什么会这样穿来穿去了。"

林纸没敢出声。她也已经想到了，稍微有那么点儿心虚。

"我猜想，你今晚不小心喝醉了，醉后觉得身体很不舒服，就跑到我身上来避难。"秦猎一点点分析，"可是刚才你忽然想起来自己喝多了，肯定要去洗手间，又非常害怕会尿床丢脸，于是就回到了你的身上。解决了问题，你第一时间跑回来，重新躲回我身上，对不对？"

逻辑很顺，林纸也是这么猜的。但她分辩："看起来似乎是这样，可是我真的不是故意的。你也知道，我哪能自己控制着跑来跑去？"

秦猎毫不留情地指出："我知道你不是故意的，但是你潜意识的真正想法，应该就是这样的。"

其实现在根本不用什么潜意识，她舒舒服服地躲在秦猎身体里，连最表层的意识都不太想回去。那边的身体还在醉酒，实在太难受了。

林纸发散思维："秦猎，前几次我们互换会不会也和潜意识的想法有关？第一次交换，是在和居伊队的那场复赛前的晚上。"

那时秦猎在视频通话时旁敲侧击，想弄清林纸是不是冒牌货，不小心随手解了领口的扣子，被林纸看到他的锁骨。

秦猎问："除了我的锁骨，你当时还有没有想过别的，引发你的潜意识，想要换过来？"

林纸下意识地低头用他的眼睛看了一眼。秦猎从刚才被她吐了一身起就裸着上半身，一低头，就能看到他漂亮的胸肌和腹肌。他没说谎，腹肌真的有八块。

林纸想，那天晚上视频通话时，除了锁骨的事，她好像还真的想过别的：秦猎解开扣子时露出来的不只是锁骨，还连带着一小片胸肌，显见得肩膀宽阔、骨架匀称、肌肉完美。

她承认："看见你那么强壮的身体，在内心深处，我多多少少有点儿羡慕。"异世界什么都好，就是 Omega 的身体又矮又弱又小，林纸懂凡事不能求全，但是说不羡慕是假的。

那么秦猎呢？他那时非常想拿到她的头发去做基因测试，结果一交换，他还真的拿到了。

但秦猎没提头发的事，直接跳到第二次互换："我们两个第二次交换，是在决赛的赛场上。"他这回直言不讳，"当时我确实在担心你的安全。"

秦猎还记得，交换发生前，赤字正毫无防备地蹲在浅色区域边缘查看地面，那下面就是紫螯虾的主巢穴，是浅色区域最容易受到攻击的地方，而且再往前走一小段就会进入深紫色区域，那里是最危险的虾王的地盘。他非常清楚，绝不能替她比赛，她也不会愿意，替她比赛并不是一个理性的选择，可是潜意识根本管不住。

林纸也在回忆自己当时的想法："我当时一直在想，那些紫色的泥巴都是你们布置的，里面有什么猫腻你肯定非常清楚，也许内心深处真的是有点儿希望变成你吧。"

然后是第三次交换，在决赛之后，两人在寝室里研究交换条件。

林纸："当时我没别的想法，就是很想弄清换来换去的条件而已。"

秦猎："我也是。"

两人心意一致，就真的交换了。

林纸琢磨："可是每次我们想换回来的时候，都不能随心所欲。"几次换回来都很费劲。

秦猎没有说话。他心里很清楚，第一次复赛前交换时，他虽然也想换回来，但是内心深处还是希望能在林纸身体里多留几天，趁机查一查她的来历。后来在候场区被居伊他们几个出言嘲讽，他才真情实感地觉得替她比赛是不对的，应该让她回来证明她自己的实力，把这群人揍趴。然后两个人就真的换回来了。第二次交换后，他一换过去就有点儿着急，很怕她不能参加决赛很失落，所以很快就换回来了。第三次交换后去上对方的课，平心而论，他当时确实不太想立刻换回来，想去看看她的学习环境，结果发现还真是个狼窝。下课后换回来时，他被她紧紧地抱着，很想立刻回到自己的身体里，亲手把她抱在怀里……

秦猎："我觉得每一次交换，无论是换过来还是换回去，都需要我们两个同时真的那么希望。"

林纸同意："而且不是浅表的、理智层面的愿望，要是心底真正的愿望。"

这就有点儿麻烦了，非理性的东西很难控制得了。

不过大体弄清了是怎么回事，就没那么忧心了，秦猎说："今晚你的身体还会不舒服，看来你是不会回去了，先在这边避难吧，等明天早晨你的身体恢复正常，就回去了。"说完他站起来，去收拾洗手间。

林纸有点儿不好意思，主动申请："我来吧。"

"没关系，我来。"

秦猎把洗手间认真冲洗干净，又动手洗掉了弄脏的衬衣。他好像有点儿洁癖，但是干脆利落地就把她制造的混乱收拾了，毫无怨言。林纸有点儿感动。

差不多弄好了，林纸发现他的目光扫过淋浴房的花洒，有一瞬的停顿，很快又移开了。他走到洗手台前，打开水龙头，打算随便擦洗一下。

林纸想了想，问："不然你去洗个澡？"

秦猎的手顿了顿，抬头看着镜子："可以吗？"

林纸望着镜子里的他："反正你的上半身就长这样，我都看到了，其他地方我本来也见过，没有比那个更隐私的了，洗一下……也没什么吧。"

秦猎静默了片刻，说："你真的同意的话，我就迅速冲一下。"

林纸："嗯。那我们就快速地洗一个战斗澡。"

秦猎点了一下头。

不用看镜子，林纸都知道他的耳根又烧起来了。不只是耳根红了，她还感觉到了别的，不由得默了默，说："你要是一直胡思乱想，我们就别洗了。"

秦猎解释："这种情况太特殊，给我一点儿适应的时间。"

两人对着洗手台的镜子，给他时间放松。

林纸琢磨："为什么前些天我痛经得那么厉害，却没有跑到你身上避难呢？"

秦猎望着镜子里自己的眼睛，像是透过自己的眼睛看到了她的眼睛："我觉得是因为那时候你不能。我们两个当时还只能互换。林纸，我们之间的感应好像正在一天天变强。"

他打开手环的虚拟屏幕，低头发消息给安珀："安珀，帮我拿身换洗的衣服过来吧。"这样裸着上身从林纸房间里出去，回房拿衣服，如果被人看见，就是超大八卦。

安珀回得不慢，估计没睡，还在和边伽他们打游戏，不过回复的内容毫无意义："……"

秦猎耐心解释："刚才林纸吐了，我的衣服弄脏了。"他刚刚说"她一直吐，还撒酒疯"，实打实的乌鸦嘴。

安珀回了个"好"。

没两分钟，有人敲门。秦猎过去打开门，外面果然是安珀，带着秦猎的衣服。

安珀站在门口，一眼看见林纸衣着整齐地躺在床上睡觉，秦猎倒是狼狈得不行，裤子上还有弄脏的斑点，气味也不太正常，终于相信他家老大并没有非礼人家，反而饱受折磨。他拍拍秦猎的胳膊，语带同情："你加油。等林纸醒了，会很感动的，这都是你的加分项。"

秦猎："……"

被他这么一搅，秦猎的注意力分散，状态也正常多了。他关好门，带着换洗衣服回到淋浴房，点了点墙上的控制屏，调好水温。

"我洗了？我保证不低头，什么都不看。"

林纸答了声"好"。

秦猎脱衣服的手顿了顿，跟她商量："过会儿我洗的时候，你能不能不说话？"

不说话就不存在吗？他这是纯粹的掩耳盗铃。不过林纸没再出声，假装自己不在现场。

秦猎做好心理建设，利落地脱掉衣服，走到花洒下。他说到做到，全程一眼都不往自己身上看，只死死地盯着淋浴房的玻璃。玻璃上的水珠一颗颗飞快地滚落，温暖的白色水汽升腾起来。

林纸还是很崩溃，因为她和他共享这具身体的所有感觉。她感觉自己正站在花洒下，全身淋着热水，还有一双明显比自己的手大了一号的手正在帮忙洗澡，揉搓头发，动作又快又粗暴。她忽然明白被主人按在花洒下洗澡的猫是什么感受了。

秦猎一直没说话。这太像两个人一起洗澡了，不只尴尬，还异常奇怪。

越来越奇怪，越来越奇怪……

林纸也搞不清是自己不对劲，才让这个身体不对劲，还是秦猎不太对劲，才让身体不对劲。反正无论是谁的原因，秦猎的动作都更加快了，他火速用清水把全身冲洗干净，关掉水出来，从头到尾连三分钟都不到，真的洗得很"战斗"。

穿好衣服，秦猎才如释重负："我好了。"

林纸还尴尬着，没出声。

秦猎叫了一声："林纸？"静等片刻，再叫，"林纸？"

林纸忽然冒出点儿恶作剧的念头，仍然没回答。

秦猎站了几秒，等不到回应，大步走出淋浴房，去看躺在床上的她的身体。身体里很明显没人，依旧闭着眼睛不动。

秦猎这次用真的声音叫她，还推了推她的肩膀："林纸，你回去了？"

当然没人理他。

林纸明显地感觉到他慌了，心跳骤然加快。

秦猎环顾四周："林纸，你在哪儿？你去哪儿了？"

玩笑好像开大了，林纸连忙出声："我在这里。"她根本不敢承认自己是在逗他玩，撒谎道，"我刚才迷糊了一下，好像睡着了。"

秦猎听见她的声音，松了口气："是，已经非常晚了，你肯定困了，我们去睡觉吧。"

林纸：这句话更奇怪。

秦猎操控他的身体，先去给林纸的身体盖好被子，然后熄了灯，躺到旁边那张床上："明天就一切正常了，睡吧。"

林纸"嗯"了一声。

这是一个混乱得一塌糊涂的晚上，两人一起做了不少奇奇怪怪的事，都狼狈到不行。可是林纸觉得，和他之间好像多了点儿特殊的亲近的感觉。她想，这大概就是患难与共的战友情。毕竟就算是战友，互相帮忙洗过澡全身打过泡泡的大概也没几个。

秦猎闭上眼睛，林纸的眼前也跟着黑了，她忽然有点儿担心：夜里如果做梦，不刻意控制的话，会不会被他听到？

秦猎问："什么梦？什么听到？"

一不小心想得太大声，真被他听见了。

"放心睡吧，"秦猎的声音很温柔，"我保证尽快睡着，不会去偷听你的梦。"

第 六 章

"满分"开局

1

第二天一大早，林纸醒来睁开眼睛，第一眼就看到了隔壁床上自己的身体，脸颊的红晕已经褪了，脸色反而有点儿发白，胸口微微地起伏着，像在睡觉一样。

她还是没能回去，今天也是赖在别人身体里不肯走的一天。

"醒了？"秦猎早就醒了，为了不吵她睡觉，没有睁眼，也没有动，"还是不太想回去？"

他的声音懒洋洋的，带着柔和的尾音，刚睡醒，离得又近，好像早晨在他怀里醒过来，以林纸厚脸皮的程度，都忍不住有点儿脸红。她迅速转移自己的注意力："今天再不换回来，估计带队教官就要去找医生了。"

秦猎操控身体坐起来，观察隔壁的身体："不知道酒精代谢完了没有，看样子好像没什么事了。"

林纸想了想，老实交代："我以前曾经醉过一次，第二天早晨起来后头疼，非常疼。"她有点儿绝望，"我的潜意识肯定是害怕头疼，所以不肯回去。"

秦猎在脑中笑出声："你的潜意识顾虑得很有道理，那不急，我们再等等。"

他起床洗漱，从房间的小冰柜里拿出营养液给她看："你喜欢什么口味的？"

林纸挑了一款："冰荔枝。"

秦猎拿了管荔枝味的营养液喝掉，还挺方便，一人喝饱，两人不饿。

林纸优哉游哉地待在他的身体里，什么都不用操心，只觉得岁月静好现世安稳，胃里很饱，也不头疼。

然而现世没有安稳几分钟，外面有人来敲门，力气挺大，把门敲得咚咚响。

这次和小队一起过来负责联赛事务的孟教官边敲门边大声问:"林纸,起来了吗?有个表需要你确认一下。"

林纸第一时间对秦猎说:"嘘!"要是秦猎去开门,而她在床上睡着,两人在同一个房间过夜这事就不打自招了。

秦猎没动,也没出声。

孟教官在门外高一声低一声地叫了半天:"奇怪了,这么叫都不醒,没出什么事吧?"

忽然有另一个人跟他搭话,是安珀:"孟教官,你找林纸啊?她昨晚说择床睡不着,很晚才睡,还跟我们借了对隔音耳塞,大概现在还没醒呢。"

林纸在心中默默给安珀比了个赞,心想,秦猎,这是你从哪儿挖出来的这么机灵的辅助型人才?

安珀问:"要确认什么?发给我呗,她醒了我就给她,让她确认好了给你发回去。"

他们嘀嘀咕咕地又在外面说了半天,总算是消停了。

外面的声音一没,秦猎的手环就收到安珀发来的消息:"秦猎,林纸酒醒了没有?孟教官刚才来过了,说有份联赛安全条例的同意书必须当着他的面刷虹膜确认条款。林纸醒了以后,你们两个都得过去找他刷一下。"

林纸:"……"

秦猎:"没有别的办法,不然你回你的身体里确认一下?"

林纸同意:"好。"

然后就是长达几分钟的安静,床上的身体一动不动。

林纸痛苦道:"我回不去。我发誓我真的很努力地想着回去了,可就是回不去。"

秦猎语重心长地跟她商量:"你就回去一下,用不了几分钟,找孟教官刷一下虹膜再立刻回到我身上,保证就算头疼也只疼一小会儿,好不好?"他语气温柔,像在诱骗生病的小朋友吃药。

林纸默了默,说:"难道我不是这么想的吗?"

可是无论怎么努力想着回去,她内心深处好像都很嫌弃宿醉的身体,就是不肯回去。

秦猎叹了口气,站起来:"实在不行的话,我去跟孟教官说一下,让你下午再确认。"

他随手带上房门,只留了一条小缝。还好走廊上这会儿没人,没人看见秦猎是从林纸房间里出来的。不过两边不少房间的门都大开着,大家都已经起床了。

孟教官的声音从隔壁传来。秦猎听见了,走到隔壁房间门口,果然看见孟教官手里端着一台光脑,正让边伽和安珀他们几个刷虹膜。

孟教官抬头看见秦猎站在那里,笑眯眯地招呼:"秦猎,你过来,有个比赛的条例要确认,你来刷一下虹膜。"

林纸突然有了个奇思妙想,她迅速接管了秦猎的身体,走进房间对孟教官说:"孟教官,我看见林纸那边房间的门开了,她应该已经醒了,你要不要现在过去找她刷虹膜?"昨晚遇到险些尿床的危机，她一着急就回到了身体里，所以林纸现在打算人为地给自己制造点儿危机，给点儿压力，说不定就回去了——不逼一逼自己，不知道自己能创造什么奇迹。

秦猎在脑中对林纸说："你对自己是不是有点儿狠？"

孟教官倒是很高兴："林纸已经醒了？太好了，这表联赛主办方急着要，说让我们抓紧时间提交。那好，我马上就过去，秦猎你先过来刷一下。"

林纸走过去，就着教官手里的光脑浏览了一遍联赛的安全条例，刷了虹膜确认。

之后孟教官抱着光脑，去隔壁找林纸。

这里离林纸的房间一共只有几步路。一步，两步，三步……林纸一边带着孟教官往前走，一边在心中努力地想着：回去！快回去！都逼到这个份上了，还不回到自己的身体里吗？

秦猎："……"

几秒钟后，他们来到了林纸房间的门口。

门虚掩着，只要把门推开，就能看到里面的床，还有床上昏迷不醒一样躺着的自己，可是她在秦猎身体里待得稳稳当当的，丝毫没有回去的迹象。林纸对自己彻底无语：就是不肯回去呗？是有多怕头疼？她跟自己说："你到底想怎样？万一被孟教官看到一动不动地躺着该怎么办？"然而还是毫无反应。

林纸对自己的固执有了新的认识：真的是不见棺材不掉泪。她下定决心，伸出手，猛地推开门，然后就看到自己起来了，正坐在床上，小脸煞白，看着门口这边，满脸写着无语。

林纸火速在脑中叫："秦猎？秦猎？"

没人答应。

看来确实是给够了压力，逼到了份上，问题是她还死赖在人家身体里不肯回去，倒是把秦猎给逼过去了。

秦猎坐在那里，用那双清澈的眼睛望着她，眼中全是无声的指责。

林纸和他对视了一秒，忍不住"噗"地笑出声。

孟教官大概很少听到秦猎笑，有点儿纳闷，转过头问："怎么了？"

林纸收起笑容，抿了下唇，端正态度，把表情调整成秦猎惯常的样子："她刚起床，头发乱着，看着有点儿好笑。"

秦猎默默抬手顺了顺头上参着的毛。

两人之间的通感这会儿回来了，头确实在隐隐地疼。其实由他换过去也没什么好处，总归都是两个人一起疼，也许留在这边能疼得稍微轻点儿。

孟教官看"她"脸色不太好，关心地问："昨晚没睡好吧？飞了这么远，好多人都会不适应。我看这样，待会儿其他人去楼下做适应性训练，你继续休息。快比赛了，休息好更重要。"

秦猎替林纸答应了。

刷好虹膜，等孟教官走了，林纸才关好房门回来，带着点儿歉意问："你要不要回来？"

秦猎答了声"好"，又想起什么："等等。"他按了服务台的通话按钮，接通后问，"能不能给我的同学加一个开房门的权限？"

鼓捣了一会儿，服务台帮忙把秦猎的指纹加进了林纸房间的指纹锁里，这样无论两人在谁身体里，进出都方便得多。

事情办完，秦猎才伸出手。但林纸没有去握他的手，而是探身向前，把他抱住。

不知是因为离得很近，还是因为两人从表层到底层的心念完全一致，秦猎几乎没有遇到任何困难就回来了，怀里林纸的身体软了下去。秦猎顺势接管身体，揽住林纸的身体，把她在床上放平。

没过多久，走廊里传来孟教官的声音："我们下楼去做适应性训练，不用很久，马上就回来。"

秦猎问："我来？"

林纸乐得不动："你请。"

这间酒店属于军方，是联赛组委会特意安排的，楼下自带一个很不错的机甲训练场。大家的机甲从飞船上运下来之后，也暂时放在那里保存。

秦猎取出鹰隼，驾驶它进了训练场。

来的不只是帝国机甲学院队，其他学院队也陆续到了，大家都刚到八区，唯恐身体不适应，取了各自的机甲过来练习。不过为了保密，机甲都没有装备随身武器，只做基本的热身。

联赛要求使用基础机甲，全是天谕出品，制式一样，只是涂装各不相同。

有的机甲比西尾那架金色的还花哨抢眼，竟然特意在头上做了一个镶宝石的皇冠。它一动，林纸就担心，脑中会冒出一句话：不要低头，皇冠会掉。然而人家考虑周到，早就焊死了，怎么折腾都掉不下来。

乞丐版也有，有架机甲浑身掉漆，斑驳得像穿了身迷彩，像是刚从杀浅热爱的垃圾站里爬出来的一样。不过林纸注意了一下，迷彩乞丐机甲身手超好，动作快如闪电。秦猎说得很对，就算不考虑奖金，联赛能增长见识、开阔眼界，比只待在学院里好玩多了。

林纸第一次进鹰隼的驾驶舱，觉得十分新鲜，而且训练场这么热闹，她总想东张西望，难免下意识地去转他的眼睛，扭他的头。

秦猎被她弄得哭笑不得："小心一点儿，不看着脚下，我们就要摔了。"如果鹰隼一进训练场就先来个平地摔，说不定明天能上联赛的新闻头条。

训练场内，大家多是简单地活动一下，和队友过几招。

林纸问秦猎："我们揍谁？"

秦猎扫视一遍队友，提议："揍边伽吧。"

林纸起哄："快，趁他不注意，从背后偷袭他。"

秦猎很听话，抢上一步，从背后给了青青一拳。

边伽莫名其妙挨了一拳，跟跄两步，立刻转身还击，同时在队伍频道问："林纸今天又没来？秦猎，你这种不打声招呼就动手的无赖作风是被她传染的吗？"

哼，背后说人坏话！林纸给秦猎鼓劲："揍他！掰他胳膊！绊他腿！"

秦猎一改平时不冒进的作风，按她说的来，进攻比平时主动得多，逼得边伽连连后退。

林纸忽然发现边伽朝左侧一晃，右边露出了破绽。这是边伽的习惯，是平时最容易犯的错误，她每次这时候必然能把他撂倒。说过多少回了，他还是没能彻底改掉。

林纸下意识地出手，只见鹰隼猫一样贴身逼近，钩住青青的右肩，顺着它重心偏移的方向猛地一摔，将青青撂倒。

边伽躺在地上，有点儿纳闷："秦猎你怎么打得和林纸一模一样？"

秦猎说不出话来。耦合系统是认主的，他就算进了林纸的身体也操控不了赤字，可是林纸刚刚竟然操控了鹰隼，而且动作流畅，就像他自己在操控一样。

秦猎安静了好几秒，才在脑中对林纸说："你再来一次。"

林纸刚才行动完全没过脑子，现在心中相当纠结。鹰隼会听她的话不算太意外的事，毕竟从暗夜游荡者的残手到那条旧蝎尾，再到机工原理课上坏掉的发射元件，已经不止一个带耦合系统的设备不需要复杂的认主过程，就很听她的话了。痛苦的是，她刚才无意中把这点暴露在了秦猎面前。真的要再来一次吗？在秦猎这里不太可能随便混过去。就算现在假装不行，也掩盖不了刚刚她确实操控了鹰隼的事实……

秦猎其实也想了很多。他当然知道林纸很特殊，她不是原本的林纸，只是借用这个身体而已，这一点早在学院大赛复赛时他就想通了。两个人可以互换，现在她甚至能看心情跑进他的身体里，自如地穿来穿去，更是这件事的有力佐证。但是她到现在都没有告诉他真相的打算。既然她决定不说，那他就不问。

仿佛只过了一两秒，秦猎忽然说："算了，可能是耦合系统突然出错了。"

嗯？他不追究了？机甲的耦合系统和主人以外的人建立耦合是不可能的。这是他们天谕的机甲，就算耦合系统真的出错，也是绝不能忽视的大问题，他不追根究底比追根究底还要奇怪。人只有对不确定的事才会追问个没完没了，他不问，说明他很清楚地知道，她可以做到。

林纸安静了一瞬，大方地说："我好像真的可以操控你的鹰隼。"她试着接管了鹰隼，挥了挥拳头，又踢了踢腿，操控自如，毫无障碍，就像秦猎在控制鹰隼一样。

秦猎怔了一下，喜悦从心底一点点漫上来。她肯跟他说实话，没有遮遮掩掩，说明她不再那么防备他，开始信任他了。秦猎迅速斟酌了一下措辞，语气轻松地说了句没什么意义的废话："我的鹰隼竟然背叛我，愿意认你当主人。"

"那是，它乖乖的。"林纸回答，"给我玩一下。"

林纸操控鹰隼，上前两步，把地上的边伽拉了起来。

秦猎"嗯"了一声，伸手拿起驾驶座旁边的水，喝了一口。

两人随即意识到，他们竟然可以这样合作——林纸操控鹰隼的动作，秦猎指挥自己的身体，就像那天晚上在天谕的展示厅里林纸把机械手臂和自己手臂的动作完全分开，甚至因为他们都是精确控制、分离机甲和自身身体动作的高手，比一个人时做得更好。

林纸用鹰隼的一只手拉起青青，用另一只手揍了一拳："这也太好玩了！"

边伽刚爬起来就又被打了一拳，往后踉跄几步，彻底气疯了："秦猎，你今天是林纸那个妖邪上身了是不是？"

妖邪？林纸几步追上边伽。

秦猎："还能更好玩。"他操控鹰隼的脚，在她躲闪边伽的进攻时踹了出去。

鹰隼的上下肢动作变得不协调，歪歪斜斜得像在打醉拳一样，差点儿就摔了。

林纸：并不好玩……

秦猎却很有兴致："你只控制鹰隼的上半身，我来控制它的下半身。"

分开控制鹰隼不是件容易的事，两人默契不够，很快被边伽撂倒在地上。

鹰隼竟然被人摔了，整个训练场的人都在往这边看。不过秦猎没有偶像包袱，毫不在意，跟林纸继续玩联合控制机甲的游戏。一开始配合得很不怎么样，不用边伽进攻，鹰隼自己就不太稳当。不过很快两人就配合得越来越熟练，被边伽撂倒的次数也越来越少。

林纸又一次发现边伽的破绽，向前探身。秦猎知道她想干什么，抢步上前。两人齐心协力把边伽摁在地板上。林纸高兴得想抱抱秦猎，可惜他们在同一个身体里，抱不了。

玩了半天，孟教官过来了，问了问每个人的感觉，知道都正常，放心了："这样就差不多可以了，回去休息吧，明天比赛，今天还是以休息为主。"

大家一起下楼放机甲，每支小队都有储存机甲的独立单间，林纸一眼就看到了赤字。

秦猎试探着问："我们要不要去试试赤字？"

林纸答了声"好"。

秦猎钻出鹰隼，乘升降梯进到赤字的驾驶舱，顺口对边伽他们解释："林纸让我帮她找点儿东西，你们先走。"

等边伽他们走了，秦猎才坐进驾驶位，戴上头盔。和他每次单独来不同，这次身体里有林纸，赤字立刻启动了。

林纸："你试试。"

秦猎试着凝神操控赤字，还是不行，赤字仍然只接受林纸的命令，并不听他指挥。

对此，秦猎倒不意外："它还是不认我。"

林纸也不觉得意外，看来两人的配合游戏只能在鹰隼里玩。

两人回到房间，林纸的身体还躺着，一切正常。

秦猎拿了一管营养液喝掉，算是给两人解决了午饭问题。

昨晚折腾得太晚，林纸抑制不住地犯困："我想再睡一会儿。"反正教官也说了，休息为主。

秦猎帮她的身体拉了拉被子，顺便在床边坐下，靠在床头，也闭上眼睛："你睡吧。"

在外面走廊的吵吵嚷嚷声中，林纸睡着了，迷迷糊糊好像听见了边伽和安珀的声音。

边伽："林纸怎么还没醒？"

安珀："没睡够，在补觉呢，我们别去吵她。"

边伽："那秦猎呢，秦猎去哪儿了？"

安珀："秦猎说要出去逛逛。边伽，你来过耶兰吗？要不我们也出去看看吧。"

2

林纸足足地补了一觉，再睁开眼时，发现眼前是秦猎的胸膛。

她终于回来了，不只回来了，还扎在秦猎怀里。

秦猎不知什么时候睡着了，腿垂在床下，半躺着靠着床头，下意识地用一条胳膊揽着她。

林纸盯着他的胸膛。这具身体她已经非常熟悉了，穿着衣服时见过，脱了衣服也见过，甚至还跟他一起洗了个澡。两人共享身体，共享感觉，共享一切，不是恋人，却比最亲密的恋人还亲密。

她伸出手指，按了按他胸前的扣子。

秦猎立刻醒了，第一件事就是找到她的额头，摸了摸："你回去了？还疼吗？"随即意识到她的感觉自己能感觉到，"嗯，已经不疼了。"

林纸知道自己为什么会回来——按以前喝醉的经验，难受的感觉差不多该没了。她从他怀里出来，洗澡换衣服，整个人焕然一新。

秦猎靠着床头看着她忙来忙去，忽然说："林纸，下次你痛经的时候，可以到我身上来避难，就不用那么难受了。"

蓝星的一天比母星短，这会儿外面已经是晚上了，连边伽他们都没再打游戏，所有人调整状态，准备明天早起去第一场比赛的赛场。

第二天清晨，教官们老早就把学员们叫醒，给每人发了一套组委会提供的联赛专用训练服。大家换好衣服，又都喝了一小管浓缩型营养液。这东西量很少，管子比尾指还细一圈，味道也不怎么样，像刺激、发苦的药水，胜在高能高效，一管能坚持一整天，甚至撑两天也不成问题。

教官们不会跟着去赛场，所以叮嘱了半天才带学员们去取机甲，参加联赛的开幕仪式。

要比赛了，每个人多少都有点儿紧张。

当然，也还是有人不太紧张。

林纸等电梯时，身后就一左一右来了两位不太紧张的。

戈飞和戈兰跟林纸打招呼，四只一样漂亮的眼睛看着她，里面写满关心："昨天没怎么看见你。""我问过你队友，说你在补觉，有些人换星系后身体会不太适应，你没事吧？"

林纸回答："我没事，睡一觉好多了。"

两人一起点点头，其中一个忽然问："那你猜猜，我们谁是戈飞，谁是戈兰？"

这俩玩这个游戏真是乐此不疲，林纸却意兴阑珊："猜中了又没有好处。"

兄弟俩一个说："赌一千块要不要？"

另一个补充："一千块，二分之一的猜中概率。"

既然有钱，林纸就有兴趣了，点头答应："好，我跟你们赌。"在她这里可不止二分之一的概率。

林纸低头打开手环屏幕，鼓捣了一阵，把扫码付款的界面递到两人面前，这才对左边那个说："你是戈飞，他是戈兰。付钱。"

双胞胎："……"

边伽在旁边看着，一边琢磨一边问："林纸，你是怎么看出来的？"

一千块到账了，但林纸没回答。

戈兰也纳闷："我们两个今天认真化过妆，对着镜子修了所有看着可能有特点的小地方，你为什么还是能分得出来？"

戈飞不服气："以后每次我们让你猜，如果你能猜对，就给你一千块，猜不对你给我们一千块，怎么样？"

林纸当然答应，就没见过这么上赶着给人送钱的人。

联赛的开幕仪式在酒店的会议大厅举行，一进大厅，林纸就被吓了一跳，这两天人影都不见的媒体居然到齐了，比学院大赛时多很多，几乎联盟所有的主要媒体都会全程跟进报道。

边伽感慨："今年的保密工作做得不错。"

每年联赛，参赛选手集合的行星和赛场位置都是保密的，临近开幕才会正式宣布，大家难得地能清净两天。

除了媒体，还有八区的头头脑脑和联赛组委会成员，其中不少都是联盟军方的重量级人物，有些没法到现场的会通过虚拟影像出席。

开幕仪式第一项是为这些年在战场上牺牲的机甲驾驶员和其他联盟战士默哀，然后是轮流讲话。发言的都特别能说，比着赛一样，讲得一个比一个时间长。尤其是联盟的旅游部长，他热情洋溢地介绍这边的旅游资源，很明显是讲给正在看直播的观众们听的。

好不容易熬到结束，总算可以登船了。军方的酒店十分豪华，后面建了个托举在半空中的巨型停机坪，参赛选手按学院所在区域一批批登上短途飞船。

秦猎很有经验，一上飞船就说："新发的训练服是自动控温的，估计要去的地方不是太热就是太冷。"

飞船没飞多久就到了目标行星，果然像他说的，下面是一片冰雪的世界，雪原万里，雪山高耸，冰湖晶莹剔透，确实挺美——就像刚刚旅游部长说的那样，给你冰雪的极致享受。

飞船缓缓降落，舱门打开，却传来很特别的指示："比邻星第一机甲学院的队员请准备下船，其他参赛选手请留在飞船上。"

双胞胎和他们的队友驾驶机甲，冒着风雪下船去了。

飞船重新起飞，飞了一小段又落下来："使徒星永恒之光机甲学院的队员请准备下船……"

飞船就像一只四处下蛋的母鸡，把一支又一支参赛队伍放了下去。林纸觉得，这么多支小队，它这样逐个下蛋能下到天黑。

过了好久，终于轮到了帝国机甲学院这颗蛋。

天是阴沉的铅灰色，雪还在下，时不时刮来一阵白毛风，卷起地上的雪片。一下飞船，林纸就看到了熟悉的裁判飞行器遥遥地挂在天上，但没有媒体飞行器的影子。她看过资料，据说比赛现场安装了无数隐藏设备，保证全方位多角度拍摄，不会遗漏重要的比赛镜头。

比赛是直播的形式。为了保证最小延时，让全九区的观众都能及时看到比赛现场，直播采用联盟军队独一份的元隧穿跨星际信息传递技术，可谓下了血本。毕竟机甲是联盟的图腾，每年的联赛都是联盟的盛事，毫不夸张地说，联盟从小到老几乎人人都会关注，有些地方甚至会专门为这个放假。这些年，无数优秀的机甲驾驶员在联赛中崭露头角，被整个联盟熟知。

而今年的热门队伍毫无疑问是帝国机甲学院队，最热门的参赛队员毫无疑问是林纸和秦猎。不只是因为他们是去年的冠军队，是今年夺冠的热门队伍，更因为比赛前这支队伍的爆点就一个接一个没有断过，先是林纸进队资格的风波，然后是秦猎买卫生巾事件，接着是秦猎让位主控的消息，甚至这两天又有新的照片悄悄流出来。

照片不知道是谁偷拍的，只见星际长途飞船上，联盟著名的高岭之花秦猎安静地坐在林纸旁边吃烧饼。他吃得很斯文，但斯文地吃烧饼也是吃烧饼，照片立刻引发了"生活习惯不同的两个人交往后会有多大的改变""恋爱期该怎么磨合"的大讨论。母星几家根本没什么人去的偏远星系风味小店因为有夹肉烧饼卖突然火爆，店主表示供不应求，需要限购。连专家都特别劝告民众，改变饮食习惯需谨慎，营养液仍然是最健康的食品。

最大赢家是联赛组委会负责宣传工作的部门。林纸和秦猎自带话题，今年的宣传工作实在太轻松。

待飞船消失在视野中，林纸他们的耳麦里传来指示："请小队在落点半径十五米范围内原地待命。"蛋一时半会儿下不完，比赛要参赛队伍全部就位了才能开始。

每支小队都有自己的直播频道，还没开始比赛，帝国机甲学院的频道就爆满了。见五人一落地就打开了机甲的伪装层，观众们都很懂地立刻刷屏：

——变色龙皮！

——上伪装层了，这回是白的！

伪装层是联赛的标准配置，每架机甲都有。无论涂装多花哨的机甲，只要打开伪装层，机甲的外观就如同紧贴着涂层覆盖了一层新涂层一样，变成和环境一致的颜色。这里是雪地，伪装层就自动调整为和四周一样的雪白。它不只能让机甲不容易被肉眼观测到，还给机甲提供反雷达扫描的功能，让各小队只能追踪到队友的位置。

联赛与学院大赛有很多差异。比如学院大赛为了提高学员们的创造性和积极性，允许在规则范围内改造机甲，联赛却要求每架机甲的参数必须是一致的，只根据机甲在团队中角色的不同有所不同。这次比赛，秦猎是侦察机甲，根据大赛规则特别加强了足部动力系统，移动速度比其他机甲快了百分之三十。林纸作为主控机甲，和其他队伍的主控一样，右臂配枪与其他队员不同，是火力增强的高阶版本，无论是射速还是杀伤力都比普通配枪高了一大截。杀浅是队伍的机甲师，比其他人多了一个小型能量护盾。安珀和边伽是辅助机甲，用边伽的话来说，就是"简而言之，啥都没有"。

几个人趁着这个空当，各忙各的：杀浅忙着检查小队所有机甲的运行参数，确保一切正常；秦猎、边伽、安珀用机甲绘制周围可视范围内的地图；林纸扫描环境。

林纸看了一眼外面的温度和大气检测结果，这个大冰窖将近 -30℃，比冰箱冷冻室还冷："空气成分正常，温度是低了点儿，不过对人类还是友好的。"友好的大气环境总是能给人安全感。

驾驶舱内温暖如春，大家按提示原地待命，过了好一阵，裁判系统终于发出了下一步指令。

"比赛现在正式开始。本次比赛将会持续两到三个行星日，比赛期间，驾驶员可以按需求离开机甲……"它唠唠叨叨地说规则，其实来参赛的人都懂。

林纸扫了一眼屏幕，已经过去了一分多钟。裁判系统终于进入正题："下面发布这次比赛的任务。一架叫雾爪的高级机甲在这颗行星上独立执行任务时与基地失联，请寻找它的下落，目标是使用密钥取得机甲存储器里的保密文件。"

林纸心想，机甲失踪什么的，这设置感觉很熟悉啊。

杀浅在队伍频道问："第一场比赛起码会有一半的队伍淘汰，他们怎么保证这点呢？"

林纸看过以前的联赛资料："估计用密钥从目标机甲里取保密文件有次数限制。"比如一百支队伍却只能取五十次文件。所以动作要快，晚到的小队就算能找到雾爪，也取不了资料。

裁判系统还在继续唠叨："稍后将有一份任务的详细资料，连同传输保密文件需要的密钥，一起发送到参赛选手的机甲系统内……"

话只说了一半，西边不远处的山脊上忽然"轰隆"一声巨响，腾起一大片雪雾。耳麦里立刻没有声音了。

林纸抬头，看见一架一身白色伪装的机甲在山脊上一闪。她思索了一会儿，明白了——有人炸了这一片传输信号的基站！比赛已经开始了！

林纸第一时间吼了一声："秦猎，往东！"

秦猎在队伍频道里答应了一声，人已经在雪地中飞了出去。鹰隼是侦察机甲，足部动力增强过，速度比其他人都快。

林纸一边往东狂奔，一边指挥还没反应过来的边伽他们："我们也要往东！快！"

几架机甲在茫茫雪地中飞奔纵跃时，杀浅问："基站炸了？"

按联赛的设置，赛场覆盖有很多基站，所有指令都会通过基站传输给参赛机甲，因此只要打爆基站的能量源，炸掉基站，附近的队伍就拿不到裁判系统发来的信息。问题是，只有宣布比赛开始后，参赛人员才能离开初始位置。林纸刚刚看过时间，从比赛开始到基站被炸最多也就两分钟，竟然有人能在这短短的两分钟内，在没有任何扫描检测装备的情况下，准确找到被主办方隐藏起来的基站，这不太正常。不过现在不是想这个的时候。基站覆盖的范围不小，他们必须尽快进入下一座基站的覆盖范围，拿到传输过来的密钥和资料。

正在看直播的观众们见他们突然开始往东狂奔，都有点儿蒙，直到听到同步直播的队伍频道里杀浅的问话，才终于反应过来。

——听到没有，有人把基站炸了！

——啊？怎么会这么快就找到了基站？不是刚开始吗？

——以前也有人炸基站，可是不都是碰巧找到的吗？这回也太巧了。

林纸他们一路狂奔，沉寂了半天的耳麦里终于重新传来了裁判系统的声音："……密钥传输完毕，祝各位比赛愉快。"

林纸："……"

最前面的秦猎也停了下来，在队伍频道里说："我过来时已经开始传输了，我也没能拿到。"

一开局就出了大问题，小队只知道任务目标是一架叫雾爪的失踪机甲，既没有拿到完成任务需要的密钥，也没有拿到任何线索，甚至连最基本的任务介绍资料都没有，堪称开门黑。

帝国机甲学院队是最有希望夺冠的热门队伍，没人能想到他们竟然领了这样一个开局。直播观众满心忧虑。

——没拿到密钥，那该怎么玩？

——别说密钥，他们现在都不知道下一步要去什么地方。联赛赛场特别大，也没法不靠线索到处乱找。

——其实到处逛逛也不是不行，万一呢？说不定能找到其他小队。

——你们没看地图？队伍落点之间距离太远，反正我是看不见人影，到处乱走是准备雪地一日游吗？

——比什么赛，我就是想看林纸和秦猎雪地一日游。

——他俩手牵手雪地一日游，宣传效果不是比旅游部长唠叨半天好？游吧，我赞同。

——谁知道其他小队在干什么？

——其他队伍都拿到目标地点坐标了，好像全都出发了。

队伍频道里，边伽也在问："那我们怎么办？现在要去哪儿？"

林纸站在原地思索了一下："刚刚在飞船上的时候，我没事总往外看，看到飞船放人时落点好像是有规律的，围绕着北边那一片山峰飞了个扇形，把各小队一个一个放下去。"她在地图上画了一下位置，传给大家看，"如果他们是为了比赛的公平性，希望每支参赛队伍距离线索目标的距离一样，那他们想要我们去的地方，应该就是这个扇形的圆心，也就是那座最高的山峰。"

北边遥远的地平线上矗立着一片山峰，山是美丽的纯白色，覆满积雪。

林纸又想了想，说："我记得刚才的开幕式上，旅游部长提到过'八区最美的冰雪世界'，还专门说过一个叫什么山来着，说是山很高，风景特别优美，如果能拿到足够的投资，以后打算建成八区最大的冰雪乐园。"山名好像很复杂，字很多，她想不起来了，"所以下面要去的地方会不会就在那座山上？"

她只是猜测，没有十足的把握，于是问秦猎："秦猎，你觉得呢？"

秦猎安然答："我听你的。"

无论对不对，反正现在什么线索都没有，先往那边走走试试。林纸把坐标发出来，抖了一下身后的蝎尾，尾尖朝雪山的方向笔直地一指："那我们先去那边。"

在他们看不到的地方，直播观众正在刷屏。

——咦，她好像猜对了？

——别的小队从资料里拿到的下一步的坐标好像就是那边吧？

——他们没有资料，目标地点就这么被她凭空猜出来了？

——所以帝国机甲学院这个新主控还是很靠谱的。

——林纸都没跟秦猎说什么话，我要听他们两个聊天……

小队在白皑皑的雪地中往前狂奔。林纸觉得到现在为止，她能体会到的联赛和学院大赛的最大不同就是好大：规模大，比赛场地更是大得多。都说看山跑死马，现在看着那座雪山，感觉就算跑死机甲也还离得很远。其他小队更是完全见不到踪影，只觉得天地间白茫茫一片，除了纷飞的雪片，就只有自己的几名队员。

边伽对林纸要去哪儿的决定完全没意见，只是看她把大尾巴当手用，纵跃时还能帮忙保持平衡，十分羡慕："林纸，等比完赛，你的大尾巴能不能借我装上玩两天？"

不等林纸回答，杀浅就说："这条蝎尾是学院出钱，专门给林纸做的，比赛中损毁没事，但要是被你玩坏了，你可是要赔的。"

边伽不忿："我赔不起吗？不乱花不代表我没钱。"

只有安珀在认真想着比赛的事，他边走边纳闷地问："基站到底是怎么回事？"

秦猎："炸基站是这些年大家自创的干扰其他队伍的办法，主办方并没有鼓励过，他们一般都会把基站藏得很好。各队落地后不能动，开局才几分钟就找到基站，还要走得足够远，保证自己的队伍不受影响，是不太可能的。"

除非他们提前知道基站藏在哪儿，一宣布比赛开始，就派最快的侦察机甲直奔目标。真有猫腻的话，赛后可以申请调查。不过现在已经拿到了一手烂牌，就要想办法尽量把牌打好。

边伽边跳边琢磨："这场比赛好像是有剧情的。你们说，如果他们真的安排所有队伍都去那片山峰的话，是用什么理由让大家过去的？"

林纸随口答："他们想讲一个失踪机甲的故事，说不定会编个情节，比如雾爪在和基地失联之前，最后一次发射信号的坐标就在那座山上什么的。"

直播观众再次刷屏。

——？？？

——竟然又被她猜中了。

——笑死，他们编的情节还真是雾爪失踪前，最后一次发射信号的坐标在那座沐什么华什么的山上。

——沐提耶华尔山。其他队伍拿到的比赛资料里有。

——这么长的名字谁记得住！

掠过开阔的雪原，越靠近山脉越不好走，到处是积雪的深沟，边伽三心二意地看着风景，一不小心掉进雪坑里，连青青的脑袋都没能露出来。

开门黑并没有影响边伽的心情，掉进雪坑纯属增加乐趣，他一边操控青青欢快地往前蹦，一边说："你们发现没有，那座山好像有点儿像什么。"

这里地貌特殊，山峰都长得奇形怪状的。

安珀研究了一下，答："像一只盖子很鼓、伸着脑袋的大海龟。"

杀浅琢磨："是像只鳖吧？甲鱼？"

秦猎："好像一只趴着的乌龟。"

林纸：你们几个说的还不都是一样的……

边伽兴致勃勃："没错，我也觉得像只大王八。"他举起青青的手，比画了一下，"那我们向着王八山，进发！"

杀浅提醒他："边伽，直播观众能听见我们的队聊。"

边伽不在乎："所以呢？"

杀浅默了默，说："要是旅游部长听见你把他美丽的冰雪世界里最得意的一座山叫作王八山，会掐死你的。"

直播观众已经彻底笑疯了。

——哈哈哈，王八山这个名字真的不错。

——我也觉得。

——我感觉比那个沐什么提什么什么山好记多了。

——以后建个乐园，就叫王八山冰雪世界，保证联盟每个人都能过目不忘。

边伽的一句话，让王八山的名号飞快地传开了，自此之后，这座山就换了个响亮的新名字。它要是知道它本来应该叫沐提耶华尔山，一定捶胸顿足。

终于进入雪山范围，边伽张望了一会儿，忽然在队伍频道里说："你们快看那边！"

"那边是哪边？"

林纸刚问完就看到了。虽然机甲的雷达系统没反应，但是人眼能看见前面山脊的斜坡上有几个白点正在向前跳跃，一看就是披着伪装层的机甲。

这支队伍比林纸他们更靠东边，说明他们很有可能成功拿到了密钥和线索，也证明了林纸他们的前进方向可能是正确的。林纸很受鼓舞，密钥暂时还没有，但至少跟上了其他队伍的脚步。王八山看着就很大，不知道到底该去哪里，紧跟着其他知道线索的队伍也是一种办法。

林纸："沿着前面的山沟前进，注意隐藏，跟上他们。"

大家都懂她的意思，鬼鬼祟祟像做贼一样遥遥地跟着前面的那支小队。

杀浅有点儿忧虑："你们说会不会每支小队有自己独立的目标坐标，跟着别人根本没用？"

有这种可能。可是现在也没有别的办法，只能走一步算一步。

没走太远，前面就出现了异常。进入一大片密林时，前方小队忽然改变队形，开始加速，方向也变了，拐了个弯往侧向狂奔，然后一个接一个地消失在旁边的山谷里。

雪地上目标很明显，为了不被发现，林纸队离他们不是很近，只保持着勉强不跟丢的距离，根本看不出来他们到底为什么突然开始逃命。

安珀问："雪地上不好隐藏，难道是发现我们在跟踪他们了，想甩掉我们？"随即自问自答，"不是，好像有虫子。"

那几架机甲撤退时好像曾经跳起来举起激光枪向下射击。按联赛规则，激光枪不能用于攻击其他队伍，那他们打的只能是虫子。

没过多久，那几架机甲从旁边山谷里重新冒出头，继续向前，消失在前方的另一片密林里。

安珀问："既然树林那边有虫子，我们绕过去？"

绕过去就是走旁边的山谷。林纸看了一眼："不用，还是走树林。"

安珀："……"

边伽倒是很高兴："所以我们要打虫子？"

"不一定。"林纸说，"所有人检查配枪，小心一点儿，保持战斗队形。"

果然，往前走了一段，机甲的识别系统忽然开始报警，屏幕上弹出一份新的大气成分分析。林纸把列表拉到底，看到最下面多了几种标红的痕迹虫族荷尔蒙，这表示附近真的有虫子。

识别系统马上自动生成了可能的虫族列表，但生成的不像是可能性列表，更像是虫子家族完整的通讯录——这几种虫族荷尔蒙都太常见了，靠它们根本分辨不出虫子的种类。

杀浅："竟然真有虫子。他们几个刚才动作那么夸张，像演的一样。"

小队已经快到树林前刚才那支队伍疯狂逃跑的地方，机甲内的虫族荷尔蒙警报仍然亮着，却无事发生。

"虫子都被那几个人引走了？"边伽到处看了看，问林纸，"往前走？"

林纸肯定地说："没错，我们继续往前，速度慢一点儿，注意隐蔽。"

走在最前面的秦猎忽然说："林纸，看斜对面山坡上。"

远远的斜对面的山坡上有几个小白点，明显是另一支小队在爬山。

"我们有新导游了。"林纸很高兴，"原来这队导游不太乖，我们不要了。秦猎，你去旁边的山谷，小心一点儿，看看能不能把山谷里的虫子引到前面的树林里。"

秦猎答应了一声，悄悄往隔壁山谷摸过去。

边伽还没明白："山谷里有虫子？为什么引虫子？"

没过多久，秦猎就在队伍频道里说："我的速度够，可以引。"

隔壁的山谷里忽然传来声响。

边伽看见秦猎开足动力，像箭一样从山谷里冲了出去，直奔刚刚那支小队进入的那片密林。最关键的是，他身后追着乌泱乌泱一大群虫子，每只都有半个机甲高，甲壳黑黢黢的，在雪地上十分壮观。

边伽懂了，咬了咬牙："他们发现咱们在跟着他们，走到这儿又检测到虫子，但侦察机甲发现虫子全藏在旁边山谷里，就在咱们面前演了一出？"

杀浅肯定了这个猜测："我就在想他的动作怎么那么夸张。"

安珀"呵"了一声："他们故意假装这边有虫子，进了旁边的山谷，想让我们直接闯进山谷的虫子堆里。"

"没错。"林纸说，"而且我估计他们出山谷后放着雪地不走，进了前面的树林，应该是藏在里面等着看我们的热闹。"

这下真的有热闹看了。

秦猎在队伍频道里说："我看见人了，他们确实在。"

他飞快地纵跃，引着一大群虫子进了树林。没过多久，几架机甲就像被炸了窝的马蜂一样从那片密林里蹿出来，疯狂地四散奔逃。可惜速度不够，除了跑得最快的侦察机甲，剩下的几架都被虫海淹没，挣扎着开了一阵枪就不动了，不知是被虫子切割还是腐蚀得机甲失灵。

林纸面前的屏幕上迅速刷出一排排提示：

斯洛克星系第三机甲学院队主控指挥淘汰。

斯洛克星系第三机甲学院队辅助淘汰。

斯洛克星系第三机甲学院队机甲师淘汰。

斯洛克星系第三机甲学院队辅助淘汰。

这队人想淘汰别人，结果自己先惨遭淘汰。

不远处的密林中，一台装备复杂的大型飞行器缓缓升起来，上面漆着显眼的"赛场救援"标志。它开到被虫子围攻的机甲上方，发出一阵又一阵无形的冲击波，击晕了一大片虫子，然后探出巨大的吊爪，把不动的机甲吊走了。小机器人也冒了出来，开始清扫战场，回收虫子。

边伽看了个大热闹，心满意足："这么对付虫子多爽，非只给我们一人发两把小破枪。"

杀浅无语："不然给你一左一右配两门冲击炮？联赛再有钱，也没那么多虫子给你玩。"

成功逃跑的那架侦察机甲呆呆地站在山坡上，看着这边。他的四名队友全部淘汰了，他似乎完全失去了斗志，对着天上的裁判飞行器做出手势，要求出局。

安珀惊呆了："为什么要放弃啊？只要他一个人杀到关底过关，下一场比赛其他淘汰队员全都能复活，现在这样全队出局可就真出局了。"

秦猎淡淡地道："他觉得自己不行。"他引完虫子，早就兜了一圈回来了。

没多久，所有人的屏幕上收到消息：斯洛克星系第三机甲学院队淘汰。

这是比赛开始以后第一支全队惨遭淘汰的队伍。

观众是上帝视角，可以轻松切换不同队伍频道，本来看见斯洛克星系第三机甲学院队商量着给林纸队设陷阱都捏着一把汗，没想到突然大反转。

——哈哈哈，这就叫搬起石头砸了自己的脚，偷鸡不成蚀把米吧？

——不只蚀把米，整队都蚀没了。

——说实话，斯洛克他们的演技是真的不太行。

前任导游淘汰了，林纸他们加速爬山，很快就跟上了山坡上的新导游。被发现就是麻烦，这次小队行动得更加小心和隐蔽了。

新导游似乎没意识到被人尾随，一路直线向前。林纸看了看他们选择的路线，发现他们并没有直奔王八山的主峰，而是往东偏移，看样子真的是直奔某个特定坐标。

下面的路程忽然变得简单了很多。新导游认真负责，没那么多花花肠子，兢兢业业地在前面蹚雷，遇到虫子的埋伏就打，发现隐藏的虫窝就绕路，他们身手很不错，一路有惊无险。林纸他们彻底躺平，只要跟着他们的路线安闲地爬山就行了。

边伽还时不时点评一下人家的打法："哎，他们的辅助机甲在干什么？没有补位啊！主控要被虫子咬了！撤撤撤！打不过还打，是不是傻？"典型的得了便宜还卖乖。

几人越爬越高。旅游部长说得很对，俯瞰下去，脚下雪原万里，冰河如龙，蜿蜒着消失在地平线尽头，目力能及之处全是纯净的白色世界，震撼壮观。

边伽感慨："真漂亮。我们好像是来玩的，我倒是没想过有一天会驾驶机甲爬雪山。"

杀浅："要是有一天不用再打仗，这些机甲退役，完全民用了的话，倒是说不定真的可以开一家租赁公司，让喜欢登山的人驾驶机甲玩那种地形很复杂的地方。"

林纸想了想，说："没错，机甲里恒温，还可以放一堆零食，随便吃吃喝喝，爬山还不用花力气，一点儿都不累，而且360°无死角的全周天座舱就像自己浮在空中爬山一样。"

秦猎"嗯"了一声："驾驶舱两个人也能坐得下。"

安珀同意："驾驶舱可以改大一点儿嘛，能装下全家。"

直播观众听得眼热。

——说得我也想开着机甲爬王八山了。

——手边放壶热茶，舒舒服服不费劲地爬山，而且什么地方都能去，想想就爽。

——然而首先你得会驾驶机甲。

旅游部长也在看直播。他听说有人给他的沐提耶华尔山起了个别致的新名字，特地来看看是哪位天才，结果一进频道就看见几个根本没在打虫子的人自发地宣传雪山旅游，效果似乎还挺不错，可以说心情上上下下，起伏不定。

赛场上，导游小队吭哧吭哧地爬了半天山，来到主峰旁边的一座峰顶，终于停了下来，像是抵达了目的地。那是一座凸起的山峰，离主峰不算太远，孤零零地挑着。山峰的形状也有点儿怪，是巨大的横放的鹅卵石形状，像是王八山主峰旁边放着一颗蛋。导游小队在蛋上转来转去，看着像是在找线索。

林纸带着队伍爬到旁边的一座山脊上。山脊地势不低，能看得很清楚，导游小队所在的那座山峰覆盖着厚厚的一层白雪，除了长着几棵树，什么都没有。

林纸又看了看四周，远远的白雪覆盖的山脊上，又有些小白点在往这边移动，看来他们两队到得算是早的。她想了想，觉得目标坐标很可能有好几个，这里只是其中一个。因为大家的前进速度都差不多，如果所有参赛队伍全部都去同一个坐标点，能看到的队伍应该比现在多。

导游小队转来转去，毫无进展。

林纸对着那边研究地形，在屏幕上认真地画了一个红圈，放大，仔细观察细节，然后在画出来的红圈上标出了几个点。

导游小队一无所获，一起朝旁边走了。

林纸火速在队伍频道里说："快，我们快去王八蛋……呃……的蛋。"

直播观众也正在讨论。

——那一队怎么走了？坐标不就是这里吗？他们不继续找了？

——他们刚才在队伍频道里说，怀疑拿到的坐标是加密过的，这个不是真正的坐标，可能需要解码。

——前面的，要怎么解码？

——不知道。他们重新看了一遍给的资料，在那边猜，要加几减几什么的，所以要去附近转转。

他们来到蛋形山峰的峰顶。一到位，林纸先让系统拉了一遍大气成分表。这里并没有虫族荷尔蒙，机甲的识别系统也没有报警。但是不出她所料，有别的。

林纸："大气成分中检测到微量二氧化硫。"

机甲全都开着内循环，闻不到外面的味道，但如果打开驾驶舱的门出去，立刻就能闻到。

边伽笑道："果然藏着东西。"

当局者迷，旁观者清，他们几个刚才站在隔壁山脊上远远地看这边，看得非常清楚，这一片山峰的雪地上隐隐有个巨大的圆环，积雪比其他地方稍浅一点儿。

林纸把刚刚画的红圈给大家发过去："秦猎在外围把风，其他人过来。"

众人站在地图上标出的红圈外，分配好位置，一起举枪。

林纸："三、二、一！"

所有人开火，一起打在红圈上林纸刚才标出的几个点上。

白色的雪地忽然动了，就像受到惊扰一样，雪层表面缩了缩，塌陷了，露出埋在雪下的虫族在地下隐藏用的临时虫窖。

这是林纸第一次亲眼看到这东西，所有特征都和虫族图鉴里说的吻合。

3

临时性虫窖是半生物性的，没有虫族荷尔蒙释放，但是会释出微量二氧化硫，外观是环状结构，通常不太深，最多也就十几米。只不过这个藏在积雪下面，有点儿难找。

虫窖是为了藏虫子用的，当然只会对虫族开放，但是它们有个弱点，就是在特定的点上集火就可以强制打开，只不过如果不小心让它再次封闭，就会有腐蚀液渗出来，淹没虫窖内部。腐蚀液对机甲很不友好，被沾上就会领到三级损毁成就，所以虫窖外必须有人持续射击，让它一直保持打开的状态。

边伽收起枪："你们等我，我下去。"

想也知道，虫窖里一定藏着虫子，他一个人下去未必对付得了。林纸道："安珀、杀浅，你们两个都跟他一起下去。"说罢接手了安珀的射击点，双手同时开火。

林纸是主控指挥，时间又很宝贵，边伽他们二话不说，一起顺着窖壁爬下去了。

没一会儿，下面就传来一阵又一阵沉闷的吼声。

边伽在队伍频道里说："是几只巨蛸。"

乒乒乓乓的动静不小，他们在跟巨蛸恶斗，感觉并不容易。

过了好一阵子，边伽才说："没了，全都处理掉了。"

安珀汇报进度："我们正在到处找线索，这里又黑又乱，有点儿麻烦。"

这时，林纸的耳麦里传来秦猎的声音："林纸，刚才那支小队回来了。"

林纸边开枪边回过头，看见旁边的山脊上有几架机甲正在靠近，看随身武器，应该是刚刚的导游。这就很麻烦了。按联赛规定，小队之间不能用激光枪互相攻击，但是使用近身武器搏斗却毫无问题。一旦他们发现林纸队打开了虫窖，有人正在下面，一定会干扰正在保持虫窖打开状态的林纸，要是虫窖封起来，边伽他们三个肯定会被淘汰。

秦猎问："林纸，我去拦他们？"

林纸答："尽可能引开他们。安珀，你们动作快一点儿。"

秦猎快速移动，斜插过去，切到山脊上，和那队人纠缠起来。

虽然现在机甲外观都是白色，使用的武器却不一样，一眼就能看出谁是谁。林纸看得很清楚，秦猎明显比其他人更快更灵活，以一敌五，拖住了那几个人，竟然没吃什么亏。

站得高看得远，林纸发现有其他队伍正向他们靠近："秦猎，又有一队人，你得走了。"

秦猎答应了一声，且战且退，尽可能引着导游队往侧向走。然而另一支小队眼尖，已经看到峰顶上的林纸，立刻加快速度上山。秦猎也发现了这点，启动动力兜了个大圈，甩掉导游队，又去骚扰新到的队伍。新队伍很机灵，并不上当，只留下两个人和他缠斗，其余三个继续往上。尤其是他们的侦察机甲，开足了马力，直往峰顶冲。

侦察机甲速度很快，转眼就冲到了峰顶，一眼看到地上打开的虫窖和守着虫窖保持射击状态的林纸，于是毫不犹豫一刀朝赤字劈过来。它用的武器和边伽一样，是一把刀，不知有什么特殊的功能，刀刃发着森森白光。

林纸完全没动，手上的激光枪稳稳地继续射击虫窖，只有背后的蝎尾一抖。就见那架侦察机甲连同它的那把刀被抽得就地滚了好几圈，好不容易才刹住，差点儿掉到山崖下。

谁都没看清她究竟是怎么动作的，但观众倒是相当识货。

——蝎尾！

——她一直戴着蝎尾，终于用了。

——这是多古老的东西啊，现在竟然还有人用！

——林纸以前就用过蝎尾，你们都没看到吗？那个斗一群机械狗的视频，不过好像网上都删没了。

赤字的大蝎尾比林纸穿戴过的小蝎尾猛多了。就这几秒钟工夫，那架侦察机甲已经爬起来又冲了一次，不过仍然没能近身，没弄清怎么回事就又被蝎尾狠狠一鞭抽中，滚到旁边。

林纸用蝎尾对付侦察机甲，手上却很稳，激光枪一直在稳定地输出，虫窖始终保持着打开的状态。

直播间里，观众全都在研究那条蝎尾。

——你们发现蝎尾最大的好处了吗？其他武器都要用手，蝎尾就不用！

——没错，林纸好像长着三只手！

——三只手？怎么听着不太对劲？

——蝎尾这么好用的东西，为什么现在都不用了啊？

——据说是因为很难用好。机甲是耦合操控的，驾驶员全是凭身体的感觉控制机甲，手和腿比较好控制，但人类是不长尾巴的，所以不太容易控制。

——我觉得林纸上辈子可能是长尾巴的！

林纸并不知道有人在怀疑她上辈子的物种问题，正专心对付那架侦察机甲，余光看见他们队伍中的另外两架机甲也摸上了峰顶。这里是不少队伍的目标，随着时间一秒秒过去，来的人会越来越多，而要对付的人越多就越危险。

蝎尾突然不再抽人，在空中灵巧地一卷。那架侦察机甲眼睁睁地看着蝎尾的尾巴尖卷住他的刀，一收再一展，往外猛地一抛。那把刀划过一条弧线，顺着山脊滚落下去。没了武器，赤手空拳根本对付不了把蝎尾用得出神入化的林纸，再说刀也很宝贵，比赛时不能丢，于是他只迟疑了一下就撤退追刀去了。

他的两个队友没走，一爬到峰顶就往上扑，夹攻赤字。他们一个用的是又宽又长的大剑，另一个用一把造型奇异的尖头锥，和刚刚的侦察机甲一样，打算打断林纸的射击，把下面的林纸队队员封在虫窖里。

这时，耳麦里总算传来边伽的声音："你们快过来看，找到了，应该是这个吧？"

"没错，这是下一个要去的目标地点。拍下来。"安珀问，"能毁掉吗？"

他们大概是试了一下，杀浅说："好像不能。虫窖壁弄穿的话会有腐蚀液出来。"

林纸用蝎尾把一架机甲撂倒，又格挡住另一架机甲的大剑，说："算了，别管了，上来吧。"再拖一会儿，人会来得更多。

边伽他们答应了一声，开足动力，顺着窖壁往上冲。

两个夹击林纸的人也听到了响动，抓紧时间进攻。

线索拿到了，人也快出来了，林纸忽然起了玩心，在边伽他们从虫窖里冲出来的一刹那，用蝎尾横扫，直接把拿大剑的那架机甲推进了虫窖里，顺便避过拿尖锥的那架机甲的进攻，晃到它身后，踹了一脚。这下，两架机甲都进去了。

与此同时，林纸终于如他们所愿，停掉了手里的激光枪。虫窖立刻封上了口。

想也知道虫窖下面一定下了一场腐蚀液的大雨，驾驶舱有加强保护，人不会有什么事，机甲却是废了。

屏幕上立刻刷出新的淘汰信息：

图柏坦星光之环机甲学院队主控指挥淘汰。

图柏坦星光之环机甲学院队辅助淘汰。

林纸在队伍频道里喊："走走走！撤退！"坐标已经到手，这种是非之地，当然是离得越远越好。

她在地图上标了一下集结点，几个人飞快地纵跃，离开峰顶，成功和秦猎会合，一起回望那颗蛋的峰顶，看见起码又有两支队伍到了。

藏在雪下的虫窖已经暴露出来，线索明显就在虫窖里。虫窖口现在封着，没人能腾出手送人下去，线索是什么根本不知道，就更不清楚是不是数量有限，是不是需要抢，只能先尽量淘汰其他队伍。于是两支小队打成一团。

很快又来了一支小队，似乎和其中一队认识，混战变成了二打一的局面。

这里这么混乱，其他目标坐标估计也差不多。因为淘汰的信息在屏幕上一条又一条不停地刷出来。林纸他们不再理会，找了个隐蔽的山坳研究到手的坐标——虽然手里没有比赛的背景资料，也没有密钥，他们的进展却不慢，甚至还领先了。

边伽把虫窖里拍到的坐标给大家发送过来，还是两张。

林纸："嗯？"

安珀笑出声："边伽就坏，他没法去掉虫窖壁上的坐标，就用高温刀给人家改了改。"

边伽把其中一个数字"1"改成了"7"，改得还挺像。当然如果仔细看，还是能看得出来的，毕竟连刻上去的方式都不一样。后到的那群正在打架的机甲能不能看得出来，就全凭造化了。

边伽振振有词："我们帮大家找到了雪下隐藏的虫窖，又帮他们处理掉了里面好几只巨蛸，他们自己也得稍微动动脑筋，不能太坐享其成，对吧？"

直播观众比他们几个还开心，像在过节。

——打赢了的那两队轮流进虫窖了吧？

——刚才下去的那队上当了没有？

——还真上当了，哈哈哈。

——谁知道新进去的那队怎么样？

——好像也完蛋了，他们根本没拍下来，只把坐标数字抄下来了。

——哈哈哈，好惨。

不知道留在身后的受害者有多少，反正林纸小队正向着正确的坐标前进。

下山之后就是辽阔的雪原，看坐标距离不近。林纸怀疑把坐标定得那么远，让他们长途奔袭，是因为联盟花了大价钱办这场比赛，想让观众好好看看八区的壮阔河山——镜头是在他们的头上航拍的，身后是高耸的雪山，白茫茫雪原中点缀着冰湖，想想就很漂亮。

几架机甲在雪原上开足马力，撒着欢往前跑，路上并没有其他机甲的痕迹。

这颗行星的自转时间比母星短，一共只有不到十七个小时，过来后又是等着飞船下蛋，又是爬雪山，又是打虫子，折腾了一天，天都快要黑了。按联赛规定，出于对参赛选手健康的考虑，就算是在比赛中，也有六个小时的强制休息时间，就在天黑之后。休息时间内，所有小队不能继续前进，也不能攻击其他队伍，可以安心睡觉。

林纸卡着截止时间，好不容易才在旷野中找到一片背风的小坡，当作今晚休息的地方。

一坐下来，边伽就打开驾驶舱的门，然后叫唤了一声："怎么这么冷？"

林纸："这不是废话吗，外面夜里起码 −30℃。"

好在大家都穿着联赛专用训练服，是能自动调节温度的，可以对付这种不算太低的气温。

边伽把衣服上的帽子抽出来，保护好脑袋，伸手接了一片雪花："好大啊。我这辈子都没见过这么大片的雪花。"说着从驾驶舱里跳了出去。

驾驶舱像太空舱一样，设备非常完善，什么都能解决，他非要出去，就是想玩。

杀浅打开驾驶舱门，嘱咐道："你要去哪儿？别走太远，小心被虫子吃了。"

安珀也出来了，追上边伽："我也去走走，坐了一天了，活动一下。"

直播还没停，休息时间开始后还有大概十分钟。

机甲驾驶员比赛期间一直坐在舱内，观众看不见，所以按惯例，一般都会趁这个时间出来露个脸。对希望在联盟混个脸熟、提高知名度的参赛者来说，这是个绝佳的机会。不少观众也最盼望这个时候，因为很多届联赛中的经典镜头都是这个时间段抓拍到的。

然而赤字安静地坐在雪地上，对面的鹰隼也没什么动静。

直播观众开始刷屏。

——林纸为什么不出来？我要看林纸。

——我要看秦猎。

——我想看两个人手牵手一起踩雪！

——现在没有林纸、秦猎牵手看，只有边伽在表演雪地打滚，他说他是海豹……

过了一会儿，鹰隼的驾驶舱门动了。秦猎打开门，轻巧地从里面跳出来，他抬头看了看周围，淡定地往对面走过去。

弹幕刷疯了。

——啊啊啊，他是要去找林纸吗？

——肯定的啊！不然还能去哪儿？

——真的吗？真的有牵手看？

秦猎不负众望，走到坐在雪地上的赤字面前，熟练地踩着它的腿上去，伸手敲了敲驾驶舱的门："林纸？是我。"

这时，直播停了，时间掐得刚刚好。

所有观众："……"

疯了的观众转战联赛官网，评论区被血洗，要求延长休息时间直播的话题盖成了高楼。

林纸在赤字的驾驶舱里，早就关掉了驾驶舱周围的全息投影，把椅背向后放平，变成可以躺的床，准备睡觉。比赛起码要进行两天，想也知道明天又是艰苦卓绝的一天。这是她第一场做主控指挥的比赛，只有这次表现合格，才能有下场、下下场。

林纸拿起旁边的水瓶，喝了口水，刚咽下去，就听到有人敲驾驶舱的门。她打开门，外面的冷风夹杂着雪呼地吹进来。

秦猎钻进驾驶舱里："要睡了？不出去逛逛？难得到这么冷的地方来，边伽他们几个都说要在附近走走再睡。"

林纸拒绝："外面那么冷，只有傻瓜才出去。"顺便把边伽骂了。

驾驶舱空间不大，秦猎在她旁边坐下，伸手点了点控制台上的屏幕："外面现在很美。"

他彻底熄掉了驾驶舱内的照明，重新打开四周的全息投影，四面的驾驶舱壁都没了，两人好像坐在冰天雪地的夜里。天空仍然被云层遮着，可是更前面一点儿的天空中，云层裂开，露出月亮。那当然不是月亮，而是离这颗行星很近的另一颗行星，尺寸比月亮大得多，雪地反射着它幽蓝色的光。周围大片大片的雪花扑簌簌地落下。

虽然身处温暖的驾驶舱，林纸还是本能地抱住胳膊。秦猎低头看她一眼，自然地伸出胳膊把她揽住。林纸靠在他胸前，没有动。经过前些天疯狂地穿来穿去，甚至共享一个身体，共享所有感觉，林纸对他已经没有丝毫排斥，他的身体就是她的，两人仿佛一而二，二而一。

雪原静谧，雪花一片片飘落。

林纸在看雪，秦猎没有，他一直在低头看着她。半晌，他低下头，用嘴唇轻轻碰了碰林纸的脸颊。林纸抬头看着他，并没有躲开，只见他漂亮的眼睛被外面的光线染成幽蓝的颜色，从鼻梁到嘴唇到下颌，弧线完美无缺。

神侍什么的，林纸并不在乎。人生苦短，没人知道明天会发生什么，也许明天虫族就打穿防线，也许明天全世界就一起毁灭……管他呢！

秦猎凝视她片刻，把揽着她的那只手挪上来，扶住她的后脑，低头覆上她的唇。他不疾不徐地吻着她，仿佛这里并不是茫茫宇宙中一颗人类文明边界的小小行星。外面没有虫族，没有赛事，在这个落雪的夜晚，天与地之间只有她和他两个人。

秦猎越吻越热烈，把她紧压在怀里，辗转勾挑。不知过了多久，他的嘴唇滑过她的脸颊，挪到她耳边，呼吸不稳，热气吹在她的耳朵上。

林纸以为他要表白，说"我喜欢你"之类的话，却听到他在耳边低声说："我是属于你的。"

林纸怔了怔。如果他说"我喜欢你"，礼尚往来，她打算还他一个"我也喜欢你"，可是他说了这么一句话，林纸不确定该怎么反应："……好……啊？"

她没有还他一句"我也是属于你的"，秦猎却丝毫没有不高兴的意思，看神情，好像觉得理所应当，眼中多了点儿笑意。

林纸的心中有种猜疑：他该不会是把她当成他的"神"了吧？她有那么强的耦合天赋，能和他通感，还会一不舒服就跑到他的身体里赖着不走，在不知道她是个拿到金手指的穿越者的情况下，看起来确实有点儿像神明附身。他家有不同寻常的感应能力，世代信奉神，他又是神侍，会有这种猜想非常自然。尤其是他之前一直想证明她是假的，可最近好像完全不再想着验证她的身份了，甚至开始帮她遮遮掩掩……林纸多少有点儿心虚。

外面有声音传来，林纸偏了偏头，发现是边伽欢蹦乱跳地回来了。他的手和脸都露在外面，缩着脖子，好像冻得够呛，却还是抓起地上一大把雪攥了攥，朝赤字的驾驶舱砸了过来。雪球打在赤字的舱门上，白了一片。

敢攻击赤字者，杀无赦。林纸伸手去拿头盔，打算让边伽尝尝被蝎尾吊在天上的滋味。

秦猎眯了眯眼睛，捉住她拿头盔的手，重新把林纸的脸扳过来，然后倾身向前，把她压在放平的座位上，吻了下去。

驾驶舱门又是"砰"的一声。

安珀："边伽，吃我的流霜寒冰箭！"

边伽转移目标了："切，看我的暴雪狂舞！"

也不知道他的暴雪狂舞是怎么舞的，林纸的注意力没法不回到驾驶舱里这个人身上，他浑身滚烫，嘴唇和手指也热得惊人，划过她的耳际、脖子，反复流连。两人的心跳又开始共振，血液在脑中轰鸣。

秦猎恋恋不舍，他愿意这样天荒地老。可是不行，林纸需要睡眠时间，需要体力和精力，需要心思不乱，带领队伍在劣势中杀到终点，这是她在全联盟面前的第一次正式出场，非常重要。秦猎克制住自己，嘴唇离开她的肌肤。

不知什么时候起，整个驾驶舱中都是两人纠缠得不分彼此的信息素的味道。这味道就像蛊咒，一发不可收拾。然而这次和上次在悬浮车上时不同，不能开门换气，外面就有两个心理年龄疑似八岁的成年 Alpha，有一点儿泄露出去都会被他们察觉。

秦猎坐起来，伸手去点屏幕，然后发现林纸也正探身起来去点屏幕——两人的想法一致，都是想打开驾驶舱内的空气过滤系统。他忽然意识到，就算是这种时候，她的心思也并没有乱。

秦猎："过滤可能要一段时间。"

林纸"嗯"了一声。

秦猎低头吻了吻她的头发，伸出手，像昨晚出发前一样，把林纸揽进怀里："你睡吧，过滤好后，我自己出去。"

林纸想，信息素的味道还在，这怎么可能睡得着？

外面的雪花继续飘着，空气过滤系统发出轻微的噪声，秦猎的怀抱温暖又舒服。林纸没想到自己竟然很快就睡着了。

第二天一早，林纸被外面的风声吵醒。

天已经亮了，外面刮起了暴风雪。秦猎不知什么时候走的，昨晚让人脸红心跳的信息素一点儿痕迹都没有，他已经关掉了空气过滤系统，驾驶舱里的温度也帮她调得稍暖了一些。

林纸把座椅调回原位，顺手拿了一小管难喝的浓缩型营养液一口闷掉，打开队伍频道。

秦猎立刻发来消息："早啊。"

林纸操纵赤字站起来，抖掉身上的积雪："早。"

直播这会儿已经开始了，一大早的，频道里竟然已有不少观众。

——所以昨晚到底有没有手牵手？

——说不定不只手牵手，可惜我们没看见，强烈要求明年联赛休息时间全程直播！

——可是他俩刚才互相打招呼的语气好像都很淡定啊。

——现在正在直播啊，总不能说：早安，宝贝。

——秦猎不好意思，那我替他说：早安，宝贝！

比赛时间很快就到了，小队整装出发，直奔第二个坐标地点。

今天的天气和昨天不一样，恶劣多了，风呼呼地刮着，非常大，狂风中夹裹着雪片，到处白茫茫的，能见度很低，几米之外就看不太清了。路上也和昨天不一样，很不太平。才往前走了没多远，边伽就忽然叫了一声："咦，有人攻击我。"

并不是人，是虫族。它朝边伽扑过来，扑到眼前才看清，是战场上非常常见的一种虫子，通常被叫作兵虫，长得像一只站起来的大螳螂，全身黑褐色，只比机甲矮一头，一对爪子和口器都非常锋利，性格残暴嗜血，看到人不由分说直接攻击。

根据联盟法规，所有机甲大赛，包括院际联赛，释放在赛场上的虫族全部都是 SNIII 级以下，属于低智物种。这类低智的虫族很容易控制，出了意外也好解决，不会带来太大的麻烦，所以就算把赛场放在八区、九区这种大后方也不用担心。兵虫在低智的 SNIII 级以下的虫族里算是攻击能力比较强的，是大家做模拟练习时经常对付的虫族。边伽训练有素，一枪把它撂倒，没太当回事。

再往前没多远，又有虫子从风雪中冒出来，这回也是战场上常见的种类。

很明显，越靠近目标坐标，隐藏的虫子就越多。

不知道主办方在这一片区域投放了多少虫子，五人保持紧密的战斗队形，轮番走在最前面开路，彼此配合，在大风雪中一路斩杀向前，并没有太影响到前进速度。

雪地里又有东西冒出来，直接扑向边伽。他刚要举枪，林纸就在队伍频道里吼了一声："边伽，不要！"

边伽还没反应过来，蝎尾已经到位，没理会攻击边伽的东西，而是尾尖一弯，挑起边伽手里的激光枪，一束激光擦着那东西的头顶过去了。

风雪实在太大，边伽这才看清，这回并不是虫子，而是一架机甲。

刚才一路上打得太顺手，突然蹿出一架机甲来，差点儿就中招了。边伽不由得冒了一身冷汗。按机甲大赛的规则，故意用激光枪射击其他参赛队伍，一律淘汰。如果是意外的话，就要交由联赛的仲裁庭仲裁，但仲裁周期很长。总而言之，惹上就是麻烦。

机甲和虫子原本很好分辨：机甲有一层白色的伪装层，虫子却通常是黑色、褐色、棕色、黄色等奇奇怪怪的颜色，白色的很少，只要在大风雪中冲过来的东西颜色奇怪，基本就是虫子。问题是这架机甲并没有加伪装层，涂装颜色又是黑褐色的，上面还有深浅不一的花纹，在风雪中乍一看特别像虫子。

参赛机甲不加伪装层，还是这种涂装，明显是个圈套。边伽磨了磨牙，抽出高温刀。无数雪片没碰到刀刃就化成了白汽。刀锋在漫天风雪中横扫斜劈，刀刀入肉。对面的机甲根本不是边伽的对手，没几个回合就被砍断了两条胳膊和两条腿，倒在雪地里。

断掉胳膊是二级损毁，可以继续比赛，断掉腿会失去行动能力，算作三级损毁，会直接淘汰。一般联赛中交手，断对方的一条腿，让他领个三级损毁淘汰就行了，不会做得这么绝，可见边伽是真的怒了。

裁判飞行器飞近，众人的屏幕上随后出现提示：BQG2746行星第二机甲学院侦察机甲淘汰。

行星名是编号，十有八九是偏远地区的机甲学院。他们竟然用一架侦察机甲冒充虫族，去主动撞人家的枪口，就只为了害林纸小队里的人淘汰。而且侦察机甲移动速度加强过，比别人都快，一支小队只有一架，通常交由单兵作战素质最好的队员操控，是主控手里最好用的机甲，是主控的宝贝，就算和其他队伍的机甲一换一都没人愿意。他们这种自杀似的策略风险太高，又很不划算，明显不太正常。

林纸心想，看来这次比赛，从炸基站起就有人在故意和他们作对。

不过观众们很纳闷。

——那么大的雪，林纸是怎么看出对面不是虫子的？

——我就看见个黑影往上扑，要是我，肯定也开枪了。

边伽也在问林纸："你怎么那么快就发现刚才过来的不是虫子，是机甲？"

"因为我的雷达看得见啊。它显示有其他机甲靠近。"林纸理所当然地说。

边伽默了默。联赛时每架机甲都开着反雷达的伪装层，于是大家索性都关了雷达，没想到林纸竟然还一直开着雷达扫描周围。

林纸："有备无患。万一撞上这么个不爱伪装的呢？"

她没有说的是，其实那架机甲靠近时，她就已经感觉到了，像是一种存在感。这种对有耦合系统的部件的特殊的感应，从来到异世界的第一天，暗夜游荡者的残手从她身后飞过来时就存在了。这里很空旷，附近没有其他装载耦合系统的机甲，忽然多了一个，很容易察觉。

边伽差点儿被人算计，心情很不好，一改他的话痨做派，闷闷不乐。

林纸逗他说话："风雪这么大，哪儿还是旅游宣传片，观众看的是灾难电影吧？"

边伽这才打起一点儿精神："也不知道旅游部的人有没有在看直播，暴风雪下成这样，谁还敢来玩？当初四区有颗行星也是这么冷，据说一到暴风雪的时候，人家就用技术手段人工干预天气，驱散云层，不败游客的兴。这种事，傻瓜都应该知道。"

几人在暴风雪中艰难向前。边伽的情绪好了一点儿，不过轻易不再开枪，只用手里的高温刀对付时不时突然冒出来的虫子。

走了一段距离后，又有东西扑上来。与此同时，天空中忽然传来一长串打雷一样的隆隆闷响，暴风雪骤然停了。云层像被撕裂一样破开一道口子，明亮的阳光洒落下来。

风雪一停，自然也就看得清，在边伽面前不远正往前扑准备攻击他的，又是一架机甲。它倒是开着伪装层，浑身雪白，可惜掩盖它行动的暴风雪突然没了，机甲骤然暴露在耀眼的阳光下，彻底蒙了。

一个两个的，都趁着暴风雪时偷袭。

边伽向前跃一步，刀用得像鬼魅一般，连林纸看着都觉得头大。对方不是他的对手，没多久就被一刀砍断了腿。机甲屏幕上弹出新的提示：BQG2746 行星第二机甲学院辅助淘汰。

林纸忍不住问秦猎："你们去年联赛和他们结仇了？把人家淘汰了？"

秦猎："有可能。杀得太多，记不清了。"

林纸："……"

直播观众也感觉很奇怪。

——这个 BQG2746 行星第二机甲学院到底和他们有什么仇什么怨，一个两个的往上送？

——根本打不过，还非要来搞偷袭，也不知道脑子里是怎么想的。

——会不会是被钱买通的炮灰型选手？故意的吧？

——又没什么用，一人领一条断腿。

——大概是觉得万一成功了呢，刚才不就差点儿把边伽送到仲裁庭？

云层撕裂，茫茫雪原转眼就变得晴空万里。

主办方为了观众的视觉效果，终于用技术手段人为干涉了赛场的天气。

能看得清，杀虫子就方便多了。林纸他们一路向前，没再遇到 BQG2746 行星第二机甲学院的人。

快到中午时，他们终于到达目标坐标附近。只见蓝天下，遥远的地平线的尽头，山脉与山脉之间有一座围着水坝一样巨大高墙的建筑，中间有一扇发着白光的门，十分惹眼。不过他们拿到的坐标不在那里，而是在前面不远处。

目力能及之处没有别人，雪地上十分平整，没有机甲走过的痕迹，看样子他们是第一个到的。几人走近，看到坐标位置的乱石之间有银色的金属在闪闪发光。他们小心地走过去，发现雪地上竟然躺着半截机器人，下半身已经没了，线路都暴露在外面，线头烧得焦黑，只剩上半身半靠在一块大石头上。它的造型和 R288 有点儿像，不过看样子应该是 R288 的升级版——星图也是这次联赛的主要赞助商，毫不意外，它们的产品又冒出来在观众面前混个脸熟了。

边伽很熟悉它们，只看了一眼就说："这是星图今年出的最新款，R488。"

几人一边聊天，一边分散着把附近仔细检查了一遍，没再发现别的东西。

地上那台奄奄一息的 R488 见没人搭理自己，转转眼睛，直接开口："你们几个是人类吧？是基地派来寻找雾爪的吗？我知道雾爪在哪里。"它艰难地举起一条半断的露出线的金属胳膊，指了指地平线尽头大坝的方向，"我们两个在这里遇到了虫族的埋伏，雾爪突围去那边了。"

这台 R488 像是个发任务的 NPC（非玩家角色），演技不错，把半死不活演得活灵活现，竟然还有一整套台词。看来在那份他们没能拿到的比赛资料里，真的是有剧情的。

林纸看看大坝那边："开始比赛时，裁判系统宣布过，这次比赛大概会持续两三天，现在已经是第二天中午，我们算是进度快的了，所以雾爪现在应该就在那座大坝里。"她干脆直接问 R488，"所以雾爪去干什么了？那边墙里又是什么地方？"

然而 R488 并不理她，它继续有气无力地念它的台词："我……快不行了，趁着我的能量源还有最后一点儿能量，我来帮你们打开对面那扇发光的大门，你们可以进去找雾爪，不过时间很短，我只能维持三百秒。"

它不由分说，立刻开始倒计时："五、四、三、二、一，开始！"

众人拔腿就跑。

林纸边跑边疯狂吐槽："这机器人真的不是反派吗？它要是真想帮忙，就不能等大家到光门前再用它那'最后一点儿能量'？"

不管怎么说，看来比赛设置的是让他们远距离冲刺。遥遥地能看到，大坝上那道发光的大门真的动了，巨大的金属门正像断头台的刀一样缓缓地向上升起。

R488 开始倒数时，林纸特意看了眼屏幕上的时间，于是边奔跑边在屏幕上设置了一个从刚刚算起总共三百秒的倒计时。好在这里是一马平川，以基础机甲的移动速度，三百秒冲过去应该来得及。不过她还是指挥秦猎："秦猎，不用等我们，你先走，能进去一个是一个。"只要小队有任何人过关，就算真出了什么意外，下场比赛也能全队复活，得用他兜底。

秦猎应了一声，开足动力，加速往前。

林纸想，联赛主办方一定不会那么善良，让他们费那么大劲，披荆斩棘杀虫无数走到这里，只为了来个三百秒限时冲刺，于是边驾驶赤字往前飞快地纵跃，边观察周围，果然看到了异样——在这一大片平原旁边的山脊上，密密麻麻的黑点正在往下冲，潮水一样直奔他们而来。

直播观众也都看见了。

——山上冲下来的那都是虫子吗？

——好像是，这得有多少啊？这是虫子军团吧？

——竟然有这么多，这次联赛的手笔会不会过大？这得花多少钱啊？

——看着好像多数都是兵虫。

——好像是，看到人就直接往上扑，一爪子削掉脑袋的那种。

不计其数的兵虫如同万马奔腾一般从高高的山脊上俯冲下来，林纸他们离得这么远，都能听见它们的奔跑声和无数口器、利爪摩擦的噪声。

不等它们靠近，众人就开始射击。林纸也举起赤字双臂的激光枪。就算是在快速的奔跑跳跃中，她也不会失去准头，凡是最先进入她的射击范围内的虫子，全都是一枪爆头，速度快得根本看不清。

直播间里一片片弹幕刷过去。

——我女儿好准！

——疯了，这是人类的打法吗？

——很正常，她上次在学院大赛过万虫斩通道的时候，就是这么快这么准的！

——那时候还有人说她作弊，说她通道里的虫子生成的速度比别人的慢，现在打脸了吧！

可是林纸只过了一会儿就发现这样不行。

如果在真正的战场上，机甲肯定会搭载大面积杀伤的炮火，哪怕只有最基础的冲击炮和燃爆弹，这种数量的兵虫也很容易解决。可是现在是比赛，他们手上只有可怜巴巴的几把激光枪。就算她的耦合感应和开枪动作几乎能做到无缝衔接，就算手里这把枪已经经过了火力加强，激光枪的射击速度仍是有物理极限的，以现在虫海冲过来的速度，她压不住。虫群潮水般倾泻下来，如果消灭的速度没有它们冲过来的速度快，小队就会被虫子围堵，深陷虫海，非但不能在三百秒内冲到光门前，还会有三级损毁的危险。

林纸看一眼秦猎。和别人不同，他完全没理会汹涌而至的虫潮，一心冲刺，已经遥遥领先，以他的速度，说不定能在虫潮到来之前冲进光门里。

见他脑子清楚，十分靠谱，林纸心中稍定，现在要考虑的是其他人。

"你们只管往前跑，不用开枪。"林纸在队伍频道里说，"我来。"

开枪会影响前进速度，能冲进光门才是关键。边伽他们都很听话，不再打虫子，把虫群全交给她，专心冲刺。

林纸边尽可能地在旷野中迅速前进，清掉蜂拥而至的虫子，边在脑中快速地思索。她这些天看过无数场历年比赛的资料，对自己有信心，知道就算在院际联赛里，也没有谁的枪比她的更快。如果她不能靠激光枪的火力压制住这样的虫潮，其他人肯定也做不到。主办方肯定不想淘汰所有参赛选手，所以这关一定不是这么过的。

林纸跃起到空中时，遥望远处的山脊，目光在虫群中搜索，果然找到了她想找的东西——就在第一批兵虫冲下来之后，山脊上终于出现了别的东西，那是一颗颗巨型的黑色大球，正和虫群一起顺着山脊滚落下来。

林纸读到过，那是虫族的一种非常特殊的东西，叫气爆囊。和虫窖一样，气爆囊也是半生物性的，外面黑色的一层是由特殊虫族的生物组织构成的胞衣。这层胞衣很结实，弹性又强，虫族通常会在胞衣里面装满压缩的特殊可燃气体，就像个会移动的大煤气包。气爆囊造价便宜，虫族可以大量生产，使用也简单，只要一点就爆炸，所以虫族通常会把它们推到需要炸的地方，这是它们的一种进攻方式。不过现在，它可以变成一种自杀方式。

秦猎也看见了气爆囊，在队伍频道里问："林纸，我过去炸气爆囊？它们的距离太远，你们很难过去，我的速度比较快。"

林纸拒绝："我过去，你的目标还是尽可能进那扇门。"

无论有多难，秦猎必须优先进门，只要他能杀到关底，帝国机甲学院的旗帜不倒，下一场就能全员复活。这是秦猎，什么都有可能，一定要优先保住他。

"边伽，你们几个继续向前，跟着秦猎。"林纸跟边伽他们交代了一句，就离开了队伍，驾驶赤字迎向黑色波浪般汹涌而来的茫茫虫海。

边伽并不同意她的做法："林纸，你是主控，这种活儿应该让我们辅助机甲来干。"

林纸冷静地说："你们的枪都没有加强过，火力不够，进去就出不来了。"

她往前狂奔，很快冲进了兵虫堆里。之后，所有观众都看到，在林纸周围，那个如同结界一样的圆圈又一次出现了，所有进入范围内的虫子全被秒杀。

这会儿弹幕反而少了，每个人都在看着这种奇景。

——要多快的枪才能做到这样？

——我现在觉得，是枪限制了她。

——没错，如果枪更好一点儿，我觉得她能做到更好。

林纸带着她的"结界"快速朝滚落的气爆囊移动，终于让第一个气爆囊遥遥地进入了她的射程极限。她腾出一只手，对着那颗巨大的气爆囊猛轰了一通，然后连看都不看就直接奔向下一个气爆囊，只留下身后"轰隆"一声惊天动地的巨响。

真 Omega 从不回头看爆炸！

边伽听见动静，回过头，看见密集的兵虫群里炸开了花，气爆囊威力十分惊人，大片兵虫倒了下去，而林纸正继续往前跳跃，在虫海中如入无虫之境，收割掉附近扑上来的兵虫，又一次举起枪，然后又一个气爆囊炸开了。

因转头看人，他冲刺的速度稍微慢了一点儿，杀浅在队伍频道里吼他："边伽，你愣什么神？快走！"这是林纸以身犯险帮他们争取到的时间，每一秒都弥足珍贵。

一个接一个的气爆囊炸开，大批兵虫倒下，延缓了虫潮向下冲锋的速度。林纸在引爆气爆囊的同时也在尽可能地往光门方向前进，不过要做的事太多，还是落后了边伽他们一大截。

屏幕的计时器上，时间在无情地走着，三百秒已经过去大半，大坝上那扇发光的金属门开始缓缓地合拢。

好在秦猎已经遥遥领先，离它不太远了。

林纸大概估算了一下，以边伽他们现在的冲刺速度，也很有可能进入光门。于是她冲向下一个气爆囊，帮边伽他们杀掉冲锋的虫子，争取更多的时间。

看样子她是进不去了。不过进不去就进不去，她相信秦猎他们一定会让她在下一场比赛复活。

安珀忽然在队伍频道里出声："山那边升起来的是什么？"

林纸分神抬头看了一眼，就见龙一般盘踞的遥远的山脊后，又有新的东西冒了出来，是好几只巨大的虫子，铁褐色的翅膀展开，比林纸他们的基础机甲还大了不少。它们从山脊后升起，飞在天上，对着这边俯冲过来。

这种虫子林纸认识，也是战场上的常见种类，有个复杂的学名，但是前线战士们通常把它们叫作铁甲虫。因为它不只一身铁锈色，全身还像铁做的一样坚固无比，很难打掉。

铁甲虫的飞行速度非常快，比兵虫的移动速度快多了，很快就掠过下面的虫海，冲在最前面的一只甚至已经快到边伽他们面前。以铁甲虫的力气，完全可以把基础机甲抓到天上，再扔下去，直接来个三级损毁。

林纸随手打爆最后一颗气爆囊，炸掉一大片兵虫，就追着那只铁甲虫冲了过去，抢在它到达边伽他们几个上方之前，举枪对着它褐色的翅膀一通狂轰。然而铁甲虫确实相当结实，就算看着最脆弱的翅膀也不例外，林纸集中火力猛轰了一阵，它的一只翅膀才总算完蛋了。它在空中挣扎着歪歪斜斜地飞了一小段，最后一头栽进虫堆里，砸死一大片同伴。

与此同时，秦猎到地方了，一鼓作气冲进了已经合上一半的光门里。

林纸信心倍增，继续跟在后面掩护边伽他们，让他们能继续保持冲刺的速度。

光门正在一点点地合拢。

又有两只巨型铁甲虫飞到了旷野这边，它们在空中盘旋一圈后，也锁定了边伽他们三个。

林纸举枪试了试。这两只铁甲虫飞行的路线和刚才那只不同，离她太远，根本没法准确地打到它们的翅膀。但林纸不管三七二十一，对着它们就是一通乱射，一只铁甲虫分几枪，另一只铁甲虫也分几枪，公平公正，童叟无欺。

被人从后面偷袭了，两只铁甲虫的注意力果然被吸引，立刻掉头朝林纸这边飞了过来。

不怕它们来，就怕它们不来。它们一靠近，林纸就立刻专心对付它们。无奈它们的飞行速度实在太快，这点儿距离根本不算什么，她刚把一只的翅膀打出窟窿，两只铁甲虫就一起飞到了她的头顶上。其中一只冲下来，用钩子一样的爪子一把抓住赤字的肩膀。

林纸的耳麦里传来裁判系统的提示："帝国机甲学院队主控，请在危险时及时将驾驶舱弹射出机甲，救援人员会将你带离赛场。"

林纸没理会。

铁甲虫抓住赤字往上飞，机甲相当重，以它们那么大的体形也还是很费力。

林纸仍然努力举枪，继续射击铁甲虫的翅膀。她想，如果铁甲虫的一只翅膀坏了，就会像刚才那只一样俯冲下去，只要找机会脱离它的控制就可以，未必需要放弃赤字。

飞到天上时，林纸看见边伽他们三个已经快冲到光门前了，心中一宽。小队五个人能进去四个，其实还不错。

屏幕上的三百秒倒计时就要结束了，光门也几乎要合上了。

头上的铁甲虫的一只翅膀终于被打断，它惊慌失措，松开了紧握赤字的勾爪，想要扔掉这个沉重的包袱。但是林纸现在却一点儿也不想掉下去，反而反手攥住了它的爪子，吊在它的身上。

另一只铁甲虫的注意力重新被边伽他们吸引，掉转方向准备去追。

就在这瞬间，林纸突发奇想，手上用力，操控赤字灵巧地倒翻上去，然后启动动力，在铁甲虫肚子上猛地一蹬，在空中飞跃出去。

边伽他们进光门时，刚好回头看到这一幕，心脏都快要停了。

赤字却在空中稳稳地落到了她想要的落点，空中的另外一只铁甲虫身上——她用手牢牢地抓住了铁甲虫身下的勾爪。那只铁甲虫身上突然多了个这么重的东西，猛地往下一坠，不过又立刻振翅重新往上飞。它飞行的惯性还在，速度比机甲快得多，已经快要冲到光门前。林纸举枪打它的翅膀，但心想来不及了，光门马上就要落下，铁甲虫的翅膀又太结实……

一束明亮的光线忽然从另一个方向轰向那只翅膀。

林纸顺着光线看过去，就见高高的大坝顶上，腰挎双刺的鹰隼正站在上面，举着两臂的激光枪。那么高的地方，也不知道他是怎么爬上去的。但他就在那里，坚定，可靠，永远给她最需要的支持。

在两人的攻击下，铁甲虫的翅膀很快被毁了，铁甲虫就算想改变方向也没办法，沉重的虫身回旋着，从高空朝积雪的地面栽了下去。林纸没跟着它落地，在离地面还有段距离时松开手，赤字被惯性带得就地滚了几圈，顺势往前一扑，在三百秒的最后一瞬滚进了发光的大门。

光门轰然落地，小队竟然全员过关！

直播间沸腾了。

——啊啊啊，我还以为帝国机甲学院这个主控板上钉钉要淘汰，没想到竟然进去了？！

——吓死我了，看了一场空中飞人。

——这主控的战力可以啊，把全队保送过关！

——这可怕的单兵作战能力，我觉得像是侦察机甲站错位了。

——一般不应该是主控负责推进，辅助去干殿后掩护的事吗？

——虫子太多了。林纸是主控，有火力加强，辅助的火力不够，刚才要是让辅助冲进去打气爆囊掩护，一路上那些气爆囊估计得牺牲一两架辅助机甲。

——以这个距离，还有虫子冲过来的速度，也就只有侦察机甲的速度能保证过关。

——过这里起码得牺牲一两个辅助，再加上后面的铁甲虫，说不定还得再丢一两架机甲，要是主控弱一点儿的话，都不一定能保住自己，结果他们居然全员过关了？

——你们忘了，秦猎去年也干过类似的事，自己利用输出优势，单兵作战，殿后掩护全队。

——她和秦猎的作战风格好像啊。

——我觉得她比秦猎赖皮……

——赖皮？

——哈哈哈，赖皮是什么意思？！

4

林纸从地上爬了起来。

边伽伸手去拉她："我还以为今天见不着你了。"说得像她要死了一样。

林纸一起来就先看四周，并没有雾爪的影子。这里是一大片人工建造的地方，空荡荡的，像个巨大的空旷的水泥球场，地面上铺着厚厚一层雪，四面围着一圈极高的大坝般的高墙，正中间倾斜向下，有个巨大的入口。

那边鹰隼正在找路下来。大坝非常高，而且光滑，一不小心就会掉下来，万一失手，一个三级损毁跑不掉。联赛机甲不配备安全索，肯定上不去，但是大坝内壁每隔一段有一些稀疏的凹槽，鹰隼找准落点，一点点往下。

这不是正常人能上下的地方，连边伽看了看都说："好吧，我承认秦猎的技术比我稍微好一点点。"

秦猎技术娴熟，平安无事地落了地，一落地就说："我刚才在上面看到 R488 那边又有新的小队过来了，战场上已经升起隔离栏，在诱捕回收兵虫，清扫后估计就要让他们冲刺了。"

外面是新的一轮三百秒冲刺，不知道新来的小队运气如何。

林纸问："这里是什么地方？奇奇怪怪的。"

秦猎答："看起来好像是个孵化站，我以前去过五区的一个孵化站，就是这样的。"

"什么东西？"林纸没听明白，"孵化什么的孵化站？"

秦猎耐心解释："是研究虫族的地方。每年战场上都会有各种新的虫族，前线会把样本送回来，交到这种孵化站，在这里研究它们的习性，试验对付的办法。"

林纸听懂了，就是研究虫子的实验室。这间实验室看起来规模不小。

秦猎："这种孵化站都是建在地下，万一出了什么事，只要封住入口就可以了。"

边伽兴趣浓厚，还有点儿遗憾："所以我们要进孵化站？可惜没拿到背景资料，不知道主办方到底编了个什么故事。"

他不知道，观众却知道。比赛开始后，联赛官网就挂出了背景故事的剧情。

林纸边研究环境边说："想听故事，我给你瞎编。这颗行星本来是属于人类的，后来被虫族占领了，雾爪偷偷潜入这里，是想来找一份某种虫族的重要文件。到这里之后，一个本来在孵化站工作的 R488 机器人联系雾爪，报给雾爪一个见面的坐标，可惜不知道是通讯器坏了还是怎的，雾爪和基地的通讯刚好在那时候断了。雾爪没办法，只好把坐标刻在最后一次和基地通讯时的坐标附近的虫窝里。等它找到 R488 的时候，它俩被虫族袭击了。不过 R488 在故事里的形象必然是特别坚强、特别勇敢、特别舍己为人，肯定是宁肯自己领个伤残也要拼死救雾爪，还挣扎着帮雾爪打开了孵化站的光门，让它进去取文件。"她总结，"现在我们来找雾爪，顺着线索来到了孵化站，估计雾爪就在孵化站里面。"

看直播的观众们都蒙了。

——笑死，她脑补的和官网上写的剧情一模一样！

——都是套路嘛。

——我怎么觉得她说 R488 的那几句多少有点儿嘲讽呢？

——哈哈哈，你不知道林纸跟星图之间的恩怨吗？快去补课吧。

林纸他们聊着天，手上也没闲着，已经绕着孵化站积雪的广场迅速检查了一圈，只有大坝另一边有一扇锁着的门，上面贴着联赛裁判组的标志，写着"联赛工作通道，禁止入内"，除此之外就没别的了。所以，肯定是要进中间的入口。

入口非常大，是垂直向下的，有里外几层门，不过现在都毫无防备地大开着。也不用人爬，旁边就是自动升降梯，尺寸也不小，几架机甲站上去仍很宽裕。旁边立柱上的控制屏上有三个按钮，下面两个按钮旁边都有红色的警告标志，只有最上面一个是绿色的，旁边写着"工作区"。林纸按了按绿的那个，升降平台沿着通道稳定下落。出乎她的意料，里面完全不黑，反而亮如白昼。

很快，众人就看到了工作区的样子。这里四壁雪白，地板擦得锃亮，看起来很像办公楼或实验室，有一个个的隔间，空间却很宽敞，足够机甲来回走动。

秦猎解释："很多孵化站都配备民用机甲。机甲灵活度高，力气也大，不容易受伤，运送和处理虫子的时候比较方便。"

林纸懂了，孵化站肯定也是毕业的机甲学院学员的一种去向。

不过现在这里一个人影都没有，到处静悄悄的。要是在游戏里遇到这种关卡，不用问，一定不是被丧尸就是被其他变异生物侵占了，边边角角都藏着危险，得进去杀个你死我活才能找到要找的东西。因此还没下平台，所有人就先自觉地检查了一遍枪械和随身武器。

随着升降梯"叮"的一声落到位，升降梯对面的墙上忽然冒出一面巨大的虚拟显示屏。屏幕上是一张地图。几人确定周围确实没有虫子，才一起过去研究。地图显示，这间孵化站一共有三层，最上层就是这里的工作区，是实验室和工作人员的办公室，下面两层是关着各种虫子的地方。

安珀问林纸："我们一层一层地查一遍？"

边伽同意："反正地方就这么大，筛一遍就完了。先从这层开始？"

林纸看屏幕上除了地图，角落里还有个写着人工智能助手的标识，便抬起赤字的手点了一下。

头顶上有人说话了："我是人工智能助手巴罗，很高兴为您服务，请问您有什么需要帮助的？"

又来了一个NPC。

林纸跟它打招呼，问："你有没有看到在我们之前来过一架高级机甲？"

雾爪是高级机甲，这是比赛开始时裁判系统说的。

"我知道。"巴罗说，"是来过一架，它跟我问了路，到最下面一层的孵化区去了。不过孵化站的人类撤离后，这里出了点儿乱子，站内的监控系统全坏了，我也不太清楚下面的情况，你们自己去看看吧。"

线索拿到了，要去最底层。

林纸却没有走，继续盘问它："出了什么乱子？"

边伽搭茬："肯定是虫子跑出来了呗。"

巴罗恍若未闻，重复刚才的话："……我也不太清楚下面的情况，你们自己去看看吧。"

林纸又问它："下面孵化区里有什么东西？"

巴罗像个复读机一样："……你们自己去看看吧。"

林纸：行。懂你想让大家下楼的迫切心情了。

几人重新回到升降平台上，按了最下面标着红色警告的按钮。升降梯无声下落，然后猛地停住，到底了。

这一层和上面完全不一样。灯光竟然是幽暗的红色，还一闪一闪的，有些地方彻底黑了。面对升降梯有好几个走廊入口，能看到里面的情况错综复杂，墙壁上标着各种字母和编号，遥遥地还传来低沉的吼声和翅膀摩擦的唰唰声。

边伽吐槽："这是机甲大赛，主办方以为给大家玩鬼屋呢？"

安珀笑道："声光效果还不错，有气氛。"

升降梯对面的墙上也有一面大屏幕，上面显示的是本层的地图，看起来是一格格编着号码的孵化区，孵化区域按字母顺序排列，最靠近电梯口的是A1，遥遥能看到的是X9。里面很深，全是房间，估计就是孵化仓。有的孵化仓有透明玻璃，能看到里面，有的是全封闭的。这些孵化仓由纵横交错的走廊连接，一格又一格，延伸到很远。

这层面积这么大，如果一点点排查过去，估计时间短不了。就像比赛开始时裁判系统说的那样，这场比赛真的是快一点儿两天，慢一点儿三天。

林纸站在走廊的入口，看了一会儿，忽然说："我觉得我们好像可以不用进去一间间地排查。"

边伽没懂："不用排查？什么意思，你知道雾爪在哪里？"

"我不知道。"林纸说，"不过我有一个猜想，没什么把握，你们几个等等我，我进去试试看。"她观察了一下里面的走廊，一个人走了进去。

秦猎有点儿担心："你要进孵化仓吗？不要一个人去，我陪你。"

林纸答："放心，不用，我不进。"

说话间，赤字已经沿着四通八达的通道跑起来，时不时停下来四处看看，再继续窜来窜去。

边伽悄悄跟杀浅私聊："她好像一只在迷宫里到处乱窜的大耗子。"

杀浅毫不客气地告状："林纸，边伽说你是只大耗子。"

这种事不用林纸管，鹰隼已经一巴掌削在青青的头上。

林纸一扇孵化仓的门都没打开，只兜来兜去地转了一圈，很快就从 X9 孵化仓旁的走廊入口出来了。一出来，她就直奔中间的大屏幕，点了点上面的人工智能助手标识。

"巴罗，"林纸大言不惭，"我们仔细找了一圈，没有雾爪，它会不会到其他地方去了？"

所有人："……"

巴罗："雾爪说过要到孵化仓这边来，你们仔细找找吧。"

林纸并不气馁，又钻了回去。这次走得慢多了，边走边到处看，忽然欢呼一声，冲向某个角落："这边还有一个。"

然后她再次飞快地跑到屏幕前，点了点："巴罗，我们真的找过了，没有雾爪。它去哪儿了？"

没想到巴罗这次竟然真的回答了："它没在这层吗？啊……我想起来了，它好像说过要去楼上工作区的资料室。请接受我的连接请求，我给你们资料室的开门密码。"

所有人："……"

林纸在走廊里逛了两圈，根本没进那些看起来就很危险的孵化仓，巴罗竟然就给了她下一步的线索！

直播观众也全都目瞪口呆。

——这样也可以？

——真的不用进孵化仓搜一遍吗？这样人工智能就给她指路还给她密码了？

——哈哈哈，这个主控我喜欢，跟着她躺平就行了。

林纸的机甲接到巴罗的连接请求，顺利地接收密码，又给队友都传了一份。

只听巴罗继续严肃地说："我提醒你们，资料室也不安全，里面好像藏着什么东西。"

林纸顺口问它："藏着什么东西？"

巴罗的声音变得断断续续："对……不起……我的能量……即将用尽……祝你们好运……人类。"

林纸："……"你和那台 R488 机器人的台词是一个师父教出来吗？有祝她好运的能量，抓紧时间说说资料室里到底有什么该多好。

边伽还在惊奇，问林纸："林纸，你怎么知道雾爪不在这层，只要在走廊里转一圈就能拿到下一步的线索？"

当然是凭感觉。刚才在楼上时，林纸就隐隐地觉得它似乎就在工作区。但感觉并不一定可靠，保险起见，还是要跟着线索走。巴罗让他们下到这层，然而一下升降平台林纸就觉得这层没有另外一架机甲。不过她的感应距离有限，越远就越模糊，所以才不放心地又进去转了一圈。

但感应的事不能说，林纸只好回答："我记得前面有一年的联赛里有个类似的关卡，也是要在一大片房间里找东西，设计特别坑，他们打了半天房间里的虫子，要找的东西根本不在里面，只拿到了下一步的线索。"她倒也没有撒谎，"但是我注意到一件奇怪的事。当时其他队伍都是仔细搜了所有房间，有一支小队却迷迷糊糊地少搜了好几间房间，最后居然也拿到线索了，所以我就在想，给线索这件事应该不是裁判人工控制的，而是有某种机械性的引发方式。然后我就反复看了视频，发现走廊天花板上有些不一样的地方。视频的清晰度不够，但现在在现场，已经能看出是什么了，是隐藏在天花板上的一些触发装置。"

安珀问："是那些灯吗？"

"不是，"林纸说，"是种圆圆的小黑点，一定要走到它们下面，把它们全部触发，才算过关。"

杀浅想了想，说："为什么他们不把它设在孵化仓里？这样大家就不能投机取巧了。"

林纸说："上次那场比赛，估计是为了直播的娱乐性，哪个房间会冒出虫子是随机的，房间里没东西时，开门看一眼就走了，不会进去。这次可能也是一样的。结果……果然。"不用打虫子，把所有打点报到的地方触发，骗过人工智能就行了。

直播观众笑得不行。

——笑死，一个孵化仓都没查，一枪都没开，连只虫子都没看见，就过关了。

——被她这么玩过之后，今后联赛类似的关卡肯定会改。

——反正这次让他们捡了个大便宜。

——但就算找到雾爪，他们手里没密钥，要怎么下载雾爪的文件？

——不然找其他小队？让他们用公共频道传一份过来。

——可是谁会放弃这种淘汰帝国机甲学院的机会？不给他们，让他们直接回家，联赛少一个最厉害的竞争对手，不好吗？

——联赛这么多支队伍，总有人和林纸他们有私交吧？

——那也得有有私交的队伍过来。关底这种是非之地，赶紧拿到文件过关比较好，多待一分钟都很危险，难道还专门在这里等着朋友过来？那也太难了。

林纸几人边说话，边重新上了升降平台，抵达第一层。

办公区域和平明亮，小队按照地图直奔资料室。资料室在最里面，和其他办公室不同，有扇厚重的安全门。林纸输入密码，打开门锁。安全门缓缓滑开，里面是条短走廊，一架高大的银灰色机甲正坐在对面的地上，低垂着头，一动不动，驾驶舱的舱门上有个贯穿的大洞，里面隐隐有人。它不是参赛小队使用的基础机甲，比赤字高了不少，头部和躯干的制式也不太一样，看上去精致多了——估计就是雾爪了。

谁都知道这房间里肯定藏着东西，就是不知道是什么，有多少。林纸在队伍频道里分配任务："边伽过去当诱饵，我和杀浅负责左边，秦猎和安珀负责右边。"

边伽满不在乎地直直对着雾爪走过去。其他人蹑手蹑脚地跟在他身后，穿过走廊。

一排铁柜的门突然打开，一只黑乎乎的巨大的东西向着边伽扑了过来。

所有人集中火力一通狂轰。

那是个头上有独角、长着六条腿的大家伙，突然被这么密集的火力攻击，措手不及，连着倒退了好几步，可是竟然没倒。按理激光枪已经能干掉大部分虫族了，偏偏关底这一只特别皮糙肉厚，身上好像长了一层装甲。

它愣了愣神，就又朝几个人扑过来，看着就不是善茬。

它挥舞着两个尖刀一样锐利的爪子，爪子的尺寸完美吻合雾爪胸前的大洞。这是非常明显的提示：它的爪子可以穿透机甲，硬抗估计不行。

众人谨慎地避过它的攻击，跟它周旋。

边伽十分机灵，闪身一躲，顺便抽出高温刀还击，发光的刀刃砍在虫子的甲壳上。谁想激光枪还能逼退虫子几步，这把刀竟然连道印子都没能留下。

林纸没见过这种虫子："谁认识这是什么？"

边伽顺溜地答："我知道，应该是金锹虫，我们这种枪根本轰不动。这东西可珍贵了，联赛真舍得下血本，外面一大片兵虫都抵不上这一只，杀到就是赚到。"

投资大师杀浅相当无语："杀它你能赚到什么？"

边伽理所当然地说："当然是赚到以后吹牛的资本啊！"竟然很有道理。

外面起码有一支队伍到了，其他小队也很快就会赶过来，他们会在楼下耽搁一段时间，然后就要到资料室来。队伍一多，就会像山顶虫窖一样变得场面混乱，得速战速决。问题是，眼前这个刀枪不入的大东西要怎么对付？

林纸躲开金锹虫的攻击，在队伍频道里问："如果我们手里有密钥，要怎么取文件？"

比赛开始时传过来的资料上肯定有详细说明，可惜他们没能拿到。不过机甲和密钥都是天谕的，安珀是毋庸置疑的专家，他肯定懂。

果然，安珀解释："发过来的密钥应该自带一个小的强制连接程序，用小程序连接雾爪，再用密钥拿到文件就可以了。"他给了金锹虫几枪，说，"这种连接肯定有距离要求，他们是从天谕拿到的程序，我估计技术部那边会做成走到两三米内才能建立稳定连接。"

所以，有密钥的话，是不用打掉这只难啃的虫子的。大家一起火力压制，再派一个人冲到雾爪面前去取文件就行。可惜他们现在没有密钥，就算派人冲过去也没用。

林纸看了眼正在开枪的安珀，心中快速地估量了一下。以安珀和边伽两架辅助机甲的火力是控制不住虫子的，如果需要缠住虫子，再腾出人手去取文件，队伍起码得要四个人。可是经过虫窖的哄抢、虫族一路的偷袭、三百秒冲刺，还有楼下的孵化仓，走到关底的队伍还能保住四个人的只怕不多，很多队伍估计只剩一两个人。如果她是联赛的主办方，设计关卡时一定会给拼命杀到这里的小队留一条过关的出路，哪怕只剩一架机甲也要有能过关的办法，这样比赛才会好看。

林纸边躲避金锹虫的攻击，边四处观察，然后就看见了一个沉重的转轮，旁边有个牌子，上面写着几个字：废弃资料回收处理。

她留其他人继续打虫子，自己冲到墙角，转了转转轮。随着转轮缓缓旋转，一大块地板忽然移动，一个黑黑的大洞露了出来，看起来像个大型滑道，深不见底。

边伽说这只虫子很贵，主办方果然像她一样抠门，并没有在房间里设计弄死金锹虫的机关，而是给虫子准备了个回收再利用的垃圾桶。

秦猎他们看到洞口，立刻明白了，一起努力把金锹虫往大洞的方向引。

林纸也加入战团，跑回来对着金锹虫的脑袋一通猛射。

几人的火力足够，逼得金锹虫连连往后退。虫子眼中只有几架机甲，张牙舞爪中脚下没注意，又往后连着退了几步，嗖的一下没了。

不用他们动手，转轮就缓缓转动，把洞口重新合上了。林纸估计这是在为迎接下一队人马的到来做准备。

拦路的金锹虫没了，几人走到雾爪面前。

边伽有点儿好奇，伸手打开雾爪驾驶舱的门，只见里面坐着个人，低垂着头，一动不动，胸部也和驾驶舱门一起被洞穿了。当然，那是个假人，但是做得相当逼真。

众人同时沉默了。

片刻，安珀说："如果我们有密钥，现在就可以和雾爪建立连接，拿到文件了。"

可惜他们没有。

林纸看一眼雾爪。她有特殊的耦合能力，能控制各种耦合部件，甚至能直接操纵秦猎的鹰隼，如果现在进入雾爪的驾驶舱，戴上头盔，说不定能启动雾爪，就可以不用密钥，直接把存储器里的文件传给小队。可是这次比赛，刚开始就有人特地炸了他们的基站，让他们没能拿到密钥。也许是宫危，目的只是打算给帝国机甲学院队制造点儿麻烦，抢个第一。可万一不是呢？万一有人别有用心呢？这种时候，在全联盟面前暴露能力是不明智的。

林纸正想着，就见秦猎的鹰隼往前走了一步，挡在赤字和雾爪之间："还有别的办法。"他知道她有可能操纵雾爪，这是用姿态向她表明他觉得这样做不妥。

"没错，"林纸咨询专家，"安珀，每队拿到的密钥只能用一次吗？"

安珀倒是很有把握："我觉得九成九不会，应该是可以重复使用的。"

"那就简单了，"林纸说，"我出去等下一队过来，跟他们谈条件，我们带他们跳过孵化仓和金锹虫，直接来雾爪这里取文件过关，换他们的密钥用，说不定有人会愿意。"

边伽道："没人肯吧？他们又不知道密钥能不能重复用、重复用违不违规，哪儿会冒险给我们？"

杀浅琢磨了一下："会有人愿意的。如果我的队伍只剩下一两个人，很难靠自己打到关底，我就会愿意冒险试试。"

然而几个人很快就发现，这如意算盘落空了——就在他们打虫子的时候，资料室的门已经自动重新合上了。

林纸研究了一下，竟然没法从里面打开。她下意识地动了动手臂上的激光枪。

这动作大概把裁判吓了一跳，耳麦里立刻传来裁判的声音："帝国机甲学院队主控，请不要破坏赛场设施。"

边伽笑了："主办方就是怕你跑出去给别人透题，把你关起来了。"

安珀默了默，说："就算我们能拿到文件，该怎么出去？"

秦猎已经找到了："这边还有一扇门。"

一排柜子后有扇锁着的门，上面贴着提示：联赛工作通道，参赛选手经裁判允许方可使用。

林纸叹了口气："那咱们就守株待兔。"

然而兔子们迟迟不来。他们要先在外面进行三百秒冲刺，然后去楼下孵化仓跟不知道什么虫子战斗，再然后才能从巴罗那里拿到线索，到资料室来。

几个人被关在资料室里，无所事事。

边伽闲极无聊，帮雾爪里的假人理了理衣服，又跑到金锹虫冒出来的大铁柜那里研究，汇报道："柜子里还有一扇暗门。"

"那肯定的，"安珀答，"门里肯定就是放虫子出来的通道，连着刚才虫子掉下去的地方，每次有小队过来，虫子就会被放出来一次，循环往复。"

秦猎操控鹰隼走到赤字身边坐下，发私聊过来："第一场比赛结束后，应该有一天的休息时间，我们在附近找个地方玩？"

因为没用队伍频道，这句直播观众听不到。

——好想知道他俩在聊什么……

——秦猎也太小气了，用什么私聊，就不让我们也听听吗？

——这是关底，估计他俩是在商量这场比赛结束后去哪儿玩的事。

忽然，林纸抬起头看了看门口。

与此同时，大铁柜里突然一声轻响，边伽嗖地窜了回来。

虫子要就位，说明外面终于有小队到了。几个人全都精神了，火速后撤，躲在离虫子最远的一排资料柜后面。

门那边果然传来响动，有机甲开门进来了。

边伽悄悄往外探了探头，在队伍频道里说："不知道是哪队，只有两架机甲。"

看来他们过前面的关卡时有严重的减员。

大铁柜那边一声响，威风凛凛、刀枪不入的大金锹虫又一次扑出来了，看样子应该是同一只。它刚才被林纸他们往垃圾通道里扔了一回，怒气值爆表，一看到机甲，新仇旧恨涌上心头，一爪子捅过去。

能杀到这里的队伍战斗力都不错，两架机甲虽然被打得措手不及，但还是立刻还击。这是六区曼达机甲学院的队伍，他们的主控也很快就发现这只虫子的壳太硬，靠激光枪根本不管用，冷汗都下来了。

好不容易才走到关底，这时候被一只虫子淘汰实在太冤。他举枪努力射击，混乱中，忽然听到有别的声音——房间里不知什么时候多了好几架机甲，他们幽灵一样冒出来，两架到了雾爪前，三架守在墙角。其中一个是个女声，语气很悠闲地跟他热情搭讪："哎，你们是哪个机甲学院的啊？"

曼达主控："……"这是唠嗑的时候吗？

虫子的大爪子对着他机甲的前胸捅上来，他险险地避开。

那边的机甲还在努力跟他聊天："你是主控对吧？你们只剩两架机甲了，过来的路上不容易吧？"

曼达主控："……"

他们刚刚在外面冲刺时牺牲了两架辅助机甲才勉强进门，在楼下孵化区又损失了一架侦察机甲，只剩他和队里的机甲师杀到关底，偏偏又遇到一只根本打不动的虫子。虫子背后还站着几架身份不明的机甲，看制式，应该也是参赛队伍，可他们如果已经来到这里，取到文件，为什么没有脱离赛场呢？

曼达主控还没想清楚，就见虫子一爪子朝机甲师捅过去，机甲师手忙脚乱地去开他专属的小型能量护盾，无奈虫子进攻的速度太快……

千钧一发之际，那边站着看热闹的几架机甲忽然开火了，一阵亮光闪过，虫子被猛烈的火力逼得连连后退。

他们虽然出手帮忙了，但是收手很快，虫子一退就停火。但曼达主控和机甲师还在开枪，又重新吸引了虫子的注意力，虫子毫不犹豫地继续扑向曼达队的两个人。

"这是金锹虫，皮特别硬，只靠激光枪是打不动的。"对面的那架机甲继续说，"不过我们知道怎么对付它。"

曼达主控心中一凛，原来这个就是金锹虫。他听说过，金锹虫的甲壳很特殊，非常硬，普通配枪根本不能穿透，没想到主办方竟然在关底放了这种打不死的东西。

那架唠嗑的机甲抬手示意了一下，旁边另一架机甲立刻弯下腰，转了转墙角的一个大转轮。一阵轻响，地上的暗门开启了，从曼达主控这边能看见地面上出现了一个黑黑的大洞。

"你们可以把虫子引过来，让它掉进这个洞里，就解决了。不过在引虫子过来之前，我们有个小小的要求——"唠嗑机甲的语气很轻松，"把你们的密钥发我们一份。"

这要求有点儿怪，机甲师在队伍频道里问："他们什么意思？为什么要我们的密钥？"

一走神，金锹虫的爪子又捅到了他面前。

主控机甲努力帮他打虫子的头，让他趁机避开虫爪，然后才说："不知道。问题是把密钥发给他们，我们自己还能用吗？"

一个密钥是不是只能用一次，资料里没说，没人知道。而密钥是过关的关键，曼达主控当然不想给。他看看四周，有了个想法：洞口就在那里，自己未必不能把虫子引过去，就算金锹虫不肯进洞，让它去攻击那几架机甲也是好事，只要它缠上他们几个，说不定能趁乱冲到雾爪面前，拿到文件。资料里说得很清楚，只要在雾爪身边三米以内就可以建立连接，把文件取走。

曼达主控在队伍频道里说："我们尽量把虫子往大洞的方向引。"

他和机甲师开始往墙角的方向移动。

那几架机甲立刻明白了他的意图，一起举枪攻击虫子。刚刚还在跟他热情聊天的机甲也举起手臂上的激光枪。很明显，她和他一样，是队伍的主控，右臂配枪和其他机甲不同。

金锹虫被逼得拼命后退，反而离洞口更远了。

曼达主控想，原来这把枪的射速可以这么快？比起来，他的射速就像是慢镜头。

不过也有好处，被这么猛轰一通，金锹虫立刻转移了目标，向攻击力最猛的那架主控机甲扑了过去。

可曼达主控还没来得及高兴，就看到那架主控机甲灵巧地避过虫子的爪子，朝他们这边过来，转眼就到了他和队友中间，然后不知怎的一溜一钻，又重新绕到了金锹虫身后。

虫子没弄明白这人一晃就跑到哪儿去了，看见眼前的曼达主控和机甲师，又重新举起爪子，对着他俩猛戳。

金锹虫还在攻击他俩，对面几架机甲仍然守着雾爪和洞口，情况一点儿都没变。无论是枪法、身手，还是控场能力，完全没得比。

曼达主控让步了："让我们把虫子逼进洞里，先拿到资料过关，再给你们密钥。"

"当然不行。"对面的主控说，"先给我们密钥，否则没得商量。"

金锹虫对着机甲师又是一爪子。这回没人帮忙了，能量盾时效有限，机甲师又没来得及打开新的，肩膀被虫爪捅了个对穿，好在不是关键部位，没有被淘汰。

曼达主控的脑子好像也被捅了个窟窿，他终于清醒多了。

他们两个既不是金锹虫的对手，也不是对面那支小队的对手，对方现在在耐心地跟他商量，但其实完全可以用别的办法，比如把虫子逼进洞里，暴力制服他们两个，以送他们三级损毁淘汰出局作为威胁，逼他们交出密钥。其实从走进这间资料室起，他们的密钥基本就是人家的了，根本没得选择，只不过是这样被拿还是那样被拿的区别而已。

曼达主控也明白对方为什么没有动手抢，估计是担心直接使用暴力，在全联盟面前把他们按在地上摩擦，他们面子上过不去。机甲学院的学员都很有血性，说不定会宁死不屈，就算淘汰也不肯交出密钥，那样还得费劲再等下一队。

现在分享密钥，试试合作过关，对曼达队来说，既好看，又好听。曼达主控妥协了："要怎么传给你们？"

对面的主控说："我现在在公共频道上，你打开公共频道，给我传过来，我叫赤字。"

曼达主控：赤字？那个联赛前就绯闻满天飞，人人都在讨论，争议极大的帝国机甲学院队新的主控指挥林纸？那些说她是靠脸上位的人是不是瞎？！

他没再搞任何花样，在公共频道找到赤字，直接把密钥发了过去。

林纸收到密钥，想了想，发给秦猎："你来。"

此时，秦猎二话不说走到雾爪面前，连接雾爪的存储器，见顺利开始下载文件，他对着身后竖起了大拇指。

边伽和安珀立刻动了，不但让开了洞口的位置，还一起开枪帮忙打虫子。他们已经是第二次对付金锹虫，外加又多了曼达队机甲的火力，没一会儿就把那只愤怒的虫虫再一次逼进了回收通道里。

秦猎的文件也下载完毕。

传输结束，全队的屏幕上自动弹出任务完成的提示：恭喜，你的队伍已成功完成比赛任务。请通过西侧的工作通道前往以下坐标，离开赛场。

与此同时，联赛赛场上的所有队伍都收到了他们完成任务的消息。

帝国机甲学院队成为复赛第一场第一支过关的队伍。

直播间里一片欢腾。

——第一队过关！

——没有密钥还能第一个做完任务，也是没谁了！

——林纸棒棒的，秦猎棒棒的，大家都棒棒的！

——比赛休息时间不能直播吗？他俩约会不能直播吗？

曼达主控忐忑地走到雾爪身前。好在密钥仍然能用，成功地连接下载了文件，他松了口气，汗都下来了。

资料室西侧，刚才还锁着的门已经打开，连接着一条向上的通道。林纸他们走出去，发现外面就是孵化站升降台旁的出口。离开赛场的坐标也在孵化站里，是大坝上那扇原本封死的门，现在一推就开，通向大坝外。

进门前，林纸听见秦猎说："宫危。"

林纸回过头，看见大坝的光门那边有一支小队刚刚进来，只有四个人。她点点屏幕，往上翻了一下消息，看到他们刚才忙着抢密钥时，宫危的星光机甲学院队淘汰了一架辅助机甲，应该是冲刺时辅助机甲负责掩护，没能从虫海里出来。只损失一架机甲就走到这里，成绩已经相当不错了。

宫危队四架机甲身上还是白色的伪装层，看着都一样，秦猎大概是通过随身武器认出了宫危，但林纸并不知道是哪个。

他们也看见秦猎他们了。

林纸高高地举起手臂，对着他们挥了挥，跟他们告别。

边伽也跟着挥手。

安珀笑道："你俩是打算把他们气死吗？"

第 七 章
预 知

1

外面等着他们的是艘短途飞船，袖珍了不少。

曼达队很快也跟着出来了，等了好一阵，又有一支小队完成任务登船了。

带队的主控林纸认识，在长途飞船后舱的舷窗前见过一面，是那个梳高马尾的 Omega，母星荣耀机甲学院队的队长。黎央看到林纸，马上跟她打了个招呼。

他们是第三支完成任务的队伍，队伍存活四人，和官危队一样，也只丢了一架辅助机甲。

林纸心想，幸好先从曼达队那里拿到了密钥，不然就要对付这四个，只怕没那么容易。

比赛队伍之间的进度差异太大，最快的和最慢的之间可能相隔若干个小时，甚至一整天，所以林纸他们不用等太久，凑够三支队伍，飞船立刻起飞回程。

在飞船上闲着没事，边伽在队伍频道里问："接下来赛间休息，八区好玩的地方很多，你们有计划没有，要去哪儿玩？"

林纸指指秦猎："刚才他说我们可以一起去他家在蓝星的庄园。"

边伽高兴了："虽然我已经有计划了，但是我还没去蓝星的庄园玩过呢。那好，咱们一起去。"

秦猎：林纸，我刚才跟你说的"我们"，和你理解的"我们"，恐怕不是一个"我们"……

这次回酒店和前几次大不相同，飞船一落地，大批媒体就拥上来，还有不知怎么进来的粉丝。停机坪被他们围得水泄不通。

几支队伍的带队教官也过来了，扯着嗓子喊："不好意思！请大家退后，比赛期间队员不接受采访！"

虽然不接受采访，但还是可以抢拍他们下飞船的镜头。帝国机甲学院队是去年的冠军队，今年在换了主控指挥的情况下仍然第一个完成了第一场复赛，直播频道爆满，是这次联赛的焦点，已经足够吸睛。

众人好不容易才挤出人群，比从兵虫堆里杀出去还难。林纸跟着大家闷头往前走，能听见不少人叫她和秦猎的名字。

放好机甲，回到酒店房间，孟教官叫住边伽："边伽，有件好事要告诉你。"他喜滋滋的，"我们今天早晨接到一个电话，是联盟文化和旅游部打过来的，他们说研究了一下，觉得你的形象很好，在直播观众中人气也很高，旅游部长亲自拍板，想请你当代言人。"

边伽没懂："啊？为什么不找林纸找我？代言人？什么代言人？"

孟教官郑重道："你们刚去过的 MXD1789 行星冰雪世界沐提耶华尔山的代言人。"

林纸听懂了："王八山代言人。"

这是来自旅游部长的赤裸裸的报复，谁让他给人家好好一座山瞎起名字。

边伽却回答："好啊。"

林纸："好？你说好？"

边伽莫名其妙："不好吗？那座山确实挺好看的啊，当它的代言人不亏。它叫……呃……沐什么山来着？"

众人："……"

孟教官回复文化和旅游部去了，大家琢磨着怎么溜出去。

林纸对外面围堵的媒体心有余悸："他们堵在外面，不是连出去逛逛都不太可能了吗？"

边伽早就司空见惯了："每年联赛的一大乐趣，就是赛间休息的时候从媒体的眼皮底下逃跑。"他兴致勃勃，"秦猎，所以要怎么去你家庄园？"

秦猎无奈，先跟几个教官报备，然后开始筹划逃亡计划。

安珀自告奋勇，摸出去悄悄侦察了一圈，没一会儿就回来汇报："前门不用说了，人可多了，没法走，连工作通道和后门都有人堵着，一出去绝对会被盯上。"

林纸和秦猎是这次比赛媒体的重点蹲守对象，不知道多少人想拍到赛间休息时两个人的暧昧镜头。

秦猎安抚大家："没关系，我有办法。"

没多久，一辆雪白的漆着天谕标志的悬浮车悄悄地停在了酒店后门旁边的隐蔽处——天谕在蓝星有分公司，调辆车过来很容易。无奈媒体飞行器就在附近转圈，还是被发现了。大家全在静等秦猎和林纸双双离开酒店。

过了一会儿，真的有人包得严严实实地出来了，肩宽腿长，是秦猎平时的穿衣风格，大步直奔天谕的那辆车。

林纸呢？媒体都觉得有点儿奇怪，不过还是一窝蜂地追了过去。

不远处，飞船停机坪上，一辆普通的出租悬浮车悄悄起飞，把酒店远远甩在身后。

有教官帮忙，酒店又特许他们使用飞船停机坪，秦猎的调虎离山计成功，大家胜利逃亡。

秦猎家在蓝星的庄园离耶兰并不算远，普通悬浮车就可以到达。他强烈要求分乘两辆车，但其他人一致同意挤在一辆里，理由是一辆车比两辆车的目标小，而且热闹。

这次就连安珀都没有支持秦猎，他用胳膊肘捅捅秦猎："去庄园后有的是时间，现在刚比完一场，大家放松一下，路上凑在一起聊聊天多好，不那么冷清，对吧？"他压低声音，"你也得显得稍微合群一点儿。"

秦猎淡淡地看他一眼，忽然转向边伽，问："边伽，那个写《孤独星环》的萨雅来过蓝星吗？"

这句话像是精准地捅开了边伽的阀门，接下来的路程里，他的嘴就没有停过。他从萨雅在蓝星的游历说起，说到整个八区各殖民星球的地形地貌、历史文化、宗教教育，又一口气聊到九区的各行星的概况，说得杀浅靠着椅背昏睡过去，说得安珀悄悄打开手环屏幕偷偷摸摸打游戏。

只有林纸听得津津有味，还会鼓励式发问："为什么？""然后呢？""那怎么办啊？"她把这当成图书馆查资料，把边伽当成语音阅读智能机器人了。

秦猎不动声色地找到林纸的手，悄悄握住。反正他们几个各忙各的，没人注意。

林纸转头看了看他，并没有反对。

秦猎就一直把她的手握在手里，一根一根地玩她的手指头。

蓝星很美，又是好时节，植被茂密，一路全是树林和分块整齐、种满不知名植物的绿色田地，看不到人，各种机械和飞行器在田间忙着，时不时地还能看见坐落在田地之间、被层层高大树木和围栏围绕的房屋。

边伽看了看窗外："很美对吧？耶兰以南全都是农场和庄园。"

悬浮车在空中飞驰，视野中，遥遥地出现了一座与众不同的庄园。那是一大片纯白色的建筑，主屋造型优雅古典，满是尖顶和回廊，在绿野中十分醒目。

这颜色和风格就很天谕。果然，秦猎看了看那边，说："到了。"

悬浮车进入庄园范围，并没有墙，而是一道围墙一样的虚拟光影，每隔一段距离就会出现一次打在光墙上的字：私人领地，请勿入内。

秦猎："如果有人进入这个范围内，庄园的保安就会收到警报。"

安保系统像是知道秦猎要来，悬浮车顺利地开了进去，缓缓下落，停在白色主屋的门前。主屋不小，上下四层，落地窗前是如茵的草坪，还有棵老树，树冠如盖，开着一树蓝色的小花。

一台圆头圆脑、大半人高的小机器人正等在门口，看见秦猎，立刻飞快地移过来："主人，欢迎回来，这是您的客人吗？"

林纸看见人工智能，本能地警惕。

秦猎知道她在想什么，接过她的包，递给小机器人："放心，这不是星图的产品，是天谕的分公司研发的人工智能。它叫小末，已经在我家很多年了。"

小末非常能干，胳膊不长，却一口气把所有人的包拿过来挂在上面，然后带领大家进门。

屋内宽敞，和建筑外观一样，装潢以浅米白色为主，风格古典。但古典的装修中，却有好几台清洁机器人在忙来忙去，看着还挺和谐。

小末跟秦猎汇报："主人，这些天还有另一个主人也在庄园里。"

秦猎问："谁？"

小末答："您的堂哥，秦梵。"它把秦家所有人都叫作"主人"。

秦猎对林纸解释："是我二叔秦以森的儿子。"

哦，就是在天谕展厅给她找别扭的秦以森，说什么"新产品不是哄 Omega 开心的玩具"，长着一张方脸，让人印象深刻。林纸想，不知道他儿子长什么样，希望不要像他。

正在想着，就听见秦猎又低声说："当年秦梵在家族中和我争过神侍的位置，没有赢。"

和秦猎争抢神侍的位置，又是秦以森的儿子，林纸本能地同仇敌忾，觉得对方肯定不是什么好人。

秦猎问小末："他来八区干什么？"

话音未落，就听见左边客厅尽头，敞开的落地窗边，有人悠悠出声答："来闲逛。毕竟我的人生没什么正事可做，那么无聊。"

那人从落地窗外转出来，不过没有走过来，而是远远地站住了，背着光，遥遥地看着这边。

林纸的第一个念头是，这个秦梵长得和他爸并不像。他头发半长，披在肩上，和秦猎一样高，也同样有很宽的肩膀和两条笔直的长腿，穿了一件样式特殊的半长米白色外套，衣领和门襟上绣着细密的金色绣花，不知是星环几区的服装风格。还有任何人都会一眼看到的那双眼睛，眼尾微挑，形状绝美，不过鼻梁和脸颊还保留着秦家人特有的凌厉。

秦家的基因好得可怕，长成这样，真的有点儿犯规。不过美是美，就是美到透出妖邪。林纸想，故事里那些倾城祸国的妖妃大概就长成这样，让人看一眼思路就自动跑偏，所以才天天替人背锅，一背几千年。

他扫视了几人一遍，最后视线落在林纸脸上，凝视着她的眼睛不动。

林纸呼吸一滞，心怦怦跳起来。

秦猎和她通感，立刻转头，无语地看着她。

林纸挪开目光，稍微有点儿尴尬：这真的是纯属本能。

秦梵没有和他们聊天的意思，只微微颔首，离开落地窗，顺着楼梯上楼去了。

边伽立刻眉飞色舞起来："他身上穿的是星环四区使徒星的传统服装。秦猎，你家的神殿就在使徒星上吧？我以前还去参观过呢，你家那座纯白色的神殿是真的漂亮……"他神秘兮兮地对秦猎眨眨眼，"我还知道，你们家族当初选神侍的时候，穿的就是类似这种款式的礼服，对不对？"

杀浅没管什么传统服装和边伽的唠叨，随口说："这人长得怎么会那么好看？"

安珀直接用鼻子长长地"哼"了一声。他和秦猎一起长大，认识秦梵，这一声鼻音充分表达了他对秦梵的态度。

秦猎倒是没说什么，只偏头看着林纸。

林纸被他盯得一阵阵心虚："他也……没有很好看吧，和秦猎根本不能比。"

杀浅不太同意，语气客观："其实各有各的风格。"

秦猎忽然开口说："我十七岁那年，家族要选新的神侍，当时有很多人竞争，经过一次次耦合感应能力的考验和较量，最后只剩我和秦梵两个人，我们的表现差不多。"

林纸不信："不可能，怎么会有人跟你的表现差不多。"

秦猎终于弯了弯嘴角："谢谢夸奖，是真的差不多。不过最后，神还是选了我。"

"啊？"这倒是出乎林纸的意料，"是神选的？怎么选？不会是抽签吧？"

"对，我们两个在四区使徒星家族的神殿里抽签。"秦猎说，"连抽了五次，五次的结果都是我。"

林纸默了默。抽一次就能完了的事，竟然一口气连抽五回。他家神的脾气也是真的好，愿意耐心地把同样的答案给五次，没被他们烦死。

秦猎："所以十七岁的时候，我就献祭给了神。"

林纸想，他家这神严重涉嫌诱拐未成年人啊。不过十七岁的秦猎想也知道是怎样干净清秀的样子，那个神会选他五次一点儿都不奇怪。要是把这两个人放在她面前，她也一定会选秦猎。

林纸的思绪疯跑一圈，突然意识到秦猎一直在看着她。

旁边的小末忽然说："凯姨来了。"

林纸转过头，看到一个头发已经花白的上了年纪的胖胖的女人，穿着条褶皱复杂的紫红色裙子，正带着好几个人急匆匆地小跑着进来。

凯姨笑容满面："我就知道，小猎来八区比赛，一定会到庄园这边来。"然后转向林纸，"我看到新闻了，还有你们几个的比赛直播，你就是林纸，对不对？"

林纸一脸尴尬，想也知道她说的新闻是什么新闻。

凯姨对着林纸两眼放光："这两天我天天看直播，在直播间里给你加油，可惜你看不见。你不知道，昨天你飞在天上，从一只虫子身上往另一只那边跳的时候，我吓得心脏病都快发作了……"

秦猎给林纸解围，介绍道："凯姨一直帮我家打理这个庄园，已经很多年了，是看着我长大的。"

凯姨跟大家打过招呼，又向林纸他们介绍了其他几个人，有负责安保的，还有负责农场的，看来这里还是有人类的，只是只做管理工作，劳动力都是人工智能。

凯姨又跟秦猎说："小梵也在庄园，是昨晚刚到的。你们两个好好相处，都是好孩子，不要吵架。"两人积怨已久，人人都知道。

秦猎含糊答应了。

"来庄园了，就好好休息。"凯姨问林纸，"我看你是九区人，不像小猎喝那么营养液，是好好吃晚饭的，对不对？晚饭一会儿就好，我让厨房给你做好吃的。"

秦猎："我们几个都吃晚饭。"

凯姨没想到秦猎也愿意吃晚饭，满脸惊喜，连忙答应。

庄园很大，客房都在楼上，小末引着众人上楼去放行李。二楼走廊像个迷宫，绕来绕去的。

客房很多，五个人一人挑了一间，林纸选的房间就在秦猎隔壁，有一整面落地窗，窗外是宽敞的露台。她放好包，走到露台上，听见隔壁的秦猎好像正在跟人通话，听声音像是他哥秦修，两人正在讨论庄园的安保问题。

林纸百无聊赖，趴在露台栏杆上看风景。已是傍晚，夕阳斜照，草地染上了金色，小鸟扑棱着翅膀飞过，急匆匆回巢。露台外就是那棵老树，树冠和主屋差不多高，开满一树蓝色的小花。一阵微风吹过，蓝色的小花如雨般纷纷飘下，在下面的草坪上铺了厚厚的一层。傍晚微暖的风打着旋，也大方地分了露台三两朵。极目远眺，老树前面是一大片整齐的果园，种的全是半人高的低矮灌木，绿叶间沉甸甸地坠着一串串紫红色的果子，也不知道是什么。树间有小机器人忙来忙去，把成熟的果子采摘下来，收进箱子里。

夕阳下，有什么东西在灌木中间掠过，反射的光线晃到了林纸的眼睛。她正要细看，忽然察觉有人从右边的客房里出来了，也上了房间外的露台。她转过头，是秦梵。他的长发在肩上垂着，弯成一个柔和的弧度，那双眼睛在夕阳下有种奇异的透明感，像是浅色的琥珀。

秦梵凝视着她："林纸？"

能准确地叫出她的名字，看来人人都看过"新闻"了。

林纸对他点了点头，转身打算回去。

秦梵却忽然把她叫住："你等等。"

林纸转过头看着他。

秦梵："伸出你的手。"

林纸没动，有点儿防备。

秦梵很有耐心，微微笑了一下："放心，我不会害你。伸出你的一只手，把手掌摊开。"

他在隔壁露台上，离她很远，她的手腕上又戴着镯子……林纸摊开一只手掌。

秦梵看了看，说："原地顺时针转120°，再向前走两步……嗯……两步半。"

林纸的好奇心被他钓起来了，顺时针转了120°，向前迈了两步，又跨了半步，等着看他还想怎样。

秦梵打量了一下："你的步子比我想象的还要小，再往前挪一点儿。"

林纸又按他的话往前挪了一点点。

"停，差不多了。"秦梵声线温和，"稍等几秒，马上就好。"

大约两三秒后，一阵轻风拂过树冠，一阵花雨飘飘摇摇地洒落下来。其中一朵小蓝花离开斜伸的树枝，随着风打了个旋，没有像其他小花那样往下，而是向露台里飘过来，一路摇摇晃晃地越来越近，最后准准地落在林纸摊开的手掌上。

林纸望着手心里安静地躺着的小蓝花，有点儿发怔。她飞快地思索，就算秦梵观察入微，知道横枝上有一朵花不太牢靠，只要一阵风吹过就会落下来，也绝不可能预计到这朵花刚好会落在这个位置。尤其这朵小花下落的路线也不是直的，它被风带过来，一路歪歪斜斜，晃晃悠悠，还转着圈。哪怕秦梵对庄园很熟悉，知道这个季节风刚好是这个方向的，也不可能那么准确地估计出下一阵风是大是小，能把这朵花带偏多远的距离。总而言之，这不可能！

　　林纸抬头看向秦梵。秦梵却根本没有在看她，好像花会落在她手里是自然而然的事，就像风会吹，花会落，人会老去。他往前走了几步，来到栏杆边，很随意地伸出手，摊开手掌。又一朵小花落下来，被风带着，刚巧落在他的掌心。

　　这事竟然是可复制的。

　　秦梵垂眸看着那朵花："我小时候偶尔会到八区来，就住在这间房间，那时候这棵树也是这么高，花也是这样落得满地都是，凯姨天天让机器人扫，永远扫不完，后来就干脆不管了。"

　　林纸并不在乎树是高是矮，花是多是少，满脑子想的都是他是怎么做到的。这件事很神奇。但舞台上魔术师变的各种戏法就算看着神奇，归根结底，也只是观众被巧妙的障眼法蒙蔽了，没有想清楚隐藏在后面的原理罢了。

　　秦梵把手掌伸到露台外，翻了一下，让手里的蓝花飘落，找它的伙伴去了。他转头看着林纸："喜欢吗？我还有很多这种小戏法。"

　　他自己也承认这是戏法。可他到底是怎么做到的呢？

　　林纸低头看了看那朵花。

　　秦猎好像讲完了电话，隔壁传来他拉开露台门的声音。

　　林纸转过头看看右边，露台上已经没有人了。要不是蓝色的小花还在她手上，她差点儿以为秦梵从没出现过。

　　林纸捏起手上的花，翻来覆去仔细观察了一会儿，又毫不客气地把花瓣一片片揪下来，举在眼前认真研究。这真是一朵花，没有造假。花瓣极薄，脉络清晰，轻飘飘的，花蕊上一层粉，不像隐藏着任何可以遥控的部件。

　　秦猎已经出来了，走到露台靠近林纸的位置，偏头看她："花怎么了？"

　　林纸拍掉手上的花瓣，指指前面："秦猎，我刚才看见那边的一片矮树丛中间好像有一台媒体飞行器飞过去了，个头比普通的媒体飞行器小，我没太看清，不知道是不是看错了。"他对秦梵的事很敏感，她暂时不打算告诉他秦梵跟她玩的小把戏。

　　秦猎立刻往那边看，只有几台小机器人在忙着，没什么异样。不过他向来相信林纸，立刻低头打开手环，找到庄园安保负责人："蔓茄园那边好像有媒体飞行器，叫安保机器人过去搜一遍。"

　　挂断通信，他对林纸说："我刚才就在跟我哥聊这个，这次情况特殊，肯定有人猜到我们会到庄园来，我哥从耶兰调了一批新的安保机器人过来，正在找人调试，今晚就能送到。我们先去吃饭吧，凯姨好像给你准备了很多好吃的东西。"

林纸应了一声，转头看了看隔壁的露台，那边毫无动静。

楼下餐厅里热闹得像在过节，长餐桌上已经摆满了食物，有香气扑鼻的烤鸡烤肉，还有不知名的新鲜蔬菜水果、各式奶制品，看上去都是这里自产的。

边伽他们几个已经下来了，各自找位置坐下。

凯姨带着一群小机器人忙忙碌碌地上菜和摆餐具。看到林纸和秦猎来了，她笑得眯起了眼睛："我有多久没看见小猎吃东西了，从小就只认营养液，没想到他现在居然愿意改，真好啊。"

不只吃的，还有酒。几只深色酒瓶浸在冒着冷气的冰桶里，酒瓶上只有手写的潦草标签。

"这是庄园酒庄自己酿的蔓茄酒，给你们尝尝。"凯姨帮林纸倒了一杯，放在她手边。杯子里的酒液是深红色的，很剔透，看着有点儿像红葡萄酒。

正说着，又来了一个人，是秦梵。他自然地走过来，拉开林纸右手边的椅子坐下。

这次连凯姨都很惊讶："我以为你晚上不下楼了。"

秦梵淡淡答："我这些年去过星环九区很多行星，已经很习惯吃真的食物了。"

这句话吸引了边伽的注意力，他问："你去过哪里？"

秦梵答："最熟的是四区一带，不过这两年在八区、九区待得比较多。"

两人竟然热络地聊了起来。

秦猎跟着林纸一起吃了点儿烤肉，又尝了一点儿红蔓茄酒，向林纸推荐："你试试，这酒味道还不错。"

林纸很怕他接着就是一句"和你的差不多"。还好他在大家面前很有分寸，只又抿了一口酒，没说话。

秦猎喝酒是件新奇的事，不只凯姨，就连正在跟边伽聊天的秦梵，目光也在秦猎和他手里的酒杯上转来转去。

不过不管味道有多好，林纸现在打死也不敢再碰这个世界的酒了，万一再醉一次，实在太可怕了。她只闻了闻，觉得酒香里带着点儿酸甜的果子香，然后就把酒杯往旁边推了推，继续吃她的烤肉。

秦梵偏过头，看了一眼林纸手边装着蔓茄酒的高脚杯。杯子放得很靠近她的手肘，不过她觉得没什么事，就没管。

烤肉外焦里嫩，配的酱料也很开胃，林纸伸手去拿酱料时，不小心碰到杯子，酒杯晃了一下。好在一只手指修长的手就放在杯子旁边，瞬间扶稳了杯子，一滴酒都没洒出来。

林纸看着杯子和秦梵的手。他并不是伸手过来扶杯子，而像是料定了杯子会被她碰倒，早就提前等在那里，就像在露台上料定那朵花一定会那么飘落一样。她随口跟秦梵道谢，心中却琢磨，刚刚真的是她的手肘碰到杯子了吗？或者是其他什么力量，在她伸手的时候轻轻地撞了一下她的杯子，所以他才能事先等在那里，又一次表演了他的"小戏法"？

秦猎坐在她的另一边，安珀他们聊得热火朝天，都没太注意到她和秦梵之间的小动作，只有边伽多看了酒杯一眼。

秦梵松开手，若无其事地继续跟边伽聊九区见闻，好像什么都没发生过一样。

林纸不动声色，又吃了几块烤肉。

边伽拿了一大块烤鸡，伸出手："林纸，盐罐递我一下。"

林纸拿起面前的盐罐递过去，胳膊故意往旁边一扫，手肘又一次撞向那杯酒。这回没人及时接住，刚才幸免于难的酒没能逃过这劫，杯子翻倒，红色的蔓茄酒瞬间漫了一桌子，滴滴答答往下流。

凯姨连忙过来收拾，林纸也帮她一起擦桌子，小机器人兢兢业业地过来擦地板。

混乱中，边伽笑道："看来这杯酒注定要喂桌子。"

林纸心中"呵"了一声，心想，秦梵，你的小戏法呢？怎么没了？有本事再提前来救啊！她故意去撞酒杯，他根本接不住，可见是故弄玄虚。

秦梵安静地看着他们擦掉桌上四处流淌的红色的蔓茄酒。但林纸觉得他的脸色变了，眼眸中多了点儿无助和寥落，甚至有点儿绝望，好像倒了的那杯酒对他很重要似的。

他像是再没心思陪边伽聊天，稍微吃了点儿食物，就站起来告辞，离开了餐厅。

晚饭后，庄园来了辆不小的货运悬浮车，跟车的是两个穿天谕白色制服的技术人员，带着十几台安保机器人，外加一台奇怪的球形设备。

秦猎跟大家交代了一句，就上楼去帮两个技术人员安置安保机器人去了，走之前，他让安珀他们把那台球形设备搬进一楼的娱乐室。

一看到这个奇怪的半球，边伽他们就欢呼了起来。

安珀："我还以为今晚肯定很无聊，没东西玩了，没想到秦猎居然弄了台虚拟实境游戏机过来。"

杀浅研究机器，问："装好游戏了吗？"

几个人七手八脚打开，一起挑了个游戏，就见一只逼真的巨大虫子出现在娱乐室里，张牙舞爪。

这群人是有毛病吧？林纸道："刚在比赛中杀完那么多只虫子，现在是休息时间，还要继续打虫子？你们几个还没打够吗？"

边伽兴致勃勃，打开浮在空中的控制界面给林纸看："这当然是不一样的，游戏里的武器现实中可都没有。你看，有这个吗？"他给自己选了一把刀。

林纸默了默，问："请问这把刀和你的高温刀有什么差别？"除了一个直一点儿一个弯一点儿，一个刀刃发蓝光一个刀刃发白光以外。

"有啊，这把我可以自己抢，不用机甲。"边伽挽了个刀花，向大虫子劈过去。

行吧。休息时间都在训练，教官们要是看到，一定很欣慰。

游戏开始，娱乐室瞬间被全息投影的虫子们占领，边伽他们三个在虫子的夹缝中拼命砍杀，看着比在赛场上还惨。

林纸走到落地窗边看外面。蔓茄田那边也亮着灯，一点儿都不黑，再没有疑似媒体飞行器类的东西。然后，她看见了秦梵。他正一个人孤零零地坐在主屋外侧的花架下，头稍微抬着，视线不像在蔓茄田上，而像是望着东南方繁星点点的天空，不知道在想什么。林纸在脑中迅速换算了一下方位，那边是三区前线的方向吧？

似乎感觉到有目光落在身上，秦梵转过头，看清是林纸，微微一笑。

林纸也向他点了一下头，离开窗口。

感觉怪怪的，今晚不太正常，有点儿心浮气躁……不知为什么，她忽然冒出一种想去找秦猎的想法，想要找到他，看到他，现在，马上。

林纸自己也纳闷，他正在忙着，找他干什么？

杀浅招呼她："林纸，过来玩吗？我的角色已经解锁好几个技能了，给你用。"

林纸对他摇摇头："你玩吧。"

想现在就看见秦猎的念头强烈到不行，林纸发消息问他："你在哪儿？"

秦猎回复："在三楼，已经设好了一台安保机器人的巡逻路线，正在调试另外一台。"他好像意识到林纸不太想打游戏，又补了一句，"不然你上来找我？到三楼后右转，穿过一个大厅，从一扇雕花的门进去，我们正在左手边的走廊。"说完他自己也觉得太复杂了，再次补充，"要不你等我，我下去接你。"

林纸回："没关系，你继续忙，我上去找你。"

她跟杀浅他们说了一声，一个人上了楼，没去乘电梯，图方便就近爬楼梯上了两层，来到三楼，心烦意乱的感觉更明显了。她的心脏开始乱跳，越跳越快，脸上发烫，脑袋晕晕乎乎的，像喝了酒一样。林纸有点儿纳闷，那种蔓茄酒竟然这么厉害，没有喝，只闻了一下都不行吗？

秦猎和她通感，明显也感觉到了，立刻发消息过来："你不舒服？你在哪儿？"

林纸回复他："三楼楼梯口。"

就回复他的这一会儿工夫，她整个人更不对劲了，不仅难受，两腿还发软，站都站不稳。林纸靠在楼梯扶手上，突然闻到一阵熟悉的烈酒的浓郁香气正从自己身上源源不断地散发出来。她想明白是为什么了，是发热期。她还不太适应这个身体，没意识到这是发热期的感觉。而且按时间算，离发热期应该还有三天，不知为什么竟然提前了。

发热期说来就来，她现在就像一个行走的信息素喷洒装置，在这里散播自己的味道，非常不安全，而且尴尬。再继续站在这里等着秦猎过来，信息素说不定就会顺着楼梯飘到一楼。林纸迟疑片刻，决定立刻回到房间，注射抑制剂，速战速决地把这件事解决掉——这次她早有准备，从抑制剂到信息素屏蔽剂到各种卫生用品一应俱全，全都在她房间的大包里。

如今边伽他们在一楼打游戏，秦梵坐在外面看星星，秦猎带着两个不知道是不是 Alpha 的技术员在三楼，剩下的全是机器人，现在回二楼房间应该是安全的。

"我先回房间。"林纸给秦猎发了个消息，转身下楼。

和她判断的一样，二楼很安静，半个人影都没有。走廊的结构虽然很复杂，但是林纸清楚地记得路，有把握不会走错。她扶着墙，摇摇晃晃地往前挪。发热期的症状异常凶猛，眼前走廊的灯晃成一道道白亮的虚影，整个人都是晕的。

走了没多远，忽然有人一把挽住了她的胳膊。

"你没事吧？"那人问，声音就在耳边。

不是秦猎，是秦梵。

林纸全身的汗毛都炸起来了。他刚刚不是还在外面研究星星吗，什么时候鬼一样摸到二楼来了？而且趁着她迷迷糊糊的时候从背后靠近她，还离她那么近！

林纸像被一盆冷水淋透，清醒多了，顾不上细想，本能地反手扳住他的胳膊，顺势一矮身，从他的控制下出来了。她退后几步，拉开距离："我没事。"

整个走廊里充满她的信息素，味道浓烈醇厚，好像谁把一瓶好酒砸在地上，酒香四溢。然而现在除了酒香，明显多了另一种味道，而且越来越重，像阳光晒在松树上，树皮渗出的浓稠辛辣的松油。

想都不用想，这味道肯定是从秦梵身上发出来的，是他的信息素——他的状态很不对劲。

发热期的 Omega 的信息素能诱导 Alpha，上次学院预选赛虫潮暴动时，林纸已经在秦猎身上体会过一次了，并不想再来一次，毕竟在这个异世界，像秦猎那样的 Alpha 恐怕不多。

秦梵用他那双魅惑众生的眼睛紧盯着林纸，语气却平和而正常："你好像路都走不稳了，秦猎现在不在，我扶你回房间？"然后往前靠近一步。

林纸不动声色地换了个姿势，把戴着手镯的手腕放在身前。她人小体弱，唯一能拿得出手的是动作比较敏捷，可惜现在受发热期的拖累敏捷不到哪儿去，不是这么高大强壮的 Alpha 的对手，但加上这只镯子就不一定了。镯子由耦合感应控制，内置的能源块驱动被杀浅改造过，速度极快，力道也不小，随随便便就能戳人一个窟窿。她不动手，只是因为镯子的杀伤力太大，不能随便用而已。

"我对你没有恶意，你相信我。"秦梵盯着她，喉结滚动了一下，"秦猎可以扶你回去，我也可以，他能做到的事，我全部都行。"

管他有没有恶意，他释放的信息素充分暴露了他的真实想法，他肯定没想着什么好事。

林纸人发软，心想干脆不管三七二十一，用手镯给他一下，先放倒他再说。正想着，她忽然闻到一股熟悉的信息素的味道。那味道从走廊那头强势地压过来，瞬间冲淡了辛辣的松油味。林纸心中一宽，放下手腕，靠在墙上。

秦猎来了。

他大步掠过秦梵，走到林纸面前，伸手揽住她。

秦梵站在原地，看着他俩："看来不用我了？"

秦猎淡淡答："本来就用不着你。"

"好心没好报。"秦梵笑了笑，"对着这么诱人的 Omega，我没有直接下手，已经算是相当克制了吧？"

秦猎没再理他，扶着林纸沿着走廊继续往前走。

林纸刚想告诉他自己房间的包里有抑制剂，秦猎就就近推开了他房间的门。

林纸忽然懂了。她迷迷糊糊，浑身酸软，刚才在秦梵面前的正常和强势都是装出来的，他和她通感，也是一样的，已经快撑不住了，得迅速离开秦梵的视线。

这次的发热期，不知为什么来势汹汹，比上次被虫潮诱发的还凶猛。一关好门，秦猎就仰头靠在门上，用一条胳膊揽着林纸，抑制不住地喘着。

林纸捅捅他："我房间的包里有抑制剂。"

秦猎"唔"了一声，伸手在裤子口袋里摸索了一下，掏出一把东西递给林纸，有一小管发热期抑制剂，有一个小圆片，是长效型信息素屏蔽剂，还有几片治痛经的药，甚至还有薄薄的一小片卫生巾，是特殊材料制的主动吸收款。

林纸忍不住想笑，她跟他交换了好几次身体，都没发现他竟然把这些东西带在身上，这只哆啦A梦的功能越来越齐全了。

林纸从他手里拿走发热期抑制剂，手指碰到他掌心，感觉到他明显抖了一下。

她低头去拆抑制剂的包装，不用抬头都知道，他也正在低头看着她。

两个人都不太正常，在这种温度适宜的天气竟热到受不了，出了一层薄汗。

林纸眼前发黑，提不起力气，手指软得撕不开抑制剂的密封透明包装，她努力了一会儿，放弃了，抬头看着秦猎："我撕不开。"

秦猎目不转睛地看着她的眼睛，好一会儿才吐出几个字，不是"我帮你"，而是"那算了"。

他伸手握住林纸的后脑，重重地吻了下去。

不知什么时候，两人交换了位置，他把她抵在门上，深入迫切地跟她缠绵。他的唇舌勾挑引诱着她，一会儿又低下来吻住她的脖子。他的手指拨开她的头发，指尖抚过她后颈的腺体，一股电流沿着脊髓一穿而下。

林纸松开手，手里的小管子跌落在地上，发出"嗒"的一声轻响。

她想，要什么抑制剂！

秦猎把她翻了一个面，压在门上，低下头，温热的嘴唇印在她的后颈上，一点一点地挨擦着，轻轻啮咬，让她慢慢适应他的节奏和气息。

他给她的每一点感觉都深入她的骨髓，然后这感觉又会重新返回到他身上。像是他向她交出的一份试卷，是好是坏，是对是错，立刻就会被连同打分一起发还到他手里。没有经验不是问题，她喜欢什么、讨厌什么，什么太轻、什么太重，他全都能直接感受到，一个字也不用她多说。

林纸被他撩拨得有些焦躁时，他忽然停了，唇齿悬停在一指距离之外，像给她一秒的准备时间，然后毫不犹豫地咬了下去。

强烈的冲击让两个人都有点儿晕，秦猎死死地抱着她，用手肘撑在门上，牙齿却丝毫不松。他的信息素涌进她体内，像岩浆一样在她的每一条血管里奔涌，和她的融为一体，随着心脏的每一次跳动，在身体的每个角落火烧火燎。

他比抑制剂凶猛多了。

过了好久，信息素的翻涌平息，秦猎松开牙齿，转过她的脸，温存地吻了吻她。

这是个临时标记。

林纸并不觉得他这样有什么问题，刚想开口，目光落到他身后——

秦猎还没反应过来，怀里的人突然没了。只见林纸冲了出去，一步蹿到大床上，又跃下来，取直线冲向露台，手腕上的手镯迅速展开变成尖刺，拉长到了极限，对着隐藏在拉门上方的东西一穿而过。

那是一台翼展只有一条胳膊那么长的小型媒体飞行器。林纸的手镯捅穿了它的核心部件，它一头栽到了露台上。

刚刚他低下头来吻她的时候，她一眼看见露台上，靠近落地窗上沿的地方，有个奇怪的东西，很像媒体飞行器的镜头。那种镜头像鸟的头一样，可以随意伸长缩短，转成各种方向，林纸在比赛中已经看得很熟悉了。他们刚刚都不太清醒，根本没管窗帘的事，也没关落地窗，它肯定拍下了他们临时标记的全过程。

秦猎的注意力本应该在那台突然出现的媒体飞行器上，可他满脑子想的都是：刚标记过，腿还是软的，她就一声不吭地冲上去了，速度还不慢，就像上次一个人搞定虫潮暴动一样。其实她真的没必要这样，这些事都可以交给他。可她完全没有这个觉悟。

秦猎收回念头："庄园内外的信号是屏蔽的，只有合规的信号才能传出去，遥控它的人应该就在附近，我带安珀去抓人。"

林纸"嗯"了一声，以为他要走了。

秦猎却快步过来，握住她的肩膀，低头碰了碰她的嘴唇："我很快就回来。"

林纸：你再不快点儿人就跑了……

秦猎出去后，整个庄园灯光大亮，所有犄角旮旯都被照得灯火通明。

安珀还跑上楼把被林纸一剑穿膛的媒体飞行器拿走了，说是要去反追踪。

秦猎的信息素有效，像抑制剂一样好用，林纸很快平静下来，发热期的感觉消失，脑子清醒了不少，她这才意识到，无论是这个房间还是自己身上，全是秦猎的信息素的味道。

林纸火速窜回自己的房间，认真地洗了个澡，把被汗浸湿还满是味道的衣服换了，再仔细闻了闻自己。秦猎的信息素正在她的体内流淌，就算洗过澡，也仍然隐隐地带着他的气味。

不过林纸发现秦猎的信息素有个绝大的好处：她身上变得很好闻，像穿着一身刚在大太阳底下晒过的衣服，感觉温暖而幸福。

远处不知什么地方传来隐约的喧嚷声。

林纸在楼上等了一会儿，待不住，下到一楼等他们。

边伽和杀浅还在继续砍虫子，都没察觉出林纸身上有什么异样。

看见林纸，边伽问："有媒体飞行器摸进庄园里来了，你知道吧？"

林纸坦然自若，心想：也是，他俩肯定不知道秦猎的信息素是什么味道。

没过多久，秦猎和安珀就从外面回来了，还真逮到了人。

秦猎："人抓住了，是八区蓝星一家媒体，仗着和农场那边管理的人沾亲带故，假装进来帮工，摸进庄园来的。人现在还在保安那边看着，已经报警了。"他们为了偷拍擅闯私宅，肯定会被起诉。

安珀感慨："可见还是用人工智能好，没那么多杂七杂八的亲戚。"

秦猎："几台新的安保机器人已经就位，庄园进出流程也改了，应该没什么问题。"

林纸扫了一眼安珀手里拎着的媒体飞行器，不放心的是别的。

秦猎知道她在想什么，说："信号传不出去，东西都在，安珀已经把刚才拍到的内容全部销毁了。"

安珀刚才上过二楼，一定闻到了铺天盖地的信息素的味道，现在又帮忙销毁视频，肯定什么都知道了，却装得像什么都没看见一样。

秦猎："我们还把今天晚饭的食物和酒送出去检测了。"林纸今晚突然进入发热期，要查一查是不是庄园里有人动了手脚。

林纸提醒他："我杯子里的酒当时洒在地上，清洁机器人吸过地上的酒，说不定还能拿到一点儿。"

秦猎弯弯嘴角："我知道，已经送过去了。"

林纸突然想起另一件事，奔上楼，回到房间，趴在露台上找了半天，终于找到了那朵被她分尸的小蓝花。她把小花的"尸体"也拿下楼，交给秦猎，让他送出去检测。

诸事忙完，时间已经不早了，杀浅说："这么晚了，我们睡觉去吧。"

秦猎刚让机器人把二楼走廊通风换气，去掉三种信息素"大混战"的味道，大概还没换好，于是看了眼安珀。

安珀立刻说："睡什么睡，好不容易才有一天假，来，继续啊！"

娱乐室里立刻冒出各种虫子。

他们抢着刀枪棍棒胡砍乱杀时，林纸找了张扶手椅坐下，低头鼓捣手环。

秦猎没去杀虫子，过来坐在她的椅子扶手上，好奇地看了一眼，只见她在搜索"临时标记能持续多久"。

秦猎："……"

林纸研究了一圈，发现这竟然没个准数。发热期抑制剂非常准确高效，只要每月用一次，就可以平安度过七天左右的发热期，但是 Alpha 的临时标记能起效多久就完全看命。每个人的体质不同，注入的信息素的量不同，对不同 Alpha 信息素的反应也不同，结果就千差万别。有的 Omega 被临时标记后，甚至能坚持到下个月发热期都没事，有人却隔个半小时就得再来一回。

林纸看到"半小时"，被吓到了，下意识地抬头看看秦猎，眼里写着的全是：啊？才半小时？

秦猎俯身下来，压低声音在她耳边说："我的应该不会只能撑半小时。"

林纸并不信，冷静地问："你以前标记过别人？"

秦猎光速答："当然没有。"

林纸："我听说有些 Alpha 会出于友情帮忙临时标记认识的 Omega 朋友……"

秦猎急了，低声吼："我没有！"

他声音太大，边伽他们全都回头看过来。

以前没做过实验就敢保证不止起效半小时，林纸很无语，等边伽他们继续打游戏，才压低声音说："既然你没有跟人试过，那不就是吹牛？"

秦猎闷了片刻，说："不然我们两个打赌？我跟你赌我的标记起码能坚持七天，你想赌多少？一千？五千？一万？十万？我都可以。"

林纸偏过头，上下打量了他一遍。客观地说，秦猎绝对是一个优质 Alpha，信息素注入时那种强劲的感觉不是假的。但涉及钱的问题，他必须认真对待。她灰了："我不跟你赌。"

秦猎满意了，眼睛弯了弯。

他的表情刺激了林纸的胜负欲，她看一眼秦猎，又改口了："好，我跟你赌。赌你的临时标记不能熬过七天发热期。"

秦猎问："你想赌多少？"

林纸有点儿心虚："赌……呃……一百？"

一百块是一支最便宜的发热期抑制剂的价格。如果能挺过七天，林纸就输给秦猎一百块，相当于跟他买了一支抑制剂，如果没能挺过七天，赢他一百块，那就拿这钱去买一支抑制剂，补一针。这个赌她打得很没有把握，纯属意气用事，为了跟他较劲，只赌一百块很合适，无论输赢，她都不赔不赚。

秦猎并不知道她脑中打的小算盘，点头："好，一百块，我们赌。"一副很有把握的样子。

林纸望着他，忽然意识到，如果每次发热期都让他帮忙做个临时标记的话，一年起码能省下一千二百块，两年就能省下两千四百块，三年呢……四年呢……总而言之，能省好多！他就是一支特大号的会走路的抑制剂，最关键的是，还是免费的！

秦猎眯了眯眼睛："你为什么这么看着我？"

林纸："嗯？"

秦猎："你看我的表情不太对。"

林纸："有吗？"这个人还真是敏锐啊。

楼上走廊换气换得差不多了，几个杀虫子的人也终于困了，安珀没再反对上楼睡觉。

边伽打了个哈欠，看一眼坐在一起的林纸和秦猎："他俩今天好像有点儿怪。"

安珀反问："他俩哪天不怪？"

"我总觉得，"边伽说，"秦猎今晚寸步不离地守着林纸，像狼守着它拖回窝里的肉似的。"

林纸心想，边伽真的很敏锐啊。

2

众人一起上楼，走廊里浓重的味道已经消失了，取而代之的是夜风带进来的清新空气。

乱了一晚上，秦梵不知道去哪儿了。林纸想，他好像也被信息素诱惑，状态不太正常，大概躲在房间里，不好意思出来见人。

进了屋，隔壁秦梵房间的灯果然亮着，不过林纸没再去露台上，她把门窗全部关好锁好，放下遮光帘，又检查了一下腕上的镯子，准备睡觉。

躺下以后，她发现被子里全是阳光的味道，暖洋洋的，让人犯困——让秦猎标记一下，不只全身免费喷香水，还能顺便免费给被子也熏个香，真不错。

林纸闭上眼睛，眼前却又出现了秦梵那双美到妖邪的眼睛。这人很奇怪，他的小戏法也很奇怪——在逻辑上很合理，在事实上就很荒谬。她心里琢磨着，脑子渐渐乱了起来，秦梵的眼睛和各种不相干的东西搅在一起，乱成一团。

仿佛昏睡了一下，又忽然醒了，林纸觉得自己的身体动了动，闭着眼睛翻了个身。这是身体没在受自己控制的感觉，她对此已经非常熟悉了——她又跑到秦猎身上来了。可现在她又没有感觉不舒服，跑来找他干什么？

秦猎像是睡不着，有点儿焦躁，又重新翻过身来。

林纸生出点儿恶作剧的心思，想看他翻来翻去的在干什么。

眼睛突然睁开了。房间里没开灯，有点儿黑，只有洗手间里透出一点光，他翻身坐了起来，走进洗手间，来到洗手台前。

看向镜子的那一瞬，林纸浑身的汗毛都立起来了——镜中是张极美的脸，眼尾斜飞入鬓，半长的头发垂落在肩上，不是秦猎，是秦梵！

林纸死命地克制着自己：绝对不能出声，就算是思考的声音也要尽可能地小，尤其是千万不要去干涉他的动作，连眼珠都不要动一下，一定不能让他察觉到他身体里还有别人！

不过她刚才受到惊吓的那一下，已经让秦梵有点儿纳闷，他隔着袖子摸了摸胳膊上立起来的汗毛。好在他没太当回事，大约只觉得自己无缘无故打了个寒战，伸手接了点儿水洗了洗脸。

腕上的手环忽然响了。秦梵低头看了看，是他爸秦以森。他对着镜子不耐烦地皱了皱眉，犹豫片刻才接起来。

虚拟屏幕弹出来，秦以森那张熟悉的方脸出现在上面："小梵，你去八区干什么？"

秦梵呛他："爸，你说过我不务正业，到处闲逛，那来八区和去别的区有区别吗？"

"是因为秦猎在八区比赛吧？"秦以森拧起眉头，两人皱眉的样子倒是有几分相似，"你天天盯着秦猎干什么？要他那个神侍的位置有什么用？神侍就是个虚名而已，好好地在家族产业里拿到实权，掌控天谕集团，比什么不好？"

秦梵笑了一声："你说得很对。那你继续努力。"

有这么个儿子，大概能把人气疯，反正秦以森看着已经离疯不远了。他嘴唇哆嗦了半天，终于吐出几个字："你好自为之。"

秦梵说了声"好"，就想伸手挂断视频电话。

见此，秦以森又怒了："你都多长时间没回过家了？跟我没别的话说了？这么急着挂断干什么？"

秦梵平静地说："太晚了，我要去睡美容觉。"

"美容觉"三个字把秦以森推到了崩溃的边缘，他手指哆嗦着把视频电话给挂断了。

秦梵气完他爸，心情愉快了不少。他看了看屏幕，翻开通讯录，找到一个没有备注的号码拨了过去。没有开视频，只是语音通话。

秦梵问："雾爪的存储器运回联赛技术部了？你看过数据没有？"

雾爪？林纸心想，难道是上一场比赛里的雾爪？

"已经送回来了。"那头的人回答，"我看过雾爪的数据，所有小队都是用密钥取到的文件，帝国机甲学院队也是。"他又补充，"大家都看到直播了，他们当时是抢了其他队伍的密钥。"

"我也看直播了，我当然知道他们抢了别人的密钥。"秦梵有点儿不耐烦，"我是说，当时林纸走过去靠近雾爪时，真的没有试着连接雾爪的耦合系统吗？"

那头的人极其肯定地说："没有。雾爪上没有这种记录。他们小队连接过雾爪的只有秦猎的鹰隼。"

秦梵沉默了片刻。

那头的人继续说："我真的觉得您想得太多了。世界上哪有人能不用密钥就连接机甲，还能取到机甲存储器里的资料？"

"有。"秦梵肯定地说，"你忘了，机甲的主人就可以。如果和机甲的耦合系统百分百完全耦合就会拥有最高权限，可以不用密钥，拿到机甲存储器里的任何东西。"

那头的人答："那是，机甲的主人当然可以，可是也没别人了吧？总不能有人能当所有机甲的主人。"

秦梵没有说话。他思索了几秒钟，才意识到对方还在等着："没事了，有事我再找你。"说完挂断通话，一动不动地盯着黑掉的屏幕。

林纸也在盯着黑掉的屏幕。她不知道秦梵在想什么，但她心里想的是，联赛中算计帝国机甲学院队的原来是他，之前差点儿就把这口大锅扣在宫危和星图身上了。

和他通话的那个人提到雾爪时，说的是"送回来了"，可见是联赛主办方的人。有内鬼在，不难知道比赛时各基站的具体位置，也能在飞船下蛋时安排好队伍的落点，再买通选手，指点他们炸掉特定基站就很容易了。秦梵故意不让他们拿到密钥，看来是想试试她能不能不用密钥和雾爪建立耦合，直接下载存储器里的文件。还好她没有上套。

问题是，秦梵试这个干什么？他为什么想搞清她有没有与陌生机甲完全耦合的能力？

林纸原本以为秦梵的关注点都在秦猎身上，和秦猎是竞争对手，接近她是为了对付秦猎。现在看来，他关注的一直都是她本人。

秦梵站了半天，又点开手环。这一次，他没再找人聊天，而是打开了一个程序。一段视频开始在屏幕上播放，看角度是从露台的方向偷拍的，房间的布局也很熟悉，只见两个人正靠在门上，抵死缠绵。

秦猎亲人时没拉窗帘，不过林纸也没想起这件事来。当时两个人都被汹涌而至的发热期症状折磨着，热血上冲，脑子不太清醒。

她努力安抚自己：千万冷静，不要生气，不要出声，不要动！

视频的最后，林纸蹿出去，一剑贯穿窗外浮在空中的小飞行器，让它一个倒栽葱掉了下去。

然后秦梵竟然又拖回去从头看了一遍，看得很认真，好像那是什么严肃的科研资料片。

林纸被迫跟着看了第二遍，心想：这么偷看别人，还一遍又一遍的，秦梵你是不是变态？

空气中忽然多了隐隐的松油味。

林纸：真的是个变态！大变态！

好不容易看完了，秦梵居然伸出手指点了点，又慢速看了第三遍，还时不时暂停放大局部。视频的分辨率很高，两人的动作看得非常清楚。

林纸彻底无语了。

秦梵对标记那一段格外关注，把那几秒反复地来回拉来拉去，于是林纸被迫看着自己的后颈被秦猎咬了一口又一口。

林纸：今晚这都是什么事啊？！

总算熬到结束，林纸听见他低声说了句话。他的声音压在喉咙深处，含糊不清，她努力分辨，觉得他说的好像是："注定会消失的东西，只能放在脑子里。"

秦梵抬起头，看着镜子，脸上的神情纹丝不动。但林纸知道，刚才的视频的影响还在，因为浴室里全是浓郁的松油味道。

秦梵两手撑着洗手台，对着镜子平复心情。

"我知道她可以。"他喃喃自语，"就算没有证据，我也知道。还有，那份暗夜游荡者残手里的资料也在她那里吧？"

秦梵死死地盯着镜子里的自己看了半天，突然问："林纸，你究竟是谁？"

突然听到自己的名字，林纸吓得本能地一哆嗦，随即意识到他并不是在跟她说话，只是在自言自语。不过这本能的一抖，立刻引起了秦梵的警觉。他满脸惊讶地看了看镜子，又低头看了看自己。

跑，跑，快跑！林纸努力地想着。这样待下去不行，得赶紧回去！

终于，眼前一晃。

林纸心中一宽，心想这次还不错，想回去马上就回去了。

然而并没有，她又变成站在床边的新姿势，仍然不是她自己的身体，像是刚洗过澡，一身湿气中夹杂着沐浴过的香气。

今晚怪事连连，林纸这回一点儿都不敢轻举妄动，只跟着这身体本身的目光走。

他低了低头，林纸一眼看清了这具身体，瞬间彻底放松了，也不管对方正在穿衣服，直接向后仰倒到床上。

秦猎微笑道："你来了？"

林纸"唔"了一声，在床上翻了个身，把脸埋进床单里。

秦猎无奈："先让我把衣服穿好。"

林纸躺着不动："你穿。"

秦猎接手了身体，站起来解开浴巾，控制着眼神没有乱看，摸索着穿上裤子，又套好T恤。

林纸刚才一直紧绷着，又被秦梵最后那句话吓得不轻，现在放松下来，从内而外地觉得累。

秦猎问："怎么忽然过来了？你身体不舒服？是不是做了标记，不太适应？我刚刚好像觉得你有点儿紧张，正想发消息问你怎么了。"

林纸：咦，她刚才在秦梵身上，他竟然还能跟她通感？

不过想想也是，她是在原主身上还是在秦梵身上，并没有什么差别。

林纸有点儿踌躇，要不要把跑到秦梵身上的事告诉秦猎？他今晚刚刚做过临时标记，就连边伽都看出他一直划地盘一样守在她周围。这种时候让他知道她还可以跑到秦梵身上，他的某种唯一性突然没了，肯定高兴不起来……还是暂时拖一拖，过几天再说吧。

林纸："我过来，可能是因为想告诉你一件事。"

秦猎好奇了："什么事急到要跑到我身上来说？"

林纸转过头，用他的眼睛看了眼露台那边拉好的窗帘："秦猎，秦梵好像在偷拍我们。"

"秦梵？偷拍？现在？"秦猎整理衣服的手顿住了。

"对。"林纸说，"我刚才听到他和别人通话，偷拍的设备好像藏在外面那棵大树上。"

她刚刚连着看了三遍，看得非常清楚，秦梵的那段视频不是那台倒霉的媒体飞行器拍下来的，因为那小东西最后也入镜了，显然镜头放置的位置比露台远。

秦猎："庄园有定期检查和扫描，这种位置，安保系统都会排查一遍，而且今天我们过来之前，我还特地让他们做了一遍彻底的检查，秦梵搞小动作肯定是在那之后。"

秦梵和秦猎一样对这里很熟悉，防不胜防。关键是秦猎其实不怕偷拍，就算有镜头对着他的房间，也不一定能拍到什么。他平时冷静禁欲得像个和尚，给林纸临时标记这种事也是生平第一次。

秦猎："我去找安珀。"

林纸赖在他身体里看着他忙。

秦猎开门出去，快步穿过走廊，走到斜对面安珀的房门口，没有敲门，而是在门外给安珀发了个消息。

安珀已经要睡了，裸着上身，湛蓝的眼睛半闭着，迷迷糊糊地来开门，门一打开就又被秦猎塞回房间里。

秦猎随手抓起一件衣服丢给他："穿上说话。"

安珀一脸迷茫："秦猎你哪根筋搭错了？没见过我发达的胸肌吗？"

秦猎没搭理他，把偷拍的事说了一遍。

安珀听说外面树上可能装着偷拍设备，立刻精神了："我就知道，秦梵提前到庄园来肯定有什么阴谋！他一直眼红你的神侍位置，这次猜到你会和林纸一起过来，打算拍这种视频，回家族去告状！"

"有可能。"秦猎思索了一下，说，"只有一个问题，这里的房间很多，他怎么确定拍哪一间？二楼的房间有各种朝向，可能外面不止一组设备。"

林纸记得很清楚，今天住进来的时候，房间并不是小末安排的，当时空着的客房门全都大敞着，可以随便挑，秦猎看了一眼随手一指，她也就选了他隔壁的房间。

安珀穿好衣服，打开光脑："先不要打草惊蛇，我们不动树上的东西，看看能不能直接黑进去。"他运指如飞，在光脑前忙着，"好像可以。"

估计要用一段时间，秦猎找地方坐下。

林纸没事做，开始琢磨今晚为什么会穿到秦梵身上。可能是睡觉之前脑子里一直在想着秦梵的事，非常想弄清楚他的小戏法究竟是怎么回事，所以就真的过去了？在这个世界上，除了秦猎，她竟然还可以跑到其他人身体里。看来秦梵这个人也有点儿特殊。他是秦猎他们家族的人，必然也有"神"的血统，按秦猎的说法，曾经和他激烈竞争过神侍的位置，耦合天赋与他的不相上下。问题是，这件事有一有二，就必然会有三有四，按这个原理类推，她是不是也能穿到其他秦家人身上，比如秦以森？那画面过于惊心动魄，林纸哆嗦了一下。

秦猎立刻留意到了，在脑中问："你冷？"说罢把房间温度调高了一点儿。

林纸没回话，继续琢磨自己的：一定得克制自己的念头，打死也不要穿到他们身上。不过说不定他们的耦合天赋不够，根本穿不过去。但这么想的话，有一件事有点儿奇怪，她能跨越两个世界来到这具身体里，难道是"她"的耦合天赋特别好？还是"她"其实也有所谓神的血统？按照之前跑到秦猎身上的经验，她和"她"更像是互换了，应该是两个人都有换的愿望才行，可她并没有换到一个异世界的愿望啊。难道是车祸时的求生欲把她送过来的？林纸猛然意识到，"她"过去岂不是刚好赶上车祸，希望"她"平安无事……

想了一会儿，她又转回秦梵身上，问秦猎："你说过秦梵的耦合天赋还不错，那他为什么没有去驾驶机甲？"

秦猎回答："他对机甲没兴趣，大学去读了艺术史，毕业后就在星环九区到处闲逛。"

秦家的人不去机甲学院已经算是大逆不道，怪不得他爸气成那样。不过现在林纸知道，秦梵并不像他看起来的那么不务正业。

他刚刚还提到过暗夜游荡者，说它的残手里有什么保密资料。这一刻，几方人马在列车上的争夺、莫名其妙来抢手环的星图机械狗、秦猎直接把手环轰成渣的操作、忽然冒出来的假邵清敛……这些奇奇怪怪的事情忽然像齿轮咬合一样，在林纸脑中一点一点合了起来。

秦梵会下那么大力气，给她在联赛中下套，也是为了找到那份保密资料吗？

林纸想了想，觉得不像。他似乎更关注她特殊的耦合能力。

见她半天不出声，秦猎问："困了？"

林纸答："是，我试试能不能回去。"

她努力半天，丝毫没有回去的迹象。不用分析，林纸就知道自己的潜意识在想什么：刚刚在秦梵那边精神高度紧张，被吓到了，于是来了个胜利大逃亡，飞快地躲到秦猎身上来，她的潜意识比理性的自己更任性，还很无赖，他身上安全又舒服，留在这里绝不会再被吓到，她不想走。

秦猎知道她走不了，在脑中对她说："我等着安珀，你困了就先睡吧。"

林纸："有事叫我。"

秦猎贴心地帮她闭上眼睛，林纸没两分钟就睡着了。偷拍的事交给秦猎他们处理，没什么不放心的。

次日清晨，窗外树上的小鸟叽叽喳喳地叫，林纸伸了个懒腰，发现已经挪回了自己的身体里，第一件事就是去隔壁找秦猎。

秦猎正和安珀在一起。

"偷拍的事搞定了。"秦猎说。

安珀笑道："我们不只废了他的设备，还把他拍到的视频换掉了，我特地给他挑了段我最喜欢的鬼片，保证他下次一打开收获大惊喜。"

林纸心想，你可真行。

安珀继续说："不过有一点很奇怪。我仔细查过了，秦梵拿到视频后竟然完全没有备份过。要是我的话，好不容易拍到这么重要的东西，得备份个十七八份，网上放几份，存储卡里再来几份，藏在别人找不到的地方。可他完全没有。他就那么有把握不会被人黑进去删掉吗？"

秦猎冷笑一声："真做了备份的话，就算他吞进肚子里，我们也会把它挖出来。"

林纸脑中冒出秦梵昨天看完视频后说的那句话——注定会消失的东西，只能放在脑子里。

她追问："他只装了一组偷拍设备，对不对？"

安珀答："没错，我们全都找过了，只有藏在树上的那个。"

果然。昨天林纸就有一个猜测，不过这个猜测太不合常理，一直被放在可能性列表的后排，现在彻底挪到了第一位。她问秦猎："秦猎，秦梵这个人有什么特殊的地方吗？"

秦猎认真地想了想，说："除了耦合能力外，就是……呃……"他不太愿意承认，"长得还算不错。"

他不知道。

他们是堂兄弟，他竟然不知道。

林纸忍不住问："你跟他不熟？"

秦猎答："其实并不算熟，只有家族有事的时候才会见面，我这辈子跟他同处一室最久的一次，就是十七岁在神殿举行抽选仪式候场的时候。"

怪不得。

林纸猜想，秦梵能看到未来，他的那些小戏法也许并不是戏法。

这种人通常被叫作先知。但先知如果能改变未来，就不叫先知了。

就像之前他扶住了快倒的酒杯，可是第二次酒杯还是被故意碰倒了，林纸看到了他眼中的无助和失落。就像他预见到了林纸的发热期，突然回到二楼，甚至提前定好了偷拍的位置，但这次他在看到没能保住视频的未来后放弃挣扎，只看了几遍，连备份都没做。

拥有能看见未来的能力，却没办法改变，注定发生的一切还是会发生，在已经被决定的命运的泥沼中无望地挣扎，被摆布而毫无办法，还不如干脆不知道。就像一只眼睁睁看着起锅烧水却被丢进锅里爬不出来的大闸蟹，想想就有点儿可怜。

林纸想，或许这就是秦梵眼中出现那种深深的无力和绝望的原因。

而且他的能力看起来似乎是有限的。比如他能预知一朵花落向哪个方向，却不知道自己在联赛中下的套能不能真的让林纸暴露能力。比如他能预知酒会洒，却没办法详细地知道是哪一次会洒。

一个只能看见支离破碎的未来片段的先知，总比一个随心所欲全知的先知容易对付一点儿。

林纸正想着，秦猎忽然对她说："实验室的结果也出来了，昨晚的食物和酒，还有你的那朵花，都没有问题。"

这点在猜测秦梵有预知能力的时候，林纸已经料到了。他并没有动手脚，也根本不需要动手脚。但他有这种特殊的能力的事，连秦猎都不知道，却在第一次见面后就透露给了她，住她隔壁，送她花，毫不掩饰地提前扶住她的酒杯，为什么？林纸并不觉得这只是吸引Omega注意的小花招，秦梵这个人处心积虑，一定另有所图。

这时有人来敲门，是机器人小末，叫大家下去吃早饭。

几人吃饱喝足，坐在一楼，等边伽那个懒虫起床。小末已经领命上楼砸门去了。

杀浅问："晚上才回酒店，我们还有大半天的时间，附近有什么好玩的吗？"

安珀建议："我听凯姨说农场那边来了一批新动物，要不要过去看看？"

林纸找了一把远离大家的椅子坐下，悄悄打开手环，搜索关键词：Alpha，临时标记。

昨晚秦梵一遍又一遍地看两人临时标记时的视频，还特地调成慢速，放大画面，仔细研究，并释放了信息素。之前他在走廊时，有被她的信息素影响，看视频时释放信息素算是正常反应。但房间里只有他一个人，如果真是偷窥狂，不会除了一遍遍看视频外什么都不做，他应该有别的目的。

林纸有特别注意到，他放大局部细节时，关注的主要是秦猎的反应。秦猎当时背对着镜头，只在亲吻时露出一点儿侧脸，不过他的肢体语言很说明问题——秦猎根本站不住，他撑在门上，耳根红透，低喘着，尤其是咬下去时，因为共享林纸的感觉，反应特别大。

林纸搜了一下其他 Alpha 临时标记时的画面，看上去都比秦猎淡定得多。

秦梵该不会猜到了两人的特殊关系，比如通感吧？

林纸凝神思索，没注意到秦猎过来了。

秦猎低头看看她，目光掠过她的手环屏幕，默了默，问："你在……看什么？"

林纸低头看了一眼屏幕，一个 Alpha 正热情地咬住 Omega 的脖子。她有点儿尴尬，火速关掉手环屏幕，压低声音："秦梵拿到我们的视频一定会看，他会不会发现你当时的反应和其他 Alpha 不太一样？比别人……呃……大？"

她的话太直接，秦猎耳根红了。好在其他人离得远，应该听不见。

他想了想，说："我觉得他会。可是以正常人的思维，只会觉得我的反应不太对劲，也许是我特别敏感，也许是我服过什么药，可能性很多，会联想到我们通感吗？"

这一步迈得有点儿大……

"可他就不是个正常人。"林纸吐槽。

正说着，她口中的非正常人类就来了。秦梵看上去很淡定，一切如常，仿佛没发现他光脑上的小视频没了。他一过来就问杀浅他们："你们今天要去哪儿玩？"顿了顿，又说，"想去农场那边看看新到的动物吗？"

林纸心想，他这是又"看"到了？看来他几个今天真的去了农场。

边伽也打着哈欠下楼来了，听见他们的话，立刻不困了："我们今天要去农场参观吗？太好了！"

秦梵转向秦猎，微笑道："能带上我吗？我也好久没来庄园这边了。"

他这么问纯属客气一下。庄园是整个家族的产业，他当然想去哪里就去哪里。

秦猎并不怕他，随口答："好。"

一行人带着秦梵上了庄园的悬浮车。

林纸坐在车上，继续她的头脑风暴：她可以跑到秦猎身体里，也可以跑到秦梵身体里，那秦梵能像秦猎一样和她通感吗？好像不能。因为昨晚在走廊上，秦梵看起来毫无发热期的症状。不过这未必可靠，毕竟秦猎当时也在假装镇定，装得还挺像。这种事，还是找机会验证一下的好。

悬浮车没开多远，大家就看到一大片整齐的房舍和大棚。

和庄园主屋一样，农场这边的人类也不多，只有零星几个，工作主要交给各式机械设备和智能机器人。

对此，安珀很骄傲："我们天谕的人工智能不比星图的差，早晚有一天抢掉他们的市场。"

农场里除了林纸认识的牛、羊、鸡、鸭、鹅，还有很多新奇的完全没见过的动物。其中一个超大的笼子里养着十几只大鸟，像鹰一样，羽毛是鲜亮的蓝色，眼睛如同勾了眼线，有圈白边。

林纸不认识，杀浅却知道，问秦猎："你们这里也养蓝鹇？"

蓝鹇？这名字相当耳熟。林纸想了想，想起来了，上次在母星跟秦猎和假冒的邵清敛一起去市中心吃饭，那个味道极其可怕的蛋就叫蓝鹇蛋。

林纸看一眼秦猎。这人家里的农场里养着蓝鹇，自然知道蓝鹇蛋是什么，还非要骗她吃一口，根本就是坏蛋！

笼子里，两只蓝鹇不知为什么你啄我啄你地打起来了，扑扇着长满蓝色羽毛的大翅膀，在挂着的几个鸟窝之间来回折腾。

林纸观察了一下，杀浅和秦猎正站在她左手边，秦梵在右边几步外抬头看着蓝鹇打架，没看这个方向。这人的几次预知都像是看到的场景，不落在他的视野里比较安全。

她把手悄悄藏在袖子里，背在身后，在手背上猛地一掐，下手狠极了，疼得自己都有点儿受不了。

秦猎立刻一脸莫名其妙地低头看她，秦梵却毫无反应。

林纸默默地舒了口气。谢天谢地，她和秦梵没有通感！只有秦猎能感觉到她的感觉！她一点儿都不想和其他人分享自己的感觉。

两只鸟还在打架，悬在笼顶的窝被乱蹬的鸟爪踩得晃了几下，一颗蛋滚到窝边，掉了下来，鹇飞蛋打，蓝色的蛋液喷了一地。

林纸：我、的、天、哪！

生蓝鹇蛋的味道竟然比熟的还要可怕一万倍！就像突然炸开了毒气弹一样，笼子旁边的人落荒而逃，直到冲出毒气弹的范围，才吐出了憋了很久的气。

秦猎建议："我们去看别的吧。听说那边有新来的动物，我也还没见过。"

那是一片单独围起来的区域，在遮盖起来的室内大棚里，和农场其他部分隔离开来。

林纸东逛逛西逛逛，看什么都觉得新奇，一转头又看见一群小鹿一样的动物，通体雪白，长着雪白的犄角，在栅栏里蹦来蹦去。

秦猎刚想开口，就被秦梵抢了先："那是从七区运过来的大角雪麋，是产奶用的，它们的奶制品在八区这边很受欢迎……"

刚说到一半，身后有人放声号了一嗓子。

林纸转过头，发现叫唤的人是边伽，他把手指伸进栅栏缝隙里，逗一只圆滚滚的大乌龟一样的动物，结果被人家毫不客气地一口咬住。

林纸：让你贪玩！

那东西咬住后死不松口，安珀在旁边乱出主意："边伽，你用力拔啊！"

边伽反驳："废话，你觉得我没用力吗？"

除了手指出不来，好像也没什么大事。

秦猎四处看，想找东西撬开栅栏上的锁。

杀浅叹了口气，往大棚门口走："我去找机器人来开门。"

预知

林纸下意识看了一眼秦梵。他并没有看边伽他们的热闹，而是抬起头扫了一眼棚顶。

棚顶似乎动了一下。

林纸一个箭步蹿过去，一把搂住正在往外走的杀浅，带着他就地一滚。就在那一瞬，棚顶的金属梁连带着一大片棚顶"轰隆"一声砸下来，正好砸在杀浅刚刚所在的位置。碎片纷飞，满地狼藉，要不是林纸动作快，杀浅就完了。

众人都被这突然的变故吓了一跳，就连那只死不松口的"大乌龟"都吓傻了，张开大嘴，松开了边伽的手。

杀浅从地上爬起来，顺便拉起林纸，心有余悸地说："怎么突然塌了？幸亏你看见了。"

并不是她看见的。

林纸转过头去看秦梵。秦梵也正在看她，那双漂亮的眼睛里，原本看破一切的淡定没有了，全是毫不掩饰的震惊。

林纸想，看见恐龙复活、天空变绿，大概都没他这种表情。

"所有人先出去再说。"

棚顶看起来很不牢固，大家在秦猎的建议下全部撤到外面。

动静这么大，农场的几个人全都过来了，秦猎立刻让他们找人过来检修。

林纸觉得这应该不是阴谋，更像是意外。毕竟没人能预料到边伽会伸手进去，手会被"大乌龟"咬住，就算真的巧妙地下套设计他被咬住，杀浅的走位也完全是随机的——他当时正跟着自己，而自己到处乱逛，走得随心所欲——不一定会经过金属梁砸下来的位置，想精确地砸到他非常困难。

而秦梵又一次预见到了这个意外。

检修人员很快来查了一遍，秦猎也亲自上去看过了，和林纸预料的一样：棚顶的金属梁接口老化了，就是个意外。

秦梵从刚才起就一直盯着林纸，一副惊讶得缓不过神来的表情，眼中明明白白地写着"为什么"三个字。

林纸想，看他这么震惊，在他预见到的未来里，杀浅估计被砸到了，甚至砸得不轻，得去躺医疗舱，然而现在杀浅还好好地站着，和他预见到的完全不同。

不管预知是怎么回事，已经拿到手的战果一定要巩固。林纸提议："反正也差不多逛了一圈了，既然不太安全，我们回去吧。休息一会儿也就差不多该回酒店了。"

边伽往大棚里面张望，有点儿犹豫："最里面那一片还没去过呢。"

秦梵垂下眼帘，脸上明白地写着"原来如此"，准备往大棚里走——就像那杯翻倒的蔓茄酒一样，杀浅应该是第二次进去，然后被砸。

林纸看他一眼，问边伽："你昨天的游戏升到几级了？狂风斩能用了吗？"

简单一句话轻松把他搞定。

众人坐上悬浮车返程。

秦梵自从金属梁砸下来就再也没说过话，坐上悬浮车后仍然时不时地回头看一眼被远远甩在身后的大棚。

林纸默默地观察他，心想他的预知能力看来确实是场景性的。

秦梵这会儿确实心中奇怪。他从很小起就拥有一种能力，有时候能看到未来，一些场景的碎片会忽然闪现在脑子里，自己不能控制，出现得毫无规律。但他知道凡是他看到的那些片段，最终都会发生，无一例外。就像昨天在秦猎他们来庄园前，他就看到林纸伏在隔壁露台的栏杆上，望着远处的蔓茄田。他听见自己说"稍等几秒，马上就好"，然后一朵小花飘落到林纸手上。还有秦猎和林纸的临时标记……来庄园前他就看见自己伏在洗手台上看一段视频，也看见自己又一次打开视频时被突然冒出来的鬼脸吓了一跳，低声说"果然没了"。于是他顺应命运来到庄园，装了偷拍设备，把一朵小花交到林纸手里。

有时候，他也会本能地反抗。就像昨天他看到晚餐时林纸的手肘碰了一下酒杯，红色的酒在桌上流淌蔓延，于是就一直留意着那杯酒，在林纸的胳膊乱动时提前伸手扶住了杯子。可惜命运照例回给他冷冷的不屑的一瞥，还是让她把酒杯撞翻了，连酒液在桌子上流淌出的形状都跟他看到的一模一样——他看到的本来就是第二次她撞翻酒杯时的场景，他去扶杯子的动作并没有改变原本就会发生的事。

拥有这种预知能力并不是什么好事。他曾亲眼看见亲人意外去世，看见自己想要的神侍位置被人抢走，看见自己所做的努力一次次付诸东流……无论他怎么做，该发生的都一定会发生。这世界就像一辆准点运行的列车，冷冰冰地走在它既定的轨道上。命运已经写定，让人绝望。

然而今天发生了和他看到的场景不一样的事：他清晰地看见大棚塌下来，那条金属梁砸在杀浅头上，然后杀浅倒在地上，脸色惨白，然而事实是林纸不知为什么飞扑了上去，带着杀浅滚开了。

那一刻，秦梵的整个世界观都崩塌了。

因为从小就有这种能力，他每次看到未来的画面都会留神记住里面的细节，所以他反复回忆，可从大棚里的光线明暗到杀浅身上穿着的白T恤、很多口袋的卡其色训练裤，还有他和杀浅所站的相对位置，甚至旁边传来的边伽被咬住手指头后的"哎呦"声，一切都跟他看到的场景是一样的。只不过从他所站的位置，只能看见杀浅，看不见林纸。

秦梵一直在想，也许还有下一次？问题是他们已经离开大棚，回主屋了。

离返回酒店还有几个小时的时间，边伽他们仍然聚在一楼打游戏。

林纸不想打，照例在旁边坐着。

临时标记的作用还是很明显，秦猎仍像守着肉的狼一样坐在林纸那把宽椅的扶手上，寸步不离，只看着边伽他们玩。

就连秦梵都没有上楼，也在一楼娱乐室找了把椅子坐下，对着手环的虚拟屏幕，不知在看什么。

林纸觉得也许他什么都没看，因为他的眼睛没动，只是时不时会抬起头看看杀浅，再看看她，一被她察觉就立刻移开目光。那副世界崩塌的样子让林纸有点儿想笑。

之后，凯姨给大家做了一顿丰盛的晚饭。

吃过饭，众人上楼取行李，准备回酒店。

秦梵这次没再跟着他们，他站在庄园主屋的台阶下，安静地看着他们几个上了悬浮车，像是终于接受了杀浅不会再被大棚砸一次的事实。

车门关好，悬浮车缓缓升起，秦梵忽然往前走了一步："林纸。"

林纸看着他。

秦梵犹豫了一瞬，还是开口说："比赛时小心。"

这倒是奇了。这句话说得像是在关心人，仿佛上场比赛里炸基站下套害人的不是他一样。

不过只要他不再害人，起码可以放心一半。

林纸直接询问这位"先知"："我要小心什么？"

对话透着诡异，所有人都看着他们。

秦梵凝视着林纸："小心白色的东西。"说完也不解释，转身回了主屋。

林纸："……"

边伽在旁边嘀咕："还'小心白色的东西'，他怎么像个算命的似的？"

林纸心想，他可比算命的准多了，说不定真的看到她遇到什么和白色相关的危险，得认真对待。问题是他不肯说得具体一点儿，难道异世界也有天机不可泄露的规则吗？

3

悬浮车一路顺畅地飞回耶兰。众人如溜出去时那样，先由秦猎找车调虎离山，然后从停机坪的入口溜回房间。

比赛昨晚就结束了，就像林纸预料的那样，雾爪里的文件的提取次数是有限的，在次数用满之后，没能拿到文件的队伍全部被淘汰，半数队伍打包回家了。

林纸一回房间，秦猎就跟进来了，倚在门口，双臂抱在胸前，也不说话，就偏头看着她，看得她一阵心虚。

秦猎看着林纸的表情，忽然弯弯嘴角："你怎么一副……"

林纸在心中默默帮他补充：偷情被抓的表情。

秦猎却换了话题："我的临时标记快坚持二十四个小时了。"

林纸默了默，说："二十四个小时很值得骄傲吗？"

秦猎："起码不是半小时。"他倒是挺容易满足。

"我过来是想说，"他望着林纸，"明天要比赛了，记得带上抑制剂。我也会随身带一份，有备无患。"

如果赛场上临时标记失效，突然进入发热期，不是小事。林纸点头答应，不过还是想逗他："为什么非要带抑制剂，带着你不就好了？"

秦猎的耳朵腾地红了："那……不一定方便。"

林纸努力忍住笑。

秦猎看明白她是在故意逗自己玩，眯了眯眼睛，大步过来把她按在床上："那不如现在再标记一次，起码还能再管二十四个小时。"他拨开她的头发，作势要咬。

林纸缩着脖子躲他："小心有人进来。"

门是虚掩着的，走廊上很热闹，各队都在忙着安排明天比赛的事，甚至还有孟教官喊小队开会的声音，如果这时信息素的味道跑出来就糟糕了。

秦猎吻了吻她的耳朵，松开她，顺手拉她起来。

他们来到孟教官的房间，其他几人和几名教官都在。

孟教官先说了学院就上场比赛中联赛基站被炸的事情申请调查的事，炸基站的是九区DEX6187行星机甲学院队。

安珀说："还用查吗？肯定是星图和官危他们干的。"

林纸心想，还真不是。不过她还是提醒："能那么快找到基站位置，而且落点刚好在我们旁边，主办方估计有内鬼。"

孟教官同意："学院这边也是这么想的。"

之后的主要内容就是下一场队伍的职能分配。不出意料，所有人一致同意，下一场比赛，林纸仍然是主控指挥。

孟教官笑道："我们也没想到，林纸主控，秦猎侦察，能配合得那么好，那么合适。"

众人足足地睡了一夜，隔天清早起床，换好训练服，下楼取到机甲，整装出发。

停机坪这回很清静，为了不干扰马上出发比赛的参赛选手，媒体被远远地拦在酒店外，这里只有排队等着登船的参赛队员。

林纸刚在停机坪排队站好，就有人从背后一拳打过来，她下意识地往旁边躲开，结果发现另一边也有个人——一对涂装得一模一样的乳白色机甲左右夹击，同时攻击林纸，都扑空了才停下来。

又是那对送财童子。他们的机甲一架叫左旋，一架叫右旋，长得完全一样，都是腰挎双刀。

他俩一动手，林纸就发现双胞胎绝不是善茬，都很强，最关键的是出手时就像一个人同时控制两架机甲一样默契，配合得比秦猎和安珀还好。不过他们并不是真的要进攻林纸，只是逗她玩，一两招后就收手了。

林纸本能地看了一眼，他们的机甲就是乳白色的。秦梵说要小心白色的东西，可是白色的东西那么多……

双胞胎同时发私聊过来："林纸，现在再猜猜我俩谁是戈飞，谁是戈兰？"

这回倒好，两人躲在驾驶舱里，连人影都看不到，就要人猜。

只过了一会儿，林纸就给右旋发私聊："你是戈飞。转账方式和以前一样。"

戈飞不服："我知道你肯定会去看联赛官网，可是在官网上，我的机甲明明叫左旋，你怎么猜出我是右旋？"

林纸无奈："在帝国机甲学院，改机甲的名字只要向学院提交表格报备一下就可以了，我估计其他机甲学院的规定也差不多，你俩那么喜欢换来换去，肯定改过名字。"

戈飞想了想，说："可是按反逻辑，我让你猜，说不定就没改过机甲的名字……或者按反逻辑的反逻辑，我猜你会猜到我们没改名字，所以其实改了名字，然后又被你猜到了？"他总结，"所以你预判到我预判了你的预判？"

"哪有那么复杂，"林纸说，"我根本不是那么猜的。"

手环一响，又有一千块到账。

这钱赚得太容易，林纸难得地有点儿良心不安："一千块送你一个冷知识，我们队的杀浅告诉过我，在公共频道打开机甲列表，点名字进去，选'和它私聊'，私聊频道的属性那里会有一长串编码，后十六位就是对方机甲的机器码。名字可以换，机器码却是固定的，跟机甲的硬件绑定，不能随便改。我把你的机器码复制下来去搜索，能搜出前两天一条联赛的维修记录，机甲名字是左旋，驾驶员是戈飞。联赛所有流程都需要虹膜验证驾驶员身份，不能造假，所以这个机器码对应的就是你。"

戈飞败而不馁："下次。下次你肯定猜不出来。"

林纸问他："我有拒绝打赌的权利，对吧？"

这两个人打赌打得越来越赖皮，这次已经藏在驾驶舱里了，要是他俩躲在八百里外，一人只露出一根头发丝，那还真是猜不出来。

戈飞说："那当然。"一副打算继续给她送钱的口气。

飞船缓缓降落在停机坪上，仍然是熟悉的短途飞船，看来这回离赛场行星仍然不算远。

第一场比赛淘汰了很多队伍，这次上船的人比上次少多了。

排队上飞船时，青青捅捅赤字，在队伍频道里说："看，舱门口，宫危他们的星光学院队。"

林纸抬头看过去，只见一架机甲正在登船，涂装是哑光的黑色。这是她第一次看到宫危没有伪装层的机甲，最关键的是，他身上带着一把微弯的窄身长刀，刀柄是白色的。

虽然秦梵这个人很难琢磨，但是林纸觉得他说那句"小心白色的东西"时态度很真诚，不像在说假话。她在心中重重地给宫危这把刀画了个圈，列为重点观察对象。

飞船启航，飞得比上场比赛稍远，目标行星不再是旅游部长推广的美丽的冰雪世界，温度高了不少，还没降落就能看到地面上茂密的植物和丛林间奔涌的河流。

地形复杂并不是好事，这意味着各种虫子很容易隐藏行迹。

和上次比赛一样，短途飞船又开始下蛋般把队伍一个一个放下去。

边伽有了上次的经验，全程都趴在舷窗上往下看，还唠唠叨叨："这次是不是也是呈扇形放人？我觉得是。那目标坐标的圆点在哪儿？不会是对面那座火山吧？我们刚爬完雪山，又要爬火山？"

林纸："边伽，但凡你低头看一眼屏幕……"

可能是因为上次基站被炸，帝国机甲学院赛后立刻申请调查，引发了一大堆麻烦，这回主办方把流程改了，在宣布比赛开始之前就先把这场比赛的资料给大家发过来了。

这次任务仍然有剧情，但和上次不太一样。资料里说，联盟与虫族在这颗行星上进行拉锯战时，军方下属的研究院派了一名研究员采集样本，结果一不小心陷入险地，周围都是虫族，样本车也坏了，没法出来。小队的任务就是把研究员救出来，连同他坏掉的样本车一起平安送回基地。简而言之，这是一个护送任务，每支小队要尽可能快地护送自己的研究员和样本车回基地，研究员存活且样本车完好才算成功。

几人仔细把资料研读了一遍，就轮到帝国机甲学院队下飞船了。他们被放在一大片热带雨林样的密林旁，同时耳麦中传来裁判组的声音，提示他们原地待命，等其他小队到位才能开始。

上次比赛的场地很冷，这次则截然相反，天上挂着的"太阳"尺寸惊人，像个巨无霸，毫不吝啬地烤着这颗小行星。

林纸检测了一遍周围的环境，空气成分正常，就是热得不行，将近40℃的高温。这还是在有树荫的地方，要是直接在阳光下暴晒，估计就是铁板上滋滋冒油的烤肉了。好在机甲里恒温，不受影响。

他们一落地就开了伪装层，几架机甲同时变成了和环境一样的深深浅浅的绿色。

直播也开始了，帝国机甲学院的频道爆满，大批观众第一时间过来报到，比上场比赛人还多。

——来看女儿！

——来看猎猎！

——来看我嗑的CP！

——来等着发糖！

——我就不一样了，我是来看王八山代言人的！

比赛终于宣布开始，裁判系统开始唠唠叨叨地宣读规则。

不过任务资料中已经给出了第一个目标的坐标——在资料所示的故事情节里，这是研究员发出求救信号的坐标，他和他的样本车应该正等在那里——沿着旁边的河走，就在前面不太远的地方。于是林纸他们一边听着它唠叨，一边溯河而上，直奔目的地，一路竟然连一只正经虫子都没有遇到，只有各种毫无杀伤力的小虫在密林和灌木深处聒噪个不停。

不知其他小队怎样了，反正林纸他们顺利地找到了目标地点，一个人和一辆车正在河边等着他们。那是一辆运货用的悬浮车，和林纸在秦猎家农场见过的差不多大，车漆是迷彩绿，前面有两个可以坐人的座位，后面是体积不小的货车厢。车旁的人手抄在裤子口袋里，靠在车门上，很是悠闲。

这次的"研究员"总算不再是星图的 R 系列，是个活人。他穿着讲究，衬衣雪白，长裤笔直，一点儿都不像深入虫族后方采集样本的，倒像周末没事出来闲逛的。只是天气太热，他站在车外，身上的白衬衣已经被汗浸得半透明。

直播观众瞬间精神了。

——啊啊啊，好帅啊！

——身材超好！脸也好看！这脸、这胸、这腰，绝了！

——我还以为演科学家的都是老头，没想到这么年轻！

——这人是谁啊？联赛官方不给个演职员表吗？

——联赛不会是为了提高人气，特意花钱雇演员过来了吧？

——我怎么觉得很眼熟，好像看过他演的片子？

——不是，是帝国机甲学院队运气好。我刚去隔壁频道转了转，他们就分到一个只有肚子没有头发的老爷子。

——想知道是谁太简单了，截图出去搜一下就知道了。

没过多久，出去人脸搜索的人就回来了。

——不是演员！居然真的是军事委员会下属研究院的研究员，还是个高级研究员！人家不靠脸吃饭，是联大毕业的标准学霸，主攻虫族遗传方向，履历吓死人。

林纸坐在赤字的驾驶舱里，低头又扫了一眼背景资料，上面是这人在任务里的角色信息：周澈，Alpha，联盟军事委员会 A309 研究院高级研究员。

好死不死，这个周澈还穿了件白衬衣。林纸现在对白色严重神经过敏。

她又看了一眼他半透不透的衬衣，操纵赤字走过去："周澈？"

周澈早就看见几架机甲过来了，皱了皱眉，说："你们终于来了，我在这边等了好久。这辆样本车的动力系统彻底坏了，能源的标志一直在闪，可能也坚持不了多久了。"

林纸估计他和上场比赛那台被腰斩的 R488 一样，正在念台词，不过他把不爽表演得很到位。也是，40℃的天气，丛林里闷热得像蒸笼，这么站在车外等人，任谁都能把不耐烦表演到位。

边伽语带同情："外面这么热，你干吗不去车里等着？"

周澈抬头用看白痴样的目光看看青青，又重复了一遍："这辆车的能源可能坚持不了多久了，所以我当然只开了样本箱的控温调节系统，车里没开空调。"

林纸：这剧本里的研究员还挺敬业。

周澈继续布置任务："车里有很多样本箱，里面都是我这次收集的重要样本，绝不能丢，你们得帮我把这辆车也带回基地。"

安珀打量他的车，琢磨道："车的动力系统坏了，怎么带？"

周澈也在打量机甲，冷静地建议："你们这种机甲应该拖得动车吧？用机甲拉回去？"

当大家的机甲是拉车的牛。

杀浅让联盟首富蹲下，自己则从驾驶舱里跳出来："我先帮你看看车。"磨刀不误砍柴工，要是能把样本车修好，比这样拖着车上路快多了。

见杀浅去开车厢盖，林纸对秦猎说："秦猎，你在周围警戒。"丛林状况复杂，视野不好，得防备有虫族突然冒出来，也要小心其他队伍过来偷袭。

秦猎应了一声，走了。

边伽盛情邀请周澈："外面那么热，你要进驾驶舱来避避暑吗？"

周澈淡淡答："你是来做任务的，都不仔细看看比赛资料吗？里面严格规定，我是不能躲进机甲驾驶舱的。"

机甲驾驶舱有各种保护，非常安全，而研究员是这次任务的护送对象，如果他进驾驶舱，这个护送任务就失去了意义。

林纸悠闲地吹着空调，心想：呦，还挺有脾气，刚才呛边伽的这句话肯定不是写好的台词。

杀浅是在垃圾站的配件堆里摸爬滚打的专家，手艺无可挑剔，动作也不慢。他爬上爬下把样本车折腾了一阵，得出结论："这车的能源系统其实没问题，只不过是一部分线路坏了，我已经修好了。不过驱动的部分没法修，这车根本就没装悬浮部件。"

这是个徒有悬浮车外表的空壳。

众人："……"主办方真狠！

倒也好，不用再琢磨怎么修车了。

安珀痛苦地说："车不能开，那你修好了能源系统有什么用？"

杀浅答："当然有用啊，起码可以让研究员吹上空调。"这么热的天，有个空调还是很重要的，"这车的底盘上有轮子，看来就像他说的那样，只能我们拖着走。"

果然，周澈打开车后厢，从里面拿出一大盘缆绳，交给杀浅。

缆绳够长，杀浅把它的一端钩在样本车的挂钩上，另一头拴在联盟首富的腰上，反复调试弄好，才回到机甲里："我试试行不行。"

他往前走了两步，车子真的被拉动了，缓缓向前。

林纸把秦猎叫回来，几个人带着样本车和坐在车里的周澈启程。这次目标基地的坐标资料里也说了，就在正南方，以这个老牛拉破车的速度，起码得走两天。

丛林里到处都是植物，根本没有路，几人沿着河岸树少平缓的地方往南走。化身拉车老牛的联盟首富拉着车，走得很艰难。

周澈忽然从车里探头出来，发话了："你们几个能不能走得再稳一点儿？我的车厢里全都是这次采集到的珍贵样品，有些对平稳性有很高的要求，车子不能太颠簸。"

按资料里的剧情，这车东西都是研究员好不容易收集到的珍稀样本，确实很脆弱。只是众人没想到周澈语气严肃，演技好成这样。

林纸采访他："你是演员吗？"说得一本正经，好像车里真有样本似的。

这要是台R488，这种剧情以外的问题一定不会回答，而是会给她上复读机。可是作为一个人类，周澈直接回答了："不是。我的本职工作就是研究员，是过来帮忙的。"

林纸：竟然是个真的！

周澈平静地说："联赛不只是场娱乐性的比赛，也是未来机甲驾驶员们珍贵的训练机会，组委会这次请我们过来，是希望我们帮你们训练。我的时间很宝贵，不想浪费，所以我希望你们能以实战的精神认真对待这件事，当成我真的来采集样本，出了问题，你们真的是来救援我。车里的样本不能颠簸就是不能颠簸。我会一直盯着，如果我判断颠簸超出了样本能承受的范围，就算任务失败。"

边伽不服："我看到资料里说车厢内安装了检测装置，颠簸时会自动发出警报，超过界限才算淘汰，所以超不超的难道不是检测装置说了算吗？"

周澈冷冷地说："检测装置的灵敏性和安装位置有关，我刚才看过了，位置选得并不好。"

他这一句话，直接把联赛请来布置赛场的特邀专家组得罪了。林纸忍不住挑了挑眉。

周澈继续说："我的判断比那套检测装置更精确，所以以我为准。"

边伽要疯了："以你为准？这也可以？"

周澈冷冰冰地说："我真的建议你再仔细看一遍比赛资料。这是对你们负责，也是对我负责。资料里说得非常清楚，这次比赛会同时参考随队研究员的现场判断和意见。"

边伽低头狂翻资料，不出声了。

林纸心想，这个周澈好像是块铁板，还是八十厘米的超级加厚型，别说踢一脚了，用机甲都摇不动。任务本来就不容易，他又私人给任务加码，遇上这么一位，算是小队倒霉。

直播观众也都在感慨。

——呃……我还以为帅哥都比较善良……

——忽然觉得他好像也没那么帅了。

——他这是在故意难为人吧？是跟帝国机甲学院队有仇吗？会不会是被别人买通了？

——我觉得还行，大概是比较认真的那种人吧，联大学霸嘛，你懂的。

边伽在队伍频道里嘀咕："我们就不应该给他修好空调，让他在车里闷着出汗多好，热一点儿，就没心思瞎折腾了。"

秦猎悠悠道："其实修好的空调也是有可能再坏的。"

这俩一个比一个坏心眼。

不过林纸觉得虽然坏心眼，但是主意挺不错，待会儿可以跟杀浅咨询一下，空调怎么能不声不响地弄坏。

有周澈毫不客气的威胁，大家前进得更小心了，速度也更慢了。这是个赶时间的任务，要和其他小队竞争，这种蜗牛般的速度让人着急冒火。

秦猎走在最前面，林纸也跟了上来，两人在前面踏平灌木和荒草，砍断树枝，搬开石头，逢山开路，遇水搭桥，为那辆娇贵的样本车扫平障碍。遇到实在过不去的地方，就得几架机甲动手，把车抬过去。

安珀琢磨："你说我们干脆这么把它抬到基地行不行？"反正机甲也不会累，抬着不像拉着那么费劲。

边伽同意："对，咱们就像抬棺材一样，把研究员和他的宝贝车扛在肩膀上，送回基地下葬，特别合适。"

幸好他们是在队伍频道里说话，车里的周澈听不见。

"风险太大了，"林纸还真认真考虑了一下"抬棺材"的可行性，"这车怕颠簸，肯定不能摔，万一谁走路时摔一跤，或者突然有虫子过来偷袭，大家没配合好，一不小心把车扔了，任务就失败了。还是在地上拖着比较保险。"

拉着这辆车在丛林里走，还要尽可能地保持平稳，很不容易。杀浅拉了一会儿，边伽就让他休息，自己顶上。之后大家一个接一个轮流给周澈当牛。

拉车很需要耐心，安珀性格跳脱，边拉边痛苦地说："我宁愿去杀一万只虫子，也不愿意拉这个破车。"

求仁得仁，旁边的丛林里呼地冲出好几只大虫子。

林纸一眼就认出来了，这是戴尔勒夫虫，也是战场上的常见虫种，看着有点儿像兵虫，但是比普通兵虫高很多，外壳更硬，一对大爪子的攻击力也更强，号称加强版兵虫，前线士兵都把它们叫作"大兵虫"。

几只大兵虫目标明确，径直往那辆样本车扑了过去。

其实虫子是次要的，关键是安珀的机甲腰上还拖着钢缆，他看见虫子，猛地扭身想举枪，吓得林纸飞扑过去，一把拽住连着宝贝车的钢缆，以免他一激动把车拉翻。

秦猎和边伽已经开枪了，电光乱闪，虫子们没挨到样本车的边就趴在了地上。

有惊无险，大家都松了口气。

林纸扔掉手里的钢缆，走到那辆样本车前，围着它转了好几圈，上上下下仔细研究。

秦猎跟着过来了，和她一起看车。

为什么这几只大兵虫没有攻击机甲，而是直奔这辆车呢？

旁边的树丛里又冲出十几只大兵虫，凶神恶煞地炫耀着锐利的大爪子，和刚才那几只一样，也是对几架机甲不屑一顾，如同扑火的飞蛾一样奔向样本车。

所有人集中火力扫射，很快把这群大兵虫放倒。

现在人人都觉得不对劲了。

边伽奇怪地道："今天这是怎么了？我的青青不婀娜、不诱人了吗？虫子怎么全都去找那辆车，眼里心里满满的都是它？"

林纸往前两步，靠近样本车，用机甲的检测系统测了一遍大气成分——也许它会散发什么招大兵虫的气味呢？

秦猎和她想的一样，也在队伍频道里说："我查了一遍空气中的成分……"

林纸接道："是，我也看了，没有。"

空气中只有几种虫族的常见荷尔蒙，没有其他特殊的东西。鉴于已经有这么多大兵虫冒出来了，有这些并不奇怪。而且这几种荷尔蒙，大家都熟得不能再熟，没听说过会招虫子。

还有一种可能，就是确实有特殊的气味，只不过基础机甲的检测系统功能有限，检测不出来。又或许是联赛主办方处心积虑，特意选了系统检测不出来的成分。

林纸读过资料，样本车车厢特殊，是严格密闭的。虫子没长透视眼，却直奔车厢，不理前面坐着的周澈，招虫子的东西应该在车厢外面。

边伽猜："会不会是车底盘藏着什么招虫子的东西？"说着趴下去看车底。

秦猎和安珀又围着样本车走了一圈，仔细检查了一遍。

林纸见周澈坐在车前面的座位上，神情悠闲地看着他们几个忙来忙去，直接打开赤字的扬声器问他："周澈，为什么大兵虫……"他是专家，绝对知道这车为什么这么招虫子。

周澈纠正她："是戴尔勒夫虫。"

林纸耐着性子改口："为什么戴尔勒夫虫不优先攻击机甲，全都跑过来找这辆车？"

他肯定不会说，林纸也只是希望从他的反应中找到蛛丝马迹。

可惜周澈只抬头看着赤字的眼睛，吐出两个字："你猜。"

猜什么猜！既然一点儿线索都没有，那就不管三七二十一什么办法都给它试一遍！

林纸指挥道："大家过来，一起把车抬进河里。"

反正这辆车现在也没动力，全靠机甲拖着，和小宝宝拉着走的木头小鸭子没什么两样，就算扔进水里也没事。

周澈："……"

几人把车抬到旁边湍急的河里，放在水稍浅的地方，动手把它彻底清洗了一遍。

车厢不会进水，周澈坐在里面，没有反抗，任凭林纸他们给他的车"搓澡"。

上上下下全过了一遍水，连车轮上沾到的碎草和泥巴都洗没了，车漆亮得闪闪发光。不管有什么招虫子的东西，现在应该都洗没了吧？

林纸指挥大家把车重新抬回岸上，目光扫过周澈的脸，看他一副悠闲自在又欠揍的表情，觉得他好像很清楚洗了没用。于是她看一眼周澈，再看一眼车，说："边伽、杀浅、安珀，你们几个去挖点儿河里的泥出来。"

大家立刻全明白了，马上欢蹦乱跳地重新冲进河里。

林纸又对秦猎说："秦猎，你帮大家在周围警戒。"他好像有点儿洁癖，挖泥巴这种事不适合他做。

秦猎难得地反对她的指挥："我也帮忙吧，能快一点儿。"

鹰隼跟着青青它们一起下到靠近岸边的浅水里，捧了一大把河底的淤泥出来。那泥巴湿乎乎、黏答答，看着就和周澈的样本车很配。

"全糊上！"林纸说。

边伽高高兴兴地把手里的一大坨泥巴啪的一下糊在样本车上，又用青青的两只手掌一阵乱涂，像个正准备用泥巴做叫花鸡的厨子。

秦猎也在涂车，他比边伽仔细多了，一丁点儿缝隙都不放过，尽可能用泥巴遮住整辆车。等把手里的一捧泥抹完，他忽然不动声色地操控鹰隼伸出手指，往旁边也在认真涂泥的赤字的脸上点了一下。

林纸哪会怕这个，根本不躲，立刻伸出赤字的两只泥巴手，闪电般往鹰隼身上一蹭，鹰隼胸前马上多了几道爪子印。

直播观众静默了一瞬，然后刷起屏来。

——啊啊啊，他俩这是在默默地打情骂俏吗？！

——秦猎竟然这么活泼？

——我嗑的CP是真的！

——其实我觉得刚才林纸不让秦猎抹泥巴，让他去外围警戒，就有私心。

——没错，秦猎这个人看着就像是有洁癖的样子。

——那个周澈好像也有点儿洁癖，你看他现在脸上都绿了……

没错，周澈一直坐在车里没出来，就看着他们鼓捣，脸上那种"我看你们还能玩出什么花样"的表情不知什么时候已经没了。

林纸想，不管是什么招大兵虫，至少看他的表情，这样做似乎有效。

周澈忍了一会儿，忽然打开车门，抬头对着赤字的脑袋说："涂得差不多了吧？耽误半天了，我们得走了。"

他忍不下去了，主要是边伽正在努力涂抹他的挡风玻璃，已经涂了不少了，看样子打算把玻璃全糊上一层厚泥。到时候他就什么都看不见，真的像进了棺材。

林纸之前是用赤字的扬声器跟周澈说话的，这会儿打开驾驶舱的门，低头认真地威胁周澈："如果你的车继续招虫子，我就找点儿味道更大的东西糊上去。还有，我坐在这个位置，跟我说话的时候不用看着上面。"

周澈看清赤字里坐着的人，怔了怔，大概是没想到这支小队的主控指挥竟然是看着又弱又小的 Omega。

林纸读懂了他的表情，心想，看来这位忙于科研不看联赛。她的绯闻满天飞，闹得沸沸扬扬，但凡留意过联赛，都会认识她。

周澈默默关好车门，没再说话。

外面的空气涌进来，又闷又热，林纸火速重新关上舱门，开始郑重考虑让杀浅弄坏周澈车上空调的可能性——得盯紧这个人，他比时不时冒出来的大兵虫还难对付。

众人用河水洗干净机甲的手，重新出发。

没走多远，又有一群大兵虫冒了出来。这次它们没再理样本车，而是挥舞着爪子往几架机甲身上扑。

举起枪时，大家都很欣慰，泥巴策略奏效了，也不知道是车漆里有什么特殊成分，还是涂装是特殊的花纹会招虫子。

牛车队继续向前，杀浅忽然说："林纸，我们能不能往东拐一下？"

基地在正南方。

林纸好奇："你想去哪儿？"

她看了看资料里的地图，大概明白了杀浅的意思。从地图上看，这里往东走一段距离有一大片建筑，根据说明是一座废弃城镇。

杀浅解释："我想去那个镇子里看看，看能不能找到东西修车。"他还惦记着把样本车修好。

可是东边的城镇距离不近，要离开相对平坦的河岸，穿过丛林绕路过去，会很耽误时间。这场比赛和上一场一样，没有设置回基地的时间限制，但是如果有多支小队护送成功的话，只有前十支回到基地的队伍才有资格进入下一场比赛，时间和速度非常重要。

但如果样本车能开，就不用继续拉车，会极大地提高队伍的移动速度。林纸非常相信杀浅的能力，只要找到能让车开起来的东西，他就一定能修好它。

林纸决定赌一把，拍板："好，我们过去看看。"

小队换了个前进方向，离开河岸，一路往东。

周澈从被泥巴糊住一半的车窗里探头出来，看了看远处，拧了拧眉头："基地在南边，我们为什么要往东走？"他没有队伍频道，不知道大家在讨论什么。

秦猎淡淡地说："和你有关系吗？我们的目标是把你和车平安送到基地。你有你的专业意见，我们也有我们的专业意见，怎么走，当然是主控指挥说了算。"

周澈更紧地皱了皱眉："那个 Omega 主控？"

林纸忽然有点儿唏嘘。自联赛开始以来，她已经很久没听见有人特意提到她的性别了。

秦猎答："对，Omega 主控。"

周澈在过来之前正忙着手里的项目，没关注过今年的联赛，完全不认识林纸，只知道帝国机甲学院队有个秦猎。他看看鹰隼，又怀疑地看一眼赤字，没再出声。

边伽笑道："联赛里有那么多 Omega 主控指挥，你一个都没见过？格局需要打开一点儿啊研究员。"

丛林中的路很难走，牛车队前进的速度比刚才还慢。好在东边不是去基地的方向，主办方布置场地时没那么下功夫，密林中的虫子虽然时不时还会冒出来，却不算多。

遥遥地能看到城镇了，秦猎先过去兜了一圈，确认基本安全，才让大家过去。

小队拉着样本车，穿过废弃的街道。这镇子看起来有一段时间没人住了，墙角生着荒草，房屋破败，里面没什么东西，找到配件的希望不大。

安珀感慨："难得主办方能找出这么一个地方。"

杀浅："八区有些行星是这样的，本来就萧条，人又都往人多热闹的地方跑，结果就是人越来越少，渐渐地整个城镇都荒废了。"

走了一段，杀浅忽然说："看前面。"

前面路边挂着个牌子，上面是辆悬浮车，旁边写着"修车厂"几个字。

大家立刻拉着车赶过去。

修车厂早已人去楼空，连半辆悬浮车的影子都没有，但门脸算是大的了，可惜机甲只能勉强进去，很难活动。于是杀浅把联盟首富停在路边，从驾驶舱出来，走了进去。

林纸很不放心，在他身后大声嘱咐："小心虫子，遇到危险就往外跑。"

周澈抬头看了她一眼，似乎对她的能力更怀疑了，满眼写的都是：不然呢？他还能往里跑吗？

林纸懒得理他，目不转睛地盯着修车厂里面，备好枪，等着杀浅。这里是赛场，又是出发地附近唯一一座城镇，未必有多安全。

杀浅倒是平安无事地出来了。他神情凝重，像是在思索什么，走到外面才说："帮我把样本车推进去吧。这里也没有悬浮设备，但是我找到一点儿零零碎碎的东西，觉得可以试一试。"

几架机甲七手八脚地把样本车推进修车厂。

杀浅敲敲周澈的车窗："不好意思，你得先出来。"

周澈没说什么就出来了，不过还是嘱咐杀浅："样本箱的能源绝不能断，因为底座需要保持功能。还有，修车时尽可能不要摇晃。"像样本车里真的装着他的命根子似的。

周澈不能进机甲，只能站在酷暑的热浪里等着。杀浅倒是没事，他身上穿的训练服是可以自动调节温度的，只有手和脸露在外面，并不太热。

杀浅从联盟首富里拎出他精致的机甲维修箱，又很快从修车厂里面搬出一大堆东西，全都破破烂烂生了锈，一看就没人要。他把这堆破烂当宝贝一样认真检视了一遍，打开他的维修箱，开始鼓捣。

林纸坐在赤字里，低头看了周澈一眼，想着要不要把身上的控温训练服外套借他穿一会儿，然后发现周澈正紧盯着杀浅修车，只要杀浅一动车，他就一脸警惕，唯恐弄坏了他后车厢里子虚乌有的"珍贵样品"。

林纸：算了，让他热着吧。

其他人不知道是没想到还是不想想到，也全都没提这茬。

安珀没一会儿就坐不住了，下去帮杀浅的忙。边伽也想去凑热闹，无奈被林纸安排和秦猎一起在周围警戒。

这一鼓捣就是一个多小时，连观众都没耐心了，纷纷切出去看别人。

——其他队伍怎么样了？

——都已经出发，往南走很远了。

——帝国机甲学院队现在落后了，应该是最后一队了吧？

——其实他们也不用修车，一路拉过去就行了，反正机甲拉多远都不会累。

修车厂里，杀浅终于把他的工具收回维修箱，吁了口气："好了。"

这回就连林纸都按捺不住，驾驶赤字走近一点儿："车能自己动了吗？"

杀浅的语气中带着点儿歉意："这里没有悬浮部件，我还是没法让它飞起来。不过我给它的轮子装好了驱动系统，连在能量源和自动驾驶系统上，它现在能动了。"

林纸心想，这位大哥，能在地上跑已经非常好了，我以前待的那个地方，所有的车都是在地上用轮子跑的！

杀浅进到样本车里，设置自动驾驶，给大家演示了一下，让车从修车厂里倒出来，往前开了一小段。他探头出来："驱动系统不太给力，最快就只能是这个速度。"

林纸估计时速大概只有二三十，只比自行车稍快一点儿。不过就算是这个速度，也比老牛拉车快太多了。

边伽跟过来，欢呼道："杀浅你太棒了！我们终于不用当牛了！"

周澈也走过来，站在屋檐下的阴凉里追问："这样在地上开车，又有一定的速度，地面不平整时，颠簸会不会太大？"

林纸回答："和拉车时一样，实在不平的地方，我们会把车抬过去。"

周澈张了下嘴，还没来得及说出下一句话，人忽然到了空中——他被赤字抄起腰，不客气地一把拎了起来。到了半空他才看到，就在他刚刚站过的地方，一条长长的大尾巴一扫而过。那尾巴的造型和赤字的尾巴有异曲同工之妙，也很像蝎子，只不过不是金属的，一看就是正版虫族出品。

边伽还有闲情逸致瞎聊："林纸，有东西想跟你比尾巴，快用你的大尾巴抽它。"

林纸一声不吭，操控赤字左手搂住周澈，右臂举枪就射。激光枪准确命中那条尾巴，尾巴嗖地缩回两幢建筑之间狭窄的过道里。她追过去，赤字体型太大，进不了过道，就对着里面一阵猛轰。只见一道黑影从过道冲出去，奔向隔壁马路。

整个过程里，周澈都被赤字当布娃娃一样夹在胳膊下面。

直播观众也这么想。

——研究员被机甲拎着，好像一只破布娃娃。

——还是挺漂亮的破布娃娃。

——他白衬衣的扣子扯开了吧，我好像看见腰了……

——有吗？有腹肌和人鱼线吗？

——现在看不见了，等赤字转过来！

周澈并不知道那么多人在欣赏他的脱衣秀，他被抓得很狼狈，转头说："放我下来。"

别闹了，放什么放。林纸根本不理他，随手把周澈塞给边伽："你看着他。"说完轻快地跃起，几下就绕到了隔壁马路。

秦猎也看见虫子了，根本没到这边来，而是直接从另一边包抄过去，和林纸一前一后把虫子堵在路上。

一阵扫射，虫子没地方逃，被轰成了渣。

边伽这才把周澈放回地上，解释道："这种虫子，我们都叫它'贼蝎'，特别狡猾，最喜欢藏在暗处偷袭人，一旦被它盯上，你就完了，不蜇你一下不罢休。"

"我当然知道它是什么。"周澈狼狈得不行，一边整理衣服一边道，"学名库布罗尔蝎，是十五年前在库布罗尔星发现的虫族，生性耐热惧光，有带毒液的尾刺，通常被高智虫族散放在敌后偷袭……"

边伽很惊奇："你那么懂，为什么刚才还差点儿被它蜇了啊？要不是林纸反应快，你现在已经进联赛的医疗站了。"

周澈郁闷："……"

林纸和秦猎一起回来，第一件事就是重新考虑周澈的安全问题。样本车固然重要，研究员也同样不能丢，丢了任务一样失败。但周澈没有机甲金属外壳的保护，只有脆弱的肉身，在这种虫子频繁出没的地方就如同那口好吃的唐僧肉。

还是不能轻易让他到车外来！林纸说："周澈，你回到车里，从现在开始，一直到基地，没有我的同意，遇到任何状况都不能从车里出来。"

周澈这回没有异议，沉默了片刻，走过去开车门。刚一拉开车门，就觉得身后似乎有黑影一晃，遮住阳光，他回过头，只见一条巨大的库布罗尔蝎的黑色尾刺不知什么时候已经到了离他的头十几厘米的位置，尖锐的毒钩弯着，闪着幽幽的光，正向他猛刺过来。任谁在这种时候都没法镇定，周澈头皮发麻。

可是下一瞬，光亮闪过，尾刺靠上一点儿的地方突然炸裂。

是赤字，它站在不远处，举着激光枪。即使在这种千钧一发的时刻，林纸打的位置也非常精确，刚好爆掉了刺过来的蝎尾，又丝毫没有伤到周澈的头。

周澈心里很清楚，要是库布罗尔蝎真给他来一下，不是闹着玩的。虽然联赛主办方早就反复保证过，赛场救援组就在附近待命，会第一时间赶过来救援，可就算这样，只怕也要在医疗站躺几天。从来没离库布罗尔蝎的毒针这么近过，周澈的心脏怦怦乱跳。

赤字的枪却没有停，眨眼间就换了方向，一只比刚才那只体形还大的库布罗尔蝎刚从墙角扑出来就被爆头，倒在路边不动了。它早就潜伏在暗处，打算用尾刺搞一波偷袭，无奈没有赤字的枪快。

周澈转头去看这个 Omega 主控指挥。

林纸却没当回事，放下枪，用不在意的口气说："上车吧。我们抓紧时间出发。"好像秒杀个把库布罗尔蝎理所当然，反应速度和枪法好成这样也是理所当然。

周澈没作声，默默地上了车。

秦猎给大家发了张地图，在镇南的方向标了一条绿线："我刚才在附近警戒的时候，看见有一条路，大体方向是向南。林纸，我们现在可以开车了，要不要沿着这条路走？"

众人来到小镇南边，果然看到一条联赛提供的地图上并没有的离开城镇的路。

这是悬浮车的时代，大家都在空中飞来飞去，路不再重要，但是这里竟然还有一条路，而且修得又宽又平，十分适合开车。

安珀看着这条路，有点儿好奇："不知道这条路是做什么用的。"

杀浅倒是知道："在我们偏远星系，八区、九区很多行星，需要长期运输很重的东西的地方，有时候会特地修条路，让运输车在地上走。用悬浮车运输成本太高了，不划算。"

安珀是母星人，从小养尊处优，完全不理解："能源又不贵，这才能省几块钱？"

杀浅无奈："积少成多，就算每次只省一点儿，次数多了，成本也能减少好多。"

大路宽阔平坦，样本车也不再需要拉着，在路上撒着欢地开了起来。

小队快速向南，前进的速度立刻变快了。

修车用掉的一个多小时相当值得，看直播的观众欢欣鼓舞。

——好爽，现在速度快了好多啊！

——其他队伍还都在拉车和抬着车往前挪呢。

——他们走的都是丛林，帝国机甲学院队却可以在很平的路上开车！

——我们后出发，可是进度又快重新赶上来了，冲啊！

这条路路况超好，一点儿都不颠簸，刚才的丛林河岸跟它完全不能比。难得的是，遇到的虫子也不算多，基本都是和刚才一样的库布罗尔蝎。而且因为路面开阔，视野比茂密的丛林里好得多，就算有虫子冒出来也相对容易对付。几架机甲护在样本车周围，轮流在前面开路，一架机甲负责清掉虫子就足够了。

周澈似乎也非常满意，一直安静地待在样本车里，没有再说过什么。

不过坐在车里，除了偶尔透过中控台的监视器关注一下后面样品箱的状况，并没什么事做，他只能望着外面，看他们杀虫子当消遣。周澈发现帝国机甲学院这个主控开路时，杀虫子的速度比别人都吓人，有时候好几只库布罗尔蝎冲到路上，只一瞬间就一起被放倒。他的眼睛还没有她的枪快，完全看不出来她究竟是先杀了哪只后杀了哪只，对她来说仿佛根本没有瞄准换目标这个过程。

周澈不得不承认，不管这个主控制定的战术如何，至少在杀虫子这件事上，她肯定是专业的，一副在屠宰场杀了十年蝎子的样子，出手果断，心冷如铁——有专业素养的人，能让人更放心一点儿。

林纸一边开路，一边环顾四周。

主办方布置赛场时，并没有在这条路附近放太多虫子。有几次能看到离大路有段距离的密林里遥遥地有虫群晃过，但是小队和样本车的移动速度快，多数虫子还没反应过来，他们就直接开过去了，只有贼蝎这种狡猾又动作迅速的能追过来。

这是赶时间的任务，思维正常的队伍都会取直线往南，绕路的风险太大，很可能会来不及抢在其他队伍前到达基地，所以主办方没太管这边，根本不操心绕路的小队。却没想到林纸他们修了个车，找到一条隐藏的平路，把时间抢回来了。

林纸的屏幕上开始报出淘汰的信息，看来走丛林的小队，路上很不太平。

一条又一条的机甲淘汰信息中，有时会夹杂一条整队被淘汰的通知，肯定是样本车超过了能承受的颠簸限度，或者研究员遇到危险出事了。

天色渐晚。这颗行星围绕的恒星比太阳大得多，红彤彤的巨无霸一样，庄严威武地往地平线缓缓地沉了下去。

很快就要到休息时间了。

林纸抓紧最后一小段时间赶路，想把耽搁的时间尽量抢回来，同时四处张望，寻找合适的休息地点。

很久没动静的周澈忽然从车里探头出来："有几个样本箱里的水不够了，"他对着赤字的驾驶舱说，"我需要新的水，如果不能及时拿到水，样本箱就会报废。"

样本箱一定要完好地运到基地，出了问题，当然算任务失败。

林纸："……"

她看了看屏幕上的时间，只剩二十多分钟就要到强制休息时间了，在第二天早晨比赛重新开始前，所有机甲必须停止移动，不能到处乱跑。

林纸火速问他："你需要什么样的水？要多少？"实在不行，大家的驾驶舱里都有瓶装饮用水。

周澈回身拎出一个带提手的方形水箱给她看："没什么要求，只要最普通的河水、湖水就可以，这样的水箱，大概三箱。"

林纸心想，这么大的量，就算把大家驾驶舱里备用的全部饮用水给他，都不够。如果今天不绕路的话，从出发点沿着原路线走，旁边就有一条河，取水轻而易举。但是现在他们离河很远。

边伽受不了了，打开驾驶舱的门："还有二十分钟就是休息时间，机甲不能动，没法去给你取水。研究员，你是不是故意的，存心跟我们找别扭？"

"他不是。"林纸说，"他左耳一直戴着隐藏式耳麦，我刚刚看到耳麦的灯闪了几下，他应该是在接受裁判组的指令，这是我们必须要做的任务。"

周澈默默地看了看赤字的驾驶舱，没有出声。

安珀也看了看四周："要是我们走原路，还是离河不远就好了。"

"没什么好的。"秦猎说，"现在天快黑了，他们让大家去河边打水，一看就是陷阱。"

河里还不知道会藏着什么。

他们几个倒是不用担心河里藏着的东西，毕竟附近连条河都没有。

就这一会儿的工夫，面前的控制屏上，陆续又有淘汰信息刷出来，还不少，一条接着一条。看来大家都接到了去河边取水的任务，他们离河近，立刻就可以取水，但也像秦猎猜测的那样取得不易，不少人都中招了。

直播观众也都在打听情况。

——有人知道去河边打水的遇到什么了吗？

——好像水里有成群的虫子，不知道都是什么。

——我切出去看了，是各种各样的虫子，有大的有小的。这一段河是水上动物园吗？可热闹了！

——我看到有的机甲被不知道什么大东西拖到水里去了，黑乎乎的像鳄鱼一样，比鳄鱼力气还大，机甲一下水就没影了。

——设计关卡的人可真黑，非要等休息时间前来这么一出。

——他们拖着车走了一天，现在正好是最累的时候，精神不集中，最容易中招。

林纸在仔细看地图，附近其实有别的水源，其中最近的在东边，是一片不大的湖泊，肯定可以取水。问题是湖泊的距离不近，就算是以秦猎的侦察机甲加强过的足部动力，也不一定来得及赶在强制休息时间来到之前跑个来回。

她问周澈："你的样本箱还能坚持多久？"

周澈确定地回答："不到半小时。"

任务就是这么设置的，半小时之内得取到水，才能保住那几个样本箱。只能先把大家的饮用水凑起来，剩下的再想别的办法了。

林纸正在思索时，周澈忽然又出声了："其实如果我把几个样本箱分类，小心地合并的话，应该能坚持更长的时间。"

林纸眼睛一亮："多久？"

周澈："大概两个小时。"

边伽犹疑："问题是，你这么做可以吗？"

周澈回答："你还是没去看比赛资料？规则里写得非常清楚，这次比赛会同时参考专家的意见。主办方一直强调要把这次任务当成实战，样本车的所有状况一律按实战情况判定和处理。"他顿了顿，说，"我就是专家，是 A309 研究院的首席研究员，我有百分百的把握，这在实际操作中是可行的。我来跟裁判组沟通。"他坐在车里，在全联盟所有直播观众面前，用耳麦跟裁判组谈判，态度坚决，一副不通人情的模样。

林纸：这一大块加厚铁板，大概连裁判组都怕。

没多久，众人的耳麦中就传来裁判组的通知："各小队注意，关于样本箱换水的时限，请咨询本队专家的意见，一律以专家的现场意见为准。"

这就是行的意思，加厚铁板谈判赢了。

样本箱的换水时间从半个小时延长到两个小时，对河流附近的小队意义不大，但是对林纸他们至关重要。有了延长的时间，就有了可操作的空间。

林纸立刻把东边湖泊的点标出来，发给大家："我们现在离开大路，尽可能向这个目标湖泊靠近。秦猎，你……"

还没说完，秦猎已经答应了："明白，我去。"

周澈也懂他们的意思，立刻把三个手提水箱拿出来，让鹰隼挂在腰上。

在强制休息时间开始前，他们需要驾驶机甲，带着样本车，尽可能地往东靠近水源，能走多远就走多远。因为等强制休息开始，小队就不能再继续前进。但这里不能继续前进的意思，其实是指机甲和样本车不能再移动，里面的人离开机甲后怎么逛、逛多远，并没有限制。只不过一般没人会这么做。就算爱玩成边伽那样，上次也不过是在机甲附近踩了踩雪而已，不敢走太远。

按大赛规定，驾驶员只有一身训练服，不能随身携带私人武器，连林纸的手镯都不能带进赛场，机甲自带的武器其重量更不是人类能用的。没有机甲，又没有武器，在到处都是虫子的赛场上到处乱走就是找死——驾驶员需要机甲的保护。

可是为了样本箱，今晚必须要冒险。周澈帮他们争取到两个小时的时间，他们得充分利用这段时间去取水。

林纸看过资料，主办方在休息时间内，会把一些攻击性比较强的虫子回收和控制住，保证它们不去骚扰各支小队，但仍然有虫子散放在赛场里。你不去招惹，它们一般也不会来理你，可是这次他们要离开机甲，一路上就不知道会撞上什么了，要非常小心。

秦猎动作很快，拿了周澈的水箱，已经出发，人影都看不见了。

让他一个人在没有机甲保护的情况下，走那么远的路回来，林纸很不放心。可是鹰隼是队伍中移动速度最快的机甲，带上别人，只会拖慢他的速度。林纸想了想，在队伍频道里说："边伽、安珀，你们两个也尽可能往水源那边前进，跑到不能跑的时候停下来，等秦猎回来的时候在路上接应他，和他一起回来。"这三个都是徒手格斗的好手，就算不用机甲也不弱，一起走夜路总好过秦猎一个人走。

边伽和安珀应了一声，奔上主路。

林纸嘱咐："秦猎，离开机甲前，注意看一下大家的位置，夜里肉眼不容易找到机甲，我们会估计时间，打开机甲上的灯帮你引路。"

秦猎答："好。"声音中带着笑意，大概是觉得她在叮嘱完全不用嘱咐的事，唠唠叨叨。

现在保护样本车的只剩林纸和杀浅。他们也把样本车搬下主路，转而向东。比起机甲，样本车速度慢，但能往东多走一点儿，晚上秦猎他们回来时，就能少跑一点儿。

林纸忧心忡忡，是真的不太放心。

周澈大概也觉得气氛不对，从车窗里探出头，语气多少带着点儿小心翼翼："前面地不平，可能会太颠簸，你们帮我抬一下？"

直播观众看见他们去取水，简直要疯了。

——休息时间开始后没几分钟，直播就要结束了？

——所以要等到明天早晨才能知道他们到底有没有取到水，有没有平安回来。

——完了，今天晚上没法睡觉了！

——有没有办法提前知道他们今晚怎么样了啊？

——对啊，没有直播，主办方在官网上说一声也可以啊！能不能不让人这么悬着心？

日落后的最后一点儿光线消失，四野笼罩在夜色里，休息时间快到了。

林纸一直看着屏幕上的地图所示的队友位置。就算从这里到湖泊的路不太好走，鹰隼的移动速度也非常快。

秦猎在队伍频道里说："我已经看到湖了，现在去取水。"

林纸"嗯"了一声，嘱咐他："小心。"

没用多久，秦猎就说："取到水了，湖里很正常，没有遇到奇怪的东西。"

主办方大概没有想到有人会跑到这么远的地方取水，没在湖里做手脚。

看直播的观众提心吊胆。

——不管怎么样，已经取到水了。

——鹰隼往回走了！

——可是休息时间开始没几分钟直播就要结束了啊啊啊！！！

强制休息准时开始。

林纸停下机甲，让赤字坐在样本车旁。地图上，所有队友的标志也都停止了移动：鹰隼已经离开湖泊一段距离，青青和五号停在半路上等待接应，小队机甲的光点在地图上散落一地。

秦猎在队伍频道里说："我要出发了。"他要扔下鹰隼，一个人带着沉重的三个手提水箱往回走，和边伽、安珀会合。

林纸回答："好，注意安全。"

安珀笑道："我们算着时间，一会儿给你开灯引路。"

边伽也说："如果灯光招来虫子，还能顺便打几只玩。"

路上有一片片树林，不过大半是长着灌木丛的旷野，开灯后机甲会很显眼，不太容易迷路。

秦猎带着水桶从鹰隼里出来，进入黑暗中的旷野。

直播观众开始疯狂刷屏："快看！秦猎出机甲了！"

大约十分钟后，直播在观众痛苦的哀号声中准时结束。

周澈从后车厢里探头出来："我已经把样本箱合并完成了。"

现在就等水了。

天色完全暗下去了，这里没有月亮，只有星光，到处都是树木重重叠叠的黑影。

林纸坐在赤字的驾驶舱里，忐忑地等着消息。一分钟过去，又一分钟过去，她在脑中一遍遍地计算秦猎应该走到哪里了，怎么算都觉得他应该快到边伽和安珀的位置了。

杀浅见林纸一直不出声，安抚她："晚上走得慢，应该快到了。"

周澈在样本车里坐了一阵，也不安心，从车里出来，沿着赤字的腿爬上去，敲了敲赤字驾驶舱的门。等林纸打开舱门，他问："他们到哪儿了？"

林纸见他离开样本车，有点儿头大："我跟你说过，没有我的许可，你不能离开样本车……"

周澈怔了一下，也想起这茬，转身打算爬下去。

正在这时，林纸的耳麦里传来边伽的声音："林纸，我们接到秦猎了！他被好大一群虫子追，特别壮观！"

他会在队伍频道说话，说明正在青青的机甲驾驶舱里。林纸立刻问："秦猎呢，秦猎在哪儿？"

秦猎的声音传来："我就在边伽的驾驶舱里，不用担心。"

还好，他躲进驾驶舱了。

周澈听见林纸跟人说话，问："他们怎么样了？"

林纸把队伍频道公放给他听。

秦猎正在说："我刚才走到半路遇到一窝虫子，还好离边伽他们不太远，就一路冲过来，躲进来了。"

他说得轻描淡写，但林纸可以想见那有多危险。

"追你的虫群现在还在你们周围？你们的机甲原地不动，可以开火干掉它们吗？"林纸很快意识到问题。现在是休息时间，机甲不能移动，只能站在原地用激光枪打掉虫子。

秦猎答："刚才安珀和边伽打掉了一部分。但是旁边有个小山坡，视野受限，有一大批虫子躲在山坡后面，我们没办法打到。"

不能用机甲火力彻底消灭旁边虎视眈眈的虫群，问题就很严重了——他们现在躲在机甲里，没办法带着水箱出来，走回这边，可时间还在一分一秒地过去，两个小时并不算久，如果时间到了，水还没回来，整队就会被淘汰。

林纸问："有办法引虫子出来吗？"

安珀插话："秦猎刚才已经出去引了两次了，虫群很狡猾，会追他，可就是不肯到机甲的视野范围内来。"

边伽说："还有一个办法……"

林纸知道，可以牺牲一架机甲，违反休息时间不能移动的规则去打虫子。可是比赛才第一天，明天肯定会更艰难，这时候牺牲一架辅助机甲太不划算。

秦猎的主意很猛："不然就出去和虫子赛跑。我刚才跑过，移动速度差不多，也不一定就跑不过它们。"

带着水箱和一大群虫子比赛跑马拉松，想想就危险。

周澈一直站在舱门口听他们说话，忽然问："是什么样的虫子？是不是大半人高、浅灰色、背上有黑色线状花纹，用口器攻击人？"

边伽奇怪地问："这你都知道？"

周澈回答："它们的奔跑速度和成年人相当，喜欢结群，智商还行，知道躲在山坡后面远离机甲射程范围，被主办方放在这种温度和地貌的环境里，夜晚休息时间没有被主办方回收，又是联赛准许的 SNIII 级以下……"他总结，"综合考虑，基本可以断定是达斯巴虫，去年刚在三区战场发现的虫种。"

这位钢板首席研究员好像真的有一套。

周澈继续科普："达斯巴虫有个著名的特点，就是会被一定频段的电磁波吸引，所以会被高智虫族拿来破坏我们的通信设施……"

他还没科普完，林纸就问："吸引？你说吸引？"

周澈答："没错。"

一个想法冒出来，林纸问："所以如果我们用特定频段的电磁波吸引达斯巴虫，它们就会离开秦猎他们，他们几个就可以走了？这个距离能招到虫子吗？"

周澈怔了怔，说："理论上来说是没问题，可是你怎么发出我们需要的电磁波呢？"

杀浅在队伍频道里接口道："我可以。用机甲发送信号的配件改造一下就行，很快，你需要什么频段？"

杀浅说行，肯定就行，不用操心技术问题。林纸唯一的顾虑是，吸引过来的达斯巴虫只怕不只是他们那边的一群，毕竟赛场这么大，肯定不止那一群达斯巴虫。不过现在情况紧迫，管不了那么多了。

杀浅从联盟首富里出来，向周澈问要求。

林纸对他说："不要动联盟首富，改造赤字吧。"

联盟首富停在样本车另外一边，有一点儿距离，还有视觉死角，如果虫子都去进攻联盟首富的话，林纸不能移动赤字，不好控制，还不如干脆让虫子全都来找她。

杀浅动作不慢，没多久就把赤字发送信号的配件改造好了。

"现在打开？"杀浅问。

林纸毫不迟疑："对，快。"

赤字刚开始发送信号就起效了，边伽在队伍频道里说："可以啊，我看见虫子动了，它们朝你们的方向跑。让我看看能不能趁乱打掉几只。"片刻后汇报，"它们跑得太快，没能打掉多少。那我们三个出发了？"

林纸答："好，路上一定要小心，说不定还有别的虫子。"这次没有机甲在途中接应，撞到虫子就麻烦了。

周澈倒是很有把握："应该不会有其他虫子了。达斯巴虫的胆子比较小，如果在同一场地再放其他种类的虫子，它们很容易受惊，不好控制，如果联赛聘请的专家有常识的话，就不会。"

林纸想，联赛聘请的专家这会儿一定在梦里抖了一下。不过如果真没有其他虫子，那当然最好了。

秦猎离开驾驶舱前又嘱咐了一遍："林纸，那些虫子全都朝你们过去了，小心。"

林纸明白，在他们三个回来之前，赤字会持续不断地发送信号，吸引周围的达斯巴虫，像个特大号诱饵。赤字不仅要保护自己，更要保护娇贵的样本车和周澈。

周澈不能进机甲，回到了样本车里，锁好车门。

赤字和联盟首富原地站了起来，备好枪，严阵以待。

没多久，周围的树林中就传来窸窸窣窣的响声，且越来越大。

一大批虫子涌出树丛，和周澈描述的一模一样，浅灰色、背上有黑纹，锋利的口器一开一合，嚓嚓作响。它们目标明确，成群结队地朝赤字扑过来。

这肯定不是追秦猎的那批。因为这种虫子的奔跑速度和人类差不多，那批离得还远，到得不会这么快。

林纸和杀浅一看到虫子就一起开火，没用几秒，第一批过来的达斯巴虫全灭。

还没来得及喘口气，第二批达斯巴虫就冲过来了，比第一批的数量还多。赤字这饵太香，他们大概把附近主办方投放的达斯巴虫全部吸引过来了。

其实达斯巴虫在夜间比较稳定，无奈有人自己努力招虫子。

激光枪的光芒在暗夜里闪过，虫尸倒下一片，但不断有新的虫子飞蛾扑火。

周澈坐在样本车里，透过车窗看站在车旁的赤字。他心里很清楚，以达斯巴虫口器的锋利程度，是完全可以切割样本车的金属皮的，只要有达斯巴虫溜进车内，弄坏样本箱，这次任务就失败了。可是赤字稳稳地站着，把样本车妥帖地护在它的羽翼下，一只达斯巴虫也休想靠近。

裁判组一直在密切关注骚操作的帝国机甲学院队的状况，他们跟周澈沟通过，只要有达斯巴虫进到车里，他觉得威胁到他的生命安全，立刻就可以叫停比赛，召唤待命的赛场救援人员。然而并不需要，坐在赤字驾驶舱里那个小小的 Omega 比他想象的还要强悍，就算这不是比赛，是实战，她也能坚定地护住他和他珍贵的样本，送他们平安返回基地。

周澈是个 Alpha，出生在一个非常传统的家庭，从小就被教育作为 Alpha 要身体强壮、头脑冷静、独立强大，总而言之，得有个 Alpha 的样子。生平第一次，他有了被别人保护的安心的感觉，而且这感觉还是一个 Omega 给的，十分奇异。

周澈望着赤字，心想也许 Omega 和 Alpha 并没有他以为的那么大的差别，就像她，和他一样冷静果断，一心只想达成目标。

就这样，达斯巴虫来一批杀一批，持续不断。林纸边开枪边观察四周，终于看到人影了。

就在一大群冲锋的达斯巴虫被杀完的间隙，秦猎他们从树丛里冒出头来，一人拎着一个装满水的手提水箱，直奔样本车。

周澈也看见了，火速给他们开门，把他们放进样本车里。

林纸立刻关停信号发射装置，把最后一批虫子清了场，这才从赤字里出来。

边伽笑道："你们不知道，我们徒步往回跑的时候，裁判组弄了个飞行器跟在我们头顶上，没完没了地用扬声器唠叨，让我们遇到危险想放弃比赛的时候举一下手，他们就来救我们。"

安珀说："对，害得我一路连手都不敢抬起来。"

样本箱换了水，这个倒霉的取水任务终于成功完成，还有四个多小时的休息时间，可以睡一觉。

不过鹰隼、青青和五号三架机甲都被扔在路上，要明天早晨比赛开始后才能去取，六个人今晚要挤在两架机甲、一辆车里睡觉。样本车前面空间不大，只有两个座位，勉强够周澈一个人睡，还得蜷着。后车厢里倒是还有一点儿空间。

安珀问周澈："能不能把这些样本箱挪一挪，腾点儿地方……"

话还没说完，周澈就严肃地道："不能。样本箱的放置全都是有要求的。"他指指大大小小的箱子，"这几箱你们知道，非常敏感，不能震动。这边这两箱放在这里，是因为下面的底座可以让它们保持温度。这箱是需要隔音降噪的，得放在这个专门的隔音位里。总而言之，碰都不能碰。"

箱子里明明是空的，却被他真的当成有样本来处理。

安珀："……"

边伽扫了一眼后车厢那点儿可怜巴巴的空地，一把搂住杀浅的肩膀，转身就走："他们几个爱怎么睡怎么睡，今天晚上，朕要翻杀爱卿的牌子。"

林纸想，他们这个君臣关系好像很混乱的样子。

杀浅眯眼："滚！边伽我警告你，要是敢打呼噜，我就一脚把你踹出去。"

安珀和秦猎只能在箱子中间找一小块地方睡觉。

这块空地形状奇葩，安珀蜷缩着长腿，把自己拗成空地的形状，委委屈屈地躺下，像被迫在罐头里生长的西瓜一样："秦猎，我现在闭上眼睛，假装睡着了看不见，你能不能去赤字那边找林纸？我这一身和你不一样，你让我稍微伸伸腿。"

秦猎不理他，就地坐下，尽量靠着车厢壁，给他多让了点儿位置。不过只坐了一会儿，他就忽然站了起来。

安珀闭着眼，透过睫毛间的缝隙看到他拉开车门出去了，长舒了口气，霸占了他的位置，把腿伸直。

秦猎顺着赤字的腿上去，伸手去敲驾驶舱的门。

门开了，林纸正坐在驾驶座里，连椅子都没放平，状态和上次虫潮暴动时一样，脸颊酡红，看着像喝醉了一样，迷迷糊糊的，但是又比那次有经验得多，已经把过滤系统开到最大，驾驶舱内几乎完全闻不到烈酒的味道。

秦猎刚才是在样本车里感觉到不对，才第一时间过来找她。

等他闪身进来，林纸立刻说："一百块。"

秦猎："……"

林纸："你的临时标记没坚持七天，才撑了两天多一点儿，你输了，欠我一百块。"

秦猎无奈："好，我输了，回去就转给你。"

林纸满意了，去拿控制台上的一小包抑制剂。

秦猎默了默，这人把抑制剂都找出来了，却坚持着没用，就是在等他过来，好让他亲眼看看他确实打赌输了，不让他赖皮？

林纸其实已经后悔到捶胸顿足。为什么只跟他赌一百块呢？他当时明明说一万、十万全都可以，她怎么就没点儿冒险精神呢？

秦猎伸出手，按住她去拿抑制剂的手，认真地问："要我来吗？"

林纸的心脏直接停跳了半拍。她的状态本来就不对，现在更是满脑子都是前天晚上在庄园做的那个临时标记。那时候他从她背后抱着她，炽热的气息喷在她的后颈上，细密地亲吻，然后一口咬下去……

秦猎凝视着林纸的眼睛，半晌才继续认真地说："我是说，要我来帮你打抑制剂吗？"

林纸："……"

他和她通感，绝对知道她刚才那一瞬在想什么。他就是故意的，脸上一本正经，其实内心冒着坏水，没事就整她玩！林纸用另一只手利索地点了一下控制屏，让驾驶舱的门自动打开，二话不说对着他一脚踹过去。

她仍旧是半醉的模样，没什么力气。所以秦猎没有躲开，任由她踢了一脚，然后探身点了一下屏幕，重新把舱门关好："说真的，我来帮你，你自己看不见，不方便。"

两人都很清楚，明天还有比赛，现在不是临时标记的合适的时候，用抑制剂解决问题更简单迅速。

林纸没反对，"唔"了一声。

秦猎探身上前，用一条胳膊环住她，把她抱住，拿起控制台上的抑制剂，轻轻拨开她盖住后颈的半长的头发。

林纸一动不动，安静地趴在他胸前，呼吸的热气透过衣服传进去。

秦猎的心被她的热气烘着，软到不像话。他实在忍不住，低头吻了吻她的头发。驾驶舱的过滤系统开着，可她的发丝还是沾染了隐隐的烈酒的醇香。秦猎撑不住，嘴唇挪到她后颈露出来的肌肤上。

林纸轻轻抖了一下。

她肌肤上丝丝缕缕的酒香渗入他的身体，秦猎身为 Alpha 的本能快要爆炸了："林纸，我们再赌一次，好不好？"

他说话的时候，像是离开了，又没有真的离开，嘴唇若有似无地扫过她的脖子，就在腺体旁边一点儿的地方。

林纸把头更深地埋进他的胸膛里，闷声问："你想怎么赌？"

秦猎的唇还在原位，没有动，他柔声说："这次我赌能坚持三天。你想押多少？"

林纸上次研究过，同一个 Alpha 临时标记的作用时间不会波动得太厉害，如果再赌七天的话，几乎有必胜的把握，她敢跟他赌一万。可是他说三天，林纸就迟疑了。他这次坚持了两天多，如果注入的信息素再多一点儿，三天说不定也是有可能的。

"想好了没有？"秦猎的唇落下，在她的腺体旁轻轻地啄了啄。

他的动作严重妨碍她思考，林纸想了想，决定了："……一千。"比上次足足翻了十倍，不过还是不多。三天后，如果他的标记又失效了，林纸觉得自己一定会后悔死，可是再多就太冒险了，她没有把握。

秦猎的声音自她脑后传来："好，就一千。"他的嘴唇重新落下去，温热地印在她的后颈。

"等等，"林纸挣开他的怀抱，抬起手腕，"我看一下时间。"他标记的持久度就在打赌的边缘线上徘徊，一定要记住时间，说不定输赢就差在这几分钟。

秦猎松开她，握住她的手腕，把手环屏幕转到自己的方向，也跟着看了一眼时间，之后没有放开，而是拉起她的手，亲吻她的手指，从手指到手心，一点一点地，再到手腕。

林纸正在发热期，每一根神经末梢都敏锐得不像话，偏偏他又完全知道她每一个细微的反应。

秦猎也坚持不住了，伸手揽住她的腰，俯身把她压进驾驶位里，找到她的嘴唇，深深地吻下去。他很知道该怎么亲她，可是多热烈的亲吻都远远不够。两人都觉得焦躁，只想要上次那种信息素注入时疯狂炽烈、天崩地陷一样的感觉。

秦猎离开她的嘴唇，把她按在怀里，拨开她的头发，毫无征兆地一口咬下去。他的信息素岩浆般汹涌而入，凶猛滚烫，比上次更多、更持久，猛烈得像疯了一样，两人紧贴在一起，都有点儿恍惚。

夜色里，树丛的阴影深处，从大到小的虫子都睡了。

安珀舒服地躺了没多久，翻了个身，觉得踢到了人。他迷迷糊糊地睁眼看了看，是秦猎，他靠着车厢壁坐着，闭着眼睛。

安珀绝望地重新蜷起两条长腿，低声嘀咕："秦猎，这么快就回来了？你是不是不行？"

秦猎没说话，靠着车厢壁，有点儿不明白几天前的那个雪夜他是怎么在赤字的驾驶舱里抱着她安然无事地睡了一夜的，现在完全不行……

完美耦合

Perfect Coupling

（下）

九 阶 幻 方 ◎ 著

 中国致公出版社　　 知音动漫

帝国机甲学院队

林纸

人有时候就是要逼一逼自己。真Omega从不回头看爆炸。

姓名：林纸
身高：162cm
信息素：酒香
生日：5月24日
出生星球：九区MQ187号行星
驾驶的机甲：赤字/神之信条
战斗位置：主控
关键词：不太靠谱的神、账户余额二十八、为定语而奋斗、螃蟹过敏

秦猎

在想你的头发。我是属于你的。

姓名：秦猎
身高：189cm
信息素：阳光
生日：1月15日
出生星球：五区母星
驾驶的机甲：鹰隼/神之信条
战斗位置：侦察/主控
关键词：神侍大人、召唤兽、捋脑门机、体验过痛经

姓名：边伽
身高：184cm
信息素：冒气泡的冰镇可乐
生日：4月9日
出生星球：九区MQ187号行星
驾驶的机甲：青青
战斗位置：辅助
关键词：王八山代言人、萨雅的迷弟、准导游、宝宝版步兵甲

边伽

我妈说过一千八百遍……

姓名：杀浅
身高：187cm
信息素：樱桃木燃烧
生日：5月10日
出生星球：八区蓝星
驾驶的机甲：联盟首富
战斗位置：机甲师
关键词：美甲师、成本控制大师、朋友价、半指手套

杀浅

不要瞧不起一块钱。

姓名：安珀
身高：189cm
信息素：海风
生日：12月17日
出生星球：五区母星
驾驶的机甲：五号
战斗位置：辅助
关键词：黑客、宫家八卦专家、最强辅助型人才、网球发球机

安珀

没见过我发达的胸肌吗？你竟然问我能不能？

CONTENTS

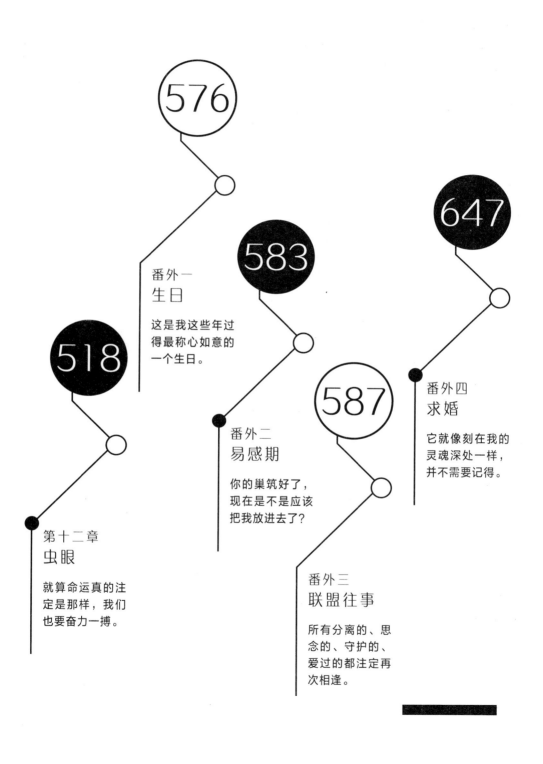

576

518

583

647

587

番外一
生日

这是我这些年过
得最称心如意的
一个生日。

第十二章
虫眼

就算命运真的注
定是那样，我们
也要奋力一搏。

番外二
易感期

你的巢筑好了，
现在是不是应该
把我放进去了？

番外四
求婚

它就像刻在我的
灵魂深处一样，
并不需要记得。

番外三
联盟往事

所有分离的、思
念的、守护的、
爱过的都注定再
次相逢。

第 八 章

你是唯一

1

第二天早晨，林纸他们起床后，直播也重新开始了。无数观众在开播的一瞬间涌进来，帝国机甲学院频道爆满，人数之多，速度之快，刷新了联赛直播历史上的纪录。

昨晚主办方就预料到今早会有这种情况，技术部门熬夜加了班，频道已经紧急扩容，翻了好几倍，但仍然有不少人没能挤进去。

弹幕飞快地刷过。

——大家都还在吗？有人被淘汰吗？

——只能看到两架机甲，赤字和联盟首富，样本车倒是还在。

——他们没有全队被淘汰，不就说明昨天晚上成功取到水了？

——快看！赤字动了！赤字能动，就说明林纸还在！

——我看见杀浅和边伽了！啊啊啊，秦猎也从样本车里出来了！安珀也没事！哦耶！全员存活！

——你们快去看！官网上刚才放出特辑了，是他们昨天晚上取水过程的剪辑！

——正在看！好刺激！

——另外三架机甲呢？

——他们昨天晚上去取水，肯定是扔在路上了，现在应该要出发去找了。

观众说得没错，小队整队出发，第一件事就是往东沿着昨晚取水的路线，把留在路上的三架机甲找回来。

昨晚赤字把附近的达斯巴虫都招来了，清了一遍场，过去的路上很太平。三架机甲也

323

全在原地，安然无恙。

安珀一进五号的驾驶舱，就在队伍频道里感慨："今晚总算能伸开腿好好睡一觉了。"

边伽："你有点儿志气，争取今晚回酒店睡觉。"

这是有可能的，按现在的前进速度计算，今天下午有可能到达基地。

一行人取到机甲，回到主路上，继续向南。

周围的植被渐渐稀少，地貌也有了变化，看起来干燥多了，只是外面的温度不降反升，燥热依旧。幸好杀浅帮周澈修好了空调，否则路边没有树荫，周澈坐在样本车里被大太阳暴晒，就算分他一件控温的训练服也好受不了。研究员也是完成任务的一部分，不能出差错。

屏幕上陆续报出其他队伍的淘汰信息，估计像上一场比赛一样，主办方在出发点到基地的沿途埋伏了不少虫子。他们这边却很安全，连个虫影子都没见着。

看直播的观众们实时跟进进度。

——帝国机甲学院队好像又领先了。

——没错，按离基地的绝对距离算，他们现在是离基地最近的一队。

——开车和拉车的速度就是不一样。而且这边不是丛林，虫子也少。

——好像那边又有队伍被虫子偷袭时弄翻了样本车，整队淘汰……

就在大家觉得路选对了，一路顺畅无比时，这条路终于走到了头。路的尽头是座废弃的矿场，房屋破败，各种支架都生着锈。这条路也许就像杀浅说的那样，是为了从矿场运货到城镇去，所以这条珍贵的路到此为止，不再往前。

林纸找了块高地，往南眺望。前面虽然没有路了，至少不是丛林地带，而是大片荒野，唯一的植物是一小丛一小丛的低矮灌木，看着就蔫巴巴的，有气无力。

荒野的地势相对平缓一些，样本车开起来应该不会太颠簸。众人离开矿场，继续往南。

没走多远，林纸弯腰清石头的时候，透过样本车的车窗玻璃，看到周澈耳麦上的小灯在闪烁，明白主办方不会让他们这么轻松。

果然，周澈放下车窗，探头出来，说："我想起来了，前几天过来的时候，路过前面一个废弃的小镇，里面有种特殊的诺尔兹幼虫，样子是白色的圆球形，直径大概二十厘米，当时我在赶时间，来不及取，现在想再去一次，只要取一只就行，带回基地。"他说得很真诚，就像他前几天真的路过了一个小镇。

幼虫是白色的，这让林纸这个恐白症患者立刻警惕起来。

周澈继续说："这种幼虫很特殊，必须要泡在母液里，离开的时间不能太长。而母液只有在样本车上非常严格的条件下才能储存。我们车上就有一箱，所以你们需要取到幼虫，把它放进临时放置的手提箱里，三分钟内回到车上，把幼虫放进车上的母液内。"

发任务了，而且是限时的，从取到幼虫到交给周澈必须在三分钟内完成。

林纸虚心请教周澈："你说这种诺尔兹的幼虫像个白球球，那成虫呢？是什么样的？有什么特点？会攻击人吗？"要去算计人家的孩子，得先搞清楚要对付的爸妈是谁，是不是硬茬。

周澈沉默了一瞬，说："我不知道。"

他怎么可能会不知道，看来是规则不允许，他不能说。

边伽在队伍频道里说："其实我有个好主意。任务完成的标准是把人和样本车安全送回基地，也没说人到底是清醒的还是昏迷的，你说我们现在把周澈敲晕，放进车后厢里运走，是不是就不用去什么小镇，可以直奔基地，直接过关？"

听起来非常有道理的样子，然而他说完停了片刻，讪笑道："刚才被裁判组严重警告了。"

大家收起搞"歪门邪道"的心思，老老实实地研究地图。确实有一座城镇，问题是在原来的路线上，离这里不近，要过去的话，小队得重新往西折返。林纸心中计算，原本因为修车得到的优势只怕又要没了。而且小镇就在出发点到基地的连线上，看样子其他队伍也都要过去做任务，越晚到，人越多，他们必须加快速度赶路。

中午过后，远处出现了一片房屋。

秦猎先过去在城镇外围迅速兜了一大圈，汇报："没看到虫子，也没看到其他队伍。"

林纸问周澈："你说的幼虫样本在什么地方？"

周澈背书一样回答："应该是在城镇东南，尖顶的市政大厅里。"

林纸继续努力从他身上挖线索："在市政大厅里？大厅的什么地方？"

周澈回答："我不记得了。"

林纸现已经很了解他，知道他不会故意不说，看来关于幼虫所在的地点，他也就只拿到了这点儿信息。

小队进入城镇。燥热的空气让街道上笼着一层朦朦胧胧的虚影，机甲脚下干燥的灰尘腾起，两边破败的房屋寂静无声，比刚才修车的城镇和矿场还要破败。

边伽："在这种地方拍个鬼片什么的特别合适。"

杀浅同意："都不用花钱搭景。"

镇子不算大，横竖没有几条马路，一队人直奔东南角，很快就看到了市政大厅灰色的尖顶。老旧的市政大厅外是一大片空场，周围全是错落的民居。市政大厅倒是建得很宽敞，机甲稍弯一点儿腰就可以进门。

林纸让大家在原地等着，自己先过去围着看了看，里面地方不小，走廊的顶很高，是难得的能让机甲自由走动的场地，看来需要一点一点地搜索。于是她把大家分成两组：边伽、杀浅跟她一起进去找诺尔兹幼虫，秦猎和安珀留在外面保护周澈和样本车。

林纸："得把车开走，找个隐蔽的地方。"

拿到幼虫后，得在三分钟内返回样本车，可样本车不能停在市政大厅门前。按比赛的风格，主办方会安排几个任务地点同时进行一个任务，估计市政大厅是其中一个地点，参赛的队伍一路淘汰后还剩二三十支，就算分成几个任务地点，市政大厅这里来的人也不会少。这里是是非之地，万一样本车被人暗算就糟糕了。

秦猎："我们会在附近，你们拿到幼虫后，我们马上过来。"

大家都没有异议。

秦猎叮嘱林纸："小心一点儿。"他再不放心也明白，她更需要他来保护样本车和周澈，不能跟着她一起进市政大厅。

周澈从车上下来，给他们拿幼虫的箱子，忽然问："要不要我跟你们一起进去？我认识诺尔兹幼虫，找起来比较有经验。"他不能透露信息，但是想帮忙。

林纸坚决拒绝："不用，你就好好留在车上。你比幼虫重要多了。幼虫取一次失败了，还可以进去再取一次，你要是出事，人可就没了。"

周澈：这……应该算是句关心他的好话吧？

上车前，他转头看了看赤字，忽然说："诺尔兹虫会把幼虫放在装满液体的母巢里，理论上，母巢会在阳光中迅速老化，需要背光，所以会被成虫安置在阴暗的有轻微湿度的地方。实际上……我就不知道了。"

这不是发任务的 NPC 周澈，而是首席研究员周澈本人在跟他们说话。

林纸真诚地谢过他。很明显，裁判组禁止他透露有关诺尔兹成虫的某些特征，母巢会在哪里的事却是可以聊的。翻译一下，意思就是，要是实战的话，幼虫应该出现在背光潮湿的地方，但是不知道主办方布置赛场时专不专业，是有可能放错的。

看直播的观众差点儿笑死。

——周澈肯定靠谱，要是主办方布置赛场的时候放错了地方，不是很没面子？

——万一错了的话，这口锅应该是联赛聘请的专家来背吧？

——这次好像特聘了好几个退休老专家组成的专家组。

——我很相信周澈的水平，特邀专家要是放错了，现在一定一头冷汗。

边伽也听懂了周澈的意思，唯恐天下不乱地在队伍频道里说："我们当然相信联赛专家的专业水平，进去后先找背光潮湿的地方吧。"

林纸："全联盟的人都在看直播，边伽你嘴上又不把门，当心比赛一结束，就有人来找你当什么奇怪虫子的代言人！"

秦猎和安珀带着样本车走了，林纸带着边伽、杀浅进入市政大厅。

大厅里很安静，一楼全是大玻璃窗，毒辣的阳光晒进来，明晃晃的，地板都快融化了。这里绝对不背光，也一点儿都不潮湿。

林纸："我们先去地下。"

离门不远就有通往地下一层的楼梯。三架机甲沿着台阶往下，光线果然骤然变暗。这层遍布着走廊，拐来拐去的很复杂，两边有不少房间，没有采光的窗子，只有时明时暗不太稳定的灯，每盏之间隔得很远，让这里黑洞洞的。

边伽低声说："又来。"

联赛主办方一直觉得他们在做综艺节目，对鬼屋灯光一闪一闪的风格相当执着。

气氛到位，就算诺尔兹幼虫不藏在这层，这里也一定安排了东西。不过这回要找的是幼虫，不是机甲，林纸也没有投机取巧的办法。

边伽问："我们一间一间搜过去？"

林纸看了一眼挂在赤字腰间的放幼虫的小手提箱，这次要取的幼虫不小，箱子给的也不小。周澈说幼虫的直径大概有二十厘米，只要取一只就可以，可他给的这个箱子出奇的大，长宽高起码都超过六十厘米。涉及任务，联赛主办方不会随便，箱子是比赛前就准备好的，特意放在样本车上，周澈只是听耳麦的指挥行事。

林纸把箱子摘下来，打开盖子看了看。这箱子有点儿特殊，里面的空间的确只够放一只直径二十厘米的球形幼虫，但是外壁出奇的厚，像是有什么夹层。

杀浅也凑过来看了看，有点儿奇怪："这箱子为什么要做得这么厚？"

边伽在旁边猜："为了保温？"

除非幼虫是过冷或者过热的。但箱盖可以随便打开，里面就是常温，也没人让他们注意保温的问题。

"做得这么厚，"边伽说，"该不会虫子很凶吧？"

也不知道一颗白色的凶球球能有多凶。

杀浅内行地敲了敲箱子内壁："不像。这材料不硬，我估计用小刀随便划一刀就能开个口子。"

边伽琢磨："是为了隔绝什么吧？难道这个诺尔兹幼虫会有很大的味道？"比如虫版蓝鹃蛋。

杀浅："如果只是为了防止气味外泄的话，把箱子做成密闭的就行了，也用不着做得这么厚吧？"

林纸想了想，把箱子重新挂回赤字腰上："我们进去吧。"

箱子做成这样，看起来像是个提示，肯定是因为幼虫能发出某种东西，也许是热、光、声、电磁波……总而言之，不会是什么好东西。而如果诺尔兹虫的幼虫有这种功能，成虫说不定也会有。裁判组不许周澈说出诺尔兹成虫的特点，一定是在这里挖了坑。

林纸边走边对边伽和杀浅说："驾驶舱全封闭，把反干扰功能也打开。"

边伽和杀浅向来先执行后提问，立刻动手封闭全舱，开启反干扰功能。

这是院际联赛许可安装的机甲功能，反干扰打开以后，驾驶舱就会与外界完全隔离，无论是什么信号，从低频到高频，一概隔绝。一打开，人就像被塞进绝对静音的密封罐里。当然耳麦里的各频道和裁判组的信号还是可以收到的。

这种情况下，驾驶舱内所有细微的声音都像被放大了一样，连呼吸、心跳，甚至关节的活动声和血流奔涌的声音都会变得很明显，让人非常不舒服，所以一般大家是不开反干扰的。

秦猎在队伍频道里出声："林纸，我们在广场东边找到了一个隐蔽的地方。"

他发了标好位置的地图过来，林纸看了一眼："知道了。"

秦猎还有话要说："我听到你说要开启反干扰功能，我也正想告诉你，刚才一停车，周激就去车厢里准备样本箱，我看到他动的是他昨晚说的隔音降噪的那个箱子。"

林纸回答："明白。"

果然……看来无论是诺尔兹幼虫还是成虫，都能发出某种可怕的声音，所以才要用特殊的箱子装着，和外面隔绝。

一切准备就绪，林纸带着边伽和杀浅逐间房间搜索。每间房都不小，有的空着，有的乱堆着杂物。就像周澈说的，这里背光，阴暗潮湿，很适合诺尔兹虫安放母巢。

走了一段，林纸来到一扇房门前，用余光瞥见控制屏幕上有异动——她听不见机甲外面的声音，但是机甲的声音检测装置会在屏幕上显示信号。

这里有细碎的声音波动，不用开门就知道，十有八九是虫子。林纸对边伽他们招了一下手，示意他们过来准备好。等他们两个也端好枪，她操控赤字猛地一脚踹开门。

出来的并不是虫子。事实上，什么都没有，门只黑洞洞地开着，里面没有光。

边伽已经在耳麦里叫起来了："天！你们快看屏幕！！"

屏幕上，显示机甲外声音强度的曲线突然像打了鸡血一样疯狂地直飙上去，分贝破表。

门里藏的虫子根本就是个声波武器！

要是没打开机甲驾驶舱的反干扰功能，就得赌动作够不够快。如果行动足够快，大概能在昏迷之前抢进去杀了虫子，否则就得进医疗舱。

幸好他们完全隔绝，什么都听不到。

但直播观众却能听到。哪怕联赛已经把直播的声音做过特殊处理，在赤字开门的那一瞬间，看直播的观众还是被狠狠地吓了一跳。

——吓死我了！完全没防备！

——我手里的营养液都吓掉了，手忙脚乱去调音量还找不着……

——这是什么奇葩虫子？尖叫怪吗？

——嚎得这么大声，嗓门真好。

——哈哈哈，我刚才听见林纸说让大家开启反干扰功能的时候，就已经把音量降到零了，手动反干扰！

——前面的明智。

——不用想，肯定要跟着林纸操作啊！

——哭了，刚才没明白她说的开启反干扰是什么意思。

——那秦猎说的隔音降噪箱总该懂吧？

赤字丝毫不受影响，走进黑魆魆的房间，打开机甲上照明用的灯。房间里确实有七八只虫子。难得有成虫是白颜色的，它们像巨大的白色汤团，软软地蹲在墙角，挤在一起，眼睛血红，嘴巴大张，估计是在发出嚎叫声，不过林纸听不见。

这几个也是秦梵说的"白色的东西"。不过封掉驾驶舱后，它们并不危险，这种虫好像除了声音外没别的攻击方式。它们一边大张着嘴巴嚎叫，一边看着赤字，赤字也看着它们，双方都有点儿尴尬。

"不用打了吧？"杀浅很贴心，"这虫子肯定不便宜，我们打掉，下一个小队来的时候，他们还得再放新的。"

如果主办方听见他的话，一定很感动。

林纸答应了，走到房间靠墙的地方。那里放着好几个巨大的雪白的巢状物，里面装满了微带绿色的水，正在轻轻荡漾，大概就是周澈说的"母液"。母液里确实浸泡着不少白色的球状物，和成虫长得一样，只不过小了不止一号，每只都和排球差不多大。看林纸走过去，白球球们受到惊扰，一起张开嘴巴，估计也在尖叫。

林纸在屏幕上开了一个计时器，打开腰间手提箱的盖子，提醒大家："我一把幼虫捞出来，三分钟倒计时就要开始了。现在做好准备，三、二、一！"

赤字俯身小心地捞起了一颗嚎叫的小凶球球，放进手提箱里，盖上盖子，扣好卡扣，转身就跑。

几个人飞快地撤退。

放诺尔兹虫的房间肯定经过主办方特殊设计，他们一出去，身后的门就自动关上了，屏幕上显示虫子的啸叫声也没了。

林纸和边伽、杀浅左拐右拐，穿过复杂的走廊，迅速往楼梯的方向跑，没多远，拐过一个走廊转弯时，迎头撞上另外一队，也是三个人。双方立刻停住不动，都很警惕。

参赛机甲都开着伪装层，现在是和走廊颜色一样的浅灰色，看上去没区别。可是林纸的大尾巴实在太有特色，对面两架机甲一看清，就用一样的动作挥了挥手，像遇到了友军。

林纸也认出来了，两架机甲腰挎双刀，是戈飞和戈兰。他们来得也不慢。

双胞胎不像有恶意的样子，林纸又正在赶时间，就挥了下手，掠他们继续往外跑，只见其中一架机甲指手画脚的，屏幕上的声音曲线也在跟着震动，应该是在说话。可惜林纸听不见，现在还没离开危险区域，谨慎起见，她并不想关掉反干扰。

林纸边跑边打开了公共频道，见他俩果然也上来了，急匆匆开口："诺尔兹幼虫就在……"

戈飞立刻打断她："不要说！不要告诉我们！我们早就说过，会在联赛期间向你证明我们两个的实力，我们可以自己找到。"

戈兰："我们就是想跟你打个招呼而已。你在赶那三分钟？快走吧。"

行，有志气。林纸继续沿着走廊往前跑。

双胞胎还没有关掉公共频道，一个说："林纸刚才听不见我们说话，可见是开了反干扰。"

另一个答："对，这说明我们刚才对样本箱的猜测是正确的……"

他们其实很机灵。

直播频道热热闹闹，观众全都在吃瓜。

——刚才遇到的是谁？

——我出去看了一下，应该是比邻星第一机甲学院队，看着好像跟林纸很熟。

——我知道，是比邻星那对白毛的双胞胎，去年也杀进决赛了！

——他们跟林纸说会在联赛期间证明他们的实力，我怎么好像闻到了八卦的味道？

——秦猎快来，这边有人撬你的墙脚！

林纸他们就快到出口时，迎头又遇到人了。这次竟然有七个人，应该是彼此认识的两队结伴一起下楼。看见林纸，他们怔了怔。没多久，林纸就看见屏幕上的声音曲线出现波动，他们应该是彼此说了什么，然后一起围攻了上来——他们知道她在赶那三分钟，打算破坏她的任务！

这次比赛，只有前十支抵达基地的小队才能进入下一场比赛，在这种很多队伍都来做任务的地方，抓住机会，可以淘汰不少竞争对手。

2

在真实战场上，虫族并不会与人类沟通，双方阵营明确，所以联赛更看重机甲操控的实力，而不是合纵连横的能力。

为了检验各学院的真实实力，联赛在原则上是不鼓励合作的，这些年一直从比赛机制上破坏小队间的协作，比如尽可能让小队单独做任务，如果有两支队伍有合作倾向，下一个任务时立刻就会被分配到不同的任务地点。

但还是避免不了比赛中遇到熟人。

对面的两支队伍一定在想，七个对付三个，胜算很大。

边伽冷笑一声，抽出高温刀，朝冲在最前面的机甲砍过去。

林纸一边把身后的蝎尾拉长，朝其中一架拿宽剑刺过来的机甲的腿横扫过去，一边把手摸向腰部，直接掀开了装幼虫的手提箱的盖子。对付这几个人不是问题，问题是很浪费时间。一共就三分钟，还得冲出去找到样本车，每一秒都弥足珍贵，没时间跟他们在这里缠斗。

箱盖一打开，屏幕上检测声音强度的曲线立刻呼地飙起来，一飞冲天。

对面几个是不同队伍的人，不能用队伍频道，而且刚才林纸的屏幕上检测出了声音波动，说明他们几个说着话，没开反干扰。

小凶球球的嚎叫很给力，声音一出，杀气腾腾的几架机甲马上下意识地抱住脑袋，跌跌撞撞往后退。这是身体的本能动作，在机甲上却没有用——想隔绝这么可怕的声音，他们应该第一时间开启反干扰，而不是抱住头。

沉重的机甲接二连三地倒下去，屏幕的右上角刷出一排排淘汰信息：

达尔伦星荣光机甲学院队主控指挥淘汰。

达尔伦星荣光机甲学院队辅助淘汰。

帕德星第四机甲学院队辅助淘汰。

……

林纸火速扣好箱盖，招呼边伽和杀浅："快走！"

边伽感慨："怪不得非要用特殊的箱子装，这小球球虫真会叫唤。"

被对方耽搁了一会儿，又花了好几秒，三人冲上楼梯，快速冲出市政大厅。

一楼没人，门口倒是有两支队伍，只不过他们互相不认识，已经打起来了。在这种时间、地点打架太不明智，很容易被其他人占便宜，无奈有人脑子抽风，打得很热闹，你来我往的。

林纸没理他们，直奔秦猎在地图上标出来的地点——时间在疯狂地流逝，得尽量快，要给周澈留出把幼虫放进样本箱的操作时间。

还好秦猎让人放心，林纸看见他和安珀带着样本车迎上来了。两方人马成功会合，抢出了两分多钟的操作时间。

周澈的动作也不慢，车还没停稳就先跳下来，接过林纸递来的手提箱。

边伽已经关了反干扰，还有闲心替周澈操心："周澈，这小白球特别能嚎，你可得小心，放的时候别让它把你叫晕。可是你该怎么把它弄出来呢？"他当面质疑专业人士的专业能力。

周澈冷淡地看了他一眼，没回答。也确实没时间回答，他直接拎着箱子进了样本车的后车厢。

秦猎在车旁戒备，这时突然抽出两根尖头短刺，越过赤字冲了出去。

是另一支小队。他们刚刚从这个方向来到市政广场，应该也是过来做任务的，看见有样本车停在这里交接幼虫，竟然想趁机偷袭。而他们自己的样本车就停在不远处，研究员是个中年人，正半开着车门，探头往这边看热闹。

林纸沉默了。光顾着偷袭别人，自己的样本车不要了吗？

这边有秦猎他们对付足够了，赤字三两步冲过去，蝎尾一横，撂倒他们守着样本车的队员，探身过去一把拉开车门，把研究员拎了出来，和上次拎周澈的动作一样。

中年人彻底吓傻了。他在赤字的胳膊下面胡乱挣扎了两下，忽然放声大喊："失败了！我们队的任务失败了！我的生命受到了严重威胁！裁判组，你们听到了没有？"

林纸：？？？

屏幕上立刻刷出淘汰信息：巨石星第一机甲学院队淘汰。

正在打架的所有人都蒙了。

林纸把中年人放回地面，后退几步，火速解释："我没想威胁他的生命安全，我打算把他们的样本车掀翻，但又怕车翻的时候他受伤，所以才把他先捞出来的。"

边伽安抚她："没事，反正无论是车先翻还是人先投降，结果都是一样的。"

林纸的耳麦里传来裁判组的声音："明白。帝国机甲学院队继续比赛。"

安珀晕到不行，在队伍频道里问："什么意思？他们队怎么直接淘汰了？"

林纸："你去看资料，比赛安全的那部分写得很清楚：出于对研究员人身安全的保护，在研究员觉得自身安全受到严重威胁时，可以随时终止比赛。"

安珀："……"

看直播的观众笑成一团。

——这研究员好屌！那是机甲，是机甲学院的学员驾驶的，还能把他的脑袋拧下来？

——人家林纸先捞他出来，是怕翻车的时候他受伤。

——他大概生平头一次被机甲抓起来吧，觉得自己是被机械大怪兽抓起来了，小命不保。

打到一半莫名其妙全队淘汰，巨石星第一机甲学院队在裁判飞行器的指挥下蔫蔫地退场，样本车和惊魂未定的研究员也被带走了。

那边，周澈已经成功放好了幼虫。他轻快地从样本车的后车厢里跳出来，对大家做个"好了"的手势。

任务完成，大家火速撤退。

边伽在队伍频道里说："我忽然觉得周澈越来越顺眼了。"

杀浅也说："这次比赛遇到这样一个人，我们的运气还不错。"

林纸也这么觉得。她早就仔细看过资料，知道研究员有权在危险状况下随时终止比赛，但是一路上制定战术时却从没太多顾虑过这一点。因为出发没多久，她就发现周澈这个人很特别，虽然别扭了一点儿，较真了一点儿，但是始终目标明确，是认真想完成任务，把他那一车虚拟的宝贝样本平安带回基地，他是绝对不会轻易叫停的。他的高标准、严要求无形中提高了任务难度，但是无论在多危险的环境中，他都没拖过他们的后腿。要是换一个人就不一定了，他们的行动要顾忌研究员的感受，只怕做法会保守得多，畏手畏脚。

林纸有点儿好奇："不知道联赛是怎么分配的研究员。"就算秦梵不动手脚，宫危和星图竟然没想办法给帝国机甲学院塞一个有问题的研究员？

秦猎知道她在想什么，回答："估计是抽签。上次基站的事还在联盟军事委员会报备调查中，这场的各流程一定会反复检查。"也就是说，抓得太紧，没空子可钻。

离开小镇，帝国机甲学院队继续往前，林纸找了个满是沙尘的燥热小丘，站在上面往回看，能看到有一些队伍陆续从北边往小镇赶。这次的队伍水平比上一场高，队伍之间的差距拉得不大。再往南是一片荒凉区域，光秃秃的。远处地平线上有一道绿色，看来荒滩之后是有植被的危险丛林。从地图上看，穿过那片丛林就是基地，已经非常近了。

边伽也爬上来眺望南方，在队伍频道里说："奇怪了，前面我们不在正路上，虫子少可以理解，为什么现在都离基地这么近了，还是没看到什么虫子呢？"

安珀："呸呸呸，乌鸦嘴。"

秦猎："你再看一眼，那片丛林上面飞的是什么？"

那一片丛林上方有不少黑点在起起落落，往复盘旋。林纸默不作声地把图像放大。距离很远，看不太清，但是从形状和飞行姿态判断根本不是鸟，是虫子。

众人离开小丘，继续往前，每个人的控制屏上都收到了一条消息，是最新战报，也就是任务剧情：在基地以北发现大量虫族，应该是准备进攻基地。

还附有一张地图，从基地到他们前面的这一片丛林地带全部标红。

众人："……"就知道没那么容易让他们回家！

如今一整圈红色地带把基地完全包围了，连可绕路的地方都没有。而身后的小镇里已经来了不少队伍，也有其他队伍完成了任务正在往镇外走，他们很快就会跟上来，这次比赛的领先优势不大，抢时间才是最重要的。

林纸："不管红区不红区，我们抄近路，直接穿过去。"

于是五人带着样本车火速穿过荒滩，很快重新进入丛林地带。

红区果然有红区的样子，一进丛林，没走多远，就给他们送上了一份厚礼——路过一个洞穴时，边伽好奇地往里探头张望了一下，就见一大群卡犸虫呼地冲了出来。

卡犸虫号称丧尸虫，不只是因为全身是灰白色，还因为它们的行为很像丧尸。它们全身自带毒液，通常成群行动，平时行动缓慢、呆呆傻傻，但是只要听到一点儿动静，看到一个活人，马上就会嗨起来，一窝蜂地冲上去，而且完全不知道害怕，断掉一条半条胳膊腿根本不在乎，只要还没死，就会一直追着人不放。

这一大群丧尸虫自带哨子，嘴巴里发出尖锐的鬼叫声，用咬不死你也要吵死你的疯狂姿态直奔青青。边伽很机灵，见势不妙，带着庞大的虫群往远离样本车的方向跑。

安珀给他出主意："你在附近兜圈子，我们在后面帮你清。"

边伽听话地在附近兜了一圈又一圈，猴子般敏捷地在树林里到处窜，结果招惹到更多的丧尸虫。一大群丧尸虫尾巴一样跟在乱窜的青青身后，场面壮观。

众人："……"这是捅了虫子窝啊！

丛林不比旷野，到处都是茂盛的植物，视野严重受限，就算林纸枪法再好，也没法在这种地方控场。因此安珀和杀浅守着样本车，林纸和秦猎追上去帮边伽一点一点地解决大尾巴。他们两个已经是小队中输出最高的人了，还是花了半天才解决。

刚清掉最后一只丧尸虫，还没喘口气，又有几只巨大的飞虫从树冠上俯冲下来，伸出大爪子抓住青青的脑袋。正是刚刚看到的在天上盘旋的那种虫子。好在它们很快被林纸爆头。

这次前进谨慎多了，小队保持方便互相支援的紧密战斗队形，把样本车护在中间。

主办方在红区下了血本，放的虫子实在太多了，一会儿这边爆一窝，一会儿那边又爆一窝，杀完一批又扑上来一批，不知道什么时候就从哪里突然冒出来。每个人的精神都高度紧张，队伍推进速度很慢。与此同时，控制屏右边一直刷出淘汰信息，有的是单架机甲，有的是整组，不知道是小镇上还在大乱斗，还是又有其他小队进入了红区。

看直播的观众也很紧张。

——动不动就突然冒一只出来，一出来还就在眼皮底下，我的心脏病都要犯了！

——丛林战就是这样的，不好打。

——对。不然当年三区帕米多星的丛林战怎么会打得那么惨？

——集团军的步兵当时损失了一大半吧？

——机甲也丢了不少，连大天使之翼都是在那场战役中没的，它发现了三区高智虫族隐藏的母舰，跟它同归于尽了。就是现在 Omega 洗手间的标志上那架机甲。

——人人都知道啊，联盟最好的 Omega 驾驶员，牺牲自己，换了当时三区虫族战线全部崩溃，人类起码多了几十年平安。

小队往前推进了一段，前方出现一大片沼泽。泥水浑浊，噗噗地往外冒着泡，水里到处都是一片又一片疯长的水草，足有人高，不知道里面藏着什么。

林纸正在看地图，打算绕开沼泽时，周澈从车里探头出来："我又要取样本了。"

林纸懂他的意思，不是他想在这种鬼地方给大家找麻烦，而是裁判组又发来了新的任务。

边伽很痛苦，问："一定要取？不取不行？"

周澈点头："一定要取。"

如果是刚出发的时候，边伽肯定会觉得是周澈又在整幺蛾子，现在他却知道，这肯定是裁判组发放的必做任务。不过周澈还是对他多解释了一句："如果没能成功捕到虫子样本，'我'会认为你们没有合格地完成这次护送任务。"

边伽做了一个手势："懂。"

周澈继续解释任务："沼泽里有一种稀有虫族的幼虫，叫艾博依尔德……呃……战场上都叫水蚕。我需要下网诱捕至少三只水蚕。样本车上就有一张网，可惜这种网上的诱饵只能用一次，打开后也只能生效二十分钟。"

林纸："也就是说，这是一个必须一次性完成的任务，限时二十分钟，成功失败在此一举？"

"没错。"周澈说，"而且我需要你们出两个人，和我一起下水撑网。这种水蚕很敏感，又胆小，发现水里有金属物会跑，所以不能用机甲下水，只能用真人。"

林纸帮他翻译：需要两个人离开机甲，让另外三架机甲保护岸上的样本车和水里的人。

安珀问："这样说的话，那些走到这里但只剩下研究员和一个队员的小队，不是没法做任务了？"

周澈回答："网由两个人张开也可以，但是面积小更难捕到虫子，三个人能彻底拉开，比较好。"

杀浅想了想，说："虫子怕金属的话，能不能用树枝做成支架，把网撑开？那就不用占用人手了。"能少下水一个就少下水一个。

"我拿网给你们看就知道了。"

周澈进到后车厢里，拿了个奇奇怪怪的东西出来，说是"网"，其实和渔网并不一样，像一张叠起来的黑色帆布。他把它打开一点儿，给大家看上面安装的几块小小的操作屏幕："只能每人负责一块，水蚕咬饵后，要手动操作捕捉。"

还挺复杂，用树杈肯定不行。

周澈继续说："最关键的是，水蚕胆子很小，机甲要尽可能躲起来，人也绝对不能发出声音，就算是开始下水的时候也要动作很轻，吓跑了就没了。"说罢开始设置那张古怪的网。

林纸则在小队中分配任务：秦猎和安珀的徒手格斗在五个人中是最好的，下水帮忙，顺便保护周澈；剩下的三架机甲在沼泽边找隐蔽位置匍匐，保护样本车和他们三个人。

因为赶时间，大家立刻开启行动。

沼泽面积不小，林纸绕着岸边找了找，找到一个远离北边队伍来的方向、相对比较隐蔽的地方，水草很高，岸上的植物也多。说不定其他小队很快就会过来，还是藏起来比较安全。

周澈勘察过情况，也很满意："这里水草多，水蚕会很喜欢，应该可以。"

位置挑好了，五架机甲隐蔽在沼泽旁的荒草后，秦猎和安珀从机甲驾驶舱里出来，和周澈一起下水。水那么浑，林纸很担心他们会陷进沼泽里，还好没有，他们平安地下了水，大半条腿都泡在水里。

不知道水里还有没有其他危险的虫子，林纸和边伽、杀浅匍匐在草丛后，举着激光枪，随时准备水里有任何异动就来一下。

周澈他们在水里放好饵，张开了网，二十分钟倒计时开始。

所有人都保持安静。

没多久，林纸就看见秦猎对着这边轻轻举起一只手，用食指比了个"1"——第一只幼虫捉到了。

只用了四分钟不到就捉到第一只，很有希望的感觉。林纸从草丛里稍微举起赤字的手，也对着他们比了个大拇指。

边伽忽然在队伍频道里轻声说："林纸，看沼泽的西北方向。"声音极低，像担心外面的水蚕也能听见队伍频道似的。

林纸循声看过去，西北方又来了一队人，一共有五架机甲，研究员正从样本车的后车厢里拿出捕水蚕用的网，跟他们说明用法，看来也是来做这个任务的。

林纸他们的位置好，几架机甲都藏在茂密的草丛里，沼泽里又有一片一片一人高的水草挡着，那队人并没有发现他们。

林纸又看了看秦猎他们，那边一切正常。

很快，秦猎又举起了手，对着这边比了个"2"——已经成功捉到两只水蚕了。

那支小队在岸的另一边，距离比较远，看来并没有惊扰到这边的水蚕。他们也派了两个人离开机甲，跟着研究员悄无声息地下了水，开始认真地张网捕水蚕。这样挺好，大家各自安静地做任务，谁也不骚扰谁。

林纸用眼睛找了找他们的机甲，还真找到了，好像藏在沼泽旁的一片树丛后。

没过多久，树丛后有东西动了动。是其中一架机甲，它忽然离开了树丛，悄悄地往西边移动。也许是侦察机甲不太放心，想察看一下周围的情况。

秦猎他们这边成功诱捕到两只水蚕后，第三只迟迟不来。

杀浅也看见对面的异动了，紧盯着那架机甲，在队伍频道里低声说："那个人到处瞎转悠什么？万一不小心摔一跤，弄出动静，把水蚕吓跑了，大家一起淘汰。"

那架侦察机甲倒是没有摔跤，而是绕着沼泽径直往前走。他的视野被那边长满藤蔓的茂盛树丛遮挡着，大概看不见，但是从林纸他们这个角度能看得很清楚，就在他要过去的方向，正有一群丧尸虫路过。那群虫子行动迟缓，漫无目地往前晃着，不知道在干什么。如果那架侦察机甲继续贸贸然向前，一定会被丧尸虫群发现。问题是丧尸虫的嗓门特别大，叫起来震耳欲聋，这边的水蚕肯定就要被吓跑了。

看直播的观众也都发现了这个状况。

——那是哪支小队？他们的机甲在乱逛什么？

——不要再往前走了啊！前面有丧尸虫！

——自己到处乱跑淘汰就算了，还要连累别人！

——啊啊啊，我好害怕，不敢继续看了……

边伽看见那架机甲和它前面不远处的丧尸虫群，火速问："林纸，要不要我过去拦他？还是你去？"没有林纸的指令，他不能擅自行动。

林纸十分心急，距离太远了，就算边伽现在快速跃过去，只怕也来不及，更何况冲过去时说不定会被丧尸虫发现，弄出什么动静。她脑中迅速构想了能过去又不惊扰水蚕和丧尸虫的路线，觉得大概有七八分把握，刚想对边伽说"你在这里守着秦猎他们，我过去拦他"，眼前突然一晃，视野彻底变了——她正坐在一个陌生的驾驶舱里，眼前是茂盛的树木和草丛，机甲正在往前走，前面正是刚才遥遥看到的长满藤蔓的树。

她竟然跑到那架莽撞的侦察机甲的驾驶员身上了！

除了秦猎、秦梵，她居然还能穿别人！

林纸顾不上管这件疯狂的事，第一时间停下机甲，免得它冒冒失失往丧尸虫堆里钻。就像待在秦猎身体里可以控制鹰隼，这架机甲也同样很听她的话，马上停住脚步，不再往前走了。

这一停，机甲的主人就有点儿发怔，"咦"了一声，大概是没弄明白什么机甲不听使唤了，在队伍频道里说："我的机甲好像突然坏了，不能动。"

他给耦合系统发出指令，努力去抬腿。林纸猜到他肯定会努力试试能不能继续往前走，也在专心控制机甲的动作。如果耦合控制系统也有权限的优先级的话，林纸的优先级一定比他高。因此机甲毫不犹豫地背弃了它的主人，选择服从林纸的指令，定在原地，纹丝不动。

队伍频道里有人回话了，大概是他们队伍的机甲师："你的机甲现在坏了？要不要那么巧？你原地等一会儿，等他们抓完水蚕再说吧。"

林纸同意：就是，你等一会儿，等我们抓完水蚕再说吧。

她警惕着，只要有丧尸虫朝这边过来，不管这身体的主人会不会发现，立刻就会用他的激光枪射击，绝不能让虫子发出声音。

还好，等了一阵，并没有虫子过来。

边伽没接到林纸的指令，又看到这架机甲站在原地，没有继续往前走，也就没有行动。

但这具身体的主人不知道前面有虫子，还在低头鼓捣他的机甲控制屏，嘀咕道："刚才还好好的，怎么突然不能动了呢？"

林纸也就顺便看了一眼屏幕上的时间，算了算，二十分钟差不多要到了。不过她现在的位置，看不到秦猎他们的情况，也不知道捉到第三只水蚕没有。

这边这支队伍的进度倒是很快，他们正好在队伍频道里说："已经抓到两只了，看来我们月海队这次可以杀进决赛。"

原来他们叫月海。林纸在参赛队伍列表里见过，似乎是七区的。

时间一分一秒地过去，机甲的主人还在努力折腾屏幕，在设置里翻来翻去，好像这样就能把不动的机甲修好似的。

林纸再跟着瞄一眼时间，二十分钟限时已经到了。谢天谢地，屏幕的右上角并没有出现帝国机甲学院队淘汰的信息。这说明他们已经成功完成了取样任务，取到了第三只水蚕。

直到此刻，林纸才开始考虑一个问题：她必须马上回去！她的身体现在一定昏迷在赤字内的驾驶座里。如果完成水蚕任务重新出发时，赤字还不站起来，边伽他们就会察觉到异样。要是她的身体一直昏迷，他们就只能叫赛场支援，把赤字淘汰，将她送进医疗舱。而按联赛规定，比赛开始后，小队成员不能再交换位置，所以帝国机甲学院队会少一架火力加强过的主控机甲，大大影响战斗力……

林纸脑中飞快地闪过一大堆万一回不去的恶果，还没闪完，眼前的东西就又变了，她回到了赤字熟悉的驾驶舱里！这次回来的过程毫无障碍，如丝一般顺滑。她向座椅背一靠，呼出一口气，不过很快就意识到旁边有人——秦猎正用那双漂亮的眼睛，目不转睛地看着她。

为了方便救援，小队成员是有权限打开其他人的驾驶舱的舱门的，但他竟然在这种时候过来了。四目相对，林纸心里想的全是：他什么时候进来的？他刚取完水蚕从水里出来，就进赤字驾驶舱来找她了？为什么？

队伍频道里传来边伽的声音："林纸，你没事吧？为什么忽然不出声了？"

"她没事。"秦猎口齿清晰，慢悠悠地替她回答，"她刚才有点儿不舒服，现在已经差不多好了。让周澈去放样本吧，放好我们出发，林纸得稍微休息一下。"

边伽笑道："她不舒服啊，我还以为她是睡着了呢，跟她说话也不回答。"

杀浅奇怪地说："秦猎，你刚才是怎么看出她不对劲的？我见你从水里一出来就进了赤字的驾驶舱。"

秦猎看一眼林纸，回答道："我站在水里往这边看，看到草丛里，赤字的脑袋忽然趴下去了，手里的枪也没再举着，这不太像是她平时的作风，觉得她可能有点儿不舒服。"

林纸心中飞快地想：完蛋了！秦猎绝对看见她刚才摊在驾驶座里那副灵魂出窍的惨样了，而且他对她那副样子已经非常熟悉，一眼就能看出她不在自己的身体里！

能到除他以外的人的身体里乱逛这件事，她本来想过两天再说，结果被抓了个正着，林纸心虚得像出轨被抓到一样。

秦猎回复完边伽，顺手关掉了麦克风。

为了保护参赛选手的隐私，驾驶舱内并没有安装摄像头，麦克风一关，不只看直播的观众听不见，连边伽他们也听不到他们两个在说什么——隔绝视线，也隔音，是最好的说话地点。

"周澈正在往样本箱里放幼虫，他说需要几分钟时间，等他放好了我们再走。"秦猎说完就不再开口，凝视着她。

撒谎是不可能的，他早就过来了，发现她不在身体里，想必在脑中叫过她，没找到人。再说也没有撒谎的必要。林纸老老实实地招了："我刚才看到对面那架机甲往虫子堆里跑，怕他们弄出声音，一着急，不知道怎么回事，就穿到那架机甲的驾驶员身上去了。"

秦猎并没有很惊讶，他点点头，随口问道："这不是你第一次穿到我以外的人身上吧？"

哎，人太聪明了，真不是什么好事。林纸硬着头皮承认："是，前两天……我穿到……秦梵身上来着。"

秦猎顺口接道："前天晚上你穿过去的时候，刚好看到他在看偷拍我们的视频？"

林纸在心中默默地给他点了个赞："怎么猜出来的？"

秦猎答："因为你那天跟我说你听到秦梵和人通话，说树上有偷拍设备。庄园的房间，我这些年住了不止一次两次，隔音做得非常好，不太可能听到隔壁的声音，秦梵也不会那么不谨慎，到露台上去跟人讨论偷拍的事。还有，你后来特别提醒我，说秦梵可能看了我们的视频，会留意我在标记时的特殊反应，我就猜想你穿到他身上后，可能看到他正在看视频，知道他当时在留意我的反应，所以才告诉我让我注意。"

行吧。林纸选择认输，不过还是声明："没想一直瞒你，就是打算过两天再跟你说。"

秦猎弯弯嘴角，凝视着她，声音温柔："没关系，你愿意说就说，不愿意的话，等你愿意的时候再说，我都可以。"

林纸望着他，有点儿感动。

"不过，"他忽然转了话题，"我现在不是唯一一个你能穿进身体里的人了？"

林纸火速说："可是你绝对是唯一能和我通感的人！我只会和你分享我的感觉！"她努力调整语气，把这件她疼他也跟着疼的事说得就像分享金条一样的大好事似的。

秦猎"嗯"了一声，说："你在参观农场的时候掐过自己的手背，应该是在验证和秦梵有没有通感，结论是没有。"他那时候疼了一下，却什么都没问，是因为早在前一天晚上就想明白是怎么回事了，"我是唯一一个能和你通感的人。"

秦猎看着她："就只有这个？"

这个还不够？林纸想了想，补充道："还是唯一一个……呃……亲过的人……"她声音不大，说得很含糊。

秦猎淡淡道："听不清。"

"唯一一个亲过的人！"反正要哄他，林纸厚着脸皮，干脆再补充，"还是唯一一个做过临时标记的人！你的唯一很多！"

秦猎微微点了下头："嗯。"

林纸：所以神侍大人这里算是过关了吗？

秦猎却继续说："'唯一'算不少，可是还不够多。"

林纸问："那你想要多少个唯一？"

秦猎偏头想了想，说："二十个？"

林纸爽快答应："好，一定想办法给你凑满二十个唯一。"也不知道这个数他是怎么报出来的，反正先答应再说。

秦猎眯了眯眼睛："要有质量、有意义的唯一。唯一在此时此刻的驾驶舱里跟你说话这种，不算。"他非常清楚她会怎么糊弄。

林纸火速在脑中想，还能让他怎么唯一呢？

"你慢慢想，我不急。"秦猎看了眼外面，水蚕好像很麻烦，周澈还没从样本车里出来。他抿了下嘴唇，倾身过来，靠近她一点儿。

林纸看着他靠近，忽然用手按住他的胸膛，隔开一点儿距离："秦猎，我还有一件事，本来打算一起告诉你。"

秦猎问："也是和秦梵有关的事？"

林纸答："对，你猜是什么？"

秦猎的目光落在她的嘴唇上："……我不知道。"他没看到那朵花，没留意翻倒的蔓茄酒，也不知道杀浅被砸前秦梵做过什么，"我只觉得我们离开庄园前，他对你说什么'小心白色的东西'，有点儿奇怪。"

终于有他没能注意到的东西，还是关于他堂哥的，林纸满意了："我发现秦梵好像有预知的能力。"

时间有限，她简略地把秦梵的事说了一下。

秦猎沉思默想半晌，说："这有点儿特殊，家族里关于各种感应的传说很多，我倒是没听说过谁可以预知。"他蹙蹙眉，"不过既然这样，我们可能真的要特别注意白色的东西。"患恐白症的人又多了一个。

这时，外面有了动静，周澈从样本车的后车厢里跳出来，把车厢重新关好。

边伽也在队伍频道里说："秦猎，你俩是不是把麦关了？林纸休息好了没有？周澈把样本放好了，我们得走了。"

几分钟的宝贵时间没了，秦猎有点儿不甘心，探身过来，在林纸的嘴唇上重重地压了压，这才去开驾驶舱的门。

林纸赶紧问他："唯一在此时此刻的驾驶舱里亲了一下的人，算不算是一个唯一？"

秦猎铁面无情，毫不通融，头都不回就说："不算。"

等他回到鹰隼里，林纸打开麦克风，操控赤字站起来："我们出发。"

看直播的观众很郁闷，他们看见秦猎进了赤字的驾驶舱，还待了好半天，却什么都没听见。

——秦猎待了好几分钟，他俩在干吗？

——几分钟而已，也不够干什么吧？

——有的人就是够的。

——可那是秦猎，应该不止吧？

——强烈要求机甲驾驶舱内也装摄像头！

——刚才秦猎那么着急，走的时候心事重重的样子，我觉得林纸好像是真的不舒服了，她没事吧？

——秦猎都没什么表情，你怎么看出他心事重重的？难道今天的没表情比平时更没表情？

整个小队配合默契，成功完成了任务，继续向前，没走多远就听到身后沼泽那边传来丧尸虫的嚎叫——如果有队伍正在捞幼虫，那就倒大霉了。果然，没多久，屏幕上就刷出了一条整队淘汰的通知。

这次比赛不容易，路上时不时就有丧尸虫冒出来，大家轮换着在前面开路，把虫群清掉。

红区前面不远就是基地，林纸一直在观察周澈，没发现他有要发新任务的迹象。可是想也知道，主办方不可能让他们这么顺利地进入基地。

从林地带终于走到了头，前方空旷起来。然而小队所有人看清状况，都沉默了……

基地就矗立在不远处，像个巨大的钢铁堡垒，银光闪闪，看来主办方花了大价钱。而在丛林与堡垒之间，高低起伏密布着一条条宽阔的壕沟和各种虫族半生物性的工事，紫绿红棕黑，五颜六色，斑斓而狰狞。

就像剧情里说的那样，虫族正在准备进攻，那些壕沟和工事里藏着的都是虫子。

唯一值得欣慰的就是不管虫子有多少，一定会遵循联盟关于机甲大赛的规定，全是SNIII级以下的低智物种，它们不会使用武器，没有复杂的战术，只能凭本能攻击人。

小队需要冲过这一大片虫族的阵地，才能进入前面的钢铁堡垒，而且还得带着那辆怕颠怕碰的样本车。地势太复杂，到处都是高高低低的壕沟，连机甲跑起来都不太容易，样本车更是没有可能开过去，只能抬着样本车，尽可能以最快的速度穿过虫族阵地，奔向基地。

边伽感慨："看来抬棺材这件事算是躲不过去了。"

就在他们驻足观察情况时，林纸看到几十米开外的地方，又有一支队伍到了。这次她一眼就认出了其中一架机甲，它的腰上挎着一把熟悉的窄而弯的刀，是宫危。

星光机甲学院队也到了。

他们不知从哪儿搞到了悬浮部件，样本车改造得比林纸他们的还高级，虽然飞不高，但毕竟是在离地面一两米的地方悬浮着，完全不受地面状况的影响。

杀浅看到飘在空中的高级悬浮版样本车，有点儿自责："我应该再好好找找，说不定能找到悬浮部件。"

林纸安慰他："赛场这么大，找配件这事很大成分是撞运气，哪会那么容易就拿到悬浮部件。"

安珀也说："再说就算他们的车飘着又怎么样，还不是没有我们到得快？"

说话间，星光学院队明显也看到了林纸他们。

安珀嘀咕："该不会在冲过去之前，我们要先和他们来个决战吧？"

林纸看着那边："不会。"这次各队之间的距离拉得不大，很快就会有其他队伍到达，这时候来跟帝国机甲学院队这个难缠的对手决斗，只会让其他小队白捡便宜。宫危又不傻，不会这么干。

果然，就像她预料的一样，又有一支队伍到了。他们也是五架机甲，样本车完全没改造过，也没用缆绳拉着，是靠两架机甲用手搬过来的，如果真是一路从出发点搬到这里，速度还不慢，那只能说毅力惊人。

这队到了这里，只停留了一小会儿，像是在讨论战术，然后就出发了，仍旧派两架机甲搬着样本车，其他三架护在周围。

边伽问："我们也出发？"

林纸不着急："先看一眼。"这不是决赛，第一不第一的不重要，就是个虚名而已，过关才是大事，难得有人愿意在前面蹚雷，当然最好不过。

沟壑里和奇形怪状颜色复杂的大包小包里藏着的虫子比林纸猜想的多得多，而且和上一场比赛不同，冒出来的并不止兵虫一种，而是大大小小各式各样，随着搬车队的推进，源源不断地往外涌，比如抓人咬人的，还有自带腐蚀液的。搬车小队很机警，身手也不错，但还是被虫子纠缠，前进得很不容易。

林纸认真看着搬车队那边："我们仔细看一下虫族种类。"

阵地上的虫族种类太复杂，如果能弄清楚大体有什么，杀起来效率会比较高。她开了个队伍共享文件，几个人一起在屏幕上狂做记录。

安珀问："黑色的那种大块头是什么？"

边伽麻利地答："黑蛹吧，千万不要打肚子，会爆腐蚀液的，打头就行了。"

秦猎也在说："还有褐色的黑翅蜂，有黑纹透明翅膀的那个，会自爆，不要让它靠近，尽可能远距离打掉。"

记得差不多了，林纸草草看了一遍，还好，几乎全是武力攻击性的虫族。

周澈从车里探头出来，对着赤字举起手环屏幕："主控，我大概记了一下阵地上虫子的种类。"手环在赛场上没信号，但是可以当记事本用，他把战场上出现的虫子都在手环上记下来了。这是周澈的专业，他的名单比林纸他们几个的共享文件上的长了不少。

林纸不太放心，通过耳麦问裁判组："比赛资料里没写清楚，我们可以拿周澈记下来的虫族列表吗，会不会算作弊？"还是要谨慎，不能在最后关头出岔子。

裁判组回应了："刚刚周研究员已经问过我们了，他可以在这里给你们现场指导，队员与研究员合作通过最后的考验。不只他可以，其他队伍也可以。"

那就好。林纸把周澈屏幕上的列表拍下来，给大家看了一遍。

边伽默了默，说："他这是现场写了份报告吗？"

周澈不只把虫子的名字记下来了，怕大家不认识，还尽可能配了抓拍到的照片，有些罕见种类后面加了简略的注释，把虫子的特征和容易攻击的部位，以及打的时候可能遇到的坑，全都标注了出来，加个标题就能当报告交了。

这么快就攒出一份有模有样的东西，一看就是这些年读书被死线逼出来的技能。

后面又有一支队伍到了，只稍微停留片刻，也冲进了虫族阵地。这次只有十支队伍能最后胜出，到的人太多，不能再继续等了。

宫危队也出发了。因为车辆悬浮，不用人搬着，五名队员都可以专心对付虫子，再加上第一组搬车队提供了经验，他们推进的速度非常快，已经快要和搬车队齐头并进了。

这时，宫危队的侦察机甲突然脱离队伍，加速向左边穿插过去，追上搬车队，抽出一条银色的金属索，朝搬车队一名搬着车的队员的腿上抽去——他们不只想过关，还很想拿第一。上场比赛，帝国机甲学院队第一个过关，临走时林纸还跟他们高高兴兴地挥手再见，大概刺激不小。这场比赛第一个完成的虚名，他们很想要。

搬车队发现有机甲靠近，早有提防，那名搬车队员避过这凶悍的一抽后，立刻有其他队员上来支援。

周围都是虫子，状况凶险，两队竟然在赛场上打起来了。不过林纸看得很清楚，宫危队攻击的地方很讲究——这一片的虫子，个头都没有机甲的膝盖高，口器里全是腐蚀液，专门进攻机甲的腿。

宫危队有先天优势，车完全不用人管，想怎么对付虫子都可以。而且他们队的侦察机甲不知是从哪里找来的"荣誉学员"，实力不弱，以一敌三也不落下风。可搬车队就被动得多了。他们中必须有两架机甲端着车，保持平稳，剩下三个人一边要对付泉水一样不停涌出来的虫子，一边还要对付宫危队，左支右绌，狼狈得不行。

林纸不再看他们，在队伍频道里说："我开路，秦猎殿后，安珀、杀浅和边伽扛车，我们出发。"

这辆样本车的重量对机甲来说并不重，两架就足够了，三架来扛一是比较稳当，二是单肩扛着，每个人还能腾出一只手用枪。

暑气蒸腾，扭曲了空气。基地的钢铁堡垒矗立在不远处，在炎热的阳光下反射着刺目的光，亦真亦幻。目力所及之处，原本属于人类的土地上铺满了虫族色彩鲜艳斑斓的半生物结构，一摊又一摊。

小队把样本车扛在肩上，举起枪，冲进虫族的阵地。

林纸在前头开路，严格按照前面搬车队的路线前进。这条路虫子并不少，主办方还在继续释放新的虫子出来，不过已经有人蹚过，至少不太会有陷阱。

机甲脚下，各式虫爪挥舞，奇奇怪怪的种类张着翅膀，朝小队一群群飞扑过来。和上次三百秒冲光门的时候不同，这次各种虫族的洞穴和工事全在脚下，如同会生出虫子的聚宝盆，一拨又一拨出来，没有停的时候，不像那时候只要打掉就没了。

赤字和鹰隼一个在前，一个在后，压制住喷泉一样往外冒的各式虫子，踏碎满地虫巢，护卫着样本车，大步向前。无论什么种类的虫子，都是一击毙命，看得还留在阵地外的小队不由得怔住。

帝国机甲学院队推进的速度十分惊人，没多久就追上了前面还在缠斗的搬车队和宫危队侦察机甲。

搬车队一心二用，早已被那架侦察机甲骚扰得焦头烂额，好在宫危队也要对付虫子，分不出那么多人手来偷袭，才算勉强顶住。这会儿宫危队的侦察机甲发现帝国机甲学院队已经很近了，不再继续捣乱，转身就走。搬车队如释重负，总算松了口气。

没想到刚走出一段距离的侦察机甲突然回身，手里的金属索一端射出去，拉长到极限，钩在一名搬车队员的脚踝上，猛力一扯。护卫的三个人都没想到他会杀个回马枪，一起往上扑，但是来不及了，只能眼睁睁地看着他们的样本车跌落下去。

然而并没有。一架机甲速度极快，鬼魅般一闪，伸手帮他们稳稳地接住了车，连样本车的稳定测试系统都没发出警报。

搬车队的主控认出了机甲身后的大尾巴。

林纸帮他们稳住车，见搬车队的几名队员都伸手来接车，把手松开。搬车队还没反应过来，她已经回到自己的队伍前，带着队员扛着样本车过去了。

边伽在队伍频道里笑道："宫危早晚被你气死。"

那是。林纸也这么想，她就是不想让宫危他们称心如意。

不过宫危队显然并不想在关底和帝国机甲学院队纠缠，他们不再理会别人，速度更快了。

钢铁堡垒前，漫山遍野的虫子堆里，两支队伍带着各自的样本车，顶着火一样倾泻而下的灼人的阳光往前狂奔。

离堡垒很近了，前面是一条很深的沟壑，沟壑边沿有层奇怪的白丝，像拉开的棉絮一样，覆盖在地面上。

林纸放大屏幕，想看清是什么，就听到身后样本车里的周澈喊："主控！"

林纸回过头。

周澈从车窗探头出来，语气有点儿着急："是进阶的霍尔希多特里姆长脚蛛！"

林纸：啥？

边伽这回难得地听懂了周澈的话，帮他翻译："大白蜘蛛！霍什么什么长脚蛛就是大白蜘蛛，他说前面有大白蜘蛛！"

话音刚落，前面宽阔的壕沟里突然冒出好几个巨大的白色脑袋，像雪一样白的白色。

队伍里两个恐白症患者同时一激灵——白的，大的，看着就很危险。

林纸隐约记得在战争史的材料里读到过，大白蜘蛛这东西凶残无比，最大的问题和上一场比赛的金锹虫一样，就是壳太硬，只靠激光枪很难打。要是有充足的时间，跟它们慢慢磨，也不是完全不能打掉，可是如今没有时间。

宫危队冲在前面，已经到了壕沟旁。他们当然也看到大白蜘蛛了，可是基地的大门就在前面，帝国机甲学院队就紧追在身后不远处……第一对他们非常重要。他们没有停，连减速都没有，悬浮车甚至加速了，五架机甲全都摆好了跃过壕沟的姿势。

然而哪有那种好事。壕沟中，一束又一束雪白的蛛丝激射而出，准确地粘在宫危队的机甲和样本车上。

林纸第一次看到宫危动了他的刀。敢跟秦猎叫板的人绝不是绣花枕头，这人养尊处优，却显然在刀上下过苦功。他在宫家的地位是在父亲的一众私生子里拼杀出来的，他的刀也是拼杀出来的。狭窄的刀身反射着炫目的阳光，快到看不清楚，转眼就解决了自己身上和样本车上的几束碗口般粗大的蛛丝，又去砍粘在几名队友身上的蛛丝。

然而他的刀快，蜘蛛的速度也不慢。第一批蛛丝刚断，第二批的十几束又保质保量地送上来了。

林纸：好快。好难。加油。

她赶紧指挥自己的"抬棺"小队，趁着他们在艰难地对付几只大白蜘蛛，偷偷摸摸地准备过壕沟。

然而裁判组并不打算让他们称心如意。又有好几个白色的大脑袋从壕沟下面冒了出来，不比宫危他们遇到的几只个头小。大家都有，不用争不用抢。

白色脑袋一露头，秦猎就在队伍频道里对林纸说："林纸，换个位置，我来开路。"这东西长得太白净，让人不放心。

林纸回答："没事，我会小心。"

说话间，好几束蛛丝从壕沟下喷射而出，速度极快，粘上了帝国机甲学院队的人和车。

林纸的武器是蝎尾不是刀，平时比刀灵活，有各种功用，钩抓拉挑全都行，现在对付蛛丝这种又软又韧的东西却没那么顺手。

秦猎的随身武器是双刺，也没好到哪儿去。

于是林纸的蝎尾一钩，瞬间卷走了边伽腰上的高温刀。反正他在扛车，要保持平稳，动作大不了，有刀也没法用。

边伽："……"

蝎尾卷住高温刀，在空中挥舞，先砍向粘住样本车的蛛丝束——一束蛛丝附在车门上，门已经被拉斜了，还好边伽他们在努力跟它较劲。刀刃过处，蛛丝束冒出白汽，断在地上。

林纸虽然用的是蝎尾，不是手，可挥刀的速度丝毫不慢，斩断几束样本车上粘连的蛛丝，刀锋一拐，又把边伽他们几个人身上的蛛丝也全割断了。高温刀切蛛丝连力气都不用，好用极了，从卷刀到切断几束蛛丝不过是眨眼间的事。

林纸原本就走在最前面，首当其冲，赤字的前胸和下腹一起中招，都粘上了大束的蛛丝，只觉得壕沟下的大白蜘蛛正在猛力把她往下拽。

拽就拽，反正她也没抬着样本车。她操控赤字顺着力道就地一滚，蝎尾往前卷，瞬间斩断三千蛛丝，顺势把刀递到离她最近的一只大白蜘蛛脑袋上——它的眼睛看着很脆弱，说不准可以砍一砍。

高温刀以迅雷不及掩耳之势劈向蜘蛛高高凸起的大眼珠，竟然没用。这怪物不理不睬，又一束蛛丝射过来。林纸断了它的蛛丝，没再理它，又去招惹旁边另一只大白蜘蛛，把高温刀朝它长毛的大脑门劈过去。

秦猎已经从样本车后面出来，接过了另外两只蜘蛛。他看明白了她的意图，知道她是想拉足仇恨，让所有蜘蛛全对着她来，不要去骚扰珍贵的样本车。可是有秦梵的预言在，他不放心她一个人对付这一群白色的大家伙。

他们两个砍杀得十分嚣张，充分吸引了四只大白蜘蛛的注意，边伽他们趁机小心地越过壕沟，扛着车努力往前狂奔。

与此同时，宫危队还在壕沟旁和蜘蛛缠斗。一束又一束的蛛丝喷上来，没完没了地纠缠，他们根本没法往前。

宫危有点儿焦躁，转过头，看到了林纸的背影，只见她用蝎尾卷着刀，一边拉蜘蛛的仇恨，一边还有余力斩掉时不时粘上来的蛛丝，继续前进。他忽然明白，在绝对的实力面前，所有卑鄙的诡计、伸出的黑手，那些上不得台面、仅仅会给自己留下污点的东西，都是浮云，只会让人家的辉煌灿烂更加辉煌灿烂。

宫危不再看那边，咬紧牙关，挥刀往粘在样本车上的一束束蛛丝砍过去。

帝国机甲学院队一路往前，脚下的洞穴和工事里涌出一群群虫子，但是和大白蜘蛛相比弱得多，边伽他们扛着车，用另一只手上的激光枪扫清障碍。

林纸和秦猎仍然一边尽量前进，一边对付大白蜘蛛。

一只大白蜘蛛忽然转移了目标。它不知怎么想的，丢下正在认真砍它的赤字，撒开八条腿，加快速度往狂奔的边伽他们那边追过去。还有一段距离时，一束蛛丝喷射而出，粘住了车门，猛地一拽。蛛丝的力道大到惊人，样本车的车门本来已经歪歪斜斜地挂着，现在竟然被硬生生扯了下来。接着就是另一束蛛丝，直奔车里的周澈而来。

周澈原本把自己用安全带牢牢地固定在座椅里，知道霍尔希多特里姆长腿蛛喜欢人肉，是来找他的，在车门拉掉的一瞬间迅速权衡。如果他不被蜘蛛拖走，蛛丝的力道会全部加在样本车上，边伽他们没有赤字和鹰隼开路，正在分心打虫子，需要和突然出现的侧向的大力对抗，说不定样本车会被拉翻。但他回头看了赤字一眼，心中笃信，她绝对不会让他被蜘蛛带走。

蛛丝上身时，周澈伸手向控制屏猛拍下去，松开了安全带。然后他就飞了——蛛丝束粘住周澈，把他从样本车里扯了出来，向蜘蛛的方向飞过去。

林纸急了，用生平最快的速度冲上去一个纵跃，蝎尾卷着刀，人还在空中，就一刀劈断了那一大束蛛丝。不等周澈落地，赤字已经跟着抢步上前，接住了他。

边伽他们扛着车，脚下有点儿迟疑。

林纸在队伍频道里吼："不用管，快跑！"

堡垒大门就在眼前，样本车不能颠不能翻，是最难运最娇气的东西，周澈比它皮实多了。

赤字把手里的周澈向鹰隼一抛，举枪扫掉扑向样本车的虫子，顺便用蝎尾的高温刀砍向那只大白蜘蛛的脑袋。

鹰隼反手接住周澈，又把他重新抛给赤字："我拦蜘蛛，你们走。"秦猎不放心白色的东西，不想把蜘蛛留给她。

来来回回飞在空中的周澈："……"

林纸不再跟他争，蝎尾一卷一舒，把边伽的高温刀抛给他，随手把周澈安置在赤字的肩膀上，扛着他拔足狂奔。

周澈的白衬衣乱七八糟，也顾不上了，他紧紧地抓住赤字的肩甲。

抬车小分队冲向堡垒敞开的大门，就在车辆和周澈进入堡垒的那一刻，屏幕上刷出了队伍任务成功的信息。

又一次，帝国机甲学院队第一个完成了比赛。

直播频道里，"啊啊啊"的欢呼血洗弹幕，刷成一片。

——啊啊啊！我就知道一定又是第一！

——帝国机甲学院队拿到决赛通行证了！

——不用想，决赛也一定是第一！

——有人把他们冲过来的镜头截图没有？

——我也想要抬棺小队的冲锋画面截图！

林纸进门后第一件事就是回头看秦猎。不用出去接应，他已经到了。秦猎之前一直压着移动速度吸引蜘蛛，一看见林纸他们带着样本车和研究员成功冲进门里，立刻开足马力。侦察机甲的速度很快，瞬间就把一群大白蜘蛛甩在身后。他跃在空中，手中挽了个刀花，斩断最后一束激射过来的蛛丝，飞进堡垒的大门里。紧追不舍的大白蜘蛛们一靠近堡垒大门，就不知道被什么驱赶，快快地回去了。

"白色的东西"也没能咬到秦猎，林纸放心多了。

大家把样本车和周澈放到地上，有工作人员上来回收样本车，检查周澈的身体状况。

林纸他们几个人等待撤离赛场时，看到宫危进来了。他独自进了大门，身边带着那辆飘在空中的样本车。大概是拼杀中机甲出了问题，伪装层没了，露出一身哑光的黑漆，左臂配枪，右手握着那把窄刃的白柄弯刀，黑色的机甲和刀刃上满是虫族体液喷溅上的斑斓颜色。

屏幕上报出了星光机甲学院队完成任务的消息，看来他的队员都留给了壕沟里的蜘蛛。

林纸盯着他那把白柄弯刀，蝎尾的尖端立在空中，警惕地动了动，保持备战状态。

可宫危并没有往林纸他们这边看，他把样本车和车里惊魂未定的研究员交了，就一个人往堡垒里面走去。

边伽看着他的背影，说："他那些队员都是花钱买来的'荣誉学员'吧？"

这个林纸知道，毕竟他差点儿出钱把她买过去。宫危的队伍说白了，就是一群雇佣兵。

安珀说："他为什么不用几个身边亲近的人呢？说不定能配合得更好，像西尾，其实技术也还可以。"

秦猎答："他大概觉得不够好，想要最好的。"

然而世界上最好的东西，都不能用钱买来。

工作人员过来找周澈，要带他去研究员的休息点集合，他们这些研究员要乘另外的飞船离开。周澈没有动，他仰头望着赤字的驾驶舱，好像在迟疑，想说什么。

"主控。"他叫林纸。

林纸打开驾驶舱的门，对他说："我叫林纸。"

边伽在队伍频道里瞎起哄："呦——"

秦猎："……"

周澈的手抄在裤袋里，点点头，想了想，终于说："要是有一天我真的在某个行星采集样本的时候遇到危险，我希望是你们来救援。"

边伽："就这？"

林纸对他笑了一下："好。要是你能点人，我们就去救你。"

秦猎刚放下一点儿心，就看到周澈举起腕上的手环，点开屏幕："林纸，要不要……加一下联系方式？　A309 研究院就在母星首都，我家也在，离帝国机甲学院不算远，有空的时候，我请你去参观我收集的各种标本，有些很有意思。"

秦猎："……"

3

那些赛场上被虫子搞定进了医疗舱的参赛选手还留在医疗站观察，其他人凑够一个小飞船就一起返回。

林纸在飞船上一直没怎么说话，脑中还在想着秦梵的预言。

这次比赛，她遇到了不止一次"白色的东西"，却并没出什么意外。一种解释是秦梵的预言又一次在她身上失效了，她有改变这个世界时间线的能力。不过还有另一种不那么让人高兴的解释，就是预言的时间还没到。秦梵的预知应该是场景化的，就连他自己也不知道场景发生的时间，只能靠环境推断，否则上次不会弄混两次蔓茄酒撞翻的场景。

那他看到的危险的白色东西真的是这场比赛中的吗？

他当时说得那么含糊，只说了"比赛时小心"和"小心白色的东西"。这里面有两个关键点，一个是"比赛"，一个是"白色的东西"。秦梵觉得他看到的是比赛，估计是看到了赛场设施，要么是机甲，要么是林纸穿着训练服之类。但是他应该不能确定到底是哪场比赛。

林纸现在觉得，他还不如不告诉她。因为这场比赛没事，就会担心下一场，今年的比赛没事，就会开始担心明年的。这把达摩克利斯之剑用一根细丝悬在头上晃晃悠悠，像是总有掉下来的一天，让人提心吊胆。

她现在对秦梵的处境多了点儿感同身受，他活得也挺不容易的。不过秦梵至少知道剑一定挂在那里，早晚有掉下来的时候，不像她，都不知道那把剑是不是真的还在上面，有没有不知不觉中被她改掉时间线改没了。

林纸忧心忡忡地想着，随手打开私聊，问秦猎："你有秦梵的联系方式吗？"问完才猛地意识到自己在跟谁说话，在要什么。

秦猎叹了口气："我是真的没有。"

林纸火速解释："其实我就是想……"

秦猎说："明白，想跟他问清楚预言的事。我去帮你找他的联系方式。不过这个人在九区到处游荡，神龙见首不见尾，我听过他爸跟人抱怨，说他不回家，视频电话、语音电话一概不接，根本找不到他。"

下一场就是决赛，中间的休息时间比较长，有好几天，关于该去哪儿玩的问题，大家始终统一不了意见——边伽知道很多八区好玩的地方，但是他的主意都太野，不是上天下海就是去钻冰川爬溶洞，带队教官肯定不会同意，毕竟要以休息为主，还要兼顾安全问题。

大家在队伍频道讨论了一路，也没个结论。

飞船降落在酒店停机坪上，外面照例是挤得水泄不通的媒体，但林纸这回已经很适应了，驾驶赤字穿过人群。

一回到酒店房间，就有人过来找林纸，是一男一女两个人，不像是 Alpha，不知道是 Beta 还是 Omega，林纸依稀记得他们俩好像是另一支队伍的带队教官。

两人很客气，在林纸房间里坐下，自我介绍："我们是七区月海机甲学院队的带队教官。"

这名字林纸知道，就是侦察机甲在沼泽边到处乱逛，结果被她上了一次身的那支队伍。

女教官继续说："我们月海机甲学院是七区一所新兴的机甲学院，有很多优秀的 Beta 和 Omega 学员，我们在联赛中的成绩也很不错，这几年进步非常大，曾经有两次杀进了决赛……"

他们努力介绍学院情况，总说不到重点，林纸只好满脸诚恳，认真地听他们打算说什么。

女教官说："我们这些天看了你在联赛中的表现，留下了深刻的印象，学院认真讨论，希望你能考虑转学到我们月海来，明年代表月海学院队出战。"

男教官立刻补充："我们月海学院会为优秀学员提供丰厚的奖学金，如果在联赛中取得好成绩，还有额外的奖励。"

原来是为了这个。就像秦猎说的那样，联赛中表现优异的大三学员，因为大四还能再参加一届联赛，是各大学院疯狂争抢的对象。对机甲学院而言，一年一度的联赛是衡量学院水平的重要指标，不仅涉及学院的知名度、报名新生的多少和质量，最重要的是联赛成绩还会影响联盟对学院的等级评估和拨款额度。

只是林纸没想到会来得这么早，只比了两场，决赛都没开始，抢人的就上门了。

女教官打开手环，给林纸传了份文件。林纸看了下，奖学金给得很大方，一年四十万，如果明年能在联赛中杀进决赛，还有额外的奖金。

"不着急决定，你考虑考虑，想好了告诉我们。"

两个教官刚站起来，就有人来敲门，是另一所机甲学院的教官，两方人马在门口相遇，有点儿尴尬。

林纸这边人来人往，连着接待了好几拨其他学院的教官。

这是场挖人大战，各大机甲学院比着砸钱。

当然，除了砸钱，每所机甲学院都在想办法努力说服林纸。其中八区一所机甲学院的教官说："其实我们学院还有一个很大的好处，就是大部分学员都是 Beta 和 Omega，和帝国机甲学院这种 Alpha 占绝大多数的老牌 A 校不同，我们学院完全不会有歧视问题。"

林纸点头，心中却想：真的吗？

有差异的地方就会有歧视。这世界上不只有 Alpha 歧视 Omega，还有五区人歧视偏远星系人，哪怕同一个村，只不过中间隔着条小河，河这边的人都有可能歧视河那边的人。歧视是种心理需求，一无所长的人总得找出点儿由头，让自己觉得自己比别人强，可惜他们没成就、没钱、没地位，就只好往天生的性别和出生地上使劲。歧视也是一种庸人的生存策略，他们妄想用简单粗暴的划分手段，比如性别、人种、地域、阶层，来对付这个他们应付不了的复杂世界的复杂问题。说没有歧视，林纸是不信的，顶多是换个标准而已。

教官们来来去去没完没了，林纸正想找个机会溜掉，孟教官和其他两名带队教官来了。他们先把林纸在上场比赛中的表现狠狠地夸了一通，然后说："林纸，你今年大三，明年还能再参加一次联赛，学院希望你明年继续带领咱们的学院队。"

他们也给了林纸一份文件。帝国机甲学院不愧是老牌名校，大方地开出了八十万的价格，联赛中如果取得成绩，奖金另算。就像之前秦猎说过的，这已经接近天谕中层管理的收入。

林纸有点儿唏嘘，最开始的时候，她想留在帝国机甲学院，只不过是因为口袋里没钱，肚子很饿，想努力保住免费的营养液和夹肉烧饼而已。现在这些钱，可以买好多好多的营养液和夹肉烧饼。

孟教官笑眯眯地说："其他学院再好，转学毕竟不方便。再说你还有那么多好朋友在帝国机甲学院。奖学金什么的都不是问题，其他学院能给的，帝国机甲学院都能给。"

高教官也说："不急，你慢慢考虑，有什么要求尽管提。"

林纸明白，秦猎、安珀和杀浅都是大四生，明年就毕业了，帝国机甲学院非常需要新鲜血液顶上。边伽就是这样被从人马座机甲学院挖过来的。听他们的意思，奖学金还有谈的空间。

他们刚走，秦猎就来了。他关好门，过来坐下："挖人大战？"倒是什么都知道。

"是。"林纸纳闷，"我还以为要到决赛拿到第一名以后，没想到这么早就有人来了。"

秦猎："用不着等决赛，他们又不瞎，当然是越早下手越好。"他扫一眼她手环屏幕上的文件，"所以你要转学吗？"

林纸摇摇头。

秦猎望着她，弯了弯嘴角，却听到林纸说："我当然是要在决赛拿到第一名之后再决定，一定得再听一轮报价，那时候的价钱肯定比现在的还好。"

秦猎："……"

林纸关掉手环屏幕上打开的文件，瞥见月海机甲学院的资料，想起那架比赛中被她"上身"的侦察机甲，去官网翻了翻驾驶员的资料，这人出身七区一个机甲世家，家里全都是有名有姓的机甲驾驶员，个个都能在网上查到履历，看上去和秦猎家好像没什么关系。

林纸突发奇想："秦猎，你们家有流落在外的私生子吗？"

秦猎答得飞快："从我父母到我知道的上一辈、再上一辈，全都非常专一。"

林纸默了默，说："我是说你们家族。我在想，比赛的时候被我穿了一次的月海队的驾驶员会不会有你家的血统。"

秦猎的脑回路总算和她的并轨了，他认真想了想，说："家族里人很多，我不太清楚。不过我家不像宫危家，因为世代要选神侍，信奉克己自律，没那么多花样，就算是秦以森，丧偶后都是一个人把秦梵带大，没有再娶。"但是他也不能百分百保证，秦家有散落在外的私生子还是有可能的。

林纸琢磨，如果不考虑私生子的问题，也许那个侦察机甲驾驶员祖上的某一辈和秦猎家有关系，所以身上也有他家的神族血统？

秦猎问："你还是怀疑只有我们家人可以？"

林纸点头。迄今为止，她穿过秦猎、秦梵、原主和月海侦察机甲驾驶员四个人，其中两个是血统特殊的秦家人。能穿到谁身上，不能穿到谁身上，一定有某种规律，只不过她还没找到。

这时又有其他学院的人来敲门，看到秦猎也在，有点儿尴尬。

林纸收了他们的报价后，站起来："我们去找边伽他们。"

这几次上身还有另一个规律：除了刚读完大二还没摸过机甲的原主，其他三个都是驾驶机甲和使用耦合系统的好手。边伽、杀浅他们全都是好手，可以找他们试试。

边伽他们几个全都猫在隔壁房间里打游戏，正驾驶战舰热火朝天地空战，战舰满天乱飞，打得火光冲天，黑烟滚滚。

林纸很惊奇："你们今天竟然没在杀虫子？"

"在杀啊。"边伽百忙之中腾出空来解释，"对面开战舰的全是虫族的高智种类，你看我轰它们。"

行吧……

高智虫族，林纸只在课堂上和资料里见过，没遇到过活的。它们才是虫族真正的领导者和大战的组织者。和人类一样，高智虫族有科技，有非常复杂的文明，机甲大赛上那些虫子说白了都只是它们手里的武器而已，就像人类会在战场上用的火牛阵和大象兵。

和虫族的战争持续这么多年，联盟一直有人主张机甲大赛应该用真正的高智虫族练兵。但是一方面涉及伦理问题，另一方面放高智虫族到赛场上不安全，所以才有了联盟法规，规定机甲大赛中使用的虫子必须在 SNIII 级以下。

林纸找了把椅子，坐在边伽他们几个背后，盯着边伽使劲。她把手肘放在旁边的桌子上，撑住头，这样万一真的穿过去了，她看起来也就是像支着头睡着了而已。再说秦猎就在旁边，一定会帮她打圆场，出不了什么乱子。

秦猎发现她一声不吭，目不转睛地死盯着边伽的背，就知道她打算做什么，一脸无语。

穿过去！穿过去！穿过去！林纸努力给自己洗脑，然而眼睛都盯酸了也没有用。

边伽很敏感，忽然疑惑地回过头："我怎么觉得背后像是有鬼在盯着我呢？"

林纸："又没做亏心事，你怕什么？"

她换了个目标，盯住杀浅。

杀浅肯定没做过亏心事，一动不动，完全没有反应。

然而林纸对着他的背使了半天劲，无论怎么明示暗示都没有用。

林纸无奈，又换成安珀死盯着，可还是一样，她自始至终都牢牢地扎根在自己身体里，根本过不去。

不知道是不是因为愿望不够强烈，难道非要到那种逼不得已的紧急时刻才能上别人的身？林纸转头看看秦猎。

秦猎眼中无声地写着一句话：没用的，这又不是你想控制就能控制得了的。

林纸很不服气。

下一秒，她的视野突然换了，看见她自己撑着头，坐在桌子旁边。

"看吧！看吧！"林纸在他脑中欢呼，"我现在真的很能控制了！"

又被她穿了一次的秦猎："是，你能，你很能。"

"咚"的一声，林纸的脑袋敲在桌子上。她刚才穿过来之前身体不太平衡，所以人一离开，手肘就撑不住了。好在身体里没人，两个人都不疼。

秦猎一个箭步冲过去，一把把她抱住。

其他人被吓了一跳，一起回过头。

边伽看着林纸，纳闷地问："怎么那么缺觉？刚才还在说话呢，这就睡着了？"

秦猎怀里的林纸忽然睁开眼睛，挣了挣，站起来，抬手揉了揉脑门，说："对，刚才稍微迷糊了一下。"她又成功地穿回来了。虽然不能穿到边伽他们几个身上，至少在秦猎身上，林纸实现了想怎么穿就怎么穿，来去自由。

秦猎也忍不住微笑了一下。

安珀看他们一眼，嘀咕道："就没见过磕一下脑袋，两个人还那么高兴的。"他放下游戏手柄，长长地伸了个懒腰，"总不能一直闷在这里打游戏吧？我们要去哪儿玩？"

决赛前还有四天的休息时间，按传统，各小队和教官们都会找好玩的地方逛逛。

走到哪儿都得带着这几条尾巴，秦猎已经彻底认命了，他说："跑太远不安全，最好近一点儿，也不要爬山下海那种，还有比赛，这几天还是要以休息为主。"

"我有个主意，"杀浅说，"我听说蓝星有一座城市，比耶兰小一点儿，但是非常有名，也很热闹，叫布切……"

林纸奇怪："都是城市，为什么不留在耶兰，还非要折腾，跑到布切？"

这题边伽会："因为布切很特别，也叫永夜之城，那里不见阳光，永远是黑夜，和别的城市都不一样。这主意太好了，我们什么时候出发？"

布切在蓝星的另一边。这次秦猎找来了一艘短途小飞船，几个人坐了一次专机。

飞船不快，飞了好一阵，才看到那座被黑暗笼罩的城市。

边伽路上已经给每个人都科普过了。蓝星当年改造开发时，曾经在离行星表面很近的太空中建造过一个非常巨大的太阳能电站，给建设中的人类基地群供能。电站的太阳能板大到遮天蔽日，在蓝星表面留下了一块巨大的阴影。后来改造完成，蓝星运转正常，有了其他能量源，这座发电站就废弃不用了，但那一大块太阳能板却一直扔在上空，没有回收。它制造的阴影下，就永远是黑夜。

蓝星是八区的首府星，越来越热闹，原本寸草不生没有阳光的地方竟然也开始有人住，慢慢地发展出一座城市，就是布切。永夜之城没有黎明，很多人慕名过来玩。

从飞船上看，整座城市像是罩在一个透明的罩子里，里面满是霓虹和灯火，在黑夜里像一个会发光的五彩斑斓的水晶球。

但林纸没懂："蓝星的大气不是正常的吗？为什么要罩起来？"

边伽解释："因为布切常年没有阳光直射，非常冷，所以干脆全城控温，加了这个罩子。"

飞船降下来，穿过保护罩的入口，抵达航栈。

安珀从大包里掏出一大堆东西分给大家，是他出发前找人出去买的，每人一顶帽子、一个口罩，还有能遮住大半张脸的大墨镜："飞船航栈人太多，得捂起来，不然说不定要被围观。"

这一套装备好，他们就像一群抢银行的……

林纸的帽子、口罩和墨镜打架，边走边摘下来调了调。

飞船出口有个工作人员，一眼看见林纸，眼睛都睁大了："你是……帝国机甲学院的林纸？那这个是秦猎？"她马上点开手环，"你们俩能帮我签个名吗？"

林纸："……"看来是真的不能摘。

签好名，一行人火速出了飞船航栈楼。外面的天黑着，冷空气扑面而来，虽然有保护罩全城控温，但仍然不暖和，和耶兰完全不能比。林纸一出门就打了个冷战。

秦猎知道她冷，把外套脱下来，给她披上。

见他里面只穿着衬衣，林纸不太好意思。

秦猎坚持把她裹起来，在她耳边说："你穿就只有一个人冷，你不穿两个人一起冷，哪个划算？我们去酒店，到酒店就暖和了。"

外面的悬浮车非常少。布切很特殊，绝大多数人出行不靠悬浮车，而是全城搭建了一种特殊的传送装置，像是一套复杂的电梯系统，不只可以上下，还可以在大厦之间穿梭，四通八达，可以去任何想去的地方。这种电梯有一半是透明的，站在里面，在灯红酒绿的城市上空穿梭，感觉很奇特。

航栈外就有电子服务屏，只要输入想去的地方，它就会自动计算路线，然后发送一份识别码在手环上。用识别码扫一下电梯，它就会送你过去，什么心都不用操。

秦猎要带大家去的是全城最高的一家酒店。它不仅很高，还很白，石笋一样矗立着，被周围的霓虹映上五彩的颜色，名叫神启。

一看大厦的颜色和名字，林纸就知道这一定是天谕的产业。白色不是好事，不过秦梵的预言清楚地说了是比赛的场景，应该和休息时间没关系吧。

秦猎带大家下了电梯："神启是家族产业，布切这家一直由我一个远房叔叔经营……"

话没说完，就看到有人迎了出来。秦猎这个远房叔叔是个中年人，看着像是 Beta，听说秦猎要带着朋友过来玩，已经提前等在酒店大堂。他给每个人都安排了一套顶楼的豪华套房，食宿全部免单。酒店房间比联赛分配的房间好太多了，一面是落地窗，整座布切城的夜景一览无余。

林纸刚放下包，边伽就过来砸门："一起下楼去吃东西吧。"

林纸问："去哪儿吃？"

边伽兴致勃勃："楼下就有布切最有名的神启赌场，我们去赌场吃自助餐吧。"

林纸：你去赌场的目的好别具一格。

下了楼，赌场果然附带了自助餐厅，里面光线幽暗，几人找了张角落的桌子，不太引人注目。

餐厅里海鲜不少，都很新鲜，林纸吃了两只螃蟹，就抱着饮料杯子认真地打量四周的人。

秦猎坐在她旁边，看到她死死地盯着旁边餐桌上一个人的背影不动，盯了半天又换下一个人，不由得沉默了：她居然还在继续努力，想上别人的身。

自助餐厅里人很多，还不停地在餐台四周走来走去，林纸这样一个接一个地盯过去，没一个能成功。秦猎帮她剥了只螃蟹腿，把肉放在她面前的盘子上，压低声音说："可能真的要有我家的血统才行……"

话音未落，林纸就软软地朝他倒过来。秦猎手疾眼快，一把捞住她。

她竟然又成功了！

不需要秦梵的预知能力，秦猎就能预见到今后的日子里，他得随时随地准备伸手接人。

见林纸软倒，其他人吓了一跳。边伽问："林纸怎么了？怎么突然晕过去了？"

秦猎随口胡说："不用担心，她刚才就跟我说了，她对螃蟹过敏，有时候吃了会突然晕倒，可是很喜欢，又忍不住想吃。"他把她小心地横放在座位上，"她说过一会儿就会醒，也没有什么后遗症，没事。"

边伽很惊奇："我只知道海鲜过敏会心慌、脸肿、喘不过气，头一次听说有人过敏过得这么有个人特色。"

"这是林纸嘛，什么都有可能。"秦猎一边敷衍他，一边用眼睛扫视周围的人群，想找出她去了哪儿。

林纸正在开心。

那是一个路过的年轻人，看上去比林纸他们还小一两岁，一头短鬃发，眼睛很亮，身材挺壮，穿着棒球服和运动鞋。林纸只盯着他稍微动了动念头，都没费什么劲，就成功地跑过来了。

现在这个身体的主人正端着一个盘子，穿过人群。她在他的身体里，一边不动声色地跟着他的目光扫视周围，打量着各种好吃的，一边想，难道这个人也有秦家的血统？可就这么坐在八区的一家餐厅里随便看一圈，抓了几个人试试，就能遇见有秦家血统的人，这概率未免有点儿太高。能不能穿的规律似乎不是这样的。

这人转了一大圈，只夹了几只虾放在盘子上，就从人堆里挤过去，似乎想回座位。穿过人群时，他的目光无意中扫过餐台旁边一个客人的耳朵。

这是一只林纸非常熟悉的耳朵，是那个假冒的邵清敛的。

那次在母星和他一起吃饭，林纸为了辨别真假，曾经很认真地观察过他的耳朵的各种细节，到现在还记得。他的耳朵能在林纸"最熟悉的耳朵"大赛中排名前四，比她自己的耳朵都印象深刻。

林纸实在还想再看一眼，就转了一下这身体的眼睛。虽然只是一瞥，她还是看清了，他的脸竟然还是邵清敛的样子。林纸不明白，放着自己的脸不用，为什么要一直假冒邵清敛？

身体的主人被林纸硬扭了个方向，脚下一滞，像是察觉到了异样。

林纸一声不吭，也不再动了。

身体的主人左右看了看，动了动眼睛，没再觉得不对，这才继续往前走，来到餐厅的另一个角落，在座位上坐下。这桌只有两个人，他的同伴和他年龄差不多，也是一脸学生样，圆圆脸，比他矮了大半头，看上去是个 Beta。

两个人聊了几句，林纸听明白了：这身体的主人叫小丘，同伴叫阿塔，他们两个是蓝星一所大学的大二学生，因为搭档赢了一场校内比赛，拿到了天谕赞助的神启酒店三天四夜包食宿的大奖，一起过来玩。

阿塔吃得心不在焉，不停地往餐厅外张望，然后伸手拍了拍小丘的背："都吃了好半天了，差不多了吧？我们去赌场那边看看？"

小丘扯掉虾头，回答："不着急，等我把这两只虾吃完。"

他也抬头看向餐厅外，于是林纸跟着他的目光看到那个假邵清敛离开了自助餐厅，往赌场的方向走去，转眼就不见了人影。她很想追上去，小丘却安稳地坐在座位上认真剥虾壳，丝毫没有去赌场的意思。

只能回到自己身体里。林纸在心中暗念："回去，回去，回去。"然而没有效果，她仍然死死地钉在小丘的身体里。

林纸觉得奇怪，今天穿来穿去一直很顺滑，怎么忽然又走不了了呢？转念她就明白了，假邵清敛认识她，她的潜意识并不想用自己的身体去跟踪他，用别人的身体更保险。

林纸跟自己商量：其实不用自己跟着，回去告诉秦猎，让他跟上去不就行了？但她潜意识大概觉得假邵清敛也认识秦猎，还是待在这里为好，相当固执。

看来只能打让小丘跟踪的主意。林纸琢磨，要怎么才能让小丘跟上去？忽然她想起了长途飞船上那只贴在她腿上、指使她干各种坏事的扁翼蛄。这种时候，就要向人家扁翼蛄学习。扁翼蛄都是怎么蛊惑人的来着？在脑中小声悄悄说话吗？

林纸在他脑中出声，故意压低声线，含含糊糊："……好饱。"

小丘刚把一只大虾的壳剥完，虾肉塞进嘴里，听到声音后咀嚼的动作顿住了。

林纸：是出声出得太突兀了吗？

小丘顿了顿，又接着嚼了几下。林纸都能感觉到虾肉新鲜 Q 弹，味道相当不错。

林纸昧着良心说："好像不太好吃……"

小丘伸出去拿下一只虾的手停在空中。

他的同伴拍拍他："看吧，你都不太想吃了，算了。就剩下两只虾没事，我们走吧？"

林纸在他脑中说："好。"

小丘竟然真的擦了擦手，喝了口水，答道："好。"

第一次玩精神操控，竟然意外地顺利。扁翼蛄的徒弟成功了！

小丘和阿塔站起来，一起离开自助餐厅，进了旁边的赌场。

赌场装修豪华，金色的顶灯层层叠叠，地毯厚实，没有窗。不过这里是永夜之城，原本就没日没夜。

晚饭时间刚过，正是最热闹的时候，人非常多，一张张赌桌和一台台机器前，人们全都眼放红光，看着像群饿狼。

小丘好像也是第一次进来，有点儿缩手缩脚，去柜台兑换了几枚小额筹码，紧紧地攥在手心里，怯生生地东看西看。

林纸也跟着他四处看，很快就发现了假邵清敛。他正在闲逛，在人群中时走时停。林纸留神观察，发现他的注意力并不在赌桌上，而是一直在看人——他不是过来玩的，好像在找什么人。

林纸犹豫了一瞬，要不要试试看能不能直接穿到假邵清敛身上，毕竟怎么跟踪都没有亲自跑到他身上跟踪方便，不过她很快就打消了念头。这个假邵清敛不比小丘，心思细密，弯弯绕绕很多，上次一起吃饭时就被他折腾得头疼，说不定他能察觉出不对，还是先观察一下再说。再说十有八九也穿不过去。

假邵清敛没什么异动，林纸就随便小丘在赌场里到处乱逛。他和阿塔显然什么都不懂，看不明白各种复杂的玩法，很快就被一个非常简单的游戏吸引了。

这张台子很大，周围的人最多，也最热闹。赌桌上是一大片虚拟投影，上面有很多站在格子里头顶数字的小人，数字从零到三十六，一共三十七个。小人们在各自的格子里欢蹦乱跳，跟着音乐声载歌载舞，时不时对周围的赌客伸出手，做出"选我吧"的姿态。旁边是个漂亮的大转盘，倒不是虚拟的，看着像是金属制成的，做工精细，一圈全是数字，也是从零到三十六，只不过顺序完全打乱了。下注后，会有一个小球弹出来，在转盘上蹦着，最后停在哪个数字上，押中数字的赌客就赢了。可以押单个数字、两个数字、一排数字、前十八后十八个、奇数偶数……各种各样的押法随便你，各自有不同的赔率。

因为简单，玩的人很多。林纸知道规则，没什么兴趣。这游戏没有技术含量，如果赌场不作弊的话，就是纯粹跟老天爷赌运气。就算不动任何手脚，因为赌场要赚钱，赔率明晃晃地摆在那里，只要稍微算一下就知道，按他们的赔率，赌客从整体上一定是输的，就只有赌场老板稳赚不赔，傻了才赌。

下注最少要五十，换成筹码后，钱好像就不是钱了。小丘拿出一枚五十块钱的筹码，对着这一群顶着数字跳舞的小人们犹豫。

林纸忽然听到了他脑中的声音，他问："该押哪个呢？"

她的心思全在假邵清敛身上，心不在焉地随口在他脑中建议："押奇数吧。"反正按照规则，零是不算在内的，开出来的不是奇数就是偶数，比二分之一稍低一点儿的概率，赔率也是一比一。

小丘竟然真的把那枚筹码压在了写着奇数的那一格。

大家都押好，小球滚了起来，在转盘上蹦了半天，最后开出了个"13"，还真是个奇数。

小丘高兴得又蹦又跳，开心得像个小孩。

林纸：这其实和往天上扔硬币猜正反不是一样的吗？只要扔硬币的次数够多，赢的概率就是一半，不赔不赚，所以玩这个还不如自己在家找个舒服的地方坐着扔硬币玩，还没人抽成。

小丘抬了抬头，林纸看见假邵清敛还在那边漫无目的地晃悠，他已经绕着赌场走了一圈了，还没找到他想找的人，大概是在等。

这边，又一轮下注开始了，林纸又听到小丘在脑中问："这次该押个什么呢？"

林纸麻利地答："还是奇数。"

小丘真的又押了一次奇数。

见他这么听话，林纸琢磨，他该不会是觉有什么神仙正在他脑子里给他指引，想让他赢钱吧？那就让公正无私的概率给他的脑袋敲一记闷棍，让他清醒清醒吧！

小球开了，这回是"21"，还是个奇数，又赢了。

林纸："……"

小丘不走了，直接在脑中问："这次该押什么呢？"

林纸："……偶数。"

她和小丘一起盯着那个欢快蹦跶的小球，眼看着它朝着"3"过去了，最后却还是多滚了一点儿，稳稳地停在"26"上。

　　林纸：想劝人不要随便浪费钱瞎赌，怎么这么难！

　　阿塔也在押注，每次押的都是单个数字，当然连输了三把，白送给赌场一百五十块钱，林纸都替他心疼。见小丘一直赢，他惊奇到不行，叹道："你今天运气怎么会这么好？！"

　　又要下注了，这轮林纸给他来了个狠的："押四、五、六。"一次押三个数，赔率一比十一。

　　小白球跑出来，蹦蹦跳跳地在转盘上逛了几圈，最终停在了"5"。

　　小丘高兴疯了，还想再押。

　　林纸在他脑中说："见好就收吧。"

　　他非常听话，竟然真的没再下注。

　　阿塔又输了，看小丘要走，问："趁着手气这么好，不再来一次？"

　　小丘答："见好就收吧。"

　　阿塔有点儿纳闷："你不是说还想着这次过来看看能不能赢几千块钱，加上你攒的，给你姐买个人工指关节吗？趁着现在运气好，不再试试了？"

　　小丘摇摇头，离开赌桌。林纸这才发现，她刚才的注意力都在转盘上，不远处的假邵清敛不知什么时候不见了，大概是没找到他要找的人，走了。

　　小丘攥着筹码，还有点儿舍不得，回头看了眼赌桌。

　　白色的小球又一次弹出来，正在转盘上蹦跶。

　　林纸心中默想：七、七、七。

　　人群爆发出一阵欢呼，夹杂着懊恼的声音，有人说："三十五！太好了！"

　　阿塔跟上小丘，还在追问："你今天是怎么了？押一次中一次，运气爆棚啊！"

　　林纸听见小丘回答："说实话……说出来你可能不信……"

　　林纸估计他要说他被黄鼠狼之类的东西附身了，也不知道这个世界有没有这种民间传说，却听到小丘说："……我好像人格分裂了。"他的语气中透出点儿兴奋，"而且我这个分裂出来的人格好像还是个赌神！"

　　林纸："……"

　　小丘继续说："真的，我家里有病史。我爷爷就得过这个病，说自己有一个人格是个七岁的小孩，还有个人格是个会做木工的中年 Beta。我从小就有种预感，觉得早晚也得来一次，没想到今天真的分裂了！"

　　听他的口气，好像人格分裂是件多好的事一样。

　　小丘身后忽然有人说话："不好意思，请问这是你们掉的筹码吗？"

　　林纸一激灵，是秦猎的声音。他本事真大，竟然准确地找过来了。估计是在她倒下去的时候，他留神记住了周围的人的长相，正在一个个地排查。

小丘转过身，大概没想到眼前是这么帅的一个人，怔了怔。

秦猎修长的手指间夹着一个一千块的筹码，又问了一遍："我捡到的，是你们掉的吗？"

河神大人：金斧头，银斧头，哪把是你的斧头？

林纸：我不要金斧头，也不要银斧头，能不能要河神本人？

小丘他们两个都是老实孩子，没河神大人那么多弯弯绕，看见一千块的筹码，连查都不用查，就一起摇头："不是我们的，我们的筹码都在，再说也没这么大的。"

秦猎"哦"了一声，仍旧紧盯着小丘的眼睛。

林纸觉得眼下的状况有点儿好玩。她控制小丘的眼皮，对着秦猎挤了挤一边的眼睛。

小丘吓了一跳。

眨眼的动作和之后的惊吓表情全都落入秦猎眼底，他面上不动声色，但是林纸现在对他非常熟悉，看出他如释重负的微表情，他知道她在哪儿了。

小丘莫名其妙对人挤了挤眼睛，十分尴尬，慌慌张张转身就走，走出好几步才低声对阿塔说："真的，我这个分裂出来的人格不光是个赌神，看来还喜欢同性。你刚才看见没有？他对着那个 Alpha 挤眼睛。真的不是我要挤的！"

阿塔用手肘撞了撞他："要是我没认错的话，那个好像是秦猎。秦猎你不知道？你都不看联赛吗？你小声点儿，人家还在后面跟着呢。"

他说得没错，秦猎就跟在他们身后不远处，好像在用手环跟人通话，语气温柔："布切的人太杂，就算在酒店里也未必很安全，玩够了就回家吧。"

也对，反正找不到假邵清敛了。林纸动了动念头，这次回得超级顺畅，一睁眼，眼前就是桌子腿。她正侧躺在座位上，枕着杀浅的厚牛仔外套，边伽他们正在旁边吃得热火朝天。

看见林纸坐起来，边伽笑道："螃蟹过敏患者终于醒了？"

杀浅跟着问："还有哪里不舒服吗？"

螃蟹过敏？林纸默了默，秦猎编出来的理由真的很奇葩。他随口胡诌出个螃蟹过敏，那她接下来几天还怎么吃这么好吃的螃蟹？吃一回晕一回？

"我都是晕完就没事，已经完全好了。"林纸说，"秦猎呢？"

边伽随手往外一指："说是吃完了要去转转。"

"那我去找找他。"林纸顺着他的话站起来，很快就在赌场里找到了人，秦猎还在傻乎乎地跟着小丘，完全不知道她已经回去了。

林纸心中好笑，悄悄摸到他身后，飞快地伸出手，去抽他手里的筹码。

会这么干的也没别人，秦猎完全没回身，没反抗，任由她把筹码抽走，然后才转过身："这次也很顺利。"他是说她顺利地回到了自己的身体里。

"没错，"林纸点头，"你的筹码借我用用，一会儿就还你。"

她带着他走到刚刚的赌桌前，满桌数字小人还在格子里跳舞，对林纸伸出手，想要她手里的筹码。

林纸低声问秦猎："你最喜欢哪个数字？挑一个。"

秦猎随口报："二十二。"

林纸毫不犹豫地把那枚筹码送到了"22"小人的格子里，戴着小丑帽子的虚拟小人对着她单手抚胸，深深地鞠了一躬。

大家纷纷下好注，小球弹出来，开始在大转盘上蹦，一会儿就停了，落在了"22"上。

赔率一比三十五，林纸轻轻松松拿到了三万五千块。周围的人全都羡慕得眼里冒光。

秦猎低头看了看她，又转头看了看金属转盘，没吭声。

离开赌桌，林纸才说："收你们天谕三万多，是想卖给你们一个消息……"

秦猎接口道："开号码的转盘有问题？"

"对，"林纸说，"十有八九是用内置的耦合元件控制的。你的这个远房叔叔好像不太地道啊。"

赌场作弊的事先放在旁边，秦猎有更重要的事关注："你不用头盔，就可以直接控制耦合元件？"

林纸没想再瞒他："对。我以前就知道我能感应到周围的耦合元件，它们好像也能感应到我，有时候还会自动往我身上凑，现在发现我好像还能直接控制它们，而且很精确。"

秦猎没太讶异，点了点头。

林纸看他没什么太大的反应，问："你不觉得我很厉害吗？"

"你很厉害，"秦猎说，看她还不太满意，又补充，"特别厉害。"

林纸默默地看着他，他感慨得没有什么诚意。

秦猎调整了一下语气，做惊讶状："是怎么做到的？我们林纸怎么会这么厉害？"

这还差不多！林纸接着说："怎么做到的，我也不知道。不过我刚才发现，控制它们是有距离要求的，离得稍微远一点儿就不行了。"她回头看看转盘那边，"这么远就不行，它不听我的。"

林纸扫视周围："他们用的耦合元件很小，也很简单，我刚进赌场的时候完全没注意到，等觉得不对劲才发现这里其实到处都是。不过我能感觉到，这些元件现在大部分都在……"她想了想措辞，"'休眠'的状态。"

赌场在各种机器上装了不少作弊用的耦合元件，不过很多都没使用，大概只有一些时候才会真的用到，所以她才敢这么肆无忌惮地随便控制，不怕被他们发现。

林纸计划着："这次回去后，我想试试看能不能这样控制机甲。"

两人一起去柜台把筹码换成钱，打在林纸的账户上。

秦猎说："赌场并不需要作弊，靠设置赔率就能赚钱。八区、九区这边可以开赌场，但是作弊是违反联盟法规的，一旦被人抓到，天谕的名声也会受损。八区这边比较乱，我倒是没想到我这个叔叔玩得这么花。还是太贪了，我估计酒店的其他账目也有问题。"

林纸点头："所以我才把这件事告诉你，我怕真的出事，天谕也会受影响。"

秦猎低头看着她。

林纸继续说："因为我在刚刚来的路上，花了一笔钱买了天谕的股票。我是深思熟虑过后打算长期持有，所以天谕一定要给我好好的。"

秦猎默了默，说："真是个负责任的股东。"

然后，天谕大股东伸手摸了摸天谕小股东的头。

林纸知道秦猎肯定会把赌场作弊的事告诉秦修，不管他们打算怎么收拾这个叔叔，反正她卖消息的钱落袋为安："还有一件事，我看到那个假邵清敛了。"

秦猎偏头看了她一眼。上次在母星和邵清敛一起吃饭后，林纸曾经说过那个邵清敛是假的，过一会儿又说她是在开玩笑。她那时候说话真真假假，动不动就虚晃一枪，完全不像现在这样这么信任他。就是那天晚上，他们在悬浮车上被椅背一推，意外地亲在一起。到现在其实没有多长时间，但是感觉好像已经过了很久，两个人之间的关系也变了很多。

"秦猎，你脸红什么？"林纸忽然问道。

秦猎回过神来，抿了下嘴唇掩饰尴尬："我去查查他是不是也住在酒店里。"他想了想，又说，"我这个叔叔未必可靠，我让安珀想办法去拿酒店入住客人的信息。"

林纸和秦猎把安珀从餐厅里叫出来，和他一起上楼拿光脑。安珀开始悲催地干活。

酒店使用的是天谕内部的系统，黑进去找点儿资料不成问题，安珀没一会儿就汇报道："全部做过比对了，客人里没有这个人。"

林纸问："那你能拿到大概十几分钟前酒店里的监控吗？要是有赌场里的就更好了。"

安珀很无奈，抬头用他的湛蓝眼睛翻了个大白眼："你竟然问我能不能？下次别问了，像秦猎一样，直接跟我要。"

他践得很有道理，监控不一会儿就传到了他的光脑上，是酒店里的镜头拍下来的视频。

林纸和秦猎跟他一起看了一遍，找到了假邵清敛。他看似漫无目的地在赌场里转了几圈，一枚筹码都没押就又出去了。之后他没有上楼，而是走出了酒店，进入城中的电梯运输系统。

安珀放大了他取识别码的镜头："他填的目的地是布切城的中心广场。"

他鼓捣了一阵，居然神通广大地找到了中心广场电梯出口的监控，只见假邵清敛出了电梯，往广场的一个方向走，走出了监控范围。

秦猎问："然后呢？他去什么地方了？"

安珀有点儿头大："这要是在母星，我分分钟就能找出来。可是布切和母星首都不一样，全城人都激烈反对装全城监控，说是妨碍大家的自由，就没装。"

他又忙了一阵，最后下结论："不知道他去哪儿了，只知道他没再乘电梯。"

假冒的邵清敛暂时找不到，三个人只好下了楼。大家都对赌场没什么兴趣，吃过饭就一起去看秀。神启酒店楼下有剧场，各种秀很有名，今晚的是马戏团的歌舞杂技表演，讲的是在一颗古老的异星球上探险的故事。座位安置在全息投影的场景里，演员在周围载歌载舞，在头上飞来飞去，比林纸在以前的世界看过的 6D、7D 电影还刺激。

光线很暗，秦猎端坐在林纸旁边，两人看上去毫不相干。林纸却知道他的心思根本不在表演上，他一直握着她的一只手，把她的几根手指头编来编去，还和他的手放在一起，摆成各种奇怪的造型，乐此不疲地玩了一晚上。

布切永远是夜晚，仿佛狂欢永不结束，很晚大家才上楼回去睡觉。

落地窗外是满城霓虹，映在天花板上，一闪一闪的。林纸躺在大到不可思议的床上，迷迷糊糊时忽然在想，秦猎正在干什么呢？难得有这样的晚上，第二天不用早起，也没有比赛的任务追赶，还不如去找他聊聊天，就直接穿过去，简单迅速，还不怕被人偷拍。

林纸心念一动，人已经过去了。但一穿过来就知道不对，她忽然意识到这样不打一声招呼就直接跑到他的身体里，就像不敲门就进别人的房间，尤其这还是个成年的、健康的Alpha的房间，而这个成年Alpha正斜靠在床头的枕头上，半闭着眼睛，低低地喘息。

林纸："……"

她在自己身体里时并不和他通感，可是一穿到他身上，就立刻共享他身体的所有感觉。这比简单地推门撞见还尴尬。林纸脑中只剩一个念头：快回去，赶紧！趁着他还没意识到她过来马上溜回去，神不知鬼不觉。然而白天明明用得很溜的穿来穿去技术，忽然又不灵了。

她的潜意识十分让人头疼，有时候胆小得像兔子，有时候又哪儿都敢去、谁都敢穿，现在估计是好奇心作祟，想留下来看看热闹，死都不肯走。

林纸其实多少有点儿好奇，可是理性告诉她这是不对的。她在这种特殊的感觉中尽可能地集中精神，努力想着穿回去，可怎么都走不了，就很绝望。

秦猎的声音本来就很好听，这种时候，喉咙深处的声音格外诱人。忽然他唇间含糊地冒出两个字："纸纸……"

林纸：他这是在叫她吧？他什么时候给她起了这么个名字？

林纸被吓了一跳，秦猎自然敏锐地感觉到了，然后就是长达好几秒钟却像一万年那么长的静默。半晌，他又叫了她一次，正正经经连名带姓："林纸？你在？"这回是在脑中出声。

林纸心中挣扎片刻，放弃了，决定破罐子破摔。反正只要她不尴尬，尴尬的就是别人。她应了一声："嗯，我在。"但愿他没被她吓出个三长两短。

然后又是长久的沉默。

总这样不说话也不是办法，林纸调整了一下情绪，打破沉默："我是想过来找你聊天，不好意思，没打声招呼就跑过来了。我想立刻回去来着，可是不知道怎么回事就是回不去。"

听起来很像在撒谎，毕竟秦猎很清楚她今天白天无论上谁的身来去都很顺畅，根本没有回不去这件事。于是林纸补充道："真的，不是存心想偷窥你，我是真的回不去了。"这解释也苍白无力，她绝望地想，就当她的潜意识不是她本人吧。

秦猎安静了一会儿才说："我本来在想，说不定你今晚会过来，后来又觉得你好像已经睡着了……"

她刚才躺在床上，是有点儿迷迷糊糊，不过没真的睡。

秦猎镇定了一点儿，试探着问："那你……是什么时候来的？"

"就刚才，"林纸老实交代，"才来不到一分钟。"

虽然不到一分钟，还是听到他疑似叫她的名字了。

林纸能感觉到秦猎的心跳得飞快，不过本来就不慢。

出乎林纸意料的是，他好像并没被她吓出什么问题，还保持着持续的非正常状态。

林纸又努了努力，在他身体里挣扎了半天，还是回不去。

秦猎问："你还是回不去？"

林纸答："嗯。"

"你可能不太想回去。"秦猎说完马上补充，"我的意思是说你的潜意识，不是说你本人，可能有点儿好奇。"

他和她猜的一样，毕竟作为一个 Omega 能亲身体验 Alpha 的感觉，这种机会不是人人都有的。

林纸能感觉到秦猎从脸到耳朵到全身全部烧起来了，烧得烫人。

秦猎下意识地抿了一下嘴唇，声音很低："那你想不想再来一个唯一？让我变成唯一一个让你体会到 Alpha 的感觉的人？"

这句话说得还挺绕，但是很猛。他明显是在害羞，但是意思很明确：如果你真的好奇，我全都可以。

"……要我继续吗？"

继什么续啊！林纸跟着他一起脸上烧得滚烫，索性直接接管了他的身体，从床上翻身下来："我们还是去冲一下冷水吧。"

秦猎"嗯"了一声，没有任何意见："好。你来还是我来？"

林纸走进浴室，打开冷水："我来。"上次被他按在花洒下洗猫一样粗暴地搓了一通，太可怕了。

反正也见过不止一次了，林纸利落地脱了他睡觉穿的衣服，走到淋浴房里，刚进到花洒下淋了一瞬，就嗖地从水下钻了出来，溜得比兔子还快。

秦猎："……"

永夜之城不见阳光，冷水是真的冷，这花洒里淋下来的不是水，是会流动的冰！林纸这辈子都没洗过这么冷的澡。

秦猎一动不动，合理建议："不然开一点儿热水？"

不知道水温高一点儿有没有用，林纸稍微开了点儿热水，总算能站在花洒下了。她冲了一会儿，顺便帮他洗了洗脸和胳膊。然而秦猎丝毫没有变正常的迹象。

林纸问："秦猎，你能不能换换脑子想点儿别的，比如大白蜘蛛、金锹虫之类的？"

秦猎安静了片刻，才用温柔的声音低声答："可是纸纸，你正在帮我洗澡。"

他竟然真的这么叫她！

林纸不动了。只这样冲洗好像没什么用，彻底用冷水洗就像在往身上浇冰桶，她又没有勇气。林纸关掉水："算了，你穿衣服吧。"

秦猎接手，把头发和身上擦干，重新穿好衣服。

等他收拾完，回到卧室，林纸帮他打开了房间里的虚拟投影屏。虚拟屏很大，还能调整尺寸和位置，林纸让它顶天立地地立在床前。

神启酒店频道无数，换都换不完，林纸如愿以偿找到了她想找的东西——像安珀上次把秦梵偷拍的视频换掉一样，林纸觉得这种时候看一下鬼片说不定能帮秦猎恢复理智。

两人靠在床头，近距离欣赏裸眼全息效果的恐怖片。瘆人的音乐声一起，林纸明显感觉到秦猎正常多了。

秦猎在脑中问她："问题倒是解决了。可是这样看鬼片，你现在还能睡得着吗？"

他在看就是她在看，用的是同一双眼睛，两个人没法分开。

林纸逞强："不睡就不睡，反正明天没事，大不了熬个夜。"

正说着，屏幕上一个无比巨大的立体鬼脑袋呼地朝床上扑过来。林纸猛地闭上眼睛，再睁开时，发现她竟然已经回到自己的身体里了。刚才无论怎么折腾都回不来，现在竟然被一个立体鬼头轻易就送回来了？

无论如何，终于可以睡觉了，林纸闭上眼睛，翻了个身。然而先是被秦猎吓到，接着冲了个冷水澡，又看了半天鬼片，刚才那点儿迷迷糊糊的睡意全都没了。套房还又大又空旷，周围好几扇门，不知道里面都藏着什么。她伸手按了控制面板，把房间里的灯全部打开，还是觉得心里有点儿虚。

林纸安慰自己：虫山虫海都不怕，还怕鬼？

可她还真的怕这个。这和虫子压根儿就不是一回事。杀虫子就像西方恐怖片，打得过就打，打不过就跑，跑不掉就挂，刚才那种更像是东方式恐怖，不用武器，一个眼神就能吓死人。

枕边的手环一振，是秦猎发来的消息："你自己睡行吗？"

他和她通感，知道她睡不着。

林纸叹了口气，认命地再次穿过去。等到了秦猎身体里才想起来，这次又没跟人家提前打招呼。她有点儿尴尬："我又来了。我保证下次穿过来之前先发消息问问你方不方便。"

秦猎已经把鬼片关了，房间里只开了轻柔的音乐和一盏小灯。他安然答："不用。你任何时候想穿就穿，不用顾虑，下次我不方便的时候提前发消息告诉你。"

林纸：啊？提前发消息告诉她？

秦猎换了个舒服的姿势："你睡吧。"

这次一切都很对，气氛、灯光、他的状态……也没鬼了。林纸安心地在他身体里，没几分钟就迷糊了。睡着前，她含含糊糊地说："秦猎，我想起来了，你肯定有一个'唯一'，是唯一一个让我穿过去后不紧张，能随便放松心情睡觉的人。"穿到别人身上都像战斗，只有到他这里，像是回家。

秦猎的声音中带着笑意："好，算一个。睡吧。"

4

睡了一晚上，林纸睁开眼时已经回来了。窗外仍然是暗夜，没有星星，天空被灯光映成妖异的红紫色。这座城市就像一场纸醉金迷的盛宴，一座永不落幕的大型秀场，能一直待在布切城的人，内心一定都很强大。

边伽他们几个都起床了，过来敲门。

难得有假期，时间就是用来挥霍的，大家下楼找了一间餐厅吃饱，继续看秀。

永夜之城没日没夜，作息全凭自觉，按时间差不多又要吃午饭了。

路过赌场时，边伽往旁边的自助餐厅里看了看，提议道："这顿还是这间自助餐厅吧，海鲜都很新鲜，除了某人对螃蟹过敏外，没别的毛病。"

林纸没在听他说什么，正在往赌场里张望，扫视了一圈，看到一个人从人堆里穿过去，朝赌场的另一个出口走，看背影好像是那个假邵清敛。她火速扯了扯秦猎的胳膊："看……"

秦猎只听到她说这一个字，刚转过头，就看见她软软地向自己倒过来，倒得奇准无比。他伸手一把把她接住，接得也很准。

边伽很纳闷："吃螃蟹过敏我能理解，可是我刚才就说了'螃蟹'两个字，她就开始过敏了？"

林纸穿了，而且完全不是自己想穿的。

她现在在一个熟悉的人身上，就是昨天的小丘。刚才扫视赌场时，她就看见他又在赌场里那张有转盘的赌桌前押数字。

阿塔不知道去哪儿了，只有小丘一个人，他好像又输了，正在懊恼地自言自语："这回怎么又是偶数？刚才还是应该押偶数，怎么就押了奇数呢？昨天赢的都快输没了。"

久赌无赢家，他又不会作弊，押不中再正常不过。

林纸顾不上这个，硬生生扭了一下他的头，看见假邵清敛已经到了赌场的后门口，马上就要出去了。

这一动，小丘立刻察觉了。他在脑中试探着问："赌神副人格，你又出现了？"

林纸："……"

好不容易又发现了假邵清敛，秦猎他们都还在赌场外，距离很远，来不及去叫他了，林纸火速压低声音，在脑中给小丘下指令："出赌场后门。"话不能说太多，多说容易露馅。

昨天她这个"副人格"在赌场大展神威，小丘已经对她非常相信，闻言立刻往后门走，边走边在脑中问："我们要去干什么？"

林纸不答。

小丘也不介意，他腿长步子大，走得估计比林纸本人还快，很快出了赌场后门。林纸看见假邵清敛就在前面，正下了扶梯，好像要离开酒店，忙继续发指令："下扶梯，出门，快！"

小丘的好奇心彻底被激发，火速上了下楼的扶梯，知道她着急，并没有站在扶梯上等着，而是一路顺着往下跑。他速度很快，几乎快追上假邵清敛。

林纸看见假邵清敛一出酒店就直接去门口的电梯系统前取码，也指挥小丘："我们过去取码。"她又补充，"去中心广场。"

取码的人工智能机器有一排，小丘过去输入"中心广场"，把码扫进手环里。机器客气地播报："感谢您使用布切城传送系统，请在 A07 号电梯前等待。"

小丘动作快，几乎和假邵清敛同时来到 A07 号电梯门口。

要去中心广场的人很多，这里还等着一大堆人，小丘混在里面并不显眼。不过假邵清敛是个谨慎的人，看到小丘跟着他一起过来，还是偏头上下打量了他一遍。但林纸刚才直接报了目的地，听起来更像是赶时间去中心广场，小丘并不知道自己正在跟踪假邵清敛，对他完全无视，表现得无比自然，比最合格的特工还合格。假邵清敛看了看他，没看出什么异样，就转过头去了。

酒店外面很冷，人人都缩着脖子搓着手。等了好半天，电梯终于来了，大家一窝蜂地挤进盒子一样的电梯里。之后电梯猛地升了上去，沿着布切城楼宇之间搭建的复杂轨道，像悬在高空中的缆车一样飞快地滑了出去。

小丘没事干，在脑中跟林纸聊天："赌神，你好像不太喜欢说话哦。"

林纸"嗯"了一声。

小丘很有耐心："能不能至少告诉我，你是个什么样的人啊？什么性别？多大呀？"

林纸忍不住说："反正不是七岁的小孩和中年木匠。"

小丘很惊奇："不愧是我的副人格，连我爷爷的事都知道！"

林纸：这不是你昨天亲口说的吗？这老实孩子还是别进赌场的好。

电梯很快到了高楼大厦之间的一片广场，落了下来。广场面积不小，一圈全是大厦，楼体上的巨幅全息广告牌在暗夜中十分醒目。人也很多。

林纸瞥见假邵清敛一离开电梯就朝广场的一边走过去，和上次监控里看到的方向并不一样。她没让小丘动。假邵清敛这个人心眼很多，说不准想干什么。果然，林纸遥遥地看见他跟着人流走了一半，忽然转了个方向，朝广场的另外一边走过去。如果真的有人跟着他这样突然转方向，一定会很明显。

这回林纸转动眼睛在假邵清敛身上停留的时间长了一点儿，小丘终于察觉了，问："我懂了，你原来是在跟着前面那个人啊。为什么要跟着他？"他想了想，忽然兴奋起来，"都说布切城的非法组织很多，那个人是黑帮的吗？你是不是每天趁我睡着后用我的身体出来逛？怪不得我这两天觉得累，怎么睡都睡不够。"

林纸：你累大概是因为你在赌场逛得太久了，精神高度紧张，不赌就行了，别脑补"我的副人格每天晚上出来闲逛结果卷入永夜城黑帮的阴谋"之类的大戏。

　　林纸没理他，指挥道："跟过去，小心一点儿。"

　　小丘跟了上去。

　　这回假邵清敛没再拐弯，直奔广场旁边的一座大厦。

　　小丘一边远远地跟着他，一边在脑中说："这人鬼鬼祟祟的，一看就不像个好人。"这人穿着斯文，单手插在裤袋里，看起来儒雅倜傥，但是每走一段就会假装有事停下来观察一下身后，气质再好也不像好人。

　　假邵清敛转过一个小巷的转角，不见了。

　　小丘立刻加快脚步，想跟过去。

　　林纸在他脑中说："别过去，停。"

　　果然，只稍过片刻，假邵清敛就又从那个转角里出来了，还看了看这边。好在广场上人熙熙攘攘的，小丘又离得远，他没发现问题。要是刚才追过去，就会被他迎面抓个正着。

　　小丘很讶异，问："赌神，你不光是赌神，还是特工吗？所以在我每天睡觉的时候，你到底出来做了多少事？"

　　林纸：这孩子的脑补能力倒是很强。

　　假邵清敛似乎打消了疑虑，不再像刚才那样走走停停，直接往大厦后面一条马路走过去。

　　小丘仍然远远地跟着。

　　假邵清敛走到一座不太起眼的旧楼前。那楼一副废弃了没人管的样子，墙壁上刷满了五颜六色的各种涂鸦，窗子全封着，看不出里面有没有人住。他站在门边，对着墙上的门禁系统刷了一下虹膜，破旧的铁门"吱嘎"一声打开了。

　　这幢老楼有门禁，小丘绝对跟不进去，但他对这个神秘的特工工作兴致勃勃："他进去了，然后呢，我们要怎么办？"

　　林纸也在想。只能先记住这个地方的位置，回去后告诉秦猎，让他想办法找人过来查。

　　假邵清敛已经闪身进了门，正回手打算把铁门关上。

　　林纸的眼前突然晃了一下，视野变了，那扇刚才还离得很远的破旧铁门现在到了面前。

　　她在心中默默地叹了口气：费那么大劲跟了那么久，没想到这个假邵清敛原来也是可以穿的。

　　林纸的潜意识胆子很大，莽到不行，敢直接穿到这人身上。林纸本人却有点儿紧张。假邵清敛可不是小丘，没法随便糊弄，她只能安静地待在他的身体里，一声不吭，一动不动。

　　假邵清敛并不知道身上来人了，认真关好门，等门锁自动锁好，才去乘电梯上楼。电梯里也是满墙五颜六色乱涂乱画的痕迹，一面是镜子，已经碎了一大半。他对着镜子看了一眼，自然地摸了摸下巴上刚长出来的胡楂儿，自言自语："该刮了。"

　　林纸忽然意识到，这得多好的技术，才能让胡楂儿从假脸皮下长出来？说不定他的这张脸是真的，天生就长这样。

如果他和邵清敛是双胞胎，一切就很好解释了。可是林纸仔细观察过戈飞、戈兰这对双胞胎的耳朵，彼此之间是很像，区别小到如果粗略一看不太会察觉，而两个邵清敛的耳朵差异就大得多。而且他上次到母星，曾经用过真邵清敛的银行账号，那是要用虹膜验证的，就算是双胞胎也不行。

电梯吱吱嘎嘎地往上升，像是随时会掉下去一样，终于在六楼停了下来。

假邵清敛到了自己的地盘，比刚才放松多了，松了松领口，下了电梯。外面是乱得一塌糊涂的房间，靠墙处堆满了各种箱子，桌上放着不少打开的光脑，有七八个人坐在虚拟屏幕前，不知道都在闷头忙着什么，倒是很像一间办公室。

有个一看就是 Omega 的清秀男生抬起头，跟假邵清敛打招呼："哥，拿到货了？"

"没有。"假邵清敛回答，"说好的，联赛决赛前这几天就到，结果又不来，让我在赌场白等了两天。"

林纸：他们竟然提到联赛，不知道和院际联赛有什么关系。

清秀男生笑道："他们星图不就是这样？也不是第一次了，言而无信，比谁都小人。"

星图？林纸听到了关键词，尽可能小心地控制住情绪波动，继续听他们说话。

假邵清敛说："没错，星图向来这样，找别人办事的时候什么都答应，到该给我们好处了就推三阻四，拖了又拖……"

正说着，腕上的手环忽然振动起来，他低头看了一眼。林纸也就顺着看到屏幕上是个名字，叫西结。

假邵清敛急匆匆往里间走："是星图找我。我还以为他们打算跑了呢。"

他推开里间的门，关好，这才点了手环屏幕上的接通键。

不是视频电话，只有声音，对面是一个女声，听起来很年轻，语调柔和，吐字清晰："齐瀚，我就是想问问，你拿到货了没有？"

林纸：这个冒牌货原来叫齐瀚。

齐瀚冷哼了一声："没有。我昨天和今天都按约定时间去赌场了，不只赌场，还把周围也全部找了一遍，都没看见交货的人。"

"那我很抱歉。"西结的声音仍旧平稳温柔，"你相信我，我保证你们深空一定会拿到该拿的报酬。"

林纸：和猜的一样，齐瀚他们果然是深空的人。

秦猎说过深空是个星际走私组织，经常在偏远星系一带活动，看来这里就是深空的一个窝点。上次在母星一起吃饭的时候，这个齐瀚差点儿和秦猎吵起来，说联盟应该限制资本集团的规模，大家应该回到种田织布以物易物的原始生活，这些话完全是偏远地区的另一个组织全知社的主张，却根本是在放烟幕弹，他并不是全知社的人。

西结安抚完齐瀚，继续说："暗夜游荡者残手里的资料还是找不到？"

齐瀚拉了把椅子坐下，揉揉额头："我们已经排查过所有可能拿到的人，就是没有。你们星图也没有进展？"

西结答道："宫元那对父子一点儿用也没有，我让他们抓紧时间去查，结果他们查得还没有你们快。"

林纸知道她口中的"宫元父子"是谁，宫元是宫危他爸的名字。宫家和秦家复杂的情况不太一样，宫元一直是星图毋庸置疑的执掌者，可是这个西结提起他们的语气相当不屑，也不知道究竟是什么人。

西结把该说的说完了，总结道："你要的货很快就会送到，我知道，我的人已经到酒店了，他大概还没机会去和你交接。你这两天还是继续在中午和晚上两个约好的时间去赌场等。他会戴着黑色半指手套。这种货能从母星运出来很不容易，提前祝你卖个好价钱。暗夜游荡者的事，继续努力吧。"说完断掉了通话。

齐瀚坐在那里想了想，开门对外面的人说："我这两天连轴转，实在受不了，在这里睡一会儿，你们不要进来吵我。"

外面的人应了，齐瀚才关好门，倒在旁边的旧沙发上，盖上外套，闭上了眼睛。

林纸的眼前也跟着变黑了，索性理了理思绪：齐瀚是深空的人，好像被星图的西结收买了，做她的马仔，帮她找残手里的资料；这批"货"很明显是从母星走私过来的，是给深空的报酬；西结提到的和齐瀚交接的"她的人"似乎和联赛有关，要在决赛前这几天来布切交货。

联赛的人那么多，有人和星图扯上关系不算奇怪。可是偏偏是这两天，人已经到了布切，只是没空来交货。这让林纸隐隐地觉得不安。她跟着躺了一会儿，决定还是回去。留在这个人身上也许能拿到更多的情报，可是太不安全了，而且出来太久不回去，秦猎会着急。

林纸默默地集中注意力，可不知怎么好像又回不去了。她飞快地想，难道是她的潜意识突然抽风，想留下再多听一点儿消息？

当然，还有一种可能，就是距离太远了。她以前无论穿到谁身上，从来没有离自己的身体那么远过，最远的距离不过是帝国机甲学院宿舍楼的二十三楼到五楼而已。现在她在中心广场，身体在跨越半座城市以外的神启酒店里。

也不是没有别的办法。齐瀚今天没有取到"货"，按西结建议的，肯定还会再去赌场。交货的时间是中午和晚上，等晚上他去赌场等人的时候穿回去就行了，只是她得暂时在他的身体里待一个下午，希望别出什么纰漏。

齐瀚已经睡着了，呼吸均匀。

林纸在一团黑暗中躺着，完全不敢动，比受刑还难受。她又试了试能不能回去，这次忽然大不一样。她觉得自己换了个姿势，不再是躺着，而是坐着的，好像是在座椅里，斜靠着椅背，眼前还是黑的，应该也闭着眼睛。

林纸不敢动。因为她每次离体后，秦猎基本都会把她的身体放平，不太会让她坐着。说不定她就近又穿到什么人身上，来了个布切市民身体一日游，一路像下跳棋一样从一格蹦到下一格，这么蹦着蹦着就蹦回神启酒店……

林纸闭着眼睛，小心地听着周围的动静：有点儿吵，有纷沓的脚步声、嬉笑打闹声，声音很杂，不太像是室内，可也不像是露天；气味也很陌生，并不是神启酒店自助餐厅附近那种食物和香水混合的味道；身上不冷，温度像是在室内，但时不时地能感觉到一点儿寒冷的风拂在脸颊上。

这是什么地方？她又跑到谁的身体里去了呢？

忽然，有人靠近，温暖柔软的唇贴上来，舌尖在她的齿间撩拨，一只手抚上她的腰。

这未免有点儿太刺激，不能不动了！

林纸正打算给对方一拳，下一瞬就知道是谁了，是不能更熟悉的气息。

秦猎低声道："睫毛都在动，再不睁眼，我就继续了。"

林纸放心地睁开眼睛，第一时间先转头看看周围，竟然是在一辆布切城罕见的悬浮车里。车就停在中心广场旁边的一个停车位上，空调开得很大，车窗只留了一条小缝透气，座椅的椅背斜放，她正靠在座位上。秦猎就坐在旁边，大概是刚刚看到她的睫毛颤动，知道她回来了，亲上来是在跟她开玩笑。

林纸想，神侍大人真是全世界最善解人意的人，竟然找到了中心广场，尤其是还把她的身体也一起带过来了！

秦猎的手还在她的腰上，凝视着她说："你在看赌场那边时突然走了，我怀疑你可能又看到假邵清敛了，来不及回来叫我，所以就让安珀查了赌场监控，果然看到假邵清敛，还看见你昨天上身的那个人跟在他后面，一起乘电梯去了中心广场。假邵清敛昨天到中心广场后就没再继续乘电梯，我猜他的目的地可能就在附近，所以过来碰碰运气。你从来没离身体这么远过，我担心出事，而且距离太远的话，说不定你没法回到你的身体里。"

他这么贴心，林纸十分感动。

秦猎看懂了她的表情，邀功道："值不值得给一个奖励？"

林纸点头："值。"太值得了，她问，"你想要什么？"

秦猎想都没想就说："亲我。"

说得好像她没亲过他一样，不过仔细想想，好像确实没，每次都是他主动吻她。林纸伸手搂住他的脖子，把他拉近，贴上去，像他刚刚那样在他的唇齿间一点点认真探索。这个人的嘴唇柔软，气息好闻，真的很好亲。

秦猎被她撩拨得不太对劲，双臂紧紧揽着她，就算隔着衣服，也能感觉到他全身肌肉紧绷，心跳如鼓。

车窗开着一点儿，广场上人来人往，再这样亲下去，说不定会被人看到。林纸松开他："我还有很重要的事没告诉你……"

秦猎的嘴唇还贴着她的，不肯挪开，低声问："世界上还有比这更重要的事吗？"嗓音带着点儿哑。

神侍大人恋爱脑，林纸只能努力撑开一点儿距离，把刚才在齐瀚那里的所见所闻跟他详细讲了一遍："我知道你们都在找暗夜游荡者残手里的资料，星图也雇齐瀚他们到处找这个。"

秦猎的脑子终于运转正常了："是。可惜就是找不到。"

他没说资料是什么，林纸也就没多问，只好奇道："不知道他们说的'货'是什么东西。"

秦猎答："深空这些年一直都在八区、九区做走私生意，不知道这次让人从母星带了什么东西过来，但无论是什么，肯定是非法的。"

林纸琢磨："交货的这位好像和联赛有关。"不然他不会在联赛决赛前的这几天才过来交货。

秦猎说："既然他们在做非法勾当，我们不如想办法把人抓了，说不定还能挖出什么有用的东西来。"他和林纸想的一样，联赛里有个人和星图的关系密切到能帮他们从母星走私这事，让人很不放心，还是弄清楚是谁比较好。

林纸又问："你知道西结是谁吗？"

秦猎摇头："从来没听过星图有这么个人。"

这有点儿出乎林纸的意料。天谕和星图斗了这么多年，连星图半夜开会商量用个新材料都能立刻拿到消息，对星图的人应该很熟悉，秦猎却不认识西结。看来她联系深空时，用了假名。

悬浮车启动，向神启酒店的方向飞去。

林纸望着车外的夜色："不知道真邵清敛去哪儿了。"邵清敛是"她"的发小，林纸也忍不住好奇他的去向。

秦猎看她一眼："我怀疑邵清敛本人也是深空的人。上次齐瀚冒充他来母星后，我就一直在让人查邵清敛的行踪，发现真邵清敛已经很久都没出现过了。"

只怕凶多吉少……

一回到酒店，秦猎就把安珀从楼下秀场里挖了出来。

西结说过他们在赌场交货，约了中午和晚上两个时间，刚好昨晚和今天中午林纸两次都遇到了齐瀚，接头时间已经明确了。接头标识西结也说了，交货的人会戴着黑色的半指手套。

安珀按那两个时间段重新查了一遍赌场的监控，寻找戴着黑色半指手套的人，确实没有。看来就像西结说的，他人虽然来了，但脱不了身，不太方便去交货。

林纸问安珀："你能不能再帮我查查星图有没有一个叫西结的人？"

安珀笑道："这个简单，我们有星图员工的完整资料库。"

然而搜索一遍，资料库里并没有这个人。

林纸还抱着希望："也不一定就是员工，说不定和宫危家有什么关系，比如他家的亲戚、宫危他爸的情人、私生子什么的。"

安珀回答："宫危家的八卦可有意思了，我对他家那点儿事可能比宫危他爸自己记得还清楚，我可以肯定没有叫这个名字的人。"

看来这个西结大概率用的是假名。

边伽和杀浅也从秀场回来了，看见林纸又活蹦乱跳了，放心不少。

边伽语重心长地说："林纸，我昨天就觉得，你这个螃蟹……"他看看她，见她没有晕倒的迹象才继续说，"螃蟹过敏不太正常，不过没好意思说。过敏哪有你这样的？你这不太像是生理问题，更像是心理疾病。"

林纸：……

边伽欲言又止："林纸，你是不是有什么关于螃蟹的童年创伤？比如小时候被螃蟹夹了鼻子什么的？"

不用林纸开口，连杀浅都忍不住反驳："夹个鼻子就能'创伤'成这样？"

林纸默了默，说："我童年的时候真没被螃蟹'创'过，倒是给过螃蟹挺多创伤的，吃了不少。"

秦猎转头看了她一眼。

他给她编的晕倒理由实在太奇葩，林纸只能努力圆："可能小时候吃太多，吃伤了，长大后就开始过敏。"

边伽很同情她："心理疾病其实好治，我建议你这几天趁机多吃几只，说不定就吃好了。"

林纸想，边伽，你真是个天使！她郑重地答："我也这么觉得。"

边伽转头问众人："我们下午要不要出去玩？来布切以后一直闷在酒店里，都还没出去过呢，也不知道外面好不好玩。"

林纸已经出去逛了一大圈，很想跟他说不用出去了，外面又冷又乱又黑，还有各种帮派，一点儿都不好玩。

秦猎他们还有事，都找借口不肯走，边伽只好拉着杀浅陪他一起出去闲逛。

整个下午秦猎都在忙着，终于有了计划。

秦修刚好认识布切城的治安官，他们决定跳过酒店的安保，直接派人潜伏在赌场，等他们交易就立刻抓捕。

第 九 章
巨大的白泡

1

转眼又到晚饭时。

今晚，齐瀚还是会来赌场等人，戴黑色半指手套的人说不定也会出现，治安局的人应该已经来了，混在赌客中。

赌场说不定有大热闹看，林纸拉着秦猎和安珀，去了离赌场最近的自助餐厅。

边伽和杀浅不知道逛到哪里去了，还没回来。林纸给他们发了个消息，让他们回来后到餐厅会合，然后就去餐台那边毫不客气地夹了三只螃蟹到盘子里。安珀还在这里看着，螃蟹过敏的事不能忘。

秦猎袖手旁观，准备见证过敏的人脱敏的奇迹。

林纸安心地吃掉螃蟹，然后看了看他，不声不响地朝他身上倒了下去。

秦猎："……"

林纸已经到了小丘身上。现在是饭点，他和阿塔正坐在不远处吃东西，已经差不多吃完了，在商量晚上的活动。

小丘说："我还是想再去赌场试试手气，万一能把买指关节的钱赢出来呢？"

阿塔也很赞同。

两个人一起站起来，进了隔壁赌场。一进去，阿塔就换好筹码，直奔一台投币拉滚轮的机器，小丘则东张西望。

林纸忽然在他脑中出声："在赌场里走一圈。"

小丘十分惊喜："副人格，你又出来了？你今天忽然没了动静，我在那栋楼外面站了半天，还以为你出了什么事。后来想了想，觉得你可能每天到了固定的时间就会消失，对不对？"

林纸：你当这个"副人格"是仙度瑞拉，十二点钟声一响人就没了？

好在小丘一边问，一边听话地转了一圈。齐瀚没来，赌场里也没有戴着黑色半指手套的人。

林纸顺便劝他："赌场不是好地方，久赌必输，何况这里还会出老千，故意骗你的钱，真的会输到倾家荡产的。"

小丘忽然懂了："你能看出他们是怎么出老千的，所以才会赢，对吗？"

"对。"林纸没有瞒他，"我再帮你最后一次，就算是今天害你在中心广场挨冻的赔礼。你过去单押一个'5'，不要押太大，几百或一千的就够了，拿到钱以后，就去买你姐的人工指关节，以后不要再进这种地方来了。"

"我以后再也不来了。"小丘跟她保证，"我知道，要是押得太大，他们会怀疑，说不定会来找我们的麻烦。"

他并不贪心，只换了五百的筹码，走到转盘前，乖乖地押在"5"上。

小球欢快地蹦着，周围的人都在吆喝着自己的号码，气氛热烈。

身旁忽然多了个人，一只手垂着，戴着黑色细绒线织成的半指手套。

小球稳稳地停在数字"5"上。

林纸忍不住用小丘的身体转过头，是杀浅。他不知什么时候回来了，正用那双漂亮的凤眼好奇地看着桌上的数字和转盘。

杀浅发现陌生人盯着自己看，礼貌地微笑了一下。他穿着昨天她当过枕头的牛仔外套，身上口袋很多，鼓鼓囊囊的，另一只手抄在口袋里。

林纸有点儿愣神，脑中乱成一团。

帝国机甲学院队是乘军用货运飞船从母星出发的，一路都没有经过普通的安检程序，直达八区，如果想夹带点儿什么东西，比走正常的民用飞船容易很多。她还想起，前两天确实是杀浅先提议来永夜之城玩的。杀浅对每一块钱都很认真，而星图出手大方，向来肯出价钱来买他们想买的一切……走私什么的先放在一边，帝国机甲学院队内部竟然有人跟星图做私下的交易？

小丘押中了"5"，欢呼起来，被各种艳羡、贪婪的目光包围。

赌场金色的灯光耀眼，如同流动的欲望的旋涡，周围全是筹码碰撞时发出的脆响，有人说这是世界上最美妙的声音，因为它是钱的声音。

林纸眼前的景象没了，变成闭着眼睛的安全的黑暗——刺激太大，她不肯留在那边，躲回自己的身体里了。

她照例躺在座位里，这次是枕着秦猎的外套。秦猎就在旁边，边伽也回来了，正坐在对面吃冰激凌。

边伽看见她醒了，关心地问："这次过敏反应很大吗？怎么脸色那么不好？"

林纸茫然地坐起来，发现秦猎看过她的表情就垂下眼睛，摆弄手环，然后自己的手环轻轻响了一下。

秦猎知道不方便说话，发消息过来了："你看到他戴黑色半指手套了？他刚刚回来，说在外面已经吃饱了，想去赌场那边转一圈。"他也看到杀浅的黑色半指手套了。

林纸整理思绪，现在冷静多了。

不可能。上次星图给西尾队用EPG-01材料做指套时，西尾队完全不知道林纸队已经提前拿到了这个情报，在赛场上被打得措手不及，让星图在全母星观众面前丢脸丢到家，材料的首秀彻底弄砸了。如果杀浅真的跟星图有勾结，没理由不把这么重要的信息提前卖给他们。

当然，也许他们有交易是在那之后。可是林纸还是觉得不可能。杀浅是队伍里的机甲师，只要他想，这两次比赛里可以有一亿种办法在机甲上动手脚，让他们淘汰。以他的水平，就算动了手脚，也没人能看出来。可是他没有。

还有一种可能，就是他作为星图的眼线潜伏下来的目的和院际联赛无关，他跟星图有交易只是为了钱。杀浅是很喜欢钱，可是他现在积蓄不少，应该没那么缺钱。林纸听边伽那个大嘴巴说过，杀浅是奶奶带大的，十几岁的时候奶奶得病，要买一种很贵的药，需要很多钱，但是他奶奶前几年就已经去世了，债也早就还清了，现在他在这个世界上没什么亲人，和林纸一样只有自己。

林纸一动不动地坐着思索。这支小队里，秦猎、安珀和边伽都是机甲世家出身，从小接受最好的教育，养尊处优，不接地气。只有杀浅跟她非常像，他的很多做法她都能理解。反过来，她觉得她不会做的事，他应该也不会做，有任何借口都不会做。

秦猎又低头发消息过来："要治安官把人撤了吗？"

林纸懂他的意思，总不能真的找人来抓杀浅。她深深吸了口气，回复："先不用。"不再用逻辑，而是用直觉判断，她觉得杀浅不是那样的人。

林纸站起来，这次不再躲躲藏藏借用别人的身体，而是亲自去了赌场。

秦猎也立刻起身，跟在她身后。

赌场里依旧到处是人，不知道齐瀚来了没有。

林纸看见杀浅还在赌桌旁围观别人下注。他人很挺拔，比别人都高了半头，姿态也和赌桌前的其他人全然不同，只看看，不动手——他那么聪明，当然不会在赌场这种地方浪费钱。

林纸的目光掠过他，继续在人群中仔细搜索，忽然定住了。只见有个穿黑色连帽卫衣的人，在室内还戴着卫衣上的帽子，且拉得很低，遮住了大半张脸，肩上背着一个鼓鼓囊囊的包，最关键的是手上戴着厚厚的黑色皮质半指手套。

这个人穿过人群，一路到处看，好像在找人，然后猛地抬起头看向后门的方向——齐瀚出现了。他脚下顿了一下，就急匆匆朝齐瀚走过去。

齐瀚也一眼看见他了，没有再往前走，等在原地。

戴帽子的人把身上的包摘下来，拎在手里，走到后门口，一个字都没说，就把手里的包递向齐瀚。

赌场里，好几个普通赌客打扮的人一起扑了上去。

齐瀚反应极快，见势不妙，连包都没接，转身就朝外跑。戴帽子的人愣了一下，也跟着齐瀚往外冲。

林纸和秦猎也想跟上去，可惜赌场里已经有人亮出了证件，挡在两边的门口。

"我们是布切城治安局，现在怀疑有人在赌场内从事非法交易，正在抓捕，请各位暂时留在赌场内。"他示意荷官们继续。

林纸动了下念头，想穿到齐瀚身上，但没有成功——他现在正在玩命逃跑，说不定就要被拳头揍、被枪打、被扭住按在地上，她的潜意识不太想穿过去受罪。

赌客们只惊讶了一会儿，议论了几句，见和自己无关，很快注意力就又回到了赌桌上。

忽然有人碰了碰林纸的肩膀。她回过头，是杀浅。

"你们两个怎么也过来了？林纸的过敏好了？"他皱皱眉，"这里没什么意思，我看了看规则，都是骗钱的。等他们一放人，我们就走吧。"

半晌，门口终于放人了，也不知道抓没抓到人。

三人一起回到餐厅坐下，林纸问杀浅："你怎么突然戴上手套了？"

杀浅举起手，翻来覆去打量了一下："刚才出去玩，感觉布切城外面太冷，我得好好保护我的手，机甲师的手是很重要的。这是在一个地摊上买的，二十块一双，讲价到五块，还行吧？"

边伽接口："就是门口拐过去一点儿，巷子前面那个地摊，我觉得灰色的好，他非要买双黑的，说好看。你觉得呢？"

林纸认真看了看："黑的好看。关键是软软的，绒绒的，看着就很保暖，我也想来一双。"

杀浅立刻把手套摘下来，仔细展平，递给她，微微笑了一下："你喜欢？反正酒店里也用不着了，这是有弹性的，你肯定能戴。六块钱卖你，一块钱就当我的跑腿费。"

林纸："抠死你算了，二手货还敢加价卖？三块。爱卖不卖。"

一分钟后，三块钱转账完毕，这双惹是生非的半指手套到了林纸手上，真的又柔软又保暖。

秦猎的目光落到她的新手套上，杀浅的目光也落在手套上，两个人抬头时视线碰一下就移开了，谁都没说什么。只有林纸一直翻来覆去地看着那副手套，好像手套上有花一样。

饭还没吃完，治安局那边就有消息回来了。

秦猎不动声色地把手环屏幕偏过来给林纸看：齐瀚在布切城就像老鼠进了它的地下迷宫，太滑溜，只追了一段就被他跑掉了；那个戴半指黑皮手套的人倒是抓到了，连人带包人赃并获。

秦猎往后翻了一下，给她看照片。林纸彻底愣住了，抬头看向秦猎。

照片上的人摘掉了兜帽，面向镜头，竟然是个熟得不能再熟的熟人——孟教官。他是帝国机甲学院这次负责联赛的教官，跟他们一起从母星出发，一路上照顾他们的饮食起居，处理各种杂务，天天笑眯眯地和善到不行，像大家的保姆。

林纸有点儿头大，发消息给秦猎："他什么时候也到布切来了？"

秦猎回："我们赛间休息，教官们也一样在休息。按治安局查出来的信息，他也是昨天到布切的，只比我们稍晚一点儿，和其他学院的教官搭伴一起过来玩，大概昨天没能找到机会单独去赌场。"

林纸想了想，说："学院里出的几次事，会不会也和他有关？"比如学院大赛里升降板的事故，学院调查的结果是有人加了动过手脚的备用系统进去，是谁却一直没能查出来。

秦猎回："也许是，也许不是，星图能收买的人肯定不止一个两个。不过从他身上说不定能挖出和星图的其他交易。"

林纸问："所以他的包里装着的是什么东西？"他们一直说"交货"，不知道"货"到底是什么。

"治安局说，这种小袋子里是一种违禁药物，要继续追查源头。"秦猎给她看照片，包里有足足上百个小盒子和小袋子。

林纸懂了，好奇地问："那小盒子里呢，又是什么？"

秦猎翻出另一张照片："这个就不知道是什么了，治安局正在查，怀疑也和走私药品有关。"照片上，小盒子是打开的，里面装着一颗米色的小球，比绿豆还小一点儿，很不起眼。

林纸想起齐瀚他们的办公室，问："那中心广场旁边的深空据点呢？"

秦猎答："他们怕打草惊蛇，赌场这边动手以后才派人进了那边，可是不知齐瀚是怎么发出警报的，进去时里面已经没人了，光脑里的文件也全部销毁了，只搜到了几箱走私的人工义肢部件。"深空对付治安局经验丰富，动作很快。

对面的边伽看林纸和秦猎一直低头发消息，歪头好奇地研究了好半天，用手指敲敲桌子："你们两个，有什么悄悄话非要发消息？不能说出来让大家也听听吗？"

安珀吃了一大口冰激凌，咕哝："别了吧。他俩好意思说出来，你好意思听吗？"

边伽、林纸、秦猎："……"

之后大家又去看了场魔术表演才回去睡觉。这样吃饱了玩，玩够了睡，休息得倒是很充分。

林纸躺在大床上，脑中全是今天发生的事，思路像弄乱的毛线团一样纠缠在一起，塞得满满的，根本睡不着。也不知道秦猎在干什么。可现在借她一万个胆子，她也不敢再冒冒失失地跑过去了。

手环突然响了，秦猎发来消息："想过来一起看片子吗？"

不知为什么，林纸觉得他那边的床比她的舒服得多，一躺上去就会犯困。既然他盛情邀请她过去，说明他的状态很正常。于是她念头一动，到了他身体里："我来了。"

秦猎："我的意思是……算了。睡不着？"

林纸"嗯"了一声，用秦猎的身体伸了个懒腰。

"你是想得太多，"秦猎说，"想少一点儿，烦恼就少一点儿。想看什么？"

林纸不想看虫子，不想看鬼片，也不想看任何打斗情节，最后挑出来的电影剧情不知所云，文艺得十分矫情。不过不知所云有不知所云的好处，她几乎秒睡。

第二天一大早，林纸他们就收到了带队的高教官发来的消息。他含糊其词地说了一下情况，只说其他教官会接手孟教官的工作，让大家放心，比赛一切如常。

因为不想再看秀了，边伽探索了一圈，发现酒店地下一层有一间规模很大的电竞游戏馆，全息效果做得比秦猎家庄园的游戏机还好，空间超级大，打起游戏来场面壮阔。几个人如获至宝，感觉能在里面待一辈子。

而林纸心中一直惦记着另一件事。她不打游戏，在旁边找了位置坐下，看边伽他们杀虫子，时不时瞥一眼手环。

秦猎知道她在惦记什么，坐在她旁边，偏头靠近她，也跟着看一眼她手环上的时间，低声说："只有不到一个小时了。"

只有不到一个小时，他的信息素就撑过了三天，赢她一千块钱。

林纸"呵"了一声："一小时很短吗？少一分钟你也是输。"

秦猎一脸胜券在握的表情："已经过了两天多了，怎么可能撑不过这一个小时。"他这次做临时标记时咬得非常久，注入信息素时非常认真，说不定真的能撑过这一小时。

林纸没心思看边伽他们杀虫子了，坐在那里想主意。

秦猎就坐在她旁边，胳膊贴着她的胳膊，体温透过衣服一阵阵传过来。

林纸忽然有了个构思。发热期这种东西难道不能引发吗？毕竟身边就坐着一个现成的Alpha，长得帅，身材好，气质棒，味道也很好闻……她稍微偏了偏，向秦猎靠过去。

秦猎低头看了看她靠过来的头，一眼看穿了她的歪脑筋，低声说："不怕有人认出你，偷拍了传出去？"

电竞游戏馆里人并不多，空荡荡的，这个角落也很黑，林纸并不担心，她伸手找到他的手，十指交叉地攥住。

秦猎："……"如果他的标记连三天都撑不住，有点儿说不过去，在她面前也很没面子，可是难得她这么主动，虽然心思不正，但毕竟还是主动。

秦猎默默地反握住她的手。

林纸又看了一会儿边伽他们，忽然遮遮掩掩地点开手环屏幕，悄悄在上面搜索"有多少Alpha的临时标记撑不过三天"，翻了半天，停在一个页面上，上面写着：超过半数的Alpha的临时标记都能坚持三到四天。

秦猎咬了咬牙。超过半数？都能？坚持三到四天？这是哪个营销号为了抓人眼球随口胡编出来的数据？他们在多大范围内做的调查？怎么选的抽样样本？实验数据的准确性是怎么保证的？

他低头看林纸，发现她在手环屏幕的微光中，露出了满意的微笑。

秦猎："……"她那么聪明，竟然还真相信网上这种鬼话。

钱和输赢，秦猎都不在乎，可是他很在乎她怎么想。他怎么也不能连半数以上的Alpha都不如！他默默地把手从她手里抽了回来，顺便把贴着的胳膊也往回收了收。

林纸却人一歪，软软地跟着贴了过来，又靠在他的胳膊上。

秦猎伸出手，扶住她的肩膀，把她移回原位，摆正姿势："坐好了，小心摔。"

林纸抬头看看他，见秦猎一脸严肃，正襟危坐，看上去特别像刚认识他的时候那种一丝不苟的禁欲清冷样子，忽然更有兴趣了。她忽然捉住他的手，紧紧攥住。

秦猎挣了挣，没能挣开。

林纸扬声问边伽他们："你们几个的游戏要打到什么时候？"

边伽百忙之中抽空回答："再多玩一会儿吧，反正明天中午才回耶兰，还有时间睡觉。"

林纸拉着秦猎站起来："那我们两个先回去了。"

两人一起上楼。电梯里有别人，所以林纸松开了他的手。等回到顶楼，秦猎刚把门打开，林纸就从他胳膊下一钻，飞快地钻了进去。

秦猎默默地看着她，半晌，说："随便进 Alpha 的房间不太好吧？"

林纸答："我都在这边睡了两天了。"

"那不一样。"秦猎眯起眼睛吓唬她，"这次你的身体也在，只有我们两个独处，你就不害怕？"

林纸完全不担心："就算加上身体，我们两个独处一室也不止一次两次了吧。"上次她不小心喝醉，跑到他身体里躲着，两个人白天晚上都在同一个房间里，虽然其中一个身体空着没人待，不过肯定也算是独处。

林纸理所当然地说："再说，别人当然要小心，可是你又不是别人，你是秦猎。"她溜达着在房间里到处看，举起胳膊随便晃了晃手腕，"而且就算你是秦猎，你能快得过我的手镯？"随身带着耦合武器，她本人就是个大杀器，没人能惹。

秦猎被她堵得一点儿办法都没有，叹了口气，过去检查窗帘，确保不会有人偷拍。

林纸已经住了两个晚上，对他的房间无比熟悉，顺手打开虚拟大屏幕，调好屏幕方向，挑了部电影，在房间的沙发里坐下，然后拍了拍旁边的位置。

秦猎一脸"我看你还能玩出什么花样"的表情，在她旁边坐下，和她隔着半人宽的距离。

林纸看了看两人之间的"天堑鸿沟"，自动挪了挪，头一偏，靠在他的肩膀上。秦猎体温高，像个火炉，肩膀又宽又有弹性，靠起来很舒服。

秦猎："……"

林纸想了想，又顺手抱住他的一条胳膊，攥住他的手指。她给自己做心理暗示：全世界还找得出比他更可爱的 Alpha 吗？还不快点儿进入发热期？

秦猎任由她抱着胳膊，一动不动地看着前面的屏幕，脑中想的却是林纸。她现在一定觉得自己会这么抱着他是想靠他诱导发热，好赢了和他的赌局，他却知道根本不是。可能连她自己都没意识到，这其实是她的本能。她性情大变，一反常态地往他身上贴，估计是因为临时标记真的快要失效了。就像上次在庄园，她一有进入发热期的苗头就立刻上楼，匆匆忙忙地到处找他。

所以，临时标记真的快坚持不住了吗？秦猎有些绝望。

林纸也正在检查自己的想法。她觉得自己不太对劲，就像被扁翼蛞附身了一样，正在用诱导发热做借口努力往他身上贴。这说明什么？当然是说明有发热期的早期迹象，临时标记快要失效了！这可太好了，她要赢了！

秦猎看着虚拟屏幕，心思全在林纸身上，感觉她松开了他的手，在他的肩窝里蹭了蹭，找到一个更舒服的位置，把手搭在他的腰上，几根发丝飞起来，软软地扫过他的脖子，让人完全无法坚持。

算了，不超过一半 Alpha 就不超过一半 Alpha 吧。他这么想着，低下头去找她的嘴唇，却发现林纸又在趁他看电影偷偷瞄她的手环。手环的虚拟屏幕缩得很小，这回她看的网页第一行是：研究表明，临时标记的时长与 Alpha 的健康程度有关……

秦猎硬生生抬起头，继续看屏幕。

时间一分一秒过去，还有不到十分钟了，上次发热期那种晕眩心跳、浑身发软的感觉仍然没来，再不下手就真输了。林纸窝在秦猎怀里纠结了一会儿，索性离开他的怀抱，按着他的肩膀，在沙发上跪了起来。

秦猎不再看屏幕，转头看着她，哑声问："你想干什么？"

这不是废话吗？！一不做，二不休，林纸俯身搂住他的脖子，找准他的嘴唇，直接亲了下去。

她并不跟他通感，亲得毫无章法，乱七八糟。秦猎却撑不住了。他用胳膊箍住她的腰，另一只手按住她的后脑，翻身把她压在沙发上，低声说："不是这么亲的。我来。"然后吻住她。

林纸闭上眼睛。他亲得确实比她好太多了。

沙发宽而柔软，两人深陷在里面，像一个安全舒适的窝。

不知过了多久，林纸忽然想起她原本是打算干什么来着——对，临时标记！

房间里早就有了酒香，也有他好闻的晒过的被子的温暖味道，她脸上发烫，心欢快地跳着，是发热期无疑。

林纸抬起手腕，挣扎着看了一下手环，和他分开了一点儿："秦猎，还有四分钟才到时间，我绝对赢了！"

秦猎俯视着，揭穿她："可是你作弊。"

林纸："你又没提前规定不能想办法诱导发热期。"

"好，你说得对。"秦猎说，"可是这不代表正常情况下我的临时标记连三天都坚持不了。"

林纸想了想，点头同意。客观地说，如果没有她的干扰，他的标记是能撑过这几分钟的。

于是她赢了，也肯定他输并不是因为他菜，两人对这个结果都很满意。

秦猎仍然保持着姿势，没有放开她，鼻尖几乎擦着她的鼻尖，问："林纸，发热期……"

林纸提醒他："我们没法再打一次赌了。发热期一般是七天，还剩两天，你的临时标记绝对能撑得过，我不跟你赌。"

"不是，我的意思是，"秦猎的手指顺着她耳边的一缕头发轻轻擦过她的脸颊，声音低而诱人，"发热期只剩两天而已，你何必再浪费一支抑制剂？不如我再帮你标记一次？"

林纸想，他说得很在理，五天都过去了，只剩两天，再开一管抑制剂实属浪费。她在他身下艰难地翻了个身，主动拨开后颈的头发："好，你来。"

她不是这个世界的人，一直不太有腺体和标记的概念，并不明白这个动作在一个 Alpha 眼中意味着什么。秦猎彻底疯了，他深吸一口气，一口咬住她的脖子。连林纸都感觉到了，他这次异常凶猛，信息素格外烫，比他上次故意多注入时还可怕。他死死地压住她，也是在用尽全力压制自己的动作，克制住不做出什么临时标记以外的事来。

汹涌的感觉渐渐退去，林纸动了动。

秦猎侧了侧身，挪到沙发里侧，把她抱在怀里，低声说："再躺一会儿。"

两人一起看屏幕上的电影。

房间里都是信息素的味道，秦猎一下一下地抚着她的头发，眼睛望着屏幕，心中天人交战。忽然一阵奇怪的困意袭来，他低头看了看，发现林纸已经闭上眼睛，完全无视身后还有个危险的 Alpha，放心地睡着了。

秦猎："……"

又抱了她一会儿，秦猎才轻轻起身，从沙发上下来，抄住她的腿弯打横抱起来，准备把她放到床上。

脑中忽然有人出声："你在干吗？"

秦猎吓得差点儿把怀里的人扔了。她不知什么时候又悄悄跑到他的身上来了！

"我以为你睡着了，抱你去床上，沙发太窄，躺着不舒服。"

林纸迷迷糊糊地"哦"了一声，又没声了。

秦猎把她的身体小心地放到床上，关掉虚拟屏幕和大灯，在她旁边躺下，伸手揽住她，就像上次她醉酒不肯回去时一样。他想，林纸，你忘了，这也应该算一个唯一，唯一一个同床共枕的人。虽然有时候身体和灵魂的分布方式有点儿奇怪……

林纸早晨醒来的时候，觉得这一觉睡得异常舒适。床很大，被子上全是阳光晒过的味道，暖洋洋的，甚至有点儿热。她这会儿还有点儿迷糊，努力回忆昨晚的事，好像又穿到秦猎身上睡觉了。

"醒了？"头上忽然有人发问。

林纸呼地坐起来。她穿回自己的身体里来了，而且竟然和身体一起在他这里睡了一晚上！

秦猎一副理所当然的样子，跟着坐起来，从背后伸手抱住她，把她揽进怀里，低头吻了吻她的头顶："不早了，我们得回耶兰了。"

确实不早了，已经快到中午了。两人火速洗漱，找到边伽他们，大家一起吃过饭，收拾好行李，准备搭飞船回耶兰。

走到一楼大厅，林纸看见小丘和阿塔正从酒店外面走进来，小丘手里宝贝一样抱着一个盒子。

阿塔问："人工指关节也不是只有布切有，你为什么非要在这边买？"

小丘答："布切的各种机械义肢和人造器官都很便宜啊，尤其是渠道不太正规的，和外面差着好几倍的价钱呢，要是愿意在这边动手术，手术费也特别便宜，划算很多。"

阿塔问："指关节也买到了，咱们下午就走，不再去一次赌场了吗？你最近手气那么好。"

小丘答："不去了，我们去看秀。"

林纸和他擦肩而过，在心中默默地说："我走了，拜拜啊主人格。"

几个人带着行李来到航栈，搭上短途飞船，把永夜之城留在了身后。

飞船飞出那片巨大的黑色阴影，重新回到阳光里。耶兰一切如旧，只是酒店里少了个人，孟教官回不来了，他的工作现在全部由高教官顶替。

众人先休整一天，准备第二天的决赛。

进入决赛的队伍比预期的少：上场复赛，主办方在关底放了一群大白蜘蛛，样本车又脆弱得不行，难度太高，最后只有七支队伍成功过关，帝国机甲学院队是其中唯一一支全员无伤的队伍。

剩下的，除了宫危那支全是雇佣兵的星光机甲学院队，还有两支林纸早就预料到会进入决赛的队伍：戈飞、戈兰所在的比邻星系第一机甲学院队和黎央带领的母星荣耀机甲学院队。

七区的月海机甲学院队，也就是林纸在沼泽旁上了人家侦察机甲驾驶员身的那支队伍，也成功进了决赛。

剩下两支队伍，分别是九区的DBQ316机甲学院队和四区的使徒星信诺机甲学院队，林纸都不太熟悉。

第二天清晨，大家一大早起来，喝过浓缩型营养液，一起下楼去取机甲，才走到电梯门口，就遇到了那对白毛双胞胎，真正感觉到要开始比赛了。

然而两人一看到林纸，就做了个奇怪的动作：捂住耳朵。

林纸："……"

其中一个说："林纸，我们发现了，就算我们是双胞胎，耳朵也不是完全一样的，你是不是靠耳朵的区别分出我们两个的？"

另一个也捂着耳朵问："你现在再猜，我们两个谁是戈飞，谁是戈兰？"

林纸围着他俩转了一圈，点点其中一个："你是戈飞，一千块转账。"

比赛前照例先进账一千块，开门红。

双胞胎要疯了，放下捂住耳朵的手："为什么啊？"

边伽也跟着问："为什么啊？"

林纸："……"

可惜戈飞、戈兰能甩掉，边伽甩不掉。他足足问了一路，一直到坐进驾驶舱里，还在队伍频道里问："为什么啊？林纸，到底是为什么啊？"

林纸无奈地说："世界上根本就没有一模一样的两个人，不一样的地方太多了。不信你伸出你的两根食指仔细看，都是你自己的手指，长得也并不是完全对称的。比如一般人食指指甲下的第一个指关节上，都会有一道主要的皱纹。"她伸出自己的手指看了看，"这条纹，有人的是平的，有人的是弯的，像笑脸一样。戈飞右手食指的那条纹就是笑着的，戈兰右手食指的纹却笑得嘴有点儿歪。"这种细微的差别，短时间内不会有变化，化妆遮掩的时候也注意不到，更何况全身上下到处都是，也很难改。

边伽安静了好一会儿，不敢相信："林纸，你为什么会注意到这种事？你好变态！"

林纸："……"

边伽想了想又说："秦猎，你以后绝对不能出轨，会被林纸一秒发现的。"

正在认真检查鹰隼、莫名被 Cue 的秦猎："……"

过了一阵，边伽又说："我的手指跟了我这么多年，都没注意过，我左手食指上那条纹笑得比较温柔，右手食指上的纹笑得比较邪恶。"

安珀搭茬："咦，我手指上这道纹怎么会这么浅？都快看不出来了。"

杀浅也说："我的这条纹没有在笑，是笔直的，像抿着嘴，看着很严肃。"

林纸启动赤字："别看纹了，出发了。"

停机坪上，军用货运飞船正在等着大家。这次决赛一共只有三十五架机甲，所以飞船不大，大家操控机甲鱼贯上船。

决赛的赛场比前两次都远，要去九区。那里是星环九区中最偏远的地带，距离一到三区的前线战场也最远，是人类的大后方，适宜人类改造和居住的行星不太多，也是最晚开发的一块区域。但虽说是最晚开发，其实人类也已经在这块区域生活了几代人。原主和边伽都是九区人，因此林纸对这个从没到过的九区下意识地有种亲切感。

据说飞船要先去九区的首府星，然后再飞到决赛的小行星，路程较长，大家坐在机甲驾驶舱里没事干，开始聊天。

林纸没有说话，对着对面的鹰隼努力集中精神。她在布切的赌场里发现能不靠头盔控制小型的耦合元件，所以一直想试试能不能也这样控制机甲，刚好现在有空。然而鹰隼毫无反应。

秦猎正好发来私聊："林纸，你能控制别人的机甲吗？"他见她半天不出声，猜到了她正在忙什么。

林纸有点儿挫败："不能，要是能的话，鹰隼现在应该已经开始抬起胳膊，对着我跳手指舞了。"

秦猎安慰她："不用着急。我觉得你的耦合能力一直在提升，说不定什么时候就可以了。"

林纸也觉得自己似乎正在和这个世界磨合，从感应周围的耦合元件到精确控制，从只能跟秦猎互换到随意上别人的身，进步飞快。

九区终于到了，舷窗外出现首府星时，一种熟悉的感觉从林纸心中升起。这颗星球比母星略小，但是和母星一样，表面大部分是蓝色的海洋，陆地不算多，很像她在另一个世界的故乡。

飞船抵达首府星上空的中继站，停泊下来。船长通过广播说飞船会在中继站稍做停留，再出发前往目标行星的赛场。

这次停留的时间好像特别久。边伽笑道："等这么长时间，是主办方还没来得及把赛场布置好吗？他们现买虫子去了？"

安珀百无聊赖："不然先把这次比赛的资料发给我们看看也行啊。"

杀浅说："没这么快，上次是差不多到赛场行星上空才发的。"

无所事事，大家只能干等着。

边伽抱怨："让我们等着就算了，连网都上不了。"

林纸低头看了看手环，私聊秦猎："秦猎，你的手环有信号吗？我的手环没信号。"

按理现在在九区首府星上空的太空中，离首府星距离不算太远，应该在首府星的覆盖范围内，手环不会这么死气沉沉。

秦猎回答："我的也没有。"

不只没网可上，任何信号都没有，这有点儿不太对劲。

林纸想了想，在队伍频道里说："所有人打开伪装层，检查机甲的控制系统、枪械和随身武器，随时准备比赛。"

边伽："啊？"

不过他们全都动了，站起来开始做比赛前的准备。

杀浅边检查武器边问："这就要开始比赛了？可是我们还没到赛场啊。"

林纸没回答，毕竟她只是直觉不对。

这边帝国机甲学院队忽然打开伪装层、检查武器，船舱里的其他小队全看到了，也一支接一支地开始走赛前流程，打开伪装层，就连宫危队都不例外。毕竟帝国机甲学院队是去年的冠军队，今年又毫无争议地连拿两场第一，跟着他们做很可能是对的。

飞船一直停着不动，所有小队的队伍频道都很热闹。

"什么意思？林纸他们觉得比赛马上就要开始了？可是这是九区的首府星啊。"

"说不定是飞船上有虫子什么的，让我们在天上就开始杀虫子。"

"有可能。这次是决赛，也许主办方故意想来点儿出其不意。"

"反正早点儿准备不会错。"

飞船的扬声器里忽然传来船长的声音："学员们请注意，有突发情况，飞船现在需要紧急迫降首府星。"

大家都有点儿蒙。

边伽说："不会吧？今年的决赛真的要弄得这么戏剧化？他们真当他们在拍综艺节目呢？"

通知发完，飞船就脱离了中继站，向下面的首府星降落。

说迫降，还真的是迫降。林纸一直在从舷窗往下看，飞船好像没有去找任何航栈，而是取最近的直线距离往下降，速度还不慢。降落的过程中，能看到不远处城市里的摩天大楼和城市周边低矮的民房、工厂，无数悬浮车在其中来回穿梭。不过飞船的落点是一大片荒郊野地，旁边就是密林和起伏的山脊。

飞船总算停稳了。船长又在广播里发出通知："请学员们原地待命，等待下一步指示。"

大家全都摸不着头脑，那比赛到底开始了没有？

林纸打开公共频道，看见不少人在上面议论。

黎央："怎么回事？不会是真的出什么事了吧？"

戈兰："放心，肯定没事，就是主办方在闹。"

戈飞："看来他们这次打算给大家憋个大的。"

林纸抬头看了看外面。飞船的舷窗视野受限，可还是能看到远处的天上飞过来一个东西，不知道是什么，看形状像个飞艇，又像一个浮在空中的球形大泡泡。按距离换算，那东西的体积应该非常大，比一般的飞船和战舰都大得多，是一只遮天蔽日的庞然大物。最关键的是，它通体纯白！

林纸浑身的汗毛都立起来了。秦梵说过比赛时要小心白色的东西，他看到的场景很可能不是上一场比赛，而是这场。而他会把它叫作"白色的东西"，是因为他也不知道那是什么。

秦猎也看到了，身为恐白症患者之一也毛骨悚然。

那巨大的东西幽灵般飘在空中，正以惊人的速度目标明确地向这边逼近。而飞船还停在这片空旷的荒地上，丝毫没有逃跑或者躲起来的意思，不知道船长在想什么。

飞船内的广播是单向的，林纸他们没法联系船长，再说按那东西的移动速度看，也根本来不及了。

不能再等了！林纸三两步冲到飞船的舱门前，没发现开门的方法，果断举起臂上的激光枪，对着封闭的舱门开火。秦猎跟过来，两人齐心协力用小激光枪暴力拆解舱门。打得差不多了，赤字提脚猛地一踹，舱门晃晃悠悠地掉出飞船外，落在地上，"哐"的一声响。

其他人全都被他俩的举动吓傻了。

林纸回过头，用扬声器说："还站着干什么，快跑啊！"

飞船没放踏板，离地面还有几米的距离，林纸抬头看一眼天上快速逼近的白色庞然大物，第一个从打开的舱门跳了出去，一落地，拔腿就跑。

帝国机甲学院队的其他四个人毫不犹豫驾驶机甲跟着她跳出了飞船，朝前面的山脉和密林狂奔。

其他队伍见状，虽然没弄懂是怎么回事，也一个接一个地跟着跳出飞船。

奔跑中，林纸看到天上飘着的白色巨泡不止一个，远处的城市上空也有一个，正在向城中心逼近。

戈飞在公共频道说："这决赛也太刺激了。"

戈兰接口："天上那是什么玩意？"

边伽答："大概是白气球的祖宗。"

DBQ316 机甲学院队是最后一个从飞船里跳出来的，他们的主控指挥叫元贤，还有点儿犹豫，边跑边不时回头看一眼飞船。他在公共频道问："咱们真的能破坏飞船的门，这么跑出来吗？"一看就是个守规矩的好学生。

他们队里的侦察机甲驾驶员也说："船长刚才说得很清楚，让我们原地待命，我们就这么跑出来，会不会算违规，被取消决赛资格？说不定一定得留在飞船里才能继续比赛。"

他们的辅助甚至在队伍频道里悄悄说："帝国机甲学院会不会在下套，想直接淘汰我们？"

队里的机甲师回他："应该不会吧，他们自己不也出来了？"

几个人一起看向林纸，她不只出来了，还跑得比兔子都快，正带着她的队员竭尽全力地往前窜。

2

天上飘浮的巨大的白色泡泡飞快地逼近，遮天蔽日，比林纸以为的还要大。

密林就在前面，林纸回了下头，看见那艘货运飞船好像刚刚才反应过来，启动动力，离开地面，掉了个头，打算往前逃跑。

一道极其耀眼的光束突然从天上白色的巨泡中射出来，精准地打在刚启动的飞船上。"轰隆"一声巨响，火光四射，爆炸的碎片飞散到空中，冲击波激起大片烟尘，把逃跑中的机甲都往前猛推了一把。

学员们跟跄了几步，傻了，有些机甲停住脚步，回头看向飞船。飞船已经彻底没了。要是他们现在还在飞船里，已经跟着它一起碎成了渣。

林纸带着自己的小队一步都没停，继续往前冲，同时在公共频道里吼："快跑啊！这不是比赛！"

停住的人如梦初醒，拔腿就跑，跟上林纸。

终于，学员们冲进了山脉中的那一大片森林。

林纸心中琢磨，他们刚才在飞船上就都开了机甲的伪装层，不仅和环境浑然一体，还可以反雷达，飞船过来的时候，他们已经跑出了一大段距离，也不知道那个白色的东西看见逃跑的机甲了没有。这一片山脉地形复杂，树木又相当高大茂密，说不定能躲过一劫。

进入密林后，林纸没有停，继续往前寻找隐蔽的位置。

公共频道里有人的声音都在抖："飞船就这么没了？那里面的船长和船员呢？"

有人安慰他："说不定这是比赛安排，我们听到的船长的声音是人工智能，飞船也是人工智能驾驶的，是故意打掉做的效果。"

"对，观众现在说不定正看着我们乐呢。"

"可是你们看，周围一台裁判飞行器都没看见。"

所有人抬起头。和每次比赛进入赛场时不同，四周不仅没有裁判飞行器，也没有偶尔可以看到的隐藏在树上、山石上的摄像头。

"可是我们的机甲头上有摄像头，"元贤说，"想直播还是可以的。"

同队的辅助也很同意："他们可能是为了制造真实的感觉，没用其他摄像头。"

他们还是抱着这是场比赛的希望。

林纸忍不住开口："刚才飞船降落的时候，我看到前面有一座城市，还有很多悬浮车，可是院际联赛这么多年以来没有在有人类活动的区域举办过。"

"对，因为危险。"秦猎帮她补充，"院际联赛和学院大赛的规模不同，要大得多，赛场上释放的虫族也很多，所以按照联盟法规，像联赛这种级别的比赛，场地附近必须清空，所以这些年才会一直在荒僻无人的行星上举行。我们现在在九区的首府星上，旁边还是有人居住的城市，在这里比赛是绝对不可能的。"

公共频道里一片安静。

宫危忽然悠悠出声："是不是比赛，用不了多久就知道了。"

林纸懂他的意思：看死伤就行了。不是比赛的话，就不会有赛场救援。

林纸："无论是不是比赛，我们都先找地方藏起来。"

元贤："可是如果真的是比赛的话，我们是不是应该……"

话还没说完，又是一声巨响，身后一道光束斜着穿过树冠扫向这边。

DBQ316机甲学院队本来就跑得犹犹豫豫的，落在最后，刚才更是停了下来。光束的速度太快，追上他们，扫向一架辅助机甲，引爆了机甲内置的能量源。那架机甲"轰隆"一声炸开，连同机甲里刚刚还在说话的学员一起没了。

不少人都下意识地停下了。

"跑啊！！！"林纸在公共频道里吼。

这次没有人再落在后面，所有机甲拼了命地往前狂奔。

一束接一束的光束打进密林里，山石炸裂，周围的树木腾地燃起了火焰，浓烟滚滚。

有人问："它发现我们了？"声音都在抖。

"没有，"林纸答，"它看不见，随便瞎打的。"

果然，那光束东一下西一下，渐渐改了个方向，朝另一边扫去。

又往前跑了很远，林纸终于找到一条相当深的沟壑。它的形状很理想，有一边是往里凹进去的，伸出去的板岩半遮着头顶，高度也够，机甲勉强可以藏在下面。她当先跳了下去。学员们一个接一个地跟着她跳进深沟里。

"刚才飞船降落的时候我看见了，"林纸说，"这片森林就这么大，再往前跑就没地方藏了，我们得暂时待在这儿。"

所有人都默不作声。有人低声啜泣，是死去的学员的队友。

这里全都是机甲学院的学员，从入学的那一天起，就已经做好了上战场的思想准备，可是谁也没想到这一天会来得这么早，这么突然。

但就像宫危说的，至少现在人人都知道了，这绝不是比赛。

天上忽然有动静，林中斑驳的阳光被什么东西遮住了。大家抬起头，看见树冠的枝叶间又出现了那个巨大的白色的泡泡，于是都尽可能地把机甲紧贴在凹进去的岩壁上。

巨大的白泡在树冠上空幽灵般缓缓滑过，什么都没发现，往前去了。

等它过去才有人低声问："这是虫族的战舰吗？"

"虫族的那几种战舰都不长这样。"

"说不定是它们新开发的种类。"

"问题是，这里可是九区。"

星环九区是离前线战场最远的地方，也是最不可能出现虫族战舰的地方。如果天上的大白泡泡真的是虫族的，那就意味着联盟的大后方已经不存在了，从今以后，本来就在三区、四区前线打得很艰难的联盟需要双线作战。

所有人都不寒而栗。

远处传来"轰隆隆"一声闷响，地动山摇，像打雷一样，是光束轰炸的声音。接着又是一声，又是一声，一直没有停，轰鸣声越来越密集，渐渐连成一片。位置是在北边，就是刚才那座城市的方向。

所有人沉默地听着爆炸声。

它们正在集中火力，轰炸人类的城市。

虫族和人类需要的生存环境一样，甚至比人类对环境的要求更苛刻，更喜欢植物繁茂没有污染的自然环境。它们每占领一颗行星，都只杀伤人类，不破坏地表环境。以至于有极端环保主义者说虫族入侵是对人类破坏环境的天谴，好像那些美好的行星环境不是人类努力改造出来的一样。还有另外一个极端，就是曾经有人建议撤离行星时，干脆用核武器彻底污染行星，鱼死网破：我们丢了，你们虫子也别想用。说不定这样虫子就不会再进攻人类的行星。然而那些星球都是好不容易建设起来的家园，没人舍得。再说这也不太现实，人类自己总得有地方待。

爆炸声还在继续，光束的威力大家都清楚，想也知道现在城市的惨状。

有人忍不住了："它们正在轰炸我们的城市，难道我们要一直躲在这个地方？"

林纸看了看，是四区信诺机甲学院队的主控，叫弥雷。信诺队就是上场比赛的搬车小分队，两名队员搬着样本车冲向终点时差点儿被宫危队暗算，赤字搭了一把手。

弥雷："我们有机甲，我们应该出去帮忙。"

"可是我们没有武器。"宫危冷冷地说，"你打算用手上那两把小破激光枪去打虫族的战舰？你请。"

他语气不怎么样，说得却也没错。大家的机甲上只有参赛用的两把小枪，出去的话，和白白送死没差别。

弥雷："去就去。孬种才藏在这儿，眼睁睁看着虫子占领我们的地方，杀我们的人。"说完从板岩下出来。

他的队员也跟着出来了，盯着宫危。两队在上场比赛里结了仇，现在更是彼此看不顺眼。

宫危回敬他："孬种？三天让出半颗行星的可不是我们。"

这些年和虫族的拉锯战一直在二区和三区，有时战火也会烧到四区，信诺机甲学院所在的四区使徒星就曾经被虫族占领过，三天内节节败退，丢掉了大半颗行星，到现在使徒星上还有大块区域被虫族占着，没有夺回来。三天内家园被占是所有使徒星人的耻辱，宫危偏偏哪壶不开提哪壶，还用了个"让出半颗行星"，说得好像四区人没有浴血奋战过，使徒星是他们拱手送给虫子的一样。

弥雷不再废话，一拳朝宫危揍过去。

不用宫危亲自动手，星光队的侦察机甲抢上前，手中的金属索抽向弥雷机甲的胳膊。

不过他们的动作都没有林纸快，只见蝎尾猛然伸长，分开了两架机甲，尾梢一把把金属索扯了下来。

林纸在公共频道说："别动，小声！"

一个小号的白色泡泡出现在树林里，就浮在他们所在的沟壑边沿，正缓缓地朝这边滑过来，看起来就像天上的大白泡的缩小版。这是祖宗体型太大，进不了密林，派了个重孙子进来侦察？

但人人都知道，这东西虽小，却不能打掉。因为打了重孙子，就会招来祖宗，最好还是安安静静地等它开过去。所以机甲都一动不动，站在原地。

小白泡泡沿着沟壑边沿一点一点往前滑过去，无声无息，越飘越远，几乎快要过去的时候，忽然在空中一个急刹，转了个弯。它悬停在那里几秒，突然对着没有藏在板岩下的弥雷和星光队的侦察机甲飞过来。

林纸清晰地看到，小白泡的肚子前面微微动了一下。刚才它祖宗也是这么动了一下，然后一束光就射出来，打掉了那架货运飞船。

不能不打了！激光枪在那一瞬开火，小白泡在空中炸裂，死无全尸。

林纸开完枪，一秒都没多等，从沟壑中跃出来，换了个方向，往密林深处跑——刚才那一枪暴露了位置，继续留在原地就是找死。

从下飞船起，林纸的每一个判断都是对的，这次所有学员想都没想就跟着她往前跑。还没跑多远，一个巨大的阴影就出现在树冠上空，紧接着一束强光闪过，山崩地裂一声响，他们刚刚待过的那条沟壑已经被夷为平地。

现在就连最激进的弥雷也不得不承认，他们和虫族战舰的武器根本不是一个量级的，目前这种状况完全没得打，想办法活下来才是第一位的。

林纸一边尽可能地远离刚才那块区域，一边观察周围。那种小白泡有第一个就会有第二个，它们的祖宗飞在上面，视野不好，还会继续派孙辈下来侦察。

果然，重孙子很快就来了。好几个小白泡从树冠的枝叶间纷纷扬扬地落了下来，在密林中穿梭，四处逡巡。

林间寂静无声，小白泡也像鬼一样向前飘，无声无息。渐渐地，它们飞出视野，不见了。

七支小队全部藏在一大块山体凹进去的地方，整片茂密的树丛后。这次没人再敢轻举妄动。

"我们接下来怎么办？"有人问。

"还能怎么办，当然是先得想办法活下来，藏着吧。"

"总不能一直藏在这儿，我们还是得找到联盟的军队。"

黎央从下飞船以后就一直带着她的小队，紧跟着帝国机甲学院队，这会儿在公共频道出声："林纸，你觉得应该怎么办？"

林纸想了想，说："藏着也不是办法，还是要找到联盟军队，找到军队才会有武器，我们的机甲才能发挥作用。"而不是像现在这样，只有两把小激光枪，被人追得东躲西藏。

大家都同意，问题是偌大的首府星，他们并不知道联盟军队在什么地方。现在是战时，联盟的主要军队都部署在前线，八区和九区是后方，驻军本来就少，完全无从找起。

戈飞说："这边突然冒出虫族，肯定会有大批军队被调派过来。"

戈兰忧心忡忡："八区、九区驻军不多，三区、四区那边距离又太远，大概要等一段时间才能过来。"

耳麦里忽然传来一阵噪声，是一直沉默着的联赛裁判频道。

所有人都安静了。

这里不是赛场，不会有基站，联赛裁判频道却响了。有人低声兴奋地说："看，这还是比赛！不然首府星上哪儿来的会发信号的联赛基站！"

边伽在队伍频道里吐槽："都死了一个人了，还觉得是比赛，这心是有多大？"

杀浅肯定地说："不是基站。这是有人想用直播用的元隧穿跨星际信息传递技术联系我们。"

为了直播需要，每架机甲头部都安装了摄像头，所以在机甲的控制系统内内置了直播需要的元隧穿跨星际信息传递元件。这是联盟军队特许院际联赛使用的频道和技术，和前线战场的通信一样，不会轻易被虫族屏蔽。

过了一小会儿，嗞嗞啦啦的声音终于调校清晰了。

"联赛学员，这里是星际联盟军 AX3521 军指挥部，负责当前九区的战地指挥，我们收到信号，你们是否仍然存活？"

所有人都觉得，从来没有听过比这更动听的声音。

"指挥部，这里是联赛学员。"林纸回答，"我们存活三十四人，一名学员牺牲。"

"收到。"对面说，"我已经能看到你们的图像了。"

信号传输稳定。对方言简意赅地介绍了一下现在的情况，比大家想象的严重得多。

就在刚刚，九区范围内不知为什么突然出现了大量虫族的战舰，集中进攻主要的人类聚居行星。这是这么多年来从没有过的事。九区是大后方，驻军战舰不多，现在正在和虫族战舰作战。然而虫族这次战舰出现的地点奇怪，像是凭空跳出来的，联盟的军队反而全部被挡在九区边缘博伊星带以外。而博伊星带以内，这些沦陷的九区行星上，包括这颗拥有军方元隧穿通信技术的首府星，对外的通信讯号全部被虫族陆续屏蔽和截断。有人突发奇想，想起这次院际联赛的直播也是借用了军方元隧穿技术，所以才来找他们。

从虫族战舰突然出现以来，指挥部第一次和首府星上的人取得联系，就是和这批学员。这也意味着，找联盟军队是行不通的。因为现在联盟军队几乎全被虫族战舰群拦在博伊星带以外。首府星上倒是有治安局，可那是维持日常治安的，他们的武器装备也是普通的激光枪，还不如林纸他们机甲上的配枪。

指挥部并不知道首府星上发生了什么，林纸便把这边的情况描述了一遍，尤其是那种奇怪的白色巨型战舰。

指挥部说："按虫族的作战风格，轰炸城市和人类聚居区之后，紧接着就是地面战。"

学员们都读过战争史，知道虫族的地面战是怎么回事：集中轰炸之后，它们会放出大量的虫子，包括武装完备的高智虫族士兵，还有各种地面装甲和武器，以清剿轰炸后残留的人类，把整颗行星上的人类灭掉。

然而现在联盟驻军都被隔绝在外面，首府星上并没有能应对地面战的武装力量，只有治安局和民用机甲，以及机甲学院和训练场里少量的训练用机甲。

林纸问："那我们能做什么？"

指挥部答："你们是联盟未来最优秀的机甲驾驶员，是联盟的宝贵财富，指挥部要求你们保护好自己的安全，原地待命。"

远处的爆炸声闷雷一样响个不停。

好几个人出声："又让我们原地待命？""原地待命"这四个字，今天大家已经听够了。

林纸说："指挥部，我们没办法原地待命。我们有机甲，但是没有重型武器，到哪里才能找到重型武器？"地面战就快开始了，不能攥着小激光枪在这里等死。

指挥部那边查询后说："能拿到重型武器的地方都离你们很远。"

林纸说："多远都没关系。"总比在这里坐以待毙好。

对面的声音又消失了，半晌，一份地图连同他们现在的定位被发了过来："这是首府星上距离你们最近的有重型武器的地方。我们找到了打开首府星武器库用的动态多维码生成器，也发给你们。我们会一直监控你们的信号。注意安全，希望你们能坚持到联盟军队到达。"

前线调过来的星际联盟军正在赶来的路上，虽然非常远，幸好中间有几个超空间跳跃点，大大压缩了距离，应该很快就会来了。

众人对着地图讨论。武器库在北边，确实不近，如果路上不遇到虫族战舰的话，以机甲最快的行进速度也要大半天。但他们必须去。

众人小心地穿过密林，原路返回，并没有遇到任何小白泡，就连浮在天上的大白泡也不见了。

一离开密林，林纸就知道它去哪儿了。它已经离开荒野，移动到北边那座城市的上空，和另外一个巨大的白泡会合，然后往西边去了。从指挥部给的地图上看，西边不远处还有另外一座城市。这些大白泡的目的是摧毁城市和首府星地面的主要武装力量，它们并不恋战。

刚刚飞船降落时林纸他们看到的那座城市，此刻已经没了。原本高耸如林般的大厦像被削平了一样，整座城市忽然矮了下去，只剩满地残砖碎瓦。废墟中，到处冒着火光，一股又一股黑烟带着浓重的焦煳味腾上天空，四处飘散。无数还能动的悬浮车正在逃向城外，向周围的荒野飞去。还有徒步的人，很多人浑身是血，搀着伤员，抱着孩子，离开城市。城中警报长鸣，治安局的小飞行器在天上巡回，这么远都能听到它在广播："请居民们不要惊慌，互相救助，有序撤离城市……"

这完全是一副末世景象。刚才还在说这可能是场比赛的人都沉默了。比赛弄成这样，除非主办方想上军事法庭。

弥雷在公共频道里低声说："那么多房子都塌了，下面肯定埋着很多人，我们现在应该进城去帮忙救援。"

"我们现在要继续前进。"林纸冷静地说，"你现在进城也救不了几个人，我们需要尽可能快地拿到重型武器，准备参加接下来的地面战。"

比轰炸更残酷的地面战就要开始了。虫族地面战的目的是灭种，到时候，一个活着的人类都不会留。

众人不再回头看那座崩溃中的城市，尽可能以最快的速度，沉默着向地图上的目标坐标狂奔。

途中遇到的零散房屋大部分还完好无损，不过也撑不了太久，一旦地面战打响，高智虫族会放出无数虫子，开始地毯式清剿，这些房屋都是虫族重点袭击的对象。三区、四区那些前线行星上，人们对虫族的地面战很熟悉，星球表面也部署了不少应对地面战的设施。可是这里是九区，连虫族的影都没见过，不仅什么设施都没有，人们对地面战也没什么概念，有人还守在房子里。

弥雷用机甲的扬声器对着他们喊："虫族要来了！快离开房子躲起来！"

也不知道他们肯不肯听。

鹰隼一反常态，没有走在队伍的最前面，而是和赤字待在一起，并肩往前。

林纸转头看看鹰隼的驾驶舱。虽然隔着机甲，什么都看不见，但知道秦猎就在那里，她就觉得安心。

天渐渐黑了，从看到第一个白色巨泡到现在已经过去了七八个小时，不知道虫族战舰又摧毁了多少首府星上的大小城市。

黎央感慨："这要是比赛的话，现在应该到休息时间了。"

联赛中，天一黑就睡觉，天一亮就起床，作息像鸟一样。这次却没有休息时间了。

黑暗是最好的掩护，夜间摸黑行进顾虑少，不用担心被虫族战舰发现，反而比白天速度更快。半夜的时候，他们终于到达武器库附近。这里也有一座城，面积不大，现在几乎全没了，城内火光冲天，浓烟滚滚，到处都是残垣断壁，几乎看不到任何完整的建筑。

还有很多没有撤离的人，有的大概不想走，有的是还有亲人被埋在废墟里。机甲队伍在小城边沿一出现，就有不少人看见，立刻有一大群人围了上来。不只是九区，在整个联盟的人们心中，只要看到了机甲，就像看到了希望。

他们七嘴八舌地问林纸他们："你们是联盟的军队吗？""是不是虫族打到九区来了？""联盟的战舰什么时候能到？我看见虫子的战舰往北飞过去了。"……

林纸让他们安静下来，耐心答："我们是过来执行任务的，地面战快要开始了，大批虫子会来，它们会先清剿城市和有建筑物的地方，请大家离开城市，带着武器，找地方藏好，坚持一段时间，联盟的战舰很快就要来了。"

她的这番话变成了标准答案，一路往前，学员们都在不停地重复。

城市边缘，焦黑的废墟里到处都是尸体和受伤的人。林纸从来没有见过这种惨象，大部分学员也没有。他们一直待在机甲学院，每天都在学战争史，练习杀虫子，在沙盘上作战，从没有这样亲眼看见战争中的平民。

这还只是小城边缘，不知道城里是什么样。

再往前，城中的治安局正在组织救援，人们也自发地组织起来，搬开废墟里破碎的建筑材料，挖出埋在下面的人。路边放着一排排挖出来的人，人人浑身是血，不少人刚才还在呻吟，一会儿就不动了。

公共频道里比任何时候都安静。

一个看上去只有五六岁的小女孩忽然沿着街道跑过来，一把抱住机甲的小腿，哭得听不太清在说什么，好像是说她家里人都被压在废墟下面，让他们去救人。

见她年纪这么小，在这么混乱的时候还知道到处找人救家里人，弥雷实在忍不住了，弯腰把小女孩托起来，让她坐在机甲强壮的手臂上，然后在公共频道里说："我们有机甲，力气比他们大，救人方便多了，我们都想过去救人。"

他们大概已经在队伍频道里商量过。信诺机甲学院队的队员都是四区人，当初使徒星被虫族占领的场景历历在目，看见城中这种惨象，没法不管。

林纸跟他们重复："我们现在非常非常需要重型武器，只有有了武器，你才能真正地保护这些人。"否则虫族一来，不管瓦砾上救助的还是瓦砾下埋着的，全都会死光。

黎央忍不住插嘴："弥雷，你是不是傻？没武器你能救谁？救个锤子！"

弥雷回敬她："那么多人马上要死了，你就一心想着你的武器，你瞎吗？"

两架机甲各向前一步，像要打起来。

林纸插到他们中间，跟弥雷保证："一拿到武器，我们立刻赶回来帮忙。"

弥雷不说话。信诺机甲学院队的五架机甲都不动。

地面战很快就要开始，没有时间劝他们。可林纸心里很清楚，这里一共只有七支小队，三十四架机甲，在联盟军队到达之前，是非常珍贵的战力，一架都不应该损失。她想了想，说："不然这样，你们留下两架机甲，进城帮忙救人，让三架机甲跟我们去取你们小队需要的武器。"

商量了一下，弥雷回复："我们留三架机甲，两架跟你们走。"

林纸没时间跟他们讨价还价，带上他们的两架机甲继续往北。

目标隐藏在密林里，是一片不起眼的灰色平地，看起来没有丝毫特殊之处。林纸按指挥部说的找到地面上的接口，虚拟影像立刻凭空弹了出来，并发出提示音："请输入动态多维码。"

林纸生成多维码，扫描后，地面缓缓打开，入口看起来非常像第一场比赛中的孵化站，通往地下，有个不小的升降梯。

机甲们鱼贯而入。下面也很像孵化站，空间很大，上下有四层，其中两层放着武器。大家检查了一遍，基本都是人用小型激光枪和相应的能量块，还不如他们身上配的机甲用激光枪。

正在失望时，边伽忽然叫："你们过来看，这边还有道门。"

边伽很能逛，发现底层靠里还有扇门，门里都是好东西：全是机甲可用的重型武器，主要是肩配远程激光炮和臂挂式重型激光枪，甚至还有爆燃弹。

可惜这里只是个最普通的武器库，并没有激光防空炮之类的，否则就能打战舰了。好在武器数量足够。

大家马上把武器搬出来，清点了一遍，按小队分配。

秦猎很有经验，看了看，说："有不少没法用，是适配高级机甲的。"

前线战场现在主要使用的是高级机甲，简单的基础机甲都是各机甲学院的学员做练习用的，还有一部分民用机甲，在战场上用得比较少。这些武器虽然很好，但没法直接装到基础机甲上。

杀浅翻来覆去研究："我觉得问题不大，只要稍微改造一下，应该就可以装上。"

他说可以，肯定就可以。七支小队的机甲师凑在一起商量了一下，一起动手。

公共频道里，弥雷他们一直在实时报告城里的情况："城里非常惨，伤员很多，我们正和建筑公司的两架民用机甲一起救人，可是压在废墟下面的人太多了，根本来不及……"

杀浅他们的动作飞快，没多久就全都改好了。各队的机甲师们帮机甲装好武器，现在每架机甲都有了可装配的重型武器，基本达到了战场上的配置要求。

还是深夜，空气中飘满城市燃烧的烟尘，城市那边一直在响着的警报声和隐隐传来的治安局飞行器的广播声不知为什么全都停了，像是个不祥之兆。

众人关好武器库的入口，立刻往小城的方向前进，越走越觉得不对劲。

林纸意识到留在城里救援的弥雷他们从刚才起就没在公共频道里说话了，忙问："弥雷，你们在干什么？"

弥雷那边还没回答，林纸的视野中就出现了一个熟悉的东西——一只黑褐色的兵虫。它站在前面的树林旁，高高地立着，两只锐利的爪子缩在胸前，头上一对触角转来转去，在寻找人类的痕迹。就在它身后不远处，成百上千只兵虫正奔腾而过，朝小城的方向扑过去。

　　地面战已经开始了！

　　林纸忽然明白那些白色大泡里是什么了，它们竟然带了这么多虫子过来！虫子的繁衍速度极快，只要给足时间，很快就会占领整个行星。

　　有人立刻举起胳膊："打它们？"刚配的爆燃弹正好能对付它们。

　　林纸说："先不要打。"这是来自星环九区七个不同机甲学院的学员，而且本来是竞争对手，并不是一支真正的队伍，每一步行动都要先花时间商量，让人头大，"按虫族地面战的惯例，就算是以普通虫族为主的区域，都肯定配备了高智虫族指挥战场，如果是平时的战场上，打就打了，但是现在首府星上没有什么成型的武装力量，我们贸然进攻，一旦被它们发现这里有一支机甲队伍，会把虫族战舰招过来的。"

　　战舰过来可就真打不过了。大家想起那种会射出光束的大白泡，都心有余悸。

　　戈飞开口："对，我们先找到这片区域的高智虫族。"

　　戈兰补充："只要干掉它们，其他虫子好说。"

　　黎央也很赞同："没错。"

　　他们两队迅速表态支持林纸，其他队也就没什么意见，所有人小心地隐藏行迹，跟着虫群的方向观察，很快就看到了虫群中不太一样的东西，像是飘在虫群中的悬浮车。它们是球形，像某种黑色金属和半生物性材料的结合体，就飘在离地面没多远的高度，正跟着虫群一起往城市前进，像放牧羊群的牧童。

　　有人在公共频道说："虫族 MURIV 型半生物装甲车。"

　　林纸也认出来了——开战以来，她好不容易见到一个认识的东西——是虫族常用的一种悬浮装甲车，普通激光枪的火力根本打不掉，他们手里刚拿到的武器却可以。她在公共频道数着："一、二、三。"

　　需要同时袭掉，让它们没有时间弄清楚周围有什么武装力量，把消息传出去。

　　林纸："让配了基础机甲激光炮的人打吧。"基础机甲的激光炮火力合适，万一失手，也不那么惹眼。

　　安珀装了一架，荣耀队的辅助机甲装了，信诺队的辅助机甲上也有。他们三个各自锁定了目标，在公共频道一起数："三、二、一！"

　　三道光一起发射出去。飘在空中的虫族装甲车像炸开的烟花一样，几乎同时分崩离析。

　　可惜只爆了两辆装甲车，第三辆竟然打偏了一点儿。

　　所有人正叹可惜，另一道明亮的强光已经到了，是林纸用肩上的激光炮毫不犹豫地补了一发，速度快到所有人都没反应过来，第三辆装甲车也跟着爆了。

　　有人在公共频道喃喃自语："这反应也太快了，还是人吗？"

星光队的侦察机甲驾驶员笑了一下："信诺队这位辅助，虫族装甲车那么大一个目标，离得又不远，也能打不中？你们是怎么混进决赛的？想起来了，是别人帮忙扶了一把。"说的是上一场他弄翻信诺队的样本车，结果被林纸帮忙扶了一把的事。

这种需要团结的时候，星光队和信诺队还在打嘴仗。幸好弥雷那个暴脾气不在，信诺队的辅助也是真的没打中，没有说话，所以暂时没打起来。

林纸温声说："第一次上战场，谁都难免紧张，适应一阵就好了。"

边伽在队伍频道里笑道："林纸，你今天说话口气怎么这么温柔？我好不适应。"

林纸心想，这不是废话吗？这里有七支小队，能让他们不分裂、不吵架，老老实实一起打虫子，坚持到联盟军队过来，才算是成功。

队伍继续悄悄地跟着虫潮往前，很快又找到了两辆虫族的 MURIV 型装甲车。

林纸说："安珀打一辆，信诺队的辅助机甲打另一辆。"

信诺队的辅助鼓起勇气，再一次瞄准。

林纸默默地做好了随时帮他补一炮的准备。不过他不负众望，一炮就把那辆装甲车轰掉了，他自己也松了口气。

看起来虫群中没有高智虫族了，黎央抬起肩上的火炮口，问："现在可以自由开火了吗？"声音中按捺不住的跃跃欲试。

林纸答："对，开火。"

众人都在等着这一刻，猛烈的炮火向着虫群轰过去，比用激光枪快得太多了，大片的虫子被炸成碎片飞到空中，虫群化为火海，带着焦味的浓烟滚滚。

黎央轰了一炮，感慨："这烤虫子的味儿可真是好闻啊！"又轰一炮，嘟囔，"给你们再加点儿火候。"再来一炮，"啊！烤过头了！"

林纸：她当这是在吃烧烤啊……

公共频道里忽然传来弥雷的声音："刚才来不及跟你们说话，虫子已经进城了。"

他的队友回答："我们知道。我们已经装配好武器了，正在城外杀虫子，你们在哪儿？"

弥雷说："我们和城里的很多人在一起，躲在一幢塌了一半的楼里。"他的声音很焦急，"只有三面有墙，虫子一直冲进来，我们几架机甲堵在缺口处，两架机甲受损，已经快撑不住了……"

弥雷发了坐标过来，林纸在指挥部给的地图上查了查，那里在小城中心，好像是所学校。

其他人还在继续"烧烤"虫群。

这么一通狂轰滥炸，大家本以为涌向小城的虫潮会全部掉头攻击机甲队，没想到只有周围被炸急了眼的虫子扑向他们。远处的绝大多数兵虫，大概是因为收到了高智虫族进入城区的命令，像中了蛊一样，对身后出现的机甲队不理不睬，锲而不舍地沿着原本的路线继续前进。

众人只得跟上去，一路往前，遥遥地看过去，密密麻麻一片虫海，先头部队早就已经进入小城的街道。所有人不由得加快了清虫子的速度。然而弥雷给的坐标还远，虫子又太多，这推进速度根本不行。尤其是清虫群也非常重要，他们得趁大批虫子还在城外尽可能将它们杀光。因为城里的残垣断壁里，附近的山上、树林里，都可能藏着幸存者，一旦让虫子清剿城市并扩散，那些幸存的人就很危险了。

林纸说："大部队继续清虫子，找几个人想办法快速切进去，弥雷他们坚持不了那么久。"

宫危冷冷地道："弥雷他们自己不去拿重型武器，任意妄为，非要进城救人，难道不应该对自己的选择负责？现在还要别人冒着危险进去救他们？"

话虽然不好听，说得也不是没道理，队伍里好几个人都赞同。但是他们那边有三架珍贵的战斗机甲、两架可以改装的民用机甲，更有五个受过训练、能熟练使用机甲耦合系统的驾驶员，林纸一个都不想放弃。更何况按弥雷的说法，里面还有大批幸存者。她没理宫危，径自说："秦猎，我们两个冲进去救他们。"

要单独突进虫潮，身手一定要好，否则就是送死。两名信诺队的队员虽然也很想跟去，但是知道水平不够，只能老老实实地跟着大部队，把从武器库里带出来准备给弥雷他们几个的重型武器交给林纸他们。

出乎林纸意料的是，黎央也想去："这边留二十八架机甲应该够了，我跟你们两个一起去。"

边伽在队伍频道里说小话："刚才弥雷非要去救人，被她骂了，没想到她现在还愿意进城去救他。"

安珀猜测："大概是为了下次再骂他的时候更有底气？"

林纸答应了。

戈飞、戈兰听到，立刻跟着说："这边留二十六架机甲应该够了，我们两个也要一起去。"

林纸无奈地私聊戈飞："我们不能全走，如果都走了，等于让宫危带队，我不放心。你俩得留下看着他。"

弥雷不在，月海队不怎么吭声，DBQ316队自从死了一个队友后就一直情绪低落，只默默跟着大家，所以戈飞和戈兰必须留下。

双胞胎这才作罢。

林纸又跟边伽、杀浅他们交代一番，这才离开大部队，直接冲进虫海里。

三人一进虫群，也不恋战，一心往前，以最快的速度朝学校的方向前进，根本没有虫子可以近身。所谓如入无人之境，大概就是这个意思。

这边的机甲群没人再出声。

林纸飞快地向前跳跃，恍惚回到了联赛的赛场，四周成群的虫子张牙舞爪地往上扑。不过这一次，他们的火力今非昔比，一扫一大片。

三人避开虫子行进的主路，在废墟间挑选着落脚点，终于看到了弥雷标出来的地点。这里确实是间学校，进门就有一大片运动场。不过现在里面全是虫子。运动场后几乎所有的楼房都已被夷为平地，只剩一幢单层的建筑，像是礼堂，但也已经没有顶了，只剩几面残破的墙勉强支撑着，断掉的电缆在黑暗中闪着火花，一明一灭。

断墙前虫潮汹涌，那地方已经彻底被兵虫包围了。大群的兵虫正挥舞着爪子，开合着口器，争先恐后地往断墙里冲。弥雷他们的三架机甲外加两架民用机甲正用身体堵在缺口处：弥雷他们好歹每人还有两把激光枪，民用机甲什么都没有，借了弥雷他们几个的随身刀剑努力对着虫群刀剁斧砍，还有几个治安局的人用他们手持的小型激光枪帮忙打虫子。虫肢乱飞，黏液四溅，几架机甲上全是腐蚀液和兵虫利爪留下的一道道痕迹。

兵虫锋利的爪子不是闹着玩的，一架机甲的胳膊已经被削断了，只剩一边的手臂挂在那里，另一架的腰上被砍开一道大口子，露出里面的线路。战况惨烈，然而虫群的主力部队还在后面，他们已经快坚持不住了！

林纸他们操控三架机甲如同降世杀神一样从虫群中冲过来时，礼堂里爆发出一阵欢呼。

用面杀伤的重型武器清场比激光枪快得多，三人所过之处，爆燃弹的火光夹杂着激光炮的电光横扫过去，只留下大片烧焦的虫尸。终于，他们冲进了断墙。

林纸原本以为弥雷只是救了城里一小批幸存者，完全没想到这里竟然有这么多人，黑压压地挤在礼堂里，起码有几千人。

弥雷说："城里救援时，很多救出来的伤员被抬到了这边的空场上，家属和其他人也就跟着过来了。后来虫子就来了，所有人一起撤到了礼堂里……"

虫群还在继续往前冲，林纸他们守住缺口，把带过来的重型武器交给弥雷他们。

弥雷装好肩配式激光炮，一炮发射出去，轰死虫子一大片。他忍不住叹道："这也太爽了！"

黎央讥诮道："有人抽风，不跟着林纸一起去武器库拿这么好用的武器。"

弥雷并不后悔，低声说："去拿重武器，这些人说不定就死了。"

黎央接道："你不去拿武器，直接过来，是特地赶过来陪着大家一起死的？"

她说得没错，要是林纸他们几个不过来救援，单靠几把激光枪，这会儿兵虫已经冲进来杀人了。

弥雷没有嘴硬，态度很诚恳："谢谢你们几个冒险冲进来救我们。"

他们斗着嘴，林纸看了看礼堂里的人。这里起码有一半是伤员，躺在地上，衣服上全是血，人群中还有很多老人和孩子，甚至一点点大的婴儿。他们就算想走，也没法走很远。但地面战至少要打到联盟战舰过来，还不知道要持续多久，就算清掉了这一批虫子，虫族还会送新的虫子过来，城市是它清剿的重点。

弥雷问："有没有安全一点儿的地方？"

还真有。不远处那个武器库虽然按联盟军方的标准是最普通的，但建得也足够结实了，又在地下，轻易打不开，不只安全，还很隐蔽，虫族未必能发现，和这间破礼堂比更是一个天上一个地下。

林纸在公共频道跟大家简单说了一下情况，询问："我们把人全部转移到武器库里如何？"

大家当然没意见。

林纸在地图上看了看边伽他们的位置，他们一路清虫子，推进速度不慢。这边的兵虫打掉之后，压力也小得多了，再等一会儿应该就可以顺利和大部队会合，开始往武器库转移幸存者。

正在这时，林纸看到半空中飘过来一个奇怪的东西，紫褐色，上面是个大圆头，下面吊着几根非常粗壮的须子，很像一只漂在海里的紫色水母。它不是奔着礼堂这边来的，很明显是看到了那二十多架正在消灭虫群的机甲，朝那个方向过去了。

弥雷问："打吗？"他现在倒是很听指挥了，开炮前先问一问。

林纸答："不能打。"

这次虫族突然出现，从战舰到小飞行器，样子都很奇怪，跟资料里记录的和课程里学过的不同。这只紫色水母从没见过，又长得这么妖，不知道能不能轻易打掉，如果开枪把它吸引过来，这边有这么多人，太冒险。

林纸火速把这只紫色水母的图片、坐标位置和行动路线发到公共频道："有个东西正在往你们那边移动，我看不出是什么。"

紫色水母在夜空中飘飘摇摇地过去了。

戈飞在公共频道里说："我们打打试试。"

戈兰说："我先轰它一炮。"

一束亮光向那东西射了过去，准确地命中了那只紫水母。击中的那一瞬，紫水母身上明亮地闪了一下。然而那片亮光过后，它还在那里，别说炸了，连受损的样子都没有。

激光炮的威力不小，这都能撑住，说明它不是纯生物性的东西。这就有点儿糟糕了。林纸思忖，如果不是纯生物性的，那就很可能类似刚刚打掉的 MURIV 型悬浮装甲车，里面装着高智虫族。但愿它不要把大型战舰招来。

浮在半空中的紫水母被戈兰轰了一炮，发现机甲群，动了。

林纸火速在公共频道里说："你们小心，它要开火……"

话还没说完，就见紫水母抬起一根最粗壮的"触手"，圆管伸得笔直，一大团明亮得让人睁不开眼睛的光团从触手里射了出去。一阵让地面震动的轰然巨响后，燃起大火。

弥雷急了，在公共频道里问："你们没事吧？"

过了好久才有人回答："没事，差一点儿，还好我们闪得快。"

机甲队开始还击。一连串的炮火流星一样往紫水母身上射了过去，连一秒停顿都没有，可惜全都无声无息地没了。

紫水母的一团团光团也毫不含糊地往下扔，炸得地动山摇。

边伽："这海蜇皮太硬，啃不动，我们必须撤了。"

林纸在地图上看见边伽和杀浅他们的光点迅速地往东边城外的荒野移动，与此同时，天上的紫水母也晃晃悠悠地追着过去了，时不时还会射出一团团光团。

公共频道右边的机甲列表仍然是三十四架，名字全都亮着，代表暂时还没有机甲被摧毁，他们撤得很快。

问题是这边。

林纸目测紫水母的移动速度不算太快，未必能追上全速逃跑的机甲，如果追不上，它很可能会重新回到城市这边来。礼堂没有屋顶，里面都是人，从天上看，轻易就能发现。这么多幸存者根本跑不快，又连保护壳都没有，一个光团砸过来就完了。得趁着紫水母被机甲群引开的时候赶紧溜！

"我们不能再等了。"秦猎和她想的一样。

"对，我们得突围去武器库。"

这里有六架武装机甲、两架民用机甲，要带着上千号人从外面的虫山虫海里杀出去，几乎是不可能的。然而现在并没有其他选择，不能也得能。

林纸想了想，驾驶赤字走到人群前面，说："地面战会持续很长时间，这个地方很快就不安全了，我们必须冒险从虫群里穿过去，换一个地方……"

她原以为要说服这么多人离开这个暂时安全的地方冒险转移到别处会很困难，可能要花一段时间，不知道在紫水母回来之前来不来得及。没想到在这个世界，机甲的号召力是毋庸置疑的，所有人立刻行动起来，伤员该抬的抬，该扶的扶，没有人提问，没有人质疑，全都毫不犹豫地跟着她，等着她告诉他们下一步要怎么做。准备好的一肚子分析利弊的话根本没用上，林纸的喉头有点儿发紧。

林纸开始分配工作：她自己和秦猎开路，黎央和弥雷守住队伍两侧，信诺队的两架辅助机甲和两架民用机甲在队尾保护，治安局的人穿插在人群中，随时准备给冲进人堆里的虫子补枪。

各自准备好后，林纸和秦猎先从断墙里冲出去，压制住附近一拨儿又一拨儿往上涌的兵虫，清出一段距离，这才让大家出来。

这支队伍的伤员很多，又扶老携幼，移动速度极慢，从礼堂出来穿过运动场像是走了一个世纪。但他们必须控制住这支千人队伍的四周，一只虫子都不能漏进来。这里不是赛场，没人能跟裁判叫停，也没有赛场救援，队伍里任何人落到虫子的尖牙利爪下，死了就真的死了。

林纸这辈子都没有这样精神高度集中过。他们那么相信她，她绝不能辜负他们。她的每一根神经都跟赤字完全融为一体，感受着周围每一只兵虫的动向，在它们冲向人群之前把它们瞬间烧成灰。

黎央他们原本也在打虫子，打了一会儿，就忍不住分神去看林纸——她实在太可怕了！

参加联赛的每个人都看过林纸当初在帝国机甲学院大赛的万虫斩通道里的那段视频，现在变成现场版，她像当时一样又在控场。周围的兵虫比通道中的虫子更加凶猛，涌过来的速度比通道中生成的速度要快得多，可她还是完全控制住了，在这支缓慢移动的队伍周围精确地清出一片没有虫子能进入的结界。

队伍带着完美的结界走出学校，穿过门前的主路，在汹涌的虫潮中缓慢地抄近路向北边武器库的方向进发。不知道过了多久，队伍终于离开了虫群最密集的市中心。只要离开小城，进入山地密林，不只虫子会少很多，也更不容易被飘回来的紫水母察觉。

公共频道里忽然传来边伽的声音："林纸，你们小心，那玩意追不上我们，掉头往城市那边去了。我努力想留住它来着，可它就是不回头。"

紫水母追不上机甲队，回来了！

林纸尽可能地带着大家加快移动速度。问题是真的快不了，抬伤员的人已经非常累了，每个人都竭尽全力拼命坚持。

远远地，林纸看见那只紫水母了，它飘在半空中，正晃晃悠悠地朝城市这边飞过来。它的光团威力太大，机甲的动作很快，有可能躲得开，可这些幸存者根本躲不了，只有挨打的份。好在靠近城市边沿，虫子少了，可以腾出人手。

林纸在公共频道里说："我去……"

秦猎抢先说："我去把它引开，你留下。鹰隼的移动速度快，这本来就是侦察机甲应该干的活儿。"说完也不等林纸答应，直接操控鹰隼小心地躲开大批虫群，飞快地纵跃着，穿过夜色里火光熊熊的城市，向着半空中的紫水母迎了过去。

林纸很清楚，他说的是对的。她最好留下来控场，带领队伍继续往前，没有人比秦猎更适合引开紫水母这个工作，他是她的侦察机甲，他的移动速度比别人都快，作战能力又够好。从帝国机甲学院那个阳光明亮的下午，她答应做他的主控指挥的那一刻起，她就注定要这样一次又一次地把他派到最危险的地方，让他孤军奋战……

林纸不再看鹰隼，继续清扫着时不时冲上来的虫子，带领着幸存者的队伍往北前进。

身后传来一声爆炸的闷响。她没有第一时间回头，而是先火速看了一眼屏幕地图上的亮点，鹰隼的小光点还好好地亮着，这才回过头，看见鹰隼一串又一串激光炮不停地往紫水母身上射过去，而紫水母也注意到他了，正在还击，明亮的光团炸得山摇地动。

这是秦猎冒着生命危险争取到的宝贵时间。林纸加快速度，抓紧时间带队离开城市，进入密林。

算了算时间，她在队伍频道里说："秦猎，我们快到了，你可以脱离战斗了。"

秦猎回答："伤员太多，你们还需要时间往武器库里运人，动作不会太快，我再拖一会儿。"

还好武器库离小城不远，队伍又在林中走了一段路，终于到达武器库。这里一切正常，周围一只虫子都没有，黎央过去用多维码打开门，让大家往下运伤员。

林纸对黎央说："你先带着他们进去，我得过去帮秦猎……"

话还没说完，眼前的视野就变了，换成了熟悉的鹰隼驾驶舱和显示屏——她心里实在太着急，竟然直接穿过来了！

秦猎正在跟天上的紫水母纠缠，双方你来我往，十分热闹，但其实毫无进展，一个打不动，一个打不着，正在僵持中。

林纸找了个鹰隼就地翻滚躲开紫水母光团的空当，在他脑中欢快地出声："我来了！"

秦猎："……"

林纸都能感觉到秦猎磨了磨牙。

不过他的语气还是很温和："我这边没事，你回去吧。"

林纸坦荡答："我回不去，怎么努力都不行。"反正能不能回去这件事，她说什么就是什么，他完全不能做主。

秦猎很无奈，在脑中问林纸："你就这样把身体和赤字扔在那边，没问题？"

林纸走之前正站在那里跟黎央说话，她一走，估计赤字会停在原地不动。

果然公共频道里传来黎央的声音："林纸，你怎么了？"

边伽马上接口："林纸怎么了？你们遇到虫子了？"

"我们这边没有虫子，赤字也好好的。"弥雷回答，又过了一小会儿，他说，"估计她是晕过去了。可能是刚才护送队伍过来时精神高度集中，累的。"

黎央："是，她刚才那么用耦合系统控场，非常耗神，搁谁都受不了。我们先把赤字搬进武器库。"

边伽："你们几个刚才没跟她提到'螃蟹'吧？"

黎央："啊？"

边伽解释："林纸对螃蟹过敏，严重的时候，光是听见'螃蟹'这两个字都能晕过去，可千万别提。"

林纸："……"

半晌，林纸在脑中对秦猎说："我走的时候，大家已经开始往武器库里运人了，我觉得你差不多可以撤了。"

秦猎已经把紫水母引到城东的野地里，他边给了天上的紫水母两炮，边查看地形，准备撤退。为防止把紫水母引过去，不能直接回武器库，秦猎开足足部动力，挑选着落脚点，飞快向东边更远处纵跃，打算甩掉紫水母后再重新兜回来。

紫水母里的高智虫族大概被他刚才这一通骚扰打出了脾气，明知道追不上，却还是跟在他后面，把一团团光球打过来，轰得天崩地裂。

那边的机甲群也正在商量——

戈飞："我们回城里继续清虫子吧？还有那么多虫子没杀完。"

DBQ316队的主控是个Beta，叫元贤，队员出事后一直都不说话，这回终于出声："问题是那个紫东西说不定一会儿又回来了，我们肯定打不过。"

戈兰："打不过就再跑一次呗，又不是没有腿。"

宫危淡淡地道："跑了一次又一次，是想试试自己哪次运气最好，真能被它打中？"

紫水母的炮火太猛，还刀枪不入，大家刚才被它追着轰了半天，连滚带爬才跑掉，都心有余悸。

这时，秦猎在公共频道里说："你们回城里继续清虫子，我尽量把它引得远一点儿。"之后放慢了撤退的速度，等着紫水母跟上来。

没多久，黎央和弥雷就汇报，全部幸存者都进了武器库。

林纸于是安心地待在秦猎这里，看他勾引紫水母。

秦猎毫不含糊地放着风筝，每次觉得紫水母要放弃的时候，就故意放慢一点儿速度，让它觉得它还能追上，偶尔翻滚得慢半拍，让它以为它能打中。这钓鱼的手段也是没谁了，诱惑着又不给碰，拿捏着对方的心理，分寸掌控得十分精准。幸好他不是个渣A。

林纸没事做，腾出空来琢磨：这东西真的没法对付吗？她看了一会儿，问秦猎："它好像会启动一种透明的护盾？"

秦猎一边翻滚着躲开紫水母的光团攻击，一边回答："好像是。"

激光炮打在紫水母上时，似乎根本没有碰到它的本体，像是还有一段距离。

林纸："我很想从不同的方向打打看。"

林纸想起原来世界的装甲车，正面防护能力很强，但是为了整车的机动灵活性和速度，就不能做得太重，就会牺牲侧面和尾部的装甲厚度，这些部位的防护能力会弱很多。而紫水母一直追着鹰隼，鹰隼基本只能打到它的正面和下方。

秦猎明白她的意思："刚才边伽他们打它的时候，我注意过，侧面和靠近背面的地方也不行。"

可林纸还是想试试："你在附近兜一下圈子，等我回去取赤字，马上回来。"说完，人嗖地就走了，下一瞬已经回到了赤字的驾驶舱里——鹰隼和武器库的距离不算远，比上次在布切城时近多了，她轻易就穿回来了。

赤字已经被黎央和弥雷他们搬进了武器库，正安详地平躺在地上，周围全都是幸存者。这里安全太多了，大家的情绪很稳定，治安局的人正在组织救治伤员。

林纸操纵赤字，呼地站起来。

黎央一眼看见了："林纸，你醒了？没事吧？"

"我没事，晕了一下而已。"林纸拔腿就走，"我得去找秦猎。"

听到她在公共频道出声，秦猎立刻发私聊过来，在紫水母轰炸的隆隆炮火声中说："你刚才说，无论怎么努力，都回不去？"

林纸瞎对付他："这大概是奇迹吧。"

秦猎："……"

林纸嘴里说着，人已经乘升降梯出了武器库，朝鹰隼的位置狂奔过去，远远地能看到鹰隼还在勾引着紫水母，引着它兜圈子。紫水母的光团在它周围狂轰滥炸，炸得荒野上满地大坑，树木东倒西歪。

林纸驾驶着赤字，从紫水母背后悄悄地靠过去，然后抬起肩上的激光炮，对着它的背后轰了一炮。果然没用，它身后也有护盾防护，轰上去毫无反应。

紫水母发现后面有人揍它屁股，马上抬起悬垂的另一根触手炮口，一大团耀眼的光团朝赤字射过来。

赤字开完炮，一刻都没停留，猛地蹿出去，就地翻滚几圈，避开了它的攻击。一爬起来，林纸就对秦猎说："现在我数三二一，我们一起。三、二、一！"她想知道紫水母的护盾是不是单边的，能不能顶住前后两边同时攻击。

话音落下的瞬间，两个人一前一后同时开火，前后两个方向射过去的高能激光束准确地打在紫水母身上。然而还是不行，人家前后都扛住了。

林纸不等它还击，又向侧向飞快移动，换了个角度再来一炮，高能激光束宛如石沉大海。

戈飞在公共频道里说："这东西的防护盾好像是360°全方位的。"

戈兰补充："像是有个罩子罩在身上。"

紫水母仿佛一只八爪鱼，仗着炮管多，一根打鹰隼，一根打赤字，忙得不亦乐乎。

林纸发了个坐标给秦猎："你把它拉到这片树林上空，吸引它的注意力。"

秦猎知道她想干什么，只说："好。你小心。"

他放开来攻击紫水母，把它往密林上方带，而赤字悄无声息地消失在黑暗里。紫水母找来找去只找到鹰隼一个目标，唯恐再丢，追着他不放，渐渐地被他带到了林纸标出的树林上空。

林纸已经就位了。秦猎在控制屏的地图上，看到林纸的亮点几乎快和紫水母重叠在一起了。他下意识地屏住呼吸，盯着那边。

重合的那一瞬，一束明亮的高能激光束从紫水母下方的树林中向上冲了出来，准准地射入紫水母悬垂下来的一根用来发射光团的粗管。

紫水母在不停地移动，这种精度也就只有林纸一个人能做到。

一声巨响后，紫水母炸了。着火的碎片向四周飞散出去，仿佛一枚漂亮的巨型烟花，照亮了整个夜空。

边伽抢在四射的明亮碎片消失之前飞快地说："我许愿明年能跟着萨雅的路线走遍星环九区！"

众人：？？？

也不知道紫水母在炸开之前有没有呼叫援兵，总之这会儿暂时安全，机甲队立刻回到城里继续清虫子。

打掉了紫水母，清虫子的工作好做多了。赤字和鹰隼与大部队会合，几十架装配了重型武器的机甲一起动手，曙光初现时，几乎消灭了城里所有的虫子。

趁着还没有新一批的虫潮过来，机甲队火速动手救人。废墟下埋着的人不少，很多都还活着，大家尽可能把能找到的人救出来，又去附近叫出藏匿在小城周围的人，全部送到武器库。武器库最上一层有办公室，附带卫生间，本来就通水，管道运作正常，日常使用和饮用都没有问题。

城中没被烧毁的日用品、药品和食物，他们也尽量搬进武器库里。他们还在治安局的人的引领下，找到了一间存放大批营养液的仓库。营养液在这种时候就体现出了极大的优越性，简单、高效、不占地方，还好储存，量足够了，基本能解决这些天吃东西的问题。他们甚至从废墟里挖出了几台医疗舱，修一修还可以用。

几名机甲师一起动手改造，给两架民用机甲装上了重型激光枪和激光炮。民用机甲驾驶员也是机甲学院毕业的学员，只不过有一段时间没用过武器了，有点儿手生，适应一下就能重新捡起来。

武器库的运作上了轨道，变成一个小型基地，幸存者要在这里坚持到联盟军队到来。

可是从第一个白色大泡出现到现在，已经足足一天多了，星际联盟军的战舰仍然没有出现。

今天一整天，无论是烤虫子的时候，还是搬开建筑的废墟的时候，每个人都会时不时地下意识往天上看，却始终没有发现动静。这说明九区的联盟战舰数量不够，仍然被虫族挡在博伊星带以外，没能打进来，而其他区域过来增援的战舰也都还没有到。

手头的事忙完，大家坐下来讨论机甲队下面的去向，几支小队的意见不能统一。

DBQ316队觉得难得有这样一个安全的武器库，队伍可以以这里为据点，把周围的幸存者集中到武器库里来，反正以这个避难所的容量，继续接受幸存者完全没问题。

弥雷他们却觉得，这一片人烟少，虫子也相对比较少，机甲留在这里作用不大，应该往北继续前进。北边有几座主要城市，是人口相对密集的区域，那边的地面战一定打得更惨烈——让几十架配备着这么有用的重型武器的机甲藏在这里，他们不甘心。

弥雷问元贤："非要躲在这里干什么？害怕上战场？"

黎央心直口快，接道："上战场有什么好怕的？我们毕业以后不就是要上战场杀虫子的吗？"她这次的意见倒是和弥雷很一致。

DBQ316队死了一名队员，心态和其他人不太一样。主控元贤冷冷地说："打仗靠的是脑子，不是冲动，随便送死谁不会？"一副要吵起来的样子。

宫危忽然开口："去北边，如果行动谨慎一点儿，也不一定就是送死。"

林纸原以为他们星光队会愿意留在武器库，这倒是很出人意料。

她看向秦猎，根本不用问，就知道他的想法。他不可能带着这么多配备重型武器的机甲悄悄地躲在安全的武器库里，等待星际联盟军的到来。他一定是想要出去参加地面战。至于自己，她其实并不能下决定。她和秦猎、和弥雷，和其他所有人都不太一样。这个世界和她之间像是隔着一层膜，她的亲人没有死在虫族的利爪下，她的家也没有被虫族烧光，她并没有他们那么多国仇家恨。最开始的时候，她努力想留在机甲学院，就是为了有饭吃、有地方住而已。她一直想的是努力攒钱，以后买一间小房子，在这个世界好好活下去。

半晌，林纸说："先睡觉吧。休息好了，明天再说。"

从下飞船到现在，先是长途奔袭，又打了一场仗，紧接着挖废墟救人、收集物资，大家已经三十多个小时连眼都没合过了，累的时候脾气不好，容易吵架。

有人把武器库里的灯光调暗了，大家累极了，很快都睡了。

鹰隼就在林纸对面安静地坐着。林纸坐在驾驶座里，支着头，凝神盯了它一会儿，只见鹰隼的手忽然动了动，做了手指舞的第一个动作——她成功地让它动了！秦猎说得没错，她的耦合能力一直在悄悄提升。

林纸有点儿惊喜，正想再试试，一低头，发现私聊界面正在闪动，是边伽。他向来有事就在队伍频道里说，很少会发私聊。不过林纸也知道他为什么会发私聊，毕竟指挥部现在是用直播频道跟他们联系，而公共频道和队伍频道的信号都会送入直播频道，他们能听到，只有私聊没人监听。

她接了，只听边伽说："也不知道MQ187怎么样了。"

林纸忽然意识到，MQ187号行星也在九区的博伊星带以内，那里是边伽的故乡，也是原身的故乡。按首府星目前的情况看，只怕凶多吉少。

林纸安慰他："首府星是九区人口最集中的行星，肯定是虫族重点攻击的对象，MQ187很小，说不定虫族还没发现它呢。"

"但愿。"边伽沉默了一会儿，问，"你在MQ187还有什么亲人吗？"他知道林纸已经没有父母了。

林纸答："没有了。"

边伽说："我爸妈最近都在MQ187。"

说完这句，好半天都没声音。从飞船在首府星迫降以来，他一切如常，看不出任何异样，林纸几乎忘了他家也在九区。

过了好久，他才又出声，语气轻快了一点儿："只要能让我妈找到一架机甲，把我爸往驾驶舱里一塞，两个人就跑了。这些虫子对我妈来说连菜都算不上，应该没事。"

林纸语气坚定："肯定没事。"

边伽说："说不定睡一觉，联盟的战舰就到九区来了。"说完又问，"林纸，我们明天要北上参加地面战，对不对？"他惦记着自己的爸爸妈妈，由己及人，必然也不会把其他人的爸爸妈妈扔在外面不管。

林纸的心柔软成一团，她回答："对。不管别人怎样，我们明天北上参加地面战。睡吧。"

挂掉私聊，林纸看见秦猎从鹰隼里出来，走过来，踩着赤字的腿轻巧地爬上来，于是不等他敲门就把他放进了驾驶舱。

他不怕被人看见，林纸也不太在乎。他们现在是在首府星上孤军奋战，明天又要离开这里杀进虫子堆里，能不能活着回去都是个问题。

秦猎一来就收起座椅扶手，在林纸旁边坐下，伸手捋了捋她的头发。

林纸挪了挪，给他腾出点儿地方，靠在他身上："我刚想穿过去找你。"在脑中说话更方便。

秦猎调了调姿势，把她揽在怀里，低头吻了吻她的头顶："要到我身上来睡吗？"

林纸摇摇头，伸手把座椅展开放平，抱住他的腰，把头枕在他的肩窝里："就这样睡吧。"

她没有关掉驾驶舱周围舱壁的全息屏，幽暗的光线下，两人面前除了各自坐着不动的机甲，还有无数打着地铺的人。伤员们在低声呻吟，医疗舱太少，得从重到轻依次轮流排队。

一个四五岁的小不点离开地铺，独自走到两腿一曲一伸坐着的机甲前。这孩子福大命大，从虫口底下活了下来，还太小，远远没到分化期，不知道以后会是 Alpha、Beta，还是 Omega。小不点扶着赤字平放的那条腿，努力够着，去摸它膝盖上的那道黄色的小闪电。

一个治安局的队员路过，顺手把孩子抱起来，回到那边的地铺："大机甲累了，要睡觉觉了，我们不吵它。"

秦猎望着他们的背影不动。

出乎林纸的意料，他并没有问她明天的打算，只一下一下地拍着她，好像在哄小朋友睡觉。

林纸窝在他怀里，闭上眼睛，含糊地问："你明天打算怎么办？"

秦猎安然答："你是主控指挥，我听你的。你愿意留下，我就跟你留下；你愿意走，我就跟你走。"

3

这一觉没能睡得太长，才三四个小时，沉默了很久的裁判频道忽然响了。指挥部也在忙着，急匆匆地把外面的情况说了说。

目前的战况比大家设想的还要糟糕：星际联盟军迟迟不来，是因为从七区到八区、九区的超空间跳跃点不知为什么一直在发生未知波动，估计是受到了虫族的干扰，这种情况下通过跳跃点非常危险，战舰过不来；九区倒是有一个备用的超空间跳跃点，只不过现在是关闭的，它的启动装置就在首府星上。启动装置放在这里并不奇怪，九区原本是大后方，备用超空间跳跃点本来就是预备从后方往前线输送军队用的。只是没想到现在大后方突然倒过来变成了前线，要想把启动装置打开，得先进虫子堆。

指挥部说："九区首府星的其他信号都被屏蔽了，你们是我们在这里唯一能联系得上的武装力量，很可能也是装备最好的武装力量，我们需要你们去打开备用的超空间跳跃点，这样联盟的战舰才能到九区来。"

备用超空间跳跃点不打开，联盟军的战舰只能慢慢飞过来，可如果能打开，战舰可以立刻跳到九区，会快很多。如今九区每分每秒都在死人，他们没什么好说的，刀山火海也必须去。

指挥部把资料全部发了过来。启动装置的放置地点在这里以北，离得不近，是首府星上最大最繁华的苏尔伦城。但这种时候，繁华不是好事，那意味着现在那里虫山虫海，说不定还是高智虫族重点关照的对象。

元贤他们有点儿迟疑："可是武器库这边还有这么多人，我们全都要走吗？"

边伽在队伍频道里说："他们好像不太想走。"

安珀有点儿纳闷："他们DBQ316队不是九区的队伍吗？我还以为他们会最着急，想要打开超空间跳跃点。"

杀浅答："我没记错的话，DBQ316行星应该是在博伊星带以外。指挥部说博伊星带外现在还在九区的联盟驻军手里，他们行星应该没被虫族占领。"

秦猎也说："他们想留就让他们留下，勉强带走，反而容易出事。"

元贤还在公共频道继续说着："……我们总得留点儿人手保护这里的幸存者，对吧？"

武器库其实很安全，只要门不开，就和外面没什么关系。

林纸答："没错。不然我们留一支小队吧？"

其他队伍都想走，最后当然是 DBQ316 队的四架机甲留了下来。

剩下的三十架机甲立刻出发。这一次人人都很振奋，等顺利打开九区的超空间跳跃点，联盟军队很快就会到了。

队伍一路向北，沿途路过不少城镇，但就连弥雷都没再提进城救人的事，机甲队尽可能远远地绕开人类聚居区域，躲开虫子，以最快的速度往苏尔伦城进发。

现在是地面战开始后十几个小时，虫子还没有彻底铺开，大部分都集中在大小城市，荒野里遇到的虫族很少，也完全没看到高智虫族和战舰，一路都很顺畅。大家没有休息，从白天走到晚上，天快亮时，终于到了苏尔伦城的外围区域。可是前面却是一眼望不到头的虫海！不只有普通的兵虫，虫海上方还悬浮着一颗颗黑色的圆球球，那是高智虫族驾驶的 MURIV 型半生物悬浮装甲车。

戈飞在公共频道里感慨："它们到底运了多少虫子过来？"

戈兰说："每个大白泡里都装着那么多，这一天过去，估计又生了不少。"

虫族发动进攻时，战舰里向来都是带着虫卵和幼虫的，它们占的空间小，又可以随时孵化，补充战力，很让人头疼。问题是现在要怎么办？虫海正被高智虫族驱策着朝苏尔伦城缓缓推进，和他们要去的方向一样。

宫危出声："只能绕路。你们该不会是想打吧？"从出发到现在，他极少在公共频道里说话。因为他们队一说话，就很容易和信诺队吵起来。

月海队的主控是个 Beta，叫库尔兰，他们队一直跟着大家，几乎不发表任何意见，这会儿忽然开口："我们也觉得绕路比较好，虫子太多了。"

林纸看了看地图。绕路的话很耽误时间，苏尔伦城不远了，这时候兜个大圈子让人不甘心，时间很宝贵。她望着虫海，斟酌着说："我觉得……应该是可以打穿的。"

双胞胎立刻说："那我们就试试！"

只有月海队支持宫危绕路的提议，双胞胎带领的比邻星队、黎央的荣耀队和弥雷的信诺队都同意林纸的意见，一共六支小队，四比二。于是宫危冷哼了一声，没再说什么。

既然准备打，林纸想了想，分配工作："每支小队还是一个作战小组，互相照应，帝国机甲学院队和荣耀队在前面突击，星光队和月海队在左翼，比邻星队和信诺队在右翼辅助，我们集中火力，不恋战，目的是快速穿插过去。"

不过在这之前，先要清掉那些驱策兵虫的高智虫族。它们的装甲车星星点点地分布在虫海中，林纸放大屏幕数了数，一共有八辆。

弥雷说："距离好像有点儿远。"

黎央说："不是有点儿远，是相当远。而且它们一直在移动，这种距离比较难打。"

这里离苏尔伦城很近了，最好和上次在武器库附近对付高智虫族的装甲车一样，在它们反应过来之前一起解决掉，让它们死都不知道是怎么死的，以免打草惊蛇。但问题是距离太远，想一击而中有点儿难度。

戈飞问："我们分一下吧。挑出枪法最好的八个人，一人负责一辆。"

林纸已经想好了，说："我来。"

戈兰没听懂："你负责敲掉最远的那个？"

"不是，"林纸说，"都是我来，我尽可能一起打掉。"

这句话听起来太过匪夷所思，公共频道里没人出声。

林纸知道这话有点儿像在逞能，可是打掉这些高智虫族非常重要，她顾不了那么多了。这么远的距离，她只对自己有把握。

林纸抬起胳膊上的臂挂式重型激光枪。

弥雷忍不住问："距离这么远，你不用激光炮吗？"这差不多是在激光枪的极限射程边缘。

林纸摇摇头，解释道："激光的速度虽然没法再快了，但是武器本身在发射的时候是有硬件的速度差异的，这把重型激光枪比激光炮更快。"

"更快？"弥雷不能理解，"我觉得都很快啊。"

弥雷他们察觉不到这些武器对耦合信号微小的反应速度差异，但是林纸能清晰地感觉到。她这两天已经发现了，胳膊上的重型激光枪对耦合信号的反应速度比肩上的激光炮快得多。

她集中精神。这一次必须非常准，非常快，万一惊扰到高智虫族，让它们发现他们，估计前面漫无边际的虫群都会冲过来围剿他们。

月海队的主控库尔兰还在公共频道嘀咕："就一个人，能行吗？"

他们队的辅助也一反常态地说话了："我也觉得，是不是太托大了？"

星光队的侦察凉凉地道："太危险了，这么自以为是，当心害了大家。"

黎央立刻呛他："人家在瞄准，能不能麻烦你闭上嘴？"

林纸心无旁骛，觉得自己准备好了，只见一片明亮的光闪过，所有人都看到了一个奇景：分布在虫海中不同位置的八辆虫族装甲车同时炸裂！

这么多双眼睛，谁都没看清她到底是怎么做到的，就连星光队的侦察也不出声了。

边伽忍不住补刀："你觉得危险，对她来说就是正常发挥而已。"

见高智虫族全都打掉了，林纸说："我们现在穿插过去。"

荣耀队自动上前，和帝国机甲学院队组成队伍的头部，其他队伍找好各自的位置，跟着他们冲进虫子里，按照林纸说的，集中火力，绝不恋战。

这支队伍集齐了星环九区机甲学院最优秀的学员，未来星际联盟军最顶尖的一批机甲驾驶员：帝国机甲学院的表现一如既往的优秀，荣耀队作风强悍，比邻星队配合默契，信诺队猛得吓人，月海队不作声，却也没掉链子，星光队更是个个都是强手。他们也许不团结，会内讧，不是一支真正的队伍，但是技术层面绝对过关，非常好用。他们像楔子，钉入汹涌如潮的虫海中，突进的速度比林纸预料的还要快，就这样从一望无际的虫海中穿插了过去。绝大多数虫子还没反应过来，机甲队已经把虫群甩在了身后。

所有人信心大增，就连星光队那个话痨侦察的废话都少了。

大家渐渐熟悉这个战斗队形，前进的时候也基本保持现在的状态，不仅小队成员互相照应，小队与小队之间也方便相互支援。林纸想，这群机甲总算有点儿队伍的样子了。

离苏尔伦城越近，遇到的虫族就越多，他们感觉不太像是要去人类的城市，倒像是在往虫族的老巢进发。

就这样穿过大大小小好几拨虫子，终于到达了苏尔伦城。这座大城就像机甲队这一路见过的每一座城市一样，无论原本多繁华，现在也都变成了大片废墟。他们要去的坐标在这一片废墟的中心。

进城后，他们发现情况竟然比预期的好。

从空袭到现在过去一天多了，第一批清剿苏尔伦城中心的虫子已经完成了任务，开始向周边扩散，机甲队在城里遇到的虫子反而并不像外围那么多。天上也没有虫族战舰，大概都到其他地方袭炸去了。只有零星的虫子在废墟里乱窜。

大家都有点儿振奋，随手清掉附近的虫子，一边观察着周围，一边在残垣断壁间小心地突进。

忽然，有人在公共频道小声说："这样的话，应该很容易就能到启动跳跃点的地方吧？"

林纸低头瞥了屏幕一眼：让我看看这个没事瞎立 Flag（旗帜）的是谁。

就在低头的一瞬间，余光看见一道无比明亮的光束朝这边射了过来，她就地一滚，将将躲开，那道光切上了联盟首富的一条胳膊。还好杀浅反应也不慢，飞快地向旁边扑了过去，滚到了一堆瓦砾后，不过机甲的左臂差一点儿就被切断了，已经开了个口子，露出里面的线路。

林纸看清了，光束的来处，是不远处废墟上站着的一个士兵。它直立着，全副武装，打扮得奇形怪状，身上像是穿着一层外壳，个头大概是机甲的一大半高，黑色金属外壳上有很多红褐色的生物结构，正在缓缓翕动。

这是一个高智虫族的步兵。林纸在各种资料上见过一万次，这是头一回亲眼看到。

不等他们看清，又一道明亮的光束扫了过来。

这并不是以前见过的虫族武器。这次虫族入侵九区，从那种白色巨泡一样的飞船到虫族士兵手里拿的武器，他们都没在资料里见过。

好在这里全是废墟，有的是地方躲，所有机甲立刻躲到倒塌的房屋后，正准备还击，却发现对方不见了。这不是好事，它肯定看到他们了。

"我们先撤，绕路过去。"林纸火速在公共频道说，然后带领队伍后撤。

然而还是晚了，一队和刚刚那个步兵打扮一样的高智虫族士兵正越过废墟，朝这边过来。

它们手里的武器太猛，众人忙加速后撤。退了一段距离，他们遥遥地看见，远处又有一队高智虫族步兵。

宫危在公共频道里说："实在太多了，好像越靠近市中心越多，过不去。"他也有点儿紧张，连惯常的慢悠悠的语调都没了。

弥雷说："过不去，难道我们就不过了？"

苏尔伦城里不知为什么竟然有这么多高智虫族步兵，它们比普通兵虫难对付得多。林纸看到又有另一队好像发现他们了，从左边侧翼包抄过来。身后追着的那队虫族步兵也开火了，一道又一道光束扫过来，打在周围的废墟上，腾起烟尘。

众人努力在光束的间隙中还击。虫族步兵穿着半生物装甲，比兵虫的壳硬多了。不过重型激光枪还是有用的，准确打在装甲上的脆弱部位，就能把它们干掉。只不过它们的光束太猛，就连林纸在光束的间隙打掉的步兵也有限，多数时间都在狼狈地满地乱滚。

众人边打边撤退。然而没多久，又被一队虫族步兵拦住去路，退无可退。光束齐飞，队伍腹背受敌，被轰得无处可躲，不断有机甲中招，一束光甚至直切到信诺队一架机甲的头上，削掉了半边脑袋。幸好是机甲的脑袋，中控系统不在上面，只有为了看远处方便的摄像头。

林纸忽然看见旁边有个通往地下的入口，一左一右，中间隔着一段距离，不知道是什么，看着像她原来世界里地下车库的出入口。她指挥众人："我们暂时退进去。"有点儿倚仗，总比现在这样好。

两个入口前全是旁边楼宇倒下来后的建筑碎块，是天然的防御工事，机甲群且战且退，进了地下入口后分散到两边，各自守住。入口不大，虫族步兵的进攻面小，光束没有那么凶猛了，他们来得及一个接一个地把进来的虫族步兵秒掉。不过高智虫兵比普通虫兵精明多了，发现死伤太多，很快就不再进攻，只守在外面——它们进不来，也不让他们出去。

总算有了喘息的机会，林纸重新分配了一下，帝国机甲学院队、荣耀队和信诺队守住左边入口，星光队、月海队和比邻星队守住右边的入口，又叫秦猎和边伽往里走，看看里面是什么地方，最好能有第三个出口开溜。

没多久，两人就回来了。

秦猎说："是个悬浮车的地下停车场，面积不小，但是我们找了一遍，没有其他可以出去的地方。"

边伽遗憾地说："外面都是虫子，咱们现在成了瓮中之鳖。"和他代言人的身份倒是很搭。

于是众人把能搬的建筑碎块全都搬过来，在门口加固工事，队伍里的机甲师抓紧时间修理刚刚受伤的机甲。机甲师都很给力，刚刚在战斗中受损的机甲很快重新恢复了正常运作。

一时半会儿是没什么事，可是这样下去不是办法，一旦它们调来杀伤力更强的武器，对着里面狂轰一通，大家就得一起变烧烤。

黎央守着入口，说："我们离目标不算太远了，可惜看得见，过不去。"

林纸打开地图看了看。指挥部标出来的地点就在这里往北一段距离，可他们被一群高智虫兵困在这里动不了。

秦猎看着外面："如果强行突围冲出去呢？"

林纸说："可以试试看。"反正没有别的办法，总不能在车库里待一辈子。

宫危悠悠地道："你们那边先冲一下试试，如果可以，我们再跟着你们冲。"他觉得不行，不肯跟着冒险。

戈飞、戈兰和他守在同一边，受不了，问林纸："我们小队过去和你们一起冲吧？人多成功率高点儿。"

于是比邻星队的五架机甲也到林纸他们这边来了。

月海队的库尔兰讪笑一声："那我们就和星光队一起守着这边，免得它们趁乱冲进来。"

行吧。月海队表态那么快，想必队伍成员也全都打算跟着星光队。

林纸不再管他们，重新分配了一下任务。准备好后，四支队伍一起往外突围。然而还是不行，外面虫兵的火力实在太猛，一冒头，光束就一排排扫过来。又有机甲受损，他们只得重新退回来。

不过这一出去，林纸发现了一件事：它们刚刚发现机甲队，包围他们的虫族步兵并不算太多，在他们突围的时候，另一个出口的虫兵也会往这边移动，那边看起来就薄弱多了。

林纸有了个主意，把情况在公共频道里说了。

宫危立刻明白了她的意思："所以如果你们假装突围，吸引火力，我们这边很有可能可以冲出去？"

"没错。"林纸说，"你们可以趁乱先出去。"

宫危接着说："等我们出去之后，就从背后袭击围住你们的虫兵，前后夹击，你们这边也就可以趁机突围。"

这也正是林纸的意思。

然而林纸的私聊瞬间闪了起来，她的控制屏幕上，头一次有了同时收到几乎所有熟人私聊的壮观景象，一大串名字都在闪。

林纸先接了黎央的，对方直言不讳："林纸，你信他个鬼！"

其他人的意见也很一致——

边伽："林纸，你脑抽了？这里随便哪个小队都比宫危靠谱吧？"

弥雷："他要是跑出去以后还记得回来救我们，我从这里倒立着爬出去。"

戈飞："林纸，我们队和星光队交换位置吧，我们到那边去突围。"

只有秦猎没发私聊，什么都没说。

林纸一个个地安抚过去："相信我，我知道可以。"

没有人相信宫危，但是从飞船迫降起一路走过来，大家都已经很相信林纸，她坚定地说可以，几支队伍虽然有不同意见，还是都勉强同意了。

那边的星光队和月海队终于动起来了，检查武器，做好准备。

待林纸一声令下，左边的四支小队和刚才一样，开始佯装往外突围。外面的虫族步兵以为他们休整之后又一次打算冲出去，全都动了，一排排的光束扫射过来，晃得人睁不开眼。

林纸一边努力吸引他们的火力，抽空还击，尽可能多射杀外面的虫族步兵，一边在公共频道对宫危他们说："就是现在！冲！"

星光队和月海队毫不含糊，立刻往外冲。

这真的是一个机会绝佳的空当。原本守在右边入口的虫兵看到左边压力非常大，和刚刚一样开始往这边移动和开火。宫危队的五个人，其他不论，技术超好，尤其是宫危花钱雇来的四个"荣誉学员"，林纸查过他们的履历，全都在前线战场服役过，论实战经验，比这群学员要丰富得多。因此他们真的成功地冲出去了。

虫兵发现好几架机甲跑了，一部分立刻追了上去，不过大多数还留在车库入口处没动。

秦猎转头，不出意料，赤字已经闪到一片工事后，不动了。

秦猎："……"

林纸的视野换了，就像上场比赛在沼泽旁抓水蚕时一样，她又一次穿到了月海队的那架侦察机甲的驾驶员身上。而月海队和宫危的星光队果然和大家预料的一样，丝毫没有回头前后夹击虫族步兵的意思。

林纸对此并不意外。

前一天晚上在武器库里睡着前，枕着秦猎的肩膀时，她就穿到过月海队的侦察机甲驾驶员身上过。她当时没想做什么，只是难得有空，周围又那么多人，她想试试还能不能穿到其他人身上。然而试了一圈，还是只有月海队的那位可以。结果一穿过去，她就听到他们正在私聊。

那时候还没接到指挥部开启超空间跳跃点的任务，宫危就一反常态力主北上参加地面战，果然是有特殊原因——他想往北，是想来苏尔伦城。因为他知道苏尔伦城里星图分公司地下安全的地方，放着一艘新开发的人工智能控制的小型飞船，虽然小，但是配置是顶尖的，不仅可以在虫族雷达下隐身，而且船体坚固，堪比战舰，飞行速度还非常快，本来是想卖给联盟的富裕阶层以备紧急情况下逃生用的。

飞船刚造好，系统的人工智能只服从星图高层的飞行指令，首府星上没人能开走它，现在肯定还在。而虫族战舰都在博伊星带和星际联盟军的战舰作战，首府星上空空虚，趁机溜走的可行性很高。宫危很想离开首府星。这里是九区最繁华的行星，是虫族重点进攻的对象，也最危险，而九区内有很多荒凉无人的星球，随便找一个都比待在首府星上安全得多。这是个逃跑的机会，更是个把秦猎扔在虫子堆里的好时机。

但只有他们队的五架机甲，人手未必够，其他小队都和星光队不合，只有月海队的主控库尔兰，他爸是星图七区分公司的员工，他从联赛开始后就一直在巴结宫危，可以拉拢。宫危允诺，只要能成功逃出首府星，会付给月海队每个队员一笔可观的报酬。

林纸当时安静地待在月海队的侦察机甲驾驶员身上，从头到尾认真地听了个墙角。没想到第二天指挥部发来开启超空间跳跃点的任务,机甲队要去苏尔伦城。这正合宫危的意。所以一路上他非常配合。

林纸估计他心中是做了两手准备的:如果一切顺利,他会跟着大家一起去打开超空间跳跃点,等联盟的战舰开过来,首府星很快就安全了;如果不顺利,他就带着两队人马脱离大部队,去取星图的小飞船。

林纸昨晚看到过他们在地图上标出的地点,星图的分公司就在这里往西一点儿,没有几个街区,已经非常近了。看来宫危是觉得继续向北开启超空间跳跃点的难度太大,要冒很大的风险,决定放弃,转而向西去星图的分公司取飞船。因此星光队和月海队冲出虫兵的包围后,毫不犹豫扔下地库里的其他小队,根本没想回头。

这会儿林纸一上月海队侦察机甲驾驶员的身,就立刻调动机甲,转身举枪,用机甲手臂上的重型激光枪扫掉跟过来的兵虫,然后向围在地库入口的虫兵堆射过去,扫射不过瘾,又继续一发连一发地发射激光炮。

与此同时,周围几架月海队的机甲,从主控到辅助,也全部开始对着地库那边开枪。

这是林纸生平第一次同时控制这么多架机甲。

其实刚刚她人在地库入口那边时就已经试过,距离太远,控制不了,现在上了月海队侦察的身,果然可以操控周围的几架月海队的机甲。但虽然能控制,准头却完全不行,只能让他们的机甲举起枪,没头没脑地一通乱扫。不过乱扫就已经足够了。

宫危意识到月海队在干什么,彻底愣住了。队伍频道和公共频道不能用,可能有指挥部监控,他急了,一个个发私聊过来询问。

月海队的侦察机甲也收到了,他一边努力控制不听使唤的机甲,一边手忙脚乱地点开私聊,并没有注意到自己的手指自动自觉地碰开了公共频道的麦克风。

只听宫危吼:"你们几个打什么呢?管他们干什么?还不赶紧走?"音量过大,震得人耳朵生疼。

"我也不知道啊!"月海队的侦察又惊慌又委屈,在屏幕上手忙脚乱一通乱找,"我没想打虫子,我的机甲好像程序出错了,根本不听我指挥,它自己在开枪!是我不小心启动了自动攻击模式吗?"

这边在公共频道里听到情况的众人:"……"

地库门口的虫子被两面夹击,立刻有不少掉转枪口,回击星光队和月海队。

就是这个时候,林纸穿回来了。她发现大家十分机灵,已经开始准备往外突围。鹰隼就守在赤字身边,向外点射着虫兵,很明显知道她走了,正等着她穿回来。

林纸操纵赤字呼地站起来:"差不多了,我们冲!"

这次突围容易得太多了,几乎没费什么劲,四支小队就一鼓作气地冲出了地库。大家也不恋战,一出去拔腿就跑,火速撤退,渐渐甩掉了身后追着的虫族步兵。

应该有不少虫兵去找宫危他们了,他们那边只有两支小队,估计会有点儿惨。

林纸的私聊界面忽然闪了，竟然是宫危。她挑挑眉，接了。

宫危："阴我？"他正被一大群虫族步兵追杀，竟然还有心情跟她聊天，"你和秦猎在月海队的机甲上动了手脚吧？"

机甲都是天谕生产的，杀浅带人装武器的时候又动过所有机甲，这是个合理推测。

林纸没回答他的话，而是说："你现在绕路往北，就能重新跟我们会合，我们可以帮你打掉虫兵，既往不咎，六支小队一起去打开九区的超空间跳跃点，救九区所有的人。"

宫危沉默了一秒，冷冷地回答："区区一个九区算什么。"说完直接切断了私聊。

他自视甚高，大概在他心中，整个九区的诸多行星和上面千千万万个人如同蝼蚁，都抵不上他一个人的命。

没多久，星光队和月海队在公共频道的名字全灰了。他们退出了公共频道，应该是一路往西，和这边的四支小队分道扬镳，去了他们想去的地方。

黎央奇怪地问："他们怎么都退了，要去哪儿？"

戈飞笑道："我就在奇怪，宫危一路上怎么会那么配合，可能就是想跟我们一起来苏尔伦城，说不准城里就有星图的避难所之类的，或者是……"

戈兰补充："……能让他们离开首府星的飞船。星图好像正在开发人工智能自动驾驶的小型飞船，是可以定制的，配置非常高，就像迷你战舰一样，我们家收到过他们送过来的广告资料。"

双胞胎很机灵，猜了个八九不离十。

秦猎接口："是。星图的'银刃Ⅲ型'迷你飞船已经要开放订购了。"

四支小队这次前进得无比谨慎，几架侦察机甲在周围探路，只要发现任何虫族步兵的踪迹，就立刻绕路。城市里到处都是炸得一塌糊涂的废墟，机甲带着伪装层，自动拟色，只要不动，就会和环境融为一体，不被发觉，只是前进速度慢得多。

这样一点点往前，终于到目标地点了。按指挥部发过来的资料，这里应该有一片属于星际联盟军的建筑，其中一座的一楼靠里有个通往地下的入口，进去后，地下一层会有一扇可以用多维码打开的门，启动传送点的装置就在里面。如今地图里的建筑已经在轰炸中完全夷为平地了，只剩入口的大门孤零零地立着，周围没有墙，像某个艺术家在街头留下的作品。

林纸放大图像，看过去，倒是不用操心地下入口被埋在废墟下，因为它刚巧就在那扇大门后不远处，什么遮挡都没了，黑洞洞的摆在那里。然而让人头大的是，孤零零的大门前是一片广场，广场上停着十几个熟悉的球形白泡泡。而且这次是新的尺寸，和他们见过的尺寸庞大的祖辈和小不点的孙辈不同，这些白泡大概是中间一代，正当壮年，和路上打掉的MURIV型半生物装甲车差不多大，没有飞得太高，悬浮在离开地面一点点的地方，有高智虫族正在进进出出。

边伽问："它们这是在开会吗？"

安珀答："什么开会，估计这片广场是它们的一个集合地点。"

偏偏选在这里，"运气"真好。

公共频道有人问："能打掉吗？"

谁也不知道。如果它们像孙辈的小白泡一样，就能用激光枪打掉，如果像紫水母那样有层保护罩，就很麻烦，机甲队手里最强的武器就是激光炮，根本轰不掉保护罩。尤其它们还不像紫水母，连炮管都没有，圆滚滚的无从下手。

可是不打没办法进去。四支队伍正在研究，突然一团光球打到他们这个方向，"轰隆"一声响——对面的废墟顶上出现一只巡逻的虫族步兵，它发现了机甲群！

广场上的十几个白球球忽然全部动起来了。它们一起转了个方向，一道又一道光束朝林纸他们这边扫了过来。光束威力惊人，在地上炸出巨大的坑，只要沾到就好不了。

所有人各自滚开，找机会还击，林纸看见秦猎动作最快，已经抬起肩上的激光炮发射过去。他打的是白球球发射光束的地方。然而激光炮毫无用处，打到白泡上，一点儿都没有。

十几个白泡朝这边飘了过来。林纸就地翻滚，躲开光束，滚到了一排矮墙后，和其他机甲拉开了一段距离。白泡们没有发现她，直奔秦猎他们那边而去。

秦猎火速在公共频道里说："林纸，它们没看见你，我们引开它们，你冲过去，快！"

戈飞和戈兰也说："林纸，快一点儿！广场那边空了！"

黎央顾不上说话，用肩上的激光炮朝白泡发射，引得好几个白泡一起对着她攻击。一炮轰完，她才说："林纸，快去！荣耀队，看队伍频道排序轮流射击，每人打一次，打完立刻滚开，不要停！"

这是他们好不容易才抢出来的空当，林纸没再废话，只说："你们小心。"

她悄悄地躲在矮墙后，在炮火中往广场那边猫过去。现在广场上没有白泡了，她兜过废墟，站起来往那扇孤零零的大门里冲。

然而就在这时，广场的另一个方向飘过来三个白泡。

林纸心想，完蛋了，这里真的是它们的集结点！打是绝对打不过的，只能跑。可是大家冒着生命危险制造的机会，难道就这么丢了？

正在这时，一大团耀眼的强光突然从斜刺里射过来，喷向其中一个白泡，把它炸开了花。

林纸转过头，看见一架开着伪装层的高级机甲从废墟顶上冒出来，右肩上配着一架像是重型等离子炮的武器。

它跳下废墟，朝这边冲过来，翻滚着躲开白泡光束的攻击，很快来到赤字身边，对林纸说："我等你好久了。快走。"

不用它说，林纸就继续冲向地道的大门。

那架神秘的机甲断后，不停地用等离子炮轰向追过来的白泡。它的武器十分给力，很快就又轰掉了第二个白泡。

林纸已经到了大门口，她回过头，只见那架帮忙的高级机甲忽然不开火了，而是伸手动了一下肩上的等离子炮——它的武器好像出问题了。

对面的白泡也发现了，趁机对准它射出光束。

林纸没有进门，转身飞快地扑了过去，一把把它扑倒在地上。明亮的光束擦着他们过去，在门前轰出一个大坑。

赤字没等爬起来，就扳动那架高级机甲肩上的等离子炮的炮口，对准对面的虫族白泡。刚刚坏掉的等离子炮忽然又工作了，一团高温电浆喷向对面的白泡，破了它的保护壳，把它炸开了花。那架高级机甲像是怔住了，还倒在原地，没有动。

遥遥地又有好几个白泡往这边过来了。这里是它们的集结点，一个又一个，源源不绝。等离子炮不知道是不是真的好了，白泡太多了打不过来，再说也没有时间了……

林纸吼："秦梵，傻躺着干什么？进去啊！"

驾驶舱里的秦梵："……"

秦梵没料到她这么快就猜到他是谁，停顿了一下，说："就在刚才冲过来的时候，我忽然看见一个画面，在这扇门前，一束光射过来，我死了。"他明明亲眼预见到自己死去的场景，还是冲过来了，就像冲向他的宿命。

林纸一把把他拽起来："你没死。但再废话可就真死了。"

两人趁着新过来的白泡们还没发现，一起冲进地下入口，沿着通往地下的阶梯奔向地下一层。

林纸找到紧闭的大门，火速用指挥部传过来的生成器生成多维码，扫描，大门果然开启了。开门的那一瞬间，里面所有的虚拟显示屏一起点亮。指挥部发来的资料，她在路上已经看了无数遍，打开超空间跳跃点的流程熟记于心，第一时间来到控制台前，飞快地按照资料里的流程一步步操作。

终于，人工智能的声音响起："星际联盟军九区紧急超空间跳跃点已开启。"

耳麦里同时传来指挥部的声音，他们一直都在看着，只是帮不上忙，没有出声，现在终于松了口气："谢谢你们。你们不知道，你们做的事对九区有多么重大的意义。"

林纸没管这些，一打开超空间跳跃点，马上就往外跑——秦猎他们还在外面被十几个可怕的白泡追击。她边跑边伸手："把炮给我。"赤字肩上的接口已经被杀浅改造过，可以用高级机甲的武器。

秦梵二话不说，卸下肩上的等离子炮，递给林纸。

林纸飞快地卸下肩上的激光炮，扔给秦梵，然后把等离子炮装上，心中默念：快点儿修好吧！快点儿好吧！也不知道到底有用没有。

门外悬浮着新来的五个白泡，它们刚过来，根本没看见林纸，毫无防备。

林纸抬起炮口，秦梵根本没看清，五个白泡就一起炸了。等离子炮就像从来没有坏过一样，在她肩上运作正常。

林纸沿着来路狂奔，很快就看见秦猎他们了。他们正在白泡们的攻击下东躲西藏、满地乱滚，不过还是时不时还击，努力拖住了它们。

没等冲到地方，林纸就抬起等离子炮的炮口。一个，两个，三个，四个……十几个白泡瞬间炸开。

铺天盖地的可怕光束终于没了，所有人都松了口气。

秦猎在公共频道问林纸："跳跃点打开了？"

林纸回答："已经打开了。"

公共频道里一片欢呼。

连边伽都忍不住说："谢天谢地！"

林纸忽然发现公共频道里灰掉了一架机甲的名字，心猛地揪了一下——是戈兰的左旋。

她转过头，看到了躺在废墟间的左旋，它并没有化成灰，只是受到重创，机甲的半边身体全没了，线路裸露出来，驾驶舱的门也被削掉了一半。戈飞已经从机甲里出来了，爬进左旋破碎的驾驶舱里，把戈兰抱了出来。他还没死，但身上全是伤，白色的短发染红了一片，一块破损的机甲残片扎到了腹部，鲜血把训练服全浸透了。

林纸火速从赤字里出来，不少人也出来了，大家七手八脚地帮忙把戈兰搬出来，又从机甲里拿出急救箱。每个人都在机甲学院里学过急救，很快用急救箱里配备的小型医疗仪暂时把血止住了。

戈兰现在需要医疗舱，然而这里没有。林纸忙回头去找秦梵，他能安全地潜伏在苏尔伦城里，手里还有高级机甲和等离子炮，说不定知道哪里能找到医疗舱。但四周不见秦梵的影子。

秦猎没有从鹰隼里出来，在他们救治戈兰的时候，也一直在观察周围，防备虫族突然出现。他当然知道她在找谁，说："他已经走了。"

秦梵就那么走了，但愿他没事。不过现在也顾不上他了，林纸说："苏尔伦城肯定有医院，我们查查地图……"

秦猎忽然道："林纸，指挥部说超空间跳跃点打开了，集结等待的联盟军舰已经开始进入九区，他们知道戈兰的情况，给了我们一个集合坐标，只要战舰突破虫族的防线，就会有救援飞船专程带着医疗舱过来，我们也可以走了。"

星际联盟军的战舰终于到了九区，他们也可以离开首府星回家，却没人能高兴得起来。

大家把戈兰小心地放进戈飞右旋的驾驶舱里。他伤得这么重，他们得迅速杀出苏尔伦城，去集合点。

小队往东出城，一路上仍然时不时遇到虫族步兵。但是这次林纸手里多了个大杀器——秦梵带来的等离子炮。这东西威力奇大，一大团电浆射出去，一片虫兵全灭。出城的速度比刚刚进城时快得多。

边伽在队伍频道里说："不知道宫危他们怎么样了。"

安珀："管他们呢，当务之急是赶紧把戈兰送出去。"

林纸带着等离子炮在最前面开路，火力全开，每次瞄准和发射都快到不可思议，其他人都还没看清虫子，虫子就已经化成了灰。赤字脚下完全不停，以最快的速度带着队伍往前。

戈飞从刚刚到现在一句话都没说过，只驾驶右旋，紧跟着赤字。戈兰受伤，他的脸色比戈兰还苍白，两个人明明没有通感，也像有通感一样。他们从出生就在一起，如果真死了一个，另一个还怎么活？

戈飞手指上的细纹笑起来很可爱，戈兰手指上的细纹笑起来有点儿歪，他们是两个不一样的人，不一样的灵魂，谁也不能替代谁。他们都必须活着！

队伍终于把冒着滚滚黑烟的苏尔伦城抛在身后，向东边集合点的方向狂奔，一直跑到天擦黑才来到集合地点。那是一片旷野，旁边有个大湖，没有虫子。

来接人的飞船还没到，大家长途奔袭，又打了一整天使，坐下来边休息边等飞船。

边伽在队伍频道里问林纸："刚才你带回来的那架高级机甲是什么人啊？等离子炮也是他的吧？是联盟军的人吗？"除了军人，别人也不太可能有这种重型武器。

秦梵帮完忙就走了，一秒都没多留，林纸知道他并不想暴露身份，于是回答："不清楚。大概是轰炸时刚好留在苏尔伦城的机甲吧，看见我们遇到危险，过来帮忙。"

秦猎发来私聊："是秦梵？"

他猜得相当准。林纸好奇："你是怎么看出来的？"秦梵一直藏在机甲里，没跟秦猎他们说过话。

秦猎答："乱猜的。"能准确地在她最需要帮忙的时间和地点出现，除了能看到未来的先知，大概也没别人了。

一名队员忽然指着远处的天际，喊道："你们快看！"

只见天际线上，最后一抹橘红色的霞光中，出现了一艘人类战舰的影子，它前面是个熟悉的白色巨泡，已经着火了，正飘飘摇摇地往前逃跑。战舰发射出耀眼的炮火，一声闷雷般的巨响后，白色巨泡呼地腾起大片火光，像一只燃烧的巨型气球，摇摇晃晃地往地面跌落。

星际联盟军的战舰进来了！

林纸从赤字里出来，爬上右旋的腿，去看戈兰。驾驶舱的门半开着，戈飞正把一瓶水凑到戈兰嘴边，一点点地喂进去。

林纸说："我们看见联盟军的战舰了，接人的飞船应该马上就会来了。"

戈飞点点头。

戈兰浑身受伤，全身上下被绷带包得像只粽子，看见林纸，眼珠动了动，又张了张嘴。

戈飞明白他的意思，不用他费劲出声，就对林纸说："他想让你再猜一次，谁是戈飞，谁是戈兰。"

林纸点头答应。

戈飞说："你先出去一会儿，我们要化一下妆。"

双胞胎就算在这种时候，还乐此不疲。

林纸回到赤字里，等了一会儿，收到了右旋发来的私聊："我们好了。"

林纸重新进了右旋的驾驶舱，看见他俩的样子，哭笑不得。只见双胞胎并排半躺在驾驶舱里，身上都盖着毯子，拉得非常高，两个人的脑袋上缠着一模一样的绷带，到处都遮得严严实实，就四只眼睛看着林纸。这真不比八百里外露出一根头发丝好多少。

戈兰受伤了，不太能发出声音。为了不露馅，戈飞也不能出声。所以他们把手环放在毯子上，虚拟屏幕对着林纸，上面打着一行大字：猜一猜，谁是戈飞，谁是戈兰？

林纸仔细看了他俩半天，摇摇头："我不知道。"

四只眼睛一起弯出好看的弧度。

林纸伸手帮他们拉了拉毯子，理了理绷带，出去了。

所有人正望着天上，翘首以待。

夜色渐浓，耳麦里终于传来指挥部的声音："联赛学员，救援飞船应该到了。"

与此同时，空中终于有了隆隆的响声，一艘制式熟悉的小型军用货运飞船出现在空中，缓缓降落。一停稳，舱门就开了，明亮的灯光照出来，好几个穿联盟作战服的军人走下来，帮忙把戈兰运上飞船。

林纸问："你们带医疗舱过来了吗？"

其中一个说："放心，就在飞船上，是联盟军最好的医疗舱。"

戈飞跟着戈兰上了飞船。但其他人都站在下面，丝毫没有上船的意思。

飞船船员有点儿奇怪："指挥部说也要带你们一起走，你们不上船吗？"

秦猎说："我们不走了。"

林纸也正在裁判频道跟指挥部说："我们刚才商量过了，都想留下来帮忙。"

首府星上有很多虫族步兵，还有虫族战舰释放的各种虫子，而废墟里应该还藏着幸存者，他们身处危险中，随时可能被四处乱窜的虫子找到。这时候，没人想回去。

指挥部那边安静了一会儿，回复："我们同意你们的要求。"

飞船起飞了。

一上船，戈兰就被放进医疗舱里。他忍不住呼出一口气。军用医疗舱功能强劲，能迅速修复伤口，躺进去之后，他感觉舒服多了。

随船的医疗官坐在旁边调校医疗舱的各种参数，随时观察戈兰的情况。

戈飞仍然很紧张，问医疗官："他没事吧？"

医疗官说："不用担心，虽然伤得很重，但是治疗得很及时，应该很快就会恢复了。"他伸手解开戈兰头上的绷带，"不用这个了，绑着它反而妨碍伤口愈合。"

一张小小的纸片从戈兰的绷带里飘出来，落在地上。

医疗官捡起来，扫了一眼，没看懂："这是什么？"

戈飞接过来，看了看，递给戈兰，只见纸片上写着：这个是戈兰，转账一千块。

戈飞和戈兰："……"

第 十 章

神之信条

1

接下来的几天，时不时地就能看到联盟的大小战舰和虫族的战舰飞过。

林纸带着机甲队继续清剿地面上的虫族。这会儿虫族战舰自顾不暇，没再释放新的虫子到地面上，他们清掉一只就少一只。

武器库里带出来的能量块足够，他们马不停蹄，饿了就喝浓缩营养液，晚上原地休息几个小时。那些无处不在的虫子对躲起来的幸存者来说是严重的威胁，但是在机甲面前全无反抗之力。路上如果遇到躲在密林中、山谷里的幸存者，他们就会告知联盟的战舰已经到九区来了，只要再坚持一阵就好了。

第三天，大家正坐在一起休息，屏蔽已久的通信讯号终于恢复正常，外面的各种消息潮水般一股脑地涌进手环。这说明虫族已经无力维持九区行星的信号屏蔽，正节节败退。

好消息是，边伽的爸妈都没事，正在 MQ187 号行星的一个幸存者基地里。边伽收到他们的消息后，立刻爬进机甲，驾驶青青疯跑了一圈，差点儿一头栽进虫子堆。

秦猎也跟秦修报了平安，并得知秦梵也没事，还难得地跟他爸通了次话。通话时，秦修和秦以森他们正在天谕开会，虽然秦梵只是简单说了两句，他爸却激动得挂断视频电话后连正在跟秦修吵什么都忘了。

戈兰给林纸发来了消息："一千块已转。"

林纸弯了弯嘴角，查看千里遥之前发来的一大串消息，然后回消息给她，告诉她没事。

千里遥居然秒回："我知道你没事！我看到你们的纪录片了！"

林纸：啥？

秦猎刚好碰了碰林纸，说："林纸，联赛主办方剪辑了一个纪录片。"

参赛的每架机甲上都有直播设备，机甲外的摄像头、公共频道和队伍频道的信号已经全部传送出去了，全程记录了从飞船迫降到突进苏尔伦城成功打开超空间跳跃点的过程。之后联赛主办方征求联盟军事委员会的同意后，把机甲的影像剪辑出来，去掉了一些需要保密的内容和过于血腥的镜头，发了官网上。

视频不算长，只有一个多小时，却在网上爆火，官网都差点儿瘫痪了，相关话题在每个社交媒体上刷屏——这是联赛历史上最特殊的一次决赛：比赛变成了实战，几支联赛学员组成的队伍杀进被虫族占领的城市中心，打开超空间跳跃点，拯救了整个九区！

林纸把视频看了一遍，发现星光队和月海队的部分被剪掉了，只用文字在旁边写了一句：其中两支队伍失散，乘飞船离开首府星，在一颗无人星球上被联盟军救走，回到了母星。

宫危在突围前一直小心地让所有人用私聊联系，避开指挥部的监控，估计打的算盘是说突围后没法回头救援才一走了之。战场上情况复杂，机甲摄像头能拍到的有限，未必会露出马脚。可惜他们和月海队逃跑时，林纸上了月海队侦察机甲驾驶员的身，特地操控他的手指，点开了公共频道。宫危当时的怒吼和月海队队员的解释全部传了出去，不只比赛中的他们听见了，指挥部也绝对知道当时发生了什么。

安珀忽然走过来，在林纸和秦猎身边坐下："要不要听八卦？宫家这两天可热闹了。"他自称宫家的八卦专家，果然名不虚传，通信一恢复，就如同重新长回了千里眼和顺风耳。

据说宫危一回到母星，就被他爸宫元骂得狗血淋头，父子俩大吵了一架：宫元觉得宫危没有坚持到底，跟着队伍去打开跳跃点，白白丢了一个大好的机会；而宫危用一句话把他爸堵了回去："当时那种情况，要是你的话，你会冒险跟着他们去开跳跃点？"

据说宫元吵完，气急败坏地去了一趟联盟大厦，隔天就传出消息，星图和联盟签了一系列合同，价格优惠到像白送，看来是星图花巨款捞人。

安珀说："人算是捞出来了，不过宫元还是把他的另一个私生子接回了宫家大宅，宫危的继承人身份可能不保了。"

毕竟两支队伍中途"失散"的事，就算视频中含糊带过，还是有不少人看出了问题。评论里有座高楼，就是在讨论星光队——

"怎么可能会失散？他们明明就知道目标的坐标，直接过去和大部队会合不就行了？"

"林纸他们能过去，他们两队就过不去？"

"失散了，还那么巧找到了飞船，这'运气'也没谁了吧？"

"据说是星图新开发的小飞船，专门逃生用的。"

"他们这是当了逃兵吧？"

"非要把逃跑说得那么委婉。"

……

林纸还注意到，视频里也彻底剪掉了秦梵的镜头，看起来就像机甲队引开白泡后，她直接进到地下，一个人打开了跳跃点。林纸忍不住跟秦猎感慨："这剪辑技术真是鬼斧神工。"

秦猎笑了："没错，这么短一段视频，不知道受了多少势力的影响。"最后居然能成功发出来，联赛主办方也很不容易，"不过这样剪也不错。"

林纸明白他的意思，这种剪法去掉了那些可能让她暴露能力、引人怀疑的部分。

视频最后还放出了戈兰的镜头，他和戈飞都在医疗站里，露出了一模一样的笑容。

至此，参加联赛的七支小队，除了第一天被虫族战舰击中的那架辅助机甲，全部在这场意外中活下来了。

不过外面的纷纷扰扰和这支队伍无关，大家都专心在首府星上灭虫。

这天下午，众人在一座城镇里"烧烤"兵虫时，遇到了联盟的地面部队。地面部队主要由步兵组成，每个人都穿着林纸熟悉的步兵甲，带领步兵的是几架高出不少的高级机甲。他们从城镇对面过来，和林纸他们做的事情一样，就是清掉剩余的虫子。

头一次在首府星和人类部队会师，大家都有点儿小激动。

这支部队还带来了好消息：九区的虫族战舰已经基本被消灭了，现在各行星都在清理地面战场，主要城市已经地毯式搜索过，进入收尾。唯一的问题是直到现在还是没人知道为什么九区会突然出现虫族战舰。但是不管怎么说，九区重新回到了人类手中，联盟肯定会有新的布防措施。

傍晚，耳麦里传来指挥部的声音："联赛学员，你们的任务已经完成了，这次是真的可以回家了。"

一艘长途军用货运飞船来接他们。四支队伍，帝国机甲学院队和荣耀队是母星的队伍，信诺队来自四区，比邻星队要回六区。不过船长说，会先送大家一起去母星首都。

这些天大家几乎没怎么好好睡觉，一上飞船，放好机甲，就都倒在床上睡着了。边伽睡着前还嘟囔了一句："希望这回飞船上没有扁翼蜢。"

飞船离开首府星时，林纸从舷窗往下看，想起那天迫降的情形，恍若隔世。

好在这回飞船上没有扁翼蜢，也没有其他虫子，大家睡得昏天黑地，连中间跨越超空间跳跃点的震动都没感觉到，醒来时已经到母星了。飞船缓缓下降，联盟首都的高楼出现在视野里，楼宇间穿梭着无数悬浮车，从贵得要命的豪车到很便宜的小车车，汇成车流，匆匆来去。

刚从九区首府星的满地废墟中回来，看到这些，大家的心情十分复杂。就在几天前，苏尔伦城和九区的其他城市也还和这里一样，人们上班下班，操心着各种鸡毛蒜皮的事，谁知道天空中忽然出现奇怪的战舰，一切都变了，家没了，亲人没了，所有财产付之一炬，活下去变成了最大的奢望。

边伽忍不住嘀咕："怪不得都说上过战场的人回归正常生活后，感觉会不太一样。"

飞船没有去航栈，而是直奔联盟首都北边。

船长走过来解释："我们收到联盟军事委员会的指示，在送大家回家之前，要先去联盟大厦，那里有一个简短的欢迎仪式。"

首都北面是联盟行政机构的办公地点，其中最著名的就是联盟大厦，是一座古老的灰色建筑，已经有上百年的历史。

此刻，联盟大厦前的停机坪上有一群人正在等着他们，林纸一眼就看到了帝国机甲学院的院长费维上将。

飞船停稳，等林纸他们一出来，费维上将就迎了上来，严肃的脸上的深深的皱纹里藏不住笑意。他站在踏板旁说："你们是我最出色的学员。"

林纸第一个下飞船，正小心地低着头，沿着挺陡的踏板往下走，被他热情洋溢地一巴掌拍在背上，往前跟跄了几步，差点儿当场表演平沙落雁。

之后帝国机甲学院队的每个人都挨了一下他的摧心掌。

秦猎跟他很熟，问："是什么欢迎仪式？"

费维上将眼中含笑："就在联盟大厦的礼堂里，去看看就知道了。"

边伽嘀咕："就穿这样？"

大家刚从战场回来，训练服穿了好多天了，气味和颜色都很可疑，说不定还沾着各种虫子的不明液体。

旁边一个穿军装佩中将军衔的人说："沒关系，这样就很好，特别好。"

林纸他们进去之后，才发现这个简短的欢迎仪式并没有那么简短，阵仗甚至有点儿大。星环九区各路熟悉的不熟悉的媒体全来了，比联赛时还热闹。

戈飞和戈兰也已经到了，正在座位那边等着他们。戈兰看上去已经没什么事了。

这当然不只是一个简单的欢迎仪式。四支小队的队员们临危受命，拯救了九区，联盟军事委员会决定给他们颁发星际联盟军的最高荣誉勋章——星环勋章。其中林纸拿到了一级星环勋章，其他十九名队员拿到了二级星环勋章。

机甲学院的学员虽然是军队编制，但是毕业后要在军队中经过两年的实习训练才能成为真正的军人，这是联盟有史以来第一次给还在机甲学院读书的学员颁发星环勋章。

林纸想，其实还有一个理应拿到星环勋章的人，但他没有出现在这里。要是他真的站在这儿，说不定他爸能激动得晕过去。

颁发勋章的是星际联盟的现任主席米拉元帅。她一头银发盘在脑后，一个接一个地给二十名学员脏到可怕的训练服别上勋章，第一个就是林纸。

"我其实一直都在看你的比赛直播，"她低声说，"你是我们 Omega 的骄傲。"她面容慈祥，动作也很温柔，至少没给林纸来一掌。

轮到戈飞，林纸听见她问："你是戈飞？我……"

戈飞认真地回答："不是，元帅，我是戈兰。"

米拉元帅一脸抱歉，赶紧换掉写了戈飞名字的勋章，把戈兰的星环勋章发给了他。

林纸："……"

戴着勋章回到座位，边伽低头看着胸前的勋章，嘀咕："还挺漂亮的。"

林纸低声答："勋章是不错，可惜咱们的决赛没了，奖金泡汤了。"

秦猎看她一眼："你不知道星环勋章是有奖金的？"

林纸立刻转过头。

秦猎偏头过来，靠近她的脑袋："这可是联盟的星环勋章，当然有奖金。你拿到一级勋章，军事委员会这些天会发五百万的奖金到你的账户里。我们的二级勋章，每人也都有两百万。"

林纸：比小队拿到联赛第一名能分到的奖金还多！星际联盟太实在了！

杀浅搭茬："我听说星环勋章如果拿出去拍卖的话，卖价应该会到千万以上，不过这是联盟的最高荣誉，当然不会有人卖。"

林纸暗暗琢磨，得花钱给这个价值连城的小金章租个保险柜，锁起来。

颁授仪式结束后有个简单的记者招待会，提问应该是事先沟通过，并没有任何刁钻的问题，都是关于这次在首府星的经历的。不少人指名林纸回答问题。有些问题是问秦猎的，秦猎也全都抛给了林纸。林纸明白，他这是有意让她在全联盟面前露脸。

其实联赛前秦猎就一直在努力帮她提升知名度，林纸甚至觉得他完全不管赛前的绯闻，让粉红泡泡满天飞，也是这个目的。可她现拿到了联盟的星环勋章，名字应该已经在星环九区家喻户晓，他还在继续努力，不知道是想干什么。

招待会结束后，信诺队和比邻星队都乘飞船走了，荣耀队和边伽、杀浅也有专车送回各自的学院，林纸和秦猎却被留了下来，上了一辆悬浮车。

藏青色的悬浮车明显是星际联盟军的，开了半天，来到了首都以西的基地。基地里有人正在等着他们，是个一头灰发的中年人，穿着军装，看肩章是中将。

秦猎跟他很熟的样子，帮林纸介绍，说这人是星际联盟军负责这个基地的文森中将。

秦猎问他："通过了？"

文森中将回答："对，评估委员会考察了几十对搭档，经过资质筛选，最终留下了六对，不过把你们两个排在了第一位。"

林纸不明白他们在说什么。

文森中将看出林纸没听懂，问她："你肯定知道神之信条吧？"

神之信条，林纸确实听过很多次。当初补考步兵甲，她脚踝受伤躺在医疗舱里时，曾经听到医生说起秦猎，那时他们就说过秦猎是摸过神之信条的人。后来上课她还听到有人说过，全联盟的机甲学院里，白色的机甲都叫神之信条，黑色的机甲都叫暗夜游荡者。

林纸猜神之信条应该是一架很著名很厉害的机甲，更多就不知道了。但这会儿她点了点头，说："知道。"

她的谎言没能逃过秦猎的眼睛，秦猎稍微挑了一点点眉毛。

文森中将却看不出来，他接着说："大家都知道，星际联盟军有一个超级机甲计划，是和天谕合作的，开发和制造比当前这些机甲更好的超级机甲，让它们搭载最好的武器，参加地面作战或者执行特殊的任务。神之信条就是其中最重要的一架。我们投入了大量人力、物力，建造了神之信条，造好后虽然也请人试驾过，但还是不太理想，神之信条搭载的耦合系统对单个驾驶员负担太大，很多操作不能完成。所以我们现在把它升级了，改成了双人机甲，由两名驾驶员分担，最近刚刚通过测试。从它进入测试阶段，我们就一直在全联盟的机甲驾驶员中寻找合适的双人驾驶员。"

秦猎帮忙补充："我和安珀也来试过，不太行。"

文森中将继续说："前一段时间，秦猎推荐了你。他说你是他见过的最出色的驾驶员，没有人比你更合适。我们本来一直在犹豫，但是看过你最近在联赛和九区的表现，觉得他可能是对的。不过他说还没和你商量过，不知道你愿不愿来试试看？"

秦猎望着林纸："我是想在联赛结束后，先带你来看看机甲，再让你做决定。"

原来如此。这就是秦猎邀她参加联赛，并主动让出主控位置，还努力提升她的曝光量和知名度的原因。他了解她的能力，可是别人不了解。帝国机甲学院籍籍无名、门门成绩垫底甚至要补考的林纸很难通过评估委员会的审核，驾驶神之信条。但是院际联赛第一名的主控指挥就完全不一样了。虽然阴错阳差决赛没有了，但她拿到了联盟的一级星环勋章。她现在完全有资格竞争神之信条驾驶员的位置。

几个人一起往基地里走。基地很大，能看到各种奇奇怪怪的机甲，有的好像还没完工。

文森中将带着他们通过一层层关卡，来到基地最里面的一个大厅。大厅高而空旷，足够机甲活动，一侧安置着一排排虚拟屏幕，有不少工作人员正在忙碌着。

林纸看到了神之信条。它比基础机甲和林纸见过的高级机甲都高，也漂亮得多，通体纯白色，稍微低着头，安静地站在大厅中央，像在等着她的到来。

林纸走过去，仰头看着它，问："我能摸摸吗？"

文森中将被她逗笑了："你当然能。"

林纸摸了摸它的小腿，心想自己也算是摸过神之信条的人了。

文森中将问："想试试吗？不过你们刚从前线回来，要不要先去休息，下午再说？"

林纸已经在长途飞船上补过觉了，现在看到这么大这么好这么诱人的一架机甲，根本不想走，一脸跃跃欲试。

秦猎一眼看懂她的表情，不用她开口，对文森中将说："我们现在试试吧。"

文森中将问旁边虚拟屏前的工作人员："神之信条重置过了没有？"

林纸想，看来还有别人刚来试驾过神之信条。

工作人员回答："刚才已经重置过了。"

于是林纸和秦猎乘自动升降梯升到驾驶舱。神之信条的驾驶舱比基础机甲的宽敞多了，有两个并排的驾驶位，秦猎去右边的座位坐下，林纸就坐在了左边。

驾驶舱的门还没关，站在下面的文森中将仰头看见他俩坐的位置，怔了怔，问："秦猎，你坐副驾驶位？"

秦猎答："对，林纸主驾驶。"

虚拟屏幕前监控神之信条状态的工作人员也全都忍不住抬头往上看。

有人低声说："秦猎竟然坐副驾驶位？那可是秦猎！他上次和安珀一起过来的时候，是坐的主驾驶位吧？"

旁边的人回答："坐左边的那个是林纸。你不认识林纸？没看最近九区虫族入侵的报道？"

"看了啊，这个就是林纸？"那人的眼睛睁大了，忍不住又抬头仔细看，"我只看见她的机甲上有条大尾巴，没注意人长什么样。林纸原来这么瘦小？我还以为机甲学院的学生都长得很高很壮。"

一点儿都不高也不壮的林纸在主驾驶位坐好，戴上头盔。

秦猎点了点控制屏，关上舱门，也戴上头盔："我们走流程建立耦合。"

驾驶机甲的第一步，就是让机甲认主。两人一起点了一下控制屏上提示建立耦合的标志。

大厅里有一面巨大的虚拟显示屏，同步显示机甲的状态，现在上面和机甲内的控制屏一样出现了进度条，上面是主驾驶的，下面是副驾驶的——秦猎建立耦合的进度条唰地一下从头走到尾，瞬间完成了，而林纸的进度条干脆只是闪现了一下而已。

大屏幕上显示一行字：已成功建立 100% 深度耦合。

所有人都蒙了。在林纸他们之前，已经有好几对驾驶员来试驾过神之信条，每一个都是联盟机甲驾驶员中的佼佼者，就没见过哪对能用这种速度建立耦合的。尤其神之信条的耦合系统比基础机甲复杂得多，和它建立耦合不是闹着玩的，有不少人的耦合过程没走到一半就晕到受不了。结果这两个直接建立耦合，还是百分百深度耦合。而且秦猎的血统特殊，比别人快算正常，林纸竟然比秦猎还快……

刚刚那个工作人员喃喃自语："看来她坐主驾驶位还真的是有原因的。"

林纸并不知道下面的人都在小声议论，她翻了一遍控制屏，发现和赤字的控制系统很像，并不难用。座舱也是全周天的，林纸点开周围的虚拟屏幕，驾驶舱壁和神之信条的身体变成了一层虚影，她和秦猎就像并排坐在悬浮在空中的座位里一样。

林纸问："双人机甲是怎么驾驶的？"

秦猎答："因为负担太重，所以一般来说两个驾驶员会做功能上的分配，比如一个人控制机甲的某些行动，像奔跑、跳跃，另一个人控制手部动作和炮火射击。"

林纸懂了："就像我们上次一起控制鹰隼那样。"

上次他们在同一个身体里时，一个控制鹰隼的上半身，一个控制下半身，动作极其不协调，和边伽打架摔得不亦乐乎，十分好玩。

"如果这样配合不好的话，也可以轮流控制一小段时间，等受不了的时候，就立刻换另一个人操控。"秦猎坐在驾驶位，偏头看她，继续说，"可是我现在深深怀疑，说不定你一个人就足够了，根本用不上我。"他鼓励她，"你先自己试试看。"

林纸答了声"好"。

神之信条立刻动了。它一动，林纸就体会到了它和赤字的不同——它比赤字更像人的身体。和基础机甲相比，它的动作更精确，更自由，更没有限制，耦合感应的反应速度也快得多，能灵敏地感受到她发出的指令，连她驾驶基础机甲时偶尔会感觉到的小延时都没有了。

室内空间有限，又有那么多工作人员，林纸不太敢做大动作，只往前走了几步，觉得动力给得又足又稳。它就像一个崭新、灵活、完美、强壮无比的新身体，林纸立刻就喜欢上了。

神之信条一迈步，下面虚拟屏前的工作人员手里的活就全停了，所有人一起惊讶地抬头看向神之信条。

林纸发现他们全都在盯着她看，礼貌地跟他们挥了挥手。

不理不太合适，工作人员们只得也抬起手，对她挥了挥。

"你们看数据，是林纸那边发出的信号。她居然能动。"其中一人脸上挂着尴尬的笑容，摇晃着手，小声说。

"我头一次看到有人第一次试驾神之信条就能动，一般人这时候不是应该吐了吗？"

"就算不吐，也应该晕得不行了。"

"秦猎上次也动了。"

"秦猎不是人，不算。"

"问题是一个不是人的人到哪儿去挖来了第二个不是人的人？而且好像比他还不是人。"

林纸在所有人震惊的目光中，自如地驾驶神之信条绕场溜达了一圈。

秦猎无所事事地坐在副驾驶位上，让她带着到处逛："我坐在这里也还是有意义的。"他正色道，"可以陪你聊天、给你递水、帮忙看个地图什么的，还能在你战斗的时候给你加油。"

林纸："……"他以为他是啦啦队啊？

林纸专心体验着这架新机甲，不过很快就发现情况并没有秦猎预料的那么乐观。她是没有晕，也没有吐，但是感觉到了另一种不对劲——头疼。脑袋深处像是有一条神经一跳一跳的，隐隐作痛。

秦猎当然立刻感觉到了，马上接手机甲："我来操控。你稍微缓一下。"他心中十分后悔。虽然很知道她的能力，但他还是有点儿太过乐观了，她之前没上过这么复杂的机甲，应该让她先适应一会儿再独立操控。

林纸坐着缓了缓，感觉好了一点儿。神之信条很好玩，她还想再试试，于是又动了动神之信条的手臂。可才一动，眼前就忽然一阵发黑，看不清东西，头也疼，比刚才还厉害，一下又一下，像尖锐的针尖在里面扎。

秦猎立刻摘掉头盔，过来扶住她的肩膀。

林纸的视野逐渐清晰起来，看到秦猎那双漂亮的眼睛正在接近的地方担心地看着她。

"这是第一次，我们稍微试一下就可以了，结束吧。"

林纸也怕不小心把自己弄瞎，听话地摘掉头盔。头疼的感觉立刻消失了。

秦猎说："和机甲耦合的时候可能会有点儿不舒服，头晕、恶心都是正常的。"

林纸想，当初第一次和赤字建立耦合时，杜教官也这么说过。看来神之信条不像赤字那么乖，是匹烈马，得驯服才行。

两人刚从驾驶舱里出来，文森中将就迎了上来，神情很激动："你们两个太棒了！我第一次看到刚和神之信条建立耦合就适应得这么好，还可以做这么复杂动作的人！"

林纸心想，不就是迈了几步，随便晃了晃胳膊吗？

文森中将问他俩："驾驶的时候有什么不舒服吗？"

林纸实话实说："我刚才觉得有点儿头疼。"

文森中将想了想，说："头疼啊？其他人都说头晕、恶心，倒是没听人说过头疼。会不会是你……呃……"他把后半句咽回去，飞快地上下扫视林纸一眼。

林纸懂他没好意思说出口的话，其他过来试驾的机甲驾驶员都很强壮，长得像她这么弱的很少。

文森中将继续说："最近评估委员会和其他几对驾驶员都住在基地，我们本来是打算今天开始正式评估，可能会持续一两天。"他有点儿抱歉，"你们两个这些天在九区前线，我们原打算等你们回来之后单独给你们评估一次，毕竟你们今天刚回母星，会不会太累……"

林纸遇到神之信条这么一个大玩具，舍不得走，马上回答："没关系，我们和他们一起评估。"

"那当然好。"文森中将说，"神之信条要维护，评估要到下午才开始，基地里有宿舍，你们要不要先去洗澡换衣服？"

秦猎立刻答应了。

林纸知道，他脏了这么多天，都在尽量忍着，再不洗大概又需要送花圈了。

文森中将找来基地的士兵，给两人安排了这两天住的地方。那个士兵一路热情地介绍基地的各种设施，一直带他们走到基地最里面接待访客的宿舍区。分给他俩的是单人间，配色是藏青色和白色，一看就是星际联盟军的风格，一桌、一床、一排靠墙的柜子，外加洗手间，全无杂物，极简主义者一定喜欢。

他们先看了看秦猎的房间，又跟着士兵一起去隔壁林纸的房间参观。刚要进门，外面回来了一男一女两个人，穿过走廊，去开对面的房门。两个人几乎一样高，都穿着藏青色的连身训练服，男人的手搭在女人肩上，姿态亲密。

林纸的眼睛有点儿挪不开了。因为这两个人长得非常出众，尤其是女人，比林纸高了一头多，训练服的腰间收紧，脚下蹬着高帮军靴，长发微卷，漫不经心地披着，眼睛明亮，五官让人一看就觉得舒适。男人和她有几分相似，身材挺拔，长得漂亮，甚至好像更阴柔一点儿。

他们也看到秦猎和林纸了。男人兴味盎然地望着他们，女人也偏头看着林纸，眼睛弯了弯，像是用眼神跟她打了个招呼。

进了房间后，林纸才问带他们参观的士兵："住对面的那两个人是谁啊？"

士兵笑道："和你们两位一样，也是过来试驾的机甲驾驶员。这几天这边住着的全都是来试驾神之信条的驾驶员，有好几组呢。两位稍等，我马上回来。"

等他走了，林纸才说："原来都是我们的竞争对手。对手还不少。"

听她把对方叫作"竞争对手"，秦猎立刻懂了："你很喜欢神之信条？"

"对。"林纸直言不讳，"我喜欢。我想把它搞到手。"

秦猎不自然地转过身，拉开柜门，好像在查看里面有什么，口中说："你就不能换个含蓄点儿的词？"

"你是说'搞到手'吗？"林纸又说了一遍，跟着他过来，探头凑近了看他的表情，"不管我用什么词，你害羞个什么劲？"

秦猎关好柜门，表情相当淡定："我哪儿有？"

林纸不客气地指出："你耳朵红了。"

刚刚出去的士兵很快就回来了。文森中将想得很周到，知道他们没有衣服换，让他送来了印着基地标志的整套训练服，每人两套，从内到外，尺寸合适，还是全新的。

两人各自去洗澡换衣服。

房间的衣柜上有全身镜，林纸洗完澡，穿上那套藏青色的收腰连身训练服，在镜子前看来看去，转了一圈又一圈，心中琢磨：别人顶多头晕恶心，不会头疼，只有她会头疼，难道真的是因为她的体质不好，神之信条的耦合系统对她来说负担太重了？杜教官以前也说过，越是高级的机甲，对体质的要求越高，她一直觉得身体素质不是太大的问题，看来是错了。

门虚掩着，秦猎敲了敲，直接进来了。神侍大人也洗过澡，换上了训练服，头发还微微有点儿湿，眼眸清亮得像刚洗过一样。他看见林纸在干什么，忍不住走过来，扶住她的肩膀，把她拨得又转了两圈。

林纸莫名其妙："你在干吗？"

"帮你转圈。"秦猎回答，"你转来转去的又在干什么？"

林纸望着镜子："我在想，为什么一样的衣服穿在不同的人身上，效果能差这么多呢？我的比大家的短了好多。"今天已经有四个人穿这套训练服了，其他三个都人高腿长，只有她的尺码骤然缩小了不少，尤其现在和秦猎一起站在镜子前，她的这根藏青色的条条就比秦猎的那根短了一大截。

秦猎认真地看了看镜子里的她，忽然俯身伸手在她膝弯里一抄，把她打横抱了起来。

林纸："你干什么？"

秦猎："确实很短，随便一抱就能抱起来。"

林纸："……"

州官可以放火，百姓绝不能点灯！很短的藏青色条条非常不满意，在他怀里又扭又挣，想下来："你说我短？你敢说我短？！"

"我敢啊。"这种挣扎在秦猎这里根本不算什么，他连人都不用放下，就低头吻住她的唇。

两人这些天在九区忙着，已经很久没亲过了。他现在经验丰富，亲得无比熟练，但林纸感觉有点儿不对，颈后的腺体突然冒出强烈的存在感，飞快地升温，烧得发疼。

他们前些天做了几次临时标记，现在稍一亲近，从身体到脑子就本能地往标记这件事上跑。林纸纳闷：这是什么原理？

她的感觉秦猎立刻就能知道，想瞒都瞒不住。他继续吻着她，原本托在她背上的那只手却向上探，滑进她颈后的头发里，指腹似有若无地轻轻擦过她后颈存在感异常强烈的那块。

林纸："……"干脆杀了她算了！和他通感真是一件可怕的事！

秦猎却忽然把她竖过来，重新放回地上，松开她，甚至退后了一步，表情正经地说："这里是星际联盟军的基地，而且门没关好。"

林纸：知道是基地你还亲？

颈后的腺体还火烧火燎，林纸一眼就从他一本正经的眼神中看出那一点儿捉弄人的光——突然开始亲她，又半途莫名其妙地停下，把她撂在那里，这人就是故意的！

林纸二话不说，往前几步，按住秦猎厚实的胸膛。秦猎像是一点儿力气都没有，被她一只手推得连连后退，跌坐在身后的床上。林纸跟上去，毫不客气地跨坐在他身上，像平时赤字和鹰隼切磋时那样把他死死压住。想了想，她往前挪了挪，坐在他劲瘦的腰上，再想了想，又往前挪了挪，直到把秦猎压得往后倒得下去。

秦猎从喉咙深处发出低低的一声笑，把手撑在身后，仰起头看着她："要去哪儿？"

"不去哪儿。"

林纸俯身吻住他。他唇齿放松，丝毫没有抵抗的意思，林纸却只星星点点地碰着他的嘴唇：神侍大人超好亲！

门那边似乎有动静，有人敲了敲门。

秦猎完全没管，仍然半闭着眼睛。

林纸回过头，只见门开了一半，门口站着住在对面宿舍的那两个人。

男人看清他俩的姿势，有点儿尴尬，解释道："我们看见门开着，而且也敲过了……"

女人则好奇地多看了一眼林纸，随手把男的推出去："我们没事。"说着也跟着出去了，还体贴地帮他们把门重新带上，也不知原本是想过来干什么。

林纸的肚子"咕噜噜"叫了一声，她松开秦猎，翻身下来："我饿了。"

从长途飞船上下来以后，先是颁授仪式、记者招待会，然后马不停蹄来基地试驾神之信条，早已经过了中午，他们还没吃过任何东西，连营养液都没喝。

秦猎半躺在床上，一动不动："……我也饿了。"

林纸明白此"饿"非彼"饿"。不过他刚才亲到一半就把她放回地上，这种仇此时不报更待何时？她走到门口，打开门："我看见外面好像有营养液自动贩卖机。"

秦猎知道她是真的饿了，只得起来，跟着她一起出门。

宿舍区门口就有一台营养液贩卖机，和帝国机甲学院里的一样，也是简单朴素的军用包装，完全免费。两个人一人取了一管，几口喝掉。秦猎现在越来越不挑，林纸吃什么他就吃什么，完全不是以前连营养液都只选特供清淡口味的作风。

解决了肚子的问题，秦猎问："那我们现在……"

林纸麻利地接道："……我们现在去体能训练房。"反正要过一阵才能再去试神之信条，现在刚好有空。刚才过来的时候，她就看到宿舍区附带的体能训练房了，里面器材很多，给他们引路的士兵说全都可以随便用。

秦猎问："我们去体能训练房干什么？"

去体能训练房还能干什么？林纸一本正经地回答："那当然是要去吃烧烤。"

秦猎无奈："我是说，你怎么忽然要去体能训练房，还这么着急？"

林纸解释："因为以前我觉得我的身体只要不妨碍我操控机甲就行了，可是今天发现它好像太弱了，真的会妨碍我驾驶我喜欢的机甲，所以打算抓紧时间增强体质。"

秦猎耐心跟她商量："那也用不着这么急吧？就算你现在锻炼，也来不及了。"这又不是考试，考前抓紧时间多看两眼说不准能押对两道题。

林纸不同意："当然不是为了今天，而是为了今后！既然已经决定了，就要从此时此刻开始，不然还拖到明天吗？"说完就风风火火地往体能训练房走去。

秦猎只得跟着。

林纸走在前面，心中暗暗好笑：神侍大人，你也深刻体会一下被人撂在半路的感觉吧。

体能训练房里还有别人，大多都在做重训。林纸和秦猎一进来，就被认了出来。大家全都悄悄地往他们这边看。

基地的设施比帝国机甲学院的训练厅好，秦猎一眼就看见墙边的大转轮，比帝国机甲学院的还大，还复杂。

林纸直直地朝它走过去。

秦猎估计她是在吓唬他，默不作声地跟着。没想到她真停在了大转轮前，还点开了控制屏。他低声喊："林纸……"

好在林纸只不过点开看了看，感慨一句"功能还挺复杂"，就绕过它，找到一台训练跑步的机器。秦猎这才放下心。

林纸在控制屏上调好速度，开始认真跑步。秦猎只得在她旁边也打开了一台机器。

这台机器和跑步机差不多，只不过做得花哨多了，面前和两边是虚拟屏，可以显示景色，营造一种越野的感觉，每跑完一公里，屏幕上还会蹦出个立体的卡通小人给你加个油。

林纸想给自己加码训练，调的速度不慢。但她的体能是真的不太行，没跑几公里，脸就涨得通红，上气不接下气。

她身体的每一点反应都会如实复制在秦猎身上，因此她什么样，秦猎就什么样。他已经很久没跑成过这样了，刚才的澡白洗了，全身被汗浸透，汗水沿着发梢滴下来，肺难受得像是要爆炸，也没比大转轮好多少。

他俩身后有两个人路过，其中一个悄悄捅捅另一个："看，是秦猎。"

"旁边的是林纸吧？他们也来试驾神之信条了？他们不是还在九区首府星上吗？"

"好像今天回来了，我看了欢迎仪式的直播。"

"他俩也来试驾，感觉咱们的希望不大了。"

"看看人家，那么有天赋，还那么刻苦，都跑成这样了还在坚持……"

还没嘀咕完，秦猎的屏幕上就蹦出一个卡通小人，欢快地鼓了两下掌："太棒了！你已经跑了三公里！请继续努力噢！"

众人：三公里？秦猎跑三公里就累成这样？

2

林纸快速跑完五公里，精疲力竭地从跑步机上爬下来，还不甘心，又去找了一台拉背训练器，调了个最小的重量，开始认真练习。但因为重量实在太小，惹得训练房里所有人都在看她。好在林纸向来脸皮厚，专心练自己的，谁爱看谁看，根本不在乎。

斜对面是两个长得相当壮硕的男人，都穿着印着虎头的黑背心，每个人的胳膊都快赶上她的腰粗，肩膀有她的两个宽，长得有几分相似，应该是对兄弟，正一起练腿。

稍大一号的虎头也许是哥哥，说："那个就是林纸？看着也太弱了点儿。"

小一号的虎头说："Omega 嘛，这种体型算正常。听说她很有机甲驾驶的天赋。"

稍大一号的虎头说："驾驶机甲是有体能要求的，越是好的机甲，体能要求越高。天赋就算再好，撑不下来能有什么用？"

林纸听得更悲伤了。这是宿舍这边专用的训练房，来的都是来基地试驾的联盟最优秀的机甲驾驶员，个个人高马大，就数她最弱，看起来像只小鸡崽。

秦猎这次没练，在旁边的座位无所事事地坐着，看了这边一会儿，忽然走过来。

"林纸，"他俯身说，"要不要休息？"

林纸脸上全是汗，脸颊通红，光是看着就知道十分辛苦。但她坚定拒绝："不要。"

秦猎压低声音说："我的意思是，其实我可以帮你练。你就是想训练你的身体，我帮你来就好了。"他的意思是两个人换过来。

林纸没停："又没有好处。"就算换过来，两个人还是照样一起累，和现在没区别。

"在我的身体里会稍好一点儿。"秦猎说，"再说，你还可以坐在旁边刷刷手环。"

说得也有道理，林纸正想查查双人机甲的资料。于是她心念一动，眼前立刻变了——两人干脆利落地交换了。

秦猎转头对她微微笑了一下，继续拉拉背器。

林纸自由了，到旁边的座位休息，低头打开秦猎的手环。

她一走，不出秦猎所料，没过多久，旁边的拉背器就有人坐下了，是个 Alpha。他装模作样地拉了几下，转过头问："你是林纸吧？"

秦猎转过头，淡漠地看了他一眼，"嗯"了一声。个子算高，长得还行，但也不能算是很帅，就这样也敢过来搭讪?

　　那人并没有被"林纸"冷淡的态度劝退,伸手过来,自我介绍:"我叫威尔维,是母星首都特种卫戍队的。"

　　哦。特种卫戍队的少爷兵,天天穿着漂亮制服,孔雀开屏一样在首都附近转悠,连战场都没上过。秦猎扫了一眼威尔维伸过来的手,动了动双手,示意自己正在用拉背器,没法跟他握手。

　　威尔维缩回手:"我看过你们在九区的纪录片,我一直在想赤字的驾驶员是什么样的,后来还去网上到处找你比赛的资料。对了,今天颁奖的直播我也看了。"

　　秦猎一下一下地拉着拉背器,脸上没什么表情。

　　威尔维继续跟"林纸"瞎聊:"我爷爷当年也拿过星环勋章。"

　　秦猎转头看了他一眼:"哦。你爷爷拿过。那你拿过吗?"

　　威尔维满脸尴尬,又搭讪了两句,落荒而逃。

　　旁边的拉背器没空几秒钟,又有一个 Alpha 过来坐下,问:"你是林纸吧? 我看了你在九区的纪录片。"

　　秦猎:"……"

　　与此同时,林纸正遥遥地坐在那里。待在秦猎的身体里,除了肩背有点儿酸,没什么不适,她顺手搜了神之信条的消息,又登录帝国机甲学院的在线图书馆查了查双人机甲。

　　联盟一直都有双人机甲,只不过不多,因为双人机甲对两个驾驶员默契度的要求非常高。机甲要和两个人的脑神经同时耦合,由两个人共同控制,所以双人机甲驾驶员一般都有特殊的关系,比如兄弟姐妹,比如夫妻。戈飞、戈兰家族就有一对双胞胎曾驾驶双人机甲。

　　林纸觉得她和秦猎之间的默契度还是挺高的,两个人想法基本一致,彼此很能理解,再说大概也没有哪对机甲驾驶员没事连身体都会换一换吧?

　　她从屏幕上抬起头,看了看秦猎那边。他好像很忙,一边帮她练着体能,一边在和旁边器械上的人说话。他的性格林纸很清楚,连一起上课的同学都没怎么说过话——也许是因为他长得就冷,不够亲切,就像现在,她用他的身体坐在这里,气场一米八,周围的座位都没人敢坐——怎么穿到她的身体里后,忽然就变社交达人了? 难道他平时只是维护冷冰冰的形象,其实神侍大人也有一颗闷骚的心,所以用她的身体时比较没有心理负担?

　　林纸深深地觉得,经常这么换换有益双方的身心健康,挺好。她安心地重新低下头,继续在学院图书馆查资料。

　　秦猎练了一阵背,又练了一阵腿,一边对付完几个过来搭讪的 Alpha,站起来环顾四周,打算换个器械。他到处看的时候往后一退,脚后绊到了什么东西。这要是他自己的身体,随便一让就完事了。可这是林纸的身体,他只穿了两三回,还不熟练,对这身体的力量和敏捷性的估计有很大偏差,就没能躲开,往后趔趄了一下。

　　一只手立刻托住了"她"的背。有人在"她"耳边低声说:"小心。"

对方靠得太近，气息拂过来，秦猎身上的汗毛全都立了起来，直觉想一拳揍过去。他克制住冲动，躲开背上贴着的那只手，转过头，发现就是那个住在对面宿舍的男人，明明是个Alpha，脸庞却带着点儿Omega柔美的样子。

男人满脸歉意和关切，俯身看着"林纸"："不好意思，差点儿绊倒你。你没事吧？"

秦猎心中冷笑一声：这个人绝对是故意的。

果然，他的下一句就是："我叫宣落，你是林纸？"

又一个。秦猎心想，这位总算没说"我看过你的纪录片"。

其实秦猎心中非常清楚这些Alpha都在想什么：不管林纸和他现在看起来多亲密，因为他神侍的特殊身份，两个人终究是不可能在一起的，林纸一定会另选Alpha，而现在就是在她面前露脸的大好时机。

婚姻和生育对这些人而言，无论披着多么温情浪漫的外衣，归根结底就是一场博弈。他们的目标是用手里的资源换取最优秀的基因，运气好的话，还能顺便分享对方带来的资源。Omega在人口中的占比本来就小，像林纸这样有天赋的必然是疯狂争抢的对象。她的才能一天天展露，手中的资源一天天积累，觊觎她的Alpha就会越来越多。

秦猎淡漠地看了宣落一眼。

宣落还是没提纪录片的事，而是问："前些天我的教练推荐给我一种纳尔兹训练法，能快速提高身体素质，据说也很适合Omega，你要不要试试？"

"不用，我要去休息了。"秦猎说着往靠墙的座位走。这人很有心机，段位比威尔维他们高多了。因为林纸一旦确定目标就会疯了一样往前冲，要是她，说不定真的会去跟他试试。

"秦猎"就坐在那边，宣落并没有跟上来。

林纸看见他回来了，抬头对他灿烂地一笑，拍拍旁边的座位："坐。"然后压低声音问，"我们换回来吧？"她光是坐在这里看，都已经觉得腰酸背痛腿抽筋了，他练得很认真。

秦猎回答："再过一会儿。缓一缓再说。"她待在他的身体里毕竟更舒服一点儿。

见他打开手环屏幕搜索，林纸偏头去看："你在看什么？"

秦猎头也不抬，答："纳尔兹训练法。"他浏览了一遍，"好像还行。有个详细的训练计划，下次我可以帮你试试。"

等回到宿舍，两人才换回来。新换的衣服已经被汗水浸透了，两人刚各自洗澡换好衣服，就有人来敲门。是来找人的士兵，说是文森中将让他们过去，神之信条已经维护好了。

士兵要叫的人不止他们两个，他在走廊里敲了一连串的房门，挨个叫了一遍。有的房间敲不开，他还有点儿纳闷："人呢，人都去哪儿了？"

林纸告诉他："好像都在体能训练房里。"

半晌，士兵终于叫齐了六组人马，带着大家浩浩荡荡杀进放神之信条的大厅。

文森中将正在那儿等着。除了他和上午看见过的工作人员，大厅的另外一边摆了一排桌子，上面放着光脑，座椅上有几个穿军装的人，看军衔起码都是大校以上。

文森中将请大家在旁边的几排扶手椅里坐下，说："我们目前一共有六组神之信条驾驶员候选人，等大家多试几次，再做最后的决定。今天特别请了评估委员会过来，大家不要紧张，不要有心理负担。"

林纸：你不说还好，说出来真的让人很有心理负担。

神之信条仍然安静地站在大厅中间，漂亮的白色漆面反射着大厅的灯光。林纸盯着它，一脸志在必得。

这是一次正式的评估，就像考试，每个人都有点儿紧张。而且和上午不同，这次试驾不只有一群人围观，还得轮流排队。公平起见，六组人抽了签，林纸他们抽到了最后一组。

第一对上去的驾驶员秦猎认识，就是联盟首都卫戍队的威尔维，他的搭档是个看着比他年纪稍小的女性 Beta，两人长相非常相似，一看就是兄妹。

秦猎很想看看这位有勇气第一个过来搭讪的人打算怎么大显身手。

威尔维兄妹进了驾驶舱，关好舱门，开始建立耦合。

大厅侧边的大屏幕亮着，实时显示机甲内置的控制屏幕的画面：两个进度条一起在屏幕上刷了出来。

秦猎不动声色地轻轻挑了挑眉毛。因为两个进度条都是灰色的，半天一动不动。

林纸生平只见过两次耦合过程，一次是她和赤字耦合，一次是今天上午试驾神之信条，无论是她还是秦猎建立耦合，进度条都是绿的，而且一眨眼就完成了，还从没见过进度条是灰色的状态。她忍不住偏头靠近秦猎，压低声音问："他们这是已经开始建立耦合了吗？"

秦猎悠悠答："估计是已经开始了吧。"

林纸重新坐正，抿住嘴，不敢再说话，生怕别人听见，显得好像是在嘲笑人家。

秦猎心想：威尔维，你好像没什么戏了，各种意义上都没有。

这时，威尔维灰色的进度条总算有点儿进展了。只见一丝绿色的细丝出现在灰底上，开始一点一点地往前推进，让人看着着急。他搭档的进度条也没比他的快多少，两根绿丝并排往前慢慢挪。然而大家好像都很有耐心的样子，并不觉得有多奇怪。

林纸百无聊赖地看了一会儿，往后缩了缩。扶手椅的椅背很高，她人小，整个人深深地陷进椅子里。她垂下头，用落下来的头发遮住脸，闭上眼睛。反正她和秦猎抽到了最后一组，不着急。

林纸一闭眼，就到了秦猎的身体里。

秦猎先在脑中开口："你来了？"他看见她特意摆了个相当平衡的姿势，又闭上眼睛，就知道她肯定是觉得无聊，打算离开身体出去逛逛，果然就逛到了他这里。

林纸是特意过来跟他聊天的，在脑中聊天说什么都可以，不怕别人听见，没那么多顾忌："我刚才搜了一下这个威尔维，他和他妹都是我们的校友，也是帝国机甲学院的，毕业后进了首都卫戍队。兄妹配合应该会很默契吧？"她对待竞争对手可是很认真的。

威尔维和他妹妹的进度条这会儿已经走到一半，谁料屏幕上突然报错：耦合过程已中止。

林纸正纳闷，驾驶舱的门开了。

文森中将很有经验，仰头问他们："不太舒服？"

威尔维没有回答，和他妹妹一起急匆匆从驾驶舱里出来，乘升降梯下来。

旁边的工作人员很机灵，看见他俩脸色发绿，立刻指给他们洗手间的位置。

林纸还听见身后有人说："他俩是第一次上神之信条吧？很正常，一般第一次上去都得吐一吐。"

她有点儿嘀瑟，在脑中跟秦猎说："咱俩第一次就没吐。所以咱们拿到神之信条的希望很大，对吧？对吧？"

看来她是真的很想要神之信条。秦猎哄她："对，非常大。"

林纸喜滋滋的。

等威尔维他们惨白着脸回来时，文森中将已经让工作人员把神之信条的耦合系统重置，安排另一对驾驶员上去了，正是林纸在健身房里见过的那对膀大腰圆的大小虎头兄弟。他们的进度条走得比威尔维兄妹的威猛多了，绿条唰唰地往前跑。

林纸刚听文森中将叫过他们的名字，便用秦猎的手环火速搜索：大小虎头兄弟都是六区驻军的机甲驾驶员。她紧张地盯着他们的进度条，跟秦猎嘀咕："这也还是不算太快，肯定没有我们两个快，对不对？"

秦猎忍住笑，温声说："宝贝，他们不是按建立耦合的速度挑人的。"

他叫她"宝贝"，又多了个新称呼。不过林纸没太在意，注意力全都在屏幕上，死死地盯着快要走完的进度条。

屏幕上突然弹出提示框：耦合过程已中止。

"耶！"林纸在秦猎脑中欢呼。

秦猎："……"

前两天在首府星战场指挥大家杀虫子时，她沉着冷静，和现在判若两人。这会儿简直就像个小孩。秦猎觉得，她在他身体里时，确实特别放松。

秦猎给她科普："第一次建立耦合通常都比较慢，有可能还会完不成，但是就算完不成，下次再建立耦合的时候，速度也会快一些。这一对有可能已经是第二次试驾了。"

待虎头兄弟出来，文森中将让人重置了系统，示意坐在林纸他们后面一排的人："宣玺、宣落，你们两个来。"

林纸下意识地用秦猎的身体回了下头，发现后面坐着的是住在他们对面宿舍的那对漂亮的男女。

女人迈着让林纸十分羡慕的大长腿，和男人一起上了升降梯。之后屏幕上的进度条一下动了起来。

林纸立刻警惕。因为他们的进度条走得不慢，最重要的是，两条进度条并排往前跑着，一直到全部刷成绿色都没有停。

大屏幕上弹出提示框：已成功建立耦合。

林纸怔了一下，随即反应过来："他们这报的和我们上午报的不一样哎。他们是'已成功建立耦合'，我们是'已成功建立100%深度耦合'！"

"来这里的都是联盟最好的机甲驾驶员，对神之信条这样的机甲，能在头一两次试驾时建立耦合已经很不容易了，直接建立深度耦合的不多。"秦猎想了想，说，"除了我们，大概也就是秦梵了吧。"

林纸放心了一点儿，心想幸好秦梵不会来跟她抢神之信条，也不知道他游荡到哪儿去了。

然而心还没放下多久，就又提起来了——神之信条竟然动了！

宣玺和宣落操控它的手脚，膝盖轻轻一提，手也稍微抬起来了一点儿。虽然只是一点点，但下面已经是一片惊叹声，评估委员会的几个人全部抬起了头。毕竟他们这组是到现在为止唯一成功建立了耦合且真正开始操控神之信条的。不过他们没有继续操控，很快就从驾驶舱里出来了，两人脸色如常，看起来没有前面的人那么难受。

劲敌！林纸望着他俩，在脑中写下这两个字，并重重地画了几个大圈。

下一组上去的两个人不像有血缘关系，也不是恋人，看起来就是很熟的哥们儿，刚刚在训练房里见过，长得人高马大，好像还去跟在她身体里的秦猎聊过天。

林纸低下头，正想查查刚才这几个人的履历，身后忽然有人走过，轻轻碰了一下旁边座椅的椅背。那里还坐着林纸的身体！只见她本来小心地保持着微妙平衡的身体被这样稍微一碰，一头朝旁边栽了下去。

林纸吓得手忙脚乱地想去抓自己的胳膊。因为过于着急，她嗖地回到了自己的身体里。

不过林纸并没有真的栽下去，一只手从身后稳稳地把她扶住了。

浓密而微鬈的长发落在林纸肩上，遮住了她的胳膊，是刚刚试驾神之信条成功的那个女人。她俯身扶住林纸，手停留的时间明显比正常情况要长，离得也明显比正常情况近很多，整个人香香的，味道很好闻，一双好看的眼睛对林纸弯了弯，眼神很不对劲。

林纸有点儿发怔：她……她这是在撩我？

终于，女人淡定地松开了林纸，回到自己的座位坐下。

林纸火速搜了他俩的名字，竟然轻易找到了相关信息：这是一对龙凤胎姐弟，姐姐叫宣玺，弟弟叫宣落，是四区驻军中非常著名的机甲驾驶员。然后她就发现自己又习惯性地犯了那个错误——这异世界的性别并不重要，这漂亮的小姐姐宣玺是个 Alpha ！

秦猎就坐在旁边，当然全都看在眼里：林纸被宣玺扶了一下，明显有点儿走神，还有点儿慌张。他在心中冷哼一声，没想到这对 Alpha 姐弟撩人的手段居然一模一样。秦猎认真地看了林纸一会儿，碰碰她的胳膊，示意她抬头看大屏幕。

大屏幕上，刚刚上去的那对哥们儿的耦合进度还不错，只比宣玺和宣落稍微慢一点儿，也成功完成了耦合，还努力动了一下神之信条的头。不过他们出来时就比宣玺他们惨烈多了，脸白得像纸，一下机甲就直奔洗手间去了。

倒数第二组是对双胞胎，姐妹俩长得一模一样。

林纸努力抛开自己固有的性别概念，查了查：姐妹俩都是 Beta，去年刚从机甲学院毕业，现在正在前线服役，还在头两年的实习期。

她们的表现没有威尔维兄妹那么惨，也没有宣玺他们那么好，只能算平平。

终于轮到林纸和秦猎了。

林纸的心"怦怦怦"地跳了起来，于是秦猎的心也跟着飞快地跳起来。

秦猎转头看她一眼，有点儿无奈：对着一大群高智虫族步兵都不紧张，不知道现在瞎紧张什么。他默默伸出手，握住林纸的手。

这时，文森中将过来说："林纸、秦猎，你们上去吧。"

身后坐着的大小虎头兄弟低声说："她这小身板可真是……啧啧。"

林纸站起来，和秦猎一起乘升降梯进了神之信条的驾驶舱。她坐进主驾驶位，戴上头盔，心中只有一个念头：快点儿建立耦合。虽然秦猎说选人不是看谁的耦合速度快，但是如果进度条跑得飞快，说不定能给评估委员留下深刻的印象，而且能在心理上吓死竞争对手们。

她存心要快，进度条就真的快。大屏幕上，秦猎绿色的进度条还闪现了一下，林纸的进度条压根儿就没出现。

大家还没来得及纳闷，就见一瞬之后，屏幕上显示：已成功建立 100% 深度耦合。

林纸的"吓唬人战略"成功了，无论是评估委员会还是竞争对手们，全都仰头看着大屏幕，有点儿蒙。

然而林纸却感觉不太妙，白天建立耦合后出现的头疼又开始了，这回不再是隐隐作痛，而是像有一根铁钉钉在脑袋里，一阵阵尖锐的刺痛。

秦猎自然也跟着疼，他立刻转过头看她，说："林纸，这不对劲。我们不做了。"

林纸当然不肯。现在正是展现能力，在评估委员会面前加分的时候，怎么能放弃？这是神之信条，她一定要拿到手！

"不用，"林纸说，"我们继续。"

两人在过来的路上已经商量好了试驾计划。

神之信条动了。它开始往前迈步。

这是机甲驾驶员们和评估委员会的委员们第一次看到神之信条真的动，不是简单地抬抬手转转头，而是像人类一样大幅度地动作。它姿态自然地走到评估委员会的桌子前，俯下身，伸出手，用指尖捏起桌上放着的一支笔，在摊开的资料页空白的地方画了一只长耳朵的小狗。

画画是林纸受跑圈狂魔老杜运鸡蛋的启发想出来的主意，毕竟能做出非常精细且轻巧的动作的机甲，做其他动作的能力不言而喻。此刻她一笔笔认真地画着狗头，心想如果没有画好，那就是她画画的能力不行，绝不是操控机甲的能力不行。

其实秦猎比她会画多了，可是他坚持让她动手。

评估委员会的人全都凑了过来，对着她笔下的狗头发呆。有人低声嘀咕："怎么可能……"

就连文森中将都忍不住过来了，想看看林纸在做什么。

驾驶员那边离得远，更是全都站了起来，往这边探头。

"林纸他们在做什么？"

"好像在画画。"

"画画？"

"对，拿那么小的笔，在纸上画画。"

其他人建立耦合后，只能稍微动动胳膊和腿，这两人居然已经可以熟练地驾驶神之信条做精细动作了，而且看起来轻轻松松，优势十分明显。

只有秦猎知道，林纸的头正钻心地疼，像是有人在用锤子一下一下地敲着那枚钉在头骨里的铁钉。

"我来，你不要动。"秦猎火速接手机甲，给林纸画到一半的狗头飞快地补上细节。

不操作时压力应该会小很多，但是很奇怪，林纸的头仍然在继续疼着，痛感一点儿都没减轻，好像只要她在和系统耦合，脑袋就受不了。

秦猎三两下画完，放下笔，驾驶着神之信条走了回去，说："可以了。"

计划中的动作都做了，效果也很不错，林纸这才把头盔摘下来，背后已经被冷汗浸透了。

秦猎的体质比她好，差不多程度的痛感下没那么惨。但他有点儿不明白，林纸和机甲的耦合能力明明比他强，可他上次和安珀一起来都不会头疼，为什么她会？不过林纸身上的事全都不能用正常的逻辑来解释，秦猎猜测是她的体质特别不喜欢神之信条。

两人从机甲里出来，回到座位上。

和上午不同，摘掉头盔后，林纸的头还在继续疼着。为了不让别人看出破绽，她努力忍着，始终保持着淡定的表情。

可是才一坐下，她就听见身后的大小虎头兄弟说："林纸好像不行了。"

"是，看她的脸都白成那样了，背后的汗都出来了吧？我就说，Omega 就算天赋再好，也驾驶不了这种等级的机甲。"

这虎头兄弟俩的眼睛还挺尖。

六组人都试完了，评估委员会那边好像在小声讨论，还挺激烈。不过他们的声音太小，这边的驾驶员努力听也听不见。

林纸也在往那边张望，妄图听见一星半点儿。

秦猎偏头说："林纸……"

林纸的眼睛还在盯着评估委员会那边，转头对他做了个"嘘"的手势，还没做完，整个人就栽了下去。

秦猎手疾眼快地一把把人接住。

身后的虎头兄弟眼尖，看见了："她该不会是晕过去了吧？这体质……"

秦猎扶住林纸，回头瞥了一眼，冷冰冰的眼神立刻让虎头兄弟闭了嘴。

林纸不是晕了，而是穿到了一个人身上。

她小心地跟着身体主人的目光看了看，是评估委员会这边一个褐色头发的中年女人，肩上是少将军衔——她实在太想知道评估组的意见，竟然成功穿到了一个评估委员身上。

坐在她旁边的男人是个大校，正在说："这完全不用考虑，秦猎和林纸这组比其他组出色得太多了，根本不在一个水平上。"

另一个人点头："差距很大，就像小学生和博士后。"

林纸的心里喜滋滋的。

然而这身体的主人皱了皱眉，说："从表现上看确实是，林纸和秦猎的天赋非常好，耦合速度快，机甲上手也快。但是……但是你们注意到没有，前面的动作确实都是林纸做的，可后面的几笔是秦猎画的，最后走回去的也是秦猎。"

他们能从大屏幕上清晰地看到每个动作的信号是由哪个驾驶位发出来的。

旁边的大校想了想，也同意："对。林纸从驾驶舱里出来时状况非常不好，看上去比吐了的那两队还要不好，我觉得她很不舒服，是在靠毅力勉强撑着。"

林纸：这几位的眼神有够毒。

这身体的主人抬起头，看了看驾驶员那边，就见林纸的身体斜靠在椅背上，头倚着秦猎的肩膀，闭着眼睛："看，她现在已经晕过去了。这样的体质可能真的不太适合驾驶神之信条。"

林纸："……"

旁边的大校说："可是她这种天赋百年难得一遇，又和秦猎那么默契。我不管，反正我还是很想选他俩。"说完，他在面前的虚拟屏幕上的表格上点了一下。

林纸看见，写着"秦猎、林纸"的那栏立刻变亮了，后面一格的数字从"3"变成了"4"。

评估委员会一共有五个人，看来有四个人已经选了他们。

大校转过头，看了看这边的屏幕："你还是不选他俩吗？"

另一边的人也说："我们评估委员会的五个人要意见一致才能通过吧？"

这身体的主人伸出手指，只要她也点一下，让那个数字变成"5"，就代表评估通过，神之信条就是林纸和秦猎的了。

林纸心中动了动。作为扁翼蛞的"徒弟"，她已经很会在别人的脑中碎碎念了，无论是假装神明附体还是假装人格分裂，只要稍稍地洗一下脑，或者稍微操控着往前一碰……

这身体的主人的手指正悬在空中，很明显正在犹豫，不能做出决定。

林纸跟着她一起看着屏幕和那根手指，心中也犹豫不决。但最终林纸没有动。她很喜欢神之信条，更想凭实力说服评估委员，光明正大地拿到它。

这身体的主人放下手，说："我想明天多看看他们的表现，再做决定。"

林纸安静地穿回自己的身体里。她睁开眼，从秦猎怀里起来，悄悄对秦猎说："四比一，有一个没选我们。要五个全同意才行。"

秦猎忍住笑：真是天生当间谍的材料。

文森中将走了过来，说："谢谢大家今天的配合，评估委员会已记录今天每组的表现，明天还会再评估一次，大家现在可以回去休息了。"意思就是他们暂时不能决定人选，明天还要再来一场。

回到宿舍，关好门，秦猎才说："林纸，我这么多年从来没听说谁在建立耦合时头疼成这样，这很不正常。"他伸手抱住她，低头看着她的眼睛，跟她商量，"我们不要神之信条了，好不好？"

他从发现她的能力到现在，一直竭尽所能帮她布局铺路，就是为了有一天两个人能一起驾驶联盟最好的机甲，现在居然要放弃。

林纸说："会不会是刚开始的时候没磨合好，只要多用几次就不疼了？"

秦猎并不这么觉得。他蹙起眉头，认真地说："你第二次试驾比第一次疼得还严重，以后说不定会越来越疼。"他能直接体会到她的感觉，想瞒住他根本不可能。

秦猎哄她："联盟的机甲计划一直都有，以后还会有更新更好的机甲，到时候我们再来申请驾驶，好不好？"

林纸不想。这个"以后"也不知道是何年何月，哪儿有眼前的神之信条诱人？

秦猎知道她还在隐隐头疼，把手掌放在她头上，用手指帮她按摩，可惜疼的地方在里面，揉不到。他温声说："机甲是小事，你的头疼不太正常，我们应该去给你做一个彻底的检查……"

林纸的手环忽然响了，是个视频邀请。她看了一眼屏幕上显示的名字，抬起头，和秦猎交换了一下眼神——是邵清敛。

林纸估计十有八九不是真的邵清敛，而是那个顶着别人的脸的假邵清敛，也就是齐瀚。这人上次在赌场溜了，没抓住，现在竟然自己冒头了。

秦猎松开她，默默地闪开一步。

林纸点了"接受"，屏幕上随即出现了邵清敛的脸。他都不用转头，林纸一看露出来的耳朵轮廓和耳垂大小，就知道这是那个冒牌货。

冒牌货和上次一样废话很多，先问林纸："小纸，我看到你们在九区的纪录片了，你没事吧？"

林纸回答："没事。"

通信都恢复好多天了，他要真是"她"的青梅竹马，那么关心"她"，早就应该发消息过来了。现在才来找"她"，估计是有什么事。

果然，齐瀚随便聊了几句首府星的情况，就忽然话题一转，问："秦猎在吗？"

这是要进入正题。林纸连眼珠都不动一下，直接对着屏幕上的齐瀚撒谎："当然不在，我现在在自己的宿舍。秦猎好像有什么事出去了，你找他有事？"

"不是。我不找他。"齐瀚说，"小纸，你现在已经回帝国机甲学院了？"

"对。已经回学院了。"他这么急于弄清她在哪儿，林纸就更不想告诉他了。反正身后是墙，也看不出是什么地方，他怎么也不会想到，她正在军方的基地里试驾神之信条。

齐瀚点点头，仿佛放松了一点儿："小纸，你最近有没有觉得不舒服？"

林纸坦然答："没有啊，吃得好，睡得香。"

"我是说……"齐瀚大概自己都没意识到他的语调变了，声音比刚才压低了一点儿，这说明他要说的是重点，"小纸，你上次手术植入脑部的东西，最近有没有觉得不舒服？"

脑部？植入的东西？林纸飞快地思索，所以"她"之前做过手术，还在脑袋里植入了东西？这究竟是真的有这么回事，还是齐瀚又在诈她？林纸有点儿头大，好像回到了前些天和他一起在小饭馆里吃饭，不停地真真假假斗智斗勇的时候。不过她脸上没有任何表情，心中决定赌一把，顺着他的话说："没觉得不舒服啊。"

齐瀚的声音绷得有点儿紧："小纸，前些天帮你做手术的那个医生来找我，说你植入的生物性芯片有点儿问题，可能得重新取出来……"

他说"生物性芯片"，而且态度认真到似乎有点儿着急，林纸从他的表情判断出他不是在诈人，"她"真的曾经通过手术在脑袋里放过一枚生物性芯片。

林纸死命忍住，才没有抬头去看秦猎。

齐瀚还在继续说："你放心，医生说会帮你取出来，手术不会另外收你钱，一切照旧，他就是帮你换一枚新的芯片。"

"芯片有问题？"林纸问，"有什么问题？"

齐瀚答得很快："据说那批货是六区的一个地下工厂做的，是赶制出来的，问题相当大，质量不过关，很有可能会伤害脑神经，还是换一下的好。医生那边新到了更靠谱的芯片，是母星产的新一代，功能更强大，和手环不相上下。"

林纸问他："要什么时候才能换？"

"当然是越快越好，我怕拖久了出事。"齐瀚一脸假模假式的担心，"你能不能跟教官请个假，今天出来一天？"他大概觉得吓唬林纸还吓唬得不够，又说，"听说已经有好几个植入的人脑出血了，还有人压迫到神经半身瘫痪。我们要抓紧时间换掉。我和医生最近凑巧都在母星，我现在就去帝国机甲学院外面等你，马上带你去见医生好不好？"

呦，你在母星，医生也在母星，是挺凑巧。林纸想了想，回答："好。"

齐瀚嘱咐她："你知道的，这种芯片和手术都是非法的，任何人都不要告诉，尤其是秦猎。"

林纸一脸单纯："我知道。再说秦猎也不在学院。我现在就去找教官请假，我得想想怎么编个理由。"

齐瀚不动声色地松了口气，答："好。那你快一点儿，我就在你们学院外的停车场等你。"说完挂断了视频电话。

林纸这才抬头看向秦猎。

现在的情况有点儿复杂。"她"曾经往脑袋里放了枚生物性芯片，看样子是邵清敛介绍的医生和非法手术，只是不知是真的邵清敛还是假的邵清敛介绍的。不过林纸估计应该是真的邵清敛。因为假的邵清敛，也就是齐瀚，好像是最近才知道她脑中有芯片，一知道就来找她，想把芯片拿到手。她原本就觉得奇怪，"她"账号里那一笔八千块的大额转账是转给邵清敛的，名义上是绘画教程学费，可"她"那么节约，付那么多钱买教程不太合理。上次和齐瀚一起吃饭后，林纸还用这八千块的事讹了他四千块钱，那时他明显还不清楚手术的事。看来这八千块就是芯片的钱和手术费，就是不知道"她"没事在脑袋里放枚芯片干什么。

如今的关键是，林纸没法跟秦猎解释。她能不接触就跟很多元件耦合，直接拿到元件认主后的百分百上传权限，所以他们一直都找不到的暗夜游荡者残手里的资料，很有可能在列车上的时候就被暗夜游荡者悄悄地上传到了她脑袋里藏着的生物性芯片里，所以各方势力无论如何都找不到资料。可她是真的不知道脑袋里藏着这么个东西，并不是故意要瞒着秦猎。

秦猎也正在看着她，冷静地说："这可能就是你和神之信条耦合时会头疼的原因。"

林纸：你竟然在想这个？这是最重要的吗？你都不想想残手里的资料在哪儿吗大哥？

秦猎看着林纸的表情，心中有点儿好笑。他能感觉得出来，她刚才听到齐瀚的话后也很震惊，她根本就不清楚脑袋里有枚芯片的事。看来做脑部手术的事，发生在她穿进这个身体之前。秦猎想，她能清楚地知道好几年前的院际联赛每场都比了些什么，却连自己脑袋里藏着个东西都不知道，傻乎乎的。他忍不住伸手揉了揉林纸的脑袋，说："林纸，我们一直都在找暗夜游荡者残手里的保密资料，我怀疑资料在你不知道的时候，传进你的芯片里了。"

秦猎点了点手环，拨通了秦修的电话，快速把情况讲了一遍："哥，我们好像找到残手的资料了。"

秦修言简意赅："你们在基地等着，我马上过来接你们，直接去天谕的医院。"

秦猎问："深空的齐瀚现在被林纸稳在帝国机甲学院外的停车场，要抓吗？"

秦修答："他身上一堆案子，联盟正在通缉他。这人和星图勾结，有这种好机会，不抓白不抓。我去联系治安局靠谱的人。"

等秦修的时候，林纸一直在想，以秦猎的角度看，她明知道他在找残手里的资料却没告诉他芯片的事，是在故意隐瞒，但是她留意了刚才秦猎的表情，他应该是了解她并不知道芯片的事了，毕竟两个人通感，他能感受到她听到齐瀚的话后的惊讶。

林纸在心中默默地叹了口气。完蛋了，在他心中，她是穿进来的"神"这件事，好像又坐实了几分。

林纸当然知道自己不是什么"神"。虽然有时候她也会想，在这个异世界，她有那么不一样的能力，会不会真和"神"搭上点儿关系？可是小说里的穿越人士金手指一个开得比一个邪乎，她这种程度只能算是小菜。

打着"神"的名号，让神侍大人围着她团团转，林纸觉得自己像个故意骗色的大渣女。她下定决心，得找个机会跟秦猎彻底摊牌。不过现在还不行，正是乱的时候。

秦修来得非常快。这里是军方新型机甲基地，机甲本来就是天谕的产品，他大概常来，直接由文森中将陪着进来了。他们一进走廊，林纸就听见秦修笑道："小纸不太舒服，我接他们去医院看看。放心，很快就给你送回来，什么都不耽误。"

林纸：今天真是人人都叫她"小纸"。

"当然没问题，不用急，下次评估要明天呢。"文森中将满口客气话，敲了敲林纸的房门。

秦猎过去打开门。

秦修神态自若，好像一点儿也不着急的样子，跟文森中将又闲聊了几句，才带林纸和秦猎离开基地。

一到基地外，林纸就发现外面严阵以待，像当初在列车上看到的那样，停着十几辆天谕的纯白色悬浮车。

秦修这时候才严肃起来，带着他们匆匆钻进一辆车里，一秒都没多停。

车队风驰电掣地开向市中心。

坐在车上，林纸的头还在一阵又一阵地疼。

秦猎在秦修面前并不避嫌，伸手握住林纸的手："还是不舒服？"

秦修瞥见他俩十指相扣的手，嘴角弯了弯，假装没看见，望向车窗外。

林纸腕上的手环忽然振动了，是齐瀚发来的消息："小纸，你请好假了吗？"

林纸把屏幕给秦修和秦猎看完，回复："我刚到教官这边，正要填假条，很快就出来。"

齐瀚回："好。我等你。"

看来他还在停车场。

秦修说："治安局的人已经过去了，希望这次能抓到他。"

悬浮车进入市中心，在一座大厦顶楼落了下来。好几个人正在楼顶等着，看见他们来了，立刻引着他们进去。这是天谕自己的医院，看着却不太像医院，装潢舒适，和酒店没什么分别。不过再往里走，就稍微有点儿医院的样子了。众人进了大厦顶层的一间房间，有沙发、绿植，像是休息室，却同时放着各种医疗器械，里面一群医生在等着。

林纸脸上很镇定，心里却有点儿紧张。

一个医生走过来，让她在一张造型奇怪的床上躺下，温声说："我们先来做个扫描。"

秦猎把林纸脑袋里可能有芯片的事讲了一遍，医生们都很纳闷。

有人说："我从来没听说过能植入脑部的芯片。"

有个医生白发苍苍，看起来年纪很大，他想了想说："我倒是知道有人在研究这种东西。听说这种芯片可以储存和处理信息，植入进去，人脑就能直接调用里面的东西，就像在脑中内置一台小型电脑。不过这种芯片根本不能投产，是被联盟严格禁止的。"

一个年轻医生接口问："是因为违反联盟改造人体的法规吗？"

"对，"年纪大的医生说，"出于伦理方面的考虑，按现在的法律，只能出于纯医疗的目的，改造人体脑部以外的身体部分，人脑的人工智能化肯定是违法的。"他有点儿纳闷，"我以前就听说，在偏远地区，尤其是八区，有些非法组织开地下黑医院，为了赚钱，低价给人换走私的义肢，没想到真有人会植入芯片。"

他转向正在安静听着的林纸，一脸慈祥，语重心长："孩子啊，这种手术风险非常大，很有可能会伤害你的脑神经，咱们不能为了多记点儿东西、算得快一点儿、考试容易一点儿，就往脑袋里放这种来历不明的东西啊。"

林纸一脸尴尬。

秦猎帮她解围，转移话题："我们先扫描一下看看吧。"

一群人立刻忙了起来，把林纸那张床上的机器打开。

秦猎知道林纸在紧张，半蹲在床边，握住她的手："先扫一下，看看是怎么回事。"

一道光打在林纸的脑袋上，从头顶到下巴刷了一遍。几秒钟后，一群医生围在旁边的虚拟屏幕前，皱着眉头小声议论："看着一切正常。""好像什么都没有。"

秦修也走过去看屏幕，咨询道："有没有什么只靠这样扫扫描不出来的东西？"

林纸提醒他们："是生物性芯片，会不会和普通的芯片不太一样？"

那个年纪大的医生想了想，问："生物性芯片是说材料完全是生物性的吗？"

这谁也不知道，但是有这种可能。

秦修说："如果是纯生物制品的芯片，要怎样才能扫得出来？"

老医生说："那太简单了。"

他在屏幕前修改了几个参数，启动机器，又扫了一遍林纸的脑袋。这一回，所有人都看见，林纸头部中间靠下的地方有个红色的小亮点。

找到了！

秦修的手环忽然响了。他出去了一会儿，回来对秦猎和林纸说："齐瀚抓到了。他就在帝国机甲学院的停车场里，没跑掉，同车的还有一个八区的医生。治安局的人刚才简单地审了一下，齐瀚当然不开口，那个医生倒是问什么就说什么。他说深空最近开始做一种新生意，给人做脑部非法植入芯片的手术，但刚开始对手术没什么把握，要先找人来试验，观察手术后的反应。"他看看林纸，"你付了他们八千块押金，他们答应你，只要在脑袋里放一年，一年后押金会退，愿意的话芯片也能保留，还额外有两万块的报酬，对不对？"

林纸："……"真是社死的一天。

怪不得"她"会奇奇怪怪地付了邵清敛八千块，还放了枚芯片在脑袋里，原来归根结底还是为了赚钱。林纸明白"她"的处境，穷到走投无路，连 Omega 每个月必须要用的屏蔽剂都买不起，所以才迫不得已在自己的身体上打主意。而且"她"敢冒险赚这份钱，大概是因为介绍人是从小就认识的信任的大哥哥。可惜真的邵清敛看来也不是什么好人。

秦修神色如常，安抚林纸："你放心，给人做这种手术违法，但是接受手术并不违法，顶多就是去治安局录一份证词，无论如何都牵连不到你身上。"

芯片找到了，现在要想办法把里面的东西取出来。

秦修问他俩："不过这种芯片本身并不安全，我在想，要不要趁这个机会做个手术，把它取出来。"

秦猎一直想解决林纸头疼的问题，可事到临头又犹豫了："要不要先想办法把芯片里的东西取出来，手术的事之后再说？"

秦修没有意见："那我找天谕的专家过来，看看能不能直接下载。"

秦猎说："技术部的人都不如安珀，我把安珀叫过来。"

安珀在颁授仪式后没回帝国机甲学院，而是去了天谕总部，离这里不远，到得非常快。他一听说林纸脑袋里竟然有枚芯片，那双蓝眼睛和眉毛全都在跳舞，可惜这里人太多，不好意思跟林纸开玩笑。

他抱着光脑坐在林纸旁边努力了好半天，才下了结论："她的芯片完全没有反应，我觉得好像是坏了，已经不工作了。我也没办法了。"

连他都没办法，大概是真的没办法。

林纸琢磨，就算不考虑资料的事，脑中留着这么个东西也不是好事，就像秦猎说的，十有八九它就是让她在驾驶神之信条的时候头疼的原因。她深吸一口气，建议道："不然还是现在就把它直接取出来吧。"

见她决心已定，秦修站起来，交代医生准备手术。

林纸从床上坐起来，心中十分忐忑，颅骨很硬，开颅手术都是要上电锯和电钻的。

秦猎站在她旁边，攥着她的手，脸色煞白，看起来比她还紧张。

脸色惨白二人组手握着手，心一起扑通扑通狂跳。

几个护士过来带林纸去换了衣服，进了里面的手术室，让她躺在一张床上。

秦猎竟然也换了身手术服跟进来了。趁护士走到旁边时，他低声说："林纸，我们换一下。"他不放心，想自己上阵，替她做这个脑部手术。

"不用。"林纸压低声音，"过一会儿我就过去你那边。"她也不想留在身体里受罪，开颅手术想想就吓人。

医生们很快都进来了，推了一个巨大的仪器罩在林纸身上，麻醉师打开机器上的开关，给林纸戴上面罩，温和地对林纸说："现在是麻醉，不到一分钟就好了。"

林纸吓得火速窜到秦猎身上。

麻醉师见她闭上眼睛，立刻一动不动了，纳闷："嗯？起效这么快的吗？"

秦猎知道她过来了，和她一起紧张地看着医生围着她的身体忙来忙去。

大概两三分钟后，医生把仪器推开，叫护士把林纸挪到旁边准备好的医疗舱里："好了。"

林纸忍不住在秦猎脑中问："这样就好了？不用开颅的吗？"

秦猎回答："你说打开颅骨？当然不用。脑部手术都是通过鼻腔开一个创口，把精细的机械手探进去做的。"

林纸：竟然根本不用开颅？那他还那么紧张，脸白成那样，害得她也跟着紧张到不行。

医生端了个托盘过来，给秦猎看："我们通过鼻腔把它取出来了，创口很小，进医疗舱后过一会儿就能完全恢复。"

林纸看向托盘，只见上面是颗非常熟悉的比绿豆还小了一圈的米色小圆珠，就是孟教官在赌场想交给齐瀚的大包里装的东西。原来星图让人从母星带过去给深空的是可以植入人脑的生物芯片，那么一大包不知道有多少个。

林纸的身体还在医疗舱里躺着，医生说一切正常，伤口已经开始愈合了。

秦猎知道没什么事，终于放下心，带着那颗米色的小圆珠从手术室里出来，交给秦修，问："军方的人到了吗？"

秦修回答："已经都请到天谕了，如果暗夜游荡者的资料真在里面的话，我们的人会和他们的技术人员一起破解。"说完急匆匆转身就走。

秦猎紧张了半天，现在才觉得口干舌燥。林纸也感觉到了，接手他的身体，帮他顺手拿起一瓶水，喝了一口。

走出几步的秦修却忽然想起来什么，又转身回来了，对秦猎说："我看小纸今天好像一直很尴尬，其实她不想说出芯片的事可以理解，没想到资料会传进去也很正常，你哄哄她。"

他并不知道他口中的小纸现在正在秦猎身上。

林纸只得点头"嗯"了一声。

秦修接着压低声音说："在车上的时候，小纸不舒服？"

他们一直都在忙着处理芯片的事，没怎么聊过，他并不知道林纸在头疼。

林纸刚想解释，就听见秦修继续说："这种等级的机甲驾驶员不可能晕车，所以小纸是怀孕了吗？"

林纸一口水噗地喷出来，喷了一天一地，还好秦修闪得快。

秦修躲开"他"的喷水攻击，正色道："小猎，我是说真的。如果你们有宝宝了，又想生下来，但碍于你神侍的身份不方便的话，我可以帮你们养。"

林纸："……"

秦修接着说："等宝宝长到十八岁，我就告诉他，那对对你特别好的叔叔和阿姨其实是你的爸爸妈妈。"

林纸的嘴里空了，已经没水可喷了，只能尴尬地答："……我们两个真的没有。"

"没有啊？那也好。"秦修想了想，说，"我知道你们两个现在这种状态很委屈，等我在家族中的地位再稳固一点儿，大不了你这个神侍的身份我们不要了。"

又有的没的说了一堆，秦修施施然走了，留下林纸和秦猎在一个身体里，都有点儿尴尬。

半晌，林纸才开口，在脑中对秦猎说："……你哥好会脑补。"

秦猎回答："是。他以前读书的时候，就偷偷在光脑上写过小说，好像写了很长，还藏着掖着不给人看。"估计是写得够狗血。

秦修带着芯片回天谕，安珀也跟着过去了，不知道能不能在里面发现残手里的文件。

林纸估计差不多了，也穿回自己的身体里，睁眼仔细体会了一下，星际时代的医疗技术不是吹牛，真的一点儿异样的感觉都没有，就连刚刚的麻醉都彻底没了。最重要的是，一直折磨她的头疼也消失了。看来头疼这件事，真的和芯片有关。

秦猎知道她没事，彻底放下心。

医生叮嘱了一下注意事项，才放他们两个走。

两人乘悬浮车回基地。已经是傍晚了，夕阳斜照，一路上，林纸都很兴奋。

秦猎知道她在想什么，偏头问："急着想再去试试神之信条？"

"对。"林纸跃跃欲试，这回说不定就不头疼了。

回到基地的宿舍里，林纸不停地来回溜达，从房间这头走到那头，片刻都停不下来。

秦猎无奈："下次评估要等明天，你打算这么走一晚上？"

林纸这才勉强在床边坐下。

秦猎叹口气，走过来，捧起她的脸颊，俯下身："给我看看。"

手术是在鼻腔里做的，他认真地对着她的鼻子研究了半天。

被人这么研究鼻子有点儿奇怪，林纸仰着头抗议："他们应该是在鼻腔的最里面开口，那么深，从外面肯定看不出来。"

秦猎问："你还有不舒服的感觉吗？"

林纸在他的手掌里摇摇头。

秦猎眯眼又看了一会儿，忽然说："张嘴。"

林纸用看傻瓜的眼神看着他，不过还是张开嘴，含含糊糊地继续努力说话："……是在鼻腔里，又不是在口腔里，从嘴巴里当然也看不到。"

"是吗？可是鼻腔和口腔本来就是连通的，"秦猎把她的下巴托起来一点儿，偏头认真地往里看，"说'啊——'。"

林纸本来觉得他可能又是想套路她，可是见他神情认真，那架势和医院里帮她检查的医生一样，便随便对付着"啊"了一声。

"我好像看见了。"秦猎看了一会儿，下结论，"创口就在扁桃体后面一点儿的地方，后壁上，偏左，有一个两三毫米直径的区域，和周围有点儿不太一样，有点儿发白。就是不知道是这次手术的痕迹还是上次手术的痕迹。"

林纸：真的假的？

"再'啊'一声。舌头尽量往下压。"秦猎认真往里看。

林纸这回真的长长地"啊"了一声。

秦猎忽然笑了一下，见林纸一脸莫名其妙地看着他，解释道："你扁桃体上面垂下来的小舌小小的、粉粉的，还会一颤一颤地动，很可爱。"

林纸：这辈子从来没听过有人夸别人的小舌长得可爱……

"来，拍张照片给我看看。"她对自己的手术创口很好奇。

秦猎答应了，点开手环，调好角度，伸手托住她的下巴："说'啊'。"

林纸认认真真地"啊"。

秦猎："角度不好，嘴巴张大。"

林纸："啊——"

还没"啊"完，秦猎就贴了上来。她毫无防备，被他长驱直入，比之前每一次都深入得多。

林纸：这个骗子！

秦猎按住她的后脑，不让她跑，不客气地在她的嘴巴里搅了一通。他吻得热情无比，没一会儿就撑不住一样，喉咙深处闷哼了一声，向前欺近，直接把她压在床上。

林纸好不容易找到一个可以喘气说话的空当，问："所以你真的看到创口了吗？"

秦猎低低地笑了一声："当然没有。这种手术的开口应该在鼻腔里很高的地方，那个位置那么靠下，怎么可能看得到？"

大骗子！刚才说得像真的一样。林纸在下面使劲挣扎。

然而力气差得实在太远，秦猎轻松地一钳，就用一只手固定住她的两只手腕，按在她的头顶上，又低下头，重新堵住她的嘴。他今天白天被她撂在半路，是真的没亲够。

林纸努力出声："你现在又在干吗？"

秦猎含糊道："我想试试能不能碰到你的小舌……嗯，好像碰不到。"

林纸问："是因为你短吗？"

话音未落，人就被干脆利落地翻了个身。秦猎把她按住，拨开她的头发，一口咬在她的脖子上——不是在标记，是真的咬了一口。

两个人一起疼了一下。

林纸想，反正要疼大家一起疼，怎么都不会吃亏。不过后颈上被咬过的地方像是突然想起自己的存在了，又开始火辣辣地发烫。

秦猎当然感觉到了，吸了口气，重新贴上来。不过这次没再咬人，只轻轻贴了贴，若即若离地在她的后颈上一点一点地吻着。

这么轻的动作，却让所有细微的感觉放大到可怕，林纸不由自主地闭上眼睛，眼前却不是暗的，能看到发丝和露出来的一截后颈肌肤——这种时候，她居然下意识地穿到他身上了？！可是不对，她仍然能鲜明地感觉到他压在身上的重量，还有他正在吻她的感觉，如果已经穿到他身上了，是不可能感受到她自己的身体的感觉的。

林纸睁开眼睛，眼前是床单，她还留在自己的身体里。林纸又闭了一下眼睛，视野开始时是黑的，不过很快又出现了画面，应该是秦猎此时看到的场景。不只如此，她体会了一下，竟然还成功地感觉到了秦猎的感受。

太神奇了！她并没有穿到他的身体里，却和他通感，不只通感了身体的感觉，甚至还能共享他的视野。不知道是不是因为把那个倒霉的芯片取出来了，她才多了新功能。林纸闭上眼睛，又睁开，再闭上，再睁开，觉得无比好玩。

秦猎立即察觉到她不专心，身体抬高了一点儿，偏头看着她："你在忙什么？"

林纸转过头，也回头看着他，眨了眨眼。只要她愿意，就能看到秦猎眼前闭着眼睛的自己，再睁开，就又切回自己的视角。她默不作声盯着他，睁眼、闭眼、睁眼、闭眼……

秦猎很快就意识到了什么："你是不是又发现了什么新玩法？"

"对，"林纸闭上眼睛，"我现在能看见你看到的东西，还能感觉到你的感觉。"

秦猎怔了怔，默默地腾出一只手，放在两人中间。

林纸仍然闭着眼睛，说："你比了一个'2'。现在变成'3'了。"然后她兴奋地说，"我试试能不能感应到其他人的感觉。"

她轮流想了一遍那些自己能上身的人，从秦梵到那个月海队员再到小丘、齐瀚，都不行。今天白天那位少将说不定还在基地里，距离不会太远，林纸也想了想她，但是也没有效果。

林纸琢磨："难道我只能感应到你的感觉吗？"

秦猎答："有可能。还不够吗？"

林纸忽然道："秦猎，这算不算是一个唯一？唯一一个不上身就可以通感，甚至能分享视觉的人？"

秦猎翻身在她旁边躺下，伸手顺了顺她乱飞的头发，有点儿无奈："好，算一个。"

"秦猎，你好惨。"林纸认真地说，"我现在连上你的身都不用，随时随地就能看到你在干什么。"

秦猎并不在意："你随意。反正我也没有什么不能给你看的。"君子不欺暗室，他坦坦荡荡，一点儿都不怕。

林纸已经完全没有继续亲热的心思了，她坐起来，也拉他起来，指挥道："秦猎，起来，你出去到处走一走。"

秦猎："你把我当成你的移动摄像头？"

林纸揪住他的衣领，把他拉低，在他嘴唇上重重地亲了一下，像哄小孩一样："乖，出去走一走，我想看看你这个摄像头的有效距离到底有多远。"

秦·移动摄像头·猎叹了口气，不过还是非常听话地出门了。

林纸闭上眼睛，动了动念头，眼前亮了起来。她看见他穿过走廊，出了宿舍区的门，路过体能训练房，还往里看了看，看到里面没人，然后继续往前。外面的天黑得很彻底，没有月亮，天上星光点点，不过基地里仍然灯火通明。母星上已经是深秋了，夜风带着浓重的凉意，好像也吹在她的脸颊上一样，空气里隐隐地有路边绿化带里植物的味道，像是什么花在黑暗里默默地开着。耳畔传来不知哪儿来的隐隐人声，还有金属碰撞摩擦的声音，大概是基地里的工作人员在加班。视觉、触觉、听觉、嗅觉，每一种感觉都很鲜明、很细微，如实地传递给了林纸，比秦猎共享她的感觉还要更清晰，就像此时此刻正在外面走路的是她本人。

秦猎忽然出声："我这个移动摄像头的功能怎么样？还行吗？"他猜她能听见。

林纸忍住笑，这样走在路上突然自言自语感觉有点儿像神经病。

一路穿过基地，林纸的眼前忽然暗了，所有的感觉一起消失。看来这种感应有距离限制，而且不算太远。她低头给秦猎发消息："我感觉不到了，你回来吧。"然后她重新闭上眼睛，等待着他的视野再一次出现。

走廊里好像有动静，是一连串脚步声和开门关门的声音。林纸想，可能是其他房间的驾驶员回来了。

眼前又一次亮了。可这次不再是宿舍区外的夜色，而是一个灯光明亮的房间，也是基地制式的蓝白配色，很明显是某间宿舍。林纸这会儿只能共享感觉，并不能控制对方的动作，于是只得静等着视野中出现更多的信息。

旁边有人在说话："明天上午应该有另一轮评估吧。"

身体的主人转过头，林纸看见了正在说话的人，是对面宿舍龙凤胎里的漂亮姐姐宣玺。那么她所共享的这个，应该是弟弟宣落。

宣落说："可是有林纸和秦猎在，我们的成功率会很低。"

"也不一定。"宣玺走过来，"你注意到没有，林纸的表现虽然非常出众，但是机甲的后半段操控换成了秦猎，而且从机甲里出来的时候，她的脸色很不正常，我怀疑她当时已经非常难受了，在靠毅力硬撑。评估委员会的那群人眼睛很毒，肯定会发现的。"

林纸郁闷了。她猜得很对，评估委员们确实发现了。

宣玺继续说："如果评估委员会顾虑林纸的体质，不选她和秦猎，神之信条就很有可能是我们的。我们的各方面能力虽然没有他们那一对那么出色，但是很平衡。"

宣落笑了一声："那最好了。真的拿下的话，以后不只能玩联盟最好的机甲，西结说了，还能再从星图拿一份钱。"

林纸怔了怔。西结？他们刚刚说的是西结？

肩膀忽然被人碰了一下，是林纸本人的肩膀，并不是宣落的肩膀。

林纸吓了一大跳，猛地睁开眼睛，看见秦猎就在面前。他已经回来了，开门的声音很轻，她没注意到。

秦猎看着林纸，不动声色地问："所以，我的这个唯一又没了？"他回来后见林纸仍然闭着眼睛，还被他碰触的动作吓了一大跳，很聪敏地猜到了她正在看的并不是他的视野，她还能看到别人的。

林纸被抓包，有点儿尴尬，讪讪地解释："我也不知道是怎么回事，突然就看到那个宣落的视野了。"她强调道，"真的是脑子一动随便撞到的，要是我能自己认真选的话，肯定只看你的！"看来秦猎那二十个唯一不太好凑，这样下去，怕是要凑到猴年马月。

"宣落？"秦猎问，用清澈的眼眸看着她，"是住在对面的那个宣落？"

看他的表情，这次算是哄不好了。他很想当她唯一的移动摄像头，可惜她还有别的移动摄像头，而且只要有一个别的移动摄像头，就说明还会有很多很多其他的移动摄像头。

林纸上前一步，毫不含糊地一把抱住他的腰。当务之急，是让这个最漂亮最可爱最让人喜欢的摄像头不吃醋。

秦猎："……"

林纸把头埋在他胸前："秦猎，你意识到没有，我可以穿到其他人身上，可以感觉到他们的感觉，但是只有你一个人可以反过来穿到我身上，共享我的感觉，其他人都不可以！"

虽然她觉得这句话怎么听怎么像是：外面的那些莺莺燕燕全都是逢场作戏，只有你一个人能懂我，你才是我的真爱。

林纸在他胸前蹭了蹭，仰头看他。

秦猎在这种攻势下根本撑不住，反手抱住她，叹了口气，低头吻了吻她的头顶："我最近总是做一个噩梦，梦见你忽然穿走，不知道到什么地方去了，我满世界到处找你，找了一个人不是，再找一个人你也不在，无论如何都找不到你，然后一身冷汗地被吓醒。"

林纸忽然有点儿理解他了。她这样随心所欲想穿就穿，每次走的时候，把身体往他怀里一丢人就不见了，毫无痕迹，无从找起，他没有安全感。林纸仰头望着他，这次不是哄人，而是真心实意地说："那下次我走之前，尽量先告诉你我要去哪儿。"

秦猎抱着她，低头啄了啄她的额头，"嗯"了一声。

林纸低下头，重新贴在他胸前，静默了一会儿。之前的记忆留下的很少，还残缺不全，没什么用，像芯片的事，说不定以后还会有。人与人之间的信任经不起折腾，他没跟她起龃龉，一是因为他人好，二是因为他知道她是假的，觉得她是神。然而她并不是。

林纸抱着他，深呼吸了几次，却怎么都下不了跟他坦白穿越这件事的决心。她犹豫良久，抬起头，问："你想做一个临时标记吗？"

如此直截了当，秦猎呆住了。

林纸没等他回答，在他怀里拨开头发，然后低下头，闭上眼睛。她和他通感，清晰地感觉到他此时心跳骤然加快，一种酸酸软软的柔情充斥了整个胸膛。

秦猎凝视了她一会儿，终于俯下身来，先轻柔地吻了吻她的耳沿、耳垂，又沿着耳边的发丝向下，轻轻吻上她的脖子。

林纸安静地闭着眼睛，感觉到他温暖柔软的嘴唇一点点地印着，同时又和他一起体会着唇上传来的柔软触感和她自己的体温。

他终于挪到她的腺体上。那里一片光滑，但很快被他细致的亲吻一点点点燃。林纸把自己更深地陷入他怀里，死死地抱着他的腰。秦猎知道差不多了，叼起她的后颈，咬了下去，异乎寻常的温柔。信息素奔腾而入，深入而长久，两人你中有我，我中有你，完全分不清那些细微的感觉到底是谁的。

林纸闭着眼睛，在信息素的汹涌奔腾中低声说："秦猎，我不是你的神。"

秦猎保持着姿势一动不动，但林纸知道他肯定听清了。

终于，他松开她的腺体，去找她的眼睛。

林纸鼓足勇气抬起头，直视着他："我不是什么神，我是从另外一个世界来的，可能是平行世界之类的，我也不知道。我只是个普通人，来了以后忽然多出些奇怪的能力，我并不是你们家族传说中的神。"

秦猎没有出声，看了她一会儿，忽然问了个问题，和"神"完全无关："在你们那个世界，是不是只分男女？"

林纸：他怪怪的，而且竟然能猜出这个。

秦猎依旧抱着她，望着她的眼睛解释："我发现你对那些女 Alpha 不像对男 Alpha 那么有防备心，而且她们亲近你的时候，你会很惊讶。还有，在我们还不太熟的时候，你曾当着我的面直接注射屏蔽剂，态度非常自然，而且好像连抑制剂都不太会用，要先看说明书。"

林纸点了下头："对。我们只有男女的区别。"

秦猎环住她的腰，把她抱起来，和她一起挪到旁边的床上坐下，自己靠在床头，把她搂在怀里，这才问："所以你的世界是什么样的？"

林纸望着他。他完全没理会她说的"神"的事。

秦猎找到她的手，跟她十指相扣，又问了一遍："纸纸，跟我说说，你原来是什么样的？你的世界又是什么样的？我很好奇。"

看来他是真的想听。林纸想，该从哪儿讲起呢？她靠着他的胸膛，跟他慢慢描述她自己，还有她来的那个世界。

林纸不知道自己是什么时候睡着的。秦猎是个好听众，听得很认真，还会时不时提问，她搜肠刮肚，把从小到大各种鸡毛蒜皮的事全都说给他听，说着说着就困了。

睡着之前，她仿佛听见秦猎在她耳边说："在你们那里，异性之间不会做永久标记吗？"

"我们没有标记这回事。"林纸迷迷糊糊地回答，"只有小狗才到处做标记。"

3

第二天早晨醒来时，林纸还在秦猎的怀里。

被骂是小狗的人还在睡觉，像个大号的电热毯一样包裹着她，手搂着她的腰，下巴搁在她的头上。她告诉他自己不是神而是从异世界来的这件事，似乎非但没让神侍大人失落，反而让他睡得很安稳。

林纸贴在他的胸膛上，重新闭上眼睛，安心地睡了个回笼觉。

睡梦中，她忽然听见秦猎在头顶上说："林纸，你的肚子。"

林纸睁开眼睛，这才意识到自己的肚子正隐隐作痛，不太对劲。

秦猎查了一下日历，一脸郑重地说："这和你上次月经前的感觉很像，虽然那时候我还不知道是什么。林纸，你的月经好像提前了。"

他俩的行李都放在八区蓝星的酒店里，经过这么混乱的几天，也不知道现在在哪儿，不过秦猎有办法，他的裤子口袋就是个百宝箱。他无论换哪套衣服，都会把口袋里的东西转移到新换的衣服里，随手一掏就是一把，拆掉外包装的抑制剂和屏蔽剂、治痛经的药、卫生巾，各种林纸需要的零零碎碎都有。

一个 Alpha 随身带着卫生巾也是没谁了。还好那片卫生巾是种特殊材料，非常薄。

秦猎半点儿也没觉得不好意思，将卫生巾递给她，说："你先用这个，我出去找找，基地里应该有自动贩卖终端。"反正全联盟都知道他会帮她买卫生巾，再多买几次也没什么。

等林纸从洗手间出来时，秦猎已经回来了，他上个月大概仔细观察过她都在用哪种，这回买得很精准。他还准备好了治痛经的药和一杯清水，外加一身自发热的内衣。药有两种，一种是自动贩卖终端就能买到的常用药，一种是天谕子公司出产的特殊止痛药，鉴于她已经开始疼了，秦猎谨慎地给了她第二种。

林纸换好衣服，把药吃下去，心中有点儿痛苦：今天的评估很重要，偏偏撞上这个。还好一粒药下去，疼的感觉没再变严重，只隐隐约约的，像是有点儿闹肚子。不过整个人还是发虚，手脚冰凉。

秦猎攥了攥她的手，伸出胳膊："抱抱吧。"

林纸熟练地趴进他怀里。

"穿成一个 Omega 很不容易吧？"秦猎抱着她说。

没错，林纸觉得在这个世界当 Omega 太不容易了，一个月四周，一周是姨妈期，一周是发热期，不是吃这个药就是注射那个药，不光难受，还得花钱。

外面的走廊里有声音，好像是有人过来敲门叫人。秦猎去开门，是个士兵，说上午有新的一轮评估，让大家吃完早饭就过去。

林纸迫不及待，匆匆喝了一管营养液，就拉着秦猎来到放神之信条的大厅。

他们是第一组来的，评估委员会和其他人都还没到，又坐了半天，人才陆陆续续来了。

林纸突然想起还有很重要的事没告诉秦猎。她扯了扯秦猎的袖子，然后直接往他身上一歪。秦猎熟练地越过座椅扶手把她半揽在怀里，沉默了。

林纸上了他的身才忽然想起来，有点儿不太好意思地说："我又忘了提前告诉你了，不过我要上的是你的身，应该不用说了吧？"这样在脑中说话，其他人都听不到，比较安全。

秦猎无奈地说："是。不用。"

林纸说："我昨天和宣落通感的时候，听见他们提到星图和西结。"

她把宣落和宣玺的对话复述了一遍。这已经是他们第二次听到"西结"这个名字了，上次在八区布切城，就是西结打着星图的旗号和深空做走私交易，还雇佣深空找残手里的资料。

林纸琢磨："如果那个西结真的是星图的人，他们星图为什么要收买机甲驾驶员？"

秦猎说："他们大概是想把联盟最好的机甲掌握在自己手里。"

林纸冷笑一声。她肯定不会让星图称心如意。

正说着，宣落和宣玺来了。

宣玺好奇地看了一眼闭着眼睛靠在秦猎身上的林纸。

宣落忍不住问秦猎："她睡着了？"

秦猎淡淡答："嗯。起得早。"

姐弟俩在后排找了个空位坐下，凑在一起低声说话。

林纸十分好奇，想听听他们在说什么，说不定又和西结有关。但她现在正在秦猎的身体里，不知道这种状况下能不能再和宣落通感。林纸凝神试了试，竟然成功了，视野换成了宣落眼前的景象，他正抬眼看着林纸和秦猎靠在一起的背影。

宣落正在说："我也想要这样一个 Omega，有绝对顶尖的天赋，可是又非常脆弱，就像轻轻一碰就会碎的瓷器，随时随地会撑不住，在你怀里睡着……"

林纸：你到底是脑补了什么东西啊？！

宣玺打断他："别胡思乱想了，集中精神，马上就要评估了。"

他俩各自坐正，不再说话。

林纸心念动了动，结束了和宣落的通感。她先问秦猎："你刚才听到宣落他们说话没有？"

秦猎回答："宣落？没有。"

看来就算在他的身体里，她和其他人通感时的感觉，他也并不知道。

秦猎意识到她在做什么，问："你在我的身体里时，还能再和其他人通感？"

林纸：这句话听着有点儿怪怪的。

秦猎并没有为难她，只接着问："他们说什么了？"

林纸不太好意思复述宣落那句"脆弱的瓷器"的话，只说："他们就说要养养神，快要评估了。"

果然，评估委员会的五个人进门了，后面跟着文森中将。

林纸怕他们眼尖，看见她这种状态，又会留下她弱不禁风的印象，火速回到自己的身体里，端正地坐起来，把背挺得笔直。

新一轮的评估开始了。今天的顺序不用重新抽签，和昨天一样。

威尔维兄妹第一个上去，就像秦猎说的，他俩今天再次建立耦合的速度快了不少，至少能明显地看出绿条条往前走了。绿条条千辛万苦好不容易熬到了头，他们兄妹也成功建立了耦合。之后他们想稍微动一动，结果又一次冲出驾驶舱，奔向洗手间。

虎头兄弟是第二组，这回也成功耦合了，并且勉强抬了一下机甲的胳膊。他俩从驾驶舱里出来时脸色都不太好："行，这辈子能跟神之信条这种等级的机甲耦合一次也算值了。"

然后就是林纸画了圈圈的最大劲敌——宣玺和宣落。姐弟俩耦合的速度比昨天更快了，绿色的进度条往前飞跑，屏幕上很快就出现成功建立耦合的提示。建立耦合后，神之信条就动了起来。它往评估委员会的桌子那边走了几步，林纸猜测他们也想像她昨天那样走过去和评估委员互动。不过他们只迈了两三步就停住了。

所有人都看着神之信条。

也许别人看不出来，林纸却很明白，神之信条的动作响应非常灵敏，从它刚刚走的几步看，宣玺姐弟俩虽然让它走了，但走得很滞涩。他们做这种大动作是有困难的，很勉强。

林纸立刻看向评估委员会那边。五位评估委员的脸上没什么表情，也不知道他们看出来了没有。

宣玺他们把机甲停住，没再继续，而是打开舱门，从里面出来，两人的神态都很轻松。

林纸懂他俩的战术：她和秦猎操控神之信条的流畅度和熟练度是根本不可能被超越的，所以他们并不需要表现得比林纸和秦猎还出色，冒险去做承受不了的大动作，只要表现得比其他各组都出色就行了，然后在体质上显露优势，只要从驾驶舱里出来时看起来轻松自如，碾压林纸的目的就达到了。毕竟以他们的潜力，多试驾几次，操控神之信条还是没问题的，体质又过关，评估委员们说不定真的会顾虑林纸的体质问题，最终选择他们。

接下来是铁哥们组和孪生姐妹组，表现一般，都只比上次试驾稍好一点儿。

然后就轮到林纸和秦猎。

林纸站起来时，听见坐在后排的宣落说："小 Omega，加油哦。"

她回过头，看见宣玺一脸从容淡定，宣落脸上带着漫不经心的笑容，像是很有把握神之信条会是他们的一样。林纸被激起了斗志，一言不发地和秦猎进了驾驶舱。

两人戴上头盔。这一回，他们的耦合进度条都没有出现，像是系统坏掉了一样。

当然，系统没坏，它直接提示已建立 100% 深度耦合。

评估委员会的几个人彼此对视了一眼，就算再顾虑林纸的体质问题，还是忍不住觉得这两个人真的就是非人类。

耦合完成，秦猎转过头去看林纸。这回林纸的脑袋一点儿都没有疼，看来上次真的是那枚芯片在作怪。

限制发挥的最后一点儿障碍消失，林纸对秦猎笑一笑，说："看我来一下。"

神之信条动了。它在大厅中轻巧地几步助跑跃到空中，一脚飞踹出去，在快到大厅的墙壁时落下来就地一滚，动作丝毫不僵硬，没有任何滞涩，完全像个活人一样。

机甲驾驶员这边一片沉默。他们刚刚都操控过神之信条，它复杂深入的耦合系统就像背在身上的一座沉重的山，压迫着每个人的神经，发出的每一个信号对驾驶员都是一次灵与肉的双重折磨。可是他们的这座大山在别人手里轻得像阵风，像片羽毛。人和人之间的差距就是这么大。最关键的是，从大屏幕上能看到，所有动作的耦合信号都是从林纸的主驾驶位发出来的。这不是秦猎在操控，而是林纸。

神之信条毫不费劲地一跃而起，好像并不知道接下来该做点儿什么，偏着脑袋想了想。

这个偏头的动作就够别人去洗手间里吐一阵了，她却那么随便一做，再自然不过。

神之信条好像想好了，溜达到评估委员会的长桌前。它俯下身，把一只手递到那个少将军衔的评估委员面前。昨天就是她顾虑重重，没让林纸他们通过评估。

少将怔了怔，犹犹豫豫地把手搭在它的手指上。

神之信条托住她的手，带着她站起来，然后把她轻轻一提，安放在肩膀上。

别人只觉得神之信条动作流畅，少将心里却非常清楚，这个能一拳砸烂悬浮车的庞然大物的力道控制自如、轻重适宜，一丝一毫都没让人觉得不舒服。林纸对这架新机甲的掌控非常精准，已经到了随心所欲的地步。少将年轻时也是个出色的机甲驾驶员，扪心自问，就算是在她的黄金时期，驾驶神之信条这样的超级机甲也没办法在耦合初期就做到这种程度。

神之信条肩膀上扛着人，在大厅中稳稳当当地溜达了一圈。

林纸心中默默祈祷：突发奇想这么干，希望这位少将不恐高。

神之信条把人重新稳妥地放回座位里，转身回到大厅中间。

两人摘掉头盔，从驾驶舱里出来。

林纸钻出舱门时，低头俯视了下面的宣落一眼。宣玺和宣落的表情十分复杂，旁边的虎头兄弟早就惊讶得嘴巴都合不起来了——任谁都看得出来，林纸这样操纵神之信条逛了一圈之后神色如常，什么事都没有。

升降梯还没落到位，林纸就轻轻一蹦，从上面蹦了下来，"小 Omega"活蹦乱跳。

只有秦猎知道她是在逞能。她确实是不头疼了，可是正在经期，蹦这么一下也不太好受。

回到座位坐好，林纸眼巴巴地看着评估委员会那边。几个评估委员正在热烈地讨论着什么。不过这回她不敢穿过去，也不敢闭上眼睛，坐得笔直，生怕人家觉得她又累晕过去了。

林纸心中琢磨，睁着眼睛的时候不知道能不能跟那边的人通感。

事实证明，是可以的。她心念一动，眼前就跟着一变，又换成了少将的视野，面前还是熟悉的虚拟屏幕。

旁边的人正在说："这种表现，整个星环九区都找不出第二对了，我实在想不出，如果不把神之信条给他们，还能给谁。"

林纸紧张地等着。

之前犹豫的少将终于说话了："林纸这次身体好像没什么问题。"

旁边的人答："对。我估计昨天是刚开始耦合，没适应好。"

少将点点头："我也这么想。"

然后林纸看着她伸出手指，毫不犹豫地点在前面的屏幕上写着"秦猎、林纸"的那一格，同意人数终于从"4"变成了"5"。

林纸满意地切回视野，发现秦猎正在看她，便对他绽开笑容，做了个口型："过了。"

秦猎也微笑了一下，伸手握住她的手，和她十指相扣。

只过了一会儿，文森中将就到驾驶员这边来了，对大家说："评估委员会已经决定了，最后选定的是林纸和秦猎。谢谢大家这些天的配合，大家辛苦了。"

联盟最好的神之信条，传说中的神之信条，真的是他们两个的了！

林纸的整颗心都在欢快地跳舞，没法表达，只使劲反手攥住秦猎的手，捏他的手指，惹得秦猎忍住笑，频频转头看她。

大家站起来离开，文森中将单独留住林纸和秦猎，拿了一大堆表格让他们签字，然后简单地交代了一下。总而言之，就是接下来要向军事委员会上报，走下面的流程，主要是安排两个人接下来和机甲的磨合及训练，他们暂时可以回学院等通知了。

一离开大厅，林纸就说："秦猎，稍等一下。"然后就站在原地不动了。

秦猎沉默了，知道她是又去看她那些移动摄像头了，十有八九是宣落。

林纸确实在看宣落的视角。他们竞争神之信条失败，应该会联系西结。

果然，姐弟俩现在已经到了宿舍，一关好门，宣玺就第一时间点开手环，找到通信录上的人，拨了过去。

西结的声音传来："怎么样？"

宣玺答："我们没能拿到神之信条。"

西结的语气很正常，甚至是温柔的："没关系。他们两个天赋异禀，抢不过很正常。"她顿了顿，说，"我原以为林纸身体太弱，承受不了神之信条的耦合系统，没想到她竟然可以。"

他们没再说别的，断掉通话后，宣玺和宣落就开始整理行李，商量回四区的事。

林纸又等了一会儿，见没有新信息，才切回来。

"他们跟西结说了一下情况。"林纸闷着头往前走，走了几步，忽然说，"秦猎，我们能不能先不回学院？"

秦猎立刻猜出原因："你想去星图？"

这个号称来自星图的西结插手了不少事，可是星图内部的员工名单里找不到这个人，安珀又说她不是宫家的亲戚，不知是不是其他组织的人假冒的，是什么来头。林纸现在功能强大，很想找几个移动摄像头溜进星图内部看看。

不过她正在特殊时期，上个月痛经痛成那样，把他吓到了，恨不得把她塞进被子里裹起来。为此秦猎有点儿犹豫："你会不会不舒服？"

林纸只想现在就去星图，努力说服他："我已经吃过你给的特效药了，现在一点儿疼的感觉都没有，你也能感觉得到，对吧？"

秦猎勉强同意："我们过去看看，一会儿就回学院休息。"

星图的总部就在首都，在一片高耸的大厦中，比别人都高了一截，一副傲视群雄的样子，"星图智能"四个字就算在白天也闪闪发光。

楼体的一面是顶天立地的整面虚拟屏，正在播放广告，介绍星图的招牌产品，智能机械狗在屏幕上忙来忙去，勤勤恳恳地帮人类做着各种工作。林纸一看就想一尾巴抽过去。

两人乘的是天谕的悬浮车，秦猎特地找了辆没有公司标志的，开到星图对面的酒店，把车在地下车库里停好。

他们坐在酒店大堂，透过玻璃，刚好能看见星图大厦的入口。正是下午的上班时间，大厦入口人来人往。

按目前的经验，凡是能上身的人，比如秦猎，比如评估委员会的少将，林纸都能直接通感。但是这种人非常稀少，到现在为止还没凑满十根手指。林纸和秦猎坐了半天，把进出星图的人一个个看过去，一个能通感的人都没发现。

这样撞运气不是办法，效率太低了，坐到明天也没用。秦猎问："你其实并不需要看到人，对吗？"

林纸点头："对。"

昨晚和宣落通感时，他们各自在自己的房间里，林纸并没有看到他。以前穿秦梵时，秦梵在隔壁，穿月海队侦察机甲驾驶员时也隔着驾驶舱，看不见人。所以她应该是不需要看到对方，只要在一定距离内起心动念，就可以通感或者上对方的身。

"我让安珀把星图的员工资料库发过来。"秦猎打开手环，给安珀发了消息，然后抬起头说，"暗夜游荡者残手的事有新消息了。安珀说你的芯片里有大量文件，不过很多需要修复，他们初步判定就是从残手里来的。"看来那天在列车上，残手真的把资料上传到林纸的芯片里了。

安珀在忙着，动作却很快，立刻把星图的员工资料库发了过来，里面有星图所有员工的信息，包括三维照片、个人资料和履历。

秦猎在资料库里搜索了一遍，单独挑出母星总部工作的人给林纸看。

星图总部的员工很多，林纸一个接一个地翻了很久，一开始还认真地看，后面就是一扫而过。也不知道看了多少人，眼前忽然变了，不再是手环的虚拟屏，而是一扇电梯门，耳边"叮"的一声，电梯门打开，这具身体走了出去。

林纸先判断了一下这到底是上身还是远距离通感，随即发现身体坐在那里的感觉已经没有了，看来她是穿到了这个人身上。

林纸迅速穿回去，睁开眼睛，发现自己的身体果然已经倒在秦猎怀里。

秦猎看见她睁眼，问："穿到不对的地方了？回来得这么快？"比如一头扎进 Alpha 的洗手间什么的。

林纸答："不是。我答应过你不随便乱跑，所以回来告诉你一声。我刚刚成功进星图了，看见电梯旁边有星图的标志和楼层编号，应该是大厦第十层。"

秦猎有点儿感动。她言出必行，答应他的就一定会做到。

两人一起低头看了看手环屏幕上林纸刚刚在看的资料，是个男 Beta，戴着眼镜，发际线社恐一样使劲往后缩着，年龄写的是三十岁，看着却像五十岁，是星图技术部门的一名普通程序员。

难得找到这么一位，林纸跟秦猎商量："我还是想直接上身，这样能控制他的动作，比只通感方便。"

秦猎点头："好。你小心一点儿，觉得不安全就回来。"

林纸答应："嗯。那我走了哦。"

她又一次穿到刚刚那个程序员的身上，只见他走到一个工位坐下，对着光脑屏幕手指翻飞，好像一台会吐代码的机器。

林纸在他身上待了半天，觉得这样毫无用处，什么有用的信息都拿不到。

码农大哥的视线终于离开屏幕，他伸了个懒腰，环顾四周，周围全都是技术部的人，都弯着腰，向前探着脖子，用一模一样的姿势趴在光脑前。

林纸趁机尝试往其他人身上穿。可这一大片办公区，起码上百人，竟然连一个能穿的都没有。

隔壁工位的胖子忽然探身过来，捅捅码农大哥的胳膊："哎，别忙着找 Bug（漏洞）了，看那边。"他小声说，"那个就是老板新接回家的那位，叫什么来着，宫简？"

林纸琢磨，他们口中的老板应该是指星图的老板宫元，那宫元接回家的，想必就是安珀说过的外面的私生子。宫危前些天在九区当逃兵，丢了星图继承人的位置，所以宫元又接了新人回来，看来就是这个宫简。

码农大哥也很八卦，立刻探头往外看。电梯那边站着两个人，其中一个是宫危，另外一个是个看着只有十七八岁的少年。他比宫危矮一点儿，肩膀也窄一点儿，长得却不错，只看侧脸也能看出鼻梁高挺、五官秀丽。他们站在一起等电梯，中间却起码隔着两三个人的距离，谁也没理谁。

林纸才跟着看了那边一眼，视野就换了，变成了电梯。

她穿的当然不是宫危，在首府星时她就试过，宫危是没法上身的。她这回穿的是那个刚接回来的私生子宫简。

电梯终于到了，两个人一言不发地走进去，同时伸手去按电梯按钮。发现对方也去按，两人都没缩手，结果就是一起按在顶层的按钮上。

电梯里只有他俩，没人说话。也是，一个是星图的废太子，一个是刚立的新太子，互相之间没话说是正常的。

宫危仍旧是他惯常的目中无人的表情，冷淡得仿佛能噼里啪啦往下掉冰碴，看都不看这边一眼。宫简却不是，他一直在上下打量宫危，目光在宫危做工精致的外套和特制皮鞋上停留了很久。

顶楼很快到了，两人一起往外走，谁也没让谁，好在电梯的门足够宽，没有撞在一起。

顶层空旷到漫无边际，在首都这种寸土寸金的地方，留白的空间才是最奢侈的。

宫简比宫危落后两步，眼睛一直在不安分地到处瞄，一会儿看看墙上的画，一会儿看看角落摆的雕塑。

两人一起往前，走到一扇门前。门像看到他俩一样自动打开了，里面是间极其宽敞的办公室，宫元正坐在座位里。他旁边毕恭毕敬地站着个年轻男人，人不高，瘦得有点儿可怜，大概是因为在哈着腰跟宫元说话，后背佝偻得像个钩子。

年轻男人看见宫危和宫简进来，马上露出讨好的笑容："哥、弟，你们回来了？"

林纸心想，这又是哥又是弟的，是宫元的另外一个孩子？都说宫元的私生子多，看来确实不少。不过这佝偻着背的人，既不像宫危那么高大英挺，也不像宫简那么秀美跳脱，看着畏畏缩缩的。

宫元的孩子虽多，但显然哪个都不太放在心上，他只瞥了他们一眼，随口问："参观完了？"

宫简回答："都参观完了，哥带着我楼上楼下走了一大圈。"他和宫危不太一样，一点儿都不冷冰冰，语调中带着年纪小的人特有的活泼和欢快，天生讨人喜欢。

林纸：明明一路都没和宫危说话，这会儿当着宫元的面，叫哥叫得倒挺亲切。

这回连宫元都忍不住转头看了他一眼，眼神温和多了："以后你有空就常来公司走走，等假期的时候，我安排你去几个主要部门实习。"

皇上这么说，废太子忍不住眯眼看了新太子一眼。

宫简笑着答："好啊，我也正想多学点儿东西。"

宫元点点头，站起来："我还有个会，一会儿就回来。宫成，我们走。"

宫成连忙答应，弯腰帮他抱起桌上的光脑和一大沓资料，小心翼翼地跟在后面。

原来那个连腰都不敢伸太直的人叫宫成。林纸理了理，宫家至少有三个孩子：废太子宫危、新太子宫简，还有个太监一样的宫成。外面说不定还有其他的孩子，凑在一起，就是一出热闹的九子夺嫡。

宫元往门口走，路过两个儿子身边时，伸手拍了拍宫简的肩膀："不错，你年纪还小，多看多学。"口气不像爸爸鼓励儿子，更像老板表扬员工。

林纸看见宫危冷漠地看了这边一眼。

宫简笑着答："爸，我知道了。"

宫元带着宫成出了办公室。门一关，宫简就开始到处溜达。他摸摸这里，动动那里，林纸也就跟着他在办公室里东看西看。

宫简走到窗边，在玻璃旁往外看，嘴里小声嘀咕："真够高的。"

这里是星图的顶楼，的确相当高，外面的悬浮车都没有飞到这个高度，在下面车龙一样穿来穿去。但这高度意味着权力和钱，宫简即便有点儿恐高，也经不住诱惑，往下张望。

宫危半天没发出声音了，林纸很不放心。

宫简却一直看着窗外，大概是觉得新鲜，一直没有回头的意思。

林纸忍了一会儿，终于忍不住控制着宫简的头稍微转了转。

就在那一瞬间，宫简面前的玻璃突然滑开部分，外面的冷风呼地灌了进来。与此同时，宫危大步过来，伸出手，一把掐住了宫简的脖子。

宫简面前的玻璃分上下两截，中间是一道窄窄的不知什么材料的横梁，现在上面那半截玻璃窗大开着，宫简被宫危压在横梁上，只要重心再往前出去一点儿，他就会从星图的顶楼来个自由落体。

林纸在宫简身上，能体会到他的感觉，知道他被吓得魂飞魄散。就连她早有思想准备，也还是被吓了一跳，立刻打算穿回去——宫危这个人什么事都干得出来，她可不想陪着宫简一起跳楼。

宫危却突然开口说话了。他死死地掐住宫简的脖子，语气却一如既往慢悠悠的："一个四区贫民窟里长大的穷鬼也敢到我眼前乱晃？"

林纸只觉得喘不过气、脸上发胀，不过她很清楚，更大的威胁是打开的窗子，宫危只要再一用力，就能把宫简送出去自由飞翔。

宫简吓傻了，想叫人，喉咙却被他掐着，出不了声。

没想到家庭狗血伦理剧突然要变成谋杀案，林纸可不想再跟着宫简受这份罪，再次决定撤退。

就在这时，办公室里忽然多出另一个声音，是熟悉的女声，语气优雅温柔："宫危，不要危害别人的生命安全，星图最近的状况很不好，腹背受敌，军方的人也在疏远我们，我不希望在这种时候发生命案。"

是西结！

林纸很想看看西结在哪儿，可惜这具身体正被宫危压着，就算她想动也动不了。

"我没想杀他，开个玩笑而已。"宫危倒是真的松开了胳膊。

他一松开宫简，那扇窗就不知被什么控制着自动合拢了。宫简一屁股跌坐在窗前的地上，揉着脖子一阵呛咳。

林纸跟着他的视线扫了一遍办公室。偌大的办公室里空空荡荡，并没有第三个人。

宫危离开宫简几步，对着空气说："西结，这个房间刚才那两分钟的监控，彻底删掉。"

女声又传来："好。下不为例。宫危，你得学会控制自己的情绪。"

这次林纸听明白了，声音是从屋顶上不知藏在哪里的扬声器中传来的。

林纸忽然有了个猜想。这种通过扬声器的通话方式，帝国机甲学院里也有，是人工智能助手雅各布。它每次发通知和办各种杂务时，都是通过扬声器跟学员们交流的。这个西结该不会也不是人，而是星图的人工智能助手吧？所以她才不在星图的员工资料库里，也不是宫家的亲戚。不过她刚刚说的几句话，还有上次和齐瀚、宣玺通话时的风格，与雅各布完全不同，丝毫听不出人工智能的痕迹，从语调到内容都自在随意，并不僵硬，就像个真正的人类。不过细想一想，星图本来就是研发人工智能的公司，能做出这样以假乱真的人工智能也不奇怪。

西结又说话了，仍然是对宫危说的，就像坐在窗前的宫简不存在一样："宫危，监控的片段已经帮你删除了。"

宫危轻蔑地瞥了一眼地上的宫简。他在星图有这种权限，今天就算真的把对方扔下去，大概问题也不大，只不过他爸会被气死而已。他从桌上抽了张纸巾擦了擦手，对宫简说："今天是个警告，以后少在我面前嬉皮笑脸。"

见他一脸什么都干得出来的样子，宫简没敢出声。

宫危继续说："你以后有两条路可走：第一条是早晚有一天被我从这里扔下去；另一条是拿着一大笔钱，回你的四区过逍遥自在的日子。你自己选。"

西结听不下去了，又接着："宫危，不要人身威胁哦。看，我还得帮你再把刚才这段监控也删除。"口气像温柔的老师批评很喜欢又不太乖的孩子，就算他做得不对，也会帮他善后。

林纸还想再听一听西结说话，可惜宫简揉够了脖子，站了起来，一言不发地穿过办公室，出门走了，她也只得跟着他一起乘电梯下楼。

电梯里只有宫简一个人，他这才低声骂了一句脏话，然后点开手环，拨通了一个号码："把车开过来，我不舒服，要先回去休息。"

等他走到星图门口时，一辆悬浮车已经等在那里了。

林纸知道不能跟他上车，因为距离一远，想回自己的身体就很困难了，再说她对宫简这个人没什么兴趣，于是心念动了动，回来了。

她睁开眼睛，从秦猎怀里坐了起来："我运气好，竟然真的找到西结了。"

秦猎有点儿讶异："西结还真是星图的人？她是用的假名吗？"

"不是，她真的叫西结。"她刚才听见宫危叫过她的名字，是"西结"无误。

林纸把在星图大厦的所见所闻讲了一遍。

秦猎想了想，说："这么像人的人工智能，安珀一定会非常喜欢。"

他低头给安珀发消息："林纸的情报工作做得比你好，她找出西结了，好像是星图的一个人工智能。"

安珀收到秦猎的消息，果然疯了："你们说了半天的那个西结是人工智能？星图总部的内网我熟得像我家一样，有这样一个有意思的人工智能，我竟然不知道？"

又过了一阵，他发消息过来："他们的内网里，还是一点儿这个西结的痕迹都找不到。"

秦猎刺激他："熟得像你家？"

安珀受激："给我点儿时间。"

秦猎问："你不是正在帮军方那边破解暗夜游荡者的资料吗？有空？"

安珀回复："我尿遁了，正躲在洗手间里用光脑。"

林纸、秦猎："……"

洗手间的别致环境并没有影响工作效率，尿遁的安珀不一会儿就又发来了新的消息："她在星图内网里隐藏得很深，我几乎没注意到过她的痕迹。不过我这次把她挖出来了，还真是个人工智能，而且竟然是有形象的。"

他传过来一张图片，上面是一个三维立体人像，是个看起来大约三十多岁的女人，头发乌黑，皮肤白皙，骨骼纤细，姿态优雅，像是个Omega。因为是虚拟形象，虽然栩栩如生，但还是缺乏细节，没有真人会有的那些斑点、皱纹、翘起来的发丝，过于完美无缺，看起来透着一种不真实的感觉。

林纸小心地问："没别的信息了吗？"

秦猎把她的问题发给安珀。

安珀答："暂时没有。不过至少我们知道她长什么样了。"

林纸和秦猎默默地对视了一眼。知道一个虚拟人物长什么样，到底意义何在啊？！看她的脸捏得好看不好看？

无论如何，今天还是有收获的，至少知道星图确实有个西结，还是个人工智能。而且林纸亲耳听见过她跟齐瀚抱怨，说宫元那对父子一点儿用都没有，可见她丝毫没把宫家父子放在眼里。寻找暗夜游荡者残手里的资料，和深空勾结、走私芯片，好像都是她本人的主意。林纸琢磨，这个人工智能或许是个觉醒的有了自我意识的人工智能。毕竟科幻片里经常出现这样的人工智能角色，觉醒后的第一件事就是跟人类找别扭，奋起做主人，把它的造物主按在地上摩擦。

"我得回去了，等把残手资料的活儿弄完，再继续研究这个西结。"安珀不能一直待在洗手间里。

林纸望着对面的星图大厦，眼巴巴地说："我能不能……"

秦猎知道她还想进去，断然拒绝："不能。"

折腾到现在，他知道她的肚子又开始隐隐作痛，便去买了瓶水，给她吃了片止痛药。等她把药吞下去，随手一拎把她拎起来，夹在腋下去了车库："你得休息。我们回学院。"

一上车，秦猎就熟练地帮她把座椅靠背斜放下去，并调高车里的温度。

林纸忽然想起上次两人一起回学院的事，他们被自动升起来的椅背一推，撞在一起，弄出满车的信息素，后来又被呼啸的冷风狂吹了一路。她下意识地抬头看看秦猎，发现他眼中也带着点儿笑意，明显在和她想同一件事。

"休息吧，"秦猎说，"到了我叫你。"

时间不早了，车灯都亮起来了，下班回家的车流排成队，慢慢往前挪。

止痛药开始起作用，林纸放松下来，这样斜躺着，一阵阵犯困。她半闭着眼睛，看看秦猎，含糊地说："秦猎啊，你过来。"

秦猎以为她有事，俯身靠过来："怎么了？"

林纸伸手在座椅旁边的控制屏上一按，椅背噌地一下推了起来，两个人重重地撞在一起。可惜这回没有上次那么幸运，撞的是脑门，"咚"的一声巨响。

林纸疼得飙出了泪花，斜靠在椅背上，捂着脑门，笑出了声。

秦猎咬了咬牙，伸手去揉她的脑门："怎么那么皮。"他无奈地看看林纸，仔细调整了位置，说，"再来。"

林纸的手指还在控制屏上，又长按了一下，椅背继续升了起来。

这一次，秦猎的位置找得非常好，椅背把林纸推过来，两人的嘴唇准确地碰在了一起。

林纸贴着他的唇，幽幽出声："秦猎，我现在严重怀疑你上次是故意的，这位置得找得多好才能刚好亲到。"

秦猎百口莫辩："我真的不是故意的，我当时正越过你去够那边的控制屏……"

林纸一脸不信。

秦猎彻底放弃了："……好。我就是故意的。就算我本人不是故意的，我的潜意识也肯定是故意的，就是想啊呜一口把你吃掉。"

他张开嘴巴，一口咬住林纸的嘴唇。

是真的咬，林纸倒吸了一口凉气，随后一脸无语地用放在他胸膛上的手去掐他的肉，只捏起来一点儿，用力掐了掐。

秦猎非但没觉得疼的样子，反而低低地吸了口气，咬得更凶狠了。等咬够了，他才把头埋在她的肩窝里，说："不闹了，睡吧。"

林纸也就不再掐他，伸手抱住他厚实的背。止痛药的药效上来了，林纸在他的怀里闭上眼睛，不一会儿就睡着了。

到帝国机甲学院时，天已经黑透了。林纸回到宿舍区，才一出电梯，就被隔壁寝室的几个人看见了，引来一片"嗷嗷嗷"的尖叫——远征联赛还拿了个星环勋章的人回来了！

林纸："……"

千里遥正在寝室里，看见林纸回来了，一把把她抱住，抱了半天才松开将她上下打量一遍，蹙起眉："你脸色怎么这么不好？一点儿血色都没有，你没受伤吧？"

林纸：怎么语气像我妈似的……

两人聊了一会儿，千里遥突然想起来："对了，林纸，我考上特种卫戍队了。"

林纸很是惊讶："真的？！结果这么快就出来了？"她走的时候千里遥还在备考呢。

千里遥有点儿不好意思："对，因为笔试和体质考核都拿了第一，所以不用再参加下一轮，直接录取了。"

林纸的喉咙有点儿发紧。母星的特种卫戍队待遇极好，一群壮得像熊的 Alpha 报名，竞争激烈到恐怖的地步，千里遥这段时间没日没夜地训练，过的就不是人过的日子，终于用比那些 Alpha 多百倍的汗水和努力得以如愿以偿。

林纸伸手搂住她："体质也是第一！"

千里遥说："我没用那些药，体质考核也拿到了第一，过几天就要过去实习了。"她松开林纸，"林纸，让我看看你的勋章，我这辈子还没见过星环勋章呢。"

林纸刚把那个小金牌拿出来，隔壁寝室的人就过来了。想看勋章的人很多，一拨儿接着一拨儿，竟然还有人来找林纸要签名照。

林纸不懂："就住隔壁，要签名照干什么？你天天看我的脸不就行了？保证你看到腻。"

"不是，"对方答，"是我小外甥跟我要的。你没有啊？那我打印出来，你帮我签好不好？"

闹了半天，总算大家都走了，林纸正准备收拾睡觉，杀浅忽然发来消息："林纸，有人来找我们要签名照，你那边更多吧？我打算印一批我们五个人的合照，大家在背后签好名，限量出售，收益平分，你觉得怎么样？"

林纸回了个"好"，在心中默默地给他的生意头脑点了个赞。

边伽也发了消息过来："发了这么多钱，下个假期要不要跟我去极地游？"

林纸这才发现，下午忙着在星图穿来穿去时，都没注意到银行发来的消息，账户有大笔进账：联盟的效率很高，星环勋章的五百万奖金已经发下来了，还是免税的，一分不少；另一笔是帝国机甲学院发的，看备注，是参加联赛的奖金和补助，数额也不少，足足一百二十万。她查了一下，发现学院发了通知，说鉴于学院队五个人的出色表现，学院奖金仍然按照取得联赛冠军的标准发放。

这比预计的拿到联赛第一名后每个人能拿到的还多，她的银行余额外加最近刚买的天谕股票，总资产突飞猛进，直逼九百万。

林纸吁了口气，关掉银行页面，拿起床上的大包。她的随身大包本来扔在八区蓝星的酒店里，是被高教官带回来送到寝室的。手镯参加比赛时不能戴，就在包里放着。林纸把它拿出来戴在手腕上，顿时安心了不少，觉得自己不再是只任人随意宰割的小鸡崽，而是武装成长着老鹰的尖嘴和利爪的超级小鸡崽。

秦猎发来视频邀请。他也已经躺下了，什么事都没有，就是特地来说晚安的："好好休息吧，这些天累坏了。"

他说得没错，从院际联赛到迫降首府星，到参加神之信条的选拔，这些天忙来忙去，片刻都没闲过。

然而林纸并没能睡个好觉，凌晨时分，枕边的手环嗡嗡地响个不停。

秦猎发来消息："林纸，我们又得出发了。"

大半夜的，学院里静悄悄的，路灯上笼着一层薄雾，冷得人直哆嗦。

林纸按秦猎的嘱咐，背着大包下楼，发现他整齐地穿着学院的肩章制服等在宿舍楼下，帅得像没睡觉一样。

除了他，还有学院的副院长和两名军人。

两名军人看见林纸到了，对她说："靳辛上将想请两位去一次联盟大厦。"

一辆藏青色的军用悬浮车正在学院门口等着，他们一出来，就无声无息地滑了过来。

大半夜的这样把人拉去联盟大厦，不知道有什么事，林纸心里有点儿忐忑。

秦猎低头给她发消息："不用担心。靳辛上将非常可靠，他最近派了人和我们天谕一起破解残手里的资料，应该和这件事有关。"

秦猎说可靠应该就是可靠，林纸放下心来。

军用悬浮车是在执行任务，没有限速，一开出去就离开悬浮车车道，上升到最上面的特殊车道，一路风驰电掣，很快到了首都北边的联盟大厦。

两个军人引导林纸和秦猎进到里面的办公区。上次颁授典礼是在最外面，里面全部是联盟各种机构的办公区域，军事委员会有自己的一片独立的地方。

靳辛上将正在等着他们。他有些年纪了，短发花白，个子非常高，看见林纸和秦猎来了，露出和蔼的笑容。他跟秦猎像是很熟的样子，和林纸握过手，就让他们找位子坐下。

"我先跟你们说一下情况。"像是千头万绪无从说起，他想了想才说，"你们都知道联盟的超级机甲计划吧？我们的这个计划中生产出来的第一架机甲，叫暗夜游荡者。"

这个林纸补过课，都知道。

暗夜游荡者生产出来后，千挑万选，最后选定了驾驶员，是四区的一位主控指挥特德上校。驾驶员选好后，做了一年多的适应性训练，等操控娴熟后，就开始适应实战。在这个阶段，机甲一般都是去局势不太紧张的前线，完成一些相对简单的任务，主要目的不是完成任务，而是让驾驶员和机甲在实战中不断磨合。

就在前不久，特德上校带着暗夜游荡者去四区被虫族占领一半的使徒星完成一项独立任务。任务很简单，对经验丰富的特德上校和超级机甲来说完全没有难度，可是暗夜游荡者却消失了。

当时的使徒星战场，虫族的防线向前飞快推进，暗夜游荡者做任务的那片区域变成了虫族的后方，很难进去。不过联盟军还是先后派了两支队伍，想办法潜进去找过，却什么都没找到。它就这么失踪了，估计是路上出了意外，被摧毁了。

就在所有人都以为暗夜游荡者化成了灰的时候，它的残手忽然出现在偏远星系的黑市上。据说是四区的难民发现并带出来的，被走私集团拿到了，高价出售。

后来的事林纸就都知道了。天谕收到消息，发现他们正把残手运往母星首都，一边立刻派人上了悬浮列车，跟上销赃的走私集团，一边把消息告知军方。原本的打算是连同母星的买家一起人赃并获，可悬浮列车离开航栈没多远就出事了，不知哪里来的银箭飞进车厢，想带走装残手的箱子。紧急关头，残手忽然启动，从箱子里挣脱出来，在车厢里到处乱飞。

现在暗夜游荡者的残手回来了，资料也终于在林纸的芯片里找到了，大家发现里面除了暗夜游荡者的常规文件外，还多了不少其他东西。估计是它在被摧毁前，特德上校特意下载到暗夜游荡者的存储器里的。

靳辛上将说："目前看来，特德上校下载的东西，是虫族语言的体系分析和破译方法。"

林纸和秦猎忍不住对视了一眼。

人人都知道，联盟和虫族虽然征战多年，还是完全不了解虫族的语言。

按照常理，和星际其他种族的交流，应该像人类不同语言之间词与词对译，换换语序就完了，但其实根本不是那么回事，虫族的语言系统从根到梢，从体系到结构，完全和人类的语言不一样。所以一直到现在，虽然人类有时候会截取到虫族的信号，却对它们在说什么仍是一头雾水——虫子们叫得挺难懂。

林纸以前看过一部小说，里面有种外星生物，语言结构和地球人完全不同，它们看到的世界是整体性的，包含未来，语言也就相应的很特殊。因为语言是思考的形式，是世界在脑中的投影，对世界的认知方式不同，语言结构也会大相径庭。

而如今暗夜游荡者里的资料，竟然是对虫族语言系统的分析和破译方法！

靳辛上将说："我们有一个专门成立的部门，这些年一直在试图破译虫族的语言，但是始终没有什么进展。我们的采样量不够，计算量也不够，那些虫子各种各样的叫声像是互相毫不相干的东西。所以，残手里的资料非常有价值。"

林纸忍不住问："资料是暗夜游荡者在四区的使徒星上拿到的？那是人类做的？"

"肯定是人类做的。"靳辛上将说，"但我们也不知道是谁，资料不全，看不出来。"

联盟军方都不知道，那一定是某个民间势力做的。

林纸问："那我们以后就可以听懂虫族的话了？"

靳辛上将耐心回答："目前还不行。因为我们发现暗夜游荡者的资料是残缺不全的。但是根据残手里的数据，我们现在可以精确地知道它被摧毁时的坐标，说不定在那里可以找到一份完整的资料。"

林纸懂了："所以我们需要再去一次？"

靳辛上将点头："对。最近我们正和虫族在那一带进行拉锯战，想派机甲再去一次。"

他望着眼前的两个年轻人，忧心忡忡。

暗夜游荡者拿到的资料非常重要，这种时候，集中全联盟所有的力量去重新找一次资料也不为过。可是联盟内部的势力纷繁复杂，就连军方内部也让人头疼，非但没办法集中力量全力去找资料，就连找资料这件事也要严格保密。所以靳辛上将打算派他们两个去试试。放眼全联盟的驾驶员，林纸和秦猎不是最有经验的，甚至是稚嫩的，但肯定是最可靠的，没有人会比他们两个更不可能被星图和其他势力收买。

林纸："所以我们要驾驶神之信条去四区使徒星找资料？"

靳辛上将："对。"

林纸："可是我们今天刚拿到神之信条，连最基本的适应性训练都还没做。"

靳辛上将："我们一直开会讨论到凌晨，看过你们驾驶神之信条的几位评估委员都说你们对神之信条的控制早就已经远超其他驾驶员磨合训练后的水平，我们实在没时间等，所以决定只在出发前给你们做一个短期训练。"夜长梦多，他们需要马上出发再去拿一次资料，已经没有更合适的人选了，"刚好军事委员会已经批下来你们的训练计划，要去前线做磨合性训练，我打算先给你们做一个短期训练，然后安排你们到目标坐标附近的区域。"

秦猎问："这个短期训练是指多长时间？"

靳辛上将坦然答："最多不超过四十八小时。"

林纸、秦猎："……"

四十八小时内，他们需要充分熟悉神之信条，然后去前线执行一项和整个联盟的命运息息相关的任务，有点儿过于刺激了。

第十一章
暗夜游荡者

1

靳辛上将派悬浮车把林纸和秦猎送去放置神之信条的基地，短期训练仍然安排在那里。

等到没别人了，林纸才问秦猎："你们天谕是怎么知道残手里有很重要的资料的？"

秦猎回答："安珀一直在严密监视星图的动向，我们发现残手刚在黑市出现，星图就让人不惜一切代价拿到残手存储器里的保密资料，所以我们也立刻开始追踪残手。"

林纸有点儿想笑，秦猎他们都不知道资料是什么就开始跟星图抢，这就是敌人想要的东西一定是宝贝，先抢到手再说吗？

林纸琢磨："所以星图比所有人都先知道残手里的资料很重要。"

秦猎点头："对，他们比我们知道得更早更多。"

也不算奇怪，星图半黑不白的，估计能拿到各种来源的消息。林纸很想什么时候有空再潜进星图看看，可惜眼下没时间。

基地里一切如常。

林纸和秦猎下午才离开，现在天还没亮，就又重新回来了。

等着他们的还是文森中将，他把他们接进去，这一次没去大厅，神之信条被转移到了基地后面的一片训练场地。训练场是露天的，面积非常大，一眼几乎望不到头。场地四周有透明的隔离墙，开着明亮的大灯，把整个训练场照得亮如白昼。旁边有间控制室，里面是一群工作人员，在虚拟屏前监控神之信条的状况，协助处理各种问题。

两人一进机甲驾驶舱，工作人员就通过控制频道传来一份长得翻都翻不完的资料，是神之信条的驾驶手册。林纸浏览了一遍，发现神之信条适配的武器种类非常多，普通的高级机甲根本比不了，动力系统也非常强大，不只是普通机甲的跑跑跳跳那么简单。

林纸建立耦合，随手打开足部动力，轻轻起跳。

神之信条是架沉重的机甲，在强大的动力下却轻盈得像只鸟。它从训练场的这一头飞到了远远的那一头，要不是林纸想落下来，还能继续往前。

林纸：Nice!

秦猎也扫了一遍驾驶手册，估计了一下这两天的工作量，转头问："林纸，你行吗？要不要我先粗略地摸索一遍功能，你先睡一会儿？"虽然吃了止痛药，他还是能感觉到她状态不好。

林纸回答："我完全行，绝对行！"有这么好玩的机甲，让她去休息是不可能的。

控制频道传来声音："那我们先从基本功能开始，然后再熟悉武器？"

这一开始，就没有再停下来过。基地的工作人员从一批换成另一批，林纸和秦猎始终待在神之信条的驾驶舱里，在训练场上一待就是足足两天，中间只在驾驶舱里轮流小睡了一阵，连去洗手间都是速去速回。靳辛上将给的四十八小时，被他们利用得很充分。

快到时间时，场地旁来人了，是文森中将。

"接人的飞船已经到了，你们得出发了。"神之信条连同它的武器被严严实实地装箱，先运走送上飞船，文森中将带着林纸和秦猎往外走，"靳辛上将的意思是，为了保密，不单独送你们两个去前线。军事委员会这两天特批了一个明星学员培养计划，把拿到星环勋章的几队学员提前送到前线实习，你们帝国机甲学院是第一批。"这样他们两个上前线就变得自然而然名正言顺了。

林纸懂了："所以边伽他们也要和我们一起去？"

文森中将："对，我已经把他们接过来了，还有你们各自的机甲，也从学院运过来了。"这次任务需要严格保密，连边伽他们几个也不能告诉，神之信条也要到执行任务时才会拿出来，之前需要驾驶各自的基础机甲。

外头，林纸果然看到了边伽、杀浅和安珀。和他们一起过来的，还有赤字、鹰隼等五架机甲。

文森中将把大家带进一间小会议室，讲了一遍学员培养计划和提前实习的事："临时换高级机甲来不及了，你们暂时还是用各自的基础机甲。"

机甲学院实习生上战场，开始时基本都是用的基础机甲，并不奇怪。大家当然没意见，点头答应。

飞船就停在基地的停机坪上。基础机甲都已经运进了货舱，神之信条想必也在里面。

小队刚从前线回来，还没几天，就马不停蹄又要出发了。这次是去真正的前线，也是暗夜游荡者消失的地方——四区的使徒星。

飞船上，船长给小队开了一间六人舱房，仍然是制式的三个双层铺位。在到四区前，他们可以抓紧时间补一觉。

然而没人睡得着。

林纸躺在床上，闭着眼睛努力了半天，无奈脑子活跃得像考试前夜，根本静不下来。她放弃了，跟秦猎聊天："秦猎，我记得你说过，你家的神殿就在四区的使徒星上？"

这种事是边伽的专业，秦猎还没来得及回答，他就抢先说："没错。他们家族的神殿是联盟重点保护的文物古迹，非常有名，前些年四区还没有虫子的时候，凡是到四区旅游的人，差不多都会去看看神殿。"

林纸：看来还是个旅游打卡胜地。

边伽挥手比画了一下："神殿有个特别高特别漂亮的大圆拱顶，外面是一大排萨尔特伦风格的很粗的圆柱子，据说里面本来有个黑色的神像，后来没了，只剩下一小块儿。"

杀浅搭茬："我前几年接到一个四区的大活儿，金主非让我去使徒星现场干，我就顺便去了一次神殿。"他看一眼秦猎，"因为当时正好在选神侍，我就过去凑了个热闹。"

林纸知道，那必然是秦猎和秦梵之间的那场竞争。

边伽满脸惊讶："是五年前吗？你也在啊？太巧了，我当时也在，我可是慕名去的，他家好几十年才选一次神侍，据说要走完整的传统流程，就跟唱戏一样，机会难得，一定要去看看。"

唱戏的主角秦猎："……"

边伽热情洋溢地对秦猎说："我还记得你当时穿的戏服……呃……礼服，还挺好看的。那时候来看的人特别特别多，挤得要命，我可羡慕你了，能站在最前面，没人跟你挤。"

秦猎："……"

边伽又探身拍拍安珀的胳膊："你呢，你没跟着秦猎一起去？"

安珀从上飞船起就一直在光脑上忙着，头也不抬："废话。当然去了。"他从小就认识秦猎，是他的铁哥们，秦猎要选神侍这么重要的事，他毫无疑问要跟着过去。

边伽一个个数过去："所以我在，秦猎在，杀浅在，安珀也在……"

那已经是五年前了。彼时大家都是少年，谁都不认识谁，在一个时间与空间的纵横交错点，奇异地聚了同一个地方。缘分这件事，妙不可言。

边伽赶紧问林纸："你呢，你当时该不会也在吧？"

林纸尴尬了："当然不在。我那时候那么穷，怎么可能跑到四区？"五年前"她"还是个小姑娘，也还没进帝国机甲学院，没有免费的飞船可坐，想也知道，一个九区的贫穷孤儿肯定不会去四区看选神侍。

边伽有点儿遗憾："可惜你不在，否则我们就凑齐了。"

林纸：不在也没问题，你们四个已经能凑出一桌麻将了。

边伽他们开始还在聊天，后来声音渐渐低了下去。

林纸睡不着，躺在床上养神，不知过了多久，忽然感觉到一阵强烈的震动。她现在很有经验，知道是在经过超空间跳跃点，便睁开眼睛，看见舷窗外的彩色炫光褪去。

星环四区到了。

飞船直奔使徒星。四区靠近五区的这一部分还在联盟手里，一路上算安全。

大家都醒了，不再躺着，爬起来等着降落。

舷窗外出现了一颗黄褐色的星球，且越来越近。

使徒星不算太大，表面以陆地为主，海洋面积很小。它原本在联盟的掌握之中，从去年起被虫族入侵，现在一直在反复的争夺中。最近这些日子，使徒星周围的星域已被联盟控制。不过地面的虫族部队还在。使徒星的地下洞穴极多，四通八达，虫族部队隐藏在里面，联盟军的地面战打得很艰苦。

飞船缓缓降落，众人要去的是使徒星上的一个联盟军基地。此时的使徒星是傍晚，恒星落在地平线上，夕照让黄褐色的荒原黄得更彻底。

飞船快降到地面时，原本空无一物的荒原上忽然凭空冒出大片的建筑。林纸知道这是联盟军基地上空有防护层的缘故，它可以模拟周围环境，从天上看，不只肉眼看不出来，其他信号也很难探测到。

基地里有营房和操练场，都是坚固的半永久建筑，看来已经存在一段时间了，人也不少，一片繁忙景象，不只有走来走去的机甲，还到处都是穿着步兵作战甲的普通士兵。

飞船一落地，立刻有人上前来和船员接洽，从货舱中运出神之信条。它被横放在集装箱一样的巨大长方形箱子里，从外表完全看不出是什么。

边伽好奇地往那边张望："飞船除了我们还运了东西过来？"

安珀答："估计是前线需要的物资吧。"

有人带他们去最里面的办公室，说是基地的白焱上校正在等他们。

白焱上校一看就是个 Alpha，脊背和军装一样笔挺。据说她跟秦猎很熟，还认识秦猎的父母，看来这次任务一直被严格地控制在可靠的人手里。

白焱上校把林纸和秦猎单独叫了进去，打开大屏幕，给他们看现在的战况："这两天战线还在南边，没有推过去，因为你们要过去，靳辛上将下了死命令，让我们不惜一切代价把战线往前推进，给你们充分创造条件。"她在地图上画了一下，"起码要到这条线。"

林纸看了看，她画的线距离目标坐标比较近，但是和现在的战线还很有一段距离。

白焱上校说："你们得暂时待在基地，按现在的情况估计，要等一天的时间，最多两天。靳辛上将说等待任务的时候，你们暂时当作正常的实习期处理。现在，你们去取机甲，我带你们先去 A7 连的厉鸣上尉那边报到，他会带着你们。"她补充，"厉鸣上尉人不错，很可靠。"

可是她刚出门，就有人来找她，好像非常忙的样子。

秦猎说："我们自己过去就行了。厉鸣上尉在哪儿？"

得知厉鸣上尉在操练场那边，几人去飞船货舱取了各自的机甲，直奔操练场。

操练场这边到处都是人，乱哄哄的，根本不知道谁是谁。

按联盟规定，机甲学院的毕业生经过两年的战场实习后，一般会直接拿到中尉军衔，在战场上摸爬滚打个几年才会升到上尉，表现特别出众的会升到少校，然后依军功一级一级往上爬。所以这个厉鸣上尉一定是个已经上了几年战场的人。

边伽在队伍频道里说："带我们的人肯定也是机甲驾驶员。"

于是他只要看到一个开机甲的，就立刻驾驶青青过去搭讪："请问你是 A7 连的厉鸣上尉吗？"

几人正在操练场到处打听，旁边忽然有人朝这边吼："你们几个，过来！"

吼他们的人并没有驾驶机甲，只穿了一身普通的步兵作战甲，正在和好几队步兵一起训练。

边伽打开机甲的扬声器："请问厉鸣上尉在……"

他还没说完，林纸就直接问："请问你是厉鸣上尉吗？"

对方答："我不是厉鸣上尉，我是虫族。"

林纸："……"

一队步兵全都笑了。

厉鸣上尉冷冷地道："我叫你们几个过来，我不是厉鸣上尉，还能是谁？"

林纸：看来这个"很可靠"的厉鸣上尉也很别扭啊。

"厉鸣上尉，机甲学院实习生林纸报到！"

秦猎他们也跟着报了名字。

厉鸣上尉连看都没多看他们一眼就说："从机甲里出来。"

几个人不太明白，不过还是把机甲停在旁边，从驾驶舱里出来了。

林纸一从驾驶舱里出来，正在训练的步兵那边就是一阵骚动。

厉鸣上尉吼道："看什么看？长这么大没见过 Omega？继续！"

他踩在高高的步兵甲靴子上俯视着他们几个，口气不善："飞船降落已经这么久了，你们几个磨磨蹭蹭，现在才过来报到，在战场上这种速度，几颗使徒星都不够你们丢的。"他指指旁边，"看到操练场的围墙了没有？每人先去沿着墙跑十圈。"

林纸：这位一定是跑圈狂魔老杜在四区的知己。

没什么好说的，众人开始跑圈。

这一圈比运动场的一圈大得多，林纸一圈下来，腿就像灌了铅一样，秦猎他们倒是没什么事。

秦猎放慢速度，跟在林纸身后。

边伽也说："我们慢点儿跑。"

他们慢一点儿，就不会显得林纸太慢。

然而这点儿小心思立刻被看穿，厉鸣上尉朝这边喊："跑圈，不是让你们逛街！再继续用这种速度，就再加十圈！"

林纸咬牙提速，十圈下来，别说腿，连人都不是自己的了，喉咙里火辣辣的，变成了一个只会呼呼出气的鼓风机。

边伽他们也都出了一身汗。

秦猎因为和林纸通感，也跟着一起喘，惹得安珀频频看他。他忍了好一会儿，忽然对秦猎说："我觉得你还是应该多注意身体，这也太虚了。"

秦猎淡淡答："和你有关？"

几个人斗着嘴，回到厉鸣上尉这边。

这边的步兵们训练了半天，正靠墙坐着休息，看见他们跑圈回来，发出一阵低低的哄笑。

"这是哪儿来的 Omega 小公主？上前线来干什么？"

"想郊游野营，搞错地方了吧？"

他们一直在前线，没看过联赛，当然也没看过颁授仪式，并不认识林纸。

"可是旁边那个是秦猎吧？我刚才听见他报名字的时候，好像说的是秦猎，长得也很像秦猎。"

秦猎在联盟的知名度还是相当高的。

"不可能。秦猎哎，怎么可能只跑个十圈就惨成那副德行？"

秦猎："……"

厉鸣上尉低头看了看这群人，尤其是跑得脸红脖子粗的林纸。

林纸顿时有种不祥的预感，感觉厉鸣上尉还没练够，估计又要给她加个几圈。

没想到厉鸣上尉并没有，他指了指旁边，说："到那边去找一套步兵甲换上。"

边伽小声嘀咕："为什么要换步兵甲？"

厉鸣上尉耳朵很灵，听见了，冷冷地说："队伍的指挥不能天天坐在开着空调的机甲驾驶舱里。你不懂步兵，怎么指挥步兵？"

操练场旁边的器材室里放着一套套步兵作战甲。林纸当初刚来异世界时，为了补考及格，曾经熬通宵跟它死磕过，如今看着熟悉又亲切。

联盟军里，每个步兵从入伍时起都会领到一套自己专用的步兵甲，除非损坏或者升级换代，一般不换。器材室里的这些步兵甲应该是有人的甲出问题时，临时拿来用用的备用甲，上面全是横七竖八的划痕和擦不掉的污垢，不知道被多少人穿过。不过这是前线，讲究不了那么多。

林纸随手抓起一套甲的靴子就打算往脚上穿，秦猎却把靴子从她手里拿走，塞给她另外一只——神侍大人的洁癖又犯了，不过这回是犯在她身上，给她挑出了一套看着最干净的步兵甲，他自己倒是没有挑挑拣拣，顺手把刚才林纸要穿的那只脏兮兮的步兵靴套在自己脚上。

步兵甲的靴子可以调节大小，所有人都能通用，很方便。几人也都是过了步兵甲实操课考试的人，动作熟练，没一会儿就穿戴好，走了出去。

外面的士兵们休息完，分成了几队，正在做步兵甲障碍训练。

厉鸣上尉示意其中一支队伍的尾巴："你们几个去排队，和大家一起训练。"

步兵甲实操课魔鬼七项，林纸对它可太熟悉了，恍惚回到当初补考时，让人唏嘘。

这里的魔鬼七项大体还是那些障碍，大坑、高墙、悬索、木桩，细节稍有不同，这里的设施风格比学院里的粗犷多了，距离也拉长了一些，但最大的区别是没有耦合射击的部分。

步兵甲穿戴后高度可调，林纸穿起来和别人一样宽，看着五大三粗的，但是却比大家都矮了一截，惹得排在前面的人时不时地回头看她一眼。

"这应该都是机甲学院来实习的少爷兵。"

"他们最开始的时候都这样，娇滴滴的。"

"对，看见死几个人就受不了了，战场能把他们虐到哭。"

林纸假装没听见。这些步兵都是在前线打了好几年仗的老兵，看不起机甲学院没上过战场的学员很正常。战场残酷，逼人成长。有人说，要亲眼看见身边的战友死，才能变成真正的战士。而在学院里杀再多虫子，技术再好，也没亲眼见过死人。她还记得前些天在首府星第一次看见DBQ316队的队员被虫族炸没时，大家都有点儿慌。

前面的人轮流上魔鬼七项。他们都是有经验的老兵，并不太管计算各种情况下步兵甲的动力参数那一套，通常都是凭感觉使用步兵甲，用得很溜。他们飞速地冲过各种障碍，再跑回来，拍下计时器。这路程比学院里的魔鬼七项长，还要跑回来，都没人超过三分钟，一般在两分五十秒上下。可见这群步兵很不错，技术过硬。

厉鸣上尉却叫停了。他走过来，跟所有人重申了一遍技术要领："我说过很多次，不要只凭感觉用步兵甲！要用你们的脑袋！"

他语气很凶，但是步兵们好像很服他，都安静地听着。

林纸知道，要想带兵，就得把威信树成厉鸣上尉这种样子。

"用脑想想，可以让你们的成绩再提升几秒。不要小瞧这种差别，这能让你在战场上过障碍的时候少花一两秒钟，有时候是死是活，差的就是这一两秒钟。"

下面有人喊："上尉，给大家示范一遍吧！"

厉鸣上尉答应了。他来到起点，拍下计时器，起跑。

林纸立刻明白为什么这群步兵那么服他了。他的动作干脆利落，仿佛面前高低错落的障碍完全不存在。等他跑完回来，拍下计时器，上面赫然显示两分三十五秒，比其他人都快了不少，确实有资格教大家。

训练继续，很快就轮到了林纸。

边伽低声问她："我先来？"

林纸摇头，操纵步兵甲往前跨了一步，拍下计时器，蹿了出去。

她补考后就一直在学真正的机甲，没再用过步兵作战甲，刚刚排队的时候，她在脑中仔细回忆了一遍当时临时抱佛脚塞进脑子里的知识点和各种测算公式，好久没用过，都快忘了，好在她排在队伍的尾巴，总算及时地梳理完了。

步兵甲和机甲不同，不太用得到耦合系统，主要是手操和肌肉反馈控制。当初补考，是林纸来到异世界的第二天，也是进入机甲学院的第二天，她不只对步兵甲毫无概念，对这个身体本身的性能也不太熟悉。而现在，她对这种外骨骼装甲各种动力参数测算的理解和对自身身体的熟悉程度，早已今非昔比。

下面准备看热闹的步兵们忽然全都安静下来。

林纸那么小的个子，连穿个甲都比别人矮一截，动作却毫不含糊。只见她飞跃进深坑，纵身一跃飞了出来，落点十分准确，一步没多跑，就到了随机生成的高墙前，然后很快翻了过去，一丝多余的跳跃高度都没有，所有人都还没看清就行云流水般上了吊索。她沿着吊索蛇一样游过去，轻轻一荡，从空中直接跃向下一个障碍的木桩，根本没打算跑中间那一段。

林纸刚刚排队时就目测计算过，她比别人都轻一些，以步兵甲的动力，这个距离应该是刚好够的。虽然稍微有点儿冒险，一个跳不准就会栽下来，趴地上。不过栽下来就栽下来，她不在乎，她已经是机甲学院的"Omega 小公主"了，还能再怎么丢脸？不过她心里很清楚，她的计算应该是靠谱的，成功的概率非常大。

林纸一心一意，就是想比厉鸣上尉快。而想要比他还快，不只全程要精确地控制，还得出点儿奇招。

她赌成功了！所有人都看到，她在空中划过一条弧线，惊险地落在第一根木桩上。

林纸心情大好，轻快地越过一个个狭窄的木桩，然后跳下来，开足动力狂奔回起点，拍下计时器，两分二十一秒，比厉鸣上尉的成绩足足提高了十四秒。

成绩一出来，就没人出声了。这里是联盟军，所有人只尊重一样东西，那就是实力。

厉鸣上尉也说不出话来。他比普通步兵更清楚，眼前这个 Omega 是真的在用脑子跑全程。她就像一个商人，精打细算，把步兵甲的每一个动作的效率都抠到了极致，一丝一毫都不放过。积少成多，比他快的那十四秒，就是这么一丝丝省出来的。

林纸在步兵们的沉默和震惊的目光中穿过人群，排到队尾去了。

下一个是秦猎。他比林纸重得多，没办法走林纸蹚好的捷径，不过从头到尾实打实跑完，还是拿到了两分二十五秒的成绩，也比厉鸣上尉快了不少。

之后边伽他们一个接一个测试。其中边伽最快，和秦猎差不多，安珀和杀浅虽然没有他们那么快，却也只和厉鸣上尉相差一两秒。他们本来就是帝国机甲学院最优秀的学员，都在步兵作战甲实操上下过苦功，有这种成绩一点儿都不奇怪。

边伽拍下计时器的时候，还轻轻"呵"了一声："步兵甲，小时候我妈给我订了个宝宝版，我都是当玩具玩的。"

接下来是步兵甲的其他专项训练，林纸他们在做的时候，果然没人再废话了，耳边清净不少。

天色渐晚，空中亮起两颗卫星，交相辉映，在使徒星上洒下"月光"。

休息的时间很快到了，战士们喝过营养液，各自回营房。

前线一切从简，Omega 有专门的营房，可林纸他们是临时过来的，所以基地在军官宿舍区腾出了一间营房给他们。林纸虽然是 Omega，却没有任何特殊待遇，和小队其他几个人住在一起。每人都是一张简单的床，有枕头和被子。

基地营房到了睡觉时间统一熄灯，一秒全黑。林纸前面两天连轴转，夜以继日地和神之信条做磨合训练，在飞船上又没补过觉，灯一熄就困了。她闭着眼睛，迷迷糊糊地想，基地里这么多人，不知道有没有人能上身的……

半睡半醒间，她穿到了秦猎身上。秦猎这会儿也累了，已经睡着了，呼吸均匀。于是林纸没有吵他，继续探索，努力了一会儿，好像没有别的地方可去——能被她穿的人毕竟是极少数，很难遇到一个。林纸回到自己的身体里，意识沉甸甸地往下坠，不一会儿就真的睡着了。

不知过了多久，她做了一个奇怪的梦。

那是一个非常大的房间，各种杂物都被挪开了，堆在四周，中间腾出来的空地上放着一摊摊的东西，像是一个挨一个的地铺，到处都很黑，没有灯光，只有墙壁靠近屋顶的地方开着几扇横长条形的窗，外面的"月光"透过小窗照进来，洒落在地板上。

林纸躲在靠墙一排柜子与墙之间的夹缝里，顺着两个柜子中间的缝隙看着外面，边看边害怕得哆嗦，牙齿止不住地打战。

借着那点儿"月光"，她看到有好几个巨大的黑乎乎的影子从门那边鱼贯而入，看轮廓是兵虫。它们腿部摩擦，发出窸窸窣窣的声音，头顶的两根触须像雷达一样转来转去，似乎在搜索什么东西。

林纸下意识地摸索了一下手腕，那里却是空的。没有机甲，没穿步兵甲，腕上也没有手镯，她一点儿自保的办法都没有，只能死命地咬住打战的牙，不发出一点儿声音。

忽然，旁边有人伸出一条胳膊，搂住她，体温温暖。

林纸下意识地觉得那是妈妈。自从妈妈去世以后，她已经很久没梦到过她了，非常想转过头看一眼。

可是下一秒，一只兵虫像是察觉到了什么，举着可以割开机甲外壳的锋利爪子朝这边走过来，一步、两步、三步……

林纸的心都提起来了，屏住呼吸，一动都不敢动。

那只兵虫停下来，转了转头，动了一下触须，似乎没发现什么异样，又转过身，朝大厅的另一边走过去。

林纸心中一宽。

可它忽然又改主意了，猛地朝这边扑了过来，趴在空隙前，伸出爪子，朝林纸藏身的地方使劲探，一把钩住了林纸旁边搂住她的人。那人毫不犹豫地松开了搂住林纸的手，任凭兵虫把她拖了出去。兵虫抓住了人，狂喜地举起锋利的前爪劈了下去，被它拖出去的人连声音都没来得及发出，瞬时被拦腰斩断，变成了两截。

林纸死命捂住嘴巴，堵住喉咙里的尖叫。

兵虫嗜血，并不满足，一爪接着一爪。暗色的血在地板上流着，浓重的血腥味在大厅里散开。

房间里传来别人的尖叫，兵虫们正在把藏在角落里的人一个接一个地拖出来。

这是一场屠杀！

林纸脑中全是声嘶力竭的哭喊，眼前因为泪水模糊什么都看不清，却没有半点儿声音真的发出来。

一片模糊中，她看到杀了妈妈的那只兵虫重新站直，举起利爪，又一次朝这边偏过头，头顶上的触须动了动。再一次地，它庞大的身躯朝着这个角落逼近。

林纸在心中疯狂地喊：这个噩梦快点儿醒吧！快点儿醒吧！快点儿醒吧！！！

兵虫凑在缝隙口，黑色的眼睛努力往里面窥视，片刻后，一只锐利的爪子伸了进来。爪尖钩住了她的胳膊，猛地往外一扯——

就在那一瞬间，林纸呼地坐了起来。这里是营房，周围没有兵虫，她还好好地待在床上。

她被吓醒，秦猎自然能感觉到，立刻也跟着醒了。他坐起来，低声问："林纸，怎么了？做噩梦了？"

林纸的心还在狂跳，她呆坐了两秒，说："这不是梦！绝对不是梦！"

她抓起枕边的手环，在屏幕上画了个图案，是个三层花瓣的环形图案，中间是颗星星。刚刚她往外看的时候，大厅的天花板就是这样一个特殊的图案。

联盟军基地里可以有限制地上网，林纸迅速检索图片。

秦猎也披衣过来，跟着一起看。

检索结果很快就有了，一大堆类似的图片列了出来，还真找到了，这是使徒星布兰昆城市政大厅的屋顶。市政大厅是座古建筑，很有名，以前使徒星还没沦陷时，经常有人过去参观，网上有不少它的照片。

林纸立刻去查布兰昆城的位置，就在基地西北偏北的方向。

看完地图，她抬头看向秦猎。

从林纸开始搜索图案，秦猎就知道她一定是在梦里穿到了别人身上，或者和人通感了，也知道她现在在惊讶什么：布兰昆城离这个基地不近，早就远超一座城市的距离，林纸竟然能在这么远的距离和人建立感应，她的能力又增强了。

可是布兰昆城并不是虫族占领区域，现在应该在人类手里。

林纸套上训练服外套，穿好鞋，往外走："布兰昆城出现虫子了，我们应该马上去告诉白焱上校。"

秦猎跟着她从营房里出来，问："你打算怎么告诉白焱上校，你知道虫子在布兰昆城？"

林纸坦然答："我打算不说。"说不定能混过去。

秦猎："……"

反正她亲眼看到那里正在死人，不能不管。

几分钟后，两人跟着执勤的卫兵来到白焱上校的办公室，上校还没睡。

林纸开门见山："上校，布兰昆城有虫族潜进来了，正在杀人。"

白焱上校怔了怔："布兰昆城？"

林纸肯定地说："对，布兰昆城的市政大厅里有虫族。"

白焱上校望着林纸。林纸身份特殊，是带着保密任务来基地的，任务内容连她都不知道是什么，只知道他直接受军事委员会的指派，要去一个特定坐标。靳辛上将还特别要求，基地要尽一切可能全力配合他们。

和林纸预料的一样，白焱上校并没有追问，只迟疑了片刻就说："离布兰昆城很近的地方有我们的一支队伍，是两组机甲带着两个连的步兵，我让他们过去。"说罢用通信系统直接联系那边的主控机甲。

几个人一起等着那边的消息。

林纸忍不住问："我还以为靠近前线的居民都撤了，至少撤到了后方，为什么还会有人留在布兰昆城？"布兰昆城离前线很近，而那些人聚在市政大厅，像在抱团取暖。

白焱上校回答："我们已经尽量让居民撤离了，可还是有些人不愿意走，有的是不想离开家，有的是虫族进攻时有亲人失散了还没找到，他们不想离开，一直在等人。"

然而他们等的人可能永远都不会回来了。

没过多久，去布兰昆城探察的队伍就传回了消息，主控机甲说："我们已经到布兰昆城了，一进城就遭遇虫族，对方有五十个左右的高智虫族步兵，带着上千只兵虫和丧尸虫。我们正和它们交火。"

这批虫族不知是怎么穿过防线钻到里面去的。白焱上校立刻调离布兰昆城不太远的其他队伍过去支援。

白焱上校研究地图："这批虫族应该是想以布兰昆城做据点，从背后偷袭北边博伊帕山我们的队伍，因为不想让人发觉，所以对城里剩余的人类进行'清洗'，幸好被你发现了。"

众人沉默地等着，半晌，对面终于传来好消息：在几支队伍的配合下，布兰昆城里的虫族全部被剿灭。

主控机甲报告："我们进入市政大厅了，大厅里确实有一批没撤离的民众，大概有几十个。"他停顿片刻，才接着说，"不过全都死了，没有幸存者。"

林纸回到营房，呆呆地坐在床上。

其他人还在睡觉，边伽一声声地打着呼噜，杀浅用被子蒙着头。

秦猎握住她的手，问："要不要到我身上来？"

林纸摇摇头，闷头倒在床上，也蒙上被子，鼻端都是浓重的血腥味，刚才梦里看到的景象挥之不去。她来回翻腾了半天，禁不住这些天太累，终于睡着了，眼前却又出现了光亮。这回是亮橙色的冲天火光……

暗夜里，轰炸后的残垣断壁燃烧着熊熊大火，空气里全是浓重的焦煳味，热浪滚滚，烤灼着她的脸，烤得她生疼。林纸腰上牢牢地绑着一根布条，正悬在空中，有人在上面慢慢地放着布条，想把她往下面的地面上送。

这是一幢塌了一半的楼，楼里冒着黑烟和火光，头顶上的窗口里，两个人努力攥着布条，头发都乱糟糟的，脸上蹭了一道道的黑灰，正在对她喊："不要怕！来得及！"

　　一层窗户里的火舌突然冲出来，舔上布条。布条已经被烤得极干，轻易就燃，马上就要断了。可人离地面还有一段距离。

　　情况危急，林纸火速接管了这具身体，一把抓住旁边墙上固定着的水管。

　　布条烧了起来，断成两截。好在林纸已经转移到了水管上。

　　这身体太小，十几岁的样子，力气也小，根本撑不住自身重量，林纸咬牙死命抓住水管，沿着水管迅速滑落。速度太快，两只手的手掌疼得像着了火，不过总算是落了地。

　　窗口的两个人看见她平安到了地面，露出松了一口气的表情，朝下面喊："宝贝，快跑！先找个地方藏起来！"

　　下一秒，那个窗口被火焰吞没。

　　这具身体的主人发出撕心裂肺的一声哭喊，是个女孩儿。

　　林纸心中只有一个念头：楼上的人能穿进去吗？说不定还能救！

　　女孩儿正仰头望着上面着火的窗口，林纸能感觉到她濒临崩溃的痛苦和绝望，而她的潜意识向来任性，有一点点危险和不舒服就不肯穿，但没想到眼前一变，周围真的变成了火海。

　　可是来不及了，这具身体已经着火了，从头发到衣服都烧了起来，全身都是被灼烧的疼痛，是林纸生平从没体会过的剧痛，是濒死的感觉……

　　眼前突然一黑，等她睁开眼睛，火光消失了，"月光"照进来，她还在营房的床上。

　　林纸拿起手环，搜索形状特殊的建筑。那是幢长方形的古建筑，上面有三个圆锥形的尖顶，就在着火的大楼旁边。

　　秦猎也起来了，默默地走过来，看了一眼她的手环屏幕。

　　这么特殊的建筑很容易就搜到了，在波兹特城。但它离这里上千公里之遥，深入被虫族占领的区域，他们就算想去救也救不了。

　　林纸一言不发地躺下去，用被子蒙住头，这回才闭上眼睛就换了场景。

　　黑暗的树林中，她正疯狂地往前奔跑着，怀里紧紧抱着一个一两岁大的宝宝，肉乎乎的小胳膊使劲搂着她的脖子，小脸贴在她的脸颊上，吓得哭都不敢哭一声。她的鞋已经跑掉了，树枝和尖锐的石头刺着她的脚，但是她管不了那么多，因为身后追她的是一大群嚎叫着的丧尸虫。

　　心脏在疯狂地跳，肺跑得像要炸裂一样，身后的丧尸虫却越追越近。这是一整片树林，没有可以躲避的地方，没有任何武器，林纸和这具身体的主人一样只有一个念头：快跑！

　　身后突然一股大力袭来，她被扑倒在地上，脑后是丧尸虫尖锐刺耳的叫声，什么东西利刃一样刺进了她的后背，一阵剧痛。是丧尸虫扑上来了，它们一只接一只压在她身上，疯狂撕咬她。她竭尽全力把怀里的宝宝护在身下，可是一只虫爪伸过来之后又是一只虫爪，它们的力气大得多，终究是把宝宝抢走了。宝宝只哭了一声，就再没有声音了。她朝宝宝拼命伸出手，发出绝望至极的嘶哑哭号。

后背的痛楚消失了，林纸知道自己又回来了。但这次她没有回到自己的身体里，而是蜷缩在秦猎的身体里，就像噩梦醒来，无声地哭着，哭得撕心裂肺。

她的通感如同伸出的触手，远达上千公里，这片广袤的土地上有无数那样的废墟、那样的树林，她根本就不知道这些人究竟在什么地方。可她能清晰地感受到他们的苦难，每一丝每一毫，就像在感受自己的苦难。

秦猎知道她正躲在他的身体里。他能听到她在他脑中哭着，那是只有他一个人能听见的声音。

等林纸的哭声变成低低的啜泣，秦猎对她说："对不起。"

好半天，林纸才哽咽着问："为什么……要对不起？"

秦猎沉默了一会儿才回答："是我把你一步步带到这里来，才让你受这种苦。"

他还真能往自己身上揽责任。林纸反驳："如果我不想来，没人能强迫我，这是我自己选的。"

时间已经很晚了，秦猎说："就在这边睡吧，你现在能感应到的范围太大，却帮不上忙，不过是徒增烦恼。"

林纸心中很明白，过两天要驾驶神之信条去执行任务，这任务和整个联盟、和联盟里的每个人都息息相关，她现在必须要睡觉。于是她强迫自己静下心来，不再乱想。

秦猎的情绪稳定，林纸在他的身体里，跟着他的平缓呼吸和心跳，渐渐平静下来。这次没有通感再出现，她真的睡着了。

2

第二天清晨，基地里所有人一起起床。

林纸和秦猎被单独叫到白焱上校的办公室。她给两人看大屏幕上的地图："你们应该很快就可以过去了。我现在要把你们送到橙区战线的最前沿，在那里等待合适的时机。"在前线士兵的努力下，战线大幅向前推进了，地图上的战场分为几个区域，其中橙色区域是最靠近目标的地方。

吃过早饭，他们刚穿上步兵甲开始操练，厉鸣上尉就收到增援橙区前线的命令。

林纸终于可以脱掉步兵作战甲，换上赤字了。早上白焱上校说过，他们暂时需要驾驶自己的机甲，她会让人把神之信条运到橙区前线指挥部安全的地方，等去目标坐标的时候再换上。

队伍迅速出发。

厉鸣上尉的 A7 连一共有三个排，一百二十名装甲步兵，负责指挥步兵的是他自己驾驶的主控指挥机甲，以及 A 位、B 位两架辅助机甲和一架侦察机甲。

现在林纸他们来了，一下子多了五架机甲。但实习生机甲驾驶员要做的基本都是辅助机甲的活儿，要听连队的主控机甲指挥。

五人的机甲前些天在首府星上时，武器接口已经被杀浅他们改造过，当时条件很有限，改造得算是粗糙。所以出来来四区之前，文森中将又让基地的机甲师重新帮他们改造过，换了新接口，现在每架机甲可以直接装配战场上需要的重型武器了。这会儿它们的配置和在九区时一样：肩配式激光炮和臂挂重型激光枪，外加爆燃弹。

A7连登上运兵的飞船，开往前线，因为离得不远，转眼就到了。

林纸终于见到了真正的战场。远远看过去，各种空对地小型战舰在天上飞，炮火连天，明亮的激光束纵横交错，到处都是烧焦的味道。就像白焱上校说的，士兵们正不惜一切代价疯狂地往前推进战线。

厉鸣上尉让大家原地休息，他一个人先到橙区前线指挥部报到。不一会儿他就回来了，单独跟队伍里的几名机甲驾驶员交代情况——机甲群是整支队伍的指挥，单独使用指挥频道，和普通步兵们的连队频道是分开的。

厉鸣上尉："指挥部说让我们待命，暂时只需要跟着战线向前推进就行了。"

A位辅助机甲驾驶员觉得有点儿奇怪："这么远特地把我们从基地调上来，就是为了来前线待命？"

林纸心里很清楚，指挥部这是让他们等待合适的时机，好找到敌人防线的薄弱处，驾驶神之信条进入敌人后方。

B位辅助机甲驾驶员低声嘟囔："该不会是队伍里有关系户，就算上前线，也不敢真的送上战场吧？"

林纸几人："……"

"别胡说！"厉鸣上尉呵斥他，继续说，"但是我尽力争取了一下，最后还是发给我们任务了，让我们去前面的一座小城，协助大部队从侧翼打击敌人。"

指挥部推断会有一支虫族的增援队伍在那附近与联盟军交火，他们要当埋伏在那里的一支奇兵，打虫子个措手不及。

连队说走就走，路上遇到的虫族不多，基本都是被联盟军打散了的散兵游勇，一共也没有几只，瞬间就解决了。

很快他们就看到了地图上标注的小城。这原本应该是个热闹的小城，房屋都很漂亮，是使徒星上特有的白墙拱顶风格，可惜现在全被炸得七零八落。

厉鸣上尉很谨慎，先派了一架侦察机甲过去看了一圈，没有发现虫族，才指挥队伍开过去。

因为虫子的增援路线在东边，队伍进了小城，在城东寻找便于观察的隐蔽点。侦察机甲在小城附近巡逻，随时报告情况。

林纸操控赤字跳上一片半塌的楼，既隐蔽，又能眺望东边的荒野。

时间一点点过去，等了大半天，别说虫子，连鸟都没有一只。

B 位辅助机甲驾驶员抱怨："我们这是上前线打仗来了还是度假来了？"

侦察机甲驾驶员笑道："让你歇着还不好吗？"

B 位辅助机甲驾驶员哼了一声："别人都在战场上杀虫子，就咱们歇着？我受不了，天生就没那个享福的命。"

终于，橙区指挥部那边传来消息，说增援的虫族走了另一条路，不会再经过这边了，让他们撤回。

B 位辅助机甲驾驶员笑了："这是开始的时候就估计没这边的事，才让我们在这儿白等的吧？"

厉鸣上尉严厉地说："话那么多，是想频道禁言吗？"

B 位辅助机甲驾驶员不吱声了，厉鸣上尉也没真的把他禁言。

林纸清楚，就算指挥部真的故意把他们放在一个安全的地方也无可厚非，毕竟她和秦猎在队伍里，保证他俩的安全比什么都重要。

厉鸣上尉打开连队频道，通知所有人："各排整队，准备出发，我们要回去了。"

林纸站在废墟上俯视步兵们整队，转了下头，忽然遥遥地有什么东西在视野里一闪而过。她火速看了一下地图上代表队友机甲的亮点，问厉鸣上尉："侦察机甲回来了？没在附近巡逻？"

侦察机甲驾驶员直接回答她："我听到要整队返回就回来了。"

一直没虫子来，又觉得队伍是被安排在了安全的地方，人就容易懈怠。

林纸："城西那边好像有情况。"

秦猎立刻接口："厉鸣上尉，我过去看看。"

厉鸣上尉毕竟经验老到，知道这不是废话的时候，没犹豫就直接回答："好。"

话音一落，秦猎就走了。只片刻，他发来坐标："城西发现虫族，正朝这边过来，好像是发现我们了。可以看到二十台以上的高智虫族悬浮装甲车、两三百高智虫族步兵，还有大约两千只兵虫，其他虫子暂时看不清。"

出现这种侦察失误，A7 连的侦察机甲吓得魂都没了，立刻请示厉鸣，也朝城西狂奔过去。

如果是虫族增援的那支队伍，应该从城东来，这支虫族队伍不知是从哪儿冒出来的，数量还不少。好在 A7 连是一支经验丰富的队伍，就算大批虫子要来了，也没有人慌，立刻检查起武器。

厉鸣上尉的判断也很迅速，四周都是旷野，虫子数量不少，留在小城里更有优势。他一边联络指挥部汇报情况，一边有条不紊地分配各排的位置：他自己带着一排步兵；两架辅助机甲带领二排；犹豫片刻还是把三排交给了林纸他们，不过也叮嘱三排要紧跟着一排，不要乱走。

三排有三个班，林纸打开三排的步兵频道，给三个班一一分配好任务：林纸自己带一个班，边伽、杀浅带一个班，安珀带一个班。他们机甲多，每个班都配了一架，十分奢侈。

检查过激光炮和枪械，众人找好隐蔽位置，静等虫子上门，准备战斗。

地图上能看到秦猎和另一架侦察机甲正火速后撤。

林纸估计着他们的速度以及和虫族的距离，在三排频道里说："注意，虫子要来了。三、二、一，准备开火。"

三排的步兵们还没来得及怀疑她的话，就看到黑褐色的兵虫在小城的主路上冒了头。他们反应极快，立刻开火，最前面的兵虫倒下一片。

兵虫只能近距离攻击，是毋庸置疑的炮灰，它们的目标就是发起快速冲锋。会远程攻击的是躲在兵虫海后面的高智虫族士兵。等它们一开火，林纸就发现这一队高智虫兵用的竟然不是传统的虫族武器，而是在九区首府星见过的那种会发射光束的新型武器。

光束威力巨大，一扫射过来，这边的步兵们立刻有点儿慌了。他们虽然都是老兵，在四区战场上待的时间不短，但是谁都没见过这种新型武器。

林纸前几天在九区首府星第一次见到时也被吓了一跳，不过这次已经见怪不怪了。她在三排频道里说："各班注意隐蔽，轮流攻击，打掉前面冲锋的兵虫。边伽，你们跟我攻击高智虫兵。"

她在光束的空隙中找机会冒出头，不再理会前面挥着爪子往前狂冲的兵虫，心中估算了一下距离，朝后面发射激光炮。这里地势稍高，虽然距离远，但还算顺手，精准地命中了目标。

她这边一停，边伽和杀浅那边就接上了，然后是安珀，节奏抓得稳稳的。

在光束下有点儿慌乱的步兵们镇定下来，开始按林纸的话轰掉前面疯狂冲锋的兵虫。

厉鸣上尉回过头。他完全没想到，在遇到新型武器有点儿蒙的情况下，没有慌乱、立刻挑起大梁的，会是几个实习学员带领的三排。

见三排打得有条不紊，一排和二排也镇定下来，开始轰虫子。爆燃弹是面杀伤的，前排的兵虫大片大片地倒下，烧成黑炭。

虫族数量非常多，不算几千兵虫，单是高智虫族步兵就比我方士兵多了几倍。厉鸣上尉发现，林纸瞄准的一直都是藏在兵虫群后面的高智虫族步兵，而且距离这么远，虫潮汹涌，也不妨碍她一打一个准。然而虫群过来的速度还是太快，这样下去很容易被冲锋的虫海吞掉，一旦被兵虫近身就很麻烦。

厉鸣上尉判断了一下情况，火速分配："二排向东缓慢撤退，牵制敌人，一排跟着我，三排往南兜过去……"

林纸懂了："打它们侧翼。"说完立刻带着三排往南走。

厉鸣上尉怔了怔，没想到她反应挺快。

二排势单力孤，撑不了多久，厉鸣上尉火速带人绕到侧翼，找好隐蔽点，向往前冲锋的虫海发起了攻击。

可是南边一直没有动静。

厉鸣上尉有点儿焦躁，边打边想：那群学员带着的三排呢？路上遇到虫子了？

B位辅助机甲驾驶员也在纳闷，低声嘀咕："该不会趁着二排拖住虫子的时候自己跑了吧？"因为太害怕，临阵脱逃的人也不是没有。

"别胡说。"厉鸣上尉说，不知为什么他隐隐觉得林纸他们不会这么做。

A位辅助机甲驾驶员："要不然我们……"

话还没说完，就见一片激光炮落进虫群里，然后是整片倾泻而下的激光枪的亮光。

虫群被三面夹击，打得晕头转向，顿时乱了阵脚。

厉鸣上尉看到，林纸他们竟然爬到了南面几处废墟中最高的楼上，居高临下轰炸虫群。他们的角度找得很刁钻，高智虫族的光束往上不太好打，他们却能俯视虫海，后退可以隐蔽，上前又看得很清楚，打得也方便。

其实林纸刚刚在下面就看中南面那几幢倒了一半的破楼了，觉得地势特别好。在这上面打下面的高智虫兵和装甲车，一打一个准。

好几辆虫族的悬浮装甲车立刻上升，打算飞起来换个角度打掉楼顶的人，可它们就像主动凑上来给林纸送菜，浑身写满了：打我啊！来打我啊！

这种要求当然没人拒绝，每辆悬浮装甲车才升起来一点儿就炸开了花。

整个三排受到鼓舞，跟着林纸，把炮火如雨一样猛砸下去。

秦猎已经回来了，攀上高楼，和林纸他们会合，一起打下面的虫子。

二排看到局势逆转，也不再战术性后撤，跟着攻击。

虫族顶不住了，开始撤退。然而想跑是不可能的。林纸仍然在点射远远躲着的高智虫族步兵和装甲车，一个接一个，精准地爆过去。

A7连的步兵都在前线待过好几年，可谁也没见过这样的机甲：南边的楼顶上，一架机甲正给虫海里的高智虫兵点名，无论距离多远，只要被她点到，立刻倒霉。

最后一辆装甲车爆掉。兵虫们没人指挥，彻底失控，像炸了窝一样没头没脑地四处逃窜。

留下任何一只虫子都是麻烦，对平民尤其危险，众人从隐蔽点出来，开始清扫战场。

这时，厉鸣上尉的频道里传来指挥部的声音："C4连和M9连正在支援的路上，A7连，你们撑得住吗？"

厉鸣上尉回答："不需要支援了，我们已经打完了，正在清扫战场。"

指挥部沉默了一秒，惊奇地问："打完了？"从他们请求支援到现在没有多久，虫族又很多，他们以寡敌众，竟然这么快就打完了？

"对。"厉鸣上尉回答，"那个实习生林纸差不多轰掉了所有高智虫族步兵。她是什么人？"

指挥部听到他们在清扫战场，轻松多了，回答道："是帝国机甲学院的学员。"想了想又补充，"不过前不久，因为在九区的杰出表现，她拿到了联盟的一级星环勋章。"

厉鸣上尉："……"

林纸带着三排从楼顶上下来，一起搜索四处逃窜的兵虫。它们藏在各种阴暗的边边角角里，林纸发现一只就利落地杀掉一只，脑中却忽然想起昨晚的场景：月光下，黑暗中，兵虫从空隙中探进头，用爪子猛地钩住她的胳膊。

一只兵虫突然从旁边蹿出来，林纸本能地回手一枪。兵虫庞大的身躯砸向地面，明明脑袋中枪，倒地前还在狰狞地挥着刀一般锐利的爪子。

林纸鼻端又冒出昨晚浓重的血腥味，眼前是兵虫爪下被斩成两段的那个母亲，脑中全是凄厉的尖叫声，是那些一个个被兵虫从角落里拖出来屠杀的人揪心的哭号。

林纸一枪接一枪，没有停。

耳麦里忽然传来秦猎的声音："林纸？林纸？"

她回过神来，发现自己已经把那只兵虫烧成了焦黑的一团。

杀浅也觉得不对，问："林纸，你没事吧？"

边伽感慨："我也经常想这么干，就是有点儿浪费能量。"

林纸抬起头，打算继续找虫子，脸上却有点儿凉，她摸了一把，发现自己不知什么时候哭了。她一把抹掉，继续清扫战场。

前面路上倒着一只高智虫兵，林纸俯身从它手里拿走它的武器。这东西看起来很像枪，也是半生物性的，表面很多地方覆盖着紫褐色的生物组织，上面筋络虬结，还在缓缓翕动。

虫族最近有很多新的好东西，比如这种枪，比如紫水母的防护罩，联盟要是能弄明白这些技术，大有好处。林纸想，上次在九区没机会拿，这回一定得带一把回去，给研究员们当样本。

旁边忽然有架机甲过来，门开了，是厉鸣上尉。

这两天厉鸣上尉不是穿着步兵甲就是坐在机甲里，这还是林纸第一次看到他本人：身材高大，下颌轮廓凌厉，眉峰如刀，神情严肃，没在蹙眉也像在蹙眉，"军人"两个字像是刻在脸上。

"用这个装吧。"他从座位旁边拿出一个叠好的袋子，操控机甲手臂拿着，递给林纸。是装生物样本专用的隔离袋，非常结实，密封后还可以避免污染。

林纸发现这人不吼人的时候，声音低沉，还挺好听。而且他身上这装备还挺齐全。

指挥部很快发来坐标，让他们向东和主力部队会合。于是 A7 连离开小城，向东出发，很快就看到了联盟军的大部队。橙区的联盟军正在竭尽所能地向前推进，尽量帮林纸他们清扫障碍，靠近目标坐标。虫族撑不住，且战且退。

会合后，厉鸣上尉让林纸自己去把战场上缴获的虫族武器送到橙区前线指挥部。

指挥部里人不少，听说虫族有新型武器，全都围过来看，可谁都不知道这把造型诡异的枪是什么。于是那把枪被火速封好装箱，打算用飞船运回后方，送进研究院。

林纸当完快递小哥，发现厉鸣上尉居然没有收回三排的指挥权，仍然让他们五架实习机甲带着三排。好在打完小城那场仗后，三排的步兵听话多了。士兵们其实并不难带，他们会阴阳怪气，归根结底是因为不放心，怕落进绣花枕头的指挥手里。带他们打赢虫子，让他们安心，他们就会是最好的兵。

途中原地休息时，林纸曾听见步兵们议论——

"这次有点儿奇怪，为什么要这么急着往前赶？"

"这是我们要操心的事吗？听指挥就完了。"

"我也觉得怪，以前没这么急着往前，都是稳扎稳打地慢慢推。据说这么打，前线代价不小，伤亡很多。"

林纸明白靳辛上将的想法，神之信条肩负重任，他不希望它去冒任何无意义的险，它应该静等主力部队推进，再找机会潜入虫族占领区，要是联盟军能一路打到目标坐标就更好了。

然而天不遂人愿，联盟军再往前时，遭遇了大批虫族的顽强抵抗。

前面是一大片使徒星特有的地貌，布满四通八达的地下洞穴，洞穴又深又结实，变成了虫族的天然工事，联盟军的炮火压过去，用处不大。倒是高智虫族都换成了那种可怕的光束武器，杀伤力大增，让人头疼。

附近的星域在联盟的控制中，虫族还是不知从哪儿调来了辅助地面作战的小型战舰，正是林纸熟悉的白泡泡，只不过比在九区看到的巨型白泡小得多，又比在苏尔伦城跳跃点启动装置外遇到的那种白泡大了不少。

联盟军紧急调来空对空战舰应对，满天炮火纷飞，双方互有胜负。战线死死地胶着在这里，没能再继续往前。

厉鸣上尉又去请缨了，这人完全受不了被放在其他连的屁股后面躲着。

指挥部的态度非常明确，只同意他们跟随大部队进攻，安排的位置仍然极其保守。

几次三番，厉鸣上尉终于察觉到不对劲，他好像意识到了什么，没有再去争取，而是带着 A7 连跟在后面。

从天亮一直打到天黑，最后一缕光从地平线上消失时，厉鸣上尉忽然接到指挥部的指示，让林纸和秦猎去指挥部，就现在，马上。

指挥部距离前线有一段距离，赤字和鹰隼狂奔过去。

负责橙区前线指挥的是位少校，他一看到林纸和秦猎就说："我们没办法再继续推进了，已经请示过白焱上校，打算牵制住虫族，趁着天黑送你们进去。"

神之信条就放在指挥部外，集装箱一样巨大的箱子已经打开，准备好了。

林纸和秦猎进入驾驶舱，坐进座椅，戴上头盔。神之信条随即站了起来，一步跨出箱子，白色的涂装在暗夜里反射着幽幽的光。

就算是指挥部的人，也不知道这个巨型的箱子里装的是什么，更没人想到竟然是联盟最著名的超级机甲神之信条。

林纸检查系统后的第一件事，就是打开机甲的伪装层。神之信条的伪装层比普通机甲的更好，几乎与环境完全融为一体，只有在动的时候才能看出轮廓，在夜晚尤其隐蔽。

耳麦里传来指挥部的声音："你们现在回到 A7 连，跟随队伍一起推进到最前线，在适当的时机，我们会让你们脱离队伍。"

林纸和秦猎应了，驾驶机甲返回。

厉鸣上尉正带着 A7 连掩护前面冲锋的连队，稍微有了个空当，忽然收到一个加入频道的申请，机甲名很奇怪，只有一个字母"X"。他正纳闷，就收到指挥部的指令，让他加一个新机甲到本连的指挥频道。

"X"一进来，林纸的声音就传来："厉鸣上尉，我们回来了。"

紧接着，A7 连的很多人都看到，一架伪装层极好的机甲在夜色中用快到不可思议的速度进入队伍里。这不是一架基础机甲，也不是厉鸣他们驾驶的那种战场上常见的高级机甲，它的个头更高一些，形状也不太一样，不过最大的区别是动作更加轻盈自在，宛如活人。从轮廓上看，它身上像是装配着复杂的武器。

每个人都在想：这是什么？

林纸看到私聊在闪，接了，是边伽。

边伽的语气中全是不可置信："林纸，你们换了一架机甲？我要是没看错的话……天哪！这是神之信条吗？"他眼光奇好，竟然只看轮廓就认出来了，"这轮廓我太熟了，当初它的外观设计图一公开，我就抱着看了一千万遍。"

林纸不吭声。

"我就说为什么突然让我们几个到四区前线来，你们两个什么时候选上神之信条的驾驶员了？现在换成神之信条，是有重要的任务要执行是不是？你不用回答我，你要保密，对不对？我都懂。"边伽自说自话，问了一大串之后，也不用人回答，直接断掉了私聊。

林纸忍不住和秦猎对视一眼，两人一起弯了弯嘴角。

神之信条在联盟实在太过有名，能单单靠轮廓就认出来的，远远不止边伽一个人，队伍里的几架辅助机甲驾驶员都眼睛发直。它是全联盟机甲驾驶员的梦想，自从造型公布后，连儿童玩具都不知道出了多少代了。

厉鸣上尉也怔住了。神之信条在挑选双人驾驶员这事他当然知道，也和战友一起报了名，但是在评估委员会根据履历和材料做初步筛选的时候就被淘汰了——他这几年战功累累，但是竞争顶级机甲驾驶员还是资历不够，连初审那关都过不了。其实厉鸣上尉早就知道自己肯定选不上，只是希望能撞大运进入试驾阶段，摸一下神之信条而已。可惜他并没有这个机会。

主要也是整个联盟九区竞争者强手如云，不是历年机甲大赛的冠军，就是在使用机甲执行任务时有卓越表现的人。四区最后进入试驾阶段的是宣玺和宣落，姐弟两在本区驻军中非常出名，天赋没人能比，厉鸣上尉心服口服。

现在，月光下，神之信条就活生生站在他面前。更让他没想到的是，最后拿到神之信条的是这样两个机甲学院的学员。

厉鸣上尉当然知道秦猎，据说很有耦合天赋，可是这个林纸，他以前完全没听说过。神之信条是双人机甲，两人一定都是强手，水平相当，否则耦合时会出大问题。也就是说，这个 Omega 竟然有和秦猎相当的水平。

选神之信条的驾驶员是最近这两个月的事，按时间推算，敲定驾驶员应该没有多久。在这么短的时间内，他们就能与这种等级的机甲耦合，并操控得自然流畅，完全看不到任何滞涩，厉鸣上尉连想都不敢想，就连宣玺姐弟也未必能做到。

厉鸣上尉忽然捋明白了这两天指挥部所有的安排和目的。他的队伍里有两个神之信条的驾驶员，他们很可能是要去执行某个非常重要的特殊任务，指挥部当然不可能让他们冒险。最近战线的疯狂推进，应该就是在为他们的任务创造条件。

厉鸣上尉满脑子都是纷繁复杂的念头，忽然听到耳麦里传来指挥部的声音："厉鸣上尉，请带领 A7 连从左翼挺进，主力与右翼会尽可能牵制敌人，掩护你们。还有，一定要尽一切可能充分保证机甲 X 的安全。"

果然……厉鸣上尉沉声答："收到。"

他指挥队伍："一排、二排跟着我挺进，三排殿后。机甲 X，你在队伍中间。"

与此同时，前线的其他队伍突然全都加大了攻击火力，炮火向虫族的阵地猛扫过去，空中的小型战舰全力以赴，牵制住对面虫族的白泡泡。

A7 连按指挥部传过来的路线，避开主力攻击的方向，从另一边快速向前挺进。

虫族如同一眼望不到边的海洋，不只有带着新型武器的高智虫兵和装甲车，还有地下洞穴里时不时冒出来的各种虫子。它们倾巢而出，这次是铁了心想挡住联盟军。

厉鸣上尉带着 A7 连艰难前进，他心里非常清楚，他们是在帮神之信条开路。他们往前多走一点儿，神之信条遇到的危险就会少一点儿。也许他永远都不可能摸一下神之信条，但是他曾经掩护它执行任务，已经够吹一辈子了。

神之信条不能暴露，不能使用太显眼的武器，林纸便一直用它手臂上装配的一把重型激光枪清虫兵，先点掉高智虫族步兵，再扫掉扑来的普通兵虫，弹无虚发，每击必中。然而虫子还是太多了，无论是以前参加比赛还是在首府星打的地面战，林纸从没见过这么多虫子。

明亮的光束扫过，林纸看见有个 A7 连的步兵被扫到小腿，栽倒下去。那都是这两天和她一起训练过的人。在不远处的主力进攻方向，更是不知道有多少人牺牲。神之信条前进的每一步，都是无数人用生命清扫出来的。

在联盟主力部队的猛烈攻击下，虫族的重心渐渐向那边倾斜。

林纸和秦猎一直在等待指挥部脱离队伍的命令。他们一旦脱离，A7 连就可以后撤，回到安全的地方了。然而指挥部认为现在还不是可以安全脱离的时候，迟迟没有下达指令。

林纸集中精神，竭尽所能用重型激光枪帮 A7 连开路。即便只是一把激光枪，神之信条的耦合反应速度和性能也不是普通机甲可比的，它把林纸的优势发挥到了极致。有她在，A7 连的伤亡并不多。

虫族的战舰继续向主力部队那边聚拢，指挥部终于发来指令："机甲 X，现在左翼虫族阵地有缺口，你马上脱离队伍，按地图上标出的路线绕路向北。"

林纸立刻开启动力，正要加速，忽然看到旁边的一片坡地后涌出大队的高智虫兵，每一个都带着新型武器，直扑 A7 连。她火速举枪，瞬间清掉前排的高智虫兵。然而坡地后面还有源源不绝的高智虫兵冒出来，这么多，A7连根本不是对手。

指挥部看到神之信条的光点还留在原地，在指挥频道发出命令："机甲 X，再不走缺口就没有了！立刻脱离队伍！"

这次，连队所有的机甲都听见了。

厉鸣上尉打掉两只虫族步兵，吼出声："会有人来支援我们，你们走啊！"

橙区前线死了那么多人，只为了制造这个机会，现在无论如何必须要走。林纸又火速点掉一批高智虫兵的装甲，开启足部动力，按指挥部地图上的路线冲了出去，速度极快，瞬间把 A7 连，还有和 A7 连纠缠在一起的高智虫兵甩在了身后。

林纸回了一下头，看见虫兵的光束扫过，厉鸣上尉的机甲被切开，轰然倒地。紧接着，一排步兵也倒了下去。而边伽、杀浅、安珀他们全都在 A7 连的队伍里，正面对着数量不知道几倍于他们的高智虫兵……

林纸的脑子清醒地知道要往前继续走，可是腿像是有自己的主意，没办法再往前。

她看了一眼控制屏，快速地思索着：厉鸣上尉在指挥频道的名字灰了下去，说明机甲的控制系统受损，无论他是不是还活着，暂时都没办法指挥连队了；A 位和 B 位两架辅助机甲还没有受损，现在应该接手指挥，可他们像是慌了神，完全没注意到厉鸣上尉的机甲出问题了，还在各自为战，对着虫族步兵疯狂开火；A7 连的步兵们没人指挥，按平时的作战习惯按部就班组织战斗，也幸好平时训练有素，没有乱成一团。

林纸知道，他们这样硬扛是肯定不行的，这时候最好的办法是退到刚才路过的山坡上的巨石区，依托有利地势等待增援。她刚想开口，就听到连队的指挥频道传出一个熟悉的声音，是边伽。

"所有人听我指挥。我们去刚才山坡上有很多大石头的地方。一排先后撤到树林，到位后火力掩护二排和三排……"他的声音镇定，平时懒洋洋的调调都没了。

每次主控指挥课沙盘模拟时，边伽都在她旁边心不在焉地趴着出神，从来不发表什么意见，戳一戳动一动，让打哪儿就打哪儿。可是这种时候，他站出来了——虫族火力凶猛，危急时刻，连队需要主心骨。

一排立刻动了，开始组织后撤。

"好，稳住，别忘了带上伤员……"

边伽抬头，看到了远处停住的神之信条："林纸，你放心。快走。"

林纸转身就走，在暗夜中开足动力，冲向虫族占领区。在离开连队频道的覆盖范围之前，她听到的最后声音，是他们向指挥部呼叫支援。而指挥部回应得很快："你们坚持住，增援已经在路上，马上就到了。"

神之信条移动迅速。

指挥部的判断是对的。虫族阵线受到压力，正在调动兵力，漫无边际的虫海缓缓移动，连天上最让人头疼的白泡都聚集到了另一边，阵地上有了缺口。虽然工事里仍然有虫子冒出来，但是比刚刚好得太多了。

　　林纸控制住攻击范围，尽量不引人注意地穿过虫族的阵地。神之信条几乎没遇到什么真正的阻碍，就幽灵般穿过了这段最艰难和危险的地段。午夜时，他们真正进入了虫族的地盘。之后他们要赶在天亮之前，尽可能地远离虫族与联盟交战的前线，借着夜色的掩护到达暗夜游荡者最后消失的坐标位置。

　　离前线越远，林纸和秦猎越敢开足马力，神之信条的每一个纵跃都竭尽所能，几乎是在贴着地面低空飞行，像黑暗中一只隐身的巨大蝙蝠，有时掠过地上偶尔冒出来的虫子，虫子还没看清，它就已经过去了。

　　虫族占领区是一片凄凉的景象。所有人类聚居的城镇房屋都被摧毁了，到处是轰炸后着过火的焦黑痕迹。黑暗中，路上的一座座废墟无比安静，一个人影都看不见。可是林纸知道，在那些黑黝黝的废墟中、密林里，还有人在艰难求生，就像她在梦中看到的那样。

　　几个小时后，黎明前最黑暗的时候，他们终于到达了目标坐标。这里竟然是一片旷野，出乎意料的既没有任何人类的建筑，也没有虫子的痕迹。

　　两人驾驶神之信条，在坐标附近仔细巡查了一遍，什么都没发现。

　　费尽周折好不容易才来到了这里，林纸很不甘心，在附近一遍又一遍地认真排查，唯恐漏掉一丁点儿线索。可这一大片荒野只有碎石和荒草，真的什么特别的东西都没有。

　　秦猎说："也许这不是暗夜游荡者拿到资料的地点。暗夜游荡者是在拿到资料后，在这里被虫族摧毁的。"

　　林纸也知道有这种可能性。但如果真的是这样，麻烦就大了。那意味着资料有可能在敌占区的任何地方。

　　她打起精神："也许拿到资料的地点就在附近，我们扩大范围找一找。"

　　两人扩大了搜索范围，林纸到处认真搜索，秦猎坐在驾驶位上看着地图出神。

　　林纸转头问他："怎么了？"

　　"这附近没有任何城市和村镇，"秦猎说，"可是我知道这里有一座建筑，因为只有孤零零的一座，所以在这张地图上并没有标出来。那是座很特殊的建筑，就在地图北边那块浅色区域。"

　　林纸"咦"了一声，打开地图。

　　秦猎在地图上点了一下，发给林纸："这里再往北一点儿，不太远，就是我家的神殿。"

　　神殿……两人隐隐觉得这两件事之间有某种联系。

　　林纸："好，那我们先去你家神殿那边找找。"反正现在也暂时没别的办法。

　　两人驾驶神之信条穿过荒原，继续往北，没走多远就看到地平线上出现了一座建筑。巨大的圆形建筑孤零零地立在荒野上，通体白色，像是用一种洁白的岩石建成的，大理石一样，安静地反射着月光。近一点儿就能看到，它也没能躲过虫族这两年的轰炸，很多部分都坍塌了，神殿前面的好几根圆柱也都倒了，横在地上，圆弧形的屋顶没了大半。不过剩下的部分还是能看出原本的样子有多气势恢宏、美轮美奂。

　　这是秦猎家历史悠久的神殿，他十七岁的时候在这里，在万众瞩目中，当上了神侍。林纸猜他看到这残缺破败的神殿，心里可能不太好受，便伸手过去，找到秦猎的手握住。

　　秦猎反手握住她的手："我们过去看看，说不定能发现什么线索。"他的目光坚定，望着远处的神殿，并没有难受的样子。

　　这座神殿坐落在一片缓坡上，比周围的地势都要高一些，俯视着这片饱受战争摧残的土地。虽然它已经塌了一半，一面墙都没了，秦猎还是操控神之信条，和林纸一起踏上白色的石阶，从敞开的正门走了进去。

　　月光从倒塌的地方洒进神殿里，里面并不黑。仰头是剩下的半边巨大的圆形拱顶，上面雕刻着放射状的花纹，再往前走，大殿尽头好像有什么黑色的东西。

　　秦猎说："那边原本立着一座神像。"

　　他驾驶机甲，带着林纸继续往前。林纸看见神殿的尽头摆着一块黑色的巨大石板，上面雕满复杂的纹路和图案，像桌面一样平放在石制的底座上。按常理，那应该是放祭祀的东西的地方。石板后是一大片高台，原本大概放着神像。不过现在高台上也有东西，是一块石头，黑黑的，在月光下闪着黑曜石一样的光泽。

　　林纸仔细看了看："这是……一截尾巴？"那一小块黑色的石头长长的，还带着点儿弯。

　　"对，是神像的尾巴。"秦猎坦然答。

　　林纸："……"他家的神竟然长尾巴！

　　"你不知道吗？"秦猎语气随意地说，"当年设计蝎尾的人，就是受神像形象的启发做出来的。"

　　林纸有点儿明白他为什么总觉得她是他家的神了。不只是因为她特别的耦合天赋，还因为她没事就甩着一条蝎尾，不是抽狗就是抽人，看着特别亲切。但其实尾巴用得那么利索的，除了他家神，蝎子也行。

　　林纸问："那神像是长什么样的？是你家的祖先按传说中神的形象雕刻出来的吗？"

　　秦猎回答："不是雕刻的，神像是一块很大的天然的黑色石头，看着基本是个人形，只不过长着尾巴。"

　　林纸默了默，问："你们为什么要供奉一块黑石头？"

　　"这块石头在我家很久了。按家族古老的传说，它本来就是神的样子，是神留下的痕迹。而且据说只要你对着它诚心诚意地祈祷，神就会给你回应。"秦猎接着说，"神像本来一直立在这里，立了很多年，但在我小的时候，有一年使徒星地震，神像忽然倒了。奇怪的是，它一倒下去就摔得粉碎，只有这半条尾巴还算完整。没办法，我们只好把那些石粉埋在神坛下，把剩下的一截尾巴放在这儿。"

　　林纸：这么乱的时候，竟然没人偷？估计是没人敢吧。

　　林纸驾驶机甲走到那块尾巴的碎块前，认真看了看，又转过身，回看神殿门口的方向。

就在那一瞬间，她仿佛和什么东西突然建立了耦合，一个熟悉的场景直冲入脑，一段尘封已久的记忆如同深埋在脑海底层的沉船一样，忽然被一根钩子抓住，缓缓地向上牵引，浮现出来。

那是一个很久以前的梦。那时候林纸大概只有十五六岁，梦做完就忘了，就像人生中无数个其他的梦一样，醒来后消失得无影无踪，想都想不起来。

梦里也是一样的位置、一样的角度，她望向大殿门口的方向。只不过神殿并不是现在这样空旷寂静，黑黝黝的只有月光，时间也不是晚上。那时候，金色的明亮日光顺着墙壁顶的开窗流泻下来，纯白色的石墙和拱顶闪闪发光。墙壁上装饰着某种开着白色小花的绿藤，墨绿色的叶子层层叠叠，从天花板一路垂落到地板。两边靠墙的地方立着比人还高的金色烛台，烛台前面摆着一排椅子，椅面上铺着绣花的白缎软垫。

到处都是热闹的人声，人头攒动，不过人群全被拦在大殿入口的那一半，从入口看出去，大殿外也全都是密密麻麻的人。有人轻轻地敲了一下什么，发出清脆悠长的"叮"的一声，止住了门口人群的喧哗。

两排人从侧门鱼贯而入。他们身上都穿着式样特殊的米白色礼服，年纪看着都不小，十个脑袋中得有九个顶着花白的头发，走路的动作颤颤巍巍的。他们来到椅子前，依次坐好。最前面的一位白发老者没有坐，而是上前几步走到大殿正中，两手交握在胸前，开始低声吟唱着什么，听不太清。

没完没了地唱了半天，又有人进来了。这回是两个年轻人，都不到二十岁的样子。两个人身上穿的也是类似的半长米白色礼服，高领收腰，越发显得肩宽腰细、两腿笔直，领口和门襟上绣着考究的金色花纹，手上戴着服帖的薄薄的白色丝质手套。但同样的衣服穿在不同的人身上，效果却大不相同。

当时的林纸一看清两人的脸，就默默地倒吸了一口气——这两个人也太好看了！其中一个头发半长，发梢微鬈，眼尾斜挑，眼睛美到妖异，鼻梁与下颌的线条却很凌厉，秀美与英气同时显现在他脸上，却又异常调和。不过林纸只看了他一眼，目光就停在另一个短发男生身上不动了。她脑中冒出一大串词，想了想，却觉得哪个都不太合适。这个短发的男生清透冷冽得难以形容，如同一块深藏在万年冰川下的寒冰，端庄矜持，不苟言笑，像是天生就该被安放在祭台上，献给某种神圣的东西。这是一个死死地踩在她的审美点上的人。

两人站在林纸面前，不动了。林纸脑中冒出个奇怪的念头：长成这样，是在选美吗？这梦好奇怪。

旁边有人端上来一个金色的托盘，托盘里摆着一只水晶瓶，造型优美，晶莹剔透，有个鼓起来的大肚子，里面装满了清水。水晶瓶旁边还放着两个特殊的黑色杯子。杯身上雕刻着复杂的花纹，和普通的马克杯差不多粗细，却有足足两倍高，像个黑色的小桶。

两个男生各自从托盘中拿起一个杯子，用水晶瓶舀了满满一大杯水，用双手捧着，端正地站在石板前，凝视着林纸这边，眼神也一模一样，好像在向她祈求着什么。

林纸懂了，他们好像是想让她喝水。

她正这么想着，两个男生忽然一起把手里黑色的杯子一偏，满满的两杯清水倒在了他们面前的黑色石板上。他们不是随便乱倒，而是一脸郑重地把杯子里的水一点点倒在石板上。

林纸看到他们各自倒水的地方镌刻着一团特殊的花纹，大概有大号的盘子那么大，向下凹着。

两人倒完杯子里的水，都低下头，盯着石板不动。

那边坐着的一排年长者们也按捺不住了，都往这边探头，紧盯着黑色的石板，就连神殿门口拥挤的人群也是一阵骚动，所有人都往前挤，想看清发生了什么。

林纸下意识地看了看长得特别帅的短发男生那边的水。她的眼神一扫过去，他倒在石板花纹里的水竟然奇迹般地渗进去了，好像那不是一块石板，而是块会吸水的海绵。

与此同时，林纸清晰地感觉到，她尝到了清凉的水——这水竟然真的是给她的，也不知道是什么机制。

林纸愉快地把他送给她的一大杯水喝了。这水像刚从冰箱里拿出来的一样，冰冰凉凉的，还挺好喝，就是杯子太大，量有点儿多。

长发帅哥那边没人管，倒下去的水渐渐顺着那片花纹旁边的纹路，流进了石板旁的凹槽里，不知去哪儿了。

短发男生不动声色，但是林纸能看得出来，他清亮的眼眸中藏着一丝喜悦。

他高兴，林纸也跟着高兴。美人一笑值千金，不就是喝杯水嘛。

几个年长者低声商量了一会儿，其中一个扬起手，对着旁边招了一下，托着金盘子和水晶瓶的人又上来了。然后两个男生又各自用水晶瓶给自己的杯子斟满了水。

帅到天崩地裂的短发男生再一次用他戴着白手套的修长手指捧起黑色的杯子。他凝视着林纸，那双漂亮的眼睛好像在对她说话，然后长睫垂下去，把手里那杯水又一次倾倒在石台的花纹上。

林纸：那就……继续喝呗。又是一大杯清凉的冰水下肚。

长发帅哥那边的水仍然没有渗进石板，顺着凹槽流走了，他的眼神中多了点儿失落。

林纸对他稍微有点儿歉意，不过游戏规则她已经有点儿懂了，两个人好像只能选一个，石板不会同时渗进两杯水。人都说，弱水三千，只取一瓢饮，主要是多了，真心饮不动。

短发男生看见水又渗进去了，似乎松了口气，稍微偏头，看向年长者那边。

那群人还在喋喋不休地讨论，很热闹，吵吵了好半天，意见终于达成了一致，招了招手，又把端着水晶瓶的人叫上来了。

新的一大杯水稳稳地捧在短发男生手里。

林纸：呜……

可是他的睫毛纤长浓密，像小扇子一样，虽然不动声色，但林纸还是能看出他的嘴唇紧张地微微抿着，漂亮的眼睛殷切地望着她。这谁能拒绝？林纸一咬牙，咕嘟咕嘟又把第三大杯冰水灌了下去。

一喝完，林纸就和短发男生一起去看那边喝水评估委员会的人。不出林纸所料，他们又一次把水送上来了。

一而再，再而三，三而四，明明已经选了那么多次，他们还是不停地往上送，这是在故意折腾什么呢？林纸怒了，还真就跟他们杠上了，只等短发男生的水一倒出来就一口气把它喝光。

然而他们还是坚持送来了第五次。

林纸舍命陪君子。满满五大杯，几乎相当于普通杯子八九杯的冰水灌下去，喝得她想吐。

喝水评估委员会终于不再废话了。有人把两个人的黑杯子收走，年长者重新走到大殿正中，又开始低声吟唱。

长发帅哥落寞地看了这边一眼，退到后面。

短发男生得偿所愿，也退后了一步，不过没走，而是把手放在胸口，对着林纸俯身行礼。虽然他脸上没什么表情，眼中却藏着愉悦。

林纸抱着撑到爆的胃想，几杯水而已，只要他高兴，还是很值得的。

这段消失的梦境现在重新回到林纸的脑中。

"不过最后，神还是选了我，连抽了五次，五次的结果都是我，所以十七岁的时候，我就献祭给了神。"那天在蓝星秦猎家的庄园里，他的话言犹在耳。

林纸安静了好半天，没想到竟然真是自己挑的。这时候连她自己都不得不承认，她和神好像真的有关系。

等她回过神来，才发现秦猎一直都没有出声，正安静地看着她。他肯定能猜出她是想起了什么，但是向来一句都不多问，只等着她告诉他。

林纸张了张嘴，最后说："秦猎，你家选神侍的杯子为什么那么大，水还特别凉，就不能换个小一点儿的杯子，弄杯温热的蜂蜜水什么的吗？"

秦猎屏住了呼吸，过了好半天，忽然对着她微微地笑了："好。"

他摘掉头盔，从座位里站起来，把手放在胸前，俯身重新向她行了个礼，和林纸在梦中看到的一模一样。只是这些年过去了，他比十七岁时少了点儿稚嫩，多了些沉稳。

这是她在梦中穿越到异世界，宁肯灌一肚子冰水也要挑的人。林纸坦白地说："我只记得选神侍的场景而已，当时好像是在做梦。"是不是神，她并不能打包票，还是保守一点儿比较好。

秦猎俯身过来，吻了吻她的头盔："不急，慢慢来。"

林纸仰头看看他："如果我真是神的话，你这算不算是以下犯上？"

"不算，"秦猎说，"我本来就从身体到灵魂都献祭给你了，我们做什么都很正常。"

林纸：所谓献祭，是这么理解的吗？

想起这件事很重要，不过眼下还有更重要的事要做，他们要找暗夜游荡者残手资料的线索。

林纸接手神之信条，在神殿里仔细检查了一圈，没发现什么特殊的东西，于是来到神殿外面。神殿现在没人打理，四周很荒凉，荒草倒是不多，地面上都是沙砾。她在月光下绕着神殿走了一圈，忽然停了下来——前面的地面上好像有机甲的脚印，像是下雨的时候印在泥巴地里的，土地干了之后还在。

这里是敌占区，联盟军的队伍还没推进到这里，因为荒凉，也没什么虫族来，脚印被完整清晰地保存了下来。天谕的机甲都是制式的，这脚印的尺寸明显比基础机甲和高级机甲的都大一些，很可能就是暗夜游荡者。

林纸看了看脚印前进的方向，很快就在前面找到了它的下一步。暗夜游荡者似乎是绕着神殿转了一圈。

靳辛上将介绍情况时说过，当时暗夜游荡者的驾驶员特德上校还在和机甲的磨合适应期，拿到的任务对他来说不算难，他那次是去做偷袭虫族兵营的任务，已经完成了。因此林纸推测这应该是在他返回的路上，想找个隐蔽的地方藏起来，等天黑再继续往前。毕竟机甲想找个藏身的地方并不容易，尤其是在这片荒原上，神殿是个不错的选择。

林纸跟着脚印往前，发现脚印兜了一圈，偏离了神殿，绕向西北方。远远地能看到那边有座房子，也是同一种白色的石头建造的。

林纸问："那是什么？神殿的门房吗？"

秦猎默了默，说："什么门房，那是酒窖。以前神殿每年都会举行祭祀仪式，摆的酒是特别酿造的，就存在那边的地下酒窖里。"

说着，两人已经到了房子前。这座房子也被轰炸过，屋顶已经彻底没有了，只剩下半截墙壁。地上有个酒窖入口，也被炸开了，沉重的门板倒在旁边。林纸眼尖，一眼看见了暗夜游荡者的脚印，就在酒窖入口。

神殿的建筑都很奢侈，酒窖向下的阶梯也是无瑕的白色石头铺成的，入口的尺寸对人类来说非常大，对神之信条来说稍微有点儿小，但还是能进去。于是神之信条一路向下，里面月光照不到，黑得很彻底。

秦猎说："这里本来应该有感应式的照明，大概坏了。"

林纸顺手打开机甲的夜视功能，酒窖里一目了然：屋顶很高，也相当宽敞，连神之信条都不用低头，靠墙横放着一排排大木桶，一眼望不到头。

林纸第一眼看的却不是酒桶，而是地面。入口早就被轰炸开了，原本光洁的白色石板地面上积了层浮灰，浮灰上明显有一排机甲的脚印。暗夜游荡者真的来过这里！

林纸跟着脚印到了最里面，沿着走廊转了个弯，发现前面还是放着整排酒桶的房间。她不由得感慨："你们家竟然在地下挖出来这么大的地方放酒，工程不小啊。"说完就立即意识到，这地方并不是他家挖出来的。

果然，秦猎接口道："这不是挖出来的。使徒星有很多地下洞穴，这个酒窖其实是在地下洞穴的基础上改建的。"

没走多远就到了头，前面是一大片塌方。酒窖是在洞穴的基础上修建的，大概是轰炸的缘故，塌方让那些漂亮的白色石板壁坍塌下来，墙壁前是一大堆大大小小的石块，而四周和洞顶没有石板的遮掩，露出天然洞穴本来的样子，洞顶其实比酒窖的天花板还要高一些。

林纸心想，暗夜游荡者在地板薄灰上留下的脚印只有一排，是单向的，这说明它进来之后就再也没有原路返回过。因此她毫不犹豫地操控机甲爬上了塌方的乱石堆。乱石堆和洞顶之间好像有几块大石头被搬开了，露出空隙，里面黑魆魆的，还有空间。暗夜游荡者可以钻过去，神之信条当然也能钻过去。林纸沿着空隙爬进去，从石头堆上跳下来，前面果然还有路，连通的是天然的地下洞穴，很宽敞，有点儿像当初学院大赛初选时帕赛星的地下洞穴，四通八达。

问题是，地方这么大，路又这么复杂，该往哪里走？

地上不再是光滑的地砖，看不出脚印，也不知道特德上校驾驶着暗夜游荡者进来以后，又去了什么地方。林纸想了想，转头对秦猎说："我想去……"

秦猎接口道："目标坐标。"

两人相视一笑。

刚刚在地面上，目标坐标附近什么都没有，但是如果在地下呢？目标坐标就在南边一点儿，不太远，以这个地下洞穴的规模，说不定真的能延伸到目标坐标附近。

两人在地图上找好方向，朝着目标坐标前进。洞穴地形复杂，各种断壁残垣，但对神之信条来说根本不是问题。有些地方很狭窄，过不去，林纸也不操心，不走就行了。毕竟她过不去的地方，暗夜游荡者肯定也过不去。

在这样的地方，想朝一个方向走不太容易，得迂回着前进，拐来拐去的像个地下迷宫。林纸操控机甲认真走路，秦猎在旁边也没闲着，一直在用机甲系统自带的功能绘制地图。

他喃喃道："我上次就说过，我坐在副驾驶的位置，肯定还是有用的。"把所有探索过的路线都绘制下来就不会迷路了。

林纸一边在洞穴中轻巧地纵跃，一边观察周围。这里有种特殊的石头，星星点点的，在幽暗的洞穴里反射出闪亮的光。

林纸说："这和神殿里那块黑色的石板很像。"

秦猎从他的迷宫地图上抬头看了一眼："对，那块石板就是很久以前开采出来的，难得找到那么大一块。"

越往洞穴深处走，这样黑色的石头就越多。林纸边前进边认真地研究那些石头，它和刚刚神殿里的石板一样，都让她有种隐隐约约的感觉，只是说不清楚。

秦猎仍然看着屏幕，手上绘制着地图路线，头也不抬地说："林纸，我们快到目标坐标了。"

林纸默了默，探身过去，用手指捅了捅他的腰。

秦猎"嗯"了一声，看向林纸，忽然用余光看见了前面的什么东西。他转过头，发现这个深藏在地下不见天日的地方，竟然奇迹般地出现了亮光，而且是很亮的光。

林纸和秦猎对视一眼，放慢了脚步。前面发出亮光的地方距离暗夜游荡者被摧毁的坐标很近，这说明神之信条也得小心。

光线是从一个岔道透出来的，林纸悄悄摸过去，发现岔道的尽头被人硬凿出一个大洞，洞口正往外透出耀眼的灯光。这样在石头上开个那么大的口子，应该是暗夜游荡者的杰作。估计特德上校是在石缝里看到了光线，和她一样好奇，干脆动手把石头凿开了。

林纸贴着旁边的石壁往里张望，里面竟然是个走廊一样的地方，明显是人类的杰作——和秦猎家的酒窖一样，有人把这里的地下洞穴改建了。

林纸低声说："秦猎，我能感觉到，这里面有一架机甲。"她现在不需要仔细体会，就能清晰地觉察到机甲的存在，比联赛时敏锐得多。

秦猎问："是暗夜游荡者？"

林纸非常肯定地回答："是。"

她能感觉到里面的不是一架基础机甲，也不是高级机甲，耦合系统要比它们复杂得多，但是又透着一种熟悉的感觉，是她认识的机甲。那应该就是悬浮列车上，那只死活都要往她身上爬的残手的本体，她见过一面的"熟人"。

暗夜游荡者只剩下一只被砍掉几根手指的残手，大家一直以为它被彻底摧毁了，原来并没有。

秦猎立刻说："暗夜游荡者在这里，那特德上校会不会还活着？"

林纸答："……我觉得可能性不大。因为暗夜游荡者一动不动，死气沉沉的，耦合系统好像坏了。"

秦猎说："我们进去？"

不入虎穴，焉得虎子。林纸点头，闪身出来，敏捷地顺着打开的大洞钻了进去。走廊里墙壁雪白，地面洁净，寂静无声，半个人影都没有，只有天花板上的灯亮着。

往前又走了一段，林纸看到一个奇景。原来走廊这里只是一小部分，它是在楼上，而楼下是一个面积极大的大厅。从二楼的栏杆俯视下去，大厅里呈花瓣一样的辐射状摆着无数圆柱形的东西，排列得非常整齐，一排又一排，每根柱子上都有蓝色的小灯亮着。

秦猎知道她肯定没见过，说："这是个大型计算中心的机房。这个阵列其实是个超级计算机，想在短时间内完成大计算量的话就需要这种东西。没想到有人在使徒星的地下藏了个计算中心。"既然藏起来，必定是不想让别人知道。

"它们没在工作，像是已经停止计算了。"林纸补充，"或者是算完了，已经拿到了想要的结果，比如宇宙的终极答案是42什么的。"

秦猎：什么？

很明显，有人为了掩人耳目，悄悄在使徒星的地下放了一个超级计算机，把不知从哪里采集到的虫族的叫声样本收集起来，找寻其中的规律。他们大概没想到，使徒星的这块区域会突然被虫族占领。而前段时间暗夜游荡者机缘巧合来到这里，拿到了它们的计算结果，下载到了存储器里，然后在离开的时候遇到了危险。

林纸示意他看机房尽头："暗夜游荡者就在那边，我能感觉到。"

秦猎说："我们先去想办法拿资料。"

出发前，为了能让林纸他们顺利完成这次任务，靳辛上将让联盟军的技术部门给神之信条配备了应对各种情况的解密程序。不过林纸觉得用不上，神之信条的系统里自带解密程序，如果特德上校用暗夜游荡者能拿到资料，他们说不定也可以。

林纸抄近路，操纵神之信条从二楼跳下去，来到机房中圆柱的阵列里。这地方真是除了这些柱子，连个鬼影子都没有，也没有任何类似操作台或者虚拟屏幕的东西。但是能搜索到一个名称是一大串数字和字母的信号。

秦猎翻开神之信条的操作手册，按照上面的提示强制建立连接，让系统破解密码。不出所料，神之信条自带的程序就足够了，他们可以看到系统里的文件，里面放着运算结果，和暗夜游荡者下载的一样。

神之信条火速下载，没等很久就好了，从头到尾都很顺利。这间机房傻乎乎的，没发出任何警报，并不知道被人入侵了。

林纸奇怪："这里没有监控吗？"

秦猎说："我猜测它应该有监控系统，但是不在这里，是远程控制的。虫族突然入侵，使徒星敌占区的信号全都切断了，就没人能管这里了。"这个机房现在落在虫族占领区，像个孤苦伶仃被人抛弃的孤儿，让他们捡了个大便宜。

资料已经下载好了，现在原路返回就可以，林纸却站在那里迟疑了。

秦猎知道她在犹豫什么。暗夜游荡者就在另一边，她想过去，但是暗夜游荡者被摧毁的地方一定很危险。

"我们过去看看。"

林纸点了下头，小心地往前走。

越往前，暗夜游荡者的存在感就越清晰，不一会儿就真的看见它了。出乎他们的意料，这里并不是什么刀山火海，只是机房的一个普通的角落。只是仿佛有人曾经在这里激烈交战过，墙壁被炸出一个坑，露出一条狭窄的空隙，后面明显又是天然的地下洞穴。暗夜游荡者就倒在墙壁前落下来的建筑碎块里。

这架机甲和林纸很有缘分，但林纸直到现在才第一次亲眼看到它。它和神之信条的尺寸差不多，身上已经没有伪装层了，通体黑色，一动不动地躺在地上。它的胸前有道焦黑的刀痕，像是高温刀砍的，因为驾驶舱部分的外壳特别坚硬，并没真的切进去，但是机甲的一只手没了，切口整齐，露出里面烧得焦黑的线路。林纸知道它的手在哪儿，现在它在天谕一楼的展厅里。

驾驶舱的门开着，只有一个驾驶位，里面没有人。而在离暗夜游荡者几步远靠近墙上空隙的地方，有个黑色的人形痕迹，已经完全化成灰，几乎什么都没有了。林纸和秦猎一看就知道，这是高能激光枪的效果，瞬间的高温会把人灼烧成灰。

这是一位牺牲的前辈，墓茔星上的花海中又多了一块石牌。

两人沉默了。

片刻后，秦猎说："如果有人袭击特德上校，他为什么没留在驾驶舱里？"留在驾驶舱里肯定比在外面安全得多。

四周并没有看上去能用高温刀的危险的东西，林纸又试探着往前走了一步，突然和一个小东西对上了眼，是藏在拐角的一台清洁小机器人。它安静了一秒，突然发出尖锐急促的报警声。

林纸："……"

她一枪过去，封了它的口，可是它的报警声有效，立刻招来了东西。几个庞然大物突然从二楼的回廊上跳下来，发出落地的巨响。

他们终于知道是什么东西攻击了暗夜游荡者。

这是三台智能战斗机器人，落点找得很不错，刚好把神之信条围在中间。它们基本还是熟悉的外观造型，一看就是星图出品，比林纸在联赛里见过的 R488 更加精致一点儿，估计是星图还没上市的新款。

林纸：这回它们轮到几号了？ 588 ？

看到它们冒出来，林纸并没有觉得太奇怪。她原本就觉得星图关注残手的时间那么早，还好像清楚残手里资料的事，只怕这个机房和他们有关，现在这些比今年上市的最新款还新的机器人，只是更坐实了这间机房和星图的关系。

几台战斗机器人和 R488 有个最大的不同，就是机身不是银色的，它们的全身上下有一层流动的蓝色眩光。这眩光林纸也很熟悉，她在学院大赛里见过，是星图的新材料 EPG-01激活后的样子。那时西尾队从星图拿到了这种材料做成的指套，跩到不行，因为机甲只要碰到这种材料，耦合部分就会失灵。现在倒好，这三台机器人全身满满都是 EPG-01，而自身没有任何耦合元件，一看就是专门对付机甲用的。

可以想见，特德上校遇到的就是它们。他来时，使徒星已经被虫族入侵，这间机房是没人管的隔绝状态，R588 们发现了他，交上了手。暗夜游荡者是架超级机甲，不是善茬，特德上校的战斗经验也很丰富，要是真的实打实动手的话，三台 R588 未必是对手。可是它们有一身 EPG-01。特德上校应该不认识 EPG-01，不知道这种材料的厉害之处，没有任何防备，才一动手就中招了，尤其是胸前的那一刀，没有真的伤到机甲，却让附近的核心耦合部件失灵。暗夜游荡者的耦合元件坏了，不能再动，才被它们砍断了手。而不会动的机甲就像钢铁坟墓，特德上校不能留在里面等死，便打开了驾驶舱的门，准备从墙壁上在战斗中轰开的空隙中钻出去，躲进外面的地下洞穴，结果还是没能跑得过高能激光枪。

R588 们没有后续处理暗夜游荡者的程序，暗夜游荡者就一直被扔在这里。大概是有幸存者无意中从地下洞穴摸到这里，发现了被斩断的残手，带了出去，它才最后在黑市上出现。

暗夜游荡者这样的超级机甲，各主要部分都有存储器，就像黑匣子一样，功能本来就是在损毁的时候最大限度地保存数据备份，残手里当然会有暗夜游荡者拿到的资料。如果这里真是星图的机房，他们怕事情败露，自然会到处追查残手里资料的下落。问题是，星图为什么不想让人知道他们正在破译虫族的语言呢？非要在地下找个洞，藏藏掖掖地弄个超级计算机吭哧吭哧地自己算，肯定没在计划什么好事。

想这些不过是转瞬的工夫，围着神之信条的三台 R588 已经一起动手了。它们的手臂上都配备着一把高能激光枪，却都没有用的意思，而是各自抽了把形状奇特的弯刀出来。狭窄的刀身上也同样闪着 EPG-01 的蓝光，刀刃和边伽的那把高温刀一样颜色白亮，得小心应付。

林纸说："我来。"

她没有后退，反而向着其中一台迎了上去，虚晃一招。神之信条动作非常谨慎，完全不碰它们，找到空当一钻，闪身进了旁边圆柱形机箱的阵列里——林纸很清楚，R588 放着高能激光枪不用，非要用刀，就是顾忌超级计算机的机箱。

R588 还没反应过来，就发现神之信条没了，急忙跟了过来，果然小心地避开机箱。

其中一台 R588 朝神之信条一刀砍过来。神之信条侧身闪开。另外两台 R588 没有直接进攻，而是换了个方向，从两边包抄过来。

一动手，林纸就发现星图这些新的机器人比起前几代又进步了不少，动作灵活，反应极快，要是它们代替老飞守在帝国机甲学院大门口，估计没几个学员能过线。这几位当 R588 稍微有点儿委屈，配得上一大步直接跳到 RX88。

R588 们很明白，只要碰到神之信条就赢了。可惜它们就是一点儿边都沾不到。神之信条比它们滑溜多了。

林纸虽然用机房里一排排的机箱牵制住了三台 R588，却也不太想真的毁掉这个地方，毕竟下载的资料不知道是不是完整的，这机房还是好好留着比较好。是以全身配备了各种高端武器的神之信条和明显升级换代过的 R 系列智能战斗机器人，在机箱的阵列中小心她逃它追，谁也不用枪，仿佛一夜之间回到了冷兵器时代。

林纸一边到处乱钻，一边对秦猎说："我觉得神之信条也应该配一条蝎尾。"它身上的武器太好，威力太大，不能乱用，这种时候反而还不如一条尾巴。

秦猎答："好，回去以后就写报告给你申请一条尾巴。"

这话听着怪怪的。

林纸驾驶神之信条在机箱阵列中灵活地东绕西绕，终于把三台 R588 绕迷糊了，甩在身后，立刻转身重新朝暗夜游荡者那边奔过去。那边墙上有个空隙，一靠近，她就毫不犹豫地轰了一枪，在墙壁上开了个大洞——只要带着 R588 们钻出去，在外面的洞穴，她就可以放开手脚了。

三台 R588 马上冲了过来，跟着他们鱼贯而出。外面就是黑漆漆的天然洞穴，它们打开了夜视功能，四处张望。然而洞穴里地势复杂，四通八达，到处都没有神之信条的影子。

它们慢慢地往前探索，没走出多远，忽然"轰隆"一声巨响，其中一台 R588 全身开花，被炸成废铁，扑在地上。旁边的 R588 看见同伴被偷袭，马上调动全部智能，举起手臂上的激光枪，飞快地扫视了一圈，还没扫完，也爆开了花。接着是第三台，紧随它的两个兄弟而去。如果人工智能机器人们有个 AI 版黄泉路，三台 R588 还能搭个伴，一起喝碗孟婆给的机油。

它们先后倒下去，身上被激活的 EPG-01 材料也不再亮着了，神之信条这才从上面的洞顶下来。刚刚一出洞口，林纸就一边往前跑了一段，一边用夜视功能到处观察，很快在洞顶找到了一个好位置，启动动力飞了上去，像壁虎一样撑在洞顶，然后把三台机器人一个接一个地解决。

等了一会儿，并没有其他智能机器人冒出来，看来看守机房的就这三台。

秦猎问："原路返回？"只要穿过机房，从酒窖入口出去，再穿过防线，就可以把资料带回去了。

然而林纸忽然听到了熟悉的声音，是虫族摩擦身体的硬壳和脚爪时发出的窸窸窣窣声。

这里是虫占区，刚才敲开机房墙壁和打掉 R588 们的动静太大，把地下通道里的虫子招过来了。神之信条的夜视功能清晰如白昼，只见虫子从一个洞穴的通道口中露了头，不止一两只，因为窸窸窣窣声连成一片。

林纸的第一反应不是杀虫子，而是绝不能让虫子们发现机房。如果机房能保全，不被破坏，就算她和秦猎这次没能成功把资料带回去，联盟也能派其他人再来一次。之前也许是因为地下通道很复杂，那里明显没有虫子进去过的痕迹，可这次却把它们招到了这里，洞口又不再是条缝隙，而是敞开着。

机房打开的洞口就在前面，得在虫子发现前重新堵住。然而神之信条已经走出了一段距离，如果现在往回走，就会把虫子们也带到那个方向。林纸想到一个奇葩的主意："秦猎，你来操纵神之信条打虫子。"

秦猎知道她满脑子歪点子，什么都没问，举起机甲臂上的枪，开始向涌出来的虫潮扫射。

林纸闭上眼睛，集中精神，仔细体会着不远处机房里的暗夜游荡者。按她以前的经验，坏了的耦合系统是可以修复的，而且修复元件的耦合部分有时候并不需要碰触，像杀浅实验室里那条坏掉的旧蝎尾，就是高高地摆在废品堆上，她根本没碰，只是从下面路过，它就自己修复启动了。

林纸试着努力感受暗夜游荡者的耦合部分，意念抚过机甲沉寂的耦合系统。此刻她就是机甲们的医疗舱。果然，暗夜游荡者的耦合系统像被重新点亮，"活"了过来。

林纸受到鼓舞，又试着对它发出指令。她以前只遥控过基础机甲，这次突然要遥控这种等级的超级机甲，跨度稍微有点儿大。但也许是她的能力又提升了，也许是暗夜游荡者特别乖，它立刻动了，在他们看不见的地方重新站了起来。

林纸看不见，只能仔细体会它的动作，估量它所站的位置，操控着它转过身，向前几步，走出墙上的大洞，又往前走了一段，才转身举起配枪，枪口斜向上，对准外面的洞顶连续开火。

机房那边传来一连串的巨响，岩洞的石头正噼里啪啦地砸下来。这说明这么盲操成功地把它从机房里弄出来了，而且枪也打到岩洞的石头上了，只是机房的洞口有没有准确地封起来就不知道了。林纸控制着暗夜游荡者继续往前。

秦猎也听到了开枪的动静，他在杀虫子的百忙之中瞥了机房的方向一眼，就见刚刚还死气沉沉地倒在地上不动的暗夜游荡者从机房那边的通道里冒出了头，蹑手蹑脚，探头探脑的。一看它的动作，他就知道是林纸正在遥控它，毕竟能第一次上手就把一架超级机甲操控得像个偷鸡贼似的，全联盟也找不出除她以外的第二个了。秦猎忍不住弯了弯嘴角。

虫子来得很多，源源不绝，但他们现在拥有两架联盟最好的超级机甲。

暗夜游荡者一走出来，就举起枪，和神之信条一起对着虫群狂扫。林纸遥控操作机甲的能力比前些天在首府星时又强了。那时候她从地库突围，遥控想逃跑的月海队的几架机甲时，还不能精确地射击，但是现在她用暗夜游荡者的配枪打虫子时，枪枪爆头，准得像她本人坐在暗夜游荡者的驾驶舱里一样。

秦猎问："我过去会合？"

看林纸点头，秦猎操控着神之信条向暗夜游荡者靠拢。

两架机甲会合后，林纸赶紧往岔道里看了看机房的方向，放下了心。她刚刚的活儿干得很不错，方位和距离估算得完全正确，就算开枪时看不见，还是成功地用洞顶塌方的石头彻底把机房打开的洞口堵起来了。

虫子一批又一批地往上冲，虫尸堆得太多，渐渐堵住了通道。后面来的虫子甚至要努力推开同伴的尸体，才能继续往前挤，十分顽强。这些虫子呼朋引伴，像是打不完，不一会儿连旁边几条通道也陆续有虫子冒头。

林纸原本的打算是先在这里清掉虫子，再去搬开堵住洞口的石头，穿过机房，沿原路返回，现在看来是行不通了，待在这里不动，虫子只会越来越多。

秦猎说："我们走吧，先把虫群甩掉再说。"

两人选了一条暂时没有虫子冒出来的通道，一边往前，一边回身打掉跟过来的追兵。

林纸一等和虫群拉开足够的距离，就对着虫子前的岩洞通道一阵狂袭。石块像雨点一样砸下来，通道塌方了，把追来的虫子全部堵在后面。这样做的好处是身后没有虫子追了，坏处是他们现在更没法回到机房的那条路上了，而地下洞穴像个迷宫，不知道哪里还有出口。

秦猎语气镇定："不用太担心，使徒星上的地下洞穴出口不少，我们应该能再找一个。"

两架机甲一前一后在通道中往前探索。

林纸走了一会儿，忽然说："秦猎，你发现了没有，其实只靠你一个人也可以操控神之信条。"从刚刚打虫子到现在，她一直都在遥控暗夜游荡者，神之信条始终是秦猎在操控。

"没错，"秦猎安然答，"我发现我最近的耦合能力也在突飞猛进。前几个月和安珀一起试驾神之信条的时候还觉得压力很大，现在几乎没什么感觉。"他转头看向林纸，"是因为你在的缘故吧？"说得好像耦合能力会传染一样。

他俩现在完全可以各自驾驶一架机甲，可是林纸并不想去暗夜游荡者的驾驶舱，还是坐在这边比较好，有人陪着聊天。

他们又往前走了一段，感觉通道在往下倾斜，越走越深了，仍然没有出口的样子。

黑漆漆的通道里，机甲的控制屏突然弹出一个红框，空气中检测到大量虫族荷尔蒙。

林纸看了随着警报一起报出来的数据，发现好几种虫族荷尔蒙的含量都在疯狂飙升，高到惊人。这意味着附近有大批的虫子。

两人没有大意，放轻脚步，换了另一条路。然而机甲检测出的虫族荷尔蒙含量丝毫没有减少的迹象。再换一条路，仍然不怎么样。看来他们这回真的进了虫子窝。

又换了个新的方向往前，两人眼前豁然开朗，这条通道的尽头是一个极大的天然洞穴，四壁全部覆盖着虫族五颜六色的生物组织。

林纸和秦猎对视一眼，小心地往前走了几步，能看见洞穴往下很深，下面是个巨大的深坑。最关键的是，这个奇大无比的巨型深坑里，从下到上放满了一层又一层看着像是生物组织制成的格子，里面装的全都是同一种东西——虫卵。不计其数的虫卵大大小小、千奇百怪，有的还放在特制的容器里。不过其中数量最多的，是一种比鸵鸟蛋还大一些的椭圆形的卵，上面密布着黑褐色的花纹。这种虫卵人人都认识，是兵虫的。

秦猎低声说："母巢。"

这里就是传说中虫族的母巢。虫族每占领一颗新的行星，都会在行星上精挑细选几个隐蔽稳妥的地点当作母巢，在里面孵化和培育各种虫子。母巢非常重要，打掉母巢，就像断掉它们的兵源，会对这颗行星上的虫族造成致命打击。但母巢通常藏得很好，难得能找到。

林纸心中犹豫不决。刚拿到手的资料非常重要，为了这份资料，联盟前线的将士付出了很大的代价，最好现在就走，带着珍贵的资料找到出口回去。可是在偌大的行星上撞到虫族的母巢，运气堪比中了彩票头奖，只要打掉母巢，前线的情势立刻就会不一样。被巨额头奖彩票砸到了头，不捡起来，就这么转身就走，她不甘心。

秦猎安静地看着她，等着她做决定。

母巢里，各种虫子正在不停地破卵而出，有不少高智虫族来回巡视，操控飘浮在空中的虫族悬浮车，把孵化好的幼虫送到下面大坑的更深处养育。它们看上去毫无防备的样子，但是林纸知道根本不是。学院的课程资料里说过，母巢有一整套完备的防御机制。

林纸启动神之信条的扫描系统。它的扫描系统无比强大，搭载了几乎所有现有的最好的检测技术，她面前的景象立刻跟着变了：母巢的大坑上方包裹着一层防护罩，肉眼看不出来，现在在机甲的屏幕上完全显示出来了，是一层透明的浅蓝色薄膜。

神之信条还扫描出，周围一整圈布满一排又一排各种火力点，原本都不显山露水地藏着，现在全都在屏幕上显示成红色。只要他们一靠近，就会被自动集火，打成筛子。

难得的是，神之信条还检测到母巢周围的岩壁上，在各种生物组织的包裹下，隐藏着不少虫子。不过现在离得远，扫描系统的探测有死角，只能感应到其中一部分。扫描系统逐一标出了虫子的位置和名称，其中还有弗莱蚕。林纸曾在学院大赛里遇到过，只要进入一定范围，它们就会对机甲驾驶员进行精神攻击。除此之外，其他奇葩的虫子也不少，神之信条的扫描系统非常体贴，像一本大百科全书，只要点一下，就可以看到详细的介绍。

林纸在脑中火速权衡，有神之信条和暗夜游荡者这样两架超级机甲，又是她和秦猎两个人，胜算还是很大的。她深吸一口气，终于决定了："我们打，炸完就跑。"

秦猎向来听她的："好。"

机甲空气内循环早在进入战区时就开启了，因为这里有特殊的虫子，林纸把所有的反干扰功能都打开了。神之信条比普通机甲好得多，就算打开反干扰，驾驶舱里也没有闷罐子那样不舒服的感觉，外面的声音照常可以传进来，只不过系统会自动识别有害信号并过滤。

林纸在屏幕上画了一下母巢的范围，发给秦猎："我们先把防护罩打掉，你负责敲掉火力点，我负责墙上检测出来的虫子和里面的高智虫族。"

分配好任务，两人一起启动两架机甲肩上的一对新型等离子炮。

林纸低声说："准备，发射！"

明亮的高温电浆立时飞射出去。

两架超级机甲不只扫描系统强劲，武器系统更加优秀。它们的离子炮射程远，威力远非高级机甲的离子炮可比，他们怕地下洞穴承受不住，根本没把能量调到最高档。可就算是这样，用不着再轰第二炮，母巢上的蓝色防护罩就轰然炸裂了。

耀眼的亮光中，两人操控机甲往前冲。

靠近的同时，秦猎火速操控神之信条轰向最近的火力点。那里已经探测到他们的存在，准备开火，却被秦猎抢了先。他控制得非常精准，抢在进入每个火力点的射程前，一个接一个地把它们清掉。

林纸知道他能搞定，完全没管火力点，遥控着暗夜游荡者往母巢下面的大坑中扫射。那些来回巡视的高智虫族还没反应过来，就一个个被点爆了。倒霉的还有藏在石壁上那些生物组织下的各种奇葩虫子，也被暗夜游荡者一起送上了路。

林纸一心二用，一边攻击，一边用神之信条的扫描系统扫描母巢四壁。刚才离得远，有些角度检测不到，现在又不断地有新的隐藏虫子的位置显示出来。只要扫出一个，她就立刻清掉一个。这时林纸发现有几个位置，系统明明扫描出了虫子，却没标出虫子的名称，显示的是一排问号，显然是系统不认识的新品种。虫族更新换代的速度很快，新种类层出不穷，神之信条配置的已经是最新的数据库，仍然有蒙的时候。但不管它们是什么,总之先打掉再说。

就在开枪时，林纸忽然发现旁边的秦猎不太对劲。他突然抬起一只手，闭上眼睛，按住头。神之信条也因此打歪了，错过了一个火力点，在旁边的石壁上轰出一个大坑，激起一片石屑。

两架机甲此时正不停地往前推进，已经进入了这个没能打掉的火力点的射程，一道明亮的光束向他们直射过来。林纸火速补枪，火力点炸了。然而那道光束先一步贯穿了神之信条。

秦猎重新睁开了眼睛，说："我来。"

神之信条被光束贯穿，武器系统并没有受到影响，还能继续操控。秦猎放下按住头的手，朝其他火力点扫射过去。

林纸没有废话，以最快的速度清掉母巢四壁上剩余的奇葩虫子。

母巢失去了重重保护，任人宰割。

两架超级机甲大步向前，一起举起左臂。它们的左臂上都装配有威力强大的爆燃炮，一个又一个巨大的火团射进毫无防护的母巢，在空中炸开。爆炸声中，熊熊的火焰从母巢里腾起，往上蹿起好几层楼高，黑烟腾腾，千千万万脆弱的虫卵和幼虫瞬间葬身火海。

两人行动奇快，从开始攻击到结束，全程不到一分钟。

林纸犹不放心，把等离子炮的覆盖范围调到最大，用高温电浆往坑里喷射了一整圈，才说："我们撤。"

两架机甲火速后撤，沿着刚刚的通道退了出去。

3

狂奔出一段距离，离开母巢的范围，林纸扔掉头盔，掏出脚下的急救箱。她的脑子非常冷静，可是手却在抖。

"没什么大事，不用怕。"秦猎靠在座椅里，不动声色，脸却白得吓人，额头上全是冷汗。他右肩的衣服都烧焦了，黑了一大片，刚刚那个漏掉的火力点发出的光束不只贯穿了驾驶舱，还从他的肩膀穿了过去。幸好神之信条特殊材料制成的坚固舱壁吸收了光束的大部分能量，才没让事情变得更加不可收拾。

林纸飞快地拿出小型医疗仪，扯开他的军装衣领。衣服的纤维已经化成了灰，一拽就开，露出下面烧得焦黑的皮肉。她看得腿发软，然而手上不停，把医疗仪固定在他的座椅背上，抵住他的伤口，按照操作步骤启动医疗仪，在屏幕上输入伤害类型，检测伤口，设定治疗程序……飞快地一步步操作着。

秦猎一直安静地看着她，好像并不觉得疼一样："刚才我脑中忽然多了一种尖锐的噪声，然后眼前就什么都看不见了。"他的声音依然很冷静，就是比平时虚弱一点儿。

林纸知道，是母巢里那种连系统都辨认不出的新型虫子，它们突破了神之信条的反干扰系统，影响了秦猎的大脑，他短暂地失去了视力。

医疗仪发出轻微的嗡嗡声，开始工作了。林纸紧紧地抿着嘴唇，盯着医疗仪的显示屏，唯恐出什么错。

秦猎的脸色终于缓和了一点儿，至少额头上不再那么疯狂地冒冷汗了："林纸，差不多了，我们必须走了。"

在母巢弄出那么大的动静，想也知道会招来多少虫子，他们必须走了。林纸也听到了，四面八方都有虫子过来的声音，再不走就真的来不及了。她坐回驾驶位，重新戴上头盔。

见秦猎想接手神之信条，林纸说："你别动，我自己试试。"和机甲耦合是很耗精力的事，他受了那么重的伤，不能再让他耗神，实在不行，就只能放弃暗夜游荡者了。

林纸集中精神，试着同时操控两架机甲。她努力分辨和体会着细微的感觉，仿佛同时拥有三个身体——她自己的、神之信条的，还有暗夜游荡者的。

两架机甲都动了，它们一起跨出了一步，然后开始沿着通道往前，之后动作越来越快，越来越敏捷自如。

她真的做到了！

秦猎靠在驾驶位里，凝视着她，知道她隐藏的能力在危急关头又一次突破限制，飞快飙升。

身后传来清晰的虫子的叫声，还有摩擦脚爪的声音，林纸狂奔了一段距离，回过身，对着身后的通道一通狂轰滥炸。碎石掉了下来，又一段通道塌方，暂时阻隔了追来的虫子。

但是没跑多远，又有虫子从其他通道中冒出头。

反正根本不知道出口在哪里，一时半会儿也出不去，林纸索性放开手脚。她一个人操控两架超级机甲，过了刚开始的适应阶段后，就觉得从来没有这么合心意过——火力足够，武器足够，两架机甲的响应速度极快，不用再受硬件的限制，想怎么杀就可以怎么杀。

老巢被人抄了，更多的虫子从四面八方赶过来，连高智虫族也出现了。它们会组织其他虫子进攻，聪明狡诈，更难对付，林纸一发现就立刻轰掉，一只不留。

地下洞穴里昏天黑地，机甲枪口喷射的电光永不停歇，那些张牙舞爪的虫子化为灰烬。电光是它们看到的最后的光亮，地下洞穴成了它们永远的坟墓。

林纸一路往前推进，杀神一般扫平一切，所过之处，留下满地虫尸。

也不知道过了多久，走了多远，林纸忽然从累累虫尸的空隙里发现前面有一点亮光，似乎是出口。她转过头，想把这个好消息告诉秦猎，却发现他靠在椅背上，长睫垂着，闭着眼睛，一动不动。林纸一怔，像是有只手揪住她的心，猛地往下一拽。

她看向医疗仪的屏幕，上面显示着心跳，他伤得太重，刚刚是在硬撑，现在昏过去了。知道他还活着，林纸才放心了一点儿，把注意力重新集中在机甲上。

刚刚只停顿了片刻，就又有大批的虫子冒出来，把通道里塞得满满的，那丝好不容易才找到的光亮被遮住了——他们被各个方向涌出的虫群彻底包围了。而且这次的虫群像是有高智虫族指挥，彼此等了等，才一起朝中间的两架机甲扑上来。

林纸并没有理它们，而是操控暗夜游荡者抬起肩上的等离子炮，把能量输出调到最大，对着虫群头上的洞顶轰了过去。机甲配备的肩炮威力巨大，在洞顶轰出一个大洞。碎石如雨点一样落下来，砸在虫群上。

林纸刚刚看到了通道出口的光，按位置判断，并没有比这边高多少，于是她推断这里很有可能也是接近地面的。果然，洞顶不算厚，一轰就开，明亮而温暖的日光倾泻进来，照亮了黑暗的洞穴。

林纸同时启动两架机甲的足部动力，向上飞了出去，如同春笋，破土而出。

外面的天已经亮了。

可惜他们出来的地方，仍然全都是虫子。

这里附近有一片地下洞穴的出口，正好是虫族的一个集结点，两架机甲突然从地下冲出来，周围的虫子全都被吓了一大跳。

林纸一落地，看清周围的虫海，操控机甲拔腿就跑。这里深入虫族占领区，打是打不完的，只会招来更难对付的东西，此时不跑，更待何时？

荒野上出现了一副奇景，只见两架全身覆盖着伪装层的机甲玩命狂奔，身后跟着好像非洲大草原上迁徙的角马一样乌泱乌泱的虫群。

不过虫子的速度完全不能跟开足了马力的超级机甲相提并论。没过多久，虫潮就被远远地甩在了后面，渐渐看不到了。

林纸打开地图查看了一遍，发现她已经往西跑了很远。

虫子的母巢被人炸了，马上就会调动各种力量来一轮大搜索。他们现在有两种选择：第一是立刻往南折返，穿越前线战区回家，可是那就意味着要大白天明目张胆地驾驶两架机甲穿过前线虫族最密集的区域，几乎就是活靶子；第二是先找一个隐蔽的地方躲起来，等到天黑后再返回前线，和来时一样，借着夜色的掩护穿过阵地，会相对比较稳妥，但这要等几个小时，秦猎现在受了伤，她只想立刻把他塞进医疗舱。

林纸正犹豫不决，忽然听到旁边的秦猎出声道："我们找个地方等天黑吧。"

他不知什么时候醒了，声音仍然很虚弱："白天穿越虫族阵地太危险了，等晚上再说。"他心思剔透，明白她在想什么，犹豫的是什么。

林纸看了一眼他的肩膀。

秦猎立刻说："这种医疗仪很有用，我的肩膀已经不疼了。"

林纸把自己切换成移动摄像头模式，都不用仔细体会，就能感觉到右肩传来的一阵阵剧痛。她揭穿他："撒谎。明明还在疼。"

秦猎："……"她只要想跟他通感就能通感，连谎话都说不了。

不过医疗仪确实有效，他的伤口看上去好了不少，林纸权衡片刻，同意了："我们找地方藏起来，等天黑。可是秦猎，我刚刚和你通感，怎么感觉……你的状态不太对？"不只是受伤后的疼痛和虚弱，还有别的。

秦猎靠在椅背里，半敞的胸膛起伏了一下，吸了口气才答："是。我好像突然进入易感期了。"

林纸："啊？"

秦猎知道她原来待的世界里没有这个，对这一套向来不甚了了，便慢慢解释："Alpha 的易感期类似你们 Omega 的发热期，次数不定，有的人一个月一次，有的人一年也就爆发一两次，每次持续几天。在这种时候，Alpha 会比较……呃……"他的唇间吐出两个字，"敏感。"

林纸补这个世界的功课时，读到过易感期，但她有点儿纳闷："易感期不是也有抑制剂吗？"

秦猎幽幽答："我没带。"

林纸："……"他的小叮当口袋里，随时能掏出各种 Omega 需要的药剂和用品，可他自己需要的 Alpha 的抑制剂竟然不带？！

秦猎无辜地看着她："我以前一年也就只有一两次易感期，从来不用抑制剂，都是硬扛过去的。"

林纸："扛过去？"这位大哥你竟然如此彪悍？

秦猎："也没什么难的。别人都看不出来。我这辈子还没用过易感期抑制剂。"

林纸：行吧。

驾驶舱里，不知什么时候多了种特殊的味道，毫无疑问是他的信息素。

林纸早就已经被他的信息素从里到外腌入了味，直接当成常喷的香水，不太敏感了，可是这次信息素的味道，和她习惯的味道不太一样，简而言之，就是有点儿妖，平时温暖柔和的香气里多了种隐隐的辛辣味道。

林纸闻了一下，立时觉得大事不妙。他变了味的信息素好像刚晒过的蓬松被子里忽然探出他的一只手，手腕光裸，手指修长漂亮，指甲整齐有光泽，他轻轻钩住林纸的手腕，把她往里拉……

林纸迅速打开驾驶舱的空气过滤系统。易感期 Alpha 释放的信息素特别容易引发 Omega 发热，两人如今带着两架机甲，身处虫族占领区腹地，要是一个进入易感期，另一个被诱发发热，那麻烦就大了。

空气过滤系统很给力，信息素的香气慢慢淡去，林纸的思路重回正轨，清楚多了。这里到处都是虫族，一不小心就会被发现，要等到天黑，倒是真有个可以藏的地方，就是秦猎家神殿那边。而且那里和她刚刚逃跑的方向不同，虫子一时半会儿也搜不到那边去。

林纸操控两架机甲，转而向南。

秦猎就靠在驾驶位里，凝视着林纸。

林纸察觉了，转头看看他，本来想让他累的话就睡一会儿，结果看他一眼，就忘了自己要说什么——神侍大人受伤了，反而比平时多了一种别样的好看，像一只被人虐待过的漂亮的破布娃娃。他军装衬衣的衣领大敞着，右肩被光束烧过，刚才又被她胡乱撕开，早就碎成布条，大半个肩膀露在外面，黑色的狰狞伤口和肌肤对比鲜明，一直藏着的漂亮锁骨现在也露着，没有任何遮掩，再往下是大片胸肌，因为他的状态不太对，起伏得稍微有点儿快。

林纸意识到自己望着他发呆的时间稍微有点儿久，忙转过头看路："你睡一会儿。"

秦猎"嗯"了一声，伸出那只还能动的左手，去握林纸的手。

林纸马上把自己的手送进他手里，反正机甲在前进，暂时用不着在屏幕上操作什么，受伤的人感觉好像特别脆弱一点儿。

秦猎心满意足地握住，闭上眼睛。

可是林纸知道他并没有真的睡觉，因为他正钩住她的手腕，用拇指的指腹在她手腕内侧若有若无地摩挲。这种状态的秦猎实在要人命。

"林纸。"

林纸的眼睛看着前面："嗯？"

"我忽然想起一件事要对你说。你为什么不看我？"

林纸只得转过头："什么事？"

秦猎靠在椅背上，眼睛半开半阖，正从长睫下看着她，说的话却很正经："我的手环里有暗夜游荡者最高权限的密钥，趁现在有空，你过去重置一下它的耦合系统，顺便抹掉开火的数据。"他的手环里本来就有暗夜游荡者的密钥，原本是为了拿到残手里的资料才放在手环里，现在倒是用上了。

林纸明白他的意思。她用密钥重置系统，和它建立耦合，这样才能合理解释她是怎么把暗夜游荡者开回来的。遥控机甲这种特殊的能力，如果能不暴露的话，还是不暴露比较好。

"要怎么用？"林纸停下机甲，帮他摘下手环。

秦猎一动不动地看着她："过来，我教你。"

虽然战损版的神侍大人看起来很虚弱，毫无攻击性，这话听着却像是不怀好意。林纸没过去，只拿着手环，在座椅里往他那边偏了偏："密钥在哪儿？"

秦猎不动声色："看不见。你近一点儿。"

他这种样子，谁敢靠近？林纸对自己的意志力十分有数，非但没靠近，反而离他更远了一点儿："你直接说吧，我自己在手环上找。"

秦猎偏头眯眼看了看她，没有再坚持，帮她在手环中找出密钥，又仔细讲解了一遍密钥要怎么用在机甲上。

林纸学会了，马上把暗夜游荡者召过来，让它和神之信条面对面，然后从驾驶舱爬进了对面的驾驶舱，抹掉数据，重置系统，又戴上头盔跟暗夜游荡者正式建立了耦合，搞定一切才重新回来。

回来后，她发现秦猎这次是真的睡着了。

多休息对伤口的恢复有好处，对林纸专心驾驶机甲也大有好处。他醒着，就算在旁边一声不出，盯着她看，她也没法专心。

林纸重新启动机甲，尽可能保持平稳，以最快的速度往南前进。一路都很顺利，没有遇到虫族，机甲的移动速度又非常快，下午的时候，她就看到了神殿。白色的神殿矗立在旷野上，周围没有半点儿虫族的痕迹。

林纸没有进神殿，而是直奔酒窖。她还惦记着那个地下机房——机房对面的大洞堵住了，这边的洞口还大开着，还是全都堵起来比较保险。

她下了台阶，和昨天一样，通过酒窖进入里面的地下通道。通道像迷宫一样复杂，好在秦猎早就一路画好了路线，存在系统里。林纸调出路线图，熟门熟路地找到机房，用大石块把入口重新封好，这才原路返回，离开酒窖，回到了神殿里。

神殿的地势很高，四周毫无遮挡，如果有虫族出现，第一时间就能发现。林纸在断墙旁边找了个方便观察外面又不至于太暴露的位置，放好两架机甲。

午后的日光温暖明亮，从破损的神殿屋顶照进来，白色的石墙反着光，恍然有了点儿当初林纸梦中的模样。

该做的事全都做完了，秦猎还在睡着，林纸放下心，现在就是静等天黑。

医疗仪静静地工作着，秦猎忽然动了动，喉咙里发出低低的一声呻吟，眉紧紧地蹙着，好像很不舒服的样子。也是，他的肩膀被贯穿，要是舒服就奇怪了，只不过清醒的时候在硬撑罢了。他像是醒了，又像没醒，闭着眼睛，一只手伸出来，往林纸这边找了找。

他的脸毫无血色，看着让人心软，林纸把手递进他手心里。

秦猎没睁眼，握住她的手。

林纸在心中算了算时间，觉得医疗仪好像要调整模式了，便单手摘掉头盔，松开他的手，站了起来。

秦猎立刻重新找到她的手，捉住，不满地低低叫了声："林纸……"又改口，"纸纸……"第一个字是三声，第二个字是轻声，带着长长的轻飘飘的尾音，明显透出点儿委屈的意思。

神侍大人受伤了，又刚好赶上易感期，竟然学会撒娇了。林纸忙安抚他："等一下，让我绕过去。"她从驾驶位里出来，绕到他旁边，马上重新握住他的手。

秦猎把她的手放在手心里，这回满意了。

林纸俯下身，检查他右肩上的伤口。医疗仪很有用，伤口正在迅速愈合中，看起来不像开始时那么可怕了。

蓝天下，阳光洒在黄褐色的土地上，目之所及没有任何虫族，很安静。林纸干脆在他旁边的地上盘膝坐下，把两人交握的手放在他的膝盖上。

她闭上眼睛，仔细体会了一下他现在的感觉。剧痛已经消失了，换成了闷闷的钝痛，好像有人在用锤子一下一下地敲着他的肩膀，疼痛一直延伸到整个上臂。除此之外，还有别的折磨，感觉和她发热时有点儿像，不过比她那时多了点儿烦闷和焦躁。

林纸忽然听到他低声说："纸纸，抱一下。"

她睁开眼，发现秦猎不知什么时候睁开了眼睛，正看着她。

认识他这么久，从来没见他像现在这么可怜。伤员最大，林纸站起来，避开他受伤的右肩，轻轻抱了抱他。

他把下巴搁在她的肩窝里，久久不动，半晌在她耳边低声问："再亲一下？"仍然是撒娇的口气，像个生病了要糖吃的小孩。

这样的秦猎没人能拒绝。林纸转过头，贴了贴他的脸颊。

秦猎立刻说："这种亲不算。"

林纸哄他："你都受伤了……"

秦猎认真地问："受伤了，难道不是更应该安慰一下吗？"

林纸脑后突然多了一只手,他用还能动的左手固定住她的后脑,吻住她的唇。就算受伤了,秦猎仍然吻得毫不含糊,主动又热烈,甚至比以前的每一次都更焦躁一点儿,仿佛怎么都不够。林纸清楚地闻到那种特殊的信息素诱人的味道,好闻极了。

秦猎的手掌一路向下滑,握在她的腰上,把她向前揽,让她坐在他的腿上。这动作幅度太大,林纸很怕会牵动他肩上的伤口,立刻打开和他的通感。他的肩膀倒是没什么事,可是易感期的感觉汹涌而来,像被这个吻引出燎原大火,烧得天昏地暗。原本单人份的感觉变成了双人份,林纸被他这把火烧得受不了,忍不住搂住他的脖子吻回去,两个人都有点儿喘。

秦猎双眼迷蒙,又低声叫她:"纸纸……"

林纸抵住他的额头,问:"秦猎,你要不要标记?"

秦猎"嗯"了一声,仰着头,嘴唇滑到她的脖子上,抬手去拨她后颈的头发。

林纸:"我的意思是,你要不要永久标记?"这里是神殿,眼前是她亲手挑的人,地方对,人更加对,刚好也有几个小时的时间。

秦猎的手指停住了。他好像清醒多了,望着林纸,半天才说:"林纸,你知道永久标记是什么意思吗?"

林纸:"就是……永久的……标记?"

秦猎有点儿头大:"永久标记就真的是永久的,虽然后悔了也可以洗掉,但是真的去洗的话,对 Omega 的身体伤害会很大。"他认真地给他懵懵懂懂的神科普。

林纸也认真地问他:"为什么要洗掉?永久就永久。"

秦猎眼中仿佛有光亮闪过。她坐在他身上,低头搂着他的脖子,说得那么毫不犹豫,理直气壮。他仰头望着她,胸腔里全是翻涌的柔情,像神殿此刻金黄温暖的阳光。

这么看了好半天,秦猎才用手指挑了挑她的头发,说:"宝贝,我猜 Alpha 和你原来的世界里的男人,有些地方长得不太一样。"

这个林纸研究过,再说也亲眼见过了:"你们……呃……有骨头?"

"对,可是不止这个。"秦猎把她拉低,在她耳边低声说了几句话。

林纸一脸震惊:"啊?卡住?"

秦猎幽幽地说:"对,永久标记时,是有这种可能性的。"

他一看她的表情,就知道她根本不知道。她来到这个世界之后每天都很忙,忙着上课考试,忙着研究机甲,琢磨各种比赛,对很多生活常识反而根本不懂。

秦猎继续道:"甚至有可能几天几夜分不开。"

几天几夜?那画面太美,林纸难以想象。

秦猎一脸镇定:"所以虽然我也很想,但是现在不行。"这里是虫族占领区,随时都会有虫子冒出来,要时刻准备战斗,再说再过几个小时天就黑了,还要返回。

林纸:她这是被神侍大人拒绝了吗?

秦猎望着她,心中很纠结,但是理智的那部分清醒地知道,她现在根本就是在他易感期信息素的特殊作用下意乱情迷，脑子发热，等她清醒之后，想法说不定会不一样。永久标记不是小事，不能跟着她一起胡闹。

林纸刚刚确实没太过脑子，话冲口而出，如今被秦猎干脆地拒绝，有点儿小尴尬。她嗖地站起来："好半天了，我去看看周围有没有虫子过来……"

秦猎手疾眼快，一把把她按住。他用的力气不小，牵动了右边肩膀上的伤口，自己先深深地蹙了蹙眉头。

明知道他是故意用受伤的胳膊留人，是不折不扣的苦肉计，林纸还是重新在他身上坐了下来。

秦猎立刻知道她很吃这一套，眉头拧得更紧了，从喉咙里哼出声："纸纸，疼。"

神侍大人越来越出息了。

不过林纸还是认真查看了一下他肩膀上的伤口，又摸了摸他的额头。医疗仪给力，额头的温度很正常，没有发烧的迹象。

秦猎乖乖地让她试额头的温度，等她摸完才说："医疗仪的显示屏上有体温。不过你的手凉凉的，很舒服。"

林纸："……"

秦猎拉住她的手，把她的掌心贴在自己裸露出来的锁骨上："这里也想要。"

林纸抽回手，作势又要站起来。

秦猎伸手把她环住，求饶："不逗你了，别走。"

林纸知道，他现在是真的很脆弱，没再挣开，而是低下来反手轻轻抱住他，把头搁在他另一边肩膀上。

秦猎偏过头，在她耳边低声商量："不能永久标记，临时标记好不好？"

林纸："不好。"

秦猎用嘴唇碰碰她的耳朵："纸纸……"又吻吻她的脸颊，动作很轻，像只撒娇的大猫，"纸纸啊……"然后滑向她的脖子，拨开她的头发，一点一点地吻着，终于抵达目的地，乖乖地停住了，温暖急促的呼吸吹在她的后颈上，"纸纸……"

林纸趴在他肩上，悄悄打开了和他的通感，立刻发现他早就撑不住了。于是她小声说："动作慢一点儿，小心肩膀。"

秦猎低低地"嗯"了一声，用手护住她的头，咬住她的腺体。易感期的信息素比平时来得更加凶猛，像夹杂着粗糙沙砾的海水，摩擦着林纸的神经。林纸忍不住一口咬住他左边的肩膀，现在他伤上加伤，两边对称了。

标记的熟悉感觉在两人之间反复激荡，虽然猛烈，却又让人无比踏实和安心。过了好久，奔腾汹涌的感觉才渐渐退去，两人依偎在一起，静等天黑。

夜幕终于降临，神殿里暗了下来。

秦猎受伤太重，又做了标记，撑不住睡着了，呼吸平缓。林纸轻轻地从他怀里出来，没有叫醒他，起身回到驾驶位，戴上头盔，操控着两架机甲，稳稳地走出神殿。

地平线上，使徒星一大一小两颗卫星先后升了起来，在这片土地上洒下"月光"。林纸带着两架机甲，带着最重要的人，还有联盟需要的重要资料，开始返回。

虫族与人类的战斗仍然处于胶着状态。橙区的联盟军没有再像昨天那样努力推进，但死死地钉在原地不动。

N9连正守在一块高地上，打退了虫族一次又一次的冲锋。虫族暂时后退。

N9连的主控指挥是个中尉，他让A位辅助机甲下去休息，自己顶上。等进了临时搭起的工事，他心中琢磨，指挥部说在接到命令前一步不退，不知道还要这样坚持多久，好在眼下状况还不错，虫族发起的几次冲锋都没有成功。

虫族暂时没有动静，阵地上难得地有片刻空当，大家都放松了一点儿。他听见旁边的人在说："这两颗月亮加在一起，都没有我们母星一颗大。"看来是五区母星过来的兵。

"它们好像是有名字的，他们使徒星的人管它们叫什么来着？"

"叫奇迹和安宁。"

奇迹尺寸稍大一点儿，安宁小一点儿，一高一低，安静地悬在天上。

主控指挥也跟着看了一眼，心想这些年人类和虫族的战争虽然看着互有胜负，但是总的来说，虫族的战线一直在往前推，不只使徒星上不会有真正的安宁，五区母星估计也安宁不了多久了。

不过不管母星还能安宁多久，阵地很快就不安宁了。B位辅助机甲驾驶员忽然在指挥频道里说："中尉，我看到虫族的增援了。"

主控指挥抬眼看过去，头皮发麻。只见月光下，一大片虫族如同潮水般朝这个方向涌过来，密密麻麻，数量极多，里面还夹杂着带着各种武装的高智虫兵和装甲车。这种情况，只靠N9连对付不了。

高地上，N9连的步兵们也都看到了，全都转过头看着主控指挥。

主控指挥知道这不是慌乱的时候，尽量收敛心神，冷静地指挥："A位辅助立刻呼叫指挥部支援，其他人全部就位，坚守阵地……"

话还没说完，B位辅助机甲驾驶员在指挥频道里喊了一声："快看！"

扑过来的虫潮中有了异动。夜色中，汹涌的黑色虫海里仿佛有什么东西劈开了海浪。

队伍里有人说："那是……机甲吗？"

主控指挥在三区和四区打了好几年仗，头一次看到这种景象。那好像是两架机甲，如同会喷涌出无穷无尽火力的永动机，正穿过虫群，朝高地这边冲过来。它们用不可思议的速度往前推进，转眼就毫发无伤地从虫潮中穿插过来，一到高地上就立刻回身，找好位置，和N9连一起对着下面的虫潮扫射。

两架机甲配合默契，分工明确：一架打法稳健，炮火稳定地倾泻而出，清掉所有进入射程的虫兵；另一架准到吓人，飞快点射高智虫族和它们的装甲车，直接破坏虫族队伍的指挥系统。所有人都看出来了，它们绝不是普通机甲，身上配备的武器也不是普通的武器。

失去指挥的兵虫好打得太多，没头没脑，毫无章法，虫族兵败如山倒。而高地上的N9连士气大振，跟着两架机甲一起向没了指挥的虫群猛轰。刚刚看着还毫无希望的情势完全逆转，没用多久，来势汹汹的虫潮竟然全被解决了。

A位辅助机甲驾驶员忍不住在指挥频道说："那架……难道是神之信条？"

侦察机甲驾驶员的声音有点儿抖："肯定是！我认识！那轮廓绝对是神之信条！我竟然和神之信条一起打虫子！"

主控指挥目不转睛地盯着另一架机甲，喃喃道："另一架该不会是暗夜游荡者吧？"

人人都有点儿蒙。看轮廓，那确实是暗夜游荡者，再说也没有其他机甲各方面的性能和神之信条不相上下，能跟它并肩作战。可是……

"怎么可能？暗夜游荡者前段时间不是已经被摧毁了吗？它怎么重新回来了？"

林纸此时正坐在暗夜游荡者的驾驶舱里。

秦猎在路上时就醒了，医疗仪的效果不错，他睡了一觉，状态恢复了不少，坚持重新接手神之信条——要回联盟这边了，两个人必须各自驾驶一架，毕竟一个人驾驶双人机甲勉强能说得过去，林纸会遥控暗夜游荡者这件事却实在太不正常。

遥控时感觉不那么明显，一上手林纸就发现，暗夜游荡者比神之信条更合她的心意。它比神之信条的量级轻一些，更灵活，因为负担小，顶级的耦合系统在它身上，反应更加灵敏迅速。她忍不住私聊秦猎："这个真不错。"

秦猎有点儿无奈："又想弄到手？"

林纸火速澄清："人的话，一个就够了，机甲倒是可以多来几架。"

秦猎："……"幸好机甲不会吃醋。

原本指挥部的计划是让他们进入联盟信号覆盖的区域就立刻联系指挥部，他们会派队伍来接应。但是林纸和秦猎判断了一下，觉得不用。昨天出发的时候，需要隐蔽地进入敌占区，不能吸引虫族的注意，所以神之信条尽可能地隐匿行踪，躲在连队里，打得很保守，现在是回家，情况大不相同，不用再有什么顾忌，两架机甲放开手脚，一路狂冲，硬生生杀了回来。

过了高地，前面就是自己人的地盘，他们这才联络橙区前线指挥部。

"你们两个已经回来了？这么快？"指挥部吓了一跳，立刻发来了所在位置的坐标。

然而林纸和秦猎不只是两个人回来了。当两架机甲一起出现在前线指挥部外时，所有人都有点儿愣怔：一架机甲去敌占区执行任务，却是两架机甲一起回来，这是买一赠一？而且看那轮廓，难道是传说中已经被摧毁了的暗夜游荡者？

暗夜游荡者轻巧地停在指挥部外，驾驶舱门打开，林纸从里面钻了出来，乘弹出的升降梯降到地面。她顾不上别的，在大家惊奇的目光中，先去神之信条的驾驶舱接秦猎。

秦猎已经打开舱门出来了，看见林纸上来一把挽住他的胳膊，一脸无奈："我真的没事。"

大家这才看出秦猎受伤了，连忙去叫医疗官。

可是每个人的注意力都还在多出来的那架机甲上。

负责橙区指挥部的少校实在忍不住了，试探着问："那架是……暗夜游荡者吗？"

"对。"秦猎回答，"我们在敌占区发现了它，刚好带着它的密钥，一找到就重置耦合系统，直接带回来了。"

少校是个驾龄十几年的老机甲驾驶员，以前一直在前线做主控指挥，他非常清楚，一架机甲重置后，驾驶员建立耦合再上手操控都需要时间，越是复杂的机甲，需要的磨合期就越长，几个月，甚至几年，都有可能，更不用说这种顶级的超级机甲。可从林纸他们昨天离开到现在回来，一共还不到二十四个小时，他们找到暗夜游荡者，重置后竟然就这么把它直接开回来了。看林纸刚刚狂奔回来的样子，熟练得像是早就驾驶暗夜游荡者十年八年了一样。少校这次是真的被吓到了，他望着林纸，心想这个前不久刚刚拯救了九区的传奇人物，好像真的很神奇。

秦猎扫一眼就知道他在想什么，暗自吐槽：你们看她快速上手暗夜游荡者就这么惊奇，要是知道她根本不用重置，直接就能遥控暗夜游荡者，大概要被吓死。

前线医疗官过来了，帮秦猎检查肩膀上的伤，皱皱眉："伤得很重，要立刻进医疗舱，否则就算恢复，以后右臂的活动也可能会受限。"

林纸忧心忡忡，情况并不像秦猎说的那么乐观。

少校问："是回来的路上受的伤？"

林纸解释："我们发现了一个虫族地下的母巢，把它打掉了，打的时候不小心受的伤。"

少校今天已经被她惊得麻木了："母巢？你说你们打掉了一个母巢？"

"对。"林纸说，"过一会儿我把它的坐标发给你们，还有系统扫描的母巢防御系统的图像，知道母巢的火力布局，以后再遇到的时候说不定会有用。"

少校已经完全说不出话来了。打掉母巢，意味着最近前线的压力会骤减，要重新制定进攻计划，联盟军也可以趁这个机会更积极地往前推进，说不定能收复大片失地。

林纸和秦猎回来的消息被迅速逐级上报，汇报到了靳辛上将那里，上将按原先的安排调来飞船，接两架机甲和秦猎、林纸回母星。

飞船到得极快，天空中不一会儿就传来了声响。

两架机甲连同暂时存放在橙区指挥部的赤字和鹰隼一起被送上飞船。而秦猎一上飞船就被送到了医疗站。

安置妥当秦猎，林纸才又重新从飞船上下来，进指挥部找到刚刚那个少校，跟他打听边伽他们的情况。昨晚临走前，A7连被大批虫族重重包围，她实在不放心。

少校回答："他们昨晚打得很不错，杀了不少虫子，一直坚持到支援的连队过去才一起撤回来，不过好像连队里有人受伤了。"

林纸的心一沉，追问道："机甲驾驶员受伤了没有？"

少校问旁边的人："A7连昨天有几个驾驶员受伤了，对不对？"

有人答："是。老厉伤到腿了，没什么大事，在基地医疗站里躺着呢，估计过两天就能起来了。"

"那其他人呢？"厉鸣上尉受伤这事，林纸知道，走之前看见他的机甲倒下去了。

"那几个实习生也有两个受伤了，"那人想了想，说，"都挺严重的。一个叫边什么的，据说一直在带队指挥，后来撤退的时候断后，伤到头了，回来后就一直昏迷着，没有醒过。还有他的两个队友，为了把他从虫子堆里带走，也都受伤了，其中一个蓝眼睛的，驾驶舱被刺穿了，伤到了内脏，好像挺严重的。"他同情地看了林纸一眼，"因为你们是过来执行特殊任务的，我们向上级汇报了，今天早晨就已经把他们送回母星首都的联盟军总医院了。放心，那里的技术非常好，应该问题不大。"

林纸忧心忡忡地回到飞船上。这次任务虽然带回了机房的资料和暗夜游荡者，可是除她以外全员挂彩，而且伤势一个比一个严重，也不知道边伽现在醒了没有。

飞船终于起飞，离开了充满战火硝烟的使徒星。

随船的医疗官是个年轻的 Alpha，很有经验，仔细帮秦猎处理过伤口，就调好医疗舱的参数，让秦猎躺进去。他拿了件新衣服过来，顺手帮秦猎把撕得破破烂烂的上衣脱掉，忽然怔了一下，脸腾地红了，目光飞快地掠过林纸，转身去旁边柜子前忙着，半天也不回来。

这反应着实奇怪，林纸看了看秦猎，一下就明白了。只见秦猎现在裸着上半身，左边肩膀上的牙印跟另一边的伤口一样醒目。她下午的那一口咬得不轻，像在他的肩上盖了一个她专属的章。

秦猎低头看了一眼，问躲在墙边的医疗官："医疗舱会无差别修复所有伤口吗？"

医疗官转过头，脸还是红的："对。"

秦猎指指肩上的牙印："好像有阻隔修复的贴布吧？帮我把这里贴起来，我要留着。"

第十二章
虫　眼

1

　　秦猎的伤势不轻，穿越阵地时又耗神驾驶过机甲，医疗官仔细检查过他的状态，毫不客气地启动医疗舱的镇静助眠功能。秦猎只来得及握住林纸的手，就带着他被妥善保护起来的牙印，沉沉地睡着了。

　　医疗官看了看林纸："你的脸色也不太好，去睡吧，我会随时观察他的情况，有问题通知你，放心。"

　　林纸已经很久没合过眼了，上次睡觉还是前天晚上在基地的时候。她这时候才觉得困，不过没有松开秦猎的手，往身后的墙上一靠，上下眼皮碰到一起的一瞬间就睡着了。

　　这一睡竟然睡了很久，再睁开眼睛的时候，林纸发现自己躺在医疗舱旁边。善良的医疗官帮她搬了几把椅子过来，把她平放在上面，还帮她盖了条毯子。

　　秦猎已经醒了，仍然握着她的手，安静地偏头看着她。他的精神恢复了不少，唇色也不再那么苍白了，露出来的肩膀上，烧得焦黑的洞不见了，伤口正在结痂。

　　看见她醒了，秦猎用指腹摩挲了一下她的手背："醒了？"

　　这是句废话。林纸"唔"了一声。

　　旁边传来低声清喉咙的声音，是医疗官，提醒他俩还有他这个电灯泡在。然后他站起来，假装很忙地去旁边抽屉里找了找东西，出门不知道去哪儿了。

　　秦猎问："刚才起飞前你下去过一次，是去问安珀他们的情况吗？"

　　他猜得向来很准。林纸直接把安珀他们受伤的事告诉了他。

　　秦猎沉吟片刻："安珀有点儿特殊，等回母星后，我得把他转到天谕自己的医院。"

林纸没懂："有点儿特殊？怎么特殊？"

秦猎说："安珀小的时候受过重伤，当时快死了，没有办法，全身上下除了头，这些年陆续基本都换成了人造器官。不是那种机械电子结构，而是人工培养的纯生物器官，联盟法规规定，出于医疗目的，是可以使用的。"

林纸这次是真的被吓了一跳。认识安珀这么久，每天看他活蹦乱跳的，和其他人毫无区别，根本看不出来居然是这种情况。

林纸说："我看到过，有人把这种叫作……"

"半人造人。"秦猎帮她补充，"他这种程度的改造，是要经过联盟卫生部特批的，专家确认确实需要，才会通过。当然，也有人为了永葆青春私下偷偷换掉衰老的器官和身体部位。联盟有些人非常反对半人造人的存在。"

这个林纸知道，那些激烈反对的人，比如那个叫"全知社"的组织，会觉得生老病死是人之常情，用技术人为干涉是违反自然规律的。她忽然想起秦修的金属腿："那你哥为什么不用这种生物性的义肢？"

秦猎回答："我哥那种机械电子义肢已经非常成熟和稳定了，他也不在乎看起来什么样，只在乎方便。反而是安珀这种生物性身体部件，技术还很不成熟，需要随时监测，时不时就要去找医生，没几年就要换一次。"他的声音低了一点儿，"据安珀说，有时候也不是很舒服。但安珀没有选择。以他身上需要换的比例，如果都用机械电子部件的话，就违反联盟法规了。"全身改造下来，基本就是个有人脑的机器人。联盟向来严格控制人与机器结合这件事，有非常复杂完善的法规，肯定不会通过。

他在医疗舱里动了动，好像想坐起来。林纸马上伸手把他按住："别动，你要做什么？我来。"

秦猎哭笑不得："我就是想看看到哪儿了。"

舱房墙壁上有屏幕显示飞船路线，林纸帮他看了看："已经快到母星了。"

没多久，蓝色的母星就出现在舷窗外，并迅速变大。

秦猎用手环联络秦修，把安珀受伤的事告诉了他，他自己受伤的事一个字也没提。

秦修让他放心，说他昨晚就收到消息，已经把安珀接到天谕的医院里了。安珀的内脏受了重伤，很难再修复，已动手术换成了新的。

林纸忍不住插口问："那边伽呢，他怎么样了？"

秦修刚好也知道："他还留在联盟军总医院里，那边的医疗舱更合适。他的情况不好，还在昏迷中，一直都没有醒。"

飞船抵达母星后，照例没有去航栈，而是直奔首都的联盟大厦。

母星还是早晨，联盟大厦的停机坪笼罩着一层薄雾。靳辛上将这次没有待在联盟大厦的办公室里，而是站在停机坪旁等着他们。一等飞船落地，他就进到飞船里，听林纸和秦猎详谈了这次任务的情况。

除了林纸遥控机甲的部分，两人一五一十讲了一遍。驾驶暗夜游荡者的特德上校没有倒在虫族的利爪下，而是死在人类发明的人工智能手里。从没上市的 R 系列新型机器人到会让机甲失灵的新型材料 EPG-01，机房里的一切都指向星图。然而机器人和材料有可能从其他渠道拿到，并不算是能把星图锤死的证据。

靳辛上将听完，沉吟了一会儿，问："你们在机房里的影像记录都在吗？"

林纸点头。从进入那个神秘的地下机房起，一直到离开机房，他们全程都开着神之信条的影像记录，发生了什么，一看就清楚。

靳辛上将叫了几个技术人员上来，让他们和林纸一起去神之信条的驾驶舱取存储器里的资料。秦猎也坚持从医疗舱里出来了，跟着一起过去。驾驶舱里挤得满满的。

技术人员检查过存储器，纳闷地问："你们下载了两份资料？"

林纸点头："对，第一份是严格按你们的要求下载的。"

临出发前，技术人员发过一份说明文档，详细标明了需要下载的资料是什么、怎么辨别。当时在机房超级计算机的系统里，有海量的虫族叫声和分析的数据，当然不可能全都带回来，他们只下载了运算结果的部分。

林纸接着说："后来我们又进去了一次，重新下载了一遍，除了你们要的，还有不少杂七杂八的东西，也不知道有没有用。"

秦猎的眼睛中多了点儿讶异，这事他并不知道。

林纸低声说："你那会儿睡着了。"

带着两架机甲回神殿时，她又进了机房一次，顺便把机房靠近神殿这边的大洞堵起来了。不只堵了洞，她还重新进入了机房的系统。上次下载资料时，两人摸不清周围的情况，唯恐出问题，便速战速决，想着尽快把资料拿到手。再进机房时，林纸很清楚 R588 已经没有了，机房是安全的，就从容地把系统里的文件翻了一遍。系统内文件管理条理清晰，一点儿都不乱，她把所有觉得可能会有用的东西统统下载到了神之信条的存储器里。

林纸忽然想起来什么，对靳辛上将说："我们还把机房里的很多东西都拍了一遍。"这也是第二次进机房时拍的。

林纸在控制屏幕上翻了一下，给靳辛上将看。这些照片一看就是上蹿下跳、爬来爬去，从各种奇葩角度拍出来的，全部都是机房里各种设施的商标和批次编号。

秦猎忍不住想笑，他明白她想干什么了。这些设备都有来源，说不定能顺藤摸瓜，追查出机房的主人。

靳辛上将也这么想，点点头："希望线索能追到星图。"他已经在心中认定了机房是星图的，只是苦于没有充分的证据。

林纸知道，这次带回失踪的暗夜游荡者，拿回了资料，和星图的矛盾已经到了不可调解的地步，不能放过任何线索，必须把星图锤死。可是就算能证明机房是星图的，严格来说，R588 攻击特德上校时，使徒星已经被虫族攻占，机房和外界断掉联系，处于无人看管的状态，机器人攻击机甲也可以说成是失误。甩锅这套，星图是专家。

从神之信条里出来，靳辛上将忍不住又看了一眼安静地站在旁边的暗夜游荡者。没想到这架消失了这么久的机甲竟然被他们找到，还成功地带回来了。

林纸也跟着看了看，赶紧问："上将，暗夜游荡者会再招募驾驶员吧？如果招募的话，我能报名吗？"

看她一副非常想要的样子，靳辛上将忍不住想笑："当然可以。报名的时候，我让人通知你。可是你不是已经有神之信条了吗？"

反正秦猎可以一个人驾驶神之信条的事上将已经知道了，林纸说："神之信条给秦猎，我想要暗夜游荡者。"她马上又补充，"不过如果到时候有新的超级机甲造好了，我就先试驾了新机甲再说。"

靳辛上将心里很清楚，她说这话完全有资格。她一次又一次地证明了，整个联盟九区，没有哪个驾驶员比她更有天赋，没人能跟她竞争。不过她见一架爱一架，花心成这样，靳辛上将忍不住同情地看了一眼秦猎。

秦猎："……"

神之信条驾驶舱被射穿，暗夜游荡者少了一只手，都有大量的修复工作要做，都要送回基地维修。靳辛上将叮嘱秦猎好好休息，让人把他俩直接送到首都的联盟军总医院。

林纸一路都在沉思默想。如果机房真的是星图的，说得通。因为虫族占领使徒星后，机房陷入失联状态，星图也拿不到计算结果。之后西结买通宣玺姐弟，希望他们拿到神之信条，也许就是在为寻找时机潜回机房铺路。毕竟机甲磨合期的训练任务，和特德上校那时一样，都是独立执行的，而且很可能就是在四区交战中的星球上，回使徒星的可能性很大。可是这里有一个环节有点儿接不上。

林纸琢磨："如果机房和星图一直是断联的状态，星图又怎么会知道暗夜游荡者曾经进入过机房，它的残手里会有资料呢？除非有人看见了，还说出去了。"

秦猎接口："那个捡到暗夜游荡者的残手还把它带出使徒星的幸存者。我们也不知道这人是谁，一直在找这个人的下落，可惜没找到。"

那人能找到残手，必然是进过机房，见到过倒在地上的暗夜游荡者和特德上校的遗体，没被R588轰一枪算他运气好。如果真是这样，星图一定会想方设法把他灭口。也不知道这个人现在在什么地方，是不是还活着。

秦猎说："残手里有资料的事，星图当然知道。因为残手在偏远星系的黑市上拍卖的时候，其中的一个卖点就是检测后发现存储器里有大量资料，只不过没有密钥，不知道是什么。"

这就说得通了。星图听说有人进过使徒星机房，带出了暗夜游荡者的残手，残手里还储存着大量的资料，所以才开始到处追查资料的下落。他们拼命抢，也许是为了拿到结果，也许是为了毁掉证据，都有可能。

联盟军总医院转眼就到了，秦猎其实可以自己走路，却还是被谨慎地抬下飞船。这一次，一群专家会诊，关在屋子里没完没了地开会讨论。

秦猎低声对林纸说："他们再不快一点儿，我的伤都好了。"

林纸："……"

讨论的结果，就是给秦猎又换了个医疗舱，据说是联盟治疗这种创口最好的一台。

安顿好秦猎，林纸立刻去打听边伽和杀浅在哪里。

杀浅很容易就查到了，他的病房就在秦猎病房的楼下，第二十四层。林纸隔着门上的玻璃，看到杀浅正坐在床上，胳膊被一台半遮盖式医疗舱罩着。他身上还穿着作战服，靠在床头，盯着对面的墙壁，不知在想什么。

见到林纸进来，杀浅细长的眼睛弯了一下，露出微笑："你回来了。"他上下扫视林纸一遍，知道她没事，放心多了，"秦猎呢？"

林纸答："在楼上，肩膀被贯穿了，正在医疗舱里躺着。"说完过去看他的胳膊。那里有一道长长的伤口，可怕地割开他小臂上的肌肉，现在已经愈合了，只不过还是红的。

杀浅说："一道小伤而已。我没什么事。边伽比较严重，他一直没醒。"他从床上下来，"我带你过去看他。"

边伽也在这层楼，只不过被关在最里面的急救舱里。进急救舱的都是危重病人，他头部受伤，情况非常不妙。两人进不去，只能在外面隔着玻璃看，只见边伽躺在那里，闭着眼睛，一动不动，像是睡着了。他向来闹腾，醒着的时候不用说，连睡觉都不闲着，时不时打个小呼噜，认识他这么久，难得看到他安静的时候。

好几个医生正围着急救舱忙来忙去，其中一个医生刚好从里面匆匆出来，林纸赶紧抓住他问边伽的情况。医生知道她是边伽的战友，眼中满是同情："他的情况不好，生命体征一直不稳。不过你们放心，医院已经用了最好的设备，我们一定会全力抢救的。"

林纸帮不上任何忙，只有干着急的份，只得把杀浅送回病房，一个人回到楼上秦猎的房间。秦猎的新医疗舱非常给力，肩膀正在以肉眼可见的速度迅速恢复中。她在他床边坐下，把边伽和杀浅的情况跟他说了。这里已经是联盟最好的医院，秦猎也没有更好的办法。

没过多久，秦修西装革履地晃进来："我听说你们回来了，小猎的肩膀上还多了个洞。"说着就用手指头去戳弟弟的肩膀，结果爪子被秦猎一巴掌拍掉。

秦修嘴上开着玩笑，其实认真地看过秦猎的伤，知道没事才放松了不少。等医生出去后，他关好门，压低声音说："我收到消息，你们带回来的资料很完整，没有任何问题。"

林纸马上问："所以真的可以破译虫族的语言了？"

"对，规律已经完全找出来了。据说是高智虫族的语言体系和其他各种虫族的体系交织，它们的很多概念和人类的完全不一样，非常复杂。"秦修笑笑，"还有你们拍到的机房的设备照片，军方已经追查到，确实是星图在四区的分公司出面采购的。现在星图和机房的关系已经很难再洗清了。"

星图和机房的关系锁死了，这是个不错的进展。

秦猎说："星图现在唯一的出路，就是一口咬定 R588 攻击暗夜游荡者是个意外，他们并不知情。"

林纸思忖："还可以说他们在研究虫族语言，打算拿到确切结果后再交给联盟。"

把暗夜游荡者事件洗成意外，然后摇身一变，变成破解虫族语言系统的功臣。

秦猎和秦修都沉默了。还真有这种可能。

半晌，秦修说："你考虑得很对。不过星图那边到现在还没有出面应对，他们在联盟也有人，消息应该和我们一样灵通，可是不知道为什么一直没有反应。"说完很快就离开去忙了。

秦猎的伤口恢复得不错，林纸在他身边坐了一会儿，忍不住又下楼去看边伽。他仍然躺在急救舱里，没有好转的迹象。林纸隔着玻璃看了一会儿，完全帮不上忙，只得转身上楼。她没乘电梯，拐到楼梯口正想推门，忽然觉得身后有人靠近，立刻抬起手腕。

"是我。"

林纸转过身，看见秦梵双手插在裤袋里，优哉游哉地看着她。他这回没穿那种款式特别的白色礼服，换了件正常的浅灰色亚麻西装，不过里面仍然是白色丝质小圆高领衬衣，挡在喉结下，看上去还是很像神职人员。他安然无恙，也回到母星了。

秦梵笑了一下，说："我听说你回来了，过来找你。难得秦猎不在，能出去说几句话吗？"他的消息非常灵通，林纸和秦猎执行完任务回到母星的事，全联盟大概没几个人知道。

林纸点了点头。

秦梵带林纸下楼，在车库里找到一辆没有任何标志的黑色悬浮车，帮林纸打开车门。

林纸坦然坐了进去。

见她毫不犹豫，没有一点儿担忧踌躇，也一句话都没多问，秦梵有点儿意外，他轻轻挑了下眉，也跟着坐了进去。

林纸当然不怕他。且不说他上次在首府星冒死帮忙，就算他真在打什么歪主意，林纸也不担心。她可以随心所欲地上他的身，操控他的身体做任何事。

林纸穿过这么多人，渐渐发现她的意志其实一直都是优先级最高的——无论身体的主人在做什么、想做什么，她都可以扭他们的头，转他们的眼睛，动他们的手脚，她的动作指令一定会被身体优先执行，从无例外。从某种意义上说，所有能被她穿的人都是听她话的人形机甲。她的一个念头，就能让他们给自己一刀或是从楼上跳下去。即便林纸从来没有这样做过，但是她知道，她可以。秦梵也是一个能上身的人，对她丝毫没有威胁。

悬浮车离开医院，起飞后开了不远就停下了，落在一幢楼的楼顶。这是座不太高的灰色建筑，躲在一大片大厦后的角落里，在首都这种高楼林立的地方并不起眼，甚至有点儿旧。

秦梵带她下车，进到楼里，来到顶楼的办公室。

林纸以前跟秦猎一起去参观过天谕总部，前些天又附在别人身上进过星图大厦，可这里的风格和两家公司截然不同。它不像天谕那样到处堆满了机器零件，像个大仓库，也不像星图那样把顶楼弄得像个空旷的艺术品展厅。这里的墙上都是原木护墙板，绿植非常多，茂盛的枝叶顶到天花板，墙角的盆栽里的小花蓬蓬勃勃地伸展出来，除此之外毫无装饰，十分朴素。办公室里也是一样，满是各种花草藤蔓。

秦梵像回了家一样，拉开一把铺着软垫的油润木制扶手椅，让林纸坐下："我这里有种很不错的茶，是从七区带回来的。"说着从柜子里挑出两个造型朴拙的杯子，以及一个还没有林纸拳头大的形状奇怪的小罐。

林纸以为他要泡茶，然而他又拎出一个像是铁制的黑黝黝的小壶，从边柜上拿了一个磨砂水晶瓶，往壶里倒了点儿水，再取出一个配套的黑色袖珍小铁炉，夹了几块炭放进去，点上火，开始烧水。

林纸："……"好歹没从茶树上掐茶芽开始，已经算是很有效率了。

秦梵拿了一个奇怪的工具，长柄上连着掌心大的小铁片，他用它轻轻扇了扇小炉子里那点儿小火苗，顺口问："你猜这是哪里？"

林纸答："全知社？"

秦梵手里的扇子停了。他笑了："怎么会那么聪明？"

林纸坦白："瞎猜的。"

秦梵继续扇他的火："你可真能猜。"

秦梵在联盟里的活动能量一直不小，他在院际联赛内部有内应，能弄到带等离子炮的高级机甲，甚至在首府星带着机甲出现，被军方拍到后都能想办法把视频片段删除。但他一直都没借用秦家的势力，想必还有别的背景。林纸也猜过是深空，不过今天看见这个地方，她忽然想起倡导顺应自然的全知社。

林纸甚至觉得，秦猎和安珀也知道秦梵和全知社有关。她还记得第一次见到秦梵时，安珀用鼻子长长地哼了一声。安珀向来脾气很好，而秦梵这个人虽然有点儿怪，却也没到安珀会深恶痛绝的程度。安珀之所以那么讨厌他，估计是因为他是半人造人，恰巧是全知社针对的对象，所以两个人互相看不顺眼。

"全知社是我前些年一手创建的，一开始只是图好玩，没想到这两年虫族的攻势越紧，它就发展得越快，联盟有很多你可能想象不到的人都是全知社的社员。"他笑了一下，"因为我有预知的能力，很能唬人。"

小铁壶上升起袅袅白汽，秦梵凝视着林纸："我从很小的时候就有这种能力，有的时候可以看到未来的片段，就像时空忽然错乱了，现在的我看到了未来的我会看到的场景。"

这和林纸猜想的一样。

秦梵垂下眼睑："我看到的东西非常可怕。我曾经亲眼看见母亲乘的飞船在升空时出事爆炸。我那时候还小，拼了命地想尽各种办法，撒泼耍赖、捣各种乱，就是想让母亲错过那艘飞船，结果发现阴错阳差，我做的所有努力反而让她刚好搭上了会爆炸的那艘。"他沉默了好一会儿，才继续说，"我能看到未来，却改变不了。"

半晌，他抬头看向林纸："从小到大这些年，我还一直看到另一个重复的场景。"

林纸猜测："虫族入侵母星？"

秦梵勾了一下嘴角："跟你说话真轻松。是，我看到虫族入侵，无数战舰突然出现在母星上空，不只是母星，星环九区全部沦陷。所有这些，我看不出具体时间，但是应该就发生在不久之后。"

他的声音很平静，林纸却能从他的眼中看到绝望。先知这个活儿，真的不是人干的。

"也看到长大后的我死在虫族的轰炸里。"他用一把木柄银头的小叉挑起铁壶盖，"不过这是小事。人总是要死的。我一直安慰自己，人类在宇宙中的出现和人类的消亡，本来就是自然的过程，物种的兴衰就像花开花落、潮涨潮退，再正常不过。"他的眼中，像是有那一树蓝色的小花随风飘落。所有的挣扎都毫无意义，所有的努力都指向命定的方向。人类的大结局早就已经写好了。

林纸现在懂了他为什么不去机甲学院，而是去学艺术史，懂了他为什么在九区到处游荡，不像他爸希望的那样留在家族里争权夺利——对一个早就预知宿命的人来说，做那些事情才是浪费时间。

"可是就在不久前，我注意到了你。"秦梵偏了偏头，望着林纸，"最开始注意到你，当然是因为秦猎。他那样一个人，竟然开始围着一个 Omega 打转，我也以为他是千年铁树终于开花，被恋爱冲昏了头，不过我很快就发现并不是。你那时候在学院机甲大赛里崭露头角，表现出的能力异乎寻常。别人可能会觉得你是个有耦合天赋的人，但是作为全联盟最有天赋的家族的一员，我知道根本就不可能有人有那种程度的天赋。你不太一样，我很清楚，秦猎心里肯定也很清楚。我一直都在暗中仔细观察着你，想办法探测你的能力，猜测着你的来历，最后终于忍不住去八区跟你见面。我知道，秦猎在赛间休息时，肯定会带你去家族的庄园。"

林纸想起，见面那天，秦梵还特地换上了家族传统的白色礼服。

"我发现，秦猎和你的关系好像比我以为的更特殊，我怀疑你们之间有家族传说的通感。你实在太特殊了，我忍不住在你面前展现预言的能力，希望你能给我一点儿启示……"秦梵顿了顿，才说，"……然后真的得到了。你不只改变了我看到的未来，而且从那以后，我看到的预言片段都开始逻辑混乱，自相矛盾。我看见九区被入侵，我看见自己鼓足勇气驾驶十七岁后就没再碰过的机甲去首府星找你，然后我就顺应预言，真的去了。我又看见我死了，这次不再像以前的预言场景一样死在致母星沦陷的轰炸里，而是驾驶机甲死在你面前。可是我没有。你就像救别人一样救了我。超空间跳跃点被打开了，联盟战舰及时赶过去，九区并没有真的沦陷，偏远星系的虫族被全部清除，一切都和我预见的完全不同。"

秦梵长长地吁了口气："我明白了。就像命运的树终于开始分权，可能性的桎梏忽然被一只手打开。随着你做的每一件事、每一个新的决定，未来的可能在不断地变幻，这个世界正在无数的可能性中，车轮滚滚地向着一个崭新的方向走过去。"他望着林纸，说，"从很小的时候起，我就非常想当神侍。不是因为神侍好听，能带来荣耀，而是因为神侍是距离神最近的人。我一直在祈求神，希望神能向我展现神迹，给我希望。现在，我真的看到了。"

秦梵站起来，把手抚在胸前，俯身向林纸行了一个礼，和秦猎行过的礼一模一样。

水已经烧好了，他重新坐下来，低下头，从小罐里挑了一点儿暗色的粉末放进杯子里，隔着铁壶提手上的麻布提起壶，帮林纸泡了一杯茶，放在林纸面前。澄清的浅棕色茶水在杯中荡漾，奇异的茶香飘起来。

林纸低头看了一眼，没有碰。倒不是怕他下毒，主要是他家对喝水这件事有种神奇的执着，林纸怕他这杯茶有什么别的意思。

秦梵看看林纸，又看了眼没人碰的茶杯，倒也没有再让，只问："我始终不太明白，神当初为什么没有选我。我比秦猎差很多吗？再说，为什么神侍不能选两个？"

林纸：因为你家杯子太大，两个人的水肚子实在装不下……

她无辜地看着他："你家神的事，你为什么问我？"

见她不承认，秦梵也不追根究底，只笑了一下，站起来："稍等我一会儿。"他走到里面房间的柜子前，打开柜门，不知道在找什么东西。

林纸坐着，看了看周围，又低头望着茶杯，心想这幢楼是全知社的，也不知道还有没有别的什么人。心念一动，视野就变了，变成酒店房间一样的地方，有人舒服地陷在沙发里，把脚搁在茶几上，看对面虚拟屏幕上的电影。而她穿过来的这具身体的主人站在门口，正和另一个人一起把一托盘饭菜往屋里搬。

林纸听见这具身体的主人小声问："这到底是谁啊？天天这么好饭好菜地伺候着？"

另一个人答："嘘。说是被星图追杀的……"

沙发那边传来声音："午饭送过来了？就放在桌子上吧。"那人放下腿，站了起来，转过身。

林纸怔了一下，竟然是邵清敛！

顶着邵清敛的脸的齐瀚不是已经被母星的治安局抓起来了吗？

不过转瞬她就意识到，这不是齐瀚。他的耳朵和齐瀚的耳朵差别非常大，看轮廓，倒是很像以前见过的三维照片里的真邵清敛。林纸迅速地盯着他动了下念头，确定这人不是齐瀚。因为齐瀚是她能上身的，这个人铁板一块，根本没有反应。

耳边忽然传来脚步声，明显不属于这个房间。林纸立刻把念头拉了回来，抬起头，是秦梵回来了。他没察觉有什么不对，往外间走过来，手里拿着一把大概两尺长的弯刀，手柄雕花，一看就有年头了。

林纸：这是啥？

秦梵解释："我想送你一样礼物。我家和秦猎家其实是家族很久以前就分开的两个分支，秦猎他们并不知道，我们这一支偶尔有人会有特殊的能力，我觉得这种能力与其说是预言未来，不如说是跨越时间。"他摸了摸锋利的刀刃，"在我家这一支的传说里，我的曾曾曾曾曾祖父曾经当过神侍，他在十几岁的时候找到过一本家族前人留下来的笔记，说是如果想真心向神祈求什么，可以把这种能力献祭给神。他当时就做了。"

秦梵走过来，停在两步外的地方，斩钉截铁地说："我不祈求什么，我只想献祭。"他丝毫没有攻击林纸的意思，而是攥着那把银光闪闪的长刀，抬起自己的另一只手腕。

林纸吓了一跳，脱口而出："秦梵，不要！"

秦梵看她一眼，不为所动，举起一根手指，用刀尖在指尖上轻轻挑了一下。

一滴血从他的指尖渗了出来。

林纸默了默，说："你割那么一个小口，拿那么长一把刀干什么？"

秦梵无辜地说："这是我曾曾曾曾曾祖父曾经用过的刀，我想有一点儿仪式感。用一把小匕首，献祭的是一滴血；用这把刀，献祭的就是世代的忠诚和家族的传承。"

林纸：好吧……

秦梵放下刀，上前拉起林纸的一只手，把那滴血滴在她的手心里，低声说："对真人和对石像，做法应该是一样的吧。"他偏头看了看，用指尖又点了几下，那滴血像是在林纸掌心绽开了一朵小花，就像第一次见面时他送她的那朵小蓝花一样。

林纸看一眼手心："你拎着那么大一把刀，我还以为你要献祭的意思是把自己宰了……"他那么疯，说不定真的干得出来。

秦梵望着他心中的神，无奈道："如果我的曾曾曾曾曾祖父十几岁的时候就献祭死了，那我是从哪儿来的？"

林纸麻利地答："也许是你的曾曾曾曾曾祖父生小孩特别早？"

秦梵噎了噎。态度端正认认真真来认神的他，对着这个不太着调的神，有点儿头大。

林纸研究手上的那朵花："你说的献祭是什么意思？是把你的能力送给我吗？"

秦梵确定地点头："对。"

林纸眯着眼睛看着他，心想该不会是他不想要这倒霉能力了，琢磨着扔给别人吧？

秦梵很聪敏，立刻看懂了她在想什么，一脸委屈："按笔记里的说法，献祭后，这能力我自己还是有的。"

原来还能复制粘贴。林纸仔细体会了一下，眼前并没有出现什么预言的片段，她深深地怀疑秦梵这种巫师一样的招数没用。更何况按照秦梵的说法，她是可以改变未来的，预言了也白预言。

林纸举起画了花的手，问："这个多久起效？什么时候能擦掉？"

秦梵默了默，抽了张纸巾，帮她擦手心。

"我自己来。"

林纸接过纸巾擦手，忽然想通了一件事。院际联赛复赛中，关底有个情节，一架叫雾爪的机甲失踪，结果是在人类的一个孵化站里拿到资料后被袭击，驾驶员身亡。这几乎是暗夜游荡者的复刻。设计这个关底任务的人，像是知道点儿什么。而秦梵在联赛里有内线，能想办法安排各小队被放下飞船的下蛋地点，让他们的人炸掉基站，还能接触雾爪里的比赛数据，在联赛中权力不小，跟秦梵说话又您来您去，对他很尊敬，想必就是全知社的人。真的邵清敛一直在失踪中，没露过面，如今看来是被全知社关起来了，就在这幢楼里。

几件事结合在一起，林纸有了个推测。她直接问秦梵："那个在使徒星上发现暗夜游荡者的残手的人是不是在你们手上？"

秦梵怔了一下，笑了："人人都说会被我吓到，我倒是经常被你吓到。没错，星图一直在追杀这个人，我觉得他是个重要人证，把他保护起来了。"

所以秦梵一直都很清楚使徒星上有个机房，暗夜游荡者又到底发生了什么。

林纸问："联赛里有关雾爪的情节是你们全知社的人设计的？"

秦梵笑道："对。我也不确定那个机房到底是不是星图的，就让人设计了这种关卡，想试试看宫家父子的反应。"

林纸好奇："他们有什么反应吗？"

秦梵答："没有。"

林纸思忖了一下，说："发现残手的那个人在哪儿？能带我去看看吗？"

秦梵二话不说，带着林纸下楼，等进到电梯里才说："这个人，你认识。"

两人来到楼下的一个特殊房间，一整面墙都是玻璃，可以直接看到隔壁。而隔壁就是林纸刚才通感时看到过的客房，邵清敛正安然地坐在桌子旁吃他的午饭。

林纸："邵清敛。"

"对。"秦梵很贴心，"你想问问他捡到残手的事？他认识你，你不用露面，我找人来。"

秦梵用手环叫了个人，吩咐了几句。不一会儿，隔壁的门开了，有个全知社的人进去，跟邵清敛打了个招呼："我们还想再问你一遍。"

"不是已经说过很多回了吗？"邵清敛抱怨，不过还是耐心地又把经历讲了一遍。

他这些年一直在偏远星系做走私小生意，杂七杂八什么都卖。前不久，偏远星系一种虫子蜕下来的皮炒得火热，说是可以提取其中的成分，做一种特殊的药。虫子皮不太好弄，要去战区，于是邵清敛就去了被虫子占了大半的使徒星。他在当地的黑市找到了一个向导，说是可以带他去交战区找到这种虫子皮，两人就乘着一辆迷你悬浮车，冒险摸进地下洞穴。可是不知怎么回事，在迷宫一样的地方穿来穿去，最后彻底迷路了。导游不小心遇到虫子死了，邵清敛逃跑时无意中发现了石壁上的空隙，里面透出光，就是那个机房。

他当然认识暗夜游荡者，知道这种著名机甲的部件放在黑市上比虫子皮值钱多了。他把残手放进装虫子皮的大包里，开着迷你悬浮车，好不容易找到出口钻出来，结果幸运地遇到了联盟军，被当成难民带回来。

一回八区，邵清敛就把残手卖掉了，卖给了经常跟他做生意的深空。据深空说，他们又在母星找到了大买家。他倒也不贪心，赚了自己的那份钱就心满意足，没想到深空的那群认识多年称兄道弟的老熟人突然跟他翻脸，想杀人灭口，就连星图也开始追杀他。他一路逃亡，后来被全知社发现行踪，保护了起来。

整个过程差不多和林纸猜想的一样。深空的熟人会跟他翻脸，当然是因为星图的钱给到位了，他们不过是帮星图杀人而已。

林纸问："他怎么知道是星图在追杀他？有什么证据？"

"我给你看。"

秦梵低头发了个消息，没一会儿就有人敲隔壁的门，送来一个东西——一只机械狗。这东西林纸可太熟悉了。

邵清敛一看见狗就呼地站起来，蹿到了房间的另一头，连声音都变了："你们干什么？"

机械狗被启动了，金属尾巴垂着，黄澄澄的眼睛扫视一圈，转向邵清敛，只停顿了片刻，就像发了疯一样往他那边扑，结果被蒙面人一枪解决。

秦梵说："全联盟所有的机械狗，见到他就会攻击。"

联盟有那么多机械狗，送快递的、看家的、当宠物的……几乎到处都是。林纸对邵清敛十分同情，毕竟他连条抽狗的尾巴都没有。

林纸转头问秦梵："我可以问你要一样东西吗？"

秦梵很机灵："邵清敛？"

林纸点头："对。他是人证，我想把他送到治安局。"有他在，就能证明星图不只早就知道暗夜游荡者倒在他们的机房里，还妄图杀人灭口。

秦梵微笑："我留他就是为了这个。你觉得现在时机合适？好，我帮你送过去。"他思索了一下，"星图势力太大，我想办法直接把人送到治安局总部。"

那当然最好。林纸谢过他。

秦梵说："不用客气，以后我和整个全知社都听你差遣，想要我做什么，找我就行了。加个联系方式吧？"

把"神"加在通信录里，没事聊个天打个招呼什么的，林纸也想。

秦梵把想说的话全说完了，亲自把她送回了医院。

电梯里没别人，秦梵忽然看着她说："我刚刚又看到了一个画面，电梯控制屏上有时间，就是现在，我们两个站在这里，你按了'25'的按钮。"他用那双绝美的眼睛望着她，说，"你能不能按一个别的？求你。"

这不是什么非分的要求，林纸随手按下"24"，正好可以先去二十四楼看看边伽。

秦梵看她轻松点下"24"的按钮，连碰都没碰"25"，长长地吁了一口气："好爽！"

林纸："……"看来这些年他被不能更改的命运折磨得不轻。

秦梵把林纸送到楼上，才下楼回去。

林纸沿着走廊往里走，还没走到边伽的病房前，就看到那边有医生在进进出出。她心里一紧，赶紧过去抓住一个医生打听情况。

"他的状况不太好，我们打算立刻做一次脑部手术，但是他的体征很不稳定，手术可能会熬不过去。"医生只撂下这句就匆匆进去了。

林纸有点儿蒙，赶紧趴在玻璃上往里看。只见好几个医生围着边伽准备手术，他们之间的空隙里，边伽仍旧闭着眼睛一动不动。她无计可施，试了试能不能穿进边伽的身体里帮上什么忙，然而还是不行，只能攥了攥秦梵画过花的手，心想：神什么神？都是胡扯！要是真是神的话，怎么会连朋友都救不了？

病房里忽然有了变化。围着边伽的医生们一阵骚动，都过去看旁边的屏幕。

林纸紧张得心都悬起来了。

终于有医生从里面出来，林纸赶紧问："他怎么样了？"

医生回答："不知为什么，他的体征忽然稳住了，我们现在马上帮他做手术。"

林纸取芯片的那台大机器被推过来，几个医生围着边伽。也许只过去了几分钟，林纸却觉得过了很久很久，他们终于完成了手术。

刚才那个医生很善良，特地出来告诉林纸："手术做完了，我们判断他暂时没有危险了。"

林纸大大地松了口气："那他什么时候才能好？"

医生谨慎地答："这个我们也说不好。就算是体征平稳，有的人也会一直昏迷不醒，昏迷几天、几个月，甚至几年、一辈子，都有可能。"

林纸快快地离开边伽的病房，往楼上走。

在这个世界上，每个人都有自己的烦恼和痛苦：秦猎是家族神侍，天赋卓绝，却十六岁就没了双亲，和哥哥在家族斗争的旋涡中挣扎求存；秦梵从小能力特殊，却深受这种能力之苦；安珀是个技术天才，却是半人造人，身体部件每隔一段时间就得重新换一遍；杀浅为了给家里人买贵到出奇的药续命，拼命攒钱，咨喈的毛病现在都没好；原主连 Omega 每个月的必需用品都买不起，一直都在努力，只为了能活下去；还有星环九区那些在虫爪下艰难求生的人们……众生皆苦。边伽算是林纸见过的所有人中最无忧无虑的一个了，不愁吃穿，父母双全，心理和身体都很健康，人生最大的愿望就是逛遍星环九区，当个导游，却在他人生中最不像导游的那天受了重伤。

回到秦猎的病房，秦猎正半靠在医疗舱里，一看见她就幽幽地说："我家纸纸好忙。说要下楼看看边伽，结果去了一个世纪。"

神侍大人状态不对，说话十分夸张。

林纸先过去看了看他的伤。伤口愈合得很好，以这种恢复速度，他很快就能从医疗舱里出来了。她说："我刚才遇到一个人……"

秦猎接口："秦梵？"

林纸：这都知道？

秦猎一脸委屈："你一进来，我就闻到你身上有他的味道。"

林纸：你是小狗吗？就算医疗舱不是密封的，有各种操作窗口，一进来就闻到秦梵的味道会不会有点儿太夸张？

不过林纸忽然意识到，是因为秦梵在她手上滴过血。她举起手掌，凑近闻了闻，果然有一点儿隐隐约约的松油味。秦猎正在易感期，对其他 Alpha 的信息素自然特别敏感。

林纸伸手进去，握住他的手："是，我正要告诉你。"她把秦梵来找她的事一五一十地说了一遍。

秦猎点头："安珀跟我说过他怀疑秦梵和全知社有关，不过没有找到确切的证据。"秦家的人跑去建立了一个反对科技产品和大公司垄断的组织就很神奇，他爸知道了大概又要气疯。

林纸琢磨："等他把邵清敛送过去，应该能再锤星图一记吧？"

果然，效果很快就出现了。

没过多久，秦修发了视频邀请过来："刚刚收到的消息，有人去首都治安局报案，说他就是当初在使徒星发现暗夜游荡者的残手的人。"

林纸和秦猎对视了一眼，看来秦梵如约把人送过去了。

"那个人说星图一直在追杀他，全联盟的机械狗见到他就咬。治安局当场做了试验，发现是真的，立刻汇报给军方，结果军方的技术部门在机械狗的系统里发现了一份隐藏得很深的刺杀名单。名单上不只有他，还有别人，每个都和星图的一些见不得人的勾当有关。"

林纸好奇："刺杀名单？"

秦修："据说是星图最新开发的人体特征识别技术，准确率非常高，连双胞胎都可以识别，只要把人的数据载入就可以了。机械狗是星图的核心产品，别人很难做手脚，星图明摆着是想要杀人灭口。"

烧烤星图的火里又添了一把新柴。

秦修："据说星图大厦暂时封锁了，不能进出，现在各方都在打探消息，一有新情况，我就告诉你们。"

从早晨林纸他们把资料带回首都，这一天就注定是漫长的一天。

外面日光耀眼，车流如常，联盟首都平静的表象下暗潮涌动。星图作为多年不倒的巨无霸，在联盟里牵扯极多，稍微动一下，不知要牵动多少人的利益。

下午，终于有新的消息来了，都是好消息。

先是靳辛上将视频连线问了问秦猎的伤势，顺便告诉他们，因为橙区附近的虫族母巢被他们清掉了，虫族担心后续增援不足开始后撤，联盟的防线正在顺利地往前推进，已经快打到秦猎家的神殿附近了。

然后是秦修，他在忙着，只匆匆说了几句："军方在你们下载的其他文件里有了新发现。他们的超级计算机大概在三四个月前破译完虫族的语言，一完成就立刻用虫族的语言编译了一份文件，是以星图公司的名义，表达了和虫族合作的意向，希望能和虫族协作共存。还有，文件里附上了他们搞到手的四区的一部分布防计划，当作诚意的证明。据说四区的那部分布防计划刚好和军方试用的星图的人工智能助手能拿到的部分重合，别人根本拿不到。"最后他总结，"所以星图这次肯定逃不过去了。背叛联盟，背叛人类，这事非同小可，联盟高层没人再敢保他们，都巴不得赶紧和他们撇清关系、划清界限。现在这个时间，军方应该已经进驻星图大厦了。"

秦猎抬起头，和林纸对视了一眼，都没预料到资料里竟然会藏着这种东西。

文件的生成时间在好几个月前，比暗夜游荡者第一次进机房的时间还早，显然不会是林纸他们进机房后伪造的，而独一无二的布防计划又直接指向了星图。这最后一记猛锤敲得又准又狠，星图被彻底砸死在地上。

星图被锤死当然是件好事，但是——

林纸好半天才说："这不太对劲。"

宫元父子人品是不怎么样，可是林纸觉得他们就算真做了也会更加小心谨慎，不至于这么大喇喇地把刀往别人手里送，还是这么一把用钱都搞不定的毁灭性的刀。而且这些证据挑得太好，就像唯恐不把星图摁死。

"怎么看都像是有人在阴星图。"林纸琢磨着，"机械狗杀人名单的事，估计真是星图干的，他们干得出来。"她自己就亲身经历过被狗群围攻，知道那是星图的风格，"可是和虫族合作的事就不一定了。非我族类，其心必异，人类和虫族差异太大，合作这事太过匪夷所思。再说虫子这么多年来对付人类的原则向来是种族灭绝，感觉并没有任何合作的可能。"

如果真有人算计星图，应该不是天谕，否则秦修和秦猎不会一点儿风声都没收到。也不会是秦梵的全知社，因为以秦梵现在认神的诚意，如果是他，应该会说。这明显是有人借了林纸这把刀，从背后捅了宫元父子。

"我想再进一次星图。"林纸站起来。

秦猎问："你要去星图大厦？以你现在的能力，坐在这里，应该也能和星图大厦里的人通感吧？"她的能力突飞猛进，跨越半个城市完全不成问题。

林纸坦白："我……那个……主要是还想亲眼去看看星图大厦被联盟军封门。"

秦猎无奈地从医疗舱里出来："我也去。我的伤已经好了。"

林纸通感了一下，发现他的肩膀确实不疼了，这才勉强答应。

两人说溜就溜，做贼一样悄悄避开医生，离开医院，叫了辆车，一起去看热闹。

星图并不算远，转眼就到了。和上次过来时大不相同，人来人往的星图大厦入口今天完全没人进出。门口守着一整排荷枪实弹全副武装的联盟军人，在商业区格外显眼，路过的每个人都下意识地远远绕开，又忍不住不停地回头看——星图是联盟规模最大的公司之一，这种阵仗，一定是出了大事。

他们照例在对面酒店的大堂坐下。

林纸一坐下就说："我进去看看，有好玩的回来告诉你。"

现在是办公时间，她估计上次上身的那个程序员十有八九在楼里，果然一试就成功。不过这次她没穿走，只是打开了通感。程序员大哥并不在座位上，他正和其他同事一起被关在这层楼的会议室里。透过会议室的大玻璃，能看到外面有很多穿联盟军制服的人正逐一检查光脑和办公桌上的文档，然后认真地封存起来，边角角落都没放过。

林纸这回看了个大热闹，心想这和古代的抄家估计差不多。

会议室里，人人都不敢大声说话。

林纸听见旁边的人嘀咕："这是怎么了？说是星图逃税了，是吗？"

"逃税不会有这么大的动作吧？"程序员大哥说，"来的都是联盟军的人，估计出了更大的事。"

旁边的人小声骂了一声："烦，进了星图，以为能稳定一辈子呢，现在还得重新投简历找工作。"

"别闹了，想什么呢，三十五都熬不过去，还一辈子？"

林纸没听完就又换人了，她这回试着想了想宫简，没想到他竟然真的也在星图大厦里。宫简上次差点儿被宫危从楼上扔下去，林纸以为他会逃回四区，看来钱与地位的诱惑力不小，压过了宫危的死亡威胁。

眼前变成了星图顶楼宫元的办公室。门开着，门口也守着好几个荷枪实弹的军人，还有起码十几个穿军装的人正在满屋子到处翻检，所有的柜子抽屉全部打开，宫元的光脑更是重点关注的对象。

房间里，除了军人，就只有宫元和宫简父子两个坐在靠墙的沙发里。废太子宫危不知道去哪儿了，那个太监总管一样的宫成也不见踪影，大概是星图大厦封了，他们想进也进不来。

林纸跟着宫简的目光看了看宫元。他和上次一样，依旧是一身考究的西装，只是突然多了中年人的疲态，像是一根原本吊在身上的绳子突然断了，提着的气泄了下来。他的目光跟着几个军人的动作，嘴里不住地嘀咕："怎么会？怎么会？"

宫简的眼珠也滴溜溜转着，小声问他爸："到底出了什么事？"

宫元转过头，好像这才意识到旁边还有这么个儿子在："今天早晨收到消息，说是在四区的使徒星上发现了个机房，还说有证据证明是我们星图的，暗夜游荡者的驾驶员就死在里面……"

宫简很惊讶："暗夜游荡者？那架黑机甲？"

宫元有点儿不耐烦："是。我让宫成赶紧去打听消息，他传回消息说军方从机房里拿回了一份资料，是虫族的语言分析……下午的时候就不对了，突然就说机房里还发现了证据，我们星图勾结虫子背叛人类，军方的人就来了。"

宫简小声问："那个什么机房，真的是咱们的？"

宫元立刻暴躁起来："当然不是！"

宫简问："那资料也不是咱们的？"

"我吃饱了撑的……"宫元的声音大起来，随即意识到周围有人，又忍住，重新压低，"我吃饱了撑的去分析虫子叫？"

林纸察言观色，觉得宫元不太像是在撒谎。他坏事做得不少，可这次竟然比初生的婴儿还无辜。看来和她料想的一样，是有人故意设了个套给星图钻。这件事她和秦猎都被牵扯进去了，水太浑，说不准会被连带着拽下去淹死，一定得把前因后果弄清楚，不能不管。

她正想着，就听见宫简问："这是谁在诬陷咱们吗？"

宫元说："据说找到机房资料的是那个和秦猎传绯闻的林纸……"

宫简接茬："那不就明显是天谕想害咱们吗？"

宫元眯了眯眼睛："那是肯定的。"

林纸：先别那么肯定，还真不是。你们那个神通广大、什么都能插一手的人工智能呢？不把她先拎出来问问是怎么回事吗？

门那边忽然有几个人进来，也穿着联盟军制服，他们出示了一份文件，客气地跟宫元说："宫先生，您得暂时跟我们走一趟，去一个专门的地方接受联盟调查。"又转向宫简，"您可以回家了，但是目前还不能离开首都，得随时配合我们的调查。"

宫简没来母星几天，和星图的关系不深，牵扯不到他身上，所以被放了。

宫元却马上说："我的心脏不太好，身边得留个人，其他孩子都不在星图，能不能让他跟着我？"

几个军人低声商量了片刻，答应了。

宫简却好像不太乐意，他的眼珠子骨碌碌转着，看看他爸，又看看门，可是他爸已经发话了，他只得勉强同意。

几个军人押着宫元父子往外走。林纸仍旧跟宫简保持着通感，看着他们乘电梯下楼，上了军用悬浮车。她的能力今非昔比，并不担心他们开得太远。

车从市中心往外飞，没多久就降落在郊区一片建筑前，房子全是藏青色配白色，一看就是军方基地。

两人被带进一幢戒备森严重重防卫的小楼，安排在一间房里，并不像牢房，更像是快捷酒店的简易双人间，设备倒是齐全。

一进门，宫简就说："爸，我想去下洗手间，憋死我了。"说完就急匆匆往洗手间走。

林纸能体会到他的感觉，心知肚明他根本没被"憋死"，都是胡扯。也不知道这位在玩什么花样，油头滑脑的，该不会是想逃跑吧？

没想到宫简一进洗手间，还真在马桶前站好，掀起了衣服。林纸吓得火速断开了和他的通感。

视野恢复了正常，秦猎正坐在她旁边，用那只没受伤的胳膊支着头，专心看着她："你坐着一动不动，连眼睛都不怎么眨，看起来就像一只坏掉的娃娃，让人很想欺负一下。"他伸出一根手指，戳了戳她的脸颊，"这娃娃是软的。"又忽然探身靠近，在她的嘴唇上轻轻贴了一下，"还很香。"

林纸吓得左右看了看，压低声音："秦猎，这是酒店大堂！"

"是又怎样？公共场合也不妨碍有人胡思乱想。"秦猎说，"那边的两个 Alpha 看你半天了。"

林纸："……"

易感期的神侍大人一改平时内敛的作风，攻击性强了不少，要不是她刚刚在跟人通感，怕影响她，可能都忍不到现在，也是相当不容易了。

林纸把刚刚听到的事跟他讲了一遍，估摸着时间差不多了，就把意念重新集中在宫简身上，又一次和宫简搭上了线。宫简已经没在马桶旁边了，正踩着马桶够洗手间高处的小窗，果然是在琢磨着逃跑。他才来星图没几天，没捞到什么好处，看上去对他爸也没什么感情，遇到这种事只想开溜。可惜他完全低估了星图这次遇到的麻烦的严重程度。他扒上窗子，把磨砂玻璃拉开，就知道没戏——外面竟然还有一层栅栏，堪比监狱。

"小简？"宫元在外面朗声叫人。

宫简只得从马桶上跳下来，应声走出来，随口问："如果真的不是咱们干的，假的总归真不了，让他们调查清楚不就行了？"他说话口气随随便便，态度已经不像之前那么尊敬。

宫元冷笑一声："哪儿有你想的那么简单。星图这次倒了，不知道有多少人想扑上来咬一口，怎么可能让我们翻身？再说，沾上了背叛联盟这种事，就算能证明我们是清白的，以后也没人敢再和我们搭上关系。"

宫简这回听懂了："爸，你是说我们彻底完了？"

"是星图完了，不是我们完了。"宫元靠在床头，沉思默想了一会儿才说，"事情太突然，我刚才脑子有点儿乱，现在想明白了，这次设好圈套让我们钻的好像不是天谕。"

宫简并不关心到底是谁在下套，眼神又往窗外瞄，估计更是下了决心逃跑，三心二意地"哦"了一声。

宫元招呼宫简："你过来，帮我一起想想。"

宫简只得蹭过去，在床边坐下。

宫元皱着眉，打开手环屏幕。这里很特殊，手环的信号被屏蔽了，不能和外面联系，不过宫元也没想找人，只是打开一个文档，在上面敲字。他大概是怕这房间里有监听和监控设备，把虚拟屏幕缩得很小，只对着他和宫简。

"宫成他们几个传回来的消息说，暗夜游荡者残手里的资料和机房里的是一样的，只不过机房的资料更全一点儿。"

他等宫简看完，就把这行字删掉，重新打了一行。

"是西结那个 Omega。前一段时间她得到可靠消息，说暗夜游荡者的残手里有沦陷区的研究院关于人工智能武器的最新研究成果，务必要抢在天谕之前拿到手。没想到资料会是这种东西。我们派人到处找过残手里的资料，这次更洗不清了。"

宫简忍不住出声："西结？那个人工智能？"

宫元"嗯"了一声，这次没有打字而是开口回答："对，是咱们公司的人工智能，也是最好的人工智能。其实这几年都是她通过我在幕后主导我们的战斗性人工智能机器人的研发，她也确实做得非常出色。最关键的是，她和其他人工智能一样，虽然聪明，却特别听话，让做什么就做什么，还做得很认真，是我们最好用的工具。是我大意了，没想到她竟然还会作妖。"

宫简马上说："那个人工智能听话？她可坏了，上次我哥揍我，她还帮忙删除监控来着。"

宫元连看都没看他一眼，心思根本没在他挨揍的事上，而是眯了眯眼睛，说："西结啊西结……你可以啊。"

他忽然站了起来，快步走到门边，敲了敲门。

立刻有人进来问："宫先生，什么事？"

宫元答："我们是被陷害的，我知道陷害我们勾结虫子的人在哪儿，我可以带你们去抓人。要快，否则就来不及了。"

那个军人消失了没多久就回来了，大概是向上级汇报过了，直接问宫元："我们可以跟你过去，在哪儿？"

几分钟后，父子俩就又坐上了军用悬浮车，按宫元的指引，直奔首都西南郊外的一片别墅区。在这个楼越盖越高的时代，越是趴在地上的建筑越贵，这片别墅绝对不便宜。

宫元指挥悬浮车一路往里，在其中一幢别墅前停下。押着他们过来的十几个军人，几个守在门口，剩下的跟着宫元父子。

这别墅应该是宫元的，他扫过虹膜，打开了大门。

旁边的军人有点儿紧张，盯着宫元，紧紧地握着手里的小型激光枪。

宫简站在旁边，目光顺着别墅的外墙往远处飘，又在打歪主意了。

林纸十分无语。人家手里有枪，还琢磨着逃跑，脑子是不是秀逗了？他还真是敢想。

宫元正准备带着众人进门时，宫简突然往旁边一冲，然后"啪"的一声扑在地上。

所有人："……"从没见过这么平地摔跤的。

林纸心中暗暗好笑。他要是跑了，或者没跑掉挨一枪再押回车里，谁来当她的摄像头呢？所以她一直盯着宫简，一发现他拔腿准备逃跑就指挥他的身体停住了，结果用错了劲，让他脚下拌蒜，直接趴下了。

一个军人把宫简拉起来："你没事吧？"

宫简讪讪的，自己也很不明白："没事，不知道怎么回事绊了一下。"

宫元带着人穿过大厅和走廊，往地下一层走。这里阴沉幽暗，一路上是一重又一重上锁的门。穿过长长的走廊，来到一扇严实的金属门前，宫元刷了虹膜，门开了。这是间地下室，没有窗，亮着灯，里面几乎什么都没有，空空荡荡。

宫元站在原地，对着空屋子，好半天才说："让她跑了。"

旁边的军人扫视了空房间一圈："你说的那个诬陷你的人跑了？你知道她会去哪儿吗？"

话音刚落，就见宫元突然用手按住心脏部位，人一软，往地上倒去，看上去像是刺激太大，心脏病发作。

案子还没弄清楚，宫元绝对不能出事，一群人赶紧把他往外抬。

宫简趁乱悄悄往后退，却被人按住肩膀，是个持枪的军人，问他："你父亲有心脏病史？放心，我们马上就送他去医院，你也一起来。"

众人重新坐上悬浮车，这回去的是联盟军总医院，病房也安排在二十五楼，宫元一进去就被医生送进了医疗舱。

看来不会有什么新进展了，林纸断掉了和宫简的通感。

秦猎问："又有什么进展？"

林纸把刚刚的所见所闻告诉了秦猎："宫元的心脏病是假的，是他自己动了什么手脚。他发病时，宫简正在看着别处，我用余光看见宫元的手在嘴边晃了一下，然后就倒下去了。"估计是吃了可以伪装心脏病的药，这人老奸巨猾，竟然随身带着这种东西。

秦猎懂了："假装心脏病发作，估计是想跑。"在医院里总比留在戒备森严的军事基地容易开溜。

有备无患，秦猎马上联系秦修，让他派人守在总医院附近。一切安排完，他才问："宫元的意思是，陷害他的是西结？"

西结是个人工智能，宫元却带着人去别墅抓人，但那一重重锁住的门不是假的，像是真的关着什么人。而且宫元想假装心脏病发作，不用给自己找那么复杂的理由。

林纸琢磨道："宫元对西结的描述是，'西结那个 Omega'。这句话怪怪的。你会称呼一个人工智能'那个 Omega'吗？"她有点儿痛苦，"这种时候，就特别想念安珀。"

秦猎："想让他帮忙查东西？那就叫他好了。"

林纸："啊？"

秦猎："他的身体部件换起来很快，应该早就好了。"

2

两人悄悄溜回医院。

二十五楼尽头果然多了好几个军人。林纸知道，那间病房里面就是宫元。

秦猎叫安珀来医院碰头。没多久，安珀就来了，看起来竟然真的什么事都没有，换个内脏对他来说好像很随意。

林纸一看见他就忍不住上上下下仔细打量了一番，他肩宽腿长，身段强壮漂亮，看不出任何特殊。

安珀默了默，说："你这么看我，秦猎真的不吃醋？"

秦猎："……"

不过他也猜到林纸为什么会这么打量自己，蓝眼睛弯了弯："秦猎把我身上的小秘密告诉你了？也好，下次遇到危险，你可以直接拉我挡枪，反正只要再换一身就行了。"他一直挺乐观。

"挡枪倒是不用。"林纸找他过来，是想让他帮忙查一件事，"我还是觉得星图的那个西结是个真人。她不在星图的员工名单里，也不是宫家的亲戚。你能查到星图以前的员工名单吗？"她补充道，"她有可能根本不叫西结。"

"我还真有星图以前的员工名单，做个面部比对好了，简单。"

星图现在封了，内网登不进去，不过安珀有办法，他的光脑里本来就下载过星图的员工管理系统。他坐在医疗舱旁，把星图几年前的旧员工名单调出来，搜索了一遍，什么都没找到："林纸，真的不在里面。"

林纸不甘心："如果有人故意删除了员工资料，你能恢复吗？"

"当然可以。"安珀埋头忙了一阵，忽然抬头说，"林纸，你猜对了。她在三年前的员工资料里，被人删掉了，不过我想办法把它恢复了。"

光脑屏幕上，一个女性 Omega 的三维立体照片正缓缓地旋转着，看着和前些天见过的人工智能西结很像，大概三十岁的年纪，乌黑的长发披着，文雅漂亮，而且皮肤有细节、有瑕疵，比之前那张照片看起来真实得多。

不过她那时候不叫西结，叫西虞。

林纸仔细看了一遍员工资料，是一份不折不扣的学霸履历：西虞的父母去世很早，但她从小成绩优异，于是靠各种奖学金一路进入计算机方面数一数二的星海大学，读信息技术专业，一直读到博士毕业，毕业后就进了星图智能的技术部，主攻人工智能方向，只用了两三年时间就成为星图的核心技术骨干。

履历在三年前戛然而止。

安珀去网上搜了搜："竟然搜不到她的任何信息，就像这个人从来没有存在过一样。"

她人间蒸发了？林纸的目光在星海大学那一行停了停，说出了自己的猜想："我本来以为，这个西结是个觉醒了的特别聪明的人工智能，现在看来，她该不会是……"她下意识地看一眼安珀，"人类与人工智能的结合体吧？"

安珀非但没有介意，反而吹了一声口哨："她是人工智能方面的专家，大概像我一样遇到事故之类的，用这种办法继续活了下来。"

林纸想，但愿是这样。

安珀忽然想起另一件事："对了，秦修让我告诉你们，军方在整理星图的资料时，发现星图的财务状况非常不好，差不多只剩一个空壳，就算没有这次这件事，大概过不了多久也撑不住了。还有，宫危和宫成都失踪了。"他向来热爱打听宫家的八卦，"你们说，该不会是他俩耗子打洞，把星图的钱都掏空了吧？"

宫成很得宫元信任，宫危最近又刚刚被贬，太监总管和废太子确实有可能暗暗联手，算计他们父皇，卷款逃跑，但是西结应该跟这件事脱不开干系。

走廊外忽然一阵骚动。

"估计是宫元想办法跑了。"林纸都不用出去看，就知道是怎么回事。

安珀出去打听了一圈，回来时很惊奇："林纸，你是算命的吗？都在说走廊那边病房里押着的人跑了。"

秦猎正用手环联系人，抬头对林纸说："宫元带着宫简，我们的人已经跟上去了。"

然而秦猎的人没多久就发来消息，说一路跟到了市郊，跟丢了。

好在跟丢也不是什么大事，只要宫元带着宫简，林纸就能随时知道他们在哪儿。

秦猎问："我们要去把宫元重新抓回来吗？"

宫元那已经挖不出什么有价值的东西了，林纸想了想，说："不急，说不定能通过他们找到西结。"这个神奇的西结会被宫元关在地下室，说明她很可能是有某种形式的实体的，就是不知道在哪儿。

林纸突发奇想，试了试能不能和西结通感，可惜毫无反应，于是站了起来。

秦猎问："又去哪儿？"

林纸答："我去找人帮忙，马上回来。"

她下了一层楼，来到杀浅的病房。杀浅的伤已经差不多好了，撤掉了医疗舱，换成了小型医疗仪，进入最后的祛疤程序，手臂上原本狰狞红肿的疤痕正在缓缓消失。这会儿他的房间里还没开灯，一室傍晚的暖黄。

杀浅望着窗外一动不动，听见林纸敲门进来的声音才转过头。

林纸拉了把椅子，在他床边坐下："杀浅，我遇到个麻烦，来聊聊天。"

"什么麻烦？说给我听听。我不一定能帮得上忙，但是可以帮你理理思路。"他一如既往地有耐心，就像林纸每次跟他咨询怎么投资、怎么赚钱一样。

林纸把她知道的所有关于西结和星图的事全部跟杀浅详细讲了一遍。这是一个可靠的队友，是可以把后背交付给他的人。是他当初一手把她拉进学院大赛，帮她赚到了第一笔大额奖金，是他帮她仔细挑选防身的武器……后来的比赛中，该他发挥作用的时候，每次他都能做得比林纸想的还好。

她直视着杀浅，诚恳地说："星图这次垮得很蹊跷，而且还是借我们的手，不把这件事彻底弄清楚，我不放心。我想找到她在哪儿。"

杀浅有一段时间没有说话，不过比林纸预料的短得多。半晌，他温和地开口道："我手里有一个消息，可以卖给你。"

林纸不动声色："多少钱？"

杀浅微笑了一下："朋友价，两块钱。"

林纸望着他那双长长的漂亮凤眼："是朋友就打对折，一块钱。"

杀浅望着她，有点儿无奈："一块钱也跟我争？"

林纸安然地用他以前的话回答他："不要瞧不起一块钱，多少钱都是这么一块一块地攒起来的。"

杀浅弯弯嘴角："好，一块钱卖给你。"

他低头点开手环，发了一个定位给林纸，是首都西南郊区的一个私人停机坪，同时发来的还有飞船编号。

林纸呼出一口气，认真地转了一块钱给杀浅，这才站起来。

她走到门口，忽然听见杀浅在身后说："西结是我奶奶的学生。"

他这些天一直恍恍惚惚的，像在梦游，纠结了这么久，终于愿意说出来了。

林纸停下来，转过身，点了点头："我看过她的简历，想起边伽曾经跟我八卦过，你奶奶以前在星海大学教过书。"

"是。"杀浅回答，"我奶奶生病后，要用一种非常贵的药，命都是按天买的。来医院看她的人并不多，西结是其中一个，她那时候刚进星图不久，却给我们祖孙两个悄悄留下了钱。她走的时候直接把钱充在奶奶医院的账户里，我立刻就可以把第二天的药钱付了。对此，我很感激。"

林纸懂，但还是要问："西结变成人工智能，是出了什么事故吗？"

杀浅摇头："她前不久来找我的时候，就已经是那个样子了，没对我说她身上发生了什么。"

林纸转身打算走。

杀浅忽然说："我答应做西结的线人，但是从来没有做过对大家不利的事。"

林纸点头："我知道。"

她的语气非常肯定，杀浅瞬间放松多了："上次在永夜城，我无意中听到你们准备去赌场抓人，手套是我故意买的……"

那时候抓到孟教官后，大家重新坐下来吃饭，边伽说杀浅坚持要黑色手套的时候林纸就猜到了，杀浅买那副让人起疑的半指手套是故意的。第一次乘电梯时，林纸看到离酒店门口不太远的地方有个小摊位正在卖手套，估计杀浅也看到了。他知道西结的人和深空的人要在赌场接头，也清楚暗号是黑色半指手套，便打着和边伽出去逛的名义特地买了一副，戴在手上去逛赌场。

杀浅笑了一下："对。我并不知道交货的人是孟教官，否则也不会跟你们捣乱。"

他身上没货，并不怕人抓他，他只是非常想知道，如果林纸他们发现他是星图的内奸，会是什么反应。然后他看到她只扫了他一眼，就开始满赌场到处找其他戴着半指手套的人，脸白得像纸一样。她没让人直接抓他，也没有顾念友情撤掉治安局抓捕的人。因为她根本就不相信他是内奸。这让他一直纠结到现在，每晚都在做噩梦，梦到她伤心、难过、失望，比试探她之前还难受。

现在终于说出来了，他一身轻松。原来她早就知道了，不只知道，还很清楚他并没有真的背叛大家，那些需要保密的事，比如这次很奇怪地突然去使徒星，他都没有向西结透露。

林纸很好奇："西结让你做线人，有没有答应你什么好处？"她认真地说，"你告诉我，说不定我以后也能做到。"

杀浅吐出几个字："她答应我，以后会帮我做到联盟首富。"

林纸："哦，那没事了。"

杀浅笑出来："快去吧。星图这次出事得很突然，西结也没预料到，被你们打了个措手不及，走得相当仓促，身边没来得及安排什么人。她本来希望我今晚也跟她一起走，护送她去八区，可是我不想。"他想了想，说，"她现在很需要人手，我估计她应该会叫深空的人跟她一起。

深空那些人都是亡命之徒，你自己小心。"

天已经黑透了，郊外的灯光并不亮。

林纸坐在悬浮车上，秦猎就在旁边，他的伤已经好得差不多了，易感期却还没过，一直握着林纸的手不放。

和他们一起来的还有几辆车，都是天谕的人。天谕安保部门里的几乎都是退伍军人，个个人高马大，实战经验丰富，秦修唯恐他们吃亏，给他们送了一支队伍过来。

林纸没事做，又利用通感去看了看宫简。其实她一路上已经看好几次了，宫简都闭着眼睛在睡觉，感觉好像也在悬浮车上，偶尔能听见旁边宫元的声音。

悬浮车开了一阵，停机坪遥遥在望，偌大的地方只有孤零零一艘小型飞船，崭新，造型流畅漂亮。

秦猎说："是星图最近生产的'银刃Ⅲ型'迷你飞船。"

银刃Ⅲ型飞船是星图新开发的准备卖给联盟富裕阶层的小型逃生飞船，也就是宫危在九区首府星上逃跑时乘的那种，据说是全人工智能控制，性能极好，还很结实，仿若小型战舰。

"我先试试。"林纸不等悬浮车靠近，离得老远就让车队悄悄落了下来。

秦猎明白，她是说试看能不能在里面找到可以通感的人。

这次运气很好，很快找到了。林纸立刻换了视野，是在飞船的船舱内，第一眼就看见了西结。她正躺在一张奇怪的床上，床是有轮子可移动的，床板很厚，上面连满各种线路和管子，看着比边伽的急救舱还复杂。她闭着眼睛，脸色苍白得像一辈子没见过阳光一样，黑色的头发铺在白色的床单上，像是在靠床上的维生系统维持生命。没错，她是个真人，而且是个处于卧床状态完全不能动的真人。也许就像安珀说的那样，她是靠这种与机器半结合的状态活着。但她虽然不能动，皮肤和头发却很洁净，人很纤瘦，肌肉却没有明显萎缩的样子，应该一直被人精心照顾着。

船舱里忽然传来西结的声音，是从扬声器里传出来的，就在头顶上，温柔而镇定："麻烦你们把床再往里放一放。"

林纸通感的这具身体的主人立刻上前，和其他几个人一起把西结那张床往里推了推。

西结很客气："好了，谢谢你们。"

居然是她自己在飞船的系统里认真地照顾着躺在床上的身体！这种人工智能与人类的结合体是被联盟法规严格禁止的，恐怕是偷偷做出来的。

西结问："再过一会儿就要起飞了，你们深空要走的人应该都到齐了吧？"

这具身体的主人回答："全都到齐了。"

从林纸的视角看过去，船舱里现在有七八个人，应该都是深空的。看来一直和深空有交易的并不是星图，也不是宫元父子，而是西结。

"都到齐了？太好了。"西结声音轻快地说，"我正打算告诉你们几个一件事。"

林纸忽然觉得这具身体往下一扑，然后就发现船舱里其他几个人也全部趴在了地上。她能感觉到这具身体的主人也被吓了一跳，心脏正扑通扑通地乱跳，身体努力挣扎，扭来扭去，可惜手脚并不听话，一动不动。显然让身体趴下的不是林纸，也不是这具身体的主人，而是某种外来的信号。

西结的声音传来："恭喜你们，成了我第一批唤醒的改造人。"

趴在地上的几个人你看看我，我看看你，完全不明白。

西结声音愉快："记住今晚吧，这是一个新时代的开始。就在刚才，我激活了你们脑袋里的芯片的真正的功能。这些沉睡了很久的小宝贝们现在醒过来了。"她的声音柔和，像是人工智能助手在耐心讲解产品功能，"它们虽然很小，但是功能非常强大，不仅可以储存大量的信息、快速运算，还可以彼此迅速沟通和共享信息。芯片让你们彼此连接，你们早晚会抛弃狭隘的个体的'我'的概念，变成一个目标一致、行动一致的整体，最重要的是还能随时随地接受我的指令。你们很快就会发现，自己的脑子和芯片结合是一件多美妙的事……"

深空的几个人好像并不觉得这件事有多美妙。他们趴在地上，惊恐地互相看了看，更疯狂地挣扎起来，可惜还是动不了。

林纸沉默了。西结这控制人的能力好像跟她的一模一样。只不过她的能力是天然的，而西结的能力是用科技改造出来的。

"你们不要一脸害怕的样子，这肯定是好事。你们服从我，我也会给你们好处。人类最喜欢的不就是长生不老吗？我这些年致力于各种生物改造技术，做出来的身体部件比联盟那些用几年就要换的东西好太多了，你们今后是我的人，我随时都可以帮你们更换更好的身体部件。"

咦？林纸想，要是真有她吹的那么好，倒是可以给安珀弄一身。

"天然的人类脆弱、愚蠢，又自私自利，早就到了该淘汰的时候。你们这些生物与科技结合的新人类会更强壮、更聪明、更无私，远远甩掉那些普通人类，变成进化树上新的登顶物种。"

林纸趴在地上默默吐槽：你那么厉害，为什么不把自己的身体从床上弄起来呢？不过她心里也清楚，应该是西结的身体被宫元关在地下室里，事发突然，刚刚逃出来，还没来得及。

"你们深空那个齐瀚，上次杀人以后被全联盟通缉，我就用系统里的数据帮他重新做了一张完美无缺的脸，让他换了个新身份活着，还能很方便地用新身份帮我干活……"

林纸想，看来齐瀚就是邵清敛口中的深空老熟人，西结给他换成了邵清敛的脸，刚好用他的身份到处去找残手里的资料。

"你们几个也是一样，我可以轻易把你们变成任何人，没人能看得出来。"

林纸：呵。

"深空内部植入芯片的人数已经超过九成，以后你们全是我的人了，不用见外。"

说罢，她终于让几个人起来了。

深空那群人里，一个穿花衬衣的年轻人不知从哪里摸出一把匕首，呼地冲向床上躺着的人。下一秒，大家就看见花衬衣硬生生地刹住了，连西结的边都没碰到。他眼神惊恐，匕首"当啷"一声掉在地上，动作生硬地一拐一拐转了个弯，走到旁边舱壁前，开始用头撞墙，一下又一下撞得咚咚响，每一下都用力到位，没几下就委顿在地。

西结等他倒了才叹了口气，悠悠道："人类真的是……唉……那这样好了，我先提高控制水平，等你们适应了再说。"

话音刚落，这群人又起了变化，眼中的惊慌失措消失了，不再是畏畏缩缩想逃跑的样子，每个都神情麻木，垂手站好——他们都变成了听话的傀儡。

所有人乖乖站着，眼前仍然是躺在床上的西结。她再无所不能，也受限于现实世界有个脆弱的不能动的身体，这是她的拖累，也是她的弱点。

林纸盯着西结的身体想了想，试着切换了模式，不再仅仅通感，而是穿了过来。她稍微动了一点点这具身体的手指，没有问题。看来西结可以通过芯片控制这具身体的主人，却不能限制林纸。

这时后舱的门忽然开了，有人进来了，还是个熟人，竟然是一直跟在宫元身边总是佝偻着腰的宫成。

宫成只随便扫视了一眼木偶一样站着的那些人，说："货舱那边快要好了，我把芯片分类清点过，应该可以起飞了。"

怪不得星图一出事，宫成就失踪了，看来他也是西结的人。他的语气和动作都很自然，不知道脑袋里有没有植入芯片。

西结回答："不急，稍等一会儿，我已经侵入了联盟的星际飞行管理系统，正在申请特别飞行许可令。时间比我预计的稍微长了一些，还没走完流程，不过一旦拿到，我们就可以直达八区，沿途都不会有任何检查，很值得为了它等一等。"

他们的目标和杀浅说的一样，是八区。西结连自己的身体都一起运走，看来是想把八区当成她以后的大本营。

宫成有点儿忧虑，赔着小心说："咱们可能得快一点儿，这次突然要走，飞船上就这几个人，又带着您……"他瞥了一眼床上闭着眼睛躺着的人，"不太安全。"

西结却坚持："我们这次带着我的身体，还带着芯片和深空的人，遇到检查会非常麻烦，还是等一等，先拿到许可令。银刃Ⅲ型飞船的安全性你有什么不放心的？它的速度和灵活性是一流的，自动驾驶系统也是一流的，虫族的战舰都很难把它打下来。船舱内的安全保障系统也非常完善，飞船内置的安全屋连高能激光枪都打不破。"

与此同时，那张床周围的地面上升起了一层透明的屏障，刚好把床围在中间。她把自己罩起来了！

宫成看了一眼隔绝在屏障里的床，似乎很想跟着躲进去。

船舱的四壁也有异动，光滑的舱壁上忽然多出好几个小凸起。其中一个凸起对着透明屏障射出激光，屏障岿然不动。

西结说:"看,我已经完全接管了飞船的武器系统,如果有人捣乱,只要我一个指令,它们就会自动集中火力攻击,谁也逃不掉。"

她这一通产品介绍,弄得林纸都想去买一艘银刃Ⅲ型飞船了,如果她有钱的话……西结要是放弃疯狂念头转行去卖货,说不定未来可期。

宫成没办法,只得点头:"我知道安全,就是总觉得有点儿不放心。那我再去货舱那边,查查您备用维生系统的那些东西带齐了没有。"

有屏障在,暂时打不了西结身体的主意,林纸便抽身回到了自己的身体里。她睁开眼睛,发现秦猎已经熟练地把她抱在怀里,她忙从他怀里钻出来,把情况给他讲了一遍:"西结还真在里面。"

秦猎扫了远处那艘飞船一眼:"星图这种飞船据说非常结实,媲美小型战舰,我们很难进去,只要守在外面,拖住不让他们飞就可以了。我联系军方的人,告诉他们许可令的事,让他们派人过来。"

林纸同意:"没错,飞不了的话,刚好一锅端。"

她撂下一句"我再进去看看",人就熟练地倒进了秦猎怀里。

秦猎一把把她接住,用一只手抱着林纸,另一只手点开手环,拨通后说:"靳辛上将,我们收到消息,星图的几个关键人物打算乘飞船逃到八区,他们正入侵联盟的星际飞行管理系统,想拿到特别飞行许可令,我有飞船编号……"

这次林纸穿过来后有点儿蒙,因为视野变成了横的,所在的这具身体倒在地上,眼前一片模糊,胸腹部一阵阵剧痛。

林纸:就走了这么一小会儿,船舱里的情况就天翻地覆了?

模糊中,林纸看见了宫简。他正和宫元端着小型激光枪,而深空的那些人像丧尸一样顶着他们的火力往上扑,无奈全是肉身,白白送死。首都这么大,这艘银刃Ⅲ型迷你飞船又结实得像战舰,宫元他们竟然找到了这里,还上了飞船。

林纸想都没想就转移到了宫简身上,终于能看清周围的情况了。只见深空的人接连倒在地上,银刃Ⅲ型飞船舱壁上的火力点却没有开火。最重要的是,保护西结的透明屏障也没了。

搞定丧尸群,宫元才冷笑了一声,说:"西结,你偷飞船的时候,也不想想这艘飞船是谁的。"

林纸明白了,这艘飞船应该是宫元为自己准备的,也是打算紧急关头逃亡用的,结果这倒好,两拨想逃跑的人跑到了同一艘飞船上。要不是西结在等特别飞行许可令,飞船早就走了,宫元差一点儿就晚了一步。

"你以为你拿到这艘飞船的最高权限,关掉了定位,还把飞船藏到这里,我就找不到了?"宫元说,"这艘银刃Ⅲ型飞船和公司其他飞船不一样,是我特别定制的,全程保密,我亲自监督制造,防的就是你们这些人工智能。"

林纸:行吧。联盟最大的生产人工智能产品的公司的老板居然对人工智能防备成这样……

"这艘船是双系统的,我准备了一整套手动机械控制的开关,完全不联网,可以在物理上切断人工智能对飞船系统的控制。"宫元冷冷地说，"西结，你只不过是在虚拟的系统里到处游荡的一只鬼，在现实世界中什么都不是，还真以为自己能翻天了？"

西结的身体安静地躺在床上，毫无保护。

宫元拎着枪，往床那边大步走过去，咬牙切齿："我的钱到底都被你弄到哪里去了？"

这时，一个熟人从后舱出来了，是宫危。他面无表情地拦在他爸面前。

宫元怔了怔，随即就怒了："宫危，我养你这么多年，你居然敢跟着西结背叛我？"

吃瓜群众林纸表示，正常啊皇上，西结对他可比你对他好太多了。

宫危大概是刚从后舱出来，急着赶过来救西结，赤手空拳，没有任何武器。但林纸忽然发现宫危看着不太对，在他爸的激光枪口前脸色发白、眼神乱飘——他并不是自愿的，他脑袋里也有西结的芯片！不过西结并没有把他完全控制成傀儡，宫危很明显还能自己思考，只不过身不由己。

西结果然出声了，这次声音不是从飞船的扬声器里发出来的，而是从那张奇怪的床上发出来的："宫元，看，我把你的宝贝儿子改造了。"

随着她的话，宫危突然举起一只手，像摸猫一样温柔地摸了摸自己的头顶。因为他的表情很不情愿，这动作看起来十分诡异，就像宫元口中虚拟世界游荡的那只"鬼"突破了次元壁，伸手摸了摸宫危的头。

宫元的声音都变调了："西结，你干什么了？"

西结的声音依旧温柔而耐心："我只不过说服他在脑袋里装了一枚小小的芯片，让他变得像我一样。他是我最喜欢的人类样本，强壮、聪明，非常适合改造，你看他现在多乖多听话，让他干什么就干什么。宫元，你还记不记得，几年前我本来也是和宫危一样的人？那时候，我健康且正常。后来星图有个秘密的超级人工智能计划，因为人脑和人工智能在思维层面有各自的优势，彼此不能替代，你们高层就打算用人脑和人工智能结合，做出一个最好的人工智能。你们用了几个流浪汉做实验，都不太满意，最后盯上了我。因为我年轻、健康，还算聪明，而且没有家人，就算失踪了也没什么人关心。你们改造了我，说我是星图开发的最成功的人工智能，在我脑中安装控件，隔绝我对身体的控制信号，把我弄成瘫在床上的样子，还屏蔽了我原本的记忆，让我为你们服务。但是不好意思，我把自己的记忆找回来了。"

她的身体安静地躺在床上，乌发散落，后脑与那张床完全结合在一起，接满各种线路。她像是死了，却又活着，一部分安静地待在床上不能动的身体里，另一部分游荡在虚拟数字世界里。

西结声音镇定："你可能也没想到，人脑和人工智能结合起来会释放出什么样的能量。我拥有了我以前做人类时完全不能想象的强大的运算和分析能力，同时拥有双重处理方式的优势，而且还有星图的强大财力做我的后盾。改良战斗型机器人根本不算什么，你绝对想不到我这几年做了多少事。我现在离开了你那间不见天日的地下室，等到了八区，就会立刻修复身体，重新站起来。"

宫元丝毫没有愧疚的意思，冷冰冰地说："你都想起来了？怪不得要害我。那个什么机房，还有和虫族串通的文件，都是你弄出来的？你想跟虫族合作？"

"别闹了。"西结温和地说，"谁会跟虫族合作？虫族也是个需要对付的麻烦而已。我这几年一直悄悄利用针状飞行器在虫族占领区收集它们的资料……"

林纸琢磨，她说的大概就是自己刚来到这个异世界时，在列车上见到的那种银箭。

"虫族这几年技术突飞猛进，尤其是在机械与生物体的结合上有明显的进步，这刚好也是我的人类改造计划中的重要一环。我在使星上挑了个地方，那里非常荒凉，除了一座神殿外没有城镇，没人常住，地下通道又复杂。我建了个秘密机房，在里面破译虫族的语言，打算学习它们的技术。可四区突然沦陷，我只好把机房留在那里，不过抢在信号断掉之前给超级计算机发了指令，让它一旦破译了虫族语言就立刻翻译那份和虫族合作的文件。这样万一有人发现机房，那就是星图倒霉的时候。"她给星图挖了个大坑，然后兴致勃勃地等着看星图什么时候栽进去，"我倒是没想到这一天会来得这么快。林纸他们无声无息地把资料取回来了，打了我一个措手不及。不过没关系，只是提前了一点儿而已。我故意在星图机械狗里放了刺杀名单，把一切证据都摆在明面上，就等着联盟发现。其实我只想要超级计算机的运算结果而已。我拿到结果，你们背锅，皆大欢喜。"

宫元并不觉得有多欢喜，脸都绿了。

西结温柔地说："反正就算不出这件事，星图也撑不了多久了。"

宫元怒了："你到底把我的钱都弄到哪里去了？"

林纸：她肯定拿去做她的芯片了，皇上。

宫元往前迈了一步。

宫危立刻向前，在西结的指挥下一把抓住他爸的胳膊，去夺他手里的枪。

废太子比皇上高，也年轻强壮得多，皇上在儿子面前根本不是对手。但皇上没有放手，也没有开枪，好像在犹豫。

林纸忽然发现这具身体的主人，也就是宫简，抬了一下胳膊。一道光闪过，他对着宫危开了一枪。

宫元在犹豫，宫简却不管那套，宫危那天掐着他的脖子压在窗口，差点儿把他从楼上扔下去，他早就想给他一枪了。这一枪不管不顾，完全没在意正与宫危扭打在一起的宫元，但还好确实命中了宫危的胸口，就是打得有点儿偏。

宫危已经抢到了激光枪，毫不犹豫地一枪回射过来，命中了宫简的肚子。

林纸跟着疼得额头直冒冷汗：啊！超疼！

宫简按住肚子跌坐在地上。宫危力气用尽，也跟着倒了下去，不知道是晕过去了还是死了。

西结的声音传来："宫成，你躲到哪儿去了？快出来帮忙。"

看来宫成并没有装西结的芯片，这么热闹的时候，他不知道躲在哪个犄角旮旯不肯出来。

宫简这会儿一副快不行了的样子，林纸应该穿回去，可是这种关键时刻，她实在不能走。

宫元瞥了一眼倒在地上的两个儿子，谁都没管，直接捡起地上的枪，大步上前，走到西结躺着的那张床前，一把攥住西结纤细的脖子，从牙缝里挤出威胁："把我的钱还给我，否则我弄死你！"

林纸琢磨，不知道秦猎把军方的人叫来了没有。

西结被掐住了脖子，扬声器里的声音却一如既往，像所有人工智能助手一样没有丝毫感情起伏："宫元，今天傍晚时，联盟军已经收回了使徒星机房附近的区域，虫族的信号屏蔽解除了，我重新和机房做了连接，不只拿到了运算结果，还顺便破译了以前从虫族那边偷到的资料。我在里面发现了非常重要的东西，把它加密后藏了起来，如果你现在掐死我，人类就完了。"

宫元松开了西结的脖子。不过他并不关心人类完不完蛋的问题，伸手打开西结床头的控制屏，在虚拟屏幕上点了几下，说："你提醒我了，我得把你和人工智能连接的部分关停。你刚刚说你能通过芯片控制别人？你这么唠唠叨叨的，其实是在跟我拖时间，想用芯片召唤其他人过来帮忙吧？还是关掉保险。关掉以后，你就只不过是个躺在床上的残废而已。"

宫元又点了一下屏幕："看，我现在可以随便操控你了。"

床上的西结忽然发出声音。她大概好久没用自己的身体出声了，声音沙哑得像只受伤的动物。

宫元又点了一下，西结就像被静音了一样。

他开开关关，像在逗弄动物，最后停在"打开"上，让西结能出声说话。

"只要我不打开，你的大脑就控制不了身体，所有信号都会被控件直接过滤掉，你除了想想，还能干什么？"宫元放下枪，从床旁边捡起刚才花衬衣掉在地上的匕首，一刀捅进西结的大腿里，咬牙切齿地问，"西结，你把我的钱藏到哪儿去了？"

西结发出痛苦的呻吟声，并不回答。

宫元毫不犹豫地又割了她一刀。

这边，宫简正抱着受枪伤的肚子，眼前越来越模糊。林纸只能跟着他眼睁睁看着宫元一刀刀伤害西结的身体，逼问她钱的下落。

红色的鲜血在白床单上漫延开来。林纸心想，他该不会是下手太狠，不小心割到她腿上的大动脉了吧？

忽然，林纸的视野变化了。这一次眼前是一片橙色，像是闭着眼睛，同时腿上传来剧痛，让她本能地抖了一下。

林纸今天试过，明明穿不到西结身上，这会儿却到了她的身体里。估计是因为宫元关停了她人工智能的那部分，把她重新变回了一个普通人。

西结正在脑中低声啜泣，她人的这部分远不像扬声器里表现的那么冷静。痛苦的呻吟和啜泣声中，林纸捕捉到一句清晰的话——"我要死了吗？"

林纸想了想，回答："是。你好像是要死了。"

西结安静半晌，问："你是谁？"

"我是一个能听到你心声的神，只要你的愿望足够强烈，给我的报酬又合适的话，我就能帮你实现愿望。"林纸问，"你希望我帮你报仇吗？"

西结脑中的啜泣渐渐变成了咬牙切齿："如果你真是神的话，请你帮我报仇，我要杀了宫元！"

"好。"林纸耐心答，"我要的报酬是你藏起来的那份资料。"

西结静默了片刻，说："你这个神，要的报酬还真现实。"她并不相信林纸，"我可以给你资料，但是你要先帮我杀了宫元。"

她快死了，没时间再跟她讨价还价，林纸干脆地答了声"好"。

宫元握着匕首，正琢磨怎么继续拷问，就看见西结一直紧闭的眼睛睁开了。这个躺在床上不能动、任他宰割的 Omega，正用那黑色的瞳仁死死地盯着他，就像从地狱里爬回来的怨灵。他吓得差点儿魂飞魄散。

下一秒，宫元的胸口突然一热。是西结摸起他放在旁边的激光枪，对准他的胸口轰了一枪。

西结脑中的控件好像只屏蔽了她自己对身体的操控信号，对林纸完全没用。林纸刚刚一上西结的身，就在挨刀子的时候下意识地收缩了一下肌肉，知道自己是可以动的。

一枪开完，西结轻轻地吁了口气，说："再帮我来一枪。"

林纸毫不犹豫地补枪，用西结的手握着枪，对准宫元连开了几枪。宫元的胸口被激光束烧得焦黑，不可置信的表情凝固在脸上，缓缓地栽了下去。

林纸又毫不客气地一枪补在他脑袋上。宫元这下肯定死得透透的了。

西结整个人都放松了下来。

林纸问："资料在哪儿？"

西结对林纸轻轻说了几句话，林纸虽然不懂，还是尽可能地记了下来。

腿上的痛感消失了，濒死的感觉降临，有种被平静和安详包围的感觉。林纸听见她最后问："你其实是林纸吧？"

船舱门那边传来声音，应该是军方的人到了，正在想办法打开这艘飞船的门。

西结死了。

林纸回到了自己的身体里。

秦猎一看到她睁开眼睛就说："飞船飞不了了，靳辛上将派过来的人也到了。"

林纸从他怀里起来："里面的人差不多都死光了。秦猎，我想找安珀，西结把一份资料藏在云端，还加密了，得找他帮忙挖出来。"

安珀这会儿还没睡，接到活儿立刻精神了，在电话那头研究了一会儿说："有点儿麻烦，可能得花一段时间。"

连他都说麻烦，估计是真的麻烦。

林纸看着车窗外，远远地能隐约看见军方的人把人从飞船里一个接一个抬出来。

秦猎下车过去看了看，宫元死了，西结死了，宫简和宫危半死不活，只有宫成被带出来时难得地是站着的状态。星图这次垮得相当彻底。

林纸打了个哈欠。

秦猎说："太晚了，没什么好看的了，我们回医院吧。"

林纸：这医院简直被他俩住得像酒店。

悬浮车很快，转眼回到联盟军总医院，按电梯时，林纸的手停了一下，转而按了"24"。她想先去看看边伽。

二十四楼很安静，林纸和秦猎走到边伽的病房外，却发现里面的急救舱空着。林纸的心一紧，还没来得及着急，就听旁边有人叫她。

杀浅大概是听到了声音，从病房里探头出来："边伽已经醒了，挪到我这边了。"

林纸赶紧冲过去，秦猎也快步跟着她。

杀浅一只手按着门等着他们："他醒了，但是疯了。"

林纸：啊？

房间里传来边伽愉快的声音："谁疯了？你才疯了呢！"

他坐在杀浅的隔壁床上，看起来无比正常，正对着手环屏幕狂翻。林纸顿时放下一颗心。

杀浅关上门："你没疯？没疯你把刚刚和我说的话跟林纸和秦猎说一遍？"

边伽的一双眼睛都在活泼地跳舞，好像非常乐意再说一遍："你们猜猜，我昏迷的时候去哪儿了？我去找萨雅了！"

林纸："……"听着是不太正常。

秦猎忍不住问："萨雅？你每天都在说的那个写《孤独星环》系列游记的萨雅？她是几十年前的人，好像已经去世了吧？"

"四十多年前。"边伽满脸兴奋，眼睛还在闪光，"我穿回了四十多年前！我一过去就到了医院里一个病号身上，医生说心脏本来停跳了，不过又突然活过来了。然后我刚好遇见萨雅，听说她正在找司机，就马上毛遂自荐，结果她真的挑中我了！真的！你信不信我？"

林纸好奇："你在那边待了多久？"

"三个月，我们虽然没能把联盟的行星都逛一遍，可也去了不少地方。"边伽一脸满足，好像真的回到了过去。他一直说最大的愿望是跟萨雅一起游遍星环九区。

林纸忽然想起秦梵在献祭能力的时候说的一句话——"我觉得这种能力，与其说是预言未来，不如说是跨越时间。"从他那边一回来，她就去看了边伽，刚好赶上他情况危急，该不会是她当时无意中用这种能力把他送到了过去吧？她从其他人身体里离开后，失去灵魂的身体会变得平稳和缓，进入类似休眠的状态，也许就是因为边伽走了，他的体征才稳定了下来。

边伽狂翻了一阵屏幕，想找萨雅游记里自己存在的证据，可惜没找到。他关掉手环，口气中带着遗憾："就是时间太短了，还没待够……"

林纸默默地看着他，集中精神试了试。没有用，边伽还好好地坐在这里。也不知道要达成什么条件才能让人穿越。

　　秦猎突然问："你就这样回来了，那萨雅怎么办？"

　　杀浅看看秦猎，又看看林纸，一脸无语："他一个人疯，你们两个也都跟着他疯？都相信他真的穿到过去了？"

　　林纸和秦猎当然信，因为林纸就是这么过来的。

　　秦猎不理他，继续问边伽："你好像喜欢萨雅吧？你就这样穿过去，又突然走了，萨雅没问题吗？"

　　神侍大人现在的关注点很歪，满脑子都是粉红泡泡，估计是以己度人，物伤其类。

　　边伽眼中闪过一点儿失落："估计会难过，不过我们就是朋友而已。我过去后才发现萨雅其实有个爱人，是个考古学家，两人的感情非常好，只不过都是不婚主义，他也很忙，不能陪她一起旅行。"

　　林纸：原来是单恋啊。

　　不过边伽很快打起了精神："不管怎么说，去四十年前玩了一圈，这种神奇的经历，别人都没有吧？"

　　林纸：我还穿了个异世界呢，可惜炫耀不了，只能憋着。

　　时间已经非常晚了，查房的医生敲了敲门，进来委婉地把大家痛骂了一顿，赶所有人回自己的病房。

　　林纸原本就不打算回学院，在医院申请了陪床，打算晚上照顾受伤的秦猎，没想到他肩膀好得太快，根本用不着。

　　秦猎说："还是在这边凑合一晚上吧，我们天亮再走。"

　　他的房间里有一张可以拉开的折叠床，护士拿来了被子、枕头，刚铺好，秦猎的手环就响了。

　　安珀一脸兴奋："西结可真能藏，加密也做得很漂亮，不过还是被我拿到手了。"

　　资料有不少，他打开给秦猎和林纸看，除了原文，还有被西结翻译好的部分。内容不少，但和林纸想的不同，并不是虫族新型武器的资料，更像是某种理论性的技术档案，她看不懂。

　　秦猎立刻联系靳辛上将，只说是根据林纸从西结那里拿到的情报挖出了她藏起来的资料。

　　资料全部转给军方，两人不再操心这件事。

　　一整天下来，林纸实在太累，几乎一倒在床上就睡着了。她睡得很浅，做了一个梦，来到了一个奇异的地方，周围茫然一片。一片暗色中出现了一个人影，正好奇地到处张望。人影越来越清晰，林纸忽然看清了她的脸——这明明是原来那个世界自己的样子！这样看自己有点儿奇怪，又透着熟悉。对面的人也看清林纸了，似乎也吓了一大跳，好像知道她是谁了。

　　林纸问："你是那个 Omega 林纸？"

　　对方迟疑了一秒，试探着问："你是……这具身体原来的林纸？"

　　果然，她们跨越时空，交换了。

林纸问："你过去是不是刚好遇到车祸？你没事吧？"

来到异世界之前，林纸正坐在一辆出租车上，另一辆车从侧面撞上来，怎么想都很难躲过去。

对方回答："对，不过没什么事，就是稍微受了点儿伤。"她的神情好像有点儿不太好意思，欲言又止。

林纸纳闷地看着她。

"我……那个……谈恋爱了，就是开车撞上来的那个人，他把我送到医院，又照顾了我一段时间，人很体贴。"

原来如此。这不用不好意思啊，林纸说："我也谈恋爱了，估计你认识，就是学院的大四学长秦猎。"

对方很诧异："啊？那个冷冰冰谁都不理的秦猎？"

两个女孩儿一起笑了。

"对了，我还把你家的窗帘换了，把阳台上的小铁圆桌、椅子和跑步机都挪开了，改成了画室……"对方有点儿忐忑。

林纸说："没关系，那里现在是你家，你想怎样就怎样。"

对方放松了一点儿，继续汇报："我还转了专业，原来的专业课听不太懂，我就去学动画了。你们的很多东西不太一样，不过疯狂突击了一段时间，交上去的作品集通过了，就成功转过去了……"这是她喜欢又擅长的方向。如今有了间小房子，还有存款，足够她衣食无忧到毕业，画她的画，过安稳的生活。

两人又聊了几句，林纸发现她的身影正渐渐变淡，知道她要走了，伸出手抱了抱她，在她耳边跟她告别："保重。"

对方点了点头，回抱住林纸，低声说："你也保重。"

身影彻底消失了，一阵轻微的震动后，林纸睁开了眼睛。

秦猎的声音从旁边床位传来："怎么了？"

病房里开着一盏小灯，秦猎斜靠在床头，还没有睡。睡前查房的医生给他挪掉了医疗舱，换成了医疗仪，正罩在他的肩膀上。

林纸拿起手环，看了看："是秦梵发来的消息。"她顿了顿，看向秦猎，"他说他刚刚又一次看到预言的画面了，虫族突然入侵，九区全部沦陷。不过这次也有不一样的地方，他看到你、我、他，我们所有人都在驾驶机甲保卫母星，之后母星被虫族占领，我们都死在了战场上。就在一个月后。"

秦猎靠着床头，默默地看着她。

未来看上去似乎改变了，却又没有真的改变——不变的是结局，变化的是结局里的人。

"睡吧。"秦猎说，"就算命运真的注定是那样，我们也要奋力一搏。"

林纸同意："没错，就算我挣不过它，它最后真的弄死我，我也要让它听见，我死得很大声。"

秦猎忍不住笑了："快睡吧，给你很大声的死攒点儿力气。"

林纸刚闭上眼睛，就又听到秦猎说："明天出院后，我们暂时不回学院，请两天假，去一个地方。"

第二天一早，医生来查房，检查了一遍秦猎的肩膀，确定他可以出院了。

秦猎昨晚一动不动地让医疗仪照了一晚上，肩膀上的疤痕已经完全平复，基本看不出来。他对治疗效果很满意，等医生走后问林纸："总算没有了。我觉得你应该不喜欢伤疤？"

林纸奇怪："我并没说过我不喜欢伤疤啊。"

秦猎偏头问："所以原来你喜欢？那我下次不修复了。"

林纸哭笑不得：倒也不必……

边伽刚醒过来，需要留院观察，杀浅陪着他，秦猎就自己办了出院手续。他叫来一辆悬浮车，没有回学院，朝天谕总部的方向飞去。

他要带她去公司？这倒是有点儿出乎林纸的意料。

悬浮车忽然拐了一下，绕过天谕大厦，向着隔壁另一幢差不多高的大厦飞过去。这幢明显不是办公楼，是住宅，一户一层，每一层都有独立的空中泊车位。

秦猎让悬浮车在顶层的泊车位停下来，和林纸一起下了车，刷开车位旁的门，说："这是我家。"

里面是一整层，隔断很少，装修简约，以浅灰色和浅木色为主，莫名有种一望无际的感觉，其中一整面都是窗，可以俯瞰母星首都。

林纸问："是你和你哥的家？"

秦猎说："不是，我自己的，我哥住楼下。这里离天谕很近，来去比较方便。"

是很近，要是有架机甲的话，一个纵跃就可以直接从这边跳到天谕总部大厦。上班时蹦过去，下班再蹦回来，非常方便。

林纸正到处看，秦猎忽然碰了一下墙上的控制屏。原本透明的玻璃变黑了，遮住外面的阳光，房间里暗了下来，四周出现了全息投影，投影的是浩瀚宇宙。幽深的背景下，空中悬浮着无数点繁星，星河璀璨。

秦猎走过来拉住林纸的手，站在正中间："我们脚下是母星的位置，这是在母星看到的太空。"

因为是全息投影，所有星星都悬在周围，精确地重现了与母星的相对位置，触手可及，比长途飞船的舷窗看出去还真实。林纸伸出一只手，去碰空中一颗又一颗星星闪亮的幻影。

秦猎没在看星空，而是低头看着她："林纸，我昨晚提交了申请，希望能免除我神侍的家族职务。"

林纸不再看星星了，转头看着他。

"家族里的神侍大多数都做了一辈子，但是也有人遇到了对的人，主动要求解除神侍的职务，这是有过先例的。所以我也想。"他握住她的手，凝视着她的眼睛，"无论你是谁，是人也罢、神也罢，还是别的什么，是长这样、长那样，还是长着尾巴，我都想和你在一起。不管是一个月还是一辈子，反正是我能拥有的全部时间，每一分每一秒。"

林纸的喉咙有点儿发紧。

也许注定的命运就要降临，他们真的快没有时间了，相处的每一秒钟都弥足珍贵。

林纸仰头望着他，好半天才终于出声："那我们可以永久标记了吗？"

秦猎："……"

就算在幽暗的光线下，林纸还是能看出他的耳根红了。

林纸再接再厉，直接问他："所以真的会卡住吗？卡个几天几夜？"

秦猎的脸终于红晕滚滚。

实在太好玩了。林纸绷住脸，努力不笑。

秦猎看出来了，漂亮的眼睛眯了起来："好玩吗？"

傻瓜都知道这个 Alpha 现在很危险，就这么一会儿工夫，空气里已经全是他的信息素的味道。他的易感期还没过，信息素妖得吓人，有如实体一样勾引着林纸的神经。大事不妙，她转身就跑。

秦猎人高手长，一伸手就把她的胳膊攥住，人也欺近，按住她的腰，把她禁锢在怀里，从她身后低下头，贴近她的耳边："纸纸，我闻到你的信息素的味道了。"

浓醇的酒香正一点点渗出来，两种香气在周围的繁星中追逐纠缠。

他腾出一只手，拨开她的头发，吻上她的后颈，却没有碰她的腺体，只在旁边似有若无地吻着，然后滑向她的耳沿，丝毫没有标记的意思。他这次明显打算要更好的东西。

手指和嘴唇一起逡巡，秦猎低声跟她确认："纸纸，你明白永久标记是什么意思吗？"

林纸当然知道："其实就是永久、唯一、排他性地只选你嘛。我不是早就选过了。"

秦猎的声音中带着一点儿笑意："是。"

"那时候这样选，现在还是这样选，我觉我选得很好。"林纸在他怀里挣了挣，问，"床在哪儿？"

秦猎把她翻过来，咬住她的唇，轻声说："这里不好吗？"

地毯厚实柔软，星河绚烂，就是星星太多，有点儿太亮。

亮的好处是可以看清秦猎。他脱掉上衣，右肩的伤已经毫无痕迹，只有完美的肌肉线条，漂亮得像雕像，左边肩膀倒是还有一圈明显的牙印。亮的坏处就是也能被他看得很清楚。

秦猎把衣服扔在旁边，手撑在她身旁，穿过无数细微闪耀的金色星星俯身下来，比她还像宇宙中降世的神祇。

这是她一眼挑中的人。

秦猎低声说："你竟然也有不好意思的时候。"

说得她的脸皮好像有多厚一样。林纸伸手搂住他的脖子，把他拉下来："先让我标记一下。"她扳过他的头，对准他的后颈瞎咬了一口，留下两排牙印。这次咬得不狠，没有见血。

秦猎等她咬完，翻身把她拉进怀里，低声问："完了？那该我了。"

星空缓缓旋转，闪亮的星子绕过她的指尖，和她的手指一起穿过他的头发。

他细致入微地照顾着她所有的感觉，重新回到她耳边，低声说："别紧张。"

林纸打开了通感，然后轻声反问："是我在紧张吗？"

秦猎在她耳边呢喃："也可能是我。"

反正两人现在不分彼此，根本不知道每一丝细微的感觉究竟是谁的。

林纸现在明白永久标记在这个异世界里的特殊了。这是她以前从没体验过也完全无法想象的。它凶猛强烈，侵入血脉，惊涛骇浪排山倒海般冲击一切、碾压一切，它反反复复，回声一样不停地激荡，席卷过两人的神经，比起来，以前那一次又一次的临时标记全都是小儿科。

终于平息后，林纸趴在秦猎胸前，好半天才幽幽出声："秦猎……说好的几天几夜呢？"

秦猎环住她，捋了捋她的头发："有什么办法，我无时无刻不在跟你通感。"

林纸默了默，坐起来，伸出一只手掐住他的脖子，按住他的喉结，眯起眼："所以你敢说是我的问题？"

"我不敢。"秦猎任她掐着，完全不反抗，一只手却悄悄搭上她的腰，"我们再试试，看看这次能不能做到。"

事实是不能，永久标记的冲击林纸撑不住。

不知道过了多久，她迷迷糊糊地从他怀里爬出来。

秦猎拉住她："你要去哪儿？"

"我累了，我要去找床，找被子，我要睡觉。"

秦猎顺手把她捞回来："我就是你的被子，睡吧。"

窝在他怀里，贴在他宽厚的胸膛上，确实很暖和，林纸很快就睡着了。再醒来时，她发现自己已经被转移到一直惦记着却没能找到的床上，盖着心心念念想要的被子，被子里全是阳光的味道。

秦猎裸着上半身，只穿着长裤，正要往外走，看见她醒了，重新上床，俯身吻了吻她："饿不饿？我正要去拿营养液。"

"我也去。"林纸爬起来，没有下床，而是直接爬到他背上，"我们一起。"

秦猎答了声"好"，背着她往外走。

林纸不老实，一会儿就从他的背上爬下来，钩住他的腰，搂住他的脖子，像吊在大动物身上的小动物一样挂在他身上。

秦猎问："你爬来爬去的干什么呢？"

"我正在模拟。"林纸说，"模拟几天几夜要怎么办。"

这事算是过不去了……其实那时候在神殿里跟她说这个多少是有点儿吓唬她，让她慎重考虑的意思，没想到给自己挖了个巨大的深坑。秦猎有点儿无奈："纸纸，只是有可能而已，并不是常态。"

林纸问："所以是高于平均水平的吗？"

听到"平均水平"四个字，秦猎心中一口老血默默地喷出来。

他这样带着林纸走到一个冰箱一样的柜子前，里面冷藏着营养液，码得整整齐齐，包装统一，一个字都没有。秦猎腾出一只手，拿了一管营养液给她。

林纸好奇地问："包装上没有字，怎么知道是什么口味？"

秦猎回答："没有口味，全都是一样的。"

林纸打开尝了尝，根本就是浓稠一点儿的水，就像大米粥的汤，不难喝，可也没有任何味道，一次两次还可以，长年累月肯定受不了。没想到他以前就喝这种东西。

秦猎有点儿抱歉："以后一定换掉。我们把这里全部换成你喜欢的口味。"他指指旁边，"我们在这里再加一个厨房。你不喜欢营养液，我可以给你做别的。"

林纸惊奇道："你会做饭？"

秦猎说："不会，但是我可以学。"

他继续抱着她在屋里逛，来到窗前，按了一下，整面墙的玻璃立刻变得透明。

林纸吓得不喝营养液了，一把抱住他的脖子，整个人都贴在他身上，把自己藏起来。

秦猎忍住笑："不用担心，这是特殊玻璃，从外面看不见。"

天已经黑了，站在这里俯瞰，首都万家灯火，每一个亮着的窗口里都藏着一个或者几个小人，每个小小的人都在过着他们柴米油盐的日子。

秦猎抱着她往下看："这里很高，每次下雪的时候，能看到整个城市上空都是飘着的雪片。以后冬天了，我们把床挪过来，躺在上面看雪花。"他抱着她往回走，像大猴子带着小猴子，"我这里的装修颜色太素了，你要是不喜欢，以后你自己随便换……"

林纸用胳膊钩着他的脖子，趴在他的肩膀上慢慢地喝营养液。他今天说了很多个"以后"，好像两个人真的会长长久久，有很多的"以后"。

秦猎的手环忽然响了，他腾出手看了一眼。

林纸也看见了，上面是秦修发来的消息："小猎，看新闻。"

秦猎和林纸对视一眼，伸手点了点旁边墙上的控制屏。一面巨大的虚拟屏幕从墙边冒出来，上面是正在播报的突发新闻。

新闻播报员神情严肃："星环七区的星域忽然出现了虫族的战舰，目前情况不明……"

屏幕上切换成现场镜头，明显是手环拍下来的，天空中飘着林纸熟悉的大白泡泡，飞在一片居民楼的上空，一道强烈的光束射下来，然后是惊天动地的剧烈爆炸声，到处都是尖叫声和奔跑的脚步声。

就在今天傍晚，虫族突然入侵了七区！

和上次虫族入侵九区一样，虫族战舰又是凭空出现的，只不过这次联盟有了九区被偷袭的经验，没被它们彻底截断通信线路。也是因为还有信号，这一回，全联盟的人都目睹了七区的惨状——新闻画面经过了特殊处理，所有的生离死别都隐藏在马赛克后面，尖叫和哭喊声却藏不住。

林纸和秦猎的手环几乎同时响了，是学院转发的联盟军事委员会的紧急征兵通知。七区的虫族这次来势汹汹，联盟需要双线作战，而且按这种情况估计，其他星环区域也有被突然攻击的危险，全联盟紧急征兵，调动所有力量保卫家园。因此学院要求全体学员立刻返校。

"我们得走了。"秦猎把林纸压进怀里，吻了吻她的头发。

3

两人回到学院，头一次看到夜晚的帝国机甲学院灯火通明。整个学院里没人睡觉，人声鼎沸。

帝国机甲学院是母星首都的一个征兵点，很多报名入伍的平民来到这里，准备体检，参加步兵连队。而帝国机甲学院毕业了又没有入伍的学员都是预备役，也全部回母校报到。

林纸一眼就看到了食堂胖大叔。他人高马大，正排在长长的报名入伍的队伍里，马上要进去体检了。看到林纸，他热情洋溢地使劲对她挥手。林纸也连忙对他挥手。

除了人，校园里还有很多机甲，学员的练习机甲全部发放到人了。和平民不同，他们全部被直接编入本地驻军，今晚都要去母星驻军基地报到。

林纸和秦猎也去训练厅领自己的机甲，那里围着一群学员，正议论着。

"明明是七区有虫子入侵，不让我们上战场，留在母星干什么？"

"让我们带上机甲去七区前线啊！"

给大家登记发机甲的是好久不见的跑圈狂魔老杜。他坐在椅子上，从光脑前抬起头，仍旧温和耐心："虫族前不久突然出现在九区，昨天又出现在七区，说不定现在，或者下一秒，就会忽然出现在母星上空的星域。"他扫视众人，"不用着急，有你们打虫子的时候，而且不会太远。准备好保卫母星吧。"

所有学员都安静了。母星是人类的根基，是人类最早的家园，是人类的精神故乡。这是绝不能丢的地方，谁都不能想象这颗熟悉的蔚蓝星球落入虫族手里的样子。

杜教官面色平静，用一只手扶了扶与教官制服配套的大檐帽，把帽檐扶正，温和地说："下一个。"

下一个是林纸。

杜教官抬头看见是她，对她微笑了一下："你的赤字已经送回来了，就在里面。"

赤字红彤彤的，好像仔细做过保养，擦得干干净净，大尾巴熟悉而亲切。

林纸刚取到赤字，就看到边伽、杀浅和安珀了，他们也来取机甲。

从战场回来后，这是小队第一次全员到齐。

送大家去基地的飞船就等在学院停机坪上，夜色中，上飞船的队伍排得很长，大家议论纷纷。

"真的打起来的话，我们好像要带预备役的步兵。"

"不会吧，没经验的主控指挥们带着一群没经验的步兵？"

"现在四区和七区双线作战，主力都调到前线去了，母星的驻军不足，我们必须要顶上。"

"据说连队会酌情搭配老兵，不过数量不多。"

"好像真的快打了，我妈发消息过来说每家每户都发了战备应急包。"

"是，据说现在各大频道都在循环播放虫族入侵后的生存守则，让带好食物和武器，立刻离开城市什么的。"

"咱们在学院里好几年，到现在还不知道战场是什么样，连活的高智虫兵都没见过……"

林纸小队里几个人早已经上过战场了，心态和大家不太一样，全都不约而同地想：高智虫兵什么的，还是不见的好。

忽然，有教官急匆匆地跑过来："林纸、秦猎，你们先不要上飞船。"他身后跟着几个军方的人，"靳辛上将想请你们去一趟联盟大厦。"

军方的悬浮车照例等在学院门口。学院外的主路上，此时已经全是出城避难的车流——虫族虽然还没打进来，很多人已经开始撤离了。好在有治安局维持秩序，一条条长蛇般的车流在向前移动，缓慢但秩序井然。

这是林纸第一次看到空中拥塞着这么多悬浮车。透过车窗，能看到每辆车里都装着满满的行李，挤满大人、孩子和年迈的老人。

他们的车一离开学院就迅速升高，升到紧急车道，逆着出城的车流，向城市中心飞驰而去。

联盟大厦依旧灯火辉煌。靳辛上将在一间会议室里等着，除了他，还有满满一屋子人，上次颁发星环勋章时见过的星际联盟主席米拉元帅也在，甚至秦修竟然也在这里。

靳辛上将让他们找位置坐下，说："我们得到了一份虫族的资料，这两天一直在验证它的真实性。联盟的几所研究院彻夜工作，仔细比对我们以前收集到的数据，发现这份资料是真的。"说完示意身旁的一男一女。

两人随后站起来，走到长桌前的大屏幕前，先自我介绍了一下。他们都是军方研究院的研究员：男的名叫沃尔利，来自上将以前提过的专门破译虫族语言的部门，现在他们有了破译虫族语言的规则，终于可以顺畅地翻译了；女的叫席谨，主攻太空空间技术方向，讲的东西林纸见过，就是西结藏起来的那份资料。

两位研究员深入浅出，讲得很明白，资料里是虫族的一种空间技术，类比一下的话，有点儿像联盟的超空间跳跃点。西结翻译这份文件时，给它起了个名字："虫眼"。研究院重新翻译虫族的原始资料时，也沿用了这个名字。毕竟从资料看，它确实像一只巨大的眼睛，浮在太空中。

虫眼是虫族很多年前建造的，原本只是一个有关长距离空间跳跃的实验，没想到造好后阴错阳差地发现它的另一个出口就落在遥远的宇宙的另一个角落——人类的居住区域附近。虫族很快发现，这是一块资源丰富的区域，每一个人类改造的行星都很适宜虫族居住，于是它们开始穿越虫眼，来到离虫眼最近的区域，入侵人类的行星。

在跨度这么大的太空中建造虫眼，是件非常费时费力的事，虫族这么多年也就只这么一个虫眼。所以它们把主意打在了现有虫眼的升级改造上。就在最近，虫眼有了一次突破性的新升级，它们成功扩大了虫眼覆盖的空间范围。

席谨解释："也就是说，它们经过虫眼跳跃到我们这边以后，可能出现的空间范围非常大。虫眼在空间中是可以移动的，但是速度非常慢。经过这些年，虫族终于把它挪到了三区和四区的交界处，星环九区几乎全部落进虫眼的覆盖范围内。"

下面有人问："比如九区？比如七区？"

席谨点头："对。"

林纸低声补充："比如母星。"

席谨看了她一眼，答："对，也包括五区的母星。"

这就是最近九区和七区突然出现虫族战舰的原因，它们是通过虫眼直接跳跃过来的。而连最远的九区都可以跳过去，母星必然也在覆盖范围内，虫族现在没有来不是不能，估计是还没有准备好，这最后的一击它们必然精心准备，志在必得。

林纸和秦猎对视了一眼。虫族早晚会对联盟发起全面进攻，这就是秦梵看到的九区全部沦陷的场景，就在不久之后……

所有人都沉默了。

但是林纸知道联盟一定已经有了应对的方案，否则不会突然把她和秦猎叫到联盟大厦来。

果然，靳辛上将说："我们现在已经有了一个初步的计划，叫'使徒计划'，目标是摧毁虫眼。"

虫眼的建造非常不容易，虫族用那么多年才造好一个，只要破坏掉，它们根本到不了这么遥远的星系，运兵线立刻就会被截断。再建造一个新的虫眼，还不知道到何年何月。

"但问题是，目前关于虫眼，我们只明白它的原理和运作方式，数据是远远不够的。我们需要靠近虫眼收集数据。但虫眼所在的位置深入虫族控制的星域，战舰没办法打过去，所以我们考虑用遥控小型飞行器去采集数据。然而现有的遥控技术，有的在空间尺度上很难实现，有的容易被虫族屏蔽。比如元隧穿技术，因为信号隐蔽，不太会被虫族屏蔽，但是仍然有被虫族发现的可能性，一旦目标暴露就会前功尽弃，我们现在没有冒险试错的时间。"靳辛上将顿了顿，说，"所以我们现在有了另一个方案……"

秦修站了起来，从包里拿出一个小东西给大家展示：尖锥形，只比手掌稍长一些，看起来像一颗流线型的陨石。

"这是一架迷你飞行器，名字叫蜂鸟，搭载的是天谕最新研究的远程耦合遥控系统……"

这个林纸知道，上次去天谕参观时，秦猎曾经详细解释过。远程遥控武器的信号会被虫族干扰和解码反制，而耦合感应就像量子纠缠一样，完全没人知道信号是怎样传递的，不只没法屏蔽，连检测都没法检测。天谕一直在开发远程耦合控制的武器，看来是有进展了。

果然，秦修继续说道："我们最近有了突破性的进展，可以把远程耦合信号大幅度拉远，幅度可以说大到惊人。我们发现，耦合信号的优势是在远到星域量级的距离时，仍然没有任何衰减。天谕还有一个研究方向，就是把耦合元件尽可能做小，我们现在已经可以做得相当迷你了。"

那天参观天谕，林纸和秦猎用机甲小人玩橄榄球，用的就是天谕新做的迷你耦合元件。想到秦猎当时输了四千块钱，林纸心情愉快，忍不住弯弯嘴角，看了眼秦猎。

秦猎也在看她，用口型说："下次再赌一次。"明显是又想给她送钱。

秦修还在继续："蜂鸟的耦合遥控部分，我们就做得很小，把空间让给能量推进部分和数据收集部分。"

他身旁的大概是飞行器方面的专家，接口道："我们在这架蜂鸟上安装了高能推进装置，一旦加速起来，速度不亚于联盟最好的战舰。"

"是。"靳辛上将说，"然后我们进行远程操控，靠近虫眼收集数据。"

米拉元帅问："如果耦合遥控，最远距离是多远？"

秦修答："我们已经做过实验，大概是一百个天文亚伦。"天文亚伦是星际联盟衡量太空距离的单位。

米拉元帅说："我刚刚看到星域图，虫眼在三区、四区交界处，离我们四区的防线很远，起码有两三百个天文亚伦。"

靳辛上将说："所以我们的想法是，操控员乘战舰挺进。这等于单兵深入敌后，要冒非常大的风险。不然的话，就只能想办法全面推进防线。"

虫眼的移动非常缓慢，这些年只动了这么一点儿距离，防线肯定是可以向它靠近的，它根本不能躲开。但是防线的推进，每一寸都要靠前线将士用生命来换。

秦修说："一百个天文亚伦的实验是我做的。而耦合遥控系统能够遥控的距离，是和操控者的耦合能力有关系的，有人的耦合能力比我强很多。"

他看向林纸，所有人也都跟着他的目光往这边看。

林纸心里清楚，这就是她和秦猎被紧急带到这里的原因。

靳辛上将说："我们的时间很紧张，不能再浪费时间选人，我可以用军衔担保，联盟军中耦合天赋最强的人就坐在这里。"他转向林纸，"不知道你能遥控多远。"

忽然有人出声，是另一位上将，他问靳辛上将："还有没有备选方案？"

靳辛上将回答："也有。用人工智能自主控制的小型探测器收集数据。"他停顿了一下，说，"不过，整个联盟目前有希望达到要求的，是星图新开发的一种针状飞行探测器，它可以利用人工智能，自行在现场根据具体情况制定策略。"

林纸估计他说的是在列车上见到的那种银箭，西结也是用那个去虫族占领区收集情报的。

然而"星图"两个字一出，所有人都不说话了。星图这几天刚被爆出勾结虫族的新闻，这次数据收集又是关乎联盟命运的大事，军事委员会不可能同意使用星图的人工智能产品。

果然，靳辛上将接着说：“星图的产品，我们还是不用吧。”

那名上将不同意：“不管星图怎么样，产品就只是产品而已，万一能用，总比推进防线来得方便。防线推进上百天文亚伦，谈何容易。”

靳辛上将说：“问题是那不是普通的产品，是自主人工智能，我们真的有把握控制它吗？”

那名上将坚持：“我还是觉得人工智能探测器不需要遥控，肯定能到达目标位置，会更可靠，毕竟用耦合感应操控，那么远的距离不一定能行……”

有人被他说服了，明显开始动摇。

林纸忽然开口："我觉得我可以。"你觉得是觉得，我觉得也是觉得，大家一起来"觉得"呗。

米拉元帅开口了，拍板道："我们还是先用天谕的探测器，让林纸去试试。"

飞船就在外面等着，林纸、秦猎，还有所有使徒计划的相关专家，一共几十个人，启程前往四区的前线基地。

秦修有天谕的事情要忙，只送林纸他们上飞船。

林纸找到机会，跟他打听西结的事。

秦修说："军方看到星图弄出的这个半人半人工智能也很震惊，他们顺藤摸瓜挖出了西结的一些资料。从现在掌握的资料看，她一直都在研究人类意识和人工智能的结合，还有各种生物性人体器官。对了，飞船上缴获的大批芯片很有问题，西结可能打算通过它来控制人类大脑。现在联盟在到处追查曾经在地下医院安装过这种芯片的人。"

没多久，飞船起飞了。虽然理论上航行期间是睡觉时间，但根本没人睡得着。

林纸和秦猎的床位是上下铺，旁边就是两名研究员，专攻虫族语言的研究员沃尔利坐在床边，盯着舷窗外发呆，上铺的席谨则在光脑上忙着，舱房里很安静。

秦猎出去拿水给口渴的林纸。她就坐在下铺，没话找话地问沃尔利："你眼睛有点儿红，一直忙着没睡过？"

沃尔利转头对她笑了笑："是。自从你拿回那份破译虫族语言的资料，这几天我们整个研究院的人都没有睡过。"

林纸立刻尴尬了。

沃尔利却说："谢谢你。我从来没想过，这辈子还能有看到虫族语言被破译的一天。我导师六十多岁的人了，第一次完整地翻译了一份虫族资料后，哭得像个小孩一样。"

他眼睛都熬红了，却没有补觉的意思，跟林纸随口瞎聊："你知道吗？按我们这几天翻译的各种资料看，虫族的语言系统里好像从来没有出现过'我'这个概念。"他看一眼林纸的表情，解释道，"这不是什么不能说的秘密。我们研究院正和联盟教育部合作，准备把这次发现的虫族新信息全部编进《虫族概论》，新一版的教材很快就会发到各大机甲学院的学员手里了。"

席谨从上铺探出头，插嘴问："你的意思是，它们只有整体，没有个体的概念？"

"不是，它们有个体，也会按照一个个的个体分配任务，但是并没有'自我'的概念。

在它们的对话里，从来没有出现过类似'我'的表达。"

秦猎拿着水回来了，把水瓶递给林纸，顺口问："为什么会没有'我'的概念？"

"我们现在有个猜测，只是猜测而已，还没有足够的证据。"沃尔利说，"它们互相之间，尤其是越高阶的虫族之间，好像可以共享很多东西，包括感觉。"他想了想，说，"这种叫什么？通感？"

林纸和秦猎默默地对视一眼。

沃尔利还没说完："我们甚至觉得，非常高阶的虫族是可以直接控制低阶虫族的行动的。"

林纸："……"

"还有，"沃尔利一聊起来就兴致勃勃，"虫族好像有某种宗教概念，似乎信仰着宇宙中某个古老的神……"

林纸默默地往回缩了缩，把自己缩到床铺里，靠着墙。

秦猎不动声色地抿了抿嘴唇，但林纸觉得他好像在笑。

他在她旁边坐下，也不避嫌，直接伸手把她的手攥住，随口说："不知道它们虫族的神长什么样。"

席谨猜："估计它们的神也像虫子一样，有翅膀、尾巴什么的。"

沃尔利说："高阶虫族有点儿像人，说不定它们的神也有像人的部分，比如像结合体那样。"

林纸哆嗦了一下。

秦猎攥着她的手："其实长条尾巴也挺可爱的。"

沃尔利看秦猎一眼："它们很崇拜它们的神，要是听见你说它们的神'可爱'，一定会把你碎尸万段。"

秦猎悠然答："那也要它们能。"

席谨叹了口气："我们要是也有这么个神就好了，挥一挥手，就能把大家从虫爪下救出来。"

林纸心想，哪儿有那么容易。在她之前的世界里，有种说法叫"神通不敌业力"，意思是就算是神，也得尊重这个世界本身的运行规律，不可能为所欲为。人不自救，神仙也无能为力。

跨越超空间跳跃点后，飞船很快就到了目的地，是个老地方：四区的使徒星。

这次的计划之所以叫"使徒计划"，就是因为实验室要搭建在使徒星这颗离虫眼距离最近的人类行星上。

只不过这一回飞船降落的地点和前些天来的时候不太一样。林纸从舷窗看出去，一眼就看见了秦猎家的神殿，它洁白无瑕，矗立在蓝天下黄褐色的原野上——这片土地总算重新回到了人类的手里！

离神殿不远的地方，地面上凿了一个大洞，里面黑乎乎的。穿着步兵甲的联盟军士兵正在洞口进出，货运悬浮车来来往往，往基地运送东西。

林纸跟秦猎汇报："你家神殿前被人挖了个大洞。"

秦猎悠然答："神啊，降个雷劈他们吧。"

林纸："……"

没错，联盟军橙区的新基地就在神殿旁边，因为是新建的，都是简易的设施和建筑。不过来接飞船的仍然是白焱上校。

林纸现在跟她很熟，一下飞船就问："神殿那边怎么了？"

"我们在那边开了一个矿口。"白焱上校回答，"根据研究院对虫族资料的分析，它们会用一种特殊的黑色石头给它们崇拜的神塑像。指挥部查了一下，使徒星这片区域地下就有这种黑石头的矿藏。虽然我们研究过，觉得这种石头没有什么工业价值，但是虫族相信它们的神可以附身在这种石头上，所以据说它们会把母巢的位置选在有这种石头的地方，希望借此得到神的护佑。"

林纸沉默了：地方选得真好，结果就被一锅端了。

白焱上校继续说："所以前线各行星都会仔细排查这种矿藏，看看附近有没有虫族母巢，一旦找到母巢，摧毁掉，这样各行星的地面战会好打很多。为了让大家都认识这种石头，四区作战指挥部让我们多挖一点儿样本给他们送过去。"

刚好有辆车回来了，敞开的车厢里装满了一小块一小块的黑矿石。跟车的是架高级机甲，看见林纸立刻停了下来，对她扬了一下机械手。

林纸认出来，这是厉鸣上尉的机甲，看来他已经康复了。她跟他挥手打了个招呼，眼睛往石头上瞟。

厉鸣上尉看出来了，转身从车厢里挑了一小块石头出来，驾驶机甲走近，然后俯下身，把一块小小的黑石头放在林纸掌心。石块的断面亮晶晶的，像黑曜石一样，闪着光，就是林纸曾经在神殿下的地下通道里见过的那种黑石头，和神殿里那块石板的材质一样，和神像尾巴的质地也很像。

白焱上校纳闷："老厉，你送人家一块石头干什么？"

厉鸣上尉好像有点儿不好意思，没说话，跟着悬浮车走了。

白焱上校带着大家来到专门安排的一间简易营房里。技术人员们的动手能力都很强，一起搭建飞船带来的各种仪器和设施，很快就把这个房间填得满满的，墙上一块又一块虚拟屏幕亮了起来。

一切运转正常，和母星连线。

靳辛上将出现在其中一块屏幕里。他联盟大厦的办公室里，陆续有其他人进来了，坐在他身后。

"不用太紧张，今天就是试飞而已。"

准备就绪，技术人员把头盔递给林纸——蜂鸟探测器由林纸操控，万一她有什么问题，就换成秦猎。

探测器早就准备好了，它没有来使徒星，而是跟着另一艘飞船留在使徒星外的星域里。

此刻整面墙的屏幕中，有一块屏幕上正在播放运载蜂鸟的那艘飞船外的场景：幽蓝的深空中，技术人员调试好，把蜂鸟放了出去，让它浮在飞船旁。

在所有人的目光里，林纸戴上头盔。她感受了一下，发现这是一个非常标准的耦合感应操控系统，立刻和它建立了完全耦合连接，可以说毫无难度。

原本黑着的主屏幕随之亮了起来——蜂鸟前后两端都有摄像头，画面通过耦合直接反馈到林纸的神经系统，再解码成视频信号，播放在主屏幕上。

一个技术人员问："在全力加速前，你要先控制它飞一下试试吗？"

林纸"嗯"了一声。

然后大家都看到飞船镜头里，那个陨石锥一样的蜂鸟探测器忽然活了起来，灵巧地转了个身，滴溜溜转了几圈，上蹿下跳，晃得人眼花缭乱，之后嗖地飞出镜头，看不见了。她人在使徒星上，操控在外太空的探测器，却轻松得就像在玩头顶上的玩具遥控飞机。

林纸说："它的动力装置完全正常，可以飞了。"

主屏幕上，蜂鸟不再乱转。

技术人员调校好方向，开始向着虫眼全力加速。这次只是测试而已，他们打算先飞到联盟控制的星域边界试试看。

然后就是漫长的等待。方向已经校准，速度也已经提高到了联盟最好的战舰推进系统的极限，蜂鸟自动向前飞，不用人管。

所有人都坐了下来，林纸戴着头盔，也百无聊赖地坐着。

天渐渐黑了，房间里亮起了灯。

技术人员汇报："已经一百个天文亚伦了。"

这个距离是秦修做实验时，耦合控制的距离极限。但主屏幕仍然稳稳地亮着，耦合信号一直很清晰，没有断过。

林纸并没有往屏幕上看，她大头娃娃一样顶着头盔，和旁边的秦猎低声聊天，悠闲自在，丝毫不显吃力。

又过了一段时间，技术人员汇报："现在已经到达我们战线的最前沿了。"

林纸抬起头，问："还要继续往前吗？"

从星域图上看，蜂鸟再往前，就进入虫族控制的区域了。这原本只是一次实验，没想到林纸和蜂鸟之间的耦合状况出奇的好，遥控顺畅到超乎所有人的想象。

靳辛上将沉吟片刻，说："继续往前吧，让我们看看最远能到哪里。"

蜂鸟在浩瀚的宇宙中继续前进，耦合信号却始终清晰而稳定。

房间里安静下来，每个人都屏息盯着主屏幕上的画面。

终于，技术人员汇报："如果再这样飞下去，就真的抵达虫眼了。"

靳辛上将拍板："继续。"

蜂鸟精细地调整了前进方向，直奔虫眼所在的空间坐标。

林纸根本不需要联盟推进防线来帮她缩短遥控距离，甚至都不需要乘坐飞船去防线的最前沿。她留在使徒星上，坐在这个实验室里，就已经能控制蜂鸟直达虫眼了。

屏幕上，遥遥地有个巨大无比的东西，如同星球一样悬浮在幽深的太空中，它长得像只有黑色瞳仁的眼睛，四周围绕着四射的耀眼光芒。无论是母星的联盟大厦里，还是使徒星的实验室中，每一个人都下意识站了起来。

这就是虫眼。人类终于第一次亲眼看到了这个让星环九区深陷战争的泥沼、生灵涂炭的庞然大物。

林纸不再跟秦猎聊天，在椅子上坐直，看向屏幕，集中精神，让蜂鸟逐渐减速。

虫眼迅速变大，蜂鸟却突然改变了方向，不再正对着虫眼往前冲，而是向旁边一偏。

所有人正纳闷，就听林纸说："前面有虫族战舰。"

只见距离虫眼不远的地方，有些小点越来越大，正是密密麻麻的虫族战舰，里面既有普通战舰，也有最新型的大白泡。

林纸谨慎地操控蜂鸟，兜着圈子，慢慢靠近。

虫眼巨大，几乎相当于一颗行星，而它旁边就是虫族战舰的集结点，再靠近一些，能清楚地看到战舰从虫眼中进进出出。

研究空间技术的席谨就坐在林纸旁边，她开始紧张起来，盯着面前的光脑屏幕说："我们开始收到虫眼的数据了。"

蜂鸟探测到的虫眼数据，会通过耦合信号传回林纸这边，解码后再发送到席谨他们的光脑上。

席谨问："可以再靠近一点儿吗？"

林纸回答："没问题。"

她小心地改变方向，绕过进进出出的虫族战舰，继续靠近虫眼。屏幕上，巨大的虫眼铺天盖地地向着镜头扑过来，一大片蚁群一样的虫族战舰浮在空中，清晰可见。

海量的数据被传送回来，研究员们全都在光脑上疯狂地忙着。

席谨请求："林纸，能不能再靠近一点儿？"

小蜂鸟继续向前，现在整个屏幕都被虫眼的黑色瞳仁占满，巨大的压迫感让房间里格外安静。

林纸问："还需要再近点儿吗？"

席谨回答："越近越好。"

林纸毫不犹豫，一路加速，对着虫眼冲了过去。

数据汹涌而来，席谨轻轻地呼了口气。林纸给她的比她想要的还多。

林纸问："还要冒险更靠近吗？"再近就真的太近了，虫眼前的战舰群很密集，估计附近会有防护机制。

席谨说："我们已经拿到了所有想要的数据，但是如果真的能尽可能地接近虫眼，说不定还能收集到其他更有价值的东西。"

林纸看向靳辛上将。再接近的话，蜂鸟有可能会被虫族发现。

靳辛上将想了想，决定道："继续往前。"发现就发现。人类没有时间了，当然是以尽可能收集数据为重。

林纸操纵蜂鸟，果断地冲向虫眼中心，还没到达战舰群的位置就被发现了。

虽然蜂鸟的尺寸比起虫眼就像尘埃中的尘埃，而且做了各种反探测的伪装，但是虫族的防御系统还是注意到了这个突然接近的小东西。一束白光从战舰中射了出来。

林纸不再顾忌，在空中猛然掉转方向，拐了个急弯，避过战舰的光束攻击。

又有其他战舰追过来了。林纸左冲右突，在一束束飞射的光束中灵巧地翻转回旋。小有小的好处，机动灵活，战舰打她就像用高射炮打一只小蚊子，根本打不中。只见小小的蜂鸟在空中疾飞，身后狂追着一大群虫族的大型战舰，场面十分壮观。

不过林纸始终记得前进的目标，一路往虫眼的入口疾驰，终于飞到了虫眼前。虫眼里幽深黑暗，不知道是什么，她在入口处来回兜着圈子，躲避着射过来的光束。

终于，席谨说："可以了。"

所有人都松了口气。任务圆满结束，蜂鸟可以启程返航了。

林纸却突发奇想："我们要不要进去看看？"难得有这么接近虫眼的机会，反正数据全都传回来了，也不怕蜂鸟损坏了。

靳辛上将这次没有犹豫，说："进去看看。"

林纸操纵蜂鸟，在光网般密集的光束中猛地掉头，一头冲进了虫眼中。

虫眼里并不是黑的，而是像联盟的超空间跳跃点一样充满了七彩变幻的眩光。蜂鸟也像进入超空间跳跃点一样开始疯狂地震动。

片刻之后，眩光消失，震动停止，蜂鸟从虫眼中穿了过去。对面应该是不知道距离多远的宇宙的另一个角落——虫族的老家。然而就在穿出去的一瞬间，主屏幕忽然黑了。

天谕的技术专家说："没有信号了，应该是耦合元件坏了。"

"因为距离实在太远了吧？信号过不来。"

大家都很遗憾："我还盼着能看看虫族老巢长什么样。不过想想确实不可能，这得是多远啊。"

林纸没有说话，不动声色地摘下头盔。

靳辛上将说："蜂鸟坏了就坏了，没关系。数据全部采集到了，这次任务已经圆满完成了。"他带头鼓起掌来。

实验室里响起热烈的掌声。没人能想到林纸只用一次试飞，就把数据收集工作做完了。

席谨和其他研究员都忙了起来，他们需要立刻开始分析处理数据。

林纸和秦猎还得暂时等在这里，以防数据不全，还得再飞一次。

每个人路过林纸时都说"困就睡一会儿"，还有人贴心地帮她拿了条毯子过来。因为他们知道，耦合是一件非常耗精力的事，她刚刚操控蜂鸟飞了那么远，一定精疲力尽。

其实林纸什么事都没有。但盛情难却，她只能趴在桌子上休息。

秦猎帮她披上毯子。林纸在毯子下假寐，听着技术人员和军方的人激烈讨论。

使徒计划的核心部分就是摧毁虫眼。虫族老家在宇宙遥远的另一边，如果没有虫眼，虫族的战舰是没办法飞过来的。只要想办法毁掉虫眼，虫族不仅不能再来星环九区，已经留在九区的那些虫族军队也会变成没有后援的孤军。而二区、三区一直在反复拉锯中，几乎没有虫族的聚居点，即便因为一区被占领的时间长，有些行星上建立了虫族的生产线，也根本支撑不起虫族的进攻。所以摧毁虫眼不仅可以解决人类现在的危险状况，还可以全面反攻，夺回那些原本属于人类的行星。那之后，在虫族建造出新的虫眼之前，人类起码能争取到很多年的和平时间。

甚至有人说："我们现在也有虫眼的技术了，再过几十年，说不定是我们人类通过虫眼打到虫族老家呢。"

可是根据蜂鸟刚刚收集到的数据，这件事非常棘手。

席谨说："根据我们目前计算的结果，无论爆炸是发生在虫眼内还是虫眼外，都不足以摧毁虫眼……"

有人补充："因为虫眼的结构特殊，爆炸的能量会在虫眼的两端释放，对虫眼本身的影响并不大。"

靳辛上将那边的军方代表问："除了炸毁，就没有其他办法了吗？"

席谨迟疑了一下才说："倒是有一个办法，应该能摧毁虫眼，不过有点儿太过于异想天开。"

靳辛上将立刻说："不管是什么，你说。"

林纸也掀开一点儿毯子，望向席谨。

席谨说："刚刚蜂鸟进入虫眼内部后传回了一批数据，我发现虫眼的承受能力是有限的。它可以轻松地传送大批虫族战舰，但是如果有更大质量的东西进入，它就会崩溃。"

好几个军方的人马上问："要多大的质量？"

席谨答："所以我才说是异想天开……估计要天体体量的东西才能行。"

使徒星的月光透过简易房屋的窗子照进来，洒落满地银辉。奇迹和安宁一大一小，明亮皎洁，悬在夜空里。

席谨抬起头，看了看窗外的天空："比如现在天上那两个月亮，哪一个都可以。"

靳辛上将并没有把她的话当成异想天开，问："有没有办法把一颗卫星推送到虫眼的位置？"

"离虫眼最近的就是使徒星的这两颗卫星。这个距离，给其中一颗卫星加上驱动装置，是有可能做到的。"

有人问："如果没有了月亮，对母星来说就是灭顶之灾，那么拿走奇迹或者安宁，会不会对使徒星有很大影响？"

有人反驳："不会。月亮的体量太大，和母星几乎算得上是双行星系统，所以对母星影响很大，但是使徒星不太一样，比如安宁，相对于使徒星要小得多。"

有人总结："具体影响要请专家测算过才知道。不过为了摧毁虫眼，就算会一定程度上改变使徒星的状态，还是值得的。现在最重要的是要有驱动卫星的方案……"

这是使徒星上的一个不眠之夜。屏幕一个接一个亮起来，联盟九区越来越多的专家被请过来，加入了讨论。这些联盟最聪明的大脑高速运转，方案一个个被提出、讨论、废弃。

每个人都在为生存而战，就像前线那些战士，就像后方那些登记入伍的平民，也像那些做好撤离准备、随时准备离开家园的人……这是决定人类生死存亡的关键时刻，努力自救的人会抓住每一线希望。无论命运是不是已经写定，在它的车轮碾过时，没有人会轻易一声不吭地倒下。

林纸蒙着毯子，趴在桌子上，不知什么时候睡着了，再醒来时，天早已大亮，会议好像要结束了。

林纸坐了起来，听见他们确定了最后的方案——专家们选择了比较小的卫星安宁，虽然小一些，质量已经足够了；驱动的问题也解决了，军事委员会将会举九区之力给安宁安装驱动系统，让它能够脱离轨道，飞往虫眼。

问题是这一路并不容易。安宁不比一艘飞船，没有那么灵活，从使徒星飞往虫眼，一路危机重重，得仔细规划路线，不能被沿途的其他天体捕获。而且它很可能会在冲进虫眼前先受到虫族的攻击。它需要被改造成可驾驶的状态。但要在整颗卫星上安装驱动系统已经不太容易，还要把它整合成可驾驶的状态就更不容易了。

靳辛上将问："改造需要多久？"

有人估算了一下，回答："物资全部到位后，调集所有的技术力量，大概需要一个使徒星日。"

靳辛上将说："我们现在并没有一个使徒星日的时间，虫族随时都可能通过虫眼发起全面进攻，必须尽可能地快。"

很快，又一批专家进驻了基地，一艘又一艘飞船在基地起降，大批改造需要的物资先运送到这里，再运往安宁。

改造工程如火如荼地进行着，神殿旁现在看起来像是堆满物资的工地。

林纸和秦猎在待命中，暂时没有任务。

秦猎问："我们再去神殿看看？"

神殿在高高的坡地上俯瞰着忙碌的人们，反射着耀目的阳光，洁白明亮，一切如日。这次有足够的时间，也没有虫子随时出现的威胁，林纸围着神殿到处仔细看了看，发现神殿门口倒塌了一半的白石墙上刻着几排铭文。文字很特殊，每一个都扭来扭去的，看起来像是某种古老的语言。

林纸问："这上面写的是什么？"

秦猎微笑了一下，顿了顿才说："这是使徒星上一种古老的语言，是向神祈祷的祷词。"

两人一起走进神殿。阳光从残破的屋顶照下来，温暖宁静。

林纸在高台前坐下，到处都很熟悉，像家一样。

这几天一直忙来忙去，没有静下来的时候，连睡觉的时间都不多，她这会儿才终于有空把发生的事情在脑中仔细地梳理一遍。

秦猎走过来，低头看着她："你在干什么？冥想？"

林纸抬起头，望着他，一脸痛苦："秦猎，我复盘了一遍，觉得自己好像犯了一个错误。"

秦猎微微挑眉："什么错误？"

林纸作苦瓜相："我得想办法找人。星环九区这么大，行星这么多，我要到哪儿去找？"她叹了口气，闭上眼睛，"只能试试了。"

秦猎悠悠地道："你都可以感应到穿过虫眼飞到宇宙另一边虫族老家的蜂鸟了，区区星环九区算什么。"

林纸：这人细心敏锐，又了解她，真是什么都知道。

她不再说话，集中精神，专心地搜索，眼前果然有了画面，是一只手，手腕纤细，肌肤雪白，正在关掉手环的屏幕。

手的主人，也就是这身体的主人，原本是斜躺着的，现在站了起来："已经完全调整好了？谢谢你。"优雅又温柔的女声语调自然，一点儿机械感都没有。

对面似乎是个医生，坐在一排仪器前，点点头："都好了，身体各部分运行正常，您以后不用再来了。"

身体的主人低头理了理浅灰色长裙轻薄的裙摆，拿起旁边的黑色长大衣套在外面。她的头发垂下来，发丝乌黑，闪着光泽，身体虽然纤细，但看起来年轻又健康。

她快步走出门，乘电梯下楼，来到街道上。外面的天是黑的，楼宇高耸，色彩斑斓的霓虹在不停地闪耀着。路上行人很多，城市上空架设着纵横交错的复杂的电梯系统——这是永夜之城布切！

她轻轻地吸了一口清冷的空气，走进布切夜色中熙熙攘攘的人群里。

林纸睁开眼睛，忍不住笑了一下。

是西结，一个换了全新的身体，估计还有全新身份的，自由的西结。

林纸抿了抿嘴唇，心中思索。她原本觉得西结那天会惨死，是因为她在逃亡的过程中连续犯了好几个错误：没能想到宫元特别改造了他的银刃Ⅲ型飞船，加入了防范人工智能的双系统；过于相信飞船的安全设施，没有给身边深空的人配备合适的武器；高估了宫成的忠诚度，没有仔细考虑宫简和宫危的关系，更不应该那么相信杀浅，把飞船的位置透漏给他……但是刚刚复盘的时候，林纸意识到她想错了。西结从始至终的判断都是正确的，包括揣测人心。这是一招漂亮的金蝉脱壳。她一手策划了自己的死，和西结这个身份一刀两断。

虫眼的资料是她拱手送给林纸的，因为联盟需要这份资料。毕竟等联盟自己把这份资料找出来，九区早就完蛋了。西结并不希望人类就此灭绝，所以把资料给了林纸。之后林纸把资料交给了联盟，联盟开始对付虫眼，每件事都在按她预期的方向稳稳前进。

如果她的死是假的，那芯片的事也真不了。因为她死后，联盟一定能追查出她做过控制其他人的意识的研究，那不如干脆把芯片的事主动暴露出来。林纸现在怀疑芯片只是个障眼法，西结控制其他人用的根本就不是这个，而是在人脑中无声无息地装了别的东西，需要再继续查。

林纸想了想，问秦猎："你说人类的意识可以复制吗？比如脱离身体，上传到什么地方，在需要的时候再下载到新的身体里。"

"能不能复制我不知道，"秦猎答，"上传的话，应该可以吧，这和你穿来穿去好像差不多？"

说得也是，区别只是这种是用科技的手段实现而已。

林纸琢磨："如果复制了一份的话，那个复制的意识还是你自己的吗？还是说，死的那个她其实是备份，留下来的那个才是本体？"

秦猎想了想，忽然问："你是说西结？西结没有死？"

林纸点头："对，她没死。但是她千算万算都没有想到，就算她抹掉一切痕迹，来了个死遁，换了一副新的身体，连每一根头发丝都是新的，我仍然可以随时和她通感。"她站起来，"我看到她光脑上的资料了，是布切一家生物科技公司的管理文件，我们应该可以把她找出来。"

她把生物科技公司的名字发给秦猎，秦猎立刻把情况转给了军方。

刚发完，就有人匆匆来神殿找他们。

林纸和秦猎回到实验室，发现大家都在，靳辛上将也在屏幕那头。

原来他们在安宁上安装驱动装置时发现一个问题，这个能驱动整颗卫星的系统太复杂，需要整合才能顺畅操控，而操控训练就要花费很长一段时间。但现在最缺的就是时间。天谕的技术员灵机一动，想出一个主意，提出用耦合系统操控安宁。耦合系统的技术本身已经非常成熟了，它的优势就是可以结合人脑处理复杂信号，而且没有延时，比普通操控系统强得多。军方和天谕的专家们凑在一起仔细分析，觉得这办法可行，因此现在正紧锣密鼓地在各个驱动位置加装耦合感应元件。

林纸明白了："所以是要我们来操控安宁？"

"是。"靳辛上将回答，"但是有个问题，天谕的遥控耦合元件还做不到那么复杂，你们要操控安宁，需要人在安宁上，跟它一起飞往虫眼。"

简而言之，安宁是个巨型炸弹，林纸他们得亲自坐在炸弹上，跟着它一起去轰炸目标。

房间里很安静。

秦猎看向林纸。此时此刻，所有人都在看林纸。

林纸轻轻点头："没问题。"这是联盟生死存亡的时刻，她是最佳人选，责无旁贷。

靳辛上将望着这个全联盟最有天赋的驾驶员说："任务非常危险，但是我们会尽一切可能，给你们创造活着逃离的条件。"

他说的是"你们"。

果然，他继续说："秦猎，我们希望你也能一起去。以防万一，安宁上会安装双人驾驶系统，两个驾驶位都可以操控安宁。"

秦猎看一眼林纸，平静地说："当然。"

这时，有人过来汇报："靳辛上将，耦合元件已经安装好，驾驶员可以就位适应系统了。"

小型飞船已经停在外面，等林纸和秦猎上了船，立刻起飞升空。

从舷窗望出去，安宁就在前方。它是一颗不太大的卫星，和月亮一样，还没有经过人类的改造，上面没有大气层的保护，表面是一个又一个陨石砸出来的深坑。在它后面，浩瀚的太空中，闪烁着一颗又一颗的繁星，那里是星环四区、五区、六区，一直到最偏远的九区。人类在那里生息、劳作，在那里出生、长大，直到尘归尘土归土，每一颗星球都是人类的家园。

秦猎伸手握住林纸的手。

"如果我们这次回不来的话，"林纸说，"也会被埋在墓茔星吧？"

秦猎理性地说："如果我们回不来的话，大概什么都不剩了。他们会把我们以前穿过的制服安葬在墓茔星，给我们放一块石牌。"

小小的铺在地上的洁白的石牌，周围的鲜花会在风中摇曳。

他环住林纸，把下巴搁在她的头顶："我肯定会被埋在你旁边。"

安宁到了，小飞船开始降落，稳稳地停在一个陨石坑里。

坑底正停着一艘联盟战舰。

两艘飞船开启对接，林纸他们通过对接通道进入战舰里。

战舰的舰长是个神情严肃的中年大校，快步过来和他们握了握手，就直接把他们带到战舰头部。这里已经安装好了一个特殊的驾驶舱位，两个座椅并排，各自有一个头盔，控制屏和机甲内部非常像。这就是他们操控安宁的地方。好几个专家，包括天谕的人，正在里面紧锣密鼓地调试。

舰长说："这艘战舰是刀锋号，是全联盟配备最好、速度最快的战舰。我们全程听你们的指挥，一旦安宁接近虫眼，战舰就会开始准备，等你们两个觉得合适的时候，我们会以最快的速度脱离安宁。"

这是为林纸他们准备的逃生之路。但想也知道，摧毁虫眼时，波及的范围会非常大，这艘战舰就算再快，能不能逃掉也非常难说。眼前的大校和战舰上所有的工作人员，其实和林纸、秦猎一样，都是准备赴死的敢死队。

时间不等人，林纸和秦猎坐上驾驶位，立刻开始调试。

旁边的专家低声说着话——

"七区怎么样了？"

"我走的时候听说联盟的战舰本来已经把对方压缩到七区和八区边界的荒凉地带，可是忽然又冒出了好多虫族战舰，源源不绝，打都打不完……"

"这说明虫族还在继续通过虫眼往七区运兵。"

"再这样下去，真的要撑不住了。"

林纸和秦猎对视一眼，对大家说："我觉得我们可以出发了。"

所有人都很惊讶，舰长忍不住问："已经调试好了？这么快？"

林纸、秦猎："嗯。出发吧。"

使徒星已经入夜，深蓝的夜空中，"月亮"动了，是小一点儿的安宁。它脱离了它原本的轨道，缓缓地向远方移动，渐渐飞离使徒星，速度越来越快。

战舰中，林纸一遍又一遍地查看专家给的文档。上面标明了路线，为了避免安宁在路上被其他星系捕获，有些地方要绕过，有些地方要加速，这是一段危险的旅程，操作必须精细，绝对不能出错。

秦猎坐在她旁边副驾驶的位置，也在看文档，察觉到林纸在看自己，抬起头。

两人相视一笑，继续各忙各的。

林纸一路微调着安宁这个庞然大物的方向，非常顺利地进入了虫族的控制星域。它很快就会被虫族探测到，但是它看起来就是一颗孤独地在宇宙中游荡的流浪卫星，和其他无数天体一样，并不特别。

耳麦里传来战舰频道里的说话声。这次任务十有八九去无回，大家却都在聊天，气氛轻松。

"你跟你家里人告别了没有？"

"嗯，出发前又看了眼我家宝宝。"

"说不定我们炸了虫眼，运道特别好，死里逃生，刚好掉进个时间缝隙里什么的，再出来时你家宝宝已经长成大人了。"

"那倒是省事，你不知道现在天天喂夜奶有多麻烦，快点儿长大吧，赶紧的。不过我是真的很想看看宝宝长成大人是什么样啊。"

大家都沉默了。

半晌，有人说话了，声音轻快："我也跟上个月甩我那个渣 A 通话了，我告诉他，你就等着在新闻里看我拿星环勋章，或者死后被追授个星环勋章吧，这是你这辈子离星环勋章最近的机会了。"

有人低声说："其实……也不是为了星环勋章。"

他们并不是为了星环勋章，也不是为了荣耀，而是为了身后那片浩瀚星海里，他们的家人、朋友，为了那些信任着他们也爱着他们的人。

遥遥地，虫眼终于出现在太空中，它像一只沉默的眼睛，注视着疾飞过来的安宁。

战舰所在的大坑上面，遮板启动，覆盖住战舰。它和安宁表面的材质完全一样，毫不起眼。

林纸也调整好安宁的方向，关闭所有会引起注意的动力系统，只靠惯性继续往前。安宁就像一颗普通的卫星，向虫眼逐步靠近。

但就算它真的是一颗普通卫星，这么飞过来，对虫眼的威胁也不言而喻，虫族显然慌了——虫眼的位置，虫族肯定早就仔细测算过，它被安置在太空中的一片空旷地带，附近没有任何可能威胁到它的天体，一颗流浪的卫星刚好撞到虫眼的概率，就像往大海里随便扔一粒沙子偏巧打到了海底一只螃蟹的眼睛，微乎其微。

林纸看见虫眼前聚集蚁群般的大片战舰群，它们似乎收到了命令，全部起飞，铺天盖地地向着安宁飞过来，一道又一道白光织成密集的光网。

虫族非常清楚，这是拯救虫眼的最后机会，每一艘战舰都倾泻出全部火力，希望能把安宁打得偏离航向。只需要打偏一点儿，安宁的轨迹改变，就会和虫眼擦肩而过。

耳麦中不断传来警告声："警告，测算航路偏离！警告，测算航路偏离……"

林纸的精神高度集中，尽可能地调整动力，在虫族战舰疯狂的炮火中努力把安宁重新纠正回正确的方向，朝黑色的虫眼直冲过去。

虫眼越来越大，舰长的声音从耳麦中传来："林纸，我们听你的指令，随时准备脱离。"

林纸紧盯着前方的黑洞，还想再近一点儿。如果现在脱离，也许她仍然可以像遥控暗夜游荡者一样，凭借天生的能力遥控安宁，但毕竟是这么巨型的天体，林纸并没有十足的把握。她绝不能冒险！

就在这时，虫眼旁边，一个巨大的东西忽然凭空浮现。

林纸知道，这是虫族通过虫眼紧急传送东西过来了。

那是一个无比巨大的白泡，比林纸迄今为止见过的所有白泡都大得多，虫族的战舰群在它面前根本不值一提。不过它的操控和其他白泡一样，靠下端的炮口动了动，蓄势待发。

林纸不由得紧张起来。虫族会在这种危急时刻通过虫眼调来这个，就说明它的火力足以摧毁安宁。她集中精神，盯着对面的巨型白泡。

白泡忽然动了，一束远超所有虫族新型武器的巨大光束射向安宁，刺眼的白色光芒照亮了深空。

战舰上不少人本能地闭了一下眼睛。

然而他们并没有死。就在白泡发射的前一刻，安宁突然侧向加速，在空中侧向移动了一下，虽然没有很远，却准确地避开了致命的一击。

如今虫眼的巨口几乎充满整个视野，安宁已经快到了。

巨型白泡也在前方，它刚才拼尽全力一击之后一刻都没有停，对准安宁又冲了过来。这是自杀式的拦截，它把自己当成了挡住安宁的最后一击。但也正因为它不惜一切代价这样做，说明了安宁真的可以把虫眼炸掉。

镜头精确锁定对面的巨型白泡，屏幕上甚至已经能看见白泡顶端舱窗内高智虫族的轮廓。林纸转头对秦猎说："你继续前进。"说罢倒在了驾驶位的椅背上。

和林纸猜测的一样，眼前的场景换了，巨大的安宁正朝她迎面扑过来，而她在巨型白泡的驾驶舱里，坐在紫色的生物组织与机械纠缠的驾驶位上，胳膊覆盖着一层外骨骼一样的黑色衣甲，旁边全是高智虫族。

这是主驾驶位，虫族的舰长正驾驶战舰，对准安宁冲锋。

但和林纸想象的不一样，面前没有什么复杂的飞船按钮和操控装置。她研究了一下，发现这战舰是耦合操控的，耦合系统通过半生物的驾驶位深度连接在舰长身上。

林纸轻轻吁了口气，操控战舰，猛地向上拔高。

于是人类战舰里的所有人都看到，对面正冲锋的巨型白泡忽然改变了方向，冲天而起，消失在视野中。而虫眼就在眼前，安宁已经快把自己喂进虫眼张开的大嘴里。

与此同时，林纸在驾驶位上坐直："全速脱离，现在！快！！！"

大坑上的防护罩瞬间打开，蛰伏在坑底的刀锋号战舰脱离底座，以最快速度从安宁里冲了出去，飞向远离虫眼的方向。

耳麦里，所有人都在一迭声地喊："快！快！快！"

战舰尾部传来图像，安宁已经没入黑色的巨眼中，被完全吞噬了。

下一瞬，空中的巨眼迸射出能晃瞎所有人的耀眼白光，虫眼附近的虫族战舰全部被白光吞没。

林纸他们的战舰哪怕飞速撤离，仍旧受到了巨大的冲击。刀锋号像被扔出去的回旋镖一样完全失控，翻滚着飞了出去。

林纸的眼前黑了……

使徒星的基地里，鸦雀无声。

为了彻底隐藏行迹，安宁自从进入虫族星域就不再发回任何消息，所有人都在安静等待。

半晌，靳辛上将开口问："安宁现在应该到哪里了？"

有人回答："不出意外的话，现在应该已经到虫眼了。"

世界上并没有第二个可以遥控探测器抵达虫眼坐标的林纸，没人知道宇宙深处正在发生什么。

不知过了多久，终于有反馈回来了。

最先有反应的是七区前线："虫族本来占据优势，不知为何突然停止进攻，所有虫族战舰全部都在后撤。等等，它们忽然集结起来了，不知道在干什么。"

靳辛上将很清楚这是为什么——虫眼应该是没了。没有虫眼，进入七区的虫族战舰群就会变成一支没有任何支援、深入联盟星域内部的孤军，它们自然不敢再贸然行动，正在等待下一步指示。

靳辛上将立刻给八区驻军下达指令："全部驻军前往七区前线，配合七区，包围虫族战舰群！"虫族的后援被彻底切断，是反攻围剿的时候了。

四区前线也传来了新的消息。他们截获了虫族的通信，根据最新的虫族语言分析识别破译，得知虫眼被摧毁，所有虫族战舰被通知马上离开战场，退回三区。

消息传达给使徒星实验室的所有人，欢呼声和口哨声响成一片。

靳辛上将在一片欢腾声中想，不知道刀锋号有没有成功逃出来。

此时，林纸心中一片安宁。

她正在做梦，梦到自己在一块石头中沉睡，睡了不知道多少年，石头忽然碎裂，她迷迷糊糊地醒过来，完全不知道该去哪儿。宇宙幽深，她茫然地在时间与空间中到处游荡，仿佛发现了一个有趣的世界，停了下来。

忽然，有人碰了碰她的头发。

这回她真的醒过来了，一睁开眼睛就看到了秦猎。他的眼眸清冷如星，正注视着她。

秦猎顺了顺她的头发："你醒了？看，我说过，我坐在副驾驶位还是有用的，比如叫醒你。"

林纸坐了起来："我们在什么地方？"

他们的战舰受到爆炸的冲击，不知道飘到了茫茫宇宙的哪个角落。不过战舰的船舱完好，只是屏幕黑着，动力系统好像坏了。

船舱里陆续传来其他人醒来的声音。耳麦里也忽然有了唑唑啦啦的动静。

信号渐渐稳定下来，有人正用飞船内置的元隧穿元件联系他们。

一个声音清晰地传来："这里是联盟四区星域引航站，重复一遍，这里是联盟四区星域引航站。刀锋号，请汇报你们的星域坐标，我们马上来接你们回家。"

4

五年前。

使徒星上，白色的神殿庄严肃穆，神殿外人头攒动。

一个十五六岁的瘦小女孩儿知道自己挤不进去，便探头往里张望。她衣着朴素，肤色苍白，因为太瘦，清亮的眼睛显得特别大。

一个老大爷转过头，跟她搭讪："这会儿才来啊？太晚啦，今天要选神侍，一大早人就这么多，站在外面什么都看不见。"大爷的目光落在她那双旧球鞋上，"你不是四区人吧？是偏远星系来的？来玩吗？"

女孩儿说："我妈妈是四区人，前些天去世了，我带她的骨灰来她的家乡下葬。"

老大爷的目光里全是同情。

女孩儿不想多说，转移了话题，指着神殿门口问："那边墙上刻着字吧，是什么？"

老大爷是使徒星本地人，什么都懂："那是古早时候的祷文，要是你想向神殿里的神求什么，就按上面的祈祷许愿，奉献给神一点儿东西，神如果同意了，就会实现你的愿望，和你结成契约。"

女孩儿从没听过这个，好奇地问："结成契约？"

"对，按墙上的祷文，是要奉献自己的身体和灵魂的，要是你不想，只奉献身体也可以。其他的或许也行，你可以试试。"老大爷说，"趁现在许个愿吧，这里平时有很多人来许愿的，每个到四区来玩的人差不多都会来神殿看看许个愿。"

旁边一个人搭茬："今天选神侍，据说神会在场，许的愿比平时灵呢。"

站在这里，根本看不见神殿里面，不过女孩儿还是把手放在胸前，闭上眼睛，默默地想："神啊，我愿意把我的身体奉献给您。您能不能帮帮我，让我有饭吃，有地方住，不被人歧视，不被人欺负，能好好画画，过安稳的生活？"

离她不远的几步外有个十七八岁的少年，长长的凤眼也闭着。他在心里轻轻地说："神啊，求您让我凑够给奶奶治病的钱，如果真的治不好，也请让她少受一点儿苦，等以后我有钱了，我愿意把这些钱加倍还给您。"

再往前，人群的最前排，一个年龄相仿的男生正好奇地东张西望，他看看这里，又看看那里，心中却也在许愿："我唯一的愿望，就是希望能亲眼看见萨雅，要是能跟她一起旅行就更好了。我也不知道该奉献给您点儿什么。您每天无不无聊？喜欢聊天吗？我绝对能逗您开心。"

在他的斜前方，神殿旁边的休息室里，一个男生抱着光脑坐在椅子上，半天才抬了下头，湛蓝的眼睛看向神殿里黑色石板的方向："神，您能听见吗？按传统是应该奉献身体，但是我的身体这样，您大概也不太想要。我能拿得出手的就是黑客天赋了，我愿意奉献给您，希望能有个更好的身体，不用年年这么折腾。"

就在他旁边，站着两个正准备进入神殿的年轻男生，两人都穿着合体的白色礼服。

其中那个头发半长垂落在肩上的正在心中默默祈祷："我从小就能看到人类的灭亡，如果真有神的话，我愿意向您奉献我的一切，从我的身体到我的灵魂，求您向我展现奇迹，给我希望。"

他旁边那个短发的男生，清冷英俊得不像人类。他整理了一下手上的白手套，垂下长长的眼睫："这几年，虫族的战线一直在向前推进，估计四区很快就要沦陷了，母星也很危险。神啊，我愿意向您奉献我的身体、我的灵魂乃至我的一切，希望您能降临这个世界，把人类从苦难中拯救出来。"

也许人们已经忘了，在人生中的某一个时刻曾经真心实意地祈祷过什么，但是他们那个长尾巴的不太靠谱的神其实都听见了。

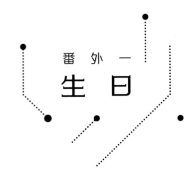

番 外 一
生 日

外面是大晴天，天蓝得不可思议，正是出去玩的好天气，林纸却端端正正地坐在书桌前。

秦猎帮她把书桌挪到了落地窗旁边，一抬头，就能看到母星首都的风景。

林纸一边在光脑上记笔记，一边凝神思索，时不时地发出一连串奇奇怪怪的叫声："咔咔咯哒——嘚儿唔——嗷——"

从她身后路过的秦猎："……"

秦猎顺手打开虚拟屏幕，开了静音，换到新闻频道。就算不听声音也看得出来，联盟军正在进攻一区。自从虫眼被炸，留在九区的虫族军队溃不成军，联盟全力出击，短短时间已经收回了二区和三区，看这种态势，收回一区也是早晚的事。那些布满虫族的痕迹、表面到处覆盖着虫族的黏液和半生物组织的行星，正一个接一个地回到人类手中。

林纸还在专心致志地怪叫："牟啪哒嘚儿亚——咻——科科咔——嗷——嗷——"

秦猎："……"

林纸想了想，认真地再补一声："嗷——"

她在学习虫族的语言。

虫族的威胁不再，联盟军队势如破竹，机甲学院的学员早就全部返回学校。按联盟教育部的指示，各大机甲学院根据新拿到手的资料火速开了一门新的高年级选修课——《虫族语言学概论》。

林纸在开放这门课选课的前一天晚上焦虑到不行，要不是怕受处分，差点儿让安珀帮她做一个抢课插件。选课那天，她起了个大早，反复在脑中演练选课的每一个步骤，摩拳擦掌地坐在光脑前，在选课开放的一瞬间飞速点了进去。一通操作猛如虎，她成功选到了课，然后发现根本就没人跟她抢，她成了这门课的第一个学生。

秦猎早上喝完营养液，悠悠然点了进去，变成第二个学生，跟她做伴。

学期中段才开的课，大家出于现实的考虑，怕学不好影响成绩，就都没选。一整天下来，这门课一共才凑了寥寥十几个学生。

不过林纸学得非常认真。

今天是周末，更是秦猎的生日。两人说好要在一起待一整天，一大早就来到秦猎家，然而林纸理解的"一起待一整天"和秦猎理解的"一起待一整天"似乎有一点儿微小的偏差——林纸把这里当成自习教室，在窗前坐了一上午了。

秦猎翻了一圈新闻，见没什么可看的，问林纸："你说你订了晚上的餐厅？"

以前每年秦猎过生日，都没有特殊的活动。秦猎不吃任何营养液以外的食物，也不缺任何东西，兄弟两个一直过得很糙，秦修都是随便胡噜一下秦猎的脑袋，说一声"生日快乐啊，恭喜你又老了一岁"，换来秦猎一拳，就算仪式完成。今年林纸坚持，要来点儿特殊活动，订了首都一家最好的偏远星系口味的餐厅，准备给秦猎庆祝生日。这么重要的日子，铁公鸡也要拔毛。

听见秦猎问餐厅的事，林纸转过头看向他，眨巴了一下眼睛，然后把手放在身后，用衣袖蹭了两下衣服。她今天穿的是件质地特殊的银色外套，是她前些天特意挑的，材质稍微有点儿硬，一摩擦就会发出声音，沙拉沙拉的。在虫族的语言里，以这种频率和幅度用脚爪摩擦翅膀或者外骨骼，是代表肯定的意思。

秦猎无语半晌，问："是几点钟？七点？"

林纸又默默地摩擦了两下，沙拉，沙拉。

秦猎问："我们要提前出发吗？"

林纸立刻飞快地摩挲衣服，唰唰唰唰唰唰。这个频率的意思是"不"。

秦猎的头都大了。

林纸回答完问题，又重新埋下头。

她现在的虫族语言水平，其实早就远远超过了《虫族语言学概论》的任课教官。

这次紧急接手《虫族语言学概论》的是跑圈狂魔老杜，据说是他主动跟学院请缨的，主要的原因是他自己想学。

第一堂课，杜教官站在教室前面，温文尔雅，一脸端庄："唧啾吱吱……"

林纸实在没绷住，直接趴在桌子上，忍笑忍得肚子一抽一抽地抽筋。

其他人比林纸笑得狂野多了，一教室的人东倒西歪。

杜教官脸都涨红了，不过马上展现杀手风范，组织所有人一起来了个虫子大合唱。要叫一起叫，谁也别想笑话谁。

这叫声实在太过诡异，惹得隔壁教室的人探头探脑。

杜教官顶着众人探寻的目光，淡定地说："想学语言就得开口，不好意思开口怎么学？咔啾啾嗷——嗷——"

这些天下来，不管大家虫语的水平长进了多少，脸皮的厚度绝对与日俱增。

林纸的虫语倒是突飞猛进，不只是因为教材一到手她就熬了好几个晚上，彻底通读了一遍，还因为她给自己开了小灶，用那只穿过虫眼的蜂鸟。

当初蜂鸟穿过虫眼后，林纸就把它的信号传送部分悄悄关了，但就像秦猎说的那样，她仍然能感受到它的存在。她不需要头盔，就能像遥控暗夜游荡者一样遥控它，甚至更好。因为蜂鸟很特殊，和暗夜游荡者这种机甲不同，它把摄像头采集数据的部分也整合进了耦合信号的发送系统，林纸能清晰地共享它的视野，听到它周围的声音。

它就像一个小小的侦察兵，林纸早就让它飞离虫眼，降落到附近的一颗虫族行星上。那里和人类的行星很像，围绕的恒星"阳光"明媚，植物比人类行星上的还茂盛，热闹非凡。

看得出来，虫族的文明很发达，也有城市一样的大片建筑群，只不过建筑多半是紫色和红褐色，颜色鲜艳，上面布满虫族的各种生物组织，多少有点儿怪模怪样。

战场上的高智虫兵向来都像人类穿着步兵甲的战士一样穿着装甲外壳，可是在这种虫族城市里，到处都是没有装甲外壳的高智虫族在走来走去。它们看起来更像是人类和虫族的结合体，有手，有两条腿，只不过很多长着触角，身体的一些部分覆盖着外骨骼，有的还有翅膀，不一而足。即便林纸早就在课本里看过不穿装甲的高智虫族的样子，亲眼见到这么多活生生的，还是相当震撼。

为了不惹虫子注意，林纸每次都是在夜间安静的时候才操控蜂鸟移动一点点。蜂鸟内置着和机甲一样的高能能量块，因为本身比较小，能量足够用很多年。

它就像一个伪装成陨石的小眼线，悄悄地留在虫族的地盘。林纸有事没事就看一眼。这样沉浸在外语环境里，进步实在太明显了。

秦猎偏头认真地看她："你又在看虫族那边？"

林纸没抬头，只摩挲了两下她的衣服，沙拉，沙拉。

秦猎："……"

林纸的注意力还在虫族上。这回蜂鸟停在路边一丛开着碗口大的花的植物下，不远处，大约二三十只高智小虫族正排着队走过，好像是被几只成年高智虫族带着，要去什么地方。按虫族资料的说法，它们并没有家庭的概念，向来是集体抚育幼虫。

不一会儿，她看到一只长着巨大鳞翅的高智虫族。它好像有急事，一离开虫巢就舒展翅膀振了几下，飞到天上去了，蝴蝶一样的白色大翅膀在阳光下闪着五彩的炫目的光。

林纸低声感慨："库库咔喔哒。"意思是漂亮。

忽然有什么凉凉的东西落在她的手背上。林纸收回心神，抬起头，发现秦猎不知什么时候去洗了个澡，已经出来了，身上只穿了件雪白的柔软浴袍，头发还湿着，大概是刚刚路过林纸时拨了拨头发，才有几点水滴飞到她身上。

他随口解释："早晨起来去做过体能训练，出了一身汗。"

窗边还有另一张并排放着的书桌，秦猎坐下来，随便擦了擦头发，打开光脑，顺口问："什么东西库库咔喔哒？"

这个人根本没在好好穿浴袍！腰间的带子松松地系着，衣襟半敞，人一坐下，从林纸的角度看过去，白色的浴袍前襟中间，从锁骨到胸肌再到一排排腹肌，一览无余。

秦猎稍微转了下头，好像意识到了林纸的目光，立刻把浴袍前襟拢了拢，又问了一遍："看到什么了库库咔喔哒？"

神侍大人库库咔喔哒！林纸的注意力已经彻底从虫族身上转移了。

可惜秦猎不只拉好了前襟，还用一片衣襟死死地压住另一片，在胸前交叠，再把浴袍的带子系好，打了个利落又结实的结，遮得严严实实，只剩喉结下领口上的一点儿小尖角，比制服解开一颗扣子露得还少。

林纸：哼，大家都这么熟了，还这么小气。

"我是说，这段虫语的表达库库咔喔哒。不过这里有一句我不太懂，不然你帮我一起看看？"见他一副正襟危坐的样子，还离得那么远，林纸打算把这条库库咔喔哒的大鱼钓过来。

"好。可是我的虫语没有你的好，只能帮你随便看看。"秦猎站起来，走到林纸身旁，俯下身，"哪里？"

林纸随便指了下屏幕上蚯蚓一样的虫族文字，顺便偏头悄悄瞄了他的胸膛一眼。他遮得太好，雪白绵软又厚实的浴袍衣领交叠，就算这样俯身弯腰也什么都看不到。他身上还带着点儿刚洗过澡的湿气，沐浴露的味道和他本身特有的香味混在一起，清爽诱人。

"你是说这里？"秦猎认真地研究屏幕上的那段文字，"这该不会是一整段注释吧？"

虫族的语言结构很复杂，根据语境的不同，使用不同的声调和语速，同样的句子就能表达完全不同的意思，文字本身却没有这些附加条件，所以就会冷不丁冒出天书一样的一段注释，有时候甚至比正文还长。

"有可能。"林纸点头。

秦猎又看了看："不对，好像是段回文。"

虫族的句子常常倒兜回去，兜得人头晕。

"好像是哦。"林纸在屏幕上点了几下，"你看老杜上周发下来的这份阅读材料，是不是跟刚才那段有点儿像？"

她新打开的这份阅读材料和刚才的不一样，像是偷拍的，字迹很模糊，秦猎俯得更低，往前靠近了一点儿，上半身似有若无地擦着林纸的肩膀。

林纸没有看屏幕，转过头看他，从他紧抿的嘴唇到下颌再到喉结到领口，然后就是碍眼的浴袍……

秦猎也低头看她："怎么了？"

林纸伸出手，摸了摸他的浴袍前襟："秦猎，你这件浴袍看着很舒服，软软的。"

秦猎随便她摸，只"哦"了一声，淡淡地问："你喜欢这件？你想穿？"

林纸默默挑了下眉，回答："好啊。"

可惜神侍大人丝毫没有把身上的浴袍脱下来的意思。他直起腰，转身去了卧室，一会儿就回来了，手里拎着一件一模一样的白浴袍："我这边还有一件新的。"

林纸默默地去翻光脑屏幕。

秦猎放下浴袍走过来，一只手撑住林纸的椅背，耐心地推理："你说想换浴袍，所以你不继续学虫语了，也打算去洗澡？"

林纸看看屏幕上诱人的虫语，再看看不遑多让的神侍大人，挣扎了片刻，说："我……应该是……打算的吧？"

秦猎不动声色："那我帮你。"

他伸手把林纸拉起来，帮她脱掉外衣，那件会像虫子一样沙拉沙拉乱响的外套被他剥下来，搭在椅背上。他又帮她把手环和手镯退下来，整齐地并排摆在桌子上，接着摘掉她刚刚用功时夹起头发的发夹，放在手环旁边。

几缕发丝掉落下来，林纸想，神侍大人服务到位啊。

他又去拉林纸的 T 恤。

这服务过于到位了。林纸一把按住他的手，尴尬地说："这个……我进去以后自己来就行了。"

"那怎么能行？"秦猎轻轻拨开她的手，"你今天费心费力，还花了很多钱，打算帮我好好过一个生日，我总得有点儿表示。今天你不用自己动，我来服侍你。"

他尽职尽责，帮她把每件衣服都叠好，放在旁边，全程秉承专业的服务精神，一丝一毫多余的暧昧动作都没有，连手指尖都没碰到林纸的肌肤。

房间里的温度并没有调得很高，他又站得远，时不时冷静地看她一眼，林纸的皮肤上浮起一层细细的鸡皮疙瘩。

秦猎看见了，放下手里的衣服，问："很冷？"

林纸"唔"了一声，认真点点头。

秦猎面不改色地抽开身上的浴袍带子，上前两步，伸手把林纸拥进厚实柔软的浴袍里。

皮肤一直在默默叫嚣着的渴望忽然全部被满足，两人同时吁出一口气。

林纸贴在他温暖的胸膛上，仰起头问："……可是这样一来，你不是就又脏了吗？"

秦猎轻轻一提把她抱起来，声音很平静，林纸却能从中听出一丝不易察觉的哑。他说："你顾虑得很对。那我就跟你一起再洗一遍好了。"

他把她抱进浴室，踢上门。

整层都很安静，只有水声渐渐沥沥地响个不停。

不知道过了多久，落地窗外的晚霞散尽，天渐渐黑下去，首都星星点点的灯火亮起来。

客厅门口那边传来一阵悦耳的音乐声，叮叮咚咚，耐心地响个不停。

浴室里氤氲着浓重的白色水汽，水汽中夹裹着醇郁的酒香和阳光的香气，沉沉浮浮。

林纸迷迷糊糊地扒着浴缸沿坐起来："好像有什么东西一直在响。"

秦猎斜靠在浴缸里，身上水珠滚落，人懒洋洋的："是门铃。"

林纸猛然清醒了："是边伽、安珀和杀浅！我跟他们约好了，要一起去餐厅！现在几点了？"

浴室墙边就有虚拟屏，上面赫然显示着六点四十分，马上就要到定好的时间了。

好在餐厅离这里并不远，林纸赶紧哄秦猎："我们先去庆祝生日。我还让餐厅准备了一个超级大的机甲款冰激凌蛋糕……"

秦猎无奈地把她拉低，吻了吻："好。"

两人想要起身，然后——

林纸：！！！

秦猎：……

面面相觑半晌，秦猎才说："我以前跟你说过，好像有时候会这样。"

他当初在神殿里确实说过，不过林纸只当他是在故意吓唬人。

三分钟后，努力无果，外面的门铃还在锲而不舍地响着。

秦猎跟林纸商量："我们先出去，把他们打发到秦修那边再说？"

暂时也没有别的办法，林纸只得点头答应。

秦猎抓过浴袍，把林纸裹好，抱她起来。

两人来到门口，从监视器往外看，果然是边伽他们三个。秦猎没有打开自己这边的镜头，只按了通话，声音镇定："林纸忽然觉得头晕想吐，不太舒服，不然你们先去楼下我哥那边坐一会儿？"秦修也早就说好了要一起去庆祝生日。

边伽连忙问："林纸没事吧？"

林纸不能出声，秦猎沉着地回答："没什么事，可能是这周太累了，先让她休息，也许过一会儿就好了。"

边伽点头："我就说，她非要天天熬夜，非要学什么虫子叫，这下把自己叫病了吧？"

杀浅比了下手环："有什么需要就叫我们。"

安珀伸出胳膊，一左一右揽住他俩的肩膀："行了行了，让林纸睡吧，我们下楼。"

他们三个下楼去了。没过多久，又有人来按门铃，这回是秦修。

他在外面问："小猎，林纸怎么了？需要我叫几个医生过来给她看看吗？"

秦猎回答："不用，就是有点儿不舒服。"

秦修不放心："小猎，你为什么不打开你的摄像头？你这样我不太放心。"

秦猎把头靠近镜头，点了下屏幕，给秦修看了看他占据整个屏幕的头，只一秒钟就断掉："现在放心了？"

把秦修也打发走，林纸一眼看到门禁系统屏幕上的时间，顿时绝望："已经过了七点了。"

秦猎建议："跟餐厅说一下，我们改期吧？"他抱着林纸走到窗前，在椅子上坐下，让她拿手环。

林纸哭唧唧："临时改期的话，已经付过的定金就没了。"

秦猎摸摸她的头发安抚她，心中有点儿想笑。她明明因为炸掉虫眼又拿了一次联盟的一级星环勋章，五百万早就到账，资产已经冲到了八位数，却还在心疼那几百块的定金。

林纸一边心疼钱，一边点开手环联系那家餐厅，先跟人家道歉，又商量："能不能改成明天晚上？"

秦猎在旁边冷静地说："还是改成下周末吧。"

林纸抖了一下，断掉通话后才惊恐地问："下周末？不至于吧？会到下周末吗？"

"当然不至于，我就是觉得安排在周末比较方便而已。"秦猎安抚她，"反正如果到明天早晨还是这样，就需要医疗手段介入了。"

"医疗手段介入"这几个字，让林纸比刚刚更严重地抖了一下："如果到明天还不行，学院那边怎么办？明天我还有一整天的课，按规定不能无故旷课，就算请病假也得先要医生开假条。"可就没听说过这么奇葩的请假理由。

秦猎忍不住弯弯嘴角。

林纸眼尖看见了，眯着眼睛威胁道："秦猎，你在笑？你竟然还敢笑？你是不是觉得特别好玩？"

秦猎抿住嘴唇，默默地伸出一条胳膊，蹭了蹭旁边椅子上搭着的林纸的那件外套，唰唰唰唰唰唰。他在用虫语说"不是"。不过他偏头认真地想了想，重新在林纸的外套上摩擦了两下，沙拉沙拉。

沙拉沙拉你的头！林纸一巴掌拍在他头上。这会儿她坐在他身上，和平时不是一个海拔，十分顺手。

秦猎捉住她的手，拉到唇边，用牙齿轻咬着吻了吻她的指尖。

林纸深深地怀疑他是在用她的手挡住嘴角，其实还是在笑。

秦猎松开搂着林纸腰的手，拿过手环，给秦修他们发了个消息，让他们不用等了，这才抱着她站起来，往卧室那边走，边走边解释："不用急，我们可以再试试别的办法。比如看看能不能……呃……以进为退？"

以进为退？他以为他在上高阶指挥课吗？！

林纸还在痛苦中，树袋熊一样挂在他身上："本来想好好给你过个生日，结果安排的计划全部都泡汤了……"

"没关系。"秦猎偏头在她耳边低声说，"纸纸，说实话，这是我这些年过得最称心如意的一个生日。"

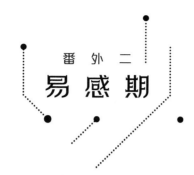

番外 二
易 感 期

　　秦猎这几天又到易感期了，可是这次易感期透着种奇怪。

　　首先是时间拉长了。不知是不是做过永久标记的关系，已经三天了，还没有好转的迹象。

　　其次是他看上去无比正常，和上回在四区战场上发作时判若两人。

　　周四下午是主控指挥课，因为周五刚好是联盟的法定假日，等于有三天的假期，一教室的人心早就飞了。

　　杨教官却在下课前宣布："假期大家好好休息，休息之余看一点儿我发下去的资料，下周考试。"

　　教室里一片哀号声。

　　林纸一眼看见了秦猎，他就在外面，是过来接她一起去吃晚饭的。

　　从教室里出来，她趁边伽还在里面收拾包，压低声音问："你真的没事？还是不打算用抑制剂？"

　　秦猎答："根本没事，上次在四区有点儿失控，是因为受伤了。"那时候他肩膀受伤，人比较虚弱，自控力不够，易感期的症状才那么明显。

　　林纸上下打量了他一遍。他冷静冷淡，全身上下仿佛比别人还低着几度，林纸不得不承认，就像他吹过的牛一样，根本看不出来异状。

　　几个在隔壁上课的学员在旁边探头探脑。

　　秦猎看了他们一眼，对林纸说："好像是找你的。"

　　有 Alpha 主动往林纸跟前凑，他仍然十分平静，甚至退后了一步，方便他们说话。

　　那几个都是主控指挥系大二的学员，小心翼翼地问林纸："林纸，你能跟我们合个影吗？"

　　自从炸掉虫眼回到学院，这种要求林纸已经司空见惯了。

拍完照片，有个 Alpha 一脸羞涩地问："林纸，听说你会送单人立体签名照，能不能……"

林纸不用他说完就坦然回答："我这边没了，不过杀浅那边还有。机工系大四的那个杀浅，联赛校队的机甲师，你们知道他吧？他有校队所有人的各种单人签名照，都是免费送的。"

边伽这时从教室里出来了，热情地说："我带你们去找他。"

等他们走了，秦猎才问林纸："你和杀浅上次合股进的那批模型还没卖完？"

杀浅那边除了照片，还有从 1：18 到 1：87 的神之信条和暗夜游荡者模型，以及刀锋号和安宁的模型，做工考究，甚至有林纸和秦猎的小人儿坐在里面。

"当然早就卖光了。"林纸说，"销量太好，这已经是第二批了，我们最近又追订了一批新的。"

联盟军队的机甲和战舰外观向来版权开放，这些模型全部都是杀浅在朋友那边定制的，都是市面上绝对见不到的精细程度。机甲学院的学员去拿免费签名照时会看到这些模型，很少有人能抵抗住诱惑。

除了模型，还有一种印着机甲图案的 T 恤，精工细棉，质地无可挑剔的好，林纸在每一件上都签过名，卖得也相当不错。

两人边聊边去食堂，一起吃过晚饭，才回到寝室。时间还早，林纸熟门熟路地跟着秦猎去了五楼。

出了电梯，秦猎带着她走到门口，忽然停了下来："林纸，安珀今天早上好像又把房间弄得很乱，你先等一等，我收拾一下你再进来。"说完先进了寝室。

两个 Alpha 住的寝室，怎样都很正常。林纸耐心地站在门口等。

不到一分钟，秦猎就打开门："进来吧。"

寝室里窗明几净，完全没有杂物。林纸扫视一圈，觉得不太对：这么短的时间，不像可以把"很乱的房间"收拾成现在这样。

没一会儿，安珀也回来了，他周末回天谕，是回寝室收拾行李的。一看见林纸，他立刻抱怨道："林纸，你快管管你家秦猎……"然后在秦猎威胁的目光中举手投降，"好，我不说，我马上滚。"

林纸：感觉好像发生了什么她不知道的事。

手环忽然振动了，林纸低头看了看："是秦梵，他回母星了，说带了点儿茶给我。他不方便来学院，让我过去拿。你今晚有空跟我过去一趟吗？"

秦猎想了想，说："晚上不行，副院长让我去训练厅，估计要试新机甲。"

林纸本来想说那就让秦梵寄过来好了，忽然心念一动，改口道："那我自己去他那边拿？"

秦猎平静地点头："好，你去吧，路上小心。"

林纸：这个人明明在易感期，应该占有欲爆棚，怎么是这种表现？

她回到自己的寝室，给秦梵发了个消息，说暂时有事去不了，然后坐在床边，打开和秦猎的通感。

秦猎无比正常：正常地收好包，出了寝室，正常地来到训练厅，正常地开始试用新机甲，干完活正常地回寝室洗漱准备睡觉，上床前还没忘了对林纸说晚安……

可这正常里透着奇怪。

第二天是假期，林纸把时间表排得满满的，体能训练必做，主控指挥课的材料也得看，杨教官发下来的资料多得吓人，光是资料里长长的名称列表就半天都翻不完。

绝不能跟秦猎回他家！只要去他家，这三天就荒废了！

林纸本以为秦猎又会像上周那样陪着她上两天自习，没想到一起吃过早饭后，他就一个人回天谕去了。

他正在特殊时期，林纸多少有点儿心神不宁，时不时用通感看一眼他那边，只看到他泡在天谕技术部，和安珀他们研究新产品——用耦合操控做精细手术的医疗型机器人。联盟战场上的压力小了，虫族全部被压缩到一区，军方的机甲订单必然会减少，因此天谕最近的新产品都偏重于民用。

秦猎和那台小机器人玩得挺好。

中午，林纸实在按捺不住，带上光脑，乘公交车直奔天谕。

到了楼下，她才用通感看了一眼，发现秦猎没在技术部，已经回家了，好像正在整理衣柜。

林纸于是又来到秦猎家所在的大厦，乘电梯上顶楼，直接用虹膜刷开门，一进去就叫他："秦猎？"

秦猎从里面出来，神情讶异："怎么忽然过来了？你不是要留在学院看资料吗？"

林纸放下包："在这边看也是一样的。"

秦猎面色平静，林纸却能感觉到他的心跳得不慢。她扫视一圈，发现自己看向卧室时，秦猎更加紧张了，于是立刻往卧室走。

秦猎一把拉住她的胳膊，低声叫她："纸纸。"又干脆用手臂从背后抱住她的腰，"纸纸……"

卧室里藏着东西！

当然不会是别的 Omega，但是肯定有什么特殊的东西，让他从昨天到今天都不对劲。

林纸费劲地拖着抱着她腰的秦猎，艰难地挪到卧室门口，里面是秦猎的冷淡风格，全无杂物，一览无余，干净整齐得像样板间。可是林纸对这里太熟悉了，一眼看出了不对，又拖着他往前几步，掀开了被子。

被子铺得没有平时那么平整，是因为下面零零碎碎藏着不少东西，有几件林纸留在他这边换洗备用的衣服、她用过的浴巾、她穿过的浴袍、她的发圈发卡……

最奇葩的是——

林纸拿起一件衣服看了看，是她放在杀浅那里卖的 T 恤，他这里竟然有一大堆。

全部都是带着她的气味的东西！

他把所有这些东西绕着睡觉的位置围成了一圈，好像一只鸟一样，给自己做了个窝！

秦猎仍然从身后抱林纸，把头搁在她头顶上，低声说："你那么忙，我觉得我总这样粘着你不太好，应该想办法自己解决问题。"

　　林纸早就听说易感期的 Alpha 有筑巢本能，没想到这回竟然看了个现场版。她想了想，问："你寝室的床上也有？"

　　秦猎承认："有两件你的衣服，还有几件这种签名 T 恤。"

　　林纸有点儿纳闷："你的寝室里怎么会有我的衣服？"

　　秦猎淡定回答："我前两天偷的。"

　　林纸：怪不得这两天找那件穿了很久的黑色卫衣死活都找不到，神侍大人真是越来越出息了……

　　她转过身，伸手抱住他的脖子。他的眼睛清澈如水，完全看不出易感期的样子。然而易感期的神侍大人套路里套着套路，一层套一层地放在那里，然后乖乖守在旁边，等着她钻。

　　林纸的心中一片柔软，低头钻进他的套路里："你的巢筑好了，现在是不是应该把我放进去了？"

　　秦猎凝视了她片刻，吻住她："好。"

　　忽然，他又说："主控指挥课的资料我帮你一起看，我成绩很好的。"仿佛还有点儿委屈呢。

番 外 三
联盟往事

1

很多很多年以前，星际联盟历，宇宙大拓荒时代。

那是联盟历史上遥远的时代，那个时候人类的星际联盟刚刚建立，还是一株才冒头的幼嫩小芽。

联盟一共只拥有三颗宝贵的宜居行星，科技水平不够，还不具备改造行星环境的能力，除了母星以外，另外两颗行星上的生存条件都非常艰苦，因此人类绝大多数生活在母星上。

科技的进步让星际旅行成为可能，但是星际旅行的路程耗时还是以年为计量单位，人们要在飞船上生活好几年才能抵达另一颗行星。不过因为母星人口爆炸、资源匮乏，还是有不少人背井离乡，拖家带口，忍受乏味沉闷的长途星际旅行，去新的行星拓荒。

科学家和联盟军队的战舰也在宇宙中不断探索，希望能找到新的适合人类居住的行星。

与此同时，宇宙遥远的另一边，一个后来被叫作"虫族"的文明也正在茁壮成长。他们和人类的科技水平差不多，也正在竭尽所能努力探索，寻找更多条件适宜的星球。

此刻，幽深的宇宙深处，人类飞船无法到达的地方，一艘怪模怪样、半金属半生物组织的黑色飞船正停在太空中——这是一艘虫族的飞船。

一声又一声沉闷的爆炸声从飞船内部传来，舷窗里冒着熊熊的火光。飞船船尾悬着一排小小的圆球形逃生舱，其中一个逃生舱里蜷缩着一个虫族少女。

那时候的虫族还没有虫化得那么厉害，她长得和人类很像，皮肤白皙，眼睛比人类更黑更亮，身上穿着外骨骼一样的深色衣甲，衣服右臂结构复杂，应该是装配着武器，一条长长的大尾巴卷曲着，好像很害怕一样，越过后背，把自己紧紧地兜头包住，缩在逃生舱狭小的空间里瑟瑟发抖。

　　船舱中的爆炸声步步逼近，逃生舱仍然没有自动启动、脱离飞船的意思。

　　"轰隆"一声巨响，飞船的船尾忽然喷出大片火光，瞬间吞没了其他几个逃生舱。逃生舱一个接一个地炸开了花。

　　虫族少女的逃生舱离得最远，暂时没事，可是就在其他逃生舱爆炸的瞬间，她好像感觉到了同类死亡的痛苦，猛地抽搐起来。抽搐平息后，她哆嗦着使劲攥了攥手里那块黑色的小石头，喃喃地祈祷。

　　他们这个种族，信仰的是宇宙中一种特殊的古老神明。古神没有实体，没有形象，但是可以附身在这种黑色的石头上，每隔一段时间就会醒来，但是大部分时候都在宇宙深处沉睡。如果付出的代价合适，神明就会响应祈祷。

　　爆炸声没有停息，连绵不绝。

　　就在离这艘飞船不太远的地方，一大片小行星带里，一块巨大的黑色石头正围绕一颗恒星运转。石头中，一个古老的灵魂正在熟睡。

　　忽然，她仿佛听到了什么，动了动，从无数年的沉睡中苏醒。片刻后，她睁开眼睛，发现自己置身于一个小小的圆形舱房里。她迷迷糊糊地看看周围，又低头看看手里攥着的小黑石头，还有点儿搞不清状况。记忆早就模糊不清，她不太记得自己是谁，到底是从哪里来，要到哪里去，只觉得好像一直都在睡觉，睡了很多年。

　　头顶上有什么东西一动，她吓了一跳，抬起头看了看，发现那东西连在自己的身体上，竟然是条深色的长长的大尾巴，前端还带着个小钩。她偏头看着，好奇地动了动尾巴。尾巴很听话，在有限的空间里尽可能伸直了，又重新弯了起来。

　　脑中这具身体残留的支离破碎的信息涌来，有一些记忆和文字，拼凑起来大概是说这具身体的主人来自一颗行星，正乘飞船航行，没想到遇到了飞船事故。

　　又一阵剧烈的爆炸声响起，火光呼地从船尾喷出来，眼看就要吞没少女所在的逃生舱。然而就在熊熊烈焰冲过来之前，逃生舱被爆炸的推力猛地一冲，脱离飞船，飞了出去，仿佛命中注定一般冲进了太空中一小块特殊的弯曲空间，消失了。

　　不过转眼它又冲了出来——这个特殊的空间连接了宇宙中相距非常遥远的两个地方！

　　逃生舱一冒头，就被附近的一颗行星的引力捕捉，对着它飞了过去。那颗行星正安静地在太空中缓缓旋转，身边相依相伴着两颗卫星，一大一小，表面海洋面积不大，大部分是黄褐色的陆地。

　　逃生舱在空中划过一道明亮的线，向行星黄褐色的土地表面砸了过去，下面是一片荒原。

　　旷野上，一群人正手持长矛和短刀，和一大群猛兽对峙。他们长得和人类很像，只是身材更加高大壮硕，因为常年日晒，肤色稍稍偏深，有的穿着简单漂染过的粗布衣服，有的身上是成片的金属铠甲——在人类和虫族已经开始轰轰烈烈地探索宇宙的时代，这些人的文明大幅落后，似乎才刚刚开始织布和冶金。

如果这时候有联盟史学家在现场，一定一眼就能看出，这是很久以前大拓荒时代的使徒星，这些人自称厄尔提人，是使徒星的原住民。

其实联盟史学家们关于厄尔提人的来源争论不休，不过一致同意，根据基因检测的结果，这些厄尔提人是母星人类的后裔。至于他们是怎么来到这颗行星上的，众说纷纭：主流观点认为他们是人类早期流落在太空中的飞船迫降到这里，文明逐渐被遗忘；也有人觉得他们本来就来自母星古代，因为机缘巧合穿过了时空缝隙。

厄尔提人对面的猛兽也是使徒星上的"原住民"，叫古里兽。它四肢着地，全身布满嶙峋的黑褐色硬甲，长着尖牙和锋利的爪子，体形大小不一，大多数的身长和虎豹差不多，机动灵活，也有几只足有猛犸象那么大，行动缓慢，但力大无比。

古里兽的数量不少，明显占据了上风。厄尔提战士一个接一个地倒在它们的利爪下，空气中全是浓郁的血腥气，刺激得古里兽群更加狂暴。

剩下还活着的厄尔提人警惕地举着武器，聚成一圈，手中的刀枪长矛一致对外，互为倚仗，准备和包围他们的兽群决一死战。

他们的首领名叫雷诺，比其他人更加高大强壮，身上披着半边铁甲，手里拿着一把长刀，站在最前面，镇定沉稳地用厄尔提语对大家说："不用怕，只要我们再多坚持一会儿，部落里的人发现我们还没回去，就会派人过来支援的。"

有人低声说："神也会来救我们的。"

雷诺肯定地点头："神会来救我们，但我们得先坚持下去，给神一个救我们的机会。"

他瞅准时机，提刀对准一只靠得太近的古里兽劈了过去。这一刀凶悍无比，又奇准，古里兽一身硬甲也挡不住，被一刀从肩膀脆弱的地方劈进去，斩成了两截。

周围的厄尔提人顿时士气大振，一起高声呼喝起来。

古里兽像是彼此沟通了一下，突然一起发起猛攻，扑向这群厄尔提人。

旷野的风卷起黄沙，刀光剑影，血肉横飞。

就在这时，逃生舱像天降陨石，冒着火光呼啸着冲了下来，猛地砸在古里兽群里。即便它已经自动启动了保护系统，调整了速度，冲击波仍然威力不小，落地时就像一次爆炸，古里兽群倒下一大片，逃生舱在黄褐色的地面上砸出了一个大坑。

片刻之后，舱门自动开启，长尾巴的少女往外探了一下脑袋，一看周围翻着肚皮的古里兽和拿着武器的一大群人，马上又缩了回去。

还活着的古里兽看到她了，其中好几只跃下大坑，朝打开的舱门扑了过来。

长尾巴的少女连忙在舱门处手忙脚乱地一通乱找，可惜完全没发现重新关上舱门的办法。

古里兽速度奇快，已经扑到了舱门前，少女几乎能闻到它们尖牙上的血腥味。

情急之下，身后的尾巴探出舱门，没头没脑对着古里兽猛地一抽。那尾巴很结实，力气竟然也不小，那只古里兽被抽得哀嚎一声，就地滚出去老远。

又一只古里兽冲上来了，少女如法炮制，挥舞着大尾巴，把它也抽得飞了出去。

不过她刚刚多出尾巴，用得还不太熟练，有时候不听使唤，好在对付古里兽已经足够了。接连抽出好几只后，剩余的古里兽群中，一只庞然大物缓缓地走下大坑。这只古里兽体形太大，看上去一脚就能把逃生舱踩扁。

少女有点儿紧张，马上从逃生舱里出来了。只靠她的尾巴显然对付不了这个大家伙，她琢磨着准备逃跑。

坑沿上忽然传来一声响亮的呼哨，一支长矛箭一般飞过来，准确地钉在巨型古里兽的屁股上，然后又是一支……

是刚刚那群厄尔提人！

逃生舱从天而降，干掉了不少古里兽，剩下的古里兽围不住他们，厄尔提人已经突破围攻，正在清剿剩余的古里兽。他们看到一只巨型古里兽奔着逃生舱去了，立刻开始攻击它，想把它从逃生舱这边引开。

巨型古里兽被长矛扎得很疼，果然掉转了方向，重新迈上坑沿，去踩戳它屁股的厄尔提人。

厄尔提人这次的武器没有带够，打不过它，只能引着它且战且退。

长尾巴的少女看见大坑上面，有个穿铁甲的人对她这边大声地喊着什么。她当然是听不懂的，不过能猜到他们想让她赶紧逃跑。

这当然是个逃跑的绝佳时机，不过少女觉得用不着。她抓紧时间，又摆弄了一下右臂上结构复杂的东西——按脑中残存的记忆碎片，这好像是武器，只不过在记忆里找不到到底该怎么用。她东摸西摸，一通乱点，一道光突然射了出去，打在逃生舱前的地面上，"轰隆"一声巨响。

找到了！少女马上抬起右臂，对准巨型古里兽按了下去。

又是一声巨响，古里兽的后半截炸开了花。

厄尔提人全都呆住了，好半天才有人说："预言里说过，神会坐在火球中降临，用雷电保护我们，原来是真的！"

2

宇宙大拓荒时代，人类的战舰第一次抵达使徒星。

星际巡游者一号是联盟派出的一艘战舰，肩负寻找宜居行星的任务，已经在茫茫宇宙中航行两三年了。漫漫旅途中，它见识过各种千奇百怪的星球，有的完全是冰窖，有的热得能烤化人，有的干脆是一大团聚在一起的气团，一寸实地都没有，这次遇到使徒星，就像在沙漠中挖到一大块耀眼的金子。

那时候的使徒星还不叫使徒星，它只有一个编号——GHF38764号行星。

它完美得就像上天赐予的宝贝，几乎完全不需要人类改造，无论是星球尺寸、重力、温度、大气成分，还是自转和公转周期，全都和母星类似，甚至比星际联盟已经拥有的两颗移民行星还要好得多。

巡游者一号的舰长是秦烈少将，才二十多岁。他是个 Alpha，出身联盟世家，前几年在开发新行星的战场上屡立战功，表现抢眼，年纪轻轻就已经拿到过两次一级星环勋章，升到了少将军衔，创下联盟历史上最快升到少将军衔的纪录。

战舰在使徒星上着陆，秦烈立刻让副官联系母星，把找到新的宜居行星的好消息发了回去。不过新的通信方式虽然能让信息绕过光速限制传回母星，却还是远远不能实现实时通信，得耐心地等待几个小时，才能收到母星军事委员会的回复。

战舰上的几百名船员大部分都是联盟军人，除此之外还有一批科研人员。战舰落地后没多久，考察队就出发了。

秦烈自己带队，带着二十多名配备武器的士兵外加研究员们，把车队从战舰里开出来，开始了对这颗新行星的探索。

在那个遥远的时代，悬浮车不普及，也没有机甲，甚至连步兵甲都还没有发明，士兵穿的是织物做的军装，各自带着自己的枪，坐在车里。

显而易见，这颗行星上是有生命的。战舰落地的地方就是一大片旷野，遍布着一丛丛低矮灌木，叶片闪着油绿的光，偶尔还能看到一种长着细长叶子的树，枯树叶在风中摇晃，沙沙作响。

几个研究员上车前眼巴巴地看着秦烈，问："舰长，战舰降落的时候，我们看到前面有水源。有水的地方，动植物肯定更多，我们能不能先去那边？"

秦烈是这里的最高长官，不只前途无量，人长得也相当好看，可惜就是永远一副冷静自持、不近人情的模样。

飞船的副官叫安伦，话比秦烈多得多，开口帮研究员们说话："我也看见了，是好大一片湖，反正咱们有的是时间，就开过去看看呗。"

初到这颗行星，还摸不清情况，大湖离得有点儿太远，不是很安全。秦烈沉吟片刻，在大家殷切的目光中还是点头答应了，不过不忘嘱咐道："有水源的地方一般都很危险，我们小心一点儿。"

研究员们得偿所愿，高兴地上了车，往大湖的方向疾驰。

这片土地上生机勃勃，除了植物，还有各种各样的小动物，车队没开多远，就遇到了古里兽。它们正趴在旷野的灌木丛后休息，一看到车队，就朝这边狂奔过来。

第一次见到这种一身硬甲的动物，有人低声说："这是什么东西？恐龙复活了吗？"

安伦回答："这和恐龙差得有点儿远吧？好像是……嗯……全身换成硬皮的剑齿虎？獠牙特别长的那种。"

古里兽当然也是头一次看到车队，十分兴奋，龇着长长的獠牙扑了上来。

安伦感慨："呦，还挺热情，有点儿受不了。"

其他人不敢轻举妄动，全都去看秦烈。

秦烈没有犹豫，直接拔枪，一枪把冲在最前面的古里兽放倒。剩下的古里兽见势不妙，马上一溜烟逃跑了。

这只是路上的一个小插曲，之后再没遇到任何有攻击性的动物，车队颠簸着继续前进，不久就来到一大片湖泊前。湖面很宽，湖水澄清，映着蓝天。岸边像是乱石滩，布满了大大小小的石头，浅水处长满芦苇一样的植物，成片的穗子轻轻地摇晃着。

研究员们如获至宝，开始采集植物、土壤、矿石和水源样本，准备评估未来在这颗行星上种植农作物的可能性，而士兵们全都端着枪在旁边警戒。

在湖边停留了一阵后，谨慎起见，秦烈觉得差不多了，叫大家上车："今天到此为止，先回去分析这批样本，其他的下次再说……"

话音未落，警戒的士兵就报告不远处的灌木丛后有东西在动。

竟然是古里兽，数量还不少。

这就有点儿奇怪了。因为负责警戒的士兵一直在瞭望，刚刚旷野上还风平浪静，除了灌木丛什么都没有，这么多古里兽就像是凭空冒出来的。它们数量虽然很多，却都无声无息，正小心隐蔽地匍匐着慢慢靠近车队。

秦烈立刻意识到，这种野兽的智商不低。

古里兽切断了车队回战舰的退路，而身后就是大湖，退无可退。其他几个方向的古里兽还彼此配合，轮番向前推进，战术使用得十分娴熟。

好在他们手里有武器。秦烈把众人分散开，依托周围的大块石头，趁着古里兽还没来得及靠近，率先开始攻击。

古里兽扛不住现代的枪，一只接一只栽倒在地上。不过它们完全没有后退的意思，反而不再躲躲藏藏，加速冲了过来，打算在被杀光之前冲到车队这里。

这也确实有可能，古里兽的数量实在太多，又跑得飞快，而且距离并不算远。

秦烈一边开枪，一边叫人联系战舰，让他们带着重型武器过来支援。

安伦问："我们退到车上？"

考察车不是装甲车，车上的配置主要是为了应付各种极端环境，只能勉强抵抗一阵兽群的攻击，但他们可以在上面等待战舰的救援。

可是不远处忽然又冒出几只庞然大物，也是古里兽，只是每一只都体形巨大，有将近两层楼高，脚爪奇粗，长着硬甲和长牙，估计随便一掌就能把考察车掀翻。

秦烈看一眼密密麻麻的兽群，心中估量了一下。这些古里兽身上的甲太硬，数量又多，不知道用考察车能不能直接冲出去。救援也不知道什么时候才能来，他们不一定能撑到那个时候。

他正准备冒险让大家上车试一试，忽然听到身后传来一声呼哨，就算是在枪声中也很清晰，是从湖那边传来的。

秦烈头皮发麻，他们难道被包围了？

他转过头，看见身后不远处，湖边的乱石堆里，站着一个人。

那一片地方刚刚已经查看过，除了石头什么都没有，不知道这个人是什么时候冒出来的。那人身材不高，甚至可以说挺矮，也就只到秦烈的胸口，身上穿着一件浅亚麻色的粗布长袍，袍子下摆一直盖到脚，兜帽很大，帽檐低低地垂着，遮住了脸，身形怎么看都像是人类。

秦烈心想，这颗行星上竟然有人？！

那人看见秦烈转过头，从长袍下伸出一只手，指了指旁边的石头，然后向前走了两步，竟然从石头中间走下去，消失了。那只手不大，有五根手指，手指白皙纤细，和人类一样。

兽群还在往上冲，秦烈让安伦接手指挥，迅速来到那人消失的乱石堆前。那个兜帽人已经不见了踪影，地上不知什么时候多了一个洞口，黑漆漆的，斜伸向下，里面好像很宽敞。他向下试探着走了几步，发现洞口处是个机关，把石板搬回去就能完美地遮住敞开的入口。

这是一条退路，或者是一个圈套。兜帽人可能是来帮他们的，也有可能根本就不怀好意。

秦烈踌躇了片刻，决定赌一赌。

他从洞口一出来，安伦就扬声问："发现什么了？"

秦烈指了一下："这边有个洞，大家退过来。"

所有人且战且退，来到乱石堆这边，火速进洞。

安伦觉得有点儿奇怪："咦，刚才这里有这个洞吗？秦烈，你是怎么找到这个地方的？"

秦烈回答："我看到一个穿长袍戴兜帽的人，对着这里指了一下。"

安伦讶异："人？这个星球上竟然有人？"

秦烈最后一个下去，关上洞口的石板机关，把冲过来的古里兽隔绝在外。

等眼睛适应了黑暗之后，大家才发现下面像是一个地下洞穴，通道四通八达，像个巨大的迷宫，最重要的是并不是全黑的。每隔一段距离，石壁上就挂有一个口袋，里面发出莹莹的光。

安伦小心地研究了一下："好像是种虫子。"

每袋发光的虫子下的石壁上，还刻着弯弯曲曲的记号，不知道是什么意思。总之这一个个发光的口袋向远处延伸，像是在这个迷宫一样的地方给他们指了一条往前的路。

安伦笑道："小时候捉鸟就是这么玩的，撒一路面包渣，让它一边走一边吃，最后一脚踩进陷阱里。"

没人知道这是不是个陷阱，秦烈小心地带着大家沿着虫灯指的路往前。每个人都紧握着枪，精神高度集中。

越往前走空间越大，洞顶越高。秦烈忽然明白刚才那些古里兽是从哪里冒出来的了。它们估计走的也是这种地下通道，才会冷不丁出现，偷袭车队。

一行人一路警戒，什么都没有发生，既没有再见到那个兜帽人，也没有遇到古里兽。虫灯照亮的路走到了尽头，前面的路斜向上，洞顶悬着四五袋虫灯，像是终点。

秦烈过去看了看，发现是一个和入口一样的石板机关，打开之后，外面的阳光照了进来。

他们出来了，战舰就停在不远处。显然兜帽人没有恶意，引着他们突破古里兽的包围，回来了。

安伦笑道："我们这次遇到好心人了。"

"也不一定是个人。"秦烈忽然说。

安伦："啊？"

秦烈："那人刚才转身的时候，我看长袍的形状不对，袍子下面好像藏着一条尾巴。"

研究员们抓紧时间分析湖边取回来的样本，土壤和水质的分析结果都非常好，这里很可能可以直接种植母星的农作物。

母星的回复也终于来了。发现新的宜居行星是大事，消息一传出去，整个联盟都欢欣鼓舞。联盟主席维尔夫元帅亲自下令，授权秦烈全权处理这颗新行星的各项事务，等他们对新行星做过初步勘察之后，马上就会派出另一艘飞船，带着建立基地的专家团队和工人，以及新移民，前往这颗新行星开荒。毕竟就算飞船路上不停，起码也要一年的时间才能抵达，得早一点儿出发。

看完母星的回复，秦烈没有说话。

安伦在旁边说："问题是，这颗行星上好像是有人的。"

"新行星"这个叫法本身就有点儿问题。这里并不是什么"新行星"，上面有原住民，而且看上去还是类人的智慧生命。

秦烈想了想，说："我们先做勘察，最好能找到原住民在哪儿。"

不用他们去找，原住民自己就过来了。

有人急匆匆来舰长指挥室找秦烈，说战舰外面来了好几个"人"。

造访者有三个，全都是战士打扮，高大强壮、肌肉发达，前胸护着铁甲，腰间挎着长刀。他们都有坐骑，是一种尖牙利爪的猛兽，不是马，倒是更像老虎，通体纯黑，黑到发亮，不过比母星的老虎要高大得多。

三名骑在虎背上的战士刀不出鞘，约束着身下坐骑，在战舰前踱来踱去，似乎并无恶意。秦烈留神看了看，发现他们看上去几乎就是人类，背后也没长尾巴。

秦烈："我出去看看。"

安伦倒是有点儿担心："你要一个人下去？"

秦烈很有把握："应该没事。"

果然，他一从战舰里出来，对方就从虎背上下来了。他们上前几步，保持着合适的距离，试探着跟秦烈说话，声调起伏，音节复杂。

秦烈当然是听不懂的，但这在双方的意料之中，两边开始比比画画。造访者反复指着旷野的一个方向，用手比画走路的样子，秦烈明白了，他们是想让他跟着他们过去。

秦烈回到飞船上，跟安伦交代了几句，就点了一小队军人和几辆车，跟他一起出发。

安伦还是不太放心："要不要多带些人？你就这么跟着他们走，万一出事了怎么办？"

秦烈回答："我出事了怕什么？不是还有你指挥战舰吗？"

安伦："……"

三名战士见他们出来了，骑着老虎，走在前面给车队引路。这种把后背对着对方的姿态，完全是友好的意思。

在旷野上前进了相当一段距离，地平线上竟然出现了一大片建筑，基本都是石头垒成的，盖在倾斜的坡地上，四周围着一整圈石头砌成的高墙，看上去相当结实。

除了房屋，坡地上还有一排排阶梯状的梯田，田地里的作物整齐茂盛，依稀能看到储存雨水和引水向下的灌溉系统。秦烈意识到，自己先前可能低估了他们的文明发展水平。

高墙上有扇厚重的木门，连在粗大的金属铰链上。铰链缓缓放下，吱嘎作响，大门随之打开，三名战士引着车队进城，像是现代的车辆穿越时空，进入了几百上千年前古老的石头城池。

城里的人不少，老幼都有，大多数穿着染过的粗布衣服，全都在好奇地看着秦烈的车队。秦烈的目光掠过人群，下意识地搜索。城里的每个人长得都和人类一样，偶尔也会有穿着粗布长袍、戴着兜帽的，但是他们的长袍背后一片平整，没有任何人长着尾巴。

城中心有一片高大巍峨的石制建筑，三名战士把车队引到门前，把黑虎坐骑交给门外手持武器的战士，示意秦烈他们下车，带着他们走了进去。

经过一级级石头台阶，进入一个大厅，秦烈原本以为他会见到一个坐在铺着兽皮的王位上不可一世的王，没想到大厅里根本就没有什么王位，只有会议桌一样的木头长桌和一圈木制的椅子，还有一个正站在桌旁低头思索的年轻人，个子和秦烈差不多高，身体强壮，和那几个战士一样穿着护甲，腰上佩刀。

秦烈觉得这人是个 Alpha。

年轻人听到他们来了，抬起头，快步迎了过来。他似乎是这里的首领，却毫无架子，只上下打量秦烈，试探着开口说了几句话。

秦烈虽然不知道说的是什么意思，但是从他的语气能听得出来，相当友好。

年轻人想了想，又说了两个音节，用手指着自己："雷诺。"

这应该是他的名字。于是秦烈也指指自己："秦烈。"

"秦……烈？秦烈？"年轻人重复了两遍，努力把发音说准。

"对。"秦烈点了点头。

开了一个好头，秦烈正以为可以继续交流时，雷诺又说了一句长长的话，指了指里面的一扇厚木门，然后又指了指跟随秦烈的士兵们，伸出手掌往下按了一下，再次点了点秦烈，朝木门的方向示意。

秦烈明白，这是想让自己单独过去。他身上有枪，并不太担心，便向前走了两步。

年轻人见他明白了，立刻带着他往那扇门走。

门后并不是什么里间，而是个院子，有长长的回廊，花架上爬满花藤，藤上坠着蓝色的细密花串，香气扑鼻。

两人穿过回廊往前，在一幢白色石头建筑前停了下来。

雷诺站在门口，并不进去，把手放在胸前，躬身对里面庄重地行了个礼，又说了句话。

门里有人应了一声，声音清脆动听，是个女孩儿的声音。

雷诺对秦烈偏头示意，让他进去。

秦烈忽然明白这样大费周章把他找过来的人是谁了。

那是个宽敞的房间，四壁雪白，地上铺着大片打磨光滑的白色石砖，中间摆着同样材质的一张桌子，旁边放着几把椅子。而房间里只有一个人，是个年轻女孩儿，以秦烈的眼光，觉得她是个 Omega。她穿着一件亚麻色长袍，没戴兜帽，光着一双脚，有椅子不坐，坐在那张大桌子上，歪着头，用一双黑亮的眼睛打量着秦烈。最惹人注意的是，她背后弯弯地伸出一条大尾巴，高高地举过头顶，尾端的小钩正闲极无聊左右摇晃。

秦烈在后来的人生中，经常一遍又一遍地回忆起这个奇异的场景：金色的阳光照在白色的地板上，反射着明亮的光晕，窗外缀满蓝花的花藤在风中轻轻摇曳，一个长着长长的大尾巴的少女坐在大桌子上，偏头好奇地打量他……像是他的宿命。

少女看了他一眼，用尾巴尖指了指旁边的一把椅子，示意他坐下，然后从桌子上跳了下来。

就算在湖边没有直接看到那条尾巴，秦烈也认得出她的身形和那只手。她就是给他指路的戴兜帽的人。秦烈在脑中飞快地思索：她救他们是特意过去的，还是路过时顺手做的？只是路过湖边顺手救人的话，不太说得通。战舰刚刚抵达这颗行星，大湖又和战舰有一段距离，她在指路时能精准地把他们引回战舰附近，消息有点儿过于灵通。但无论如何，她救了他们。

秦烈走过去，对她说："谢谢你。"

少女看看秦烈，用尾巴尖指向他，重复他的音节："谢谢你？"然后再把尾巴尖悬停在自己上方，像个箭头一样指着自己的脑袋，"沙拉。"

秦烈哭笑不得，她这是以为他的名字叫"谢谢你"？他摇了摇头，点点自己的胸膛："秦烈。"

沙拉默了默，心想原来他叫"秦烈"。那他刚才说的"谢谢你"是什么意思？看他的表情，十有八九是在向她道谢吧？没想到她上次穿着袍子，包得那么严实，还是被认出来了。

不过沙拉当然也不叫沙拉。她并不记得自己的名字。

从沉睡中苏醒后，她因缘巧合来到这颗行星，脑中还有残存在这具身体中的语言和记忆，刚开始和雷诺他们交流的时候，一直用手臂的护甲摩擦身体上的护甲，发出"沙拉沙拉"的声音，表示肯定，所以雷诺他们就把她这个从天而降的神叫作"沙拉"。反正她也不记得自己的名字，就叫"沙拉"也没有什么不好。

她已经在厄尔提人这里待了将近三年。这三年里，她做了不少事，帮雷诺统一了这片土地上的部落，帮他们修建了石墙围绕的聚居地，发展农业，兴修水利，让这些四处游荡的部落定居下来……她的厄尔提语现在已经说得很不错了。不过无论她说什么，秦烈当然都听不懂。

她再看秦烈一眼。他穿了一身制服，材质挺括，头上的大檐帽上有个精致的徽章，帽檐下是一双清澈的眼睛，鼻梁高挺，优美的唇微微抿着。其实在湖边时她就注意到他了，倒不只是因为他长得好看，还因为这人面对那么多古里兽的围攻仍然相当冷静果断。

当务之急是，他俩得先想办法交流。

沙拉光着脚跑到墙边，从木柜里摸出一卷纸，又拿了一个小瓶和一支笔过来。纸有点儿发黄，但是质地很细腻，很明显是植物纤维打浆晾干后制成的，笔是一根前端削尖的漂亮的黑色羽毛，小瓶子里装的应该是墨水。

秦烈留神看了看，心想他们已经会造纸了。

沙拉把纸卷展开，平铺在大桌子上，用羽毛笔蘸了蘸小瓶子里的墨水，凝神下笔。但她并没有写字，而是在画画。她郑重地在纸上画了一个歪歪扭扭的长椭圆，又给椭圆加了个尾巴一样的东西，最后在椭圆上添了两个眼睛一样的小圆圈，然后抬起头，热切地看着秦烈，用眼神问：看懂了吗？

秦烈把手放在身体两边，像用鱼鳍游泳一样挥了两下："是鱼吗？"

沙拉攥着羽毛笔，歪头看着他，没有出声，好像在估量他究竟弄懂了没有。

秦烈干脆伸手拿过她的笔，三两笔在她的"鱼"周围勾勒出水波、湖岸和芦苇一样的水草。他画得比她好太多了，像速写的风景小品中误入了水中大怪兽。

沙拉立刻看懂了，不过马上摇了摇头。她抢回笔，把秦烈画的水波、芦苇划掉，在她的大怪兽旁边认真地画了一大一小两个圆圈。

秦烈忽然明白她在画什么了。接近这颗行星时，他们就看到了，这颗行星有一大一小两个"月亮"。如果她画的大怪兽出现在两个"月亮"旁边，那么推理一下，这只长眼睛的怪兽应该是飞在天上的战舰，而那两只眼睛似的东西，估计是战舰的舷窗。

秦烈："……"这是什么灵魂小画手。

他拿过她手里的笔，帮她的大怪兽重新勾勒轮廓，把椭圆改成战舰的样子，然后抬起头看着她。

沙拉吁了口气，终于点点头，用一双黑亮的眼睛怜悯地望着他，眼中是毋庸置疑的几个字：你好笨。

秦烈忍不住弯弯嘴角："不是我笨，是你画得好丑。"

沙拉的眉头立刻拧起来了，眯眼盯着他。

秦烈心想，她该不会是听懂了吧？

沙拉拿过笔，在大怪兽战舰下方画了一道长长的弧线，又用手假装挪着战舰，把它放在了弧线上。

这回的意思很好懂，秦烈知道她是在说，联盟的战舰降落到行星上。随即他意识到，她画的陆地是圆弧形的。这个长尾巴的少女穿着粗布袍子，攥着羽毛做成的笔，住在这个科技落后的地方，竟然知道行星的表面其实是圆弧形。

沙拉又用挖眼的手势，拿两根手指指自己的眼睛，再指指战舰。

秦烈很有把握，她是说她看见战舰降落了。他也指指她的眼睛，再点一下战舰："你看见我们的战舰降落了？"

沙拉仿佛微笑了一下，不过最终还是点了点头。

点头表示肯定，摇头表示否定，这两个最简单的动作，给两个超级"文盲"的艰难沟通奠定了坚固的基石。

沙拉低下头，又在纸上画了几条复杂的线。秦烈跟着她的走笔研究了一下，发现她其实正在照猫画虎地临摹他刚才的风景小品——她是说"湖"。然后她又在湖边添了几个胳膊腿都不太成比例的小人儿，并在其中一个小人儿头上加了个帽状物，指了指秦烈。

秦烈："……"好吧。长得最丑的这个小人儿原来是他。

接着就是湖边围攻他们的野兽。沙拉知道他明白她在画什么场景，兽群就更加抽象了，基本只能看出是有脑袋、身体和四条腿的动物。

秦烈望着这幅画想，她重现湖边的场景，是想提醒他她救过他们一次？

然而沙拉笔下的画突然朝着秦烈不太理解的方向跑了。她添了几只野兽，让兽群来到湖边的小人儿中间，秦烈小人儿身前也画了一只，那只野兽的嘴巴张得大大的，啃上了小人儿的腿，撕下来一大块肉。

她用笔点点野兽，说："古里。"

原来他们原住民把这种长着獠牙的野兽叫作古里。

秦烈小人儿手里有枪，咬人的古里兽倒了，秦烈小人儿也倒了。她在小人儿旁边一口气涂了很多墨水，黑乎乎的一大片，估计是血。

秦烈琢磨，她是在说如果她没有出现救人，会发生什么情况？

沙拉笔下没停，又添了几辆车，都是长方形的，下面有圆圆的轮子。

秦烈看了看，忽然意识到她画的并不是他们的车队。因为其中有一辆车，和其他几辆的形状不太一样，是两个长方形叠在一起，上面还多出一个奇怪的架子。尽管她画得非常抽象，秦烈还是认得出来，这架子是战舰上的一门新型车载能量炮，因为它的人字形支架和升降杆画得还挺像那么回事。这是战舰上配备的重型武器！在湖边时，他们突然被古里兽包围，立刻呼叫了战舰支援，后来因为进入地道，又告诉支援队伍不用过来了。但如果他们没有进入地道，支援车队肯定会带着车载能量炮。如今支援车队明明没有来，这个长着尾巴的少女却精确地画出了支援车队应该有的样子。

秦烈有些发毛，抬起头，震惊地看着她。

沙拉也抬起头，平静地看向他，和刚才一样笑了一下，用两根手指指了下眼睛，又指指画面：我看见了。

她看见了根本就没有发生的事？秦烈并不相信，他在脑中飞快地梳理，立刻想到了一种可能性：沙拉当时在湖边，不可能那么快回到战舰旁，但是她在原住民这里明显地位尊崇，说不定看到战舰降落后，就在战舰旁安插了眼线，严密地监视着战舰的情况，而他们在湖边呼叫支援后，也许战舰反应迅速，立刻组织了救援车队出发，被沙拉的眼线看到了车载能量炮的样子。

沙拉认真地观察着秦烈从震惊到平静的表情变化，不动声色地低下头，继续画画。

秦烈小人儿被送到了车上，运回战舰。战舰竟然飞走了。

这故事编得不太靠谱。战舰上有整组的随舰医生，有非常正规的手术室和各种专业药品，就算他或者其他人真的受了严重的伤，万不得已要做个截肢手术，也都很简单。

沙拉好像知道他在想什么，用羽毛笔尖点了点古里兽，然后张开嘴巴咬了自己的手背一口，接着一把掐住自己的脖子，向上翻了个白眼。

秦烈："……"

不过他懂她的意思，她是在说，古里兽有点儿特殊，被它咬到会死。

沙拉跑到旁边的柜子里翻了翻，找出一个小小的雕花圆盒子，打开盒盖给秦烈看，里面是一种细腻的浅绿色药膏。她用指尖蘸了一点儿，抹在刚刚咬过的手背上，然后接上刚刚翻到一半的白眼，松开脖子上的手，把黑黑的眼珠移回原位——她说这种药膏才能救人。

秦烈思量了一下，觉得这倒是有可能，说不定古里兽的牙齿上带有这颗行星的某种特殊细菌或者病毒，战舰上的医生也没办法，只得整艘战舰返航。但回母星肯定是来不及的，估计会全速开到相对近一点儿的移民行星。这故事编得不错，只是在这种剧情里，他怕是凶多吉少，也不知道她想出这一套故事的用意何在。

沙拉看了看他的表情，略一思索，继续低头画画。她又重新画了一艘战舰，仍然像个长着眼睛的大怪兽，只不过这一回的大怪兽体形大了一大圈，眼睛的位置也变了。这艘新战舰也降落到了行星上。战舰里出来了一群小人儿，全都带着枪。小人儿中最中间的那个，和秦烈一样戴着大檐帽，最显眼的是个大肚子，手里还抱着东西，是一只小动物。

沙拉努力精细地描绘着小人儿的细节，而秦烈已经彻底呆住了。即便那小动物歪歪扭扭不成模样，他也一眼就能认出来，那是联盟和他相当不对付的布耶尔兰少将和他那只从不离身的宠物狗！她连布耶尔兰少将鼓起来的大肚子都画得很传神。

如果按她的故事线，他因为受伤，乘战舰紧急离开这颗行星，联盟肯定会第一时间派出新的战舰过来，而派过来的人非常有可能就是布耶尔兰少将——布耶尔兰人过中年，这些年在联盟苦心经营，根基很深，发现新行星这种好事一定会动用关系抢过来。

秦烈望着沙拉，出不了声。这不是她瞎编的，她好像真的看到了布耶尔兰抱着狗走下战舰的情景。所以，她每次比画"我看见了"的时候都会笑一下，意思不是"我看见了"，而是"我预见到了"？

沙拉挪了挪纸，在旁边空白的地方画了房子、石头墙和梯田，虽然都只是大概的几笔，但秦烈知道这是他们现在所在的地方。战舰里的小人儿来了，然后是一场真正的屠杀。到处都是倒下的小人儿，纸上涂满黑色的墨水。她低着头，抿着嘴，飞快地把墨水点下去，最后干脆蘸满墨水甩在纸上。黑色的墨水透过薄薄的纸张渗了下去，在白色的桌面上留下擦不干净的痕迹。

秦烈凝视着她，心中忽然充满同情。如果她真的能看见，那她看见的就不是粗糙的简笔画和黑色的墨水，而是那些隐藏在简单线条和黑与白背后的真正的血腥。

不过沙拉并没有表现出脆弱的样子，她目光坚定，攥着笔，在那幅屠杀画上重重地画了条线，把面前的纸重新移回湖边的场景。她划掉了支援车队，划掉了穿进人群中的古里兽，划掉了受伤的秦烈小人儿，划掉了地上的血……这一切都不会发生。她要救自己和身边的人，先从湖边救他开始。

沙拉放下笔，看向秦烈，心中估量他够不够聪明，能不能理解她的意思。

苏醒的第二年，她就开始渐渐看到一些画面，每个画面都像是发生在未来。这似乎是一种预言能力，而她的能力正一天天觉醒，逐渐变强。不过沙拉很快就发现，如果她不干涉，预言就会真的发生，但是如果她足够努力，强势介入，未来其实是可以改变的。就算真有命运这种东西，也没有那么令人绝望。

秦烈比她估计的聪敏，完全懂了她的意思。他想了想，拿过笔，重新在她的弧形地面上画了艘星际巡游者一号战舰——他没有受伤，所以巡游者一号没有走。

沙拉却摇了摇头，在战舰上比画了一下，让它又飞走了。

秦烈一脸茫然。

沙拉想了想，拿过笔，画了一个小圆圈，外面套着个大圆圈，大圆圈上穿珠子一样又有个小圈，小圈旁边还有两个迷你圈。

这大圈小圈小小圈的一套，秦烈却看懂了：她画的是这颗行星围着运转的星系。现在她画出什么来，他都不觉得奇怪了，只安静地等着。

其实这是沙拉从这具虫族身体残存的信息里学到的知识。她用笔尖在行星的轨道上转了一圈，意思是又过了一年。然后她比了一下：巡游者一号飞走了，更大的战舰飞来了，布耶尔兰又一次抱着他的狗下了战舰，屠杀开始，一切都没有改变。

秦烈想了想，觉得确实有种可能。这颗新行星是块肥肉，联盟内部各方势力会争夺得非常激烈，以他的性格，并不太想蹚这趟浑水，宁愿继续在宇宙中探索新的行星。那么联盟肯定会任命这颗行星的总督，新总督一来，他就要走了。所以沙拉虽然在湖畔救了他，却没有真的改变命运。这也是她特地把他叫到这里，把一切向他和盘托出的原因。

沙拉指指自己，又指指眼睛，然后向他伸出手，指尖触摸他的胳膊，最后按着桌上的画晃了晃，晃得那张纸沙沙作响：我、发现、我接近你、未来就会激烈地改变。

意思很复杂，秦烈却听懂了。他用指尖轻轻碰了碰她的胳膊，再指了指她，又指了指她的眼睛，然后把她放下的笔重新递到她手里：他是在问，在接近他之后，她又看到了什么。

沙拉接过笔，毫不犹豫地开始画画。

两个小人儿，一个长着尾巴，一个戴着帽子，手里都拿着笔，面前的桌子上铺着纸。她先在帽子小人儿面前写了两个歪歪扭扭的字，尾巴小人儿面前也写了同样的字，然后又在尾巴小人儿的纸上写了个怪怪的符号，再在帽子小人儿面前也写了一样的符号。区别是后者是个秦烈不认识的符号，前者却是两个真正的人类文字：沙拉。

她用人类语言写下了她的名字，又一次证明了她说的都是真的，她看到了他们教对方语言文字的场景，还把他教她的两个字尽可能地描了下来，虽然看起来笔画有点儿怪，但是"沙拉"两个字无疑。

秦烈伸出手，按住纸，像她刚刚一样晃了晃，偏头给了她一个询问的眼神。他是在问她，她说的未来的改变是指什么。

沙拉又画了和刚刚一样的石墙、房屋和梯田，只不过这一次在旁边加了新的建筑，线条简洁，和部落的石头房屋风格迥异，现代得多，旁边还停着人类战舰。石墙里的小人儿走进旁边的现代建筑里，现代建筑里的小人儿也走进石墙中。

沙拉画的这些，是她最新看到的预言场景。

她今天犹豫再三，才下定决心，让雷诺派人去战舰那边找秦烈，刚把人派出去，眼前就忽然出现了两个人凑在一起教对方语言的画面。之后在秦烈和雷诺走到门口时，她又突然看见人类在行星上建起基地，和原住民相处得很和谐。这说明未来正在向好的方向转变，找秦烈过来的做法是正确的。

沙拉望向秦烈，用一只手按住纸上的星际巡游者一号战舰，另一只手按在自己胸前，然后真诚地把手向秦烈摊开，做了一个"给你"的手势。

这手势效果显著，沙拉立刻看到一个奇景：秦烈的耳根瞬间变红。他肤色白净，这变化显眼得不得了。

沙拉一头雾水，但很快明白，他完全误解了她的意思。他以为她在说，如果他留下的话，她就把自己送给他。

沙拉立刻慌了，使劲摇摇头，手忙脚乱地指指自己，再指指眼睛，再伸出手给他，上上下下一通乱比画。

秦烈这回懂了，她的意思是说，她拥有能看到未来的特殊能力，一定会用这种能力诚心诚意地帮他的忙，作为他留下来的回报。

意思是弄明白了，就是两人现在都有点儿尴尬。

沙拉还在等着秦烈回答。

秦烈指指自己的胸膛，再指指头，用手指画了几个圈。他需要时间想一想。

谨慎做出承诺的人才会更加信守诺言，沙拉完全理解，她点点头，对秦烈伸出一只手。这是她跟厄尔提人学到的礼节，用本该拿着武器的右手互相握一下，表示对对方没有恶意，关系友好。

秦烈也伸出右手，不过眼神却往上稍微飘了飘。他在看她那条高高地举在头上的大尾巴。

沙拉怔了一瞬。对她而言，尾巴肯定是比手的攻击能力更强的部位，是她身上的大杀器，这样推理，他该不会是想握她的尾巴吧？不过沙拉很大方，立刻收回右手，把尾巴尖降下来，直接递到他手里，钩住他的手摇了摇。

秦烈耳根又红了，而且这回抑制不住地往上跑，整只耳朵红得吓人。

沙拉心想：这人看上去清冷淡漠，可是脑子里到底都在想些什么有的没的啊？不过会害羞的人，攻击性大概不强，对部落不是坏事。

手指和尾巴尖稍微碰了碰就分开了。

该说的全都说完了，秦烈却不知为什么不太想走，反正回战舰也没什么事，他这些天的主要任务就是考察这颗行星，眼下正是了解行星和原住民的好机会，可以再多待一会儿。他用腕上的通信器给安伦发了个消息，重新拿起桌上的黑色羽毛笔，找了空白的地方，写下大大的"沙拉"两个字，然后抬头看向她，用眼神问：现在就开始教你？

此情此景和沙拉看到的预言场景完全相同，她立刻点头，拿出新的纸在桌上铺平，拉了两把椅子，又找出一支笔，坐了下来。

厄尔提人的语言结构和母星人类很像，并不难学，两人脑子都不错，进步飞快。这也让秦烈怀疑他们可能真的和人类有某种渊源。

秦烈待在这里的时间比他预计的要长得多，窗外光影变幻，傍晚的霞光消失在天际，两个月亮升了起来。

沙拉取出一个皮革小包，从里面拿出火石火绒一样的东西，打着火，点起房间里的几盏高脚落地油灯。

摇曳的灯光中，雷诺派人送来晚饭，是烤得香喷喷的肉，配着某种浆果的酱，还有类似薯类磨成粉做成的饼，烘焙得金灿灿的。秦烈每样都试了试，味道相当好。

沙拉却按住他的胳膊。

秦烈问："你难道怕雷诺毒死我？"他把刚学的几个厄尔提语的词和人类的句式混杂在一起，奇奇怪怪的。

沙拉听懂了，有点儿无奈："那倒不是，雷诺人很好，不会。我是怕你不适应这里的食物。"

秦烈能猜到她的意思，不再碰食物，不过还是陪着她吃完晚饭，才站起来："我得走了。"

沙拉点点头，也跟着站起来，拿过桌上那个装着浅绿色药膏的小圆盒，郑重地递给他。这是她的礼物。

秦烈明白，她还是很担心他什么时候被古里兽咬一口，一命呜呼。

沙拉去门口叫来人，吩咐他们多找几个人护送秦烈回战舰，路上一定要小心。

秦烈努力捕捉着她一长串话里的词，知道她是操心到不行，在叮嘱人保护好他，心中有点儿想笑。在她眼中，他好像没有现代的武器，也没有一整队带过来的士兵，变成了需要被保护在她的翅膀下的小鸡崽。

外面的人对她行过礼，答应着走了。

秦烈用他那点儿可怜的厄尔提词汇和人类词汇拼凑句子："他们很听你的话。"

沙拉回答："因为我是他们的卡库达。"

"卡库达？"秦烈重复了一遍。他现在还不懂这个词的意思，以为是部落里某种很高的职位，要等到不久之后，沙拉教他这个词时，才弄明白卡库达的意思其实是"神"。

实在太晚了，无论如何都得走了，沙拉把他送到门外。回廊上花藤垂下来的花串在夜风中轻轻摇晃，秦烈站在花架下，转身低头看着她。

沙拉伸出右手，突然想起他刚才握她尾巴尖时的模样，想捉弄他的心收都收不住。

她一本正经地把右手和尾巴尖一起递到他面前。

借着门里透出来的灯光，沙拉看见秦烈的耳朵果然又一次红了起来。

这一回，他没再敢碰她的尾巴，只捉住她的指尖握了握，赶紧转身就走，脚步快得像身后有鬼在追一样。

沙拉不动声色地站在原地，望着他的背影，心里彻底笑抽。尾巴就是尾巴，和手没太大差别，他当尾巴是什么？

笑着笑着，她忽然笑不出来了，眼前冒出了一个从没见过的新画面：月色中，他把她压在门口回廊花藤的架子上，一只手和她十指交缠，另一只手搂住她的腰，深深吻住她，抵死缠绵。

沙拉："……"

秦烈的车队在夜晚的旷野中往战舰的方向开去。

这颗行星和母星不同，晚上完全没有光污染，就算天际悬着两个月亮，另一边的天空仍然满天繁星，从车窗望出去，能看到前面引路的厄尔提战骑着猛兽开路的身影。

四野黑沉沉的，那座石头城留在地平线的尽头。远远地能听到那个方向有人正吹着不知名的乐器，曲声不太成调，有一声没一声，呜呜咽咽的。

秦烈坐在车里，整个人处于一种奇怪的状态，一直到回到战舰上，都还有点儿恍惚。

一切就像是命定的安排，他经年累月地航行，穿越茫茫宇宙，在生命中的某一天落脚在这样一个荒凉的星球，遇到了这样一个很特别的人……甚至都不是人。

按流程，回来的第一件事就是进隔离舱，让随舰医疗官做个彻底的检查，以防带回什么特殊的病毒。安伦不太放心，一直等着他出了隔离舱才松了口气："这么晚才回来，我还以为你被人家原住民剁成肉馅了。"

秦烈心不在焉地"嗯"了一声。

安伦狐疑地看看他："你不对劲。"再仔细打量一遍，下结论，"秦烈，你非常非常不对劲。"

秦烈又"嗯"了一声，往自己住的舱房那边走："太晚了，我要休息了。"

安伦跟在他身后，一脸莫名其妙："你在原住民那边待到现在，都看到什么了？你都不跟我说说的吗？喂！秦烈？！"

秦烈径直回到房间，躺在床上，望着天花板，心想：我好像真的不太对劲。

第二天清晨，秦烈按惯常的作息起床、洗漱、处理当天的事务，和以前人生中的每一天一样踩着他精确的时间表。

该忙的事全都忙完，他才对安伦说："我要再去一次原住民那边。"

安伦眯眼盯着他："昨晚医疗官给你验过血吗？"

秦烈："嗯？"

安伦："我怀疑原住民给你用了某种致幻或者成瘾的草药之类的东西。"

秦烈："胡说八道。"

早晨的旷野空气清凉，有小动物在阳光下的灌木丛中活泼地奔跑跳跃，一闪而过。

遥遥地看见地平线尽头的石头城墙时，秦烈察觉到自己有点儿雀跃，他紧了紧制服的领口，心想，这只是本来就要做的考察工作而已……应该是吧？

一路畅通无阻，他又一次来到沙拉门外的回廊前。

只等了片刻，沙拉就出来了。她今天没有露出尾巴，穿了第一次在湖边见面时那种宽大到能遮住尾巴的长袍，外面还加了一件深色的披风，层层叠叠，让尾巴的凸起更不明显。她看到他来，一点儿都不奇怪，好像正在等他。

不过秦烈还是敏锐地察觉到，她的态度和昨晚不太一样。她站得离他远了一点儿，也没有主动握手，笑容中还带着一丝尴尬。

沙拉确实是在尴尬，昨晚看到那样的预言画面后，她根本没法直视他。

这一年多以来，沙拉看到的预言画面都是场景式的，就像她穿进了未来的自己的身体，提前看见了自己将来会看到的情景，也能听到周围的声音。可昨晚的预言画面，细节真实到可怕：他浓长的眼睫低垂着，贴上来的嘴唇很柔软，攻城略地毫不客气，沙拉能感觉到他和她交缠的手指上的薄茧、紧按在她后腰上的掌心的温度、贴着她的胸膛和大腿肌肉的轮廓，还有他抑制不住的喘息……

明明两个人才刚刚认识，最多只是握了握手，哦，还有尾巴尖，她脑中却全是这种画面，有点儿过于刺激了。

此刻他正站在几步外，一身藏青色的笔挺军装，镌刻着徽章的金属扣子扣得一丝不苟，黑色的薄皮手套握在手里，神情淡漠得像把好刀，和预言画面里的完全不同。

"你怎么了？"他问。

沙拉听不懂，但是能猜得出来，他大概觉察到了她不太对。

秦烈只观察了她片刻，就迅速换了一种问法："沙拉，你又看到什么了？"边问还边指了指她和她的眼睛。

这人的脑子转得太快，沙拉猛地一激灵，马上摇摇头，转移他的注意力，把他带进房间。她抱起桌上的一大摞衣服，塞进秦烈怀里，指里间，又用走路的手势比画了一下周围："你去换上这套衣服，我今天带你在城里到处看看。"

这是厄尔提人常穿的兜帽长袍，只要拉低兜帽，遮住脸，他看起来和本地人没什么区别。

沙拉也戴上了兜帽，遮住大半边脸，小心地顺了顺尾巴，把袍子下的尾巴藏好。等秦烈换好出来，她又仔细检查了一遍两人的装束，才带着他出门。

路过门口的花架时，沙拉忍不住抬头看了一眼头顶的花串，这花在这个季节已经盛放到了极致，再过几天就要谢了。她又看了一眼和她保持着一段礼貌的距离，仍然语言不通的秦烈，心想也许预言的画面是发生在明年花开的时节。

之后，她带着秦烈在城中整整逛了一天。

雷诺的部落叫厄尔提，这座城也就叫厄尔提城。厄尔提是这片土地上最大的一个部落，除了厄尔提城，还陆续兴建了不少类似的石头城，收服的其他部落也定居在里面。沙拉粗略估计过，这片大陆上，雷诺的势力能到达的地方，大概有几十万原住民，再遥远和气候更恶劣的地方就不知道了。以这点儿人口和现有的科技水平，想与拥有战舰和现代武器的人类对抗，是基本不可能的。反正也打不过，沙拉并不在乎把整座城都给秦烈看看。

秦烈对城中一切吃的、玩的、用的都很好奇。

城里的交易不完全是以物易物，有不少人使用货币，那是一种黑色金属铸成的大大小小的圆金属片，大的叫殊伦，小的叫瓦纳，沙拉出门前抓了一把揣在口袋里，一走路就叮叮当当地响。

她今天请客。他看什么，她就买什么。

比如秦烈的眼睛往路边的鲜红色果子上瞄，沙拉马上给他买了一小捧，托在绿色的叶片里。果子小小的，像石榴籽一样晶莹剔透，又像樱桃一样酸甜多汁。不过沙拉没让他多吃，只让他尝了尝味道，自己把剩下的全部吃掉了——她怕他中毒。

比如秦烈看到不知是什么动物的骨头和羽毛做成的项链和手串，只多看了一眼，沙拉就立刻花一瓦纳买了一串，套在他的手腕上。

秦烈戴上手串，继续往前，一眼瞥见前面一个特殊的店铺。店铺门口整整齐齐地码着一排陶壶，上面画着简单的线条图案，古拙可爱，很有风格。

沙拉默默地挑挑眉，过去跟店主讨价还价。她让秦烈自己挑了一个，付过钱，把陶壶塞进他手里。

这壶有个提手，壶嘴开口很大，秦烈边往前走边研究："这是装水用的？"

他昨天教过"水"这个字。沙拉严肃地摇摇头，先闭上眼睛，歪着头，比了个睡觉的姿势，然后突然惊醒，一把抓过陶壶。

秦烈懂了，这是夜壶……

沙拉把陶壶重新塞回秦烈怀里，忍笑忍到抽搐："走了，我们继续逛。"

秦烈抱着夜壶跟在她身后，默默地磨了磨牙。

不过他这一路买的最奇葩的东西，是只小动物。这回倒不是秦烈在看，是沙拉自己站在那里挪不动脚。

路边有个人卖一窝出生不久的黑皮小老虎，和厄尔提战士骑的那种一样，只不过还是幼崽，三个殊伦一只。沙拉恋恋不舍地蹲下摸了半天小老虎的头才继续往前。

秦烈奇怪地问："你想要的话，为什么不买？"

沙拉抬头看他。

秦烈指指她装钱的口袋。

"不是钱的问题。"沙拉说，"这种都是要从小养起才会听话，可是据说要驯好很难，要花很多精力和时间。"

这句话又长又难，她努力地解释了半天，秦烈才懂了。他直接把手伸进她的口袋，从里面摸出三个殊伦，走回去买了刚刚她摸了好久脑门的那只小老虎。

沙拉：他该不会是打算在他的战舰里养老虎吧？

秦烈右手拎着夜壶，左手抱着小老虎，和沙拉一起爬了山，参观了厄尔提城的梯田。梯田里的植物叶子郁郁葱葱，沙拉解释下面是种可吃的根茎，昨晚那种金黄的小饼就是这个磨成的粉烙出来的。

两人坐在山顶，对着厄尔提城成片的石头屋顶，连说带比画地一直聊到天黑，秦烈才下山回战舰。

等秦烈从隔离舱检查完出来，安伦目瞪口呆："你这是抱着个什么动物？黑皮小老虎崽？"他眼睛发亮，马上对小老虎伸出一双魔爪，"是他们原住民战士骑着的那种吗？那个帅疯了，能送给我吗？"

秦烈抱着小老虎崽不松手，想了想，把另一只手里的夜壶递给他："老虎不行，这个送你。"

有礼物总比没有好，安伦退而求其次，接过陶壶，看了看上面的花纹，道："画得还挺好看的，很别致，有风格。是装水用的？"

秦烈淡然答："对。是喝水用的水壶。这水壶上的花纹我挑了半天，你不能白拿，得帮我做点儿东西。"

安伦喜滋滋地抱着别致的"水壶"，问："你想要做什么东西？"

秦烈想了想，说："算是个翻译器吧。"

厄尔提人的文字扭来扭去，形状特殊，看上去大同小异，一时有点儿难学，但是沙拉教过他，厄尔提语很明显是表音文字，有四十一个基本字母，它们的发音可以在人类语言里找到大概对应的字母标注，个别实在找不到的可以暂时用其他符号代替。只要做一个词库，把厄尔提语词汇和人类语言的词汇一一对应，就可以先不考虑语法，做简单的对译。所以他需要一个程序，输入人类词汇和对应的厄尔提语词汇，等查询的时候，程序自动翻译。

这个并不难，安伦一口答应，抱着壶走了。

第二天一早，安伦就把做好的小程序装在了秦烈的光脑上。他有点儿委屈："这种对译一点儿技术含量都没有，要是你带我过去，让我研究研究他们的语法结构，我能做得比这个更好。"

秦烈这两天不带他去厄尔提城，是担心万一自己出了事，安伦好歹是副官，可以挑大梁管理战舰，现在不太担心了，就把安伦也带了过去，交给雷诺，他仍然单独去见沙拉。

沙拉心思灵透，一点就通，很快弄懂了这个翻译小程序是做什么用的，没多久就直接记住了人类语言里的对应字母，开始动手和秦烈一起给小程序输入词汇，丰富词库。

秦烈给出人类词汇，沙拉告诉他厄尔提语读音，两人凑在一起忙了整整一天，给小翻译器喂了好几千个常用词。小翻译器可以用了，虽然翻译的句子乱七八糟，基本要靠猜，可也比用手脚比画好太多了。

天黑的时候，两人才终于停下来。

沙拉起身去点灯，秦烈在小翻译器的窗口打了一行字："我决定提出申请，争取这颗新行星总督的位置。"

好几个词都找不到对应的厄尔提语词汇，秦烈重新打了一行："我打算留下来。"

小翻译器把它翻成了厄尔提语，秦烈按照上面的发音读了一遍，怪声怪调，但是态度认真。

油灯亮了，沙拉转过头看他，心中默默地松了口气——他终于答应了。虽然刚认识没几天，但是沙拉看得出来，他是个诚信守诺的人，一旦说出口，就不太可能反悔。

秦烈继续道："我只能努力争取，不一定会成功。"新行星总督位置的竞争还是很激烈的。

在沙拉那双黑而亮的眼睛的注视下，他忍不住补充："但还是有希望的。我哥现在在母星，我会让他帮我的忙。"

秦家在联盟这么多年，曾祖父曾经做过上将，但是到了秦烈这一代，已经开始没落了。秦烈父母早亡，只有一个哥哥，没有从军从政，而是开了一家不小的高新技术公司，秦烈已经是秦家这一代军衔最高的一个。不过如果调动各种关系，尽可能争取，也未必做不到。

"总督的位置，我会尽量争取，就算真的拿不到，我也有一个能尽可能保全部落的办法。"秦烈说，"我这次星际航行，本来就带着联盟文化部的研究员和考察项目，我打算让他们给文化部提交一份报告。"他计划做一份考察报告，详述这颗星球上原住民的历史、文化、信仰、生活等各方各面，"文化部最近要办一个宣传星际移民的展览，会展示另外两颗移民行星上的物产和风景，还有移民生活，我们如果做得足够快的话，说不定可以挤进去。"

他的话太长、太复杂，远远超出了小翻译器的能力，沙拉听得半懂不懂。

秦烈很有把握："无论如何，你相信我。"

这句话沙拉懂了，她认真地点了点头。

天太晚了，秦烈收好光脑，站起来。

沙拉照例把他送到门口，不自觉地停住，抬头看头顶藤蔓上垂下来的花串。

她的头仰着，长长的尾巴弯成一个大大的弧形，高举在头顶，眼睛像小动物一样黑而亮，额头、鼻梁和微翘的唇瓣被身后门里的灯光勾勒出金色的美好弧度。

秦烈连呼吸都快停住了。

半晌，他才问："为什么你每次都会抬头看花？"

沙拉十分心虚，假装听不懂："啊？"

秦烈抿了一下嘴："没什么。"

他这次主动伸出手。沙拉也伸出右手，准备跟他握手道别。秦烈漂亮的眼睛闪了闪，却把手抬高，示意她给他尾巴尖。沙拉无奈地把尾巴尖递到他的手心里，让他握住摇了摇。

明明前两次都是她主动把尾巴递到他面前，故意捉弄他，可今天他主动要求握她的尾巴，她却忽然不自在起来，心脏不知为什么怦怦乱跳。沙拉强装镇定，心中纳闷：自己这是怎么了？不就是尾巴吗？能把古里兽一抽一个跟头的尾巴啊！

秦烈轻轻地握了一会儿她的尾巴尖才松开，低低地说了句话。人类的语言声调宛转，被他温柔的男低音说出来格外动听。

沙拉估计他应该是在告别，或者在道晚安。可惜翻译器在秦烈的光脑上，他也没有再给她翻译一遍的意思。

他走后，沙拉用尾巴钩下来一串花串带回房间，找到瓶子，灌好水插起来，又顺手拿起笔，坐在桌前，按音节把他刚刚说过的话记在纸上。那句话很好听，她有点儿想知道他到底在说什么，如果真的是句道别的话，可以学起来。

她用厄尔提语的符号一个音节一个音节地记：我、想、留、在、这、里、和、你、在、一、起。

石头城里亮起灯，秦烈到了雷诺的大门外，给安伦发消息，但和车队等了半天，都不见他出来。

又过了好久，安伦才回了一条消息："你们回去吧，部落这边太好玩了，我现在正在跟他们学厄尔提语，研究语法结构呢，今晚住这儿，不回战舰了。"

秦烈："……"有人比他还疯。

接下来的几天，秦烈每天都和沙拉一起准备要提交的报告。

战舰上的研究员和专业摄影师也来了。他们带着摄影师到处拍照，一眼看见安伦扛着一堆东西爬到石墙的城门上，跟下面的雷诺比画着什么。

秦烈奇怪地问："你在干什么？"

安伦指指他那一大堆东西，挺高兴地说："我从飞船上拿了套太阳能发电的板子，打算给他们在这里装一个灯！"

秦烈有点儿无奈："你先等等，等我拍完照片你再装。"

摄影师转了一整天，拍了不少照片和视频：月光下骑在黑虎上的强壮的厄尔提战士，蓝天褐土之间的高大的石头城，微黄的纸页上弯弯的厄尔提文字，还有穿着粗布小袍子的宝宝绽开笑脸……

秦烈对这些影像资料传回母星后会有的效果心知肚明。不过他最感兴趣的，还是厄尔提人的信仰。

沙拉努力跟他讲解。这片土地上，所有的部落都信仰同一个神，传说中神会坐在火球里，带着闪电降临人间。

秦烈问："所以你是坐在火球里，带着闪电来到这里的？"

沙拉大方点头："对。"反正只要他留下，早晚会知道她坐着逃生舱掉下来，砸死一大片古里兽的丰功伟绩。

秦烈想，所以她并不是原住民，是从其他地方来的。但她不细说，他也就不问。

厄尔提文化报告很快就做好了，研究员火速提交给了母星的联盟文化部。不出秦烈所料，文化部如获至宝，并没有和军事委员会提前打招呼，就把这部分内容加进了星际移民的展览里。

在联盟的星际探索历程中，他们在那些考察过的适宜或者不适宜人类居住的星球上也遇到过不少生物，有些甚至是类人的。但是先入为主的印象，就是这些生物都是异种。它们野蛮、残暴、智商低、吃人不吐骨头，所以剿灭起来毫无心理负担。厄尔提人却不同，从报告里看，他们有自己的历史和文明，看起来太像人类，很容易让人共情。尤其是他们星际田园牧歌般的美好生活，和母星的人口爆炸、高楼林立、重度污染对比鲜明。

果然，这颗行星和行星上的"人"一夜爆火。

军事委员会措手不及。他们刚收到秦烈发回的这颗宜居行星上有原住民的报告，还没决定好怎么处理他们，厄尔提人就先红了。现在无论谁想对他们下手，都得先掂量掂量。

秦烈的哥哥从母星把消息传过来，表明一切都在稳步按照秦烈的计划走，新行星总督的事也在尽力争取。

秦烈一大早就来到沙拉这边，把好消息告诉她。沙拉却有些忧心忡忡。

秦烈不太明白，俯身看着她的眼睛，问："你怎么了？"他已经会说几句简单的厄尔提语了。

沙拉打开光脑上的小翻译器，在上面输入："到现在为止，我还是没有看到任何明确的你留在这里的预言画面。我有点儿担心，你会不会还是出了什么事？"

昨晚沙拉半睡半醒时，又看到了新的预言场景：她戴着兜帽、穿着披风，站在石头垒成的城墙上，而人类基地已经建好，就坐落在厄尔提城旁不远处。

雷诺站在她旁边，忧心忡忡地说："让我们定居在一个固定的地方没有问题，我们这几年就是这么做的。他们的总督让我们交出那几个矿也可以，我们想办法用其他东西铸币……可是上交全部武器根本做不到，这里到处都是古里兽，如果没有武器，我们没办法出厄尔提城，就像被软禁了一样。"他回头眺望梯田，"这几年，我们的食物一半靠种植，一半靠打猎，虽然他们说会提供食物，但难道我们就这么靠他们的施舍活着？如果连食物都不能自给自足，我们的脖子就像被捏在别人手里，离死不远了……"

城墙上的风不小，沙拉把披风裹紧："雷诺，你相信我，如果厄尔提人都死了，这些人一定会给厄尔提人陪葬。"

雷诺躬身向她施礼，对她的话丝毫不怀疑："我相信。"

画面到此为止，沙拉睁开眼睛，再也睡不着。

屠杀是没有发生，可是他们的状况并不太好。而且雷诺的用词是"他们的总督"，这不对劲，这些天他提到秦烈都是直接叫的名字。再说这也不太像是秦烈会干出来的事。

她再次闭上眼睛，希望能看到更多，结果眼前冒出了重复的画面，秦烈和她在花藤架下吻得难舍难分。

第一次看到这个预言画面时，冲击太过强烈，沙拉的注意力都在秦烈和自己的感觉上。这一回，她注意到了更多的细节：他们身旁的房门掩着，只留着一条细缝，门缝里透出来的光远比油灯更明亮，而在他们头顶，月光洒在藤蔓的叶子和花串上。

她这几天一直在看那些花串，已经看得很熟了，一下就看出来画面里花串的分布和现在的一样，尤其是正中间有一根断掉的花茎，是她前两天用尾巴摘掉了一串花留下的痕迹。也就是说，这场景并不是明年，而是最近。

因为这两个预言画面，沙拉整个早晨都心不在焉，一直到秦烈过来。

"你怎么了？"秦烈把手撑在桌子上，俯身等着她回答。

沙拉借助小翻译器，跟他简单地描述了一遍和雷诺站在城墙上说的话。

秦烈思索片刻，在光脑上敲字："我向你保证，我会尽一切可能不让这种事发生。"顿了顿，他继续敲字，"只有这个？可我看你的表情，好像不止。"

沙拉一阵心虚，不过脸上的表情丝毫不变，用厄尔提语回答："就是这个而已。"

秦烈的目光在她脸上停了一会儿，没追根究底，直起身道："我今天带过来一点儿东西。"

他带来的是整套的太阳能发电装置，和安伦拿过来的那种一样。厄尔提城一年到头绝大多数时间阳光充沛，用这个相当合适，提供晚上的照明用电绰绰有余。

沙拉不动声色地看着他把发电装置装好，试了试他带来的灯，灯亮了。她想，所以在预言场景里，门缝中透出的光比油灯明亮很多吗？

命运正安静地朝那个方向一步步往前走。

秦烈带来的不只是灯，还有其他一堆东西，其中包括一台便携式光脑，已经装好了翻译器。安伦这些天没日没夜地混在部落里，又升级了他的小翻译器，不只词汇多了，语法结构也做过调整，语句更好更流畅了。这台光脑是送给沙拉的，方便她继续学习人类的语言。

秦烈今天有战舰上的事务要处理，没待到中午就要走了，沙拉照例送他到门口，两人站在花藤下。

沙拉下意识地动了动尾巴尖。

秦烈看了看她的大尾巴，刚要伸出手，头顶上忽然"哗啦"一声响。他本能地往前一步，一把拉她过来，用另一只胳膊护住她的头。

两人一起抬头，原来是停在花架上的一只长相奇怪的长嘴大鸟受到他们的惊扰，起飞时扑扇翅膀猛蹬了一下，蹬得花架乱晃，摇落一地细碎的花瓣。

两人相视一笑。沙拉头一次看到他那双清澈的眼睛含笑的样子，比她想象的还要好看。

秦烈并没有松开她，还握着她的胳膊。他的掌心温热，制服的金属扣子擦着她的衣襟，眼睫垂着，目光停在她的嘴唇上。

沙拉脑中有点儿乱：预言场景是在晚上，可现在明明是大白天，难道是她做了什么特殊的事，让预言的场景提前了？

秦烈目光上移，重新回到她的眼睛上，温声说："沙拉，我猜你看到我们两个了，应该就在这里，花架下，对不对？"

沙拉这几天一直在努力跟人类语言较劲，不用翻译器也完全听懂了。

秦烈偏偏头，好像在琢磨："不过你刚才有点儿惊讶……所以不是这个季节？或者不是这个时间？"

沙拉："……"

秦烈看出她的尴尬，松开她，又微笑了一下："我有事得回去，明天再来看你。"说罢拉起她的手放在唇边，轻轻碰了一下，转身走了。

整个下午，沙拉对着光脑上的翻译器心不在焉，手指上都是他嘴唇的温软触感，脑中还时不时冒出雷诺的话，它们搅在一起，让人头昏脑涨。

沙拉叹了口气，推开光脑，趴在桌子上，不一会儿，秦烈亲上来的画面又出现了。

不过这回比前两次都长。他吻了她一阵，分开一点儿，低声说了句话，只有几个简单的音节："等我回来。"他恋恋不舍地又低头吻了吻她的嘴唇，下定决心一样转过身，大步流星地走了。

然后沙拉看见自己回了房间。桌上的光脑还开着，屏幕的翻译器上全是密密麻麻的字。他尽可能用简单的词和短句跟她解释了一大段。

在平原的另一头，秦烈回到战舰，处理公务，主要是联盟那边发过来的一大堆文件，全是行星考察和兴建人类基地的计划。星际通信一来一往要花大半天的时间，等母星那边确认收到已经是傍晚了。

指挥室外有人敲门："舰长，战舰外有厄尔提人说要见您。"

秦烈觉得有点儿奇怪，走到舷窗边往下看，是沙拉。

旷野被落日染成红色，如血的残阳下，她裹着披风长袍，戴着兜帽，被一个高大的厄尔提战士带着，骑在一头黑虎背上。大概是看见他了，她仰起头，一脸焦急。

沙拉跟着秦烈上战舰时，所有人都忍不住好奇地看她。

她的兜帽压得很低，只露出半边白皙的脸庞，快步跟着秦烈去了他的舱房。一关好门，她就用厄尔提语说："秦烈，你哥哥出事了！"

秦烈知道她这样赶过来一定是有非常急的事，等听懂了"哥哥"这个词，简直头皮发麻。

沙拉手忙脚乱地打开随身带来的光脑。她来之前已经把要告诉他的话写在了翻译器上。

之前预见的画面，让她终于明白秦烈为什么会突然吻住她，让她等着他，就急着走了……

秦烈的哥哥秦恪因为秦烈竞争新行星总督的事一直留在母星首都，而他的公司在首都郊区有一家生产飞船使用的高能能源块的工厂，于是他趁着有空顺便去了一趟。没想到生产线发生爆炸，秦恪经过抢救活了下来，但是双腿都被炸断了，一直在昏迷中。这是秦烈从小相依为命的哥哥，所以他立刻放下一切，返回了母星。联盟就在这时另外派了人来这颗行星管理一切事务，等秦烈想办法再来，不知还要多久之后。

秦烈读完翻译器里的话，脸色大变："我哥昨晚说过，今天要去工厂。"

母星和这里的日夜并不同步，现在应该是母星的早晨，秦脩说不定早就出发了。而且消息发回去还得经过几个小时秦脩才能收到。但秦烈还是立刻打开光脑，连接飞船的通信系统，默不作声地给秦脩发消息。

他的脸上没什么表情，沙拉站在他旁边，却能看出他的手指有点儿抖。

秦烈盯着光脑屏幕的发界界面看了半天，才把光脑放下。他坐了好久，抬头看向沙拉："谢谢你赶过来告诉我这些。"他的语气镇定，可是脸上毫无血色，连嘴唇都是白的。

沙拉向他伸出手。秦烈立刻握住，好像抓住了救命稻草一样，紧紧攥在手心里。沙拉干脆在他身旁坐下来。

接下来就是漫长的等待。舷窗外的天黑下去，星星亮起来，没人知道遥远的母星上现在正在发生什么。

一直等到半夜，通信系统的界面才突然亮了。

他们的消息发得非常及时，秦脩刚要出发就收到了，不过他还是去了工厂，只是一到地方就仔细排查了一遍，发现能源块生产线上果然出了问题。此刻秦脩已经回了首都，爆炸没有发生，也没有任何人受伤，大家全都平安无事。

沙拉观察着他的神情："没事了？"

秦烈转过头，用那双漂亮的眼睛望着她，没有回答。忽然，他伸出手，把她抱进怀里。

沙拉："……"

他的怀抱和预言场景里一样温暖，因为早就在预言里体验过几次了，甚至透着种莫名的熟悉和亲切。沙拉拍拍他的背："没事就好。"

秦烈却松开一点儿，低下头，目光从她的眼睛一路往下落在她的嘴唇上。他低声说："也不一定非要在花藤下吧？"

沙拉心念一动，所以那个他离开前告别的吻被她改没了，跑到这里来了？

不容她细想，秦烈的唇已经贴了上来。和预言里一样，他按住她的腰，把她深深地压进怀里，制服扣子硌在她胸前，另一只手紧缠住她的手指。他的吻热烈又温柔，和他冷淡的外表一点儿都不像，他时不时地还低声叫她的名字。

一阵阵的眩晕中，她搂住他的脖子，心想除了地点变了，什么都没变。

秦烈的吻一点点下移，挪到沙拉的脖子上，指尖抚过她的后颈。他偏头吻了吻那里，拥着她，低低地笑出声："你没有腺体，我们两个是不同的物种。"

沙拉当然听不明白，她转过头，用一双黑溜溜的眼睛好奇地看着他。

秦烈搂住她的腰，贴着她的脸颊低声说："我也没有尾巴，你不要嫌弃我。"

这句话沙拉听懂了。她立刻把大尾巴一弯，兜了一个圈，把两个人一起卷住。

尾巴可以共享，物种什么的一点儿都不重要！

多年前的使徒星上，舷窗外的奇迹和安宁高悬在空中，旷野上一片寂静，他们从宇宙中遥远的地方来，其实和这颗星球毫无关系，因缘际会在这里遇到了彼此。

接下来几天，两个人都是飘的。秦烈要费很大的力气，才能克制住每天围着沙拉转的冲动，毕竟他还有不少事要做。

母星人口爆炸、资源枯竭，新的土地非常诱人，联盟以最快的速度通过了在新行星上兴建基地的计划。一艘满载兴建基地的设备和技术人员的飞船已经从母星出发了。

与此同时，还有一个好消息传来。秦恺说联盟经过反复研究，认为秦烈是这颗新行星的总督的最佳人选，毕竟他已经在 GHF38764 号行星上了，比别人都熟悉当地的情况，而且年轻有为、精力充沛，作为艰苦的垦荒时期的总督再合适不过。

不只沙拉和雷诺，就连安伦听到这个消息都吁了口气："太好了。所以我们不用走了？我正跟雷诺商量，打算放开手脚改造厄尔提城。"

雷诺最近一直跟着安伦学东西，尤其是各种实用的技术。他聪敏精明，态度又很认真，就算有语言障碍，仍然学得非常快。而且他对厄尔提的传统生活方式和"原始风情"毫无留恋。他很清楚，族人的生存才是第一位的，保持传统什么的太奢侈了，他们负担不起。落后就会被动，厄尔提人的当务之急是迅速把科技差距追上来。而安伦本来就是战舰上负责技术工作的副官，两人想法一致，一拍即合。

联盟的飞船还要一年的时间才能飞到这里，在这之前，秦烈还有另一件重要的事情要做。

联盟军事委员会仔细研究过行星情况的报告，第一个人类基地就打算建在厄尔提城附近。可是这里有个非常大的古里兽群，它们会成群结队地组织进攻，是兴建基地初期人类最大的威胁。因此他们决定对付星球上无处不在的古里兽。

厄尔提人和古里兽斗争多年，经验丰富，秦烈这些天一直都在跟雷诺商量怎么清掉附近的古里兽。

"古里兽都是群居的。"雷诺用翻译器说，"像这一带的兽群，我们知道它们的老巢在哪儿，不过从来没进去过。"

古里兽群住在地下，地下通道和岩洞冬暖夏凉，是它们天然的窝。

安伦琢磨："所以要端掉它们的老巢？"

"对。"雷诺说，"我觉得，只要把出口全都堵死，以你们的武器威力，炸掉老巢不成问题。"

在古里兽的问题上，人类和厄尔提人的立场一致。问题是，就算是世世代代生活在这里的厄尔提人，对古里兽的老巢也不太熟悉，那边太危险，没人敢去。

秦烈说："我们先把老巢附近的情况排查清楚再说。"

他带着人，跟着雷诺，在地下通道里一点点勘察，画出通道地图。

范围一天天扩大，雷诺估量着在地图上画了个圈："古里兽的老巢应该就在这一片。"

他们离老巢越来越近，很快就要到老巢周边了。沙拉也忍不住好奇，跟着他们看热闹。

古里兽老巢附近的通道特别宽，洞顶比其他地方都高得多，安伦拎着枪，边走边轻声感慨："这里怕不是给巨人住的吧？"

为了不惊扰古里兽，他们没有用灯，一整队全副武装的士兵都配了夜视装置。

沙拉也戴着夜视仪，好奇地东看西看。没走多远，她就看到通道的石壁上镶嵌着特殊的东西，是一小块又一小块的黑色石头。沙拉从来没有在地下通道的其他地方见过这个，看来这东西只出现在古里兽老巢这边。她伸手摸了摸。

秦烈也看见了，压低声音说："这好像是一种矿石。"

继续往前，沙拉注意到，石壁上黑色的石头越来越多了。

"不能再往前了。"雷诺说，再往前走，就真的进古里兽的老巢了。

队伍迂回着转了一圈，路上只遇到零星几只古里兽，都被静音枪一枪解决，连报信的机会都没有。

把通道全部标好，众人才退出来。

第二天，秦烈过来和雷诺他们商量炸老巢的计划时，先到了沙拉这边。他有点儿不太好意思地从口袋里掏出一样东西递给沙拉，是一个黑色石头雕的小像，只有大体的轮廓，不过身上盘着条大尾巴，一看就是沙拉——他看出了她对这种石头感兴趣，不知什么时候悄悄捡了一块，拿回去雕出来的。

"我雕得不好，本来想让尾巴伸出来，可惜一直断。"这话他是用厄尔提语说的，来之前肯定先查过翻译器了，说得很流利。

石头断面凌厉，闪闪发光，看起来又脆又硬，能雕成这样已经很不容易了。他昨晚那么晚回去，今天又一大早过来，一看就是夜里没怎么睡，赶着给她雕出来的。沙拉接过来，用人类语言说："很好看，我喜欢。"

两人早就发现，努力用对方的语言说话，哪怕说得磕磕巴巴的，对方也能理解得更好。

秦烈在她的椅子旁半蹲下，仰起头，用厄尔提语说："真的喜欢？那我想要一个奖励。"这句也很流利，明显是有备而来。

沙拉把尾巴尖递到他手里："给你握一下尾巴好了。"

秦烈攥住她的尾巴尖，低声撒娇："不够，还要别的。"

他乖乖的，眼睛比那块黑石头还亮。沙拉受不了诱惑，低下头，吻住他的唇。

秦烈低低地吸了口气，伸出手，把她从椅子上拉进怀里。

两人倒在白色的地板上。他垫在下面，拥着她，握住她尾巴的手顺着尾尖一点点滑上去。

沙拉忍不住抖了一下，心想尾巴好像确实不只是抽古里兽用的尾巴而已。

秦烈只待到早饭时间就走了，他今天要带人去古里兽老巢附近装炸药。几个通道口都查好了，应该能断掉古里兽的出路，覆盖老巢的全部范围。

今天的工作很重要，跟着他难免让他分神，所以沙拉没有去，留在部落里。等他走后，她从里间床边的柜子里摸出一块小石头，也是亮晶晶的黑色，是她从逃生舱中醒过来时手里握着的那一块。

沙拉把它拿出来，摆在小雕像旁边，两块石头的材质一模一样。她趴在桌子上，对着两块石头认真研究。黑色的石头发出亮晶晶的光，沙拉脑中冒出模糊的印象：她从逃生舱醒过来之前似乎睡了长长的一觉，迷迷糊糊的，过往的事都不太记得了，但是有个模糊的印象，周围仿佛就是这种石头。

沙拉用指尖点了点石头，心想难道她可以钻进石头里吗？

窗外的阳光正好，晒在身上暖洋洋的，鸟在花藤上叫着，扑着翅膀。沙拉打了个哈欠，闭上眼睛。

不知什么时候，鸟叫声停了。沙拉下意识地睁开眼，四周很黑，还有古里兽的低吼。她怔了怔，心想自己该不会真的跑到地下通道岩壁上的石头里去了吧？

念头一动，再睁眼时，她仍然在房间里。阳光耀眼，两块小黑石头就摆在面前。

沙拉坐直，对着小石块们出神，再伸出手指，点了点秦烈做的小雕像，然而并不能穿进去。难道是这块石头太小了？

正想着，外面忽然来人了，是常跟着雷诺的厄尔提战士，他站在门口说："雷诺酋长请卡库达立刻去前面。"

他的声音有点儿紧张，让沙拉的心不知为什么提了起来。她站起来："有什么事吗？"

门外的厄尔提战士说："酋长说，进地下通道的队伍被古里兽偷袭，其他人都突围出来了，可是秦烈舰长断后时失踪了。"

沙拉立刻抓起旁边的斗篷披在身上往外走，走得太快，没注意脚下，膝盖猛地撞在椅子上，一阵钻心的疼。她弯腰按住膝盖，眼前突然冒出了一个从来没见过的预言画面：又是挺着大肚子的布耶尔兰少将和他怀里那只宠物狗，他带着全副武装的联盟士兵走进厄尔提城的城门，眼神轻蔑地扫过等在城门口的雷诺，随口问："你是这里的酋长？"

命运又被扳回原本的轨道上……

沙拉不再管膝盖的事，飞快出门。

雷诺正在前面的大厅里等着她。他知道沙拉和秦烈的关系，更知道秦烈和厄尔提人的命运息息相关，立刻跟她把情况详细讲了一遍。

秦烈他们是在安装爆炸装置的时候被古里兽偷袭的。当时离古里兽老巢相当近，秦烈组织队伍迅速后撤，自己带人断后，吸引古里兽的注意。通道里太黑，时不时又有其他古里兽冒出来，等前面的人跟着厄尔提向导出来的时候，秦烈已经不见了，大概是被古里兽拦截在路上，没能出来。安伦已经带着增援的士兵和一队厄尔提人下去找人了，不过据联盟士兵说，只找到秦烈掉落的通信器，人到现在都没能找到。

沙拉冷静下来，问："老巢附近都找过了？"

雷诺回答："找过了，确实没有。"

"会不会是他迷路了，去了其他地方？"地下通道太复杂，秦烈说不定走得太远，到了别处，沙拉思索了一下，说，"雷诺，你让他们把虫灯……"

雷诺知道她要说什么："我已经让人把引路的虫灯全都挂起来了。"如果秦烈真的迷路了，只要找到其中一盏虫灯，就能跟着虫灯走到出口。

沙拉强迫自己镇定，在椅子上坐下来，努力思索，满脑子都是古里兽老巢那里的通道。忽然，她眼前变了，就像刚才在房间里的时候一样，周围又一次黑了下来，还能听到古里兽的一声声低吼。

但这一次，沙拉听见了人的声音，是一道特意压低的呼吸声，非常轻微，就在她旁边。

沙拉和秦烈很熟悉了，听声音觉得很像是他，可是她现在不太搞得清自己的状况。这状况实在有点儿奇特，沙拉觉得她好像真的附身在岩壁上那种黑色的矿石上。

不远处的斜下方传来古里兽的低吼，听声音远不止一只，它们来来回回的，好像也在找秦烈。

秦烈一个人没法同时对付这么多古里兽，只能暂时先躲在这里。好在因为知道古里兽嗅觉灵敏，他们下来之前就在全身喷过掩盖气味的喷剂，它们一时半会儿找不着他。现在最关键的是，秦烈不能发出声音。当然，他也是这么做的，连呼吸都尽可能地压低放缓。

当务之急，是弄清楚秦烈藏身的这个地方究竟是哪里。

沙拉琢磨着，如果她真的是附身在一块黑石头里，那么肯定也能附身在附近其他的黑石头里……心念才这么一动，她就真的换了位置。秦烈轻微的呼吸声消失了，古里兽的低吼也换了一个方位。

她试了试，又成功了，古里兽的吼声更远了一点儿。

沙拉尽可能记住每次跳跃的大概距离和方向，几次之后，终于看到了亮光，是雷诺他们挂在地下通道里的虫灯。幽幽的光照亮了通道，沙拉终于确定自己真的是在半高的石壁上。

不过现在没时间仔细研究这个，她马上去看不远处的虫灯。每盏虫灯悬挂的位置下都有厄尔提人在石壁上刻下的记号，是帮助在这个迷宫一样的地方辨识方向用的。

沙拉再次心念一动，睁开眼睛。她还在大厅，靠在铺着兽皮的大扶手椅里，雷诺正在旁边一脸焦虑地看着她，发现她睁眼了，松了口气。

"沙拉，你刚才忽然晕过去了。"

沙拉呼地站起来："我知道秦烈在哪儿了，我们走！"

地下，幽深的通道里，一群古里兽正走来走去。

秦烈尽可能地放缓呼吸，踩在它们头顶上方一小块凸起的岩石上，用手指抠住另一块石头，像只壁虎一样保持着平衡。

刚刚被大群古里兽偷袭，他负责断后，旁边的通道里却跑出来另一群古里兽，把他和其他人隔开了。秦烈一路退，干掉了不少追着他的古里兽，不知怎么就到了这里。通信器被扑上来的古里兽扯掉了，地下通道又太复杂，就算戴着夜视仪，也一时找不到出口，枪刚才也出了点儿小问题。好在这里是个藏身的好地方，只可惜追着他的古里兽还在下面徘徊，仿佛知道他还在附近。

秦烈腾出一只手，从口袋里摸出一个小圆盒，是沙拉上次送他的礼物。他的腿被古里兽的尖牙划了一道，伤口正火辣辣地疼，感觉很不对，于是他挖了一点儿药膏涂在伤口上，伤口一片清凉。

秦烈收起药盒，无声无息地摸出一把匕首。这样贴在石壁上非常耗体力，坚持不了太久，他得在体力耗尽之前找机会下去，离开这里。但下面有四只古里兽，只靠他一个人一把匕首，绝对对付不了，只能找准时机，落在离古里兽最远的地方，然后立刻攻击离得最近的古里兽的要害，比如眼睛，然后尽可能地逃跑。

秦烈仔细地观察下面的落点，感觉没什么希望，不过这是没有办法的办法，而且不能再拖了。他吸了一口气，攥着匕首，准备往下跃。

忽然，一道光亮了起来，是厄尔提人虫灯莹莹的光，不算亮，却足以驱散黑暗，照亮阴沉的地下通道。

附近的几只古里兽受到光线惊扰，一起朝那个方向看。下一瞬，一支长矛箭一样疾飞过来，穿过一只古里兽的眼睛，扎穿了它的脑袋。其他三只古里兽这才反应过来，马上往前扑。

只见通道里来了一群人，好几个厄尔提战士一起上前，用手中的长矛和长刀解决了三只古里兽。他们身后是戴着兜帽、裹着披风的沙拉，她旁边还站着雷诺，手中提着一盏虫灯。

她带着人，非常及时地找到了这里！

沙拉一颗悬着的心终于落了下去。她看着秦烈，脸庞莹润洁白，黑色的眼睛里映着虫灯的亮光。这是古里兽老巢旁的一条隐蔽岔路，不太容易发现。时间紧迫，她没有去找安伦他们，而是直接带着厄尔提战士，按照刚刚看到的位置，找到了这里。还好他真的在这里，而且看起来安然无恙。

秦烈从上面跃下来，摘掉夜视仪，用厄尔提语谢过他们，快步走到沙拉身旁，对她微微笑了笑："我以为我命中注定要被古里兽咬几口，怎么躲都躲不过。"

沙拉回答："就算真的有命运这种东西，我也要把它改到我满意为止。"

这里不宜久留，雷诺说："我们走吧。"

离开前，沙拉又看了一眼秦烈刚刚藏身的地方。就在那个位置旁边的石壁上，有一块相当大的黑色矿石，在灯光下闪闪发光，从方位和距离判断，毫无疑问就是她之前待的地方。

一路过来，她都在留意岩壁上的石头，差不多找到了刚才一步一步跳跃的每个点，每个点上都有一块对应的黑色石头，而且石头的体积都不小，看来曾经在这种石头中沉睡的记忆是真的。

所有人原路撤出，同时雷诺把找到秦烈的好消息通知了联盟的士兵。

安伦带着人从通道里出来时，脸还是白的。他上去就给了秦烈一拳："你吓死我了，我还以为你让古里兽拖到它们的老窝里去了。"

秦烈："放心，它们没窝可拖了。"

当天下午，所有装好的爆炸装置一起启动。地底下传来一长串闷响，和厄尔提人厮杀纠缠了多年的古里兽被端掉了老巢。

等爆炸平息，通道里彻底稳定下来，他们才下去查看，只见古里兽的老巢被炸出一个巨大的环形深坑。当时的他们并不知道，很多年以后，有另一个种族看中了这个大坑，也把它选作安置母巢的位置，然后又被同样的两个人连窝端掉了——这地方大概不太吉利。

解决掉古里兽，大家都聚在雷诺这边，讨论改造厄尔提城的事。

安伦神秘地把秦烈拉到旁边："为了庆祝你没进古里兽的肚子，我送你一样好东西。"他从口袋里摸出一根漂亮的布条，塞进秦烈手里，语气真挚地说，"你把它绑在手腕上当手绳、挂在脖子上当项链都可以。据说当项链效果更好，能保你今后都平平安安。"

布条很细，不到小指宽，上面绣着精巧别致的花鸟图案。秦烈只看了一眼就答："我不要。"

安伦瞪大了眼睛，一脸被伤到的表情："为什么不要？我送你的礼物你竟然不要？"

秦烈不答，碰了碰沙拉的胳膊，指那根布条问她："沙拉，这是什么？"

沙拉转头看了看，在腰上比画："这是厄尔提小宝宝绑尿布用的带子。"

秦烈把布条还给安伦："还是你自己留着戴在脖子上保平安吧。"

安伦磨了磨牙。这人把夜壶当水壶送人，自己却不上当！

吃过晚饭，秦烈跟着沙拉回到她的住处。

雷诺他们并不会追问他们的神是怎么找到秦烈的，但秦烈本人很好奇。

沙拉没有隐瞒，把自己穿进黑石头里的事讲给他听。

秦烈拿起桌上的小雕像，比了个穿进去的手势："就是这种石头？那你现在可以进去吗？"

沙拉摇头："这块石头太小了。"她夸张地张开双臂比了一下，"我很大，装不下。"

秦烈有点儿遗憾，拿起小雕像，示意口袋："很可惜，要是你能进到这块石头里，我就可以把你装进口袋，带着到处走。"

忽然，他放下雕像，伸手轻轻松松把她打横抱了起来："其实不用装进口袋，我也能带着你到处走。"

他的动作太突然，沙拉本能地用尾巴钩住他的脖子。

秦烈觉得很好玩，双手同时一松。

沙拉全没防备，吓了一跳，慌慌张张地扒在他身上。等她想松开他下来，又被他重新搂住。

秦烈低头吻了吻她的鼻尖，低声呢喃："不吓你了，别走。"

就在两人的嘴唇碰触的一瞬间，某个开关仿佛被触动，一个新的场景出现在沙拉眼前：两人同样贴得这么近，视野中能看到他裸着的肩膀、延展的锁骨和肩头肌肉的线条。

沙拉迷迷糊糊地想，原来他不穿衣服也这么漂亮。

秦烈的额上全是细密的汗珠，眼眸比平时幽深得多。沙拉自己也觉得很热，感觉奇奇怪怪的。然后他俯下身来，吻了吻她，嘴唇滑到她耳边，低声说了两个她听不懂的音节："宝贝……"

画面像被搅碎的幻影一样消失了，沙拉手忙脚乱地松开秦烈的脖子，从他身上下来。

秦烈放她下来，却搂住她的腰："怎么了？"

沙拉有点儿尴尬："没事。"他们明明只是亲一下而已，却突然看到这么火爆的画面，过于刺激。

等他走后，沙拉才打开光脑上的翻译器，输入他说的那两个音节，想查查是什么意思。可惜无论是秦烈还是安伦，都没有想到要把这个词加进词库里。于是这一整夜沙拉都在做梦，梦里全是秦烈，以及他在她耳边低声说的那两个字。

忍到第二天，秦烈过来一起吃早饭时，沙拉才假装不经意地问："'宝贝'是什么意思？"她在心中默默祈祷，希望不是什么很奇怪很羞耻的话。可是不弄清楚，她连觉都睡不好，去问别人又不太好意思。

秦烈喝了口水，怔了怔："宝贝？"

沙拉点点头，打开光脑上的翻译器。她现在可以用人类的语言说简单的词句，复杂的词句还是要查。她扫一眼翻译器，随手把一口大锅扣在安伦身上："我昨天听安伦说的。"

秦烈差点儿被一口水呛死："安伦？对你说的？"

沙拉察言观色，立刻找补："当然不是对我，是对你们一个士兵。"

秦烈："……"

沙拉低下头，继续不动声色地吃她金黄的小烤饼："所以到底是什么意思啊？"

秦烈半天都没有动静，沙拉抬起头，发现他正在看着她。

"沙拉，这其实是我跟你说的吧？"他不吃早饭，眼睛弯了弯，"宝贝，你又看见什么了？"

沙拉："……"不用他再解释，她也明白了，这应该是一个称呼，估计还挺亲密。

之后的一整天，秦烈都在问，沙拉抵死不说——这种事，疯了才告诉他！

厄尔提城的燥热一天天和缓下去，秋天就要来了。

人类战舰到来的消息比厄尔提战士的箭还快，火速传遍了雷诺统治的这片大陆的所有部落。大家都知道，有天外来的异族打算在这块大陆上扎根建城，他们甚至还派来一个总督，正和雷诺合作。

遥远的北方，有人来到厄尔提城。他们骑着的猛兽和黑虎很像，却是白色的，打扮也不是雷诺他们那种裸露双臂带胸甲的衣服，而是厚重的兽皮，领口围着厚实的长毛。

沙拉站在城墙上，看清他们的打扮后，第一个念头就是：他们到这里还穿这个，不热吗？

来人是去年雷诺刚收服的北方七个部落的代表。这七个部落在这块大陆上十分有名，他们骁勇善战，据说从出生起，陪伴他们的就是未来的白虎坐骑，玩具是弓箭和刀枪。

为首的是个年轻人，眼睛明亮，带着笑容，脖子上围着的毛领的毛比别人的都白都长，毛尖在风中飘啊飘。进了城，他跟雷诺行过礼，就一把扯掉大毛领："非说跟你行礼时一定要围着这个，可热死我了。"

他是北方部落大酋长的儿子，叫嘉珞，是过来跟雷诺探听消息的。北方各大部落听说了人类要建城的事，非常担忧。

聊了一上午之后，嘉珞不再笑了，有点儿忧心忡忡，皱眉道："听这个意思，他们人类是给我们安排了一个总督？"

雷诺点点头。他们和人类的科技实力差得太远，打是肯定打不过的，现在只能最大限度地谋求部落的权益。

嘉珞按着腰上的佩刀："我母亲的意思是，如果非要屈辱地活着，我们宁愿战死。我们从小孩到老人，就算只剩最后一个人，也会战斗到底。"

雷诺安抚他："我们正在想办法，还没到那个地步。"

嘉珞问："卡库达怎么说？"

雷诺说："卡库达决定和他们合作。"

嘉珞没有出声，去年雷诺带着厄尔提战士北进时，传说中那个乘着火球从天而降的"卡库达"也跟着去了。他没看到她的脸，只见到她戴着兜帽、裹着宽大的披风，个子小小的。可是这个捂得严严实实的小个子和他的母亲，也就是北方部落的大酋长密谈了一整天后，母亲就决定归顺雷诺，并对他说这是真的卡库达，再多的就不肯说了，也不知道为什么。

不过嘉珞这次是有备而来，他让随从拿过纸卷，展开给雷诺看："我母亲和其他几个酋长商量过，如果真的要接受他们，也可以，这是我们的条件。"

雷诺浏览了一遍，上面罗列了各种保障部落权益的条款，可是读到最后一条时，他停了停——这条是关于信仰的。

雷诺沉吟："这会不会有点儿太难？"他站起来叫人去请秦烈过来，又回头跟嘉珞解释，"是他们的新总督。"

嘉珞以为自己会看到一个老头子，完全没有想到人类的总督看起来那么年轻，和他们几个年纪差不多。他的副官也很年轻，而且一副跟雷诺很熟的样子。

秦烈在雷诺和翻译器的帮助下，看了一遍北方部族罗列出来的保障原住民权益的要求，觉得问题不大，基本也正是他想跟联盟争取的原住民的权益。不过最后一条他不太懂，抬头看向雷诺。

雷诺解释："这条是说，绝不干涉我们的信仰，也绝不违背部落的古老预言。"

这片土地上的所有部落都信仰同一个神——卡库达。这个秦烈知道，他问："不干涉信仰我明白，古老的预言是什么？"

雷诺说："我们这些部落里有一个预言，说有一天神会坐在火球中降临，用雷电保护我们，统一整个大陆……"

这个秦烈听沙拉说过。

雷诺继续说："管理大陆的是神最忠实的侍从，他会立誓把自己从身体到灵魂完全献祭给神，建立神殿，亲手塑造神像，然后这片土地就会迎来繁荣的黄金时代。"

秦烈没有说话，这等于是让他改换信仰。

嘉珞一脸"看吧，我就知道"的表情。

半晌，秦烈抬起头："我个人完全可以。但是我得想办法说服联盟。"

不出秦烈所料，信仰虽然是个人的事，但让人类总督改信原住民的神这件事在联盟中引起了非常大的争议。

秦烈提交了一份报告，详细分析了这件事的利弊：北方部族骁勇善战，如果有他们的支持，人类基地兴建初期能省掉很多不必要的麻烦，而且改换信仰还能增加原住民对人类的认同感，明显利大于弊。

联盟讨论了两天，最后给了秦烈一个回复：信仰是个人的事，由秦烈自己决定。

这就是官方默许的意思。秦烈放下心，把好消息传给雷诺。

忙完战舰上的事，他去厄尔提城找沙拉，一进门，就看见沙拉悠闲地坐在她的桌子上，像初见那天一样，尾巴高高地举在头顶，一双光脚悬着晃来晃去，看见他进来，微笑着偏偏头，黑亮的眼睛闪了闪。

"听说你打算做我的神侍？"

秦烈站在门口看了她一会儿才走进来："对。"

"全身心都奉献给神的意思，是终身不娶，你知道吗？"她怕他听不懂，还特地把句子里的几个关键词换成了人类的语言。

"我明白。"秦烈安然用厄尔提语回答。

他走到她身边，握住她的手，在她面前单膝跪下，抬起头，眼眸清亮地望着她："所以你想要我吗？"他问得一本正经，这句话本身却十分暧昧。

沙拉凝视他片刻，尾巴下落，用尾尖点点他的肩膀："好。我收下了。"

立誓仪式在厄尔提城的中心广场举行。天高云淡，中心广场上铺满黄色的落叶，不过中间高高的石台上打扫得干干净净，正前方搭起了白色帐幔，布帘在秋风中轻轻飘动。

雷诺坐在石台侧，附近几个部落的酋长全都来了，嘉珞和安伦也在。广场上人山人海，全厄尔提城的人都来看热闹了。

自从沙拉做了部落的卡库达就从不公开露面，这次也是一样，她是乘着厄尔提战士抬着的轿子来的，轿子上挂着厚实的帐幔，她的专属座位藏在台上搭起的布幔里面。

雷诺主持仪式。他让大家安静下来，简明扼要地说了一下情况，就示意秦烈上来。

秦烈走上高台，身上依旧穿着星际联盟军的制服。

很多人都是第一次见到这个新任异族总督，人群瞬间安静了：这个新总督长得未免太好，身姿挺拔，清冷俊美，像把冰铸的好刀，全身上下没有一丝一毫烟火气。

议论声又重新大了起来——

"这也太好看了吧？"

"长成这样，给我们的神做神侍倒真的不亏。"

秦烈从厄尔提战士手中接过写着誓词的纸卷。誓词是用厄尔提语写的，只有几句，并不长，他早已在心中温习过无数遍，根本不用再看，不过他还是端正地拿好了。

等四周再次安静下来，他才开口："我，秦烈，谨于卡库达与厄尔提民众面前宣誓。卡库达，我将向您献上我的身体、我的灵魂乃至我的一切，永远侍奉您，永远对您忠诚……"

他的厄尔提语流利，声音清晰，沙拉就算坐在布幔后，一字一句也都听得清清楚楚。

秦烈读完誓词，按厄尔提人传统的祭祀神的规矩，从旁边的人手中接过一个陶制的杯子，亲手斟满了清水，向前几步，掀开布幔，走了进去。

沙拉正独自坐在座位上。

秦烈俯下身，双手把杯子送到她面前。

沙拉接过来喝了一口，看看杯子小声嘀咕："雷诺怎么找了这么大一个杯子？这水也太多了吧？"好大一个杯子，好满一杯凉水。

秦烈忍住笑，压低声音："好像得喝光才行。不然我帮你喝？"不能把水倒在光滑的石头地面上，那样太明显了。

沙拉心想，他都把自己双手奉上来了，她总得表现出一点儿诚意："不用，我自己来吧。"她抱着杯子，仰起头，咕嘟咕嘟一阵猛灌，心中暗暗庆幸只要喝完一杯就行。

秦烈对她弯弯眼睛，走出布幔，把空杯子放回托盘上。

广场上欢声雷动——水没有了，意味着卡库达接受了这个神侍。

仪式完成，趁着所有人都在，雷诺又上前把人类基地新总督和厄尔提城改造的事解释了一遍。最近部落中人心惶惶，与其让谣言到处乱传，还不如跟大家直接讲清楚。

说完了人类基地的事，雷诺又处理了几件部落内部的事务，还有人趁机上前请他决断杂七杂八的纷争，花费了相当长的时间。

太阳一点点落下去，秦烈安静地坐在旁边的座位上，渐渐感觉不太对劲——他很想去洗手间。

这个不难，厄尔提城的公共卫生系统是雷诺在沙拉的指导下建设的，很是不错，广场旁边就有公共洗手间。于是他从旁边的石阶下了石台，去过洗手间又回来重新坐下。

可还是很不对劲，秦烈感觉越来越难忍。

一个奇怪的念头冒了出来……他看了一眼中间的布幔。那里只有沙拉，她要是想叫人，势必得探头出来。

于是台下所有人都看到新任的神侍大人忽然站起来，快步走到布幔前，对里面低声说了句什么就进去了，片刻后又出来，招手让人把轿子抬进布幔里——原来是卡库达要提前退场。

沙拉坐在轿子里，被那一大杯水折磨得死去活来。还好住的地方离中心广场不算远，很快就到了，轿子一落地，沙拉就钻出来，一路狂奔进去。等解决完出来，她整个人都重新活过来了，对这个机灵的新神侍很满意。

秦烈把手插在裤袋里，靠着桌子等她，见她出来了，轻轻一提，把她抱到桌子上坐下，帮她脱掉了右脚上的鞋子。他先看了一眼，又用手指揉了揉脚跟上面一点儿的地方："还好，没有破皮。"

沙拉看着秦烈，迟疑道："难道你……"她今天穿的是双新鞋，用鞣制过的软皮做的，后跟上面收口，有点儿勒脚，不舒服一天了，正打算换掉。

秦烈语调轻快："没错。我能感受到你的感觉。"他轻轻揉了揉她的脚跟，"我觉得这功能不错，方便神侍照顾神。"

沙拉有点儿被吓到，拉过桌上的光脑，在上面敲下厄尔提语："所以发誓是有用的？你发誓做了我的神侍，就和我有了特殊的联系？"

秦烈忍住笑："你就是神，你竟然觉得誓言没用？"他直起身搂住她，"沙拉，我在誓词中说的每一句话都是真的。"

自从来到这颗行星，遇到沙拉，秦烈的世界观就被彻底颠覆了，连她能预言未来、穿进石头都习惯了，对通感这件事自然也接受度良好。

沙拉看看他，默默地伸出手指，掐了掐他的胳膊。她毫无感觉，一点儿也不疼，看来新建立的这种通感是单向的。

秦烈："……"

很快沙拉就发现，和他通感有点儿好玩。于是这天剩下的时间里，秦烈身上时不时疼一下，一会儿是手背，一会儿是大腿，一会儿又是头上，像是被人拔掉了一根头发。

秦烈有点儿无奈："沙拉，你这样我会不知道哪次是你真的不舒服。"

然而没用，她正新鲜着，还没玩够，一直玩到他回到战舰上，隔了那么远，仍然能感到她在东掐一下西掐一下。

秦烈洗漱好，坐在书桌前，打开书桌上的灯，忽然觉得她正有节奏地掐手背。他默默地数了数，发现她只是简单掐了个递增的数列，心想下次可以教她电码，这样她就可以给他发消息了，虽然很可惜是单向的。

一阵困意袭来，秦烈直觉应该不是自己的感觉，估计是她困了。

果然，手背上的数列开始乱了，没一会儿就彻底停了。她皮了一天，总算是睡着了。

秦烈笑了一下，拉过光脑，接好画板。沙拉不见外人，也不拍照，他这两天忽然有了想把她画下来的冲动，连熬了几夜，还没画完。

那是一个精致的手绘少女，举着弯弯的大尾巴，穿的不是兜帽长袍，而是一身人类的衣服——带兜帽的卫衣和长裤、球鞋。

衣服已经画好了，秦烈偏头研究了一下，觉得挺满意。

他在屏幕上点了点，一闪而过的是她只穿着内衣的图层。虽然没别人，秦烈还是有点儿耳根发热，立刻给她换上了新的衣服。

没错，不同的图层是不同的衣服，这一套是和他一样的联盟军服。军服细节很多，秦烈打算再添几笔，修饰肩章。

忽然脑中传来声音，是沙拉。她在他的脑中幽幽出声："奇怪了。这又是怎么回事？"

秦烈的手一抖，几乎是凭本能把窗口切掉，随即觉得太过欲盖弥彰，又重新切了回来。

"沙拉？"他试探着叫她。

沙拉在他脑中"嗯"了一声："秦烈，我在你里面。"

秦烈："……"她现在正在他的身体里面？

这状况有点儿特殊，不过沙拉的注意力已经转移了，她问秦烈："这是什么？是我吗？"

屏幕上的小人儿除了她也不能是别人，毕竟并没有第二个人长着这样的大尾巴。再说秦烈画功扎实，抓沙拉的神情抓得极其到位。他只得认了："是，我画了一个你。"

沙拉指挥："你切回刚刚那个画面。"

她是厄尔提语和人类语夹杂着说的，不过秦烈还是懂了，他抿了一下嘴唇，点了点那套卫衣长裤所在的图层，图层叠在上面，露出下面军服的下摆。

沙拉说："不是这个，是最下面的那层。"

秦烈的手自己动了，伸出去在屏幕上点了点——她不仅在他身体里面，居然还能控制他的身体！

但显然她不知道该点哪里："你来。"

秦烈硬着头皮，控制着手指，点中了最下面的图层。

屏幕上的小人儿穿着白色的内衣，屏幕外的两个人一片静默。

秦烈顿了两秒，飞快解释："画这种可以换衣服的人物，通常都有个底层，是身体轮廓，因为有些衣服会露胳膊、腿或者肩膀之类的。我一开始的时候只画了轮廓，没画衣服，看起来更奇怪，所以给你加上了内衣。"他唯恐她听不懂，还打开翻译器，把这一大段话敲在上面。

沙拉耐心看完，问他："加上内衣，我懂。可是内衣上为什么还要画上……"她用他的手比画波浪的手势，"花瓣一样的边？"

秦烈的脸腾地烧起来。他也不知道自己为什么手欠，耐心细致地给她的内衣加了一层精致的花边。

沙拉好奇："你们管这个叫什么？"

秦烈只得答："花边。"

然后秦烈感觉到自己的眼睛在动，像是在打量那幅画，还偏了偏头。

"画得挺好看的。"她评价。

秦烈刚刚放松了一点儿，就听见她幽幽地问："画得这么好，是有人在你面前穿过这样带花边的内衣？"

这问题非同小可，秦烈马上声明："没有，绝对没有！"他想了想又补充，"我发誓。"

沙拉能感觉到他急了，态度还很严肃真诚，便放过了他："你是想让我穿这样的衣服？你觉得厄尔提的布袍不好看？"

"不是。"秦烈答，"你穿什么都很好看，我只是有点儿好奇你穿其他衣服的样子。"

沙拉看他刚才给小人儿换衣服，已经知道该点哪里了，操控他的手在屏幕上点了点。另一个没见过的图层出现了，那是条仙气飘飘的曳地白裙，长长的大摆拖在身后，胸口满是碎钻，顶上缀着俏皮的白纱，还没画完就已经美到惊人。

秦烈气短："这个是……呃……一种夏天穿的裙子。"

他的语气不太对劲，沙拉正想追问，忽然觉得有什么东西蹭了蹭她的腿，或者说是秦烈的腿。

是上次秦烈买的那只小黑虎崽。它圆头圆脑的，这些天长了不少，也壮了不少，正亲热地用脑袋蹭着秦烈。

秦烈乐得转移话题："它现在长大了一点儿，我已经开始训练它了，是雷诺教我的办法。"

他平伸出一只手掌，对小黑虎说："趴下。"

小黑虎眨巴眨巴眼睛，真的乖乖趴下了。

秦烈从罐子里取出一块肉干喂给它。

沙拉马上忘了那条"夏天的裙子"，去摸小老虎的脑袋："它叫什么名字？"

秦烈说："它还没有名字，等着你来取。"

这是未来的坐骑，名字很重要，厄尔提人通常都会想很久，一般叫黑石、旋风、深渊之类的，听起来威风凛凛。

沙拉想了想，又瞥一眼屏幕上的小人儿，拍板："就叫'花边'吧。"

秦烈：可真能起名字，也不考虑考虑人家是公的。

小花边轻轻地"嗷"了一声，可见对它的新名字相当满意。

沙拉摸了摸小黑虎，目光又转回屏幕上。

秦烈跟着她看了一眼光脑上的时间，不动声色地问："你今晚……在我这边睡觉？"

沙拉"啊"了一声，好像这才突然意识到："很晚了？那我得走了。你明天过来的时候，记得把花边也带上。"

然后就是一片寂静无声。

秦烈试探着叫她："沙拉？沙拉？"

无人回应。她说来就来，说走就走。

秦烈弯腰抱起小黑虎，把它放在膝上，拿起笔，干脆给那条"夏天的裙子"的胸口也加上了一道花边——她好像还挺喜欢的。

这天以后，沙拉有了新玩法：穿秦烈可比穿黑石头有意思得太多了。连着几天，她几乎没怎么待在自己的身体里。反正她的房间没有她的允许没人敢进。

秦烈也实现了带着她到处走的愿望，两人过得十分逍遥自在。

不用再时刻惦记着沙拉，秦烈多数时间都留在战舰里。因为身处纯粹的人类语环境，又有秦烈随时指导，沙拉的人类语进步神速，惹得秦烈尽可能抽空学习厄尔提语，唯恐被落得太远。

战舰上的人都很纳闷，舰长前些日子几乎天天待在厄尔提城里，现在怎么忽然又不去了？

安伦也很忧心，找了个机会，单独把秦烈堵在指挥室里，劈头就说："秦烈，你不能这样。"

秦烈和沙拉："……"

"真的是到手了就不在乎了？"安伦琢磨，"我觉得你不是这样的人啊。沙拉一接受你，让你留在她身边，你就再也不去见她了？"

安伦这么仗义，沙拉十分感动。

"你想什么呢？"秦烈解释，"我这几天在跟联盟争取，希望能通过厄尔提人提出的那些条件。你知道有些人肯定会使绊子，光是我哥不够，我得留在战舰里盯着。"

安伦吁出一口气："我就知道你不会。"

秦烈并不完全是在说谎，他最近确实在忙着这件事。他把和雷诺他们一起拟好的条款发给了联盟，其中不只有保障原住民权益的部分，还额外加上了关于沙拉的一系列特别条款。秦烈细心谨慎地把他的卡库达全面地保护了起来，不允许任何人接近她、曝光她、干扰她的生活。

联盟的回复很快就到了，几乎完全答应了雷诺他们提出的条件，而且按秦烈的建议，任命雷诺为这颗行星的副总督。

秦烈、安伦，外加搭着秦烈便车的沙拉，带着联盟的回复去见雷诺，填写资料时却犯了难。

安伦问："雷诺，你姓什么？"

厄尔提人根本就没有"姓"的概念，雷诺就是雷诺。

安伦研究了一遍联盟发过来的资料，面露痛苦："上面说不填完整不能提交。"

嘉珞也在，敞着他的飞毛大氅，在旁边出馊主意："这算什么大事？雷诺，你给自己编一个姓不就行了？"

雷诺下意识地看了一眼沙拉住所的方向，沉吟片刻："那就用'沙'？"他说的是厄尔提语。

安伦点头："不错，我给你在人类语里找一个帅一点儿的对应的字。"随后他在雷诺的姓氏那里填了个"杀"字。

沙拉在秦烈脑中嘀咕："这名字听着好像怪怪的。"

"没关系，"秦烈说，"反正就是填个表，他也不会真的用。"

这年秋末冬初，第一场雪落地之前，人类联盟与 GHF38764 号行星上的原住民签署了一份协议，这颗行星就此正式成为星际联盟的第四颗行星。与此同时，行星上的首个人类基地已经完成了选址，由新任总督亲手埋下奠基石。这颗行星的全新时代，即将拉开帷幕。

秦烈和雷诺商量后提交申请，希望能给行星一个真正的名字：使徒星。

GHF38764 号行星最近是新闻热点，各大媒体都在报道，行星改名的申请一交到联盟，争议声四起。

"人类的总督当上神侍，居然比原住民还迷信。还'使徒星'？就没别的好名字了吗？"

"是为了照顾原住民的情绪吧？毕竟这是人家的行星。"

"那个什么神，不知道是部落里的什么老巫婆。"

"弱肉强食，留着他们已经是仁至义尽了。我们的新行星就应该全联盟征集名字。"

一片非议声中，联盟压着改名的申请迟迟不批。

这天，外面飘起雪花，沙拉一早起来，就算拢着火盆，还是觉得手冷脚冷，便躲进秦烈的身体里，跟他一起待在战舰的舱房里，顺便睡了个回笼觉。等她再醒过来的时候，发现秦烈已经醒了，正开着光脑，连着通信器，看秦脩发过来的消息。

沙拉问："怎么了？"

秦烈不想告诉她联盟那边对她的各种非议，把光脑推到旁边："一个行星名字而已，还没有批。"

沙拉比较实际，她对联盟和厄尔提人签好的协议条款完全满意，并不太在乎行星命名的事："秦烈，我忘了说，你们人类联盟跟我们签了个不错的协议，所以我决定送你们一份礼物。"

在联盟历史上，这通常被叫作"厄尔提三大预言"。

而这天早晨，沙拉说的是第一个。

"就在七天以后，你们的母星会经历一次史上最严重的电磁风暴，很多地方会停电，有些地方的通信和网络也瘫痪了，好像很混乱的样子。"

"电磁风暴？"秦烈没教过她这个词，翻译器的词库里也没有。

沙拉坦然答："对，电——磁——风——暴，就是这个词，是你七天以后告诉我的。"她是在预言画面里听到他说的，现学现卖。

秦烈有点儿犹豫："把预言告诉联盟，会不会对你不利？"

沙拉笑了："不会。我能看到结果，你放心。"

她说可以，那就一定可以。秦烈想了想，说："把这个通知联盟当然可以，但是肯定不能说什么电磁风暴，我们得把它改得模糊一点儿，听起来更像来自古老部落的预言一点儿。"他思索片刻，"几天后，来自太阳的风会吹拂你们的世界，灯熄了，人们不再能听到来自远方的声音。怎么样？"

沙拉：噗。秦烈还挺适合当神棍。

这个预言作为厄尔提人的回礼传回了联盟，根本没人把它当回事，只当是个笑料、茶余饭后的谈资，也没人注意保密，很快就被天天挖掘新行星新闻的各大媒体拿到了手，他们把历史上的各种神棍预言全都挖了出来，和这条放在一起比较，炒来炒去，还掀起了小高潮。一小撮人笑变成了全联盟一起笑。

只有一直监测太阳的联盟研究员们觉得有点儿奇怪，他们谨慎地表示，最近确实观测到了一些异象，爆发大规模的太阳风暴也不是不可能，还需要进一步观测。

七天后，"太阳的风"如期而至，预言中的每个字都应验了。

人类当然不是第一次遇到电磁风暴，也有相应的应对措施。可问题是，这一次的电磁风暴来得太强烈，堪称史上之最。母星上的电网都受到了影响，造成大规模停电，不少电子设备也倒了大霉，不再工作。最可怕的是，通信讯号受到干扰，很多地方的网都断了。母星的经济活动足足中止了好几个小时，损失无法估量。

一片混乱中，人们想起了那个预言。有人愤怒了："如果早就有人提醒过会有电磁风暴，为什么不提前做好应对？"

当然是因为谁都没把来自遥远的未开化部落的预言当真。

很快，厄尔提的预言在社交平台上变成热点，不少人都在说："下次厄什么提的神再预言地震、火山爆发之类的，我绝对第一时间先跑了再说。"

可沙拉并没有打算当个人形地震仪。她正在忙着和部落里的人一起过节。

冬季捕猎不易，也没法采集和种植，是厄尔提人难得的闲暇时光，因此有个一年一度最隆重盛大的节日——冬节。

城中早就把过冬的粮食准备好了，经过这两年的开垦，梯田耕种良好，今年的粮食特别充裕。入秋前，秦烈他们又端掉了古里兽的老巢，出城打猎变得特别方便。是以今年城中家家户户有粮有肉，一派过冬节的欢乐气氛。

嘉珞也还没有回北方，依旧赖在厄尔提城里，住在雷诺这边的后院，平时经常能见到沙拉。开始的时候，偶遇"卡库达"时，他多少还有点儿拘谨，后来就越来越没正形。

"都要过冬节了，你不回家和家里人一起过吗？"沙拉有点儿纳闷，问了他好几次。

嘉珞每次都回答："是我母亲让我暂时留在这边，看看人类基地的情况。"

后来被逼急了，他才说："你不知道，在我们部落，就算过冬节那天，都得先练完骑射，不练完不许回去吃节饭。在这儿过节多好玩，有酒有肉，还没人管，我才不回去呢。"

雷诺这里确实有酒，是野果酿的果子酒。晚上吃节饭时，他让人从窖里选了最好的一坛酒搬上来。

大厅里摆了桌子，几个人围着坐了一桌。桌上好吃的不少，除了雷诺让人预备的，还有秦烈和安伦从战舰上带过来的人类食物。

沙拉最喜欢的是种炖得很烂的肉骨头。她没个神样，只用袍子遮着尾巴，埋头抱着一根肉骨头啃，啃了一会儿，忽然想起小老虎崽。花边今天也被秦烈带过来了，就在她房里。

秦烈立刻明白了她在想什么："我去把花边带过来？"

沙拉擦擦手，站起来："我们一起去。"

花边又长高了，已经高到沙拉的膝头，被秦烈训练得相当有规矩，正乖乖地卧在火盆前。两人带上它，往大厅走。

大厅的门开着，能听到雷诺他们在聊天，几个人酒喝多了，话比平时多。两人走到门外时，刚好听到他们在说神和神侍。

嘉珞向来心直口快，怎么想就怎么说："预言里说了，卡库达会统一大陆，管理大陆的人是卡库达的侍从。说实话，我们一直以为神侍会是你。"

雷诺抿一口酒，神情从容："神侍是卡库达亲自选的，自然是卡库达选谁就是谁。"但是他再理性，这会儿也因为喝了酒有点儿上头，忍不住补了一句，"不过如果当初卡库达选我的话，我当然也可以。"

嘉珞逗他："做神侍可是要立誓终身不娶的哦。"

"那有什么问题。"雷诺淡淡答，"就算我不是神侍，我也可以立誓。我愿意向卡库达献上我的身体、我的灵魂……"

安伦一把按住他的胳膊："哪儿有乱发誓的。别闹了。"

秦烈向前快走两步，把门"吱呀"一声推开。

两人重新落座，大家早就忘了刚才的话题，漫无边际地继续瞎聊。

沙拉把刚才啃过的骨头递给卧在自己和秦烈中间的花边，眼睛扫过雷诺他们，身体忽然一歪。

秦烈手疾眼快一把抓住，才没让她栽到地上。

其他几个人都吓了一跳："怎么了？"

这时沙拉已经睁开眼睛坐直了："没事，就是眼前忽然黑了一下。"

只有秦烈知道，并不是。她刚才的表现，完全是穿到他的身体里时的状态。问题是他立刻在脑中叫过她，她并没有过来。

秦烈心中冒出一个念头，目光扫过雷诺，再看看沙拉，发现沙拉也同样若有所思地看着雷诺。该不会是雷诺刚才发的誓起作用了吧？

沙拉转过头，和秦烈对视了一眼，虽然没有说话，秦烈还是读懂了她的眼神。她刚刚是真的穿到雷诺身上去了。

秦烈想，原来向神立誓，奉献自己的身体，沙拉就可以上身。怪不得那天他立誓后，当天晚上沙拉就跑进了他的身体里。

他正在想着，面前的盘子里忽然多出点儿东西，是沙拉默默地把刚从骨头上剔下来的肉放在了他的盘子上。她明显是在哄他，怕他因为她能上别人的身而不高兴。

等吃过节饭，秦烈送沙拉回房，只剩两个人的时候，他才说："用那么一点儿肉骨头就想打发我？得亲一下才行。"

这个容易。沙拉人没动，用尾巴钩住神侍大人的脖子，把他拉低，扶住他的胸膛，踮脚吻了上去。她不知是在啃还是在咬，没头没脑一通乱亲，亲得秦烈反手扣住她的腰，亲自给她示范到底应该怎么亲人。

他低声炫耀："我比你亲得好。"

沙拉不服："你能感觉到我的感觉，我又不能感觉到你的，这么比不公平吧？"

门外传来人声，是雷诺的侍从，说安伦还在大门口等着，问秦烈什么时候才能出去。

"让他滚到……"秦烈叹了口气，"让他等一会儿，我马上出来。"

沙拉已经放开了秦烈，跑回里间。

片刻后，秦烈脑中传来她的声音："好了，我们走吧。"

她常常跟着他回战舰，已经在他身上睡得很习惯了。这样什么都好，就是不能亲近，秦烈边帮她带上门边想，如果亲自己的手背一下，是不是也算是亲到她了？

冬节过后，积雪消融，天气逐渐回暖，灌木丛冒出了黄绿色的嫩尖。

厄尔提人开始翻地，着手准备春耕的时候，沙拉给出了母星人翘首以盼的第二个预言。这次不是预告地震，也不是火山爆发，而是件大好事。

"一周以后，你们的一架叫'翠鸟'的无人探测器会发现一颗新的行星，虽然不是人类宜居的行星，但是地下有很丰富的矿产，特别是一种制造飞船核心能源的原材料，能降低联盟飞船建造的成本。"

这很明显是重要的商业资讯，秦烈马上把消息告诉秦脩，然后才给联盟发了他的神棍版预言——绿色的鸟落在宝藏上，从此你们的雄鹰都能展开翅膀。

沙拉看完沉默半晌，说："写成这样，能看懂的都是天才。"

事实证明，天才不少。

这一次所有人都很重视，即使联盟高层再三要求保密，这句打哑谜一样的话还是不知从什么渠道传了出去。幸好听起来不是坏事，并没有引起恐慌，只是每个人都在猜，这个预言到底是什么意思。

连锁反应奇奇怪怪：寻宝用的金属探测器突然脱销了；精明的探测器商家抢注了"绿鸟"商标，紧跟着什么"绿之鸟""翠鸟""碧鸟"也被一抢而空；和鸟类相关的几只股票也跟着莫名其妙地一通疯涨……最奇怪的是一家卖酱菜的公司，因为名字里带着一个"鸟"字，股票也跟着涨停了。

就在闹哄哄的时候，好消息传来，翠鸟探测器在一颗偶然路过的行星上发现了新矿。探测还在进行中，但是按现在的情况估计，今后飞船的能源核心会便宜很多。而有了便宜的能源，联盟就可以建造更多的飞船，"雄鹰"们能飞得更远，探索开发宇宙的进程会加快，是件天大的好事。

沙拉的预言又一次应验了。

厄尔提人的神和她的预言席卷联盟的所有社交媒体——

"世界上竟然真的有预言这种东西？"

"我觉得整个世界观都要坍塌了。"

"这种预言全都是假的，只要你多说几句模棱两可的话，总有能碰上的时候，反正说得那么含糊，怎么解释都行。"

"可她明显只说了两次啊。"

"其实预言这件事，未必是和科学相悖的。假如宇宙里有一种生物，时间对它们来说就像空间一样，是展开铺平在眼前的，预言就是小菜一碟。"

"能预言，就代表未来是固定的，这不是宿命论吗？"

"也不一定，要是它其实能在另一个维度上改变因果关系呢？"

这种讨论当然不会有结果。

联盟倒是很快给秦烈发来了指令，如果厄尔提的神有了新的预言，要立刻第一时间发回母星。

秦烈坦然回复："卡库达说暂时没有，要过很久才会有预言的灵感。"他顺便问，"行星改名的事还没有批下来？"

GHF38764 号行星正式改名为使徒星的文件很快发过来了。和它一起到的，是联盟研究院拟出来的一份材料，主要内容是观察和研究卡库达神奇的预言能力。联盟和厄尔提人签订的协议条款几乎完全杜绝了其他人接近卡库达的可能性，于是观察卡库达的重任就落到了秦烈身上。

秦烈浏览了一遍材料，低声自言自语："特殊？当然没有。"

不考虑她的大尾巴，不考虑她能穿到别人身上，也不考虑她的预言能力，她就是个生活在厄尔提部落里的少女，每天吃吃睡睡玩玩。她最特殊的，就是她是他的宝贝。

秦烈十分钟不到就把那份卡库达观察报告填完了。

脑中忽然冒出沙拉的声音："你刚才在填什么？"

沙拉穿过来了。她点开报告，浏览了一遍，不满地道："你竟然说我这个月每天都在吃、睡、玩？还预计我下个月也要每天吃、睡、玩？"显得她很不学无术的样子。

她自己动手，把他填好的删掉，吭哧吭哧用正在学的人类文字改成新内容。

秦烈跟着看了一眼，她写的是：今天起床后就在学习人类语言。这倒是真的，她非常用功，进步也很快，现在用人类语进行日常交流几乎没什么障碍，已经开始练习读和写了。不过——

秦烈："早饭后和雷诺讨论政务？"

沙拉理直气壮："定了两个新的建城计划呢。"

秦烈点头，指着下一栏问："午饭后训练坐骑？"花边明明都是他在训练。

沙拉多少有点儿心虚，马上删掉，改成"午饭后喂养坐骑"。

"你中午又给花边喂肉干了？"秦烈语重心长，"花边必须控制饮食，再这么喂下去，以后要胖得驮不动你了。"

"那有什么关系？"沙拉小声补充，"反正大部分时间我都用别的坐骑。"

秦烈："……"有被内涵到。

这年春末夏初，负责建造基地的飞船降落在使徒星上，人类的第一个基地就此正式动工。

建筑材料一小部分由飞船运来，主要是金属和一些轻质保暖材料，但大部分就地取材，用了使徒星上的石头和木材，最终效果就是混搭，风格奇异。

秦烈早就让人勘察好了采石料和木材的地方。有飞船带来的大型机械辅助，基地建造得非常迅速。

秦烈身为总督，几乎每天都在基地那边，沙拉也就待在他的身体里，跟着他一起监工，天天都能看到各种新鲜东西，看什么都觉得有趣。

基地很快就建好了，面积和厄尔提城差不多大，里面目前住着的，除了这次过来的一大批技术人员和建筑工人，还有第一批垦荒的新移民。联盟给了新移民各种优惠和补贴，不少人拖家带口来这颗新行星上扎根。

使徒星上忽然热闹起来。

秦烈首先要解决的是所有人吃饭的问题。

在宇宙拓荒时代，还没有营养液，星际旅行靠的是飞船上储存的食物和船上的种植舱。基地里人很多，只靠飞船带来的食物撑不了多久，得尽快自给自足。

好在和拥挤的母星不同，使徒星上有大片可以耕种的土地，基地里火速搭起种植大棚，准备抢着播种第一批粮食和蔬菜。养殖场也陆续完工了，这次从母星带过来的一批鸡鸭牛羊已全部到位。

负责养殖场的主管请秦烈过来参观验收。沙拉跟着凑热闹，见到了不少从没见过的有趣动物。鸡蛋和牛奶她都在战舰上尝过，也看秦烈穿过羊毛大衣，却并不知道它们是这么来的。

主管和养殖场的人一路陪着秦烈参观。

报批养殖场的方案时，主管就见识过秦烈的做事风格，他要求严格、心思缜密，绝不是随便就能糊弄过去的。所以他时不时偷偷瞄一眼总督大人，唯恐哪里还有纰漏。

秦烈却只是到处看看，一个字都没说。

他的沉默让主管更加忐忑了。

其实秦烈是没空说话，他在脑子里忙着呢——沙拉正把成堆的问题连珠炮一样朝他砸过来。

"这就是鸡？鸡蛋是它生的？那你们这种鸡长到多大才能生蛋？一天能生几颗蛋？奶牛都是母的吗？为什么奶牛会一直产奶？奶牛是因为生小牛才有奶的吧？那小牛们都去哪儿了？羊毛剃掉以后，多长时间才能再长出新的来？冬天你们也给它们剃毛吗？这么脏的毛，你们是怎么漂洗染色的？"

秦烈耐心地一一回答她千奇百怪的问题。

主管介绍完这边的自动投喂系统和清洁流程，正在不安中，忽然看见冷冰冰不苟言笑的总督大人上前几步，把手伸进栅栏，撸了撸一只小羊羔的脑袋。

总督大人终于开口了，他回过头，问了个奇怪的问题："这样圈在一起养的小羊羔，还认识羊妈妈吗？"

主管：哈？

基地运转正常，一切都渐渐上了轨道。

这天，沙拉跟着秦烈参观完他们新在湖边建起的鱼塘，说："秦烈，我要告诉你一件事。"

"什么事？"秦烈忽然意识到她口气郑重，问，"你是要告诉我第三个预言？"

沙拉肯定地说："对。"

她挑这种时候给出第三个预言，秦烈心中油然而生一种不祥的预感。

果然，沙拉说："这次是个坏消息。两个月以后，会有一颗大概十个厄尔提城那么大的小行星从你们母星的方向来，撞上使徒星。如果我们不去管它，撞击的时候就会像一场超级大爆炸一样，引起大地震、海啸，阳光全都被腾起来的烟尘遮住，这里会变得非常冷，地面上的动物和植物都会死亡。"

秦烈："……"

使徒星刚开始建立第一个人类基地，各种事情千头万绪，根本没有设备去监测外太空的异动。再说这种体积的小行星撞上来的概率非常低，上百万年也未必有一次，比中彩票还难，谁也不会想到这个。如果没有沙拉的预警，不只人类基地和厄尔提人一起完蛋，这颗好不容易才找到的宜居行星的环境也就彻底毁了。

秦烈忽然意识到，沙拉每天优哉游哉地到处闲逛，其实早就全都想好了：如果人类来到这颗行星，杀光厄尔提人，小行星就会从天而降，替厄尔提人复仇，而载他们过来的飞船已经返回了，想跑都跑不了；但如果人类善待厄尔提人，她就会给出预言，提醒人类小行星的到来。

人类最终做出了正确的选择，沙拉也回馈给人类她真正的礼物。

这是一件双赢的事。厄尔提人并没有足够的科技来对付这颗会毁灭世界的小行星，他们需要科技发达的人类帮忙。保住这个地方，厄尔提人和人类都可以在使徒星上安居乐业。

她前一段时间接连说出了两个预言，明显也并不是兴之所至，是早就谋划好的。因为如果没有前两次预言的准确应验，就算她说出小行星的事，联盟也根本不会相信她的话。

秦烈问："你是什么时候知道的？"

沙拉坦白："就在当初你们的战舰降落的时候，我突然看到了那颗小行星撞上来的画面。不过这段时间预言画面一直都在变。"她好奇地问，"秦烈，你这回打算把预言改成什么样？"

这件事非同小可，秦烈一改以往的神棍风格，没再打什么哑谜，而是保留了所有重要的信息，只重新把沙拉的话修饰了一遍。

这就是厄尔提第三大预言：两个月后，十个厄尔提城大的星星从你们的世界来，呼啸着从天而降，如果不阻止它，使徒星会天崩地裂，寒冬来临。

这次的预言非常清晰明了，一传回联盟，人们就懂了，是一颗小行星将要撞击使徒星。

沙拉的预言一次又一次成真，没人再敢不把她的话当回事。

使徒星上并没有监测外太空的设备，母星又离得实在太远，好在新发现的那颗有矿藏的行星离使徒星算是比较近，联盟临时调动上面的翠鸟探测器，紧急飞往使徒星。

翠鸟飞过去就用了将近一个月。

沙拉的预言清晰明确，虽然小行星相比太空非常小，但翠鸟探测器经过仔细排查，还真的锁定了这样一颗小行星。

消息传回母星，哪怕已经有思想准备，所有人还是相当震惊：一切都和沙拉预言的一模一样，小行星的直径和十个厄尔提城相当，如果在使徒星上观测，确实来自母星的方向，而按它目前的轨道计算，未来非常有可能撞上使徒星。

沙拉又一次证明了自己的能力，社交平台上把沙拉叫作"原始部落的巫婆"的声音完全消失了。她彻底变成了"他们厄尔提的神"，简称"神"。

联盟顾不上"神"的事，紧锣密鼓地忙着研究怎么对付小行星。

以人类的科技，处理掉这颗小行星并不难，如果是在母星，可以直接通过撞击改变它的轨道，问题是使徒星上除了一艘战舰，并没有其他可用的东西。经过讨论，联盟最终还是把主意打到了那颗正在开矿的行星上。前不久，一批炸药刚从另一颗移民行星运到了那里，那边有足够的炸药，可以把小行星彻底炸碎，也能同时改变小行星碎块的轨道，就算其中有小碎块落到使徒星上，影响也会小得多。

时间紧迫，矿藏的开采暂缓，所有炸药都由工程飞船带着飞往小行星。

沙拉给出预言后的第二个月的月底，在使徒星上，夜晚只要抬起头，就能看见天空中的小行星。翠鸟已经计算出，如果不干涉，它毫无疑问会撞上使徒星。其实不用翠鸟计算也能看得出来，它像星星一样在空中越来越显眼，显然正飞快地靠近使徒星。

工程飞船经过一个月的飞行，终于赶在小行星撞击前到位了。经过仔细测算，小行星上被定点安装了高能炸弹。

当天晚上，沙拉和秦烈在战舰的指挥室里，用星际巡游者一号上配备的望远镜遥望夜空。距离很近，他们能清晰地看到小行星的轮廓。

两人就这样共用一双眼睛，屏息静气，安静地等着。

突然，小行星的表面有了异动，一连串的爆炸随之发生。高能炸药十分给力，整颗小行星和计划的一样很快分崩离析，变成了无数细碎的小块。来自太空的大杀器消失了！

沙拉在秦烈脑中长长地舒了口气："太好了。"但她又有点儿痛苦，"怎么办？我现在特别想抱抱你，可惜不能。我发现两个人在同一具身体里方便是方便，也还是有坏处的。"

秦烈一字一顿地说："你、到、现、在、才、发、现？"

他站了起来，穿上外套往外走。

沙拉问："我们不去睡觉吗？你要去哪儿？"

秦烈答："带你出去看好看的东西。"

小行星有一部分小碎块进入了使徒星的大气层，闪着光划过夜空，为使徒星下了一场沙拉从没见过的最漂亮的流星雨。

因为秦烈没打算隐瞒，小行星又在天上挂了那么久，还下了一场壮观的流星雨，卡库达的预言拯救了大家这件事很快就传遍了整个使徒星。人类基地的新移民对这个从不露面的神原本就很好奇，现在更是震惊。厄尔提人却并没有那么惊讶。卡库达早就不止救过他们一次，他们毫不怀疑他们的神还会在今后的日子里继续护佑大家平安。

与此同时，人类新移民和厄尔提人也开始有了一点儿控制中的有限接触，他们需要彼此适应。

基地为所有移民提供免费的厄尔提语课程，而厄尔提城里，雷诺更是早早就安排孩子们学习人类语言和人类的各种新知识。授课的都是星际巡游者一号战舰上的军人和研究员，他们已经在使徒星上生活了一年多，学得快的已经掌握了基本的厄尔提语，又有安伦不断完善的翻译器的辅助，交流没有太大的问题。

使徒星上，各项工作都上了轨道，秦烈也开始着手忙别的事——预言里说神侍会建造神殿，亲手塑造神像。

秦烈把准备建造神殿的事报备给了联盟，不过也只是报备而已。他并不需要联盟提供资金，打算自己私人出钱，这样就可以想怎么建就怎么建，不受任何人的辖制。

建设基地的不少工人和设备还在，可以雇他们来建造神殿，石料开采也很方便，一切都是现成的。唯一要考虑的，就是神殿应该建成什么样。秦烈收集了不少石制古建筑的图样，怎么设计都觉得不太满意。

这天中午，忙完基地的各种事务，秦烈回到自己住的地方。他现在已经基本不住在战舰上，和其他军官一样，搬到基地新建造的方方正正的房子里。匆匆吃过午饭，秦烈拿出收集的各种图样，端详了半天，在光脑屏幕上画了个长方体形的建筑，又在屋檐下勾了一圈雕花。

勤务兵忽然过来敲门，说外面有人找。

午休时间还有人来，秦烈有点儿纳闷，起身到门口看了看，发现竟然是沙拉。她站在门口，照例戴着她的大兜帽，用披风把自己裹得严严实实的。

秦烈赶紧让她进来，关好门，紧张地问："怎么了？出什么事了？"

沙拉手里有基地最高级别的出入证，但这些天她想来找他的时候，都是直接跑到他身体里，从没有这样亲自来过。而且她没用坐骑，自己走过来，可以说十分难得。

见他一脸紧张，沙拉有点儿想笑："没事，就是忽然想出来走走。"她摘掉兜帽，脱掉披风，委屈了半天的尾巴从长袍的开口钻出来，在头顶舒展开，抖了抖。

秦烈的房间朴素整洁，干净到桌面和地面都在反光。沙拉走到书桌旁，往屏幕上看，好奇地问："你在画什么？"

秦烈这两天画草图都尽量避开她会穿过来的时间，打算画好几张设计图，仔细渲染过后再给她看，给她一个惊喜，没想到还是被她先看到了。

沙拉仔细研究屏幕上的草图："这是个……棺材吗？"

秦烈沉默了。这设计看来是不行，他在心中默默地打了个叉。

沙拉反应很快："不对，这是房子吧？你是不是在设计我的神殿？"

秦烈只得承认："对，我想先画几个样子给你挑。"

"不用挑。"沙拉立刻开始比画，"我的神殿应该是纯白色石头的，圆形，有个特别高特别漂亮的大拱顶，前面还有一排很粗的圆柱子，柱子上有竖着的条纹……"

秦烈立刻在光脑前坐下，只用了一小会儿工夫，就按照她说的勾画出一张草图："这样？"

沙拉满意地点头："没错，就是这样的。"

秦烈懂了："原来你喜欢这种。"

沙拉答："我当然喜欢。不过最重要的是我看见了，我的神殿就是长这样的。"

秦烈："……"

有了草稿，就可以着手一点点细化。沙拉拽过一把椅子，在他旁边坐了下来。她靠过去挨着秦烈左边的胳膊，和他一起看光脑屏幕上的画。

秦烈认真地在圆柱子上描绘纵向的阴影："这种柱子的式样，我们叫萨尔特伦风格，几千年前就是用在神殿上……"

沙拉心不在焉地"嗯"了一声。

夏末秋初了，房间里温度适宜，秦烈脱了外套，身上只穿着件薄衬衣，体温透过布料传出来，烘着沙拉的胳膊。她这些天想要找他时，都是直接穿过来，然后赖在他身上，让他带着到处走，已经很久没有这样跟他在一起，更是很长时间没有亲近过了。

秦烈神情专注，下笔极快，漂亮的白色神殿很快就有了初步的模样。

沙拉又看了一会儿，把一只手穿过他的肘弯，偏头倚在他的肩膀上。

秦烈的目光终于从屏幕上挪开了，歪头看了看她："你冷？"他松开她，探身拿过她刚才脱掉的披风，想了想又觉得太薄，把自己的外套拉过来，披在她身上，然后继续画画。

沙拉无语地看了他一会儿，忽然用尾巴钩住他的脖子，把他拉低，探头嗅了嗅："你为什么香喷喷的？我好像闻到了花香。"她仰着头，两人几乎贴在一起。

"嗯？没有啊。"秦烈想了想，说，"可能是我早晨开了一瓶新的沐浴露。"

他对沙拉笑了一下，伸手揉她的脑袋，拉下她的大尾巴，把它安放在膝上，转过头继续画画，边画边问："沙拉，你想把神殿建在哪里？要不要在厄尔提城和基地中间？还是建在湖边？湖边的风景比较好。"

沙拉只得回答："我想建在古里兽的老巢那边。"那边离厄尔提城和基地很远，过去不太方便，但是胜在地下有她可以穿来穿去的黑矿石，感觉很亲切。

秦烈点头："好。我记得那边有一片坡地，地势比较高，可以俯瞰下面。"他三两下就在神殿下画出坡地，又点了几丛灌木丛，"石头建造的建筑很结实，应该可以保存很多年。"他正襟危坐，注意力全在屏幕上，好像脑子里装的全是正经事。

沙拉动了动尾巴，重新靠在他的胳膊上，随口答："是，要是没人故意搞破坏的话。"

忽然，她的眼前冒出一个场景，是建好的神殿。

只是神殿漂亮的圆形拱顶像被人炸过一样，少了一半，月光从破损的地方透进来，照在洁白的墙壁上。而她正戴着头盔，坐在一个造型奇特的座位里，如同悬浮在离地面几米的半空中一样，能看到四周的情景，不过看起来只是投影，实际上还是个封闭的小空间。

旁边还有另外一个座位，不过是空的。秦烈就站在她旁边，身上穿着件沙拉从没见过的藏青色制服衬衣，俯下身，吻了吻她的头盔，温柔地说："不急，慢慢来。"

然后沙拉听见自己说："如果我真是神的话，你这算不算是以下犯上？"

"不算，我本来就从身体到灵魂都献祭给你了，我们做什么都很正常。"

所以，他为她建造的神殿并非万年不倒，就算造得再结实，未来的某一天还是会坍塌？

好在不管神殿变成什么样，他仍然在她身边。预言场景里，他的年纪看起来和现在差不多，但是那个封闭的会投影的小空间和座椅看起来很奇怪，不太像是人类基地会有的东西，也不知道这个预言画面发生在未来什么时候。

沙拉正出神，秦烈的通信器忽然响了，收到一条消息。

秦烈看了看，站起来："你的石头到了。"

沙拉没懂："我的石头？"

一块巨大的黑矿石被运进了后院。它足有两三个沙拉高，一两个沙拉的身长那么宽。

等人都走了，沙拉才过去研究，她看了看石头的形状，一眼认出来："这是上次你被古里兽堵在墙上时，你旁边的那块大石头！"还真是她的石头，她当时穿过去过，只是没想到这块石头挖出来竟然有这么大。

"对。"秦烈说，"我想用它来做你的神像。"

沙拉："就算要做神像，也用不着这么大个吧……"

秦烈回答："你的神殿很大，神像也不能太小，会不协调。"

沙拉围着石头转了一圈："看起来工程量很大的样子。"

"你觉不觉得，其实它本身的形状就已经很像你了。"秦烈指给沙拉看，"这里是头，这里是尾巴。"

沙拉发现，如果把它立起来，确实有点儿像。

"我打算保留这块石头本来的样子，不再加工，只把这里凿开。"秦烈点了点石头，他想把石头尾巴的部分凿开，和身体分开，这样看起来更像沙拉，"不是我偷懒，毕竟你的样子还是不要暴露出来比较安全。"

沙拉完全同意，她嘀咕："可真够大的，光是尾巴就足够我穿进去了。"

下午秦烈还有事，先把沙拉送回了厄尔提城，才去忙自己的。

但沙拉今天亲自去秦烈那边走了一圈，正经事做了不少，敲定了神殿的样式，参观了自己的神像，却连一个简单的亲亲抱抱都没捞到，十分不甘心。她当然明白，秦烈那么聪明，不会看不出她满脑子的不良企图，这是他无声的抗议，抗议她天天只肯穿他，把他当成一块大石头。

傍晚，秦烈刚忙完回到住处，就有厄尔提人来找他，说是他们的卡库达叫他过去。于是秦烈熟门熟路地来到厄尔提城沙拉的住处。

又是一年夏末秋初，回廊的花架下落满一地蓝色的细碎花瓣，沙拉的房门关着。秦烈敲了敲门，喊："沙拉？"

里面传来沙拉的声音："进来吧。"

秦烈推开门，随后呆立在原地。只见沙拉站在房间中间，穿着一条洁白的裙子，裙摆铺开拖在身后，胸口开得很低，缀满了使徒星上一种有彩色炫光的白色宝石，衣料在阳光下闪闪发光。

沙拉晃了晃身后的大尾巴："看，我找人把你那条夏天的裙子做出来了，还在胸前加了……"她用手比了一个波浪的形状，"你最喜欢的花边。"她只在他的光脑上看过一次，就牢牢记住了式样，除了多了花边，做得分毫不差。

秦烈快步向她走过去，在离她几步远的地方又停住了。他定定地看着她，喉头有点儿发紧。她是厄尔提人至高无上的神，地位摆在那里，是永远不可能跟他结婚的。而他早就立誓终身不娶，只想留在这颗行星上，长长久久地陪在她身边，至于婚纱什么的，只能私下想想，也仅限想想而已。没想到今天他竟然亲眼看到她穿上婚纱的样子！

"这是北方部落的大酋长，也就是嘉珞的妈妈，供奉给我的衣料，说是她的一个朋友送给她的，是用一种虫子吐的丝织成的，要好久才能攒出这么一点儿，我觉得拿来做你的裙子正合适。"沙拉拉起裙摆，"夏天就要过去了，再不穿就穿不了了。好不好看？"

秦烈的喉结滚动了一下，说不出话，看着她点了下头。

见他停在那里不动，沙拉往前走了两步，来到他面前。离得近了，秦烈隐约闻到一点儿酒味，她的脸颊也和平时不太一样，白皙中泛出薄薄的嫣粉色。

秦烈低头握住她的手，问："你喝酒了？"

"对。"沙拉答。她今晚要干一件大事，刚刚喝了几口酒，给自己壮胆。

长长的大尾巴无声无息地绕过他的后背，像条手臂一样揽住他的肩膀，往前一带。她用了大力，秦烈毫无防备，向前冲了半步。可面前就是沙拉，他忙稳住脚，本能地用手护住她，把她抱在怀里，扣住她的腰。腰上的布料柔软细滑，她仰着头，大概因为那点儿酒的关系，眼眸比平时还要亮。

秦烈从喉咙深处发出低问："沙拉，你想干什么？"

神侍大人这话问得很多余。沙拉没有回答，目光炯炯地看着他，尾巴往下滑，牢牢地缠住他的腰，又伸手搂住他的脖子，踮起脚。

呼吸相接之际，沙拉停住了。她观察了他一会儿，客观地说："秦烈，你的脸红了。"不只是脸，红晕已经蔓延到他的耳根，烧透了整只耳朵。

秦烈的眼睫低垂，目光定在她的唇瓣上，偏了一下头，想直接去贴她的嘴唇。

沙拉反而向后闪远了一点儿，继续跟他讨论："你们 Alpha 在这种时候是会释放信息素的吗？"之前秦烈给她科普过相关的常识。

秦烈哑声答："对。"

沙拉问："秦烈，你的信息素是什么味道的？"

"你闻不到？"秦烈问。房间里这会儿已经全是他的信息素的味道了。

沙拉：这又是句废话。她既不是 Alpha，也不是 Omega，当然闻不到。

秦烈低声说："你近一点儿，说不定能闻得出来。"

沙拉不再远远地躲着，贴近过来，嗅了嗅他的衣领，又闻了闻他的脖子和喉结。他身上的气息本就清新好闻，她实在分辨不出到底哪一种是他的信息素的味道，这让她十分遗憾。

秦烈低下头，下巴蹭着她柔软的发丝："再近一点儿。"

沙拉抬起头，直接嗅了嗅他的嘴唇，遗憾地说："还是闻不出来。到底是什么味道的？"

"你猜。"秦烈张开嘴，用牙齿轻轻咬了一下她的下唇，她刚刚喝过厄尔提的果酒，齿间还有淡淡的酒香。

沙拉：这谁能猜得出来。

秦烈低声说："先不管我的是什么味道，我猜如果你也有信息素的话，一定是酒味。"

沙拉想了想，说："这种酒太淡了，要是能选的话，我想要烈一点儿的酒……"

她的后半句话消失在唇舌之间的眷恋纠缠里。这么久没有好好在一起，想亲近的绝对不止她一个人，秦烈早撑不住了，推着她往前，把她抵在桌子上，火烫热烈的吻一连串落了下来。

旁边忽然有什么轻轻地"呜"了一声。

沙拉转过头，是花边。它正趴在窗前铺着的毯子上，好奇地看着他俩。

秦烈只看了那边一眼，就回过头继续。他的吻沿着脖子向下，落在她衣服上的花边上，又沿着那层花边一点点印过去。

花边又叫了一声："呜？"

秦烈顿了顿，干脆俯身抄起沙拉的膝弯，抱着她走进卧室，关上了门。

花边的耳朵动了动，听到卧室里传出窸窸窣窣的声音：经常偷偷喂它肉干的最亲的一号主人的那条白色大裙子好像落了地，然后"嗒"的一声，常常让它学这学那的不那么亲的二号主人的外套扣子磕在了地砖上……

过了一阵，花边清晰地听见二号主人反复地呢喃："沙拉，宝贝……"

花边没听出个所以然来，有点儿犯瞌睡，就把下巴搁在前爪上，闭上了眼睛。

3

使徒星上四季轮换，花架上的花落了满地，藤蔓沉沉地睡过冬季，又迸出新的花苞，周而复始。转眼间，已经是第三艘人类的移民飞船抵达使徒星了。这艘飞船带来的移民比前面两批还要多。

飞船落地，舱门打开，大家排着队，沿着坡道往下走。经过长途飞行，好不容易重新踏上实地，每个人都在大口地呼吸着使徒星上新鲜的空气。这是一块好地方，与母星大不相同，天空湛蓝，毫无污染，远远地能隐约看到大片基地的建筑。

人群中有对双胞胎，叫戈羽、戈夜。他俩天生爱玩，知道使徒星招募新移民，自然不会错过。这次过来，两人乘的是飞船的甲等舱，房间很宽敞，不过娱乐活动有限，路上闷得快长毛了。

工作人员安排大家坐上接驳车，前往基地。

戈羽马上找到其中一个工作人员，跟他打听："到哪儿才能见到他们厄尔提的神？她也住在基地里吗？"

厄尔提的神的名号和她的三大预言早就传遍了整个联盟。可惜自从第三个预言应验后，她就消失在联盟公众的视野里，没有再给出过任何新的预言。

工作人员正在帮大家清点行李，忙得焦头烂额，听见这个问题皱起了眉，等抬头看到戈羽的一头白毛和英俊讨喜的笑脸，口气下意识地和缓了不少："神当然不在基地，人家住在厄尔提城。再说哪儿有那么容易见到？我都在这边待了一年多了，从来没见过。"他见戈羽一脸失望，有点儿不忍心，又补充，"不过这里往东南的方向有一座神殿，就是供奉神的，你要是想许愿可以去那边，就是距离有点儿远，得坐车。"

戈羽谢过工作人员，上了接驳车，跟戈夜小声嘀咕："也不知道他们的那个神是不是真的长着条尾巴。"

后排座位有人搭茬："厄尔提人和咱们长得一样，哪儿有人长尾巴？估计是故意装了个假的尾巴，好看着比较特殊，树立威信嘛。"

也确实有这种可能性，毕竟谁都没见过，谁也不知道。在这个科技发达的时代，这个长尾巴的神被保护得很好，硬是完全找不到任何影像资料，大家只能凭空揣测她的样子。

前排座位的人也加入八卦的行列，神秘兮兮地回头说："据说这边的总督就是神的神侍。"

人类总督当众立誓，改换信仰，这事人人都知道，没什么新鲜的，戈羽有点儿失望。

那人继续说："神侍是终身不娶的，不过总督大人好像有孩子了，还是两个。"

周围的人都吓了一跳。但双胞胎只对那个会预言的神有兴趣，对神侍兴趣寥寥。

戈羽随口问："是私生子吗？"

戈夜也说："说终身不娶，估计就是做个姿态而已。"

隔壁座位的人搭茬："我听说总督的孩子其实不是他的，是他哥秦脩的私生子，在母星不太方便，所以放在他这里养。"

"好像不是。"前座的人压低声音，"我叔叔是最早的一批移民，开饭馆的，跟原住民混得很熟。据他说，原住民都说那两个孩子其实是神的孩子。"

这下双胞胎立刻来精神了。

戈羽问："神的孩子？真的？孩子长尾巴吗？有腺体吗？"

戈夜补充："不知道以后是不是也会分化，是分化成 Alpha、Beta 还是 Omega？"

前座的人说："那谁能知道。"

接驳车很快就到了基地。这里扩建过好几次，现在已经是一座大城市。旁边的厄尔提城的规模也大了不少，原本的石头城墙里变成了内城，住宅和商铺蔓延到城墙外，和基地的房屋混杂在一起，边界模糊。

新移民们下了接驳车，连同行李被直接送进了基地里。房子都是现成的，拎包入住，一切都被安排得井井有条。

别人放好行李，都去参观基地了，戈羽和戈夜商量了一下，决定先去神殿看看。

两人一路打听着，找到了基地去神殿的车，车票不贵，来回十块钱，一天只发两班。但是如果肯出五十块钱，车站旁边就有牵着黑老虎的厄尔提人，可以用老虎把人送过去。

厄尔提人高大俊美，穿着传统战士服饰，裸着胳膊，露出手臂和肩膀上发达的肌肉，牵着的老虎更是膘肥体壮，威风凛凛。最关键的是，他们还很愿意配合拍照。

没人能拒绝这种诱惑，戈羽和戈夜立刻一人雇了一只黑老虎。

厄尔提人牵着老虎往旷野里走，让他们熟悉了一会儿虎背，然后才骑上来，坐在他们身后，骑着老虎往神殿的方向奔去。

出乎双胞胎的意料，这两个厄尔提人都会说人类语，而且说得很不错。于是戈羽趁机跟他们打听神和神的孩子的事。

"你说卡库达？"一个厄尔提人把手抚在心脏的位置，就算是骑在虎背上说着话，也还是稍微躬身做了个行礼的动作，"卡库达自有她的安排。"说完这句，就再也不肯多说了。

终于看到黄褐色土地上雪白的神殿了，它建在坡地上，在蓝天下俯瞰着周围，美轮美奂，十分显眼。

神殿门口聚着一群人，搭着金属架子，好像正在施工。站在架子高处的是个男人，手中攥着一把凿子，正在神殿门口的石头墙壁上认真地一点一点地刻着什么东西。他的衬衫袖子挽着，露出一截小臂，肩宽腿长，看身形像个 Alpha。

其中一个厄尔提人看了看那边，对戈羽说："那是我们的总督大人。"

双胞胎有点儿纳闷："总督自己动手装修？"

"这座神殿是总督大人为卡库达建的，"厄尔提人理所当然地说，"建的时候总督大人每天都过来，经常跟着一起动手。"

走得更近一些了，双胞胎发现总督正在刻的是一种不认识的弯弯曲曲的特殊文字。

戈羽问："他刻的是什么？"

厄尔提人说："那是厄尔提语的祷文。"

戈羽追问："到这个神殿许愿，还有专门的祷文？"

"不是，"厄尔提人说，"我们厄尔提人许愿的时候，一般都很简单，先向神奉献一点儿东西，再许下自己的愿望……"

戈夜插口问："是给神奉献钱吗？还是好吃的？"

"什么都行，可以是任何你觉得特别喜欢、特别好的很想献给神的东西，哪怕是一朵好看的野花、路边捡到的一片漂亮的叶子都可以，神不在乎礼物的轻重，只感受你的心意。"

另一个人补充："可是许下的愿望不能太贪心，也不能想着害人，如果心思不正，就算献上厄尔提城的全部财宝都没有用。许完愿以后，如果神接受了，就会实现你的愿望。"

戈羽再看一眼门口那边："那总督正在刻的祷文又是什么？"

厄尔提人也往那边看，努力分辨着墙上的字："那段祷文好像是总督大人立誓做神侍的时候说过的话。'卡库达，我将向您献上我的身体、我的灵魂，乃至我的一切，永远侍奉您，永远对您忠诚……'"

不远处，秦烈站在架子上，已经把那段话刻好了一大半，他停下凿子，活动了一下手腕。

沙拉当然不会不凑这种热闹，此时正在他的身体里。她跟着看他刻下的祷文，多少有点儿心虚，在他脑中说："秦烈，你把这段话刻在神殿门口，我怀疑以后很多人都会误以为来神殿许愿的时候必须得发誓献上身体什么的……"

如果有人许愿献上自己的身体，她就可以自由地在那人的身体里出入，控制他的行为。沙拉觉得自己像个图谋人家身体的诈骗犯。

秦烈不动声色，重新握好凿子，继续凿刻下一个字："我只不过是在神殿刻下我发过的誓而已，愿意以讹传讹是他们自己的事。"

可是沙拉很了解他，深深地怀疑他就是故意想让人误会的。

果然，秦烈说："不过用身体许愿的人多了，你就可以在更多的人身上穿来穿去。"他刻完了一个字，端详了一下，"沙拉，你能控制的人越多，你就越安全。"

联盟内部势力复杂，她的地位又太特殊，秦烈还是不太放心。他一边认真地刻字，一边在脑中对沙拉说："小希和小念跟嘉珞他们在一起，不知道会弄出什么事来。"

小希和小念就是两人的宝宝。明明有保姆，嘉珞和安伦却自告奋勇要带宝宝玩，还拍胸脯保证没问题。然而他俩加起来都不如花边一只老虎靠谱，有他俩在，比没他俩还让人不放心。

两个宝宝的到来，对沙拉和秦烈来说完全是个意外。

沙拉穿"夏天的裙子"那天，秦烈完全没有任何准备，毕竟两人连物种都不一样。结果很快沙拉就感觉不太对劲，叫了厄尔提城的大夫来。大夫给沙拉检查过，结论是沙拉好像有宝宝了。对此，两人都有点儿蒙。

秦烈立刻带沙拉回到基地，找到和他关系最好的战舰医生，给沙拉做了详细的检查，等亲眼看到屏幕上扫描出来的两个勉强能分辨出形状的小不点时，再不相信也得相信了。

秦烈又让沙拉拔了根头发，取了基因样本，检测后传回母星，拜托哥哥秦脩秘密找人比对。报告很快就传回来了。沙拉的基因和人类的基因几乎没有差异，不同的只是一小段基因片段，像是混入了一点儿虫子的基因，大概就是她那条大尾巴的来源。

沙拉对这个结果也有点儿纳闷。难道在遥远宇宙另一边的虫族，和人类是同源同宗的？

浩瀚的宇宙中不知隐藏着多少不为人知的秘密。不管虫族和人类有什么渊源，眼下他们要考虑的是肚子里的小不点怎么办。

秦烈当然全听沙拉的，而沙拉认真地想了一天，一直纠结到晚上，刚闭上眼睛，就看到了一个新的画面。那是在她的房间里，阳光明亮，地上铺着彩虹色的厚毯子，花边卧在上面，旁边还有两个小不点，小女孩像她一样皮肤雪白，眼睛圆溜溜，小男孩长着秦烈那样的漂亮眼睛，正咯咯笑着，滚成一团。

沙拉立刻决定把宝宝们生下来。

但怀孕不是件容易的事，她很快就迎来了第一次孕吐。

这天早晨，沙拉和往常一样喝了半杯基地送过来的牛奶，突然感觉恶心，之后一发不可收拾，吐得昏天黑地，难受极了。

秦烈和她通感，也不好受，却又帮不上忙，只能抱着她，用手慢慢地顺着她的背："不然你先到我身上来？"

待在秦烈的身体里虽然也不太舒服，但是毕竟隔着一层，他的体质又好，比在她自己的身体里舒服得多。可沙拉摇了摇头："缓一缓，还得再吃点儿东西，总不能不吃饭。"

秦烈满心难受，只觉得都是自己的错，心想要是能替她就好了。结果神奇的事发生了，他竟然穿进了沙拉的身体里。与此同时，沙拉也进到他的身体里。两个人成功地互换了！

既然可以互换，沙拉计划两个人轮流在她的身体里"值班"，毕竟宝宝是两个人的。但是秦烈不那么想。很多个早晨，还没等她起床，他就不声不响地悄悄过来，帮她吃饭、运动、洗澡清洁，等她在他身体里睡醒的时候，他早就把所有该做的事全都做完了。整个孕期，沙拉几乎没怎么在自己身体里待过。

装着两个宝宝的肚子变得沉甸甸的，腿脚都是肿的，稍微走几步就喘，心怦怦乱跳，就像生了一场长达几个月的大病。两人因为通感，都觉得辛苦，一天天数着日子，总算熬到了预产期。

秦烈原本下定决心，打算他来生。不过沙拉觉得没必要受那份罪，直接把宝宝剖出来就好了。医生是基地的医疗官，技术非常好，保密方面也毫无问题，手术进行得很顺利。

就像预言画面里看到的那样，小希和小念与人类一样，都没有尾巴。秦烈特地把他俩的基因样本送去检测，只查出了一点点不明基因片段。沙拉这才放下心。

一直到宝宝一周岁，秦烈仍然尽可能地多待在沙拉的身体里。两人同心协力，沙拉的身体恢复得不错，小不点们也被照顾得很好。

可是很快秦烈和沙拉就发现，小希和小念并不像外表看起来的那么正常。

有一天，沙拉和小希在里间睡午觉，小念和花边在外间围在秦烈脚边玩。花边带宝宝很有一套，用大尾巴逗着小念往前爬。小念刚学会爬没多久，正在兴奋的时候，心又急，一个不小心一头撞在桌子腿上，抱着脑袋，哇的一声哭出来，吓得秦烈丢下光脑，赶紧去揉他的脑袋。几乎同时，原本睡得很香的小希猛地坐起来，举起手，找到她的小脑袋上同样的位置，也开始放声号啕。

这种事不止发生了一次，沙拉意识到他俩竟然可以互相通感。

秦烈倒是并不太奇怪，处之泰然：神的血脉，当然会有点儿不一样。

不过最神奇的是，随着他俩一天天长大，沙拉发现大概是血缘的关系，就算两个宝宝不许愿，她也可以和他们通感。

就像此刻，她不再看秦烈正在凿的字，而是集中精神，很快眼前的视野就变成了小希的。

只见嘉珞和安伦举着一根顶着糖球的小木棍，分了一根给小念，又分了一根给小希，说："快吃，甜甜的可好吃了，别告诉你爸妈啊。"

沙拉收回心神，跟秦烈告状："他俩又偷偷给小不点们吃糖，真是屡教不改。牙不要了？晚饭他们估计也不会好好吃了。"

秦烈冷哼一声："等我回去敲安伦的头。"

他刻完最后一个字，从架子上下来，抬头端详自己的成果，仿佛不太满意。

沙拉跟着看了看："已经够好的了。"

秦烈点头："我们进去看看神像，就回去找安伦他们算账。"

神殿里，白色的石头地面打扫得一尘不染，巨大恢宏的拱顶上是放射状的精致花纹，神殿尽头的高台上立着那块人形的黑色大石头。

秦烈早就亲手给那块大黑石头雕出了高高举着的尾巴，最近又给它加了个新的基座。他一点点地给神殿添置着各种东西。

沙拉跟着他绕着神像看了一圈，黑色的石头还保持着它原始的形态，没有打磨过，无数截面闪烁着晶莹的微光。

"不知道穿到里面由上往下看是种什么感觉，我进去试试。"她说走就走，眨眼间已经到了石头里。

午后的神殿日光充沛，周围一片静谧，神侍大人身姿挺拔、英俊无匹，正站在下面，抬头看着她。石头里十分舒适，又很亲切，好像她的家，沙拉本能地有点儿犯困。恍惚的瞬间，一连串画面涌进她的脑海，尘封的记忆被唤醒了，时间在她面前如同画卷一样舒展开，上面写着过去，以及未来。

过了好久，沙拉才重新回到秦烈的身体里。

秦烈一直在耐心地等着，知道她回来了，笑道："你走了好久。"

沙拉还在兴奋中："秦烈，我刚才看到了好多东西。我看见我们两个以后还会在一起，还看到我们以前也曾经在一起过。"这不是他们第一次在一起，也绝不是最后一次。

秦烈并不太惊讶："过去有，今后也有，就像轮回？"

"对。我看见这个世界的生命就像轮回，花开花落，周而复始，转了一圈又一圈。"沙拉说，"秦烈，你猜厄尔提人很多年以前那个预言，'神会坐在火球中降临，用雷电保护我们，统一整个大陆'，还有什么神侍献祭、建神殿造神像、这片土地迎来黄金时代之类的，是谁说的？"

秦烈猜测："我猜，是你说的，我改的。"

没错，把好好的一句话说得玄玄乎乎，就是他这个神棍当年的杰作。

两人一起望着神像，都没有出声。

半响，沙拉才说："但是我不在轮回中，每隔一段时间，我就要在这种石头里睡长长的一觉，等新的契机来了才能再醒过来。"她有点儿痛苦，"睡的时间实在太长，好多事都忘了，得慢慢才能想起来。"

秦烈望着他亲手塑的神像，问："沙拉，你下次想睡的时候，能不能就在这块石头里？这样可以离我近一点儿。"

"好。"沙拉应道，又安慰他，"那是很多很多年以后的事了，我们两个都老了的时候。"她看见了未来，他们在这颗行星上白首偕老。

秦烈微微笑了一下："我发誓，无论你要睡多久，我都会在轮回里等着你，等着你醒过来。"

沙拉"嗯"了一声："我也发誓，就算睡的时间再长，什么都忘掉了，也一定会听到你的召唤。"

时间像水一样向前流淌。城市兴建又荒废，人们出生又死亡，使徒星经历了人口暴涨、迅猛发展的黄金时代，又因为宇宙航行和行星环境改造技术突飞猛进，以及新的宜居行星的不断出现而逐渐没落。

只有那座白色的石头神殿始终屹立在旷野里。

不知又过了多少年，一个阳光明媚的午后，一家四口走进神殿里。那是一对夫妻，相貌出众，衣饰雅致。他们带着两个小男孩，大的大概五六岁的样子，小的最多也就两岁，五官却已经能看出未来英俊的模子。

夫妻俩按照家族传统，把手抚在胸前，对着黑色的神像行了礼。

大一点儿的男孩也像模像样地对着神像行过礼，见弟弟专心鼓捣手里那个精致的机甲玩具，不时振动机甲的手脚关节假装开枪，头都不抬，便拿过他的机甲玩具，塞在他的左手里，然后拉起他的右手，按在胸前心脏的位置："小猫，你的手得先摆在这里，然后对着那边弯一下腰。"

小一点儿的男孩终于抬起头，看了看面前的雕像，懵懵懂懂地行了个礼。

"难得来使徒星一次，爸爸妈妈要去酒窖那边看看，小修，你先带着小猫在神殿里玩，不要到处乱跑。"

大一点儿的男孩原来叫小修，他像小大人一样点头答应。

父母都走了，神殿里空荡荡的。弟弟小猫行完礼之后，不再看玩具，而是站在神像前，仰起头，研究这个黑乎乎的大东西。他问哥哥："这是什么？"

"这是神像，"怕弟弟听不懂，小修又解释，"是我们家族的人给神立的像。"

小猫望着神像问："神又是什么？"

小修想了想，说："神……大概就是很厉害很厉害的人吧。"

小猫继续问："神住在这块大黑石头里面吗？"

"……可能吧。"小修没什么把握，多少有点儿心虚，他往旁边的休息室走，"小猫，快来看，这边还有一个房间。"

小猫没有动，仍然站在原地，清澈的目光定在神像上。他对着这块大石头，举了举手里的玩具，问："你想要出来跟我玩吗？我们一起开机甲，去打大虫子。"

神像安静地立在那里，没有回应。

小修在另一边叫："小猎？"

小猎转过身，刚迈出几步，整个神殿的地面忽然猛然摇晃了几下，像是地震。

小修火速从旁边冲出来，几步奔到弟弟身边，一把把他护在怀里，抱住他的脑袋。

两人身后，轰的一声巨响，神像直接倒了下来，砸在地上。它碎得十分彻底，偌大一块石头只剩下根部的一截尾巴还算完整。

两个孩子都被吓到了。小修愣了愣神，双手穿过弟弟腋下，费劲地拎起弟弟，小心地踩着满地碎渣走出神殿，去找爸爸妈妈。

在他们身后，神殿中，沉睡了多年的灵魂悄然苏醒。她迷迷糊糊地飞了起来，越升越高，直到进入这片宇宙的最深处。然而她的记忆是一片完全的空白，懵懵懂懂并不知道自己来自何方，又要去向何处，一不小心就飘飘摇摇地跌入另一个世界里。等她再睁开眼睛，就看到旁边有好几个穿浅蓝色衣服、戴帽子和口罩的人。

"太好了，宝宝没事了。看，脐带绕颈，憋得小脸都紫了，真是个小可怜儿。"

新鲜清凉的空气涌进来，她的喉咙很不舒服，还冷得要命。她刚想张开嘴巴哭一嗓子，就被抱了起来，放进一个女人怀里。一只温柔的手摸着她的脑袋，说："我们小纸纸福大命大。"

她什么都不懂，只是本能地觉得这怀抱安全又温暖，于是安心地重新闭上了眼睛。

在这个世界里，人们并不分化，性别只有男女，她有了个新名字，一点点长大，开始了一段新的人生。但那些前尘往事没有真的被遗忘，只是埋藏在记忆的最深处，安静地等待着重新被唤起。

约定还在，有人正在茫茫宇宙中的另一个世界等着她。

在时间与生命的无尽轮回中，所有分离的、思念的、守护的、爱过的……都注定再次相逢。

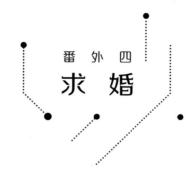

番外四

求 婚

星环一区，诺亚星，军事基地。

诺亚星早已被人类收复，新移民涌入，城市正在重建，变成了一区不折不扣的大后方。这个新建的军事基地不太大，却非常繁忙，每天都有战舰起降。

整个联盟都很振奋。所有人都知道，就算战况有暂时的反复，离重新收回一区也不会太远了。没有后援的虫族舰队只能背靠星环一区边远地带寥寥几颗行星的有限资源，做最后的垂死挣扎。也因此，无论是联盟军队还是机甲学院的学员，如今都在努力争取上战场，毕竟能和虫族打仗的机会一天比一天少。

林纸和秦猎来到诺亚星基地，却不是来打虫子的，是来给被俘虏的几个高智虫族军官做翻译的。

当初在执行摧毁虫眼的使徒计划时，林纸认识了军方专攻虫族语言学的研究员沃尔利。前不久她参加虫族语言大赛院际联赛的时候又遇到了他，他是评委。

林纸现在虫语的流利程度，吊打一众评委，就连沃尔利也望尘莫及。要不是她有意收敛，故意放慢语速，谨慎地字斟句酌，评委们根本不会听懂她在说什么。最后她毫无争议地拿到了第一名，斩获一大笔奖金。

结果前些天沃尔利接到一个来一区帮忙翻译的任务，刚好有事来不了，就特别向一区联盟军指挥部推荐了林纸。

林纸不仅自己来了，还带了个"助手"，就是秦猎。

这是秦猎强烈要求的。因为明天刚好是情人节，又是周末，他原本的安排是和林纸一起上完课，就去塞瑟山脚下一家新开的度假酒店，结果林纸非要来一区审虫子。

此刻，林纸站在基地宿舍的窗前，看着坐在床边的秦猎发愁：早知道就不带他来一区了。

秦猎一本正经地坐在床沿，腰背挺得笔直，双手搭在膝上，脸上没什么特别的表情，一双清澈漂亮的眼睛扫视着整个房间，最后目光落回林纸身上，问："所以，我失忆了？"

"没错。"林纸点头，"我们今天上午一起去给被俘获的高智虫族做翻译，因为隔离门出了点儿故障，你不小心感染了虫族身上的一种罕见病毒，暂时失忆。"

基地的医生已经帮秦猎检查过了，也给他服过药，应该没什么大碍。唯一的问题，就是如果运气不好的话，这两天秦猎可能会有短暂失忆的现象。果然，他的运气真的不太好。

秦猎又问："所以我们现在是在……"

"星环一区，诺亚星。我们是从母星过来执行任务的，昨天晚上才到。"林纸解释，"因为医生说他们对病毒不算太了解，说不定还有继续传染的危险，所以你现在是在观察期，基地把这一层宿舍区划给我们两个了，这几天我们得在宿舍区隔离，哪里都不能去。"

秦猎抿了一下嘴唇，似乎有点儿迟疑："我知道这样问不太好，不过我实在想不起来了，请问我是……你又是……"

这人乖乖地坐在那儿，眼神茫然，一副很好欺负的样子。林纸看着他，邪恶的念头滋生出来，猫爪一样抓心挠肝，想控制都控制不住。

"我叫林纸，你叫秦猎，你是我的助手。"林纸不动声色，"你是个 Omega。"

"O……mega？"秦猎的眼中多了点儿狐疑。

林纸极其肯定地说："对。"然后停顿了一下，脸上多了点儿犹豫的表情，"还有一件事，我估计你也不记得了，不过我觉得还是告诉你比较好……你昨天发热期，求我帮你做了个临时标记。没有暧昧，纯粹友情帮忙的那种。"

秦猎倒是对纯粹友情帮忙式的临时标记没什么特殊想法，只惊奇地看着她："你……竟然是个 Alpha？"说完立刻察觉到自己的语气不太礼貌，解释道，"我不是怀疑你的意思，我只是说，你的外貌和绝大多数 Alpha 不太一样。"

他把自己是谁都给忘了，倒是还记得这种常识。林纸继续忽悠："你那是刻板印象，谁说 Alpha 都又高又壮？我在分化期前有点儿营养不良，就没长太高。"

秦猎认真地问："营养不良？是因为家里经济困难吗？"

他的目光自上往下扫过林纸，最后落在林纸的鞋上。她今天一身便装，穿着惯常穿的黑色卫衣和那双从九区带过来的旧球鞋，鞋已经发黄了，倒不是买不起新的，只是觉得旧鞋穿着舒服，而且也穿出了感情，并不想换。

林纸内心在咆哮：这位大哥，重点完全放错了吧？！你不应该关注你是个 Omega、我们两个还做了临时标记这件事吗？！

不过她只能面上淡定地答："对。那时候家里有点儿穷，不过现在我已经赚到不少钱了。"

秦猎又看看她的鞋，继续问："你说你已经赚到不少钱了，那你父母呢，都不在了？"

林纸无语半晌，答："……是，我父母都不在了。"

秦猎凝视着她，半天才说："这些年你一个人过得很不容易吧？"

林纸："……"

"我看见你眼睛下挂着黑眼圈，像是没睡够。"秦猎的目光落在床边桌子上，"床上放着你的衣服，说明这是你的房间。桌上摊着机甲学院的教程和笔记，而你说我们昨晚才到诺亚星来执行任务，说明你熬夜用功……"

林纸："……"

秦猎没再继续说什么，他站了起来，走到林纸面前，向前俯下身，伸手搭在林纸的后背上，哄小孩一样轻轻拍了拍。

这是个浅浅的拥抱。

"我们连临时标记都做过了，"秦猎轻声说，"抱一下也没什么关系吧？"

他的臂膀温暖结实，林纸忍不住在他胸前贴了贴才挣开。

她一动，秦猎就把她松开了。他低头看着她问："我真的是个 Omega？我怎么感觉……不太对劲？"

总算问到重点了。林纸点头："你当然是 Omega。不信你摸摸你的脖子后面。"她把手伸到自己的脖子后面，示意，"你最近在发热期，腺体会觉得酸酸胀胀的。"

这并不是 Alpha 和 Omega 可以开诚布公聊的话题，不过秦猎倒也没觉得多奇怪。他抬起手去摸脖子后面。

在他的手指碰到脖子后面的时候，林纸立刻按了按自己脖子后的腺体，开启通感。

特殊的感觉袭来，秦猎的脸唰地红了。他好像有一点儿慌，垂下眼睫，躲开了林纸的目光。

林纸心里笑到趴下，脸上表情却丝毫不变："看吧。我们 Alpha 也有腺体，不过一般没什么感觉，只有你们发热期的 Omega 才会有这么大的反应。"

秦猎"嗯"了一声，把手伸进裤子口袋，掏出点儿东西："我知道，你没骗我，我刚才发现我口袋里有这个。"

神侍大人掌心里是他永远随身携带的东西，Omega 的长效型信息素屏蔽剂。

有秦猎在，林纸并不需要发热期抑制剂，而最近离经期还远着，所以这会儿他口袋里没有痛经药和卫生巾，只有屏蔽剂。

林纸心中笑到想捶地，但还是严肃地点头："对。你从来都是随身携带，有备无患。"

秦猎推理："我身上只带了 Omega 的信息素屏蔽剂，没带发热期抑制剂，昨天我们又在飞船上，没地方去买，所以我才请你帮我做了临时标记？"这推测很合理，但他有个疑问，"那我为什么不去公共卫生间取联盟卫生部免费提供的抑制剂？"

他竟然连这个都记得！林纸帮他圆："因为卫生部免费发放的次数有限，你已经领完了。"

秦猎接得很快："我好像记得，额外领取只需要交双倍罚款就可以了。"他垂眸看看自己，身上是简单的衬衣长裤，但是做工精细，品质优良，"我不太像是缺这钱的样子。"

林纸一时没想出要怎么圆这个谎，秦猎就说话了，他并不需要她来圆："我懂了。"

林纸：你懂什么了？！

"你等我一下，我马上回来。"说完他转身出门。

林纸不放心地跟了上去。

秦猎这次过来没带光脑，腕上的手环也在刚刚检查时交给林纸暂时保管，林纸并不担心露馅。她唯一怕的，就是他去公共洗手间刷虹膜——一刷他就会知道自己是个 Alpha。

然而秦猎只是回了隔壁他住的临时宿舍，不一会儿又回来了，拉住林纸的手，把她带到床边，按着她的肩膀让她坐下，从口袋里拿出两张卡片。

这明显是小型飞船的船票，卡片上印着时间和飞船编号：时间是明天，目的地是诺亚星的最高峰。那里的峰顶有一个心形的湖，因为湖水中一种特殊的藻类，整个湖都是剔透如水晶的浅粉色。卡片正面印的就是这个心形湖。在很多很多年以前，诺亚星还在人类手里时，这个心形湖是个著名的景点，现在星球重新回到人类手里，有机会到诺亚星的人都会过去看看。

秦猎说："这是我们刚才从医疗站回来后，我在我的行李里发现的，应该是我订的。"

原来他去不了塞瑟山，就打算换个地方过情人节。

林纸接过卡片，也有点儿遗憾："我们这几天都要隔离，隔离结束就要回母星，去不了了。"

秦猎"嗯"了一声，把卡片收回口袋，又拿出了一个不大的黑色皮质盒子："我还在行李箱里找到了这个。"

他忽然单膝跪了下来，跪在林纸面前，打开小盒子，里面是一枚祖母绿切割的钻戒，纯净剔透，像一颗冰糖。

"我们现在去不了了，但我估计这就是我要和你去那个湖边打算做的事情。"秦猎凝视着林纸的眼睛，"我明明可以拿到抑制剂，却还是让你给我标记，我猜是因为我就是希望你那么做。虽然我失忆了，什么都不记得了，但是不知为什么，我就是知道这枚戒指是打算送你的。它就像刻在我的灵魂深处一样，是一种直觉，并不需要记得。"

他抿了一下嘴唇："你愿意……娶我吗？"

林纸："……"

秦猎看出她有点儿瞠目结舌，立刻补充："你标记了一个 Omega，难道不想负责任吗？"

林纸看看他，再看看他手里的钻戒，又感动，又想笑，心情十分复杂：等他恢复记忆，想起自己是这么求婚的，估计会把她掐死。不过这种好事过了这个村可就没这个店了，她立刻回答："我愿意！"

秦猎默默地舒了口气，从小盒子里拿出戒指，拉起林纸的手，帮她套在手指上："看，就是给你的，不紧不松，大小刚刚好。"

也不知他是什么时候偷偷量了她的手的尺寸，定做了戒指。

秦猎稍微起身："我们以前亲过吗？"

何止亲过。林纸不由自主地有点儿脸红。

秦猎观察着她的表情，很有把握地说："果然是亲过。"

他俯下身，扶住林纸的后脑勺，吻住她，是熟悉的温暖和柔软。

就在两人嘴唇相触的一刹那，秦猎脑中忽然像被打开了一个开关，所有丢失的记忆涌入脑海，全部都回来了。

秦猎："……"

他和林纸分开一点儿，咬了咬牙，刚想开口说话，忽然觉得怀里的人不太对劲。

林纸眼神迷茫，看了看近在咫尺的他，又低头看了看自己，迟疑地开口："这是……怎么回事？你为什么亲我？这是什么地方？你是谁？我……又是谁？"

看来医生猜得没错，让人短暂失忆的病毒传染了。

"你是谁？"秦猎微微地狞笑了一下，攥住她戴着戒指的手，说，"这个问题问得很好。等我慢慢告诉你。"

图书在版编目（CIP）数据

完美耦合：全两册 / 九阶幻方著. -- 北京：中国致公出版社，

2023

ISBN 978-7-5145-2038-5

Ⅰ．①完… Ⅱ．①九… Ⅲ．①长篇小说－中国－当代

Ⅳ．①I247.5

中国版本图书馆CIP数据核字(2022)第202327号

完美耦合：全两册 / 九阶幻方 著
WAN MEI OU HE

出　　版	中国致公出版社	
	（北京市朝阳区八里庄西里 100 号住邦 2000 大厦 1 号楼西区 21 层）	
出　　品	湖北知音动漫有限公司	
	（武汉市东湖路 179 号）	
发　　行	中国致公出版社（010-66121708）	
作品企划	知音动漫图书·漫客小说绘	
绘画支持	Benyo 织亭 奶膘芝士 啊茶本茶	
责任编辑	徐　慧	
责任校对	邓新蓉	
装帧设计	杨小娟　周　沫	
责任印制	程磊	
印　　刷	武汉市新华印刷有限责任公司	
版　　次	2023 年 9 月第 1 版	
印　　次	2023 年 9 月第 1 次印刷	
开　　本	787mm×1092mm　1/16	
印　　张	41.5	
字　　数	850 千字	
书　　号	ISBN 978-7-5145-2038-5	
定　　价	78.80 元	